प्रेमचंद की प्रसिद्ध 51 कहानियाँ

प्रेमचंद

AF850915

प्रभाकर प्रकाशन

HB ISBN: 978-93-6793-775-4
ISBN: 978-93-6793-787-7
eISBN: 978-93-6793-745-7

प्रकाशक: प्रभाकर प्रकाशन
प्लॉट नं.-63, प्रथम तल, मेन मदर डेयरी रोड
पांडव नगर, ईस्ट दिल्ली-110092
फोन: 011-40395855
व्हाट्स ऐप: +91 9319228272
ई-मेल: sales@pharosbooks.in
वेबसाइट: www.prabhakarprakashan.com

संस्करण: 2025

प्रेमचंद की प्रसिद्ध 51 कहानियाँ
प्रेमचंद

भूमिका

प्रेमचंद हिंदी साहित्य के एक महत्त्वपूर्ण लेखक हैं जिनकी कहानियाँ न केवल साहित्यिक दृष्टि से महत्त्वपूर्ण हैं, बल्कि समाज के विविध पहलुओं को प्रभावी रूप से उजागर करती हैं। उनकी लेखनी ने भारतीय समाज के अनेक आयामों को गहराई से छुआ है, और उनकी रचनाएँ आज भी पाठकों के दिलों में जीवित हैं। इस पुस्तक में सम्मिलित प्रेमचंद की 51 प्रसिद्ध कहानियाँ उनकी सामाजिक दृष्टि, जीवन के विभिन्न पहलुओं और मानवीय संवेदनाओं का जीवंत चित्रण प्रस्तुत करती हैं।

प्रेमचंद की कहानियाँ किसी एक विशेष वर्ग या कालखंड तक सीमित नहीं हैं। उन्होंने भारतीय समाज के विभिन्न वर्गों, जैसे गरीब किसान, मेहनतकश मजदूर, अशिक्षित स्त्री, और शोषित जातियों के जीवन की यथार्थवादिता को बखूबी चित्रित किया है। "नमक का दरोगा", "ईदगाह", "कफ़न", "मंत्र", "पूस की रात", "सद्गति", "ठेठी" जैसी कहानियाँ समाज की बुनियादी सच्चाइयों को उजागर करती हैं और मानवीय मूल्यों की अडिग दीवारों का निर्माण करती हैं। प्रेमचंद की कहानियाँ, पात्रों की मानसिक स्थितियों को गहराई से विश्लेषण करती है, साथ ही समाज के सांस्कृतिक, राजनीतिक और आर्थिक ढांचे की भी बारीकी से पड़ताल करती है।

उनकी भाषा शैली सरल, प्रवाहमयी और सर्वजनप्रिय थी। प्रेमचंद ने हिंदी साहित्य को उच्चस्तरीय सामाजिक संवाद का माध्यम बनाया, और उन्होंने अपनी कहानियों में स्थानीय बोलचाल की भाषा का प्रयोग किया, जिससे वे हर वर्ग के पाठकों से सहजता से जुड़ सके। उनकी लेखनी में गहरी मानवीय संवेदनाएँ, संवेदनशीलता, और यथार्थवाद की झलक मिलती है, जो उस समय के समाज की सच्चाइयों को दर्शाती हैं। उनका विश्लेषण व्यक्ति विशेष तक सीमित नहीं रहा, बल्कि उन्होंने समाज के प्रचलित दमनात्मक संरचना, सामाजिक असमानताओं, और मानवीय त्रासदियों पर भी कड़ा प्रहार किया।

प्रेमचंद की रचनाओं में उत्प्रेरक शक्ति निहित है। उनकी कहानियाँ पाठकों को सामाजिक असमानताओं के प्रति जागरूक करती हैं, उन्हें अपने कर्तव्यों और जिम्मेदारियों का अहसास कराती हैं और व्यक्तिगत एवं सामाजिक सुधार की दिशा में प्रेरित करती हैं। इस पुस्तक के माध्यम से पाठक प्रेमचंद के सामाजिक दृष्टिकोण को गहराई से समझ सकते हैं, उनकी लेखनी की विविधता का अनुभव कर सकते हैं, और समाज में व्याप्त असमानताओं एवं विकृतियों को पहचान सकते हैं।

पुस्तक में संकलित 51 कहानियाँ हमें केवल एक लेखक की दृष्टि से परिचित नहीं करातीं, बल्कि वे एक समाज सुधारक की भूमिका को भी स्थापित करती हैं। प्रेमचंद की रचनाएँ आज भी प्रासंगिक हैं, क्योंकि उन्होंने जिस सामाजिक संघर्ष को अपनी कहानियों में व्यक्त किया, वह आज भी समाज के विभिन्न हिस्सों में महसूस किया जाता है। इस पुस्तक को पढ़कर पाठक न केवल मनोरंजन प्राप्त करेंगे, बल्कि उन्हें अपने आसपास की दुनिया को बेहतर समझने की दिशा मिलेगी। यह कृति न केवल साहित्यिक दृष्टि से समृद्ध है, बल्कि एक महत्वपूर्ण सामाजिक संदेश भी देती है, जो आज के समय में अत्यंत प्रासंगिक है।

अतः, प्रेमचंद की 51 कहानियों का यह संग्रह एक अमूल्य धरोहर है, जो समाज के विविध पहलुओं को समझने और आत्मसात करने का अवसर प्रदान करता है। यह पुस्तक पाठकों को न केवल एक साहित्यिक अनुभव देती है, बल्कि उन्हें अपने समाज की सच्चाइयों और दायित्वों का भी बोध कराती है।

अनुक्रम

मंदिर

मातृ-प्रेम, तुझे धन्य है! संसार में और जो कुछ है, मिथ्या है, निस्सार है। मातृ-प्रेम ही सत्य है, अक्षय है, अनश्वर है। तीन दिन से सुखिया के मुँह में न अन्न का एक दाना गया था, न पानी की एक बूँद। सामने पुआल पर माता का नन्हा-सा लाल पड़ा कराह रहा था। आज तीन दिन से उसने आँखें न खोली थीं। कभी उसे गोद में उठा लेती, कभी पुआल पर सुला देती। हँसते-खेलते बालक को अचानक क्या हो गया, यह कोई नहीं बताता। ऐसी दशा में माता को भूख और प्यास कहाँ? एक बार पानी का एक घूँट मुँह में लिया था; पर कंठ के नीचे न ले जा सकी। इस दुखिया की विपत्ति का वार-पार न था। साल भर के भीतर दो बालक गंगा की गोद में सौंप चुकी थी। पतिदेव पहले ही सिधार चुके थे। अब उस अभागिनी के जीवन का आधार, अवलम्ब, जो कुछ था, यही बालक था। हाय! क्या ईश्वर इसे भी इसकी गोद से छीन लेना चाहते हैं? यह कल्पना करते ही माता की आँखों से झर-झर आँसू बहने लगते थे। इस बालक को वह क्षण भर के लिए भी अकेला न छोड़ती थी। उसे साथ लेकर घास छीलने जाती। घास बेचने बाज़ार जाती तो बालक गोद में होता। उसके लिए उसने नन्ही-सी खुरपी और नन्ही-सी खाँची बनवा दी थी। जियावन माता के साथ घास छीलता और गर्व से कहता, 'अम्माँ, हमें भी बड़ी-सी खुरपी बनवा दो, हम बहुत-सी घास छीलेंगे, तुम द्वारे माची पर बैठी रहना, अम्माँ; मैं घास बेच लाऊँगा। माँ पूछती, 'मेरे लिए क्या-क्या लाओगे, बेटा?'

जियावन लाल-लाल साड़ियों का वादा करता। अपने लिए बहुत-सा गुड़ लाना चाहता था। वे ही भोली-भोली बातें इस समय याद आ-आकर माता के हृदय को शूल के समान बेध रही थीं। जो बालक को देखता, यही कहता कि किसी की डीठ है; पर किसकी डीठ है? इस विधवा का भी संसार में कोई वैरी है? अगर उसका नाम मालूम हो जाता, तो सुखिया जाकर उसके चरणों पर गिर पड़ती और बालक को उसकी गोद में रख देती। क्या उसका हृदय दया से न पिघल जाता? पर नाम कोई नहीं बताता। हाय! किससे पूछे, क्या करे?

2

तीन पहर रात बीत चुकी थी। सुखिया का चिंता-व्यथित चंचल मन कोठे-कोठे दौड़ रहा था। किस देवी की शरण जाए, किस देवता की मनौती करे, इसी सोच में पड़े-पड़े उसे एक झपकी आ गयी। क्या देखती है कि उसका स्वामी आकर बालक के सिरहाने खड़ा हो जाता है और बालक के सिर पर हाथ फेर कर कहता है, 'रो मत, सुखिया! तेरा बालक अच्छा हो जाएगा। कल ठाकुर जी की पूजा कर दे, वही तेरे सहायक होंगे।' यह कहकर वह चला गया। सुखिया की आँख खुल गयी। अवश्य ही उसके पतिदेव आये थे। इसमें सुखिया को जरा भी संदेह न हुआ। उन्हें अब भी मेरी सुधि है, यह सोच कर उसका हृदय आशा से परिप्लावित हो उठा। पति के प्रति

श्रद्धा और प्रेम से उसकी आँखें सजल हो गयीं। उसने बालक को गोद में उठा लिया और आकाश की ओर ताकती हुई बोली, 'भगवान! मेरा बालक अच्छा हो जाए, तो मैं तुम्हारी पूजा करूँगी। अनाथ विधवा पर दया करो।'

उसी समय जियावन की आँखें खुल गयीं। उसने पानी माँगा। माता ने दौड़ कर कटोरे में पानी लिया और बच्चे को पिला दिया।

जियावन ने पानी पीकर कहा, 'अम्माँ रात है कि दिन?'

सुखिया–'अभी तो रात है बेटा, तुम्हारा जी कैसा है?'

जियावन–'अच्छा है अम्माँ! अब मैं अच्छा हो गया।'

सुखिया–'तुम्हारे मुँह में घी-शक्कर, बेटा, भगवान करे तुम जल्द अच्छे हो जाओ! कुछ खाने को जी चाहता है?'

जियावन–'हाँ अम्माँ, थोड़ा-सा गुड़ दे दो।'

सुखिया–'गुड़ मत खाओ भैया, अवगुन करेगा। कहो तो खिचड़ी बना दूँ।'

जियावन–'नहीं मेरी अम्माँ, जरा-सा गुड़ दे दो, तेरे पैरों पड़ूँ।'

माता इस आग्रह को न टाल सकी। उसने थोड़ा-सा गुड़ निकाल कर जियावन के हाथ में रख दिया और हाँड़ी का ढक्कन लगाने जा रही थी कि किसी ने बाहर से आवाज़ दी। हाँड़ी वहीं छोड़ कर वह किवाड़ खोलने चली गयी। जियावन ने गुड़ की दो पिंडियाँ निकाल लीं और जल्दी-जल्दी चट कर गया।

3

दिनभर जियावन की तबीयत अच्छी रही। उसने थोड़ी-सी खिचड़ी खायी, दो-एक बार धीरे-धीरे द्वार पर भी आया और हमजोलियों के साथ खेल न सकने पर भी उन्हें खेलते देखकर उसका जी बहल गया। सुखिया ने समझा, बच्चा अच्छा हो गया। दो-एक दिन में जब पैसे हाथ में आ जाएँगे, तो वह एक दिन ठाकुर जी की पूजा करने चली जाएगी। जाड़े के दिन झाड़ू-बहारू, नहाने-धोने और खाने-पीने में कट गए; मगर जब संध्या समय फिर जियावन का जी भारी हो गया, तब सुखिया घबरा उठी। तुरंत मन में शंका उत्पन्न हुई कि पूजा में विलम्ब करने से ही बालक फिर मुरझा गया है। अभी थोड़ा-सा दिन बाकी था। बच्चे को लेटा कर वह पूजा का सामान तैयार करने लगी। फूल तो ज़मींदार के बगीचे में मिल गए। तुलसीदल द्वार ही पर था; पर ठाकुर जी के भोग के लिए कुछ मिष्ठान्न तो चाहिए; नहीं तो गाँव वालों को बाँटेगी क्या! चढ़ाने के लिए कम से कम एक आना तो चाहिए। सारा गाँव छान आयी, कहीं पैसे उधार न मिले। अब वह हताश हो गयी। हाय रे अदिन! कोई चार आने पैसे भी नहीं देता। आखिर उसने अपने हाथों के चाँदी के कड़े उतारे और दौड़ी हुई बनिये की दूकान पर गयी, कड़े गिरों रखे, बतासे लिये और दौड़ी हुई घर आयी। पूजा का सामान तैयार हो गया, तो उसने बालक को गोद में उठाया और दूसरे हाथ में पूजा की थाली लिये

मंदिर की ओर चली। मन्दिर में आरती का घंटा बज रहा था। दस-पाँच भक्तजन खड़े स्तुति कर रहे थे।

इतने में सुखिया जाकर मन्दिर के सामने खड़ी हो गयी। पुजारी ने पूछा, 'क्या है रे? क्या करने आयी है?'

सुखिया चबूतरे पर आकर बोली, 'ठाकुर जी की मनौती की थी महाराज, पूजा करने आयी हूँ।' पुजारी जी दिन भर ज़मीदार के असामियों की पूजा किया करते थे और शाम-सबेरे ठाकुर जी की। रात को मन्दिर ही में सोते थे, मन्दिर ही में आपका भोजन भी बनता था, जिससे ठाकुरद्वारे की सारी अस्तरकारी काली पड़ गयी थी। स्वभाव के बड़े दयालु थे, निष्ठावान ऐसे कि चाहे कितनी ही ठंड पड़े, कितनी ही ठंडी हवा चले, बिना स्नान किये मुँह में पानी तक न डालते थे। अगर इस पर भी उनके हाथों और पैरों में मैल की मोटी तह जमी हुई थी, तो इसमें उनका काई दोष न था! बोले, 'तो क्या भीतर चली आयेगी। हो तो चुकी पूजा। यहाँ आकर भ्रष्ट करेगी।'

एक भक्तजन ने कहा–'ठाकुर जी को पवित्र करने आयी है?'

सुखिया ने बड़ी दीनता से कहा–'ठाकुर जी के चरन छूने आयी हूँ, सरकार! पूजा की सब सामग्री लायी हूँ।'

पुजारी–'कैसी बेसमझी की बात करती है रे! कुछ पगली तो नहीं हो गयी है। भला तू ठाकुर जी को कैसे छुएगी?'

सुखिया को अब तक कभी ठाकुरद्वारे में आने का अवसर न मिला था। आश्चर्य से बोली, 'सरकार, वह तो संसार के मालिक हैं। उनके दरसन से तो पापी भी तर जाता है, मेरे छूने से उन्हें कैसे छूत लग जाएगी?'

पुजारी–'अरे, तू चमारिन है कि नहीं रे?'

सुखिया–'तो क्या भगवान ने चमारों को नहीं सिरजा है? चमारों का भगवान कोई और है? इस बच्चे की मनौती है सरकार!'

इस पर वही भक्त महोदय, जो अब स्तुति समाप्त कर चुके थे, डपटकर बोले–'मार के भगा दो चुड़ैल को। भरभष्ट करने आयी है, फेंक दो थाली-वाली। संसार में तो आप ही आग लगी हुई है, चमार भी ठाकुर जी की पूजा करने लगेंगे, तो पिरथी रहेगी कि रसातल को चली जाएगी?'

दूसरे भक्त महाशय बोले–'अब बेचारे ठाकुर जी को भी चमारों के हाथ का भोजन करना पड़ेगा। अब परलय होने में कुछ कसर नहीं है।'

ठंड पड़ रही थी; सुखिया खड़ी काँप रही थी और यहाँ धर्म के ठेकेदार लोग समय की गति पर आलोचनाएँ कर रहे थे। बच्चा मारे ठंड के उसकी छाती में घुसा जाता था; किन्तु सुखिया वहाँ से हटने का नाम न लेती थी।

ऐसा मालूम होता था कि उसके दोनों पाँव भूमि में गड़ गए हैं। रह-रहकर उसके हृदय में ऐसा उद्गार उठता था कि जाकर ठाकुर जी के चरणों पर गिर पड़े। ठाकुर

जी क्या इन्हीं के हैं, हम गरीबों का उनसे कोई नाता नहीं है, ये लोग कौन होते हैं रोकनेवाले; पर यह भय होता था कि इन लोगों ने कहीं सचमुच थाली-वाली फेंक दी तो क्या करूँगी? दिल में ऐंठ कर रह जाती थी। सहसा उसे एक बात सूझी। वह वहाँ से कुछ दूर जा कर एक वृक्ष के नीचे अँधेरे में छिप कर इन भक्तजनों के जाने की राह देखने लगी।

4

आरती और स्तुति के पश्चात् भक्तजन बड़ी देर तक श्रीमद्भागवत का पाठ करते रहे। उधार पुजारी जी ने चूल्हा जलाया और खाना पकाने लगे। चूल्हे के सामने बैठे हुए 'हूँ-हूँ' करते जाते थे और बीच-बीच में टिप्पणियाँ भी करते जाते थे। दस बजे रात तक कथा वार्ता होती रही और सुखिया वृक्ष के नीचे ध्यानावस्था में खड़ी रही। सारे भक्त लोगों ने एक-एक करके घर की राह ली। पुजारी जी अकेले रह गए। अब सुखिया आकर मन्दिर के बरामदे के सामने खड़ी हो गयी; जहाँ पुजारी जी आसन जमाये बटलोई का क्षुधावर्धक मधुर संगीत सुनने में मग्न थे। पुजारी जी ने आहट पा कर गरदन उठायी, तो सुखिया को खड़ी देखा। चिढ़कर बोले–'क्यों रे, तू अभी तक खड़ी है!'

सुखिया ने थाली ज़मीन पर रख दी और एक हाथ फैला कर भिक्षा-प्रार्थना करती हुई बोली, 'महाराज जी, मैं अभागिनी हूँ। यही बालक मेरे जीवन का अलम है, मुझ पर दया करो। तीन दिन से इसने सिर नहीं उठाया। तुम्हें बड़ा जस होगा, महाराज जी!'

यह कहते-कहते सुखिया रोने लगी। पुजारी जी दयालु तो थे, पर चमारिन को ठाकुर जी के समीप जाने देने का अश्रुतपूर्व घोर पातक वह कैसे कर सकते थे? न जाने ठाकुर जी इसका क्या दंड दें। आखिर उनके भी बाल-बच्चे थे। कहीं ठाकुर जी कुपित हो कर गाँव का सर्वनाश कर दें, तो? बोले–'घर जा कर भगवान का नाम ले, तेरा बालक अच्छा हो जाएगा। मैं यह तुलसीदल देता हूँ, बच्चे को खिला दे, चरणामृत उसकी आँखों में लगा दे। भगवान चाहेंगे तो सब अच्छा ही होगा।'

सुखिया–'ठाकुर जी के चरणों पर गिरने न दोगे महाराज जी? बड़ी दुखिया हूँ, उधार काढ़ कर पूजा की सामग्री जुटायी है। मैंने कल सपना देखा था, महाराज जी कि ठाकुर जी की पूजा कर, तेरा बालक अच्छा हो जाएगा। तभी दौड़ी आयी हूँ। मेरे पास एक रुपया है। वह मुझसे ले लो; पर मुझे एक छन भर ठाकुर जी के चरनों पर गिर लेने दो।'

इस प्रलोभन ने पंडित जी को एक क्षण के लिए विचलित कर दिया; किंतु मूर्खता के कारण ईश्वर का भय उनके मन में कुछ-कुछ बाकी था। सँभल कर बोले–'अरी पगली, ठाकुर जी भक्तों के मन का भाव देखते हैं कि चरन पर गिरना देखते हैं। सुना नहीं है–'मन चंगा तो कठौती में गंगा।' मन में भक्ति न हो, तो लाख कोई भगवान के चरणों पर गिरे, कुछ न होगा। मेरे पास एक जंतर है। दाम तो उसका बहुत है; पर तुझे एक ही रुपये में दे दूँगा। उसे बच्चे के गले में बाँध देना; बस, कल बच्चा खेलने लगेगा।'

सुखिया–'ठाकुर जी की पूजा न करने दोगे?'

पुजारी–'तेरे लिए इतनी ही पूजा बहुत है। जो बात कभी नहीं हुई, वह आज मैं कर दूँ और गाँव पर कोई आफत-बिपत आ पड़े तो क्या हो, इसे भी तो सोचो! तू यह जंतर ले जा, भगवान चाहेंगे तो रात ही भर में बच्चे का क्लेश कट जाएगा। किसी की दीठ पड़ गयी है। है भी तो चंचल। मालूम होता है, छत्तरी बंस है।'

सुखिया–'जब से इसे ज्वर है, मेरे प्रान नहों में समाये हुए हैं।'

पुजारी–'बड़ा होनहार बालक है। भगवान जिला दें तो तेरे सारे संकट हर लेगा। यहाँ तो बहुत खेलने आया करता था। इधर दो-तीन दिन से नहीं देखा था।'

सुखिया–'तो जंतर को कैसे बाँधूँगी, महाराज?'

पुजारी–मैं कपड़े में बाँध कर देता हूँ। बस, गले में पहना देना। अब तू इस बेला नवीन बस्तर कहाँ खोजने जाएगी।'

सुखिया ने दो रुपये पर कड़े गिरों रखे थे। एक पहले ही भँज चुका था। दूसरा पुजारी जी को भेंट किया और जंतर ले कर मन को समझाती हुई घर लौट आयी।

5

सुखिया ने घर पहुँचकर बालक के गले में जंतर बाँधा दिया; पर ज्यों-ज्यों रात गुजरती थी, उसका ज्वर भी बढ़ता जाता था, यहाँ तक कि तीन बजते-बजते उसके हाथ-पाँव शीतल होने लगे! तब वह घबड़ा उठी और सोचने लगी, हाय! मैं व्यर्थ ही संकोच में पड़ी रही और बिना ठाकुर जी के दर्शन किये चली आयी। अगर मैं अन्दर चली जाती और भगवान के चरणों पर गिर पड़ती, तो कोई मेरा क्या कर लेता? यही न होता कि लोग मुझे धक्के देकर निकाल देते, शायद मारते भी, पर मेरा मनोरथ तो पूरा हो जाता। यदि मैं ठाकुर जी के चरणों को अपने आँसुओं से भिगो देती और बच्चे को उनके चरणों में सुला देती, तो क्या उन्हें दया न आती? वह तो दयामय भगवान हैं, दीनों की रक्षा करते हैं, क्या मुझ पर दया न करते? यह सोच कर सुखिया का मन अधीर हो उठा। नहीं, अब विलम्ब करने का समय न था। वह अवश्य जाएगी और ठाकुर जी के चरणों पर गिर कर रोयेगी। उस अबला के आशंकित हृदय का अब इसके सिवा और कोई अवलम्ब, कोई आसरा न था। मंदिर के द्वार बंद होंगे, तो वह ताले तोड़ डालेगी। ठाकुर जी क्या किसी के हाथों बिक गए हैं कि कोई उन्हें बंद कर रखे।

रात के तीन बज गए थे। सुखिया ने बालक को कम्बल से ढाँप कर गोद में उठाया, एक हाथ में थाली उठायी और मंदिर की ओर चली। घर से बाहर निकलते ही शीतल वायु के झोंकों से उसका कलेजा काँपने लगा। शीत से पाँव शिथिल हुए जाते थे। उस पर चारों ओर अंधकार छाया हुआ था। रास्ता दो फरलाँग से कम न था। पगडंडी वृक्षों के नीचे-नीचे गयी थी। कुछ दूर दाहिनी ओर एक पोखरा था, कुछ दूर बाँस की कोठियाँ। पोखरे में एक धोबी मर गया था और बाँस की कोठियों में चुड़ैलों का अड्डा था। बायीं ओर हरे-भरे खेत थे। चारों ओर सन-सन हो रहा था, अंधकार साँयँ-साँयँ कर रहा था। सहसा गीदड़ों ने कर्कश स्वर में हुआँ-हुआँ करना

शुरू किया। हाय! अगर कोई उसे एक लाख रुपया देता, तो भी इस समय वह यहाँ न आती; पर बालक की ममता सारी शंकाओं को दबाये हुए थी। 'हे भगवान! अब तुम्हारा ही आसरा है!' यह जपती वह मंदिर की ओर चली जा रही थी।

मंदिर के द्वार पर पहुँच कर सुखिया ने जंजीर टटोलकर देखी। ताला पड़ा हुआ था। पुजारी जी बरामदे से मिली हुई कोठरी में किवाड़ बंद किये सो रहे थे। चारों ओर अँधेरा छाया हुआ था। सुखिया चबूतरे के नीचे से एक ईंट उठा लायी और जोर-जोर से ताले पर पटकने लगी। उसके हाथों में न जाने इतनी शक्ति कहाँ से आ गयी थी। दो ही तीन चोटों में ताला और ईंट दोनों टूटकर चौखट पर गिर पड़े। सुखिया ने द्वार खोल दिया और अंदर जाना ही चाहती थी कि पुजारी किवाड़ खोल कर हड़बड़ाये हुए बाहर निकल आये और 'चोर, चोर!' का गुल मचाते गाँव की ओर दौड़े। जाड़ों में प्राय: पहर रात रहे ही लोगों की नींद खुल जाती है। यह शोर सुनते ही कई आदमी इधर-उधर से लालटेनें लिये हुए निकल पड़े और पूछने लगे, कहाँ है? कहाँ है? किधर गया?

पुजारी—मंदिर का द्वार खुला पड़ा है। मैंने खट-खट की आवाज़ सुनी।

सहसा सुखिया बरामदे से निकल कर चबूतरे पर आयी और बोली—चोर नहीं है, मैं हूँ; ठाकुर जी की पूजा करने आयी थी। अभी तो अंदर गयी भी नहीं, मार हल्ला मचा दिया।

पुजारी ने कहा—'अब अनर्थ हो गया! सुखिया मंदिर में जा कर ठाकुर जी को भ्रष्ट कर आयी!'

फिर क्या था, कई आदमी झल्लाये हुए लपके और सुखिया पर लातों और घूँसों की मार पड़ने लगी। सुखिया एक हाथ से बच्चे को पकड़े हुए थी और दूसरे हाथ से उसकी रक्षा कर रही थी। एकाएक बलिष्ठ ठाकुर ने उसे इतनी जोर से धक्का दिया कि बालक उसके हाथ से छूट कर ज़मीन पर गिर पड़ा; मगर वह न रोया, न बोला, न साँस ली, सुखिया भी गिर पड़ी थी। सँभल कर बच्चे को उठाने लगी, तो उसके मुख पर नज़र पड़ी। ऐसा जान पड़ा मानो पानी में परछाईं हो। उसके मुँह से एक चीख निकल गयी। बच्चे का माथा छू कर देखा। सारी देह ठंडी हो गयी थी। एक लम्बी साँस खींच कर वह उठ खड़ी हुई। उसकी आँखों में आँसू न आये। उसका मुख क्रोध की ज्वाला से तमतमा उठा, आँखों से अंगारे बरसने लगे। दोनों मुट्ठियाँ बँध गयीं। दाँत पीसकर बोली—'पापियों, मेरे बच्चे के प्राण ले कर दूर क्यों खड़े हो? मुझे भी क्यों नहीं उसी के साथ मार डालते? मेरे छू लेने से ठाकुर जी को छूत लग गयी? पारस को छू कर लोहा सोना हो जाता है, पारस लोहा नहीं हो सकता। मेरे छूने से ठाकुर जी अपवित्र हो जाएँगे! मुझे बनाया, तो छूत नहीं लगी? लो, अब कभी ठाकुर जी को छूने नहीं आऊँगी। ताले में बंद रखो, पहरा बैठा दो। हाय, तुम्हें दया छू भी नहीं गयी! तुम इतने कठोर हो! बाल-बच्चे वाले हो कर भी तुम्हें एक अभागिन माता पर दया न आयी! तिसपर धरम के ठेकेदार बनते हो! तुम सब के सब हत्यारे हो, निपट हत्यारे हो। डरो मत, मैं थाना-पुलिस नहीं जाऊँगी। मेरा न्याय भगवान करेंगे, अब उन्हीं के दरबार में फरियाद करूँगी।'

किसी ने चूँ न की, कोई मिनमिनाया तक नहीं। पाषाण-मूर्तियों की भाँति सब के सब सिर झुकाये खड़े रहे।

इतनी देर में सारा गाँव जमा हो गया था। सुखिया ने एक बार फिर बालक के मुँह की ओर देखा। मुँह से निकला, हाय मेरे लाल! फिर वह मूर्च्छित होकर गिर पड़ी। प्राण निकल गए। बच्चे के लिए प्राण दे दिये।

माता, तू धन्य है! तुझ जैसी निष्ठा, तुझ जैसी श्रद्धा, तुझ जैसा विश्वास देवताओं को भी दुर्लभ है।

निमंत्रण

पंडित मोटेराम शास्त्री ने अंदर जा कर अपने विशाल उदर पर हाथ फेरते हुए यह पद पंचम स्वर में गाया–

अजगर करे न चाकरी, पंछी करे न काम,
दास मलूका कह गए, सबके दाता राम!

सोना ने प्रफुल्लित हो कर पूछा–'कोई मीठी ताजी खबर है क्या?'

शास्त्री जी ने पैंतरे बदल कर कहा–'मार लिया आज। ऐसा ताक कर मारा कि चारों खाने चित्त। सारे घर का नेवता! सारे घर का। वह बढ़-बढ़कर हाथ मारूँगा कि देखने वाले दंग रह जाएँगे। उधर महाराज अभी से अधीर हो रहे हैं।'

सोना–'कहीं पहले की भाँति अब की भी धोखा न हो। पक्का-पोढ़ा कर लिया है न?'

मोटेराम ने मूँछें ऐंठते हुए कहा, 'ऐसा असगुन मुँह से न निकालो। बड़े जप-तप के बाद यह शुभ दिन आया है। जो तैयारियाँ करनी हों, कर लो।'

सोना–'वह तो करूँगी ही। क्या इतना भी नहीं जानती? जन्म भर घास थोड़े ही खोदती रही हूँ; मगर है घर भर का न?'

मोटेराम–'अब और कैसे कहूँ? पूरे घर भर का है। इसका अर्थ समझ में न आया हो, तो मुझसे पूछो। विद्वानों की बात समझना सबका काम नहीं।' मगर उनकी बात सभी समझ लें, तो उनकी विद्वत्ता का महत्त्व ही क्या रहे; बताओ, क्या समझीं? मैं इस समय बहुत ही सरल भाषा में बोल रहा हूँ; मगर तुम नहीं समझ सकीं। बताओ, विद्वत्ता किसे कहते हैं? महत्त्व ही का अर्थ बताओ। घर भर का निमंत्रण देना क्या दिल्लगी है? हाँ, ऐसे अवसर पर विद्वान लोग राजनीति से काम लेते हैं और उसका वही आशय निकालते हैं, जो अपने अनुकूल हो। मुरादपुर की रानी साहब सात ब्राह्मणों को इच्छापूर्ण भोजन कराना चाहती हैं। कौन-कौन महाशय मेरे साथ जाएँगे, यह निर्णय करना मेरा काम है। अलगूराम शास्त्री, बेनीराम शास्त्री, छेदीराम शास्त्री, भवानीराम शास्त्री, फेंकूराम शास्त्री, मोटेराम शास्त्री आदि जब इतने आदमी अपने घर ही में हैं, तब बाहर कौन ब्राह्मणों को खोजने जायं।

सोना–'और सातवाँ कौन है?'

मोटे–'बुद्धि दौड़ाओ।'

सोना–'एक पत्तल घर लेते आना।'

मोटे–'फिर वही बात कही, जिसमें बदनामी हो। छि: छि:! पत्तल घर लाऊँ। उस पत्तल में वह स्वाद कहाँ जो जजमान के घर पर बैठ कर भोजन करने में है। सुनो, सातवें महाशय हैं, पंडित सोनाराम शास्त्री।'

सोना–'चलो, दिल्लगी करते हो। भला, मैं कैसे जाऊँगी?'

मोटे–'ऐसे ही कठिन अवसरों पर तो विद्या की आवश्यकता पड़ती है। विद्वान आदमी अवसर को अपना सेवक बना लेता है, मूर्ख अपने भाग्य को रोता है। सोनादेवी और सोनाराम शास्त्री में क्या अंतर है, जानती हो? केवल परिधान का। परिधान का अर्थ समझती हो? परिधान 'पहनाव' को कहते हैं। इसी साड़ी को मेरी तरह बाँध लो, मेरी मिरज़ई पहन लो, ऊपर से चादर ओढ़ लो। पगड़ी मैं बाँध दूँगा। फिर कौन पहचान सकता है?

सोना ने हँसकर कहा–'मुझे तो लाज लगेगी।'

मोटे–'तुम्हें करना ही क्या है? बातें तो हम करेंगे।'

सोना ने मन ही मन आनेवाले पदार्थों का आनंद ले कर कहा–'बड़ा मजा होगा!'

मोटे–'बस, अब विलम्ब न करो। तैयारी करो, चलो।'

सोना–'कितनी फंकी बना लूँ?'

मोटे–'यह मैं नहीं जानता। बस, यही आदर्श सामने रखो कि अधिक से अधिक लाभ हो।'

सहसा सोनादेवी को एक बात याद आ गयी। बोली, अच्छा, इन बिछुओं को क्या करूँगी?'

मोटेराम ने त्योरी चढ़ा कर कहा, 'इन्हें उठाकर रख देना और क्या करोगी?'

सोना–'हाँ जी, क्यों नहीं। उतार कर रख क्यों न दूँगी?'

मोटे–'तो क्या तुम्हारे बिछुए पहनने ही से मैं जी रहा हूँ? जीता हूँ पौष्टिक पदार्थों के सेवन से। तुम्हारे बिछुओं के पुण्य से नहीं जीता।'

सोना–'नहीं भाई, मैं बिछुए न उतारूँगी।'

मोटेराम ने सोच कर कहा–'अच्छा, पहने चलो, कोई हानि नहीं। गोवर्धनधारी यह बाधा भी हर लेंगे। बस, पाँव में बहुत-से कपड़े लपेट लेना। मैं कह दूँगा, इन पंडित जी को फीलपाँव हो गया। क्यों, कैसी सूझी?'

पंडिताइन ने पतिदेव को प्रशंसा-सूचक नेत्रों से देख कर कहा–'जन्म भर पढ़ा नहीं है?'

2

संध्या-समय पंडित जी ने पाँचों पुत्रों को बुलाया और उपदेश देने लगे, 'पुत्रों, कोई काम करने के पहले खूब सोच-समझ लेना चाहिए कि कैसा क्या होगा। मान लो, रानी साहब ने तुम लोगों का पता-ठिकाना पूछना आरम्भ किया, तो तुम लोग क्या उत्तर दोगे? यह तो महान् मूर्खता होगी कि तुम सब मेरा नाम लो। सोचो, कितने कलंक और लज्जा की बात होगी कि मुझ-जैसा विद्वान् केवल भोजन के लिए इतना बड़ा कुचक्र रचे। इसलिए तुम सब थोड़ी देर के लिए भूल जाओ कि मेरे पुत्र हो। कोई मेरा नाम न बतलाये। संसार में नामों की कमी नहीं, कोई अच्छा-सा नाम चुन कर बता देना। पिता का नाम बदल देने से कोई गाली नहीं लगती। यह कोई अपराध नहीं।'

अलगू-'आप ही बता दीजिए।'

मोटे-'अच्छी बात है, बहुत अच्छी बात है। हाँ, इतने महत्त्व का काम मुझे स्वयं करना चाहिए। अच्छा सुनो, अलगूराम के पिता का नाम है पंडित केशव पाँडे, खूब याद कर लो। बेनीराम के पिता का नाम पंडित मंगरू ओझा, खूब याद रखना। छेदीराम के पिता हैं पंडित दमड़ी तिवारी, भूलना नहीं। भवानी, तुम गंगू पाँडे बतलाना, खूब याद कर लो। अब रहे फेंकूराम, तुम बेटा बतलाना सेतूराम पाठक। हो गए सब! हो गया सबका नामकरण! अच्छा अब मैं परीक्षा लूँगा। होशियार रहना। बोलो अलगू, तुम्हारे पिता का क्या नाम है?'

अलगू-'पंडित केशव पाँडे।'

'बेनीराम, तुम बताओ।'

'दमड़ी तिवारी।'

छेदी.-'यह तो मेरे पिता का नाम है।'

बेनी.-'मैं तो भूल गया।'

मोटे-'भूल गए! पंडित के पुत्र हो कर तुम एक नाम भी नहीं याद कर सकते। बड़े दुःख की बात है। मुझे पाँचों नाम याद हैं, तुम्हें एक नाम भी याद नहीं? सुनो, तुम्हारे पिता का नाम है पंडित मँगरू ओझा।'

पंडित जी लड़कों की परीक्षा ले ही रहे थे कि उनके परम मित्र पंडित चिंतामणि ने द्वार पर आवाज़ दी। पंडित मोटेराम ऐसे घबराये कि सिर-पैर की सुधि न रही। लड़कों को भगाना ही चाहते थे कि पंडित चिंतामणि अंदर चले आये। दोनों सज्जनों में बचपन से गाढ़ी मैत्री थी। दोनों बहुधा साथ-साथ भोजन करने जाया करते थे, और यदि पंडित मोटेराम अव्वल रहते, तो पंडित चिंतामणि के द्वितीय पद में कोई बाधाक न हो सकता था; पर आज मोटेराम जी अपने मित्र को साथ नहीं ले जाना चाहते थे। उनको साथ ले जाना, अपने घरवालों में से किसी एक को छोड़ देना था और इतना महान् आत्मत्याग करने के लिए वे तैयार न थे।

चिंतामणि ने यह समारोह देखा, तो प्रसन्न हो कर बोले, 'क्यों भाई, अकेले ही अकेले! मालूम होता है, आज कहीं गहरा हाथ मारा है।'

मोटेराम ने मुँह लटका कर कहा, 'कैसी बातें करते हो, मित्र! ऐसा तो कभी नहीं हुआ कि मुझे कोई अवसर मिला हो और मैंने तुम्हें सूचना न दी हो। कदाचित् कुछ समय ही बदल गया, या किसी ग्रह का फेर है। कोई झूठ को भी नहीं बुलाता।'

पंडित चिंतामणि ने अविश्वास के भाव से कहा, 'कोई न कोई बात तो मित्र अवश्य है, नहीं तो ये बालक क्यों जमा हैं?'

मोटे–'तुम्हारी इन्हीं बातों पर मुझे क्रोध आता है। लड़कों की परीक्षा ले रहा हूँ। ब्राह्मण के लड़के हैं, चार अक्षर पढ़े बिना इनको कौन पूछेगा?'

चिंतामणि को अब भी विश्वास न आया। उन्होंने सोचा, लड़कों से ही इस बात का पता लग सकता है। फेंकूराम सबसे छोटा था। उसी से पूछा, क्या पढ़ रहे हो बेटा! हमें भी सुनाओ। मोटेराम ने फेंकूराम को बोलने का अवसर न दिया। डरे कि यह तो सारा भंडा फोड़ देगा। बोले–अभी यह क्या पढ़ेगा। दिन भर खेलता है। फेंकूराम इतना बड़ा अपराध अपने नन्हे-से सिर पर क्यों लेता। बाल-सुलभ गर्व से बोला–'हमको तो याद है, पंडित सेतूराम पाठक। हम याद भी कर लें, तिसपर भी कहते हैं, हरदम खेलता है!' यह कहते हुए रोना शुरू किया।

चिंतामणि ने बालक को गले लगा लिया और बोले, 'नहीं बेटा, तुमने अपना पाठ सुना दिया है। तुम खूब पढ़ते हो। यह सेतूराम पाठक कौन है, बेटा?'

मोटेराम ने बिगड़ कर कहा, 'तुम भी लड़कों की बातों में आते हो। सुन लिया होगा किसी का नाम। (फेंकू से) जा, बाहर खेल।'

चिंतामणि अपने मित्र की घबराहट देख कर समझ गए कि कोई न कोई रहस्य अवश्य है। बहुत दिमाग लड़ाने पर भी सेतूराम पाठक का आशय उनकी समझ में न आया। अपने परम मित्र की इस कुटिलता पर मन में दुखित होकर बोले, अच्छा, 'आप पाठ पढ़ाइये और परीक्षा लीजिए। मैं जाता हूँ। तुम इतने स्वार्थी हो, इसका मुझे गुमान तक न था। आज तुम्हारी मित्रता की परीक्षा हो गयी।'

पंडित चिंतामणि बाहर चले गए। मोटेरामजी के पास उन्हें मनाने के लिए समय न था। फिर परीक्षा लेने लगे।

सोना ने कहा–'मना लो, मना लो। रूठे जाते हैं। फिर परीक्षा लेना।

मोटे–'जब कोई काम पड़ेगा, मना लूँगा। निमंत्रण की सूचना पाते ही इनका सारा क्रोध शान्त हो जाएगा! हाँ भवानी, तुम्हारे पिता का क्या नाम है, बोलो।'

भवानी.–'गंगू पाँडे।'

मोटे–'और तुम्हारे पिता का नाम, फेंकू?'

फेंकू–'बता तो दिया, उस पर कहते हैं, पढ़ता नहीं!'

मोटे–'हमें भी बता दो।'

फेंकू–'सेतूराम पाठक तो है।'

मोटे–'बहुत ठीक, हमारा लड़का बड़ा राजा है। आज तुम्हें अपने साथ बैठायेंगे और सबसे अच्छा माल तुम्हीं को खिलायेंगे।'

सोना–'हमें भी कोई नाम बता दो।'

मोटेराम ने रसिकता से मुसकरा कर कहा, 'तुम्हारा नाम है पंडित मोहनसरूप सुकुल।' सोनादेवी ने लजा कर सिर झुका दिया।

3

सोनादेवी तो लड़कों को कपड़े पहनाने लगीं। उधर फेंकू आनंद की उमंग में घर से बाहर निकला। पंडित चिंतामणि रूठ कर तो चले थे; पर कुतूहलवश अभी तक द्वार पर दुबके खड़े थे। इन बातों की भनक इतनी देर में उनके कानों में पड़ी, उससे यह तो ज्ञात हो गया कि कहीं निमंत्रण है; पर कहाँ है, कौन-कौन से लोग निमंत्रित हैं, यह ज्ञात न हुआ था। इतने में फेंकू बाहर निकला, तो उन्होंने उसे गोद में उठा लिया और बोले–कहाँ नेवता है, बेटा?

अपनी जान में तो उन्होंने बहुत धीरे से पूछा था; पर न-जाने कैसे पंडित मोटेराम के कान में भनक पड़ गयी। तुरन्त बाहर निकल आये। देखा, तो चिंतामणि जी फेंकू को गोद में लिये कुछ पूछ रहे हैं। लपक कर लड़के का हाथ पकड़ लिया और चाहा कि उसे अपने मित्र की गोद से छीन लें; मगर चिंतामणि जी को अभी अपने प्रश्न का उत्तर न मिला था। अतएव वे लड़के का हाथ छुड़ा कर उसे लिये हुए अपने घर की ओर भागे। मोटेराम भी यह कहते हुए उनके पीछे दौड़े, 'उसे क्यों लिये जाते हो? धूर्त कहीं का, दुष्ट! चिंतामणि, मैं कहे देता हूँ, इसका नतीजा अच्छा न होगा; फिर कभी किसी निमंत्रण में न ले जाऊँगा। भला चाहते हो, तो उसे उतार दो...।' मगर चिंतामणि ने एक न सुनी। भागते ही चले गए। उनकी देह अभी सँभाल के बाहर न हुई थी; दौड़ सकते थे; मगर मोटेराम जी को एक-एक पग आगे बढ़ना दुस्तर हो रहा था। भैंसे की भाँति हाँफते थे और नाना प्रकार के विशेषणों का प्रयोग करते दुलकी चाल से चले जाते थे और यद्यपि प्रतिक्षण अंतर बढ़ता जाता था; और पीछा न छोड़ते थे। अच्छी घुड़दौड़ थी। नगर के दो महात्मा दौड़ते हुए ऐसे जान पड़ते थे, मानो दो गैंडे चिड़ियाघर से भाग आये हों। सैकड़ों आदमी तमाशा देखने लगे। कितने ही बालक उनके पीछे तालियाँ बजाते हुए दौड़े। कदाचित् यह दौड़ पंडित चिंतामणि के घर पर ही समाप्त होती; पर पंडित मोटेराम धोती के ढीली हो जाने के कारण उलझ कर गिर पड़े। चिंतामणि ने पीछे फिर कर यह दृश्य देखा, तो रुक गए और फेंकूराम से पूछा–'क्यों बेटा, कहाँ नेवता है?'

फेंकू–'बता दें, तो हमें मिठाई दोगे न?'

चिंता–'हाँ, दूँगा; बताओ।'

फेंकू–'रानी के यहाँ।'

चिंता–'कहाँ की रानी।'

फेंकू–'यह मैं नहीं जानता। कोई बड़ी रानी है।'

नगर में कई बड़ी-बड़ी रानियाँ थीं। पंडित जी ने सोचा, सभी रानियों के द्वार पर चक्कर लगाऊँगा। जहाँ भोज होगा, वहाँ कुछ भीड़-भाड़ होगी ही, पता चल जाएगा। यह निश्चय करके वे लौट पड़े। सहानुभूति प्रकट करने में अब कोई बाधा न थी। मोटेराम जी के पास आये, तो देखा कि वे पड़े कराह रहे हैं। उठने का नाम नहीं लेते। घबरा कर पूछा–'गिर कैसे पड़े मित्र, यहाँ कहीं गड्ढा भी तो नहीं है!'

मोटे–'तुमसे क्या मतलब! तुम लड़के को ले जाओ, जो कुछ पूछना चाहो, पूछो।'

चिंता–'मैं यह कपट-व्यवहार नहीं करता। दिल्लगी की थी, तुम बुरा मान गए। ले उठ तो बैठ राम का नाम लेके। मैं सच कहता हूँ, मैंने कुछ नहीं पूछा।'

मोटे–'चल झूठा।'

चिंता–'जनेऊ हाथ में ले कर कहता हूँ।'

मोटे–'तुम्हारी शपथ का विश्वास नहीं।'

चिंता–'तुम मुझे इतना धूर्त समझते हो?'

मोटे–'इससे कहीं अधिक। तुम गंगा में डूब कर शपथ खाओ, तो भी मुझे विश्वास न आये।'

चिंता–'दूसरा यह बात कहता, तो मूँछ उखाड़ लेता।'

मोटे–'तो फिर आ जाओ!'

चिंता–'पहले पंडिताइन से पूछ आओ।'

मोटेराम यह भस्मक व्यंग्य न सह सके। चट उठ बैठे और पंडित चिंतामणि का हाथ पकड़ लिया। दोनों मित्रों में मल्ल-युद्ध होने लगा। दोनों हनुमान जी की स्तुति कर रहे थे और इतने जोर से गरज-गरजकर मानो सिंह दहाड़ रहे हों। बस ऐसा जान पड़ता था, मानो दो पीपे आपस में टकरा रहे हों।'

मोटे–'महाबली विक्रम बजरंगी।'

चिंता–'भूत-पिशाच निकट नहिं आवे।'

मोटे–'जय-जय-जय हनुमान गोसाईं।'

चिंता–'प्रभु, रखिए लाज हमारी।'

मोटे–'(बिगड़कर) यह हनुमान-चालीसा में नहीं है।'

चिंता–'यह हमने स्वयं रचा है। क्या तुम्हारी तरह की यह रटंत विद्या है! जितना कहो, उतना रच दें।'

मोटे–'अबे, हम रचने पर आ जाएँ तो एक दिन में एक लाख स्तुतियाँ रच डालें; किन्तु इतना अवकाश किसे है।'

दोनों महात्मा अलग खड़े होकर अपने-अपने रचना-कौशल की डींगें मार रहे थे। मल्ल-युद्ध शास्त्रार्थ का रूप धारण करने लगा, जो विद्वानों के लिए उचित है! इतने में किसी ने चिंतामणि के घर जा कर कह दिया कि पंडित मोटेराम और चिंतामणि जी में बड़ी लड़ाई हो रही है। चिंतामणि जी तीन महिलाओं के स्वामी थे। कुलीन ब्राह्मण थे, पूरे बीस बिस्वे। उस पर विद्वान् भी उच्चकोटि के, दूर-दूर तक यजमानी थी। ऐसे पुरुषों को सब अधिकार है। कन्या के साथ-साथ जब प्रचुर दक्षिणा भी मिलती हो, तब कैसे इनकार किया जाए। इन तीनों महिलाओं का सारे मुहल्ले में आतंक छाया हुआ था। पंडित जी ने उनके नाम बहुत ही रसीले रखे थे। बड़ी स्त्री को 'अमिरती', मँझली को 'गुलाबजामुन' और छोटी को 'मोहनभोग' कहते थे; पर मुहल्ले वालों के लिए तीनों महिलाएँ त्रयताप से कम न थीं। घर में नित्य आँसुओं की नदी बहती रहती, खून की नदी तो पंडित जी ने भी कभी नहीं बहायी, अधिक से अधिक शब्दों की ही नदी बहायी थी; पर मजाल न थी कि बाहर का आदमी किसी को कुछ कह जाए। संकट के समय तीनों एक हो जाती थीं। यह पंडित जी के नीति-चातुर्य का सुफल था। ज्यों ही खबर मिली कि पंडित चिंतामणि पर संकट पड़ा हुआ है, तीनों त्रिदोष की भाँति कुपित होकर घर से निकलीं और उनमें जो अन्य दोनों-जैसी मोटी नहीं थी, सबसे पहले समरभूमि में जा पहुँची। पंडित मोटेराम जी ने उसे आते देखा, तो समझ गए कि अब कुशल नहीं। अपना हाथ छुड़ा कर बगटुट भागे, पीछे फिर कर भी न देखा। चिंतामणि जी ने बहुत ललकारा; पर मोटेराम के कदम न रुके।

चिंता-'अजी, भागे क्यों? ठहरो, कुछ मजा तो चखते जाओ।'

मोटे-'मैं हार गया, भाई, हार गया।'

चिंता-'अभी, कुछ दक्षिणा तो लेते जाओ।'

मोटेराम ने भागते हुए कहा-'दया करो, भाई, दया करो।'

आठ बजते-बजते पंडित मोटेराम ने स्नान और पूजा करके कहा, 'अब विलम्ब नहीं करना चाहिए, फंकी तैयार है न?

सोना-फंकी लिये तो कब से बैठी हूँ, तुम्हें तो जैसे किसी बात की सुधि ही नहीं रहती। रात को कौन देखता है कि कितनी देर तक पूजा करते हो।'

मोटे-'मैं तुमसे एक नहीं हज़ार बार कह चुका कि मेरे कामों में मत बोला करो। तुम नहीं समझ सकतीं कि मैंने इतना विलम्ब क्यों किया। तुम्हें ईश्वर ने इतनी बुद्धि ही नहीं दी। जल्दी जाने से अपमान होता है। जजमान समझता है, लोभी है, भुक्खड़ है। इसलिए चतुर लोग विलम्ब किया करते हैं, जिसमें यजमान समझे कि पंडित जी को इसकी सुधि ही नहीं है, भूल गए होंगे। बुलाने को आदमी भेजें। इस प्रकार जाने में जो मान-महत्त्व है, वह मरभुखों की तरह जाने में क्या कभी हो सकता है? मैं बुलाने की प्रतीक्षा कर रहा हूँ। कोई न कोई आता ही होगा। लाओ थोड़ी फंकी। बालकों को खिला दी है न?'

सोना–'उन्हें तो मैंने साँझ ही को खिला दी थी।'

मोटे–'कोई सोया तो नहीं?'

सोना–'आज भला कौन सोयेगा? सब भूख-भूख चिल्ला रहे थे, तो मैंने एक पैसे का चबेना मँगवा दिया। सब के सब ऊपर बैठे खा रहे हैं। सुनते नहीं हो, मार-पीट हो रही है।'

मोटेराम ने दाँत पीस कर कहा, 'जी चाहता है कि तुम्हारी गरदन पकड़ कर ऐंठ दूँ। भला, इस बेला चबेना मँगाने का क्या काम था? चबेना खा लेंगे, तो वहाँ क्या तुम्हारा सिर खायेंगे? छिः छिः! जरा भी बुद्धि नहीं!'

सोना ने अपराध स्वीकार करते हुए कहा, 'हाँ, भूल तो हुई; पर सब के सब इतना कोलाहल मचाये हुए थे कि सुना नहीं जाता था।'

मोटे–'रोते ही थे न, रोने देती। रोने से उनका पेट न भरता; बल्कि और भूख खुल जाती।'

सहसा एक आदमी ने बाहर से आवाज़ दी, 'पंडित जी, महारानी बुला रही हैं और लोगों को ले कर जल्दी चलो।'

पंडित जी ने पत्नी की ओर गर्व से देख कर कहा, 'देखा, इसे निमंत्रण कहते हैं। अब तैयारी करनी चाहिए।'

बाहर आ कर पंडित जी ने उस आदमी से कहा, 'तुम एक क्षण और न आते, तो मैं कथा सुनाने चला गया होता। मुझे बिलकुल याद न थी। चलो, हम बहुत शीघ्र आते हैं।'

4

नौ बजते-बजते पंडित मोटेराम बाल-गोपाल सहित रानी साहब के द्वार पर जा पहुँचे। रानी बड़ी विशालकाय एवं तेजस्विनी महिला थीं। इस समय वे कारचोबीदार तकिया लगाये तख्त पर बैठी हुई थीं। दो आदमी हाथ बाँधे पीछे खड़े थे। बिजली का पंखा चल रहा था। पंडित जी को देखते ही रानी ने तख्त से उठ कर चरण-स्पर्श किया और इस बालक-मंडल को देखकर मुस्कराती हुई बोलीं, 'इन बच्चों को आप कहाँ से पकड़ लाये?'

मोटे–'करता क्या? सारा नगर छान मारा; किसी पंडित ने आना स्वीकार न किया। कोई किसी के यहाँ निमंत्रित है, कोई किसी के यहाँ। तब तो मैं बहुत चकराया। अंत में मैंने उनसे कहा, 'अच्छा, आप नहीं चलते तो हरि इच्छा; लेकिन ऐसा कीजिए कि मुझे लज्जित न होना पड़े। तब ज़बरदस्ती प्रत्येक के घर से जो बालक मिला, उसे पकड़ लाना पड़ा। क्यों फेंकूराम, तुम्हारे पिता जी का क्या नाम है?'

फेंकूराम ने गर्व से कहा, 'पंडित सेतूराम पाठक।'

रानी–'बालक तो बड़ा होनहार है।'

और बालकों को भी उत्कंठा हो रही थी कि हमारी भी परीक्षा ली जाए; लेकिन जब पंडित जी ने उनसे कोई प्रश्न न किया और उधर रानी ने फेंकूराम की प्रशंसा कर दी, तब तो वे अधीर हो उठे। भवानी बोला–'मेरे पिता का नाम है पंडित गंगू पाँडे।'

छेदी बोला–'मेरे पिता का नाम है दमड़ी तिवारी!'

बेनीराम ने कहा–'मेरे पिता का नाम है पंडित मँगरू ओझा।'

अलगूराम समझदार था। चुपचाप खड़ा रहा। रानी ने उससे पूछा–'तुम्हारे पिता का क्या नाम है, जी?'

अलगूराम को इस वक्त पिता का निर्दिष्ट नाम याद न आया। न यही सूझा कि कोई और नाम ले ले। हतबुद्धि-सा खड़ा रहा। पंडित मोटेराम ने जब उसकी ओर दाँत पीस कर देखा, तब रहा-सहा हवास भी गायब हो गया।

फेंकूराम ने कहा, 'हम बता दें। भैया भूल गए।'

रानी ने आश्चर्य से पूछा, 'क्या अपने पिता का नाम भूल गया? यह तो विचित्र बात देखी।'

मोटेराम ने अलगू के पास जाकर कहा–''के' से है।' अलगूराम बोल उठा–'केशव पाँडे।'

रानी–'तो अब तक क्यों चुप था?'

मोटे–'कुछ ऊँचा सुनता है, सरकार।'

रानी–'मैंने सामान तो बहुत-सा मँगवाया है। सब खराब होगा। लड़के क्या खायेंगे!'

मोटे–'सरकार इन्हें बालक न समझें। इनमें जो सबसे छोटा है, यह दो पत्तल खा कर उठेगा।'

5

जब सामने पत्तलें पड़ गयीं और भंडारी चाँदी की थालों में एक से एक उत्तम पदार्थ ला-ला कर परसने लगा, तब पंडित मोटेराम जी की आँखें खुल गयीं। उन्हें आये-दिन निमंत्रण मिलते रहते थे। पर ऐसे अनुपम पदार्थ कभी सामने न आये थे। घी की ऐसी सोंधी सुगन्ध उन्हें कभी न मिली थी। प्रत्येक वस्तु से केवड़े और गुलाब की लपटें उड़ रही थीं। घी टपक रहा था। पंडित जी ने सोचा, ऐसे पदार्थों से कभी पेट भर सकता है! मनों खा जाऊँ, फिर भी और खाने को जी चाहे। देवतागण इनसे उत्तम और कौन-से पदार्थ खाते होंगे? इनसे उत्तम पदार्थों की तो कल्पना भी नहीं हो सकती।

पंडित जी को इस वक्त अपने परममित्र पंडित चिंतामणि की याद आयी। अगर वे होते, तो रंग जम जाता। उनके बिना रंग फीका रहेगा। यहाँ दूसरा कौन है जिससे लाग-डाग करूँ। लड़के दो-दो पत्तलों में चें बोल जाएँगे। सोना कुछ साथ देगी; मगर कब तक! चिंतामणि के बिना रंग न गठेगा। वे मुझे ललकारेंगे, मैं उन्हें ललकारूँगा। उस उमंग में पत्तलों की कौन गिनती। हमारी देखा-देखी लड़के भी डट जाएँगे। ओह, बड़ी भूल हो गयी। यह ख़याल मुझे पहले न आया। रानी साहब से कहूँ, बुरा तो न मानेंगी। उँह! जो कुछ हो, एक बार जोर तो लगाना ही चाहिए। तुरंत खड़े हो कर रानी साहब से बोले, 'सरकार! आज्ञा हो, तो कुछ कहूँ।'

रानी–'कहिए, कहिए महाराज, क्या किसी वस्तु की कमी है?'

मोटे–'नहीं सरकार, किसी बात की नहीं। ऐसे उत्तम पदार्थ तो मैंने कभी देखे भी न थे। सारे नगर में आपकी कीर्ति फैल जाएगी। मेरे एक परममित्र पंडित चिंतामणि जी हैं, आज्ञा हो तो उन्हें भी बुला लूँ। बड़े विद्वान् कर्मनिष्ठ ब्राह्मण हैं। उनके जोड़ का इस नगर में दूसरा नहीं है। मैं उन्हें निमंत्रण देना भूल गया। अभी सुधि आयी।'

रानी–'आपकी इच्छा हो, तो बुला लीजिए, मगर आने-जाने में देर होगी और भोजन परोस दिया गया है।'

मोटे–'मैं अभी आता हूँ, सरकार, दौड़ता हुआ जाऊँगा।'

रानी–'मेरी मोटर ले लीजिए।'

जब पंडितजी चलने को तैयार हुए, तब सोना ने कहा, 'तुम्हें आज क्या हो गया है, जी! उसे क्यों बुला रहे हो?'

मोटे–'कोई साथ देनेवाला भी तो चाहिए?'

सोना–'मैं क्या तुमसे दब जाती?'

पंडित जी ने मुस्करा कर कहा, 'तुम जानतीं नहीं, घर की बात और है; दंगल की बात और है। पुराना खिलाड़ी मैदान में जा कर जितना नाम करेगा, उतना नया पट्ठा नहीं कर सकता। वहाँ बल का काम नहीं, साहस का काम है। बस, यहाँ भी वही हाल समझो। झंडे गाड़ दूँगा। समझ लेना।'

सोना–'कहीं लड़के सो जाएँ तो?'

मोटे–'और भूख खुल जाएगी। जगा तो मैं लूँगा।'

सोना–'देख लेना, आज वह तुम्हें पछाड़ देगा। उसके पेट में तो शनीचर है।'

मोटे–'बुद्धि की सर्वत्र प्रधानता रहती है। यह न समझो कि भोजन करने की कोई विद्या ही नहीं। इसका भी एक शास्त्र है, जिसे मथुरा के शनिचरानंद महाराज ने रचा है। चतुर आदमी थोड़ी-सी जगह में गृहस्थी का सब सामान रख देता है। अनाड़ी बहुत-सी जगह में भी यही सोचता है कि कौन वस्तु कहाँ रखूँ। गँवार आदमी पहले से ही हबक-हबक कर खाने लगता है और चट एक लोटा पानी पी कर अफर जाता है। चतुर आदमी बड़ी सावधानी से खाता है, उसको कौर नीचे उतारने के लिए पानी की आवश्यकता नहीं पड़ती। देर तक भोजन करते रहने से वह सुपाच्य भी हो जाता है। चिंतामणि मेरे सामने क्या ठहरेगा।'

6

चिंतामणि जी अपने आँगन में उदास बैठे हुए थे। जिस प्राणी को वह अपना परमहितैषी समझते थे, जिसके लिए वे अपने प्राण तक देने को तैयार रहते थे, उसी ने आज उनके साथ बेवफाई की। बेवफाई ही नहीं की, उन्हें उठा कर दे मारा। पंडित मोटेराम के घर से तो कुछ जाता न था। अगर वे चिंतामणि जी को साथ ले जाते, तो

क्या रानी साहब उन्हें दुत्कार देतीं? स्वार्थ के आगे कौन किसको पूछता है? उन अमूल्य पदार्थों की कल्पना करके चिंतामणि के मुँह से लार टपकी पड़ती थी। अब सामने पत्तर आ गयी होगी! अब थालों में अमिरतियाँ लिये भंडारी जी आये होंगे! ओहो! कितनी सुन्दर, कोमल, कुरकुरी, रसीली अमिरतियाँ होंगी! अब बेसन के लड्डू आये होंगे। ओहो, कितने सुडौल, मेवों से भरे हुए, घी से तरातर लड्डू होंगे, मुँह में रखते ही घुल जाते होंगे, जीभ भी न डुलानी पड़ती होगी। अहा! अब मोहनभोग आया होगा! हाय रे दुर्भाग्य! मैं यहाँ पड़ा सड़ रहा हूँ और वहाँ यह बहार! बड़े निर्दयी हो मोटेराम–'तुमसे इस निष्ठुरता की आशा न थी।'

अमिरतीदेवी बोलीं, 'तुम इतना दिल छोटा क्यों करते हो? पितृपक्ष तो आ ही रहा है, ऐसे-ऐसे न जाने कितने आयेंगे।'

चिंतामणि–'आज किसी अभागे का मुँह देखकर उठा था। लाओ तो पत्रा, देखूँ, कैसा मुहूर्त है। अब नहीं रहा जाता। सारा नगर छान डालूँगा, कहीं तो पता चलेगा, नासिका तो दाहिनी चल रही है।'

एकाएक मोटर की आवाज़ आयी। उसके प्रकाश से पंडित जी का सारा घर जगमगा उठा। वे खिड़की से झाँकने लगे, तो मोटेराम को मोटर से उतरते देखा। एक लम्बी साँस लेकर चारपाई पर गिर पड़े। मन में कहा कि दुष्ट भोजन करके अब यहाँ मुझसे बखान करने आया है। अमिरतीदेवी ने पूछा, 'कौन है डाढ़ीजार, इतनी रात को जगावत है?'

मोटे–'हम हैं हम! गाली न दो!'

अमिरती–'अरे दुर मुँहझौंसे, तैं कौन है! कहते हैं, हम हैं हम! को जाने तैं कौन है?'

मोटे–'अरे हमारी बोली नहीं पहचानती हो? खूब पहचान लो। हम हैं, तुम्हारे देवर।'

अमिरती–'ऐ दुर, तोरे मुँह में का लागे। तोर लहास उठे। हमार देवर बनत है, डाढ़ीजार।'

मोटे–'अरे हम हैं मोटेराम शास्त्री। क्या इतना भी नहीं पहचानती? चिंतामणि घर में हैं?'

अमिरती ने किवाड़ खोल दिया और तिरस्कार-भाव से बोली–'अरे तुम थे, तो नाम क्यों नहीं बताते थे? जब इतनी गालियाँ खा लीं, तो बोल निकला। क्या है, क्या?'

मोटे–'कुछ नहीं; चिंतामणि जी को शुभ-संवाद देने आया हूँ। रानी साहब ने उन्हें याद किया है।'

अमिरती–'भोजन के बाद बुला कर क्या करेंगी?'

मोटे–'अभी भोजन कहाँ हुआ है! मैंने जब इनकी विद्या, कर्मनिष्ठा, सद्विचार की प्रशंसा की, तब मुग्ध हो गयीं। मुझसे कहा कि उन्हें मोटर पर लाओ! क्या सो गए?'

चिंतामणि चारपाई पर पड़े-पड़े सुन रहे थे। जी में आता था, चल कर मोटेराम के चरणों पर गिर पड़ूँ। उनके विषय में अब तक जितने कुत्सित विचार उठे थे, सब लुप्त हो गए। ग्लानि का आविर्भाव हुआ। रोने लगे।

यह कहते हुए मोटेराम उनके सामने जा कर खड़े हो गए।

चिंता–'तब क्यों न ले गए? जब इतनी दुर्दशा कर लिये; तब आये। अभी तक पीठ में दर्द हो रहा है।'

मोटे–'अजी, वह तर-माल खिलाऊँगा कि सारा दर्द-वर्द भाग जाएगा, तुम्हारे यजमानों को भी ऐसे पदार्थ मयस्सर न हुए होंगे! आज तुम्हें बद कर पछाड़ूँगा?'

चिंता–'तुम बेचारे मुझे क्या पछाड़ोगे। सारे शहर में तो कोई ऐसा माई का लाल दिखायी नहीं देता। हमें शनीचर का इष्ट है।'

मोटे–'अजी, यहाँ बरसों तपस्या की है। भंडारे का भंडारा साफ कर दें और इच्छा ज्यों की त्यों बनी रहे। बस, यही समझ लो कि भोजन करके हम खड़े नहीं रह सकते। चलना तो दूसरी बात है। गाड़ी पर लद कर आते हैं।'

चिंता–'तो यह कौन बड़ी बात है। यहाँ तो टिकटी पर उठा कर लाये जाते हैं। ऐसी-ऐसी डकारें लेते हैं कि जान पड़ता है, बम-गोला छूट रहा है। एक बार खोपिया पुलिस ने बम-गोले के संदेह में घर की तलाशी तक ली।'

मोटे–'झूठ बोलते हो। कोई इस तरह नहीं डकार सकता।'

चिंता–'अच्छा, तो आ कर सुन लेना। डर कर भाग न जाओ, तो सही।' एक क्षण में दोनों मित्र मोटर पर बैठे और मोटर चली।

7

रास्ते में पंडित चिंतामणि को शंका हुई कि कहीं ऐसा न हो कि मैं पंडित मोटेराम का पिछलग्गू समझा जाऊँ और मेरा यथेष्ट सम्मान न हो। उधर पंडित मोटेराम को भी भय हुआ कि कहीं ये महाशय मेरे प्रतिद्वंद्वी न बन जाएँ और रानी साहब पर अपना रंग जमा लें।

दोनों अपने-अपने मंसूबे बाँधने लगे। ज्यों ही मोटर रानी के भवन में पहुँची दोनों महाशय उतरे। अब मोटेराम चाहते थे कि पहले मैं रानी के पास पहुँच जाऊँ और कह दूँ कि पंडित को ले आया, और चिंतामणि चाहते थे कि पहले मैं रानी के पास पहुँचूँ और अपना रंग जमा दूँ। दोनों कदम बढ़ाने लगे। चिंतामणि हल्के होने के कारण जरा आगे बढ़ गए, तो पंडित मोटेराम दौड़ने लगे।

चिंतामणि भी दौड़ पड़े। घुड़दौड़-सी होने लगी। मालूम होता था कि दो गैंडे भागे जा रहे हैं। अंत में मोटेराम ने हाँफते हुए कहा, 'राजसभा में दौड़ते हुए जाना उचित नहीं।'

चिंता–'तो तुम धीरे-धीरे आओ न, दौड़ने को कौन कहता है।'

मोटे–'जरा रुक जाओ, मेरे पैर में काँटा गड़ गया है।'

चिंता–'तो निकाल लो, तब तक मैं चलता हूँ।'

मोटे–'मैं न कहता, तो रानी तुम्हें पूछती भी न!'

मोटेराम ने बहुत बहाने किये, पर चिंतामणि ने एक न सुना। भवन में पहुँचे। रानी साहब बैठी कुछ लिख रही थीं और रह-रहकर द्वार की ओर ताक लेती थीं कि सहसा पंडित चिंतामणि उनके सामने आ खड़े हुए और यों स्तुति करने लगे,

'हे हे यशोदे, तू बालकेशव, मुरारनामा...'

रानी-'क्या मतलब? अपना मतलब कहो?'

चिंता-'सरकार को आशीर्वाद देता हूँ सरकार ने इस दास चिंतामणि को निमंत्रित करके कितना अनुग्रसित (अनुगृहीत) किया है, उसका बखान शेषनाग अपनी सहस्त्र जिह्वा द्वारा भी नहीं कर सकते।'

रानी-'तुम्हारा ही नाम चिंतामणि है? वे कहाँ रह गए, पंडित मोटेराम शास्त्री?'

चिंता-'पीछे आ रहा है, सरकार। मेरे बराबर आ सकता है, भला! मेरा तो शिष्य है।'

रानी-'अच्छा, तो वे आपके शिष्य हैं!'

चिंता-'मैं अपने मुँह से अपनी बड़ाई नहीं करना चाहता सरकार! विद्वानों को नम्र होना चाहिए; पर जो यथार्थ है, वह तो संसार जानता है। सरकार, मैं किसी से वाद-विवाद नहीं करता; यह मेरा अनुशीलन (अभीष्ट) नहीं। मेरे शिष्य भी बहुधा मेरे गुरु बन जाते हैं; पर मैं किसी से कुछ नहीं कहता। जो सत्य है, वह सभी जानते हैं।'

इतने में पंडित मोटेराम भी गिरते-पड़ते हाँफते हुए आ पहुँचे और यह देख कर कि चिंतामणि भद्रता और सभ्यता की मूर्ति बने खड़े हैं, वे देवोपम शान्ति के साथ खड़े हो गए।

रानी-'पंडित चिंतामणि बड़े साधु प्रकृति एवं विद्वान् हैं। आप उनके शिष्य हैं, फिर भी वे आपको अपना शिष्य नहीं कहते हैं।'

मोटे-'सरकार, मैं इनका दासानुदास हूँ।'

चिंता-'जगतारिणी, मैं इनका चरण-रज हूँ।'

मोटे-'रिपुदलसंहारिणी, मैं इनके द्वार का कूकर हूँ।'

रानी-'आप दोनों सज्जन पूज्य हैं। एक से एक बढ़े हुए। चलिए, भोजन कीजिए।'

8

सोनारानी बैठी पंडित मोटेराम की राह देख रही थीं। पति की इस मित्र-भक्ति पर उन्हें बड़ा क्रोध आ रहा था। बड़े लड़कों के विषय में तो कोई चिंता न थी, लेकिन छोटे बच्चों के सो जाने का भय था। उन्हें किस्से-कहानियाँ सुना-सुना कर बहला रही थी कि भंडारी ने आकर कहा, महाराज चलो। दोनों पंडित जी आसन पर बैठ गए। फिर क्या था, बच्चे कूद-कूद कर भोजनशाला में जा पहुँचे। देखा, तो दोनों पंडित दो वीरों की भाँति आमने-सामने डटे बैठे हैं। दोनों अपना-अपना पुरुषार्थ दिखाने के लिए अधीर हो रहे थे।

चिंता-'भंडारी जी, तुम परोसने में बड़ा विलम्ब करते हो! क्या भीतर जा कर सोने लगते हो?'

भंडारी, 'चुपाई मारे बैठे रहो, जौन कुछ होई, सब आय जाई। घबड़ाये का नहीं होत। तुम्हारे सिवाय और कोई जिवैया नहीं बैठा है।'

मोटे–'भैया, भोजन करने के पहले कुछ देर सुगंध का स्वाद तो लो।'

चिंता–'अजी, सुगंध गया चूल्हे में, सुगंध देवता लोग लेते हैं। अपने लोग तो भोजन करते हैं।'

मोटे–'अच्छा बताओ, पहले किस चीज पर हाथ फेरोगे?'

चिंता–'मैं जाता हूँ भीतर से सब चीजें एक साथ लिये आता हूँ।'

मोटे–'धीरज धरो भैया, सब पदार्थों को आ जाने दो। ठाकुर जी का भोग तो लग जाए।'

चिंता–'तो बैठे क्यों हो, तब तक भोग ही लगाओ। एक बाधा तो मिटे। नहीं तो लाओ, मैं चटपट भोग लगा दूँ। व्यर्थ देर करोगे।'

इतने में रानी आ गयीं। चिंतामणि सावधान हो गए। रामायण की चौपाइयों का पाठ करने लगे।

'रहेउ एक दिन अवधि अधारा। समुझत मन दुख भयउ अपारा
कौशलेश दशरथ के जाये। हम पितु बचन मानि बन आये
उलटि पलटि लंका कपि जारी। कूद पड़ा तब सिंधु मझारी
जेहि पर जाकर सत्य सनेहू। सो तेहि मिले न कछु संदेहू
जामवंत के वचन सुहाये। सुनि हनुमान हृदय अति भाये'

पंडित मोटेराम ने देखा कि चिंतामणि का रंग जमता जाता है तो वे भी अपनी विद्वत्ता प्रकट करने को व्याकुल हो गए। बहुत दिमाग लड़ाया, पर कोई श्लोक, कोई मंत्र, कोई कविता याद न आयी तब उन्होंने सीधे-सीधे राम-नाम का पाठ आरंभ कर दिया–

'राम भज, राम भज, राम भज रे मन'–इन्होंने इतने ऊँचे स्वर से जाप करना शुरू किया कि चिंतामणि को भी अपना स्वर ऊँचा करना पड़ा। मोटेराम और जोर से गरजने लगे। इतने में भंडारी ने कहा–'महाराज, अब भोग लगाइये।' यह सुन कर उस प्रतिस्पर्धा का अंत हुआ। भोग की तैयारी हुई। बाल-वृंद सजग हो गया। किसी ने घंटा लिया, किसी ने घड़ियाल, किसी ने शंख, किसी ने करताल और चिंतामणि ने आरती उठा ली। मोटेराम मन में ऐंठ कर रह गए। रानी के समीप जाने का यह अवसर उनके हाथ से निकल गया।

पर यह किसे मालूम था कि विधि-वाम उधर कुछ और ही कुटिल-क्रीड़ा कर रहा है। आरती समाप्त हो गयी थी, भोजन शुरू होने को ही था कि एक कुत्ता न-जाने किधर से आ निकला। पंडित चिंतामणि के हाथ से लड्डू थाल में गिर पड़ा। पंडित मोटेराम अचकचा कर रह गए। सर्वनाश!

चिंतामणि ने मोटेराम से इशारे में कहा, 'अब क्या कहते हो, मित्र? कोई उपाय निकालो, यहाँ तो कमर टूट गयी।'

मोटेराम ने लम्बी साँस खींचकर कहा, 'अब क्या हो सकता है? यह ससुर आया किधर से?'

रानी पास ही खड़ी थीं, उन्होंने कहा, 'अरे, कुत्ता किधर से आ गया? यह रोज बँधा रहता था, आज कैसे छूट गया? अब तो रसोई भ्रष्ट हो गयी।'

चिंता–'सरकार, आचार्यों ने इस विषय में...'

मोटे–'कोई हर्ज नहीं है, सरकार, कोई हर्ज नहीं है!'

सोना–'भाग्य फूट गया। जोहत-जोहत आधी रात बीत गयी, तब ई विपत्ता फाट परी।'

चिंता–'सरकार स्वान के मुख में अमृत...'

मोटे–'तो अब आज्ञा हो तो चलें।'

रानी–'हाँ और क्या। मुझे बड़ा दु:ख है कि इस कुत्ते ने आज इतना बड़ा अनर्थ कर डाला। तुम बड़े गुस्ताख हो गए, टामी। भंडारी, ये पत्तर उठा कर मेहतर को दे दो।'

चिंता–(सोना से)'छाती फटी जाती है।'

सोना को बालकों पर दया आयी। बेचारे इतनी देर देवोपम धैर्य के साथ बैठे थे। बस चलता, तो कुत्तों का गला घोंट देती। बोली–'लरकन का तो दोष नहीं परत है। इन्हें काहे नहीं खवाय देत कोऊ।'

चिंता–'मोटेराम महादुष्ट है। इसकी बुद्धि भ्रष्ट हो गयी है।'

सोना–'ऐसे तो बड़े विद्वान बने रहैं। अब काहे नाहीं बोलत बनत। मुँह में दही जम गया, जीभै नहीं खुलत है।'

चिंता–'सत्य कहता हूँ, रानी को चकमा दे देता। उस दुष्ट के मारे सब खेल बिगड़ गया। सारी अभिलाषाएँ मन में रह गयीं। ऐसे पदार्थ अब कहाँ मिल सकते हैं?

सोना–'सारी मनुसई निकल गयी। घर ही में गरजै के सेर हैं।'

रानी ने भंडारी को बुला कर कहा–'इन छोटे-छोटे तीनों बच्चों को खिला दो। ये बेचारे क्यों भूखों मरें। क्यों फेंकूराम, मिठाई खाओगे!'

फेंकू–'इसीलिए तो आये हैं।'

रानी–'कितनी मिठाई खाओगे?'

फेंकू–'बहुत-सी (हाथों से बताकर) इतनी!'

रानी–'अच्छी बात है। जितनी खाओगे उतनी मिलेगी; पर जो बात मैं पूछूँ, वह बतानी पड़ेगी। बताओगे न?'

फेंकू–'हाँ बताऊँगा, पूछिए!'

रानी–'झूठ बोले, तो एक मिठाई न मिलेगी। समझ गए।'

फेंकू–'मत दीजिएगा। मैं झूठ बोलूँगा ही नहीं।'

रानी–'अपने पिता का नाम बताओ।'

मोटे–'बालकों को हरदम सब बातें स्मरण नहीं रहतीं। उसने तो आते ही आते बता दिया था।'

रानी–'मैं फिर पूछती हूँ, इसमें आपकी क्या हानि है?'

चिंता–'नाम पूछने में कोई हर्ज नहीं।

मोटे–'तुम चुप रहो चिंतामणि, नहीं तो ठीक न होगा। मेरे क्रोध को अभी तुम नहीं जानते। दबा बैठूँगा, तो रोते भागोगे।'

रानी–'आप तो व्यर्थ इतना क्रोध कर रहे हैं। बोलो फेंकूराम, चुप क्यों हो, फिर मिठाई न पाओगे।'

चिंता–'महारानी की इतनी दया-दृष्टि तुम्हारे ऊपर है, बता दो बेटा!'

मोटे–'चिंतामणि जी, मैं देख रहा हूँ, तुम्हारे अदिन आये हैं। वह नहीं बताता, तुम्हारा साझा, आये वहाँ से बड़े खैरख्वाह बन के।'

सोना–'अरे हाँ, लरकन से ई सब पँवारा से का मतलब। तुमका धरम परे मिठाई देव, न धरम परे न देव। ई का कि बाप का नाम बताओ तब मिठाई देव।'

फेंकूराम ने धीरे से कोई नाम लिया। इस पर पंडित जी ने उसे इतने जोर से डाँटा कि उसकी आधी बात मुँह में ही रह गयी।

रानी–'क्यों डाँटते हो, उसे बोलने क्यों नहीं देते? बोलो बेटा!'

मोटे–'आप हमें अपने द्वार पर बुला कर हमारा अपमान कर रही हैं।'

चिंता–'इसमें अपमान की तो कोई बात नहीं है, भाई!'

मोटे–'अब हम इस द्वार पर कभी न आयेंगे। यहाँ सत्पुरुषों का अपमान किया जाता है।'

अलगू–'कहिए तो मैं चिंतामणि को एक पटकन दूँ।'

मोटे–'नहीं बेटा, दुष्टों को परमात्मा स्वयं दंड देता है। चलो, यहाँ से चलें। अब भूल कर यहाँ न आयेंगे। खिलाना न पिलाना, द्वार पर बुला कर ब्राह्मणों का अपमान करना। तभी तो देश में आग लगी हुई है।'

चिंता–'मोटेराम, महारानी के सामने तुम्हें इतनी कटु बातें न करनी चाहिए।'

मोटे–'बस चुप ही रहना, नहीं तो सारा क्रोध तुम्हारे ही सिर जाएगा। माता-पिता का पता नहीं, ब्राह्मण बनने चले हैं। तुम्हें कौन कहता है ब्राह्मण?'

चिंता–'जो कुछ मन चाहे, कह लो। चन्द्रमा पर थूकने से थूक अपने ही मुँह पर पड़ता है। जब तुम धर्म का एक लक्षण नहीं जानते, तब तुमसे क्या बातें करूँ? ब्राह्मण को धैर्य रखना चाहिए।'

मोटे–'पेट के गुलाम हो। ठकुरसोहाती कर रहे हो कि एकाध पत्तल मिल जाए। यहाँ मर्यादा का पालन करते हैं!'

चिंता–'कह तो दिया भाई कि तुम बड़े, मैं छोटा, अब और क्या कहूँ। तुम सत्य कहते होगे, मैं ब्राह्मण नहीं शूद्र हूँ।'

रानी–'ऐसा न कहिए चिंतामणि जी।'

'इसका बदला न लिया तो कहना!' यह कहते हुए पंडित मोटेराम बालक-वृंद के साथ बाहर चले आये और भाग्य को कोसते हुए घर को चले। बार-बार पछता रहे थे कि दुष्ट चिंतामणि को क्यों बुला लाया।

सोना ने कहा, 'भंडा फूटत-फूटत बच गया। फेंकुआ नाँव बताय देता। काहे रे, अपने बाप के नाँव बताय देते!'

फेंकू–'और क्या। वे तो सच-सच पूछती थीं!'

मोटे–'चिंतामणि ने रंग जमा लिया, अब आनंद से भोजन करेगा।'

सोना–'तुम्हार एको विद्या काम न आयी। ऊँ तौन बाजी मार लैगा।'

मोटे–'मैं तो जानता हूँ, रानी ने जान-बूझ कर कुत्ते को बुला लिया।'

सोना–'मैं तो ओकरा मुँह देखत ताड़ गयी कि हमका पहचान गयी।'

इधर तो ये लोग पछताते चले जाते थे, उधर चिंतामणि की पाँचों अँगुली घी में थीं। आसन मारे भोजन कर रहे थे। रानी अपने हाथों से मिठाइयाँ परोस रही थीं; वार्त्तालाप भी होता जाता था।

रानी–'बड़ा धूर्त्त है? मैं बालकों को देखते ही समझ गयी। अपनी स्त्री को भेष बदल कर लाते उसे लज्जा न आयी।'

चिंता–'मुझे कोस रहे होंगे!'

रानी–'मुझसे उड़ने चला था। मैंने भी कहा था, बचा, तुमको ऐसी शिक्षा दूँगी कि उम्र भर याद करोगे। टामी को बुला लिया।'

चिंता–'सरकार की बुद्धि धन्य है!'

मंत्र-1

पंडित लीलाधर चौबे की ज़बान में जादू था। जिस वक्त वह मंच पर खड़े हो कर अपनी वाणी की सुधावृष्टि करने लगते थे; श्रोताओं की आत्माएँ तृप्त हो जाती थीं, लोगों पर अनुराग का नशा छा जाता था। चौबेजी के व्याख्यानों में तत्त्व तो बहुत कम होता था, शब्द-योजना भी बहुत सुन्दर न होती थी; लेकिन बार-बार दुहराने पर भी उसका असर कम न होता, बल्कि घन की चोटों की भाँति और भी प्रभावोत्पादक हो जाता था। हमें तो विश्वास नहीं आता, किन्तु सुननेवाले कहते हैं, उन्होंने केवल एक व्याख्यान रट रखा है। और उसी को वह शब्दशः प्रत्येक सभा में एक नये अन्दाज से दुहराया करते हैं। जातीय गौरव-गान उनके व्याख्यानों का प्रधान गुण था; मंच पर आते ही भारत के प्राचीन गौरव और पूर्वजों की अमर-कीर्ति का राग छेड़ कर सभा को मुग्ध कर देते थे। यथा–

'सज्जनों! हमारी अधोगति की कथा सुन कर किसकी आँखों से अश्रुधारा न निकल पड़ेगी? हमें प्राचीन गौरव को याद करके संदेह होने लगता है कि हम वही हैं, या बदल गए। जिसने कल सिंह से पंजा लिया, वह आज चूहे को देख कर बिल खोज रहा है। इस पतन की भी सीमा है। दूर क्यों जाइए, महाराज चंद्रगुप्त के समय को ही ले लीजिए। यूनान का सुविज्ञ इतिहासकार लिखता है कि उस जमाने में यहाँ द्वार पर ताले न डाले जाते थे, चोरी कहीं सुनने में न आती थी, व्यभिचार का नाम-निशान न था, दस्तावेज़ों का आविष्कार ही न हुआ था, पुर्जों पर लाखों का लेन-देन हो जाता था, न्याय पद पर बैठे हुए कर्मचारी मक्खियाँ मारा करते थे। सज्जनो! उन दिनों कोई आदमी जवान न मरता था। (तालियाँ) हाँ, उन दिनों कोई आदमी जवान न मरता था। बाप के सामने बेटे का अवसान हो जाना एक अभूतपूर्व, एक असंभव, घटना थी। आज ऐसे कितने माता-पिता हैं, जिनके कलेजे पर जवान बेटे का दाग न हो! वह भारत नहीं रहा, भारत गारत हो गया!'

यह चौबे जी की शैली थी। वह वर्तमान की अधोगति और दुर्दशा तथा भूत की समृद्धि और सुदशा का राग अलाप कर लोगों में जातीय स्वाभिमान जाग्रत कर देते थे। इसी सिद्धि की बदौलत उनकी नेताओं में गणना होती थी। विशेषतः हिंदू-सभा के तो वह कर्णधार ही समझे जाते थे। हिंदू-सभा के उपासकों में कोई ऐसा उत्साही, ऐसा दक्ष, ऐसा नीति-चतुर दूसरा न था। यों कहिए कि सभा के लिए उन्होंने अपना जीवन ही उत्सर्ग कर दिया था। धन तो उनके पास न था, कम से कम लोगों का विचार यही था; लेकिन साहस, धैर्य और बुद्धि जैसे अमूल्य रत्न उनके पास थे, और ये सभी सभा को अर्पण थे। 'शुद्धि' के तो मानो प्राण ही थे। हिंदू-जाति का उत्थान और पतन, जीवन और मरण उनके विचार में इसी प्रश्न पर अवलम्बित था। शुद्धि के सिवा अब हिंदू जाति के पुनर्जीवन का और कोई उपाय न था। जाति की समस्त नैतिक, शारीरिक, मानसिक, सामाजिक, आर्थिक और धार्मिक बीमारियों की दवा इसी आंदोलन की सफलता में मर्यादित थी, और वह तन, मन से इसका उद्योग किया करते थे। चंदे वसूल करने में चौबे जी सिद्धहस्त थे। ईश्वर ने उन्हें वह 'गुन' बता दिया था कि पत्थर से भी तेल निकाल सकते थे। कंजूसों को तो वह ऐसा उलटे छुरे से मूड़ते थे कि उन महाशयों को सदा के लिए शिक्षा मिल जाती थी! इस विषय में पंडित जी साम, दाम, दंड और भेद इन चारों नीतियों से काम लेते थे, यहाँ तक कि राष्ट्र-हित के लिए डाका और चोरी को भी क्षम्य समझते थे।

2

गरमी के दिन थे। लीलाधर जी किसी शीतल पार्वत्य-प्रदेश को जाने की तैयारियाँ कर रहे थे कि सैर की सैर हो जाएगी, और बन पड़ा तो कुछ चंदा भी वसूल कर लायेंगे। उनको जब भ्रमण की इच्छा होती, तो मित्रों के साथ एक डेपुटेशन के रूप में निकल खड़े होते; अगर एक हज़ार रुपये वसूल करके वह इसका आधा सैर-सपाटे में खर्च भी

कर दें, तो किसी की क्या हानि? हिंदू सभा को तो कुछ न कुछ मिल ही जाता था। वह न उद्योग करते, तो इतना भी तो न मिलता! पंडित जी ने अब की सपरिवार जाने का निश्चय किया था। जब से 'शुद्धि' का आविर्भाव हुआ था, उनकी आर्थिक दशा, जो पहले बहुत शोचनीय रहती थी, बहुत कुछ सम्हल गयी थी।

लेकिन जाति के उपासकों का ऐसा सौभाग्य कहाँ कि शांति-निवास का आनन्द उठा सकें। उनका तो जन्म ही मारे-मारे फिरने के लिए होता है। खबर आयी कि मद्रास-प्रांत में तबलीगवालों ने तूफान मचा रखा है। हिन्दुओं के गाँव के गाँव मुसलमान होते जाते हैं। मुल्लाओं ने बड़े जोश से तबलीग का काम शुरू किया है; अगर हिन्दू-सभा ने इस प्रवाह को रोकने की आयोजना न की, तो सारा प्रांत हिन्दुओं से शून्य हो जाएगा, किसी शिखाधारी की सूरत तक न नज़र आयेगी।

हिन्दू-सभा में खलबली मच गयी। तुरन्त एक विशेष अधिवेशन हुआ और नेताओं के सामने यह समस्या उपस्थित की गयी। बहुत सोच-विचार के बाद निश्चय हुआ कि चौबे जी पर इस कार्य का भार रखा जाए। उनसे प्रार्थना की जाए कि वह तुरंत मद्रास चले जाएं, और धर्म-विमुख बंधुओं का उद्धार करें। कहने ही की देर थी। चौबे जी तो हिंदू-जाति की सेवा के लिए अपने को अर्पण ही कर चुके थे; पर्वत-यात्रा का विचार रोक दिया, और मद्रास जाने को तैयार हो गए। हिन्दू-सभा के मंत्री ने आँखों में आँसू भर कर उनसे विनय की कि महाराज, यह बीड़ा आप ही उठा सकते हैं। आप ही को परमात्मा ने इतनी सामर्थ्य दी है। आपके सिवा ऐसा कोई दूसरा मनुष्य भारतवर्ष में नहीं है, जो इस घोर विपत्ति में काम आये। जाति की दीन-हीन दशा पर दया कीजिए। चौबे जी इस प्रार्थना को अस्वीकार न कर सके। फौरन सेवकों की एक मंडली बनी और पंडित जी के नेतृत्व में रवाना हुई। हिन्दू-सभा ने उसे बड़ी धूम से बिदाई का भोज दिया। एक उदार रईस ने चौबे जी को एक थैली भेंट की, और रेलवे-स्टेशन पर हज़ारों आदमी उन्हें बिदा करने आये।

यात्रा का वृत्तांत लिखने की जरूरत नहीं। हर एक बड़े स्टेशन पर सेवकों का सम्मानपूर्ण स्वागत हुआ। कई जगह थैलियाँ मिलीं। रतलाम की रियासत ने एक शामियाना भेंट किया। बड़ौदा ने एक मोटर दी कि सेवकों को पैदल चलने का कष्ट न उठाना पड़े, यहाँ तक कि मद्रास पहुँचते-पहुँचते सेवा-दल के पास एक माकूल रकम के अतिरिक्त जरूरत की कितनी चीजें जमा हो गयीं। वहाँ आबादी से दूर खुले हुए मैदान में हिंदू-सभा का पड़ाव पड़ा। शामियाने पर राष्ट्रीय झंडा लहराने लगा। सेवकों ने अपनी-अपनी वर्दियाँ निकालीं, स्थानीय धन-कुबेरों ने दावत के सामान भेजे, रावटियाँ पड़ गयीं। चारों ओर ऐसी चहल-पहल हो गयी, मानो किसी राजा का कैम्प है।

3

रात के आठ बजे थे। अछूतों की एक बस्ती के समीप, सेवक-दल का कैम्प गैस के प्रकाश से जगमगा रहा था। कई हज़ार आदमियों का जमाव था, जिनमें अधिकांश अछूत

ही थे। उनके लिए अलग टाट बिछा दिये गए थे। ऊँचे वर्ण के हिंदू कालीनों पर बैठे हुए थे। पंडित लीलाधर का धुआँधार व्याख्यान हो रहा था, तुम उन्हीं ऋषियों की संतान हो, जो आकाश के नीचे एक नयी सृष्टि की रचना कर सकते थे! जिनके न्याय, बुद्धि और विचार-शक्ति के सामने आज सारा संसार सिर झुका रहा है।

सहसा एक बूढ़े अछूत ने उठ कर पूछा–'हम लोग भी उन्हीं ऋषियों की संतान हैं?

लीलाधर–निस्संदेह! तुम्हारी धमनियों में भी उन्हीं ऋषियों का रक्त दौड़ रहा है और यद्यपि आज का निर्दयी, कठोर, विचारहीन और संकुचित हिंदू-समाज तुम्हें अवहेलना की दृष्टि से देख रहा है; तथापि तुम किसी हिन्दू से नीच नहीं हो, चाहे वह अपने को कितना ही ऊँचा समझता हो।'

बूढ़ा–'तुम्हारी सभा हम लोगों की सुधि क्यों नहीं लेती?'

लीलाधर–'हिंदू-सभा का जन्म अभी थोड़े ही दिन हुए हुआ है, और इस अल्पकाल में उसने जितने काम किये हैं, उस पर उसे अभिमान हो सकता है। हिंदू-जाति शताब्दियों के बाद गहरी नींद से चौंकी है, और अब वह समय निकट है, जब भारतवर्ष में कोई हिंदू किसी हिंदू को नीच न समझेगा, जब वे सब एक दूसरे को भाई समझेंगे। श्रीरामचन्द्र ने निषाद को छाती से लगाया था, शबरी के जूठे बेर खाये थे...'

बूढ़ा–'आप जब इन्हीं महात्माओं की संतान हैं, तो फिर ऊँच-नीच में क्यों इतना भेद मानते हैं?'

लीलाधर–'इसलिए कि हम पतित हो गए हैं, अज्ञान में पड़कर उन महात्माओं को भूल गए हैं।'

बूढ़ा–'अब तो आपकी निद्रा टूटी है, हमारे साथ भोजन करोगे?'

लीलाधर–'मुझे कोई आपत्ति नहीं है।'

बूढ़ा–'मेरे लड़के से अपनी कन्या का विवाह कीजिएगा?'

लीलाधर–'जब तक तुम्हारे जन्म-संस्कार न बदल जाएँ, जब तक तुम्हारे आहार-व्यवहार में परिवर्तन न हो जाए, हम तुमसे विवाह का सम्बन्ध नहीं कर सकते, मांस खाना छोड़ो, मदिरा पीना छोड़ो, शिक्षा ग्रहण करो, तभी तुम उच्च-वर्ण के हिंदुओं में मिल सकते हो।'

बूढ़ा–'हम कितने ही ऐसे कुलीन ब्राह्मणों को जानते हैं, जो रात-दिन नशे में डूबे रहते हैं, मांस के बिना कौर नहीं उठाते; और कितने ही ऐसे हैं, जो एक अक्षर भी नहीं पढ़े हैं; पर आपको उनके साथ भोजन करते देखता हूँ। उनसे विवाह-संबंध करने में आपको कदाचित् इनकार न होगा। जब आप खुद अज्ञान में पड़े हुए हैं, तो हमारा उद्धार कैसे कर सकते हैं? आपका हृदय अभी तक अभिमान से भरा हुआ है। जाइए, अभी कुछ दिन और अपनी आत्मा का सुधार कीजिए। हमारा उद्धार आपके किये न होगा। हिंदू-समाज में रह कर हमारे माथे से नीचता का कलंक न मिटेगा। हम कितने ही विद्वान, कितने ही आचारवान् हो जाएँ, आप हमें यों ही नीच समझते रहेंगे। हिंदुओं

की आत्मा मर गयी है, और उसका स्थान अहंकार ने ले लिया है! हम अब देवता की शरण जा रहे हैं, जिनके माननेवाले हमसे गले मिलने को आज ही तैयार हैं। वे यह नहीं कहते कि तुम अपने संस्कार बदल कर आओ। हम अच्छे हैं या बुरे, वे इसी दशा में हमें अपने पास बुला रहे हैं। आप अगर ऊँचे हैं, तो ऊँचे बने रहिए। हमें उड़ना न पड़ेगा।'

लीलाधर–'एक ऋषि-संतान के मुँह से ऐसी बातें सुन कर मुझे आश्चर्य हो रहा है। वर्ण-भेद तो ऋषियों ही का किया हुआ है। उसे तुम कैसे मिटा सकते हो?'

बूढ़ा–'ऋषियों को मत बदनाम कीजिए। यह सब पाखंड आप लोगों का रचा हुआ है। आप कहते हैं, तुम मदिरा पीते हो; लेकिन आप मदिरा पीने वालों की जूतियाँ चाटते हैं। आप हमसे मांस खाने के कारण घिनाते हैं; लेकिन आप गो-मांस खानेवालों के सामने नाक रगड़ते हैं। इसलिए न कि वे आप से बलवान् हैं! हम भी आज राजा हो जाएँ, तो आप हमारे सामने हाथ बाँध खड़े होंगे। आपके धर्म में वही ऊँचा है, जो बलवान् है; वही नीच है, जो निर्बल है। यही आपका धर्म है?' यह कह कर बूढ़ा वहाँ से चला गया और उसके साथ ही और लोग भी उठ खड़े हुए। केवल चौबे जी और उनके दलवाले मंच पर रह गए, मानो मंचगान समाप्त हो जाने के बाद उसकी प्रतिध्वनि वायु में गूँज रही हो।

4

तबलीगवालों ने जब से चौबे जी के आने की खबर सुनी थी, इस फिक्र में थे कि किसी उपाय से इन सबको यहाँ से दूर करना चाहिए। चौबे जी का नाम दूर-दूर तक प्रसिद्ध था। जानते थे, यह यहाँ जम गया, तो हमारी सारी की-करायी मेहनत व्यर्थ हो जाएगी। इसके कदम यहाँ जमने न पायें। मुल्लाओं ने उपाय सोचना शुरू किया। बहुत वाद-विवाद, हुज्जत और दलील के बाद निश्चय हुआ कि इस काफिर को कत्ल कर दिया जाए। ऐसा सवा लूटने के लिए आदमियों की क्या कमी? उसके लिए तो जन्नत का दरवाज़ा खुल जाएगा, हूरें उसकी बलाएँ लेंगी, फरिश्ते उसके कदमों की खाक का सुरमा बनायेंगे, रसूल उसके सर पर बरकत का हाथ रखेंगे, खुदाबन्द-करीम उसे सीने से लगाएंगे और कहेंगे, तू मेरा प्यारा दोस्त है। दो हट्टे-कट्टे जवानों ने तुरन्त बीड़ा उठा लिया।

रात के दस बज गए थे। हिन्दू-सभा के कैंप में सन्नाटा था। केवल चौबे जी अपनी रावटी में बैठे हिन्दू-सभा के मंत्री को पत्र लिख रहे थे, यहाँ सबसे बड़ी आवश्यकता धन की है। रुपया, रुपया, रुपया! जितना भेज सकें, भेजिए। डेपुटेशन भेज कर वसूल कीजिए, मोटे महाजनों की जेब टटोलिए, भिक्षा माँगिए। बिना धन के इन अभागों का उद्धार न होगा। जब तक कोई पाठशाला न खुले, कोई चिकित्सालय न स्थापित हो, कोई वाचनालय न हो, इन्हें कैसे विश्वास आयेगा कि हिन्दू-सभा उनकी हितचिंतक है। तबलीगवाले जितना खर्च कर रहे हैं, उसका आधा भी मुझे मिल जाए, तो हिंदू-धर्म की पताका फहराने लगे। केवल व्याख्यानों से काम न चलेगा। असीसों से कोई जिंदा नहीं रहता।

सहसा किसी की आहट पा कर वह चौंक पड़े। आँखें ऊपर उठायीं तो देखा, दो आदमी सामने खड़े हैं। पंडित जी ने शंकित हो कर पूछा, 'तुम कौन हो? क्या काम है?'

उत्तर मिला, 'हम इजराईल के फरिश्ते हैं। तुम्हारी रूह कब्ज करने आये हैं। इजराईल ने तुम्हें याद किया है।'

पंडित जी यों बहुत ही बलिष्ठ पुरुष थे, उन दोनों को एक धक्के में गिरा सकते थे। प्रातःकाल तीन पाव मोहनभोग और दो सेर दूध का नाश्ता करते थे। दोपहर के समय पाव भर घी दाल में खाते, तीसरे पहर दूधिया भंग छानते, जिसमें सेर भर मलाई और आधा सेर बदाम मिली रहती। रात को डट कर ब्यालू करते; क्योंकि प्रातःकाल तक फिर कुछ न खाते थे। इस पर तुर्रा यह कि पैदल पग भर भी न चलते थे! पालकी मिले, तो पूछना ही क्या, जैसे घर पर पलंग उड़ा जा रहा हो। कुछ न हो, तो इक्का तो था ही; यद्यपि काशी में ही दो ही चार इक्केवाले ऐसे थे जो उन्हें देख कर कह न दें कि 'इक्का खाली नहीं है।' ऐसा मनुष्य नर्म अखाड़े में पट पड़ कर ऊपरवाले पहलवान को थका सकता था, चुस्ती और फुर्ती के अवसर पर तो वह रेत पर निकला हुआ कछुआ था।

पंडित जी ने एक बार कनखियों से दरवाज़े की तरफ देखा। भागने का कोई मौका न था। तब उनमें साहस का संचार हुआ। भय की पराकाष्ठा ही साहस है। अपने सोंटे की तरफ हाथ बढ़ाया और गरज कर बोले, 'निकल जाओ यहाँ से!'

बात मुँह से पूरी न निकली थी कि लाठियों का वार पड़ा। पंडित जी मूर्च्छित हो कर गिर पड़े। शत्रुओं ने समीप आ कर देखा, जीवन का कोई लक्षण न था। समझ गए, काम तमाम हो गया। लूटने का विचार न था; पर जब कोई पूछनेवाला न हो, तो हाथ बढ़ाने में क्या हर्ज? जो कुछ हाथ लगा, ले-दे कर चलते बने।

5

प्रातःकाल बूढ़ा भी उधर से निकला, तो सन्नाटा छाया हुआ था, न आदमी, न आदमजाद। छौलदारियाँ भी गायब! चकराया, यह माजरा क्या है? रात ही भर में अलादीन के महल की तरह सब कुछ गायब हो गया। उन महात्माओं में से एक भी नज़र नहीं आता, जो प्रातःकाल मोहनभोग उड़ाते और संध्या समय भंग घोटते दिखायी देते थे। जरा और समीप जा कर पंडित लीलाधर की रावटी में झाँका, तो कलेजा सन्न से हो गया! पंडित जी ज़मीन पर मुर्दे की तरह पड़े हुए थे। मुँह पर मक्खियाँ भिनक रही थीं। सिर के बालों में रक्त ऐसा जम गया था, जैसे किसी चित्रकार के ब्रश में रंग। सारे कपड़े लहूलुहान हो रहे थे। समझ गया, पंडित जी के साथियों ने उन्हें मार कर अपनी राह ली। सहसा पंडित जी के मुँह से कराहने की आवाज़ निकली। अभी जान बाकी थी। बूढ़ा तुरन्त दौड़ा हुआ गाँव में आ गया और कई आदमियों को लाकर पंडित जी को अपने घर उठवा ले गया।

मरहम-पट्टी होने लगी। बूढ़ा दिन-के दिन और रात की रात पंडित जी के पास बैठा रहता। उसके घरवाले उनकी शुश्रूषा में लगे रहते। गाँव वाले भी यथाशक्ति सहायता करते।

इस बेचारे का यहाँ कौन अपना बैठा हुआ है? अपने हैं तो हम, बेगाने हैं तो हम। हमारे ही उद्धार के लिए तो बेचारा यहाँ आया था, नहीं तो यहाँ उसे क्यों आना था? कई बार पंडित जी अपने घर पर बीमार पड़ चुके थे, पर उनके घरवालों ने इतनी तन्मयता से उनकी तीमारदारी न की थी। सारा घर, और घर ही नहीं; सारा गाँव उनका गुलाम बना हुआ था। अतिथि-सेवा उनके धर्म का एक अंग था। सभ्य-स्वार्थ ने अभी उस भाव का गला नहीं घोंटा था। साँप का मंत्र जाननेवाला देहाती अब भी माघ-पूस की अँधोरी मेघाच्छन्न रात्रि में मंत्र झाड़ने के लिए दस-पाँच कोस पैदल दौड़ता हुआ चला जाता है। उसे डबल फीस और सवारी की जरूरत नहीं होती। बूढ़ा मल-मूत्र तक अपने हाथों उठा कर फेंकता, पंडित जी की घुड़कियाँ सुनता, सारे गाँव से दूध माँग कर उन्हें पिलाता। पर उसकी त्योरियाँ कभी मैली न होतीं। अगर उसके कहीं चले जाने पर घरवाले लापरवाही करते तो आ कर सबको डाँटता।

महीने भर के बाद पंडित जी चलने-फिरने लगे और अब उन्हें ज्ञात हुआ कि इन लोगों ने मेरे साथ कितना उपकार किया है। इन्हीं लोगों का काम था कि मुझे मौत के मुँह से निकाला, नहीं तो मरने में क्या कसर रह गयी थी? उन्हें अनुभव हुआ कि मैं जिन लोगों को नीच समझता था, और जिनके उद्धार का बीड़ा उठा कर आया था वे मुझसे कहीं ऊँचे हैं। मैं इस परिस्थिति में कदाचित् रोगी को किसी अस्पताल में भेज कर ही अपनी कर्त्तव्य-निष्ठा पर गर्व करता; समझता मैंने दधीचि और हरिश्चन्द्र का मुख उज्ज्वल कर दिया। उनके रोएँ-रोएँ से इन देव-तुल्य प्राणियों के प्रति आशीर्वाद निकलने लगा।

6

तीन महीने गुज़र गए। न तो हिन्दू-सभा ने पंडित जी की खबर ली और न घरवालों ने। सभा के मुख-पत्र में उनकी मृत्यु पर आँसू बहाये गए, उनके कामों की प्रशंसा की गयी, और उनका स्मारक बनाने के लिए चन्दा खोल दिया गया। घरवाले भी रो-पीट कर बैठ रहे। उधर पंडित जी दूध और घी खा कर चौक-चौबंद हो गए। चेहरे पर खून की सुर्खी दौड़ गयी, देह भर आयी। देहात के जलवायु ने वह काम कर दिखाया जो कभी मलाई और मक्खन से न हुआ था। पहले की तरह तैयार तो वह न हुए; पर फुर्ती और चुस्ती दुगुनी हो गयी। मोटाई का आलस्य अब नाम को भी न था। उनमें एक नये जीवन का संचार हो गया।

जाड़ा शुरू हो गया था। पंडित जी घर लौटने की तैयारियाँ कर रहे थे। इतने में प्लेग का आक्रमण हुआ, और गाँव के तीन आदमी बीमार हो गए। बूढ़ा चौधरी भी उन्हीं में था। घरवाले इन रोगियों को छोड़कर भाग खड़े हुए। वहाँ का दस्तूर था कि जिन बीमारियों को वे लोग देवी का कोप समझते थे, उनके रोगियों को छोड़ कर चले जाते थे। उन्हें बचाना देवताओं से वैर मोल लेना था, और देवताओं से वैर कर के कहाँ जाते? जिस प्राणी को देवता ने चुन लिया, उसे भला वे उसके हाथों से छीनने का साहस कैसे करते? पंडित जी को भी लोगों ने साथ ले जाना चाहा; किंतु पंडित जी न गए। उन्होंने

गाँव में रह कर रोगियों की रक्षा करने का निश्चय किया। जिस प्राणी ने उन्हें मौत के पंजे से छुड़ाया था; उसे इस दशा में छोड़कर वह कैसे जाते? उपकार ने उनकी आत्मा को जगा दिया था। बूढ़े चौधरी ने तीसरे दिन होश आने पर जब उन्हें अपने पास खड़े देखा, तो बोला, 'महाराज, तुम यहाँ क्यों आ गए? मेरे लिए देवताओं का हुक्म आ गया है। अब मैं किसी तरह नहीं रुक सकता। तुम क्यों अपनी जान जोखिम में डालते हो? मुझ पर दया करो, चले जाओ।'

लेकिन पंडित जी पर कोई असर न हुआ। वह बारी-बारी से तीनों रोगियों के पास जाते और कभी उनकी गिल्टियाँ सेंकते, कभी उन्हें पुराणों की कथाएँ सुनाते। घरों में नाज, बरतन आदि सब ज्यों के त्यों रखे हुए थे। पंडित जी पथ्य बना कर रोगियों को खिलाते। रात को जब रोगी सो जाते और सारा गाँव भाँय-भाँय करने लगता तो पंडित जी को भयंकर जंतु दिखायी देते। उनके कलेजे में धड़कन होने लगती; लेकिन वहाँ से टलने का नाम न लेते। उन्होंने निश्चय कर लिया था कि या तो इन लोगों को बचा ही लूँगा या इन पर अपने को बलिदान ही कर दूँगा।

जब तीन दिन सेंक-बाँध करने पर भी रोगियों की हालत न सँभली, तो पंडित जी को बड़ी चिंता हुई। शहर वहाँ से बीस मील पर था। रेल का कहीं पता नहीं, रास्ता बीहड़ और सवारी कोई नहीं। इधर यह भय कि अकेले रोगियों की न जाने क्या दशा हो। बेचारे बड़े संकट में पड़े। अंत को चौथे दिन, पहर रात रहे, वह अकेले शहर को चल दिये और दस बजते-बजते वहाँ जा पहुँचे। अस्पताल से दवा लेने में बड़ी कठिनाई का सामना करना पड़ा। गँवारों से अस्पतालवाले दवाओं का मनमाना दाम वसूल करते थे। पंडित जी को मुफ्त क्यों देने लगे? डाक्टर ने मुंशी से कहा, 'दवा तैयार नहीं है।'

पंडित जी ने गिड़गिड़ा कर कहा–'सरकार, बड़ी दूर से आया हूँ। कई आदमी बीमार पड़े हैं। दवा न मिलेगी, तो सब मर जाएँगे।'

मुंशी ने बिगड़ कर कहा–'क्यों सिर खाये जाते हो? कह तो दिया, दवा तैयार नहीं है, न तो इतनी जल्दी हो ही सकती है।'

पंडित जी अत्यंत दीनभाव से बोले, 'सरकार, ब्राह्मण हूँ; आपके बाल-बच्चों को भगवान चिरंजीवी करें, दया कीजिए। आपका अकबाल चमकता रहे।'

रिश्वती कर्मचारी में दया कहाँ? वे तो रुपये के गुलाम हैं। ज्यों-ज्यों पंडित जी उसकी खुशामद करते थे, वह और भी झल्लाता था। अपने जीवन में पंडित जी ने कभी इतनी दीनता न प्रकट की थी। उनके पास इस वक्त एक धेला भी न था; अगर वह जानते कि दवा मिलने में इतनी दिक्कत होगी, तो गाँववालों से ही कुछ माँग-जाँच कर लाये होते। बेचारे हतबुद्धि-से खड़े सोच रहे थे कि अब क्या करना चाहिए? सहसा डाक्टर साहब स्वयं बँगले से निकल आये। पंडित जी लपक कर उनके पैरों पर गिर पड़े और करुण स्वर में बोले, 'दीनबंधु, मेरे घर के तीन आदमी ताऊन में पड़े हुए हैं। बड़ा गरीब हूँ, सरकार, कोई दवा मिले।'

डाक्टर साहब के पास ऐसे ग़रीब लोग नित्य आया करते थे। उनके चरणो पर किसी का गिर पड़ना, उनके सामने पड़े हुए आर्तनाद करना, उनके लिए कुछ नयी बातें न थीं। अगर इस तरह वह दया करने लगते तो दवा ही भर को होते; यह ठाट-बाट कहाँ से निभता? मगर दिल के चाहे कितने ही बुरे हों, बातें मीठी-मीठी करते थे। पैर हटा कर बोले, 'रोगी कहाँ है?'

पंडित जी– सरकार, वे तो घर पर हैं। इतनी दूर कैसे लाता?

डाक्टर– रोगी घर और तुम दवा लेने आया हो? कितने मजे की बात है! रोगी को देखे बिना कैसे दवा दे सकता है?

पंडित जी को अपनी भूल मालूम हुई। वास्तव में बिना रोगी को देखे रोग की पहचान कैसे हो सकती है; लेकिन तीन-तीन रोगियों को इतनी दूर लाना आसान न था। अगर गाँववाले उनकी सहायता करते तो डोलियों का प्रबंध हो सकता था; पर वहाँ तो सब कुछ अपने ही बूते पर करना था, गाँववालों से इसमें सहायता मिलने की कोई आशा न थी। सहायता की कौन कहे, वे तो उनके शत्रु हो रहे थे। उन्हें भय होता था कि यह दुष्ट देवताओं से वैर बढ़ा कर हम लोगों पर न-जाने क्या विपत्ति लायेगा। अगर कोई दूसरा आदमी होता, तो वह उसे कब का मार चुके होते। पंडित जी से उन्हें प्रेम हो गया था, इसलिए छोड़ दिया था। यह जवाब सुन कर पंडित जी को कुछ बोलने का साहस तो न था; पर कलेजा मजबूत करके बोले–'सरकार, अब कुछ नहीं हो सकता?'

डाक्टर– अस्पताल से दवा नहीं मिल सकती। हम अपने पास से, दाम लेकर दवा दे सकते हैं।

पंडित जी– यह दवा कितने की होगी, सरकार।

डाक्टर साहब ने दवा का दाम 10 रु. बतलाया और यह भी कहा कि इस दवा से जितना लाभ होगा, उतना अस्पताल की दवा से नहीं हो सकता। बोले, वहाँ पुरानी दवाई रखा रहता है। गरीब लोग आता है; दवाई ले जाता है; जिसको जीना होता है, जीता है; जिसे मरना होता है, मरता है; हमसे कुछ मतलब नहीं। हम तुमको जो दवा देगा, वह सच्चा दवा होगा। दस रुपये!, इस समय पंडित जी को दस रुपये दस लाख जान पड़े।

इतने रुपये वह एक दिन में भंग बूटी में उड़ा दिया करते थे; पर इस समय तो धेले-धेले को मुहताज थे। किसी से उधार मिलने की आशा कहाँ। हाँ, सम्भव है, भिक्षा माँगने से कुछ मिल जाए; लेकिन इतनी जल्द दस रुपये किसी भी उपाय से न मिल सकते थे। आध घंटे तक वह इसी उधेड़बुन में खड़े रहे। भिक्षा के सिवा दूसरा कोई उपाय न सूझता था, और भिक्षा उन्होंने कभी माँगी न थी। वह चंदे जमा कर चुके थे, एक-एक बार में हज़ारों वसूल कर लेते थे; पर वह दूसरी बात थी। धर्म के रक्षक, जाति के सेवक और दलितों के उद्धारक बन कर चंदा लेने में एक गौरव था, चंदा लेकर वह देनेवालों पर एहसान करते थे; पर यहाँ तो भिखारियों की तरह हाथ फैलाना,

गिड़गिड़ाना और फटकारें सहनी पड़ेंगी। कोई कहेगा, इतने मोटे-ताजे तो हो, मिहनत क्यों नहीं करते, तुम्हें भीख माँगते शर्म भी नहीं आती? कोई कहेगा, घास खोद लाओ, मैं तुम्हें अच्छी मजदूरी दूँगा। किसी को उनके ब्राह्मण होने का विश्वास न आयेगा। अगर यहाँ उनका रेशमी अचकन और रेशमी साफा होता, केसरिया रंगवाला दुपट्टा ही मिल जाता, तो वह कोई स्वाँग भर लेते। ज्योतिषी बन कर वह किसी धनी सेठ को फाँस सकते थे, और इस फन में वह उस्ताद भी थे; पर यहाँ वह सामान कहाँ, कपड़े-लत्ते तो सब कुछ लुट चुके थे। विपत्ति में कदाचित् बुद्धि भी भ्रष्ट हो जाती है। अगर वह मैदान में खड़े होकर कोई मनोहर व्याख्यान दे देते, तो शायद उनके दस-पाँच भक्त पैदा हो जाते, लेकिन इस तरफ उनका ध्यान ही न गया। वह सजे हुए पंडाल में, फूलों से सुसज्जित मेज के सामने, मंच पर खड़े हो कर अपनी वाणी का चमत्कार दिखला सकते थे। इस दुरवस्था में कौन उनका व्याख्यान सुनेगा। लोग समझेंगे, कोई पागल बक रहा है।

मगर दोपहर ढली जा रही थी, अधिक सोच-विचार का अवकाश न था। यहीं संध्या हो गयी, तो रात को लौटना असम्भव हो जाएगा। फिर रोगियों की न जाने क्या दशा हो। वह अब इस अनिश्चित दशा में खड़े न रह सके, चाहे जितना तिरस्कार हो, कितना ही अपमान सहना पड़े, भिक्षा के सिवा और कोई उपाय न था।

वह बाज़ार में जाकर एक दूकान के सामने खड़े हो गए; पर कुछ माँगने की हिम्मत न पड़ी!

दूकानदार ने पूछा—'क्या लोगे?'

पंडित जी बोले—'चावल का क्या भाव है?'

मगर दूसरी दूकान पर पहुँच कर वह ज्यादा सावधान हो गए। सेठ जी गद्दी पर बैठे हुए थे। पंडित जी आ कर उनके सामने खड़े हो गए और गीता का एक श्लोक पढ़ सुनाया। उनका शुद्ध उच्चारण और मधुर वाणी सुन कर सेठ जी चकित हो गए—'पूछा, कहाँ स्थान है?'

पंडित जी— काशी से आ रहा हूँ।

यह कह कर पंडित जी ने सेठ जी को धर्म के दसों लक्षण बतलाये और श्लोक की ऐसी अच्छी व्याख्या की कि वह मुग्ध हो गए। बोले—'महाराज, आज चल कर मेरे स्थान को पवित्र कीजिए।'

कोई स्वार्थी आदमी होता, तो इस प्रस्ताव को सहर्ष स्वीकार कर लेता; लेकिन पंडित जी को लौटने की पड़ी थी। बोले—'नहीं सेठ जी, मुझे अवकाश नहीं है।'

सेठ— महाराज, आपको हमारी इतनी खातिरी करनी पड़ेगी।

पंडित जी जब किसी तरह ठहरने पर राजी न हुए, तो सेठ जी ने उदास होकर कहा—'फिर हम आपकी क्या सेवा करें? कुछ आज्ञा दीजिए। आपकी वाणी से तो तृप्ति नहीं हुई। फिर कभी इधर आना हो, तो अवश्य दर्शन दीजिएगा।'

पंडित जी— आपकी इतनी श्रद्धा है तो अवश्य आऊँगा।

यह कह कर पंडित जी फिर उठ खड़े हुए। संकोच ने फिर उनकी ज़बान बंद कर दी। यह आदर-सत्कार इसीलिए तो है कि मैं अपना स्वार्थ-भाव छिपाये हुए हूँ। कोई इच्छा प्रकट की और इनकी आँखें बदलीं। सूखा जवाब चाहे न मिले; पर श्रद्धा न रहेगी। वह नीचे उतर गए और सड़क पर एक क्षण के लिए खड़े हो कर सोचने लगे, अब कहाँ जाऊँ? उधर जाड़े का दिन किसी विलासी के धन की भाँति भागा चला जाता था। वह अपने ही ऊपर झुँझला रहे थे, जब किसी से माँगूँगा नहीं, तो कोई क्यों देने लगा? कोई क्या मेरे मन का हाल जानता है? वे दिन गए, जब धनी लोग ब्राह्मणों की पूजा किया करते थे। यह आशा छोड़ दो कि कोई महाशय आ कर तुम्हारे हाथ में रुपये रख देंगे। वह धीरे-धीरे आगे बढ़े।

सहसा सेठ जी ने पीछे से पुकारा–'पंडित जी, जरा ठहरिए।'

पंडित जी ठहर गए। फिर घर चलने के लिए आग्रह करने आता होगा। यह तो न हुआ कि एक रुपये का नोट ला कर देता, 'मुझे घर ले जाकर न जाने क्या करेगा?'

मगर जब सेठ जी ने सचमुच एक गिनी निकाल कर उनके पैरों पर रख दी; तो उनकी आँखों में एहसान के आँसू छलक आये। हैं! अब भी सच्चे धर्मात्मा जीव संसार में हैं, नहीं तो यह पृथ्वी रसातल को न चली जाती? अगर इस वक्त उन्हें सेठ जी के कल्याण के लिए अपनी देह का सेर-आधा सेर रक्त भी देना पड़ता, तो भी शौक से दे देते। गद्‌गद कंठ से बोले, 'इसका तो कुछ काम न था, सेठ जी! मैं भिक्षुक नहीं हूँ, आपका सेवक हूँ।'

सेठ जी श्रद्धा-विनयपूर्ण शब्दों में बोले, 'भगवान, इसे स्वीकार कीजिए। यह दान नहीं, भेंट है। मैं भी आदमी पहचानता हूँ। बहुतेरे साधु-संत, योगी-यती देश और धर्म के सेवक आते रहते हैं; पर न जाने क्यों किसी के प्रति मेरे मन में श्रद्धा नहीं उत्पन्न होती? उनसे किसी तरह पिंड छुड़ाने की पड़ जाती है। आपका संकोच देख कर मैं समझ गया कि आपका यह पेशा नहीं है। आप विद्वान् हैं, धर्मात्मा हैं; पर किसी संकट में पड़े हुए हैं। इस तुच्छ भेंट को स्वीकार कीजिए और मुझे आशीर्वाद दीजिए।'

7

पंडित जी दवाएँ लेकर घर चले, तो हर्ष, उल्लास और विजय से उनका हृदय उछला पड़ता था। हनुमान जी भी संजीवन-बूटी ला कर इतने प्रसन्न न हुए होंगे। ऐसा सच्चा आनंद उन्हें कभी प्राप्त न हुआ था। उनके हृदय में इतने पवित्र भावों का संचार कभी न हुआ था।

दिन बहुत थोड़ा रह गया था। सूर्यदेव अविरल गति से पश्चिम की ओर दौड़ते चले जाते थे। क्या उन्हें भी किसी रोगी को दवा देनी थी? वह बड़े वेग से दौड़ते हुए पर्वत की ओट में छिप गए। पंडित जी और भी फुर्ती से पाँव बढ़ाने लगे, मानो उन्होंने सूर्यदेव को पकड़ लेने की ठानी है।

देखते-देखते अँधेरा छा गया। आकाश में दो-एक तारे दिखायी देने लगे। अभी दस मील की मंजिल बाकी थी। जिस तरह काली घटा को सिर पर मँड़राते देख कर गृहिणी

दौड़-दौड़ कर सुखावन समेटने लगती है, उसी भाँति लीलाधर ने भी दौड़ना शुरू किया। उन्हें अकेले पड़ जाने का भय न था, भय था अँधेरे में राह भूल जाने का। दायें-बायें बस्तियाँ छूटती जाती थीं।

पंडित जी को ये गाँव इस समय बहुत ही सुहावने मालूम होते थे। कितने आनंद से लोग अलाव के सामने बैठे ताप रहे हैं?

सहसा उन्हें एक कुत्ता दिखायी दिया। न-जाने किधर से आ कर वह उनके सामने पगडंडी पर चलने लगा। पंडित जी चौंक पड़े; पर एक क्षण में उन्होंने कुत्ते को पहचान लिया। वह बूढ़े चौधरी का कुत्ता मोती था। वह गाँव छोड़कर आज इधर इतनी दूर कैसे आ निकला? क्या वह जानता है? पंडित जी दवा ले कर आ रहे होंगे, कहीं रास्ता भूल जाएँ? कौन जानता है? पंडित जी ने एक बार मोती कह कर पुकारा, तो कुत्ते ने दुम हिलायी; पर रुका नहीं। वह इससे अधिक परिचय दे कर समय नष्ट न करना चाहता था। पंडित जी को ज्ञात हुआ कि ईश्वर मेरे साथ है, वही मेरी रक्षा कर रहे हैं। अब उन्हें कुशल से घर पहुँचने का विश्वास हो गया।

दस बजते-बजते पंडित जी घर पहुँच गए।

रोग घातक न था; पर यश पंडित जी को बदा था। एक सप्ताह के बाद तीनों रोगी चंगे हो गए। पंडित जी की कीर्ति दूर-दूर तक फैल गयी। उन्होंने यम-देवता से घोर संग्राम करके इन आदमियों को बचा लिया था। उन्होंने देवताओं पर भी विजय पा ली थी, असम्भव को सम्भव कर दिखाया था। वह साक्षात् भगवान थे। उनके दर्शनों के लिए लोग दूर-दूर से आने लगे; किंतु पंडित जी को अपनी कीर्ति से इतना आनन्द न होता था, जितना रोगियों को चलते-फिरते देखकर।

चौधरी ने कहा—'महाराज, तुम साक्षात् भगवान हो। तुम न आ जाते, तो हम न बचते।'

पंडित जी बोले—'मैंने कुछ नहीं किया। यह सब ईश्वर की दया है।'

चौधरी— अब हम तुम्हें कभी न जाने देंगे। जा कर अपने बाल-बच्चों को भी ले आओ।

पंडित जी— हाँ, मैं भी यही सोच रहा हूँ। तुमको छोड़ कर अब नहीं जा सकता।

8

मुल्लाओं ने मैदान खाली पा कर आस-पास के देहातों में खूब जोर बाँध रखा था। गाँव के गाँव मुसलमान होते जाते थे। उधर हिन्दू-सभा ने सन्नाटा खींच लिया था। किसी की हिम्मत न पड़ती थी कि इधर आये। लोग दूर बैठे हुए मुसलमानों पर गोला-बारूद चला रहे थे। इस हत्या का बदला कैसे लिया जाए, यही उनके सामने सबसे बड़ी समस्या थी। अधिकारियों के पास बार-बार प्रार्थना-पत्र भेजे जा रहे थे कि इस मामले की छानबीन की जाए और बार-बार यही जवाब मिलता था कि हत्याकारियों का पता

नहीं चलता। उधर पंडित जी के स्मारक के लिए चंदा भी जमा किया जा रहा था। मगर इस नयी ज्योति ने मुल्लाओं का रंग फीका कर दिया। वहाँ एक ऐसे देवता का अवतार हुआ था, जो मुर्दों को जिला देता था, जो अपने भक्तों के कल्याण के लिए अपने प्राणों का बलिदान कर सकता था। मुल्लाओं के यहाँ यह सिद्धि कहाँ, यह विभूति कहाँ, यह चमत्कार कहाँ? इस ज्वलंत उपकार के सामने जन्नत और अखूबत (भातृ-भाव) की कोरी दलीलें कब ठहर सकती थीं? पंडित जी अब वह अपने ब्राह्मणत्व पर घमंड करनेवाले पंडित जी न थे। उन्होंने शूद्रों और भीलों का आदर करना सीख लिया था। उन्हें छाती से लगाते हुए अब पंडित जी को घृणा न होती थी। अपना घर अँधेरा पा कर ही ये इस्लामी दीपक की ओर झुके थे। जब अपने घर में सूर्य का प्रकाश हो गया, तो उन्हें दूसरों के यहाँ जाने की क्या जरूरत थी। सनातन-धर्म की विजय हो गयी। गाँव-गाँव में मंत्र बनने लगे और शाम-सबेरे मन्दिरों से शंख और घंटे की धवनि सुनायी देने लगी। लोगों के आचरण आप ही आप सुधरने लगे। पंडित जी ने किसी को शुद्ध नहीं किया। उन्हें अब शुद्धि का नाम लेते शर्म आती थी, 'मैं भला इन्हें क्या शुद्ध करूँगा, पहले अपने को तो शुद्ध कर लूँ। ऐसी निर्मल एवं पवित्र आत्माओं को शुद्धि के ढोंग से अपमानित नहीं कर सकता।'

यह मंत्र था, जो उन्होंने उन चांडालों से सीखा था और इसी बल से वह अपने धर्म की रक्षा करने में सफल हुए थे। पंडित जी अभी जीवित हैं; पर अब सपरिवार उसी प्रांत में, उन्हीं भीलों के साथ रहते हैं।

हिंसा परमो धर्मः

दुनिया में कुछ ऐसे लोग होते हैं, जो किसी के नौकर न होते हुए सबके नौकर होते हैं, जिन्हें कुछ अपना काम न होने पर भी सिर उठाने की फुर्सत नहीं होती। जामिद इसी श्रेणी के मनुष्यों में था। बिलकुल बेफिक्र, न किसी से दोस्ती, न किसी से दुश्मनी। जो जरा हँसकर बोला, उसका बेदाम का गुलाम हो गया। बेकाम का काम करने में उसे मजा आता था। गाँव में कोई बीमार पड़े, वह रोगी की सेवा-सुश्रुषा के लिए हाजिर है। कहिए तो आधी रात हकीम के घर चला जाए, किसी जड़ी-बूटी की तलाश में जंगलों की खाक छान आए। मुमकिन न था कि किसी गरीब पर अत्याचार होते देखे और चुप रह जाए। फिर चाहे कोई उसे मार ही डाले, वह हिमायत करने से बाज न आता था। ऐसे सैकड़ों ही मौके उसके सामने आ चुके थे। कांस्टेबल से आए दिन ही उसकी छेड़-छाड़ होती रहती थी। इसलिए लोग उसे बौड़म समझते थे। और बात भी यही थी। जो आदमी किसी का बोझ भारी देखकर उससे छीन कर, अपने सिर ले ले, किसी का छप्पर उठाने या आग बुझाने के लिए कोसों दौड़ा चला जाए, उसे समझदार कौन कहेगा। सारांश यह है कि उसकी जात से दूसरों को चाहे कितना ही फायदा पहुँचे, अपना कोई उपकार न होता था, यहाँ तक कि वह रोटियों तक के लिए भी दूसरों का मुहताज था। दीवाना तो वह था और उसका गम दूसरे खाते थे।

2

आखिर जब लोगों ने बहुत धिक्कारा-क्यों अपना जीवन नष्ट कर रहे हो, तुम दूसरों के लिए मरते हो, कोई तुम्हारा भी पूछने वाला है? अगर एक दिन बीमार पड़ जाओ, तो कोई चुल्लू भर पानी न दे, जब तक दूसरों की सेवा करते हो, लोग खैरात समझकर खाने को दे देते हैं, जिस दिन आ पड़ेगी, कोई सीधे मुँह बात भी न करेगा, तब जामिद की आँखें खुलीं। बरतन-भांडा कुछ था ही नहीं। एक दिन उठा और एक तरफ की राह ली। दो दिन के बाद शहर में पहुँचा। शहर बहुत बड़ा था। महल आसमान से बातें करने वाले। सड़कें चौड़ी और साफ, बाज़ार गुलज़ार, मसजिदों और मन्दिरों की संख्या अगर मकानों से अधिक न थी, तो कम भी नहीं।

देहात में न तो कोई मस्जिद थी, न कोई मन्दिर। मुसलमान लोग एक चबूतरे पर नमाज पढ़ लेते थे। हिन्दू एक वृक्ष के नीचे पानी चढ़ा दिया करते थे। नगर में धर्म का यह माहात्म्य देखकर देखकर जामिद को बड़ा कुतुहल और आनन्द हुआ। उसकी दृष्टि में मजहब का जितना सम्मान था उतना और किसी सांसारिक वस्तु का नहीं। वह सोचने लगा–ये लोग कितने ईमान के पक्के, कितने सत्यवादी हैं। इनमें कितनी दया, कितना विवेक, कितनी सहानुभूति होगी, तभी तो खुदा ने इतना इन्हें माना है। वह हर आने-जाने वाले को श्रद्धा की दृष्टि से देखता और उसके सामने विनय से सिर झुकाता था। यहाँ के सभी प्राणी उसे देवता-तुल्य मालूम होते थे।

घूमते-घूमते सांझ हो गई। वह थककर मंदिर के चबूतरे पर जा बैठा। मंदिर बहुत बड़ा था, ऊपर सुनहला कलश चमक रहा था। जगमोहन पर संगमरमर के चौके जड़े हुए थे, मगर आँगन में जगह-जगह गोबर और कूड़ा पड़ा था। जामिद को गंदगी से चिढ़ थी, देवालय की यह दशा देखकर उससे न रहा गया, इधर-उधर निगाह दौड़ाई कि कहीं झाड़ू मिल जाए, तो साफ कर दे, पर झाड़ू कहीं नज़र न आई। विवश होकर उसने दामन से चबूतरे को साफ करना शुरू कर दिया।

जरा देर में भक्तों का जमाव होने लगा। उन्होंने जामिद को चबूतरा साफ करते देखा, तो आपस में बातें करने लगे–

'है तो मुसलमान।'

'मेहतर होगा।'

'नहीं, मेहतर अपने दामन से सफाई नहीं करता। कोई पागल मालूम होता है।'

'उधर का भेदिया न हो।'

'नहीं, चेहरे से बड़ा गरीब मालूम होता है।'

'हसन निजामी का कोई मुरीद होगा।'

'अजी गोबर के लालच से सफाई कर रहा है। कोई भटियारा होगा। (जामिद से) गोबर न ले जाना बे, समझा? कहाँ रहता है?।

'परदेशी मुसाफिर हूँ, साहब, मुझे गोबर लेकर क्या करना है? ठाकुर जी का मन्दिर देखा तो आकर बैठ गया। कूड़ा पड़ा हुआ था।। मैंने सोचा-धर्मात्मा लोग आते होंगे, सफाई करने लगा।'

'तुम तो मुसलमान हो न?'

'ठाकुर जी तो सबके ठाकुर हैं...क्या हिन्दु, क्या मुसलमान।'

'तुम ठाकुर जी को मानते हो?'

'ठाकुर जी को कौन न मानेगा साहब? जिसने पैदा किया, उसे न मानूँगा तो किसे मानूँगा।'

भक्तों में यह सलाह होने लगी-

'देहाती है।'

'फाँस लेना चाहिए, जाने न पाए।'

3

जामिद फाँस लिया गया। उसका आदर-सत्कार होने लगा। एक हवादार मकान रहने को मिला। दोनों वक्त उत्तम पदार्थ खाने को मिलने लगे। दो चार आदमी हरदम उसे घेरे रहते। जामिद को भजन खूब याद थे। गला भी अच्छा था। वह रोज मन्दिर में जाकर कीर्तन करता। भक्ति के साथ स्वर लालित्य भी हो, तो फिर क्या पूछना। लोगों पर उसके कीर्तन का बड़ा असर पड़ता। कितने ही लोग संगीत के लोभ से ही मंदिर में आने लगे। सबको विश्वास हो गया कि भगवान ने यह शिकार चुनकर भेजा है।

एक दिन मंदिर में बहुत-से आदमी जमा हुए। आँगन में फर्श बिछाया गया। जामिद का सर मुड़ा दिया गया। नए कपड़े पहनाए। हवन हुआ। जामिद के हाथों से मिठाई बाँटी गई। वह अपने आश्रयदाताओं की उदारता और धर्मनिष्ठा का और भी कायल हो गया। ये लोग कितने सज्जन हैं, मुझ जैसे फटेहाल परदेशी की इतनी खातिर। इसी को सच्चा धर्म कहते हैं। जामिद को जीवन में कभी इतना सम्मान न मिला था। यहाँ वही सैलानी युवक जिसे लोग बौड़म कहते थे, भक्तों का सिरमौर बना हुआ था। सैकड़ों ही आदमी केवल उसके दर्शनों को आते थे। उसकी प्रकांड विद्वता की कितनी ही कथाएँ प्रचिलित हो गईं। पत्रों में यह समाचार निकला कि एक बड़े आलिम मौलवी साहब की शुद्धि हुई है। सीधा-सादा जामिद इस सम्मान का रहस्य कुछ न समझता था। ऐसे धर्मपरायण सहृदय प्राणियों के लिए वह क्या कुछ न करता? वह नित्य पूजा करता, भजन गाता था। उसके लिए यह कोई नई बात न थी। अपने गाँव में भी वह बराबर सत्यनारायण की कथा में बैठा करता था। भजन कीर्तन किया करता था। अंतर यही था कि देहात में उसकी कदर न थी। यहाँ सब उसके भक्त थे।

एक दिन जामिद कई भक्तों के साथ बैठा हुआ कोई पुराण पढ़ रहा था तो क्या देखता है कि सामने सड़क पर एक बलिष्ठ युवक, माथे पर तिलक लगाए, जनेऊ पहने,

एक बूढ़े, दुर्बल मनुष्य को मार रहा है। बुड्ढा रोता है, गिड़गिड़ाता है और पैरों पड़-पड़ के कहता है कि महाराज, मेरा कसूर माफ करो, किन्तु तिलकधारी युवक को उस पर जरा भी दया नहीं आती। जामिद का रक्त खौल उठा। ऐसे दृश्य देखकर वह शांत न बैठ सकता था। तुरंत कूदकर बाहर निकला और युवक के सामने आकर बोला–बुड्ढे को क्यों मारते हो, भाई? तुम्हें इस पर जरा भी दया नहीं आती?

युवक- मैं मारते-मारते इसकी हड्डियाँ तोड़ दूँगा।

जामिद–आखिर इसने क्या कसूर किया है? कुछ मालूम भी तो हो।

युवक–इसकी मुर्गी हमारे घर में घुस गई थी और सारा घर गंदा कर आई।

जामिद–तो क्या इसने मुर्गी को सिखा दिया था कि तुम्हारा घर गंदा कर आए?

बुड्ढा–खुदाबंद मैं उसे बराबर खाँचे में ढाँके रहता हूँ। आज गफलत हो गई। कहता हूँ, महाराज, कुसूर माफ करो, मगर नहीं मानते। हुजूर, मारते-मारते अधमरा कर दिया।

युवक–अभी नहीं मारा है, अब मारूंगा, खोद कर गाड़ दूँगा।

जामिद- खोद कर गाड़ दोगे, भाई साहब, तो तुम भी यों खड़े न रहोगे। समझ गए? अगर फिर हाथ उठाया, तो अच्छा न होगा।

जवान को अपनी ताकत का नशा था। उसने फिर बुड्ढे को चाँटा लगाया, पर चाँटा पड़ने के पहले ही जामिद ने उसकी गरदन पकड़ ली। दोनों में मल्ल-युद्ध होने लगा। जामिद करारा जवान था। युवक को पटकनी दी, तो वह चारों खाने चित्त गिर गया। उसका गिरना था कि भक्तों का समुदाय, जो अब तक मंदिर में बैठा तमाशा देख रहा था, लपक पड़ा और जामिद पर चारों तरफ से चोटें पड़ने लगीं। जामिद की समझ में न आता था कि लोग मुझे क्यों मार रहे हैं। कोई कुछ न पूछता। तिलकधारी जवान को कोई कुछ नहीं कहता। बस, जो आता है, मुझ ही पर हाथ साफ करता है। आखिर वह बेदम होकर गिर पड़ा। तब लोगों में बातें होने लगीं।

'दगा दे गया।'

'धत् तेरी जात की! कभी म्लेच्छों से भलाई की आशा न रखनी चाहिए। कौआ कौओं के साथ मिलेगा। कमीना जब करेगा कमीनापन, इसे कोई पूछता न था, मंदिर में झाड़ू लगा रहा था। देह पर कपड़े का तार भी न था, हमने इसका सम्मान किया, पशु से आदमी बना दिया, फिर भी अपना न हुआ।

'इनके धर्म का तो मूल ही यही है।'

जामिद रात भर सड़क के किनारे पड़ा दर्द से कराहता रहा, उसे मार खाने का दुख न था। ऐसी यातनाएँ वह कितनी बार भोग चुका था। उसे दुख और आश्चर्य केवल इस बात का था कि इन लोगों ने क्यों एक दिन मेरा इतना सम्मान किया और क्यों आज अकारण ही मेरी इतनी दुर्गति की? इनकी वह सज्जनता आज कहाँ गई? मैं तो वही हूँ। मैंने कोई कसूर भी नहीं किया। मैंने तो वही किया, जो ऐसी दशा में सभी को करना चाहिए, फिर इन लोगों ने मुझ पर क्यों इतना अत्याचार किया? देवता क्यों राक्षस बन गए?

वह रात भर इसी उलझन में पड़ा रहा। प्रातःकाल उठ कर एक तरफ की राह ली।

जामिद अभी थोड़ी ही दूर गया था कि वह बुड्ढा उसे मिला। उसे देखते ही बोला–कसम खुदा की, तुमने कल मेरी जान बचा दी। सुना, जालिमों ने तुम्हें बुरी तरह पीटा। मैं तो मौका पाते ही निकल भागा। अब तक कहाँ थे। यहाँ लोग रात ही से तुमसे मिलने के लिए बेकरार हो रहे हैं। काजी साहब रात ही से तुम्हारी तलाश में निकले थे, मगर तुम न मिले। कल हम दोनों अकेले पड़ गए थे। दुश्मनों ने हमें पीट लिया। नमाज का वक्त था, जहाँ सब लोग मस्जिद में थे, अगर जरा भी खबर हो जाती, तो एक हज़ार लठैत पहुँच जाते। तब आटे-दाल का भाव मालूम होता। कसम खुदा की, आज से मैंने तीन कोड़ी मुर्गियाँ पाली हैं। देखूँ, पंडित जी महाराज अब क्या करते हैं। कसम खुदा की, काजी साहब ने कहा है, अगर यह लौंडा जरा भी आँख दिखाए, तो तुम आकर मुझ से कहना। या तो बच्चा घर छोड़कर भागेंगे या हड्डी-पसली तोड़कर रख दी जाएगी।

जामिद को लिए वह बुड्ढा काजी जोरावर हुसैन के दरवाज़े पर पहुँचा। काजी साहब वजू कर रहे थे। जामिद को देखते ही दौड़कर गले लगा लिया और बोले–वल्लाह! तुम्हें आँखें ढूंढ़ रही थीं। तुमने अकेले इतने काफिरों के दाँत खट्टे कर दिए। क्यों न हो, मोमिन का खून है। काफिरों की हकीकत क्या? सुना, सब-के-सब तुम्हारी शुद्धि करने जा रहे थे, मगर तुमने उनके सारे मनसूबे पलट दिए। इस्लाम को ऐसे ही खादिमों की जरूरत है। तुम जैसे दीनदारों से इस्लाम का नाम रोशन है। गलती यही हुई कि तुमने एक महीने तक सब्र नहीं किया। शादी हो जाने देते, तब मजा आता। एक नाजनीन साथ लाते और दौलत मुफ्त। वल्लाह! तुमने उजलत कर दी।

दिन भर भक्तों का ताँता लगा रहा। जामिद को एक नज़र देखने का सबको शौक था। सभी उसकी हिम्मत, जोर और मजहबी जोश की प्रशंसा करते थे।

4

पहर रात बीत चुकी थी। मुसाफिरों की आमदरफ्त कम हो चली थी। जामिद ने काजी समाज से धर्म-ग्रन्थ पढ़ना शुरू किया था। उन्होंने उसके लिए अपने बगल का कमरा खाली कर दिया था। वह काजी साहब से सबक लेकर आया और सोने जा रहा था कि सहसा उसे दरवाज़े पर एक तांगे के रुकने की आवाज़ सुनाई दी। काजी साहब के मुरीद अक्सर आया करते थे। जामिद ने सोचा, कोई मुरीद आया होगा। नीचे आया तो देखा, एक स्त्री तांगे से उतर कर बरामदे में खड़ी है और तांगे वाला उसका असबाब उतार रहा है।

महिला ने मकान को इधर-उधर देखकर कहा–नहीं जी, मुझे अच्छी तरह ख़याल है, यह उनका मकान नहीं है। शायद तुम भूल गए हो।

तांगे वाला–हुजूर तो मानती ही नहीं। कह दिया कि बाबू साहब ने मकान तब्दील कर दिया है। ऊपर चलिए।

स्त्री ने कुछ झिझकते हुए कहा–बुलाते क्यों नहीं? आवाज़ दो!

तांगे वाला—ओ साहब, आवाज़ क्या दूँ, जब जानता हूँ कि साहब का मकान यही है तो नाहक चिल्लाने से क्या फायदा? बेचारे आराम कर रहे होंगे। आराम में खलल पड़ेगा। आप निसाखातिर रहिए। चलिए, ऊपर चलिए।

औरत ऊपर चली। पीछे-पीछे तांगे वाला असबाब लिए हुए चला। जामिद गुमसुम नीचे खड़ा रहा। यह रहस्य उसकी समझ में न आया।

तांगे वाले की आवाज़ सुनते ही काजी साहब छत पर निकल आए और एक औरत को आते देख कमरे की खिड़कियाँ चारों तरफ से बंद करके खूँटी पर लटकती तलवार उतार ली और दरवाज़े पर आकर खड़े हो गए।

औरत ने जीना तय करके ज्यों ही छत पर पैर रखा कि काजी साहब को देखकर झिझकी। वह तुरंत पीछे की तरफ मुड़ना चाहती थी कि काजी साहब ने लपककर उसका हाथ पकड़ लिया और कमरे में घसीट लाए। इसी बीच में जामिद और तांगेवाला ये दोनों भी ऊपर आ गए थे। जामिद यह दृश्य देखकर विस्मित हो गया था। यह रहस्य और भी रहस्यमय हो गया था। यह विद्या का सागर, यह न्याय का भंडार, यह नीति, धर्म और दर्शन का आगार इस समय एक अपरिचित महिला के ऊपर यह घोर अत्याचार कर रहा है। तांगे वाले के साथ वह भी काजी साहब के कमरे में चला गया। काजी साहब ने स्त्री के दोनों हाथ पकड़े हुए थे। तांगे वाले ने दरवाज़ा बन्द कर दिया।

महिला ने तांगे वाले की ओर खूनभरी आँखों से देखकर कहा—तू मुझे यहाँ क्यों लाया?

काजी साहब ने तलवार चमका कर कहा—पहले आराम से बैठ जाओ, सब कुछ मालूम हो जाएगा।

औरत—तुम तो मुझे कोई मौलवी मालूम होते हो? क्या तुम्हें खुदा ने यही सिखाया है कि पराई बहू-बेटियों को जबर्दस्ती घर में बन्द करके उनकी आबरू बिगाड़ो?

काजी—हाँ खुदा का यही हुक्म है कि काफिरों को जिस तरह मुमकिन हो, इस्लाम के रास्ते पर लाया जाए। अगर खुशी से न आएँ, तो जब्र से।

औरत—इसी तरह अगर कोई तुम्हारी बहू-बेटी को पकड़कर बे-आबरू करे, तो?

काजी—हो रहा है। जैसा तुम हमारे साथ करोगे वैसा ही हम तुम्हारे साथ करेंगे। फिर हम तो बे-आबरू नहीं करते, सिर्फ अपने मजहब में शामिल करते है। इस्लाम कबूल करने से आबरू बढ़ती है, घटती नहीं। हिन्दू कौम ने तो हमें मिटा देने का बीड़ा उठाया है। वह इस मुल्क से हमारा निशान मिटा देना चाहती है। धोखे से, लालच से, जब्र से, मुसलमानों को बे-दीन बनाया जा रहा है, तो मुसलमान बैठे मुँह ताकेंगे?

औरत—हिन्दू कभी ऐसा अत्याचार नहीं कर सकता। सम्भव है, तुम लोगों की शरारतों से तंग आकर नीचे दर्जे के लोग इस तरह से बदला लेने लगे हों, मगर अब भी कोई सच्चा हिन्दू इसे पसंद नहीं करता।

काजी साहब ने कुछ सोचकर कहा–बेशक, पहले इस तरह की शरारत मुसलमान शोहदे किया करते थे। मगर शरीफ इन हरकतों को बुरा समझते थे और अपने इमकान भर रोकने की कोशिश करते थे। तालीम और तहजीब की तरक्की के साथ कुछ दिनों में यह गुंडापन जरूर गायब हो जाता, मगर अब तो सारी हिन्दू कौम हमें निगलने के लिए तैयार बैठी हुई है। फिर हमारे लिए और रास्ता ही कौन-सा है। हम कमजोर हैं, इसलिए हमें मजबूर होकर अपने को कायम रखने के लिए दगा से काम लेना पड़ता है, मगर तुम इतना घबराती क्यों हो? तुम्हें यहाँ किसी बात की तकलीफ न होगी। इस्लाम औरतों के हक का जितना लिहाज करता है, उतना और कोई मजहब नहीं करता। और मुसलमान मर्द तो अपनी औरत पर जान देता है। मेरे यह नौजवान दोस्त (जामिद) तुम्हारे सामने खड़े हैं, इन्हीं के साथ तुम्हारा निकाह करा दिया जाएगा। बस, आराम से जिन्दगी के दिन बसर करना।

औरत–मैं तुम्हें और तुम्हारे धर्म को घृणित समझती हूँ, तुम कुत्ते हो। इसके सिवा तुम्हारे लिए कोई दूसरा नाम नहीं। खैरियत इसी में है कि मुझे जाने दो, नहीं तो मैं अभी शोर मचा दूंगी और तुम्हारा सारा मौलवीपन निकल जाएगा।

काजी–अगर तुमने ज़बान खोली, तो तुम्हें जान से हाथ धोना पड़ेगा। बस, इतना समझ लो।

औरत–आबरू के सामने जान की कोई हकीकत नहीं। तुम मेरी जान ले सकते हो, मगर आबरू नहीं ले सकते।

काजी–क्यों नाहक जिद करती हो?

औरत ने दरवाज़े के पास जाकर कहा–कहती हूँ, दरवाज़ा खोल दो।

जामिद अब तक चुपचाप खड़ा था। ज्यों ही स्त्री दरवाज़े की तरफ चली और काजी साहब ने उसका हाथ पकड़कर खींचा, जामिद ने तुरंत दरवाज़ा खोल दिया और काजी साहब से बोला–इन्हें छोड़ दीजिए।

काजी–क्या बकता है?

जामिद–कुछ नहीं। खैरियत इसी में है इन्हें छोड़ दीजिए।

लेकिन जब काजी साहब ने उस महिला का हाथ न छोड़ा और तांगे वाला भी उसे पकड़ने के लिए बढ़ा, तो जामिद ने एक धक्का देकर काजी साहब को धकेल दिया और उस स्त्री का हाथ पकड़े हुए कमरे से बाहर निकल गया। तांगे वाला पीछे लपका, मगर जामिद ने उसे इतनी जोर से धक्का दिया कि वह औंधे मुँह जा गिरा। एक क्षण में जामिद और स्त्री दोनों सड़क पर थे।

जामिद–आपका घर किस मोहल्ले में है?

औरत–अढ़ियागंज में।

जामिद–चलिए, मैं आपको पहुँचा आऊँ।

औरत–इससे बड़ी और क्या मेहरबानी होगी। मैं आपकी इस नेकी को कभी न भूलूंगी। आपने आज मेरी आबरू बचा ली, नहीं तो मैं कहीं की न रहती। मुझे अब मालूम हुआ कि अच्छे और बुरे सब जगह होते हैं। मेरे शौहर का नाम पंडित राजकुमार है।

उसी वक्त एक तांगा सड़क पर आता दिखाई दिया। जामिद ने स्त्री को उस पर बिठा दिया और खुद बैठना ही चाहता था कि ऊपर से काजी साहब ने जामिद पर लठ्ठ चलाया और डंडा तांगे से टकराया। जामिद तांगे में आ बैठा और तांगा चल दिया।

अहियागंज में पंडित राजकुमार का पता लगाने में कठिनाई न पड़ी। जामिद ने ज्यों ही आवाज़ दी, वह घबराए हुए बाहर निकल आए और स्त्री को देखकर बोले–तुम कहाँ रह गई थीं, इंदिरा? मैंने तो तुम्हे स्टेशन पर कहीं न देखा, मुझे पहुँचने में देर हो गई थी। तुम्हें इतनी देर कहाँ लगी?

इंदिरा ने घर के अंदर कदम रखते ही कहा–बड़ी लम्बी कथा है, जरा दम लेने दो तो बताती हूँ। बस, इतना ही समझ लो कि आज इस मुसलमान ने मेरी मदद न की होती तो आबरू चली गई थी।

पंडित जी पूरी कथा सुनने के लिए और भी व्याकुल हो उठे। इंदिरा के साथ वह भी घर में चले गए, पर एक ही मिनट बाद बाहर आकर जामिद से बोले–भाईसाहब, शायद आप बनावट समझें, पर मुझे आपके रूप में इस समय इष्टदेव के दर्शन हो रहे हैं। मेरी ज़बान में इतनी ताकत नहीं कि आपका शुक्रिया अदा कर सकूँ। आइए, बैठ जाइए।

जामिद–जी नहीं, अब मुझे इजाजत दीजिए।

पंडित–मैं आपकी इस नेकी का क्या बदला चुका सकता हूँ?

जामिद–इसका बदला यही है कि इस शरारत का बदला किसी गरीब मुसलमान से न लीजिएगा, मेरी आपसे यही दरख़्वास्त है।

यह कहकर जामिद उठ खड़ा हुआ और उस अँधेरी रात के सन्नाटे में शहर से बाहर निकल गया। उस शहर की विषाक्त वायु में साँस लेते हुए उसका दम घुटता था। वह जल्द-से-जल्द शहर से भागकर अपने गाँव में पहुँचना चाहता था, जहाँ मजहब का नाम सहानुभूति, प्रेम और सौहाद्र था। धर्म और धार्मिक लोगों से उसे घृणा हो गई थी।

बहिष्कार

पण्डित ज्ञानचंद्र ने गोविंदी की ओर सतृष्ण नेत्रों से देख कर कहा–मुझे ऐसे निर्दयी प्राणियों से जरा भी सहानुभूति नहीं है। इस बर्बरता की भी कोई हद है कि जिसके साथ तीन वर्ष तक जीवन के सुख भोगे, उसे एक जरा-सी बात पर घर से निकाल दिया।

गोविंदी ने आँखें नीची करके पूछा–आखिर क्या बात हुई थी?

ज्ञान.–कुछ भी नहीं। ऐसी बातों में कोई बात होती है। शिकायत है कि कालिंदी ज़बान की तेज है। तीन साल तक ज़बान तेज न थी, आज ज़बान की तेज हो गयी।

कुछ नहीं, कोई दूसरी चिड़िया नज़र आयी होगी। उसके लिए पिंजरे को खाली करना आवश्यक था। बस यह शिकायत निकल आयी। मेरा बस चले, तो ऐसे दुष्टों को गोली मार दूँ। मुझे कई बार कालिंदी से बातचीत करने का अवसर मिला है। मैंने ऐसी हँसमुख दूसरी नहीं ही देखी।

गोविंदी–तुमने सोमदत्त को समझाया नहीं।

ज्ञान–ऐसे लोग समझाने से नहीं मानते। यह लात का आदमी है, बातों की उसे क्या परवा? मेरा तो यह विचार है कि जिससे एक बार सम्बन्ध हो गया, फिर चाहे वह अच्छी हो या बुरी, उसके साथ जीवन भर निर्वाह करना चाहिए! मैं तो कहता हूँ, अगर स्त्री के कुल में कोई दोष भी निकल आये, तो क्षमा से काम लेना चाहिए।

गोविंदी ने कातर नेत्रों से देखकर कहा–ऐसे आदमी तो बहुत कम होते।

ज्ञान.–समझ ही में नहीं आता कि जिसके साथ इतने दिन हँसे-बोले, जिसके प्रेम की स्मृतियाँ हृदय के एक-एक अणु में समायी हुई हैं, उसे दर-दर ठोकरें खाने को कैसे छोड़ दिया। कम से कम इतना तो करना चाहिए था कि उसे किसी सुरक्षित स्थान पर पहुँचा देते और उसके निर्वाह का कोई प्रबंध कर देते। निर्दयी ने इस तरह घर से निकाला, जैसे कोई कुत्ते को निकाले। बेचारी गाँव के बाहर बैठी रो रही है। कौन कह सकता है, कहाँ जाएगी। शायद मायके भी कोई नहीं रहा। सोमदत्त के डर के मारे गाँव का कोई आदमी उसके पास भी नहीं आता। ऐसे बग्गड़ का क्या ठिकाना! जो आदमी स्त्री का न हुआ, वह दूसरे का क्या होगा। उसकी दशा देख कर मेरी आँखों में तो आँसू भर आये। जी में तो आया, कहूँ, बहन, तुम मेरे घर चलो; मगर तब तो सोमदत्त मेरे प्राणों का ग्राहक हो जाता।

गोविंदी–तुम जरा जा कर एक बार फिर समझाओ। अगर वह किसी तरह न माने, तो कालिंदी को लेते आना।

ज्ञान–जाऊँ?

गोविंदी–हाँ, अवश्य जाओ; मगर सोमदत्त कुछ खरी-खोटी भी कहे, तो सुन लेना।

ज्ञानचंद्र ने गोविंदी को गले लगा कर कहा–तुम्हारे हृदय में बड़ी दया है, गोविंदी! लो जाता हूँ, अगर सोमदत्त ने न माना तो कालिंदी ही को लेता आऊँगा। अभी बहुत दूर न गयी होगी।

2

तीन वर्ष बीत गए। गोविंदी एक बच्चे की माँ हो गयी। कालिंदी अभी तक इसी घर में है। उसके पति ने दूसरा विवाह कर लिया है। गोविंदी और कालिंदी में बहनों का-सा प्रेम है। गोविंदी सदैव उसकी दिलजोई करती रहती है। वह इसकी कल्पना भी नहीं करती कि यह कोई गैर है और मेरी रोटियों पर पड़ी हुई है; लेकिन सोमदत्त को कालिंदी का यहाँ रहना एक आँख नहीं भाता। वह कोई कानूनी कार्रवाई करने की तो

हिम्मत नहीं रखता। और इस परिस्थिति में कर ही क्या सकता है; लेकिन ज्ञानचंद्र का सिर नीचा करने के लिए अवसर खोजता रहता है।

संध्या का समय था। ग्रीष्म की उष्ण वायु अभी तक बिलकुल शांत नहीं हुई थी। गोविंदी गंगा-जल भरने गयी थी। और जल-तट की शीतल निर्जनता का आनंद उठा रही थी। सहसा उसे सोमदत्त आता हुआ दिखायी दिया। गोविंदी ने आँचल से मुँह छिपा लिया और कलसा ले कर चलने ही को थी कि सोमदत्त ने सामने आ कर कहा–जरा ठहरो, गोविंदी, तुमसे एक बात कहना है। तुमसे यह पूछना चाहता हूँ कि तुमसे कहूँ या ज्ञानू से?

गोविंदी ने धीरे से कहा–उन्हीं से कह दीजिए।

सोम–जी तो मेरा भी यही चाहता है; लेकिन तुम्हारी दीनता पर दया आती है। जिस दिन मैं ज्ञानचंद से यह बात कह दूँगा, तुम्हें इस घर से निकलना पड़ेगा। मैंने सारी बातों का पता लगा लिया है। तुम्हारा बाप कौन था; तुम्हारी माँ की क्या दशा हुई, यह सारी कथा जानता हूँ। क्या तुम समझती हो कि ज्ञानचंद्र यह कथा सुन कर तुम्हें अपने घर में रखेगा? उसके विचार कितने ही स्वाधीन हों; पर जीती मक्खी नहीं निगल सकता।

गोविंदी ने थर-थर काँपते हुए कहा–जब आप सारी बातें जानते हैं, तो मैं क्या कहूँ? आप जैसा उचित समझें करें; लेकिन मैंने तो आपके साथ कभी कोई बुराई नहीं की।

सोम.–तुम लोगों ने गाँव में मुझे कहीं मुँह दिखाने के योग्य नहीं रखा। तिस पर कहती हो, मैंने तुम्हारे साथ कोई बुराई नहीं की! तीन साल से कालिंदी को आश्रय दे कर मेरी आत्मा को जो कष्ट पहुँचाया है, वह मैं ही जानता हूँ। तीन साल से मैं इस फिक्र में था कि कैसे इस अपमान का दंड दूँ। अब वह अवसर पा कर उसे किसी तरह नहीं छोड़ सकता।

गोविंदी–अगर आपकी यही इच्छा है कि मैं यहाँ न रहूँ, तो मैं चली जाऊँगी, आज ही चली जाऊँगी; लेकिन उनसे आप कुछ न कहिए। आपके पैरों पड़ती हूँ।

सोम.–कहाँ चली जाओगी?

गोविंदी–और कहीं ठिकाना नहीं है, तो गंगा जी तो हैं।

सोम.–नहीं गोविंदी, मैं इतना निर्दयी नहीं हूँ। मैं केवल इतना चाहता हूँ कि तुम कालिंदी को अपने घर से निकाल दो और मैं कुछ नहीं चाहता। तीन दिन का समय देता हूँ, खूब सोच-विचार लो। अगर कालिंदी तीसरे दिन तुम्हारे घर से न निकली, तो तुम जानोगी।

सोमदत्त वहाँ से चला गया। गोविंदी कलसा लिये मूर्ति की भाँति खड़ी रह गयी। उसके सम्मुख कठिन समस्या आ खड़ी हुई थी, वह थी कालिंदी! घर में एक ही रह सकती थी। दोनों के लिए उस घर में स्थान न था। क्या कालिंदी के लिए वह अपना घर, अपना स्वर्ग त्याग देगी? कालिंदी अकेली है, पति ने उसे पहले ही छोड़ दिया है, वह जहाँ चाहे जा सकती है, पर वह अपने प्राणाधार और प्यारे बच्चे को छोड़ कर कहाँ जाएगी?

लेकिन कालिंदी से वह क्या कहेगी? जिसके साथ इतने दिनों तक बहनों की तरह रही, उसे क्या वह अपने घर से निकाल देगी? उसका बच्चा कालिंदी से कितना हिला हुआ था, कालिंदी उसे कितना चाहती थी? क्या उस परित्यक्ता दीना को वह अपने घर से निकाल देगी? इसके सिवा और उपाय ही क्या था? उसका जीवन अब एक स्वार्थी, दम्भी व्यक्ति की दया पर अवलम्बित था। क्या अपने पति के प्रेम पर वह भरोसा कर सकती थी! ज्ञानचंद्र सहृदय थे, उदार थे, विचारशील थे, दृढ़ थे, पर क्या उनका प्रेम अपमान, व्यंग्य और बहिष्कार जैसे आघातों को सहन कर सकता था!

3

उसी दिन से गोविंदी और कालिंदी में कुछ पार्थक्य-सा दिखायी देने लगा। दोनों अब बहुत कम साथ बैठतीं। कालिंदी पुकारती, बहन, आ कर खाना खा लो। गोविंदी कहती, तुम खा लो, मैं फिर खा लूँगी। पहले कालिंदी बालक को सारे दिन खिलाया करती थी, माँ के पास केवल दूध पीने जाता था। मगर अब गोविंदी हर दम उसे अपने ही पास रखती है। दोनों के बीच में कोई दीवार खड़ी हो गयी है।

कालिंदी बार-बार सोचती है, आजकल मुझसे यह क्यों रूठी हुई है? पर उसे कोई कारण नहीं दिखायी देता। उसे भय हो रहा है कि कदाचित् यह अब मुझे यहाँ नहीं रखना चाहती। इसी चिंता में वह गोते खाया करती है; किन्तु गोविंदी भी उससे कम चिंतित नहीं है। कालिंदी से वह स्नेह तोड़ना चाहती है; पर उसकी म्लान मूर्ति देख कर उसके हृदय के टुकड़े हो जाते हैं। उससे कुछ कह नहीं सकती। अवहेलना के शब्द मुँह से नहीं निकलते। कदाचित् उसे घर से जाते देख कर वह रो पड़ेगी। और ज़बरदस्ती रोक लेगी।

इसी हैस-बैस में तीन दिन गुजर गए। कालिंदी घर से न निकली। तीसरे दिन संध्या-समय सोमदत्त नदी के तट पर बड़ी देर तक खड़ा रहा। अंत में चारों ओर अँधेरा छा गया। फिर भी पीछे फिर-फिर कर जल-तट की ओर देखता जाता था! रात के दस बज गए हैं। अभी ज्ञानचंद्र घर नहीं आये। गोविंदी घबरा रही है। उन्हें इतनी देर तो कभी नहीं होती थी। आज इतनी देर कहाँ लगा रहे हैं? शंका से उसका हृदय काँप रहा है। सहसा मरदाने कमरे का द्वार खुलने की आवाज़ आयी! गोविंदी दौड़ी हुई बैठक में आयी; लेकिन पति का मुख देखते ही उसकी सारी देह शिथिल पड़ गयी, उस मुख पर हास्य था; पर उस हास्य में भाग्य-तिरस्कार झलक रहा था। विधि-वाम ने ऐसे सीधे-सादे मनुष्य को भी अपने क्रीड़ा-कौशल के लिए चुन लिया। क्या वह रहस्य रोने के योग्य था? रहस्य रोने की वस्तु नहीं, हँसने की वस्तु है।

ज्ञानचंद्र ने गोविंदी की ओर नहीं देखा। कपड़े उतार कर सावधनी से अलगनी पर रखे, जूता उतारा और फर्श पर बैठ कर एक पुस्तक के पन्ने उलटने लगा।

गोविंदी ने डरते-डरते कहा—आज इतनी देर कहाँ की? भोजन ठंडा हो रहा है।

ज्ञानचंद्र ने फर्श की ओर ताकते हुए कहा—तुम लोग भोजन कर लो, मैं एक मित्र के घर खा कर आया हूँ।

गोविंदी इसका आशय समझ गयी। एक क्षण के बाद फिर बोली—चलो, थोड़ा-सा ही खा लो।

ज्ञान.—अब बिलकुल भूख नहीं है।

गोविंदी—तो मैं भी जाकर सो रहती हूँ।

ज्ञानचंद्र ने अब गोविंदी की ओर देख कर कहा—क्यों? तुम क्यों न खाओगी? वह और कुछ न कह सकी। गला भर आया।

ज्ञानचंद्र ने समीप आ कर कहा—मैं सच कहता हूँ, गोविंदी, एक मित्र के घर भोजन कर आया हूँ। तुम जा कर खा लो।

4

गोविंदी पलँग पर पड़ी हुई चिंता, नैराश्य और विषाद के अपार सागर में गोते खा रही थी। यदि कालिंदी का उसने बहिष्कार कर दिया होता, तो आज उसे इस विपत्ति का सामना न करना पड़ता; किन्तु यह अमानुषिक व्यवहार उसके लिए असाध्य था और इस दशा में भी उसे इसका दु:ख न था। ज्ञानचंद्र की ओर से यों तिरस्कृत होने का भी उसे दु:ख न था। जो ज्ञानचन्द्र नित्य धर्म और सज्जनता की डींगे मारा करता था, वही आज इसका इतनी निर्दयता से बहिष्कार करता हुआ जान पड़ता था, उस पर उसे लेशमात्र भी दु:ख, क्रोध या द्वेष न था। उसके मन को केवल एक ही भावना आंदोलित कर रही थी। वह अब इस घर में कैसे रह सकती है। अब तक वह इस घर की स्वामिनी थी! इसलिए न कि वह अपने पति के प्रेम की स्वामिनी थी; पर अब वह प्रेम से वंचित हो गई थी। अब इस घर पर उसका क्या अधिकार था? वह अब अपने पति को मुँह ही कैसे दिखा सकती थी। वह जानती थी, ज्ञानचन्द्र अपने मुँह से उसके विरुद्ध एक शब्द भी न निकालेंगे; पर उसके विषय में ऐसी बातें जान कर क्या वह उससे प्रेम कर सकते थे? कदापि नहीं! इस वक्त न-जाने क्या समझ कर चुप रहे। सबेरे तूफान उठेगा। कितने ही विचारशील हों; पर अपने समाज से निकल जाना कौन पसन्द करेगा? स्त्रियों की संसार में कमी नहीं। मेरी जगह हजारों मिल जाएँगी। मेरी किसी को क्या परवा? अब यहाँ रहना बेहयाई है। आखिर कोई लाठी मार कर थोड़े ही निकाल देगा। हयादार के लिए आँख का इशारा बहुत है। मुँह से न कहें, मन की बात और भाव छिपे नहीं रहते; लेकिन मीठी निद्रा की गोद में सोये हुए शिशु को देख कर ममता ने उसके अशक्त हृदय को और भी कातर कर दिया। इस अपने प्राणों के आधार को वह कैसे छोड़ेगी?

शिशु को उसने गोद में उठा लिया और खड़ी रोती रही। तीन साल कितने आनंद से गुजरे। उसने समझा था कि इसी भाँति सारा जीवन कट जाएगा; लेकिन उसके भाग्य में इससे अधिक सुख भोगना लिखा ही न था।करुण वेदना में डूबे हुए ये शब्द उसके मुख से निकल आये, भगवान! अगर तुम्हें इस भाँति मेरी दुर्गति करनी थी, तो तीन साल पहले क्यों न की? उस वक्त यदि तुमने मेरे जीवन का अंत कर दिया होता, तो

मैं तुम्हें धन्यवाद देती। तीन साल तक सौभाग्य के सुरम्य उद्यान में सौरभ, समीर और माधुर्य का आनन्द उठाने के बाद इस उद्यान ही को उजाड़ दिया। हा! जिन पौधों को उसने अपने प्रेम-जल से सींचा था, वे अब निर्मम दुर्भाग्य के पैरों-तले कितनी निष्ठुरता से कुचले जा रहे थे। ज्ञानचन्द्र के शील और स्नेह का स्मरण आया, तो वह रो पड़ी। मृदु स्मृतियाँ आ-आकर हृदय को मसोसने लगीं।

सहसा ज्ञानचन्द्र के आने से वह सँभल बैठी। कठोर से कठोर बातें सुनने के लिए उसने अपने हृदय को कड़ा कर लिया; किन्तु ज्ञानचन्द्र के मुख पर रोष का चिन्ह भी न था। उन्होंने आश्चर्य से पूछा–क्या तुम अभी तक सोयी नहीं? जानती हो, कै बजे हैं? बारह से ऊपर हैं।

गोविंदी ने सहमते हुए कहा–तुम भी तो अभी नहीं सोये।

ज्ञान.–मैं न सोऊँ, तो तुम भी न सोओ? मैं न खाऊँ, तो तुम भी न खाओ? मैं बीमार पड़ूँ, तो तुम भी बीमार पड़ो? यह क्यों? मैं तो एक जन्मपत्री बना रहा था। कल देनी होगी। तुम क्या करती रहीं, बोलो?

इन शब्दों में कितना सरल स्नेह था! क्या तिरस्कार के भाव इतने ललित शब्दों में प्रकट हो सकते हैं? प्रवंचकता क्या इतनी निर्मल हो सकती है? शायद सोमदत्त ने अभी वज्र का प्रहार नहीं किया। अवकाश न मिला होगा; लेकिन ऐसा है, तो आज घर इतनी देर में क्यों आये? भोजन क्यों न किया, मुझसे बोले तक नहीं, आँखें लाल हो रही थीं। मेरी ओर आँख उठा कर देखा तक नहीं। क्या यह सम्भव है कि इनका क्रोध शांत हो गया हो? यह सम्भावना की चरम सीमा से भी बाहर है। तो क्या सोमदत्त को मुझ पर दया आ गयी? पत्थर पर दूब जमी? गोविंदी कुछ निश्चय न कर सकी, और जिस भाँति गृह-सुख विहीन पथिक वृक्ष की छाँह में भी आनन्द से पाँव फैला कर सोता है, उसकी अव्यवस्था ही उसे निश्चिंत बना देती है, उसी भाँति गोविंदी मानसिक व्यग्रता में भी स्वस्थ हो गयी। मुस्करा कर स्नेह-मृदुल स्वर में बोली–तुम्हारी ही राह तो देख रही थी।

यह कहते-कहते गोविंदी का गला भर आया। व्याध के जाल में फड़फड़ाती हुई चिड़िया क्या मीठे राग गा सकती है? ज्ञानचन्द्र ने चारपाई पर बैठ कर कहा–झूठी बात, रोज तो तुम अब तक सो जाए करती थीं।

5

एक सप्ताह बीत गया; पर ज्ञानचन्द्र ने गोविंदी से कुछ न पूछा, और न उनके बर्ताव ही से उनके मनोगत भावों का कुछ परिचय मिला। अगर उनके व्यवहारों में कोई नवीनता थी, तो यह कि वह पहले से भी ज्यादा स्नेहशील, निर्द्वन्द्व और प्रफुल्लवदन हो गए। गोविंदी का इतना आदर और मान उन्होंने कभी नहीं किया था। उनके प्रयत्नशील रहने पर भी गोविंदी उनके मनोभावों को ताड़ रही थी और उसका चित्त प्रतिक्षण शंका से चंचल और क्षुब्ध रहता था। अब उसे इसमें लेशमात्र भी संदेह नहीं था कि सोमदत्त ने आग लगा दी है। गीली लकड़ी में पड़ कर वह चिनगारी बुझ जाएगी, या जंगल की

सूखी पत्तियाँ हाहाकार करके जल उठेंगी, यह कौन जान सकता है। लेकिन इस सप्ताह के गुजरते ही अग्नि का प्रकोप होने लगा।

ज्ञानचंद्र एक महाजन के मुनीम थे। उस महाजन ने कह दिया, मेरे यहाँ अब आपका काम नहीं। जीविका का दूसरा साधन यजमानी है। यजमान भी एक-एक करके उन्हें जवाब देने लगे। यहाँ तक कि उनके द्वार पर आना-जाना बन्द हो गया। आग सूखी पत्तियों में जला कर अब हरे वृक्ष के चारों ओर मँडराने लगी। पर ज्ञानचंद्र के मुख में गोविंदी के प्रति एक भी कटु, अमृदु शब्द न था। वह इस सामाजिक दंड की शायद कुछ परवा न करते, यदि दुर्भाग्यवश इसने उनकी जीविका के द्वार न बंद कर दिये होते।

गोविंदी सब कुछ समझती थी; पर संकोच के मारे कुछ न कह सकती थी। उसी के कारण उसके प्राणप्रिय पति की यह दशा हो रही है, यह उसके लिए डूब मरने की बात थी। पर, कैसे प्राणों का उत्सर्ग करे। कैसे जीवन-मोह से मुक्त हो। इस विपत्ति में स्वामी के प्रति उसके रोम-रोम से शुभ-कामनाओं की सरिता-सी बहती थी; पर मुँह से एक शब्द भी न निकलता था। भाग्य की सबसे निष्ठुर लीला उस दिन हुई, जब कालिंदी भी बिना कुछ कहे-सुने सोमदत्त के घर जा पहुँची। जिसके लिए यह सारी यातनाएँ झेलनी पड़ीं, उसी ने अन्त में बेवफाई की। ज्ञानचंद ने सुना, तो केवल मुस्करा दिये; पर गोविंदी इस कुटिल आघात को इतनी शांति से सहन न कर सकी। कालिंदी के प्रति उसके मुख से अप्रिय शब्द निकल ही आये। ज्ञानचन्द्र ने कहा–उसे व्यर्थ ही कोसती हो प्रिये, उसका कोई दोष नहीं। भगवान हमारी परीक्षा ले रहे हैं। इस वक्त धैर्य के सिवा हमें किसी से कोई आशा न रखनी चाहिए।

जिन भावों को गोविंदी कई दिनों से अंतस्तल में दबाती चली आती थी, वे धैर्य का बाँध टूटते ही बड़े वेग से बाहर निकल पड़े।

पति के सम्मुख अपराधियों की भाँति हाथ बाँध कर उसने कहा–स्वामी, मेरे ही कारण आपको यह सारे पापड़ बेलने पड़ रहे हैं। मैं ही आपके कुल की कलंकिनी हूँ। क्यों न मुझे किसी ऐसी जगह भेज दीजिए, जहाँ कोई मेरी सूरत तक न देखे। मैं आपसे सत्य कहती हूँ...।

ज्ञानचन्द्र ने गोविंदी को और कुछ न कहने दिया। उसे हृदय से लगा कर बोले–प्रिय, ऐसी बातों से मुझे दुखी न करो। तुम आज भी उतनी ही पवित्र हो, जितनी उस समय थीं, जब देवताओं के समक्ष मैंने आजीवन पत्नीव्रत लिया था, तब मुझसे तुम्हारा परिचय न था। अब तो मेरी देह और आत्मा का एक-एक परमाणु तुम्हारे अक्षय प्रेम से आलोकित हो रहा है। उपहास और निंदा की तो बात ही क्या है, दुर्दैव का कठोरतम आघात भी मेरे व्रत को भंग नहीं कर सकता। अगर डूबेंगे तो साथ-साथ डूबेंगे; तरेंगे तो साथ-साथ तरेंगे। मेरे जीवन का मुख्य कर्त्तव्य तुम्हारे प्रति है। संसार इसके पीछे बहुत पीछे है।

गोविंदी को जान पड़ा, उसके सम्मुख कोई देव-मूर्ति खड़ी है। स्वामी में इतनी श्रद्धा, इतनी भक्ति, उसे आज तक कभी न हुई थी। गर्व से उसका मस्तक ऊँचा हो गया और मुख पर स्वर्गीय आभा झलक पड़ी। उसने फिर कहने का साहस न किया।

सम्पन्नता अपमान और बहिष्कार को तुच्छ समझती है। उनके अभाव में ये बाधाएँ प्राणांतक हो जाती हैं। ज्ञानचन्द्र दिन के दिन घर में पड़े रहते। घर से बाहर निकलने का उन्हें साहस न होता था।

6

जब तक गोविंदी के पास गहने थे, तब तक भोजन की चिंता न थी। किन्तु जब यह आधार भी न रह गया, तो हालत और भी खराब हो गयी। कभी-कभी निराहार रह जाना पड़ता। अपनी व्यथा किससे कहें, कौन मित्र था? कौन अपना था?

गोविंदी पहले भी हृष्ट-पुष्ट न थी; पर अब तो अनाहार और अंतर्वेदना के कारण उसकी देह और भी जीर्ण हो गयी थी। पहले शिशु के लिए दूध मोल लिया करती थी। अब इसकी सामर्थ्य न थी। बालक दिन पर दिन दुर्बल होता जाता था। मालूम होता था, उसे सूखे का रोग हो गया है। दिन के दिन बच्चा खुर्रा खाट पर पड़ा माता को नैराश्य-दृष्टि से देखा करता। कदाचित् उसकी बाल-बुद्धि भी अवस्था को समझती थी। कभी किसी वस्तु के लिए हठ न करता। उसकी बालोचित सरलता, चंचलता और क्रीड़ाशीलता ने अब तक दीर्घ, आशाविहीन प्रतीक्षा का रूप धारण कर लिया था। माता-पिता उसकी दशा देख कर मन ही मन कुढ़-कुढ़ कर रह जाते थे।

संध्या का समय था। गोविंदी अँधेरे घर में बालक के सिरहाने चिंता में मग्न बैठी थी। आकाश पर बादल छाये हुए थे और हवा के झोंके उसके अर्धनग्न शरीर में शर के समान लगते थे। आज दिन भर बच्चे ने कुछ न खाया था। घर में कुछ था ही नहीं। क्षुधाग्नि से बालक छटपटा रहा था; पर या तो रोना न चाहता था, या उसमें रोने की शक्ति ही न थी। इतने में ज्ञानचंद्र तेली के यहाँ से तेल ले कर आ पहुँचे। दीपक जला। दीपक के क्षीण प्रकाश में माता ने बालक का मुख देखा; तो सहम उठी। बालक का मुख पीला पड़ गया था और पुतलियाँ ऊपर चढ़ गयी थीं। उसने घबराकर बालक को गोद में उठाया। देह ठण्डी थी। चिल्ला कर बोली–हे भगवान! मेरे बच्चे को क्या हो गया? ज्ञानचंद्र ने बालक के मुख की ओर देख कर एक ठण्डी साँस ली और बोले–ईश्वर, क्या सारी दया-दृष्टि हमारे ही ऊपर करोगे?

गोविंदी–हाय! मेरा लाल मारे भूख के शिथिल हो गया है। कोई ऐसा नहीं, जो इसे दो घूँट दूध पिला दे।

यह कह कर उसने बालक को पति की गोद में दे दिया और एक लुटिया ले कर कालिंदी के घर दूध माँगने चली। जिस कालिंदी ने आज छः महीने से इस घर की ओर ताका न था, उसी के द्वार पर दूध की भिक्षा माँगने जाते हुए उसे कितनी ग्लानि, कितना संकोच हो रहा था, वह भगवान के सिवा और कौन जान सकता है। यह वही बालक है, जिस पर एक दिन कालिंदी प्राण देती थी; पर उसकी ओर से अब उसने अपना हृदय इतना कठोर कर लिया था कि घर में कई गौएँ लगने पर भी एक चिल्लू दूध न भेजा। उसी की दया-भिक्षा माँगने आज, अँधेरी रात में, भीगती हुई गोविंदी दौड़ी जा रही है। माता! तेरे वात्सल्य को धन्य है!

कालिंदी दीपक लिये दालान में खड़ी गाय दुहा रही थी। पहले स्वामिनी बनने के लिए वह सौत से लड़ा करती थी। सेविका का पद उसे स्वीकार न था। अब सेविका का पद स्वीकार करके स्वामिनी बनी हुई थी। गोविंदी को देख कर तुरंत निकल आयी और विस्मय से बोली–क्या है बहन, पानी-बूँदी में कैसे चली आयी?

गोविंदी ने सकुचाते हुए कहा–लाला बहुत भूखा है, कालिंदी! आज दिन भर कुछ नहीं मिला। थोड़ा-सा दूध लेने आयी हूँ।

कालिंदी भीतर जाकर दूध का मटका लिये बाहर निकल आयी और बोली–जितना चाहो, ले लो गोविंदी! दूध की कौन कमी है। लाला तो अब चलता होगा! बहुत जी चाहता है कि जाकर उसे देख आऊँ। लेकिन जाने का हुकुम नहीं है। पेट पालना है, तो हुकुम मानना ही पड़ेगा। तुमने बतलाया ही नहीं, नहीं तो लाला के लिए दूध का तोड़ा थोड़ा है। मैं चली क्या आयी कि तुमने उसका मुँह देखने को तरसा डाला। मुझे कभी पूछता है?

यह कहते हुए कालिंदी ने दूध का मटका गोविंदी के हाथ में रख दिया। गोविंदी के आँखों से आँसू बहने लगे। कालिंदी इतनी दया करेगी, इसकी उसे आशा नहीं थी। अब उसे ज्ञान हुआ कि यह वही दयाशीला, सेवा-परायण रमणी है, जो पहले थी। लेशमात्र भी अन्तर न था। बोली–इतना दूध ले कर क्या करूँगी, बहन। इस लोटिया में डाल दो।

कालिंदी–दूध छोटे-बड़े सभी खाते हैं। ले जाओ, (धीरे) यह मत समझो कि मैं तुम्हारे घर से चली आयी, तो बिरानी हो गयी। भगवान की दया से अब यहाँ किसी बात की चिंता नहीं है। मुझसे कहने भर की देर है। हाँ, मैं आऊँगी नहीं। इससे लाचार हूँ। कल किसी बेला लाला को लेकर नदी किनारे आ जाना। देखने को बहुत जी चाहता है।

गोविंदी दूध की हाँड़ी लिये घर चली, गर्वपूर्ण आनन्द के मारे उसके पैर उड़े जाते थे। डयोढ़ी में पैर रखते ही बोली–जरा दिया दिखा देना, यहाँ कुछ सुझायी नहीं देता। ऐसा न हो कि दूध गिर पड़े। ज्ञानचंद्र ने दीपक दिखा दिया। गोविंदी ने बालक को अपनी गोद में लिटा कर कटोरी से दूध पिलाना चाहा! पर एक घूँट से अधिक दूध कंठ में न गया। बालक ने हिचकी ली और अपनी जीवन-लीला समाप्त कर दी।

करुण रोदन से घर गूँज उठा। सारी बस्ती के लोग चौंक पड़े; पर जब मालूम हो गया कि ज्ञानचंद्र के घर से आवाज़ आ रही है, तो कोई द्वार पर न आया। रात भर भग्न हृदय दम्पति रोते रहे। प्रातःकाल ज्ञानचंद ने शव उठा लिया और श्मशान की ओर चले। सैकड़ों आदमियों ने उन्हें जाते देखा; पर कोई समीप न आया।

7

कुल-मर्यादा संसार की सबसे उत्तम वस्तु है। उस पर प्राण तक न्योछावर कर दिये जाते हैं। ज्ञानचंद के हाथ से वह वस्तु निकल गयी, जिस पर उन्हें गौरव था। वह गर्व, वह आत्म-बल, वह तेज, जो परंपरा ने उनके हृदय में कूट-कूट कर भर दिया था, उसका कुछ अंश तो पहले ही मिट चुका था, बचा-खुचा पुत्र-शोक ने मिटा दिया। उन्हें

विश्वास हो गया कि उनके अविचार का ईश्वर ने यह दंड दिया है। दुरवस्था, जीर्णता और मानसिक दुर्बलता सभी इस विश्वास को दृढ़ करती थीं। वह गोविंदी को अब भी निर्दोष समझते थे। उसके प्रति एक कटु शब्द उनके मुँह से न निकलता था, न कोई कटु भाव ही उनके दिल में जगह पाता था। विधि की क्रूर-क्रीड़ा ही उनका सर्वनाश कर रही है; इसमें उन्हें लेशमात्र भी संदेह न था।

अब यह घर उन्हें फाड़े खाता था। घर के प्राण-से निकल गए थे। अब माता किसे गोद में ले कर चाँद मामा को बुलायेगी, किसे उबटन मलेगी, किसके लिए प्रातःकाल हलुवा पकायेगी। अब सब कुछ शून्य था, मालूम होता था कि उनके हृदय निकाल लिये गए हैं। अपमान, कष्ट, अनाहार, इन सारी विडंबनाओं के होते हुए भी बालक की बाल-क्रीड़ाओं में वे सब कुछ भूल जाते थे। उसके स्नेहमय लालन-पालन में ही अपना जीवन सार्थक समझते थे। अब चारों ओर अन्धकार था।

यदि ऐसे मनुष्य हैं, जिन्हें विपत्ति से उत्तेजना और साहस मिलता है, तो ऐसे भी मनुष्य हैं, जो आपत्ति-काल में कर्त्तव्यहीन, पुरुषार्थहीन और उद्यमहीन हो जाते हैं। ज्ञानचंद्र शिक्षित थे, योग्य थे। यदि शहर में जा कर दौड़-धूप करते, तो उन्हें कहीं न कहीं काम मिल जाता। वेतन कम ही सही, रोटियों को तो मुहताज न रहते; किंतु अविश्वास उन्हें घर से निकलने न देता था। कहाँ जाएँ, शहर में कौन जानता है? अगर दो-चार परिचित प्राणी हैं भी, तो उन्हें मेरी क्यों परवा होने लगी? फिर इस दशा में जाएँ कैसे? देह पर साबित कपड़े भी नहीं। जाने के पहले गोविंदी के लिए कुछ न कुछ प्रबंध करना आवश्यक था। उसका कोई सुभीता न था। इन्हीं चिंताओं में पड़े-पड़े उनके दिन कटते जाते थे। यहाँ तक कि उन्हें घर से बाहर निकलते ही बड़ा संकोच होता था। गोविंदी ही पर अन्नोपार्जन का भार था। बेचारी दिन को बच्चों के कपड़े सीती, रात को दूसरों के लिए आटा पीसती। ज्ञानचंद्र सब कुछ देखते थे और माथा ठोक कर रह जाते थे।

एक दिन भोजन करते हुए ज्ञानचंद्र ने आत्म-धिक्कार के भाव से मुस्करा कर कहा–मुझ-सा निर्लज्ज पुरुष भी संसार में दूसरा न होगा, जिसे स्त्री की कमाई खाते भी मौत नहीं आती!

गोविंदी ने भौं सिकोड़ कर कहा–तुम्हारे पैरों पड़ती हूँ, मेरे सामने ऐसी बातें मत किया करो। है तो यह सब मेरे ही कारण?

ज्ञान.–तुमने पूर्व जन्म में कोई बड़ा पाप किया था गोविंदी, जो मुझ-जैसे निखट्टू के पाले पड़ी। मेरे जीते ही तुम विधवा हो। धिक्कार है ऐसे जीवन को!

गोविंदी–तुम मेरा ही खून पियो, अगर फिर इस तरह की कोई बात मुँह से निकालो। तुम्हारी दासी बन कर मेरा जन्म सुफल हो गया। मैं इसे पूर्वजन्म की तपस्या का पुनीत फल समझती हूँ। दुःख-सुख किस पर नहीं आता। तुम्हें भगवान कुशल से रखें, यही मेरी अभिलाषा है।

ज्ञान.–भगवान तुम्हारी अभिलाषा पूर्ण करें! खूब चक्की पीसो।

गोविंदी—तुम्हारी बला से चक्की पीसती हूँ।

ज्ञान.—हाँ, हाँ, पीसो। मैं मना थोड़े करता हूँ। तुम न चक्की पीसोगी, तो यहाँ मूँछों पर ताव दे कर खायेगा कौन, अच्छा, आज दाल में घी भी है। ठीक है, अब मेरी चाँदी है, बेड़ा पार लग जाएगा। इसी गाँव में बड़े-बड़े उच्च-कुल की कन्याएँ हैं। अपने वस्त्राभूषण के सामने उन्हें और किसी की परवा नहीं। पति महाशय चाहे चोरी करके लायें, चाहे डाका मार कर लायें, उन्हें इसकी परवा नहीं। तुममें वह गुण नहीं है। तुम उच्च-कुल की कन्या नहीं हो। वाह री दुनिया! ऐसी पवित्र देवियों का तेरे यहाँ अनादर होता है! उन्हें कुल-कलंकिनी समझा जाता है! धन्य है तेरा व्यापार! तुमने कुछ और सुना? सोमदत्त ने मेरे असामियों को बहका दिया है कि लगान मत देना, देखें क्या करते हैं। बताओ, ज़मींदार को रकम कैसे चुकाऊँगा?

गोविंदी—मैं सोमदत्त से जा कर पूछती हूँ न? मना क्या करेंगे, कोई दिल्लगी है!

ज्ञान.—नहीं गोविंदी, तुम उस दुष्ट के पास मत जाना। मैं नहीं चाहता कि तुम्हारे ऊपर उसकी छाया भी पड़े। उसे खूब अत्याचार करने दो। मैं भी देख रहा हूँ कि भगवान कितने न्यायी हैं!

गोविंदी—तुम असामियों के पास क्यों नहीं जाते? हमारे घर न आयें, हमारा छुआ पानी न पियें या हमारे रुपये भी मार लेंगे?

ज्ञान.—वाह, इससे सरल तो कोई काम ही नहीं है। कह देंगे, हम रुपये दे चुके। सारा गाँव उसकी तरफ हो जाएगा। मैं तो अब गाँव भर का द्रोही हूँ न। आज खूब डट कर भोजन किया। अब मैं भी रईस हूँ, बिना हाथ-पैर हिलाये गुलछर्रे उड़ाता हूँ। सच कहता हूँ, तुम्हारी ओर से अब मैं निश्चिन्त हो गया। देश-विदेश भी चला जाऊँ, तो तुम अपना निर्वाह कर सकती हो।

गोविंदी—कहीं जाने का काम नहीं है।

ज्ञान.—तो यहाँ जाता ही कौन है। किसे कुत्ते ने काटा है, जो यह सेवा छोड़ कर मेहनत-मजूरी करने जाए। तुम सचमुच देवी हो, गोविंदी!

भोजन करके ज्ञानचंद्र बाहर निकले। गोविंदी भोजन करके कोठरी में आयी, तो ज्ञानचंद्र न थे। समझी, कहीं बाहर चले गए होंगे। आज पति की बातों से उसका चित्त कुछ प्रसन्न था। शायद अब वह नौकरी-चाकरी की खोज में कहीं जानेवाले हैं। यह आशा बँधा रही थी। हाँ उनकी व्यंगोक्तियों का भाव उसकी समझ ही में न आता था। ऐसी बातें वह कभी न करते थे। आज क्या सूझी!

कुछ कपड़े सीने थे। जाड़ों के दिन थे। गोविंदी धूप में बैठ कर सीने लगी। थोड़ी ही देर में शाम हो गयी। अभी तक ज्ञानचंद्र नहीं आये। तेल-बत्ती का समय आया, फिर भोजन की तैयारी करने लगी। कालिंदी थोड़ा-सा दूध दे गयी थी। गोविंदी को तो भूख न थी, अब वह एक ही बेला खाती थी। हाँ, ज्ञानचंद्र के लिए रोटियाँ सेंकनी थीं। सोचा, दूध है ही, दूध-रोटी खा लेंगे।

भोजन बना कर निकली ही थी कि सोमदत्त ने आँगन में आकर पूछा—कहाँ हैं ज्ञानू?

गोविंदी—कहीं गए हैं।

सोम.—कपड़े पहन कर गए हैं?

गोविंदी—हाँ; काली मिर्जई पहने थे।

सोम.—जूता भी पहने थे?

गोविंदी की छाती धाड़-धाड़ करने लगी। बोली—हाँ, जूता तो पहने थे। क्यों पूछते हो?

सोमदत्त ने जोर से हाथ मार कर कहा—हाय ज्ञानू! हाय!

गोविंदी घबरा कर बोली—क्या हुआ, दादा जी! हाय! बताते क्यों नहीं? हाय!

सोम.—अभी थाने से आ रहा हूँ। वहाँ उनकी लाश मिली है। रेल के नीचे दब गए! हाय ज्ञानू! मुझ हत्यारे को क्यों न मौत आ गयी? गोविंदी के मुँह से फिर कोई शब्द न निकला। अंतिम 'हाय' के साथ बहुत दिनों तक तड़पता हुआ प्राण-पक्षी उड़ गया। एक क्षण में गाँव की कितनी ही स्त्रियाँ जमा हो गयीं। सब कहती थीं, देवी थी! सती थी!

प्रातःकाल दो अर्थियाँ गाँव से निकलीं। एक पर रेशमी चुँदरी का कफन था, दूसरी पर रेशमी शाल का। गाँव के द्विजों में से केवल सोमदत्त साथ था। शेष गाँव के नीच जाति वाले आदमी थे। सोमदत्त ही ने दाह-क्रिया का प्रबंध किया था। वह रह-रह कर दोनों हाथों से अपनी छाती पीटता था और जोर-जोर से चिल्लाता था, हाय! हाय ज्ञानू!!

चोरी

हाय बचपन! तेरी याद नहीं भूलती! वह कच्चा, टूटा घर, वह पुवाल का बिछौना; वह नंगे बदन, नंगे पाँव खेतों में घूमना; आम के पेड़ों पर चढ़ना, सारी बातें आँखों के सामने फिर रही हैं। चमरौधे जूते पहन कर उस वक्त कितनी ख़ुशी होती थी, अब 'फ्लेक्स' के बूटों से भी नहीं होती। गरम पनुए रस में जो मजा था, वह अब गुलाब के शर्बत में भी नहीं; चबेने और कच्चे बेरों में जो रस था, वह अब अंगूर और खीरमोहन में भी नहीं मिलता।

मैं अपने चचेरे भाई हलधर के साथ दूसरे गाँव में एक मौलवी साहब के यहाँ पढ़ने जाया करता था। मेरी उम्र आठ साल थी, हलधर (वह अब स्वर्ग में निवास कर रहे हैं) मुझसे दो साल जेठ थे। हम दोनों प्रातःकाल बासी रोटियाँ खा, दोपहर के लिए मटर और जौ का चबेना ले कर चल देते थे। फिर तो सारा दिन अपना था। मौलवी साहब के यहाँ कोई हाजिरी का रजिस्टर तो था नहीं, और न गैरहाजिरी का जुर्माना ही देना पड़ता था। फिर डर किस बात का! कभी तो थाने के सामने खड़े सिपाहियों की कवायद देखते, कभी किसी भालू या बन्दर नचानेवाले मदारी के पीछे-पीछे घूमने में दिन काट देते, कभी रेलवे स्टेशन की ओर निकल जाते और गाड़ियों की बहार देखते। गाड़ियों के समय का जितना ज्ञान हमको था, उतना शायद टाइम-टेबिल को भी न था। रास्ते में शहर के एक महाजन

ने एक बाग लगवाना शुरू किया था। वहाँ एक कुआँ खुद रहा था। वह भी हमारे लिए एक दिलचस्प तमाशा था। बूढ़ा माली हमें अपनी झोपड़ी में बड़े प्रेम से बैठाता था। हम उससे झगड़-झगड़ कर उसका काम करते! कहीं बाल्टी लिये पौधों को सींच रहे हैं, कहीं खुरपी से क्यारियाँ गोड़ रहे हैं, कहीं कैंची से बेलों की पत्तियाँ छाँट रहे हैं। उन कामों में कितना आनन्द था! माली बाल-प्रकृति का पंडित था। हमसे काम लेता, पर इस तरह मानो हमारे ऊपर कोई एहसान कर रहा है। जितना काम वह दिन भर में करता, हम घंटे भर में निबटा देते थे। अब वह माली नहीं है; लेकिन बाग हरा-भरा है। उसके पास से हो कर गुजरता हूँ, तो जी चाहता है; उन पेड़ों के गले मिल कर रोऊँ, और कहूँ, प्यारे, तुम मुझे भूल गए लेकिन मैं तुम्हें नहीं भूला; मेरे हृदय में तुम्हारी याद अभी तक हरी है, उतनी ही हरी, जितने तुम्हारे पत्ते। निःस्वार्थ प्रेम के तुम जीते-जागते स्वरूप हो।

कभी-कभी हम हफ्तों गैरहाजिर रहते; पर मौलवी साहब से ऐसा बहाना कर देते कि उनकी बढ़ी हुई त्योरियाँ उतर जातीं।

उतनी कल्पना-शक्ति आज होती तो ऐसा उपन्यास लिख मारता कि लोग चकित रह जाते। अब तो यह हाल है कि बहुत सिर खपाने के बाद कोई कहानी सूझती है। खैर हमारे मौलवी साहब दरजी थे। मौलवीगीरी केवल शौक से करते थे। हम दोनों भाई अपने गाँव के कुरमी-कुम्हारों से उनकी खूब बड़ाई करते थे। यों कहिए कि हम मौलवी साहब के सफरी एजेंट थे। हमारे उद्योग से जब मौलवी साहब को कुछ काम मिल जाता, तो हम फूले न समाते! जिस दिन कोई अच्छा बहाना न सूझता, मौलवी साहब के लिए कोई-न-कोई सौगात ले जाते। कभी सेर-आधा-सेर फलियाँ तोड़ लीं, तो कभी दस-पाँच ऊख; कभी जौ या गेहूँ की हरी-हरी बालें ले लीं, उन सौगातों को देखते ही मौलवी साहब का क्रोध शांत हो जाता। जब इन चीजों की फसल न होती, तो हम सज़ा से बचने का कोई और ही उपाय सोचते। मौलवी साहब को चिड़ियों का शौक था। मकतब में श्याम, बुलबुल, दहियल और चंडूलों के पिंजरे लटकते रहते थे। हमें सबक याद हो या न हो पर चिड़ियों को याद हो जाते थे। हमारे साथ ही वे पढ़ा करती थीं। इन चिड़ियों के लिए बेसन पीसने में हम लोग खूब उत्साह दिखाते थे। मौलवी साहब सब लड़कों को पतिंगे पकड़ लाने की ताकीद करते रहते थे। इन चिड़ियों को पतिंगों से विशेष रुचि थी। कभी-कभी हमारी बला पतिंगों ही के सिर चली जाती थी। उनका बलिदान करके हम मौलवी साहब के रौद्र रूप को प्रसन्न कर लिया करते थे।

एक दिन सबेरे हम दोनों भाई तालाब में मुँह धोने गए, हलधर ने कोई सफेद-सी चीज मुट्ठी में ले कर दिखायी। मैंने लपक कर मुट्ठी खोली; तो उसमें एक रुपया था। विस्मित हो कर पूछा—यह रुपया तुम्हें कहाँ मिला?

हलधर—अम्माँ ने ताक पर रखा था; चारपाई खड़ी करके निकाल लाया।

घर में कोई संदूक या आलमारी तो थी नहीं; रुपये-पैसे एक ऊँचे ताक पर रख दिये जाते थे। एक दिन पहले चचा जी ने सन बेचा था। उसी के रुपये ज़मींदार को देने के लिए रखे हुए थे। हलधर को न-जाने क्योंकर पता लग गया। जब घर के सब लोग

काम-धंधों में लग गए, तो अपनी चारपाई खड़ी की और उस पर चढ़ कर एक रुपया निकाल लिया। उस वक्त तक हमने कभी रुपया छुआ तक न था। वह रुपया देख कर आनंद और भय की जो तरंगें दिल में उठी थीं, वे अभी तक याद हैं; हमारे लिए रुपया एक अलभ्य वस्तु थी। मौलवी साहब को हमारे यहाँ से सिर्फ बारह आने मिला करते थे। महीने के अंत में चचा जी खुद जाकर पैसे दे आते थे। भला, कौन हमारे गर्व का अनुमान कर सकता है! लेकिन मार का भय आनंद में विघ्न डाल रहा था। रुपये अनगिनती तो थे नहीं। चोरी खुल जाना मानी हुई बात थी। चचा जी के क्रोध का भी, मुझे तो नहीं, हलधर को प्रत्यक्ष अनुभव हो चुका था। यों उनसे ज्यादा सीधा-सादा आदमी दुनिया में न था। चचा ने उनकी रक्षा का भार सिर पर न रख लिया होता, तो कोई बनिया उन्हें बाज़ार में बेच सकता था; पर जब क्रोध आ जाता, तो फिर उन्हें कुछ न सूझता। और तो और, चची भी उनके क्रोध का सामना करते डरती थीं। हम दोनों ने कई मिनट तक इन्हीं बातों पर विचार किया, और आखिर यही निश्चय हुआ कि आयी हुई लक्ष्मी को न जाने देना चाहिए। एक तो हमारे ऊपर संदेह होगा ही नहीं, अगर हुआ भी तो हम साफ इनकार कर जाएँगे। कहेंगे, हम रुपया लेकर क्या करते। थोड़ा सोच-विचार करते, तो यह निश्चय पलट जाता और वह वीभत्स लीला न होती, जो आगे चलकर हुई; पर उस समय हममें शांति से विचार करने की क्षमता ही न थी।

मुँह-हाथ धो कर हम दोनों घर आये और डरते-डरते अंदर कदम रखा। अगर कहीं इस वक्त तलाशी की नौबत आयी, तो फिर भगवान ही मालिक हैं। लेकिन सब लोग अपना-अपना काम कर रहे थे। कोई हमसे न बोला।

हमने नाश्ता भी न किया, चबेना भी न लिया; किताब बगल में दबायी और मदरसे का रास्ता लिया। बरसात के दिन थे। आकाश पर बादल छाये हुए थे। हम दोनों ख़ुश-ख़ुश मकतब चले जा रहे थे। आज काउन्सिल की मिनिस्ट्री पा कर भी शायद उतना आनंद न होता। हज़ारों मंसूबे बाँधते थे, हज़ारों हवाई किले बनाते थे। यह अवसर बड़े भाग्य से मिला था। जीवन में फिर शायद ही वह अवसर मिले। इसलिए रुपये को इस तरह खर्च करना चाहते थे कि ज्यादा से ज्यादा दिनों तक चल सके। यद्यपि उन दिनों पाँच आने सेर बहुत अच्छी मिठाई मिलती थी और शायद आधा सेर मिठाई में हम दोनों अफर जाते; लेकिन यह ख़याल हुआ कि मिठाई खायेंगे तो रुपया आज ही गायब हो जाएगा। कोई सस्ती चीज खानी चाहिए, जिसमें मजा भी आये, पेट भी भरे और पैसे भी कम खर्च हों। आखिर अमरूदों पर हमारी नज़र गयी। हम दोनों राजी हो गए। दो पैसे के अमरूद लिये। सस्ता समय था, बड़े-बड़े बारह अमरूद मिले। हम दोनों के कुर्तों के दामन भर गए। जब हलधर ने खटकिन के हाथ में रुपया रखा, तो उसने संदेह से देख कर पूछा—रुपया कहाँ पाया, लाला? चुरा तो नहीं लाये?

जवाब हमारे पास तैयार था। ज्यादा नहीं तो दो-तीन किताबें पढ़ ही चुके थे। विद्या का कुछ-कुछ असर हो चला था। मैंने झट से कहा—मौलवी साहब की फीस देनी है। घर में पैसे न थे, तो चचा जी ने रुपया दे दिया।

इस जवाब ने खटकिन का संदेह दूर कर दिया। हम दोनों ने एक पुलिया पर बैठ कर खूब अमरूद खाये। मगर अब साढ़े पन्द्रह आने पैसे कहाँ ले जाएँ। एक रुपया छिपा लेना तो इतना मुश्किल काम न था। पैसों का ढेर कहाँ छिपता। न कमर में इतनी जगह थी और न जेब में इतनी गुंजाइश। उन्हें अपने पास रखना चोरी का ढिंढोरा पीटना था। बहुत सोचने के बाद यह निश्चय किया कि बारह आने तो मौलवी साहब को दे दिये जाएँ, शेष साढ़े तीन आने की मिठाई उड़े। यह फैसला करके हम लोग मकतब पहुँचे। आज कई दिन के बाद गए थे। मौलवी साहब ने बिगड़ कर पूछा—इतने दिन कहाँ रहे?

मैंने कहा—मौलवी साहब, घर में गमी हो गयी।

यह कहते-कहते बारह आने उनके सामने रख दिये। फिर क्या पूछना था? पैसे देखते ही मौलवी साहब की बाछें खिल गयीं। महीना खत्म होने में अभी कई दिन बाकी थे। साधारणतः महीना चढ़ जाने और बार-बार तकाजे करने पर कहीं पैसे मिलते थे। अबकी इतनी जल्दी पैसे पा कर उनका ख़ुश होना कोई अस्वाभाविक बात न थी। हमने अन्य लड़कों की ओर सगर्व नेत्रों से देखा, मानो कह रहे हों, एक तुम हो कि माँगने पर भी पैसे नहीं देते, एक हम हैं कि पेशगी देते हैं।

हम अभी सबक पढ़ ही रहे थे कि मालूम हुआ, आज तालाब का मेला है, दोपहर में छुट्टी हो जाएगी। मौलवी साहब मेले में बुलबुल लड़ाने जाएँगे। यह खबर सुनते ही हमारी ख़ुशी का ठिकाना न रहा। बारह आने तो बैंक में जमा ही कर चुके थे; साढ़े तीन आने में मेला देखने की ठहरी। खूब बहार रहेगी। मजे से रेवड़ियाँ खायेंगे, गोलगप्पे उड़ायेंगे, झूले पर चढ़ेंगे और शाम को घर पहुँचेंगे; लेकिन मौलवी साहब ने एक कड़ी शर्त यह लगा दी थी कि सब लड़के छुट्टी के पहले अपना-अपना सबक सुना दें। जो सबक न सुना सकेगा, उसे छुट्टी न मिलेगी। नतीजा यह हुआ कि मुझे तो छुट्टी मिल गयी; पर हलधर कैद कर लिये गए। और कई लड़कों ने भी सबक सुना दिये थे, वे सभी मेला देखने चल पड़े। मैं भी उनके साथ हो लिया। पैसे मेरे ही पास थे; इसलिए मैंने हलधर को साथ लेने का इंतज़ार न किया। तय हो गया था कि वह छुट्टी पाते ही मेले में आ जाएँ, और दोनों साथ-साथ मेला देखें। मैंने वचन दिया था कि जब तक वह न आयेंगे, एक पैसा भी खर्च न करूँगा; लेकिन क्या मालूम था कि दुर्भाग्य कुछ और ही लीला रच रहा है!

मुझे मेला पहुँचे एक घंटे से ज्यादा गुजर गया; पर हलधर का कहीं पता नहीं। क्या अभी तक मौलवी साहब ने छुट्टी नहीं दी, या रास्ता भूल गए? आँखें फाड़-फाड़ कर सड़क की ओर देखता था। अकेले मेला देखने में जी भी न लगता था। यह संशय भी हो रहा था कि कहीं चोरी खुल तो नहीं गयी और चाचा जी हलधर को पकड़ कर घर तो नहीं ले गए?

आखिर जब शाम हो गयी, तो मैंने कुछ रेवड़ियाँ खायीं और हलधर के हिस्से के पैसे जेब में रख कर धीरे-धीरे घर चला। रास्ते में ख़याल आया, मकतब होता चलूँ। शायद हलधर अभी वहीं हो; मगर वहाँ सन्नाटा था। हाँ, एक लड़का खेलता हुआ

मिला। उसने मुझे देखते ही जोर से कहकहा मारा और बोला—बचा, घर जाओ, तो कैसी मार पड़ती है। तुम्हारे चचा आये थे। हलधर को मारते-मारते ले गए हैं। अजी, ऐसा तान कर घूँसा मारा कि मियाँ हलधर मुँह के बल गिर पड़े। यहाँ से घसीटते ले गए हैं। तुमने मौलवी साहब की तनख्वाह दे दी थी; वह भी ले ली। अभी कोई बहाना सोच लो, नहीं तो बेभाव की पड़ेगी।

मेरी सिट्टी-पिट्टी गूल गयी, बदन का लहू सूख गया। वही हुआ, जिसका मुझे शक हो रहा था। पैर मन-मन भर के हो गए। घर की ओर एक-एक कदम चलना मुश्किल हो गया। देवी-देवताओं के जितने नाम याद थे सभी की मानता मानी, किसी को लड्डू, किसी को पेड़े, किसी को बतासे। गाँव के पास पहुँचा, तो गाँव के डीह का सुमिरन किया; क्योंकि अपने हलके में डीह ही की इच्छा सर्व-प्रधान होती है। यह सब कुछ किया, लेकिन ज्यों-ज्यों घर निकट आता, दिल की धड़कन बढ़ती जाती थी। घटाएँ उमड़ी आती थीं। मालूम होता था, आसमान फट कर गिरा ही चाहता है। देखता था, लोग अपने-अपने काम छोड़-छोड़ भागे जा रहे हैं, गोरू भी पूँछ उठाये घर की ओर उछलते-कूदते चले जाते थे। चिड़ियाँ अपने घोंसलों की ओर उड़ी चली आती थीं, लेकिन मैं उसी मंद गति से चला जाता था; मानो पैरों में शक्ति नहीं। जी चाहता था, जोर का बुखार चढ़ आये, या कहीं चोट लग जाए; लेकिन कहने से धोबी गधे पर नहीं चढ़ता। बुलाने से मौत नहीं आती। बीमारी का तो कहना ही क्या! कुछ न हुआ, और धीरे-धीरे चलने पर भी घर सामने आ ही गया। अब क्या हो?

हमारे द्वार पर इमली का एक घना वृक्ष था। मैं उसी की आड़ में छिप गया कि जरा और अँधेरा हो जाए, तो चुपके से घुस जाऊँ और अम्माँ के कमरे में चारपाई के नीचे जा बैठूँ। जब सब लोग सो जाएँगे, तो अम्माँ से सारी कथा कह सुनाऊँगा। अम्माँ कभी नहीं मारतीं। जरा उनके सामने झूठ-मूठ रोऊँगा, तो वह और भी पिघल जाएँगी। रात कट जाने पर फिर कौन पूछता है। सुबह तक सबका गुस्सा ठंडा हो जाएगा। अगर ये मंसूबे पूरे हो जाते, तो इसमें संदेह नहीं कि मैं बेदाग बच जाता। लेकिन वहाँ तो विधाता को कुछ और मंजूर था। मुझे एक लड़के ने देख लिया, और मेरे नाम की रट लगाते हुए सीधे मेरे घर में भागा। अब मेरे लिए कोई आशा न रही। लाचार घर में दाखिल हुआ, तो सहसा मुँह से एक चीख निकल गयी, जैसे मार खाया हुआ कुत्ता किसी को अपनी ओर आता देख कर भय से चिल्लाने लगता है। बरोठे में पिता जी बैठे थे। पिता जी का स्वास्थ्य इन दिनों कुछ खराब हो गया था। छुट्टी ले कर घर आये हुए थे, यह तो नहीं कह सकता कि उन्हें शिकायत क्या थी; पर वह मूँग की दाल खाते थे, और संध्या-समय शीशे की गिलास में एक बोतल में से कुछ उँड़ेल-उँड़ेल कर पीते थे। शायद यह किसी तजुरबेकार हकीम की बतायी हुई दवा थी। दवाएँ सब बासनेवाली और कड़वी होती हैं। यह दवा भी बुरी ही थी; पर पिता जी न-जाने क्यों इस दवा को खूब मजा ले-ले कर पीते थे। हम जो दवा पीते हैं, तो आँखें बन्द करके एक ही घूँट में गटक जाते हैं; पर शायद इस दवा का असर धीरे-धीरे पीने में ही होता

हो। पिता जी के पास गाँव के दो-तीन और कभी-कभी चार-पाँच और रोगी भी जमा हो जाते; और घंटों दवा पीते रहते थे। मुश्किल से खाना खाने उठते थे।

इस समय भी वह दवा पी रहे थे। रोगियों की मंडली जमा थी, मुझे देखते ही पिता जी ने लाल-लाल आँखें करके पूछा-कहाँ थे अब तक?

मैंने दबी ज़बान से कहा—कहीं तो नहीं।

'अब चोरी की आदत सीख रहा है! बोल, तूने रुपया चुराया कि नहीं?'

मेरी ज़बान बंद हो गयी। सामने नंगी तलवार नाच रही थी। शब्द भी निकालते हुए डरता था।

पिता जी ने जोर से डाँट कर पूछा—बोलता क्यों नहीं? तूने रुपया चुराया कि नहीं?

मैंने जान पर खेल कर कहा—मैंने कहाँ...

मुँह से पूरी बात भी न निकलने पायी थी कि पिता जी विकराल रूप धारण किये, दाँत पीसते, झपट कर उठे और हाथ उठाये मेरी ओर चले।

मैं जोर से चिल्ला कर रोने लगा। ऐसा चिल्लाया कि पिता जी भी सहम गए। उनका हाथ उठा ही रह गया। शायद समझे कि जब अभी से इसका यह हाल है, तब तमाचा पड़ जाने पर कहीं इसकी जान ही न निकल जाए। मैंने जो देखा कि मेरी हिकमत काम कर गयी, तो और भी गला फाड़-फाड़ कर रोने लगा। इतने में मंडली के दो-तीन आदमियों ने पिता जी को पकड़ लिया और मेरी ओर इशारा किया कि भाग जा! बच्चे ऐसे मौके पर और भी मचल जाते हैं, और व्यर्थ मार खा जाते हैं। मैंने बुद्धिमानी से काम लिया।

लेकिन अन्दर का दृश्य इससे कहीं भयंकर था। मेरा तो खून सर्द हो गया, हलधर के दोनों हाथ एक खम्भे से बंधे थे, सारी देह धूल-धूसरित हो रही थी, और वह अभी तक सिसक रहे थे। शायद वह आँगन भर में लोटे थे। ऐसा मालूम हुआ कि सारा आँगन उनके आँसुओं से भर गया है। चची हलधर को डाँट रही थीं और अम्माँ बैठी मसाला पीस रही थीं। सबसे पहले मुझ पर चची की निगाह पड़ी। बोलीं, लो, वह भी आ गया। क्यों रे, रुपया तूने चुराया था कि इसने?

मैंने निश्शंक हो कर कहा—हलधर ने।

अम्माँ बोलीं—अगर उसी ने चुराया था, तो तूने घर आ कर किसी से कहा क्यों नहीं!

अब झूठ बोले बगैर बचना मुश्किल था। मैं तो समझता हूँ कि जब आदमी को जान का खतरा हो, तो झूठ बोलना क्षम्य है। हलधर मार खाने के आदी थे, दो-चार घूँसे और पड़ने से उनका कुछ न बिगड़ सकता था।

मैंने मार कभी न खायी थी। मेरा तो दो ही चार घूँसों में काम तमाम हो जाता। फिर हलधर ने भी तो अपने को बचाने के लिए मुझे फँसाने की चेष्टा की थी, नहीं तो चची मुझसे यह क्यों पूछतीं, रुपया तूने चुराया या हलधर ने? किसी भी सिद्धान्त से

मेरा झूठ बोलना इस समय स्तुत्य नहीं, तो क्षम्य जरूर था। मैंने छूटते ही कहा—हलधर कहते थे किसी से बताया, तो मार ही डालूँगा।

अम्माँ—देखा, वही बात निकली न! मैं तो कहती थी कि बच्चा की ऐसी आदत नहीं; पैसा तो वह हाथ से छूता ही नहीं, लेकिन सब लोग मुझी को उल्लू बनाने लगे।

हल.—मैंने तुमसे कब कहा था कि बताओगे, तो मारूँगा?

मैं—वहीं, तालाब के किनारे तो!

हल.—अम्माँ, बिलकुल झूठ है!

चची—झूठ नहीं, सच है। झूठा तो तू है, और तो सारा संसार सच्चा है, तेरा नाम निकल गया है न! तेरा बाप नौकरी करता, बाहर से रुपये कमा लाता, चार जने उसे भला आदमी कहते, तो तू भी सच्चा होता। अब तो तू ही झूठा है। जिसके भाग में मिठाई लिखी थी, उसने मिठाई खायी। तेरे भाग में तो लात खाना ही लिखा था।

यह कहते हुए चची ने हलधर को खोल दिया और हाथ पकड़ कर भीतर ले गयीं। मेरे विषय में स्नेहपूर्ण आलोचना करके अम्माँ ने पासा पलट दिया था, नहीं तो अभी बेचारे पर न-जाने कितनी मार पड़ती। मैंने अम्माँ के पास बैठ कर अपनी निर्दोषिता का राग खूब अलापा। मेरी सरल-हृदया माता मुझे सत्य का अवतार समझती थीं। उन्हें पूरा विश्वास हो गया कि सारा अपराध हलधर का है। एक क्षण बाद मैं गुड़-चबेना लिये कोठरी से बाहर निकला। हलधर भी उसी वक्त चिउड़ा खाते हुए बाहर निकले। हम दोनों साथ-साथ बाहर आये और अपनी-अपनी बीती सुनाने लगे। मेरी कथा सुखमय थी, हलधर की दुःखमय; पर अंत दोनों का एक था, गुड़ और चबेना।

लांछन

मुंशी श्यामकिशोर के द्वार पर मुन्नू मेहतर ने झाड़ू लगायी, गुसलखाना धो-धो कर साफ किया और तब द्वार पर आ कर गृहिणी से बोला—माँ जी, देख लीजिए, सब साफ कर दिया। आज कुछ खाने को मिल जाए, सरकार!

देवीरानी ने द्वार पर आकर कहा—अभी तो तुम्हें महीना पाये दस दिन भी नहीं हुए। फिर इतनी जल्द माँगने लगे?

मुन्नू—क्या करूँ, माँ जी, खर्च नहीं चलता। अकेला आदमी, घर देखूँ कि काम करूँ?

देवी—तो ब्याह क्यों नहीं कर लेते?

मुन्नू—रुपये माँगते हैं, सरकार! यहाँ खाने से ही नहीं बचता, थैली कहाँ से लाऊँ?

देवी—अभी तो तुम जवान हो, कब तक अकेले बैठे रहोगे?

मुन्नू—हुजूर की इतनी निगाह है, तो कहीं न कहीं ठीक ही हो जाएगी; सरकार कुछ मदद करेंगी न?

देवी—हाँ-हाँ, तुम ठीक-ठाक करो; मुझसे जो कुछ हो सकेगा, मैं दे दूँगी।

मुन्नू—सरकार का मिजाज बड़ा अच्छा है। हुजूर इतना ख़याल करती हैं। दूसरे घरों में तो मालकिनें बात भी नहीं पूछतीं। सरकार को अल्लाह ने जैसी सकल-सूरत दी है, वैसा दिल भी दिया है। अल्लाह जानता है, हुजूर को देख कर भूख-प्यास जाती रहती है। बड़े-बड़े घर की औरतें देखी हैं, मुदा आपके तलुओं की बराबरी भी नहीं कर सकतीं।

देवी—चल झूठे! मैं ऐसी कौन खूबसूरत हूँ।

मुन्नू—अब सरकार से क्या कहूँ। बड़ी-बड़ी खत्रानियों को देखता हूँ; मगर गोरेपन के सिवा और कोई बात नहीं। उनमें यह नमक कहाँ, सरकार!

देवी—एक रुपये में तुम्हारा काम चल जाएगा?

मुन्नू—भला सरकार; दो रुपये तो दे दें।

देवी—अच्छा, यह लो और जाओ।

मुन्नू—जाता हूँ, सरकार! आप नाराज न हों, तो एक बात पूछूँ?

देवी—क्या पूछते हो, पूछो? मगर जल्दी, मुझे चूल्हा जलाना है।

मुन्नू—तो सरकार जाएँ; फिर कभी कहूँगा।

देवी—नहीं-नहीं; कहो, क्या बात है? अभी कुछ ऐसी जल्दी नहीं है।

मुन्नू—दालमंडी में सरकार के कोई रहते हैं क्या?

देवी—नहीं, यहाँ तो कोई नातेदार नहीं है।

मुन्नू—तो कोई दोस्त होंगे। सरकार को अक्सर एक कोठे पर से उतरते देखता हूँ।

देवी—दालमंडी तो रंडियों का मुहल्ला है?

मुन्नू—हाँ सरकार, रंडियाँ बहुत हैं यहाँ; लेकिन सरकार तो सीधे-सादे आदमी मालूम होते हैं। यहाँ रात को देर से तो नहीं आते?

देवी—नहीं शाम से पहले ही आ जाते हैं और फिर कहीं नहीं जाते। हाँ, कभी-कभी लाइब्रेरी अलबत्ता जाते हैं।

मुन्नू—बस-बस, यही बात है, हुजूर! मौका मिले, तो इशारे से समझा दीजिएगा सरकार, कि रात को उधर न जाया करें। आदमी का दिल कितना ही साफ हो, लेकिन देखने वाले तो शक करने लगते हैं।

इतने में ही बाबू श्यामकिशोर आ गए। मुन्नू ने उन्हें सलाम किया, बाल्टी उठायी और चलता हुआ।

श्यामकिशोर ने पूछा—मुन्नू क्या कह रहा था?

देवी—कुछ नहीं, अपने दुखड़े रो रहा था। खाने को माँगता था। दो रुपये दे दिये हैं। बातचीत बड़े ढंग से करता है।

श्याम—तुम्हें तो बातें करने का मरज है। और कोई नहीं तो मेहतर ही सही। इस भुतने-से न जाने तुम कैसे बात करती हो!

देवी—मुझे उसकी सूरत ले कर क्या करना है? गरीब आदमी है। अपना दुःख सुनाने लगता है, तो कैसे न सुनूँ?

बाबू साहब ने बेले का गजरा रूमाल से निकाल देवी के गले में डाल दिया; किंतु देवी के मुख पर प्रसन्नता का कोई चिह्न न दिखायी दिया। तिरछी निगाहों देखकर बोलीं—आप आजकल दालमंडी की सैर बहुत किया करते हैं?

श्याम—कौन? मैं?

देवी—जी हाँ, तुम। मुझसे तो लाइब्रेरी का बहाना करके जाते हो, और वहाँ जलसे होते हैं!

श्याम—बिलकुल झूठ; सोलहों आने झूठ। तुमसे कौन कहता था? यही मुन्नू?

देवी—मुन्नू ने मुझसे कुछ नहीं कहा; पर मुझे तुम्हारी टोह मिलती रहती है।

श्याम—तुम मेरी टोह मत लिया करो। शक करने से आदमी शक्की हो जाता है, और तब बड़े-बड़े अनर्थ हो जाते हैं। भला, मैं दालमंडी क्यों जाने लगा? तुमसे बढ़कर दालमंडी में और कौन है? मैं तो तुम्हारी इन मदभरी आँखों का आशिक हूँ। अगर अप्सरा भी सामने आ जाए, तो भी आँख उठा कर न देखूँ। आज शारदा कहाँ है?

देवी—नीचे खेलने चली गयी है।

श्याम—नीचे मत जाने दिया करो। इक्के, मोटरें, बग्घियाँ दौड़ती रहती हैं। न जाने कब क्या हो जाए। आज ही अरदली बाज़ार में एक वारदात हो गयी। तीन लड़के एक साथ दब गए।

देवी—तीन लड़के!! बड़ा गजब हो गया। किसकी मोटर थी?

श्याम—इसका अभी तक पता नहीं चला। ईश्वर जानता है, तुम्हें यह गजरा बहुत खिल रहा है!

देवी (मुस्करा कर), चलो, बातें न बनाओ।

2

तीसरे दिन मुन्नू ने देवी से कहा—सरकार, एक जगह सगाई ठीक हो रही है; देखिए कौल से फिर न जाइएगा। मुझे आपका बड़ा भरोसा है।

देवी—देख ली औरत? कैसी है?

मुन्नू—सरकार जैसी तकदीर में है, वैसी है। घर की रोटियाँ तो मिलेंगी, नहीं तो अपने हाथों ठोकना पड़ता था। है क्या कि मिजाज की सीधी है। हमारे जात की औरतें बड़ी चंचल होती हैं, हुजूर! सैकड़े पीछे एक भी पाक न मिलेगी।

देवी—मेहतर लोग अपनी औरतों को कुछ कहते नहीं।

मुन्नू—क्या कहें, हुजूर! डरते हैं कि कहीं अपने आसना से चुगली खा कर हमारी नौकरी-चाकरी न छुड़ा दे। मेहतरानियों पर बाबू साहबों की बहुत निगाह रहती है, सरकार!

देवी–(हँसकर) चल झूठे! बाबू साहबों की औरतें क्या मेहतरानियों से भी गयी-गुजरी होती हैं!

मुन्नू–अब सरकार कुछ न कहलायें, हुजूर को छोड़कर और तो कोई ऐसी बबुआइन नहीं देखता, जिसका कोई बखान करे। बहुत ही छोटा आदमी हूँ, सरकार; पर बबुआइनों की तरह मेरी औरत होती, तो उससे बोलने को जी न चाहता। हुजूर के चेहरे-मोहरे की कोई औरत मैंने तो नहीं देखी।

देवी–चल झूठे, इतनी ख़ुशामद करना किससे सीखा?

मुन्नू–ख़ुशामद नहीं करता, सरकार; सच्ची बात कहता हूँ। हुजूर एक दिन खिड़की के सामने खड़ी थीं। रजा मियाँ की निगाह आप पर पड़ गयी। जूते की बड़ी दूकान है उनकी। अल्लाह ने जैसे धन दिया है वैसा ही दिल भी। आपको देखते ही आँखें नीचे कर लीं। आज बातों-बातों में हुजूर की सकल-सूरत को सराहने लगे। मैंने कहा–जैसी सूरत है, वैसा सरकार को अल्लाह ने दिल भी दिया है।

देवी–अच्छा, वह लंबा-सा साँवले रंग का जवान है?

मुन्नू–हाँ हुजूर; वही। मुझसे कहने लगे कि किसी तरह एक बार फिर उन्हें देख पाता; लेकिन मैंने डाँट कर कहा–खबरदार मियाँ! जो मुझसे ऐसी बातें कीं। वहाँ तुम्हारी दाल न गलेगी।

देवी–तुमने बहुत अच्छा किया। निगोड़े की आँख फूट जाए; जब इधर से जाता है, खिड़की की ओर उसकी निगाह रहती है। कह देना, इधर भूल कर भी न ताके!

मुन्नू–कह दिया है, हुजूर! हुकुम हो तो चलूँ। और तो कुछ साफ नहीं करना है? सरकार के आने की वेला हो गयी है। मुझे देखेंगे तो कहेंगे, यह क्या बातें कर रहा है।

देवी–ये रोटियाँ लेते जाओ। आज चूल्हे से बच जाओगे।

मुन्नू–अल्लाह हुजूर को सलामत रखे! मेरा तो यही जी चाहता है कि इसी दरवाज़े पर पड़ा रहूँ और एक टुकड़ा खा लिया करूँ। सच कहता हूँ, हुजूर को देख कर भूख-प्यास जाती रहती है।

मुन्नू जा ही रहा था कि बाबू श्यामकिशोर ऊपर आ पहुँचे। मुन्नू की पिछली बात उनके कान में पड़ गयी थी। मुन्नू ज्यों ही नीचे गया, बाबू साहब देवी से बोले–मैंने तुमसे कह दिया था कि मुन्नू को मुँह न लगाओ, पर तुमने मेरी बात न मानी। छोटे आदमी एक घर की बात दूसरे घर पहुँचा देते हैं, इन्हें कभी मुँह न लगाना चाहिए। भूख-प्यास बंद होने की क्या बात थी?

देवी–क्या जानें, भूख-प्यास कैसी? ऐसी तो कोई बात न थी।

श्याम–थी क्यों नहीं, मैंने साफ सुना?

देवी–मुझे तो ख़याल नहीं आता। होगी कोई बात। मैं कौन उसकी सब बातें बैठी सुना करती हूँ।

श्याम—तो क्या यह दीवार से बातें करता है? देखो, नीचे एक आदमी इस खिड़की की तरफ ताकता चला जाता है। इसी मुहल्ले का मुसलमान का लौंडा है। जूते की दूकान करता है। तुम क्यों इस खिड़की पर खड़ी रहा करती हो?

देवी—चिक तो पड़ी हुई है।

श्याम—चिक के पास खड़ी होने से बाहर का आदमी तुम्हें साफ देख सकता है।

देवी—यह मुझे मालूम न था। अब कभी खिड़की खोलूँगी ही नहीं।

श्याम—हाँ, फायदा क्या? मुन्नू को अंदर मत आने दिया करो।

देवी—गुसलखाना कौन साफ करेगा?

श्याम—खैर आये, मगर उससे बातें न करनी चाहिए। आज एक नया थिएटर आया है। चलो देख आयें। सुना है, इसके एक्टर बहुत अच्छे हैं।

इतने में शारदा नीचे से मिठाई का दोना लिये दौड़ती हुई आयी। देवी ने पूछा—अरी, यह मिठाई किसने दी?

शारदा—राजा भैया ने तो दी है। कहते थे, तुम को अच्छे-अच्छे खिलौने ला दूँगा।

श्याम—राजा भैया कौन है?

शारदा—वही तो हैं, जो अभी इधर से गए हैं!

श्याम—वही तो नहीं, जो लम्बा-सा साँवले रंग का आदमी है?

शारदा—हाँ-हाँ, वही-वही। मैं अब उनके घर रोज जाऊँगी।

देवी—क्या तू उसके घर गयी थी?

शारदा—वही तो गोद में उठाकर ले गए थे।

श्याम—तू नीचे खेलने मत जाया कर। किसी दिन मोटर के नीचे दब जाएगी। देखती नहीं, कितनी मोटरें आती रहती हैं।

शारदा—राजा भैया कहते थे तुम्हें मोटर पर हवा खिलाने ले चलेंगे।

श्याम—तुम बैठी-बैठी क्या किया करती हो, जो तुमसे एक लड़की की निगरानी भी नहीं हो सकती?

देवी—इतनी बड़ी लड़की को संदूक में बंद करके नहीं रखा जा सकता।

श्याम—तुम जवाब देने में तो बहुत तेज हो, यह मैं जानता हूँ। यह क्यों नहीं कहतीं कि बातें करने से फुरसत नहीं मिलती।

देवी—बातें मैं किससे करती हूँ? यहाँ तो कोई पड़ोसिन भी नहीं?

श्याम—मुन्नू तो हई है?

देवी—(ओंठ दबाकर) मुन्नू क्या मेरा कोई सगा है, जिससे बैठी बातें किया करती हूँ? गरीब आदमी है, अपना दुःख रोता है, तो क्या कह दूँ? मुझसे तो दुत्कारते नहीं बनता।

श्याम—खैर, खाना बना लो, नौ बजे तमाशा शुरू हो जाएगा। सात बज गए हैं।

देवी—तुम जाओ, देख आओ, मैं न जाऊँगी।

श्याम—तुम्हीं तो महीनों से तमाशे की रट लगाये हुए थीं। अब क्या हो गया? क्या तुमने कसम खा ली है कि यह जो बात कहें, वह कभी न मानूँगी।

देवी—जाने क्यों तुम्हारा ऐसा ख़याल है। मैं तो तुम्हारी इच्छा पा कर ही कोई काम करती हूँ। मेरे जाने से कुछ और पैसे खर्च हो जाएँगे और रुपये कम पड़ जाएँगे तो तुम मेरी जान खाने लगोगे, यही सोच कर मैंने कहा था। अब तुम कहते हो तो चली चलूँगी। तमाशा देखना किसे बुरा लगता है।

3

नौ बजे श्यामकिशोर एक ताँगे पर बैठ कर देवी और शारदा के साथ थिएटर देखने चले। सड़क पर थोड़ी ही दूर गए थे कि पीछे से एक और ताँगा आ पहुँचा। इस पर रजा बैठा हुआ था, और उसके बगल में, हाँ, उसके बगल में, बैठा था मुन्नू मेहतर, जो बाबू साहब के घर में सफाई करता था। देवी ने उन दोनों को देखते ही सिर झुका लिया। उसे आश्चर्य हुआ कि रजा और मुन्नू में इतनी गाढ़ी मित्रता है कि रजा उसे ताँगे पर बैठा कर सैर कराने ले जाता है। शारदा रजा को देखते ही बोल उठी, बाबू जी, देखो, वह राजा भैया आ रहे हैं। (ताली बजाकर) राजा भैया, इधर देख, हम लोग तमाशा देखने जा रहे हैं।

रजा ने मुस्करा दिया; मगर बाबू साहब मारे क्रोध के तिलमिला उठे। उन्हें ऐसा मालूम हुआ कि ये दुष्ट केवल मेरा पीछा करने के लिए आ रहे हैं। इन दोनों में जरूर साँठ-गाँठ है। नहीं तो रजा मुन्नू को साथ क्यों लेता?

उनसे पीछा छुड़ाने के लिए उन्होंने ताँगेवाले से कहा—और तेज ले चलो, देर हो रही है। ताँगा तेज हो गया। रजा ने भी अपना ताँगा तेज किया। बाबू साहब ने जब ताँगे को धीमा करने को कहा, तो रजा का ताँगा भी धीमा हो गया। आखिर बाबू साहब ने झुँझला कर कहा—तुम ताँगे को छावनी की ओर ले चलो, हम थियेटर देखने नहीं जाएँगे। ताँगेवाले ने उनकी ओर कुतूहल से देखा और ताँगा फेर दिया। रजा का ताँगा भी फिर गया। बाबू साहब को इतना क्रोध आ रहा था कि रजा को ललकारूँ; पर डरते थे कि कहीं झगड़ा हो गया, तो बहुत से आदमी जमा हो जाएँगे और व्यर्थ ही झेंप होगी। लहू का घूँट पी कर रह गए। अपने ही ऊपर झुँझलाने लगे कि नाहक आया। क्या जानता था कि ये दोनों शैतान सिर पर सवार हो जाएँगे। मुन्नू को तो कल ही निकाल दूँगा। बारे रजा का ताँगा कुछ दूर चल कर दूसरी तरफ मुड़ गया, और बाबू साहब का क्रोध कुछ शांत हुआ; किंतु अब थियेटर जाने का समय न था। छावनी से घर लौट आये।

देवी ने कोठे पर आ कर कहा—मुफ्त में ताँगेवाले को दो रुपये देने पड़े।

श्यामकिशोर ने उसकी ओर रक्त-शोषक दृष्टि से देख कर कहा—और मुन्नू से बातें करो, और खिड़की पर खड़ी हो-हो कर रजा को छवि दिखाओ। तुम न-जाने क्या करने पर तुली हुई हो।

देवी—ऐसी बातें मुँह से निकालते तुम्हें शर्म नहीं आती? तुम मेरा व्यर्थ ही अपमान करते हो, इसका फल अच्छा न होगा। मैं किसी मर्द को तुम्हारे पैरों की धूल के बराबर भी नहीं समझती, उस अभागे मेहतर की क्या हकीकत है! तुम मुझे इतनी नीच समझते हो?

श्याम—नहीं, मैं तुम्हें इतनी नीच नहीं समझता; मगर बेसमझ जरूर समझता हूँ। तुम्हें इस बदमाश को कभी मुँह न लगाना चाहिए था। अब तो तुम्हें मालूम हो गया कि वह छटा हुआ शोहदा है; या अब भी कुछ शक है?

देवी—मैं उसे कल ही निकाल दूँगी।

मुंशी जी लेटे; पर चित्त अशांत था। वह दिन भर दफ़तर में रहते थे। क्या जान सकते थे कि उनके पीछे देवी क्या करती है। वह यह जानते थे कि देवी पतिव्रता है; पर यह भी जानते थे कि अपनी छवि दिखाने का सुंदरियों को मरज होता है। देवी जरूर बन-ठन कर खिड़की पर खड़ी होती है, और मुहल्ले के शोहदे उसको देख-देख कर मन में न जाने क्या-क्या कल्पना करते होंगे। इस व्यापार को बंद कराना उन्हें अपने काबू से बाहर मालूम होता था। शोहदे वशीकरण की कला में निपुण होते हैं। ईश्वर न करे, इन बदमाशों की निगाह किसी भले घर की बहू-बेटी पर पड़े! इनसे पिंड कैसे छुड़ाऊँ?

बहुत सोचने के बाद अन्त में उन्होंने वह मकान छोड़ देने का निश्चय किया। इसके सिवा उन्हें दूसरा कोई उपाय न सूझा। देवी से बोले—कहो तो यह घर छोड़ दूँ। इन शोहदों के बीच में रहने से आबरू बिगड़ने का भय है।

देवी ने आपत्ति के भाव से कहा—जैसी तुम्हारी इच्छा!

श्याम—आखिर तुम्हीं कोई उपाय बताओ।

देवी—मैं कौन-सा उपाय बताऊँ, और किस बात का उपाय? मुझे तो घर छोड़ने की कोई जरूरत नहीं मालूम होती। एक-दो नहीं, लाख-दो-लाख शोहदे हों, तो क्या। कुत्तों के भूकने के भय से भला कोई अपना मकान छोड़ देता है?

श्याम—कभी-कभी कुत्ते काट भी लेते हैं।

देवी ने इसका कोई जवाब न दिया और तर्क करने से पति की दुश्चिंताओं के बढ़ जाने का भय था। यह शक्की तो हैं ही, न जाने उसका क्या आशय समझ बैठें। तीसरे ही दिन श्याम बाबू ने वह मकान छोड़ दिया।

4

इस नये मकान में आने के एक सप्ताह पीछे एक दिन मुन्नू सिर में पट्टी बाँध, लाठी से टेकता हुआ आया और आवाज़ दी। देवी उसकी आवाज़ पहचान गयी, पर उसे दुत्कारा नहीं। जा कर किवाड़ खोल दिये। पुराने घर के समाचार जानने के लिए उसका चित्त लालायित हो रहा था। मुन्नू ने अन्दर आकर कहा—सरकार, जब से आपने वह मकान छोड़ दिया, कसम ले लीजिए जो उधर एक बार भी गया हूँ। उस घर को

देख कर रोना आने लगता है। मेरा भी जी चाहता है कि इसी महल्ले में आऊँ। पागलों की तरह इधर-उधर मारा-मारा फिरा करता हूँ, सरकार, किसी काम में जी नहीं लगता। बस हर घड़ी आप ही की याद आती रहती है। हुजूर जितनी परवरिस करती थीं, उतनी अब कौन करेगा? यह मकान तो बहुत छोटा है।

देवी–तुम्हारे ही कारन तो वह मकान छोड़ना पड़ा।

मुन्नू–मेरे कारन! मुझसे कौन-सी खता हुई, सरकार?

देवी–तुम्हीं तो ताँगे पर रजा के साथ बैठे मेरे पीछे-पीछे आ रहे थे। ऐसे आदमी पर आदमी का शक होता ही है!

मुन्नू–अरे सरकार, उस दिन की बात न पूछिए। रजा मियाँ को एक वकील साहब से मिलने जाना था। वह छावनी में रहते थे। मुझे भी साथ बिठा लिया। उनका साईस कहीं गया हुआ था। मारे लिहाज के आपके ताँगे के आगे न निकलते थे। सरकार उसे शोहदा कहती हैं। उसका-सा भला आदमी मुहल्ले भर में नहीं है। पाँचों बखत की नमाज पढ़ता है हुजूर, तीसों रोजे रखता है। घर में बीवी-बच्चे सभी मौजूद हैं। क्या मजाल कि किसी पर बद निगाह हो।

देवी–खैर होगा, तुम्हारे सिर में पट्टी क्यों बँधी है?

मुन्नू–इसका माजरा न पूछिए, हुजूर। आपकी बुराई करते किसी को देखता हूँ, तो बदन में आग लग जाती है। दरवाज़े पर जो हलवाई रहता था, कहने लगा, मेरे कुछ पैसे बाबू जी पर आते हैं। मैंने कहा–वह ऐसे आदमी नहीं हैं कि तुम्हारे पैसे हजम कर जाते। बस, हुजूर, इसी बात पर तकरार हो गयी। मैं तो दूकान के नीचे नाली धो रहा था। वह ऊपर से कूद कर आया और मुझे ढकेल दिया। मैं बेखबर खड़ा था, चारों खाने चित सड़क पर गिर पड़ा। चोट तो आयी; मगर मैंने भी दूकान के सामने बच्चा को इतनी गालियाँ सुनायीं कि याद ही करते होंगे। अब घाव अच्छा हो रहा है, हुजूर।

देवी–राम! राम! नाहक लड़ाई लेने गए। सीधी-सी बात तो थी। कह देते, तुम्हारे पैसे आते हैं, तो जा कर माँग लाओ। हैं शहर ही में, दूसरे देश में तो नहीं भाग गए?

मुन्नू–हुजूर, आपकी बुराई सुन के नहीं रहा जाता, फिर चाहे वह अपने घर लाट ही क्यों न हो, भिड़ पड़ूँगा। वह महाजन होगा, तो अपने घर का होगा। यहाँ कौन उसका दिया खाते हैं।

देवी–उस घर में अभी कोई आया कि नहीं?

मुन्नू–कई आदमी देखने आये, हुजूर, मगर जहाँ आप रह चुकी हैं, वहाँ अब दूसरा कौन रह सकता है? हम लोगों ने उन लोगों को भड़का दिया। रजा मियाँ तो हुजूर, उसी दिन से खाना-पीना छोड़ बैठे हैं। बिटिया को याद कर के रोया करते हैं। हुजूर को हम गरीबों की याद काहे को आती होगी?

देवी–याद क्यों नहीं आती? मैं आदमी नहीं हूँ। जानवर तक थान छूटने पर दो-चार दिन चारा नहीं खाते! यह पैसे लो, कुछ बाज़ार से ला कर खा लो, भूखे होगे।

मुन्नू–हुजूर की दुआ से खाने की तंगी नहीं है। आदमी का दिल देखा जाता है, हुजूर! पैसा की कौन बात है। आपका दिया तो खाते ही हैं। हुजूर का मिजाज ऐसा है कि आदमी बिना कौड़ी का गुलाम हो जाता है। तो अब चलूँगा, हुजूर, बाबू जी आते होंगे। कहेंगे, यह शैतान यहाँ फिर आ पहुँचा।

देवी–अभी उनके आने में बड़ी देर है।

मुन्नू–ओ हो, एक बात तो भूला ही जाता था। रजा मियाँ ने बिटिया के लिए ये खिलौने दिये थे। बातों में ऐसा भूल गया कि इनकी सुध ही न रही। कहाँ है बिटिया?

देवी–अभी तो मदरसे से नहीं आयी, मगर इतने खिलौने लाने की क्या जरूरत थी? अरे! रजा ने तो गजब ही कर दिया। भेजना ही था, तो दो-चार आने के खिलौने भेज देते। अकेली मेम तीन-चार रुपये से कम की न होगी। कुल मिला कर तीस-पैंतीस रुपये से कम के खिलौने नहीं हैं।

मुन्नू–क्या जाने सरकार, मैंने तो कभी खिलौने नहीं खरीदे। तीस-पैंतीस रुपये के होंगे, तो उनके लिए कौन-सी बड़ी बात है? अकेली दूकान से पचास रुपये रोज की आमदनी है, हुजूर!

देवी–नहीं, इनको लौटा ले जाओ। इतने खिलौने ले कर वह क्या करेगी? मैं सिर्फ एक मेम रखे लेती हूँ।

मुन्नू–हुजूर, रजा मियाँ को बड़ा रंज होगा। मुझे तो जीता ही न छोड़ेंगे। बड़े ही मुहब्बती आदमी हैं, हुजूर! बीबी दो-चार दिन के लिए मैके चली जाती है, तो बेचैन हो जाते हैं।

सहसा शारदा पाठशाला से आ गयी और खिलौने देखते ही उस पर टूट पड़ी। देवी ने डाँट कर कहा–क्या करती है, क्या करती है? मेम ले ले, और सब ले कर क्या करेगी?

शारदा–मैं तो सब लूँगी। मेम को मोटर पर बैठा कर दौड़ाऊँगी। कुत्ता पीछे-पीछे दौड़ेगा। इन बरतनों में गुड़िया के खाने बनाऊँगी।

कहाँ से आये हैं, अम्मा? बता दो?

देवी–कहीं से नहीं आये, मैंने देखने को मँगवाये थे। तू इनमें से कोई एक ले ले।

शारदा–मैं सब लूँगी, मेरी अम्माँ, न, सब ले लीजिए। कौन लाया है, अम्माँ?

देवी–मुन्नू, तुम खिलौने ले कर जाओ! सिर्फ एक मेम रहने दो।

शारदा–कहाँ से लाये हो मुन्नू, बता दो?

मुन्नू–तुम्हारे राजा भैया ने तुम्हारे लिए भेजे हैं।

शारदा–राजा भैया ने भेजे हैं। ओ हो! (नाचकर) राजा भैया बड़े अच्छे हैं। कल अपनी सहेलियों को दिखाऊँगी। किसी के पास ऐसे खिलौने न निकलेंगे।

देवी–अच्छा, मुन्नू, तुम अब जाओ। रजा मियाँ से कह देना, फिर यहाँ खिलौने न भेजें।

मुन्नू चला गया, तो देवी ने शारदा से कहा—ला बेटी, तेरे खिलौने रख दूँ। बाबू जी देखेंगे, तो बिगड़ेंगे और कहेंगे कि रजा मियाँ के खिलौने क्यों लिये? तोड़-तोड़ कर फेंक देंगे। भूल कर भी उनसे खिलौनों की चर्चा न करना।

शारदा—हाँ, अम्माँ, रख दो। बाबू जी तोड़ देंगे।

देवी—उनसे कभी मत कहना कि राजा भैया ने खिलौने भेजे हैं, नहीं तो बाबू जी राजा भैया को मारेंगे और तुम्हारे कान भी काट लेंगे। कहेंगे, लड़की भिखमंगी है, सबसे खिलौने माँगती फिरती है।

शारदा—हाँ, अम्माँ, रख दो। बाबूजी तोड़ देंगे।

इतने में बाबू श्यामकिशोर भी दफ़्तर से आ गए। भौंहें चढ़ी हुई थीं। आते ही बोले—वह शैतान मुन्नू इस मुहल्ले में भी आने लगा। मैंने आज उसे देखा। क्या यहाँ भी आया था?

देवी ने हिचकिचाते हुए कहा—हाँ, आया तो था।

श्याम—और तुमने आने दिया? मैंने मना न किया था कि उसे कभी अंदर कदम न रखने देना।

देवी—आ कर द्वार खटखटाने लगा, तो क्या करती?

श्याम—उसके साथ वह शोहदा भी रहा होगा?

देवी—उसके साथ और कोई नहीं था।

श्याम—तुमने आज भी न कहा होगा, यहाँ मत आया कर!

देवी—मुझे तो इतना ख़याल न रहा। और अब वह यहाँ क्या करने आयेगा?

श्याम—जो करने आज आया था, वही करने फिर आयेगा। तुम मेरे मुँह में कालिख लगाने पर तुली हो।

देवी ने क्रोध से ऐंठकर कहा—मुझसे तुम ऐसी ऊटपटाँग बातें मत किया करो, समझ गए? तुम्हें ऐसी बातें मुँह से निकालते शर्म भी नहीं आती? एक बार पहले भी तुमने कुछ ऐसी ही बातें कही थीं। आज फिर तुम वही बातें कर रहे हो। अगर तीसरी बार ये शब्द मैंने सुने, तो नतीजा बुरा होगा, इतना कहे देती हूँ। तुमने मुझे कोई वेश्या समझ लिया है?

श्याम—मैं नहीं चाहता कि वह मेरे घर आये।

देवी—तो मना क्यों नहीं कर देते? मैं तुम्हें रोकती हूँ?

श्याम—तुम क्यों नहीं मना कर देतीं?

देवी—तुम्हें कहते क्या शर्म आती है?

श्याम—मेरा मना करना व्यर्थ है। मेरे मना करने पर भी तुम्हारी इच्छा पा कर उसका आना-जाना होता रहेगा।

देवी ने ओंठ चबा कर कहा—अच्छा, अगर वह आता ही रहे, तो क्या हानि है? मेहतर सभी घरों में आया-जाया करते हैं।

श्याम–अगर मैंने मुन्नू को कभी अपने द्वार पर फिर देखा, तो तुम्हारी कुशल नहीं, इतना समझाये देता हूँ।

यह कहते हुए श्यामकिशोर नीचे चले गए, और देवी स्तम्भित खड़ी रह गयी। तब उसका हृदय इस अपमान, लांछन और अविश्वास के आघात से पीड़ित हो उठा। वह फूट-फूट कर रोने लगी। उसको सबसे बड़ी चोट जिस बात से लगी, वह यह थी कि मेरे पति मुझे इतनी नीच, इतनी निर्लज्ज समझते हैं। जो काम वेश्या भी न करेगी, उसका संदेह मुझ पर कर रहे हैं।

5

श्यामकिशोर के आते ही शारदा अपने खिलौने उठा कर भाग गयी थी कि कहीं बाबू जी तोड़ न डालें। नीचे जाकर वह सोचने लगी कि इन्हें कहाँ छिपा कर रखूँ। वह इसी सोच में थी कि उसकी एक सहेली आँगन में आ गयी। शारदा उसे अपने खिलौने दिखाने के लिए आतुर हो गयी। इस प्रलोभन को वह किसी तरह न रोक सकी। अभी तो बाबू जी ऊपर हैं; कौन इतनी जल्दी आये जाते हैं। तब तक क्यों न सहेली को अपने खिलौने दिखा दूँ? उसने सहेली को बुला लिया और दोनों नये खिलौने देखने में मग्न हो गयीं, कि बाबू श्यामकिशोर के नीचे आने की भी उन्हें खबर न हुई। श्यामकिशोर खिलौने देखते ही झपट कर शारदा के पास जा पहुँचे और पूछा–तूने ये खिलौने कहाँ पाये?

शारदा की घिग्घी बँधा गयी। मारे भय के थर-थर काँपने लगी। मुँह से एक शब्द भी न निकला।

श्यामकिशोर ने फिर गरज कर पूछा–बोलती क्यों नहीं, तुझे किसने खिलौने दिये?

शारदा रोने लगी। तब श्यामकिशोर ने उसे फुसला कर कहा–रो मत, हम तुझे मारेंगे नहीं। तुझसे इतना ही पूछते हैं, तूने ऐसे सुंदर खिलौने कहाँ पाये?

इस तरह दो-चार बार दिलासा देने से शारदा को कुछ धैर्य बँधा। उसने सारी कथा कह सुनायी। हा अनर्थ! इससे कहीं अच्छा होता कि शारदा मौन ही रहती। उसका गूँगी हो जाना भी इससे अच्छा था। देवी कोई बहाना करके बला सिर से टाल देती; पर होनहार को कौन टाल सकता है? श्यामकिशोर के रोम-रोम से ज्वाला निकलने लगी। खिलौने वहीं छोड़ कर वह धम-धम करते हुए ऊपर गए और देवी के कंधों दोनों हाथों से झझोड़ कर बोले–तुम्हें इस घर में रहना है या नहीं? साफ-साफ कह दो।

देवी अभी तक खड़ी सिसकियाँ ले रही थी। यह निर्मम प्रश्न सुन कर उसके आँसू गायब हो गए। किसी भारी विपत्ति की आशंका ने इस हलके-से आघात को भुला दिया, जैसे घातक की तलवार देखकर कोई प्राणी रोग-शय्या से उठ कर भागे। श्यामकिशोर की ओर भयातुर नेत्रों से देखा; पर मुँह से कुछ न बोली। उसका एक-एक रोम मौन भाषा में पूछ रहा था, इस प्रश्न का क्या मतलब है?

श्यामकिशोर ने फिर कहा–तुम्हारी जो इच्छा हो, साफ-साफ कह दो। अगर मेरे साथ रहते-रहते तुम्हारा जी ऊब गया हो, तो तुम्हें अख़्तियार है। मैं तुम्हें कैद करके नहीं

रखना चाहता। मेरे साथ तुम्हें छल, कपट करने की जरूरत नहीं। मैं सहर्ष तुम्हें विदा करने को तैयार हूँ। जब तुमने मन में एक बात निश्चय कर ली, तो मैंने भी निश्चय कर लिया। तुम इस घर में अब नहीं रह सकती, रहने के योग्य नहीं हो।

देवी ने आवाज़ सँभाल कर कहा–तुम्हें आजकल क्या हो गया है, जो हर वक्त जहर उगलते रहते हो? अगर मुझसे जी ऊब गया है, तो जहर दे दो, जला-जला कर क्यों जान मारते हो? मेहतर से बातें करना तो ऐसा अपराध न था। जब उसने आ कर पुकारा, तो मैंने द्वार खोल दिया। अगर मैं जानती कि जरा-सी बात का बतंगड़ हो जाएगा, तो उसे दूर ही से दुत्कार देती।

श्याम–जी चाहता है, तालू से ज़बान खींच लूँ। बातें होने लगीं, इशारे होने लगे, तोहफे आने लगे। अब बाकी क्या रहा?

देवी–क्यों नाहक घाव पर नमक छिड़कते हो? एक अबला की जान ले कर कुछ पा न जाओगे!

श्याम–मैं झूठ कहता हूँ?

देवी–हाँ, झूठ कहते हो।

श्याम–ये खिलौने कहाँ से आये?

देवी का कलेजा धक्-से हो गया। काटो, तो बदन में लहू नहीं। समझ गयी, इस वक्त ग्रह बिगड़े हुए हैं, सर्वनाश के सभी संयोग मिलते जाते हैं। ये निगोड़े खिलौने न जाने किस बुरी साइत में आये! मैंने लिये ही क्यों, उसी वक्त लौटा क्यों न दिये! बात बना कर बोली–आग लगे, वही खिलौने तोहफे हो गए! बच्चों को कोई कैसे रोके, किसी की मानते हैं? कहती रही, मत ले; मगर न मानी, तो मैं क्या करती? हाँ, यह जानती कि इन खिलौनों पर मेरी जान मारी जाएगी तो ज़बरदस्ती छीन कर फेंक देती।

श्याम–इनके साथ और कौन-कौन-सी चीजें आयी हैं, भला चाहती हो तो अभी लाओ।

देवी–जो कुछ आया होगा, इसी घर ही में होगा। देख क्यों नहीं लेते? इतना बड़ा घर भी नहीं है कि चार दिन देखते लग जाएँ?

श्याम–मुझे इतनी फुरसत नहीं है। खैरियत इसी में है कि जो चीजें आयी हों, ला कर मेरे सामने रख दो। यह तो हो नहीं सकता कि लड़की के लिए खिलौने आयें और तुम्हारे लिए कोई सौगात न आये। तुम भरी गंगा में कसम खाओ, तो भी मुझे विश्वास न आयेगा।

देवी–तो घर में देख क्यों नहीं लेते?

श्यामकिशोर ने घूँसा तान कर कहा–कह दिया, मुझे फुरसत नहीं है। सीधे से सारी चीजें ला कर रख दो; नहीं तो इसी दम गला दबाकर मार डालूँगा।

देवी–मारना हो, तो मार डालो; जो चीजें आयीं ही नहीं, उन्हें मैं दिखा कहाँ से दूँ।

श्यामकिशोर ने क्रोध से उन्मत्त हो कर देवी को इतनी जोर से धक्का दिया कि चारों खाने चित ज़मीन पर गिर पड़ी। तब उसके गले पर हाथ रख कर बोले—दबा दूँ गला! न दिखलायेगी तू उन चीजों को?

देवी—जो अरमान हों, पूरे कर लो।

श्याम—खून पी जाऊँगा! तूने समझा क्या है?

देवी—अगर दिल की प्यास बुझती हो, तो पी जाओ।

श्याम—फिर तो उस मेहतर से बातें न करोगी? अगर अब कभी मुन्नू या उस शोहदे को द्वार पर देखा, तो गला काट लूँगा।

यह कह कर बाबू जी ने देवी को छोड़ दिया, और बाहर चले गए; लेकिन देवी उसी दशा में बड़ी देर तक पड़ी रही। उसके मन में इस समय पति-प्रेम की मर्यादा-रक्षा का लेश भी न था। उसका अन्तःकरण प्रतिकार के लिए विकल हो रहा था। इस वक्त अगर वह सुनती कि श्यामकिशोर को किसी ने बाज़ार में जूते से पीटा, तो कदाचित् वह ख़ुश होती। कई दिनों तक पानी से भीगने के बाद, आज यह झोंका पा कर प्रेम की दीवार भूमि पर गिर पड़ी, और मान की रक्षा करनेवाली कोई साधना न रही। आज केवल संकोच और लोक-लाज की हलकी-सी रस्सी रह गयी है, जो एक झटके में टूट सकती है।

6

श्यामकिशोर बाहर चले गए, तो शारदा भी अपने खिलौने लिये हुए घर से बाहर निकली। बाबू जी खिलौनों को देख कर कुछ बोले नहीं, तो अब उसे किसकी चिंता और किसका भय! अब वह क्यों न अपनी सहेलियों को खिलौने दिखाये। सड़क के उस पार एक हलवाई का मकान था। हलवाई की लड़की अपने द्वार पर खड़ी थी। शारदा उसे खिलौने दिखाने चली। बीच में सड़क थी, सवारी-गाड़ियों और मोटरों का ताँता बँधा हुआ। शारदा को अपनी धुन में किसी बात का ध्यान न रहा। बालोचित उत्सुकता से भरी हुई वह खिलौने लिये दौड़ी। वह क्या जानती थी कि मृत्यु भी उसी तरह प्राणों का खिलौना खेलने के लिए दौड़ी आ रही है। सामने एक मोटर आती हुई दिखायी दी।

दूसरी ओर से एक बग्घी आ रही थी। शारदा ने चाहा, दौड़ कर उस पार निकल जाए। मोटर ने बिगुल बजाया; शारदा ने जोर मारा कि सामने से निकल जाए; पर होनहार को कौन टालता! मोटर बालिका को रौंदती हुई चली गयी। सड़क पर एक माँस की लोथ पड़ी रह गयी। खिलौने ज्यों के त्यों थे। उनमें से एक भी न टूटा था! खिलौने रह गए, खेलनेवाला चला गया। दोनों में कौन स्थायी है और कौन अस्थायी, इसका फैसला कौन करे!

चारों ओर से लोग दौड़ पड़े। अरे! यह तो बाबू जी की लड़की है, जो ऊपरवाले मकान में रहते हैं। लोथ कौन उठाये? एक आदमी ने लपक कर द्वार पर पुकारा, बाबू जी! आपकी लड़की तो सड़क पर नहीं खेल रही थी! जरा नीचे तो आ जाइए। देवी ने

छज्जे पर खड़े हो कर सड़क की ओर देखा, तो शारदा की लोथ पड़ी हुई थी। चीख मार कर बेतहाशा नीचे दौड़ी, और सड़क पर आ कर बालिका को गोद में उठा लिया। उसके पैर काँपने लगे। इस वज्रपात ने उसे स्तम्भित कर दिया; रोना भी न आया।

मुहल्ले के कई आदमी पूछने लगे, बाबू जी कहाँ गए हैं? उनको कैसे बुलाया जाए?

देवी क्या जवाब देती? वह तो संज्ञाहीन हो गयी थी। लड़की की लाश गोद में लिये, उसके रक्त से अपने वस्त्रों को भिगोती, आकाश की ओर ताक रही थी, मानो देवता से पूछ रही हो, क्या सारी विपत्तियाँ मुझी पर?

अँधेरा होता जाता था; पर बाबू जी का पता नहीं। कुछ मालूम भी नहीं, वह कहाँ गए हैं। धीरे-धीरे नौ बजे; पर अब तक बाबू जी न लौटे। इतनी देर तक बाहर न रहते थे। क्या आज ही उन्हें भी गायब होना था?

दस बज गए, अब देवी रोने लगी। उसे लड़की की मृत्यु का इतना दुःख न था, जितना अपनी असमर्थता का। वह कैसे शव की दाहक्रिया करेगी? कौन उसके साथ जाएगा? क्या इतनी रात गए कोई उसके साथ चलने पर तैयार होगा? अगर कोई न गया, तो क्या उसे अकेली ही जाना पड़ेगा? क्या रात भर लोथ पड़ी रहेगी?

ज्यों-ज्यों सन्नाटा होता जाता था, देवी को भय होता था। वह पछता रही थी कि शाम ही को क्यों न इसे ले कर चली गयी।

ग्यारह बजे थे। सहसा किसी ने द्वार खोला। देवी उठ कर खड़ी हो गयी। समझी, बाबू जी आ गए। उसका हृदय उमड़ आया और वह रोती हुई बाहर आयी; पर आह! यह बाबू जी न थे, ये पुलिस के आदमी थे, जो इस मामले की तहकीकात करने आये थे। पाँच बजे की घटना थी।

तहकीकात होने लगी ग्यारह बजे। आखिर थानेदार भी तो आदमी है; वह भी तो संध्या-समय घूमने-फिरने जाता ही है। घंटे-भर तक तहकीकात होती रही। देवी ने देखा, अब संकोच से काम न चलेगा। थानेदार ने उससे जो कुछ पूछा, उसका उत्तर उसने निस्संकोच भाव से दिया। जरा भी न शरमायी, जरा भी न झिझकी। थानेदार भी दंग रह गया।

जब सबके बयान लिख कर दारोगा जी चलने लगे, तो देवी ने कहा—आप उस मोटर का पता लगायेंगे?

दारोगा—अब तो शायद ही उसका पता लगे।

देवी—तो उसको कुछ सज़ा न होगी?

दारोगा—मजबूरी है। किसी को नम्बर भी तो मालूम नहीं।

देवी—सरकार इसका कुछ इंतज़ाम नहीं करती? गरीबों के बच्चे इसी तरह कुचले जाते रहेंगे।

दारोगा—इसका क्या इंतज़ाम हो सकता है? मोटरें तो बन्द नहीं हो सकतीं?

देवी—कम से कम पुलिसवालों को यह तो देखना चाहिए कि शहर में कोई बहुत तेज न चलाये? मगर आप लोग ऐसा क्यों करने लगे? आपके अफसर भी तो मोटरों पर बैठते हैं। आप उनकी मोटरें रोकेंगे, तो नौकरी कैसे रहेगी?

थानेदार लज्जित हो चला गया। जब लोग सड़क पर पहुँचे, तो एक सिपाही ने कहा—मेहरिया बड़ी टनमन दिखात है।

थानेदार, अजी इसने तो मेरा नातका बंद कर दिया। किस गजब का हुस्न पाया है! मगर कसम ले लो, जो मैंने एक बार भी उसकी तरफ निगाह की हो। ताकने की हिम्मत ही न पड़ती थी!

बाबू श्यामकिशोर बारह बजे के बाद नशे में चूर घर पहुँचे। उन्हें यह खबर रास्ते ही में मिल गयी थी। रोते हुए घर में दाखिल हुए। देवी भरी बैठी थी, सोच रखा था, आज चाहे जो हो जाए, पर फटकारूँगी जरूर। पर उनको रोते देखा, तो सारा गुस्सा गायब हो गया। खुद भी रोने लगी। दोनों बड़ी देर तक रोते रहे। इस विपत्ति ने दोनों के हृदयों को एक दूसरे की ओर बड़े जोर से खींचा। उन्हें ऐसा ज्ञात हुआ कि उनमें फिर पहले का-सा प्रेम जाग्रत हो गया है।

प्रातःकाल जब लोग दाह-क्रिया करके लौटे, तो श्यामकिशोर ने देवी की ओर स्नेह से देखकर करुण स्वर में कहा—तुम्हारा जी अकेले कैसे लगेगा?

देवी—तुम दस-पाँच दिन की छुट्टी न ले सकोगे?

श्याम—यही तो मैं भी सोचता हूँ। पंद्रह दिन की छुट्टी ले लूँ।

श्याम बाबू दफ़तर छुट्टी लेने चले गए। इस विपत्ति में भी आज देवी का हृदय जितना प्रसन्न था, उतना उधर महीनों से न हुआ। बालिका को खो कर वह विश्वास और प्रेम पा गयी थी, और यह उसके आँसू पोंछने के लिए कुछ कम न था।

आह! अभागिनी! ख़ुश मत हो। तेरे जीवन का वह अन्तिम कांड होना अभी बाकी है, जिसकी आज तू कल्पना भी नहीं कर सकती।

7

दूसरे दिन बाबू श्यामकिशोर घर ही पर थे कि मुन्नू ने आ कर सलाम किया। श्यामकिशोर ने जरा कड़ी आवाज़ में पूछा—क्या है जी, तुम क्यों बार-बार यहाँ आया करते हो?

मुन्नू बड़े दीन भाव से बोला—मालिक, कल की बात जो सुनता है, उसी को रंज होता है। मैं तो हुजूर का गुलाम ठहरा। अब नौकर नहीं हूँ तो क्या, सरकार का नमक तो खा चुका हूँ। भला, वह कभी हड्डियों से निकल सकता है। कभी-कभी हाल-हवाल पूछने आ जाता हूँ। जब से कल वाली बात सुनी है हुजूर, ऐसा कलक हो रहा है कि क्या कहूँ। कैसी प्यारी-प्यारी बच्ची थी कि देख कर दुख दूर हो जाता था। मुझे देखते ही मुन्नू-मुन्नू करके दौड़ती थी; जब गैरों का यह हाल है, तो हुजूर के दिल पर जो कुछ बीत रही होगी, हुजूर ही जानते होंगे।

श्याम बाबू कुछ नर्म हो कर बोले—ईश्वर की मरजी में इनसान का क्या चारा? मेरा तो घर ही अँधेरा हो गया। अब यहाँ रहने को जी नहीं चाहता।

मुन्नू—मालकिन तो और भी बेहाल होंगी!

श्याम—हुआ ही चाहें। मैं तो उसे शाम-सबेरे खिला लिया करता था। माँ तो दिन भर साथ रहती थीं। मैं तो काम-धधों में भूल भी जाऊँगा। वह कहाँ भूल सकती हैं। उनको तो सारी ज़िंदगी का रोना है।

पति को मुन्नू से बातें करते सुन कर देवी ने कोठे पर से आँगन की ओर देखा। मुन्नू को देख कर उसकी आँखों में बे-अख़्तियार आँसू भर आये! बोली—मुन्नू, मैं तो लुट गयी!

मुन्नू—हुजूर, अब सबर कीजिए, रोने-धोने से क्या फायदा? यही सब अंधेर देख कर तो कभी-कभी अल्लाह मियाँ को जालिम कहना पड़ता है। जो बेईमान हैं, दूसरों का गला काटते फिरते हैं, उनसे अल्लाह मियाँ भी डरते हैं। जो सीधे और सच्चे हैं उन्हीं पर आफत आती है।

मुन्नू देवी को दिलासा देता रहा। श्याम बाबू भी उसकी बातों का समर्थन करते जाते थे। जब वह चला गया, तो बाबू साहब ने कहा—आदमी तो कुछ बुरा नहीं मालूम होता।

देवी ने कहा—मोहब्बती आदमी है। रंज न होता, तो यहाँ क्यों आता?

8

पंद्रह दिन गुजर गए। बाबू साहब फिर दफ़तर जाने लगे। मुन्नू इस बीच में फिर कभी न आया। अब तक तो देवी का दिन पति से बातें करने में कट जाता था; लेकिन अब उनके चले जाने पर उसे बार-बार शारदा की याद आती। प्रायः सारा दिन रोते ही कटता था। मुहल्ले की दो-चार नीच जाति की औरतें आती थीं; लेकिन देवी का उनसे मन न मिलता था, वे झूठी सहानुभूति दिखा कर देवी से कुछ ऐंठना चाहती थीं!

एक दिन कोई चार बजे मुन्नू फिर आया, और आँगन में खड़ा हो कर बोला—मालकिन, मैं हूँ मुन्नू, जरा नीचे आ जाइएगा।

देवी ने ऊपर ही से पूछा—क्या काम है? कहो तो।

मुन्नू—जरा आइए तो!

देवी नीचे आयी, तो मुन्नू ने कहा—रजा मियाँ बाहर खड़े हैं; और हुजूर से मातमपुरसी करते हैं।

देवी ने कहा—जा कर कह दो, ईश्वर की जो मरजी थी, वह हुई।

राजा दरवाज़े पर खड़ा था। ये बातें उसने साफ सुनीं। बाहर ही से बोला—खुदा जानता है, जब से यह खबर सुनी है दिल के टुकड़े हुए जाते हैं। मैं जरा दिल्ली चला गया था। आज ही लौट कर आया हूँ। अगर मेरी मौजूदगी में यह वारदात हुई होती, तो और तो क्या कर सकता था; मगर मोटरवाले को बिना सज़ा कराये न छोड़ता, चाहे वह किसी राजा ही की मोटर होती। सारा शहर छान डालता। बाबू साहब चुपके होके बैठ रहे, यह

भी कोई बात है। मोटर चला कर क्या कोई किसी की जान ले लेगा। फूल-सी मासूम बच्ची को जालिमों ने मार डाला। हाय! अब कौन मुझे राजा भैया कह कर पुकारेगा! खुदा की कसम, उसके लिए दिल्ली से टोकरी भर खिलौने ले आया हूँ। क्या जानता था कि यहाँ यह सितम हो गया। मुन्नू देख, यह तावीज ले जा कर बहू जी को दे दे। इसे अपने जूड़े में बाँध लेंगी। खुदा ने चाहा, तो उन्हें किसी तरह की दहशत या खटका न रहेगा। उन्हें बुरे-बुरे ख्वाब दिखायी देते होंगे, रात को नींद उचट जाती होगी, दिल घबराया करता होगा। ये सारी शिकायतें इस तावीज से दूर हो जाएँगी। मैंने एक पहुँचे हुए फकीर से यह तावीज लिखाया है।

इसी तरह से रजा और मुन्नू उस वक्त तक एक न एक बहाने से द्वार से न टले, जब तक बाबू साहब आते न दिखायी दिये।

श्यामकिशोर ने उन दोनों को जाते देख लिया। ऊपर जा कर गम्भीर भाव से बोले–रजा क्या करने आया था?

देवी–यों ही मातमपुरसी करने आया था। आज दिल्ली से आया है। यह खबर सुन कर दौड़ा आया था।

श्याम–मर्द मर्दों से मातमपुरसी करते हैं या औरतों से?

देवी–तुम न मिले, तो मुझी से शोक प्रकट करके चला गया।

श्याम–इसके यह माने हैं कि जो आदमी मुझसे मिलने आये, वह मेरे न रहने पर तुमसे मिल सकता है। इसमें कोई हरज नहीं, क्यों?

देवी–सबसे मिलने मैं थोड़े ही जा रही हूँ?

श्याम–तो रजा क्या मेरा साला है या ससुरा?

देवी–तुम तो जरा-जरा सी बात पर झल्लाने लगते हो।

श्याम–यह जरा-सी बात है! एक भले घर की स्त्री एक शोहदे से बातें करे, यह जरा-सी बात है! तो बड़ी-सी बात किसे कहते हैं? यह जरा-सी बात नहीं है कि यदि मैं तुम्हारी गरदन घोंट दूँ तो भी मुझे पाप न लगेगा; देखता हूँ, फिर तुमने वही रंग पकड़ा। इतनी बड़ी सज़ा पा कर भी तुम्हारी आँखें नहीं खुलीं। अबकी क्या मुझे ले बीतना चाहती हो?

देवी सन्नाटे में आ गयी। एक तो लड़की का शोक! उस पर यह अपशब्दों की बौछार और भीषण आक्षेप! उसके सिर में चक्कर-सा आ गया। बैठ कर रोने लगी। इस जीवन से तो मौत कहीं अच्छी! केवल यही शब्द उसके मुँह से निकले। बाबू साहब गरज कर बोले–यही होगा, मत घबराओ, मत घबराओ, यही होगा। तुम मरना चाहती हो, तो मुझे भी तुम्हारे अमर होने की आकांक्षा नहीं है। जितनी जल्द तुम्हारे जीवन का अंत हो जाए, उतना ही अच्छा। कुल में कलंक तो न लगेगा?

देवी ने सिसकियाँ लेते हुए कहा–क्यों एक अबला पर इतना अन्याय करते हो? तुम्हें जरा भी दया नहीं आती?

श्याम—मैं कहता हूँ, चुप रह!

देवी—क्यों चुप रहूँ; क्या किसी की ज़बान बंद कर दोगे?

श्याम—फिर बोले जाती है? मैं उठ कर सिर तोड़ दूँगा!

देवी—क्यों सिर तोड़ दोगे, कोई ज़बरदस्ती है?

श्याम—अच्छा तो बुला, देखें तेरा कौन हिमायती है? यह कहते हुए बाबू साहब झल्ला कर उठे और देवी को कई थप्पड़ और घूँसे लगा दिये; मगर वह न रोयी न चिल्लायी, न ज़बान से एक शब्द निकाला, केवल अर्थ-शून्य नेत्रों से पति की ओर ताकती रही, मानो यह निश्चय करना चाहती थी कि यह आदमी है या कुछ और।

जब श्यामकिशोर मार-पीट कर अलग खड़े हो गए, तो देवी ने कहा—दिल के अरमान अभी न निकले हों तो और निकाल लो। फिर शायद यह अवसर न मिले।

श्यामकिशोर ने जवाब दिया, सिर काट लूँगा, सिर; तू है किस फेर में? यह कहते हुए नीचे चले गए, झटके के साथ किवाड़ खोले, धमाके के साथ बन्द किये और कहीं चले गए।

अब देवी की आँखों से आँसू की नदी बहने लगी। रात के दस बज गए; पर श्यामकिशोर घर न लौटे। रोते-रोते देवी की आँखें सूज आयीं। क्रोध में मधुर स्मृतियों का लोप हो जाता है। देवी को ऐसा ज्ञात होता है कि श्यामकिशोर को उसके साथ कभी प्रेम ही न था। हाँ, कुछ दिनों वह उसका मुँह अवश्य जोहते रहते थे; लेकिन वह बनावटी प्रेम था। उसके यौवन का आनन्द लूटने ही के लिए उससे मीठी-मीठी प्यार की बातें की जाती थीं। उसे छाती से लगाया जाता था, उसे कलेजे पर सुलाया जाता था। वह सब दिखावा था, स्वाँग था। उसे याद ही न आता था कि कभी उससे सच्चा प्रेम किया गया हो। अब वह रूप नहीं रहा, वह यौवन नहीं रहा, वह नवीनता नहीं रही! फिर उसके साथ क्यों न अत्याचार किये जाएँ? उसने सोचा, कुछ नहीं! अब इनका दिल मुझसे फिर गया है, नहीं तो क्या इस जरा-सी बात पर यों मुझ पर टूट पड़ते। कोई न कोई लांछन लगा कर मुझसे गला छुड़ाना चाहते हैं। यही बात है, तो मैं क्यों इनकी रोटियाँ और इनकी मार खाने के लिए इस घर में पड़ी रहूँ? जब प्रेम ही नहीं रहा, तो मेरे यहाँ रहने को धिक्कार है! मैके में कुछ न सही; यह दुर्गति तो न होगी। इनकी यही इच्छा है, तो यही सही। मैं भी समझ लूँगी कि विधवा हो गयी।

ज्यों-ज्यों रात गुजरती थी, देवी के प्राण सूखे जाते थे। उसे यह धड़का समाया हुआ था कि कहीं वह आकर फिर न मार-पीट शुरू कर दें। कितने क्रोध में भरे हुए यहाँ से गए। वाह री तकदीर! अब मैं इतनी नीच हो गयी कि मेहतरों से, जूतेवालों से आशनाई करने लगी। इस भले आदमी को ऐसी बातें मुँह से निकालते शर्म भी नहीं आती! ना-जाने इनके मन में ऐसी बातें कैसे आती हैं। कुछ नहीं, यह स्वभाव के नीच, दिल के मैले, स्वार्थी आदमी हैं। नीचों के साथ नीच ही बनना चाहिए। मेरी भूल थी कि इतने दिनों से इनकी घुड़कियाँ सहती रही। जहाँ इज्जत नहीं, मर्यादा नहीं, प्रेम नहीं,

विश्वास नहीं, वहाँ रहना बेहयाई है। कुछ मैं इनके हाथ बिक तो गयी नहीं कि यह जो चाहे करें, मारें या काटें, पड़ी सहा करूँ। सीता-जैसी पत्नियाँ होती थीं, तो राम-जैसे पति भी होते थे!

देवी को ऐसी शंका होने लगी कि कहीं श्यामकिशोर आते ही आते सचमुच उसका गला न दबा दें, या छुरी भोंक दें। वह समाचार-पत्रों में ऐसी कई हरजाइयों की खबरें पढ़ चुकी थी। शहर ही में ऐसी कई घटनाएँ हो चुकी थीं। मारे भय के थरथरा उठी। यहाँ रहने से प्राणों की कुशल न थी।

देवी ने कपड़ों की एक छोटी-सी बकुची बाँधी और सोचने लगी, यहाँ से कैसे निकलूँ? और फिर यहाँ से निकल कर जाऊँ कहाँ? कहीं इस वक्त मुन्नू का पता लग जाता, तो बड़ा काम निकलता। वह मुझे क्या मैके न पहुँचा देता? एक बार मैके पहुँच भर जाती। फिर तो लाला सिर पटक कर रह जाएँ, भूल कर भी न आऊँ। यह भी क्या याद करेंगे। रुपये क्यों छोड़ दूँ, जिसमें यह मजे से गुलछर्रे उड़ायें? मैंने ही तो काट-छाँट कर जमा किये हैं। इनकी कौन-सी ऐसी बड़ी कमाई थी। खर्च करना चाहती, तो कौड़ी न बचती। पैसा-पैसा बचाती रहती थी। देवी ने जा कर नीचे के किवाड़ बंद कर दिये। फिर संदूक खोल कर अपने सारे जेवर और रुपये निकाल कर बकुची में बाँध लिये। सब के सब करेंसी नोट थे; विशेष बोझ भी न हुआ। एकाएक किसी ने सदर दरवाज़े में जोर से धक्का मारा। देवी सहम उठी। ऊपर से झाँक कर देखा, श्याम बाबू थे। उसकी हिम्मत न पड़ी कि जा कर द्वार खोल दे। फिर तो बाबू साहब ने इतने जोर से धक्के मारने शुरू किये, मानो किवाड़ ही तोड़ डालेंगे। इस तरह द्वार खुलवाना ही उनके चित्त की दशा को साफ प्रकट कर रहा था। देवी शेर के मुँह में जाने का साहस न कर सकी।

आखिर श्यामकिशोर ने चिल्ला कर कहा—ओ डैम! किवाड़ खोल, ओ ब्लडी! किवाड़ खोल, अभी खोल!

देवी की रही-सही हिम्मत जाती रही। श्यामकिशोर नशे में चूर थे। होश में शायद दया आ जाती, इसलिए शराब पी कर आये हैं। किवाड़ तो न खोलूँगी चाहे तोड़ ही डालो। अब तुम मुझे इस घर में पाओगे ही नहीं, मारोगे कहाँ से? तुम्हें खूब पहचान गयी। श्यामकिशोर पंद्रह-बीस मिनट तक शोर मचाने और किवाड़ हिलाने के बाद ऊल-जलूल बकते चले गए। दो-चार पड़ोसियों ने फटकारें भी सुनायीं! आप भी तो पढ़े-लिखे आदमी हो कर आधी रात को घर चलते हैं। नींद ही तो है, नहीं खुलती, तो क्या कीजिएगा? जाइए, किसी यार-दोस्त के घर लेट रहिए; सबेरे आइएगा।

श्यामकिशोर के जाते ही देवी ने बकुची उठायी और धीरे-धीरे नीचे उतरी। जरा देर उसने कान लगाकर आहट ली कि कहीं श्यामकिशोर खड़े तो नहीं हैं। जब विश्वास हो गया कि वह चले गए, तो धीरे से द्वार खोला और बाहर निकल आयी। उसे जरा भी क्षोभ, जरा भी दुःख न था। बस केवल एक इच्छा थी कि यहाँ से बच कर भाग जाऊँ। कोई ऐसा आदमी न था, जिस पर वह भरोसा कर सके, जो इस संकट में काम आ सके। था तो बस वही मुन्नू मेहतर। अब उसी के मिलने पर उसकी सारी आशाएँ अवलम्बित

थीं। उसी से मिल कर वह निश्चय करेगी कि कहाँ जाए, कैसे रहे? मैके जाने का अब उसका इरादा न था। उसे भय होता था कि मैके में श्यामकिशोर से वह अपनी जान न बचा सकेगी। उसे यहाँ न पा कर वह अवश्य उसके मैके जाएँगे, और उसे ज़बरदस्ती खींच लायेंगे। वह सारी यातनाएँ, सारे अपमान सहने को तैयार थी, केवल श्यामकिशोर की सूरत नहीं देखना चाहती थी। प्रेम अपमानित हो कर द्वेष में बदल जाता है।

थोड़ी ही दूर पर चौराहा था, कई ताँगेवाले खड़े थे। देवी ने एक इक्का किया और उससे स्टेशन चलने को कहा।

9

देवी ने रात स्टेशन पर काटी। प्रातःकाल उसने एक ताँगा किराये पर किया और परदे में बैठ चौक जा पहुँची। अभी दुकानें न खुली थीं; लेकिन पूछने से रजा मियाँ का पता चल गया। उसकी दूकान पर एक लौंडा झाड़ू दे रहा था। देवी ने उसे बुला कर कहा–जा कर रजा मियाँ से कह दे कि शारदा की अम्माँ तुमसे मिलने आयी हैं, अभी चलिए।

दस मिनट में रजा और मुन्नू आ पहुँचे।

देवी ने सजल नेत्र हो कर कहा–तुम लोगों के पीछे मुझे घर छोड़ना पड़ा। कल रात को तुम्हारा मेरे घर जाना गजब हो गया। जो कुछ हुआ, वह फिर कहूँगी। मुझे कहीं एक घर दिला दो। घर ऐसा हो कि बाबू साहब को मेरा पता न मिले। नहीं तो वह मुझे जीती न छोड़ेंगे।

रजा ने मुन्नू की ओर देखा, मानो कह रहा है, देखो, चाल कैसी ठीक थी! देवी से बोला–आप निसाखातिर रहें, ऐसा घर दिला दूँगा कि बाबू साहब के बाबा साहब को भी पता न चलेगा। आप को किसी बात की तकलीफ न होगी। हम आपके पसीने की जगह खून बहा देंगे। सच पूछो तो बहू जी, बाबू साहब आपके लायक थे नहीं।

मुन्नू–कहाँ की बात भैया, आप रानी होने लायक हैं। मैं मालकिन से कहता था कि बाबू जी को दालमंडी की हवा लग गयी है, पर आप मानती ही न थीं। आज रात ही को मैंने गुलाबजान के कोठे पर से उतरते देखा। नशे में चूर थे।

देवी–झूठी बात। उनकी यह आदत नहीं। गुस्सा उन्हें जरूर बहुत है, और गुस्से में आ कर उन्हें नेक-बद कुछ नहीं सूझता; लेकिन निगाह के बुरे नहीं।

मुन्नू–हुजूर मानती ही नहीं, तो क्या करूँ। अच्छा कभी दिखा दूँगा, तब तो मानिएगा।

रजा–अबे दिखाना पीछे, इस वक्त आपको मेरे घर पहुँचा दे। ऊपर ले जाना। तब तक मैं एक मकान देखने जाता हूँ। आपके लायक बहुत ही अच्छा है।

देवी–तुम्हारे घर में बहुत-सी औरतें होंगी।

रजा–कोई नहीं है, बहू जी, सिर्फ एक बुढ़िया मामी है। वह आपके लिए एक कहारिन बुला देगी। आपको किसी बात की तकलीफ न होगी। मैं मकान देखने जा रहा हूँ।

देवी—जरा बाबू साहब की तरफ भी होते आना। देखना घर आये कि नहीं।

रजा—बाबू साहब से तो मुझे चिढ़ हो गयी है। शायद नज़र में आ जाएँ तो मेरी उनसे लड़ाई हो जाए। जो मर्द आप-जैसी हुस्न की देवी की कदर नहीं कर सकता, वह आदमी नहीं।

मुन्नू—बहुत ठीक कहते हो, भैया। ऐसी सरीफजादी को न जाने किस मुँह से डाँटते हैं! मुझे इतने दिन हुजूर की गुलामी करते हो गए, कभी एक बात न कही।

रजा मकान देखने गया, और ताँगा रजा के घर की तरफ चला। देवी के मन में इस समय एक शंका का आभास हुआ, कहीं ये दोनों सचमुच शोहदे तो नहीं हैं? लेकिन कैसे मालूम हो? यह सत्य है कि देवी ने जीवन-पर्यंत के लिए स्वामी का परित्याग किया था; पर इतनी ही देर में उसे कुछ पश्चात्ताप होने लगा था। अकेली एक घर में कैसे रहेगी, बैठी-बैठी क्या करेगी, यह कुछ उसकी समझ में न आता था। उसने दिल में कहा—क्यों न घर लौट चलूँ? ईश्वर करे, वह अभी घर न आये हों।

मुन्नू से बोली—तुम जरा दौड़ कर देखो तो, बाबू जी घर आये कि नहीं?

मुन्नू—आप चल कर आराम से बैठें, मैं देख आता हूँ।

देवी—मैं अंदर न जाऊँगी।

मुन्नू—खुदा की कसम खाके कहता हूँ, घर बिलकुल खाली है। आप हम लोगों पर शक करती हैं। हम वह लोग हैं कि आपका हुक्म पायें, तो आग में कूद पड़ें।

देवी इक्के से उतर कर अंदर चली गयी। चिड़िया एक बार पकड़ जाने पर भी फड़फड़ायी; किन्तु पैरों में लासा लगे होने के कारण उड़ न सकी, और शिकारी ने उसे अपनी झोली में रख लिया। वह अभागिनी क्या फिर कभी आकाश में उड़ेगी? क्या फिर उसे डालियों पर चहकना नसीब होगा?

10

श्यामकिशोर सबेरे घर लौटे, तो उनका चित्त शांत हो गया था। उन्हें शंका हो रही थी कि कदाचित् देवी घर न होगी। द्वार के दोनों पट खुले देखे तो कलेजा सन्न-से हो गया। इतने सबेरे किवाड़ों का खुला रहना अमंगलसूचक था। एक क्षण द्वार पर खड़े हो कर अंदर की आहट ली। कोई आवाज़ न सुनायी दी। आँगन में गए, वहाँ भी सन्नाटा, ऊपर चारों तरफ सूना! घर काटने को दौड़ रहा था। श्यामकिशोर ने अब जरा सतर्क हो कर देखना शुरू किया। संदूक में रुपये नदारत। गहने का संदूक भी खाली। अब क्या भ्रम हो सकता था। कोई गंगा-स्नान के लिए जाता है, तो घर के रुपये नहीं उठा ले जाता। वह चली गयी। अब इसमें लेशमात्र भी संदेह नहीं था। यह भी मालूम था कि वह कहाँ गयी है। शायद इसी वक्त लपक कर जाने से वह वापस भी लायी जा सकती है; लेकिन दुनिया क्या कहेगी?

श्यामकिशोर ने अब चारपाई पर बैठ कर ठंडे दिल से इस घटना की विवेचना करनी शुरू की। इसमें तो संदेह न था कि रजा और उसके पिट्ठू मुन्नू ने ही बहकाया

है। आखिर बाबू जी का कर्तव्य क्या था? उन्होंने वह पुराना मकान छोड़ दिया, देवी को बार-बार समझाया। इसके उपरान्त वह क्या कर सकते थे? क्या मारना अनुचित था? अगर एक क्षग के लिए अनुचित ही मान लिया जाए, तो क्या देवी को इसी तरह घर से निकल जाना चाहिए था? कोई दूसरी स्त्री, जिसके हृदय में पहले ही से विष न भर गया हो, केवल मार खा कर घर से निकल जाती। अवश्य ही देवी का हृदय कलुषित हो गया है।

बाबू साहब ने फिर सोचा, अभी जरा देर में महरी आयेगी। वह देवी को घर में न देख कर पूछेगी, तो क्या जवाब दूँगा? दम के दम में सारे मुहल्ले में यह खबर फैल जाएगी। हाय भगवान! क्या करूँ? श्यामकिशोर के मन में इस वक्त जरा भी पश्चात्ताप, जरा भी दया न थी। अगर देवी किसी तरह उन्हें मिल सकती, तो वह उसकी हत्या कर डालने में जरा भी पसोपेश न करते। उसका घर से निकल जाना, चाहे आवेश के सिवा उसका और कोई कारण न हो, उनकी निगाह में अक्षम्य था, क्रोध बहुधा विरक्ति का रूप धारण कर लिया करता है। श्यामकिशोर को संसार से घृणा हो गयी। जब अपनी पत्नी ही दगा कर जाए तो किसी से क्या आशा की जाए? जिस स्त्री के लिए हम जीते भी हैं, और मरते भी, जिसको सुखी रखने के लिए हम अपने प्राणों का बलिदान कर देते हैं, जब वह अपनी न हुई, तो फिर दूसरा कौन अपना हो सकता है? इसी स्त्री को प्रसन्न रखने के लिए उन्होंने क्या नहीं किया। घरवालों से लड़ाई की, भाइयों से नाता तोड़ा, यहाँ तक कि वे अब उनकी सूरत भी नहीं देखना चाहते। उसकी कोई ऐसी इच्छा न थी, जो उन्होंने पूरी न की हो! उसका जरा-सा सिर भी दुखता था, तो उनके हाथों के तोते उड़ जाते थे। रात की रात उसकी सेवा-शुश्रूषा में बैठे रह जाते थे। वही स्त्री आज उनसे दगा कर गयी, केवल एक गुंडे के बहकाने में आ कर उनके मुँह में कालिख लगा गयी। गुंडों पर इलज़ाम लगाना तो एक प्रकार से मन को समझाना है! जिसके दिल में खोट न हो, उसे कोई क्या बहका सकता है? जब इस स्त्री ने धोखा दिया, तो फिर समझना चाहिए कि संसार में प्रेम और विश्वास का अस्तित्व ही नहीं। यह केवल भावुक प्राणियों की कल्पना-मात्र है। ऐसे संसार में रह कर दुःख और दुराशा के सिवा और क्या मिलता है। हा दुष्टा! ले, आज से तू स्वतंत्र है, जो चाहे कर; अब कोई तेरा हाथ पकड़नेवाला नहीं रहा। जिसे तू 'प्रियतम' कहते नहीं थकती थी, उसके साथ तूने यह कुटिल व्यवहार किया! चाहूँ, तो तुझे अदालत में घसीट कर इस पाप का दंड दे सकता हूँ; मगर क्या फायदा! इसका फल तुझे ईश्वर देंगे।

श्यामकिशोर चुपचाप नीचे उतरे, न किसी से कुछ कहा न सुना, द्वार खुले छोड़ दिये और गंगा-तट की ओर चले।

आँसुओं की होली

नामों को बिगाड़ने की प्रथा न-जाने कब चली और कहाँ शुरू हुई। इस संसारव्यापी रोग का पता लगाये तो ऐतिहासिक संसार में अवश्य ही अपना नाम छोड़ जाए। पंडित जी

का नाम तो श्रीविलास था; पर मित्र लोग सिलबिल कहा करते थे। नामों का असर चरित्र पर कुछ न कुछ पड़ जाता है। बेचारे सिलबिल सचमुच ही सिलबिल थे। दफ़्तर जा रहे हैं; मगर पाजामे का इजारबंद नीचे लटक रहा है। सिर पर फेल्ट-कैप है; पर लम्बी-सी चुटिया पीछे झाँक रही है, अचकन यों बहुत सुन्दर है।

न जाने उन्हें त्यौहारों से क्या चिढ़ थी। दिवाली गुजर जाती पर वह भलामानस कौड़ी हाथ में न लेता। और होली का दिन तो उनकी भीषण परीक्षा का दिन था। तीन दिन वह घर से बाहर न निकलते। घर पर भी काले कपड़े पहने बैठे रहते थे। यार लोग टोह में रहते थे कि कहीं बचा फँस जाएँ मगर घर में घुस कर तो फौज़दारी नहीं की जाती। एक-आधा बार फँसे भी, मगर घिघिया-पुदिया कर बेदाग निकल गए। लेकिन अबकी समस्या बहुत कठिन हो गयी थी। शास्त्रों के अनुसार 25 वर्ष तक ब्रह्मचर्य का पालन करने के बाद उन्होंने विवाह किया था। ब्रह्मचर्य के परिपक्व होने में जो थोड़ी-बहुत कसर रही, वह तीन वर्ष के गौने की मुद्दत ने पूरी कर दी।

यद्यपि स्त्री से कोई शंका न थी, तथापि वह औरतों को सिर चढ़ाने के हामी न थे। इस मामले में उन्हें अपना वही पुराना-धुराना ढंग पसंद था। बीबी को जब कस कर डाँट दिया, तो उसकी मजाल है कि रंग हाथ से छुए। विपत्ति यह थी कि ससुराल के लोग भी होली मनाने आनेवाले थे। पुरानी मसल है: 'बहन अंदर तो भाई सिकंदर'। इन सिकंदरों के आक्रमण से बचने का उन्हें कोई उपाय न सूझता था। मित्र लोग घर में न जा सकते थे; लेकिन सिकंदरों को कौन रोक सकता है?

स्त्री ने आँख फाड़ कर कहा–अरे भैया! क्या सचमुच रंग न घर लाओगे? यह कैसी होली है, बाबा?

सिलबिल ने त्योरियाँ चढ़ा कर कहा–बस, मैंने एक बार कह दिया और बात दोहराना मुझे पसंद नहीं। घर में रंग नहीं आयेगा और न कोई छुएगा? मुझे कपड़ों पर लाल छींटे देख कर मतली आने लगती है। हमारे घर में ऐसी ही होली होती है।

स्त्री ने सिर झुका कर कहा–तो न लाना रंग-संग, मुझे रंग ले कर क्या करना है। जब तुम्हीं रंग न छुओगे, तो मैं कैसे छू सकती हूँ।

सिलबिल ने प्रसन्न हो कर कहा–निस्संदेह यही साधवी स्त्री का धर्म है। 'लेकिन भैया तो आनेवाले हैं। वह क्यों मानेंगे?' 'उनके लिए भी मैंने एक उपाय सोच लिया है। उसे सफल बनाना तुम्हारा काम है। मैं बीमार बन जाऊँगा। एक चादर ओढ़ कर लेट रहूँगा। तुम कहना इन्हें ज्वर आ गया। बस; चलो छुट्टी हुई।'

स्त्री ने आँख नचा कर कहा–ऐ नौज; कैसी बातें मुँह से निकालते हो! ज्वर जाए मुद्दई के घर, यहाँ आये तो मुँह झुलस दूँ निगोड़े का।

'तो फिर दूसरा उपाय ही क्या है?' 'तुम ऊपरवाली छोटी कोठरी में छिप रहना, मैं कह दूँगी, उन्होंने जुलाब लिया है। बाहर निकलेंगे तो हवा लग जाएगी।'

पंडित जी खिल उठे, बस, बस, यही सबसे अच्छा।

2

होली का दिन है। बाहर हाहाकार मचा हुआ है। पुराने जमाने में अबीर और गुलाल के सिवा और कोई रंग न खेला जाता था। अब नीले, हरे, काले, सभी रंगों का मेल हो गया है और इस संगठन से बचना आदमी के लिए तो संभव नहीं। हाँ, देवता बचें। सिलबिल के दोनों साले मुहल्ले भर के मर्दों, औरतों, बच्चों और बूढ़ों का निशाना बने हुए थे। बाहर के दीवानखाने के फर्श, दीवारें, यहाँ तक की तसवीरें भी रंग उठी थीं। घर में भी यही हाल था। मुहल्ले की ननदें भला कब मानने लगी थीं। परनाला तक रंगीन हो गया था।

बड़े साले ने पूछा—क्यों री चम्पा, क्या सचमुच उनकी तबीयत अच्छी नहीं? खाना खाने भी न आये?

चम्पा ने सिर झुका कर कहा—हाँ भैया, रात ही से पेट में कुछ दर्द होने लगा। डाक्टर ने हवा में निकलने को मना कर दिया है।

जरा देर बाद छोटे साले ने कहा—क्यों जीजी जी, क्या भाई साहब नीचे नहीं आयेंगे? ऐसी भी क्या बीमारी है! कहो तो ऊपर जा कर देख आऊँ।

चम्पा ने उसका हाथ पकड़ कर कहा—नहीं-नहीं, ऊपर मत जैयो! वह रंग-वंग न खेलेंगे। डाक्टर ने हवा में निकलने को मना कर दिया है। दोनों भाई हाथ मल कर रह गए।

सहसा छोटे भाई को एक बात सूझी—जीजा जी के कपड़ों के साथ क्यों न होली खेलें। वे तो नहीं बीमार हैं। बड़े भाई के मन में यह बात बैठ गयी। बहन बेचारी अब क्या करती? सिकंदरों ने कुंजियाँ उसके हाथ से लीं और सिलबिल के सारे कपड़े निकाल-निकाल कर रंग डाले। रूमाल तक न छोड़ा। जब चम्पा ने उन कपड़ों को आँगन में अलगनी पर सूखने को डाल दिया तो ऐसा जान पड़ा, मानो किसी रंगरेज ने ब्याह के जोड़े रँगे हों। सिलबिल ऊपर बैठे-बैठे यह तमाशा देख रहे थे; पर ज़बान न खोलते थे। छाती पर साँप-सा लोट रहा था। सारे कपड़े खराब हो गए, दफ़तर जाने को भी कुछ न बचा। इन दुष्टों को मेरे कपड़ों से न जाने क्या बैर था। घर में नाना प्रकार के स्वादिष्ट व्यंजन बन रहे थे। मुहल्ले की एक ब्राह्मणी के साथ चम्पा भी जुटी हुई थी। दोनों भाई और कई अन्य सज्जन आँगन में भोजन करने बैठे, तो बड़े साले ने चम्पा से पूछा—कुछ उनके लिए भी खिचड़ी-विचड़ी बनायी है? पूरियाँ तो बेचारे आज खा न सकेंगे!

चम्पा ने कहा—अभी तो नहीं बनायी, अब बना लूँगी।

'वाह री तेरी अक्ल! अभी तक तुझे इतनी फिक्र नहीं कि वह बेचारे खायेंगे क्या। तू तो इतनी लापरवाह कभी न थी। जा निकाल ला जल्दी से चावल और मूँग की दाल।'

लीजिए, खिचड़ी पकने लगी। इधर मित्रों ने भोजन करना शुरू किया। सिलबिल ऊपर बैठे अपनी किस्मत को रो रहे थे। उन्हें इस सारी विपत्ति का एक ही कारण मालूम होता था, विवाह! चम्पा न आती, तो ये साले क्यों आते, कपड़े क्यों खराब होते, होली के दिन मूँग की खिचड़ी क्यों खाने को मिलती? मगर अब पछताने से क्या होता है।

जितनी देर में लोगों ने भोजन किया, उतनी देर में खिचड़ी तैयार हो गयी। बड़े साले ने खुद चम्पा को ऊपर भेजा कि खिचड़ी की थाली ऊपर दे आये।

सिलबिल ने थाली की ओर कुपित नेत्रों से देख कर कहा—इसे मेरे सामने से हटा ले जाव।

'क्या आज उपवास ही करोगे?'

'तुम्हारी यही इच्छा है, तो यही सही।'

'मैंने क्या किया। सबेरे से जुती हुई हूँ। भैया ने खुद खिचड़ी डलवायी और मुझे यहाँ भेजा।'

'हाँ, वह तो मैं देख रहा हूँ कि मैं घर का स्वामी नहीं। सिकंदरों ने उस पर कब्जा जमा लिया है, मगर मैं यह नहीं मान सकता कि तुम चाहतीं तो और लोगों के पहले ही मेरे पास थाली न पहुँच जाती। मैं इसे पतिव्रत धर्म के विरुद्ध समझता हूँ, और क्या कहूँ!'

'तुम तो देख रहे थे कि दोनों जने मेरे सिर पर सवार थे।'

'अच्छी दिल्लगी है कि और लोग तो समोसे और खस्ते उड़ायें और मुझे मूँग की खिचड़ी दी जाए। वाह रे नसीब!'

'तुम इसे दो-चार कौर खा लो, मुझे ज्यों ही अवसर मिलेगा, दूसरी थाली लाऊँगी।'

'सारे कपड़े रँगवा डाले, दफ़तर कैसे जाऊँगा? यह दिल्लगी मुझे जरा भी नहीं भाती। मैं इसे बदमाशी कहता हूँ। तुमने संदूक की कुंजी क्यों दे दी? क्या मैं इतना पूछ सकता हूँ?'

'ज़बरदस्ती छीन ली। तुमने सुना नहीं? करती क्या?'

'अच्छा, जो हुआ सो हुआ, यह थाली ले जाव। धर्म समझना तो दूसरी थाली लाना, नहीं तो आज व्रत ही सही।' एकाएक पैरों की आहट पा कर सिलबिल ने सामने देखा, तो दोनों साले आ रहे हैं। उन्हें देखते ही बिचारे ने मुँह बना लिया, चादर से शरीर ढँक लिया और कराहने लगे।

बड़े साले ने कहा—कहिए, कैसी तबीयत है? थोड़ी-सी खिचड़ी खा लीजिए।

सिलबिल ने मुँह बना कर कहा—अभी तो कुछ खाने की इच्छा नहीं है।

'नहीं, उपवास करना तो हानिकर होगा। खिचड़ी खा लीजिए।'

बेचारे सिलबिल ने मन में इन दोनों शैतानों को खूब कोसा और विष की भाँति खिचड़ी कंठ के नीचे उतारी। आज होली के दिन खिचड़ी ही भाग्य में लिखी थी! जब तक सारी खिचड़ी समाप्त न हो गयी, दोनों वहाँ डटे रहे, मानो जेल के अधिकारी किसी अनशन व्रतधारी क़ैदी को भोजन करा रहे हों। बेचारे को ठूँस-ठूँस कर खिचड़ी खानी पड़ी। पकवानों के लिए गुंजाइश ही न रही।

3

दस बजे रात को चम्पा उत्तम पदार्थों का थाल लिये पतिदेव के पास पहुँची! महाशय मन ही मन झुँझला रहे थे। भाइयों के सामने मेरी परवाह कौन करता है। न जाने कहाँ

से दोनों शैतान फट पड़े। दिन भर उपवास कराया और अभी तक भोजन का कहीं पता नहीं। बारे चम्पा को थाल लाते देख कर कुछ अग्नि शांत हुई। बोले–अब तो बहुत सबेरा है, एक–दो घंटे बाद क्यों न आयीं? चम्पा ने सामने थाली रख कर कहा–तुम तो न हारी ही मानते हो, न जीती। अब आखिर ये दो मेहमान आये हुए हैं, इनकी सेवा–सत्कार न करूँ तो भी तो काम नहीं चलता। तुम्हीं को बुरा लगेगा। कौन रोज आयेंगे।

'ईश्वर न करे कि रोज आयें, यहाँ तो एक ही दिन में बधिया बैठ गयी।'

थाल की सुगंधमय, तरबतर चीजें देख कर सहसा पंडित जी के मुखारविंद पर मुस्कान की लाली दौड़ गयी। एक–एक चीज खाते थे और चम्पा को सराहते थे, सच कहता हूँ, चम्पा; मैंने ऐसी चीजें कभी नहीं खायी थीं। हलवाई साला क्या बनायेगा। जी चाहता है, कुछ इनाम दूँ।

'तुम मुझे बना रहे हो। क्या करूँ जैसा बनाना आता है, बना लायी।'

'नहीं जी, सच कह रहा हूँ। मेरी तो आत्मा तक तृप्त हो गयी। आज मुझे ज्ञात हुआ कि भोजन का सम्बन्ध उदर से इतना नहीं, जितना आत्मा से है। बतलाओ, क्या इनाम दूँ?'

'जो मागूँ, वह दोगे?'

'दूँगा, जनेऊ की कसम खा कर कहता हूँ!'

'न दो तो मेरी बात जाए।'

'कहता हूँ भाई, अब कैसे कहूँ। क्या लिखा–पढ़ी कर दूँ?'

'अच्छा, तो माँगती हूँ। मुझे अपने साथ होली खेलने दो।'

'पंडित जी का रंग उड़ गया। आँखें फाड़ कर बोले–होली खेलने दूँ? मैं तो होली खेलता नहीं। कभी नहीं खेला। होली खेलना होता, तो घर में छिप कर क्यों बैठता।'

'और के साथ मत खेलो; लेकिन मेरे साथ तो खेलना ही पड़ेगा।'

'यह मेरे नियम के विरुद्ध है। जिस चीज को अपने घर में उचित समझूँ उसे किस न्याय से घर के बाहर अनुचित समझूँ, सोचो।'

चम्पा ने सिर नीचा करके कहा–घर में ऐसी कितनी बातें उचित समझते हो, जो घर के बाहर करना अनुचित ही नहीं पाप भी है।

पंडित जी झेंपते हुए बोले–अच्छा भाई, तुम जीती, मैं हारा। अब मैं तुम से यही दान माँगता हूँ...

'पहले मेरा पुरस्कार दे दो, पीछे मुझसे दान माँगना', यह कहते हुए चम्पा ने लोटे का रंग उठा लिया और पंडित जी को सिर से पाँव तक नहला दिया।

जब तक वह उठ कर भागें उसने मुट्ठी भर गुलाल ले कर सारे मुँह में पोत दिया। पंडित जी रोनी सूरत बना कर बोले–अभी और कसर बाकी हो, तो वह भी पूरी कर लो। मैं जानता था कि तुम मेरी आस्तीन का साँप बनोगी। अब और कुछ रंग बाकी नहीं रहा?

चम्पा ने पति के मुख की ओर देखा, तो उस पर मनोवेदना का गहरा रंग झलक रहा था। पछता कर बोली–क्या तुम सचमुच बुरा मान गए हो? मैं तो समझती थी कि तुम केवल मुझे चिढ़ा रहे हो।

श्रीविलास ने काँपते हुए स्वर में कहा–नहीं चम्पा, मुझे बुरा नहीं लगा। हाँ, तुमने मुझे उस कर्तव्य की याद दिला दी, जो मैं अपनी कायरता के कारण भुला बैठा था। वह सामने जो चित्र देख रही हो, मेरे परम मित्र, मनहरनाथ का है, जो अब संसार में नहीं है। तुमसे क्या कहूँ, कितना सरस, कितना भावुक, कितना साहसी आदमी था! देश की दशा देख-देख कर उसका खून जलता रहता था। 19-20 भी कोई उम्र होती है, पर वह उसी उम्र में अपने जीवन का मार्ग निश्चित कर चुका था। सेवा करने का अवसर पा कर वह इस तरह उसे पकड़ता था, मानो सम्पत्ति हो। जन्म का विरागी था। वासना तो उसे छू ही न गयी थी। हमारे और साथी सैर-सपाटे करते थे; पर उसका मार्ग सबसे अलग था। सत्य के लिए प्राण देने को तैयार, कहीं अन्याय देखा और भवें तन गयीं, कहीं पत्रों में अत्या. चार की खबर देखी और चेहरा तमतमा उठा। ऐसा तो मैंने आदमी ही नहीं देखा। ईश्वर ने अकाल ही बुला लिया, नहीं तो वह मनुष्यों में रत्न होता। किसी मुसीबत के मारे का उद्धार करने को अपने प्राण हथेली पर लिये फिरता था। स्त्री-जाति का इतना आदर और सम्मान कोई क्या करेगा? स्त्री उसके लिए पूजा और भक्ति की वस्तु थी। पाँच वर्ष हुए, यही होली का दिन था। मैं भंग के नशे में चूर, रंग में सिर से पाँव तक नहाया हुआ, उसे गाना सुनने के लिए बुलाने गया, तो देखा कि वह कपड़े पहने कहीं जाने को तैयार है।

पूछा–कहाँ जा रहे हो?

उसने मेरा हाथ पकड़ कर कहा–तुम अच्छे वक्त पर आ गए, नहीं तो मुझे जाना पड़ता। एक अनाथ बुढ़िया मर गयी है, कोई उसे कंधा देनेवाला नहीं मिलता। कोई किसी मित्र से मिलने गया हुआ है, कोई नशे में चूर पड़ा हुआ है, कोई मित्रों की दावत कर रहा है, कोई महफिल सजाये बैठा है। कोई लाश को उठानेवाला नहीं। ब्राह्मण-क्षत्री उस चमारिन की लाश कैसे छुएँगे, उनका तो धर्म भ्रष्ट होता है, कोई तैयार नहीं होता! बड़ी मुश्किल से दो कहार मिले हैं। एक मैं हूँ, चौथे आदमी की कमी थी, सो ईश्वर ने तुम्हें भेज दिया। चलो, चलें। हाय! अगर मैं जानता कि यह प्यारे मनहर का आदेश है, तो आज मेरी आत्मा को इतनी ग्लानि न होती। मेरे घर कई मित्र आये हुए थे। गाना हो रहा था। उस वक्त लाश उठा कर नदी जाना मुझे अप्रिय लगा।

बोला–इस वक्त तो भाई, मैं नहीं जा सकूँगा। घर पर मेहमान बैठे हुए हैं। मैं तुम्हें बुलाने आया था।

मनहर ने मेरी ओर तिरस्कार के नेत्रों से देख कर कहा–अच्छी बात है, तुम जाओ; मैं और कोई साथी खोज लूँगा। मगर तुमसे मुझे ऐसी आशा नहीं थी। तुमने भी वही कहा, जो तुमसे पहले औरों ने कहा था। कोई नयी बात नहीं थी। अगर हम लोग अपने कर्तव्य को भूल न गए होते, तो आज यह दशा ही क्यों होती? ऐसी होली को धिक्कार है! त्योहार, तमाशा देखने, अच्छी-अच्छी चीजें खाने और अच्छे-अच्छे कपड़े पहनने

का नाम नहीं है। यह व्रत है, तप है, अपने भाइयों से प्रेम और सहानुभूति करना ही त्योहार का खास मतलब है और कपड़े लाल करने के पहले खून को लाल कर लो। सफेद खून पर यह लाली शोभा नहीं देती। यह कह कर वह चला गया। मुझे उस वक्त यह फटकारें बहुत बुरी मालूम हुईं। अगर मुझमें वह सेवा-भाव न था, तो उसे मुझे यों धिक्कारने का कोई अधिकार न था। घर चला आया; पर वे बातें बराबर मेरे कानों में गूँजती रहीं। होली का सारा मजा बिगड़ गया।

एक महीने तक हम दोनों की मुलाकात न हुई। कालेज इम्तहान की तैयारी के लिए बंद हो गया था। इसलिए कालेज में भी भेंट न होती थी। मुझे कुछ खबर नहीं, वह कब और कैसे बीमार पड़ा, कब अपने घर गया। सहसा एक दिन मुझे उसका एक पत्र मिला। हाय! उस पत्र को पढ़कर आज भी छाती फटने लगती है।

श्रीविलास एक क्षण तक गला रुक जाने के कारण बोल न सके। फिर बोले—किसी दिन तुम्हें फिर दिखाऊँगा। लिखा था, मुझसे आखिरी बार मिल जा, अब शायद इस जीवन में भेंट न हो। खत मेरे हाथ से छूट कर गिर पड़ा। उसका घर मेरठ के जिले में था। दूसरी गाड़ी जाने में आधा घंटे की कसर थी। तुरंत चल पड़ा। मगर उसके दर्शन न बदे थे। मेरे पहुँचने के पहले ही वह सिधार चुका था। चम्पा, उसके बाद मैंने होली नहीं खेली, होली ही नहीं, और सभी त्योहार छोड़ दिये। ईश्वर ने शायद मुझे क्रिया की शक्ति नहीं दी। अब बहुत चाहता हूँ कि कोई मुझसे सेवा का काम ले। खुद आगे नहीं बढ़ सकता; लेकिन पीछे चलने को तैयार हूँ। पर मुझसे कोई काम लेनेवाला भी नहीं; लेकिन आज वह रंग डाल कर तुमने मुझे उस धिक्कार की याद दिला दी। ईश्वर मुझे ऐसी शक्ति दे कि मैं मन में ही नहीं, कर्म में भी मनहर बनूँ।

यह कहते हुए श्रीविलास ने तश्तरी से गुलाल निकाला और उसे चित्र पर छिड़क कर प्रणाम किया।

सोहाग का शव

मध्यप्रदेश के एक पहाड़ी गाँव में एक छोटे-से घर की छत पर एक युवक मानो संध्या की निस्तब्धता में लीन बैठा था। सामने चन्द्रमा के मलिन प्रकाश में ऊँची पर्वतमालाएँ अनन्त के स्वप्न की भाँति गम्भीर रहस्यमय, संगीतमय, मनोहर मालूम होती थीं, उन पहाड़ियों के नीचे जल-धारा की एक रौद्र रेखा ऐसी मालूम होती थी, मानो उन पर्वतों का समस्त संगीत, समस्त गाम्भीर्य, सम्पूर्ण रहस्य इसी उज्ज्वल प्रवाह में लीन हो गया हो। युवक की वेशभूषा से प्रकट होता था कि उसकी दशा बहुत सम्पन्न नहीं है। हाँ, उसके मुख से तेज और मनस्विता झलक रही थी। उसकी आँखों पर ऐनक न थी, न मूँछें मुड़ी हुई थीं, न बाल सँवारे हुए थे, कलाई पर घड़ी न थी, यहाँ तक कि कोट के जेब में फाउन्टेनपेन भी न था। या तो वह सिद्धान्तों का प्रेमी था, या आडम्बरों का शत्रु।

युवक विचारों में मौन उसी पर्वतमाला की ओर देख रहा था कि सहसा बादल की गरज से भयंकर ध्वनि सुनायी दी। नदी का मधुर गान उस भीषण नाद में डूब

गया। ऐसा मालूम हुआ, मानो उस भयंकर नाद ने पर्वतों को भी हिला दिया है, मानो पर्वतों में कोई घोर संग्राम छिड़ गया है। यह रेलगाड़ी थी, जो नदी पर बने हुए पुल से चली आ रही थी। एक युवती कमरे से निकल कर छत पर आयी और बोली–आज अभी से गाड़ी आ गयी। इसे भी आज ही वैर निभाना था।

युवक ने युवती का हाथ पकड़ कर कहा–प्रिये! मेरा जी चाहता है; कहीं न जाऊँ; मैंने निश्चय कर लिया है। मैंने तुम्हारी खातिर से हामी भर ली थी, पर अब जाने की इच्छा नहीं होती। तीन साल कैसे कटेंगे।

युवती ने कातर स्वर में कहा–तीन साल के वियोग के बाद फिर तो जीवनपर्यन्त कोई बाधा न खड़ी होगी। एक बार जो निश्चय कर लिया है, उसे पूरा ही कर डालो, अनंत सुख की आशा में मैं सारे कष्ट झेल लूँगी।

यह कहते हुए युवती जलपान लाने के बहाने से फिर भीतर चली गई। आँसुओं का आवेग उसके काबू से बाहर हो गया। इन दोनों प्राणियों के वैवाहिक जीवन की यह पहली ही वर्षगाँठ थी। युवक बम्बई-विश्वविद्यालय से एम० ए० की उपाधि लेकर नागपुर के एक कालेज में अध्यापक था। नवीन युग की नयी-नयी वैवाहिक और सामाजिक क्रांतियों ने उसे लेशमात्र भी विचलित न किया था। पुरानी प्रथाओं से ऐसी प्रगाढ़ ममता कदाचित् वृद्धजनों को भी कम होगी। प्रोफ़ेसर हो जाने के बाद उसके माता-पिता ने इस बालिका से उसका विवाह कर दिया था। प्रथानुसार ही उस आँखमिचौनी के खेल में उन्हें प्रेम का रत्न मिल गया। केवल छुट्टियों में यहाँ पहली गाड़ी से आता और आखिरी गाड़ी से जाता। ये दो-चार दिन मीठे स्वप्न के समान कट जाते थे। दोनों बालकों की भाँति रो-रोकर बिदा होते। इसी कोठे पर खड़ी होकर वह उसको देखा करती, जब तक निर्दयी पहाड़ियाँ उसे आड़ में न कर लेतीं। पर अभी साल भी न गुजरने पाया था कि वियोग ने अपना षड्यंत्र रचना शुरू कर दिया। केशव को विदेश जा कर शिक्षा पूरी करने के लिए एक वृत्ति मिल गयी। मित्रों ने बधाइयाँ दी। किसके ऐसे भाग्य हैं, जिसे बिना माँगे स्वभाग्य-निर्माण का ऐसा अवसर प्राप्त हो। केशव बहुत प्रसन्न था। वह इसी दुविधा में पड़ा हुआ घर आया। माता-पिता और अन्य सम्बन्धियों ने इस यात्रा का घोर विरोध किया। नगर में जितनी बधाइयाँ मिली थीं, यहाँ उससे कहीं अधिक बाधाएँ मिलीं। किन्तु सुभद्रा की उच्चाकांक्षाओं की सीमा न थी। वह कदाचित् केशव को इन्द्रासन पर बैठा हुआ देखना चाहती थी। उसके सामने तब भी वही पति सेवा का आदर्श होता था। वह तब भी उसके सिर में तेल डालेगी, उसकी धोती छाँटेगी, उसके पाँव दबायेगी और उसके पंखा झलेगी। उपासक की महत्वाकांक्षा उपास्य ही के प्रति होती है। वह उसको सोने का मन्दिर बनवायेगा, उसके सिंहासन को रत्नों से सजायेगा, स्वर्ग से पुष्प लाकर भेंट करेगा, पर वह स्वयं वही उपासक रहेगा। जटा के स्थान पर मुकुट या कौपीन की जगह पिताम्बर की लालसा उसे कभी नहीं सताती। सुभद्रा ने उस वक्त तक दम न लिया जब तक केशव ने विलायत जाने का वादा न कर लिया, माता-पिता ने उसे कंलकिनी और न जाने क्या-क्या कहा, पर अन्त में सहमत हो गए।

सब तैयारियाँ हो गयीं। स्टेशन समीप ही था। यहाँ गाड़ी देर तक खड़ी रहती थी। स्टेशनों के समीपस्थ गाँव के निवासियों के लिए गाड़ी का आना शत्रु का धावा नहीं, मित्र का पदार्पण है। गाड़ी आ गयी। सुभद्रा जलपान बना कर पति का हाथ धुलाने आयी थी। इस समय केशव की प्रेम-कातर आपत्ति ने उसे एक क्षण के लिए विचलित कर दिया। हा! कौन जानता है, तीन साल में क्या हो जाय! मन में एक आवेश उठा—कह दूँ, प्यारे मत जाओ। थोड़ी ही खायेंगे, मोटा ही पहनेगें, रो-रोकर दिन तो न कटेगें। कभी केशव के आने में एक-आधा महीना लग जाता था, तो वह विकल हो जाया करता थी। यही जी चाहता था, उड़कर उनके पास पहुँच जाऊँ। फिर ये निर्दयी तीन वर्ष कैसे कटेंगें! लेकिन उसने कठोरता से इन निराशाजनक भावों को ठुकरा दिया और काँपते कंठ से बोली—जी तो मेरा भी यही चाहता है। जब तीन साल का अनुमान करती हूँ, तो एक कल्प-सा मालूम होता है। लेकिन जब विलायत में तुम्हारे सम्मान और आदर का ध्यान करती हूँ, तो ये तीन साल तीन दिन से मालूम होते हैं। तुम तो जहाज पर पहुँचते ही मुझे भूल जाओगे। नये-नये दृश्य तुम्हारे मनोरंजन के लिए आ खड़े होंगे। यूरोप पहुँचकर विद्वानो के सत्संग में तुम्हें घर की याद भी न आयेगी। मुझे तो रोने के सिवा और कोई धंधा नहीं है। यही स्मृतियाँ ही मेरे जीवन का आधार होंगी। लेकिन क्या करुँ, जीवन की भोग-लालसा तो नहीं मानती। फिर जिस वियोग का अंत जीवन की सारी विभूतियाँ अपने साथ लायेगा, वह वास्तव में तपस्या है। तपस्या के बिना तो वरदान नहीं मिलता।

केशव को भी अब ज्ञात हुआ कि क्षणिक मोह के आवेश में स्वभाग्य निर्माण का ऐसा अच्छा अवसर त्याग देना मूर्खता है। खड़े होकर बोले—रोना-धोना मत, नहीं तो मेरा जी न लगेगा।

सुभद्रा ने उसका हाथ पकड़कर हृदय से लगाते हुए उनके मुँह की ओर सजल नेत्रों से देखा ओर बोली—पत्र बराबर भेजते रहना।

सुभद्रा ने फिर आँखों में आँसू भरे हुए मुस्करा कर कहा—देखना विलायती मिसों के जाल में न फँस जाना।

केशव फिर चारपाई पर बैठ गया और बोला—तुम्हें यह संदेह है, तो लो, मैं जाऊँगा ही नहीं।

सुभद्रा ने उसके गले में बाँहें डाल कर विश्वास-पूर्ण दृष्टि से देखा और बोली—मैं दिल्लगी कर रही थी।

'अगर इन्द्रलोक की अप्सरा भी आ जाये, तो आँख उठाकर न देखूँ। ब्रह्मा ने ऐसी दूसरी सृष्टि की ही नहीं।'

'बीच में कोई छुट्टी मिले, तो एक बार चले आना।'

'नहीं प्रिये, बीच में शायद छुट्टी न मिलेगी। मगर जो मैंने सुना कि तुम रो-रोकर घुली जाती हो, दाना-पानी छोड़ दिया है, तो मैं अवश्य चला आऊँगा ये फूल जरा भी कुम्हलाने न पायें।'

दोनों गले मिल कर बिदा हो गए। बाहर सम्बन्धियों और मित्रों का एक समूह खड़ा था। केशव ने बड़ों के चरण छुए, छोटों को गले लगाया और स्टेशन की ओर चले। मित्रगण स्टेशन तक पहुँचाने गए। एक क्षण में गाड़ी यात्री को लेकर चल दी।

उधर केशव गाड़ी में बैठा हुआ पहाड़ियों की बहार देख रहा था; इधर सुभद्रा भूमि पर पड़ी सिसकियाँ भर रही थी।

2

दिन गुजरने लगे। उसी तरह, जैसे बीमारी के दिन कटते हैं—दिन पहाड़ रात काली बला। रात-भर मनाते गुजरती थी कि किसी तरह भोर होता, तो मनाने लगती कि जल्दी शाम हो। मैके गयी कि वहाँ जी बहलेगा। दस-पाँच दिन परिवर्तन का कुछ असर हुआ, फिर उनसे भी बुरी दशा हुई, भाग कर ससुराल चली आयी। रोगी करवट बदलकर आराम का अनुभव करता है।

पहले पाँच-छह महीनों तक तो केशव के पत्र पंद्रहवें दिन बराबर मिलते रहे। उसमें वियोग के दुःख कम, नये-नये दृश्यों का वर्णन अधिक होता था। पर सुभद्रा संतुष्ट थी। पत्र लिखती, तो विरह-व्यथा के सिवा उसे कुछ सूझता ही न था। कभी-कभी जब जी बेचैन हो जाता, तो पछताती कि व्यर्थ जाने दिया। कहीं एक दिन मर जाऊँ, तो उनके दर्शन भी न हों।

लेकिन छठे महीने से पत्रों में भी विलम्ब होने लगा। कई महीने तक तो महीने में एक पत्र आता रहा, फिर वह भी बंद हो गया। सुभद्रा के चार-छह पत्र पहुँच जाते, तो एक पत्र आ जाता; वह भी बेदिली से लिखा हुआ—काम की अधिकता और समय के अभाव के रोने से भरा हुआ। एक वाक्य भी ऐसा नहीं, जिससे हृदय को शांति हो, जो टपकते हुए दिल पर मरहम रखे। हा! आदि से अन्त तक 'प्रिये' शब्द का नाम नहीं। सुभद्रा अधीर हो उठी। उसने यूरोप-यात्रा का निश्चय कर लिया। वह सारे कष्ट सह लेगी, सिर पर जो कुछ पड़ेगी सह लेगी; केशव को आँखों से देखती रहेगी। वह इस बात को उनसे गुप्त रखेगी, उनकी कठिनाइयों को और न बढ़ायेगी, उनसे बोलेगी भी नहीं! केवल उन्हें कभी-कभी आँख भर कर देख लेगी। यही उसकी शांति के लिए काफी होगा। उसे क्या मालूम था कि उसका केशव उसका नहीं रहा। वह अब एक दूसरी ही कामिनी के प्रेम का भिखारी है।

सुभद्रा कई दिनों तक इस प्रस्ताव को मन में रखे हुए सेती रही। उसे किसी प्रकार की शंका न होती थी। समाचार-पत्रों के पढ़ते रहने से उसे समुद्री यात्रा का हाल मालूम होता रहता था। एक दिन उसने अपने सास-ससुर के सामने अपना निश्चय प्रकट किया। उन लोगों ने बहुत समझाया; रोकने की बहुत चेष्टा की; लेकिन सुभद्रा ने अपना हठ न छोड़ा। आखिर जब लोगों ने देखा कि यह किसी तरह नहीं मानती, तो राज़ी हो गए। मैकेवाले समझा कर हार गए। कुछ रूपये उसने स्वयं जमा कर रखे थे, कुछ ससुराल में मिले। माँ-बाप ने भी मदद की। रास्ते के खर्च की चिंता न रही। इंग्लैंड पहुँचकर

वह क्या करेगी, इसका अभी उसने कुछ निश्चय न किया। इतना जानती थी कि परिश्रम करने वाले को रोटियों की कहीं कमी नहीं रहती।

विदा होते समय सास और ससुर दोनों स्टेशन तक आए। जब गाड़ी ने सीटी दी, तो सुभद्रा ने हाथ जोड़कर कहा–मेरे जाने का समाचार वहाँ न लिखिएगा। नहीं तो उन्हें चिंता होगी ओर पढ़ने में उनका जी न लगेगा।

ससुर ने आश्वासन दिया। गाड़ी चल दी।

3

लंदन के उस हिस्से में, जहाँ इस समृद्धि के समय में भी दरिद्रता का राज्य हैं, ऊपर के एक छोटे से कमरे में सुभद्रा एक कुर्सी पर बैठी है। उसे यहाँ आये आज एक महीना हो गया है। यात्रा के पहले उसके मन में जितनी शंकाएँ थी, सभी शान्त होती जा रही है। बम्बई-बंदर में जहाज पर जगह पाने का प्रश्न बड़ी आसानी से हल हो गया। वह अकेली औरत न थी जो योरोप जा रही हो। पाँच-छह स्त्रियाँ और भी उसी जहाज से जा रही थीं। सुभद्रा को न जगह मिलने में कोई कठिनाई हुई, न मार्ग में। यहाँ पहुँचकर और स्त्रियों से संग छूट गया। कोई किसी विद्यालय में चली गयी; दो-तीन अपने पतियों के पास चलीं गयीं, जो यहाँ पहले आ गए थे। सुभद्रा ने इस मुहल्ले में एक कमरा ले लिया। जीविका का प्रश्न भी उसके लिए बहुत कठिन न रहा। जिन महिलाओं के साथ वह आयी थी, उनमें कई उच्च-अधिकारियों की पत्नियाँ थी। कई अच्छे-अच्छे अंग्रेज घराने से उनका परिचय था। सुभद्रा को दो महिलाओं को भारतीय संगीत और हिन्दी-भाषा सिखाने का काम मिल गया। शेष समय में वह कई भारतीय महिलाओं के कपड़े सीने का काम कर लेती है। केशव का निवास-स्थान यहाँ से निकट है, इसीलिए सुभद्रा ने इस मुहल्ले को पसंद किया है। कल केशव उसे दिखायी दिया था। ओह! उन्हें 'बस' से उतरते देखकर उसका चित्त कितना आतुर हो उठा था। बस यही मन में आता था कि दौड़कर उनके गले से लिपट जाय और पूछे–क्यों जी, तुम यहाँ आते ही बदल गए। याद है, तुमने चलते समय क्या-क्या वादा किये थे? उसने बड़ी मुश्किल से अपने को रोका था। तब से इस वक्त तक उसे मानो नशा-सा छाया हुआ है, वह उनके इतने समीप है! चाहे रोज उन्हें देख सकती है, उनकी बातें सुन सकती है; हाँ, स्पर्श तक कर सकती है। अब यह उससे भाग कर कहाँ जायेंगे? उनके पत्रों की अब उसे क्या चिन्ता है। कुछ दिनों के बाद सम्भव है वह उनसे होटल के नौकरों से जो चाहे, पूछ सकती है।

संध्या हो गयी थी। धुएं में बिजली की लालटनें रोती आँखें की भाँति ज्योतिहीन-सी हो रही थीं। गली में स्त्री-पुरुष सैर करने जा रहे थे। सुभद्रा सोचने लगी–इन लोगों को आमोद से कितना प्रेम है, मानो किसी को चिन्ता ही नहीं, मानो सभी सम्पन्न है, जब ही ये लोग इतने एकाग्र होकर सब काम कर सकते है। जिस समय जो काम करने है जी-जान से करते हैं। खेलने की उमंग है, तो काम करने की भी उमंग है और एक

हम हैं कि न हँसते है, न रोते हैं, मौन बने बैठे रहते हैं। स्फूर्ति का कहीं नाम नहीं, काम तो सारे दिन करते हैं, भोजन करने की फुरसत भी नहीं मिलती, पर वास्तव में चौथाई समय भी काम में नहीं लगते। केवल काम करने का बहाना करते हैं। मालूम होता है, जाति प्राण-शून्य हो गयी हैं।

सहसा उसने केशव को जाते देखा। हाँ, केशव ही था। कुर्सी से उठकर बरामदे में चली आयी। प्रबल इच्छा हुई कि जाकर उनके गले से लिपट जाय। उसने अगर अपराध किया है, तो उन्हीं के कारण तो। यदि वह बराबर पत्र लिखते जाते, तो वह क्यों आती?

लेकिन केशव के साथ यह युवती कौन है? अरे! केशव उसका हाथ पकड़े हुए है। दोनों मुस्करा-मुस्करा कर बातें करते चले जाते हैं। यह युवती कौन है?

सुभद्रा ने ध्यान से देखा। युवती का रंग साँवला था। वह भारतीय बालिका थी। उसका पहनावा भारतीय था। इससे ज्यादा सुभद्रा को और कुछ न दिखायी दिया। उसने तुरंत जूते पहने, द्वार बन्द किया और एक क्षण में गली में आ पहुँची। केशव अब दिखायी न देता था, पर वह जिधर गया था, उधर ही वह बड़ी तेजी से लपकी चली जाती थी। यह युवती कौन है? वह उन दोनों की बातें सुनना चाहती थी, उस युवती को देखना चाहती थी उसके पाँव इतनी तेज से उठ रहे थे मानो दौड़ रही हो। पर इतनी जल्दी दोनों कहाँ अदृश्य हो गए? अब तक उसे उन लोगों के समीप पहुँच जाना चाहिए था। शायद दोनों किसी बस पर जा बैठे।

अब वह गली समाप्त करके एक चौड़ी सड़क पर आ पहुँची थी। दोनों तरफ बड़ी-बड़ी जगमगाती हुई दुकानें थी, जिनमें संसार की विभूतियाँ गर्व से फूली उठी थीं। कदम-कदम पर होटल और रेस्ट्रां थे। सुभद्रा दोनों और नेत्रों से ताकती, पग-पग पर भ्रांति के कारण मचलती कितनी दूर निकल गयी, कुछ खबर नहीं।

फिर उसने सोचा-यों कहाँ तक चली जाऊंगी? कौन जाने किधर गए। चलकर फिर अपने बरामदे से देखूँ। आखिर इधर से गए है, तो इधर से लौटेंगे भी। यह ख़याल आते ही वह घूम पड़ी ओर उसी तरह दौड़ती हुई अपने स्थान की ओर चली। जब वहाँ पहुँची, तो बारह बज गए थे। और इतनी देर उसे चलते ही गुजरा! एक क्षण भी उसने कहीं विश्राम नहीं किया।

वह ऊपर पहुँची, तो गृह-स्वामिनी ने कहा-तुम्हारे लिए बड़ी देर से भोजन रखा हुआ है।

सुभद्रा ने भोजन अपने कमरे में मँगा लिया पर खाने की सुधि किसे थी! वह उसी बरामदे में उसी तरफ टकटकी लगाये खड़ी थी, जिधर से केशव गया।

एक बज गया, दो बजा, फिर भी केशव नहीं लौटा। उसने मन में कहा-वह किसी दूसरे मार्ग से चले गए। मेरा यहाँ खड़ा रहना व्यर्थ है। चलूँ, सो रहूँ। लेकिन फिर ख़याल आ गया, कहीं आ न रहे हों।

मालूम नहीं, उसे कब नींद आ गयी।

दूसरे दिन प्रातःकाल सुभद्रा अपने काम पर जाने को तैयार हो रही थी कि एक युवती रेशमी साड़ी पहने आकर खड़ी हो गयी और मुस्कराकर बोली–क्षमा कीजिएगा, मैंने बहुत सबेरे आपको कष्ट दिया। आप तो कहीं जाने को तैयार मालूम होती है।

सुभद्रा ने एक कुर्सी बढ़ाते हुए कहा–हाँ, एक काम से बाहर जा रही थी। मैं आपकी क्या सेवा कर सकती हूँ?

यह कहते हुए सुभद्रा ने युवती को सिर से पाँव तक उसी आलोचनात्मक दृष्टि से देखा, जिससे स्त्रियाँ ही देख सकती हैं। सौंदर्य की किसी परिभाषा से भी उसे सुन्दरी न कहा जा सकता था। उसका रंग साँवला, मुँह कुछ चौड़ा, नाक कुछ चिपटी, कद भी छोटा और शरीर भी कुछ स्थूल था। आँखों पर ऐनक लगी हुई थी। लेकिन इन सब कारणों के होते हुए भी उसमें कुछ ऐसी बात थी, जो आँखों को अपनी ओर खींच लेती थी। उसकी वाणी इतनी मधुर, इतनी संयमित, इतनी विनम्र थी कि जान पड़ता था किसी देवी के वरदान हों। एक-एक अंग से प्रतिमा विकीर्ण हो रही थी। सुभद्रा उसके सामने हलकी एवं तुच्छ मालूम होती थी। युवती ने कुर्सी पर बैठते हुए कहा–

'अगर मैं भूलती हूँ, तो मुझे क्षमा कीजिएगा। मैंने सुना है कि आप कुछ कपड़े भी सीती है, जिसका प्रमाण यह है कि यहाँ सीविंग मशीन मौजूद है।'

सुभद्रा–मैं दो लेडियों को भाषा पढ़ाने जाया करती हूँ, शेष समय में कुछ सिलाई भी कर लेती हूँ। आप कपड़े लायी हैं।

युवती–नहीं, अभी कपड़े नहीं लायी। यह कहते हुए उसने लज्जा से सिर झुका कर मुस्कराते हुए कहा–बात यह है कि मेरी शादी होने जा रही है। मैं वस्त्राभूषण सब हिंदुस्तानी रखना चाहती हूँ। विवाह भी वैदिक रीति से ही होगा। ऐसे कपड़े यहाँ आप ही तैयार कर सकती हैं।

सुभद्रा ने हँसकर कहा–मैं ऐसे अवसर पर आपके जोड़े तैयार करके अपने को धन्य समझूँगी। वह शुभ तिथि कब है?

युवती ने सकुचाते हुए कहा–वह तो कहते हैं, इसी सप्ताह में हो जाय; पर मैं उन्हें टालती आती हूँ। मैंने तो चाहा था कि भारत लौटने पर विवाह होता, पर वह इतने उतावले हो रहे हैं कि कुछ कहते नहीं बनता। अभी तो मैंने यही कह कर टाला है कि मेरे कपड़े सिल रहे हैं।

सुभद्रा–तो मैं आपके जोड़े बहुत जल्द दे दूँगी।

युवती ने हँसकर कहा–मैं तो चाहती थी आप महीनों लगा देतीं।

सुभद्रा–वाह, मैं इस शुभ कार्य में क्यों विघ्न डालने लगी? मैं इसी सप्ताह में आपके कपड़े दे दूँगी, और उनसे इसका पुरस्कार लूँगी।

युवती खिलखिलाकर हँसी। कमरे में प्रकाश की लहरें-सी उठ गयीं। बोलीं–इसके लिए तो पुरस्कार वह देंगे, बड़ी ख़ुशी से देंगे और तुम्हारे कृतज्ञ होंगे। मैंने प्रतिज्ञा की

थी कि विवाह के बंधन में पड़ूँगी ही नहीं; पर उन्होंने मेरी प्रतिज्ञा तोड़ दी। अब मुझे मालूम हो रहा है कि प्रेम की बेड़ियाँ कितनी आनंदमय होती है। तुम तो अभी हाल ही में आयी हो। तुम्हारे पति भी साथ होंगे?

सुभद्रा ने बहाना किया। बोली—वह इस समय जर्मनी में हैं। संगीत से उन्हें बहुत प्रेम है। संगीत ही का अध्ययन करने के लिए वहाँ गए हैं।

'तुम भी संगीत जानती हो?'

'बहुत थोड़ा।'

'केशव को संगीत बहुत प्रेम है।'

केशव का नाम सुनकर सुभद्रा को ऐसा मालूम हुआ, जैसे बिच्छू ने काट लिया हो। वह चौंक पड़ी।

युवती ने पूछा—आप चौंक कैसे गयीं? क्या केशव को जानती हो?

सुभद्रा ने बात बनाकर कहा—नहीं, मैंने यह नाम कभी नहीं सुना। वह यहाँ क्या करते हैं?

सुभद्रा को ख़याल आया, क्या केशव किसी दूसरे आदमी का नाम नहीं हो सकता? इसलिए उसने यह प्रश्न किया। उसी जवाब पर उसकी जिंदगी का फैसला था।

युवती ने कहा—यहाँ विद्यालय में पढ़ते हैं। भारत सरकार ने उन्हें भेजा है। अभी साल-भर भी तो आए नहीं हुआ। तुम देखकर प्रसन्न होगी। तेज और बुद्धि की मूर्ति समझ लो। यहाँ के अच्छे-अच्छे प्रोफ़ेसर उनका आदर करते है। ऐसा सुन्दर भाषण तो मैंने किसी के मुँह से सुना ही नहीं। जीवन आदर्श है। मुझसे उन्हें क्यों प्रेम हो गया है, मुझे इसका आश्चर्य है। मुझमें न रूप है, न लावण्य। ये मेरा सौभाग्य है। तो मैं शाम को कपड़े लेकर आऊँगी।

सुभद्रा ने मन में उठते हुए वेग को संभाल कर कहा—अच्छी बात है।

जब युवती चली गयी, तो सुभद्रा फूट-फूटकर रोने लगी। ऐसा जान पड़ता था, मानो देह में रक्त ही नहीं, मानो प्राण निकल गए हैं वह कितनी निःसहाय, कितनी दुर्बल है, इसका आज अनुभव हुआ। ऐसा मालूम हुआ, मानों संसार में उसका कोई नहीं है। अब उसका जीवन व्यर्थ है। उसके लिए अब जीवन में रोने के सिवा और क्या है? उनकी सारी ज्ञानेंद्रियाँ शिथिल-सी हो गयी थीं मानों वह किसी ऊँचे वृक्ष से गिर पड़ी हो। हा! यह उसके प्रेम और भक्ति का पुरस्कार है। उसने कितना आग्रह करके केशव को यहाँ भेजा था? इसलिए कि यहाँ आते ही उसका सर्वनाश कर दें? पुरानी बातें याद आने लगी। केशव की वह प्रेमातुर आँखें सामने आ गयीं। वह सरल, सहज मूर्ति आँखों के सामने नाचने लगी। उसका जरा सिर धमकता था, तो केशव कितना व्याकुल हो जाता था। एक बार जब उसे फसली बुखार आ गया था, तो केशव घबरा कर, पंद्रह दिन की छुट्टी लेकर घर आ गया था और उसके सिरहाने बैठा रात-भर पंखा झलता रहा था। वही केशव अब इतनी जल्द उससे ऊब उठा! उसके लिए सुभद्रा ने

कौन-सी बात उठा रखी। वह तो उसी को अपना प्राणाधार, अपना जीवन धन, अपना सर्वस्व समझती थी। नहीं-नहीं, केशव का दोष नहीं, सारा दोष इसी का है। इसी ने अपनी मधुर बातों से अन्हें वशीभूत कर लिया है। इसकी विद्या, बुद्धि और वाकपटुता ही ने उनके हृदय पर विजय पायी है। हाय! उसने कितनी बार केशव से कहा था, मुझे भी पढ़ाया करो, लेकिन उन्होंने हमेशा यही जवाब दिया, तुम जैसी हो, मुझे वैसी ही पसन्द हो। मैं तुम्हारी स्वाभाविक सरलता को पढ़ा-पढ़ा कर मिटाना नहीं चाहता। केशव ने उसके साथ कितना बड़ा अन्याय किया है! लेकिन यह उनका दोष नहीं, यह इसी यौवन-मतवाली छोकरी की माया है।

सुभद्रा को इस ईर्ष्या और दुःख के आवेश में अपने काम पर जाने की सुध न रही। वह कमरे में इस तरह टहलने लगी, जैसे किसी ने ज़बरदस्ती उसे बन्द कर दिया हो। कभी दोनों मुट्ठियाँ बँध जातीं, कभी दांत पीसने लगती, कभी ओंठ काटती। उन्माद की-सी दशा हो गयी। आँखों में भी एक तीव्र ज्वाला चमक उठी। ज्यों-ज्यों केशव के इस निष्ठुर आघात को सोचती, उन कष्टों को याद करती, जो उसने उसके लिए झेले थे, उसका चित्त प्रतिकार के लिए विकल होता जाता था। अगर कोई बात हुई होती, आपस में कुछ मनोमालिन्य का लेश भी होता, तो उसे इतना दुःख न होता। यह तो उसे ऐसा मालूम होता था कि मानों कोई हँसते-हँसते अचानक गले पर चढ़ बैठे। अगर वह उनके योग्य नहीं थी, तो उन्होंने उससे विवाह ही क्यों किया था? विवाह करने के बाद भी उसे क्यों न ठुकरा दिया था? क्यों प्रेम का बीज बोया था? और आज जब वह बीज पल्लवों से लहराने लगा, उसकी जड़ें उसके अन्तस्तल के एक-एक अणु में प्रविष्ट हो गयीं, उसका रक्त उसका सारा उत्सर्ग वृक्ष को सींचने और पालने में प्रवृत्त हो गया, तो वह आज उसे उखाड़ कर फेंक देना चाहते हैं। क्या हृदय के टुकड़े-टुकड़े हुए बिना वृक्ष उखड़ जाएगा?

सहसा उसे एक बात याद आ गयी। हिंसात्मक संतोष से उसका उत्तेजित मुख-मण्डल और भी कठोर हो गया। केशव ने अपने पहले विवाह की बात इस युवती से गुप्त रखी होगी! सुभद्रा इसका भंडाफोड़ करके केशव के सारे मंसूबों को धूल में मिला देगी। उसे अपने ऊपर क्रोध आया कि युवती का पता क्यों न पूछ लिया। उसे एक पत्र लिखकर केशव की नीचता, स्वार्थपरता और कायरता की कलई खोल देती—उसके पांडित्य, प्रतिभा और प्रतिष्ठा को धूल में मिला देती। खैर, संध्या-समय तो वह कपड़े लेकर आयेगी ही। उस समय उससे सारा कच्चा चिट्ठा बयान कर दूँगी।

5

सुभद्रा दिन-भर युवती का इन्तज़ार करती रही। कभी बरामदे में आकर इधर-उधर निगाह दौड़ाती, कभी सड़क पर देखती, पर उसका कहीं पता न था। मन में झुँझलाती थी कि उसने क्यों उसी वक्त सारा वृतांत न कह सुनाया। केशव का पता उसे मालूम था। उस मकान और गली का नम्बर तक याद था, जहाँ से वह उसे पत्र लिखा करता था। ज्यों-ज्यों दिन ढलने लगा और युवती के आने में विलम्ब होने लगा, उसके मन

में एक तरंगी-सी उठने लगी कि जाकर केशव को फटकारे, उसका सारा नशा उतार दे, कहे–तुम इतने भयंकर हिंसक हो, इतने महान धूर्त हो, यह मुझे मालूम न था। तुम यही विद्या सीखने यहाँ आये थे। तुम्हारे पांडित्य की यही फल है! तुम एक अबला को जिसने तुम्हारे ऊपर अपना सर्वस्व अर्पण कर दिया, यों छल सकते हो। तुममें क्या मनुष्यता नाम को भी नहीं रह गयी? आखिर तुमने मेरे लिए क्या सोचा है। मैं सारी जिंदगी तुम्हारे नाम को रोती रहूँ! लेकिन अभिमान हर बार उसके पैरों को रोक लेता। नहीं, जिसने उसके साथ ऐसा कपट किया है, उसका इतना अपमान किया है, उसके पास वह न जाएगी। वह उसे देखकर अपने आँसुओं को रोक सकेगी या नहीं, इसमें उसे संदेह था, और केशव के सामने वह रोना नहीं चाहती थी। अगर केशव उससे घृणा करता है, तो वह भी केशव से घृणा करेगी। संध्या भी हो गयी, पर युवती न आयी। बत्तियाँ भी जली, पर उसका पता नहीं।

एकाएक उसे अपने कमरे के द्वार पर किसी के आने की आहट मालूम हुई। वह कूदकर बाहर निकल आई। युवती कपड़ों का एक पुलिंदा लिए सामने खड़ी थी। सुभद्रा को देखते ही बोली–क्षमा करना, मुझे आने में देर हो गयी। बात यह है कि केशव को किसी बड़े जरूरी काम से जर्मनी जाना है। वहाँ उन्हें एक महीने से ज्यादा लग जाएगा। वह चाहते हैं कि मैं भी उनके साथ चलूँ। मुझसे उन्हें अपनी थीसिस लिखने में बड़ी सहायता मिलेगी। बर्लिन के पुस्तकालयों को छानना पड़ेगा। मैंने भी स्वीकार कर लिया है। केशव की इच्छा है कि जर्मनी जाने के पहले हमारा विवाह हो जाय। कल संध्या समय संस्कार हो जाएगा। अब ये कपड़े मुझे आप जर्मनी से लौटने पर दीजिएगा। विवाह के अवसर पर हम मामूली कपड़े पहन लेंगे। और क्या करती? इसके सिवा कोई उपाय न था, केशव का जर्मन जाना अनिवार्य है।

सुभद्रा ने कपड़ों को मेज़ पर रख कर कहा–आपको धोखा दिया गया है।

युवती ने घबरा कर पूछा–धोखा? कैसा धोखा? मैं बिलकुल नहीं समझती। तुम्हारा मतलब क्या है?

सुभद्रा ने संकोच के आवरण को हटाने की चेष्टा करते हुए कहा–केशव तुम्हें धोखा देकर तुमसे विवाह करना चाहता है।

'केशव ऐसा आदमी नहीं है, जो किसी को धोखा दे। क्या तुम केशव को जानती हो?'

'केशव ने तुमसे अपने विषय में सब-कुछ कह दिया है?'

'सब-कुछ।'

'मेरा तो यही विचार है कि उन्होंने एक बात भी नहीं छिपाई?'

'तुम्हें मालूम है कि उसका विवाह हो चुका है?'

युवती की मुख-ज्योति कुछ मलिन पड़ गयी, उसकी गर्दन लज्जा से झुक गयी। अटक-अटक कर बोली–हाँ, उन्होंने मुझसे..... यह बात कही थी।

सुभद्रा परास्त हो गयी। घृणा-सूचक नेत्रों से देखती हुई बोली–यह जानते हुए भी तुम केशव से विवाह करने पर तैयार हो। युवती ने अभिमान से देखकर कहा–तुमने केशव को देखा है?

'नहीं, मैंने उन्हें कभी नहीं देखा।'

'फिर, तुम उन्हें कैसे जानती हो?'

'मेरे एक मित्र ने मुझसे यह बात कही है, वह केशव को जानता है।'

'अगर तुम एक बार केशव को देख लेतीं, एक बार उससे बातें कर लेतीं, तो मुझसे यह प्रश्न न करती। एक नहीं, अगर उन्होंने एक सौ विवाह किये होते, तो मैं इनकार न करती। उन्हें देखकर मैं अपने को बिलकुल भूल जाती हूँ। अगर उनसे विवाह न करूँ, तो फिर मुझे जीवन-भर अविवाहित ही रहना पड़ेगा। जिस समय वह मुझसे बातें करने लगते हैं, मुझे ऐसा अनुभव होता है कि मेरी आत्मा पुष्प की भाँति खिली जा रही है। मैं उसमें प्रकाश और विकास का प्रत्यक्ष अनुभव करती हूँ। दुनिया चाहे जितना हँसे, चाहे जितनी निन्दा करे, मैं केशव को अब नहीं छोड़ सकती। उनका विवाह हो चुका है, वह सत्य है; पर उस स्त्री से उनका मन कभी न मिला। यथार्थ में उनका विवाह अभी नहीं हुआ। वह कोई साधारण, अर्द्धशिक्षिता बालिका है। तुम्हीं सोचो, केशव जैसा विद्वान, उदारचेता, मनस्वी पुरुष ऐसी बालिका के साथ कैसे प्रसन्न रह सकता है? तुम्हें कल मेरे विवाह में चलना पड़ेगा।'

सुभद्रा का चेहरा तमतमाया जा रहा था। केशव ने उसे इतने काले रंगों में रंगा है, यह सोच कर उसका रक्त खौल रहा था। जी में आता था, इसी क्षण इसको दुत्कार दूँ, लेकिन उसके मन में कुछ और ही मंसूबे पैदा होने लगे थे। उसने गंभीर, पर उदासीनता के भाव से पूछा–केशव ने कुछ उस स्त्री के विषय में नहीं कहा?

युवती ने तत्परता से कहा–घर पहुँचने पर वह उससे केवल यही कह देंगे कि हम और तुम अब स्त्री और पुरुष नहीं रह सकते। उसके भरण-पोषण का वह उसके इच्छानुसार प्रबंध कर देंगे, इसके सिवा वह और क्या कर सकते हैं। हिन्दू-नीति में पति-पत्नी में विच्छेद नहीं हो सकता। पर केवल स्त्री को पूर्ण रीति से स्वाधीन कर देने के विचार से वह ईसाई या मुसलमान होने पर भी तैयार हैं। वह तो अभी उसे इसी आशय का एक पत्र लिखने जा रहे थे, पर मैंने ही रोक लिया। मुझे उस अभागिनी पर बड़ी दया आती है, मैं तो यहाँ तक तैयार हूँ कि अगर उसकी इच्छा हो तो वह भी हमारे साथ रहे। मैं उसे अपनी बहन समझूँगी। किंतु केशव इससे सहमत नहीं होते।

सुभद्रा ने व्यंग्य से कहा–रोटी-कपड़ा देने को तैयार ही हैं, स्त्री को इसके सिवा और क्या चाहिए?

युवती ने व्यंग्य की कुछ परवाह न करके कहा–तो मुझे लौटने पर कपड़े तैयार मिलेंगे न?

सुभद्रा–हाँ, मिल जायेंगे।

युवती–कल तुम संध्या समय आओगी?

सुभद्रा–नहीं, खेद है, अवकाश नहीं है।

युवती ने कुछ न कहा। चली गयी।

6

सुभद्रा कितना ही चाहती थी कि समस्या पर शांतचित्त होकर विचार करे, पर हृदय में मानों ज्वाला-सी दहक रही थी! केशव के लिए वह अपने प्राणों का कोई मूल्य नहीं समझी थी। वही केशव उसे पैरों से ठुकरा रहा है। यह आघात इतना आकस्मिक, इतना कठोर था कि उसकी चेतना की सारी कोमलता मूर्च्छित हो गयी! उसके एक-एक अणु प्रतिकार के लिए तड़पने लगा। अगर यही समस्या इसके विपरीत होती, तो क्या सुभद्रा की गरदन पर छुरी न फिर गयी होती? केशव उसके खून का प्यासा न हो जाता? क्या पुरुष हो जाने से ही सभी बातें क्षम्य और स्त्री हो जाने से सभी बातें अक्षम्य हो जाती है? नहीं, इस निर्णय को सुभद्रा की विद्रोही आत्मा इस समय स्वीकार नहीं कर सकती। उसे नारियों के ऊँचे आदर्शों की परवाह नहीं है। उन स्त्रियों में आत्माभिमान न होगा? वे पुरुषों के पैरों की जूतियाँ बनकर रहने ही में अपना सौभाग्य समझती होंगी। सुभद्रा इतनी आत्मभिमान-शून्य नहीं है। वह अपने जीते-जी यह नहीं देख सकती थी कि उसका पति उसके जीवन की सर्वनाश करके चैन की बंशी बजाये। दुनिया उसे हत्यारिनी, पिशाचिनी कहेगी, कहे–उसको परवाह नहीं। रह-रहकर उसके मन में भयंकर प्रेरणा होती थी कि इसी समय उसके पास चली जाय, और इसके पहिले कि वह उस युवती के प्रेम का आनंद उठाये, उसके जीवन का अन्त कर दे। वह केशव की निष्ठुरता को याद करके अपने मन को उत्तेजित करती थी। अपने को धिक्कार-धिक्कार कर नारी सुलभ शंकाओं को दूर करती थी। क्या वह इतनी दुर्बल है? क्या उसमें इतना साहस भी नहीं है? इस वक्त यदि कोई दुष्ट उसके कमरे में घुस आए और उसके सतीत्व का अपहरण करना चाहे, तो क्या वह उसका प्रतिकार न करेगी? आखिर आत्म-रक्षा ही के लिए तो उसने यह पिस्तौल ले रखी है। केशव ने उसके सत्य का अपहरण ही तो किया है। उसका प्रेम-दर्शन केवल प्रवंचना थी। वह केवल अपनी वासनाओं की तृप्ति के लिए सुभद्रा के साथ प्रेम-स्वांग भरता था। फिर उसका वध करना क्या सुभद्रा का कर्त्तव्य नहीं?

इस अन्तिम कल्पना से सुभद्रा को वह उत्तेजना मिल गयी, जो उसके भयंकर संकल्प को पूरा करने के लिए आवश्यक थी। यही वह अवस्था है, जब स्त्री-पुरुष के खून की प्यासी हो जाती है।

उसने खूँटी पर लटकाती हुई पिस्तौल उतार ली और ध्यान से देखने लगी, मानो उसे कभी देखा न हो। कल संध्या-समय जब कार्य-मंदिर के केशव और उसकी प्रेमिका एक-दूसरे के सम्मुख बैठे हुए होंगे, उसी समय वह इस गोली से केशव की प्रेम-लीलाओं का अन्त कर देगी। दूसरी गोली अपनी छाती में मार लेगी। क्या वह रो-रो कर अपना अधम जीवन काटेगी?

7

संध्या का समय था। आर्य-मंदिर के आँगन में वर और वधू इष्ट-मित्रों के साथ बैठे हुए थे। विवाह का संस्कार हो रहा था। उसी समय सुभद्रा पहुँची और बरामदे में आकर एक खम्भे की आड़ में इस भाँति खड़ी हो गई कि केशव का मुँह उसके सामने था। उसकी आँखें में वह दृश्य खिंच गया, जब आज से तीन साल पहले उसने इसी भाँति केशव को मंडप में बैठे हुए आड़ से देखा था। तब उसका हृदय कितना उच्छवासित हो रहा था। अंतस्तल में गुदगुदी-सी हो रही थी, कितना अपार अनुराग था, कितनी असीम अभिलाषाएँ थीं, मानों जीवन-प्रभात का उदय हो रहा हो। जीवन मधुर संगीत की भाँति सुखद था, भविष्य उषा-स्वप्न की भाँति सुन्दर। क्या यह वही केशव है? सुभद्रा को ऐसा भ्रम हुआ, मानों यह केशव नहीं है। हाँ, यह वह केशव नहीं था। यह उसी रूप और उसी नाम का कोई दूसरा मनुष्य था। अब उसकी मुस्कराहट में, उनके नेत्रों में, उसके शब्दों में, उसके हृदय को आकर्षित करने वाली कोई वस्तु न थी। उसे देखकर वह उसी भाँति निःस्पंद, निश्चल खड़ी है, मानों कोई अपरिचित व्यक्ति हो। अब तक केशव का-सा रूपवान, तेजस्वी, सौम्य, शीलवान, पुरुष संसार में न था; पर अब सुभद्रा को ऐसा जान पड़ा कि वहाँ बैठे हुए युवकों में और उसमें कोई अन्तर नहीं है। वह ईर्ष्याग्नि, जिसमें वह जली जा रही थी, वह हिंसा-कल्पना, जो उसे वहाँ तक लायी थी, मानो एकदम शांत हो गयी। विरक्ति हिंसा से भी अधिक हिंसात्मक होती है–सुभद्रा की हिंसा-कल्पना में एक प्रकार का ममत्व था–उसका केशव, उसका प्राणवल्लभ, उसका जीवन-सर्वस्व और किसी का नहीं हो सकता। पर अब वह ममत्व नहीं है। वह उसका नहीं है, उसे अब परवा नहीं, उस पर किसका अधिकार होता है।

विवाह-संस्कार समाप्त हो गया, मित्रों ने बधाइयाँ दीं, सहेलियों ने मंगलगान किया, फिर लोग मेजों पर जा बैठे, दावत होने लगी, रात के बारह बज गए; पर सुभद्रा वहीं पाषाण-मूर्ति की भाँति खड़ी रही, मानो कोई विचित्र स्वप्न देख रही हो। हाँ, जैसे कोई बस्ती उजड़ गई हो, जैसे कोई संगीत बन्द हो गया हो, जैसे कोई दीपक बुझ गया है। जब लोग मंदिर से निकले, तो वह भी निकले, तो वह भी निकल आयी; पर उसे कोई मार्ग न सूझता था। परिचित सड़कें उसे भूली हुई-सी जान पड़ने लगीं। सारा संसार ही बदल गया था। वह सारी रात सड़कों पर भटकती फिरी। घर का कहीं पता नहीं। सारी दुकानें बन्द हो गयीं, सड़कों पर सन्नाटा छा गया, फिर भी वह अपना घर ढूँढ़ती हुई चली जा रही थी। हाय! क्या इसी भाँति उसे जीवन-पथ में भी भटकना पड़ेगा?

सहसा एक पुलिसमैन ने पुकारा–मैडम, तुम कहाँ जा रही हो?

सुभद्रा ने ठिठक कर कहा–कहीं नहीं।

'तुम्हारा स्थान कहाँ है?'

'मेरा स्थान?'

'हाँ, तुम्हारा स्थान कहाँ है? मैं तुम्हें बड़ी देर से इधर-उधर भटकते देख रहा हूँ। किस स्ट्रीट में रहती हो?'

सुभद्रा को उस स्ट्रीट का नाम तक न याद था।

'तुम्हें अपने स्ट्रीट का नाम तक याद नहीं?'

'भूल गयी, याद नहीं आता।'

सहसा उसकी दृष्टि सामने के एक साइन बोर्ड की तरफ उठी, ओह! यही तो उसकी स्ट्रीट है। उसने सिर उठाकर इधर-उधर देखा। सामने ही उसका डेरा था। और इसी गली में, अपने ही घर के सामने, न-जाने कितनी देर से वह चक्कर लगा रही थी।

8

अभी प्रात:काल ही था कि युवती सुभद्रा के कमरे में पहुँची। वह उसके कपड़े सी रही थी। उसका सारा तन-मन कपड़ों में लगा हुआ था। कोई युवती इतनी एकाग्रचित होकर अपना श्रृंगार भी न करती होगी। न-जाने उससे कौन-सा पुरस्कार लेना चाहती थी। उसे युवती के आने की खबर न हुई।

युवती ने पूछा-तुम कल मंदिर में नहीं आयीं?

सुभद्रा ने सिर उठाकर देखा, तो ऐसा जान पड़ा, मानो किसी कवि की कोमल कल्पना मूर्तिमयी हो गयी है। उसकी उप छवि अनिंद्य थी। प्रेम की विभूति रोम-रोम से प्रदर्शित हो रही थी। सुभद्रा दौड़कर उसके गले से लिपट गई, जैसे उसकी छोटी बहन आ गयी हो, और बोली-हाँ, गयी तो थी।

'मैंने तुम्हें नहीं देखा।'

'हाँ, मैं अलग थी।'

'केशव को देखा?'

'हाँ देखा।'

'धीरे से क्यों बोली? मैंने कुछ झूठ कहा था?'

सुभद्रा ने सहृदयता से मुस्कराकर कहा-मैंने तुम्हारी आँखों से नहीं, अपनी आँखों से देखा। मुझे तो वह तुम्हारे योग्य नहीं जंचे। तुम्हें ठग लिया।

युवती खिलखिलाकर हँसी और बोली-वाह! मैं समझती हूँ, मैंने उन्हें ठगा है।

'एक बार वस्त्राभूषणों से सजकर अपनी छवि आईने में देखो तो मालूम हो जायेगा।'

'तब क्या मैं कुछ और हो जाऊँगी।'

'अपने कमरे से फर्श, तसवीरें, हाँड़ियाँ, गमले आदि निकाल कर देख लो, कमरे की शोभा वही रहती है!'

युवती ने सिर हिला कर कहा-ठीक कहती हो। लेकिन आभूषण कहाँ से लाऊँ। न-जाने अभी कितने दिनों में बनने की नौबत आये।

'मैं तुम्हें अपने गहने पहना दूँगी।'

'तुम्हारे पास गहने हैं?'

'बहुत। देखो, मैं अभी लाकर तुम्हें पहनाती हूँ।'

युवती ने मुँह से तो बहुत 'नहीं-नहीं' किया, पर मन में प्रसन्न हो रही थी। सुभद्रा ने अपने सारे गहने पहना दिये। अपने पास एक छल्ला भी न रखा। युवती को यह नया अनुभव था। उसे इस रूप में निकलते शर्म तो आती थी; पर उसका रूप चमक उठा था। इसमें संदेह न था। उसने आईने में अपनी सूरत देखी तो उसकी सूरत जगमगा उठी, मानो किसी वियोगिनी को अपने प्रियतम का संवाद मिला हो। मन में गुदगुदी होने लगी। वह इतनी रूपवती है, उसे उसकी कल्पना भी न थी।

कहीं केशव इस रूप में उसे देख लेते; वह आकांक्षा उसके मन में उदय हुई, पर कहे कैसे। कुछ देर में बाद लज्जा से सिर झुका कर बोली–केशव मुझे इस रूप में देख कर बहुत हँसेगें।

सुभद्रा–हँसेगें नहीं, बलैया लेंगे, आँखें खुल जायेगी। तुम आज इसी रूप में उसके पास जाना।

युवती ने चकित होकर कहा–सच! आप इसकी अनुमति देती हैं!

सुभद्रा ने कहा–बड़े हर्ष से।

'तुम्हें संदेह न होगा?'

'बिलकुल नहीं।'

'और जो मैं दो-चार दिन पहने रहूँ?'

'तुम दो-चार महीने पहने रहो। आखिर, पड़े ही तो है!'

'तुम भी मेरे साथ चलो।'

'नहीं, मुझे अवकाश नहीं है।'

'अच्छा, लो मेरे घर का पता नोट कर लो।'

'हाँ, लिख दो, शायद कभी आऊँ।'

एक क्षण में युवती वहाँ से चली गयी। सुभद्रा अपनी खिड़की पर उसे इस भाँति प्रसन्न-मुख खड़ी देख रही थी, मानो उसकी छोटी बहन हो, ईर्ष्या या द्वेष का लेश भी उसके मन में न था।

मुश्किल से, एक घंटा गुजरा होगा कि युवती लौट कर बोली–सुभद्रा क्षमा करना, मैं तुम्हारा समय बहुत खराब कर रही हूँ। केशव बाहर खड़े हैं। बुला लूँ?

एक क्षण, केवल एक क्षण के लिए, सुभद्रा कुछ घबड़ा गयी। उसने जल्दी से उठ कर मेज पर पड़ी हुई चीजें इधर-उधर हटा दीं, कपड़े करीने से रख दिये। उसने जल्दी से उलझे हुए बाल सँभाल लिये, फिर उदासीन भाव से मुस्करा कर बोली–उन्हें तुमने क्यों कष्ट दिया। जाओ, बुला लो।

एक मिनट में केशव ने कमरे में कदम रखा और चौंक कर पीछे हट गए, मानो पाँव जल गया हो। मुँह से एक चीख निकल गयी। सुभद्रा गम्भीर, शांत, निश्चल अपनी

जगह पर खड़ी रही। फिर हाथ बढ़ा कर बोली, मानो किसी अपरिचित व्यक्ति से बोल रही थी–आइये, मिस्टर केशव, मैं आपको ऐसी सुशील, ऐसी सुन्दरी, ऐसी विदुषी रमणी पाने पर बधाई देती हूँ।

केशव के मुँह पर हवाइयाँ उड़ रही थीं। वह पथ-भ्रष्ट-सा बना खड़ा था। लज्जा और ग्लानि से उसके चेहरे पर एक रंग आता था, एक रंग जाता था। यह बात एक दिन होनेवाली थी अवश्य, पर इस तरह अचानक उसकी सुभद्रा से भेंट होगी, इसका उसे स्वप्न में भी गुमान न था। सुभद्रा से यह बात कैसे कहेगा, इसको उसने खूब सोच लिया था। उसके आक्षेपों का उत्तर सोच लिया था, पत्र के शब्द तक मन में अंकित कर लिये थे। ये सारी तैयारियाँ धरी रह गयीं और सुभद्रा से साक्षात् हो गया। सुभद्रा उसे देख कर जरा सी नहीं चौंकी, उसके मुख पर आश्चर्य, घबराहट या दु:ख का एक चिह्न भी न दिखायी दिया। उसने उसी भाँति उससे बात की; मानो वह कोई अजनबी हो। यहाँ कब आयी, कैसे आयी, क्यों आयी, कैसे गुजर करती है; यह और इस तरह के असंख्य प्रश्न पूछने के लिए केशव का चित्त चंचल हो उठा। उसने सोचा था, सुभद्रा उसे धिक्कारेगी; विष खाने की धमकी देगी–निष्ठुर; निर्दय और न-जाने क्या-क्या कहेगी। इन सब आपदाओं के लिए वह तैयार था; पर इस आकस्मिक मिलन, इस गर्वयुक्त उपेक्षा के लिए वह तैयार न था। वह प्रेम-व्रतधारिणी सुभद्रा इतनी कठोर, इतनी हृदय-शून्य हो गयी है? अवश्य ही इस सारी बातें पहले ही मालूम हो चुकी हैं। सब से तीव्र आघात यह था कि इसने अपने सारे आभूषण इतनी उदारता से दे डाले, और कौन जाने वापस भी न लेना चाहती हो। वह परास्त और अप्रतिम होकर एक कुर्सी पर बैठ गया। उत्तर में एक शब्द भी उसके मुख से न निकला।

युवती ने कृतज्ञता का भाव प्रकट करके कहा–इनके पति इस समय जर्मनी में है।

केशव ने आँखें फाड़ कर देखा, पर कुछ बोल न सका।

युवती ने फिर कहा–बेचारी संगीत के पाठ पढ़ा कर और कुछ कपड़े सी कर अपना निर्वाह करती है। वह महाशय यहाँ आ जाते, तो उन्हें उनके सौभाग्य पर बधाई देती।

केशव इस पर भी कुछ न बोल सका, पर सुभद्रा ने मुस्करा कर कहा–वह मुझसे रूठे हुए हैं, बधाई पाकर और भी झल्लाते।

युवती ने आश्चर्य से कहा–तुम उन्हीं के प्रेम में यहाँ आयीं, अपना घर-बार छोड़ा, यहाँ मेहनत-मजदूरी करके निर्वाह कर रही हो, फिर भी वह तुमसे रूठे हुए हैं? आश्चर्य!

सुभद्रा ने उसी भाँति प्रसन्न-मुख से कहा–पुरुष-प्रकृति ही आश्चर्य का विषय है, चाहे मि. केशव इसे स्वीकार न करें। युवती ने फिर केशव की ओर प्रेरणा-पूर्ण दृष्टि से देखा, लेकिन केशव उसी भाँति अप्रतिम बैठा रहा। उसके हृदय पर यह नया आघात था। युवती ने उसे चुप देख कर उसकी तरफ से सफाई दी–केशव, स्त्री और पुरुष, दोनों को ही समान अधिकार देना चाहते हैं।

केशव डूब रहा था, तिनके का सहारा पाकर उसकी हिम्मत बँध गयी। बोला–विवाह एक प्रकार का समझौता है। दोनों पक्षों को अधिकार है, जब चाहे उसे तोड़ दें।

युवती ने हामी भरी–सभ्य-समाज में यह आन्दोलन बड़े जोरों पर है।

सुभद्रा ने शंका की–किसी समझौते को तोड़ने के लिए कारण भी तो होना चाहिए?

केशव ने भावों की लाठी का सहारा लेकर कहा–जब इसका अनुभव हो जाय कि हम इस बन्धन से मुक्त होकर अधिक सुखी हो सकते हैं, तो यही कारण काफी है। स्त्री को यदि मालूम हो जाय कि वह दूसरे पुरुष के साथ...

सुभद्रा ने बात काट कर कहा–क्षमा कीजिए मि. केशव, मुझमें इतनी बुद्धि नहीं कि इस विषय पर आपसे बहस कर सकूँ। आदर्श समझौता वही है, जो जीवन-पर्यन्त रहे। मैं भारत की नहीं कहती। वहाँ तो स्त्री पुरुष की लौंडी है, मैं इंग्लैंड की कहती हूँ। यहाँ भी कितनी ही औरतों से मेरी बातचीत हुई है। वे तलाकों की बढ़ती हुई संख्या को देख कर ख़ुश नहीं होती। विवाह का सबसे ऊँचा आदर्श उसकी पवित्रता और स्थिरता है। पुरुषों ने सदैव इस आर्दश को तोड़ा है, स्त्रियों ने निबाहा है। अब पुरुषों का अन्याय स्त्रियों को किस ओर ले जायेगा, नहीं कह सकती।

इस गम्भीर और संयत कथन ने विवाद का अन्त कर दिया। सुभद्रा ने चाय मँगवायी। तीनों आदमियों ने पी। केशव पूछना चाहता था, अभी आप यहाँ कितने दिनों रहेंगी। लेकिन न पूछ सका। वह यहाँ पंद्रह मिनट और रहा, लेकिन विचारों में डूबा हुआ। चलते समय उससे न रहा गया। पूछ ही बैठा–अभी आप यहाँ कितने दिन और रहेगी?

'सुभद्रा ने जमीन की ओर ताकते हुए कहा–कह नहीं सकती।'

'कोई जरूरत हो, तो मुझे याद कीजिए।'

'इस आश्वासन के लिए आपको धन्यवाद।'

केशव सारे दिन बेचैन रहा। सुभद्रा उसकी आँखों में फिरती रही। सुभद्रा की बातें उसके कानों में गूँजती रहीं। अब उसे इसमें कोई सन्देह न था कि उसी के प्रेम में सुभद्रा यहाँ आयी थी। सारी परिस्थिति उसकी समझ में आ गयी थी। उस भीषण त्याग का अनुमान करके उसके रोयें खड़े हो गए। यहाँ सुभद्रा ने क्या-क्या कष्ट झेले होंगे, कैसी-कैसी यातनाएँ सही होंगी, सब उसी के कारण? वह उस पर भार न बनना चाहती थी। इसलिए तो उसने अपने आने की सूचना तक उसे न दी। अगर उसे पहले मालूम होती कि सुभद्रा यहाँ आ गयी है, तो कदाचित् उसे उस युवती की ओर इतना आकर्षण ही न होता। चौकीदार के सामने चोर को घर में घुसने का साहस नहीं होता। सुभद्रा को देखकर उसकी कर्त्तव्य-चेतना जाग्रत हो गयी। उसके पैरों पर गिर कर उससे क्षमा माँगने के लिए उसका मन अधीर हो उठा; वह उसके मुँह से सारा वृतांत सुनेगा। यह मौन उपेक्षा उसके लिए असह्य थी। दिन तो केशव ने किसी तरह काटा, लेकिन ज्यों ही रात के दस बजे, वह सुभद्रा से मिलने चला। युवती ने पूछा–कहाँ जाते हो?

केशव ने बूट का लेस बाँधते हुए कहा–जरा एक प्रोफ़ेसर से मिलना है, इस वक्त आने का वादा कर चुका हूँ?

'जल्द आना।'

'बहुत जल्द आऊँगा।'

केशव घर से निकला, तो उसके मन में कितनी ही विचार-तरंगें उठने लगीं। कहीं सुभद्रा मिलने से इनकार कर दे, तो? नहीं ऐसा नहीं हो सकता। वह इतनी अनुदार नहीं है। हाँ, यह हो सकता है कि वह अपने विषय में कुछ न कहे। उसे शांत करने के लिए उसने एक कृपा की कल्पना कर डाली। ऐसा बीमार था कि बचने की आशा न थी। उर्मिला ने ऐसी तन्मय होकर उसकी सेवा-सुश्रुषा की कि उसे उससे प्रेम हो गया। कथा का सुभद्रा पर जो असर पड़ेगा, इसके विषय में केशव को कोई संदेह न था। परिस्थिति का बोध होने पर वह उसे क्षमा कर देगी। लेकिन इसका फल क्या होगा? क्या वह दोनों के साथ एक-सा प्रेम कर सकता है? सुभद्रा को देख लेने के बाद उर्मिला को शायद उसके साथ-साथ रहने में आपत्ति हो। आपत्ति हो ही कैसे सकती है! उससे यह बात छिपी नहीं है। हाँ, यह देखना है कि सुभद्रा भी इसे स्वीकार करती है कि नहीं। उसने जिस उपेक्षा का परिचय दिया है, उसे देखते हुए तो उसके मान में संदेह ही जान पड़ता है। मगर वह उसे मनायेगा, उसकी विनती करेगा, उसके पैरों पड़ेगा और अंत में उसे मनाकर ही छोड़ेगा। सुभद्रा से प्रेम और अनुराग का नया प्रमाण पा कर वह मानो एक कठोर निद्रा से जाग उठा था। उसे अब अनुभव हो रहा था कि सुभद्रा के लिए उसके हृदय जो स्थान था, वह खाली पड़ा हुआ है। उर्मिला उस स्थान पर अपना आधिपत्य नहीं जमा सकती। अब उसे ज्ञात हुआ कि उर्मिला के प्रति उसका प्रेम केवल वह तृष्णा थी, जो स्वादयुक्त पदार्थों को देख कर ही उत्पन्न होती है। वह सच्ची क्षुधा न थी अब फिर उसे सरल सामान्य भोजन की इच्छा हो रही थी। विलासिनी उर्मिला कभी इतना त्याग कर सकती है, इसमें उसे संदेह था।

सुभद्रा के घर के निकट पहुँच कर केशव का मन कुछ कातर होने लगा। लेकिन उसने जी कड़ा करके जीने पर कदम रखा और क्षण में सुभद्रा के द्वार पर पहुँचा, लेकिन कमरे का द्वार बंद था। अंदर भी प्रकाश न था। अवश्य ही वह कहीं गयी है, आती ही होगी। तब तक उसने बरामदे में टहलने का निश्चय किया।

सहसा मालकिन आती हुई दिखायी दी। केशव ने बढ़ कर पूछा—आप बता सकती हैं कि यह महिला कहाँ गयी हैं?

मालकिन ने उसे सिर से पाँव तक देख कर कहा—वह तो आज यहाँ से चली गयीं।

केशव ने हकबका कर पूछा—चली गयीं! कहाँ चली गयीं?

'यह तो मुझसे कुछ नहीं बताया।'

'कब गयीं?'

'वह तो दोपहर को ही चली गयी?'

'अपना असबाव ले कर गयीं?'

'असबाव किसके लिए छोड़ जाती? हाँ, एक छोटा-सा पैकेट अपनी एक सहेली के लिए छोड़ गयी हैं। उस पर मिसेज केशव लिखा हुआ है। मुझसे कहा था कि यदि वह आ भी जाएँ, तो उन्हें दे देना, नहीं तो डाक से भेज देना।'

केशव को अपना हृदय इस तरह बैठता हुआ मालूम हुआ जैसे सूर्य का अस्त होना। एक गहरी साँस लेकर बोला–

'आप मुझे वह पैकेट दिखा सकती हैं? केशव मेरा ही नाम है।'

मालकिन ने मुस्करा कर कहा–मिसेज केशव को कोई आपत्ति तो न होगी?

'तो फिर मैं उन्हें बुला लाऊँ?'

'हाँ, उचित तो यही है!'

'बहुत दूर जाना पड़ेगा!'

केशव कुछ ठिठकता हुआ जीने की ओर चला, तो मालकिन ने फिर कहा–मैं समझती हूँ, आप इसे लिये ही जाइये, व्यर्थ आपको क्यों दौड़ाऊँ। मगर कल मेरे पास एक रसीद भेज दीजिएगा। शायद उसकी जरूरत पड़े! यह कहते हुए उसने एक छोटा-सा पैकेट लाकर केशव को दे दिया। केशव पैकेट लेकर इस तरह भागा, मानों कोई चोर भागा जा रहा हो। इस पैकेट में क्या है, यह जानने के लिए उसका हृदय व्याकुल हो रहा था। इसे इतना विलम्ब असह्य था कि अपने स्थान पर जाकर उसे खोले। समीप ही एक पार्क था। वहाँ जाकर उसने बिजली के प्रकाश में उस पैकेट को खोला डाला। उस समय उसके हाथ काँप रहे थे और हृदय इतने वेग से धड़क रहा था, मानों किसी बंधु की बीमारी के समाचार के बाद मिला हो।

पैकेट का खुलना था कि केशव की आँखों से आँसुओं की झड़ी लग गयी। उसमें एक पीले रंग की साड़ी थी, एक छोटी-सी सिंदूर की डिबिया और एक केशव का फोटो-चित्र के साथ ही एक लिफाफा भी था। केशव ने उसे खोल कर पढ़ा। उसमें लिखा था–

'बहन मैं जाती हूँ। यह मेरे सोहाग का शव है। इसे टेम्स नदी में विसर्जित कर देना। तुम्हीं लोगों के हाथों यह संस्कार भी हो जाय, तो अच्छा।'

तुम्हारी,

सुभद्रा

केशव मर्माहत-सा पत्र हाथ में लिये वहीं घास पर लेट गया और फूट-फूट कर रोने लगा।

ऐक्ट्रेस

रंगमंच का परदा गिर गया। तारा देवी ने शकुंतला का पार्ट खेलकर दर्शकों को मुग्ध कर दिया था। जिस वक्त वह शकुंतला के रूप में राजा दुष्यन्त के सम्मुख खड़ी ग्लानि, वेदना, और तिरस्कार से उत्तेजित भावों को आग्नेय शब्दों में प्रकट कर रही थी, दर्शक-वृन्द शिष्टता के नियमों की उपेक्षा करके मंच की ओर उन्मत्तों की भाँति दौड़ पड़े थे और तारादेवी का यशोगान करने लगे थे। कितने ही तो स्टेज पर चढ़ गए और तारादेवी के चरणों पर गिर पड़े। सारा स्टेज फूलों से पट गया, आभूषणों की वर्षा

होने लगी। यदि उसी क्षण मेनका का विमान नीचे आ कर उसे उड़ा न ले जाता, तो कदाचित उस धक्कम-धक्के में दस-पाँच आदमियों की जान पर बन जाती। मैनेजर ने तुरन्त आकर दर्शकों को गुण-ग्राहकता का धन्यवाद दिया और वादा भी किया कि दूसरे दिन फिर वही तमाशा होगा। तब लोगों का मोहान्माद शांत हुआ। मगर एक युवक उस वक्त भी मंच पर खड़ा रहा। लम्बे कद का था, तेजस्वी मुद्रा, कुन्दन का-सा, देवताओं का-सा स्वरूप, गठी हुई देह, मुख से एक ज्योति-सी प्रस्फुटित हो रही थी। कोई राजकुमार मालूम होता था।

जब सारे दर्शकगण बाहर निकल गए, उसने मैनेजर से पूछा—क्या तारादेवी से एक क्षण के लिए मिल सकता हूँ?

मैनेजर ने उपेक्षा के भाव से कहा—हमारे यहाँ ऐसा नियम नहीं है।

युवक ने फिर पूछा—क्या आप मेरा कोई पत्र उसके पास भेज सकते हैं?

मैनेजर ने उसी उपेक्षा के भाव से कहा—जी नहीं। क्षमा कीजिएगा। यह हमारे नियमों के विरुद्ध है।

युवक ने और कुछ न कहा, निराश होकर स्टेज के नीचे उतर पड़ा और बाहर जाना ही चाहता था कि मैनेजर ने पूछा—जरा ठहर जाइये, आपका कार्ड?

युवक ने जेब से कागज़ का एक टुकड़ा निकाल कर कुछ लिखा और दे दिया। मैनेजर ने पुर्जे को उड़ती हुई निगाह से देखा—कुंवर निर्मलकान्त चौधरी ओ. बी. ई.। मैनेजर की कठोर मुद्रा कोमल हो गयी। कुंवर निर्मलकान्त—शहर के सबसे बड़े रईस और ताल्लुकेदार, साहित्य के उज्ज्वल रत्न, संगीत के सिद्धहस्त आचार्य, उच्च-कोटि के विद्वान, आठ-दस लाख सालाना के नफेदार, जिनके दान से देश की कितनी ही संस्थाएँ चलती थीं—इस समय एक क्षुद्र प्रार्थी के रूप में खड़े थे। मैनेजर अपने उपेक्षा-भाव पर लज्जित हो गया। विनम्र शब्दों में बोला—क्षमा कीजिएगा, मुझसे बड़ा अपराध हुआ। मैं अभी तारादेवी के पास हुजूर का कार्ड लिए जाता हूँ।

कुँवर साहब ने उससे रुकने का इशारा करके कहा—नहीं, अब रहने ही दीजिए, मैं कल पाँच बजे आऊँगा। इस वक्त तारादेवी को कष्ट होगा। यह उनके विश्राम का समय है।

मैनेजर—मुझे विश्वास है कि वह आपकी खातिर इतना कष्ट सहर्ष सह लेंगी, मैं एक मिनट में आता हूँ।

किन्तु कुँवर साहब अपना परिचय देने के बाद अपनी आतुरता पर संयम का परदा डालने के लिए विवश थे। मैनेजर को सज्जनता का धन्यवाद दिया। और कल आने का वादा करके चले गए।

2

तारा एक साफ-सुथरे और सजे हुए कमरे में मेज के सामने किसी विचार में मग्न बैठी थी। रात का वह दृश्य उसकी आँखों के सामने नाच रहा था। ऐसे दिन जीवन में

क्या बार-बार आते हैं? कितने मनुष्य उसके दर्शनों के लिए विकल हो रहे हैं? बस, एक-दूसरे पर फटे पड़ते थे। कितनों को उसने पैरों से ठुकरा दिया था–हाँ, ठुकरा दिया था। मगर उस समूह में केवल एक दिव्यमूर्ति अविचलित रूप से खड़ी थी। उसकी आँखों में कितना गम्भीर अनुराग था, कितना दृढ़ संकल्प! ऐसा जान पड़ता था मानों दोनों नेत्र उसके हृदय में चुभे जा रहे हों। आज फिर उस पुरुष के दर्शन होंगे या नहीं, कौन जानता है। लेकिन यदि आज उनके दर्शन हुए, तो तारा उनसे एक बार बातचीत किये बिना न जाने देगी।

यह सोचते हुए उसने आईने की ओर देखा, कमल का फूल-सा खिला था, कौन कह सकता था कि वह नव-विकसित पुष्प तैंतीस बसंतों की बहार देख चुका है। वह कांति, वह कोमलता, वह चपलता, वह माधुर्य किसी नवयौवना को लज्जित कर सकता था। तारा एक बार फिर हृदय में प्रेम दीपक जला बैठी। आज से बीस साल पहले एक बार उसको प्रेम का कटु अनुभव हुआ था। तब से वह एक प्रकार का वैधव्य-जीवन व्यतीत करती रही। कितने प्रेमियों ने अपना हृदय उसको भेंट करना चाहा था; पर उसने किसी की ओर आँख उठाकर भी न देखा था। उसे उनके प्रेम में कपट की गन्ध आती थी। मगर आह! आज उसका संयम उसके हाथ से निकल गया। एक बार फिर आज उसे हृदय में उसी मधुर वेदना का अनुभव हुआ, जो बीस साल पहले हुआ था। एक पुरुष का सौम्य स्वरूप उसकी आँखों में बस गया, हृदय पट पर खिंच गया। उसे वह किसी तरह भूल न सकती थी। उसी पुरुष को उसने मोटर पर जाते देखा होता, तो कदाचित उधर ध्यान भी न करती। पर उसे अपने सम्मुख प्रेम का उपहार हाथ में लिए देखकर वह स्थिर न रह सकी।

सहसा दाई ने आकर कहा–बाई जी, रात की सब चीजें रखी हुई हैं, कहिए तो लाऊँ?

तारा ने कहा–नहीं, मेरे पास चीजें लाने की जरूरत नहीं; मगर ठहरो, क्या-क्या चीजें हैं।

'एक ढेर का ढेर तो लगा है बाई जी, कहाँ तक गिनाऊँ–अशर्फियाँ हैं, ब्रूचेज बाल के पिन, बटन, लाकेट, अँगूठियाँ सभी तो हैं। एक छोटे-से डिब्बे में एक सुन्दर हार है। मैंने आज तक वैसा हार नहीं देखा। सब संदूक में रख दिया है।'

'अच्छा, वह संदूक मेरे पास ला।' दाई ने सन्दूक लाकर मेज पर रख दिया। उधर एक लड़के ने एक पत्र लाकर तारा को दिया। तारा ने पत्र को उत्सुक नेत्रों से देखा–कुँवर निर्मलकान्त ओ.बी.ई.। लड़के से पूछा–यह पत्र किसने दिया। वह तो नहीं, जो रेशमी साफा बाँधे हुए थे?

लड़के ने केवल इतना कहा–मैनेजर साहब ने दिया है। और लपका हुआ बाहर चला गया।

संदूक में सबसे पहले डिब्बा नज़र आया। तारा ने उसे खोला तो सच्चे मोतियों का सुन्दर हार था। डिब्बे में एक तरफ एक कार्ड भी था। तारा ने लपक कर उसे निकाल

लिया और पढ़ा—कुँवर निर्मलकान्त...। कार्ड उसके हाथ से छूट कर गिर पड़ा। वह झपट कर कुरसी से उठी और बड़े वेग से कई कमरों और बरामदों को पार करती मैनेजर के सामने आकर खड़ी हो गयीं। मैनेजर ने खड़े होकर उसका स्वागत किया और बोला—मैं रात की सफलता पर आपको बधाई देता हूँ।

तारा ने खड़े-खड़े पूछा—कुँवर निर्मलकांत क्या बाहर हैं? लड़का पत्र दे कर भाग गया। मैं उससे कुछ पूछ न सकी।

'कुँवर साहब का रुक्का तो रात ही तुम्हारे चले आने के बाद मिला था।'

'तो आपने उसी वक्त मेरे पास क्यों न भेज दिया?'

मैनेजर ने दबी ज़बान से कहा—मैंने समझा, तुम आराम कर रही होगी, कष्ट देना उचित न समझा। और भाई, साफ बात यह है कि मैं डर रहा था, कहीं कुँवर साहब को तुमसे मिला कर तुम्हें खो न बैठूँ। अगर मैं औरत होता, तो उसी वक्त उनके पीछे हो लेता। ऐसा देवरुप पुरुष मैंने आज तक नहीं देखा। वही जो रेशमी साफा बाँधे खड़े थे तुम्हारे सामने। तुमने भी तो देखा था।

तारा ने मानो अर्धनिद्रा की दशा में कहा—हाँ, देखा तो था—क्या यह फिर आयेंगे?

'हाँ, आज पाँच बजे शाम को। बड़े विद्वान आदमी हैं, और इस शहर के सबसे बड़े रईस।'

'आज मैं रिहर्सल में न आऊँगी।'

3

कुँवर साहब आ रहे होंगे। तारा आईने के सामने बैठी है और दाई उसका श्रृंगार कर रही है। श्रृंगार भी इस जमाने में एक विद्या है। पहले परिपाटी के अनुसार ही श्रृंगार किया जाता था। कवियों, चित्रकारों और रसिकों ने श्रृंगार की मर्यादा-सी बाँध दी थी। आँखों के लिए काजल लाजमी था, हाथों के लिए मेंहदी, पाँव के लिए महावर। एक-एक अंग एक-एक आभूषण के लिए निर्दिष्ट था। आज वह परिपाटी नहीं रही। आज प्रत्येक रमणी अपनी सुरुचि सुबुद्धि और तुलनात्मक भाव से श्रृंगार करती है। उसका सौंदर्य किस उपाय से आकर्षकता की सीमा पर पहुँच सकता है, यही उसका आदर्श होता हैं तारा इस कला में निपुण थी। वह पन्द्रह साल से इस कम्पनी में थी और यह समस्त जीवन उसने पुरुषों के हृदय से खेलने ही में व्यतीत किया था। किस चिवतन से, किस मुस्कान से, किस अँगड़ाई से, किस तरह केशों के बिखेर देने से दिलों का कत्लेआम हो जाता है; इस कला में कौन उससे बढ़ कर हो सकता था! आज उसने चुन-चुन कर आजमाये हुए तीर तरकस से निकाले, और जब अपने अस्त्रों से सज कर वह दीवानखाने में आयी, तो जान पड़ा मानों संसार का सारा माधुर्य उसकी बलाएँ ले रहा है। वह मेज के पास खड़ी होकर कुँवर साहब का कार्ड देख रही थी, उसके कान मोटर की आवाज़ की ओर लगे हुए थे। वह चाहती थी कि कुँवर साहब इसी वक्त आ जाएँ और उसे इसी अन्दाज़ से खड़े देखें। इसी अन्दाज़ से वह उसके अंग प्रत्यंगों

की पूर्ण छवि देख सकते थे। उसने अपनी शृंगार कला से काल पर विजय पा ली थी। कौन कह सकता था कि यह चंचल नवयौवन उस अवस्था को पहुँच चुकी है, जब हृदय को शांति की इच्छा होती है, वह किसी आश्रम के लिए आतुर हो उठता है, और उसका अभिमान नम्रता के आगे सिर झुका देता है।

तारा देवी को बहुत इन्तज़ार न करना पड़ा। कुँवर साहब शायद मिलने के लिए उससे भी उत्सुक थे दस ही मिनट के बाद उनकी मोटर की आवाज़ आयी। तारा सँभल गयी। एक क्षण में कुँवर साहब ने कमरे में प्रवेश किया। तारा शिष्टाचार के लिए हाथ मिलाना भी भूल गयी, प्रौढ़ावस्था में भी प्रेमी की उद्विग्नता और असावधानी कुछ कम नहीं होती। वह किसी सलज्जा युवती की भाँति सिर झुकाए खड़ी रही।

कुँवर साहब की निगाह आते ही उसकी गर्दन पर पड़ी। वह मोतियों का हार, जो उन्होंने रात को भेंट किया था, चमक रहा था। कुँवर साहब को इतना आनन्द और कभी न हुआ। उन्हें एक क्षण के लिए ऐसा जान पड़ा मानों उसके जीवन की सारी अभिलाषा पूरी हो गयी। बोले–मैंने आपको आज इतने सबेरे कष्ट दिया, क्षमा कीजिएगा। यह तो आपके आराम का समय होगा? तारा ने सिर से खिसकती हुई साड़ी को सँभाल कर कहा–इससे ज्यादा आराम और क्या हो सकता कि आपके दर्शन हुए। मैं इस उपहार के लिए और क्या आपको मनों धन्यवाद देती हूँ। अब तो कभी-कभी मुलाकात होती रहेगी?

निर्मलकान्त ने मुस्कराकर कहा–कभी-कभी नहीं, रोज। आप चाहे मुझसे मिलना पसन्द न करें, पर एक बार इस डयोढ़ी पर सिर को झुका ही जाऊँगा।

तारा ने भी मुस्करा कर उत्तर दिया–उसी वक्त तक जब तक कि मनोरंजन की कोई नयी वस्तु नज़र न आ जाय! क्यों?

'मेरे लिए यह मनोरंजन का विषय नहीं, जिंदगी और मौत का सवाल है। हाँ, तुम इसे विनोद समझ सकती हो, मगर कोई पहवाह नहीं। तुम्हारे मनोरंजन के लिए मेरे प्राण भी निकल जायें, तो मैं अपना जीवन सफल समझूँगा।'

दोनों तरफ से इस प्रीति को निभाने के वादे हुए, फिर दोनों ने नाश्ता किया और कल भोज का न्योता दे कर कुँवर साहब विदा हुए।

4

एक महीना गुज़र गया, कुँवर साहब दिन में कई-कई बार आते। उन्हें एक क्षण का वियोग भी असह्य था। कभी दोनों बजरे पर दरिया की सैर करते, कभी हरी-हरी घास पर पार्कों में बैठे बातें करते, कभी गाना-बजाना होता, नित्य नये प्रोग्राम बनते थे। सारे शहर में मशहूर था कि ताराबाई ने कुँवर साहब को फांस लिया और दोनों हाथों से सम्पत्ति लूट रही है। पर तारा के लिए कुँवर साहब का प्रेम ही एक ऐसी सम्पत्ति थी, जिसके सामने दुनिया-भर की दौलत देय थी। उन्हें अपने सामने देखकर उसे किसी वस्तु की इच्छा न होती थी।

मगर एक महीने तक इस प्रेम के बाज़ार में घूमने पर भी तारा को वह वस्तु न मिली, जिसके लिए उसकी आत्मा लोलुप हो रही थी। वह कुँवर साहब से प्रेम की, अपार और अतुल प्रेम की, सच्चे और निष्कपट प्रेम की बातें रोज सुनती थी, पर उसमें 'विवाह' का शब्द न आने पाता था, मानो प्यासे को बाज़ार में पानी छोड़कर और सब कुछ मिलता हो। ऐसे प्यासे को पानी के सिवा और किस चीज से तृप्ति हो सकती है? प्यास बुझाने के बाद, सम्भव है, और चीजों की तरफ उसकी रुचि हो, पर प्यासे के लिए तो पानी सबसे मूल्यवान पदार्थ है। वह जानती थी कि कुँवर साहब उसके इशारे पर प्राण तक दे देंगे, लेकिन विवाह की बात क्यों उनकी ज़बान से नहीं मिलती? क्या इस विषय का कोई पत्र लिख कर अपना आशय कह देना सम्भव था? फिर क्या वह उसको केवल विनोद की वस्तु बना कर रखना चाहते हैं? यह अपमान उससे न सहा जाएगा। कुँवर के एक इशारे पर वह आग में कूद सकती थी, पर यह अपमान उसके लिए असह्य था। किसी शौकीन रईस के साथ वह इससे कुछ दिन पहले शायद एक-दो महीने रह जाती और उसे नोच-खसोट कर अपनी राह लेती। किन्तु प्रेम का बदला प्रेम है, कुँवर साहब के साथ वह यह निर्लज्ज जीवन न व्यतीत कर सकती थी।

उधर कुँवर साहब के भाई बन्ध भी गाफिल न थे, वे किसी भाँति उन्हें ताराबाई के पंजे से छुड़ाना चाहते थे। कहीं कुँवर साहब का विवाह ठीक कर देना ही एक ऐसा उपाय था, जिससे सफल होने की आशा थी और यही उन लोगों ने किया। उन्हें यह भय तो न था कि कुँवर साहब इस ऐक्ट्रेस से विवाह करेंगे। हाँ, यह भय अवश्य था कि कही रियासत का कोई हिस्सा उसके नाम कर दें, या उसके आने वाले बच्चों को रियासत का मालिक बना दें। कुँवर साहब पर चारों ओर से दबाव पड़ने लगे। यहाँ तक कि योरोपियन अधिकारियों ने भी उन्हें विवाह कर लेने की सलाह दी। उस दिन संध्या समय कुँवर साहब ने ताराबाई के पास जाकर कहा–तारा, देखो, तुमसे एक बात कहता हूँ, इनकार न करना। तारा का हृदय उछलने लगा। बोली–कहिए, क्या बात है? ऐसी कौन वस्तु है, जिसे आपकी भेंट करके मैं अपने को धन्य समझूँ?

बात मुँह से निकलने की देर थी। तारा ने स्वीकार कर लिया और हर्षोन्माद की दशा में रोती हुई कुँवर साहब के पैरों पर गिर पड़ी।

5

एक क्षण के बाद तारा ने कहा–मैं तो निराश हो चली थी। आपने बड़ी लम्बी परीक्षा ली।

कुँवर साहब ने ज़बान दाँतों-तले दबाई, मानो कोई अनुचित बात सुन ली हो!

'यह बात नहीं है तारा! अगर मुझे विश्वास होता कि तुम मेरी याचना स्वीकार कर लोगी, तो कदाचित पहले ही दिन मैंने भिक्षा के लिए हाथ फैलाया होता, पर मैं अपने को तुम्हारे योग्य नहीं पाता था। तुम सदगुणों की खान हो, और मैं...मैं जो कुछ हूँ, वह तुम जानती ही हो। मैंने निश्चय कर लिया था कि उम्र भर तुम्हारी उपासना करता

रहूँगा। शायद कभी प्रसन्न होकर तुम मुझे बिना माँगे ही वरदान दे दो। बस, यही मेरी अभिलाषा थी! मुझमें अगर कोई गुण है, तो यही कि मैं तुमसे प्रेम करता हूँ। जब तुम साहित्य या संगीत या धर्म पर अपने विचार प्रकट करने लगती हो, तो मैं दंग रह जाता हूँ और अपनी क्षुद्रता पर लज्जित हो जाता हूँ। तुम मेरे लिए सांसारिक नहीं, स्वर्गीय हो। मुझे आश्चर्य यही है कि इस समय मैं मारे ख़ुशी के पागल क्यों नहीं हो जाता।'

कुँवर साहब देर तक अपने दिल की बातें कहते रहे। उनकी वाणी कभी इतनी प्रगल्भ न हुई थी!

तारा सिर झुकाये सुनती थी, पर आनंद की जगह उसके मुख पर एक प्रकार का क्षोभ–लज्जा से मिला हुआ–अंकित हो रहा था। यह पुरुष इतना सरल हृदय, इतना निष्कपट है? इतना विनीत, इतना उदार!

सहसा कुँवर साहब ने पूछा–तो मेरे भाग्य किस किस दिन उदय होंगे, तारा? दया करके बहुत दिनों के लिए न टालना।

तारा ने कुँवर साहब की सरलता से परास्त होकर चिंतित स्वर में कहा–कानून का क्या कीजिएगा? कुँवर साहब ने तत्परता से उत्तर दिया–इस विषय में तुम निश्चंत रहो तारा, मैंने वकीलों से पूछ लिया है। एक कानून ऐसा है जिसके अनुसार हम और तुम एक प्रेम-सूत्र में बँध सकते हैं। उसे सिविल-मैरिज कहते हैं। बस, आज ही के दिन वह शुभ मुहूर्त आयेगा, क्यों?

तारा सिर झुकाये रही। बोल न सकी।

'मैं प्रातःकाल आ जाऊँगा। तैयार रहना।'

तारा सिर झुकाये रही। मुँह से एक शब्द न निकला।

कुँवर साहब चले गए, पर तारा वहीं मूर्ति की भाँति बैठी रही। पुरुषों के हृदय से क्रीड़ा करनेवाली चतुर नारी क्यों इतनी विमूढ़ हो गयी है!

6

विवाह का एक दिन और बाकी है। तारा को चारों ओर से बधाइयाँ मिल रही हैं। थिएटर के सभी स्त्री-पुरुषों ने अपनी सामर्थ्य के अनुसार उसे अच्छे-अच्छे उपहार दिये हैं, कुँवर साहब ने भी आभूषणों से सजा हुआ एक सिंगारदान भेंट किया हैं, उनके दो–चार अंतरंग मित्रों ने भाँति-भाँति के सौगात भेजे हैं; पर तारा के सुन्दर मुख पर हर्ष की रेखा भी नहीं नज़र आती। वह क्षुब्ध और उदास है। उसके मन में चार दिनों से निरंतर यही प्रश्न उठ रहा है–क्या कुँवर के साथ विश्वासघात करें? जिस प्रेम के देवता ने उसके लिए अपने कुल-मर्यादा को तिलांजलि दे दी, अपने बंधुजनों से नाता तोड़ा, जिसका हृदय हिमकण के समान निष्कलंक है, पर्वत के समान विशाल, उसी से कपट करे! नहीं, वह इतनी नीचता नहीं कर सकती, अपने जीवन में उसने कितने ही युवकों से प्रेम का अभिनय किया था, कितने ही प्रेम के मतवालों को वह सब्ज बाग दिखा चुकी थी, पर कभी उसके मन में ऐसी दुविधा न हुई थी, कभी उसके हृदय ने

उसका तिरस्कार न किया था। क्या इसका कारण इसके सिवा कुछ और था कि ऐसा अनुराग उसे और कहीं न मिला था।

क्या वह कुँवर साहब का जीवन सुखी बना सकती है? हाँ, अवश्य। इस विषय में उसे लेशमात्र भी संदेह नहीं था। भक्ति के लिए ऐसी कौन-सी वस्तु है, जो असाध्य हो; पर क्या वह प्रकृति को धोखा दे सकती है। ढलते हुए सूर्य में मध्याह्न का-सा प्रकाश हो सकता है? असम्भव। वह स्फूर्ति, वह चपलता, वह विनोद, वह सरल छवि, वह तल्लीनता, वह त्याग, वह आत्मविश्वास वह कहाँ से लायेगी, जिसके सम्मिश्रण को यौवन कहते हैं? नहीं, वह कितना ही चाहे, पर कुँवर साहब के जीवन को सुखी नहीं बना सकतीं बूढ़ा बैल कभी जवान बछड़ों के साथ नहीं चल सकता।

आह! उसने यह नौबत ही क्यों आने दी? उसने क्यों कृत्रिम साधनों से, बनावटी सिंगार से कुँवर को धोखे में डाला? अब इतना सब कुछ हो जाने पर वह किस मुँह से कहेगी कि मैं रंगी हुई गुड़िया हूँ, जवानी मुझसे कब की विदा हो चुकी, अब केवल उसका पद-चिह्न रह गया है।

रात के बारह बज गए थे। तारा मेज के सामने इन्हीं चिंताओं में मग्न बैठी हुई थी। मेज पर उपहारों के ढेर लगे हुए थे; पर वह किसी चीज की ओर आँख उठा कर भी न देखती थी। अभी चार दिन पहले वह इन्हीं चीजों पर प्राण देती थी, उसे हमेशा ऐसी चीजों की तलाश रहती थी, जो काल के चिह्नों को मिटा सकें, पर अब उन्हीं चीजों से उसे घृणा हो रही है। प्रेम सत्य है—और सत्य और मिथ्या, दोनों एक साथ नहीं रह सकते।

तारा ने सोचा—क्यों न यहाँ से कहीं भाग जाय? किसी ऐसी जगह चली जाय, जहाँ कोई उसे जानता भी न हो। कुछ दिनों के बाद जब कुँवर का विवाह हो जाय, तो वह फिर आकर उनसे मिले और यह सारा वृत्तांत उनसे कह सुनाए। इस समय कुंवर पर वज्रपात-सा होगा—हाय न-जाने उनकी दशा होगी; पर उसके लिए इसके सिवा और कोई मार्ग नहीं है। अब उनके दिन रो-रोकर कटेंगे, लेकिन उसे कितना ही दुःख क्यों न हो, वह अपने प्रियतम के साथ छल नहीं कर सकती। उसके लिए इस स्वर्गीय प्रेम की स्मृति, इसकी वेदना ही बहुत है। इससे अधिक उसका अधिकार नहीं।

दाई ने आकर कहा—बाई जी, चलिए कुछ थोड़ा-सा भोजन कर लीजिए अब तो बारह बज गए।

तारा ने कहा—नहीं, जरा भी भूख नहीं। तुम जाकर खा लो।

दाई—देखिए, मुझे भूल न जाइएगा। मैं भी आपके साथ चलूँगी।

तारा—अच्छे-अच्छे कपड़े बनवा रखे हैं न?

दाई—अरे बाई जी, मुझे अच्छे कपड़े लेकर क्या करना है? आप अपना कोई उतारा दे दीजिएगा।

दाई चली गई। तारा ने घड़ी की ओर देखा। सचमुच बारह बज गए थे। केवल छह घंटे और हैं। प्रातःकाल कुँवर साहब उसे विवाह-मंदिर में ले जाने के लिए आ जायेंगे।

हाय! भगवान, जिस पदार्थ से तुमने इतने दिनों तक उसे वंचित रखा, वह आज क्यों सामने लाये? यह भी तुम्हारी क्रीड़ा हैं?

तारा ने एक सफेद साड़ी पहन ली। सारे आभूषण उतार कर रख दिये। गर्म पानी मौजूद था। साबुन और पानी से मुँह धोया और आईने के सम्मुख जा कर खड़ी हो गयी–कहाँ थी वह छवि, वह ज्योति, जो आँखों को लुभा लेती थी! रूप वही था, पर क्रांति कहाँ? अब भी वह यौवन का स्वांग भर सकती है?

तारा को अब वहाँ एक क्षण भी और रहना कठिन हो गया। मेज पर फैले हुए आभूषण और विलास की सामग्रियाँ मानों उसे काटने लगी। यह कृत्रिम जीवन असह्य हो उठा, खस की टटियों और बिजली के पंखों से सजा हुआ शीतल भवन उसे भट्टी के समान तपाने लगा।

उसने सोचा–कहाँ भाग कर जाऊँ। रेल से भागती हूँ, तो भागने ना पाऊँगी। सबेरे ही कुँवर साहब के आदमी छूटेंगे और चारों तरफ मेरी तलाश होने लगेगी। वह ऐसे रास्ते से जाएगी, जिधर किसी का ख़याल भी न जाय।

तारा का हृदय इस समय गर्व से छलका पड़ता था। वह दु:खी न थी, निराश न थी। फिर कुँवर साहब से मिलेगी, किंतु वह निस्वार्थ संयोग होगा। प्रेम के बनाये हुए कर्त्तव्य मार्ग पर चल रही है, फिर दु:ख क्यों हो और निराश क्यों हो?

सहसा उसे ख़याल आया–ऐसा न हो, कुँवर साहब उसे वहाँ न पा कर शोक-विह्वलता की दशा में अनर्थ कर बैठें। इस कल्पना से उसके रोंगटे खड़े हो गए। एक क्षण के के लिए उसका मन कातर हो उठा। फिर वह मेज पर जा बैठी, और यह पत्र लिखने लगी–

प्रियतम, मुझे क्षमा करना। मैं अपने को तुम्हारी दासी बनने के योग्य नहीं पाती। तुमने मुझे प्रेम का वह स्वरूप दिखा दिया, जिसकी इस जीवन में मैं आशा न कर सकती थी। मेरे लिए इतना ही बहुत है। मैं जब जीऊँगी, तुम्हारे प्रेम में मग्न रहूँगी। मुझे ऐसा जान पड़ रहा है कि प्रेम की स्मृति में प्रेम के भोग से कही अधिक माधुर्य और आनन्द है। मैं फिर आऊँगी, फिर तुम्हारे दर्शन करुँगी; लेकिन उसी दशा में जब तुम विवाह कर लोगे। यही मेरे लौटने की शर्त है। मेरे प्राणों के प्राण, मुझसे नाराज न होना। ये आभूषण जो तुमने मेरे लिए भेजे थे, अपनी ओर से नववधू के लिए छोड़े जाती हूँ। केवल वह मोतियों को हार, जो तुम्हारे प्रेम का पहला उपहार है, अपने साथ लिये जाती हूँ। तुमसे हाथ जोड़कर कहती हूँ, मेरी तलाश न करना। मैं तुम्हारी हूँ और सदा तुम्हारी रहूँगी.....।

तुम्हारी,

तारा

यह पत्र लिखकर तारा ने मेज पर रख दिया, मोतियों का हार गले में डाला और बाहर निकल आयी। थिएटर हाल से संगीत की ध्वनि आ रही थी। एक क्षण के लिए

उसके पैर बँध गए। पन्द्रह वर्षों का पुराना सम्बन्ध आज टूट रहा था। सहसा उसने मैनेजर को आते देखा। उसका कलेजा धक् से हो गया। वह बड़ी तेजी से लपककर दीवार की आड़ में खड़ी हो गयी। ज्यों ही मैनेजर निकल गया, वह अहाते के बाहर आयी और कुछ दूर गलियों में चलने के बाद उसने गंगा का रास्ता पकड़ा।

गंगा-तट पर सन्नाटा छाया हुआ था। दस-पाँच साधु-बैरागी धूनियों के सामने लेटे थे। दस-पाँच यात्री कम्बल जमीन पर बिछाये सो रहे थे। गंगा किसी विशाल सर्प की भांति रेंगती चली जाती थी। एक छोटी-सी नौका किनारे पर लगी हुई थी। मल्लाहा नौका में बैठा हुआ था।

तारा ने मल्लाहा को पुकारा–ओ माँझी, उस पार नाव ले चलेगा?

माँझी ने जवाब दिया–इतनी रात गए नाव न जाई।

मगर दूनी मजदूरी की बात सुनकर उसे डाँड़ उठाया और नाव को खोलता हुआ बोला–सरकार, उस पार कहाँ जैहैं?

'उस पार एक गाँव में जाना है।'

'मुदा इतनी रात गए कौनों सवारी-सिकारी न मिली।'

'कोई हर्ज नहीं, तुम मुझे उस पार पहुँचा दो।'

माँझी ने नाव खोल दी। तारा उस पार जा बैठी और नौका मंद गति से चलने लगी, मानों जीव स्वप्न-साम्राज्य में विचर रहा हो।

इसी समय एकादशी का चाँद, पृथ्वी से उस पार, अपनी उज्ज्वल नौका खेता हुआ निकला और व्योम-सागर को पार करने लगा।

मंत्र-2

संध्या का समय था। डाक्टर चड्ढ़ा गोल्फ खेलने के लिए तैयार हो रहे थे। मोटर द्वार के सामने खड़ी थी कि दो कहार एक डोली लिये आते दिखायी दिये। डोली के पीछे एक बूढ़ा लाठी टेकता चला आता था। डोली औषधालय के सामने आकर रूक गयी। बूढ़े ने धीरे-धीरे आकर द्वार पर पड़ी हुई चिक से झाँका। ऐसी साफ-सुथरी ज़मीन पर पैर रखते हुए भय हो रहा था कि कोई घुड़क न बैठे। डाक्टर साहब को खड़े देख कर भी उसे कुछ कहने का साहस न हुआ। डाक्टर साहब ने चिक के अंदर से गरज कर कहा–कौन है? क्या चाहता है?

डाक्टर साहब से हाथ जोड़कर कहा–हुजूर बड़ा गरीब आदमी हूँ। मेरा लड़का कई दिन से...।

डाक्टर साहब ने सिगार जला कर कहा–कल सबेरे आओ, कल सबेरे, हम इस वक्त मरीजों को नहीं देखते।

बूढ़े ने घुटने टेक कर ज़मीन पर सिर रख दिया और बोला–दुहाई है सरकार की, लड़का मर जाएगा! हुजूर, चार दिन से आँखें नहीं...।

डाक्टर चड्ढ़ा ने कलाई पर नज़र डाली। केवल दस मिनट समय और बाकी था। गोल्फ-स्टिक खूँटी से उतारते हुए बोले—कल सबेरे आओ, कल सबेरे; यह हमारे खेलने का समय है।

बूढ़े ने पगड़ी उतार कर चौखट पर रख दी और रो कर बोला—हूजुर, एक निगाह देख लें। बस, एक निगाह! लड़का हाथ से चला जाएगा हुजूर, सात लड़कों में यही एक बच रहा है, हुजूर। हम दोनों आदमी रो-रोकर मर जायेंगे, सरकार! आपकी बढ़ती होय, दीनबंधु!

ऐसे उजड्ड देहाती यहाँ प्राय: रोज आया करते थे। डाक्टर साहब उनके स्वभाव से खूब परिचित थे। कोई कितना ही कुछ कहे; पर वे अपनी ही रट लगाते जायँगे। किसी की सुनेंगे नहीं। धीरे से चिक उठाई और बाहर निकल कर मोटर की तरफ चले। बूढ़ा यह कहता हुआ उनके पीछे दौड़ा—सरकार, बड़ा धरम होगा। हुजूर, दया कीजिए, बड़ा दीन-दुखी हूँ; संसार में कोई और नहीं है, बाबू जी!

मगर डाक्टर साहब ने उसकी ओर मुँह फेर कर देखा तक नहीं। मोटर पर बैठ कर बोले—कल सबेरे आना।

मोटर चली गयी। बूढ़ा कई मिनट तक मूर्ति की भाँति निश्चल खड़ा रहा। संसार में ऐसे मनुष्य भी होते हैं, जो अपने आमोद-प्रमोद के आगे किसी की जान की भी परवाह नहीं करते, शायद इसका उसे अब भी विश्वास न आता था। सभ्य संसार इतना निर्मम, इतना कठोर है, इसका ऐसा मर्मभेदी अनुभव अब तक न हुआ था। वह उन पुराने जमाने की जीवों में था, जो लगी हुई आग को बुझाने, मुर्दे को कंधा देने, किसी के छप्पर को उठाने और किसी कलह को शांत करने के लिए सदैव तैयार रहते थे। जब तक बूढ़े को मोटर दिखायी दी, वह खड़ा टकटकी लगाये उस ओर ताकता रहा। शायद उसे अब भी डाक्टर साहब के लौट आने की आशा थी। फिर उसने कहारों से डोली उठाने को कहा। डोली जिधर से आयी थी, उधर ही चली गयी। चारों ओर से निराश हो कर वह डाक्टर चड्ढ़ा के पास आया था। इनकी बड़ी तारीफ सुनी थी। यहाँ से निराश हो कर फिर वह किसी दूसरे डाक्टर के पास न गया। किस्मत ठोक ली!

उसी रात उसका हँसता-खेलता सात साल का बालक अपनी बाल-लीला समाप्त करके इस संसार से सिधार गया। बूढ़े माँ-बाप के जीवन का यही एक आधार था। इसी का मुँह देख कर जीते थे। इस दीपक के बुझते ही जीवन की अँधेरी रात भांय-भांय करने लगी। बुढ़ापे की विशाल ममता टूटे हुए हृदय से निकल कर अंधकार आर्त्त-स्वर से रोने लगी।

2

कई साल गुजर गये। डाक्टर चड्ढा ने खूब यश और धन कमाया; लेकिन इसके साथ ही अपने स्वास्थ्य की रक्षा भी की, जो एक साधारण बात थी। यह उनके नियमित जीवन का आशीर्वाद था कि पचास वर्ष की अवस्था में उनकी चुस्ती और फुर्ती युवकों

को भी लज्जित करती थी। उनके हरएक काम का समय नियत था, इस नियम से वह जौ-भर भी न टलते थे। बहुधा लोग स्वास्थ्य के नियमों का पालन उस समय करते हैं, जब रोगी हो जाते हैं। डाक्टर चड्ढ़ा उपचार और संयम का रहस्य खूब समझते थे। उनकी संतान-संध्या भी इसी नियम के अधीन थी। उनके केवल दो बच्चे हुए, एक लड़का और एक लड़की। तीसरी संतान न हुई, इसीलिए श्रीमती चड्ढ़ा भी अभी जवान मालूम होती थीं। लड़की का तो विवाह हो चुका था। लड़का कालेज में पढ़ता था। वही माता-पिता के जीवन का आधार था। शील और विनय का पुतला, बड़ा ही रसिक, बड़ा ही उदार, विद्यालय का गौरव, युवक-समाज की शोभा। मुखमंडल से तेज की छटा-सी निकलती थी। आज उसकी बीसवीं सालगिरह थी।

संध्या का समय था। हरी-हरी घास पर कुर्सियाँ बिछी हुई थी। शहर के रईस और हुक्काम एक तरफ, कालेज के छात्र दूसरी तरफ बैठे भोजन कर रहे थे। बिजली के प्रकाश से सारा मैदान जगमगा रहा था। आमोद-प्रमोद का सामान भी जमा था। छोटा-सा प्रहसन खेलने की तैयारी थी। प्रहसन स्वयं कैलाशनाथ ने लिखा था। वही मुख्य एक्टर भी था। इस समय वह एक रेशमी कमीज पहने, नंगे सिर, नंगे पाँव, इधर से उधर मित्रों की आव भगत में लगा हुआ था। कोई पुकारता—कैलाश, जरा इधर आना; कोई उधर से बुलाता—कैलाश, क्या उधर ही रहोगे? सभी उसे छोड़ते थे, चुहलें करते थे, बेचारे को जरा दम मारने का अवकाश न मिलता था। सहसा एक रमणी ने उसके पास आकर पूछा—क्यों कैलाश, तुम्हारे साँप कहाँ हैं? जरा मुझे दिखा दो।

कैलाश ने उससे हाथ मिला कर कहा—मृणालिनी, इस वक्त क्षमा करो, कल दिखा दूँगा।

मृणालिनी ने आग्रह किया—जी नहीं, तुम्हें दिखाना पड़ेगा, मैं आज नहीं मानने की। तुम रोज 'कल-कल' करते हो। मृणालिनी और कैलाश दोनों सहपाठी थे ओर एक-दूसरे के प्रेम में पगे हुए। कैलाश को साँपों के पालने, खेलाने और नचाने का शौक था। तरह-तरह के साँप पाल रखे थे। उनके स्वभाव और चरित्र की परीक्षा करता रहता था। थोड़े दिन हुए, उसने विद्यालय में 'साँपों' पर एक मार्के का व्याख्यान दिया था। साँपों को नचा कर दिखाया भी था! प्राणिशास्त्र के बड़े-बड़े पंडित भी यह व्याख्यान सुन कर दंग रह गये थे! यह विद्या उसने एक बड़े सँपेरे से सीखी थी। साँपों की जड़ी-बूटियाँ जमा करने का उसे मरज था। इतना पता भर मिल जाय कि किसी व्यक्ति के पास कोई अच्छी जड़ी है, फिर उसे चैन न आता था। उसे लेकर ही छोड़ता था। यही व्यसन था। इस पर हजारों रूपये फूँक चुका था। मृणालिनी कई बार आ चुकी थी; पर कभी साँपों को देखने के लिए इतनी उत्सुक न हुई थी। कह नहीं सकते, आज उसकी उत्सुकता सचमुच जाग गयी थी, या वह कैलाश पर अपने अधिकार का प्रदर्शन करना चाहती थी; पर उसका आग्रह बेमौका था। उस कोठरी में कितनी भीड़ लग जाएगी, भीड़ को देख कर साँप कितने चौकेंगें और रात के समय उन्हें छेड़ा जाना कितना बुरा लगेगा, इन बातों का उसे जरा भी ध्यान न आया।

कैलाश ने कहा—नहीं, कल जरूर दिखा दूँगा। इस वक्त अच्छी तरह दिखा भी तो न सकूँगा, कमरे में तिल रखने को भी जगह न मिलेगी।

एक महाशय ने छेड़ कर कहा—दिखा क्यों नहीं देते, जरा-सी बात के लिए इतना टाल-मटोल कर रहे हो? मिस गोविंद, हर्गिज न मानना। देखें कैसे नहीं दिखाते!

दूसरे महाशय ने और रद्दा चढ़ाया—मिस गोविंद इतनी सीधी और भोली हैं, तभी आप इतना मिजाज करते हैं; दूसरे सुंदरी होती, तो इसी बात पर बिगड़ खड़ी होती।

तीसरे साहब ने मजाक उड़ाया—अजी बोलना छोड़ देती। भला, कोई बात है! इस पर आपका दावा है कि मृणालिनी के लिए जान हाजिर है।

मृणालिनी ने देखा कि ये शोहदे उसे रंग पर चढ़ा रहे हैं, तो बोली—आप लोग मेरी वकालत न करें, मैं खुद अपनी वकालत कर लूँगी। मैं इस वक्त साँपों का तमाशा नहीं देखना चाहती। चलो, छुट्टी हुई।

इस पर मित्रों ने ठहाका लगाया। एक साहब बोले—देखना तो आप सब कुछ चाहें, पर दिखाये भी तो?

कैलाश को मृणालिनी की झेंपी हुई सूरत को देखकर मालूम हुआ कि इस वक्त उनका इनकार वास्तव में उसे बुरा लगा है। ज्योंही प्रीति-भोज समाप्त हुआ और गाना शुरू हुआ, उसने मृणालिनी और अन्य मित्रों को साँपों के दरबे के सामने ले जाकर महुअर बजाना शुरू किया। फिर एक-एक खाना खोलकर एक-एक साँप को निकालने लगा। वाह! क्या कमाल था! ऐसा जान पड़ता था कि वे कीड़े उसकी एक-एक बात, उसके मन का एक-एक भाव समझते हैं। किसी को उठा लिया, किसी को गरदन में डाल लिया, किसी को हाथ में लपेट लिया। मृणालिनी बार-बार मना करती कि इन्हें गर्दन में न डालो, दूर ही से दिखा दो। बस, जरा नचा दो। कैलाश की गरदन में साँपों को लिपटते देख कर उसकी जान निकली जाती थी। पछता रही थी कि मैंने व्यर्थ ही इनसे साँप दिखाने को कहा; मगर कैलाश एक न सुनता था। प्रेमिका के सम्मुख अपने सर्प-कला-प्रदर्शन का ऐसा अवसर पाकर वह कब चूकता! एक मित्र ने टीका की—दाँत तोड़ डाले होंगे। कैलाश हँसकर बोला—दाँत तोड़ डालना मदारियों का काम है। किसी के दाँत नहीं तोड़ गये। कहिए तो दिखा दूँ? कह कर उसने एक काले साँप को पकड़ लिया और बोला—'मेरे पास इससे बड़ा और जहरीला साँप दूसरा नहीं है, अगर किसी को काट ले, तो आदमी आनन-फानन में मर जाय। लहर भी न आये। इसके काटे पर मन्त्र नहीं। इसके दाँत दिखा दूँ?'

मृणालिनी ने उसका हाथ पकड़कर कहा—नहीं-नहीं, कैलाश, ईश्वर के लिए इसे छोड़ दो। तुम्हारे पैरों पड़ती हूँ।

इस पर एक-दूसरे मित्र बोले—मुझे तो विश्वास नहीं आता, लेकिन तुम कहते हो, तो मान लूँगा।

कैलाश ने साँप की गरदन पकड़कर कहा—नहीं साहब, आप आँखों से देख कर मानिए। दाँत तोड़कर वश में किया, तो क्या। साँप बड़ा समझदार होता है! अगर उसे

विश्वास हो जाय कि इस आदमी से मुझे कोई हानि न पहुँचेगी, तो वह उसे हर्गिज न काटेगा।

मृणालिनी ने जब देखा कि कैलाश पर इस वक्त भूत सवार है, तो उसने यह तमाशा न करने के विचार से कहा–अच्छा भाई, अब यहाँ से चलो। देखा, गाना शुरू हो गया है। आज मैं भी कोई चीज सुनाऊँगी। यह कहते हुए उसने कैलाश का कंधा पकड़ कर चलने का इशारा किया और कमरे से निकल गयी; मगर कैलाश विरोधियों का शंका-समाधान करके ही दम लेना चाहता था। उसने साँप की गरदन पकड़ कर जोर से दबायी, इतनी जोर से इबायी कि उसका मुँह लाल हो गया, देह की सारी नसें तन गयीं। साँप ने अब तक उसके हाथों ऐसा व्यवहार न देखा था। उसकी समझ में न आता था कि यह मुझसे क्या चाहते हैं। उसे शायद भ्रम हुआ कि मुझे मार डालना चाहते हैं, अतएव वह आत्मरक्षा के लिए तैयार हो गया।

कैलाश ने उसकी गर्दन खूब दबा कर मुँह खोल दिया और उसके जहरीले दाँत दिखाते हुए बोला–जिन सज्जनों को शक हो, आकर देख लें। आया विश्वास या अब भी कुछ शक है? मित्रों ने आकर उसके दाँत देखें और चकित हो गये। प्रत्यक्ष प्रमाण के सामने सन्देह को स्थान कहाँ। मित्रों का शंका-निवारण करके कैलाश ने साँप की गर्दन ढीली कर दी और उसे ज़मीन पर रखना चाहा, पर वह काला गेहूँवन क्रोध से पागल हो रहा था। गर्दन नरम पड़ते ही उसने सिर उठा कर कैलाश की उँगली में जोर से काटा और वहाँ से भागा। कैलाश की ऊँगली से टप-टप खून टपकने लगा। उसने जोर से उँगली दबा ली और अपने कमरे की तरफ दौड़ा। वहाँ मेज की दराज में एक जड़ी रखी हुई थी, जिसे पीस कर लगा देने से घातक विष भी रफू हो जाता था। मित्रों में हलचल पड़ गई। बाहर महफिल में भी खबर हुई। डाक्टर साहब घबरा कर दौड़े। फौरन उँगली की जड़ कस कर बाँधी गयी और जड़ी पीसने के लिए दी गयी। डाक्टर साहब जड़ी के कायल न थे। वह उँगली का डसा भाग नश्तर से काट देना चाहते, मगर कैलाश को जड़ी पर पूर्ण विश्वास था। मृणालिनी प्यानों पर बैठी हुई थी। यह खबर सुनते ही दौड़ी, और कैलाश की उँगली से टपकते हुए खून को रूमाल से पोंछने लगी। जड़ी पीसी जाने लगी; पर उसी एक मिनट में कैलाश की आँखें झपकने लगीं, ओठों पर पीलापन दौड़ने लगा। यहाँ तक कि वह खड़ा न रह सका। फर्श पर बैठ गया। सारे मेहमान कमरे में जमा हो गए। कोई कुछ कहता था। कोई कुछ। इतने में जड़ी पीसकर आ गयी। मृणालिनी ने उँगली पर लेप किया। एक मिनट और बीता। कैलाश की आँखें बन्द हो गयीं। वह लेट गया और हाथ से पंखा झलने का इशारा किया। माँ ने दौड़कर उसका सिर गोद में रख लिया और बिजली का टेबुल-फैन लगा दिया।

डाक्टर साहब ने झुक कर पूछा कैलाश, कैसी तबीयत है? कैलाश ने धीरे से हाथ उठा लिए; पर कुछ बोल न सका। मृणालिनी ने करूण स्वर में कहा–क्या जड़ी कुछ असर न करेंगी? डाक्टर साहब ने सिर पकड़ कर कहा–क्या बतलाऊँ, मैं इसकी बातों में आ गया। अब तो नश्तर से भी कुछ फायदा न होगा।

आध घंटे तक यही हाल रहा। कैलाश की दशा प्रतिक्षण बिगड़ती जाती थी। यहाँ तक कि उसकी आँखें पथरा गयी, हाथ-पाँव ठंडे पड़ गये, मुख की कांति मलिन पड़ गयी, नाड़ी का कहीं पता नहीं। मौत के सारे लक्षण दिखायी देने लगे। घर में कुहराम मच गया। मृणालिनी एक ओर सिर पीटने लगी; माँ अलग पछाड़े खाने लगी। डाक्टर चड्ढ़ा को मित्रों ने पकड़ लिया, नहीं तो वह नश्तर अपनी गर्दन पर मार लेते।

एक महाशय बोले—कोई मंत्र झाड़ने वाला मिले, तो सम्भव है, अब भी जान बच जाय।

एक मुसलमान सज्जन ने इसका समर्थन किया—अरे साहब कब्र में पड़ी हुई लाशें जिन्दा हो गयी हैं। ऐसे-ऐसे बाकमाल पड़े हुए हैं।

डाक्टर चड्ढ़ा बोले—मेरी अक्ल पर पत्थर पड़ गया था कि इसकी बातों में आ गया। नश्तर लगा देता, तो यह नौबत ही क्यों आती। बार-बार समझाता रहा कि बेटा, साँप न पालो, मगर कौन सुनता था! बुलाइए, किसी झाड़-फूँक करने वाले ही को बुलाइए। मेरा सब कुछ ले ले, मैं अपनी सारी जायदाद उसके पैरों पर रख दूँगा। लँगोटी बाँध कर घर से निकल जाऊँगा; मगर मेरा कैलाश, मेरा प्यारा कैलाश उठ बैठे। ईश्वर के लिए किसी को बुलवाइए।

एक महाशय का किसी झाड़ने वाले से परिचय था। वह दौड़कर उसे बुला लाये; मगर कैलाश की सूरत देखकर उसे मंत्र चलाने की हिम्मत न पड़ी। बोला—अब क्या हो सकता है, सरकार? जो कुछ होना था, हो चुका?

'अरे मूर्ख, यह क्यों नहीं कहता कि जो कुछ न होना था, वह कहाँ हुआ? माँ-बाप ने बेटे का सेहरा कहाँ देखा?'

मृणालिनी का कामना-तरू क्या पल्लव और पुष्प से रंजित हो उठा? मन के वह स्वर्ण-स्वप्न जिनसे जीवन आनंद का स्रोत बना हुआ था, क्या पूरे हो गये? जीवन के नृत्यमय तारिका-मंडित सागर में आमोद की बहार लूटते हुए क्या उनकी नौका जलमग्न नहीं हो गयी? जो न होना था, वह हो गया।

वही हरा-भरा मैदान था, वही सुनहरी चानी एक निःशब्द संगीत की भाँति प्रकृति पर छायी हुई थी; वही मित्र-समाज था। वही मनोरंजन के सामान थे। मगर जहाँ हास्य की ध्वनि थी, वहाँ करूण क्रन्दन और अश्रु-प्रवाह था।

3

शहर से कई मील दूर एक छोटे-से घर में एक बूढ़ा और बुढ़िया अंगीठी के सामने बैठे जाड़े की रात काट रहे थे। बूढ़ा नारियल पीता था और बीच-बीच में खाँसता था। बुढ़िया दोनों घुटनियों में सिर डाले आग की ओर ताक रही थी। एक मिट्टी के तेल की कुप्पी ताक पर जल रही थी। घर में न चारपाई थी, न बिछौना। एक किनारे थोड़ी-सी पुआल पड़ी हुई थी। इसी कोठरी में एक चूल्हा था। बुढ़िया दिन-भर उपले और सूखी लकड़ियाँ बटोरती थी। बूढ़ा रस्सी बट कर बाज़ार में बेच आता था। यही उनकी जीविका

थी। उन्हें न किसी ने रोते देखा, न हँसते। उनका सारा समय जीवित रहने में कट जाता था। मौत द्वार पर खड़ी थी, रोने या हँसने की कहाँ फुरसत! बुढ़िया ने पूछा—कल के लिए सन तो है नहीं, काम क्या करोंगे?

'जा कर झगड़ू साह से दस सेर सन उधार लाऊँगा?'

'उसके पहले के पैसे तो दिये ही नहीं, और उधार कैसे देगा?'

'न देगा न सही। घास तो कहीं नहीं गयी। दोपहर तक क्या दो आने की भी न काटूँगा?'

इतने में एक आदमी ने द्वार पर आवाज़ दी—भगत, भगत, क्या सो गये? जरा किवाड़ खोलो।

भगत ने उठकर किवाड़ खोल दिये। एक आदमी ने अन्दर आकर कहा—कुछ सुना, डाक्टर चड्ढ़ा बाबू के लड़के को साँप ने काट लिया।

भगत ने चौंक कर कहा—चड्ढ़ा बाबू के लड़के को! वही चड्ढ़ा बाबू हैं न, जो छावनी में बँगले में रहते हैं?

'हाँ-हाँ वही। शहर में हल्ला मचा हुआ है। जाते हो तो जाओ, आदमी बन जाओगे।'

बूढ़े ने कठोर भाव से सिर हिला कर कहा—मैं नहीं जाता! मेरी बला जाय! वही चड्ढ़ा है। खूब जानता हूँ। भैया लेकर उन्हीं के पास गया था। खेलने जा रहे थे। पैरों पर गिर पड़ा कि एक नज़र देख लीजिए; मगर सीधे मुँह से बात तक न की। भगवान बैठे सुन रहे थे। अब जान पड़ेगा कि बेटे का गम कैसा होता है। कई लड़के हैं।

'नहीं जी, यही तो एक लड़का था। सुना है, सबने जवाब दे दिया है।'

'भगवान बड़ा कारसाज है। उस बखत मेरी आँखो से आँसू निकल पड़े थे, पर उन्हें तनिक भी दया न आयी थी। मैं तो उनके द्वार पर होता, तो भी बात न पूछता।'

'तो न जाओगे? हमने जो सुना था, सो कह दिया।'

'अच्छा किया—अच्छा किया। कलेजा ठंडा हो गया, आँखें ठंडी हो गयीं। लड़का भी ठंडा हो गया होगा! तुम जाओ। आज चैन की नींद सोऊँगा। (बुढ़िया से) जरा तम्बाकू ले ले! एक चिलम और पीऊँगा। अब मालूम होगा लाला को! सारी साहबी निकल जाएगी, हमारा क्या बिगड़ा। लड़के के मर जाने से कुछ राज तो नहीं चला गया? जहाँ छः बच्चे गये थे, वहाँ एक और चला गया, तुम्हारा तो राज सुना हो जाएगा। उसी के वास्ते सबका गला दबा-दबा कर जोड़ा था न। अब क्या करोंगे? एक बार देखने जाऊँगा; पर कुछ दिन बाद मिजाज का हाल पूछूँगा।'

आदमी चला गया। भगत ने किवाड़ बन्द कर लिये, तब चिलम पर तम्बाखू रख कर पीने लगा।

बुढ़िया ने कहा—इतनी रात गए जाड़े-पाले में कौन जाएगा?

'अरे, दोपहर ही होता तो मैं न जाता। सवारी दरवाज़े पर लेने आती, तो भी न जाता। भूल नहीं गया हूँ। पन्ना की सूरत आँखों में फिर रही है। इस निर्दयी ने उसे एक

नज़र देखा तक नहीं। क्या मैं न जानता था कि वह न बचेगा? खूब जानता था। चड्ढ़ा भगवान नहीं थे, कि उनके एक निगाह देख लेने से अमृत बरस जाता। नहीं, खाली मन की दौड़ थी। अब किसी दिन जाऊँगा और कहूँगा–क्यों साहब, कहिए, क्या रंग है? दुनिया बुरा कहेगी, कहे; कोई परवाह नहीं। छोटे आदमियों में तो सब ऐब हैं। बड़ो में कोई ऐब नहीं होता, देवता होते हैं।'

भगत के लिए यह जीवन में पहला अवसर था कि ऐसा समाचार पा कर वह बैठा रह गया हो। अस्सी वर्ष के जीवन में ऐसा कभी न हुआ था कि साँप की खबर पाकर वह दौड़ न गया हो। माघ-पूस की अँधेरी रात, चैत-बैसाख की धूप और लू, सावन-भादों की चढ़ी हुई नदी और नाले, किसी की उसने कभी परवाह न की। वह तुरन्त घर से निकल पड़ता था–निःस्वार्थ, निष्काम! लेन-देन का विचार कभी दिल में आया नहीं। यह सा काम ही न था। जान का मूल्य कौन दे सकता है? यह एक पुण्य-कार्य था। सैकड़ों निराशों को उसके मंत्रों ने जीवन-दान दे दिया था; पर आप वह घर से कदम नहीं निकाल सका। यह खबर सुन कर सोने जा रहा है।

बुढ़िया ने कहा–तमाखू अँगीठी के पास रखी हुई है। उसके भी आज ढाई पैसे हो गये। देती ही न थी। बुढ़िया यह कह कर लेटी। बूढ़े ने कुप्पी बुझायी, कुछ देर खड़ा रहा, फिर बैठ गया। अन्त को लेट गया; पर यह खबर उसके हृदय पर बोझे की भाँति रखी हुई थी। उसे मालूम हो रहा था, उसकी कोई चीज खो गयी है, जैसे सारे कपड़े गीले हो गये हैं या पैरों में कीचड़ लगा हुआ है, जैसे कोई उसके मन में बैठा हुआ उसे घर से निकालने के लिए कुरेद रहा है। बुढ़िया जरा देर में खर्राटे लेनी लगी। बूढ़े बातें करते-करते सोते हैं और जरा-सा खटा होते ही जागते हैं। तब भगत उठा, अपनी लकड़ी उठा ली, और धीरे से किवाड़ खोले।

बुढ़िया ने पूछा–कहाँ जाते हो?

'कहीं नहीं, देखता था कि कितनी रात है।'

'अभी बहुत रात है, सो जाओ।'

'नींद, नहीं आतीं।'

'नींद काहे आवेगी? मन तो चड्ढ़ा के घर पर लगा हुआ है।'

'चड्ढ़ा ने मेरे साथ कौन-सी नेकी कर दी है, जो वहाँ जाऊँ? वह आ कर पैरों पड़े, तो भी न जाऊँ।'

'उठे तो तुम इसी इरादे से ही?'

'नहीं री, ऐसा पागल नहीं हूँ कि जो मुझे काँटे बोये, उसके लिए फूल बोता फिरूँ।'

बुढ़िया फिर सो गयी। भगत ने किवाड़ लगा दिए और फिर आकर बैठा। पर उसके मन की कुछ ऐसी दशा थी, जो बाजे की आवाज़ कान में पड़ते ही उपदेश सुनने वालों की होती हैं। आँखें चाहे उपेदेशक की ओर हों; पर कान बाजे ही की ओर होते हैं। दिल में भी बाजे की ध्वनि गूँजती रहती हे। शर्म के मारे जगह से नहीं उठता। निर्दयी

प्रतिघात का भाव भगत के लिए उपदेशक था, पर हृदय उस अभागे युवक की ओर था, जो इस समय मर रहा था, जिसके लिए एक-एक पल का विलम्ब घातक था।

उसने फिर किवाड़ खोले, इतने धीरे से कि बुढ़िया को खबर भी न हुई। बाहर निकल आया। उसी वक्त गाँव को चौकीदार गश्त लगा रहा था, बोला—कैसे उठे भगत? आज तो बड़ी सरदी है! कहीं जा रहे हो क्या?

भगत ने कहा—नहीं जी, जाऊँगा कहाँ! देखता था, अभी कितनी रात है। भला, कै बजे होंगे।

चौकीदार बोला—एक बजा होगा और क्या, अभी थाने से आ रहा था, तो डाक्टर चड्ढा बाबू के बंगले पर बड़ी भड़ लगी हुई थी।

उनके लड़के का हाल तो तुमने सुना होगा, कीड़े ने छू लिया है। चाहे मर भी गया हो। तुम चले जाओ तो साइत बच जाय। सुना है, दस हज़ार तक देने को तैयार हैं।

भगत—मैं तो न जाऊँ चाहे वह दस लाख भी दें। मुझे दस हज़ार या दस लाख लेकर करना क्या है? कल मर जाऊँगा, फिर कौन भोगनेवाला बैठा हुआ है।

चौकीदार चला गया। भगत ने आगे पैर बढ़ाया। जैसे नशे में आदमी की देह अपने काबू में नहीं रहती, पैर कहीं रखता है, पड़ता कहीं है, कहता कुछ है, ज़बान से निकलता कुछ है, वही हाल इस समय भगत का था। मन में प्रतिकार था; पर कर्म मन के अधीन न था। जिसने कभी तलवार नहीं चलायी, वह इरादा करने पर भी तलवार नहीं चला सकता। उसके हाथ काँपते हैं, उठते ही नहीं।

भगत लाठी खट-खट करता लपका चला जाता था। चेतना रोकती थी, पर उपचेतना ठेलती थी। सेवक स्वामी पर हावी था।

आधी राह निकल जाने के बाद सहसा भगत रूक गया। हिंसा ने क्रिया पर विजय पायी—मैं यों ही इतनी दूर चला आया। इस जाड़े-पाले में मरने की मुझे क्या पड़ी थी? आराम से सोया क्यों नहीं? नींद न आती, न सही; दो-चार भजन ही गाता। व्यर्थ इतनी दूर दौड़ा आया। चड्ढा का लड़का रहे या मरे, मेरी कला से। मेरे साथ उन्होंने ऐसा कौन-सा सलूक किया था कि मैं उनके लिए मरूँ? दुनिया में हजारों मरते हैं, हजारों जीते हैं। मुझे किसी के मरने-जीने से मतलब! मगर उपचेतन ने अब एक दूसरे रूप धारण किया, जो हिंसा से बहुत कुछ मिलता-जुलता था—वह झाड़-फूँक करने नहीं जा रहा है; वह देखेगा, कि लोग क्या कर रहे हैं। डाक्टर साहब का रोना-पीटना देखेगा, किस तरह सिर पीटते हैं, किस तरह पछाड़े खाते है! वे लोग तो विद्वान होते हैं, सबर कर जाते होंगे! हिंसा-भाव को यों धीरज देता हुआ वह फिर आगे बढ़ा।

इतने में दो आदमी आते दिखायी दिये। दोनों बातें करते चले आ रहे थे—चड्ढा बाबू का घर उजड़ गया, वही तो एक लड़का था। भगत के कान में यह आवाज़ पड़ी। उसकी चाल और भी तेज हो गयी। थकान के मारे पाँव न उठते थे। शिरोभाग इतना बढ़ा जाता था, मानों अब मुँह के बल गिर पड़ेगा। इस तरह वह कोई दस मिनट चला

होगा कि डाक्टर साहब का बँगला नज़र आया। बिजली की बत्तियाँ जल रही थीं; मगर सन्नाटा छाया हुआ था। रोने-पीटने के आवाज़ भी न आती थी। भगत का कलेजा धक्-धक् करने लगा। कहीं मुझे बहुत देर तो नहीं हो गयी? वह दौड़ने लगा। अपनी उम्र में वह इतना तेज कभी न दौड़ा था। बस, यही मालूम होता था, मानो उसके पीछे मौत दौड़ी आ री है।

4

दो बज गये थे। मेहमान विदा हो गये। रोने वालों में केवल आकाश के तारे रह गये थे। और सभी रो-रो कर थक गये थे। बड़ी उत्सुकता के साथ लोग रह-रह आकाश की ओर देखते थे कि किसी तरह सुबह हो और लाश गंगा की गोद में दी जाय।

सहसा भगत ने द्वार पर पहुँच कर आवाज़ दी। डाक्टर साहब समझे, कोई मरीज आया होगा। किसी और दिन उन्होंने उस आदमी को दुत्कार दिया होता; मगर आज बाहर निकल आये। देखा एक बूढ़ा आदमी खड़ा है—कमर झुकी हुई, पोपला मुँह, भौहें तक सफेद हो गयी थीं। लकड़ी के सहारे काँप रहा था। बड़ी नम्रता से बोले—क्या है भई, आज तो हमारे ऊपर ऐसी मुसीबत पड़ गयी है कि कुछ कहते नहीं बनता, फिर कभी आना। इधर एक महीना तक तो शायद मैं किसी भी मरीज को न देख सकूँगा।

भगत ने कहा—सुन चुका हूँ बाबू जी, इसीलिए आया हूँ। भैया कहाँ हैं? जरा मुझे दिखा दीजिए। भगवान बड़ा कारसाज है, मुरदे को भी जिला सकता है। कौन जाने, अब भी उसे दया आ जाय।

चड्ढे ने व्यथित स्वर से कहा—चलो, देख लो; मगर तीन-चार घंटे हो गये। जो कुछ होना था, हो चुका। बहुतेरे झाड़ने-फूंकने वाले देख-देख कर चले गये।

डाक्टर साहब को आशा तो क्या होती। हाँ, बूढ़े पर दया आ गयी। अन्दर ले गये। भगत ने लाश को एक मिनट तक देखा। तब मुस्करा कर बोला—अभी कुछ नहीं बिगड़ा है, बाबू जी! यह नारायण चाहेंगे, तो आध घंटे में भैया उठ बैठेंगे। आप नाहक दिल छोटा कर रहे हैं। जरा कहारों से कहिए, पानी तो भरें।

कहारों ने पानी भर-भर कर कैलाश को नहलाना शुरू किया। पाइप बन्द हो गया था। कहारों की संख्या अधिक न थी, इसलिए मेहमानों ने अहाते के बाहर के कुँए से पानी भर-भर कर कहारों को दिया, मृणालिनी कलसा लिए पानी ला रही थी। बूढ़ा भगत खड़ा मुस्करा-मुस्करा कर मंत्र पढ़ रहा था, मानो विजय उसके सामने खड़ी है। जब एक बार मंत्र समाप्त हो जाता, तब वह एक जड़ी कैलाश के सिर पर डाले गये और न-जाने कितनी बार भगत ने मंत्र फूँका। आखिर जब उषा ने अपनी लाल-लाल आँखें खोलीं तो कैलाश की भी लाल-लाल आँखें खुल गयी। एक क्षण में उसने अंगड़ाई ली और पानी पीने को मांगा। डाक्टर चड्ढे ने दौड़ कर नारायणी को गले लगा लिया। नारायणी दौड़कर भगत के पैरों पर गिर पड़ी और मृणालिनी कैलाश के सामने आँखों में आँसू-भरे पूछने लगी—अब कैसी तबियत है!

एक क्षण में चारों तरफ खबर फैल गयी। मित्रगण मुबारकबाद देने आने लगे। डाक्टर साहब बड़े श्रद्धा-भाव से हर एक के सामने भगत का यश गाते फिरते थे। सभी लोग भगत के दर्शनों के लिए उत्सुक हो उठे; मगर अन्दर जा कर देखा, तो भगत का कहीं पता न था। नौकरों ने कहा—अभी तो यहीं बैठे चिलम पी रहे थे। हम लोग तमाखू देने लगे, तो नहीं ली, अपने पास से तमाखू निकाल कर भरी।

यहाँ तो भगत की चारों ओर तलाश होने लगी, और भगत लपका हुआ घर चला जा रहा था कि बुढ़िया के उठने से पहले पहुँच जाऊँ!

जब मेहमान लोग चले गये, तो डाक्टर साहब ने नारायणी से कहा—बुड्ढ़ा न-जाने कहाँ चला गया। एक चिलम तमाखू का भी रवादार न हुआ।

नारायणी—मैंने तो सोचा था, इसे कोई बड़ी रकम दूँगी।

चड्ढा—रात को तो मैंने नहीं पहचाना, पर जरा साफ हो जाने पर पहचान गया। एक बार यह एक मरीज को लेकर आया था। मुझे अब याद आता है कि मैं खेलने जा रहा था और मरीज को देखने से इनकार कर दिया था। आज उस दिन की बात याद करके मुझे जितनी ग्लानि हो रही है, उसे प्रकट नहीं कर सकता। मैं उसे अब खोज निकालूँगा और उसके पैरों पर गिर कर अपना अपराध क्षमा कराऊँगा। वह कुछ लेगा नहीं, यह जानता हूँ, उसका जन्म यश की वर्षा करने ही के लिए हुआ है। उसकी सज्जनता ने मुझे ऐसा आदर्श दिखा दिया है, जो अब से जीवनपर्यन्त मेरे सामने रहेगा।

ईदगाह

रमजान के पूरे तीस रोज़ों के बाद ईद आयी है। कितना मनोहर, कितना सुहावना प्रभाव है। वृक्षों पर अजीब हरियाली है, खेतों में कुछ अजीब रौनक है, आसमान पर कुछ अजीब लालिमा है। आज का सूर्य देखो, कितना प्यारा, कितना शीतल है, यानी संसार को ईद की बधाई दे रहा है। गाँव में कितनी हलचल है ईदगाह जाने की तैयारियाँ हो रही हैं। किसी के कुरते में बटन नहीं है, पड़ोस के घर में सूई-धागा लेने दौड़ा जा रहा है। किसी के जूते कड़े हो गये हैं, उनमें तेल डालने के लिये तेली के घर पर भागा जाता है। जल्दी-जल्दी बैलों को सानी-पानी दे दें। ईदगाह से लौटते-लौटते दोपहर हो जाएगी। तीन कोस का पैदल रास्ता, फिर सैकड़ों आदमियों से मिलना-भेंटना, दोपहर के पहले लौटना असम्भव है। लड़के सबसे ज़्यादा प्रसन्न हैं। किसी ने एक रोज़ा रखा है, वह भी दोपहर तक, किसी ने वह भी नहीं, लेकिन ईदगाह जाने की ख़ुशी उनके हिस्से की चीज़ है। रोज़े बड़े-बूढ़ों के लिये होंगे। इनके लिये तो ईद है। रोज़ ईद का नाम रटते थे, आज वह आ गयी। अब जल्दी पड़ी है कि लोग ईदगाह क्यों नहीं चलते। इन्हें गृहस्थी चिन्ताओं से क्या प्रयोजन! सेवैयों के लिये दूध और शक्कर घर में है या नहीं, इनकी बला से, ये तो सेवैयाँ खाएँगे। वह क्या जानें कि अब्बाजान क्यों बदहवास चौधरी कायमअली के घर दौड़े जा रहे हैं। उन्हें क्या ख़बर कि चौधरी आँखें बदल लें,

तो यह सारी ईद, मुहर्रम हो जाए। उनकी अपनी जेबों में तो कुबेर का धन भरा हुआ है। बार-बार जेब से अपना ख़जाना निकालकर गिनते हैं और ख़ुश होकर फिर रख लेते हैं। महमूद गिनता है, एक-दो, दस,-बारह, उसके पास बारह पैसे हैं। मोहसिन के पास एक, दो, तीन, आठ, नौ, पंद्रह पैसे हैं। इन्हीं अनगिनती पैसों में अनगिनती चीज़ें लाएँगें-खिलौने, मिठाइयाँ, बिगुल, गेंद और जाने क्या-क्या।

और सबसे ज़्यादा प्रसन्न है हामिद। वह चार-पाँच साल का ग़रीब सूरत, दुबला-पतला लड़का, जिसका बाप गत वर्ष हैज़े की भेंट हो गया और माँ न जाने क्यों पीली होती-होती एक दिन मर गयी। किसी को नहीं पता क्या बीमारी थी। कहती तो कौन सुनने वाला था? दिल पर जो कुछ बीतती थी, वह दिल में ही सहती थी और जब न सहा गया, तो संसार से विदा हो गयी। अब हामिद अपनी बूढ़ी दादी अमीना की गोद में सोता है और उतना ही प्रसन्न है। उसके अब्बाजान रुपये कमाने गये हैं। बहुत सी थैलियाँ लेकर आयेंगे। अम्मीजान अल्लाह मियाँ के घर से उसके लिये बड़ी अच्छी-अच्छी चीज़ें लाने गयी हैं, इसलिये हामिद प्रसन्न है। आशा तो बड़ी चीज़ है, और फिर बच्चों की आशा! उनकी कल्पना तो राई का पर्वत बना लेती है। हामिद के पाँव में जूते नहीं हैं, सिर पर एक पुरानी-धुरानी टोपी है, जिसका गोटा काला पड़ गया है, फिर भी वह प्रसन्न है। जब उसके अब्बाजान थैलियाँ और अम्मीजान नियामतें लेकर आएँगी, तो वह दिल से अरमान निकाल लेगा। तब देखेगा, मोहसिन, नूरे और सम्मी कहाँ से उतने पैसे निकालेंगे। अभागिन अमीना अपनी कोठरी में बैठी रो रही है। आज ईद का दिन, उसके घर में दाना नहीं! आज आबिद होता, तो क्या इसी तरह ईद आती और चली जाती! इस अन्धकार और निराशा में वह डूबी जा रही है। किसने बुलाया था इस निगोड़ी ईद को? इस घर में उसका काम नहीं, लेकिन हामिद! उसे किसी के मरने-जीने से क्या मतलब? उसके अन्दर प्रकाश है, बाहर आशा। विपत्ति अपना सारा दलबल लेकर आए, हामिद की आनंद-भरी चितवन उसका विध्वंस कर देगी।

हामिद भीतर जाकर दादी से कहता है-तुम डरना नहीं अम्माँ, मैं सबसे पहले आऊँगा। बिलकुल न डरना। अमीना का दिल कचोट रहा है। गाँव के बच्चे अपने-अपने बाप के साथ जा रहे हैं। हामिद का बाप अमीना के सिवा और कौन है! उसे कैसे अकेले मेले जाने दे? उस भीड़-भाड़ से बच्चा कहीं खो जाए तो क्या हो? नहीं, अमीना उसे यों न जाने देगी। नन्ही-सी जान! तीन कोस चलेगा कैसे? पैर में छाले पड़ जायेंगे। जूते भी तो नहीं हैं। वह थोड़ी-थोड़ी दूर पर उसे गोद में ले लेती, लेकिन यहाँ सेवैयाँ कौन पकाएगा? पैसे होते तो लोटते-लोटते सब सामग्री जमा करके चटपट बना लेती। यहाँ तो घंटों चीज़ें जमा करने में लगेंगे। माँगे का ही तो भरोसा ठहरा। उस दिन फहीमन के कपड़े सिले थे। आठ आने पैसे मिले थे। उस अठन्नी को ईमान की तरह बचाती चली आती थी, इसी ईद के लिये लेकिन कल ग्वालन सिर पर सवार हो गयी तो क्या करती? हामिद के लिये कुछ नहीं है, तो दो पैसे का दूध तो चाहिए ही। अब तो कुल दो आने पैसे बच रहे हैं। तीन पैसे हामिद की जेब में, पाँच अमीना के बटुवें में। यही

तो बिसात है और ईद का त्योहार, अल्ला ही बेड़ा पार लगाए। धोबन और नाइन और मेहतरानी और चुड़िहारिन सभी तो आएँगी। सभी को सेवैयाँ चाहिए और थोड़ा किसी को आँखों नहीं लगता। किस-किस से मुँह चुराएगी? और मुँह क्यों चुराए? साल-भर का त्योहार है। ज़िन्दगी खैरियत से रहे, उनकी तकदीर भी तो उसी के साथ है: बच्चे को ख़ुदा सलामत रखे, ये दिन भी कट जायेंगे।

गाँव से मेला चला। और बच्चों के साथ हामिद भी जा रहा था। कभी सब-के-सब दौड़कर आगे निकल जाते। फिर किसी पेड़ के नीचे खड़े होकर साथ वालों का इंतज़ार करते। यह लोग क्यों इतना धीरे-धीरे चल रहे हैं? हामिद के पैरों में तो जैसे पर लग गये हैं। वह कभी थक सकता है? शहर का दामन आ गया। सड़क के दोनों ओर अमीरों के बगीचे हैं। पक्की चारदीवारी बनी हुई है। पेड़ों में आम और लीचियाँ लगी हुई हैं। कभी-कभी कोई लड़का कंकड़ी उठाकर आम पर निशान लगाता है। माली अन्दर से गाली देता हुआ निकलता है। लड़के वहाँ से एक फर्लांग पर हैं। ख़ूब हँस रहे हैं। माली को कैसा उल्लू बनाया है।

बड़ी-बड़ी इमारतें आने लगीं। यह अदालत है, यह कालेज है, यह क्लबघर है। इतने बड़े कालेज में कितने लड़के पढ़ते होंगे? सब लड़के नहीं हैं जी! बड़े-बड़े आदमी हैं, सच! उनकी बड़ी-बड़ी मूँछें हैं। इतने बड़े हो गये, अभी तक पढ़ने जाते हैं। न जाने कब तक पढ़ेंगे और क्या करेंगे इतना पढ़कर! हामिद के मदरसे में दो-तीन बड़े-बड़े लड़के हैं, बिलकुल तीन कौड़ी के। रोज़ मार खाते हैं, काम से जी चुराने वाले। इस जगह भी उसी तरह के लोग होंगे और क्या। क्लबघर में जादू होता है। सुना है, यहाँ मुर्दों की खोपड़ियाँ दौड़ती हैं। और बड़े-बड़े तमाशे होते हैं, पर किसी को अन्दर नहीं जाने देते। और वहाँ शाम को साहब लोग खेलते हैं। बड़े-बड़े आदमी खेलते हैं, मूँछों-दाढ़ी वाले। और मेमें भी खेलती हैं, सच! हमारी अम्माँ को यह दे दो, क्या नाम है, बैट, तो उसे पकड़ ही न सके। घुमाते ही लुढ़क जाएँ।

महमूद ने कहा—हमारी अम्मीजान का तो हाथ काँपने लगे, अल्लाह कसम।

मोहसिन बोला—चलो, मनों आटा पीस डालती हैं। ज़रा-सा बैट पकड़ लेगी, तो हाथ काँपने लगेंगे! सैकड़ों घड़े पानी रोज़ निकालती हैं। पाँच घड़े तो तेरी भैंस पी जाती है। किसी मेम को एक घड़ा पानी भरना पड़े, तो आँखों तक अँधेरी आ जाए।

महमूद—लेकिन दौड़ती तो नहीं, उछल-कूद तो नहीं सकतीं।

मोहसिन—हाँ, उछल-कूद तो नहीं सकतीं; लेकिन उस दिन मेरी गाय खुल गयी थी और चौधरी के खेत में जा घुसी थी, अम्माँ इतना तेज़ दौड़ीं कि मैं उन्हें न पा सका, सच।

आगे चले। हलवाइयों की दुकानें शुरू हुईं। आज ख़ूब सजी हुई थीं। इतनी मिठाइयाँ कौन खाता? देखो न, एक-एक दुकान पर मनों होंगी। सुना है, रात को जिन्नात आकर खरीद ले जाते हैं। अब्बा कहते थे कि आधी रात को एक आदमी हर दुकान पर जाता है और जितना माल बचा होता है, वह तुलवा लेता है और सचमुच के रुपये देता है, बिलकुल ऐसे ही रुपये।

हामिद को यक़ीन न आया—ऐसे रुपये जिन्नात को कहाँ से मिल जायेंगे?

मोहसिन ने कहा—जिन्नात को रुपये की क्या कमी? जिस ख़जाने में चाहें चले जाएँ। लोहे के दरवाज़े तक उन्हें नहीं रोक सकते जनाब, आप हैं किस फेर में! हीरे-जवाहरात तक उनके पास रहते हैं। जिससे ख़ुश हो गये, उसे टोकरों जवाहरात दे दिए। अभी यहीं बैठे हैं, पाँच मिनट में कलकत्ता पहुँच जाएँ।

हामिद ने फिर पूछा—जिन्नात बहुत बड़े-बड़े होते हैं?

मोहसिन—एक-एक सिर आसमान के बराबर होता है जी! ज़मीन पर खड़ा हो जाए तो उसका सिर आसमान से जा लगे, मगर चाहे तो एक लोटे में घुस जाए।

हामिद—लोग उन्हें कैसे ख़ुश करते होंगे? कोई मुझे यह मंतर बता दे तो एक जिन को ख़ुश कर लूँ।

मोहसिन—अब यह तो न जानता, लेकिन चौधरी साहब के काबू में बहुत-से जिन्नात हैं। कोई चीज़ चोरी हो जाए, चौधरी साहब उसका पता लगा देंगे ओर चोर का नाम बता देंगे। जुमराती का बछवा उस दिन खो गया था। तीन दिन हैरान हुए, कहीं न मिला तब झख मारकर चौधरी के पास गये। चौधरी ने तुरन्त बता दिया, मवेशीखाने में है और वहीं मिला। जिन्नात आकर उन्हें सारे जहान की ख़बर दे जाते हैं।

अब उसकी समझ में आ गया कि चौधरी के पास क्यों इतना धन है और क्यों उनका इतना सम्मान है।

आगे चले। यह पुलिस लाइन है। यहीं सब कानिसटिबिल कवायद करते हैं। रैटन! फाय फो! रात को बेचारे घूम-घूमकर पहरा देते हैं, कहीं चोरियाँ न हो जाएँ। मोहसिन ने प्रतिवाद किया—यह कानिसटिबिल पहरा देते हैं? तभी तुम बहुत जानते हो, अजी हज़रत, यह चोरी करते हैं। शहर के जितने चोर-डाकू हैं, सब इनसे मुहल्ले में जाकर 'जागते रहो! जागते रहो!' पुकारते हैं। तभी इन लोगों के पास इतने रुपये आते हैं। मेरे मामू एक थाने में कानिसटिबिल हैं। बीस रुपया महीना पाते हैं, लेकिन पचास रुपये घर भेजते हैं। अल्लाह कसम! मैंने एक बार पूछा था कि मामू, आप इतने रुपये कहाँ से पाते हैं? हँसकर कहने लगे—बेटा, अल्लाह देता है। फिर आप ही बोले—हम लोग चाहें तो एक दिन में लाखों मार लाएँ। हम तो इतना ही लेते हैं, जिसमें अपनी बदनामी न हो और नौकरी न चली जाए।

हामिद ने पूछा—यह लोग चोरी करवाते हैं, तो कोई इन्हें पकड़ता नहीं?

मोहसिन उसकी नादानी पर दया दिखाकर बोला—अरे, पागल! इन्हें कौन पकड़ेगा! पकड़ने वाले तो यह लोग ख़ुद हैं, लेकिन अल्लाह, इन्हें सज़ा भी ख़ूब देता है। हराम का माल हराम में जाता है। थोड़े ही दिन हुए, मामू के घर में आग लग गयी। सारी लेई-पूँजी जल गयी। एक बरतन तक न बचा। कई दिन पेड़ के नीचे सोए, अल्लाह कसम, पेड़ के नीचे! फिर न जाने कहाँ से एक सौ क़र्ज़ लाए तो बरतन-भाँड़े आए।

हामिद—एक सौ तो पचास से ज़्यादा होते हैं?

'कहाँ पचास, कहाँ एक सौ। पचास एक थैली-भर होता है। सौ तो दो थैलियों में भी न आएँ?

अब बस्ती घनी होने लगी। ईदगाह जाने वालों की टोलियाँ नज़र आने लगीं। एक से एक भड़कीले वस्त्र पहने हुए। कोई इक्के-ताँगे पर सवार, कोई मोटर पर, सभी इत्र में बसे, सभी के दिलों में उमंग। ग्रामीणों का यह छोटा-सा दल अपनी विपन्नता से बेख़बर, सन्तोष और धैर्य में मगन चला जा रहा था। बच्चों के लिये नगर की सभी चीज़ें अनोखी थीं। जिस चीज़ की ओर ताकते, ताकते ही रह जाते और पीछे से आने की आवाज़ होने पर भी न चेतते। हामिद तो मोटर के नीचे जाते-जाते बचा।

सहसा ईदगाह नज़र आई। ऊपर इमली के घने वृक्षों की छाया है। नीचे पक्का फर्श है, जिस पर जाजम बिछा हुआ है। और रोज़ेदारों की पंक्तियाँ एक के पीछे एक न जाने कहाँ तक चली गयी हैं, पक्की जगत के नीचे तक, जहाँ जाजम भी नहीं है। नए आने वाले आकर पीछे की कतार में खड़े हो जाते हैं। आगे जगह नहीं है। यहाँ कोई धन और पद नहीं देखता। इस्लाम की निगाह में सब बराबर हैं। इन ग्रामीणों ने भी वजू किया और पिछली पंक्ति में खड़े हो गये। कितना सुन्दर संचालन है, कितनी सुन्दर व्यवस्था! लाखों सिर एक साथ सिजदे में झुक जाते हैं, फिर सब-के-सब एक साथ खड़े हो जाते हैं, एक साथ झुकते हैं और एक साथ खड़े हो जाते हैं, कई बार यही क्रिया होती है, जैसे बिजली की लाखों बत्तियाँ एक साथ प्रदीप्त हों और एक साथ बुझ जाएँ और यही क्रम चलता रहे। कितना अपूर्व दृश्य था, जिसकी सामूहिक क्रियाएँ, विस्तार और अनंतता हृदय को श्रद्धा, गर्व और आत्मानंद से भर देती थीं, मानो भ्रातृत्व का एक सूत्र इन समस्त आत्माओं को एक लड़ी में पिरोए हुए है।

2

नमाज़ खत्म हो गयी। लोग आपस में गले मिल रहे हैं। तब मिठाई और खिलौने की दुकानों पर धावा होता है। ग्रामीणों का यह दल इस विषय में बालकों से कम उत्साही नहीं है। यह देखो, हिंडोला है, एक पैसा देकर चढ़ जाओ। कभी आसमान पर जाते हुए मालूम होंगे, कभी ज़मीन पर गिरते हुए। यह चर्खी है, लकड़ी के हाथी, घोड़े, ऊँट, छड़ों में लटके हुए हैं। एक पैसा देकर बैठ जाओ और पच्चीस चक्करों का मजा लो। महमूद, मोहसिन, नूरे और सम्मी इन घोड़ों और ऊँटों पर बैठते हैं। हामिद दूर खड़ा है। तीन ही पैसे तो उसके पास हैं। अपने कोष का एक-तिहाई ज़रा-सा चक्कर खाने के लिये नहीं दे सकता।

सब चर्खियों से उतरते हैं। अब खिलौने लेंगे। उधर दुकानों की कतार लगी हुई है। तरह-तरह के खिलौने हैं—सिपाही और गुजरिया, राजा और वक़ील, भिश्ती और धोबिन और साधु। वाह! कितने सुन्दर खिलौने हैं। अब बोलना ही चाहते हैं। महमूद सिपाही लेता है, खाकी वर्दी और लाल पगड़ी वाला, कंधे पर बंदूक रखे हुए, मालूम होता है, अभी कवायद किए चला आ रहा है। मोहसिन को भिश्ती पसंद आया। कमर झुकी हुई है,

ऊपर मशक रखे हुए है। मशक का मुँह एक हाथ से पकड़े हुए है। कितना प्रसन्न है! शायद कोई गीत गा रहा है। बस, मशक से पानी उँड़ेलना ही चाहता है। नूरे को वक़ील से प्रेम है। कैसी विद्वत्ता है उसके मुख पर! काला चोगा, नीचे सफेद अचकन, अचकन के सामने की जेब में घड़ी, सुनहरी जंजीर, एक हाथ में क़ानून का पोथा लिये हुए। मालूम होता है, अभी किसी अदालत से जिरह या बहस किए चले आ रहे हैं। यह सब दो-दो पैसे के खिलौने हैं। हामिद के पास कुल तीन पैसे हैं, इतने महँगे खिलौने वह कैसे ले? खिलौना कहीं हाथ से छूट पड़े तो चूर-चूर हो जाए। ज़रा पानी पड़े तो सारा रंग घुल जाए। ऐसे खिलौने लेकर वह क्या करेगा, किस काम के!

मोहसिन कहता है—मेरा भिश्ती रोज़ पानी दे जाएगा साँझ-सबेरे।

महमूद—और मेरा सिपाही घर का पहरा देगा, कोई चोर आएगा, तो फौरन बंदूक से फैर कर देगा।

नूरे—और मेरा वक़ील खूब मुक़दमा लड़ेगा।

सम्मी—और मेरी धोबिन रोज़ कपड़े धोएगी।

हामिद खिलौनों की निंदा करता है—मिट्टी ही के तो हैं, गिरे तो चकनाचूर हो जाएँ, लेकिन ललचाई हुई आँखों से खिलौनों को देख रहा है और चाहता है कि ज़रा देर के लिये उन्हें हाथ में ले सकता। उसके हाथ अनायास ही लपकते हैं, लेकिन लड़के इतने त्यागी नहीं होते हैं, विशेषकर जब अभी नया शौक है। हामिद ललचाता रह जाता है। खिलौने के बाद मिठाइयाँ आती हैं। किसी ने रेवड़ियाँ ली हैं, किसी ने गुलाबजामुन किसी ने सोहन-हलवा। मजे से खा रहे हैं। हामिद बिरादरी से पृथक् है। अभागे के पास तीन पैसे हैं। क्यों नहीं कुछ लेकर खाता? ललचाई आँखों से सबकी ओर देखता है।

मोहसिन कहता है—हामिद रेवड़ी ले जा, कितनी ख़ुशबूदार हैं!

हामिद को संदेह हुआ, ये केवल क्रूर विनोद है। मोहसिन इतना उदार नहीं है, लेकिन यह जानकर भी वह उसके पास जाता है। मोहसिन दोने से एक रेवड़ी निकालकर हामिद की ओर बढ़ाता है। हामिद हाथ फैलाता है। मोहसिन रेवड़ी अपने मुँह में रख लेता है। महमूद नूरे और सम्मी ख़ूब तालियाँ बजा-बजाकर हँसते हैं। हामिद खिसिया जाता है।

मोहसिन—अच्छा, अबकी ज़रूर देंगे हामिद, अल्लाह कसम, ले जा।

हामिद—रखे रहो। क्या मेरे पास पैसे नहीं हैं?

सम्मी—तीन ही पैसे तो हैं। तीन पैसे में क्या-क्या लोगे?

महमूद—हमसे गुलाबजामुन ले जाओ हामिद। मोहमिन बदमाश है।

हामिद—मिठाई कौन बड़ी नेमत है? किताब में इसकी कितनी बुराइयाँ लिखी हैं?

मोहसिन—लेकिन दिल में कह रहे होगे कि मिले तो खा लें। अपने पैसे क्यों नहीं निकालते?

महमूद—सब समझते हैं, इसकी चालाकी। जब हमारे सारे पैसे ख़र्च हो जायेंगे, तो हमें ललचा-ललचाकर खाएगा।

मिठाइयों के बाद कुछ दुकानें लोहे की चीज़ों की, कुछ गिलट और कुछ नकली गहनों की। लड़कों के लिये यहाँ कोई आकर्षण न था। वे सब आगे बढ़ जाते हैं, हामिद लोहे की दुकान पर रुक जाता है। कई चिमटे रखे हुए थे। उसे ख़याल आया, दादी के पास चिमटा नहीं है। तवे से रोटियाँ उतारती हैं, तो हाथ जल जाता है। अगर वह चिमटा ले जाकर दादी को दे दे तो वह कितना प्रसन्न होंगी! फिर उनकी उँगलियाँ कभी न जलेंगी। घर में एक काम की चीज़ हो जाएगी। खिलौने से क्या फायदा? व्यर्थ में पैसे खराब होते हैं। ज़रा देर ही तो ख़ुशी होती है। फिर तो खिलौने को कोई आँख उठाकर नहीं देखता। यह तो घर पहुँचते-पहुँचते टूट-फूटकर बराबर हो जायेंगे। चिमटा कितने काम की चीज़ है। रोटियाँ तवे से उतार लो, चूल्हे में सेंक लो। कोई आग माँगने आये तो चटपट चूल्हे से आग निकालकर उसे दे दो। अम्माँ बेचारी को कहाँ फ़ुर्सत है कि बाज़ार आएँ और इतने पैसे ही कहाँ मिलते हैं? रोज़ हाथ जला लेती हैं। हामिद के साथी आगे बढ़ गये हैं। सबील पर सब-के-सब शर्बत पी रहे हैं। देखो, सब कितने लालची हैं। इतनी मिठाइयाँ लीं, मुझे किसी ने एक भी न दी। उस पर कहते हैं, मेरे साथ खेलो। मेरा यह काम करो। अब अगर किसी ने कोई काम करने को कहा, तो पूछूँगा। खाएँ मिठाइयाँ, आप मुँह सड़ेगा, फोड़े-फुन्सियाँ निकलेंगी, आपकी जबान चटोरी हो जाएगी। तब घर से पैसे चुराएँगे और मार खाएँगे। किताब में झूठी बातें थोड़े ही लिखी हैं। मेरी जबान क्यों खराब होगी? अम्माँ चिमटा देखते ही दौड़कर मेरे हाथ से ले लेंगी और कहेंगी—मेरा बच्चा अम्माँ के लिये चिमटा लाया है। कितना अच्छा लड़का है। इन लोगों के खिलौनों पर कौन इन्हें दुआएँ देगा? बड़ों की दुआएँ सीधे अल्लाह के दरबार में पहुँचती हैं और तुरंत सुनी जाती हैं। मैं भी इनके मिज़ाज क्यों सहूँ? मैं ग़रीब सही, किसी से कुछ माँगने तो नहीं जाता। आख़िर अब्बाजान कभी-न-कभी आयेंगे। अम्माँ भी आएँगी ही। फिर इन लोगों से पूछूँगा, कितने खिलौने लोगे? एक-एक को टोकरियों खिलौने दूँ और दिखा दूँ कि दोस्तों के साथ इस तरह का सलूक किया जाता है। यह नहीं कि एक पैसे की रेवड़ियाँ लीं, तो चिढ़ा-चिढ़ाकर खाने लगे। सब-के-सब हँसेंगे कि हामिद ने चिमटा लिया है। हँसें! मेरी बला से! उसने दुकानदार से पूछा—यह चिमटा कितने का है?

दुकानदार ने उसकी ओर देखा और कोई आदमी साथ न देखकर कहा—तुम्हारे काम का नहीं है जी!

'बिकाऊ है कि नहीं?'

'बिकाऊ क्यों नहीं है? और यहाँ क्यों लाद लाए हैं?'

'तो बताते क्यों नहीं, कै पैसे का है?'

'छह पैसे लगेंगे।'

हामिद का दिल बैठ गया।

'ठीक-ठीक पाँच पैसे लगेंगे, लेना हो लो, नहीं चलते बनो।'

हामिद ने कलेजा मजबूत करके कहा तीन पैसे लोगे?

यह कहता हुआ व आगे बढ़ गया कि दुकानदार की घुड़कियाँ न सुने। लेकिन दुकानदार ने घुड़कियाँ नहीं दी। बुलाकर चिमटा दे दिया। हामिद ने उसे इस तरह कंधे पर रखा, मानो बंदूक है और शान से अकड़ता हुआ संगियों के पास आया। ज़रा सुनें, सब-के-सब क्या-क्या आलोचनाएँ करते हैं!

मोहसिन ने हँसकर कहा–यह चिमटा क्यों लाया पगले, इसे क्या करेगा?

हामिद ने चिमटे को ज़मीन पर पटक कर कहा–ज़रा अपना भिश्ती ज़मीन पर गिरा दो। सारी पसलियाँ चूर-चूर हो जाएँ बचा की।

महमूद बोला–तो यह चिमटा कोई खिलौना है?

हामिद–खिलौना क्यों नहीं है! अभी कंधे पर रखा, बंदूक हो गयी। हाथ में ले लिया, फकीरों का चिमटा हो गया। चाहूँ तो इससे मँजीरे का काम ले सकता हूँ। एक चिमटा जमा दूँ, तो तुम लोगों के सारे खिलौनों की जान निकल जाए। तुम्हारे खिलौने कितना ही ज़ोर लगाएँ, मेरे चिमटे का बाल भी बाँका नहीं कर सकते। मेरा बहादुर शेर है चिमटा। सम्मी ने खँजरी ली थी। प्रभावित होकर बोला–मेरी खँजरी से बदलोगे? दो आने की है।

हामिद ने खँजरी की ओर उपेक्षा से देखा–मेरा चिमटा चाहे तो तुम्हारी खँजरी का पेट फाड़ डाले। बस, एक चमड़े की झिल्ली लगा दी, ढब-ढब बोलने लगी। ज़रा-सा पानी लग जाए तो खत्म हो जाए। मेरा बहादुर चिमटा आग में, पानी में, आँधी में, तूफान में बराबर डटा खड़ा रहेगा।

चिमटे ने सभी को मोहित कर लिया, अब पैसे किसके पास धरे हैं? फिर मेले से दूर निकल आए हैं, नौ कब के बज गये, धूप तेज़ हो रही है। घर पहुँचने की जल्दी हो रही है। बाप से ज़िद भी करें, तो चिमटा नहीं मिल सकता। हामिद है बड़ा चालाक। इसीलिये बदमाश ने अपने पैसे बचा रखे थे।

अब बालकों के दो दल हो गये हैं। मोहसिन, महमूद, सम्मी और नूरे एक तरफ़ हैं, हामिद अकेला दूसरी तरफ़। शास्त्रार्थ हो रहा है। सम्मी तो विधर्मी हो गया! दूसरे पक्ष से जा मिला, लेकिन मोहसिन, महमूद और नूरे भी हामिद से एक-एक, दो-दो साल बड़े होने पर भी हामिद के आघातों से आतंकित हो उठे हैं। उसके पास न्याय का बल है और नीति की शक्ति। एक ओर मिट्टी है, दूसरी ओर लोहा, जो इस वक्त अपने को फ़ौलाद कह रहा है। वह अजेय है, घातक है। अगर कोई शेर आ जाए मियाँ भिश्ती के छक्के छूट जाएँ, जो मियाँ सिपाही मिट्टी की बंदूक छोड़कर भागे, वक़ील साहब की नानी मर जाए, चोगे में मुँह छिपाकर ज़मीन पर लेट जाएँ। मगर यह चिमटा, यह बहादुर, यह रुस्तमे-हिंद लपककर शेर की गर्दन पर सवार हो जाएगा और उसकी आँखें निकाल लेगा।

मोहसिन ने एड़ी-चोटी का ज़ोर लगाकर कहा–अच्छा, पानी तो नहीं भर सकता?

हामिद ने चिमटे को सीधा खड़ा करके कहा—भिश्ती को एक डाँट लगाएगा, तो दौड़ा हुआ पानी लाकर उसके द्वार पर छिड़कने लगेगा।

मोहसिन परास्त हो गया, पर महमूद ने कुमुक पहुँचाई—अगर बचा पकड़ जाएँ तो अदालत में बँधे-बँधे फिरेंगे। तब तो वक़ील साहब के पैरों पड़ेंगे।

हामिद इस प्रबल तर्क का जवाब न दे सका। उसने पूछा—हमें पकड़ने कौन आएगा?

नूरे ने अकड़कर कहा—यह सिपाही बंदूकवाला।

हामिद ने मुँह चिढ़ाकर कहा—यह बेचारे हम बहादुर रुस्तमे-हिंद को पकड़ेंगे! अच्छा लाओ, अभी ज़रा कुश्ती हो जाए। इसकी सूरत देखकर दूर से भागेंगे। पकड़ेंगे क्या बेचारे!

मोहसिन को एक नयी चोट सूझ गयी—तुम्हारे चिमटे का मुँह रोज़ आग में जलेगा।

उसने समझा था कि हामिद लाजवाब हो जाएगा, लेकिन यह बात न हुई। हामिद ने तुरंत जवाब दिया—आग में बहादुर ही कूदते हैं जनाब, तुम्हारे यह वक़ील, सिपाही और भिश्ती लौंडियों की तरह घर में घुस जायेंगे। आग में काम तो यह रुस्तमे-हिन्द ही कर सकता है।

महमूद ने एक ज़ोर लगाया—वक़ील साहब कुर्सी-मेज पर बैठेंगे, तुम्हारा चिमटा तो बाबरचीखाने में ज़मीन पर पड़ा रहने के सिवा और क्या कर सकता है?

इस तर्क ने सम्मी और नूरे को भी सही कर दिया! कितने ठिकाने की बात कही है पट्ठे ने! चिमटा बावरचीखाने में पड़ा रहने के सिवा और क्या कर सकता है?

हामिद को कोई फड़कता हुआ जवाब न सूझा, तो उसने धाँधली शुरू की—मेरा चिमटा बावरचीखाने में नहीं रहेगा। वक़ील साहब कुर्सी पर बैठेंगे, तो जाकर उन्हें ज़मीन पर पटक देगा और उनका क़ानून उनके पेट में डाल देगा। बात कुछ बनी नहीं। खाली गाली-गलौज थी, लेकिन क़ानून को पेट में डालने वाली बात छा गयी। ऐसी छा गयी कि तीनों सूरमा मुँह ताकते रह गये मानो कोई धेलचा कनकौआ किसी गंडेवाले कनकौए को काट गया हो। क़ानून मुँह से बाहर निकलने वाली चीज़ है। उसको पेट के अन्दर डाल दिया जाना बेतुकी-सी बात होने पर भी कुछ नयापन रखती है। हामिद ने मैदान मार लिया। उसका चिमटा रुस्तमे-हिन्द है। अब इसमें मोहसिन, महमूद, नूरे सम्मी किसी को भी आपत्ति नहीं हो सकती।

विजेता को हारने वालों से तो सत्कार मिलना स्वाभाविक है, वह हामिद को भी मिला। औरों ने तीन-तीन, चार-चार आने पैसे ख़र्च किए, पर कोई काम की चीज़ न ले सके। हामिद ने तीन पैसे में रंग जमा लिया। सच ही तो है, खिलौनों का क्या भरोसा? टूट-फूट जायेंगे। हामिद का चिमटा तो बना रहेगा बरसों?

संधि की शर्तें तय होने लगीं। मोहसिन ने कहा—ज़रा अपना चिमटा दो, हम भी देखें। तुम हमार भिश्ती लेकर देखो। महमूद और नूरे ने भी अपने-अपने खिलौने पेश किए।

हामिद को इन शर्तों को मानने में कोई आपत्ति न थी। चिमटा बारी-बारी से सबके हाथ में गया और उनके खिलौने बारी-बारी से हामिद के हाथ में आए। कितने खूबसूरत खिलौने हैं।

हामिद ने हारने वालों के आँसू पोंछे—मैं तुम्हें चिढ़ा रहा था, सच! यह चिमटा भला इन खिलौनों की क्या बराबरी करेगा, मालूम होता है, अब बोले, अब बोले।

लेकिन मोहसिन की पार्टी को इस दिलासे से संतोष नहीं होता। चिमटे का सिलिका ख़ूब बैठ गया है। चिपका हुआ टिकट अब पानी से नहीं छूट रहा है।

मोहसिन—लेकिन इन खिलौनों के लिये कोई हमें दुआ तो न देगा?

महमूद—दुआ को लिये फिरते हो। उल्टे मार न पड़े। अम्माँ ज़रूर कहेंगी कि मेले में यही मिट्टी के खिलौने मिले?

हामिद को स्वीकार करना पड़ा कि खिलौनों को देखकर किसी की माँ इतनी ख़ुश न होगी, जितनी दादी चिमटे को देखकर होंगी। तीन पैसों ही में तो उसे सब-कुछ करना था और उन पैसों के इस उपयोग पर पछतावे की बिलकुल ज़रूरत न थी। फिर अब तो चिमटा रुस्तमे-हिन्द है और सभी खिलौनों का बादशाह।

रास्ते में महमूद को भूख लगी। उसके बाप ने केले खाने को दिये। महमूद ने केवल हामिद को साझी बनाया। उसके अन्य मित्र मुँह ताकते रह गये। यह उस चिमटे का प्रसाद था।

3

ग्यारह बजे गाँव में हलचल मच गयी। मेले वाले आ गये। मोहसिन की छोटी बहन दौड़कर भिश्ती उसके हाथ से छीन लिया और मारे ख़ुशी के जा उछली, तो मियाँ भिश्ती नीचे आ रहे और सुरलोक सिधारे। इस पर भाई-बहन में मार-पीट हुई। दोनों ख़ूब रोए। उसकी अम्माँ यह शोर सुनकर बिगड़ी और दोनों को ऊपर से दो-दो चाँटे और लगाए। मियाँ नूरे के वक़ील का अंत उनके प्रतिष्ठानुकूल इससे ज़्यादा गौरवमय हुआ। वक़ील ज़मीन पर या ताक पर तो नहीं बैठ सकता। उसकी मर्यादा का विचार तो करना ही होगा। दीवार में खूँटियाँ गाड़ी गईं। उन पर लकड़ी का एक पटरा रखा गया। पटरे पर काग़ज़ का कालीन बिछाया गया। वक़ील साहब राजा भोज की भाँति सिंहासन पर विराजे। नूरे ने उन्हें पंखा झलना शुरू किया। अदालतों में खर की टट्टियाँ और बिजली के पंखे रहते हैं। क्या यहाँ मामूली पंखा भी न हो! क़ानून की गर्मी दिमाग़ पर चढ़ जाएगी कि नहीं? बाँस का पंखा आया और नूरे हवा करने लगे। मालूम नहीं, पंखे की हवा से या पंखे की चोट से वक़ील साहब स्वर्गलोक से मृत्युलोक में आ रहे और उनका माटी का चोला माटी में मिल गया! फिर बड़े ज़ोर-शोर से मातम हुआ और वक़ील साहब की अस्थि घूरे पर डाल दी गयी।

अब रहा महमूद का सिपाही। उसे चटपट गाँव का पहरा देने का चार्ज मिल गया, लेकिन पुलिस का सिपाही कोई साधारण व्यक्ति तो नहीं, जो अपने पैरों चले। वह पालकी पर चलेगा। एक टोकरी आई, उसमें कुछ लाल रंग के फटे-पुराने चिथड़े बिछाए

गये, जिसमें सिपाही साहब आराम से लेटे। नूरे ने यह टोकरी उठाई और अपने द्वार का चक्कर लगाने लगे। उनके दोनों छोटे भाई सिपाही की तरह 'छोने वाले, जागते लहो' पुकारते चलते हैं। मगर रात तो अँधेरी होनी चाहिए, नूरे को ठोकर लग जाती है। टोकरी उसके हाथ से छूटकर गिर पड़ती है और मियाँ सिपाही अपनी बंदूक लिये ज़मीन पर आ जाते हैं और उनकी एक टाँग में विकार आ जाता है।

महमूद को आज ज्ञात हुआ कि वह अच्छा डाक्टर है। उसको ऐसा मरहम मिल गया है, जिससे वह टूटी टाँग को आनन-फानन जोड़ सकता है। केवल गूलर का दूध चाहिए। गूलर का दूध आता है। टाँग जवाब दे देती है। शल्य-क्रिया असफल हुई, तब उसकी दूसरी टाँग भी तोड़ दी जाती है। अब कम-से-कम एक जगह आराम से बैठ तो सकता है। एक टाँग से तो न चल सकता था, न बैठ सकता था। अब वह सिपाही संन्यासी हो गया है। अपनी जगह पर बैठा-बैठा पहरा देता है। कभी-कभी देवता भी बन जाता है। उसके सिर का झालरदार साफा खुरच दिया गया है। अब उसका जितना रूपांतर चाहो, कर सकते हो। कभी-कभी तो उससे बाट का काम भी लिया जाता है।

अब मियाँ हामिद का हाल सुनिए। अमीना उसकी आवाज़ सुनते ही दौड़ी और उसे गोद में उठाकर प्यार करने लगी। सहसा उसके हाथ में चिमटा देखकर वह चौंकी।

'यह चिमटा कहाँ था?'

'मैंने मोल लिया है।'

'कै पैसे में?

'तीन पैसे दिये।'

अमीना ने छाती पीट ली। यह कैसा बेसमझ लड़का है कि दोपहर हुआ, कुछ खाया न पिया। लाया क्या, चिमटा!

'सारे मेले में तुझे और कोई चीज़ न मिली, जो यह लोहे का चिमटा उठा लाया?'

हामिद ने अपराधी-भाव से कहा—तुम्हारी उँगलियाँ तवे से जल जाती थीं, इसलिये मैंने इसे लिया।

बुढ़िया का क्रोध तुरन्त स्नेह में बदल गया और स्नेह भी वह नहीं, जो प्रगल्भ होता है और अपनी सारी कसक शब्दों में बिखेर देता है। यह मूक स्नेह था, ख़ूब ठोस, रस और स्वाद से भरा हुआ। बच्चे में कितना त्याग, कितना सद्भाव और कितना विवेक है! दूसरों को खिलौने लेते और मिठाई खाते देखकर इसका मन कितना ललचाया होगा? इतना जब्त इससे हुआ कैसे? वहाँ भी इसे अपनी बुढ़िया दादी की याद बनी रही। अमीना का मन गद्गद हो गया।

और अब एक बड़ी विचित्र बात हुई। हामिद के इस चिमटे से भी विचित्र। बच्चे हामिद ने बूढ़े हामिद का पार्ट खेला था। बुढ़िया अमीना बालिका अमीना बन गयी। वह

रोने लगी। दामन फैलाकर हामिद को दुआएँ देती जाती थी और आँसू की बड़ी-बड़ी बूँदें गिराती जाती थी। हामिद इसका रहस्य क्या समझता!

माँ

आज बन्दी छूटकर घर आ रहा है। करुणा ने एक दिन पहले ही घर लीप-पोत रखा था। इन तीन वर्षों में उसने कठिन तपस्या करके जो दस-पाँच रुपये जमा कर रखे थे, वह सब पति के सत्कार और स्वागत की तैयारियों में ख़र्च कर दिए। पति के लिये धोतियों का नया जोड़ा लाई थी, नए कुरते बनवाए थे, बच्चे के लिये नए कोट और टोपी की आयोजना की थी। बार-बार बच्चे को गले लगाती और प्रसन्न होती। अगर इस बच्चे ने सूर्य की भाँति उदय होकर उसके अँधेरे जीवन को प्रदीप्त न कर दिया होता, तो कदाचित् ठोकरों ने उसके जीवन का अन्त कर दिया होता। पति के कारावास-दण्ड के तीन ही महीने बाद इस बालक का जन्म हुआ। उसी का मुँह देख-देखकर करुणा ने यह तीन साल काट दिए थे। वह सोचती–जब मैं बालक को उनके सामने ले जाऊँगी, तो वह कितने प्रसन्न होंगे! उसे देखकर पहले तो चकित हो जायेंगे, फिर गोद में उठा लेंगे और कहेंगे–करुणा, तुमने यह रत्न देकर मुझे निहाल कर दिया। क़ैद के सारे कष्ट बालक की तोतली बातों में भूल जायेंगे, उनकी एक सरल, पवित्र, मोहक दृष्टि हृदय की सारी व्यवस्थाओं को धो डालेगी। इस कल्पना का आनंद लेकर वह फूली न समाती थी।

वह सोच रही थी–आदित्य के साथ बहुत से आदमी होंगे। जिस समय वह द्वार पर पहुँचेंगे, 'जय-जयकार' की ध्वनि से आकाश गूँज उठेगा। वह कितना स्वर्गीय दृश्य होगा! उन आदमियों के बैठने के लिये करुणा ने एक फटा-सा टाट बिछा दिया था, कुछ पान बना दिए थे और बार-बार आशामय नेत्रों से द्वार की ओर ताकती थी। पति की वह सुदृढ़ उदार तेज़पूर्ण मुद्रा बार-बार आँखों में फिर जाती थी। उनकी वे बातें बार-बार याद आती थीं, जो चलते समय उनके मुख से निकलती थीं, उनका वह धैर्य, वह आत्मबल, जो पुलिस के प्रहारों के सामने भी अटल रहा था, वह मुस्कराहट जो उस समय भी उनके अधरों पर खेल रही थी; वह आत्माभिमान, जो उस समय भी उनके मुख से टपक रहा था, क्या करुणा के हृदय से कभी विस्मृत हो सकता था! उसका स्मरण आते ही करुणा के निस्तेज मुख पर आत्मगौरव की लालिमा छा गयी। यही वह अवलम्ब था, जिसने इन तीन वर्षों की घोर यातनाओं में भी उसके हृदय को आश्वासन दिया था। कितनी ही रातें फाकों से गुज़रीं, बहुधा घर में दीपक जलने की नौबत भी न आती थी, पर दीनता के आँसू कभी उसकी आँखों से न गिरे। आज उन सारी विपत्तियों का अन्त हो जाएगा। पति के प्रगाढ़ आलिंगन में वह सब कुछ हँसकर झेल लेगी। वह अनंत निधि पाकर फिर उसे कोई अभिलाषा न रहेगी।

गगन-पथ का चिरगामी पथिक लपका हुआ विश्राम की ओर चला जाता था, जहाँ संध्या ने सुनहरा फर्श सजाया था और उज्ज्वल पुष्पों की सेज बिछा रखी थी। उसी समय करुणा को एक आदमी लाठी टेकता आता दिखाई दिया, मानो किसी जीर्ण मनुष्य

की वेदना-ध्वनि हो। पग-पग पर रुककर खाँसने लगता था। उसका सिर झुका हुआ था, करुणा उसका चेहरा न देख सकती थी, लेकिन चाल-ढाल से कोई बूढ़ा आदमी मालूम होता था; पर एक क्षण में जब वह समीप आ गया, तो करुणा पहचान गयी। वह उसका प्यारा पति ही था, किन्तु शोक! उसकी सूरत कितनी बदल गयी थी। वह जवानी, वह तेज़, वह चपलता, वह सुगठन, सब प्रस्थान कर चुका था। केवल हड्डियों का एक ढाँचा रह गया था। न कोई संगी, न साथी, न यार, न दोस्त। करुणा उसे पह. चानते ही बाहर निकल आई, पर आलिंगन की कामना हृदय में दबाकर रह गयी। सारे मंसूबे धूल में मिल गये। सारा मनोल्लास आँसुओं के प्रवाह में बह गया, विलीन हो गया। आदित्य ने घर में क़दम रखते ही मुस्कराकर करुणा को देखा। पर उस मुस्कान में वेदना का एक संसार भरा हुआ था। करुणा ऐसी शिथिल हो गयी, मानो हृदय का स्पंदन रुक गया हो। वह फटी हुई आँखों से स्वामी की ओर टकटकी बाँधे खड़ी थी, मानो उसे अपनी आँखों पर अब भी विश्वास न आता हो। स्वागत या दुःख का एक शब्द भी उसके मुँह से न निकला। बालक भी गोद में बैठा हुआ सहमी आँखों से इस कंकाल को देख रहा था और माता की गोद में चिपटा जाता था। आख़िर उसने कातर स्वर में कहा—यह तुम्हारी क्या दशा है? बिलकुल पहचाने नहीं जाते!

आदित्य ने उसकी चिन्ता को शांत करने के लिये मुस्कराने की चेष्टा करके कहा—कुछ नहीं, ज़रा दुबला हो गया हूँ। तुम्हारे हाथों का भोजन पाकर फिर स्वस्थ हो जाऊँगा।

करुणा—छी! सूखकर काँटा हो गये। क्या वहाँ भरपेट भोजन नहीं मिला? तुम कहते थे, राजनैतिक आदमियों के साथ बड़ा अच्छा व्यवहार किया जाता है और वह तुम्हारे साथी क्या हो गये, जो तुम्हें आठों पहर घेरे रहते थे और तुम्हारे पसीने की जगह ख़ून बहाने को तैयार रहते थे?

आदित्य की त्योरियों पर बल पड़ गये। बोले—यह बड़ा ही कटु अनुभव है करुणा! मुझे न मालूम था कि मेरे क़ैद होते ही लोग मेरी ओर से यों आँखें फेर लेंगे, कोई बात भी न पूछेगा। राष्ट्र के नाम पर मिटने वालों का यही पुरस्कार है, यह मुझे न मालूम था। जनता अपने सेवकों को बहुत जल्द भूल जाती है, यह तो मैं जानता था, लेकिन अपने सहयोगी और सहायक इतने बेवफ़ा होते हैं, इसका मुझे यह पहला ही अनुभव हुआ। लेकिन मुझे किसी से शिकायत नहीं। सेवा स्वयं अपना पुरस्कार है। मेरी भूल थी कि मैं इसके लिये यश और नाम चाहता था।

करुणा—तो क्या वहाँ भोजन भी न मिलता था?

आदित्य—यह न पूछो करुणा, बड़ी करुण कथा है। बस, यही गनीमत समझो कि जीता लौट आया। तुम्हारे दर्शन बदे थे, नहीं कष्ट तो ऐसे-ऐसे उठाए कि अब तक मुझे प्रस्थान कर जाना चाहिए था। मैं ज़रा लेटूँगा। खड़ा नहीं रहा जाता। दिन-भर में इतनी दूर आया हूँ।

करुणा—चलकर कुछ खा लो, तो आराम से लेटो। (बालक को गोद में उठाकर) बाबूजी हैं बेटा, तुम्हारे बाबूजी। इनकी गोद में जाओ, तुम्हें प्यार करेंगे।

आदित्य ने आँसू-भरी आँखों से बालक को देखा और उनका एक-एक रोम उनका तिरस्कार करने लगा। अपनी जीर्ण दशा पर उन्हें कभी इतना दुःख न हुआ था। ईश्वर की असीम दया से यदि उनकी दशा सँभल जाती, तो वह फिर कभी राष्ट्रीय आन्दोलन के समीप न जाते। इस फूल-से बच्चे को यों संसार में लाकर दरिद्रता की आग में झोंकने का उन्हें क्या अधिकार था? वह अब लक्ष्मी की उपासना करेंगे और अपना क्षुद्र जीवन बच्चे के लालन-पालन के लिये अर्पित कर देंगे। उन्हें इस समय ऐसा ज्ञात हुआ कि बालक उन्हें उपेक्षा की दृष्टि से देख रहा है, मानो कह रहा है—'मेरे साथ आपने कौन-सा कर्तव्य-पालन किया?' उनकी सारी कामना, सारा प्यार बालक को हृदय से लगा देने के लिये अधीर हो उठा, पर हाथ फैल न सके। हाथों में शक्ति ही न थी।

करुणा बालक को लिये हुए उठी और थाली में कुछ भोजन निकालकर लाई। आदित्य ने क्षुधापूर्ण, नेत्रों से थाली की ओर देखा, मानो आज बहुत दिनों के बाद कोई खाने की चीज़ सामने आई है। जानता था कि कई दिनों के उपवास के बाद और आरोग्य की इस गयी-गुज़री दशा में उसे जबान को काबू में रखना चाहिए पर सब्र न कर सका, थाली पर टूट पड़ा और देखते-देखते थाली साफ कर दी। करुणा सशंक हो गयी। उसने दोबारा किसी चीज़ के लिये न पूछा। थाली उठाकर चली गयी, पर उसका दिल कह रहा था—इतना तो कभी न खाते थे।

करुणा बच्चे को कुछ खिला रही थी कि एकाएक कानों में आवाज़ आई—करुणा!

करुणा ने आकर पूछा—क्या तुमने मुझे पुकारा है?

आदित्य का चेहरा पीला पड़ गया था और साँस ज़ोर-ज़ोर से चल रही थी। हाथों के सहारे वहीं टाट पर लेट गये थे। करुणा उनकी यह हालत देखकर घबरा गयी। बोली—जाकर किसी वैद्य को बुला लाऊँ?

आदित्य ने हाथ के इशारे से उसे मना करके कहा—व्यर्थ है करुणा! अब तुमसे छिपाना व्यर्थ है, मुझे तपेदिक हो गया है। कई बार मरते-मरते बच गया हूँ। तुम लोगों के दर्शन बदे थे, इसलिये प्राण न निकलते थे। देखो प्रिये, रोओ मत। करुणा ने सिसकियों को दबाते हुए कहा—मैं वैद्य को लेकर अभी आती हूँ।

आदित्य ने फिर सिर हिलाया—नहीं करुणा, केवल मेरे पास बैठी रहो। अब किसी से कोई आशा नहीं है। डाक्टरों ने जवाब दे दिया है। मुझे तो यह आश्चर्य है कि यहाँ पहुँच कैसे गया। न जाने कौन देवी-शक्ति मुझे वहाँ से खींच लाई। कदाचित् यह इस बुझते हुए दीपक की अन्तिम झलक थी। आह! मैंने तुम्हारे साथ बड़ा अन्याय किया। इसका मुझे हमेशा दुःख रहेगा! मैं तुम्हें कोई आराम न दे सका। तुम्हारे लिये कुछ न कर सका। केवल सोहाग का दाग़ लगाकर और एक बालक के पालन का भार छोड़कर चला जा रहा हूँ। आह!

करुणा ने हृदय को दृढ़ करके कहा—तुम्हें कहीं दर्द तो नहीं है? आग बना लाऊँ? कुछ बताते क्यों नहीं?

आदित्य ने करवट बदलकर कहा—कुछ करने की ज़रूरत नहीं प्रिये! कहीं दर्द नहीं। बस, ऐसा मालूम हो रहा है कि दिल बैठा जाता है, जैसे पानी में डूबा जाता हूँ। जीवन की लीला समाप्त हो रही है। दीपक को बुझते हुए देख रहा हूँ। कह नहीं सकता, कब आवाज़ बन्द हो जाए। जो कुछ कहना है, वह कह डालना चाहता हूँ, क्यों वह लालसा ले जाऊँ। मेरे एक प्रश्न का जवाब दोगी, पूछूँ?

करुणा के मन की सारी दुर्बलता, सारा शोक, सारी वेदना मानो लुप्त हो गयी और उनकी जगह उस आत्मबल का उदय हुआ, जो मृत्यु पर हँसता है और विपत्ति के साँपों से खेलता है। रत्नजड़ित मखमली म्यान में जैसे तेज़ तलवार छिपी रहती है, जल के कोमल प्रवाह में जैसे असीम शक्ति छिपी रहती है, वैसे ही रमणी का कोमल हृदय साहस और धैर्य को अपनी गोद में छिपाए रहता है। क्रोध जैसे तलवार को बाहर खींच लेता है, विज्ञान जैसे जल-शक्ति का उद्‌घाटन कर लेता है, वैसे ही प्रेम रमणी के साहस और धैर्य को प्रदीप्त कर देता है।

करुणा ने पति के सिर पर हाथ रखते हुए कहा—पूछते क्यों नहीं प्यारे!

आदित्य ने करुणा के हाथों के कोमल स्पर्श का अनुभव करते हुए कहा—तुम्हारे विचार में मेरा जीवन कैसा था? बधाई के योग्य? देखो, तुमने मुझसे कभी पर्दा नहीं रखा। इस समय भी स्पष्ट कहना। तुम्हारे विचार में मुझे अपने जीवन पर हँसना चाहिए या रोना चाहिए?

करुणा ने उल्लास के साथ कहा—यह प्रश्न क्यों करते हो प्रियतम? क्या मैंने तुम्हारी उपेक्षा कभी की है? तुम्हारा जीवन देवताओं का-सा जीवन था, निःस्वार्थ, निर्लिप्त और आदर्श! विघ्न-बाधाओं से तंग आकर मैंने तुम्हें कितनी ही बार संसार की ओर खींचने की चेष्टा की है; पर उस समय भी मैं मन में जानती थी कि मैं तुम्हें ऊँचे आसन से गिरा रही हूँ। अगर तुम माया-मोह में फँसे होते, तो कदाचित् मेरे मन को अधिक संतोष होता; लेकिन मेरी आत्मा को वह गर्व और उल्लास न होता, जो इस समय हो रहा है। मैं अगर किसी को बड़े-से-बड़ा आशीर्वाद दे सकती हूँ, तो वह यही होगा कि उसका जीवन तुम्हारे जैसा हो।

यह कहते-कहते करुणा का आभाहीन मुखमंडल ज्योतिर्मय हो गया, मानो उसकी आत्मा दिव्य हो गयी हो। आदित्य ने सगर्व नेत्रों से करुणा को देखकर कहा बस, अब मुझे संतोष हो गया, करुणा, इस बच्चे की ओर से मुझे कोई शंका नहीं है, मैं उसे इससे अधिक कुशल हाथों में नहीं छोड़ सकता। मुझे विश्वास है कि जीवन-भर यह ऊँचा और पवित्र आदर्श सदैव तुम्हारे सामने रहेगा। अब मैं मरने को तैयार हूँ।

2

सात वर्ष बीत गये।

बालक प्रकाश अब दस साल का रूपवान, बलिष्ठ, प्रसन्नमुख कुमार था, बल का तेज़, साहसी और मनस्वी। भय तो उसे छू भी नहीं गया था। करुणा का संतप्त हृदय

उसे देखकर शीतल हो जाता। संसार करुणा को अभागिनी और दीन समझे। वह कभी भाग्य का रोना नहीं रोती। उसने उन आभूषणों को बेच डाला, जो पति के जीवन में उसे प्राणों से प्रिय थे और उस धन से कुछ गायें और भैंसें मोल ले लीं। वह कृषक की बेटी थी, और गो-पालन उसके लिये कोई नया व्यवसाय न था। इसी को उसने अपनी जीविका का साधन बनाया। विशुद्ध दूध कहाँ मयस्सर होता है? सब दूध हाथों-हाथ बिक जाता। करुणा को पहर रात से पहर रात तक काम में लगा रहना पड़ता, पर वह प्रसन्न थी। उसके मुख पर निराशा या दीनता की छाया नहीं, संकल्प और साहस का तेज़ है। उसके एक-एक अंग से आत्मगौरव की ज्योति-सी निकल रही है; आँखों में एक दिव्य प्रकाश है, गंभीर, अथाह और असीम। सारी वेदनाएँ-वैधव्य का शोक और विधि का निर्मम प्रहार—सब उस प्रकाश की गहराई में विलीन हो गया है।

प्रकाश पर वह जान देती है। उसका आनंद, उसकी अभिलाषा, उसका संसार उसका स्वर्ग सब प्रकाश पर न्योछावर है; पर यह मजाल नहीं कि प्रकाश कोई शरारत करे और करुणा आँखें बंद कर ले। नहीं, वह उसके चरित्र की बड़ी कठोरता से देख-भाल करती है। वह प्रकाश की माँ नहीं, माँ-बाप दोनों हैं। उसके पुत्र-स्नेह में माता की ममता के साथ पिता की कठोरता भी मिली हुई है। पति के अन्तिम शब्द अभी तक उसके कानों में गूँज रहे हैं। वह आत्मोल्लास, जो उनके चेहरे पर झलकने लगा था, वह गर्वमय लाली, जो उनकी आँखों में छा गयी थी, अभी तक उसकी आँखों में फिर रही है। निरंतर पति-चिन्तन ने आदित्य को उसकी आँखों में प्रत्यक्ष कर दिया है। वह सदैव उनकी उपस्थिति का अनुभव किया करती है। उसे ऐसा जान पड़ता है कि आदित्य की आत्मा सदैव उसकी रक्षा करती रहती है। उसकी यही हार्दिक अभिलाषा है कि प्रकाश जवान होकर पिता का पथगामी हो।

संध्या हो गयी थी। एक भिखारिन द्वार पर आकर भीख माँगने लगी। करुणा उस समय गउओं को पानी दे रही थी। प्रकाश बाहर खेल रहा था। बालक ही तो ठहरा! शरारत सूझी। घर में गया और कटोरे में थोड़ा-सा भूसा लेकर बाहर निकला। भिखारिन ने अबकी झोली फैला दी। प्रकाश ने भूसा उसकी झोली में डाल दिया और ज़ोर-ज़ोर से तालियाँ बजाता हुआ भागा।

भिखारिन ने अग्निमय नेत्रों से देखकर कहा—वाह रे लाडले! मुझसे हँसी करने चला है! यही माँ-बाप ने सिखाया है! तब तो खूब कुल का नाम जगाओगे!

करुणा उसकी बोली सुनकर बाहर निकल आयी और पूछा—क्या है माता? किसे कह रही हो?

भिखारिन ने प्रकाश की तरफ़ इशारा करके कहा—वह तुम्हारा लड़का है न। देखो, कटोरे में भूसा भरकर मेरी झोली में डाल गया है। चुटकी-भर आटा था, वह भी मिट्टी में मिल गया। कोई इस तरह दुखियों को सताता है? सबके दिन एक-से नहीं रहते! आदमी को घमंड न करना चाहिए।

करुणा ने कठोर स्वर में पुकारा—प्रकाश?

प्रकाश लज्ज़ित न हुआ। अभिमान से सिर उठाए हुए आया और बोला—वह हमारे घर भीख क्यों माँगने आयी है? कुछ काम क्यों नहीं करती?

करुणा ने उसे समझाने की चेष्टा करके कहा—शर्म नहीं आती, उल्टे और आँख दिखाते हो।

प्रकाश—शर्म क्यों आए? यह क्यों रोज़ भीख माँगने आती है? हमारे यहाँ क्या कोई चीज़ मुफ़्त आती है?

करुणा—तुम्हें कुछ न देना था तो सीधे से कह देते; जाओ। तुमने यह शरारत क्यों की?

प्रकाश—उनकी आदत कैसे छूटती?

करुणा ने बिगड़कर कहा—तुम अब पिटोगे मेरे हाथों।

प्रकाश—पिटूँगा क्यों? आप जबरदस्ती पीटेंगी? दूसरे मुल्कों में अगर कोई भीख माँगे, तो क़ैद कर लिया जाए। यह नहीं कि उल्टे भिखमंगों को और शह दी जाए।

करुणा—जो अपंग है, वह कैसे काम करे?

प्रकाश—तो जाकर डूब मरे, जिन्दा क्यों रहती है?

करुणा निरुत्तर हो गयी। बुढ़िया को तो उसने आटा-दाल देकर विदा किया, किन्तु प्रकाश का कुतर्क उसके हृदय में फोड़े के समान टीसता रहा। उसने यह धृष्टता, यह अविनय कहाँ सीखी? रात को भी उसे बार-बार यही ख़याल सताता रहा। आधी रात के समीप एकाएक प्रकाश की नींद टूटी। लालटेन जल रही है और करुणा बैठी रो रही है। उठ बैठा और बोला—अम्माँ, अभी तुम सोई नहीं?

करुणा ने मुँह फेरकर कहा—नींद नहीं आई। तुम कैसे जग गये? प्यास तो नहीं लगी है?

प्रकाश—नहीं अम्माँ, न जाने क्यों आँख खुल गयी—मुझसे आज बड़ा अपराध हुआ, अम्माँ!

करुणा ने उसके मुख की ओर स्नेह के नेत्रों से देखा।

प्रकाश—मैंने आज बुढ़िया के साथ बड़ी नटखट की। मुझे क्षमा करो, फिर कभी ऐसी शरारत न करूँगा।

यह कहकर रोने लगा। करुणा ने स्नेहार्द्र होकर उसे गले लगा लिया और उसके कपोलों का चुम्बन करके बोली—बेटा, मुझे ख़ुश करने के लिये यह कह रहे हो या तुम्हारे मन में सचमुच पछतावा हो रहा है?

प्रकाश ने सिसकते हुए कहा—नहीं, अम्माँ, मुझे दिल से अफसोस हो रहा है। अबकी वह बुढ़िया आएगी, तो मैं उसे बहुत-से पैसे दूँगा।

करुणा का हृदय मतवाला हो गया। ऐसा जान पड़ा, आदित्य सामने खड़े बच्चे को आशीर्वाद दे रहे हैं और कह रहे हैं, करुणा, क्षोभ मत कर, प्रकाश अपने पिता का नाम रोशन करेगा। तेरी संपूर्ण कामनाएँ पूरी हो जाएँगी।

3

लेकिन प्रकाश के कर्म और वचन में मेल न था और दिनों के साथ उसके चरित्र का अंग प्रत्यक्ष होता जाता था। जहीन था ही, विश्वविद्यालय से उसे वज़ीफ़े मिलते थे, करुणा भी उसकी यथेष्ट सहायता करती थी, फिर भी उसका ख़र्च पूरा न पड़ता था। वह मितव्ययता और सरल जीवन पर विद्वत्ता से भरे हुए व्याख्यान दे सकता था, पर उसका रहन-सहन फैशन के अंधभक्तों से जौ-भर घटकर न था। प्रदर्शन की धुन उसे हमेशा सवार रहती थी। उसके मन और बुद्धि में निरंतर द्वन्द्व होता रहता था। मन जाति की ओर थ, बुद्धि अपनी ओर। बुद्धि मन को दबाए रहती थी। उसके सामने मन की एक न चलती थी। जाति-सेवा ऊसर की खेती है, वहाँ बड़े-से-बड़ा उपहार जो मिल सकता है, वह है गौरव और यश; पर वह भी स्थायी नहीं, इतना अस्थिर कि क्षण में जीवन-भर की कमाई पर पानी फिर सकता है। अतएव उसका अन्तःकरण अनिवार्य वेग के साथ विलासमय जीवन की ओर झुकता था। यहाँ तक कि धीरे-धीरे उसे त्याग और निग्रह से घृणा होने लगी। वह दुरावस्था और दरिद्रता को हेय समझता था। उसके हृदय न था, भाव न थे, केवल मस्तिष्क था। मस्तिष्क में दर्द कहाँ? वहाँ तो तर्क हैं, मनसूबे हैं।

सिन्ध में बाढ़ आई। हज़ारों आदमी तबाह हो गये। विद्यालय ने वहाँ एक सेवा समिति भेजी। प्रकाश के मन में द्वन्द्व होने लगा—जाऊँ या न जाऊँ? इतने दिनों अगर वह परीक्षा की तैयारी करे, तो प्रथम श्रेणी में पास हो। चलते समय उसने बीमारी का बहाना कर दिया। करुणा ने लिखा, तुम सिन्ध न गये, इसका मुझे दुख है। तुम बीमार रहते हुए भी वहाँ जा सकते थे समिति में चिकित्सक भी तो थे! प्रकाश ने पत्र का उत्तर न दिया।

उड़ीसा में अकाल पड़ा। प्रजा मक्खियों की तरह मरने लगी। कांग्रेस ने पीड़ितों के लिये एक मिशन तैयार किया। उन्हीं दिनों विद्यालयों ने इतिहास के छात्रों को ऐतिहासिक खोज के लिये लंका भेजने का निश्चय किया। करुणा ने प्रकाश को लिखा—तुम उड़ीसा जाओ। किन्तु प्रकाश लंका जाने को लालायित था। वह कई दिन इसी दुविधा में रहा। अंत को सीलोन ने उड़ीसा पर विजय पाई। करुणा ने अबकी उसे कुछ न लिखा। चुपचाप रोती रही।

सीलोन से लौटकर प्रकाश छुट्टियों में घर गया। करुणा उससे खिंची-खिंची रहीं। प्रकाश मन में लज्जित हुआ और संकल्प किया कि अबकी कोई अवसर आया, तो अम्माँ को अवश्य प्रसन्न करूँगा। यह निश्चय करके वह विद्यालय लौटा। लेकिन यहाँ आते ही फिर परीक्षा की फ़िक्र सवार हो गयी। यहाँ तक कि परीक्षा के दिन आ गये; मगर इम्तहान से फ़ुर्सत पाकर भी प्रकाश घर न गया। विद्यालय के एक अध्यापक कश्मीर सैर करने जा रहे थे। प्रकाश उन्हीं के साथ कश्मीर चल खड़ा हुआ। जब परीक्षा-फल निकला और प्रकाश प्रथम आया, तब उसे घर की याद आई! उसने तुरन्त करुणा को पत्र लिखा और अपने आने की सूचना दी। माता को प्रसन्न करने के लिये

उसने दो-चार शब्द जाति-सेवा के विषय में भी लिखे—अब मैं आपकी आज्ञा का पालन करने को तैयार हूँ। मैंने शिक्षा-सम्बन्धी कार्य करने का निश्चय किया है इसी विचार से मैंने वह विशिष्ट स्थान प्राप्त किया है। हमारे नेता भी तो विद्यालयों के आचार्यों ही का सम्मान करते हैं। अभी तक इन उपाधियों के मोह से वे मुक्त नहीं हुए हैं। हमारे नेता भी योग्यता, सदुत्साह, लगन का उतना सम्मान नहीं करते, जितना उपाधियों का! अब मेरी इज़्ज़त करेंगे और जिम्मेदारी का काम सौंपेंगे, जो पहले माँगे भी न मिलता।

करुणा की आस फिर बँधी।

4

विद्यालय खुलते ही प्रकाश के नाम रजिस्ट्रार का पत्र पहुँचा। उन्होंने प्रकाश का इंग्लैंड जाकर विद्याभ्यास करने के लिये सरकारी वज़ीफ़े की मंज़ूरी की सूचना दी थी। प्रकाश पत्र हाथ में लिये हर्ष के उन्माद में जाकर माँ से बोला—अम्माँ, मुझे इंग्लैंड जाकर पढ़ने के लिये सरकारी वज़ीफ़ा मिल गया।

करुणा ने उदासीन भाव से पूछा—तो तुम्हारा क्या इरादा है?

प्रकाश—मेरा इरादा? ऐसा अवसर पाकर भला कौन छोड़ता है!

करुणा—तुम तो स्वयंसेवकों में भरती होने जा रहे थे?

प्रकाश—तो आप समझती हैं, स्वयंसेवक बन जाना ही जाति-सेवा है? मैं इंग्लैंड से आकर भी तो सेवा-कार्य कर सकता हूँ और अम्माँ, सच पूछो, तो एक मजिस्ट्रेट अपने देश का जितना उपकार कर सकता है, उतना एक हज़ार स्वयंसेवक मिलकर भी नहीं कर सकते। मैं तो सिविल सर्विस की परीक्षा में बैठूँगा और मुझे विश्वास है कि सफल हो जाऊँगा। करुणा ने चकित होकर पूछा—तो क्या तुम मजिस्ट्रेट हो जाओगे?

प्रकाश—सेवा-भाव रखने वाला एक मजिस्ट्रेट कांग्रेस के एक हज़ार सभापतियों से ज़्यादा उपकार कर सकता है। अख़बारों में उसकी लम्बी-लम्बी तारीफ़ें न छपेंगी, उसकी वक्तृताओं पर तालियाँ न बजेंगी, जनता उसके जुलूस की गाड़ी न खींचेगी और न विद्यालयों के छात्र उसको अभिनंदन-पत्र देंगे; पर सच्ची सेवा मजिस्ट्रेट ही कर सकता है।

करुणा ने आपत्ति के भाव से कहा—लेकिन यही मजिस्ट्रेट तो जाति के सेवकों को सज़ाएँ देते हैं, उन पर गोलियाँ चलाते हैं?

प्रकाश—अगर मजिस्ट्रेट के हृदय में परोपकार का भाव है, तो वह नरमी से वही काम करता है, जो दूसरे गोलियाँ चलाकर भी नहीं कर सकते।

करुणा—मैं यह नहीं मानूँगी। सरकार अपने नौकरों को इतनी स्वाधीनता नहीं देती। वह एक नीति बना देती है और हर एक सरकारी नौकर को उसका पालन करना पड़ता है। सरकार की पहली नीति यह है कि वह दिन-दिन अधिक संगठित और दृढ़ हों। इसके लिये स्वाधीनता के भावों का दमन करना ज़रूरी है; अगर कोई मजिस्ट्रेट इस नीति के

विरुद्ध काम करता है, तो वह मजिस्ट्रेट न रहेगा। वह हिन्दुस्तानी था, जिसने तुम्हारे बाबूजी को ज़रा-सी बात पर तीन साल की सज़ा दे दी। इसी सज़ा ने उनके प्राण लिये बेटा, मेरी इतनी बात मानो। सरकारी पदों पर न गिरो। मुझे यह मंज़ूर है कि तुम मोटा खाकर और मोटा पहनकर देश की कुछ सेवा करो, इसके बदले कि तुम हाकिम बन जाओ और शान से जीवन बिताओ। यह समझ लो कि जिस दिन तुम हाकिम की कुर्सी पर बैठोगे, उस दिन से तुम्हारा दिमाग़ हाकिमों का-सा हो जाएगा। तुम यही चाहोगे कि अफ़सरों में तुम्हारी नेकनामी और तरक्की हो। एक गँवारू मिसाल लो। लड़की जब तक मैके में क्वाँरी रहती है, वह अपने को उसी घर की समझती है, लेकिन जिस दिन ससुराल चली जाती है, वह अपने घर को दूसरों का घर समझने लगती है। माँ-बाप, भाई-बंद सब वही रहते हैं, लेकिन वह घर अपना नहीं रहता। यही दुनिया का दस्तूर है।

प्रकाश ने खीझकर कहा–तो क्या आप यही चाहती हैं कि मैं ज़िन्दगी-भर चारों तरफ़ ठोकरें खाता फिरूँ?

करुणा कठोर नेत्रों से देखकर बोली–अगर ठोकर खाकर आत्मा स्वाधीन रह सकती है, तो मैं कहूँगी, ठोकर खाना अच्छा है।

प्रकाश ने निश्चयात्मक भाव से पूछा–तो आपकी यही इच्छा है?

करुणा ने उसी स्वर में उत्तर दिया–हाँ, मेरी यही इच्छा है।

प्रकाश ने कुछ जवाब न दिया। उठकर बाहर चला गया और तुरन्त रजिस्ट्रार को इनकारी-पत्र लिख भेजा; मगर उसी क्षण से मानो उसके सिर पर विपत्ति ने आसन जमा लिया। विरक्त और विमन अपने कमरे में पड़ा रहता, न कहीं घूमने जाता, न किसी से मिलता। मुँह लटकाए भीतर आता और फिर बाहर चला जाता, यहाँ तक महीना गुज़र गया। न चेहरे पर वह लाली रही, न वह ओज; आँखें अनाथों के मुख की भाँति याचना से भरी हुई, ओठ हँसना भूल गये, मानो उन इनकारी-पत्र के साथ उसकी सारी सजीवता और चपलता, सारी सरलता बिदा हो गयी। करुणा उसके मनोभाव समझती थी और उसके शोक को भुलाने की चेष्टा करती थी, पर रूठे देवता प्रसन्न न होते थे। आख़िर एक दिन उसने प्रकाश से कहा–बेटा, अगर तुमने विलायत जाने की ठान ही ली है, तो चले जाओ। मना न करूँगी। मुझे खेद है कि मैंने तुम्हें रोका। अगर मैं जानती कि तुम्हें इतना आघात पहुँचेगा, तो कभी न रोकती। मैंने तो केवल इस विचार से रोका था कि तुम्हें जाति-सेवा में मग्न देखकर तुम्हारे बाबूजी की आत्मा प्रसन्न होगी। उन्होंने चलते समय यही वसीयत की थी।

प्रकाश ने रूखाई से जवाब दिया–अब क्या जाऊँगा! इनकारी-खत लिख चुका। मेरे लिये कोई अब तक बैठा थोड़े ही होगा। कोई दूसरा लड़का चुन लिया होगा और फिर करना ही क्या है? जब आपकी मर्ज़ी है कि गाँव-गाँव की खाक छानता फिरूँ, तो वही सही।

करुणा का गर्व चूर-चूर हो गया। इस अनुमति से उसने बाधा का काम लेना चाहा था; पर सफल न हुई। बोली–अभी कोई न चुना गया होगा। लिख दो, मैं जाने को तैयार हूँ।

प्रकाश ने झुँझलाकर कहा—अब कुछ नहीं हो सकता। लोग हँसी उड़ाएँगे। मैंने तय कर लिया है कि जीवन को आपकी इच्छा के अनुकूल बनाऊँगा।

करुणा—तुमने अगर शुद्ध मन से यह इरादा किया होता, तो यों न रहते। तुम मुझसे सत्याग्रह कर रहे हो; अगर मन को दबाकर, मुझे अपनी राह का काँटा समझकर तुमने मेरी इच्छा पूरी भी की, तो क्या? मैं तो जब जानती कि तुम्हारे मन में आप-ही-आप सेवा का भाव उत्पन्न होता। तुम आप ही रजिस्ट्रार साहब को पत्र लिख दो।

प्रकाश—अब मैं नहीं लिख सकता।

'तो इसी शोक में तने बैठे रहोगे?'

'लाचारी है।'

करुणा ने और कुछ न कहा। ज़रा देर में प्रकाश ने देखा कि वह कहीं जा रही है; मगर वह कुछ बोला नहीं। करुणा के लिये बाहर आना-जाना कोई असाधारण बात न थी; लेकिन जब संध्या हो गयी और करुणा न आयी, तो प्रकाश को चिन्ता होने लगी। अम्माँ कहाँ गयीं? यह प्रश्न बार-बार उसके मन में उठने लगा।

प्रकाश सारी रात द्वार पर बैठा रहा। भाँति-भाँति की शंकाएँ मन में उठने लगीं। उसे अब याद आया, चलते समय करुणा कितनी उदास थी; उसकी आँखें कितनी लाल थीं। यह बातें प्रकाश को उस समय क्यों न नज़र आई? वह क्यों स्वार्थ में अंधा हो गया था?

हाँ, अब प्रकाश को याद आया—माता ने साफ-सुथरे कपड़े पहने थे। उनके हाथ में छतरी भी थी। तो क्या वह कहीं बहुत दूर गयी हैं? किससे पूछे? अनिष्ट के भय से प्रकाश रोने लगा।

श्रावण की अँधेरी भयानक रात थी। आकाश में श्याम मेघमालाएँ, भीषण स्वप्न की भाँति छाई हुई थीं। प्रकाश रह-रहकर आकाश की ओर देखता था, मानो करुणा उन्हीं मेघमालाओं में छिपी बैठी है। उसने निश्चय किया, सवेरा होते ही माँ को खोजने चलूँगा और अगर...

किसी ने द्वार खटखटाया। प्रकाश ने दौड़कर खोला, तो देखा, करुणा खड़ी है। उसका मुख-मंडल इतना खोया हुआ, इतना करुण था, जैसे आज ही उसका सोहाग उठ गया है, जैसे संसार में अब उसके लिये कुछ नहीं रहा, जैसे वह नदी के किनारे खड़ी अपनी लदी हुई नाव को डूबते देख रही है और कुछ कर नहीं सकती।

प्रकाश ने अधीर होकर पूछा—अम्माँ कहाँ चली गयी थीं? बहुत देर लगाई?

करुणा ने भूमि की ओर ताकते हुए जवाब दिया—एक काम से गयी थी। देर हो गयी।

यह कहते हुए उसने प्रकाश के सामने एक बंद लिफाफा फेंक दिया। प्रकाश ने उत्सुक होकर लिफाफा उठा लिया। ऊपर ही विद्यालय की मुहर थी। तुरन्त ही लिफाफा खोलकर पढ़ा। हलकी-सी लालिमा चेहरे पर दौड़ गयी। पूछा—यह तुम्हें कहाँ मिल गया अम्माँ?

करुणा—तुम्हारे रजिस्ट्रार के पास से लाई हूँ।

'क्या तुम वहाँ चली गयी थी?'

'और क्या करती।'

'कल तो गाड़ी का समय न था?'

'मोटर ले ली थी।'

प्रकाश एक क्षण तक मौन खड़ा रहा, फिर कुंठित स्वर में बोला—जब तुम्हारी इच्छा नहीं है तो मुझे क्यों भेज रही हो? करुणा ने विरक्त भाव से कहा—इसलिये कि तुम्हारी जाने की इच्छा है। तुम्हारा यह मलिन वेश नहीं देखा जाता। अपने जीवन के बीस वर्ष तुम्हारी हितकामना पर अर्पित कर दिए; अब तुम्हारी महत्त्वाकांक्षा की हत्या नहीं कर सकती। तुम्हारी यात्रा सफल हो, यही हमारी हार्दिक अभिलाषा है।

करुणा का कंठ रुँध गया और कुछ न कह सकी।

5

प्रकाश उसी दिन से यात्रा की तैयारियाँ करने लगा। करुणा के पास जो कुछ था, वह सब ख़र्च हो गया। कुछ ऋण भी लेना पड़ा। नए सूट बने, सूटकेस लिये गये। प्रकाश अपनी धुन में मस्त था। कभी किसी चीज़ की फरमाइश लेकर आता, कभी किसी चीज़ का।

करुणा इस एक सप्ताह में इतनी दुर्बल हो गयी है, उसके बालों पर कितनी सफेदी आ गयी है, चेहरे पर कितनी झुर्रियाँ पड़ गयी हैं, यह उसे कुछ न नज़र आता। उसकी आँखों में इंग्लैंड के दृश्य समाए हुए थे। महत्त्वाकांक्षा आँखों पर पर्दा डाल देती है।

प्रस्थान का दिन आया। आज कई दिनों के बाद धूप निकली थी। करुणा स्वामी के पुराने कपड़ों को बाहर निकाल रही थी। उनकी गाढ़े की चादरें, खद्दर के कुरते, पाजामें और लिहाफ अभी तक सन्दूक में संचित थे। प्रतिवर्ष वे धूप में सुखाये जाते और झाड़-पोंछकर रख दिए जाते थे। करुणा ने आज फिर उन कपड़ों को निकाला, मगर सुखाकर रखने के लिये नहीं ग़रीबों में बाँट देने के लिये। वह आज पति से नाराज़ है। वह लुटिया, डोर और घड़ी, जो आदित्य की चिरसंगिनी थीं और जिनकी बीस वर्ष से करुणा ने उपासना की थी, आज निकालकर आँगन में फेंक दी गयी; वह झोली जो बरसों आदित्य के कन्धों पर आरूढ़ रह चुकी थी, आप कूड़े में डाल दी गयी; वह चित्र जिसके सामने बीस वर्ष से करुणा सिर झुकाती थी, आज वही निर्दयता से भूमि पर डाल दिया गया। पति का कोई स्मृति-चिह्न वह अब अपने घर में नहीं रखना चाहती। उसका अन्तःकरण शोक और निराशा से विदीर्ण हो गया है और पति के सिवा वह किस पर क्रोध उतारे? कौन उसका अपना है? वह किससे अपनी व्यथा कहे? किसे अपनी छाती चीरकर दिखाए? वह होते तो क्या आप प्रकाश दासता की जंजीर गले में डालकर फूला न समाता? उसे कौन समझाए कि आदित्य भी इस अवसर पर पछताने के सिवा और कुछ न कर सकते।

प्रकाश के मित्रों ने आज उसे विदाई का भोज दिया था। वहाँ से वह संध्या समय कई मित्रों के साथ मोटर पर लौटा। सफ़र का सामान मोटर पर रख दिया गया, तब

वह अन्दर आकर माँ से बोला–अम्माँ, जाता हूँ। बम्बई पहुँचकर पत्र लिखूँगा। तुम्हें मेरी कसम, रोना मत और मेरे खतों का जवाब बराबर देना।

जैसे किसी लाश को बाहर निकालते समय सम्बन्धियों का धैर्य छूट जाता है, रुके हुए आँसू निकल पड़ते हैं और शोक की तरंगें उठने लगती हैं, वही दशा करुणा की हुई। कलेजे में एक हाहाकार हुआ, जिसने उसकी दुर्बल आत्मा के एक-एक अणु को कँपा दिया। मालूम हुआ, पाँव पानी में फिसल गया है और वह लहरों में बही जा रही है। उसके मुख से शोक या आशीर्वाद का एक शब्द भी न निकला। प्रकाश ने उसके चरण छुए, अश्रू-जल से माता के चरणों को पखारा, फिर बाहर चला। करुणा पाषाण मूर्ति की भाँति खड़ी थी।

सहसा ग्वाले ने आकर कहा–बहूजी, भइया चले गये। बहुत रोते थे।

तब करुणा की समाधि टूटी। देखा, सामने कोई नहीं है। घर में मृत्यु का-सा सन्नाटा छाया हुआ है, और मानो हृदय की गति बन्द हो गयी है।

सहसा करुणा की दृष्टि ऊपर उठ गयी। उसने देखा कि आदित्य अपनी गोद में प्रकाश की निर्जीव देह लिये खड़े हो रहे हैं। करुणा पछाड़ खाकर गिर पड़ी।

6

करुणा जीवित थी, पर संसार से उसका कोई नाता न था। उसका छोटा-सा संसार, जिसे उसने अपनी कल्पनाओं के हृदय में रचा था, स्वप्न की भाँति अनन्त में विलीन हो गया था। जिस प्रकाश को सामने देखकर वह जीवन की अँधेरी रात में भी हृदय में आशाओं की सम्पत्ति लिये जी रही थी, वह बुझ गया और सम्पत्ति लुट गयी। अब न कोई आश्रय था और न उसकी ज़रूरत। जिन गउओं को वह दोनों वक्त अपने हाथों से दाना-चारा देती और सहलाती थी, वे अब खूँटे पर बँधी निराश नेत्रों से द्वार की ओर ताकती रहती थीं। बछड़ों को गले लगाकर पुचकारने वाला अब कोई न था, जिसके लिये दूध दुहे, मट्ठा निकाले। खानेवाला कौन था? करुणा ने अपने छोटे से संसार को अपने ही अन्दर समेट लिया था। किन्तु एक ही सप्ताह में करुणा के जीवन ने फिर रंग बदला। उसका छोटा-सा संसार फैलते-फैलते विश्वव्यापी हो गया। जिस लंगर ने नौका को तट से एक केन्द्र पर बाँध रखा था, वह उखड़ गया। अब नौका सागर के अशेष विस्तार में भ्रमण करेगी, चाहे वह उद्दाम तरंगों के वक्ष में ही क्यों न विलीन हो जाए।

करुणा द्वार पर आ बैठती और मुहल्ले-भर के लड़कों को जमा करके दूध पिलाती। दोपहर तक मक्खन निकालती और वह मक्खन मुहल्ले के लड़के खाते। फिर भाँति-भाँति के पकवान बनाती और कुत्तों को खिलाती। अब यही उसका नित्य का नियम हो गया। चिड़ियाँ, कुत्ते, बिल्लियाँ चींटे-चीटियाँ सब अपने हो गये। प्रेम का वह द्वार अब किसी के लिये बन्द न था। उस अंगुल-भर जगह में, जो प्रकाश के लिये भी काफी न थी, अब समस्त संसार समा गया था।

एक दिन प्रकाश का पत्र आया। करुणा ने उसे उठाकर फेंक दिया। फिर थोड़ी देर के बाद उसे उठाकर फाड़ डाला और चिड़ियों को दाना चुगाने लगी; मगर जब निशा-योगिनी ने अपनी धूनी जलायी और वेदनाएँ उससे वरदान माँगने के लिये विकल हो-होकर चलीं, तो करुणा की मनोवेदना भी सजग हो उठी–प्रकाश का पत्र पढ़ने के लिये उसका मन व्याकुल हो उठा। उसने सोचा, प्रकाश मेरा कौन है? मेरा उससे क्या प्रयोजन? हाँ, प्रकाश मेरा कौन है? हृदय ने उत्तर दिया, प्रकाश तेरा सर्वस्व है, वह तेरे उस अमर प्रेम की निशानी है, जिससे तू सदैव के लिये वंचित हो गयी। वह तेरा प्राण है, तेरे जीवन-दीपक का प्रकाश, तेरी वंचित कामनाओं का माधुर्य, तेरे अश्रू-जल में विहार करने वाला हंस। करुणा उस पत्र के टुकड़ों को जमा करने लगी, माना उसके प्राण बिखर गये हों। एक-एक टुकड़ा उसे अपने खोये हुए प्रेम का एक पदचिह्न-सा मालूम होता था। जब सारे पुरजे जमा हो गये, तो करुणा दीपक के सामने बैठकर उसे जोड़ने लगी, जैसे कोई वियोगी हृदय प्रेम के टूटे हुए तारों को जोड़ रहा हो। हाय री ममता! वह अभागिन सारी रात उन पुरजों को जोड़ने में लगी रही। पत्र दोनों ओर लिखा था, इसलिये पुरजों को ठीक स्थान पर रखना और भी कठिन था। कोई शब्द, कोई वाक्य बीच में गायब हो जाता। उस एक टुकड़े को वह फिर खोजने लगती। सारी रात बीत गयी, पर पत्र अभी तक अपूर्ण था।

दिन चढ़ आया, मुहल्ले के लौंडे मक्खन और दूध की चाह में एकत्र हो गये, कुत्तों ओर बिल्लियों का आगमन हुआ, चिड़ियाँ आ-आकर आँगन में फुदकने लगीं, कोई ओखली पर बैठी, कोई तुलसी के चौंतरे पर; पर करुणा को सिर उठाने तक की फ़ुर्सत नहीं।

दोपहर हुआ, करुणा ने सिर न उठाया। न भूख थी, न प्यास। फिर संध्या हो गयी। पर वह पत्र अभी तक अधूरा था। पत्र का आशय समझ में आ रहा था–प्रकाश का जहाज़ कहीं-से-कहीं जा रहा है। उसके हृदय में कुछ उठा हुआ है। क्या उठा हुआ है, यह करुणा न सोच सकी? करुणा पुत्र की लेखनी से निकले हुए एक-एक शब्द को पढ़ना और उसे हृदय पर अंकित कर लेना चाहती थी।

इस भाँति तीन दिन गुज़र गये। संध्या हो गयी थी। तीन दिन की जागी आँखें ज़रा झपक गयी। करुणा ने देखा, एक लम्बा-चौड़ा कमरा है, उसमें मेजें और कुर्सियाँ लगी हुई हैं, बीच में ऊँचे मंच पर कोई आदमी बैठा हुआ है। करुणा ने ध्यान से देखा, प्रकाश था।

एक क्षण में एक क़ैदी उसके सामने लाया गया, उसके हाथ-पाँव में जंजीर थी, कमर झुकी हुई, यह आदित्य थे। करुणा की आँखें खुल गईं। आँसू बहने लगे। उसने पत्र के टुकड़ों को फिर समेट लिया और उसे जलाकर राख कर डाला। राख की एक चुटकी के सिवाय वहाँ कुछ न रहा, जो उसके हृदय में विदीर्ण किए डालती थी। इसी एक चुटकी राख में उसका गुड़ियोंवाला बचपन, उसका संतप्त यौवन और उसका तृष्णामय वैधव्य सब समा गया।

प्रातःकाल लोगों ने देखा, पक्षी पिंजड़े से उड़ चुका था! आदित्य का चित्र अब भी उसके शून्य हृदय से चिपटा हुआ था। भग्नहृदय पति की स्नेह-स्मृति में विश्राम कर रहा था और प्रकाश का जहाज़ योरप चला जा रहा था।

बेटोंवाली विधवा

पंडित अयोध्यानाथ का देहांत हुआ तो सबने कहा, ईश्वर आदमी को ऐसी ही मौत दे। चार जवान बेटे थे, एक लड़की। चारों लड़कों के विवाह हो चुके थे, केवल लड़की क्वाँरी थी। संपत्ति भी काफी छोड़ी थी। एक पक्का मकान, दो बगीचे, कई हज़ार के गहने और बीस हज़ार नकद। विधवा फूलमती को शोक तो हुआ और कई दिन तक बेहाल पड़ी रही, लेकिन जवान बेटों को सामने देखकर उसे ढाढ़स हुआ। चारों लड़के एक से एक सुशील, चारों बहुएँ एक से एक बढ़कर आज्ञाकारिणी। जब वह रात को लेटती, तो चारों बारी-बारी से उसके पाँव दबातीं; वह स्नान करके उठती, तो उसकी साड़ी छाँटतीं। सारा घर उसके इशारे पर चलता था। बड़ा लड़का कामतानाथ, एक दफ़्तर में 50 रु. पर नौकर था, छोटा उमानाथ, डॉक्टरी पास कर चुका था और कहीं औषधालय खोलने की फ़िक्र में था, तीसरा दयानाथ, बी. ए. में फेल हो गया था और पत्रिकाओं में लेख लिखकर कुछ न कुछ कमा लेता था, चौथा सीतानाथ, चारों में सबसे कुशाग्र बुद्धि और होनहार था और अबकी साल बी. ए. प्रथम श्रेणी में पास करके एम. ए. की तैयारी में लगा हुआ था। किसी लड़के में वह दुर्व्यसन, वह छैलापन, वह लुटाऊपन न था, जो माता-पिता को जलाता और कुल मर्यादा को डुबाता है। फूलमती घर की मालकिन थी। पर कुंजियाँ बड़ी बहू के पास रहती थीं–बुढ़िया में वह अधिकार प्रेम न था, जो वृद्धजनों को कटु और कलहशील बना दिया करता है; किन्तु उसकी इच्छा के बिना कोई बालक मिठाई तक न मँगा सकता था।

संध्या हो गयी थी। पंडित को मरे आज बारहवाँ दिन था। कल तेरहीं है। ब्रह्मभोज होगा। बिरादरी के लोग निमंत्रित होंगे। उसी की तैयारियाँ हो रही थीं। फूलमती अपनी कोठरी में बैठी देख रही थी, पल्लेदार बोरे में आटा लाकर रख रहे हैं। घी के टिन आ रहे हैं। शाक-भाजी के टोकरे, शक्कर की बोरियाँ, दही के मटके चले आ रहे हैं। महापात्र के लिये दान की चीज़ें लायी गयीं–बर्तन, कपड़े, पलंग, बिछावन, छाते, जूते, छड़ियाँ, लालटेनें आदि; किन्तु फूलमती को कोई चीज़ नहीं दिखायी गयी। नियमानुसार ये सब सामान उसके पास आने चाहिए थे। वह प्रत्येक वस्तु को देखती, उसे पसंद करती, उसकी मात्रा में कमी-बेशी का फैसला करती; तब इन चीज़ों को भंडारे में रखा जाता। क्यों उसे दिखाने और उसकी राय लेने की ज़रूरत नहीं समझी गयी? अच्छा वह आटा तीन ही बोरा क्यों आया? उसने तो पाँच बोरों के लिये कहा था। घी भी पाँच ही कनस्तर है। उसने तो दस कनस्तर मँगवाए थे। इसी तरह शाक-भाजी, शक्कर, दही आदि में भी कमी की गयी होगी। किसने उसके हुक्म में हस्तक्षेप किया? जब उसने एक बात तय कर दी, तब किसे उसको घटाने-बढ़ाने का अधिकार है?

आज चालीस वर्षों से घर के प्रत्येक मामले में फूलमती की बात सर्वमान्य थी। उसने सौ कहा तो सौ ख़र्च किये गये, एक कहा तो एक। किसी ने मीनमेख न की। यहाँ तक कि पं. अयोध्यानाथ भी उसकी इच्छा के विरुद्ध कुछ न करते थे; पर आज उसकी आँखों के सामने प्रत्यक्ष रूप से उसके हुक्म की उपेक्षा की जा रही है! इसे वह क्योंकर स्वीकार कर सकती? कुछ देर तक तो वह जब्त किये बैठी रही; पर अंत में न रहा गया। स्वायत्त शासन उसका स्वभाव हो गया था। वह क्रोध में भरी हुई आई और कामतानाथ से बोली–'क्या आटा तीन ही बोरे लाये? मैंने तो पाँच बोरों के लिये कहा था और घी भी पाँच ही टिन मँगवाया! तुम्हें याद है, मैंने दस कनस्तर कहा था? किफ़ायत को मैं बुरा नहीं समझती; लेकिन जिसने यह कुआँ खोदा, उसी की आत्मा पानी को तरसे, यह कितनी लज़्ज़ा की बात है!'

कामतानाथ ने क्षमा-याचना न की, अपनी भूल भी स्वीकार न की, लज़्ज़ित भी नहीं हुआ। एक मिनट तो विद्रोही भाव से खड़ा रहा, फिर बोला–'हम लोगों की सलाह तीन ही बोरों की हुई और तीन बोरे के लिये पाँच टिन घी काफी था। इसी हिसाब से और चीज़ें भी कम कर दी गयी हैं।'

फूलमती उग्र होकर बोली–'किसकी राय से आटा कम किया गया?'

'हम लोगों की राय से।'

'तो मेरी राय कोई चीज़ नहीं है?'

'है क्यों नहीं; लेकिन अपना हानि-लाभ तो हम समझते हैं?'

फूलमती हक्की-बक्की होकर उसका मुँह ताकने लगी। इस वाक्य का आशय उसकी समझ में न आया। अपना हानि-लाभ! अपने घर में हानि-लाभ की ज़िम्मेदार वह आप है। दूसरों को, चाहे वे उसके पेट के जन्मे पुत्र ही क्यों न हों, उसके कामों में हस्तक्षेप करने का क्या अधिकार? यह लौंडा तो इस ढिठाई से जवाब दे रहा है, मानो घर उसी का है, उसी ने मर-मरकर गृहस्थी जोड़ी है, मैं तो ग़ैर हूँ! ज़रा इसकी हेकड़ी तो देखो।

उसने तमतमाये हुए मुख से कहा–'मेरे हानि-लाभ के ज़िम्मेदार तुम नहीं हो। मुझे अख़्तियार है, जो उचित समझूँ, वह करूँ। अभी जाकर दो बोरे आटा और पाँच टिन घी और लाओ और आगे के लिये ख़बरदार, जो किसी ने मेरी बात काटी।'

अपने विचार में उसने काफी तंबीह कर दी थी। शायद इतनी कठोरता अनावश्यक थी। उसे अपनी उग्रता पर खेद हुआ। लड़के ही तो हैं, समझे होंगे कुछ किफ़ायत करनी चाहिए। मुझसे इसलिये न पूछा होगा कि अम्माँ तो ख़ुद हरेक काम में किफ़ायत करती हैं। अगर इन्हें मालूम होता कि इस काम में मैं किफ़ायत पसंद न करूँगी, तो कभी इन्हें मेरी उपेक्षा करने का साहस न होता। यद्यपि कामतानाथ अब भी उसी जगह खड़ा था और उसकी भाव-भंगिमा से ऐसा ज्ञात होता था कि इस आज्ञा का पालन करने के लिये वह बहुत उत्सुक नहीं, पर फूलमती निश्चिंत होकर अपनी कोठरी में चली गयी।

इतनी तंबीह पर भी किसी को उसकी अवज्ञा करने की सामर्थ्य हो सकती है, इसकी संभावना का ध्यान भी उसे न आया।

पर ज्यों-ज्यों समय बीतने लगा, उस पर यह हक़ीक़त खुलने लगी कि इस घर में अब उसकी वह हैसियत नहीं रही, जो दस बारह दिन पहले थी। संबंधियों के यहाँ के नेवते में शक्कर, मिठाई, दही, अचार आदि आ रहे थे। बड़ी बहू इन वस्तुओं को स्वामिनी भाव से सँभाल-सँभालकर रख रही थी। कोई भी उससे पूछने नहीं आता। बिरादरी के लोग जो कुछ पूछते हैं, कामतानाथ से या बड़ी बहू से। कामतानाथ कहाँ का बड़ा इंतज़ामकार है, रात-दिन भंग पिये पड़ा रहता है किसी तरह रो-धोकर दफ़्तर चला जाता है। उसमें भी महीने में पंद्रह नागों से कम नहीं होते। वह तो कहो, साहब पंडित जी का लिहाज़ करता है, नहीं अब तक कभी का निकाल देता और बड़ी बहू जैसी फूहड़ औरत भला इन सब बातों को क्या समझेगी! अपने कपड़े-लत्ते तक तो जतन से रख नहीं सकती, चली है गृहस्थी चलाने! भद होगी और क्या? सब मिलकर कुल की नाक कटवायेंगे। वक्त पर कोई-न-कोई चीज़ कम हो जायेगी। इन कामों के लिये बड़ा अनुभव चाहिए। कोई चीज़ तो इतनी बन जाएगी कि मारी-मारी फिरेगी। कोई चीज़ इतनी कम बनेगी कि किसी पत्तल पर पहुँचेगी, किसी पर नहीं। आख़िर इन सबों को हो क्या गया है! अच्छा, बहू तिजोरी क्यों खोल रही है? वह मेरी आज्ञा के बिना तिजोरी खोलने वाली कौन होती है? कुंजी उसके पास है अवश्य; लेकिन जब तक मैं रुपये न निकलवाऊँ, तिजोरी नहीं खुलती। आज तो इस तरह खोल रही है, मानो मैं कुछ हूँ ही नहीं। यह मुझसे न बर्दाश्त होगा!

वह झमककर उठी और बहू के पास जाकर कठोर स्वर में बोली–'तिजोरी क्यों खोलती हो बहू, मैंने तो खोलने को नहीं कहा?'

बड़ी बहू ने निःसंकोच भाव से उत्तर दिया–'बाज़ार से सामान आया है, तो दाम न दिया जाएगा।'

'कौन चीज़ किस भाव में आई है और कितनी आई है, यह मुझे कुछ नहीं मालूम! जब तक हिसाब-किताब न हो जाए, रुपये कैसे दिए जायें?'

'हिसाब किताब सब हो गया है।'

'किसने किया?'

'अब मैं क्या जानूँ किसने किया? जाकर मरदों से पूछो! मुझे हुक्म मिला, रुपये लाकर दे दो, रुपये लिये जाती हूँ!'

फूलमती खून का घूँट पीकर रह गयी। इस वक्त बिगड़ने का अवसर न था। घर में मेहमान स्त्री-पुरुष भरे हुए थे। अगर इस वक्त उसने लड़कों को डाँटा, तो लोग यही कहेंगे कि इनके घर में पंडित जी के मरते ही फूट पड़ गयी। दिल पर पत्थर रखकर फिर अपनी कोठरी में चली गयी। जब मेहमान विदा हो जायेंगे, तब वह एक-एक की ख़बर लेगी। तब देखेगी, कौन उसके सामने आता है और क्या कहता है। इनकी सारी चौकड़ी भुला देगी।

किन्तु कोठरी के एकांत में भी वह निश्चिंत न बैठी थी। सारी परिस्थिति को गिद्ध दृष्टि से देख रही थी, कहाँ सत्कार का कौन-सा नियम भंग होता है, कहाँ मर्यादाओं की उपेक्षा की जाती है। भोज आरम्भ हो गया। सारी बिरादरी एक साथ पंगत में बैठा दी गयी। आँगन में मुश्किल से दो सौ आदमी बैठ सकते हैं। ये पाँच सौ आदमी इतनी-सी जगह में कैसे बैठ जायेंगे? क्या आदमी के ऊपर आदमी बिठाए जायेंगे? दो पंगतों में लोग बिठाये जाते तो क्या बुराई हो जाती? यही तो होता कि बारह बजे की जगह भोज दो बजे समाप्त होता; मगर यहाँ तो सबको सोने की जल्दी पड़ी हुई है। किसी तरह यह बला सिर से टले और चैन से सोयें! लोग कितने सटकर बैठे हुए हैं कि किसी को हिलने की भी जगह नहीं। पत्तल एक-पर-एक रखे हुए हैं। पूरियाँ ठंडी हो गयीं। लोग गरम-गरम माँग रहे हैं। मैदे की पूरियाँ ठंडी होकर चिमड़ी हो जाती हैं। इन्हें कौन खायेगा? रसोइये को कढ़ाव पर से न जाने क्यों उठा दिया गया? यही सब बातें नाक काटने की हैं।

सहसा शोर मचा, तरकारियों में नमक नहीं। बड़ी बहू जल्दी-जल्दी नमक पीसने लगी। फूलमती क्रोध के मारे ओठ चबा रही थी, पर इस अवसर पर मुँह न खोल सकती थी। नमक पिसा और पत्तलों पर डाला गया। इतने में फिर शोर मचा-पानी गरम है, ठंडा पानी लाओ! ठंडे पानी का कोई प्रबन्ध न था, बर्फ़ भी न मँगाई गयी। आदमी बाज़ार दौड़ाया गया, मगर बाज़ार में इतनी रात गये बर्फ़ कहाँ? आदमी खाली हाथ लौट आया। मेहमानों को वही नल का गरम पानी पीना पड़ा। फूलमती का बस चलता, तो लड़कों का मुँह नोंच लेती। ऐसी छीछालेदर उसके घर में कभी न हुई थी। उस पर सब मालिक बनने के लिये मरते हैं। बर्फ़ जैसी ज़रूरी चीज़ मँगवाने की भी किसी को सुधि न थी! सुधि कहाँ से रहे-जब किसी को गप लड़ाने से फ़ुर्सत मिले। मेहमान अपने दिल में क्या कहेंगे कि चले हैं बिरादरी को भोज देने और घर में बर्फ़ तक नहीं!

अच्छा, फिर यह हलचल क्यों मच गयी? अरे, लोग पंगत से उठे जा रहे हैं। क्या मामला है?

फूलमती उदासीन न रह सकी। कोठरी से निकलकर बरामदे में आयी और कामतानाथ से पूछा-'क्या बात हो गयी लल्ला? लोग उठे क्यों जा रहे हैं?' कामता ने कोई जवाब न दिया। वहाँ से खिसक गया। फूलमती झुँझलाकर रह गयी। सहसा कहारिन मिल गयी। फूलमती ने उससे भी यह प्रश्न किया। मालूम हुआ, किसी के शोरबे में मरी हुई चुहिया निकल आयी। फूलमती चित्रलिखित-सी वहीं खड़ी रह गयी। भीतर ऐसा उबाल उठा कि दीवार से सिर टकरा ले! अभागे भोज का प्रबन्ध करने चले थे। इस फूहड़पन की कोई हद है, कितने आदमियों का धर्म सत्यानाश हो गया! फिर पंगत क्यों न उठ जाये? आँखों से देखकर अपना धर्म कौन गँवायेगा? हाँ! सारा किया-धरा मिट्टी में मिल गया। सैकड़ों रुपये पर पानी फिर गया! बदनामी हुई वह अलग।

मेहमान उठ चुके थे। पत्तलों पर खाना ज्यों-का-त्यों पड़ा हुआ था। चारों लड़के आँगन में लज्ज़ित खड़े थे। एक-दूसरे को इलज़ाम दे रहा था। बड़ी बहू अपनी देवरानियों

पर बिगड़ रही थी। देवरानियाँ सारा दोष कुमुद के सिर डालती थी। कुमुद खड़ी रो रही थी। उसी वक्त फूलमती झल्लायी हुई आकर बोली—मुँह में कालिख लगी कि नहीं या अभी कुछ कसर बाकी है? डूब मरो, सब-के-सब जाकर चिल्लू-भर पानी में! शहर में कहीं मुँह दिखाने लायक भी नहीं रहे। किसी लड़के ने जवाब न दिया।

फूलमती और भी प्रचंड होकर बोली—तुम लोगों को क्या? किसी को शर्म-हया तो है नहीं। आत्मा तो उनकी रो रही है, जिन्होंने अपनी ज़िन्दगी घर की मरजादा बनाने में खराब कर दी। उनकी पवित्र आत्मा को तुमने यों कलंकित किया? शहर में थुड़ी-थुड़ी हो रही है। अब कोई तुम्हारे द्वार पर पेशाब करने तो आयेगा नहीं!

कामतानाथ कुछ देर तक तो चुपचाप खड़ा सुनता रहा। आख़िर झुँझलाकर बोला—अच्छा, अब चुप रहो अम्माँ। भूल हुई, हम सब मानते हैं, बड़ी भयंकर भूल हुई, लेकिन अब क्या उसके लिये घर के प्राणियों को हलाल-कर डालोगी? सभी से भूलें होती हैं। आदमी पछताकर रह जाता है। किसी की जान तो नहीं ली जाती?

बड़ी बहू ने अपनी सफाई दी—हम क्या जानते थे कि बीबी (कुमुद) से इतना-सा काम भी न होगा। इन्हें चाहिए था कि देखकर तरकारी कढ़ाव में डालतीं। टोकरी उठाकर कढ़ाव में डाल दी! हमारा क्या दोष!

कामतानाथ ने पत्नी को डाँटा—इसमें न कुमुद का कसूर है, न तुम्हारा, न मेरा। संयोग की बात है। बदनामी भाग में लिखी थी, वह हुई। इतने बड़े भोज में एक-एक मुट्ठी तरकारी कढ़ाव में नहीं डाली जाती! टोकरे-के-टोकरे उड़ेल दिए जाते हैं। कभी-कभी ऐसी दुर्घटना होती है। पर इसमें कैसी जग-हँसाई और कैसी नाक-कटाई। तुम ख़ामख़्वाह जले पर नमक छिड़कती हो!

फूलमती ने दाँत पीसकर कहा—शरमाते तो नहीं, उलटे और बेहयाई की बातें करते हो।

कामतानाथ ने निःसंकोच होकर कहा—शरमाऊँ क्यों, किसी की चोरी की है? चीनी में चींटे और आटे में घुन, यह नहीं देखे जाते। पहले हमारी निगाह न पड़ी, बस, यहीं बात बिगड़ गयी। नहीं, चुपके से चुहिया निकालकर फेंक देते। किसी को ख़बर भी न होती।

फूलमती ने चकित होकर कहा—क्या कहता है, मरी चुहिया खिलाकर सबका धर्म बिगाड़ देता?

कामता हँसकर बोला—क्या पुराने ज़माने की बातें करती हो अम्माँ। इन बातों से धर्म नहीं जाता? यह धर्मात्मा लोग जो पत्तल पर से उठ गये हैं, इनमें से कौन है, जो भेड़-बकरी का मांस न खाता हो? तालाब के कछुए और घोंघे तक तो किसी से बचते नहीं। ज़रा-सी चुहिया में क्या रखा था!

फूलमती को ऐसा प्रतीत हुआ कि अब प्रलय आने में बहुत देर नहीं है। जब पढ़े-लिखे आदमियों के मन में ऐसे अधार्मिक भाव आने लगे, तो फिर धर्म की भगवान ही रक्षा करें। अपना-सा मुँह लेकर चली गयी।

2

दो महीने गुज़र गये हैं। रात का समय है। चारों भाई दिन के काम से छुट्टी पाकर कमरे में बैठे गप-शप कर रहे हैं। बड़ी बहू भी षड्यंत्र में शरीक है। कुमुद के विवाह का प्रश्न छिड़ा हुआ है।

कामतानाथ ने मसनद पर टेक लगाते हुए कहा—दादा की बात दादा के साथ गयी। पंडित विद्वान् भी हैं और कुलीन भी होंगे। लेकिन जो आदमी अपनी विद्या और कुलीनता को रुपयों पर बेचे, वह नीच है। ऐसे नीच आदमी के लड़के से हम कुमुद का विवाह सेंत में भी न करेंगे, पाँच हज़ार तो दूर की बात है। उसे बताओ धता और किसी दूसरे वर की तलाश करो। हमारे पास कुल बीस हज़ार ही तो हैं। एक-एक के हिस्से में पाँच-पाँच हज़ार आते हैं। पाँच हज़ार दहेज में दे दें और पाँच हज़ार नेग-न्योछावर, बाजे-गाजे में उड़ा दें, तो फिर हमारी बधिया ही बैठ जाएगी।

उमानाथ बोले—मुझे अपना औषधालय खोलने के लिये कम-से-कम पाँच हज़ार की ज़रूरत है। मैं अपने हिस्से में से एक पाई भी नहीं दे सकता। फिर खुलते ही आमदनी तो होगी नहीं। कम-से-कम साल-भर घर से खाना पड़ेगा।

दयानाथ एक समाचार-पत्र देख रहे थे। आँखों से ऐनक उतारते हुए बोले—मेरा विचार भी एक प्त्र निकालने का है। प्रेस और पत्र में कम-से-कम दस हज़ार का कैपिटल चाहिए। पाँच हज़ार मेरे रहेंगे तो कोई-न-कोई साझेदार भी मिल जायेगा। पत्रों में लेख लिखकर मेरा निर्वाह नहीं हो सकता।

कामतानाथ ने सिर हिलाते हुए कहा—अजी, राम भजो, सेंत में कोई लेख छापता नहीं, रुपये कौन देता है।

दयानाथ ने प्रतिवाद किया—नहीं, यह बात तो नहीं है। मैं तो कहीं भी बिना पेशगी पुरस्कार लिये नहीं लिखता।

कामता ने जैसे अपने शब्द वापस लिये—तुम्हारी बात मैं नहीं कहता भाई। तुम तो थोड़ा-बहुत मार लेते हो, लेकिन सबको तो नहीं मिलता।

बड़ी बहू ने श्रद्धा भाव से कहा—कन्या भाग्यवान हो तो दरिद्र घर में भी सुखी रह सकती है। अभागी हो, तो राजा के घर में भी रोयेगी। यह सब नसीबों का खेल है।

कामतानाथ ने स्त्री की ओर प्रशंसा-भाव से देखा—फिर इसी साल हमें सीता का विवाह भी तो करना है।

सीतानाथ सबसे छोटा था। सिर झुकाये भाइयों की स्वार्थ-भरी बातें सुन-सुनकर कुछ कहने के लिये उतावला हो रहा था। अपना नाम सुनते ही बोला—मेरे विवाह की आप लोग चिन्ता न करें। मैं जब तक किसी धंधे में न लग जाऊँगा, विवाह का नाम भी न लूँगा; और सच पूछिये तो मैं विवाह करना ही नहीं चाहता। देश को इस समय बालकों की ज़रूरत नहीं, काम करने वालों की ज़रूरत है। मेरे हिस्से के रुपये आप

कुमुद के विवाह में ख़र्च कर दें। सारी बातें तय हो जाने के बाद यह उचित नहीं है कि पंडित मुरारीलाल से संबंध तोड़ लिया जाये।

उमा ने तीव्र स्वर में कहा–दस हज़ार कहाँ से आयेंगे?

सीता ने डरते हुए कहा–मैं तो अपने हिस्से के रुपये देने को कहता हूँ।

'और शेष?'

'मुरारीलाल से कहा जाये कि दहेज में कुछ कमी कर दें। वे इतने स्वार्थांध नहीं हैं कि इस अवसर पर कुछ बल खाने को तैयार न हो जायें, अगर वह तीन हज़ार में संतुष्ट हो जाएं तो पाँच हज़ार में विवाह हो सकता है।'

उमा ने कामतानाथ से कहा–सुनते हैं भाई साहब, इसकी बातें।

दयानाथ बोल उठे–तो इसमें आप लोगों का क्या नुकसान है? मुझे तो इस बात से ख़ुशी हो रही है कि भला, हममें कोई तो त्याग करने योग्य है। इन्हें तत्काल रुपये की ज़रूरत नहीं है। सरकार से वज़ीफ़ा पाते ही हैं। पास होने पर कहीं-न-कहीं जगह मिल जाएगी। हम लोगों की हालत तो ऐसी नहीं है।

कामतानाथ ने दूरदर्शिता का परिचय दिया–नुकसान की एक ही कही। हममें से एक को कष्ट हो तो क्या और लोग बैठे देखेंगे? यह अभी लड़के हैं, इन्हें क्या मालूम, समय पर एक रुपया एक लाख का काम करता है। कौन जानता है, कल इन्हें विलायत जाकर पढ़ने के लिये सरकारी वज़ीफ़ा मिल जाये या सिविल सर्विस में आ जायें। उस वक़्त सफ़र की तैयारियों में चार-पाँच हज़ार लग जायेंगे। तब किसके सामने हाथ फैलाते फिरेंगे? मैं यह नहीं चाहता कि दहेज के पीछे इनकी ज़िन्दगी नष्ट हो जाये।

इस तर्क ने सीतानाथ को भी तोड़ लिया। सकुचाता हुआ बोला–हाँ, यदि ऐसा हुआ तो बेशक मुझे रुपये की ज़रूरत होगी।

'क्या ऐसा होना असम्भव है?'

'असम्भव तो मैं नहीं समझता; लेकिन कठिन अवश्य है। वज़ीफ़े उन्हें मिलते हैं, जिनके पास सिफ़ारिशें होती हैं, मुझे कौन पूछता है।'

'कभी-कभी सिफ़ारिशें धरी रह जाती हैं और बिना सिफ़ारिश वाले बाजी मार ले जाते हैं।'

'तो आप जैसा उचित समझें। मुझे यहाँ तक मंज़ूर है कि चाहे मैं विलायत न जाऊँ; पर कुमुद अच्छे घर जाये।'

कामतानाथ ने निष्ठा-भाव से कहा–अच्छा घर दहेज देने ही से नहीं मिलता भैया! जैसा तुम्हारी भाभी ने कहा, यह नसीबों का खेल है। मैं तो चाहता हूँ कि मुरारीलाल को जवाब दे दिया जाये और कोई ऐसा घर खोजा जाये, जो थोड़े में राज़ी हो जाये। इस विवाह में मैं एक हज़ार से ज़्यादा नहीं ख़र्च कर सकता। पंडित दीनदयाल कैसे हैं?

उमा ने प्रसन्न होकर कहा–बहुत अच्छे। एम.ए., बी.ए. न सही, यजमानों से अच्छी आमदनी है।

दयानाथ ने आपत्ति की—अम्माँ से भी पूछ तो लेना चाहिए।

कामतानाथ को इसकी कोई ज़रूरत न मालूम हुई। बोले—उनकी तो जैसे बुद्धि ही भ्रष्ट हो गयी। वही पुराने युग की बातें! मुरारीलाल के नाम पर उधार खाये बैठी हैं। यह नहीं समझतीं कि वह ज़माना नहीं रहा। उनको तो बस, कुमुद मुरारी पंडित के घर जाये, चाहे हम लोग तबाह हो जायें।

उमा ने एक शंका उपस्थित की—अम्माँ अपने सब गहने कुमुद को दे देंगी, देख लीजिएगा।

कामतानाथ का स्वार्थ नीति से विद्रोह न कर सका। बोले—गहनों पर उनका पूरा अधिकार है। यह उनका स्त्रीधन है। जिसे चाहें, दे सकती हैं।

उमा ने कहा—स्त्रीधन है तो क्या वह उसे लुटा देंगी। आख़िर वह भी तो दादा ही की कमाई है।

'किसी की कमाई हो। स्त्रीधन पर उनका पूरा अधिकार है!'

'यह क़ानूनी गोरखधंधे हैं। बीस हज़ार में तो चार हिस्सेदार हों और दस हज़ार के गहने अम्माँ के पास रह जायें। देख लेना, इन्हीं के बल पर वह कुमुद का विवाह मुरारी पंडित के घर करेंगी।'

उमानाथ इतनी बड़ी रकम को इतनी आसानी से नहीं छोड़ सकता। वह कपट-नीति में कुशल है। कोई कौशल रचकर माता से सारे गहने ले लेगा। उस वक्त तक कुमुद के विवाह की चर्चा करके फूलमती को भड़काना उचित नहीं। कामतानाथ ने सिर हिलाकर कहा—भाई, मैं इन चालों को पसंद नहीं करता।

उमानाथ ने खिसियाकर कहा—गहने दस हज़ार से कम के न होंगे।

कामता अविचलित स्वर में बोले—कितने ही के हों; मैं अनीति में हाथ नहीं डालना चाहता।

'तो आप अलग बैठिए। हाँ, बीच में भाँजी न मारिएगा।'

'मैं अलग रहूँगा।'

'और तुम सीता?'

'अलग रहूँगा।'

लेकिन जब दयानाथ से यही प्रश्न किया गया, तो वह उमानाथ से सहयोग करने को तैयार हो गया। दस हज़ार में ढाई हज़ार तो उसके होंगे ही। इतनी बड़ी रकम के लिये यदि कुछ कौशल भी करना पड़े तो क्षम्य है।

3

फूलमती रात को भोजन करके लेटी थी कि उमा और दया उसके पास जा कर बैठ गये। दोनों ऐसा मुँह बनाए हुए थे, मानो कोई भारी विपत्ति आ पड़ी है। फूलमती ने सशंक होकर पूछा—तुम दोनों घबड़ाये हुए मालूम होते हो?

उमा ने सिर खुजलाते हुए कहा—समाचार-पत्रों में लेख लिखना बड़े जोख़िम का काम है अम्माँ! कितना ही बचकर लिखो, लेकिन कहीं-न-कहीं पकड़ हो ही जाती है। दयानाथ ने एक लेख लिखा था। उस पर पाँच हज़ार की ज़मानत माँगी गयी है। अगर कल तक जमा न कर दी गयी, तो गिरफ़्तार हो जायेंगे और दस साल की सज़ा ठुक जाएगी।

फूलमती ने सिर पीटकर कहा—ऐसी बातें क्यों लिखते हो बेटा? जानते नहीं हो, आजकल हमारे अदिन आए हुए हैं। ज़मानत किसी तरह टल नहीं सकती?

दयानाथ ने अपराधी-भाव से उत्तर दिया—मैंने तो अम्माँ, ऐसी कोई बात नहीं लिखी थी; लेकिन क़िस्मत को क्या करूँ। हाकिम जिला इतना कड़ा है कि ज़रा भी रियायत नहीं करता। मैंने जितनी दौड़-धूप हो सकती थी, वह सब कर ली।

'तो तुमने कामता से रुपये का प्रबन्ध करने को नहीं कहा?'

उमा ने मुँह बनाया—उनका स्वभाव तो तुम जानती हो अम्माँ, उन्हें रुपये प्राणों से प्यारे हैं। इन्हें चाहे कालापानी ही हो जाये, वह एक पाई न देंगे।

दयानाथ ने समर्थन किया—मैंने तो उनसे इसका ज़िक्र ही नहीं किया।

फूलमती ने चारपाई से उठते हुए कहा—चलो, मैं कहती हूँ, देगा कैसे नहीं? रुपये इसी दिन के लिये होते हैं कि गाड़कर रखने के लिये?

उमानाथ ने माता को रोककर कहा—नहीं अम्माँ, उनसे कुछ न कहो। रुपये तो न देंगे, उल्टे और हाय-हाय मचाएँगे। उनको अपनी नौकरी की ख़ैरियत मनानी है, इन्हें घर में रहने भी न देंगे। अफ़सरों में जाकर ख़बर दे दें तो आश्चर्य नहीं।

फूलमती ने लाचार होकर कहा—तो फिर ज़मानत का क्या प्रबन्ध करोगे? मेरे पास तो कुछ नहीं है। हाँ, मेरे गहने हैं, इन्हें ले जाओ, कहीं गिरों रखकर ज़मानत दे दो। और आज से कान पकड़ो कि किसी पत्र में एक शब्द भी न लिखोगे।

दयानाथ कानों पर हाथ रखकर बोला—यह तो नहीं हो सकता अम्माँ कि तुम्हारे जेवर लेकर मैं अपनी जान बचाऊँ। दस-पाँच साल की क़ैद ही तो होगी, झेल लूँगा। यहीं बैठा-बैठा क्या कर रहा हूँ!'

फूलमती छाती पीटते हुए बोली—कैसी बातें मुँह से निकालते हो बेटा, मेरे जीते-जी तुम्हें कौन गिरफ़्तार कर सकता है! उसका मुँह झुलस दूँगी। गहने इसी दिन के लिये हैं या और किसी दिन के लिये! जब तुम्हीं न रहोगे, तो गहने लेकर क्या आग में झोंकूँगी!'

उसने पिटारी लाकर उसके सामने रख दी।

दया ने उमा की ओर जैसे फ़रियाद की आँखों से देखा और बोला—आपकी क्या राय है भाई साहब? इसी मारे मैं कहता था, अम्माँ को बताने की ज़रूरत नहीं। जेल ही तो हो जाती या और कुछ?

उमा ने जैसे सिफ़ारिश करते हुए कहा—यह कैसे हो सकता था कि इतनी बड़ी वारदात हो जाती और अम्माँ को ख़बर न होती। मुझसे यह नहीं हो सकता था कि

सुनकर पेट में डाल लेता; मगर अब करना क्या चाहिए, यह मैं ख़ुद निर्णय नहीं कर सकता। न तो यही अच्छा लगता है कि तुम जेल जाओ और न यही अच्छा लगता है कि अम्माँ के गहने गिरों रखे जायें।

फूलमती ने व्यथित कंठ से पूछा—क्या तुम समझते हो, मुझे गहने तुमसे ज़्यादा प्यारे हैं? मैं तो प्राण तक तुम्हारे ऊपर न्योछावर कर दूँ, गहनों की बिसात ही क्या है।

दया ने दृढ़ता से कहा—अम्माँ, तुम्हारे गहने तो न लूँगा, चाहे मुझ पर कुछ ही क्यों न आ पड़े। जब आज तक तुम्हारी कुछ सेवा न कर सका, तो किस मुँह से तुम्हारे गहने उठा ले जाऊँ? मुझ जैसे कपूत को तो तुम्हारी कोख से जन्म ही न लेना चाहिए था। सदा तुम्हें कष्ट ही देता रहा।

फूलमती ने भी उतनी ही दृढ़ता से कहा—अगर यों न लोगे, तो मैं ख़ुद जाकर इन्हें गिरों रख दूँगी और ख़ुद हाकिम जिला के पास जाकर ज़मानत जमा कर आऊँगी; अगर इच्छा हो तो यह परीक्षा भी ले लो। आँखें बंद हो जाने के बाद क्या होगा, भगवान जानें, लेकिन जब तक जीती हूँ तुम्हारी ओर कोई तिरछी आँखों से देख नहीं सकता।

उमानाथ ने मानो माता पर एहसान रखकर कहा—अब तो तुम्हारे लिये कोई रास्ता नहीं रहा दयानाथ। क्या हरज है, ले लो; मगर याद रखो, ज्यों ही हाथ में रुपये आ जायें, गहने छुड़ाने पड़ेंगे। सच कहते हैं, मातृत्व दीर्घ तपस्या है। माता के सिवाय इतना स्नेह और कौन कर सकता है? हम बड़े अभागे हैं कि माता के प्रति जितनी श्रद्धा रखनी चाहिए, उसका शतांश भी नहीं रखते।

दोनों ने जैसे बड़े धर्मसंकट में पड़कर गहनों की पिटारी सँभाली और चलते बने। माता वात्सल्य-भरी आँखों से उनकी ओर देख रही थी और उसकी संपूर्ण आत्मा का आशीर्वाद जैसे उन्हें अपनी गोद में समेट लेने के लिये व्याकुल हो रहा था। आज कई महीने के बाद उसके भग्न मातृ-हृदय को अपना सर्वस्व अर्पण करके जैसे आनन्द की विभूति मिली। उसकी स्वामिनी कल्पना इसी त्याग के लिये, इसी आत्मसमर्पण के लिये जैसे कोई मार्ग ढूँढ़ती रहती थी। अधिकार या लोभ या ममता की वहाँ गंध तक न थी। त्याग ही उसका आनन्द और त्याग ही उसका अधिकार है। आज अपना खोया हुआ अधिकार पाकर अपनी सिरजी हुई प्रतिमा पर अपने प्राणों को भेंट करके वह निहाल हो गयी।

4

तीन महीने और गुज़र गये। माँ के गहनों पर हाथ साफ करके चारों भाई उसकी दिलजोई करने लगे थे। अपनी स्त्रियों को भी समझाते थे कि उसका दिल न दुखायें। अगर थोड़े-से शिष्टाचार से उसकी आत्मा को शांति मिलती है, तो इसमें क्या हानि है। चारों करते अपने मन की, पर माता से सलाह ले लेते या ऐसा जाल फैलाते कि वह सरलता से उनकी बातों में आ जाती और हरेक काम में सहमत हो जाती। बाग़ को बेचना उसे बहुत बुरा लगता था; लेकिन चारों ने ऐसी माया रची कि वह उसे बेचने पर राज़ी हो गयी, किन्तु कुमुद के विवाह के विषय में मतैक्य न हो सका। माँ पं. मुरारीलाल पर जमी हुई थी, लड़के दीनदयाल पर अड़े हुए थे। एक दिन आपस में कलह हो गयी।

फूलमती ने कहा—माँ-बाप की कमाई में बेटी का हिस्सा भी है। तुम्हें सोलह हज़ार का एक बाग़ मिला, पच्चीस हज़ार का एक मकान। बीस हज़ार नकद में क्या पाँच हज़ार भी कुमुद का हिस्सा नहीं है?

कामता ने नम्रता से कहा—अम्माँ, कुमुद आपकी लड़की है, तो हमारी बहन है। आप दो-चार साल में प्रस्थान कर जायेंगी; पर हमारा और उसका बहुत दिनों तक संबंध रहेगा। तब हम यथाशक्ति कोई ऐसी बात न करेंगे, जिससे उसका अमंगल हो; लेकिन हिस्से की बात कहती हो, तो कुमुद का हिस्सा कुछ नहीं। दादा जीवित थे, तब और बात थी। वह उसके विवाह में जितना चाहते, ख़र्च करते। कोई उनका हाथ न पकड़ सकता था; लेकिन अब तो हमें एक-एक पैसे की किफ़ायत करनी पड़ेगी। जो काम हज़ार में हो जाये, उसके लिये पाँच हज़ार ख़र्च करना कहाँ की बुद्धिमानी है?

उमानाथ ने सुधारा—पाँच हज़ार क्यों, दस हज़ार कहिए।

कामता ने भवें सिकोड़कर कहा—नहीं, मैं पाँच हज़ार ही कहूँगा; एक विवाह में पाँच हज़ार ख़र्च करने की हमारी हैसियत नहीं है।

फूलमती ने ज़िद पकड़कर कहा—विवाह तो मुरारीलाल के पुत्र से ही होगा, पाँच हज़ार ख़र्च हों, चाहे दस हज़ार। मेरे पति की कमाई है। मैंने मर-मरकर जोड़ा है। अपनी इच्छा से ख़र्च करूँगी। तुम्हीं ने मेरी कोख से नहीं जन्म लिया है। कुमुद भी उसी कोख से आयी है। मेरी आँखों में तुम सब बराबर हो। मैं किसी से कुछ माँगती नहीं। तुम बैठे तमाशा देखो, मैं सब-कुछ कर लूँगी। बीस हज़ार में पाँच हज़ार कुमुद का है।

कामतानाथ को अब कड़वे सत्य की शरण लेने के सिवा और मार्ग न रहा। बोला—अम्माँ, तुम बरबस बात बढ़ाती हो। जिन रुपयों को तुम अपना समझती हो, वह तुम्हारे नहीं हैं; तुम हमारी अनुमति के बिना उनमें से कुछ नहीं ख़र्च कर सकतीं।

फूलमती को जैसे सर्प ने डस लिया—क्या कहा? फिर तो कहना! मैं अपने ही संचे रुपये अपनी इच्छा से नहीं ख़र्च कर सकती?

'वह रुपये तुम्हारे नहीं रहे, हमारे हो गये।'

'तुम्हारे होंगे; लेकिन मेरे मरने के पीछे।'

'नहीं, दादा के मरते ही हमारे हो गये!'

उमानाथ ने बेहयाई से कहा—अम्माँ, क़ानून-क़ायदा तो जानतीं नहीं, नाहक उछलती हैं।

फूलमती क्रोध-विह्वल होकर बोली—भाड़ में जाये तुम्हारा क़ानून। मैं ऐसे क़ानून को नहीं जानती। तुम्हारे दादा ऐसे कोई धन्नासेठ नहीं थे। मैंने ही पेट और तन काटकर यह गृहस्थी जोड़ी है, नहीं आज बैठने की छाँह न मिलती! मेरे जीते-जी तुम मेरे रुपये नहीं छू सकते। मैंने तीन भाइयों के विवाह में दस-दस हज़ार ख़र्च किये हैं। वही मैं कुमुद के विवाह में भी ख़र्च करूँगी।

कामतानाथ भी गर्म हुआ—आपको कुछ भी ख़र्च करने का अधिकार नहीं है।

उमानाथ ने बड़े भाई को डाँटा—आप ख़ामख़्वाह अम्माँ के मुँह लगते हैं भाई साहब! मुरारीलाल को पत्र लिख दीजिए कि तुम्हारे यहाँ कुमुद का विवाह न होगा। बस, छुट्टी हुई। क़ायदा-क़ानून तो जानतीं नहीं, व्यर्थ की बहस करती हैं।

फूलमती ने संयमित स्वर में कहा—अच्छा, क्या क़ानून है, ज़रा मैं भी सुनूँ।

उमा ने निरीह भाव से कहा—क़ानून यही है कि बाप के मरने के बाद जायदाद बेटों की हो जाती है। माँ का हक़ केवल रोटी-कपड़े का है।

फूलमती ने तड़पकर पूछा—किसने यह क़ानून बनाया है?

उमा शांत स्थिर स्वर में बोला—हमारे ऋषियों ने, महाराज मनु ने, और किसने?

फूलमती एक क्षण अवाक रहकर आहत कंठ से बोली—तो इस घर में मैं तुम्हारे टुकड़ों पर पड़ी हुई हूँ?

उमानाथ ने न्यायाधीश की निर्ममता से कहा—तुम जैसा समझो।

फूलमती की संपूर्ण आत्मा मानो इस वज्रपात से चीत्कार करने लगी। उसके मुख से जलती हुई चिनगारियों की भाँति यह शब्द निकल पड़े—मैंने घर बनवाया, मैंने संपत्ति जोड़ी, मैंने तुम्हें जन्म दिया, पाला और आज मैं इस घर में ग़ैर हूँ? मनु का यही क़ानून है? और तुम उसी क़ानून पर चलना चाहते हो? अच्छी बात है। अपना घर-द्वार लो। मुझे तुम्हारी आश्रिता बनकर रहना स्वीकार नहीं। इससे कहीं अच्छा है कि मर जाऊँ। वाह रे अँधेर! मैंने पेड़ लगाया और मैं ही उसकी छाँह में खड़ी नहीं हो सकती; अगर यही क़ानून है, तो इसमें आग लग जाये।

चारों युवकों पर माता के इस क्रोध और आतंक का कोई असर न हुआ। क़ानून का फ़ौलादी कवच उनकी रक्षा कर रहा था। इन काँटों का उन पर क्या असर हो सकता था?

ज़रा देर में फूलमती उठकर चली गयी। आज जीवन में पहली बार उसका वात्सल्य मग्न मातृत्व अभिशाप बनकर उसे धिक्कारने लगा। जिस मातृत्व को उसने जीवन की विभूति समझा था, जिसके चरणों पर वह सदैव अपनी समस्त अभिलाषाओं और कामनाओं को अर्पित करके अपने को धन्य मानती थी, वही मातृत्व आज उसे अग्निकुंड-सा जान पड़ा, जिसमें उसका जीवन जलकर भस्म हो गया।

संध्या हो गयी थी। द्वार पर नीम का वृक्ष सिर झुकाए, निस्तब्ध खड़ा था, मानो संसार की गति पर क्षुब्ध हो रहा हो। अस्ताचल की ओर प्रकाश और जीवन का देवता फूलमती के मातृत्व ही की भाँति अपनी चिता में जल रहा था।

5

फूलमती अपने कमरे में जाकर लेटी, तो उसे मालूम हुआ, उसकी कमर टूट गयी है। पति के मरते ही अपने पेट के लड़के उसके शत्रु हो जायेंगे, उसको स्वप्न में भी अनुमान न था। जिन लड़कों को उसने अपना हृदय-रक्त पिला-पिलाकर पाला, वही आज उसके हृदय पर यों आघात कर रहे हैं! अब वह घर उसे काँटों की सेज हो रहा

था। जहाँ उसकी कुछ कद्र नहीं, कुछ गिनती नहीं, वहाँ अनाथों की भाँति पड़ी रोटियाँ खाये, यह उसकी अभिमानी प्रकृति के लिये असह्य था। पर उपाय ही क्या था? वह लड़कों से अलग होकर रहे भी तो नाक किसकी कटेगी! संसार उसे थूके तो क्या और लड़कों को थूके तो क्या; बदनामी तो उसी की है। दुनिया यही तो कहेगी कि चार जवान बेटों के होते बुढ़िया अलग पड़ी हुई मजूरी करके पेट पाल रही है! जिन्हें उसने हमेशा नीच समझा, वही उस पर हँसेंगे। नहीं, वह अपमान इस अनादर से कहीं ज़्यादा हृदयविदारक था। अब अपना और घर का पर्दा ढका रखने में ही कुशल है। हाँ, अब उसे अपने को नयी परिस्थितियों के अनुकूल बनाना पड़ेगा। समय बदल गया है। अब तक स्वामिनी बनकर रही, अब लौंडी बनकर रहना पड़ेगा। ईश्वर की यही इच्छा है। अपने बेटों की बातें और लातें ग़ैरों की बातों और लातों की अपेक्षा फिर भी गनीमत हैं।

वह बड़ी देर तक मुँह ढाँपे अपनी दशा पर रोती रही। सारी रात इसी आत्म-वेदना में कट गयी। शरद का प्रभाव डरता-डरता उषा की गोद से निकला, जैसे कोई कैदी छिपकर जेल से भाग आया हो। फूलमती अपने नियम के विरुद्ध आज तड़के ही उठी, रात-भर में उसका मानसिक परिवर्तन हो चुका था। सारा घर सो रहा था और वह आँगन में झाड़ू लगा रही थी। रात-भर ओस में भीगी हुई उसकी पक्की ज़मीन उसके नंगे पैरों में काँटों की तरह चुभ रही थी। पंडित जी उसे कभी इतने सवेरे उठने न देते थे। शीत उसके लिये बहुत हानिकारक था। पर अब वह दिन नहीं रहे। प्रकृति उसको भी समय के साथ बदल देने का प्रयत्न कर रही थी। झाड़ू से फ़ुर्सत पाकर उसने आग जलायी और चावल-दाल की कंकड़ियाँ चुनने लगी। कुछ देर में लड़के जागे। बहुएँ उठीं। सभी ने बुढ़िया को सर्दी से सिकुड़े हुए काम करते देखा; पर किसी ने यह न कहा कि अम्माँ, क्यों हलकान होती हो? शायद सब-के-सब बुढ़िया के इस मान-मर्दन पर प्रसन्न थे।

आज से फूलमती का यही नियम हो गया कि जी-तोड़कर घर का काम करना और अंतरंग नीति से अलग रहना। उसके मुख पर जो एक आत्मगौरव झलकता रहता था, उसकी जगह अब गहरी वेदना छायी हुई नज़र आती थी। जहाँ बिजली जलती थी, वहाँ अब तेल का दिया टिमटिमा रहा था, जिसे बुझा देने के लिये हवा का एक हल्का-सा झोंका काफी है।

मुरारीलाल को इंकारी-पत्र लिखने की बात पक्की हो चुकी थी। दूसरे दिन पत्र लिख दिया गया। दीनदयाल से कुमुद का विवाह निश्चित हो गया। दीनदयाल की उम्र चालीस से कुछ अधिक थी, मर्यादा में भी कुछ हेठे थे, पर रोटी-दाल से ख़ुश थे। बिना किसी ठहराव के विवाह करने पर राज़ी हो गये। तिथि नियत हुई, बारात आई, विवाह हुआ और कुमुद बिदा कर दी गयी। फूलमती के दिल पर क्या गुज़र रही थी, इसे कौन जान सकता है; पर चारों भाई बहुत प्रसन्न थे, मानो उनके हृदय का काँटा निकल गया हो। ऊँचे कुल की कन्या, मुँह कैसे खोलती? भाग्य में सुख भोगना लिखा होगा, सुख भोगेगी; दुःख भोगना लिखा होगा, दुःख झेलेगी। हरि इच्छा बेकसों का अंतिम अवलंब है। घरवालों ने जिससे विवाह कर दिया, उसमें हज़ार ऐब हों, तो भी वह उसका उपास्य, उसका स्वामी है। प्रतिरोध उसकी कल्पना से परे था।

फूलमती ने किसी काम में दखल न दिया। कुमुद को क्या दिया गया, मेहमानों का कैसा सत्कार किया गया, किसके यहाँ से नेवते में क्या आया, किसी बात से भी उसे सरोकार न था। उससे कोई सलाह भी ली गयी तो यही कहा–बेटा, तुम लोग जो करते हो, अच्छा ही करते हो। मुझसे क्या पूछते हो!

जब कुमुद के लिये द्वार पर डोली आ गयी और कुमुद माँ के गले लिपटकर रोने लगी, तो वह बेटी को अपनी कोठरी में ले गयी और जो कुछ सौ पचास रुपये और दो–चार मामूली गहने उसके पास बच रहे थे, बेटी की अंचल में डालकर बोली–बेटी, मेरी तो मन–की–मन में रह गयी, नहीं तो क्या आज तुम्हारा विवाह इस तरह होता और तुम इस तरह विदा की जातीं!

आज तक फूलमती ने अपने गहनों की बात किसी से न कही थी। लड़कों ने उसके साथ जो कपट–व्यवहार किया था, इसे चाहे अब तक न समझी हो, लेकिन इतना जानती थी कि गहने फिर न मिलेंगे और मनोमालिन्य बढ़ने के सिवा कुछ हाथ न लगेगा; लेकिन इस अवसर पर उसे अपनी सफाई देने की ज़रूरत मालूम हुई। कुमुद यह भाव मन में लेकर जाये कि अम्माँ ने अपने गहने बहुओं के लिये रख छोड़े, इसे वह किसी तरह न सह सकती थी, इसलिये वह उसे अपनी कोठरी में ले गयी थी। लेकिन कुमुद को पहले ही इस कौशल की टोह मिल चुकी थी; उसने गहने और रुपये आँचल से निकालकर माता के चरणों में रख दिये और बोली–अम्माँ, मेरे लिये तुम्हारा आशीर्वाद लाखों रुपयों के बराबर है। तुम इन चीज़ों को अपने पास रखो। न जाने अभी तुम्हें किन विपत्तियों का सामना करना पड़े।

फूलमती कुछ कहना ही चाहती थी कि उमानाथ ने आकर कहा–क्या कर रही है कुमुद? चल, जल्दी कर। साइत टली जाती है। वह लोग हाय–हाय कर रहे हैं, फिर तो दो–चार महीने में आयेगी ही, जो कुछ लेना–देना हो, ले लेना।

फूलमती के घाव पर जैसे मनों नमक पड़ गया। बोली–मेरे पास अब क्या है भैया, जो इसे मैं दूँगी? जाओ बेटी, भगवान तुम्हारा सोहाग अमर करें।

कुमुद विदा हो गयी। फूलमती पछाड़ खाकर गिर पड़ी। जीवन की लालसा नष्ट हो गयी।

6

एक साल बीत गया।

फूलमती का कमरा घर में सब कमरों से बड़ा और हवादार था। कई महीनों से उसने बड़ी बहू के लिये खाली कर दिया था और ख़ुद एक छोटी–सी कोठरी में रहने लगी, जैसे कोई भिखारिन हो। बेटों और बहुओं से अब उसे ज़रा भी स्नेह न था, वह अब घर की लौंडी थी। घर के किसी प्राणी, किसी वस्तु, किसी प्रसंग से उसे प्रयोजन न था। वह केवल इसलिये जीती थी कि मौत न आती थी। सुख या दुःख का अब उसे लेशमात्र भी ज्ञान न था।

उमानाथ का औषधालय खुला, मित्रों की दावत हुई, नाच-तमाशा हुआ। दयानाथ का प्रेस खुला, फिर जलसा हुआ। सीतानाथ को वज़ीफ़ा मिला और विलायत गया, फिर उत्सव हुआ। कामतानाथ के बड़े लड़के का यज्ञोपवीत संस्कार हुआ, फिर धूम-धाम हुई; लेकिन फूलमती के मुख पर आनंद की छाया तक न आयी! कामताप्रसाद टाइफाइड में महीने-भर बीमार रहा और मरकर उठा। दयानाथ ने अबकी अपने पत्र का प्रचार बढ़ाने के लिये वास्तव में एक आपत्तिजनक लेख लिखा और छह महीने की सज़ा पायी। उमानाथ ने एक फ़ौजदारी के मामले में रिश्वत लेकर गलत रिपोर्ट लिखी और उसकी सनद छीन ली गयी; पर फूलमती के चेहरे पर रंज की परछायीं तक न पड़ी। उसके जीवन में अब कोई आशा, कोई दिलचस्पी, कोई चिन्ता न थी। बस, पशुओं की तरह काम करना और खाना, यही उसकी ज़िन्दगी के दो काम थे। जानवर मारने से काम करता है; पर खाता है मन से। फूलमती बेकहे काम करती थी; पर खाती थी विष के कौर की तरह। महीनों सिर में तेल न पड़ता, महीनों कपड़े न धुलते, कुछ परवाह नहीं। चेतनाशून्य हो गयी थी।

सावन की झड़ी लगी हुई थी। मलेरिया फैल रहा था। आकाश में मटियाले बादल थे, ज़मीन पर मटियाला पानी। आर्द्र वायु शीत-ज्वर और श्वास का वितरण करती फिरती थी। घर की महरी बीमार पड़ गयी। फूलमती ने घर के सारे बरतन माँजे, पानी में भीग-भीगकर सारा काम किया। फिर आग जलायी और चूल्हे पर पतीलियाँ चढ़ा दीं। लड़कों को समय पर भोजन मिलना चाहिए। सहसा उसे याद आया, कामतानाथ नल का पानी नहीं पीते। उसी वर्षा में गंगाजल लाने चली।

कामतानाथ ने पलंग पर लेटे-लेटे कहा—रहने दो अम्माँ, मैं पानी भर लाऊँगा, आज महरी ख़ूब बैठ रही।

फूलमती ने मटियाले आकाश की ओर देखकर कहा—तुम भीग जाओगे बेटा, सर्दी हो जायगी।

कामतानाथ बोले—तुम भी तो भीग रही हो। कहीं बीमार न पड़ जाओ।

फूलमती निर्मम भाव से बोली—मैं बीमार न पडूँगी। मुझे भगवान ने अमर कर दिया है।

उमानाथ भी वहीं बैठा हुआ था। उसके औषधालय में कुछ आमदनी न होती थी, इसलिये बहुत चिन्तित था। भाई-भावज की मुँहदेखी करता रहता था। बोला—जाने भी दो भैया! बहुत दिनों बहुओं पर राज कर चुकी हैं, उसका प्रायश्चित्त तो करने दो।

गंगा बढ़ी हुई थी, जैसे समुद्र हो। क्षितिज के सामने के कूल से मिला हुआ था। किनारों के वृक्षों की केवल फुनगियाँ पानी के ऊपर रह गयी थीं। घाट ऊपर तक पानी में डूब गये थे। फूलमती कलसा लिये नीचे उतरी, पानी भरा और ऊपर जा रही थी कि पाँव फिसला। सँभल न सकी। पानी में गिर पड़ी। पल-भर हाथ-पाँव चलाये, फिर लहरें उसे नीचे खींच ले गयीं। किनारे पर दो-चार पंडे चिल्लाए—'अरे दौड़ो, बुढ़िया

डूबी जाती है।' दो-चार आदमी दौड़े भी लेकिन फूलमती लहरों में समा गयी थी, उन बल खाती हुई लहरों में, जिन्हें देखकर ही हृदय काँप उठता था।

एक ने पूछा–'यह कौन बुढ़िया थी?'

'अरे, वही पंडित अयोध्यानाथ की विधवा है।'

'अयोध्यानाथ तो बड़े आदमी थे?'

'हाँ थे तो, पर इसके भाग्य में ठोकर खाना लिखा था।'

'उनके तो कई लड़के बड़े-बड़े हैं और सब कमाते हैं?'

'हाँ, सब हैं भाई; मगर भाग्य भी तो कोई वस्तु है!'

स्वामिनी

शिवदास ने भंडारे की कुंजी अपनी बहू रामप्यारी के सामने फेंककर अपनी बूढ़ी आँखों में आँसू भरकर कहा–बहू, आज से गिरस्ती की देखभाल तुम्हारे ऊपर है। मेरा सुख भगवान से नहीं देखा गया, नहीं तो क्या जवान बेटे को यों छीन लेते! उसका काम करने वाला तो कोई चाहिए। एक हल तोड़ दूँ, तो गुज़ारा न होगा। मेरे ही कुकरम से भगवान का यह कोप आया है और मैं ही अपने माथे पर उसे लूँगा। बिरजू का हल अब मैं ही सँभालूँगा। अब घर की देख-रेख करने वाला, धरने-उठाने वाला तुम्हारे सिवा दूसरा कौन है? रोओ मत बेटा, भगवान की जो इच्छा थी, वह हुआ; और जो इच्छा होगी वह होगा। हमारा-तुम्हारा क्या बस है? मेरे जीते-जी तुम्हें कोई टेढ़ी आँख से देख भी न सकेगा। तुम किसी बात का सोच मत किया करो। बिरजू गया, तो मैं तो अभी बैठा ही हुआ हूँ।

रामप्यारी और रामदुलारी दो सगी बहनें थीं। दोनों का विवाह मथुरा और बिरजू दो सगे भाइयों से हुआ। दोनों बहनें नैहर की तरह ससुराल में भी प्रेम और आनंद से रहने लगीं। शिवदास को पेंशन मिली। दिन-भर द्वार पर गप-शप करते। भरा-पूरा परिवार देखकर प्रसन्न होते और अधिकतर धर्म-चर्चा में लगे रहते थे; लेकिन दैवगति से बड़ा लड़का बिरजू बीमार पड़ा और आज उसे मरे हुए पंद्रह दिन बीत गये। आज क्रिया-कर्म से फ़ुर्सत मिली और शिवदास ने सच्चे कर्मवीर की भाँति फिर जीवन-संग्राम के लिये कमर कस ली। मन में उसे चाहे कितना ही दु:ख हुआ हो, उसे किसी ने रोते नहीं देखा। आज अपनी बहू को देखकर एक क्षण के लिये उसकी आँखें सजल हो गयीं; लेकिन उसने मन को सँभाला और रुद्ध कंठ से उसे दिलासा देने लगा। कदाचित् उसने, सोचा था, घर की स्वामिनी बनकर विधवा के आँसू पुछ जायेंगे, कम-से-कम उसे इतना कठिन परिश्रम न करना पड़ेगा, इसलिये उसने भंडारे की कुंजी बहू के सामने फेंक दी थी। वैधव्य की व्यथा को स्वामित्व के गर्व से दबा देना चाहता था।

रामप्यारी ने पुलकित कंठ से कहा–यह कैसे हो सकता है दादा कि तुम मेहनत-मज़दूरी करो और मैं मालकिन बनकर बैठूँ? काम-धंधे में लगी रहूँगी, तो मन बदला रहेगा। बैठे-बैठे तो रोने के सिवा और कुछ न होगा।

शिवदास ने समझाया—बेटा, दैवगति में तो किसी का बस नहीं, रोने-धोने से हलकानी के सिवा और क्या हाथ आयेगा? घर में भी तो बीसों काम हैं। कोई साधु-संत आ जायँ, कोई पाहुना ही आ पहुँचे, तो उनके सेवा-सत्कार के लिये किसी को घर पर रहना ही पड़ेगा। बहू ने बहुत से हीले किये, पर शिवदास ने एक न सुनी।

2

शिवदास के बाहर चले जाने पर रामप्यारी ने कुंजी उठायी, तो उसे मन में अपूर्व गौरव और उत्तरदायित्व का अनुभव हुआ। ज़रा देर के लिये पति-वियोग का दु:ख उसे भूल गया। उसकी छोटी बहन और देवर दोनों काम करने गये हुए थे। शिवदास बाहर था। घर बिलकुल खाली था। इस वक्त वह निश्चित होकर भंडारे को खोल सकती है। उसमें क्या-क्या सामान है, क्या-क्या विभूति है, यह देखने के लिये उसका मन लालायित हो उठा। इस घर में वह कभी न आयी थी। जब कभी किसी को कुछ देना या किसी से कुछ लेना होता था, तभी शिवदास आकर इस कोठरी को खोला करता था। फिर उसे बंद कर वह ताली अपनी कमर में रख लेता था।

रामप्यारी कभी-कभी द्वार की दरारों से भीतर झाँकती थी, पर अँधेरे में कुछ न दिखाई देता। सारे घर के लिये वह कोठरी तिलिस्म या रहस्य था, जिसके विषय में भाँति-भाँति की कल्पनाएँ होती रहती थीं। आज रामप्यारी को वह रहस्य खोलकर देखने का अवसर मिल गया। उसने बाहर का द्वार बंद कर दिया कि कोई उसे भंडार खोलते न देख ले, नहीं सोचेगा, बेज़रूरत उसने क्यों खोला, तब आकर काँपते हुए हाथों से ताला खोला। उसकी छाती धड़क रही थी कि कोई द्वार न खटखटाने लगे। अन्दर पाँव रखा तो उसे कुछ उसी प्रकार का, लेकिन उससे कहीं तीव्र आनंद हुआ, जो उसे अपने गहने-कपड़े की पिटारी खोलने में होता था। मटकों में गुड़, शक्कर, गेहूँ, जौ आदि चीज़ें रखी हुई थीं। एक किनारे बड़े-बड़े बरतन धरे थे, जो शादी-ब्याह के अवसर पर निकाले जाते थे, या माँगे दिये जाते थे। एक आले पर मालगुजारी की रसीदें और लेन-देन के पुरजे बँधे हुए रखे थे। कोठरी में एक विभूति-सी छायी थी, मानो लक्ष्मी अज्ञात रूप से विराज रही हों। उस विभूति की छाया में रामप्यारी आधे घंटे तक बैठी अपनी आत्मा को तृप्त करती रही। प्रतिक्षण उसके हृदय पर ममत्व का नशा-सा छाया जा रहा था। जब वह उस कोठरी से निकली, तो उसके मन के संस्कार बदल गये थे, मानो किसी ने उस पर मंत्र डाल दिया हो।

उसी समय द्वार पर किसी ने आवाज़ दी। उसने तुरंत भंडारे का द्वार बंद किया और जाकर सदर दरवाज़ा खोल दिया। देखा तो पड़ोसिन झुनिया खड़ी है और एक रुपया उधार माँग रही है।

रामप्यारी ने रुखाई से कहा—अभी तो एक पैसा घर में नहीं है, जीजी, क्रिया-कर्म में सब खरच हो गया।

झुनिया चकरा गयी। चौधरी के घर में इस समय एक रुपया भी नहीं है, यह विश्वास करने की बात न थी। जिसके यहाँ सैकड़ों का लेन-देन है, वह सब कुछ

क्रिया-कर्म में नहीं ख़र्च कर सकता। अगर शिवदास ने बहाना किया होता, तो उसे आश्चर्य न होता। प्यारी तो अपने सरल स्वभाव के लिये गाँव में मशहूर थी। अक्सर शिवदास की आँखें बचाकर पड़ोसियों को इच्छित वस्तुएँ दे दिया करती थी। अभी कल ही उसने जानकी को सेर-भर दूध दिया। यहाँ तक कि अपने गहने तक माँगे दे देती थी। कृपण शिवदास के घर में ऐसी सखरज बहू का आना गाँव वाले अपने सौभाग्य की बात समझते थे।

झुनिया ने चकित होकर कहा—ऐसा न कहो जीजी, बड़े गाढ़े में पड़कर आयी हूँ, नहीं तुम जानती हो, मेरी आदत ऐसी नहीं है। बाकी का एक रुपया देना है। प्यादा द्वार पर खड़ा बकझक कर रहा है। रुपया दे दो, तो किसी तरह यह विपत्ति टले। मैं आज के आठवें दिन आकर दे जाऊँगी। गाँव में और कौन घर है, जहाँ माँगने जाऊँ?

प्यारी टस से मस न हुई।

उसके जाते ही प्यारी साँझ के लिये रसोई-पानी का इंतज़ाम करने लगी। पहले चावल-दाल बिनना अपाढ़ लगता था और रसोई में जाना तो सूली पर चढ़ने से कम न था। कुछ देर बहनों में झाँव-झाँव होती, तब शिवदास आकर कहते, क्या आज रसोई न बनेगी, तो दो में से एक उठती और मोटे-मोटे टिक्कड़ लगाकर रख देती, मानो बैलों का रातिब हो। आज प्यारी तन-मन से रसोई के प्रबंध में लगी हुई है। अब वह घर की स्वामिनी है।

तब उसने बाहर निकलकर देखा, कितना कूड़ा-करकट पड़ा हुआ है! बुढ़ऊ दिन-भर मक्खी मारा करते हैं। इतना भी नहीं होता कि ज़रा झाड़ू ही लगा दें। अब क्या इनसे इतना भी न होगा? द्वार चिकना होना चाहिए कि देखकर आदमी का मन प्रसन्न हो जाय। यह नहीं कि उबकाई आने लगे। अभी कह दूँ, तो तिनक उठें। अच्छा, मुन्नी नाँद से अलग क्यों खड़ी है?

उसने मुन्नी के पास जाकर नाँद में झाँका। दुर्गंध आ रही थी। ठीक! मालूम होता है, महीनों से पानी ही नहीं बदला गया। इस तरह तो गाय रह चुकी। अपना पेट भर लिया, छुट्टी हुई, और किसी से क्या मतलब? हाँ, दूध सबको अच्छा लगता है। दादा द्वार पर बैठे चिलम पी रहे हैं, मगर इतना नहीं होता कि चार घड़ा पानी नाँद में डाल दें। मजूर रखा है वह भी तीन कौड़ी का। खाने को डेढ़ सेर; काम करते नानी मरती है। आज आता है तो पूछती हूँ, नाँद में पानी क्यों नहीं बदला। रहना हो, रहे या जाय। आदमी बहुत मिलेंगे। चारों ओर तो लोग मारे-मारे फिर रहे हैं।

आख़िर उससे न रहा गया। घड़ा उठाकर पानी लाने चली।

शिवदास ने पुकारा—पानी क्या होगा बहू? इसमें पानी भरा हुआ है।

प्यारी ने कहा—नाँद का पानी सड़ गया है। मुन्नी भूसे में मुँह नहीं डालती। देखते नहीं हो, कोस भर पर खड़ी है।

शिवदास मार्मिक भाव से मुसकराये और आकर बहू के हाथ से घड़ा ले लिया।

3

कई महीने बीत गये। प्यारी के अधिकार में आते ही उस घर में जैसे वसंत आ गया। भीतर-बाहर जहाँ देखिये, किसी निपुण प्रबंधक के हस्तकौशल, सुविचार और सुरुचि के चिह्न दिखते थे। प्यारी ने गृहयंत्र की ऐसी चाभी कस दी थी कि सभी पुरजे ठीक-ठाक चलने लगे थे। भोजन पहले से अच्छा मिलता है और समय पर मिलता है। दूध ज़्यादा होता है, घी ज़्यादा होता है और काम ज़्यादा होता है। प्यारी न खुद विश्राम लेती है, न दूसरों को विश्राम लेने देती है। घर में ऐसी बरकत आ गयी है कि जो चीज़ माँगो, घर ही में निकल आती है। आदमी से लेकर जानवर तक सभी स्वस्थ दिखाई देते हैं। अब वह पहले की-सी दशा नहीं है कि कोई चिथड़े लपेटे घूम रहा है, किसी को गहने की धुन सवार है। हाँ अगर कोई रुग्ण और चिंतित तथा मलिन वेष में है, तो वह प्यारी है; फिर भी सारा घर उससे जलता है। यहाँ तक कि बूढ़े शिवदास भी कभी-कभी उसकी बदगोई करते हैं। किसी को पहर रात रहे उठना अच्छा नहीं लगता। मेहनत से सभी जी चुराते हैं। फिर भी यह सब मानते हैं कि प्यारी न हो, तो घर का काम न चले। और तो और, दोनों बहनों में भी अब उतना अपनापन नहीं।

प्रातःकाल का समय था। दुलारी ने हाथों के कड़े लाकर प्यारी के सामने पटक दिये और घुन्नाई हुई बोली—लेकर इसे भी भंडारे में बंद कर दे।

प्यारी ने कड़े उठा लिये और कोमल स्वर से कहा—कह तो दिया, हाथ में रुपये आने दे, बनवा दूँगी। अभी ऐसा घिस नहीं गया है कि आज ही उतारकर फेंक दिया जाय।

दुलारी लड़ने को तैयार होकर आयी थी। बोली—तेरे हाथ में काहे को कभी रुपये आयेंगे और काहे को कड़े बनेंगे। जोड़-जोड़ रखने में मजा आता है न?

प्यारी ने हँसकर कहा—जोड़-जोड़ रखती हूँ तो तेरे ही लिये कि मेरे कोई और बैठा हुआ है, कि मैं सबसे ज़्यादा खा-पहन लेती हूँ। मेरा अनंत कब का टूटा पड़ा है।

दुलारी—तुम न खाओ, न पहनो, जस तो पाती हो। यहाँ खाने-पहनने के सिवा और क्या है? मैं तुम्हारा हिसाब-किताब नहीं जानती, मेरे कड़े आज बनने को भेज दो।

प्यारी ने सरल विनोद के भाव से पूछा—रुपये न हों, तो कहाँ से लाऊँ?

दुलारी ने उद्दंडता के साथ कहा—मुझे इससे कोई मतलब नहीं। मैं तो कड़े चाहती हूँ।

इसी तरह घर के सब आदमी अपने-अपने अवसर पर प्यारी को दो-चार खोटी-खरी सुना जाते थे, और वह ग़रीब सबकी धौंस हँसकर सहती थी। स्वामिनी का यह धर्म है कि सबकी धौंस सुन ले और करे वही, जिसमें घर का कल्याण हो! स्वामित्व के कवच पर धौंस, ताने, धमकी किसी का असर न होता। उसकी स्वामिनी की कल्पना इन आघातों से और भी स्वस्थ होती थी। वह गृहस्थी की संचालिका है। सभी अपने-अपने दुःख उसी के सामने रोते हैं, पर जो कुछ वह करती है, वही होता है। इतना उसे प्रसन्न करने के लिये काफी था। गाँव में प्यारी की सराहना होती थी। अभी उम्र ही क्या है, लेकिन सारे घर को सँभाले हुए है। चाहती तो सगाई करके चैन से रहती। इस

घर के पीछे अपने को मिटाये देती है। कभी किसी से हँसती-बोलती भी नहीं, जैसे काया पलट हो गयी।

कई दिन बाद दुलारी के कड़े बनकर आ गये। प्यारी ख़ुद सुनार के घर दौड़-दौड़ गयी।

संध्या हो गयी थी। दुलारी और मथुरा हाट से लौटे। प्यारी ने नये कड़े दुलारी को दिये। दुलारी निहाल हो गयी। चटपट कड़े पहने और दौड़ी हुई बरौठे में जाकर मथुरा को दिखाने लगी। प्यारी बरौठे के द्वार पर छिपी खड़ी यह दृश्य देखने लगी। उसकी आँखें सजल हो गयीं। दुलारी उससे कुल तीन ही साल तो छोटी है! पर दोनों में कितना अंतर है। उसकी आँखें मानो उस दृश्य पर जम गयीं, दंपति का वह सरल आनंद, उनका प्रेमालिंगन, उनकी मुग्ध मुद्रा प्यारी की टकटकी-सी बँध गयी, यहाँ तक कि दीपक के धुँधले प्रकाश में वे दोनों उसकी नज़रों से गायब हो गये और अपने ही अतीत जीवन की एक लीला आँखों के सामने बार-बार नये-नये रूप में आने लगी।

सहसा शिवदास ने पुकारा—बड़ी बहू! एक पैसा दो। तमाखू मँगवाऊँ।

प्यारी की समाधि टूट गयी। आँसू पोंछती हुई भंडारे में पैसा लेने चली गयी।

4

एक-एक करके प्यारी के गहने उसके हाथ से निकलते जाते थे। वह चाहती थी, मेरा घर गाँव में सबसे संपन्न समझा जाय और इस महत्त्वाकांक्षा का मूल्य देना पड़ता था। कभी घर की मरम्मत के लिये और कभी बैलों की नयी गोई खरीदने के लिये, कभी नातेदारों के व्यवहारों के लिये, कभी बीमारों की दवा-दारू के लिये रुपये की ज़रूरत पड़ती रहती थी और जब बहुत कतरब्योंत करने पर भी काम न चलता तो वह अपनी कोई-न-कोई चीज़ निकाल देती। और चीज़ एक बार हाथ से निकलकर फिर न लौटती थी। वह चाहती, तो इनमें से कितने ही खर्चों को टाल जाती; पर जहाँ इज़्ज़त की बात आ पड़ती थी, वह दिल खोलकर ख़र्च करती। अगर गाँव में हेठी हो गयी, तो क्या बात रही! लोग उसी का नाम तो धरेंगे। दुलारी के पास भी गहने थे। दो-एक चीज़ें मथुरा के पास भी थीं, लेकिन प्यारी उनकी चीज़ें न छूती। उनके खाने-पहनने के दिन हैं। वे इस जंजाल में क्यों फँसें!

दुलारी को लड़का हुआ, तो प्यारी ने धूम से जन्मोत्सव मनाने का प्रस्ताव किया।

शिवदास ने विरोध किया—क्या फायदा? जब भगवान की दया से सगाई-ब्याह के दिन आयेंगे, तो धूम-धाम कर लेना।

प्यारी का हौसलों से भरा दिल भला क्यों मानता! बोली—कैसी बात कहते हो दादा? पहलौठे लड़के के लिये भी धूम-धाम न हुई तो कब होगी? मन तो नहीं मानता। फिर दुनिया क्या कहेगी? नाम बड़े, दर्शन थोड़े। मैं तुमसे कुछ नहीं माँगती। अपना सारा सरंजाम कर लूँगी।

गहनों के माथे जायेगी, और क्या? शिवदास ने चिंतित होकर कहा—इस तरह एक दिन धागा भी न बचेगा। कितना समझाया, बेटा, भाई-भौजाई किसी के नहीं होते। अपने पास दो चीज़ें रहेंगी, तो सब मुँह जोहेंगे; नहीं कोई सीधे बात भी न करेगा।

प्यारी ने ऐसा मुँह बनाया, मानो वह ऐसी बूढ़ी बातें बहुत सुन चुकी है, और बोली—जो अपने हैं, वे भी न पूछें, तो भी अपने ही रहते हैं। मेरा धरम मेरे साथ है, उनका धरम उनके साथ है। मर जाऊँगी तो क्या छाती पर लाद ले जाऊँगी?

धूम-धाम से जन्मोत्सव मनाया गया। बरही के दिन सारी बिरादरी का भोज हुआ। लोग खा-पीकर चले गये, प्यारी दिन-भर की थकी-माँदी आँगन में एक टाट का टुकड़ा बिछाकर कमर सीधी करने लगी। आँखें झपक गयीं। मथुरा उसी वक्त घर में आया। नवजात पुत्र को देखने के लिये उसका चित्त व्याकुल हो रहा था। दुलारी सौर-गृह से निकल चुकी थी। गर्भावस्था में उसकी देह क्षीण हो गयी थी, मुँह भी उतर गया था, पर आज स्वस्थता की लालिमा मुख पर छायी हुई थी। सौर के संयम और पौष्टिक भोजन ने देह को चिकना कर दिया था। मथुरा उसे आँगन में देखते ही समीप आ गया और एक बार प्यारी की ओर ताककर उसके निद्रामग्न होने का निश्चय करके उसने शिशु को गोद में ले लिया और उसका मुँह चूमने लगा।

आहट पाकर प्यारी की आँखें खुल गयीं; पर उसने नींद का बहाना किया और अधखुली आँखों से यह आनंद-क्रीड़ा देखने लगी। माता और पिता दोनों बारी-बारी से बालक को चूमते, गले लगाते और उसके मुख को निहारते थे। कितना स्वर्गीय आनंद था! प्यारी की तृषित लालसा एक क्षण के लिये स्वामिनी को भूल गयी। जैसे लगाम से मुखबद्ध, बोझ से लदा हुआ, हाँकने वाले के चाबुक से पीड़ित, दौड़ते-दौड़ते बेदम तुरंग हिनहिनाने की आवाज़ सुनकर कनौतियाँ खड़ी कर लेता है और परिस्थिति को भूलकर एक दबी हुई हिनहिनाहट से उसका जवाब देता है, कुछ वही दशा प्यारी की हुई। उसका मातृत्व जो पिंजरे में बंद, मूक, निश्चेष्ट पड़ा हुआ था, समीप से आने वाली मातृत्व की चहकार सुनकर जैसे जाग पड़ा और चिन्ताओं के उस पिंजरे से निकलने के लिये पंख फड़फड़ाने लगा।

मथुरा ने कहा—यह मेरा लड़का है।

दुलारी ने बालक को गोद में चिपटाकर कहा—हाँ, क्यों नहीं। तुम्हीं ने तो नौ महीने पेट में रखा है। साँसत तो मेरी हुई, बाप कहलाने के लिये तुम कूद पड़े।

मथुरा—मेरा लड़का न होता, तो मेरी सूरत का क्यों होता। चेहरा-मोहरा, रंग-रूप सब मेरा ही-सा है कि नहीं?

दुलारी—इससे क्या होता है। बीज बनिये के घर से आता है। खेत किसान का होता है। उपज बनिये की नहीं होती, किसान की होती है।

मथुरा—बातों में तुमसे कोई न जीतेगा। मेरा लड़का बड़ा हो जायगा, तो मैं द्वार पर बैठकर मजे से हुक्का पिया करूँगा।

दुलारी—मेरा लड़का पढ़े-लिखेगा, कोई बड़ा हुद्दा पाएगा। तुम्हारी तरह दिन-भर बैल के पीछे न चलेगा। मालकिन से कहना है, कल एक पालना बनवा दें।

मथुरा—अब बहुत सबेरे न उठा करना और छाती फाड़कर काम भी न करना।

दुलारी—यह महारानी जीने देंगी?

मथुरा—मुझे तो बेचारी पर दया आती है। उसके कौन बैठा हुआ है? हमीं लोगों के लिये मरती है। भैया होते, तो अब तक दो-तीन बच्चों की माँ हो गयी होती।

प्यारी के कंठ में आँसुओं का ऐसा वेग उठा कि उसे रोकने में सारी देह काँप उठी। अपना वंचित जीवन उसे मरुस्थल सा लगा, जिसकी सूखी रेत पर वह हरा-भरा बाग़ लगाने की निष्फल चेष्टा कर रही थी।

सहसा शिवदास ने भीतर आकर कहा—बड़ी बहू, क्या सो गयी? बाजे वाले को अभी परोसा नहीं मिला। क्या कह दूँ?

5

कुछ दिनों के बाद शिवदास भी मर गया। उधर दुलारी के दो बच्चे और हुए। वह भी अधिकतर बच्चों के लालन-पालन में व्यस्त रहने लगी। खेती का काम मज़दूरों पर आ पड़ा। मथुरा मज़दूर तो अच्छा था, संचालक अच्छा न था। उसे स्वतंत्र रूप से काम लेने का कभी अवसर न मिला। ख़ुद पहले भाई की निगरानी में काम करता रहा। बाद को बाप की निगरानी में काम करने लगा। खेती का तार भी न जानता था। वही मजूर उसके यहाँ टिकते थे, जो मेहनत नहीं, ख़ुशामद करने में कुशल होते थे, इसलिये प्यारी को अब दिन में दो-चार चक्कर हार के भी लगाने पड़ते। कहने को वह अब भी मालकिन थी, पर वास्तव में घर-भर की सेविका थी। मजूर भी उससे त्योरियाँ बदलते, ज़मींदार का प्यादा भी उसी पर धौंस जमाता। भोजन में भी किफ़ायत करनी पड़ती; लड़कों को तो जितनी बार माँगे, उतनी बार कुछ-न-कुछ चाहिए। दुलारी तो लड़कौरी थी, उसे भरपूर भोजन चाहिए। मथुरा घर का सरदार था, उसके इस अधिकार को कौन छीन सकता था? मजूर भला क्यों रियायत करने लगे थे। सारी कसर प्यारी पर निकलती थी। वही एक फालतू चीज़ थी; अगर आधा पेट खाय, तो किसी को हानि न हो सकती थी। तीस वर्ष की अवस्था में उसके बाल पक गये, कमर झुक गयी, आँखों की जोत कम हो गयी; मगर वह प्रसन्न थी। स्वामित्व का गौरव इन सारे ज़ख़्मों पर मरहम का काम करता था।

एक दिन मथुरा ने कहा—भाभी, अब तो कहीं परदेश जाने का जी होता है। यहाँ तो कमाई में बरकत नहीं। किसी तरह पेट की रोटी चल जाती है। वह भी रो-धोकर। कई आदमी पूरब से आये हैं। वे कहते हैं, वहाँ दो-तीन रुपये रोज़ की मज़दूरी हो जाती है। चार-पाँच साल भी रह गया, तो मालामाल हो जाऊँगा। अब आगे लड़के-वाले हुए, इनके लिये कुछ तो करना ही चाहिए।

दुलारी ने समर्थन किया—हाथ में चार पैसे होंगे, लड़कों को पढ़ायेंगे-लिखाएँगे। हमारी तो किसी तरह कट गयी, लड़कों को तो आदमी बनाना है।

प्यारी यह प्रस्ताव सुनकर अवाक् रह गयी। उनका मुँह ताकने लगी। इसके पहले इस तरह की बातचीत कभी न हुई थी। यह धुन कैसे सवार हो गयी? उसे संदेह हुआ,

शायद मेरे कारण यह भावना उत्पन्न हुई। बोली–मैं तो जाने को न कहूँगी, आगे जैसी इच्छा हो। लड़कों को पढ़ाने-लिखाने के लिये यहाँ भी तो मदरसा है। फिर क्या नित्य यही दिन बने रहेंगे। दो-तीन साल भी खेती बन गयी, तो सब कुछ हो जायगा।

मथुरा–इतने दिन खेती करते हो गये, जब अब तक न बनी, तो अब क्या बन जायगी! इस तरह एक दिन चल देंगे, मन-की-मन में रह जायगी। फिर अब पौरूख भी तो थक रहा है। यह खेती कौन सँभालेगा। लड़कों को मैं चक्की में जोतकर उनकी ज़िन्दगी नहीं खराब करना चाहता।

प्यारी ने आँखों में आँसू लाकर कहा–भैया, घर पर जब तक आधी मिले, सारी के लिये न धावना चाहिए, अगर मेरी ओर से कोई बात हो, तो अपना घर-बार अपने हाथ में करो, मुझे एक टुकड़ा दे देना, पड़ी रहूँगी।

मथुरा आर्द्र कंठ होकर बोला–भाभी, यह तुम क्या कहती हो। तुम्हारे ही सँभाले यह घर अब तक चला है, नहीं रसातल में चला गया होता। इस गिरस्ती के पीछे तुमने अपने को मिट्टी में मिला दिया, अपनी देह घुला डाली। मैं अंधा नहीं हूँ। सब कुछ समझता हूँ। हम लोगों को जाने दो। भगवान ने चाहा, तो घर फिर सँभल जायगा। तुम्हारे लिये हम बराबर खरच-बरच भेजते रहेंगे।

प्यारी ने कहा–जो ऐसा ही है तो तुम चले जाओ, बाल-बच्चों को कहाँ-कहाँ बाँधे फिरोगे।

दुलारी बोली–यह कैसे हो सकता है बहन, यहाँ देहात में लड़के क्या पढ़ें-लिखेंगे। बच्चों के बिना इनका जी भी वहाँ न लगेगा। दौड़-दौड़कर घर आयेंगे और सारी कमाई रेल खा जायगी। परदेश में अकेले जितना खरचा होगा, उतने में सारा घर आराम से रहेगा।

प्यारी बोली–तो मैं ही यहाँ रहकर क्या करूँगी? मुझे भी लेते चलो।

दुलारी उसे साथ ले चलने को तैयार न थी। कुछ दिन जीवन का आनंद उठाना चाहती थी, अगर परदेश में भी यह बंधन रहा, तो जाने से फायदा ही क्या। बोली–बहन, तुम चलती तो क्या बात थी, लेकिन फिर यहाँ का कारोबार तो चौपट हो जायगा। तुम तो कुछ-न-कुछ देखभाल करती ही रहोगी।

प्रस्थान की तिथि के एक दिन पहले ही रामप्यारी ने रात-भर जागकर हलुआ और पूरियाँ पकायीं। जब से इस घर में आयी, कभी एक दिन के लिये अकेले रहने का अवसर नहीं आया। दोनों बहनें सदा साथ रहीं। आज उस भयंकर अवसर को सामने आते देखकर प्यारी का दिल बैठा जाता था। वह देखती थी, मथुरा प्रसन्न है, बाल-वृंद यात्रा के आनंद में खाना-पीना तक भूले हुए हैं, तो उसके जी में आता, वह भी इसी भाँति निर्द्वंद्व रहे, मोह और ममता को पैरों से कुचल डाले, किन्तु वह ममता जिस खाद्यान्न को खा-खाकर पली थी, उसे अपने सामने से हटाये जाते देखकर क्षुब्ध होने से न रुकती थी। दुलारी तो इस तरह निश्चिंत होकर बैठी थी, मानो कोई मेला देखने जा रही है। नयी-नयी चीज़ों को देखने, नयी दुनिया में विचरने की उत्सुकता ने उसे

क्रिया शून्य-सा कर दिया था। प्यारी के सिरे सारे प्रबंध का भार था। धोबी के घर से सब कपड़े आये हैं, या नहीं, कौन-कौन-से बरतन साथ जायेंगे, सफ़र-ख़र्च के लिये कितने रुपये की ज़रूरत होगी। एक बच्चे को खाँसी आ रही थी। दूसरे को कई दिन से दस्त आ रहे थे, उन दोनों की औषधियों को पीसना-कूटना आदि सैकड़ों ही काम व्यस्त किए हुए थे। लड़कोरी न होकर भी वह बच्चों के लालन-पोषण में दुलारी से कुशल थी। देखो, बच्चों को बहुत मारना-पीटना मत। मारने से बच्चे जिद्दी या बेहया हो जाते हैं। बच्चों के साथ आदमी को बच्चा बन जाना पड़ता है। जो तुम चाहो कि हम आराम से पड़े रहें और बच्चे चुपचाप बैठे रहें, हाथ-पैर न हिलायें, तो यह हो नहीं सकता। बच्चे तो स्वभाव के चंचल होते हैं। उन्हें किसी-न-किसी काम में फँसाये रखो। धेले का खिलौना हज़ार घुड़कियों से बढ़कर होता है। दुलारी इन उपदेशों को इस तरह बेमन होकर सुनती थी, मानो कोई सनककर बक रहा हो।

विदाई का दिन प्यारी के लिये परीक्षा का दिन था। उसके जी में आता था। कहीं चली जाय, जिसमें वह दृश्य देखना न पड़े। हाँ! घड़ी-भर में यह घर सूना हो जायगा। वह दिन-भर घर में अकेली पड़ी रहेगी। किससे हँसेगी-बोलेगी। यह सोचकर उसका हृदय काँप जाता था। ज्यों-ज्यों समय निकट आता था, उसकी वृत्तियाँ शिथिल होती जाती थीं। वह कोई काम करते-करते जैसे खो जाती थी और अपलक नेत्रों से किसी वस्तु को ताकने लगती। कभी अवसर पाकर एकांत में जाकर थोड़ा-सा रो आती थी। मन को समझा रही थी, यह लोग अपने होते तो क्या इस तरह चले जाते। यह तो मानने का नाता है; किसी पर कोई ज़बरदस्ती है? दूसरों के लिये कितना ही मरो, तो भी अपने नहीं होते। पानी तेल में कितना ही मिले, फिर भी अलग ही रहेगा। बच्चे नये-नये कुरते पहने, नवाब बने घूम रहे थे। प्यारी उन्हें प्यार करने के लिये गोद लेना चाहती, तो रोने का-सा मुँह बनाकर छुड़ाकर भाग जाते। वह क्या जानती थी कि ऐसे अवसर पर बहुधा अपने बच्चे भी निष्ठुर हो जाते हैं।

दस बजते-बजते द्वार पर बैलगाड़ी आ गयी। लड़के पहले ही से उस पर जा बैठे। गाँव के कितने स्त्री-पुरुष मिलने आये। प्यारी को इस समय उनका आना बुरा लग रहा था। वह दुलारी से थोड़ी देर एकांत गले मिलकर रोना चाहती थी, मथुरा से हाथ जोड़कर कहना चाहती थी, मेरी खोज-ख़बर लेते रहना, तुम्हारे सिवा मेरा संसार में कौन है, लेकिन इस भम्भड़ में उसको इन बातों का मौका न मिला। मथुरा और दुलारी दोनों गाड़ी में जा बैठे और प्यारी द्वार पर रोती खड़ी रह गयी। वह इतनी विह्वल थी कि गाँव के बाहर तक पहुँचाने की भी उसे सुधि न रही।

6

कई दिन तक प्यारी मूर्छित-सी पड़ी रही। न घर से निकली, न चूल्हा जलाया, न हाथ-मुँह धोया। उसका हलवाहा जोखू बार-बार आकर कहता-'मालकिन, उठो, मुँह-हाथ धोओ, कुछ खाओ-पियो। कब तक इस तरह पड़ी रहोगी। इस तरह की

तसल्ली गाँव की और स्त्रियाँ भी देती थीं। पर उनकी तसल्ली में एक प्रकार की ईर्ष्या का भाव छिपा हुआ जान पड़ता था।

जोखू के स्वर में सच्ची सहानुभूति झलकती थी। जोखू कामचोर, बातूनी और नशेबाज था। प्यारी उसे बराबर डाँटती रहती थी। दो-एक बार उसे निकाल भी चुकी थी। पर मथुरा के आग्रह से फिर रख लिया था। आज भी जोखू की सहानुभूति-भरी बातें सुनकर प्यारी झुँझलाती, यह काम करने क्यों नहीं जाता। यहाँ मेरे पीछे क्यों पड़ा हुआ है, मगर उसे झिड़क देने को जी न चाहता था। उसे उस समय सहानुभूति की भूख थी। फल काँटेदार वृक्ष से भी मिलें तो क्या उन्हें छोड़ दिया जाता है?

धीरे-धीरे क्षोभ का वेग कम हुआ। जीवन के व्यापार होने लगे। अब खेती का सारा भार प्यारी पर था। लोगों ने सलाह दी, एक हल तोड़ दो और खेतों को उठा दो, पर प्यारी का गर्व यों ढोल बजाकर अपनी पराजय स्वीकार न करना था। सारे काम पूर्ववत् चलने लगे। उधर मथुरा के चिट्ठी-पत्री न भेजने से उसके अभिमान को और भी उत्तेजना मिली। वह समझता है, मैं उसके आसरे बैठी हूँ, उसके चिट्ठी भेजने से मुझे कोई निधि न मिल जाती। उसे अगर मेरी चिन्ता नहीं है, तो मैं कब उसकी परवाह करती हूँ।

घर में तो अब विशेष काम रहा नहीं, प्यारी सारे दिन खेती-बारी के कामों में लगी रहती। खरबूजे बोये थे। वह ख़ूब फले और ख़ूब बिके। पहले सारा दूध घर में ख़र्च हो जाता था, अब बिकने लगा। प्यारी की मनोवृत्तियों में भी एक विचित्र परिवर्तन आ गया। वह अब साफ कपड़े पहनती, माँग-चोटी की ओर से भी उतनी उदासीन न थी। आभूषणों में भी रुचि हुई। रुपये हाथ में आते ही उसने अपने गिरवी गहने छुड़ाए और भोजन भी संयम से करने लगी। सागर पहले खेतों को सींचकर ख़ुद खाली हो जाता था। अब निकास की नालियाँ बंद हो गयी थीं। सागर में पानी जमा होने लगा और उसमें हल्की-हल्की लहरें भी थीं, खिले हुए कमल भी थे।

एक दिन जोखू हार से लौटा, तो अँधेरा हो गया था। प्यारी ने पूछा—अब तक वहाँ क्या करता रहा?

जोखू ने कहा—चार क्यारियाँ बच रही थी। मैंने सोचा, दस मोट और खींच दूँ। कल का झंझट कौन रखे?

जोखू अब कुछ दिनों से काम में मन लगाने लगा था। जब तक मालिक उसके सिर पर सवार रहते थे, वह हीले-बहाने करता था। अब सब-कुछ उसके हाथ में था। प्यारी सारे दिन हार में थोड़ी ही रह सकती थी, इसलिये अब उसमें ज़िम्मेदारी आ गयी थी।

प्यारी ने लोटे का पानी रखते हुए कहा—अच्छा, हाथ मुँह धो डालो। आदमी जान रखकर काम करता है, हाय-हाय करने से कुछ नहीं होता। खेत आज न होते, कल होते, क्या जल्दी थी।

जोखू ने समझा, प्यारी बिगड़ रही है। उसने तो अपनी समझ में कारगुजारी की थी और समझा था, तारीफ़ होगी। यहाँ आलोचना हुई। चिढ़कर बोला—मालकिन, दाहने-बायें

दोनों ओर चलती हो। जो बात नहीं समझती हो, उसमें क्यों कूदती हो? कल के लिये तो उंचवा के खेत पड़े सूख रहे हैं। आज बड़ी मुश्किल से कुआँ खाली हुआ था। सवेरे मैं पहुँचता, तो कोई और आकर न छेंक लेता? फिर अठवारे तक राह देखनी पड़ती। तब तक तो सारी ऊख बिदा हो जाती।

प्यारी उसकी सरलता पर हँसकर बोली–अरे, तो मैं तुझे कुछ कह थोड़ी रही हूँ, पागल। मैं तो कहती हूँ कि जान रखकर काम कर। कहीं बीमार पड़ गया, तो लेने के देने पड़ जायेंगे।

जोखू–कौन बीमार पड़ जायगा, मैं? बीस साल में कभी सिर तक तो दुखा नहीं, आगे की नहीं जानता। कहो रात-भर काम करता रहूँ।

प्यारी–मैं क्या जानूँ, तुम्हीं अंतरे दिन बैठे रहते थे, और पूछा जाता था तो कहते थे–जुर आ गया था, पेट में दरद था।

जोखू झेंपता हुआ बोला–वह बातें जब थीं, जब मालिक लोग चाहते थे कि इसे पीस डालें। अब तो जानता हूँ, मेरे ही माथे हैं। मैं न करूँगा तो सब चौपट हो जायगा।

प्यारी–मैं क्या देख-भाल नहीं करती?

जोखू–तुम बहुत करोगी, दो बेर चली जाओगी। सारे दिन तुम वहाँ बैठी नहीं रह सकतीं।

प्यारी को उसके निष्कपट व्यवहार ने मुग्ध कर दिया। बोली–तो इतनी रात गये चूल्हा जलाओगे। कोई सगाई क्यों नहीं कर लेते?

जोखू ने मुँह धोते हुए कहा–तुम भी ख़ूब कहती हो मालकिन! अपने पेट-भर को तो होता नहीं, सगाई कर लूँ! सवा सेर खाता हूँ, एक जून पूरा सवा सेर! दोनों जून के लिये दो सेर चाहिए।

प्यारी–अच्छा, आज मेरी रसोई में खाओ, देखूँ कितना खाते हो?

जोखू ने पुलकित होकर कहा–नहीं मालकिन, तुम बनाते-बनाते थक जाओगी। हाँ, आध-आध सेर की दो रोटी बनाकर खिला दो, तो खा लूँ। मैं तो यही करता हूँ। बस, आटा सानकर दो रोटी बनाता हूँ और उपले पर सेंक लेता हूँ। कभी मठे से, कभी नमक से, कभी प्याज से खा लेता हूँ और आकर पड़ रहता हूँ।

प्यारी–मैं तुम्हें आज फुलके खिलाऊँगी।

जोखू–तब तो सारी रात खाते ही बीत जाएगी।

प्यारी–बको मत, चटपट आकर बैठ जाओ।

जोखू–ज़रा बैलों को सानी-पानी देता जाऊँ तो बैठूँ।

7

जोखू और प्यारी में ठनी हुई थी।

प्यारी ने कहा—मैं कहती हूँ, धान रोपने की कोई ज़रूरत नहीं। झड़ी लग जाय, तो खेत डूब जाय। बर्खा बन्द हो जाय, तो खेत सूख जाय। जुआर, बाजरा, सन, अरहर सब तो हैं, धान न सही।

जोखू ने अपने विशाल कंधे पर फावड़ा रखते हुए कहा—जब सबका होगा, तो मेरा भी होगा। सबका डूब जायगा, तो मेरा भी डूब जायगा। मैं क्यों किसी से पीछे रहूँ? बाबा के ज़माने में पाँच बीघा से कम नहीं रोपा जाता था, बिरजू भैया ने उसमें एक-दो बीघे और बढ़ा दिये। मथुरा ने भी थोड़ा-बहुत हर साल रोपा, तो मैं क्या सबसे गया-बीता हूँ? मैं पाँच बीघे से कम न लगाऊँगा।

'तब घर में दो जवान काम करने वाले थे।'

'मैं अकेला उन दोनों के बराबर खाता हूँ। दोनों के बराबर काम क्यों न करूँगा?'

'चल, झूठा कहीं का। कहते थे, दो सेर खाता हूँ, चार सेर खाता हूँ। आध सेर में रह गये।'

'एक दिन तौलो तब मालूम हो।'

'तौला है। बड़े खाने वाले! मैं कहे देती हूँ—धान न रोपो मजूर मिलेंगे नहीं, अकेले हलकान होना पड़ेगा।'

'तुम्हारी बला से, मैं ही हलकान हूँगा न? यह देह किस दिन काम आयेगी।'

प्यारी ने उसके कंधे पर से फावड़ा ले लिया और बोली—तुम पहर रात से पहर रात तक ताल में रहोगे, अकेले मेरा जी ऊबेगा।

जोखू को ऊबने का अनुभव न था। कोई काम न हो, तो आदमी पड़ कर सो रहे। जी क्यों ऊबे? बोला—जी ऊबे तो सो रहना। मैं घर रहूँगा तब तो और जी ऊबेगा। मैं खाली बैठता हूँ तो बार-बार खाने की सूझती है। बातों में देर हो रही है और बादल घिरे आते हैं।

प्यारी ने कहा—अच्छा, कल से जाना, आज बैठो।

जोखू ने मानो बंधन में पड़कर कहा—अच्छा, बैठ गया, कहो क्या कहती हो?

प्यारी ने विनोद करते हुए पूछा—कहना क्या है, मैं तुमसे पूछती हूँ, अपनी सगाई क्यों नहीं कर लेते? अकेले मरती हूँ। तब एक से दो हो जाऊँगी।

जोखू शरमाता हुआ बोला—तुमने फिर वही बेबात की बात छेड़ दी, मालकिन! किससे सगाई कर लूँ यहाँ? ऐसी मेहरिया लेकर क्या करूँगा, जो गहनों के लिये मेरी जान खाती रहे।

प्यारी—यह तो तुमने बड़ी कड़ी शर्त लगायी। ऐसी औरत कहाँ मिलेगी, जो गहने भी न चाहे?

जोखू—यह मैं थोड़े ही कहता हूँ कि वह गहने न चाहे; हाँ, मेरी जान न खाय। तुमने तो कभी गहनों के लिये हठ न किया, बल्कि अपने सारे गहने दूसरों के ऊपर लगा दिये।

प्यारी के कपोलों पर हल्का-सा रंग आ गया। बोली—अच्छा, और क्या चाहते हो?

जोखू—मैं कहने लगूँगा, तो बिगड़ जाओगी।

प्यारी की आँखों में लज़्ज़ा की एक रेखा नज़र आयी, बोली—बिगड़ने की बात कहोगे, तो ज़रूर बिगड़ूँगी।

जोखू—तो मैं न कहूँगा।

प्यारी ने उसे पीछे की ओर ठेलते हुए कहा—कहोगे कैसे नहीं, मैं कहला के छोड़ूँगी।

जोखू—मैं चाहता हूँ कि वह तुम्हारी तरह हो, ऐसी गंभीर हो, ऐसी ही बातचीत में चतुर हो, ऐसा ही अच्छा पकाती हो, ऐसी ही किफ़ायती हो, ऐसी ही हँसमुख हो। बस, ऐसी औरत मिलेगी, तो करूँगा, नहीं इसी तरह पड़ा रहूँगा।

प्यारी का मुख लज़्ज़ा से आरक्त हो गया। उसने पीछे हटकर कहा—तुम बड़े नटखट हो! हँसी-हँसी में सब कुछ कह गये।

ठाकुर का कुआँ

जोखू ने लोटा मुँह से लगाया तो पानी में सख्त बदबू आयी। गंगी से बोला—यह कैसा पानी है? मारे बास के पिया नहीं जाता। गला सूखा जा रहा है और तू सड़ा पानी पिलाये देती है!

गंगी प्रतिदिन शाम पानी भर लिया करती थी। कुआँ दूर था, बार-बार जाना मुश्किल था। कल वह पानी लायी, तो उसमें बू बिलकुल न थी, आज पानी में बदबू कैसी! लोटा नाक से लगाया, तो सचमुच बदबू थी। ज़रूर कोई जानवर कुएँ में गिरकर मर गया होगा, मगर दूसरा पानी आवे कहाँ से?

ठाकुर के कुएँ पर कौन चढ़ने देगा? दूर से लोग डाँट बतायेंगे। साहू का कुआँ गाँव के उस सिरे पर है, परंतु वहाँ भी कौन पानी भरने देगा? कोई तीसरा कुआँ गाँव में है नहीं।

जोखू कई दिन से बीमार है। कुछ देर तक तो प्यास रोके चुप पड़ा रहा, फिर बोला—अब तो मारे प्यास के रहा नहीं जाता। ला, थोड़ा पानी नाक बंद करके पी लूँ।

गंगी ने पानी न दिया। खराब पानी से बीमारी बढ़ जायगी, इतना जानती थी, परंतु यह न जानती थी कि पानी को उबाल देने से उसकी खराबी जाती रहती हैं। बोली—यह पानी कैसे पियोगे? न जाने कौन जानवर मरा है। कुएँ से मैं दूसरा पानी लाये देती हूँ।

जोखू ने आश्चर्य से उसकी ओर देखा—पानी कहाँ से लायेगी?

ठाकुर और साहू के दो कुएँ तो हैं। क्या एक लोटा पानी न भरने देंगे?

'हाथ-पाँव तुड़वा आयेगी और कुछ न होगा। बैठ चुपके से। ब्रह्म-देवता आशीर्वाद देंगे, ठाकुर लाठी मारेंगे, साहूजी एक के पाँच लेंगे। ग़रीबों का दर्द कौन समझता है! हम तो मर भी जाते हैं, तो कोई दुआर पर झाँकने नहीं आता, कंधा देना तो बड़ी बात है। ऐसे लोग कुएँ से पानी भरने देंगे?'

इन शब्दों में कड़वा सत्य था। गंगी क्या जवाब देती, किन्तु उसने वह बदबूदार पानी पीने को न दिया।

2

रात के नौ बजे थे। थके-माँदे मज़दूर तो सो चुके थे, ठाकुर के दरवाज़े पर दस-पाँच बेफ़िक्रे जमा थे। मैदानी बहादुरी का तो अब न ज़माना रहा है, न मौका। क़ानूनी बहादुरी की बातें हो रही थीं। कितनी होशियारी से ठाकुर ने थानेदार को एक खास मुक़दमे में रिश्वत दी और साफ निकल गये। कितनी अक्लमंदी से एक मार्के के मुक़दमे की नकल ले आये। नाजिर और मोहतमिम, सभी कहते थे, नकल नहीं मिल सकती। कोई पचास माँगता, कोई सौ। यहाँ बेपैसे-कौड़ी नकल उड़ा दी। काम करने का ढंग चाहिए।

इसी समय गंगी कुएँ से पानी लेने पहुँची।

कुप्पी की धुँधली रोशनी कुएँ पर आ रही थी। गंगी जगत की आड़ में बैठी मौके का इंतज़ार करने लगी। इस कुएँ का पानी सारा गाँव पीता है। किसी के लिये रोका नहीं, सिर्फ ये बदनसीब नहीं भर सकते।

गंगी का विद्रोही दिल रिवाज़ी पाबंदियों और मजबूरियों पर चोटें करने लगा—हम क्यों नीच हैं और ये लोग क्यों ऊँच हैं? इसलिये कि ये लोग गले में तागा डाल लेते हैं? यहाँ तो जितने हैं, एक-से-एक छँटे हैं। चोरी ये करें, जाल-फरेब ये करें, झूठे मुक़दमे ये करें। अभी इस ठाकुर ने तो उस दिन बेचारे गड़रिये की भेड़ चुरा ली थी और बाद में मारकर खा गया। इन्हीं पंडित के घर में तो बारहों मास जुआ होता है। यही साहू जी तो घी में तेल मिलाकर बेचते हैं। काम करा लेते हैं, मजूरी देते नानी मरती है। किस-किस बात में हमसे ऊँचे हैं, हम गली-गली चिल्लाते नहीं कि हम ऊँचे हैं, हम ऊँचे। कभी गाँव में आ जाती हूँ, तो रस-भरी आँख से देखने लगते हैं। जैसे सबकी छाती पर साँप लोटने लगता है, परंतु घमंड यह कि हम ऊँचे हैं!

कुएँ पर किसी के आने की आहट हुई। गंगी की छाती धक-धक करने लगी। कहीं देख लें तो गजब हो जाय। एक लात भी तो नीचे न पड़े। उसने घड़ा और रस्सी उठा ली और झुककर चलती हुई एक वृक्ष के अँधेरे साये में जा खड़ी हुई। कब इन लोगों को दया आती है किसी पर! बेचारे महँगू को इतना मारा कि महीनों लहू थूकता रहा। इसीलिये तो कि उसने बेगार न दी थी। इस पर ये लोग ऊँचे बनते हैं?

कुएँ पर स्त्रियाँ पानी भरने आयी थीं। इनमें बात हो रही थी।

'खाना खाने चले और हुक्म हुआ कि ताज़ा पानी भर लाओ। घड़े के लिये पैसे नहीं हैं।'

'हम लोगों को आराम से बैठे देखकर जैसे मरदों को जलन होती है।'

'हाँ, यह तो न हुआ कि कलसिया उठाकर भर लाते। बस, हुकुम चला दिया कि ताज़ा पानी लाओ, जैसे हम लौंडियाँ ही तो हैं।'

'लौंडियाँ नहीं तो और क्या हो तुम? रोटी-कपड़ा नहीं पातीं? दस-पाँच रुपये भी छीन-झपटकर ले ही लेती हो। और लौंडियाँ कैसी होती हैं!'

'मत जलाओ, दीदी! दिन-भर आराम करने को जी तरसकर रह जाता है। इतना काम किसी दूसरे के घर कर देती, तो इससे कहीं आराम से रहती। ऊपर से वह एहसान मानता! यहाँ काम करते-करते मर जाओ; पर किसी का मुँह ही सीधा नहीं होता।'

दोनों पानी भरकर चली गयीं, तो गंगी वृक्ष की छाया से निकली और कुएँ की जगत के पास आई। बेफ़िक्रे चले गये थे। ठाकुर भी दरवाज़ा बंद कर अन्दर आँगन में सोने जा रहे थे। गंगी ने क्षणिक सुख की साँस ली। किसी तरह मैदान तो साफ हुआ। अमृत चुरा लाने के लिये जो राजकुमार किसी ज़माने में गया था, वह भी शायद इतनी सावधानी के साथ और समझ-बूझकर न गया हो। गंगी दबे पाँव कुएँ की जगत पर चढ़ी, विजय का ऐसा अनुभव उसे पहले कभी न हुआ था।

उसने रस्सी का फंदा घड़े में डाला। दायें-बायें चौकन्नी दृष्टि से देखा जैसे कोई सिपाही रात को शत्रु के किले में सुराख कर रहा हो। अगर इस समय वह पकड़ ली गयी, तो फिर उसके लिये माफ़ी या रियायत की रत्ती-भर उम्मीद नहीं। अंत में देवताओं को याद करके उसने कलेजा मजबूत किया और घड़ा कुएँ में डाल दिया।

घड़े ने पानी में गोता लगाया, बहुत ही आहिस्ता। ज़रा भी आवाज़ न हुई। गंगी ने दो-चार हाथ जल्दी-जल्दी मारे। घड़ा कुएँ के मुँह तक आ पहुँचा। कोई बड़ा शहजोर पहलवान भी इतनी तेज़ी से न खींच सकता था।

गंगी झुकी कि घड़े को पकड़कर जगत पर रखे कि एकाएक ठाकुर साहब का दरवाज़ा खुल गया। शेर का मुँह इससे अधिक भयानक न होगा।

गंगी के हाथ से रस्सी छूट गयी। रस्सी के साथ घड़ा धड़ाम से पानी में गिरा और कई क्षण तक पानी में हिलकोरे की आवाज़ें सुनाई देती रहीं।

ठाकुर कौन है, कौन है? पुकारते हुए कुएँ की तरफ़ आ रहे थे और गंगी जगत से कूदकर भागी जा रही थी।

घर पहुँचकर देखा कि जोखू लोटा मुँह से लगाये वही मैला-गंदा पानी पी रहा है।

पूस की रात

हल्कू ने आकर स्त्री से कहा—सहना आया है, लाओ, जो रुपये रखे हैं, उसे दे दूँ, किसी तरह गला तो छूटे।

मुन्नी झाड़ू लगा रही थी। पीछे फिरकर बोली—तीन ही तो रुपये हैं, दे दोगे तो कम्मल कहाँ से आवेगा? माघ-पूस की रात हार में कैसे कटेगी? उससे कह दो, फसल पर दे देंगे। अभी नहीं।

हल्कू एक क्षण अनिश्चित दशा में खड़ा रहा। पूस सिर पर आ गया, कम्मल के बिना हार में रात को वह किसी तरह नहीं जा सकता। मगर सहना मानेगा नहीं,

घुड़कियाँ जमावेगा, गालियाँ देगा। बला से जाड़ों में मरेंगे, बला तो सिर से टल जाएगी। यह सोचता हुआ वह अपना भारी-भरकम डील लिये हुए (जो उसके नाम को झूठ सिद्ध करता था) स्त्री के समीप आ गया और ख़ुशामद करके बोला—ला दे दे, गला तो छूटे। कम्मल के लिये कोई दूसरा उपाय सोचूँगा।

मुन्नी उसके पास से दूर हट गयी और आँखें तरेरती हुई बोली—कर चुके दूसरा उपाय! ज़रा सुनूँ तो कौन-सा उपाय करोगे? कोई ख़ैरात में दे देगा कम्मल? न जाने कितनी बाकी है, जो किसी तरह चुकने ही नहीं आती। मैं कहती हूँ, तुम क्यों नहीं खेती छोड़ देते? मर-मर काम करो, उपज हो तो बाकी दे दो, चलो छुट्टी हुई। बाकी चुकाने के लिये ही तो हमारा जनम हुआ है। पेट के लिये मजूरी करो। ऐसी खेती से बाज आये। मैं रुपये न दूँगी, न दूँगी।

हल्कू उदास होकर बोला—तो क्या गाली खाऊँ?

मुन्नी ने तड़पकर कहा—गाली क्यों देगा, क्या उसका राज है?

मगर यह कहने के साथ ही उसकी तनी हुई भौंहें ढीली पड़ गयीं। हल्कू के उस वाक्य में जो कठोर सत्य था, वह मानो एक भीषण जंतु की भाँति उसे घूर रहा था।

उसने जाकर आले पर से रुपये निकाले और लाकर हल्कू के हाथ पर रख दिये। फिर बोली—तुम छोड़ दो अबकी से खेती। मजूरी में सुख से एक रोटी तो खाने को मिलेगी। किसी की धौंस तो न रहेगी। अच्छी खेती है! मजूरी करके लाओ, वह भी उसी में झोंक दो, उस पर धौंस।

हल्कू ने रुपये लिये और इस तरह बाहर चला मानो अपना हृदय निकालकर देने जा रहा हो। उसने मजूरी से एक-एक पैसा काट-कपटकर तीन रुपये कम्मल के लिये जमा किये थे। वह आज निकले जा रहे थे। एक-एक पग के साथ उसका मस्तक अपनी दीनता के भार से दबा जा रहा था।

2

पूस की अँधेरी रात! आकाश पर तारे भी ठिठुरते हुए मालूम होते थे। हल्कू अपने खेत के किनारे ऊख के पतों की एक छतरी के नीचे बाँस के खटोले पर अपनी पुरानी गाढ़े की चादर ओढ़े पड़ा काँप रहा था। खाट के नीचे उसका संगी कुत्ता जबरा पेट में मुँह डाले सर्दी से कूँ-कूँ कर रहा था। दो में से एक को भी नींद न आती थी।

हल्कू ने घुटनियों को गर्दन में चिपकाते हुए कहा—क्यों जबरा, जाड़ा लगता है? कहता तो था, घर में पुआल पर लेट रह, तो यहाँ क्या लेने आये थे? अब खाओ ठंड, मैं क्या करूँ? जानते थे, मैं यहाँ हलुवा-पूरी खाने आ रहा हूँ, दौड़े-दौड़े आगे-आगे चले आये। अब रोओ नानी के नाम को।

जबरा ने पड़े-पड़े दुम हिलायी और अपनी कूँ-कूँ को दीर्घ बनाता हुआ एक बार जम्हाई लेकर चुप हो गया। उसकी श्वान-बुद्धि ने शायद ताड़ लिया, स्वामी को मेरी कूँ-कूँ से नींद नहीं आ रही है।

हल्कू ने हाथ निकालकर जबरा की ठंडी पीठ सहलाते हुए कहा–कल से मत आना मेरे साथ, नहीं तो ठंडे हो जाओगे। यह राँड पछुआ न जाने कहाँ से बरफ लिये आ रही है। उठूँ, फिर एक चिलम भरूँ। किसी तरह रात तो कटे! आठ चिलम तो पी चुका। यह खेती का मजा है! और एक-एक भगवान ऐसे पड़े हैं, जिनके पास जाड़ा जाय तो गरमी से घबड़ाकर भागे। मोटे-मोटे गद्दे, लिहाफ-कम्मल। मजाल है, जाड़े का गुज़र हो जाय। तकदीर की ख़ूबी! मजूरी हम करें, मजा दूसरे लूटें!

हल्कू उठा, गड्ढ़े में से ज़रा-सी आग निकालकर चिलम भरी। जबरा भी उठ बैठा।

हल्कू ने चिलम पीते हुए कहा–पियेगा चिलम, जाड़ा तो क्या जाता है, ज़रा मन बदल जाता है।

जबरा ने उसके मुँह की ओर प्रेम से छलकती हुई आँखों से देखा।

हल्कू–आज और जाड़ा खा ले। कल से मैं यहाँ पुआल बिछा दूँगा। उसी में घुसकर बैठना, तब जाड़ा न लगेगा।

जबरा ने अपने पंजे उसकी घुटनियों पर रख दिये और उसके मुँह के पास अपना मुँह ले गया। हल्कू को उसकी गर्म साँस लगी।

चिलम पीकर हल्कू फिर लेटा और निश्चय करके लेटा कि चाहे कुछ हो अबकी सो जाऊँगा, पर एक ही क्षण में उसके हृदय में कम्पन होने लगा। कभी इस करवट लेटता, कभी उस करवट, पर जाड़ा किसी पिशाच की भाँति उसकी छाती को दबाये हुए था।

जब किसी तरह न रहा गया तो उसने जबरा को धीरे से उठाया और उसके सिर को थपथपाकर उसे अपनी गोद में सुला लिया। कुत्ते की देह से जाने कैसी दुर्गंध आ रही थी, पर वह उसे अपनी गोद में चिपटाये हुए ऐसे सुख का अनुभव कर रहा था, जो इधर महीनों से उसे न मिला था। जबरा शायद यह समझ रहा था कि स्वर्ग यहीं है और हल्कू की पवित्र आत्मा में तो उस कुत्ते के प्रति घृणा की गंध तक न थी। अपने किसी अभिन्न मित्र या भाई को भी वह इतनी ही तत्परता से गले लगाता। वह अपनी दीनता से आहत न था, जिसने आज उसे इस दशा को पहुँचा दिया। नहीं, इस अनोखी मैत्री ने जैसे उसकी आत्मा के सब द्वार खोल दिये थे और उनका एक-एक अणु प्रकाश से चमक रहा था।

सहसा जबरा ने किसी जानवर की आहट पायी। इस विशेष आत्मीयता ने उसमें एक नयी स्फूर्ति पैदा कर दी थी, जो हवा के ठंडे झोंकों को तुच्छ समझती थी। वह झपटकर उठा और छपरी से बाहर आकर भूँकने लगा। हल्कू ने उसे कई बार चुमकारकर बुलाया, पर वह उसके पास न आया। हार में चारों तरफ़ दौड़-दौड़कर भूँकता रहा। एक क्षण के लिये आ भी जाता, तो तुरंत ही फिर दौड़ता। कर्तव्य उसके हृदय में अरमान की भाँति ही उछल रहा था।

3

एक घंटा और गुज़र गया। रात ने शीत को हवा से धधकाना शुरू किया। हल्कू उठ बैठा और दोनों घुटनों को छाती से मिलाकर सिर को उसमें छिपा लिया, फिर भी ठंड कम न हुई। ऐसा जान पड़ता था, सारा रक्त जम गया है, धमनियों में रक्त की जगह हिम बह रहा है। उसने झुककर आकाश की ओर देखा, अभी कितनी रात बाकी है! सप्तर्षि अभी आकाश में आधे भी नहीं चढ़े। ऊपर आ जायेंगे तब कहीं सबेरा होगा। अभी पहर से ऊपर रात है।

हल्कू के खेत से कोई एक गोली के टप्पे पर आमों का एक बाग़ था। पतझड़ शुरू हो गयी थी। बाग़ में पत्तियों का ढेर लगा हुआ था। हल्कू ने सोचा, चलकर पत्तियाँ बटोरूँ और उन्हें जलाकर खूब तापूँ। रात को कोई मुझे पत्तियाँ बटोरते देख तो समझे कोई भूत है। कौन जाने, कोई जानवर ही छिपा बैठा हो, मगर अब तो बैठे नहीं रहा जाता।

उसने पास के अरहर के खेत में जाकर कई पौधे उखाड़ लिये और उनका एक झाड़ू बनाकर हाथ में सुलगता हुआ उपला लिये बगीचे की तरफ़ चला। जबरा ने उसे आते देखा तो पास आया और दुम हिलाने लगा।

हल्कू ने कहा—अब तो नहीं रहा जाता जबरू। चलो बगीचे में पत्तियाँ बटोरकर तापें। टाँठे हो जायेंगे, तो फिर आकर सोयेंगें। अभी तो बहुत रात है।

जबरा ने कूँ-कूँ करके सहमति प्रकट की और आगे-आगे बगीचे की ओर चला।

बगीचे में खूब अँधेरा छाया हुआ था और अन्धकार में निर्दय पवन पत्तियों को कुचलता हुआ चला जाता था। वृक्षों से ओस की बूँदें टप-टप नीचे टपक रही थीं।

एकाएक एक झोंका मेहँदी के फूलों की ख़ुशबू लिये हुए आया।

हल्कू ने कहा—कैसी अच्छी महक आई जबरू! तुम्हारी नाक में भी तो सुगंध आ रही है?

जबरा को कहीं ज़मीन पर एक हड्डी पड़ी मिल गयी थी। उसे चिंचोड़ रहा था।

हल्कू ने आग ज़मीन पर रख दी और पत्तियाँ बटोरने लगा। ज़रा देर में पत्तियों का ढेर लग गया। हाथ ठिठुरे जाते थे। नंगे पाँव गले जाते थे। और वह पत्तियों का पहाड़ खड़ा कर रहा था। इसी अलाव में वह ठंड को जलाकर भस्म कर देगा।

थोड़ी देर में अलाव जल उठा। उसकी लौ ऊपर वाले वृक्ष की पत्तियों को छू-छूकर भागने लगी। उस अस्थिर प्रकाश में बगीचे के विशाल वृक्ष ऐसे मालूम होते थे, मानो उस अथाह अन्धकार को अपने सिरों पर सँभाले हुए हों। अन्धकार के उस अनंत सागर में यह प्रकाश एक नौका के समान हिलता, मचलता हुआ जान पड़ता था।

हल्कू अलाव के सामने बैठा आग ताप रहा था। एक क्षण में उसने दोहर उताकर बगल में दबा ली, दोनों पाँव फैला दिए, मानो ठंड को ललकार रहा हो, तेरे जी में

जो आये सो कर। ठंड की असीम शक्ति पर विजय पाकर वह विजय-गर्व को हृदय में छिपा न सकता था।

उसने जबरा से कहा—क्यों जब्बर, अब ठंड नहीं लग रही है?

जब्बर ने कूँ-कूँ करके मानो कहा—अब क्या ठंड लगती ही रहेगी?

'पहले से यह उपाय न सूझा, नहीं इतनी ठंड क्यों खाते।'

जब्बर ने पूँछ हिलायी।

'अच्छा आओ, इस अलाव को कूदकर पार करें। देखें, कौन निकल जाता है। अगर जल गये बच्चा, तो मैं दवा न करूँगा।'

जब्बर ने उस अग्निराशि की ओर कातर नेत्रों से देखा!

मुन्नी से कल न कह देना, नहीं तो लड़ाई करेगी।

यह कहता हुआ वह उछला और उस अलाव के ऊपर से साफ निकल गया। पैरों में ज़रा लपट लगी, पर वह कोई बात न थी। जबरा आग के गिर्द घूमकर उसके पास आ खड़ा हुआ।

हल्कू ने कहा—चलो-चलो इसकी सही नहीं! ऊपर से कूदकर आओ। वह फिर कूदा और अलाव के इस पार आ गया।

4

पत्तियाँ जल चुकी थीं। बगीचे में फिर अँधेरा छा गया था। राख के नीचे कुछ-कुछ आग बाकी थी, जो हवा का झोंका आ जाने पर ज़रा जाग उठती थी, पर एक क्षण में फिर आँखें बंद कर लेती थी!

हल्कू ने फिर चादर ओढ़ ली और गर्म राख के पास बैठा हुआ एक गीत गुनगुनाने लगा। उसके बदन में गर्मी आ गयी थी, पर ज्यों-ज्यों शीत बढ़ती जाती थी, उसे आलस्य दबाये लेता था।

जबरा ज़ोर से भूँककर खेत की ओर भागा। हल्कू को ऐसा मालूम हुआ कि जानवरों का एक झुंड खेत में आया है। शायद नीलगायों का झुंड था। उनके कूदने-दौड़ने की आवाज़ें साफ कान में आ रही थीं। फिर ऐसा मालूम हुआ कि खेत में चर रही हैं। उनके चबाने की आवाज़ चर-चर सुनाई देने लगी।

उसने दिल में कहा—नहीं, जबरा के होते कोई जानवर खेत में नहीं आ सकता। नोच ही डाले। मुझे भ्रम हो रहा है। कहाँ! अब तो कुछ नहीं सुनाई देता। मुझे भी कैसा धोखा हुआ!

उसने ज़ोर से आवाज़ लगायी—जबरा, जबरा।

जबरा भूँकता रहा। उसके पास न आया।

फिर खेत के चरे जाने की आहट मिली। अब वह अपने को धोखा न दे सका। उसे अपनी जगह से हिलना ज़हर लग रहा था। कैसा दंदाया हुआ था। इस जाड़े-पाले

में खेत में जाना, जानवरों के पीछे दौड़ना असह्य जान पड़ा। वह अपनी जगह से न हिला।

उसने ज़ोर से आवाज़ लगायी–लिहो-लिहो!लिहो!!

जबरा फिर भूँक उठा। जानवर खेत चर रहे थे। फसल तैयार है। कैसी अच्छी खेती थी, पर ये दुष्ट जानवर उसका सर्वनाश किये डालते हैं।

हल्कू पक्का इरादा करके उठा और दो-तीन क़दम चला, पर एकाएक हवा का ऐसा ठंडा, चुभने वाला, बिच्छू के डंक का-सा झोंका लगा कि वह फिर बुझते हुए अलाव के पास आ बैठा और राख को कुरेदकर अपनी ठंडी देह को गर्माने लगा।

जबरा अपना गला फाड़ डालता था, नीलगायें खेत का सफाया किए डालती थीं और हल्कू गर्म राख के पास शांत बैठा हुआ था। अकर्मण्यता ने रस्सियों की भाँति उसे चारों तरफ़ से जकड़ रखा था।

उसी राख के पास गर्म ज़मीन पर वह चादर ओढ़कर सो गया।

सबेरे जब उसकी नींद खुली, तब चारों तरफ़ धूप फैल गयी थी और मुन्नी कह रही थी–क्या आज सोते ही रहोगे? तुम यहाँ आकर रम गये और उधर सारा खेत चौपट हो गया।

हल्कू ने उठकर कहा–क्या तू खेत से होकर आ रही है?

मुन्नी बोली–हाँ, सारे खेत का सत्यानाश हो गया। भला, ऐसा भी कोई सोता है। तुम्हारे यहाँ मड़ैया डालने से क्या हुआ?

हल्कू ने बहाना किया–मैं मरते-मरते बचा, तुझे अपने खेत की पड़ी है। पेट में ऐसा दरद हुआ कि मैं ही जानता हूँ!

दोनों फिर खेत के डाँड़ पर आये। देखा, सारा खेत रौंदा पड़ा हुआ है और जबरा मड़ैया के नीचे चित लेटा है, मानो प्राण ही न हों।

दोनों खेत की दशा देख रहे थे। मुन्नी के मुख पर उदासी छायी थी, पर हल्कू प्रसन्न था।

मुन्नी ने चिंतित होकर कहा–अब मजूरी करके मालगुजारी भरनी पड़ेगी।

हल्कू ने प्रसन्न मुख से कहा–रात को ठंड में यहाँ सोना तो न पड़ेगा।

गुल्ली डंडा

हमारे अंग्रेजी दोस्त मानें या न मानें मैं तो यही कहूँगा कि गुल्ली-डंडा सब खेलों का राजा है। अब भी कभी लड़कों को गुल्ली-डंडा खेलते देखता हूँ, तो जी लोट-पोट हो जाता है कि इनके साथ जाकर खेलने लगूँ। न लान की ज़रूरत, न कोर्ट की, न नेट की, न थापी की। मजे से किसी पेड़ से एक टहनी काट ली, गुल्ली बना ली, और दो आदमी भी आ जाए, तो खेल शुरू हो गया।

विलायती खेलों में सबसे बड़ा ऐब है कि उसके सामान महँगे होते हैं। जब तक कम-से-कम एक सैकड़ा न ख़र्च कीजिए, खिलाड़ियों में शुमार ही नहीं हो पाता। यहाँ गुल्ली-डंडा है कि बना हर्र-फिटकरी के चोखा रंग देता है; पर हम अंगरेजी चीज़ों के पीछे ऐसे दीवाने हो रहे हैं कि अपनी सभी चीज़ों से अरुचि हो गयी। स्कूलों में हरेक लड़के से तीन-चार रुपये सालाना केवल खेलने की फीस ली जाती है। किसी को यह नहीं सूझता कि भारतीय खेल खिलाएँ, जो बिना दाम-कौड़ी के खेले जाते हैं। अंगरेजी खेल उनके लिये हैं, जिनके पास धन है। ग़रीब लड़कों के सिर क्यों यह व्यसन मढ़ते हो? ठीक है, गुल्ली से आँख फूट जाने का भय रहता है, तो क्या क्रिकेट से सिर फूट जाने, तिल्ली फट जाने, टाँग टूट जाने का भय नहीं रहता! अगर हमारे माथे में गुल्ली का दाग़ आज तक बना हुआ है, तो हमारे कई दोस्त ऐसे भी हैं, जो थापी को बैसाखी से बदल बैठे। यह अपनी-अपनी रुचि है। मुझे गुल्ली ही सब खेलों से अच्छी लगती है और बचपन की मीठी स्मृतियों में गुल्ली ही सबसे मीठी है। वह प्रातःकाल घर से निकल जाना, वह पेड़ पर चढ़कर टहनियाँ काटना और गुल्ली-डंडे बनाना, वह उत्साह, वह खिलाड़ियों के जमघटे, वह पदना और पदाना, वह लड़ाई-झगड़े, वह सरल स्वभाव, जिससे छूत-अछूत, अमीर-ग़रीब का बिलकुल भेद न रहता था, जिसमें अमीराना चोचलों की, प्रदर्शन की, अभिमान की गुंजाइश ही न थी, यह उसी वक्त भूलेगा जब... जब...। घरवाले बिगड़ रहे हैं, पिताजी चौके पर बैठे वेग से रोटियों पर अपना क्रोध उतार रहे हैं, अम्माँ की दौड़ केवल द्वार तक है, लेकिन उनकी विचार-धारा में मेरा अन्धकारमय भविष्य टूटी हुई नौका की तरह डगमगा रहा है; और मैं हूँ कि पदाने में मस्त हूँ, न नहाने की सुधि है, न खाने की। गुल्ली है तो ज़रा-सी, पर उसमें दुनिया-भर की मिठाइयों की मिठास और तमाशों का आनंद भरा हुआ है।

मेरे हमजोलियों में एक लड़का 'गया' नाम का था। मुझसे दो-तीन साल बड़ा होगा। दुबला, बंदरों की-सी लम्बी-लम्बी, पतली-पतली उँगलियाँ, बंदरों की-सी चपलता, वही झल्लाहट। गुल्ली कैसी ही हो, पर इस तरह लपकता था, जैसे छिपकली कीड़ों पर लपकती है। मालूम नहीं, उसके माँ-बाप थे या नहीं, कहाँ रहता था, क्या खाता था; पर था हमारे गुल्ली-क्लब का चैम्पियन। जिसकी तरफ़ वह आ जाए, उसकी जीत निश्चित थी। हम सब उसे दूर से आते देख, उसका दौड़कर स्वागत करते थे और अपना गोइयाँ बना लेते थे।

एक दिन मैं और गया दो ही खेल रहे थे। वह पदा रहा था। मैं पद रहा था, मगर कुछ विचित्र बात है कि पदाने में हम दिन-भर मस्त रह सकते हैं; पदना एक मिनट का भी अखरता है। मैंने गला छुड़ाने के लिये सब चालें चलीं, जो ऐसे अवसर पर शास्त्र-विहित न होने पर भी क्षम्य हैं, लेकिन गया अपना दाँव लिये बग़ैर मेरा पिंड न छोड़ता था।

मैं घर की ओर भागा। अनुनय-विनय का कोई असर न हुआ था।

गया ने मुझे दौड़कर पकड़ लिया और डंडा तानकर बोला–मेरा दाँव देकर जाओ। पदाया तो बड़े बहादुर बनके, पदने के बेर क्यों भागे जाते हो?

'तुम दिन-भर पदाओ तो मैं दिन-भर पदता रहूँ?'

'हाँ, तुम्हें दिन-भर पदना पड़ेगा।'

'न खाने जाऊँ, न पीने जाऊँ?'

'हाँ! मेरा दाँव दिये बिना कहीं नहीं जा सकते।'

'मैं तुम्हारा गुलाम हूँ?'

'हाँ, मेरे गुलाम हो।'

'मैं घर जाता हूँ, देखूँ मेरा क्या कर लेते हो!'

'घर कैसे जाओगे; कोई दिल्लगी है। दाँव दिया है, दाँव लेंगे।'

'अच्छा, कल मैंने अमरूद खिलाया था। वह लौटा दो।

'वह तो पेट में चला गया।'

'निकालो पेट से। तुमने क्यों खाया मेरा अमरूद?'

'अमरूद तुमने दिया, तब मैंने खाया। मैं तुमसे माँगने न गया था।'

'जब तक मेरा अमरूद न दोगे, मैं दाँव न दूँगा।'

मैं समझता था, न्याय मेरी ओर है। आख़िर मैंने किसी स्वार्थ से ही उसे अमरूद खिलाया होगा। कौन निःस्वार्थ किसी के साथ सलूक करता है। भिक्षा तक तो स्वार्थ के लिये देते हैं। जब गया ने अमरूद खाया, तो फिर उसे मुझसे दाँव लेने का क्या अधिकार है? रिश्वत देकर तो लोग ख़ून पचा जाते हैं, यह मेरा अमरूद यों ही हज़म कर जाएगा? अमरूद पैसे के पाँच वाले थे, जो गया के बाप को भी नसीब न होंगे। यह सरासर अन्याय था।

गया ने मुझे अपनी ओर खींचते हुए कहा–मेरा दाँव देकर जाओ, अमरूद-समरूद मैं नहीं जानता।

मुझे न्याय का बल था। वह अन्याय पर डटा हुआ था। मैं हाथ छुड़ाकर भागना चाहता था। वह मुझे जाने न देता! मैंने उसे गाली दी, उसने उससे कड़ी गाली दी, और गाली-ही नहीं, एक चाँटा जमा दिया। मैंने उसे दाँत काट लिया। उसने मेरी पीठ पर डंडा जमा दिया। मैं रोने लगा! गया मेरे इस अस्त्र का मुकाबला न कर सका। मैंने तुरन्त आँसू पोंछ डाले, डंडे की चोट भूल गया और हँसता हुआ घर जा पहुँचा! मैं थानेदार का लड़का एक नीच जात के लौंडे के हाथों पिट गया, यह मुझे उस समय भी अपमानजनक मालूम हुआ; लेकिन घर में किसी से शिकायत न की।

2

उन्हीं दिनों पिताजी का वहाँ से तबादला हो गया। नयी दुनिया देखने की ख़ुशी में ऐसा फूला कि अपने हमजोलियों से बिछुड़ जाने का बिलकुल दुःख न हुआ। पिताजी

दु:खी थे। वह बड़ी आमदनी की जगह थी। अम्माँजी भी दु:खी थीं, यहाँ सब चीज़ सस्ती थीं, और मुहल्ले की स्त्रियों से घराव-सा हो गया था, लेकिन मैं मारे ख़ुशी के फूला न समाता था। लड़कों में जीट उड़ा रहा था, वहाँ ऐसे घर थोड़े ही होते हैं। ऐसे-ऐसे ऊँचे घर हैं कि आसमान से बातें करते हैं। वहाँ के अँगरेजी स्कूल में कोई मास्टर लड़कों को पीटे, तो उसे जेहल हो जाए। मेरे मित्रों की फैली हुई आँखें और चकित मुद्रा बतला रही थी कि मुझसे उनकी निगाह में कितनी स्पर्धा हो रही थी! मानो कह रहे थे–तू भागवान हो भाई, जाओ। हमें तो इसी ऊजड़ ग्राम में जीना भी है और मरना भी।

बीस साल गुज़र गये। मैंने इंजीनियरी पास की और उसी जिले का दौरा करता हुआ उसी कस्बे में पहुँचा और डाकबँगले में ठहरा। उस स्थान को देखते ही इतनी मधुर बाल-स्मृतियाँ हृदय में जाग उठीं कि मैंने छड़ी उठाई और कस्बे की सैर करने निकला। आँखें किसी प्यासे पथिक की भाँति बचपन के उन क्रीड़ा-स्थलों को देखने के लिये व्याकुल हो रही थीं; पर उस परिचित नाम के सिवा वहाँ और कुछ परिचित न था। जहाँ खँडहर था, वहाँ पक्के मकान खड़े थे। जहाँ बरगद का पुराना पेड़ था, वहाँ अब एक सुन्दर बगीचा था। स्थान की काया-पलट हो गयी थी। अगर उसके नाम और स्थिति का ज्ञान न होता, तो मैं उसे पहचान भी न सकता। बचपन की संचित और अमर स्मृतियाँ बाँहें खोले अपने उन पुराने मित्रों से गले मिलने को अधीर हो रही थीं; मगर वह दुनिया बदल गयी थी। ऐसा जी होता था कि उस धरती से लिपटकर रोऊँ और कहूँ, तुम मुझे भूल गयी! मैं तो अब भी तुम्हारा वही रूप देखना चाहता हूँ।

सहसा एक खुली जगह में मैंने दो-तीन लड़कों को गुल्ली-डंडा खेलते देखा। एक क्षण के लिये मैं अपने को बिलकुल भूल गया। भूल गया कि मैं एक ऊँचा अफ़सर हूँ, साहबी ठाठ में, रौब और अधिकार के आवरण में।

जाकर एक लड़के से पूछा–क्यों बेटे, यहाँ कोई गया नाम का आदमी रहता है?

एक लड़के ने गुल्ली-डंडा समेटकर सहमे हुए स्वर में कहा–कौन गया? गया चमार?

मैंने यों ही कहा–हाँ-हाँ वही। गया नाम का कोई आदमी है तो? शायद वही हो।

'हाँ, है तो।'

'ज़रा उसे बुला सकते हो?'

लड़का दौड़ता हुआ गया और एक क्षण में एक पाँच हाथ के काले देव को साथ लिये आता दिखाई दिया। मैं दूर से ही पहचान गया। उसकी ओर लपकना चाहता था कि उसके गले लिपट जाऊँ, पर कुछ सोचकर रह गया। बोला–कहो गया, मुझे पहचानते हो?

गया ने झुककर सलाम किया–हाँ मालिक, भला पहचानूँगा क्यों नहीं! आप मजे में हो?

'बहुत मजे में। तुम अपनी कहो।'

'डिप्टी साहब का साईस हूँ।'

'मतई, मोहन, दुर्गा सब कहाँ हैं? कुछ ख़बर है?

'मतई तो मर गया, दुर्गा और मोहन दोनों डाकिया हो गये हैं। आप?'

'मैं तो जिले का इंजीनियर हूँ।'

'सरकार तो पहले ही बड़े जहीन थे?

'अब कभी गुल्ली-डंडा खेलते हो?'

गया ने मेरी ओर प्रश्न-भरी आँखों से देखा—अब गुल्ली-डंडा क्या खेलूँगा सरकार, अब तो धंधे से छुट्टी नहीं मिलती।

'आओ, आज हम-तुम खेलें। तुम पदाना, हम पदेंगे। तुम्हारा एक दाँव हमारे ऊपर है। वह आज ले लो।'

गया बड़ी मुश्किल से राजी हुआ। वह ठहरा टके का मज़दूर, मैं एक बड़ा अफ़सर। हमारा और उसका क्या जोड़? बेचारा झेंप रहा था। लेकिन मुझे भी कुछ कम झेंप न थी; इसलिये नहीं कि मैं गया के साथ खेलने जा रहा था, बल्कि इसलिये कि लोग इस खेल को अजूबा समझकर इसका तमाशा बना लेंगे और अच्छी-खासी भीड़ लग जाएगी। उस भीड़ में वह आनंद कहाँ रहेगा, पर खेले बग़ैर तो रहा नहीं जाता। आख़िर निश्चय हुआ कि दोनों जने बस्ती से बहुत दूर खेलेंगे और बचपन की उस मिठाई को ख़ूब रस ले-लेकर खायेंगे। मैं गया को लेकर डाकबँगले पर आया और मोटर में बैठकर दोनों मैदान की ओर चले। साथ में एक कुल्हाड़ी ले ली। मैं गंभीर भाव धारण किए हुए था, लेकिन गया इसे अभी तक मजाक ही समझ रहा था। फिर भी उसके मुख पर उत्सुकता या आनंद का कोई चिह्न न था। शायद वह हम दोनों में जो अंतर हो गया था, यही सोचने में मगन था।

मैंने पूछा—तुम्हें कभी हमारी याद आती थी गया? सच कहना।

गया झेंपता हुआ बोला—मैं आपको याद करता हुज़ूर, किस लायक हूँ। भाग में आपके साथ कुछ दिन खेलना बदा था; नहीं मेरी क्या गिनती?

मैंने कुछ उदास होकर कहा—लेकिन मुझे तो बराबर, तुम्हारी याद आती थी। तुम्हारा वह डंडा, जो तुमने तानकर जमाया था, याद है न?

गया ने पछताते हुए कहा—वह लड़कपन था सरकार, उसकी याद न दिलाओ।

'वाह! वह मेरे बाल-जीवन की सबसे रसीली याद है। तुम्हारे उस डंडे में जो रस था, वह तो अब न आदर-सम्मान में पाता हूँ, न धन में।'

इतनी देर में हम बस्ती से कोई तीन मील निकल आये। चारों तरफ़ सन्नाटा है। पश्चिम ओर कोसों तक भीमताल फैला हुआ है, जहाँ आकर हम किसी समय कमल पुष्प तोड़ ले जाते थे और उसके झूमक बनाकर कानों में डाल लेते थे। जेठ की संध्या केसर में डूबी चली आ रही है। मैं लपककर एक पेड़ पर चढ़ गया और एक टहनी काट लाया। चटपट गुल्ली-डंडा बन गया।

खेल शुरू हो गया। मैंने गुच्ची में गुल्ली रखकर उछाली। गुल्ली गया के सामने से निकल गयी। उसने हाथ लपकाया, जैसे मछली पकड़ रहा हो। गुल्ली उसके पीछे जाकर गिरी। यह वही गया है, जिसके हाथों में गुल्ली जैसे आप ही आकर बैठ जाती थी। वह दाहिने-बाएँ कहीं हो, गुल्ली उसकी हथेली में ही पहुँचती थी। जैसे गुल्लियों पर वशीकरण डाल देता हो। नयी गुल्ली, पुरानी गुल्ली, छोटी गुल्ली, बड़ी गुल्ली, नोकदार गुल्ली, सपाट गुल्ली सभी उससे मिल जाती थीं। जैसे उसके हाथों में कोई चुम्बक हो, गुल्लियों को खींच लेता हो; लेकिन आज गुल्ली को उससे वह प्रेम नहीं रहा। फिर तो मैंने पदाना शुरू किया। मैं तरह-तरह की धाँधलियाँ कर रहा था। अभ्यास की कसर बेईमानी से पूरी कर रहा था। चूक जाने पर भी डंडा खेले जाता था। हालाँकि शास्त्र के अनुसार 'गया' की बारी आनी चाहिए थी। गुल्ली पर ओछी चोट पड़ती और वह ज़रा दूर पर गिर पड़ती, तो मैं झपटकर उसे खुद उठा लेता और दोबारा टाँड़ लगाता। गया यह सारी बे-कायदगियाँ देख रहा था; पर कुछ न बोलता था, जैसे उसे वह सब कायदे-क़ानून भूल गये। उसका निशाना कितना अचूक था। गुल्ली उसके हाथ से निकलकर टन से डंडे से आकर लगती थी। उसके हाथ से छूटकर उसका काम था डंडे से टकरा जाना, लेकिन आज वह गुल्ली डंडे में लगती ही नहीं! कभी दाहिने जाती है, कभी बाएँ, कभी आगे, कभी पीछे।

आध घंटे पदाने के बाद एक गुल्ली डंडे में आ लगी। मैंने धाँधली की–गुल्ली डंडे में नहीं लगी। बिलकुल पास से गयी; लेकिन लगी नहीं।

गया ने किसी प्रकार का असंतोष प्रकट नहीं किया।

'न लगी होगी।'

'डंडे में लगती तो क्या मैं बेईमानी करता?'

'नहीं भैया, तुम भला बेईमानी करोगे?'

बचपन में मजाल था कि मैं ऐसा घपला करके जीता बचता! यही गया गर्दन पर चढ़ बैठता, लेकिन आज मैं उसे कितनी आसानी से धोखा दिए चला जाता था। गधा है! सारी बातें भूल गया।

सहसा गुल्ली फिर डंडे से लगी और इतनी ज़ोर से लगी, जैसे बंदूक छूटी हो। इस प्रमाण के सामने अब किसी तरह की धाँधली करने का साहस मुझे इस वक्त भी न हो सका, लेकिन क्यों न एक बार सबको झूठ बताने की चेष्टा करूँ? मेरा हरज ही क्या है। मान गया तो वाह-वाह, नहीं दो-चार हाथ पदना ही तो पड़ेगा। अँधेरा का बहाना करके जल्दी से छुड़ा लूँगा। फिर कौन दाँव देने आता है।

गया ने विजय के उल्लास में कहा–लग गयी, लग गयी। टन से बोली।

मैंने अनजान बनने की चेष्टा करके कहा–तुमने लगते देखा? मैंने तो नहीं देखा।

'टन से बोली है सरकार!'

'और जो किसी ईंट से टकरा गयी हो?

मेरे मुख से यह वाक्य उस समय कैसे निकला, इसका मुझे ख़ुद आश्चर्य है। इस सत्य को झुठलाना वैसा ही था, जैसे दिन को रात बताना। हम दोनों ने गुल्ली को डंडे में ज़ोर से लगते देखा था; लेकिन 'गया' ने मेरा कथन स्वीकार कर लिया।

'हाँ, किसी ईंट में ही लगी होगी। डंडे में लगती तो इतनी आवाज़ न आती।'

मैंने फिर पदाना शुरू कर दिया; लेकिन इतनी प्रत्यक्ष धाँधली कर लेने के बाद गया की सरलता पर मुझे दया आने लगी; इसीलिये जब तीसरी बार गुल्ली डंडे में लगी, तो मैंने बड़ी उदारता से दाँव देना तय कर लिया।

गया ने कहा–अब तो अँधेरा हो गया है भैया, कल पर रखो।

मैंने सोचा, कल बहुत-सा समय होगा, यह न जाने कितनी देर पदाए, इसलिये इसी वक्त मुआमला साफ कर लेना अच्छा होगा।

'नहीं, नहीं। अभी बहुत उजाला है। तुम अपना दाँव ले लो।'

'गुल्ली सूझेगी नहीं।'

'कुछ परवाह नहीं।'

गया ने पदाना शुरू किया; पर उसे अब बिलकुल अभ्यास न था। उसने दो बार टाँड लगाने का इरादा किया; पर दोनों ही बार हुच गया। एक मिनिट से कम में वह दाँव खो बैठा। मैंने अपनी हृदय की विशालता का परिचय दिया।

'एक दाँव और खेल लो। तुम तो पहले ही हाथ में चूक गये।'

'नहीं भैया, अब अँधेरा हो गया।'

'तुम्हारा अभ्यास छूट गया। कभी खेलते नहीं?'

'खेलने का समय कहाँ मिलता है भैया!'

हम दोनों मोटर पर जा बैठे और चिराग जलते-जलते पड़ाव पर पहुँच गये। गया चलते-चलते बोला–कल यहाँ गुल्ली-डंडा होगा। सभी पुराने खिलाड़ी खेलेंगे। तुम भी आओगे? जब तुम्हें फ़ुर्सत हो, तभी खिलाड़ियों को बुलाऊँ।

मैंने शाम का समय दिया और दूसरे दिन मैच देखने गया। कोई दस-दस आदमियों की मंडली थी। कई मेरे लड़कपन के साथी निकले! अधिकांश युवक थे, जिन्हें मैं पहचान न सका। खेल शुरू हुआ। मैं मोटर पर बैठा-बैठा तमाशा देखने लगा। आज गया का खेल, उसका नैपुण्य देखकर मैं चकित हो गया। टाँड़ लगाता, तो गुल्ली आसमान से बातें करती। कल की-सी वह झिझक, वह हिचकिचाहट, वह बेदिली आज न थी। लड़कपन में जो बात थी, आज उसने प्रौढ़ता प्राप्त कर ली थी। कहीं कल इसने मुझे इस तरह पदाया होता, तो मैं ज़रूर रोने लगता। उसके डंडे की चोट खाकर गुल्ली दो सौ गज की ख़बर लाती थी।

पदने वालों में एक युवक ने कुछ धाँधली की। उसने अपने विचार में गुल्ली लपक ली थी। गया का कहना था–गुल्ली ज़मीन में लगकर उछली थी। इस पर दोनों में ताल

ठोकने की नौबत आई है। युवक दब गया। गया का तमतमाया हुआ चेहरा देखकर डर गया। अगर वह दब न जाता, तो ज़रूर मार-पीट हो जाती।

मैं खेल में न था; पर दूसरों के इस खेल में मुझे वही लड़कपन का आनन्द आ रहा था, जब हम सब कुछ भूलकर खेल में मस्त हो जाते थे। अब मुझे मालूम हुआ कि कल गया ने मेरे साथ खेला नहीं, केवल खेलने का बहाना किया। उसने मुझे दया का पात्र समझा। मैंने धाँधली की, बेईमानी की, पर उसे ज़रा भी क्रोध न आया। इसलिये कि वह खेल न रहा था, मुझे खेला रहा था, मेरा मन रख रहा था। वह मुझे पदाकर मेरा कचूमर नहीं निकालना चाहता था। मैं अब अफ़सर हूँ। यह अफ़सरी मेरे और उसके बीच में दीवार बन गयी है। मैं अब उसका लिहाज़ पा सकता हूँ, अदब पा सकता हूँ, साहचर्य नहीं पा सकता। लड़कपन था, तब मैं उसका समकक्ष था। यह पद पाकर अब मैं केवल उसकी दया योग्य हूँ। वह मुझे अपना जोड़ नहीं समझता। वह बड़ा हो गया है, मैं छोटा हो गया हूँ।

ख़ुदाई फ़ौजदार

सेठ नानकचन्द को आज फिर वही लिफाफा मिला और वही लिखावट सामने आयी तो उनका चेहरा पीला पड़ गया। लिफाफा खोलते हुए हाथ और हृदय दोनों काँपने लगे। खत में क्या है, यह उन्हें ख़ूब मालूम था। इसी तरह के दो खत पहले पा चुके थे। इस तीसरे खत में भी वही धमकियाँ हैं, इसमें उन्हें सन्देह न था। पत्र हाथ में लिये हुए आकाश की ओर ताकने लगे। वह दिल के मज़बूत आदमी थे, धमकियों से डरना उन्होंने न सीखा था, मुर्दों से भी अपनी रकम वसूल कर लेते थे। दया या उपकार जैसी मानवीय दुर्बलताएँ उन्हें छू भी न गयी थीं, नहीं तो महाजन ही कैसे बनते! उस पर धर्मनिष्ठ भी थे। हर पूर्णमासी को सत्यनारायण की कथा सुनते थे। हर मंगल को महावीरजी को लड्डू चढ़ाते थे, नित्य-प्रति जमुना में स्नान करते थे और हर एकादशी को व्रत रखते और ब्राह्मणों को भोजन कराते थे और इधर जब से घी में करारा नफा होने लगा था, एक धर्मशाला बनवाने की फ़िक्र में थे। ज़मीन ठीक कर ली थी। उनके असामियों में सैकड़ों ही थवई और बेलदार थे, जो केवल सूद में काम को तैयार थे। इंतज़ाम यही था कि कोई ईंट और चूने वाला फँस जाय और दस-बीस हज़ार का दस्तावेज़ लिखा ले, तो सूद में ईंट और चूना भी मिल जाय। इस धर्मनिष्ठा ने उनकी आत्मा को और भी शक्ति प्रदान कर दी थी। देवताओं के आशीर्वाद और प्रताप से उन्हें कभी किसी सौदे में घाटा नहीं हुआ और भीषण परिस्थितियों में भी वह स्थिरचित्त रहने के आदी थे; किन्तु जब से यह धमकियों से भरे हुए पत्र मिलने लगे थे, उन्हें बरबस तरह-तरह की शंकाएँ व्यथित करने लगी थीं। कहीं सचमुच डाकुओं ने छापा मारा, तो कौन उनकी सहायता करेगा? दैवी बाधाओं में तो देवताओं की सहायता पर वह तकिया कर सकते थे, पर सिर पर लटकती हुई इस तलवार के सामने वह श्रद्धा कुछ काम न देती थी। रात को उनके द्वार पर केवल एक चौकीदार रहता है। अगर दस-बीस हथियारबन्द आदमी आ जायें, तो वह अकेला क्या कर सकता

है? शायद उनकी आहट पाते ही भाग खड़ा हो। पड़ोसियों में ऐसा कोई नज़र न आता था, जो इस संकट में काम आवे। यद्यपि सभी उनके असामी थे या रह चुके थे। लेकिन यह एहसान-फरामोशों का संप्रदाय है, जिस पत्तल में खाता है, उसी में छेद करता है; जिसके द्वार पर अवसर पड़ने पर नाक रगड़ता है, उसी का दुश्मन हो जाता है। इनसे कोई आशा नहीं। हाँ, किवाड़ें सुदृढ़ हैं; उन्हें तोड़ना आसान नहीं, फिर अन्दर का दरवाज़ा भी तो है। सौ आदमी लग जायें तो हिलाये न हिले। और किसी ओर से हमले का खटका नहीं। इतनी ऊँची सपाट दीवार पर कोई क्या खा के चढ़ेगा? फिर उनके पास रायफलें भी तो हैं। एक रायफल से वह दर्जनों आदमियों को भूनकर रख देंगे। मगर इतने प्रतिबन्धों के होते हुए भी उनके मन में एक हूक-सी समायी रहती थी। कौन जाने चौकीदार भी उन्हीं में मिल गया हो, खिदमतगार भी आस्तीन के साँप हो गये हों! इसलिये वह अब बहुधा अन्दर ही रहते थे। और जब तक मिलनेवालों का पता-ठिकाना न पूछ लें, उनसे मिलते न थे। फिर भी दो-चार घंटे तो चौपाल में बैठने ही पड़ते थे; नहीं तो सारा कारोबार मिट्टी में न मिल जाता! जितनी देर बाहर रहते थे, उनके प्राण जैसे सूली पर टँगे रहते थे। इधर उनके मिज़ाज में बड़ी तब्दीली हो गयी थी। इतने विनम्र और मिष्टभाषी वह कभी न थे। गालियाँ तो क्या, किसी से तू-तकार भी न करते। सूद की दर भी कुछ घटा दी थी; लेकिन फिर भी चित्त को शान्ति न मिलती थी। आख़िर कई मिनट तक दिल को मज़बूत करने के बाद उन्होंने पत्र खोला, और जैसे गोली लग गयी। सिर में चक्कर आ गया और सारी चीज़ें नाचती हुई मालूम हुईं। साँस फूलने लगी, आँखें फैल गयीं। लिखा था, तुमने हमारे दोनों पत्रों पर कुछ भी ध्यान न दिया। शायद तुम समझते होगे कि पुलिस तुम्हारी रक्षा करेगी; लेकिन यह तुम्हारा भ्रम है। पुलिस उस वक्त आयेगी, जब हम अपना काम करके सौ कोस निकल गये होंगे। तुम्हारी अक्ल पर पत्थर पड़ गया है, इसमें हमारा कोई दोष नहीं। हम तुमसे सिर्फ 25 हज़ार रुपये माँगते हैं। इतने रुपये दे देना, तुम्हारे लिये कुछ भी मुश्किल नहीं। हमें पता है कि तुम्हारे पास एक लाख की मोहरें रखी हुई हैं; लेकिन विनाशकाले विपरीत बुद्धि; अब हम तुम्हें और ज़्यादा न समझायेंगे। तुमको समझाने की चेष्टा करना ही व्यर्थ है। आज शाम तक अगर रुपये न आ गये, तो रात को तुम्हारे ऊपर धावा होगा। अपनी हिफाज़त के लिये जिसे बुलाना चाहो, बुला लो, जितने आदमी और हथियार जमा करना चाहो, जमा कर लो। हम ललकार कर आयेंगे और दिनदहाड़े आयेंगे। हम चोर नहीं हैं, हम वीर हैं और हमारा विश्वास बाहुबल में है। हम जानते हैं कि लक्ष्मी उसी के गले में जयमाला डालती है, जो धनुष तोड़ सकता है, मछली को बेध सकता है। आदि...

सेठजी ने तुरन्त बही-खाते बन्द कर दिये और रोकड़ सँभालकर तिजोरी में रख दिया और सामने का द्वार भीतर से बन्द करके मरे हुए से केसर के पास आकर बोले-आज फिर वही खत आया, केसर! सब आज ही आ रहे हैं।

केसर दोहरे बदन की स्त्री थी, यौवन बीत जाने पर भी युवती, शौक-सिंगार में लिप्त रहने वाली, उस फलहीन वृक्ष की तरह, जो पतझड़ में भी हरी-भरी पत्तियों से लदा रहता है। सन्तान की विफल कामना में जीवन का बड़ा भाग बिता चुकने के बाद,

अब उसे अपनी संचित माया को भोगने की धुन सवार रहती थी। मालूम नहीं, कब आँखें बन्द हो जायें, फिर यह थाती किसके हाथ लगेगी, कौन जाने? इसलिये उसे सबसे अधिक भय बीमारी का था, जिसे वह मौत का पैगाम समझती थी और नित्य ही कोई-न-कोई दवा खाती रहती थी। काया के इस वस्त्र को उस समय तक उतारना न चाहती थी, जब तक उसमें एक तार भी बाकी रहे। बाल-बच्चे होते तो वह मृत्यु का स्वागत करती, लेकिन अब तो उसके जीवन ही के साथ अन्त था, फिर क्यों न वह अधिक-से-अधिक समय तक जिये। हाँ, वह जीवन निरानन्द अवश्य था, उस मधुर ग्रास की भाँति, जिसे हम इसलिये खा जाते हैं कि रखे-रखे सड़ जायगा।

उसने घबराकर कहा—मैं तुमसे कब से कह रही हूँ कि दो-चार महीनों के लिये यहाँ से कहीं भाग चलो, लेकिन तुम सुनते ही नहीं। आख़िर क्या करने पर तुले हुए हो?

सेठजी सशंक तो थे और यह स्वाभाविक था ऐसी दशा में कौन शान्त रह सकता था लेकिन वह कायर नहीं थे। उन्हें अब भी विश्वास था कि अगर कोई संकट आ पड़े तो वह पीछे कदम न हटायेंगे। जो कुछ कमज़ोरी आ गयी थी, वह संकट को सिर पर मँडराते देखकर भाग गयी थी। हिरन भी तो भागने की राह न पाकर शिकारी पर चोट कर बैठता है। कभी-कभी नहीं, अक्सर संकट पड़ने पर ही आदमी के जौहर खुलते हैं। इतनी देर में सेठजी ने एक तरह से भावी विपत्ति का सामना करने का पक्का इरादा कर लिया था। डर क्यों, जो कुछ होना है, वह होकर रहेगा। अपनी रक्षा करना हमारा कर्तव्य है, मरना-जीना विधि के हाथ में है। सेठानीजी को दिलासा देते हुए बोले, तुम नाहक इतना डरती हो केसर, आख़िर वे सब भी तो आदमी हैं, अपनी जान का मोह उन्हें भी है, नहीं तो यह कुकर्म ही क्यों करते? मैं खिड़की की आड़ से दस-बीस आदमियों को गिरा सकता हूँ। पुलिस को इत्तला देने भी जा रहा हूँ। पुलिस का कर्तव्य है कि हमारी रक्षा करे। हम दस हज़ार सालाना टैक्स देते हैं, किसलिये? मैं अभी दरोगाजी के पास जाता हूँ। जब सरकार हमसे टैक्स लेती है, तो हमारी मदद करना उसका धर्म हो जाता है।

राजनीति का यह तत्त्व उसकी समझ में नहीं आया। वह तो किसी तरह उस भय से मुक्त होना चाहती थी, जो उसके दिल में साँप की भाँति बैठा फुफकार रहा था। पुलिस का उसे जो अनुभव था, उससे चित्त को सन्तोष न होता था। बोली पुलिसवालों को बहुत देख चुकी। वारदात के समय तो उनकी सूरत नहीं दिखाई देती। जब वारदात हो चुकती है, तब अलबत्ता शान के साथ आकर रोब जमाने लगते हैं।

'पुलिस तो सरकार का राज चला रही है। तुम क्या जानो?'

'मैं तो कहती हूँ, यों अगर कल वारदात होने वाली होगी, तो पुलिस को ख़बर देने से आज ही हो जायगी। लूट के माल में इनका भी साझा होता है।'

'जानता हूँ, देख चुका हूँ, और रोज़ देखता हूँ; लेकिन मैं सरकार को दस हज़ार का सालाना टैक्स देता हूँ। पुलिसवालों का आदर-सत्कार भी करता रहता हूँ। अभी जाड़ों

में सुपरिंटेंडेंट साहब आये थे, तो मैंने कितनी रसद पहुँचायी थी। एक पूरा कनस्तर घी और एक शक्कर की पूरी बोरी भेज दी थी। यह सब खिलाना-पिलाना किस दिन काम आयेगा। हाँ, आदमी को सोलहो आने दूसरों के भरोसे न बैठना चाहिए; इसलिये मैंने सोचा है, तुम्हें भी बन्दूक चलाना सिखा दूँ? हम दोनों बन्दूकें छोड़ना शुरू करेंगे, तो डाकुओं की क्या मज़ाल है कि अन्दर कदम रख सकें?'

प्रस्ताव हास्यजनक था। केसर ने मुस्कराकर कहा, हाँ, और क्याअब आज मैं बन्दूक चलाना सीखूँगी! तुमको जब देखो, हँसी ही सूझती है।

'इसमें हँसी की क्या बात है? आजकल तो औरतों की फ़ौजें बन रही हैं। सिपाहियों की तरह औरतें भी कवायद करती हैं, बन्दूक चलाती हैं, मैदानों में खेलती हैं। औरतों के घर में बैठने का ज़माना अब नहीं है।'

'विलायत की औरतें बन्दूक चलाती होंगी, यहाँ की औरतें क्या चलायेंगी। हाँ, हाथ भर की ज़बान चाहे चला लें।'

'यहाँ की औरतों ने बहादुरी के जो-जो काम किये हैं, उनसे इतिहास के पन्ने भरे पड़े हैं। आज दुनिया उन वृत्तांतों को पढ़कर चकित हो जाती है।'

'पुराने ज़माने की बातें छोड़ो। तब औरतें बहादुर रही होंगी। आज कौन बहादुरी कर रही हैं?'

'वाह! अभी हज़ारों औरतें घर-बार छोड़कर हँसते-हँसते जेल चली गयीं। यह बहादुरी नहीं थी? अभी पंजाब में हरनाद कुँवर ने अकेले चार सशस्त्र डाकुओं को गिरफ्तार किया और लाट साहब तक ने उसकी प्रशंसा की।'

'क्या जाने वे कैसी औरतें हैं। मैं तो डाकुओं को देखते ही चक्कर खाकर गिर पड़ूँगी।'

उसी वक्त नौकर ने आकर कहा—सरकार, थाने से चार कानिस्टिबिल आये हैं। आपको बुला रहे हैं।

सेठजी प्रसन्न होकर बोले थानेदार भी हैं?

'नहीं सरकार, अकेले कानिस्टिबिल हैं।'

'थानेदार क्यों नहीं आया?' यह कहते हुए सेठजी ने पान खाया और बाहर निकले।

2

सेठजी को देखते ही चारों कानिस्टिबिलों ने झुककर सलाम किया, बिलकुल अँगरेज़ी कायदे से, मानो अपने किसी अफ़सर को सैल्यूट कर रहे हों। सेठजी ने उन्हें बेंचों पर बैठाया और बोले दरोगाजी का मिज़ाज तो अच्छा है? मैं उनके पास आनेवाला था।

चारों में जो सबसे प्रौढ़ था, जिसकी आस्तीन पर कई बिल्ले लगे हुए थे, बोला आप क्यों तकलीफ़ करते हैं, वह तो ख़ुद ही आ रहे थे; पर एक बड़ी ज़रूरी तहकीकात आ गयी, इससे रुक गये। कल आपसे मिलेंगे। जबसे यहाँ डाकुओं की ख़बरें आयी

हैं, बेचारे बहुत घबराये हुए हैं। आपकी तरफ़ हमेशा उनका ध्यान रहता है। कई बार कह चुके हैं कि मुझे सबसे ज़्यादा फ़िकर सेठजी की है। गुमनाम खत तो आपके पास भी आये होंगे?

सेठजी ने लापरवाही दिखाकर कहा—अजी, ऐसी चिट्ठियाँ आती ही रहती हैं, इनकी कौन परवाह करता है। मेरे पास तो तीन खत आ चुके हैं, मैंने किसी से ज़िक्र भी नहीं किया।

कानिस्टिबिल हँसा—दरोगाजी को ख़बर मिली थी।

'सच!'

'हाँ, साहब! रत्ती-रत्ती ख़बर मिलती रहती है। यहाँ तक मालूम हुआ है कि कल आपके मकान पर उनका धावा होनेवाला है। तभी तो आज दरोगा जी ने मुझे आपकी खिदमत में भेजा।'

'मगर वहाँ कैसे ख़बर पहुँची? मैंने तो किसी से कहा ही नहीं।'

कानिस्टिबिल ने रहस्यमय भाव से कहा—हुज़ूर, यह न पूछें। इलाके के सबसे बड़े सेठ के पास ऐसे खत आयें और पुलिस को ख़बर न हो! भला, कोई बात है। फिर ऊपर से बराबर ताकीद आती रहती है कि सेठजी को शिकायत का कोई मौका न दिया जाय। सुपरिंटेंडेंट साहब की ख़ास ताकीद है आपके लिये। और हुज़ूर, सरकार भी तो आप ही के बूते पर चलती है। सेठ-साहूकारों के जान-माल की हिफाज़त न करे, तो रहे कहाँ? हमारे होते मज़ाल है कि कोई आपकी तरफ़ तिरछी आँखों से देख सके; मगर यह कम्बंख़्त डाकू इतने दिलेर और तादाद में इतने ज़्यादा हैं कि थाने के बाहर उनसे मुकाबिला करना मुश्किल है। दरोगाजी गारद मँगाने की बात सोच रहे थे; मगर ये हत्यारे कहीं एक जगह तो रहते नहीं, आज यहाँ हैं, तो कल यहाँ से दो सौ कोस पर। गारद मँगाकर ही क्या किया जाय? इलाके की रिआया की तो हमें ज़्यादा फ़िक्र नहीं, हुज़ूर मालिक हैं, आपसे क्या छिपायें, किसके पास रखा है इतना माल-असबाब! और अगर किसी के पास दो-चार सौ की पूँजी निकल भी आयी तो उसके लिये पुलिस डाकुओं के पीछे अपनी जान हथेली पर लिये न फिरेगी। उन्हें क्या, वह तो छूटते ही गोली चलाते हैं और अक्सर छिपकर। हमारे लिये तो हज़ार बन्दिशें हैं। कोई बात बिगड़ जाय तो उलटे अपनी ही जान आफत में फँस जाय।

'हमें तो ऐसे रास्ते चलना है कि साँप मरे और लाठी न टूटे, इसलिये दरोगाजी ने आपसे यह अर्ज़ करने को कहा है कि आपके पास जोख़िम की जो चीज़ें हों, उन्हें लाकर सरकारी ख़ज़ाने में जमा कर दीजिए। आपको उसकी रसीद दे दी जायगी। ताला और मुहर आप ही की रहेगी। जब यह हंगामा ठण्डा हो जाय तो मँगवा लीजिएगा। इससे आपको भी बेफ़िक्री हो जायगी और हम भी ज़िम्मेदारी से बच जायेंगे। नहीं ख़ुदा न करे, कोई वारदात हो जाय, तो हुज़ूर को तो जो नुकसान हो वह तो हो ही हमारे ऊपर भी जवाबदेही आ जाय। और यह ज़ालिम सिर्फ माल-असबाब लेकर ही तो जान नहीं छोड़ते

ख़ून करते हैं, घर में आग लगा देते हैं, यहाँ तक कि औरतों की बेइज़्ज़ती भी करते हैं। हुज़ूर तो जानते हैं, होता है वही जो तकदीर में लिखा है। आप इकबालवाले आदमी हैं, डाकू आपका कुछ नहीं बिगाड़ सकते। सारा कस्बा आपके लिये जान देने को तैयार है। आपका पूजा-पाठ, धर्म-कर्म ख़ुदा ख़ुद देख रहा है। यह उसी की बरकत है कि आप मिट्टी भी छू लें, तो सोना हो जाय; लेकिन आदमी भरसक अपनी हिफाज़त करता है। हुज़ूर के पास मोटर है ही, जो कुछ रखना हो, उस पर रख दीजिए। हम चार आदमी आपके साथ हैं, कोई खटका नहीं। वहाँ एक मिनट में आपको फ़ुरसत हो जायगी। पता चला है कि इस गोल में बीस जवान हैं। दो तो बैरागी बने हुए हैं, दो पंजाबियों के भेस में धुस्से और अलवान बेचते फिरते हैं। इन दोनों के साथ दो बहँगीवाले भी हैं। दो आदमी बलूचियों के भेस में छूरियाँ और ताले बेचते हैं। कहाँ तक गिनाऊँ, हुज़ूर! हमारे थाने में तो हर एक का हुलिया रखा हुआ है।'

खतरे में आदमी का दिल कमज़ोर हो जाता है और वह ऐसी बातों पर विश्वास कर लेता है, जिन पर शायद होश-हवास में न करता। जब किसी दवा से रोगी को लाभ नहीं होता, तो हम दुआ, ताबीज, ओझों और सयानों की शरण लेते हैं और वहाँ तो सन्देह करने का कोई कारण ही न था। सम्भव है, दरोगाजी का कुछ स्वार्थ हो, मगर सेठजी इसके लिये तैयार थे। अगर दो-चार सौ बल खाने पड़ें, तो कोई बड़ी बात नहीं। ऐसे अवसर तो जीवन में आते ही रहते हैं और इस परिस्थिति में इससे अच्छा दूसरा क्या इन्तज़ाम हो सकता था; बल्कि इसे तो ईश्वरीय प्रेरणा समझना चाहिए। माना, उनके पास दो-दो बन्दूकें हैं, कुछ लोग मदद करने के लिये निकल ही आयेंगे, लेकिन है जान जोख़िम। उन्होंने निश्चय किया, दरोगाजी की इस कृपा से लाभ उठाना चाहिए। इन्हीं आदमियों को कुछ दे-दिलाकर सारी चीज़ें निकलवा लेंगे। दूसरों का क्या भरोसा? कहीं कोई चीज़ उड़ा दें तो बस?

उन्होंने इस भाव से कहा, मानो दरोगाजी ने उन पर कोई विशेष कृपा नहीं की है—वह तो उनका कर्तव्य ही था मैंने यहाँ ऐसा प्रबन्ध किया था कि यहाँ वह सब आते तो उनके दाँत खट्टे कर दिये जाते। सारा कस्बा मदद के लिये तैयार था। सभी से तो अपना मित्र-भाव है, लेकिन दरोगाजी की तजवीज मुझे पसन्द है। इससे वह भी अपनी ज़िम्मेदारी से बरी हो जाते हैं और मेरे सिर से भी फ़िक्र का बोझ उतर जाता है, लेकिन भीतर से चीज़ें बाहर निकाल-निकालकर लाना मेरे बूते की बात नहीं। आप लोगों की दुआ से नौकर-चाकरों की तो कमी नहीं है, मगर किसकी नीयत कैसी है, कौन जान सकता है? आप लोग कुछ मदद करें तो काम आसान हो जाय।

हेड कानिस्टिबिल ने बड़ी ख़ुशी से यह सेवा स्वीकार कर ली और बोला, 'हम सब हुज़ूर के ताबेदार हैं, इसमें मदद की कौन-सी बात है? तलब सरकार से पाते हैं, यह ठीक है; मगर देनेवाले तो आप ही हैं। आप केवल सामान हमें दिखाते जायें, हम बात-की-बात में सारी चीज़ें निकाल लायेंगे। हुज़ूर की खिदमत करेंगे तो कुछ इनाम-इ. कराम मिलेगा ही। तनख्वाह में गुज़र नहीं होता सेठजी, आप लोगों की रहम की निगाह

न हो, तो एक दिन भी निबाह न हो। बाल-बच्चे भूखों मर जायें पन्द्रह-बीस रुपये में क्या होता है हुज़ूर, इतना तो हमारे लिये ही पूरा नहीं पड़ता।'

सेठजी ने अन्दर जाकर केसर से यह समाचार कहा, तो उसे जैसे आँखें मिल गयीं। बोली, भगवान् ने सहायता की, नहीं मेरे प्राण संकट में पड़े हुए थे।

सेठजी ने सर्वज्ञता के भाव से फरमाया इसी को कहते हैं सरकार का इंतज़ाम! इसी मुस्तैदी के बल पर सरकार का राज थमा हुआ है। कैसी सुव्यवस्था है कि ज़रा-सी कोई बात हो, वहाँ तक ख़बर पहुँच जाती है और तुरन्त उसकी रोकथाम का हुक्म हो जाता है। और यहाँ वाले ऐसे बुद्धू हैं कि स्वराज्य-स्वराज्य चिल्ला रहे हैं। इनके हाथ में अख्तियार आ जाय तो दिन-दोपहर लूट मच जाय, कोई किसी की न सुने। ऊपर से ताकीद आयी है। हाक़िमों का आदर-सत्कार कभी निष्फल नहीं जाता। मैं तो सोचता हूँ, कोई बहुमूल्य वस्तु घर में न छोड़ूँ। साले आयें तो अपना-सा मुँह लेकर रह जायें।

केसर ने मन-ही-मन प्रसन्न होकर कहा, कुंजी उनके सामने फेंक देना कि जो चीज़ चाहो निकाल ले जाओ।

'साले झेंप जायेंगे।'

'मुँह में कालिख लग जायगी।'

'घमण्ड तो देखो कि तिथि तक बता दी। यह नहीं समझे कि अंग्रेज़ी सरकार का राज है। तुम डाल-डाल चलो, तो वह पात-पात चलते हैं।'

'समझे होंगे कि धमकी में आ जायेंगे।'

तीन कानिस्टिबिलों ने आकर सन्दूकचे और सेफ निकालने शुरू किये।

एक बाहर सामान को मोटर पर लाद रहा था और एक हरेक चीज़ को नोटबुक पर टाँकता जाता था। आभूषण, मुहरें, नोट, रुपये, कीमती कपड़े, साड़ियाँ; लहँगे, शाल-दुशाले, सब कार में रख दिये। मामूली बरतन, लोहे-लकड़ी के सामान, फर्श आदि के सिवा घर में और कुछ न बचा। और डाकुओं के लिये ये चीज़ें कौड़ी की भी नहीं। केसर का सिंगारदान ख़ुद सेठजी लाये और हेड के हाथ में देकर बोले इसे बड़ी हिफाज़त से रखना भाई!

हेड ने सिंगारदान लेकर कहा—मेरे लिये एक-एक तिनका इतना ही कीमती है।

सेठजी के मन में एक सन्देह उठा। पूछा—ख़ज़ाने की कुंजी तो मेरे ही पास रहेगी?

'और क्या, यह तो मैं पहले ही अर्ज़ कर चुका; मगर यह सवाल आपके दिल से क्यों पैदा हुआ?'

'यों ही, पूछा था'—सेठजी लज्जित हो गये।

'नहीं, अगर आपके दिल में कुछ शुबहा हो, तो हम लोग यहाँ भी आपकी खिदमत के लिये हाज़िर हैं। हाँ, हम ज़िम्मेदार न होंगे।'

'अजी नहीं हेड साहब, मैंने यों ही पूछ लिया था। यह फिहरिस्त तो मुझे दे दोगे न?'

'फेहरिस्त आपको थाने में दरोगाजी के दस्तखत से मिलेगी। इसका क्या एतबार?'

कार पर सारा सामान रख दिया गया। कस्बे के सैकड़ों आदमी तमाशा देख रहे थे। कार बड़ी थी, पर ठसाठस भरी हुई थी। बड़ी मुश्किल से सेठजी के लिये जगह निकली। चारों कानिस्टिबिल आगे की सीट पर सिमटकर बैठे।

कार चली। केसर द्वार पर इस तरह खड़ी थी, मानो उसकी बेटी बिदा हो रही हो। बेटी ससुराल जा रही है, जहाँ वह मालकिन बनेगी; लेकिन उसका घर सूना किये जा रही है।

3

थाना यहाँ से पाँच मील पर था। कस्बे से बाहर निकलते ही पहाड़ों का पथरीला सन्नाटा था, जिसके दामन में हरा-भरा मैदान था और इसी मैदान के बीच में लाल मोरम की सड़क चक्कर खाती हुई लाल साँप-जैसी निकल गयी थी।

हेड ने सेठजी से पूछा, यह कहाँ तक सही है सेठजी, कि आज से पच्चीस साल पहले आपके बाप केवल लोटा-डोर लेकर यहाँ खाली हाथ आये थे?

सेठजी ने गर्व करते हुए कहा,'बिलकुल सही है। मेरे पास कुल तीन रुपये थे। उसी से आटे-दाल की दुकान खोली थी। तकदीर का खेल है, भगवान् की दया चाहिए, आदमी के बनते-बिगड़ते देर नहीं लगती। लेकिन मैंने कभी पैसे को दाँतों से नहीं पकड़ा। यथाशक्ति धर्म का पालन करता गया। धन की शोभा धर्म ही से है, नहीं तो धान से कोई फायदा नहीं।'

'आप बिलकुल ठीक कहते हैं सेठजी। आपको मूरत बनाकर पूजना चाहिए। तीन रुपये से लाख कमा लेना मामूली काम नहीं है!'

'आधी रात तक सिर उठाने की फ़ुरसत नहीं मिलती, खाँ साहब!'

'आपको तो यह सब कारोबार जंजाल-सा लगता होगा?'

'जंजाल तो है ही, मगर भगवान् की ऐसी माया है कि आदमी सबकुछ समझकर भी इसमें फँस जाता है और सारी उम्र फँसा रहता है। मौत आ जाती है, तभी छुट्टी मिलती है। बस, यही अभिलाषा है कि कुछ यादगार छोड़ जाऊँ।'

'आपके कोई औलाद हुई ही नहीं?'

'भाग्य में न थी खाँ साहब, और क्या कहूँ! जिनके घर में भूनी भाँग नहीं है, उनके यहाँ घास-फूस की तरह बच्चे-ही-बच्चे देख लो, जिन्हें भगवान् ने खाने को दिया है, वे सन्तान का मुँह देखने को तरसते हैं।'

'आप बिलकुल ठीक कहते हैं, सेठजी! ज़िन्दगी का मज़ा सन्तान से है। जिसके आगे अन्धेरा है, उसके लिये धन-दौलत किस काम की?'

'ईश्वर की यही इच्छा है तो आदमी क्या करे। मेरा बस चलता, तो मायाजाल से निकल भागता खाँ साहब, एक क्षण भी यहाँ न रहता, कहीं तीर्थस्थान में बैठकर भगवान् का भजन करता। मगर करूँ क्या? मायाजाल तोड़े नहीं टूटता।'

‘एक बार दिल मज़बूत करके तोड़ क्यों नहीं देते? सब उठाकर ग़रीबों को बाँट दीजिए। साधु-सन्तों को नहीं, न मोटे ब्राह्मणों को, बल्कि उनको, जिनके लिये यह ज़िन्दगी बोझ हो रही है, जिसकी यही एक आरज़ू है कि मौत आकर उनकी विपत्ति का अन्त कर दे।’

‘इस मायाजाल को तोड़ना आदमी का काम नहीं है, खाँ साहब! भगवान् की इच्छा होती है, तभी मन में वैराग्य आता है।’

‘आज भगवान् ने आपके ऊपर दया की है। हम इस मायाजाल को मकड़ी के जाले की तरह तोड़कर आपको आज़ाद करने के लिये भेजे गये हैं। भगवान् आपकी भक्ति से प्रसन्न हो गये हैं और आपको इस बन्धन में नहीं रखना चाहते, जीवन-मुक्त कर देना चाहते हैं।’

‘ऐसी भगवान् की दया हो जाती, तो क्या पूछना खाँ साहब!’

‘भगवान् की ऐसी ही दया है सेठजी, विश्वास मानिए। हमें इसीलिये उन्होंने मृत्युलोक में तैनात किया है। हम कितने ही मायाजाल के क़ैदियों की बेड़ियाँ काट चुके हैं। आज आपकी बारी है।’

सेठजी की नाड़ियों में जैसे रक्त का प्रवाह बन्द हो गया। सहमी हुई आँखों से सिपाहियों को देखा। फिर बोले–आप बड़े हँसोड़ हो, खाँ साहब?

‘हमारे जीवन का सिद्धान्त है कि किसी को कष्ट मत दो; लेकिन ये रुपये वाले कुछ ऐसी औंधी खोपड़ी के लोग हैं कि जो उनका उद्धार करने आता है, उसी के दुश्मन हो जाते हैं। हम आपकी बेड़ियाँ काटने आये हैं;

लेकिन अगर आपसे कहें कि यह सब जमा-जथा और लता-पता छोड़कर घर की राह लीजिए, तो आप चीखना-चिल्लाना शुरू कर देंगे। हम लोग वही ख़ुदाई फ़ौजदार हैं, जिनके इत्तलाई खत आपके पास पहुँच चुके हैं।’

सेठजी मानो आकाश से पाताल में गिर पड़े। सारी ज्ञानेन्द्रियों ने जवाब दे दिया और इसी मूर्च्छा की दशा में वह मोटरकार से नीचे ढकेल दिये गये और गाड़ी चल पड़ी।

सेठजी की चेष्टा जाग पड़ी। बदहवास गाड़ी के पीछे दौड़े हुज़ूर, सरकार, तबाह हो जायेंगे, दया कीजिए, घर में एक कौड़ी भी नहीं है।

हेड साहब ने खिड़की से बाहर हाथ निकाला और तीन रुपये ज़मीन पर फेंक दिये। मोटर की चाल तेज़ हो गयी।

सेठजी सिर पकड़कर बैठ गये और विक्षिप्त नेत्रों से मोटरकार को देखा, जैसे कोई शव स्वर्गारोही प्राण को देखे। उनके जीवन का स्वप्न उड़ा चला जा रहा था।

वेश्या

छह महीने बाद कलकत्ते से घर आने पर दयाकृष्ण ने पहला काम जो किया, वह अपने प्रिय मित्र सिंगारसिंह से मातमपुरसी करने जाना था। सिंगार के पिता का आज तीन

महीने हुए देहान्त हो गया था। दयाकृष्ण बहुत व्यस्त रहने के कारण उस समय न आ सकता था। मातमपुरसी की रस्म पत्र लिखकर अदा कर दी थी; लेकिन ऐसा एक दिन भी नहीं बीता कि सिंगार की, याद उसे न आई हो। अभी वह दो-चार महीने और कलकत्ते रहना चाहता था, क्योंकि वहाँ उसने जो कारोबार जारी किया था, उसे संगठित रूप में लाने के लिए उसका, वहाँ मौजूद रहना ज़रूरी था और उसकी थोड़े दिन की गैरहाज़िरी से भी हानि की शंका थी, किन्तु जब सिंगार की स्त्री लीला का परवाना आ पहुँचा, तो वह अपने को न रोक सका। लीला ने साफ-साफ तो कुछ न लिखा था, केवल उसे तुरन्त बुलाया था, लेकिन दयाकृष्ण को पत्र के शब्दों से कुछ ऐसा अनुमान हुआ कि वहाँ कि परिस्थिति चिन्ताजनक है और इस अवसर पर उसका वहाँ पहुँचना ज़रूरी है। सिंगार सम्पन्न बाप का बेटा था, बड़ा ही अल्हड़, बड़ा ही ज़िद्दी, बड़ी ही आरामपसन्द। दृढ़ता या लगन उसे छू भी नहीं गई थी। उसकी माँ उसके बचपन ही में मर चुकी थी और बाप ने उसके पालने में निमन्त्रण की अपेक्षा स्नेह से ज्यादा काम लिया था। उसे कभी दुनिया की हवा नहीं लगने दी। उद्योग भी कोई वस्तु है, यह वह जानता ही न था। उसके महज इशारे पर हर एक चीज़ सामने आ जाती थी। वह जवान बालक था, जिसमें न अपने विचार थे, न सिद्धान्त। कोई भी आदमी उसे बड़ी आसानी से अपने कपट-वाणी का निशाना बना सकता था। मुखतारों और मुनीमो के दांवपेंच समझना उसके लिए लोहे के चने चबाना था। उसे किसी ऐसे समझदार और हितैषी मित्र की ज़रूरत थी, जो स्वार्थियों के हथकण्डों से उसकी रक्षा करता रहे। दयाकृष्ण पर इस घर के बड़े-बड़े एहसान थे। उस दोस्ती का हक अदा करने के लिए उसका आना आवश्यक था।

मुँह-हाथ धोकर सिंगारसिंह के घर पर ही भोजन करने का इरादा करके दया-कृष्ण उससे मिलने चला। नौ बज गये थे और हवा और धूप में गर्मी आने लगी थी।

सिंगारसिंह उसकी खबर पाते ही बाहर निकल आया। दयाकृष्ण उसे देखकर चौंक पड़ा। लम्बे-लम्बे केशों की जगह उसके सिर पर घुँघराले बाल थे (वह सिक्ख था), आड़ी माँग निकाली हुई। आँखों में न आँसू थे, न शोक का कोई दूसरा चिह्न। चेहरा कुछ ज़र्द अवश्य था, पर उस पर विलासिता की मुस्कराहट थी। वह एक महीन रेशमी कमीज़ और मखमली जूते पहने हुए था, मानो किसी महफिल से उठा आ रहा हो। संवेदना के शब्द दयाकृष्ण के होंठों तक आकर निराश लौट गये। वहाँ बधाई के शब्द ज्यादा अनुकूल प्रतीत हो रहे थे।

सिंगारसिंह लपककर उसके गले से लिपट गया और बोला—तुम खूब आये यार, इधर तुम्हारी बहुत याद आ रही थी, मगर पहले यह बतला दो, वहाँ का कारोबार बन्द कर आये या नहीं? अगर वह झंझट छोड़ आये हो, तो पहले उसे तिलांजलि दे आओ। अब आप यहाँ से जाने न पायेंगे। मैंने तो भई अपना कैड़ा बदल दिया। बताओ, कब तक तपस्या करता? अब तो आये-दिन जलसे होते हैं। मैंने सोचा यार, दुनिया में आये तो कुछ दिन सैर-सपाटे का आनन्द भी उठा लो। नहीं तो, एक दिन यो ही हाथ मलते चले जायेंगे। कुछ भी साथ न जायगा।

दयाकृष्ण विस्मय से उसके मुँह की ओर ताकने लगा। यह वही सिंगार है या कोई और। बाप के मरते ही इत्नी तब्दीली।

दोनों मित्र कमरे में गये और सोफे पर बैठे। सरदार साहब के सामने इस कमरे में फर्श और मसनद की आलमारी थी। अब दर्जनों गद्देदार सोफे और कुरसियाँ हैं, कालीन का फर्श, रेशमी परदे हैं, बड़े-बड़े आईने हैं। सरदार साहब को संचय की धुन थी, सिंगार को उड़ाने की धुन है।

सिंगार ने एक सिगार जलाकर कहा–तेरी बहुत याद आती थी यार, तेरी जान की कसम।

दयाकृष्ण ने शिकवा किया–क्यों झूठ बोलते हो भाई, महीनों गुजर जाते थे, एक खत लिखने की तो आपकी फुर्सत न मिलती थी, मेरी याद आती थी।

सिंगार ने अल्हड़पन से कहा–बस, इसी बात पर मेरी सेहत का एक जाम पियो। अरे यार, इस ज़िन्दगी में और क्या रखा है। हँसी-खेल में जो वक्त कट जाय, उसे गनीमत समझो। मैंने तो वह तपस्या त्याग दी। अब तो आये दिन जलसे होते हैं, कभी दोस्तों को दावत हैं, कभी दरिया की सैर, कभी गाना-बजाना, कभी शराब के दौर। मैंने कहा, लाओ कुछ दिन यह बहार भी देख लूँ। हसरत क्यों दिल में रह जाय। आदमी संसार में कुछ भोगने के लिए आता है, यही ज़िन्दगी के मजे नहीं चखे, उसका जीना वृथा है। बस दोस्तों की मजलिस हो, बगल में माशूक हो, और हाथ में प्याला हो, इसके सिवा मुझे और कुछ न चाहिए।

उसने अलमारी खोलकर एक बोतल निकाली और दो गिलासों में शराब ढालकर बोला–यह मेरी सेहत का जाम है। इन्कार न करना। मैं तुम्हारी सेहत का जाम पीता हूँ।

दयाकृष्ण को कभी शराब पीने का अवसर न मिला था। वह इतना धर्मात्मा तो न था कि शराब पीना पाप समझता, हाँ उसे दुर्व्यसन समझता था। गन्ध ही से उसका जी मालिश करने लगा। उसे भय हुआ कि वह शराब की घूँट चाहे मुँह में ले ले, उसे कण्ठ के नीचे नहीं उतार सकता। उसने प्याले को शिष्टाचार के तौर पर हाथ में ले लिया, फिर उसे ज्यों-का-त्यों मेज़ पर रखकर बोला, तुम जानते हो, मैंने कभी नहीं पी। इस समय मुझे क्षमा करो। दस-पाँच दिन में यह फन भी सीख जाऊँगा, मगर यह तो बताओ, अपना कारोबार भी कुछ देखते हो, या इसी में पड़े रहते हो?

सिंगार ने अरुचि से मुँह बनाकर कहा–ओह, क्या जिक्र तुमने छेड़ दिया यार, कारोबार के पीछे इस छोटी-सी ज़िन्दगी को तबाह नहीं कर सकता। न कोई साथ लाया है, न साथ ले जायगा। पापा ने मर-मरकर धन संचय किया। क्या हाथ लगा? पचास तक पहुँचते-पहुँचते चल बसे। उनकी आत्मा अब भी संसार के सुखों के लिए तरस रही होगी। धन छोड़कर मरने से फाकेमस्त रहना कहीं अच्छा है। धन की चिन्ता तो नहीं सताती, यह हाय तो नहीं होती कि मेरे बाद क्या होगा। तुमने गिलास मेज़ पर रख दिया? जरा पियो, आँखें खुल जायँगी। दिल हरा हो जायगा। और लोग सोडा और बरफ मिलाते हैं, मैं तो खालिस पीता हूँ। इच्छा हो, तो तुम्हारे लिए बरफ मँगाऊँ?

दयाकृष्ण ने फिर क्षमा माँगी; मगर सिंगार गिलास-पर-गिलास पीता गया। उसकी आँखें लाल-लाल निकल आईं, ऊल-जलूल बकने लगा, खूब ढींगें मारीं, फिर बेसुरे राग में एक बाज़ारी गीत गाने लगा। अन्त में उसी कुरसी पर पड़ा-पड़ा बेसुध हो गया।

2

सहसा पीछे का परदा हटा और लीला ने उसे इशारे से बुलाया। दयाकृष्ण की धमनियों में शतगुण वेग से रक्त दौड़ने लगा। उसकी संकोचमय, भीरु प्रकृति भीतर से जितनी ही रूपाशक्त थी, बाहर से उतनी ही विरक्त। सुन्दरियों के सम्मुख आकर वह स्वयं अवाक् हो जाता था, उसके कपालों पर लज्जा की लाली दौड़ जाती थी और आँखें झुक जाती थीं, लेकिन मन उनके चरणों पर लोटकर अपने-आपको समर्पित कर देने के लिए विकल हो जाता था। मित्रगण उसे बूढ़े बाबा कहा करते थे। स्त्रियाँ उसे अरसिक समझकर उससे उदासीन रहती थीं। किसी युवती के साथ लङ्का तक रेल में एकान्त-यात्रा करके भी वह उससे एक शब्द भी बोलने का साहस न करता। हाँ, यदि युवती स्वयं उसे छेडती, तो वह अपने प्राण तक उसको भेंट कर देता। उसके इस संकोचमय, अवरुद्ध जीवन में लीला ही एक युवती थी, जिसने उसके मन को समझा था और उससे सवाक् सहृदयता का व्यवहार किया था। तभी से दयाकृष्ण मन से उसका उपासक हो गया था। उसके अनुभव-शून्य हृदय में लीला नारी-जाति का सबसे सुन्दर आदर्श थी। उसकी प्यासी आत्मा को शर्बत या लेमनेड की उतनी इच्छा न थी, जितना ठण्डे, मीठे पानी की। लीला में रूप है, लावण्यमयी और सुकुमार युवतियाँ उसने पार्कों में देखी थीं। लीला में सहृदयता है, विचार है, दया है, इन्हीं तत्त्वों की ओर उसका आकर्षण था। उसकी रसिकता में आत्म-समर्पण के सिवा और कोई भाव न था। लीला के किसी आदेश का पालन करना उसकी सबसे बड़ी कामना थी, उसकी आत्मा की तृप्ति के लिए इतना काफी था। उसने काँपते हाथें से परदा उठाया और अन्दर जाकर खड़ा हो गया और विस्मयभरी आँखों से उसे देखने लगा। उसने लीला को यहाँ न देखा होता, तो पहचान भी न सकता। वह रूप, यौवन और विकास की देवी इस तरह मुरझा गई थी, जैसे किसी ने उसके प्राणों को चूसकर निकाल लिया हो। करुण स्वर में बोला—यह तुम्हारा क्या हाल है लीला। बीमार हो क्या? मुझे सूचना तक न दी।

लीला मुस्कराकर बोली— तुसे मतलब। मैं बीमार हूँ या अच्छी हूँ, तुम्हारी बला से। तुम तो अपने सैर-सपाटे करते रहे। छः महीने के बाद जब आपको याद आई है, तो पूछते हो बीमार हो? मैं उस रोग से ग्रस्त हूँ, जो प्राण लेकर ही छोड़ता है। तुमने इन महाशय की हालत देखी? उनका यह रंग देखकर मेरे दिल पर क्या गुजरती है, यह क्या मैं अपने मुँह से कहूँ तभी समझोगे? मैं अब इस घर में ज़बरदस्ती पड़ी हूँ और बेहयाई से जीती हूँ। किसी को मेरी चाह या चिन्ता नहीं है। पापा क्या मरे, मेरा सोहाग ही उठ गया। कुछ समझाती हूँ, तो बेवकूफ बनाई जाती हूँ। रात-रात-भर न जाने कहाँ गायब रहते हैं। जब देखो, नशे में मस्त। हफ्तों घर में नहीं आते कि दो बातें तो कर लूँ, अगर इनके यही ढंग रहे, तो साल-दो-साल में रोटियों को मुहताज हो जायेंगे।

दया ने पूछा—यह लत इन्हें कैसे पड़ गई? यह बातें तो इनमें न थीं।

लीला ने व्यथित स्वर में कहा—रुपये की बलिहारी है, और क्या, इसीलिए तो बूढ़े मर-मरके कमाते हैं और मरने के बाद लड़कों के लिए छोड़ जाते हैं। अपने मन में समझते होंगे, हम लड़कों के लिए बैठने का ठिकाने किये जाते हैं। मैं कहती हूँ, तुम उनके सर्वनाश का सामान किये जाते हो, उनके लिए जहर बोये जाते हो। पापा ने लाखों रुपये की सम्पत्ति न छोड़ी होती, तो आज यह महाशय किसी काम में लगे होते, कुछ घर की चिन्ता होती, कुछ ज़िम्मेदारी होती। नहीं तो बैंक से रुपये निकाले और उड़ाये। अगर मुझे विश्वास होता कि सम्पत्ति समाप्त करके वह सीधे मार्ग पर आ जाएँगे, तो मुझे ज़रा भी दुःख न होता; पर मुझे तो यह भय है कि ऐसे लोग फिर किसी काम के नहीं रहते। या तो जेलखाने में मरते हैं, या अनाथालय में। आपकी एक वेश्या से आशनाई है। माधुरी नाम है और इन्हें उल्टे छुरे से मूँड़ रही है, जैसा उसका धर्म है। आपको यह खब्त हो गया है कि वह मुझ पर जान देती है। उससे विवाह का प्रस्ताव भी किया जा चुका है। मालूम नहीं, "उसने क्या जवाब दिया। कई बार जी में आया कि जब यहाँ किसी से कोई नाता ही नहीं है, तो अपने घर चली जाऊँ; लेकिन डरती हूँ कि तब तो यह और भी स्वतन्त्र हो जायेंगे। मुझे किसी पर विश्वास है, तो वह तुम हो, इसीलिए तुम्हें बुलाया था, कि शायद तुम्हारे समझाने-बुझाने का कुछ असर हो; अगर तुम भी असफल हुए तो मैं एक क्षण यहाँ न रहूँगी। भोजन तैयार है, चलो कुछ खा लो।

दयाकृष्ण ने सिंगारसिंह की ओर संकेत करके कहा—और यह?

'यह तो अब कहीं दो-तीन बजे चेतेंगे।'

'बुरा मानेंगे।'

'मैं अब इन बातों की परवाह नहीं करती। मैंने तो निश्चय कर लिया है कि अगर मुझे कभी आँखें दिखाईं, तो मैं भी इन्हें मज़ा चखा दूँगी। मेरे पिताजी फौज में सूबेदार मेजर हैं। मेरी देह में उनका रक्त है।

लीला की मुद्रा उत्तेजित हो गई। विद्रोह की वह आग, जो महीनों से पड़ी सुलग रही थी, प्रचण्ड हो उठी।

उसने उसी लहजे में कहा—मेरी इस घर में इतनी साँसत हुई है, इतना अपमान हुआ है और हो रहा है कि मैं उसका किसी तरह भी प्रतीकार करके आत्मग्लानि का अनुभव न करूँगी। मैंने पापा से अपना हाल छिपा रखा है। आज लिख दूँ, तो इनकी सारी मशीखत उतर जाय। नारी होने का दण्ड भोग रही हूँ ; लेकिन नारी के धैर्य की भी सीमा है।

दयाकृष्ण उस सुकुमारी का वह तमतमाया हुआ चेहरा, वह जलती हुई आँखें, वह काँपते हुए होंठ देखकर काँप उठा। उसकी दशा उस आदमी कौ-सी हो गई, जो किसी रोगी को दर्द से तड़पते देखकर वैद्य को बुलाने दौड़े। आर्द्र कण्ठ से बोला—इस समय

मुझे क्षमा करो लीला। फिर कभी तुम्हारा निमन्त्रण स्वीकार करूँगा। तुम्हें अपनी ओर से इतना ही विश्वास दिलाता हूँ कि मुझे अपना सेवक समझती रहना। मुझे न मालूम था कि तुम्हें इतना कष्ट है, नहीं शायद अब तक मैंने कुछ युक्ति सोची होती। मेरा यह शरीर तुम्हारे किसी काम आये, इससे बढ़कर सौभाग्य की बात मेरे लिए और क्या होगी?

दयाकृष्ण यहाँ से चला, तो उसके मन में इतना उल्लास भरा हुआ था, मानो विमान पर बैठा हुआ स्वर्ग की ओर जा रहा है। आज उसे जीवन में एक ऐसा लक्ष्य मिल गया था, जिसके लिए वह जी भी सकता है, मर भी सकता है। वह एक महिला का विश्वासपात्र हो गया था। इस रत्न को वह अपने हाथ से कभी न जाने देगा, चाहे उसकी जान की क्यों न जाय।

3

एक महीना गुजर गया। दयाकृष्ण सिंगारसिंह के घर नहीं आया। न सिंगार सिंह ने उसकी परवाह की। इस एक ही मुलाकात में उसने समझ लिया था कि दया इस नये रंग में आनेवाला आदमी नहीं है। ऐसे सात्विकजनों के लिए उसके यहाँ स्थान न था। वहाँ तो रंगीले, रसिया, अय्याश, बिगड़े दिलों ही की चाह थी। हाँ, लीला को हमेशा उसकी याद आती रहती थी।

मगर दयाकृष्ण के स्वभाव में अब वह समय नहीं है। विलासिता का जादू उस पर भी चलता हुआ मालूम होता है। माधुरी के घर उसका आना-जाना भी शुरू हो गया है। वह सिंगारसिंह का मित्र नहीं रहा, प्रतिद्वन्द्वी हो गया है। दोनों एक ही प्रतिमा के उपासक हैं, मगर उनकी उपासना में अन्तर है। सिंगार की दृष्टि में माधुरी केवल विलास की एक वस्तु है, केवल विनोद का एक यन्त्र। दयाकृष्ण विनय की मूर्ति है जो माधुरी की सेवा में ही प्रसन्न है। सिंगार माधुरी के हास-विलास को अपना जरखरीद हक समझता है। दयाकृष्ण इसी में संतुष्ट है कि माधुरी उसकी सेवाओं को स्वीकार करती है। माधुरी की ओर से जरा भी अरुचि देखकर वह उसी तरह बिगड़ जायगा जैसे अपनी प्यारी घोड़ी की मुँहजोरी पर। दयाकृष्ण अपने को उसकी कृपादृष्टि के योग्य ही नहीं समझता। सिंगार जो कुछ माधुरी को देता है, गर्व-भरे आत्म-प्रदर्शन के साथ; मानो उस पर कोई एहसान कर रहा हो। दयाकृष्ण के पास देने को है ही क्या, पर वह जो कुछ भेंट करता है, वह ऐसी श्रद्धा से, मानो देवता को फूल चढ़ाता हो। सिंगार का आसक्त मन माधुरी को अपने पिंजो में बन्द रखना चाहता है, जिसमें उस पर किसी की निगाह न पड़े। दयाकृष्ण निर्लिप्त भाव से उसकी स्वच्छन्द क्रीड़ा का आनन्द उठाता है। माधुरी को अब तक जितने आदमियों से सबिका पड़ा था, वे सब सिंगार सिंह की ही भाँति कामुक, ईर्ष्यालु, दम्भी और कोमल भावों से शून्य थे, रूप को भोगने की वस्तु समझने वाले। दयाकृष्ण उन सबों से अलग था, सहृदय, भद्र और सेवाशील, मानो उस पर अपनी आत्मा का समर्पण कर देना चाहता हो। माधुरी को जब अपने जीवन में कोई ऐसा पदार्थ मिल गया है, जिसे वह बड़ी एहतियात से

सँभालकर रखना चाहती है। जड़ाऊ गहने अब उसकी आँखों में उतने मूल्यवान् नहीं रहे, जितनी यह फकीर की दी हुई ताबीज़। जड़ाऊ गहने हमेशा मिलेंगे, यह ताबीज़ खो गई तो फिर शायद ही कभी हाथ आये। जड़ाऊ गहने केवल उसकी विलास-प्रवृत्ति को उत्तेचित करते हैं; पर इस ताबीज़ में तो कोई दैवी शक्ति है, जो न-जाने कैसे उसमें सदनुराग और परिष्कार-भावना को जगाती है। दयाकृष्ण कभी प्रेम-प्रदर्शन नहीं करता, अपनी विरह-व्यथा के राग नहीं अलापता; पर माधुरी को उस पर पूरा विश्वास है। सिंगार सिंह के प्रलाप में उसे बनावट और दिखावे का आभास होता है। वह चाहती है यह जल्द यहाँ से टले; लेकिन दयाकृष्ण के सयत भाषण में उसे गहराई तथा गाम्भीर्य और गुरुत्व का आभास होता है। औरों की वह प्रेमिका है, लेकिन दयाकृष्ण की आशिक, जिसके कदमों की आहट पाकर उसके अन्दर एक तूफान उठने लगता है। उसके जीवन में यह नयी अनुभूति है। अब तक वह दूसरों के भोग की वस्तु थी, अब कम-से-कम एक प्राणी की दृष्टि में वह आदर और प्रेम की वस्तु है।

सिंगारसिंह को जबसे दयाकृष्ण के इस प्रेमाभिनय की सूचना मिली है, उसके खून का प्यासा हो गया है। ईर्ष्याग्नि से फुँका जा रहा है। उसने दयाकृष्ण के पीछे कई शोहदे लगा रखे हैं कि उसे जहाँ पायें, उसका काम तमाम कर दें। वह खुद पिस्तौल लिये उसकी टोह में रहता है। दयाकृष्ण इस खतरे को समझता है, जानता है, पर अपने नियत समयपर माधुरी के पास बिना नागा आ जाता है। मालूम होता है, उसे अपनी जान का कुछ भी मोह नहीं है। शोहदे उसे देखकर क्यों कतरा जाते हैं, मौका पाकर भी क्यों उस पर वार नहीं करते, इसका रहस्य वह नहीं समझता।

एक दिन माधुरी ने कहा—कृष्णजी, तुम यहाँ न आया करो। तुम्हें तो पता नहीं है, पर यहाँ तुम्हारे बीसों दुश्मन हैं। मैं डरती हूँ कि किसी दिन कोई बात न हो जाय।

शिशिर की तुषार मण्डित सन्ध्या थी। माधुरी एक काश्मीरी शाल ओढे हुए अँगीठी के सामने बैठी हुई थी। कमरे से बिजली का रजत-प्रकाश फैला हुआ था। दयाकृष्ण ने देखा, माधुरी की आँखें सजल हो गई हैं और वह मुँह फेरकर उन्हें दयाकृष्ण से छिपाने की चेष्टा कर रही है। प्रदर्शन का सुखभोग करने वाली रमणी क्यों इतना संकोच कर रही है, यह उसका अनाड़ी मन न समझ सका। हाँ, माधुरी के गोरे, प्रसन्न, संकोचहीन मुख पर लज्जा-मिश्रित मधुरिमा की ऐसी छटा उसने कभी न देखी थी। आज उसने उस मुख पर कुल-वधू की भीरु आकांक्षा और दृढ वात्सल्य देखा और उसके अभिनय में सत्य का उदय हो गया।

उसने स्थिर भाव से जवाब दिया—मैं तो किसी की बुराई नहीं करता, मुझसे किसी को क्यों बैर होने लगा। मैं यहाँ किसी का बाधक नहीं, किसी का विरोधी नहीं। दाता के द्वार पर सभी भिक्षुक जाते हैं। अपना अपना भाग्य है, किसी को एक चुटकी मिलती है, किसी को पूरा थाल। कोई क्यों किसी से जले? अगर किसी पर तुम्हारी विशेष कृपा है, तो मैं उस भाग्यशाली समझकर उसका आदर करूँगा। जलूँ क्यों?

माधुरी ने स्नेह-कातर स्वर में कहा—जी नहीं, आप कल से न आया कीजिए।

दयाकृष्ण मुस्कराकर बोला—तुम मुझे यहाँ आने से नहीं रोक सकतीं। भिक्षुक को तुम दुत्कार सकती हो, द्वार पर आने से नहीं रोक सकतीं।

माधुरी स्नेह की आँखों से उसे देखने लगी, फिर बोली—क्या सभी आदमी तुम्हीं जैसे निष्कपट हैं?

'तो फिर मैं क्या करूँ?'

'यहाँ न आया करो।'

'यह मेरे बस की बात नहीं।'

माधुरी एक क्षण तक विचार करके बोली—एक बात कहूँ, मानोगे? चलो, हम-तुम किसी दूसरे नगर की राह लें।

'केवल इसलिए कि कुछ लोग मुझसे खार खाते हैं?'

'खार नहीं खाते, तुम्हारी जान के गाहक हैं।'

दयाकृष्ण उसी अविचलित भाव से बोला—जिस दिन प्रेम का यह पुरस्कार मिलेगा, वह मेरे जीवन का नया दिन होगा माधुरी, इससे अच्छी मृत्यु और क्या हो सकती है। तब मैं तुमसे पृथक् न रहकर तुम्हारे मन में, तुम्हारी स्मृति में रहूँगा।

माधुरी ने कोमल हाथ से उसके गाल पर थपकी दी। उसकी आँखें भर आई थीं। इन शब्दों में जो प्यार भरा हुआ था, वह जैसे पिचकारी की धार की तरह उसके हृदय में समा गया। ऐसी विकल वेदना। ऐसा नशा। इसे वह क्या कहे।

उसने करुण स्वर में कहा—ऐसी बातें न किया करो कृष्ण, नहीं मैं सच कहती हूँ, एक दिन जहर खाकर तुम्हारे चरणों पर सो जाऊँगी। तुम्हारे इन शब्दों में न-जाने क्या जादू था कि मैं जैसे फुँक उठी। अब आप खुदा के लिए यहाँ न आया कीजिए, नहीं देख लेना, मैं एक दिन प्राण दे दूँगी। तुम क्या जानो, हत्यारा सिंगार किस बुरी तरह तुम्हारे पीछे पड़ा हुआ है। मैं उसके शोहदों की 'खुशामद करते-करते हार गई। कितना कहती हूँ, दयाकृष्ण से मेरा कोई सम्बन्ध नहीं, उसके सामने तुम्हारी कितनी निन्दा करती हूँ, कितना कोसती हूँ; लेकिन उस निर्दयी को मुझ पर विश्वास नहीं आता। तुम्हारे लिए मैंने इन गुण्डों की कितनी मिन्नतें की हैं, उनके हाथों कितना अपमान सहा है, वह तुमसे न कहना ही अच्छा है। जिनका मुँह देखना भी मैं अपनी शान के खिलाफ समझती हूँ, उनके पैरों पड़ी हूँ: लेकिन ये कुत्ते हडिड्यों के टुकड़े पाकर भी शेर हो जाते हैं। मैं अब उनसे तंग आ गई हूँ और तुमसे हाथ जोड़कर कहती हूँ कि यहाँ से किसी ऐसी जगह चले चलो, जहाँ हमें कोई न जानता हो। वहाँ शान्ति के साथ पड़े रहें। मैं तुम्हारे साथ सब कुछ झेलने को तैयार हूँ। आज इसका निश्चय कराये बिना मैं तुम्हें न जाने दूँगी। मैं जानती हूँ, तुम्हें मुझ पर अब भी विश्वास नहीं है। तुम्हें सन्देह है कि तुम्हारे साथ कपट करूँगी।

दयाकृष्ण ने टोंका—नहीं माधुरी, तुम मेरे साथ अन्याय कर रही हो। मेरे मन में कभी ऐसा सन्देह नहीं आया। पहले ही दिन मुझे न-जाने क्यों, कुछ ऐसा प्रतीत हुआ

कि तुम अपनी ओर बहनों से पृथक् हो। मैंने तुममे वह शील और संकोच देखा, जो मैंने कुलवधुओं में देखा है।

माधुरी ने उसकी आँखों में आँखें गड़ाकर कहा–तुम झूठ बोलने की कला में इतने निपुण नहीं हो कृष्ण कि वेश्या को भुलावा दे सको। मैं न शीलवती हूँ, न संकोचवती हूँ और न अपनी दूसरी बहनों से अभिन्न हूँ। मैं वेश्या हूँ, उतनी ही कलुषित, उतनी ही विलासान्ध, उतनी ही मायाविनी, जितनी मेरी दूसरी बहनें, बल्कि उनसे कुछ ज्यादा। न तुम अन्य पुरुषों की तरह मेरे पास विनोद और वासना-तृप्ति के लिए आये थे। नहीं, महीनों आते रहने पर भी तुम यों अलिप्त न रहते। तुमने कभी डींग नहीं मारी, मुझे धन का प्रलोभन नहीं दिया। मैंने भी कभी तुमसे धन की आशा नहीं की। तुमने अपनी वास्तविक स्थिति मुझसे कह दी। फिर भी मैंने तुम्हें एक नहीं, अनेक ऐसे अवसर दिये कि कोई दूसरा आदमी उन्हें न छोड़ता, लेकिन तुम्हें मैं अपने पंजे में न ला सकी। तुम चाहे और जिस इरादे से आये हो, भोग की इच्छा से नहीं आये। अगर मैं तुम्हें इतना नीच, इतना हृदयहीन, इतना विलासान्ध समझती, तो इस तरह तुम्हारे नाज न उठाती, फिर मैं भी तुम्हारे साथ मित्र-भाव रखने लगी। समझ लिया, मेरी परीक्षा हो रही है। जब तक इस परीक्षा में सफल न हो जाऊँ, तुम्हें नहीं पा सकती। तुम जितने सज्जन हो, उतने ही कठोर हो।

यह कहते हुए माधुरी ने दयाकृष्ण का हाथ पकड़ लिया और अनुराग और समर्पण-भरी चितवनों से उसे देखकर बोली–सच बताओ कृष्ण, तुम मुझमें क्या देखकर आकर्षित हुए थे। देखो, बहानेबाजी न करना। तुम रूप पर मुग्ध होने वाले आदमी नहीं हो, मैं कसम खा सकती हूँ।

दयाकृष्ण ने संकट में पड़कर कहा–रूप इतनी तुच्छ वस्तु नहीं है माधुरी। वह मन का आईना है।

'यहाँ मुझसे रूपवान् स्त्रियों की कमी नहीं है।'

'यह तो अपनी-अपनी निगाह है। मेरे पूर्व-संस्कार रहे होंगे।'

माधुरी ने भवें सिकोड़कर कहा–तुम फिर झूठ बोल रहे हो, चेहरा कहे देता है।

दयाकृष्ण ने परास्त होकर पूछा–पूछकर क्या करोगी माधुरी? मैं डरता हूँ कहीं तुम मुझसे घृणा न करने लगो। सम्भव है, तुम मेरा जो रूप देख रही हो, वह मेरा असली रूप न हो।

माधुरी का मुँह लटक गया। विरक्त-सी होकर बोली–इसका खुले शब्दों में यह अर्थ है कि तुम्हें मुझ पर विश्वास नहीं। ठीक है, वेश्याओं पर विश्वास करना भी नहीं चाहिए। विद्वानों और महात्माओं का उपदेश कैसे न मानोगे।

नारी-हृदय इस समस्या पर विजय पाने के लिए अपने अस्त्रों से काम लेने लगा।

दयाकृष्ण पहले ही हमले में हिम्मत छोड़ बैठा। बोला–तुम तो नाराज़ हुई जाती हो माधुरी। मैंने तो केवल इस विचार से कहा था कि तुम मुझे धोखेबाज़ समझने लगोगी। तुम्हे शायद मालूम नहीं है, सिंगार सिंह ने मुझ पर कितने एहसान किये हैं। मैं उन्हीं के

टुकड़ों पर पला हूँ। इसमें रत्ती-भर भी सुबालगा नहीं है। यहाँ आकर जब मैंने उनके रंग-ढंग देखे और उनकी साध्वी स्त्री लीला को बहुत दुखी पाया, तो सोचते-सोचते मुझे यही उपाय सूझा कि किसी तरह सिगारसिंह को तुम्हारे पंजे से छुड़ाऊँ। मेरे इस अभिनय का यही रहस्य है; लेकिन उन्हें छुड़ा तो न सका, खुद फँस गया। मेरे इस फरेब की जो सज़ा चाहो, सिर झुकाये हुए हूँ।

माधुरी का अभिमान टूट गया। जलकर बोली–तो यह कहिए कि आप लीला देवी के आशिक हैं। मुझे पहले से मालूम होता, तो तुम्हें इस घर में घुसने न देती। तुम तो एक छिपे रुस्तम निकले।

वह तोते के पिंजरे के पास जाकर उसे पुचकारने का बहाना करने लगी। मन में जो एक दाह उठ रहा था, उसे कैसे शान्त करे।

दयाकृष्ण ने तिरस्कार-भरे स्वर में कहा–मैं लीला का आशिक नहीं हूँ माधुरी, उस देवी को कलंकित न करो। मैं आज तुमसे शपथ खाकर कहता हूँ कि मैंने कभी उसे इस निगाह से नहीं देखा। उसके प्रति मेरा वही भाव था, जो अपने किसी आत्मीय को दुःख में देखकर हर एक मनुष्य के मन में आता है।

'किसी से प्रेम करना तो पाप नहीं है, तुम व्यर्थ में अपनी और लीला की सफाई दे रहे हो।'

'मैं नहीं चाहता कि लीला पर किसी तरह का आक्षेप किया जाय।'

'अच्छा साहब, लीजिए लीला का नाम न लूँगी। मैंने मान लिया, वह सती हैं, साध्वी हैं और केवल उनकी आज्ञा से....'

दयाकृष्ण ने बात काटी–उनकी कोई आज्ञा नहीं थी।

'ओ हो, तुम तो ज़बान पकड़ते हो कृष्ण। क्षमा करो, उनकी आज्ञा से नहीं, तुम अपनी इच्छा से आये थे। अब तो राजी हुए। अब यह बताओ, आगे तुम्हारे क्या इरादे हैं? मैं वचन तो दे दूँगी, मगर अपने सत्कारों को नहीं बदल सकती। मेरा मन दुर्बल है। मेरा सतीत्व कब का नष्ट हो चुका है। अन्य मूल्यवान् पदार्थों की ही तरह रूप और यौवन की रक्षा भी बलवान् हाथों से हो सकती है। मैं तुमसे पूछती हूँ, तुम मुझे अपनी शरण में लेने पर तैयार हो? तुम्हारा आश्रय पाकर तुम्हारे प्रेम की शक्ति से, मुझे विश्वास है, मैं जीवन के सारे प्रलोभनों का सामना कर सकती हूँ। मैं इस सोने के महल को ठुकरा दूँगी, लेकिन इसके बदले मुझे किसी हरे वृक्ष की छाँह तो मिलनी चाहिए। वह छाँह तुम मुझे दोगे? अगर नहीं दे सकते, तो मुझे छोड़ दो। मैं अपने हाल में मगन हूँ। मैं वादा करती हूँ, सिगारसिंह से मैं कोई सम्बन्ध न रखूँगी। वह मुझे घेरेगा, रोयेगा, सम्भव है, गुण्डों से मेरा अपमान कराये, आतंक दिखाये ; लेकिन मैं सब कुछ झेल लूँगी, तुम्हारी खातिर से....।'

आगे और कुछ न कहकर वह तृष्णा भरी, लेकिन उसके साथ ही निरपेक्ष नेत्रों से दयाकृष्ण की ओर देखने लगी, जैसे दूकानदार ग्राहक को बुलाता तो है; पर साथ ही यह भी दिखाना चाहता है कि उसे उसकी परवाह नहीं है।

दयाकृष्ण क्या जवाब दे? संघर्षमय संसार में उसने अभी केवल एक कदम टिका पाया है। इधर वह अंगुल-भर जगह भी उससे छिन गई है। शायद जोर मारकर वह फिर वह स्थान पा जाय, लेकिन वहाँ बैठने की जगह नहीं और एक दूसरे प्राणी को लेकर तो वह खड़ा भी नहीं रह सकता। अगर मान लिया जाय कि अदम्य उद्योग से दोनों के लिए स्थान निकाल लेगा तो आत्म-सम्मान कहाँ ले जाय? संसार क्या कहेगा। लीला फिर क्या उसका मुँह देखना चाहेगी, सिंगार से वह फिर आँखें मिला सकेगा। यह भी छोड़ो। लीला अगर उसे पतित समझती है, समझे; सिंगार अगर उससे जलता है जले, उसे इसकी परवाह नहीं है; लेकिन अपने मन का क्या करे? विश्वास उसके अन्दर आकर जाल में फंसे पक्षी की भाँति फड़फड़ाकर निकल भागता है। कुलीना अपने साथ विश्वास का वरदान लिये आती है। उसके साहचर्य में हमें कभी संदेह नहीं होता। वहाँ संदेह के लिए प्रत्यक्ष प्रमाण चाहिए। कुत्सिता सन्देह का संस्कार लिये आती है। वहाँ विश्वास के लिए प्रत्यक्ष–अत्यन्त प्रत्यक्ष–प्रमाण की जरूरत है। उसने नम्रता से कहा–तुम जानती हो, मेरी क्या हालत है?

'हाँ, खूब जानती हूँ।'

'और उस हालत में तुम प्रसन्न रह सकोगी?'

'तुम ऐसा प्रश्न क्यों करते हो कृष्ण, मुझे दुःख होता है। तुम्हारे मन में जो सन्देह है, वह मैं जानती हूँ, समझती हूँ। मुझे भ्रम हुआ था कि तुमने भी मुझे जान लिया है, अब मालूम हुआ, मैं धोखे में थी।'

वह उठकर वहाँ से जाने लगी। दयाकृष्ण ने उसका हाथ पकड़ लिया और प्रार्थी-भाव से बोला–तुम मेरे साथ अन्याय कर रही हो माधुरी। मैं सत्य कहता हूँ, ऐसी कोई बात नहीं है ....

माधुरी ने खड़े-खड़े विरक्त मन से कहा–तुम झूठ बोल रहे हो, बिलकुल झूठ। तुम अब भी मन से यह स्वीकार नहीं कर रहे हो कि कोई स्त्री स्वेच्छा से रूप का व्यवसाय नहीं करती। पैसे के लिए अपनी लज्जा को उघाड़ना, तुम्हारी समझ में कुछ ऐसी आनन्द की बात है, जिसे वेश्या शौक से करती है। तुम वेश्या में स्त्रीत्व का होना सम्भव से बहुत दूर समझते हो। तुम इसकी कल्पना ही नहीं कर सकते कि वह क्यों अपने प्रेम में स्थिर नहीं होती। तुम नहीं जानते कि प्रेम के लिए उसके मन में कितनी व्याकुलता होती है और जब वह सौभाग्य से उसे पा जाती है, तो किस तरह प्राणों की भाँति उसे संचित रखती है। खारे पानी के समुद्र में मीठे पानी का छोटा-सा पात्र कितना प्रिय होता है, इसे वह क्या जाने, जो मीठे पानी के मटके उँड़ेलता रहता हो।

दयाकृष्ण कुछ ऐसे असमंजस में पड़ा हुआ था कि उसके मुँह से एक भी शब्द न निकला। उसके मन में जो शंका चिनगारी की भाँति छिपी हुई है, वह बाहर निकलकर कितनी भयंकर ज्वाला उत्पन्न कर देगी। उसने कपट का जो अभिनय किया था, प्रेम का जो स्वाँग रचा था, उसकी ग्लानि उसे और भी व्यथित कर रही थी।

सहसा माधुरी ने निष्ठुरता से पूछा—तुम यहाँ क्यों बैठे हो?

दयाकृष्ण ने अपमान को पीकर कहा—मुझे सोचने के लिए कुछ समय दो माधुरी।

'क्या सोचने के लिए?'

'अपना कर्त्तव्य।'

'मैंने अपना कर्त्तव्य सोंचने के लिए तुमसे समय नहीं माँगा। तुम अगर मेरे उद्धार की बात सोच रहे हो, तो उसे दिल से निकाल डालो। मैं भ्रष्टा हूँ और तुम साधुता के पुतले हो—जब तक यह भाव तुम्हारे अन्दर रहेगा, मैं तुमसे उसी तरह बात करूँगी जैसे औरों के साथ करती हूँ। अगर भ्रष्टा हूँ, तो जो लोग यहाँ अपना मुँह काला करने आते हैं, वे कुछ कम भ्रष्ट नहीं हैं। तुम जो एक मित्र की स्त्री पर दाँत लगाये हुए हो, तुम जो एक सरला अबला के साथ झूठे प्रेम का स्वाँग करते हो, तुम्हारे हाथों 'अगर मुझे स्वर्ग भी मिलता हो, तो ठुकरा दूँ।'

दयाकृष्ण ने लाल आँख करके कहा—तुमने फिर वही आक्षेप किया।

माधुरी तिलमिला उठी। उसकी रही-सही मृदुता भी ईर्ष्या के उमड़ते हुए प्रवाह में समा गई। लाली पर आक्षेप भी असह्य है, इसलिए कि वह कुलवधू है। मैं वेश्या हूँ, इसलिए मेरे प्रेम का उपहार भी स्वीकार नहीं किया जा सकता।

उसने अविचलित भाव से कहा—आक्षेप नहीं कर रही हूँ, सच्ची बात कह रही हूँ। तुम्हारे डर से बिल खोदने जा रही हूँ। तुम स्वीकार करो या न करो, तुम लीला पर मरते हो। तुम्हारी लीला तुम्हे मुबारक रहे। मैं अपने सिंगारसिंह ही में प्रसन्न हूँ। उद्धार की लालसा अब नहीं रही। पहले जाकर अपना उद्धार करो। अबसे खबरदार, कभी भूलकर भी यहाँ न आना, नहीं तो पछताओगे। तुम-जैसे रँगे हुए पतितों का उद्धार नहीं करते। उद्धार वही कर सकते हैं जो उद्धार के अभिमान को हृदय में आने ही नहीं देते। जहाँ प्रेम है, वहाँ किसी तरह का भेद नहीं रह सकता।

यह कहने के साथ ही वह उठकर बराबर वाले दूसरे कमरे में चली गई और अन्दर से द्वार बन्द कर लिया। दयाकृष्ण कुछ देर वहाँ मर्माहत-सा रहा, फिर धीरे-धीरे नीचे उतर गया, मानो देह में प्राण न हो।

4

दो दिन दयाकृष्ण घर से न निकला। माधुरी ने उसके साथ जो व्यवहार किया, इसकी उसे आशा न थी। माधुरी को उससे प्रेम था, इसका उसे विश्वास था, लेकिन जो प्रेम इतना असहिष्णु हो, जो दूसरे के मनोभावों का जरा भी विचार न करे, जो मिथ्या कलंक आरोपण करने में भी संकोच न करे, वह उन्माद हो सकता है, प्रेम नहीं। उसने बहुत अच्छा किया कि माधुरी के कपट-जाल में न फँसा, नहीं तो उसकी न-जाने क्या दुर्गती होती। पर दूसरे क्षण उसके भाव बदल जाते और माधुरी के प्रति उसका मन कोमलता से भर जाता। अब वह अपनी अनुदारता पर, अपनी संकीर्णता पर पछताता।

उसे माधुरी पर संदेह करने का कोई कारण न था। ऐसी दशा में ईर्ष्या स्वाभाविक है। वह ईर्ष्या ही क्या, जिसमें डंक न हो, विष न हो। माना, समाज उसकी निन्दा करता। यह भी मान लिया कि माधुरी सती भार्या न होती। कम-से-कम सिंगारसिंह तो उसके पंजे से निकल जाता। दयाकृष्ण के सिर से ऋण का भार तो कुछ हलका हो जाता, लीला का जीवन तो सुखी हो जाता।

सहसा किसी ने द्वार खटखटाया। उसने द्वार खोला तो सिंगारसिंह सामने खड़ा था। बाल बिखरे हुए, कुछ अस्त-व्यस्त।

दयाकृष्ण ने हाथ मिलाते हुए पूछा–क्या पाँव-पाँव ही आ रहे हो, मुझे क्यों न बुला लिया?

सिंगार ने उसे चुभती हुई आँखों से देखकर कहा–मैं तुमसे यह पूछने आया हुँ कि माधुरी कहाँ है। अवश्य तुम्हारे घर में होगी।

'क्यों, अपने घर पर होगी, मुझे क्या खबर? मेरे घर क्यों आने लगी?'

'इन बहानों से काम न चलेगा, समझ गये! मैं कहता हूँ, मैं तुम्हारा खून पी जाऊँगा; वरना ठीक-ठीक बता दो, वह कहाँ गई?'

'मैं बिलकुल कुछ नहीं जानता, तुम्हें विश्वास दिलाता हूँ। मैं तो दो दिन से घर से निकला ही नहीं।'

'रात को मैं उसके पास था। सवेरे मुझे उसका यह पत्र मिला। मैं उसी वक्त दौड़ा हुआ उसके घर गया। वहाँ उसका पता न था। नौकरों से इतना मालूम हुआ, ताँगे पर बैठकर कहीं गई है। कहाँ गई है, यह कोई न बता सका। मुझे शक हुआ, यहाँ आई होगी। जब तक तुम्हारे घर की तलाशी न ले लूँगा, मुझे चैन आयेगा।'

उसने मकान का एक-एक कोना देखा, तख्त के नीचे, अलमारी के पीछे। तब निराश होकर बोला–घड़ी बेवफा औरत है। जरा इस खत को पढ़ो।

'सरदार साहब! मैं आज कुछ दिनों के लिए यहाँ से जा रही हूँ। कब लौटूँगी, कुछ नहीं जानती। कहाँ जा रही हूँ यह भी नहीं जानती। जा इसलिए रही हूँ कि इस बेशर्मी और बेहयाई की ज़िन्दगी से मुझे घृणा हो रही है, और घृणा हो रही है उन लपटों से, जिनके कुत्सित विलास का मैं खिलौना थी और जिनमें तुम मुख्य हो। तुम महीनों से मुझ पर सोने और रेशम की वर्षा कर रहे हो, मगर मैं तुमसे पूछती हूँ, उससे लाख गुने सोने और दस लाख गुने रेशम पर भी तुम अपनी बहन या स्त्री को इस रूप के बाज़ार में बैठने दोगे? कभी नहीं। उन देवियों में कोई ऐसी वस्तु है, जिसे तुम संसार-भर की दौलत से भी मूल्यवान् समझते हो, लेकिन जब तुम शराब के नशे में चूर, अपने एक-एक अंग में काम का उन्माद भर आते थे, तो तुम्हें कभी ध्यान आता था, कि तुम उसी अमूल्य वस्तु को किस निर्दयता के साथ पैरों से कुचल रहे हो? कभी ध्यान आता था कि अपनी कुल देवियों को इस अवस्था में देखकर तुम्हें कितना दु:ख होता? कभी नहीं। यह उन गीदड़ों और गिद्धों की मनोवृत्ति है, जो किसी लाश को देखकर

चारों ओर से जमा हो जाते हैं उसे नोच-नोचकर खाते हैं। यह समझ रखो, नारी अपना बस रहते हुए कभी पैसों के लिए अपने को समर्पित नहीं करती। यदि वह ऐसा कर रही हो, तो समझ लो, उसके और कोई आश्रय और कोई आधार नहीं है, और पुरुष इतना निर्लज्ज है कि उसकी दुरवस्था से अपनी वासना तृप्त करता है और इसके साथ ही इतना निर्दय कि उसके माथे पर पतिता का कलंक लगाकर उसे उसी दुरवस्था में मरते देखना चाहता है। क्या वह नारी नहीं है? क्या नारीत्व के पवित्र मन्दिर में उसका स्थान नहीं है? लेकिन तुम उसे उस मन्दिर में घुसने नहीं देते। उसके स्पर्श से मन्दिर की प्रतिमा भ्रष्ट हो जायगी। खैर, पुरुष-समाज जितना अत्याचार चाहे, कर लें। हम-असहाय हैं, अशक्त हैं, आत्माभिमान को भूल बैठी हैं, लेकिन ...

सहसा सिंगारसिंह ने उसके हाथ से वह पत्र छीन लिया और जेब में रखता हुआ बोला—क्या बड़े गौर से पढ़ रहे हो, काई नयी बात नहीं है। सब कुछ वही है, जो तुमने सिखाया है। यही करने तो तुम उसके यहाँ जाते थे। मैं कहता हूँ, तुम्हें मुझसे इतनी जलन क्यों हो गई? मैंने तो तुम्हारे साथ कोई बुराई न की थी, इस साल-भर में मैंने माधुरी पर दस हज़ार से कम न फूँके होंगे। घर में जो मूल्यवान् था, वह मैंने उसके चरणों पर चढ़ा दिया और आज उसे साहस हो रहा है कि वह हमारी कुल-देवियों की बराबरी करे। यह सब तुम्हारा प्रसाद है। 'सत्तर चूहे खाके बिल्ली हज को चली।' कितनी बेवफा जात है। ऐसों को तो गोली मार दें। जिस पर सारा घर लुटा दिया, जिसके पीछे सारे शहर में बदनाम हुआ, वह आज मुझे उपदेश करने चली है। जरूर इसमें कोई-न-कोई रहस्य है। कोई नया शिकार फँसा होगा, मगर मुझसे भागकर जायेगी कहाँ? ढूँढ न निकालूँ तो नाम नहीं। कम्बख्त कैसी प्रेम-भरी बातें करती थी कि मुझ पर घड़ो नशा चढ़ जाता था। बस, कोई नया शिकार फँस गया। यह बात न हो, तो मूँछ मुड़ा लूँ।

दयाकृष्ण उसके सफाचट चेहरे की ओर देखकर मुस्कराया-तुम्हारी मूँछें तो पहले ही मुड़ चुकी हैं।

इस हलके-से विनोद ने जैसे सिगारसिंह के घाव पर मरहम रख दिया। वह बेसरो सामान घर, वह फटा फर्श, वह टूटी-फूटी चीजें देखकर उसे दयाकृष्ण पर दया आ गई। चोट की तिलमिलाहट में वह जवाब देने के लिए ईंट-पत्थर ढूँढ रहा था, पर अब चोट ठण्डी पड़ गई थी और दर्द घनीभूत हो रहा था और दर्द के साथ सौहार्द भी जाग रहा था। जब आग ही बुझ गई, तो धुआँ कहाँ से आता।

उसने पूछा—सच कहना, तुमसे भी कभी प्रेम की बातें करती थी?

दयाकृष्ण ने मुस्कराते हुए कहा—मुझसे! मैं तो खाली उसकी सूरत देखने जाता था।

'सूरत देखकर दिल पर काबू तो नहीं रहता।'

'यह तो अपनी-अपनी रूचि है।'

'है मोहिनी, देखते ही कलेजे पर छुरी चल जाती है।'

'मेरे कलेजे पर तो कभी छुरी नहीं चली। यही इच्छा होती थी कि इसके पैरों पर गिर पड़ूँ।'

'इसी शायरी ने तो यह अनर्थ किया। तुम जैसे बुद्धुओं को किसी देहातिन से शादी करके रहना चाहिए। चले थे वेश्या से प्रेम करने।'

एक क्षण के बाद उसने फिर कहा—मगर है बेवफा, मक्कार।

'तुमने उससे वफा की आशा की, मुझे तो यही अफसोस है।'

'तुमने वह दिल ही नहीं पाया, तुमसे क्या कहूँ।'

एक मिनट के बाद उसने सहृदय भाव से कहा—'अपने पत्र में उसने बातें तो सच्ची लिखी हैं, चाहे कोई माने या न माने। सौन्दर्य को बाज़ारी चीज समझना कुछ बहुत अच्छी बात तो नहीं है।'

दयाकृष्ण ने पुचारा दिया—जब स्त्री अपना रूप बेचती है, तो उसके खरीदार भी निकल आते हैं। फिर यहाँ तो कितनी ही जातियाँ हैं, जिनका यही पेशा है।

'यह पेशा चला कैसे?'

'पुरुषों की दुर्बलता से।'

'नहीं, मैं समझता हूँ, बिस्मिल्लाह पुरुषों ने की होगी।'

इसके बाद एकाएक जेब से घड़ी निकालकर देखता हुआ बोला—ओहो! दो बज गये और अभी मैं यहीं बैठा हूँ। आज शाम को मेरे यहाँ खाना खाना। जरा इस विषय पर बातें होंगी। अभी तो उसे ढूँढ निकालना है। वह है कहीं इसी शहर में। घरवालों से भी कुछ नहीं कहा। बुढ़िया नायका सिर पीट रही थी। उस्तादजी अपनी तकदीर को रो रहे थे। न-जाने कहाँ जाकर छिप रही।

उसने उठकर दयाकृष्ण से हाथ मिलाया और चला।

दयाकृष्ण से पूछा—मेरी तरफ से तो तुम्हारा दिल साफ हो गया?

सिंगार ने पीछे फिरकर कहा—हुआ भी और नहीं भी हुआ, और बाहर निकल गया।

5

सात-आठ दिन तक सिंगारसिंह ने सारा शहर छाना, पुलिस में रिपोर्ट की, समाचार पत्रों में नोटिस छपाई, अपने आदमी दौड़ाये, लेकिन माधुरी का कुछ भी सुराग न मिला। महफिल कैसे गर्म होती। मित्रवृन्द सुबह-शाम हाज़िरी देने आते और अपना-सा मुँह लेकर लौट जाते। सिंगार के पास उनके साथ गपशप करने का समय न था। गरमी के दिन, सजा हुआ कमरा, भट्ठी बना हुआ था। खस की टट्टियाँ भी थीं, पखा भी ; लेकिन गरमी जैसे किसी के समझाने-बुझाने की परवाह नहीं करना चाहती, अपने दिल का बुखार निकालकर ही रहेगी।

सिंगारसिंह अपने भीतर वाले कमरे में बैठा हुआ पेग-पर-पेग चढ़ा रहा था, पर अन्दर की आग न शान्त होती थी। इस आग ने ऊपर की घास-फूस को जलाकर भस्म

कर दिया था और अब अन्तस्तल की जड़-विरक्ति और अचल विचार को द्रवित करके बड़े वेग से ऊपर फेंक रही थी। माधुरी की बेवफ़ाई ने उसके आमोदी हृदय को इतना आहत कर दिया था कि अब अपना जीवन ही उसे बेकार-सा मालूम होता था। माधुरी उसके जीवन में सबसे सत्य वस्तु थी, सत्य भी और सुन्दर भी। उसके जीवन की सारी रेखाएँ इसी बिन्दु पर आकर जमा हो जाती थीं। वह बिन्दु एकाएक पानी के बुलबुले की भाँति मिट गया और अब वह सारी रेखाएँ, वह सारी भावनाएँ, वह सारी मृदु स्मृतियाँ, उन झल्लाई हुई मधु-मक्खियों की तरह भनभनाती फिरती थीं, जिनका छत्ता जला दिया गया हो। जब माधुरी ने कपट-व्यवहार किया तो और किससे कोई आशा की जाय? इस जीवन ही में क्या है? आम में रस ही न रहा, तो गुठली किस काम की?

लीला कईं दिनों से महफिल में सन्नाटा देखकर चकित हो रही थी। उसने कई महीनों से घर के किसी विषय में बोलना छोड़ दिया था। बाहर से जो आदेश मिलता था, उसे बिना कुछ-सुने पूरा करना ही उसके जीवन का क्रम था। वीतराग-सी हो गई थी। न किसी शौक से वास्ता था, न सिंगार से।

मगर इस कई दिन के सन्नाटे ने उसके उदास मन को भी चिन्तित कर दिया। चाहती थी कुछ पूछे, लेकिन पूछे कैसे? मान जो टूट जाता। मान ही किस बात का, मान तब करें, जब कोई उसकी बात पूछता हो। मान-अपमान से उसे प्रयोजन नहीं। नारी ही क्यों हुई।

उसने धीरे-धीरे कमरे का पर्दा हटाकर अन्दर झाँका। देखा, सिंगारसिंह सोफे पर चुपचाप लेटा हुआ है, जैसे कोई पक्षी साँझ के सन्नाटे में परों में मुँह छिपाये बैठा हो।

समीप आकर बोली—मेरे मुँह पर तो ताला डाल दिया गया है, लेकिन क्या करूँ, बिना बोले रहा नहीं जाता। कई दिन से सरकार की महफिल में सन्नाटा क्यों है? तबीयत तो अच्छी है?

सिंगार ने उसकी ओर आँखें उठाई। उनमें व्यथा भरी हुई थी। कहा—तुम अपने मैके क्यों नहीं चली जाती लीला?

'आपकी जो आज्ञा, पर यह तो मेरे प्रश्न का उत्तर न था।'

'वह कोई बात नहीं। मैं बिलकुल अच्छा हूँ। ऐसे बेहयाओं को मौत भी नहीं आती। अब इस जीवन से जी भर गया। कुछ दिनों के लिए बाहर जाना चाहता हूँ, तुम अपने घर चली जाओ, तो मैं निश्चिन्त हो जाऊँ।'

'भला, आपको मेरी इतनी चिन्ता तो है।'

'अपने साथ जो कुछ ले जाना चाहती हो, ले जाओ।'

'मैंने इस घर की चीज़ों को अपनी समझना छोड़ दिया है।'

'मैं नाराज़ होकर नहीं कह रहा हूँ लीला। न-जाने कब लौटूँ, तुम यहाँ अकेली कैसे रहोगी?'

कई महीनों के बाद लीला ने पति की आँखों में स्नेह की झलक देखी।

'मेरा विवाह तो इस घर की सम्पत्ति से नहीं हुआ है, तुमसे हुआ है। जहाँ तुम रहोगे, वहीं मैं भी रहूँगी।'

'मेरे साथ तो अब तक तुम्हें रोना ही पड़ा।'

लीला ने देखा, सिंगार की आँखों में आँसू की एक बूँद नीले आकाश में चन्द्रमा की तरह गिरने-गिरने हो रही थी। उसका मन भी पुलकित हो उठा। महीनों की क्षुधाग्नि में जलने के बाद अन्न का एक दाना पाकर वह उसे कैसे ठुकरा दे। पेट नहीं भरेगा, कुछ भी नहीं होगा, लेकिन उस दाने को ठुकराना क्या उसके बस की बात थी?

उसने बिलकुल पास आकर अपने आँचल को उसके समीप ले जाकर कहा– मैं तो तुम्हारी हो गई। हँसाओगे, हँसूँगी, रुलाओगे, रोऊँगी; रखोगे, तो रहुँगी, निकालोगे, तो भी रहूँगी, मेरा घर तुम हो, धर्म तुम हो, अच्छी हूँ, तो तुम्हारी हूँ, बुरी हूँ, तो तुम्हारी हूँ।

और दूसरे क्षण सिंगार के विशाल सीने पर उसका सिर रखा हुआ था और उसके हाथ थे लीला की कमर में। दोनों के मुख पर हर्ष की लाली थी, आँखों में हर्ष के आँसू और मन में एक ऐसा तूफान, जो उन्हें न-जाने कहाँ उड़ा ले जायगा।

एक क्षण के बाद सिंगार ने कहा–तुमने कुछ सुना, माधुरी भाग गई और पगला दयाकृष्ण उसकी खोज में निकला है।

लीला को विश्वास न आया–दयाकृष्ण?

'हाँ जी, जिस दिन वह भागी है, उसके दूसरे ही दिन वह भी चल दिया।'

'वह तो ऐसा आदमी नहीं है। और माधुरी क्यों भागी?'

'दोनों में प्रेम हो गया था। माधुरी उसके साथ रहना चाहती थी। वह राजी न हुआ।' लीला ने एक लम्बी साँस ली। दयाकृष्ण के वह शब्द याद आये, जो उसने कई महीने पहले कहे थे। दयाकृष्ण की वह याचना-भरी आँखें उसके मन को मसोसने लगीं।

सहसा किसी ने बड़े जोर से द्वार खोला और धड़धड़ाता हुआ भीतर वाले कमरे के द्वार पर आ गया।

सिंगार ने चकित होकर कहा–अरे! तुम्हारी यह क्या हालत है कृष्णा। किधर से आ रहे हो?

दयाकृष्ण की आँखें लाल थीं, सिर और मुँह पर गर्द जमी हुई, चेहरे पर घबराहट, जैसे कोई दीवाना हो।

उसने चिल्लाकर कहा–तुमने सुना, माधुरी इस संसार में नहीं रही।

और दोनों हाथों से सिर पीट-पीटकर रोने लगा, मानो हृदय को और प्राणों को आँखों से बहा देगा।

क़ैदी

चौदह साल तक निरंतर मानसिक वेदना और शारीरिक यातना भोगने के बाद आइवन ओखोटस्क जेल से निकला; पर उस पक्षी की भाँति नहीं, जो शिकारी के पिंजरे से पंखहीन होकर निकला हो, बल्कि उस सिंह की भाँति, जिसे कठघरे की दीवारों ने और

भी भयंकर तथा और भी रक्त-लोलुप बना दिया हो। उसके अन्तस्तल में एक प्रचंड ज्वाला उमड़ रही थी, जिसने अपने ताप से उसके बलिष्ठ शरीर, सुडौल अंग-प्रत्यंग और लहराती हुई अभिलाषाओं को झुलसा डाला था और आज उसके अस्तित्व का एक-एक अणु एक-एक चिनगारी बना हुआ था–क्षुधित, चंचल और विद्रोहमय।

जेलर ने उसे तौला। प्रवेश के समय दो मन तीन सेर था, आज केवल एक मन पाँच सेर।

जेलर ने सहानुभूति दिखाकर कहा–'तुम बहुत दुर्बल हो गये हो, आइवन। अगर ज़रा भी कुपथ्य हुआ, तो बुरा होगा।'

आइवन ने अपनी हड्डियों के ढाँचे को विजय भाव से देखा और अपने अंदर एक अग्निमय प्रवाह का अनुभव करता हुआ बोला–'कौन कहता है कि मैं दुर्बल हो गया हूँ?'

'तुम ख़ुद देख रहे होंगे।'

'दिल की आग जब तक नहीं बुझेगी, आइवन नहीं मरेगा मि. जेलर, सौ वर्ष तक नहीं, विश्वास रखिए।'

आइवन इसी प्रकार बहकी-बहकी बातें किया करता था, इसलिये जेलर ने ज़्यादा परवाह न की। सब उसे अर्द्ध विक्षिप्त समझते थे। कुछ लिखा-पढ़ी हो जाने के बाद उसके कपड़े और पुस्तकें मँगवाई गईं, पर वे सादे सूट अब उसे उतारे हुए–से लगते थे। कोट की जेबों में कई नोट निकले, कई नकद रूबल। उसने सब कुछ वहीं जेल के वार्डन और निम्न कर्मचारियों को दे दिया, मानो उसे कोई राज्य मिल गया है।

जेलर ने कहा–'यह नहीं हो सकता आइवन, तुम सरकारी आदमियों को रिश्वत नहीं दे सकते।'

आइवन साधु-भाव से हँसा, 'यह रिश्वत नहीं है, मि. जेलर! इन्हें रिश्वत देकर अब मुझे इनसे क्या लेना-देना है? अब ये अप्रसन्न होकर मेरा क्या बिगाड़ लेंगे और प्रसन्न होकर मुझे क्या देंगे? यह उन कृपाओं को धन्यवाद है, जिनके बिना चौदह साल तो क्या, मेरा यहाँ चौदह घंटे रहना असह्य हो जाता।'

जब वह जेल के फाटक से निकला तो जेलर और सारे अन्य कर्मचारी उसके पीछे उसे मोटर तक पहुँचाने चले।

2

पन्द्रह साल पहले आइवन मास्को के संपन्न और संभ्रांत कुल का दीपक था।

उसने विद्यालय में ऊँची शिक्षा पाई थी, खेल में अभ्यस्त था, निर्भीक था, उदार और सहृदय था। दिल आइने की भाँति निर्मल, शील का पुतला, दुर्बलों की रक्षा के लिये जान पर खेलने वाला, जिसकी हिम्मत संकट के सामने नंगी तलवार हो जाती थी। उसके साथ एक हेलेन नाम की युवती पढ़ती थी, जिस पर विद्यालय के सारे युवक प्राण देते थे। वह जितनी ही रूपवती थी, उतनी ही तेज़ थी। बड़ी कल्पनाशील

पर अपने मनोभावों को ताले में बंद रखने वाली। आइवन में क्या देखकर वह उसकी ओर आकर्षित हो गई, यह कहना कठिन है। दोनों में लेश-मात्र भी सामंजस्य न था। आइवन सैर और शराब का प्रेमी था, हेलेन कविता एवं संगीत और नृत्य पर जान देती थी। आइवन की निगाह में रुपए केवल इसलिये थे कि दोनों हाथों से उड़ाए जायें, हेलेन अत्यन्त कृपण। आइवन को लेक्चर हाल कारागार-सा लगता था। हेलेन इस सागर की मछली थी। पर कदाचित् यह विभिन्नता ही उनमें स्वाभाविक आकर्षण बन गई, जिसने अन्त में विकल प्रेम का रूप लिया। आइवन ने उससे विवाह का प्रस्ताव किया और उसने स्वीकार कर लिया और दोनों किसी शुभ-मुहूर्त में पाणिग्रहण करके सुहागरात बिताने के लिये किसी पहाड़ी जगह में जाने के मनसूबे बाँध रहे थे कि सहसा राजनीतिक संग्राम ने उन्हें अपनी ओर खींच लिया। हेलन पहले से ही राष्ट्रवादियों की ओर झुकी हुई थी। आइवन भी उसी रंग में रँग उठा। खानदान का रईस था, उसके लिये प्रजा-पक्ष लेना एक महान् तपस्या थी, इसलिये जब कभी वह संग्राम में हताश हो जाता, तो हेलेन उसको हिम्मत बँधाती और आइवन उसके साहस और अनुराग से प्रभावित होकर अपनी दुर्बलता पर लज्जित हो जाता।

इन्हीं दिनों उकायन प्रांत की सूबेदारी पर रोमनाफ नाम का एक गवर्नर नियुक्त होकर आया। बड़ा ही कट्टर, राष्ट्रवादियों का जानी दुश्मन, दिन में दो-चार विद्रोहियों को जब तक जेल न भेज लेता उसे चैन न आता। आते-ही-आते उसने कई संपादकों पर राजद्रोह का अभियोग चलाकर उन्हें साइबेरिया भिजवा दिया, कृषकों की सभा तोड़ दीं, नगर की म्यूनिसिपैलिटी तोड़ दी और जब जनता ने अपना रोष प्रकट करने के लिये जलसे किए, तो पुलिस से भीड़ पर गोलियाँ चलवायीं, जिससे कई बेगुनाहों की जानें गईं। मार्शल-लॉ जारी कर दिया। सारे नगर में हाहाकार मच गया। लोग मारे डर के घरों से न निकलते थे, क्योंकि पुलिस हर एक की तलाशी लेती थी और उसे पीटती थी।

हेलेन ने कठोर मुद्रा से कहा–'यह अंधेर तो अब नहीं देखा जाता, आइवन। इसका कुछ उपाय होना चाहिए।'

आइवन ने प्रश्न की आँखों से देखा–'उपाय! हम क्या कर सकते हैं?'

हेलेन ने उसकी जड़ता पर खिन्न होकर कहा–'तुम कहते हो, हम क्या कर सकते हैं? मैं कहती हूँ, हम सब कुछ कर सकते हैं। मैं इन्हीं हाथों से उसका अंत कर दूँगी।'

आइवन ने विस्मय से उसकी ओर देखा–'तुम समझती हो, उसे कत्ल करना आसान है? वह कभी खुली गाड़ी में नहीं निकलता। उसके आगे-पीछे सशस्त्र सवारों का एक दल हमेशा रहता है। रेलगाड़ी में भी वह रिजर्व डिब्बों में ही सफ़र करता है। मुझे तो असम्भव लगता है, हेलेन, बिलकुल असम्भव।'

हेलेन कई मिनट तक चाय बनाती रही। फिर दो प्याले मेज़ पर रखकर उसने प्याला मुँह में लगाया और धीरे-धीरे पीने लगी। वह किसी विचार में तन्मय हो रही थी। सहसा उसने प्याला मेज़ पर रख दिया और बड़ी-बड़ी आँखों में तेज़ भरकर

बोली–'यह सब कुछ होते हुए भी मैं उसे कत्ल कर सकती हूँ, आइवन। आदमी एक बार अपनी जान पर खेलकर सब कुछ कर सकता है। जानते हो मैं क्या करूँगी?? मैं उससे राहो-रस्म पैदा करूँगी, उसका विश्वास प्राप्त करूँगी, उसे उस भ्रांति में डालूँगी कि मुझे उससे प्रेम है। मनुष्य कितना ही हृदयहीन हो, उसके हृदय के किसी-न-किसी कोने में पराग की भाँति रस छिपा ही रहता है–'मैं तो समझती हूँ कि रोमनाफ की यह दमन-नीति उसकी अवरुद्ध अभिलाषा की गाँठ है और कुछ नहीं। किसी मायाविनी के प्रेम में असफल होकर उसके हृदय का रस-स्रोत सूख गया है। वहाँ रस का संचार करना होगा और किसी युवती का एक मधुर शब्द, एक सरल मुस्कान भी जादू का काम करेगी। ऐसों को तो वह चुटकियों में अपने पैरों पर गिरा सकती है। तुम जैसे सैलानियों को रिझाना इससे कहीं कठिन है। अगर तुम यह स्वीकार करते हो कि मैं रूपहीन नहीं हूँ तो मैं तुम्हें विश्वास दिलाती हूँ कि मेरा कार्य सफल होगा। बतलाओ, मैं रूपवती हूँ या नहीं?'

उसने तिरछी आँखों से आइवन को देखा। आइवन इस भावविलास पर मुग्ध होकर बोला–'तुम यह मुझसे पूछती हो हेलेन? मैं तो तुम्हें संसार की...'

हेलेन ने उसकी बात काटकर कहा–'अगर तुम ऐसा समझते हो, तो तुम मूर्ख हो, आइवन? इसी नगर में, नहीं, हमारे विद्यालय में ही, मुझसे कहीं रूपवती बालिकाएँ मौज़ूद हैं। हाँ, तुम इतना ही कह सकते हो कि तुम कुरूपा नहीं हो। क्या तुम समझते हो, मैं तुम्हें संसार का सबसे रूपवान युवक समझती हूँ? कभी नहीं। मैं ऐसे एक नहीं, सौ नाम गिना सकती हूँ जो चेहरे-मोहरे में तुमसे कहीं बढ़कर हैं, मगर तुममें कोई ऐसी वस्तु है, जो तुम्हीं में है और वह मुझे और कहीं नज़र नहीं आती। तो मेरा कार्यक्रम सुनो। एक महीना तो मुझे उससे मेल करते लगेगा। फिर वह मेरे साथ सैर करने निकलेगा और तब एक दिन हम और वह दोनों रात को पार्क में जायेंगे और तालाब के किनारे बेंच पर बैठेंगे। तुम उसी वक्त रिवाल्वर लिये आ जाओगे और वहीं पृथ्वी उसके बोझ से हलकी हो जायगी।

जैसा हम पहले कह चुके हैं, आइवन एक रईस का लड़का था और क्रांतिमय राजनीति से उसका हार्दिक प्रेम न था। हेलेन के प्रभाव से कुछ मानसिक सहानुभूति अवश्य पैदा हो गई थी और मानसिक सहानुभूति प्राणों को संकट में नहीं डालती। उसने प्रकट रूप से तो कोई आपत्ति नहीं की, लेकिन कुछ संदिग्ध भाव से बोला–'यह तो सोचो हेलेन, इस तरह की हत्या कोई मानुषीय कृति है।'

हेलेन ने तीखेपन से कहा–'जो दूसरों के साथ मानुषीय व्यवहार नहीं करता, उसके साथ हम क्यों मानुषीय व्यवहार करें? क्या यह सूर्य की भाँति प्रकट नहीं है कि आज सैकड़ों परिवार इस राक्षस के हाथों तबाह हो रहे हैं? कौन जानता है, इसके हाथ कितने बेगुनाहों के ख़ून से रँगे हुए हैं? ऐसे व्यक्ति के साथ किसी तरह की रिआयत करना असंगत है। तुम न जाने क्यों इतने ठण्डे हो। मैं तो उसके दुष्टाचरण देखती हूँ तो मेरा रक्त खौलने लगता है। मैं सच कहती हूँ जिस वक्त उसकी सवारी निकलती है, मेरी

बोटी-बोटी हिंसा के आवेग से काँपने लगती है। अगर मेरे सामने कोई उसकी खाल भी खींच ले, तो मुझे दया न आए। अगर तुममें इतना साहस नहीं है, तो कोई हर्ज नहीं। मैं ख़ुद सब कर लूँगी। हाँ देख लेना, मैं कैसे उस कुत्ते को जहन्नुम पहुँचाती हूँ।'

हेलेन का मुखमण्डल हिंसा के आवेग से लाल हो गया। आइवन ने लज्जित होकर कहा–'नहीं-नहीं, यह बात नहीं है, हेलेन! मेरा आशय यह न था कि मैं इस काम में तुम्हें सहयोग न दूँगा। मुझे आज मालूम हुआ कि तुम्हारी आत्मा देश की दुर्दशा से कितनी विकल है, लेकिन मैं फिर भी यही कहूँगा कि यह काम उतना आसान नहीं है और हमें बड़ी सावधानी से काम लेना पड़ेगा।'

हेलेन ने उसके कंधे पर हाथ रखकर कहा–'तुम इसकी कुछ चिंता न करो, आइवन! संसार में मेरे लिये जो वस्तु सबसे प्यारी है, उसे दाँव पर रखते हुए क्या मैं सावधानी से काम न लूँगी? लेकिन तुमसे एक याचना करती हूँ, अगर इस बीच में मैं कोई ऐसा काम करूँ, जो तुम्हें बुरा मालूम हो, तो तुम मुझे क्षमा करोगे न?'

आइवन ने विस्मय-भरी आँखों से हेलेन के मुख की ओर देखा। उसका आशय उसकी समझ में न आया।

हेलेन डरी, आइवन कोई नई आपत्ति तो नहीं खड़ी करना चाहता। आश्वासन के लिये अपने मुख को उसके आतुर अधरों के समीप ले जाकर बोली–'प्रेम का अभिनय करने में मुझे वह सब कुछ करना पड़ेगा, जिस पर एकमात्र तुम्हारा ही अधिकार है। डरती हूँ कहीं तुम मुझ पर सन्देह न करने लगो।'

आइवन ने उसे कर-पाश में लेकर कहा–'यह असम्भव है हेलेन, विश्वास प्रेम की पहली सीढ़ी है।'

अन्तिम शब्द कहते-कहते उसकी आँखें झुक गईं। इन शब्दों में उदारता का जो आदर्श था, वह उस पर पूरा उतरेगा या नहीं, वह यही सोचने लगा।

इसके तीन दिन बाद नाटक का सूत्रपात हुआ। हेलेन अपने ऊपर पुलिस के निराधार सन्देह की फ़रियाद लेकर रोमनाफ से मिली और उसे विश्वास दिलाया कि पुलिस के अधिकारी उससे केवल इसलिये असंतुष्ट हैं कि वह उनके कलुषित प्रस्तावों को ठुकरा रही है। यह सत्य है कि विद्यालय में उसकी संगति कुछ उग्र युवकों से हो गई थी, पर विद्यालय से निकलने के बाद उसका उनसे कोई सम्बन्ध नहीं है।

रोमनाफ जितना चतुर था, उससे कहीं चतुर अपने को समझता था। अपने दस साल के अधिकारी जीवन में उसे किसी ऐसी रमणी से साबिका न पड़ा था, जिसने उसके ऊपर इतना विश्वास करके अपने को उसकी दया पर छोड़ दिया हो। किसी धन-लोलुप की भाँति सहसा यह धनराशि देखकर उसकी आँखों पर परदा पड़ गया। अपनी समझ में तो यह हेलेन से उग्र युवकों के विषय में ऐसी बहुत-सी बातों का पता लगाकर फूला न समाया, जो खुफिया पुलिस वालों को बहुत सिर मारने पर भी ज्ञात न हो सकी थी, पर इन बातों में मिथ्या का कितना मिश्रण है, यह वह न भाँप सका। इस आधा घण्टे में एक युवती ने एक अनुभवी अफ़सर को अपने रूप की मदिरा से उन्मत्त कर दिया था।

जब हेलेन चलने लगी तो रोमनाफ ने कुर्सी से खड़े होकर कहा–'मुझे आशा है, यह हमारी आख़िरी मुलाकात न होगी।'

हेलेन ने हाथ बढ़ाकर कहा–'हुज़ूर ने जिस सौजन्य से मेरी विपत्ति-कथा सुनी है, उसके लिये मैं आपको धन्यवाद देती हूँ।'

'कल आप तीसरे पहर यहीं चाय पिएँ।'

रब्त-जब्त बढ़ने लगा। हेलेन आकर रोज़ की बातें आइवन से कह सुनाती। रोमनाफ वास्तव में जितना बदनाम है, उतना बुरा नहीं। नहीं, वह बड़ा रसिक संगीत और कला का प्रेमी और शील तथा विजय की मूर्ति है। इन थोड़े ही दिनों में हेलेन से उसकी घनिष्ठता हो गई है और किसी अज्ञात रीति से नगर में पुलिस का अत्याचार कम होने लगा।

अंत में वह निश्चित तिथि आई। आइवन और हेलेन दिन-भर बैठे-बैठे इसी प्रश्न पर विचार करते रहे। आइवन का मन आज बहुत चंचल हो रहा था। वह कभी अकारण ही हँसने लगता, कभी अनायास से रो पड़ता। शंका, प्रतीक्षा और किसी अज्ञात चिंता ने उसके मनोसागर को इतना अशान्त कर दिया था कि उसमें भावों की नौकाएँ डगमगा रही थी–न मार्ग का पता था, न दिशा का। हेलेन भी आज बहुत चिंतित और गम्भीर थी। आज के लिये उसने पहले ही से सजीले वस्त्र बनवा रखे थे। रूप को अलंकृत करने के न जाने किन-किन विधानों का प्रयोग कर रही थी, पर इस किसी योद्धा का उत्साह नहीं, कायर का कम्पन था।

सहसा आइवन ने आँखों में आँसू भरकर कहा–'तुम आज इतनी मायाविनी हो गई हो हेलेन कि मुझे न जाने क्यों तुमसे भय हो रहा है।'

हेलेन मुस्करायी। उस मुस्कान में करुणा भरी हुई थी–'मनुष्य को कभी-कभी कितने ही अप्रिय कर्तव्यों का पालन करना पड़ता है आइवन, आज मैं सुधा से विष का काम लेने जा रही हूँ। अलंकार का ऐसा दुरुपयोग तुमने कहीं और देखा है?'

आइवन उड़े हुए मन से बोला–'इसी को राष्ट्र-जीवन कहते हैं।'

'यह राष्ट्र-जीवन नहीं है–यह नरक है।'

'मगर संसार में अभी कुछ दिन और इसकी ज़रूरत रहेगी।'

'यह अवस्था जितनी जल्द बदल जाय, उतना ही अच्छा।'

पासा पलट चुका था, आइवन ने गर्म होकर कहा–'अत्याचारियों को संसार में फलने-फूलने दिया जाय, जिससे एक दिन इनके काँटों के मारे पृथ्वी पर कहीं पाँव रखने की जगह न रहे?'

हेलेन ने कोई जवाब न दिया; पर उसके मन में जो अवसाद उत्पन्न हो गया था, वह उसके मुख पर झलक रहा था। राष्ट्र उसकी दृष्टि में सर्वोपरि था, उसके सामने व्यक्तित्व का कोई मूल्य न था। अगर इस समय उसका मन किसी कारण से दुर्बल भी हो गया था, तो उसे खोल देने का उसमें साहस न था। दोनों गले मिलकर विदा हुए। कौन जाने, यह अन्तिम दर्शन हो! दोनों के दिल भारी थे और आँखें सजल।

आइवन ने उत्साह के साथ कहा–'मैं ठीक समय पर आ जाऊँगा।'

हेलेन ने कोई जवाब न दिया।

आइवन ने फिर सानुरोध कहा–'ख़ुदा से मेरे लिये दुआ करना हेलेन!' हेलेन ने जैसे रोते हुए गले से कहा–'मुझे ख़ुदा पर भरोसा नहीं है।'

'मुझे तो है।'

'कब से?'

'जब से मौत मेरी आँखों के सामने खड़ी हो गई।'

वह वेग के साथ चला गया। संध्या हो गई थी और दो घण्टे के बाद ही उस कठिन परीक्षा का समय आ जायगा, जिससे उसके प्राण काँप रहे थे। वह कहीं एकांत में बैठकर सोचना चाहता था। आज उसे ज्ञात हो रहा था कि वह स्वाधीन नहीं है। बड़ी मोटी जंजीर उसके एक-एक अंग को जकड़े हुए थी। इन्हें वह कैसे तोड़े?

दस बज गये थे। हेलेन और रोमनाफ पार्क के एक कुंज में बेंच पर बैठे हुए थे। तेज़ बर्फीली हवा चल रही थी। चाँद किसी क्षीण आशा की भाँति बादलों में छिपा हुआ था। हेलेन ने इधर-उधर सशंक नेत्रों से देखकर कहा–'अब तो देर हो गई, यहाँ से चलना चाहिए।'

रोमनाफ ने बेंच पर पाँव फैलाते हुए कहा–'अभी तो ऐसी देर नहीं हुई है, हेलेन! कह नहीं सकता, जीवन के यह क्षण स्वप्न हैं या सत्य, लेकिन सत्य भी है तो स्वप्न से अधिक मधुर और स्वप्न भी है तो सत्य से अधिक उज्ज्वल। हेलेन बेचैन होकर उठी और रोमनाफ का हाथ पकड़कर बोली–'मेरा जी आज कुछ चंचल हो रहा है। सिर में चक्कर-सा आ रहा है। चलो, मुझे मेरे घर पहुँचा दो।'

रोज़नाफ ने उसका हाथ पकड़कर अपनी बग़ल में बैठाते हुए कहा–'लेकिन मैंने मोटर तो ग्यारह बजे बुलायी है।'

हेलेन के मुख से एक चीख निकल गई–'ग्यारह बजे।'

'हाँ, अब ग्यारह बजने ही वाले हैं। आओ, तब तक और कुछ बातें हों। रात तो काली बला-सी मालूम होती है। जितनी ही देर उसे दूर रख सकूँ, उतना ही अच्छा। मैं तो समझता हूँ उस दिन तुम मेरे सौभाग्य की देवी बनकर आई थीं हेलेन, नहीं तो अब तक मैंने न जाने क्या-क्या अत्याचार किए होते। इस उदार नीति ने वातावरण में जो शुभ परिवर्तन कर दिया, उस पर मुझे स्वयं आश्चर्य हो रहा है। महीनों के दमन ने जो कुछ न कर पाया था, वह दिनों के आश्वासन ने पूरा कर दिखाया है और इसके लिये मैं तुम्हारा ऋणी हूँ हेलेन, केवल तुम्हारा। पर खेद यही है कि हमारी सरकार दया करना नहीं जानती, केवल मारना जानती है। जार के मंत्रियों में अभी से मेरे विषय में सन्देह होने लगा है और मुझे यहाँ से हटाने का प्रश्न हो रहा है।'

सहसा टार्च का चकाचौंध पैदा करने वाला प्रकाश बिजली की भाँति चमक उठा और रिवाल्वर छूटने की आवाज़ आई। उसी वक्त रोमनाफ ने उछलकर आइवन को पकड़ लिया और चिल्लाया–पकड़ो, पकड़ो! ख़ून! हेलेन, तुम यहाँ से भागो!

पार्क में कई सन्तरी थे। चारों ओर से दौड़ पड़े। आइवन गिर गया। एक क्षण में न जाने कहाँ से टाउन-पुलिस, सशस्त्र-पुलिस, गुप्त पुलिस और सवार पुलिस के जत्थे-के-जत्थे आ पहुँचे। आइवन गिरफ्तार हो गया।

रोमनाफ ने हेलेन से हाथ मिलाकर सन्देह के स्वर में कहा–'यह आइवन तो वही युवक है, जो तुम्हारे साथ विद्यालय में था?'

हेलेन ने क्षुब्ध होकर कहा–'हाँ, है, लेकिन मुझे इसका ज़रा भी अनुमान न था कि वह क्रांतिवादी हो गया है।'

'गोली मेरे सिर पर से सन्-सन् करती हुई निकल गई।'

'हे ईश्वर!'

'मैंने दूसरा फायर करने का अवसर ही न दिया। मुझे इस युवक की दशा पर दु:ख हो रहा है, हेलेन! ये अभागे समझते हैं कि इन हत्याओं से वे देश का उद्धार कर लेंगे। अगर मैं मर ही जाता तो क्या, मेरी जगह कोई मुझसे भी ज़्यादा कठोर मनुष्य न आ जाता? लेकिन मुझे ज़रा भी क्रोध, दु:ख या भय नहीं है हेलेन, तुम बिलकुल चिन्ता न करना। चलो, मैं तुम्हें पहुँचा दूँ।'

रास्ते-भर रोमनाफ इस आघात से बच जाने पर अपने को बधाई और ईश्वर को धन्यवाद देता रहा और हेलेन विचारों में मग्न बैठी रही।

दूसरे दिन मजिस्ट्रेट के इजलास में अभियोग चला और हेलेन सरकारी गवाह थी। आइवन को मालूम हुआ कि दुनिया अंधेरी हो गई है और वह उसकी अथाह गहराई में धँसता जा रहा है।

3

चौदह साल के बाद।

आइवन रेलगाड़ी से उतरकर हेलेन के पास जा रहा है। उसे घरवालों की सुध नहीं है। माता और पिता उसके वियोग में मरणासन्न हो रहे हैं, इसकी उसे परवाह नहीं है। वह अपने चौदह साल के पाले हुए हिंसाभाव से उन्मत्त, हेलेन के पास जा रहा है पर उसकी हिंसा में रक्त की प्यास नहीं है, केवल गहरी दाहक दुर्भावना है। इन चौदह सालों में उसने जो यातनाएँ झेली हैं, उनका दो-चार वाक्यों में मानो सत्त निकालकर, विष के समान हेलेन की धमनियों में भरकर उसे तड़पते हुए देखकर, वह अपनी आँखों को तृप्त करना चाहता है और वह वाक्य क्या है? 'हेलेन, तुमने मेरे साथ जो दगा की है, वह शायद त्रिया-चरित्र के इतिहास में भी अद्वितीय है। मैंने अपना सर्वस्व तुम्हारे चरणों पर अर्पण कर दिया। मैं केवल तुम्हारे इशारों का गुलाम था। तुमने ही मुझे रोमनाफ की हत्या के लिये प्रेरित किया और तुमने ही मेरे विरुद्ध साक्षी दी, केवल अपनी कुत्सित काम-लिप्सा को पूरा करने के लिये। मेरे विरुद्ध कोई दूसरा प्रमाण न था। रोमनाफ और उसकी सारी पुलिस भी झूठी शहादतों-से मुझे परास्त न कर सकती थी, मगर तुमने

केवल अपनी वासना को तृप्त करने के लिये, केवल रोमनाफ के विषाक्त आलिंगन का आनंद उठाने के लिये मेरे साथ यह विश्वासघात किया पर आँखें खोलकर देखो कि वही आइवन, जिसे तुमने पैर के नीचे कुचला था, आज तुम्हारी उन सारी मक्कारियों का पर्दा खोलने के लिये तुम्हारे सामने खड़ा है। तुमने राष्ट्र की सेवा का बीड़ा उठाया था। तुम अपने को राष्ट्र की वेदी पर होम कर देना चाहती थीं, किन्तु कुत्सित कामनाओं के पहले ही प्रलोभन में तुम अपने सारे बहुरूप को तिलांजलि देकर भोग-लालसा की गुलामी करने पर उतर गईं। अधिकार और समृद्धि के पहले ही टुकड़े पर तुम दुम हिलाती हुई टूट पड़ीं। धिक्कार है तुम्हारी भोग-लिप्सा को, तुम्हारे इस कुत्सित जीवन को।'

4

संध्या-काल था। पश्चिम के क्षितिज पर दिन की चिता जलकर ठंडी हो रही थी और रोमनाफ के विशाल भवन में हेलेन की अर्थी को ले चलने की तैयारियाँ हो रही थीं। नगर के नेता जमा थे और रोमनाफ अपने शोक कम्पित हाथों से अर्थी को पुष्पहारों से सजा रहा था एवं उन्हें अपने आत्मजल से शीतल कर रहा था। उसी वक्त आइवन उन्मत्त वेश में, दुर्बल, झुका हुआ, सिर के बाल बढ़ाए, कंकाल-सा आकर खड़ा हो गया। किसी ने उसकी ओर ध्यान न दिया। समझे, कोई भिक्षुक होगा, जो ऐसे अवसरों पर दान के लोभ से आ जाया करते हैं।

जब नगर के विशप ने अन्तिम संस्कार समाप्त किया और मरियम की बेटियाँ नए जीवन के स्वागत का गीत गा चुकीं, तो आइवन ने अर्थी के पास जाकर आवेश से काँपते हुए स्वर में कहा–'यह दुष्टा है, जिसे सारी दुनिया की पवित्र आत्माओं की शुभकामनाएँ भी नरक की यातना से नहीं बचा सकती। वह इस योग्य थी कि उसकी लाश...

कई आदमियों ने दौड़कर उसे पकड़ लिया और उसे धक्के देते हुए फाटक की ओर ले चले। उसी वक्त रोमनाफ ने आकर उसके कंधे पर हाथ रख दिया और उसे अलग ले जाकर पूछा–'दोस्त, क्या तुम्हारा नाम क्लाडियस आइवनाफ है? हाँ, तुम वही हो, मुझे तुम्हारी सूरत याद आ गई। मुझे सब कुछ मालूम है–रत्ती-रत्ती मालूम है। हेलेन ने मुझसे कोई बात नहीं छिपाई। अब वह इस संसार में नहीं है, मैं झूठ बोलकर उसकी कोई सेवा नहीं कर सकता। तुम उस पर कठोर शब्दों का प्रहार करो या कठोर आघातों का, वह समान रूप से शान्त रहेगी, लेकिन अंत समय तक वह तुम्हारी याद करती रही। उस प्रसंग की स्मृति उसे सदैव रुलाती रहती थी। उसके जीवन की यह सबसे बड़ी कामना थी कि तुम्हारे सामने घुटने टेककर क्षमा की याचना करे। मरते-मरते उसने यह वसीयत की कि जिस तरह भी हो सके, उसकी यह विजय तुम तक पहुँचाऊँ कि वह तुम्हारी अपराधिनी है और तुमसे क्षमा चाहती है। क्या तुम समझते हो, जब यह तुम्हारे सामने आँखों में आँसू भरे आती, तो तुम्हारा हृदय पत्थर होने पर भी न पिघल जाता? क्या इस समय भी वह तुम्हें दीन-याचना की प्रतिमा-सी खड़ी नहीं दीखती? ज़रा चलकर उसका मुस्कराता हुआ चेहरा देखो। मोशियो आइवन, तुम्हारा मन अब भी उसका चुम्बन लेने के लिये विकल हो जायगा। मुझे ज़रा भी ईर्ष्या न होगी। उन फूलों

की सेज पर लेटी हुई वह ऐसी लग रही है, मानो फूलों की रानी हो। जीवन में उसकी एक ही अभिलाषा अपूर्ण रह गई आइवन, वह तुम्हारी क्षमा है। प्रेमी हृदय बड़ा उदार होता है आइवन, वह क्षमा और दया का सागर होता है। ईर्ष्या और दंभ के गंदे नाले उसमें मिलकर उतने ही विशाल और पवित्र हो जाते हैं। जिसे एक बार तुमने प्यार किया, उसकी अन्तिम अभिलाषा की तुम उपेक्षा नहीं कर सकते।

उसने आइवन का हाथ पकड़ा और सैकड़ों कौतूहल-पूर्ण नेत्रों के सामने उसे लिये हुए अर्थी के पास आया और ताबूत का ऊपरी तख्ता हटाकर हेलेन का शांत मुख-मण्डल उसे दिखा दिया। उस निस्पंद, निश्चेष्ट, निर्विकार छवि को मृत्यु ने एक गरिमा-सी प्रदान कर दी थी, मानो स्वर्ग की सारी विभूतियाँ उसका स्वागत कर रही हैं। आइवन की कुटिल आँखों में एक दिव्य ज्योति-सी चमक उठी और वह दृश्य सामने खिंच गया, जब उसने हेलेन को प्रेम से आलिंगन किया था और अपने हृदय के सारे अनुराग और उल्लास को पुष्पों में गूँथकर उसके गले में डाला था। उसे जान पड़ा, यह सब-कुछ, जो उसके सामने हो रहा है, स्वप्न है और एकाएक उसकी आँखें खुल गई हैं और वह उसी भाँति हेलेन को अपनी छाती से लगाए हुए है। उस आत्मानंद के एक क्षण के लिये क्या वह फिर चौदह साल का कारावास झेलने के लिये न तैयार हो जायगा। क्या अब भी उसके जीवन की सबसे सुखद घड़ियाँ वही न थीं, जो हेलेन के साथ गुज़री थीं और क्या उन घड़ियों के अनुपम आनंद को वह इन चौदह सालों में भी भूल सका था? उसने ताबूत के पास बैठकर श्रद्धा से काँपते हुए कंठ से प्रार्थना की-'ईश्वर, तू मेरी प्राणों से प्रिय हेलेन को अपनी क्षमा के दामन में ले!' और जब वह ताबूत कंधे पर लिये चला, तो उसकी आत्मा लज्जित थी, अपनी संकीर्णता पर, अपनी उद्विग्नता पर, अपनी नीचता पर और जब ताबूत क़ब्र में रख दिया गया तो वह वहाँ बैठकर न जाने कब तक रोता रहा। दूसरे दिन रोमनाफ जब फातिहा पढ़ने आया तो देखा, आइवन सजदे में सिर झुकाए हुए है और उसकी आत्मा स्वर्ग को प्रयाण कर चुकी है।

दो बैलों की कथा

जानवरों में गधा सबसे मूर्ख समझा जाता है। हम जब किसी आदमी को पहले दर्ज़े का बेवक़ूफ़ कहना चाहते हैं तो उसे गधा कहते हैं। गधा सचमुच बेवक़ूफ़ है या उसके सीधेपन, उसकी हानिरहित सहनशीलता ने उसे यह पदवी दे दी है, इसका निश्चय नहीं किया जा सकता। गायें सींग मारती हैं, ब्याही हुई गाय तो एकाएक सिंहनी का रूप धारण कर लेती है। कुत्ता भी बहुत ग़रीब जानवर है, लेकिन कभी-कभी उसे भी क्रोध आ ही जाता है, लेकिन गधे को कभी क्रोध करते नहीं सुना, न देखा। जितना चाहे उस ग़रीब को मारो, चाहे जैसी खराब सड़ी हुई घास सामने डाल दो, उसके चेहरे पर कभी असंतोष का चिन्ह भी न दिखाई देगा। बैशाख में चाहे एकाध बार कुलेल कर लेता हो; पर हमने तो उसे कभी ख़ुश होते नहीं देखा। उसके चेहरे पर दुःख स्थायी रूप से छाया रहता है। सुख-दुःख, हानि-लाभ किसी दशा में भी बदलते नहीं देखा। ऋषियों-मुनियों

के जितने गुण हैं, वह सभी उसमें हैं, पर आदमी उसे मूर्ख कहता है। सद्‌गुणों का इतना अनाचार कहीं नहीं देखा। शायद सीधापन संसार के लिये उपयुक्त नहीं है। बेचारे शराब नहीं पीते, चार पैसे कुसमय के लिये बचाकर रखते हैं, जी-तोड़ काम करते हैं, किसी से लड़ाई-झगड़ा नहीं करते, चार बातें सुनकर गम खा जाते हैं। फिर भी बदमाश हैं। अगर वे ईंट का जवाब पत्थर से देना सीख जाते, तो शायद सभ्य कहलाने लगते।

लेकिन गधे का एक छोटा भाई और भी है, जो उससे कुछ ही कम गधा है और वह है 'बैल'। जिस अर्थ में हम 'गधा' का प्रयोग करते हैं, कुछ उसी से मिलते-जुलते अर्थ में 'बछिया के ताऊ' का प्रयोग भी करते हैं। कुछ लोग बैल को शायद मूर्खों में सबसे बड़ा कहेंगे, मगर हमारा विचार ऐसा नहीं। बैल कभी-कभी मारता भी है। कभी-कभी अड़ियल बैल भी देखने में आता है और भी कई प्रकार से वह अपना असंतोष प्रकट कर देता है; इसलिये उसका स्थान गधे से नीचा है।

झूरी काछी के दोनों बैलों के नाम हैं—हीरा और मोती। दोनों पछाहीं जाति के थे। देखने में सुंदर, काम में तत्पर, डील में ऊँचे। बहुत दिनों साथ रहते-रहते दोनों में भाई-चारा हो गया था। दोनों आमने-सामने या आस-पास बैठे हुए एक-दूसरे से मौन भाषा में विचार-विनिमय करते थे। एक-दूसरे के मन की बात कैसे समझ जाते थे, हम नहीं कह सकते। अवश्य ही उनमें कोई ऐसी गुप्त शक्ति थी, जिससे जीवों में श्रेष्ठता का दावा करने वाला मनुष्य वंचित है। दोनों एक-दूसरे को चाटकर और सूँघकर अपना प्रेम प्रकट करते। कभी-कभी दोनों सींग भी मिला लिया करते थे, झगड़े के भाव से नहीं, केवल हास-परिहास के भाव से, अपनेपन के भाव से; जैसे दोस्तों में निकटता होते ही हाथापाई होने लगती है। इसके बिना दोस्ती कुछ फुसफुसी, कुछ हल्की-सी रहती है, जिस पर ज़्यादा विश्वास नहीं किया जा सकता। जिस समय ये दोनों बैल हल या गाड़ी में जोत दिए जाते थे और गरदनें हिला-हिलाकर चलते, तो हर एक की यही चेष्टा होती थी कि ज़्यादा बोझ मेरी ही गरदन पर रहे। दिन-भर के बाद दोपहर या संध्या को दोनों खुलते, तो एक-दूसरे को चाट-चूटकर अपनी थकान मिटा लिया करते। नाँद में खली-भूसा पड़ जाने के बाद दोनों साथ उठते, साथ नाँद में मुँह डालते और साथ ही बैठते थे। एक मुँह हटा लेता तो दूसरा भी हटा लेता था।

संयोग की बात, झूरी ने एक बार गोईं को ससुराल भेज दिया। बैलों को क्या मालूम, वे क्यों भेजे जा रहे हैं। समझे मालिक ने हमें बेच दिया। अपना यों बेचा जाना उन्हें अच्छा लगा या बुरा, कौन जाने; पर झूरी के साले गया को घर तक गोईं ले जाने में दाँतों पसीना आ गया। पीछे से हाँकता तो दोनों दाएँ-बाएँ भागते, पगहिया पकड़कर नीचे करके हुंकारते। अगर ईश्वर ने उन्हें वाणी दी होती, तो झूरी से पूछते, तुम हम ग़रीबों को क्यों निकाल रहे हो? हमने तो तुम्हारी सेवा करने में कोई कसर नहीं उठा रखी। अगर इतनी मेहनत से काम न चलता था तो और काम लेते। हमें तो तुम्हारी सेवा में मर जाना स्वीकार था। हमने दाने-चारे की शिकायत नहीं की। तुमने जो कुछ खिलाया, वह सिर झुकाकर खा लिया, फिर तुमने हमें इस अत्याचारी के हाथ क्यों बेच दिया?

संध्या समय दोनों बैल अपने नए स्थान पर पहुँचे। दिन-भर के भूखे थे, लेकिन जब नाँद में लगाए गये, तो एक ने भी उसमें मुँह न डाला। दिल भारी हो रहा था। जिसे उन्होंने अपना घर समझ रखा था वह आज उनसे छूट गया था। यह नया घर, नया गाँव, नए आदमी—सब उन्हें पराए-से लगे।

दोनों ने अपनी मूक भाषा में सलाह की, एक-दूसरे को चोरी-चोरी देखा और लेट गये। जब गाँव में सोता पड़ गया, तो दोनों ने ज़ोर मारकर रस्सियाँ तुड़ा डालीं और घर की तरफ़ चले। रस्सियाँ बहुत मज़बूत थीं। अनुमान नहीं हो सकता था कि कोई बैल उन्हें तोड़ सकेगा। पर इन दोनों में इस समय दूसरी शक्ति आ गई थी। एक-एक झटके में रस्सियाँ टूट गईं।

झूरी प्रातःकाल सोकर उठा तो देखा कि दोनों बैल चरनी पर खड़े हैं। दोनों की गरदनों में आधा-आधा गराँव (गले की रस्सी) लटक रहा है। घुटने तक पाँव कीचड़ से भरे हैं और दोनों की आँखों में विद्रोह से भरा हुआ प्यार झलक रहा है।

झूरी बैलों को देखकर स्नेह से गद्‌गद हो गया। दौड़कर उन्हें गले लगा लिया। प्रेमालिंगन और चुंबन का वह दृश्य बड़ा ही मनोहर था।

घर और गाँव के लड़के जमा हो गये और तालियाँ बजा-बजाकर उनका स्वागत करने लगे। गाँव के इतिहास में यह घटना अनोखी न होने पर भी महत्त्वपूर्ण थी। बाल-सभा ने निश्चय किया, दोनों पशुवीरों को अभिनंदन-पत्र देना चाहिए। कोई अपने घर से रोटियाँ लाया, कोई गुड़, कोई चोकर, कोई भूसी।

एक बालक ने कहा—'ऐसे बैल किसी के पास न होंगे।'

दूसरे ने समर्थन किया—'इतनी दूर से अकेले चले आए।'

तीसरे ने कहा—'बैल नहीं हैं वे, उस जन्म के आदमी हैं।'

इसका विरोध करने का किसी को साहस नहीं हुआ।

झूरी की पत्नी ने बैलों को द्वार पर देखा, तो जल उठी। बोली—'कैसे नमकहराम बैल हैं कि एक दिन भी वहाँ काम न किया। भाग खड़े हुए।'

झूरी अपने बैलों पर लगाया गया आरोप न सुन सका—'नमकहराम क्यों हैं? चारा-दाना दिया न होगा तो क्या करते?'

स्त्री ने रौब के साथ कहा, 'बस, तुम्हीं तो बैलों को खिलाना जानते हो और सभी पानी पिला-पिलाकर रखते हैं।'

झूरी ने चिढ़ाया—'चारा मिलता तो क्यों भागते?'

स्त्री चिढ़ी—'भागे इसलिये कि वे लोग तुम जैसे बुद्धुओं की तरह बैलों को सहलाते नहीं। खिलाते हैं तो रगड़कर जोतते भी हैं। ये दोनों ठहरे कामचोर, भाग निकले। अब देखूँ कहाँ से खली और चोकर मिलता है? सूखे भूसे के सिवा कुछ न दूँगी, खाएँ चाहे मरें।'

वही हुआ। मज़दूर को कड़ा निर्देश दिया कि बैलों को खाली सूखा भूसा दिया जाय।

बैलों ने नाँद में मुँह डाला तो फीका-फीका। न कोई चिकनाहट, न कोई रस। क्या खाएँ। आशा-भरी आँखों से द्वार की ओर ताकने लगे। झूरी ने मज़दूर से कहा–'थोड़ी-सी खली क्यों नहीं डाल देता रे?'

'मालकिन मुझे मार ही डालेंगी।'

'चुराकर डाल आ।'

'ना दादा, पीछे से तुम भी उन्हीं की-सी कहोगे।'

2

दूसरे दिन झूरी का साला फिर आया और बैलों को ले चला। अब की उसने दोनों को गाड़ी में जोता।

दो-चार बार मोती ने गाड़ी को सड़क की खाई में गिराना चाहा पर हीरा ने सँभाल लिया। वह ज़्यादा सहनशील था।

संध्या समय पर पहुँचकर उसने दोनों को मोटी रस्सियों से बाँधा और कल की शरारत का मज़ा चखाया। फिर वही सूखा भूसा डाल दिया। अपने दोनों बैलों को खली, चूनी, सब कुछ दी।

दोनों बैलों का ऐसा अपमान कभी न हुआ था। झूरी उन्हें फूल की छड़ी से भी न छूता था। उसकी टिटकार पर दोनों उड़ने लगते थे। यहाँ पर मार पड़ी। आहत सम्मान की पीड़ा तो थी ही, उस पर मिला सूखा भूसा। नाँद की तरफ़ आँख तक न उठायी।

दूसरे दिन गया ने बैलों को हल में जोता; पर इन दोनों ने जैसे पाँव न उठाने की क़सम खा ली थी। वह मारते-मारते थक गया; पर दोनों ने पाँव न उठाया। एक बार जब निर्दयी ने हीरा की नाक में ख़ूब डंडे जमाए तो मोती का गुस्सा काबू से बाहर हो गया। हल लेकर भागा। हल, रस्सी, जुआ, सब टूट-टाटकर बराबर हो गया। गले में बड़ी-बड़ी रस्सियाँ न होतीं तो दोनों पकड़ाई में न आते।

हीरा ने मूक भाषा में कहा–'भागना व्यर्थ है।'

मोती ने उसी भाषा में उत्तर दिया–'तुम्हारी तो इसने जान ही ले ली थी। अबकी बार मार पड़ेगी।'

'पड़ने दो, बैल का जन्म लिया है, तो मार से कहाँ तक बचेंगे?'

'गया दो आदमियों के साथ दौड़ा आ रहा है, दोनों के हाथ में लाठियाँ हैं।'

मोती बोला–'कहो तो दिखा दूँ कुछ मज़ा मैं भी। लाठी लेकर आ रहा है!'

हीरा ने समझाया–'नहीं भाई, खड़े हो जाओ।'

'मुझे मारेगा, तो मैं एक-दो को गिरा दूँगा।'

'नहीं, हमारी जाति का यह धर्म नहीं।'

मोती दिल में ऐंठकर रह गया। गया आ पहुँचा और दोनों को पकड़कर ले चला। कुशल हुई कि इस वक्त मार-पीट न की, नहीं मोती भी पलट पड़ता। उसके रंग-ढंग देखकर सहम गया और उसके सहायक समझ गये कि इस वक्त टाला जाना ही उचित है।

आज दोनों के सामने फिर वही सूखा भूसा लाया गया। दोनों चुपचाप खड़े रहे। घर के लोग भोजन करने लगे। उसी वक्त एक छोटी-सी लड़की दो रोटियाँ लेकर निकली और दोनों के मुँह में देकर चली गई। उस एक रोटी से इनकी भूख तो क्या शांत होती; पर दोनों के हृदय को मानो भोजन मिल गया। यहाँ भी किसी सज्जन का निवास है। लड़की भैरों की थी। उसकी माँ मर चुकी थी। सौतेली माँ उसे मारती थी, इसलिये इन बैलों से उसे एक प्रकार का अपनापन हो गया था।

दोनों दिन-भर जोते जाते, डंडे खाते। शाम को थान पर बाँध दिए जाते और रात को वही बालिका उन्हें दो रोटियाँ खिला जाती। प्रेम के इस प्रसाद की यह महिमा थी कि दो-दो गाल सूखा भूसा खाकर भी दोनों दुर्बल न होते थे, मगर दोनों की आँखों में, रोम-रोम में विद्रोह भरा हुआ था।

एक दिन मोती ने मूक भाषा में कहा–'अब तो सहा नहीं जाता हीरा।'

'क्या करना चाहते हो?'

'एकाध को सींगों पर उठाकर फेंक दूँगा।'

'लेकिन जानते हो वह प्यारी लड़की, जो हमें रोटियाँ खिलाती है, उसी की लड़की है, जो इस घर का मालिक है। यह बेचारी अनाथ हो जायगी।'

'तो मालकिन को न फेंक दूँ। वही तो उस लड़की को मारती है।'

'लेकिन औरत जात पर सींग चलाना मना है, वह भूले जाते हो।'

'तुम तो किसी तरह निकलने ही नहीं देते। तो आओ, आज तुड़ाकर भाग चलें।'

'हाँ, यह मैं स्वीकार करता हूँ; लेकिन इतनी मोटी रस्सी टूटेगी कैसे?'

'इसका उपाय है। पहले रस्सी को थोड़ा-सा चबा लो। फिर एक झटके में टूट जाती है।'

रात को जब बालिका रोटियाँ खिलाकर चली गई, तो दोनों रस्सियाँ चबाने लगे; मोटी रस्सी मुँह में न जाती थी। बेचारे बार-बार ज़ोर लगाकर रह जाते।

सहसा घर का द्वार खुला और वही लड़की निकली। दोनों सिर झुकाकर उसका हाथ चाटने लगे। दोनों की पूँछें खड़ी हो गईं। उसने उनके माथे सहलाए और बोली–'खोले देती हूँ चुपके से भाग जाओ, नहीं यहाँ के लोग मार डालेंगे। आज घर में सलाह हो रही है कि इनकी नाकों में नाथ डाल दी जाय।

उसने गरांव खोल दिया, पर दोनों चुपचाप खड़े रहे।

मोती ने अपनी भाषा में पूछा–'अब चलते क्यों नहीं?'

हीरा ने कहा–'चलें तो; लेकिन कल इस अनाथ पर आफत आएगी। सब इसी पर संदेह करेंगे। सहसा बालिका चिल्लाई, 'दोनों फूफा वाले बैल भागे जा रहे हैं। ओ दादा! दोनों बैल भागे जा रहे हैं। जल्दी दौड़ो।'

गया हड़बड़ाकर भीतर से निकला और बैलों को पकड़ने चला। वह दोनों भागे। गया ने पीछा किया। वह और भी तेज़ हुए। गया ने शोर मचाया। फिर गाँव के कुछ आदमियों को साथ लेने के लिये लौटा। दोनों मित्रों को भागने का मौका मिल गया। सीधे दौड़ते चले गये। यहाँ तक कि मार्ग का ज्ञान न रहा। जिस परिचित मार्ग से आए थे, उसका यहाँ पता न था। नए-नए गाँव मिलने लगे। तब दोनों एक खेत के किनारे खड़े होकर सोचने लगे, अब क्या करना चाहिए।

हीरा ने कहा–'मालूम होता है, राह भूल गये।'

'तुम भी तो तेज़ी से भागे। वहीं उसे मार गिराना था।'

'उसे मार गिराते, तो दुनिया क्या कहती? वह अपना धर्म छोड़ दें, लेकिन हम अपना धर्म क्यों छोड़ें!'

दोनों भूख से व्याकुल हो रहे थे। खेत में मटर खड़ी थी। चरने लगे। रह-रहकर आहट ले लेते थे, कोई आता तो नहीं।

जब पेट भर गया, दोनों ने आज़ादी का अनुभव किया तो मस्त होकर उछलने-कूदने लगे। पहले दोनों ने डकार ली। फिर सींग मिलाए और एक-दूसरे को ठेलने लगे। मोती ने हीरा को कई कदम पीछे हटा दिया, यहाँ तक कि वह खाई में गिर गया। तब उसे भी क्रोध आया। सँभलकर उठा और फिर मोती से भिड़ गया। मोती ने देखा, खेल में झगड़ा हुआ चाहता है, तो किनारे हट गये।

3

अरे! यह क्या! कोई साँड़ डौंकता हुआ चला आ रहा है। हाँ, साँड़ ही है। वह सामने आ पहुँचा। दोनों मित्र बग़लें झाँक रहे हैं। साँड़ पूरा हाथी है। उससे भिड़ना जान से हाथ धोना है; लेकिन न भिड़ने पर तो जान बचती नहीं नज़र आती। इन्हीं की तरफ़ आ रहा है। कितनी भयंकर सूरत है!

मोती ने मूक भाषा में कहा–'बुरे फँसे! जान कैसे बचेगी? कोई उपाय सोचो।'

हीरा ने चिंतित स्वर में कहा–'अपने घमंड में भूला हुआ है। आरज़ू-विनती न सुनेगा।'

'भाग क्यों न चलें?'

'भागना कायरता है।'

'तो फिर यहीं मरो। बंदा तो नौ-दो ग्यारह होता है।'

'और जो दौड़ाए?'

'तो फिर कोई उपाय सोचो जल्द!'

'उपाय यही है कि उस पर दोनों प्राणी एक साथ चोट करें। मैं आगे से दौड़ाता हूँ और तुम पीछे से दौड़ाओ, दोहरी मार पड़ेगी, तो भाग खड़ा होगा। ज्यों ही मेरी ओर झपटे तुम बग़ल से उसके पेट में सींग घुसा देना। जान को खतरा है, पर दूसरा उपाय नहीं है।'

दोनों मित्र जान हथेली पर लेकर लपके। साँड़ को भी संगठित शत्रुओं से लड़ने का तज़ुरबा न था। वह तो एक शत्रु से मल्लयुद्ध करने का आदी था। ज्यों-ही हीरा पर झपटा, मोती ने पीछे से दौड़ाया। साँड़ उसकी तरफ़ मुड़ा तो हीरा ने रगेदा। साँड़ चाहता था, कि एक-एक करके दोनों को गिरा ले, पर ये दोनों भी उस्ताद थे। उसे वह अवसर न देते थे। एक बार साँड़ झल्लाकर हीरा का अन्त कर देने के लिये चला कि मोती ने बग़ल से आकर उसके पेट में सींग भोंक दिया। सांड़ क्रोध में आकर पीछे फिरा तो हीरा ने दूसरे पहलू में सींग चुभा दिया। आख़िर बेचारा जख्मी होकर भागा और दोनों मित्रों ने दूर तक उसका पीछा किया। यहाँ तक कि साँड़ बेदम होकर गिर पड़ा। तब दोनों ने उसे छोड़ दिया।

दोनों मित्र जीत के नशे में झूमते चले जाते थे।

मोती ने सांकेतिक भाषा में कहा–'मेरा जी चाहता था कि बचा को मार ही डालूँ।'

हीरा ने तिरस्कार किया–'गिरे हुए बैरी पर सींग न चलाना चाहिए।'

'यह सब ढोंग है। बैरी को ऐसा मारना चाहिए कि फिर न उठे।'

'पहले घर कैसे पहुँचोगे वह सोचो।'

सामने मटर का खेत था ही। मोती उसमें घुस गया। हीरा मना करता रहा; पर उसने एक न सुनी। अभी दो ही चार ग्रास खाये थे कि आदमी लाठियाँ लिये दौड़ पड़े और दोनों मित्र को घेर लिया, हीरा तो मेड़ पर था निकल गया। मोती सींचे हुए खेत में था। उसके खुर कीचड़ में धँसने लगे। न भाग सका। पकड़ लिया। हीरा ने देखा, संगी संकट में है तो लौट पड़ा। फँसेंगे तो दोनों फँसेंगे। रखवालों ने उसे भी पकड़ लिया।

प्रातःकाल दोनों मित्र कांजी हौस में बंद कर दिए गये।

4

दोनों मित्रों को जीवन में पहली बार ऐसा मौका आया कि सारा दिन बीत गया और खाने को एक तिनका भी न मिला। समझ में ही न आता था। यह कैसा स्वामी है। इससे तो गया फिर भी अच्छा था। वहाँ कई भैंसें थीं, कई बकरियाँ, कई घोड़े; कई गधे, पर किसी के सामने चारा न था, सब ज़मीन पर मुर्दों की तरह पड़े थे। कई तो इतने कमज़ोर हो गये थे कि खड़े भी न हो सकते थे। सारा दिन दोनों मित्र फाटक की ओर टकटकी लगाए ताकते रहे, पर कोई चारा लेकर आता न दिखाई दिया। तब दोनों ने दीवार की नमकीन मिट्टी चाटनी शुरू की, पर इससे क्या संतोष होगा?

रात को भी कुछ भोजन न मिला, तो हीरा के दिल में विरोध की ज्वाला दहक उठी। मोती से बोला, 'अब तो नहीं रह जाता, मोती!'

मोती ने सिर लटकाए हुए जवाब दिया, 'मुझे तो मालूम होता है प्राण निकल रहे हैं।'

'इतनी जल्द हिम्मत न हारो भाई! यहाँ से भागने का कोई उपाय निकालना चाहिए।'

'आओ दीवार तोड़ डालें।'

'मुझसे तो अब कुछ न होगा।'

'बस इसी बूते पर अकड़ते थे।'

'सारी अकड़ निकल गई।'

बाड़े की दीवार कच्ची थी। हीरा मज़बूत तो था ही, अपने नोंकदार सींग दीवार में गड़ा दिए और ज़ोर मारा, तो मिट्टी का एक चप्पड़ निकल आया। फिर तो उसका साहस बढ़ा। उसने दौड़-दौड़कर दीवार पर चोंटें कीं और हर चोट में थोड़ी-थोड़ी मिट्टी गिराने लगा।

उसी समय कांजीहाउस का चौकीदार लालटेन लेकर, जानवरों की हाज़िरी लेने आ निकला। हीरा का यह उजड्डपन देखकर उसने उसे कई डंडे रसीद किए और मोटी-सी रस्सी से बाँध दिया।

मोती ने पड़े-पड़े कहा, 'आख़िर मार खाई, क्या मिला?'

'अपने बूते पर ज़ोर तो मार लिया।'

'ऐसा ज़ोर मारना किस काम का कि और बंधन में पड़ गये।'

'ज़ोर तो मारता ही जाऊँगा, चाहे कितने बंधन पड़ते जायें।'

'जान से हाथ धोना पड़ेगा।'

'कुछ परवाह नहीं। यों भी तो मरना ही है। सोचो, दीवार खुद जाती, तो कितनी जानें बच जातीं। इतने भाई यहाँ बंद हैं। किसी की देह में जान नहीं है। दो-चार दिन और यही हाल रहा तो सब मर जायेंगे।'

'हाँ, यह तो बात है। अच्छा तो लो, फिर मैं भी ज़ोर लगाता हूँ।'

मोती ने भी दीवार में उसी जगह सींग मारा। थोड़ी-सी मिट्टी गिरी और हिम्मत बढ़ी। फिर तो वही दीवार में सींग लगाकर इस तरह ज़ोर करने लगा, मानो किसी विरोधी से लड़ रहा है। आख़िर दो घंटे की कोशिश के बाद दीवार ऊपर से लगभग एक हाथ गिर गई। उसने दूनी शक्ति से धक्का मारा, तो आधी दीवार गिर पड़ी।

दीवार का गिरना था कि अधमरे-से पड़े हुए सभी जानवर चेत उठे। तीनों घोड़ियाँ सरपट भाग निकलीं। फिर बकरियाँ निकलीं। इसके बाद भैंसें भी खिसक गईं; पर गधे अभी तक ज्यों-के-त्यों खड़े थे।

हीरा ने पूछा, 'तुम क्यों नहीं भाग जाते?'

एक गधे ने कहा, 'जो कहीं फिर पकड़ लिये जायें?'

'तो क्या हर्ज है? अभी तो भागने का अवसर है।'

'हमें तो डर लगता है। हम यहीं पड़े रहेंगे।'

आधी रात से ऊपर जा चुकी थी। दोनों गधे अभी तक खड़े सोच रहे थे, भागें या न भागें और मोती अपने मित्र की रस्सी तोड़ने में लगा हुआ था, जब वह हार गया तो हीरा ने कहा, 'तुम जाओ, मुझे यहीं पड़ा रहने दो। शायद कहीं भेंट हो जाय।'

मोती ने आँखों में आँसू लाकर कहा, 'तुम मुझे इतना स्वार्थी समझते हो हीरा! हम और तुम इतने दिनों एक साथ रहे। आज तुम मुसीबत में पड़ गये, तो मैं तुम्हें छोड़कर अलग हो जाऊँ?'

हीरा ने कहा, 'बहुत मार पड़ेगी। लोग समझ जायेंगे, यह तुम्हारी शरारत है।'

मोती गर्व से बोला, 'जिस अपराध के लिये तुम्हें गले में बंधन पड़ा, उसके लिये अगर मुझ पर मार पड़े, तो क्या चिंता। इतना तो हो ही गया कि नौ-दस प्राणियों की जान बच गई। ये सब तो आशीर्वाद देंगे।'

यह कहते हुए मोती ने दोनों गधों को सींगों से मार-मारकर बाड़े से बाहर निकाला और तब अपने बंधु के पास आकर सो रहा।

सुबह होते ही मुंशी और चौकीदार और अन्य कर्मचारियों में कैसी खलबली मची, इसके लिखने की ज़रूरत नहीं। बस, इतना ही काफी है कि मोती की ख़ूब मरम्मत हुई है और उसे भी मोटी रस्सी से बाँध दिया गया।

5

एक सप्ताह तक दोनों मित्र वहाँ बँधे पड़े रहे। किसी ने चारे का एक तिनका भी न डाला। हाँ, एक बार पानी दिखा दिया जाता था। यही उनका आधार था। दोनों इतने दुर्बल हो गये कि उठा तक न जाता था। ठठरियाँ निकल आई थीं।

एक दिन बाड़े के सामने डुग्गी बजने लगी और दोपहर होते-होते वहाँ पचास-साठ आदमी जमा हो गये। तब दोनों मित्र निकाले गये और उनकी देखभाल होने लगी। लोग आ-आकर उनकी सूरतें देखते और मन फीका करके चले जाते। ऐसे मृतक बैलों का कौन खरीदार होता?

सहसा एक दाढ़ी वाला आदमी, जिसकी आँखें लाल थीं और मुद्रा अत्यंत कठोर, आया और दोनों मित्रों के कूल्हों में उँगली गोदकर मुंशी जी से बातें करने लगा। उसका चेहरा देखकर दोनों मित्रों के दिल काँप उठे। वह कौन है, उन्हें क्यों टटोल रहा है, इस विषय में उन्हें कोई संदेह न हुआ। दोनों ने एक-दूसरे को भयभीत नेत्रों से देखा और सिर झुका लिया।

हीरा ने कहा, 'गया के घर से बेकार भागे। अब जान न बचेगी।'

मोती ने उत्तर दिया, 'कहते हैं, भगवान सबके ऊपर दया करते हैं। इन्हें हमारे ऊपर क्यों दया नहीं आती?'

'भगवान के लिये हमारा मरना-जीना दोनों बराबर हैं। चलो, अच्छा ही है, कुछ दिन उसके पास तो रहेंगे। एक बार भगवान ने उस लड़की के रूप में हमें बचाया था। क्या अब न बचाएँगे?'

'यह आदमी छुरी चलाएगा। देख लेना।'

'तो क्या चिंता है। मांस, खाल, सींग, हड्डी सब किसी-न-किसी काम आ जायेंगी।'

नीलाम हो जाने के बाद दोनों मित्र उस दढ़ियल के साथ चले। दोनों की बोटी-बोटी काँप रही थी। बेचारे पाँव तक न उठा सकते थे; पर भय के मारे गिरते-गिरते भागे जाते थे, क्योंकि वह ज़रा भी चाल धीमी हो जाने पर ज़ोर का डंडा जमा देता था।

राह में गाय-बैलों का झुंड हरे-भरे हार में चरता नज़र आया। सभी जानवर प्रसन्न थे, चिकने, चंचल। कोई उछलता था, कोई आनंद से बैठा जुगाली करता था। कितना सुखी जीवन था इनका, पर कितने स्वार्थी हैं सब। किसी को चिंता नहीं कि उनके दो भाई बधिक के हाथ पड़े कैसे दुःखी हैं।

अचानक दोनों को ऐसा मालूम हुआ, यह परिचित मार्ग है। हाँ, इसी रास्ते से गया उन्हें ले गया था। वही खेत, वही बाग़, वही गाँव मिलने लगे। पल-पल उनकी चाल तेज़ होने लगी। सारी थकान, सारी दुर्बलता गायब हो गई। अहा, यह लो! अपना ही घर आ गया। इसी कुएँ पर हम पुर चलाने आया करते थे। हाँ, यही कुआँ है।

मोती ने कहा, 'हमारा घर निकट आ गया।'

हीरा बोला, 'भगवान की दया है।'

'मैं तो अब घर भागता हूँ।'

'यह जाने देगा?'

'इसे मार गिराता हूँ।'

'नहीं-नहीं, दौड़कर थान पर ले चलो। वहाँ से हम आगे न जायेंगे।'

दोनों बछड़ों की भाँति प्रसन्नता प्रकट करते हुए घर की ओर दौड़े। वह हमारा थान है। दोनों दौड़कर अपने थान पर आए और खड़े हो गये। दढ़ियल भी पीछे-पीछे दौड़ा चला आता था।

झूरी द्वार पर बैठा धूप खा रहा था। बैलों को देखते ही दौड़ा और उन्हें बारी-बारी से गले लगाने लगा। मित्रों की आँखों से आनंद के आँसू बहने लगे। एक झूरी का हाथ चाट रहा था।

दढ़ियल ने जाकर बैलों की रस्सियाँ पकड़ लीं।

झूरी ने कहा, 'मेरे बैल हैं।'

'तुम्हारे बैल कैसे? मैं मवेशीखाने से नीलाम लिये आता हूँ।'

'मैं तो समझता हूँ, चुराए लिये आते हो। चुपके से चले जाओ। मेरे बैल हैं। मैं बेचूँगा, तो बिकेंगे। किसी को मेरे बैल नीलाम करने का क्या अधिकार है?'

'जाकर थाने में रपट कर दूँगा।'

'मेरे बैल हैं। इसका सबूत यह है कि मेरे द्वार पर खड़े हैं।'

दढ़ियल क्रोध करता हुआ बैलों को जबरदस्ती पकड़ ले जाने के लिये बढ़ा। उसी समय मोती ने सींग चलाया। दढ़ियल पीछे हटा। मोती ने पीछा किया। दढ़ियल भागा। मोती पीछे दौड़ा। गाँव के बाहर निकल जाने पर वह रुका, पर खड़ा दढ़ियल रास्ता देख रहा था। दढ़ियल दूर खड़ा धमकियाँ दे रहा था, गालियाँ निकाल रहा था, पत्थर फेंक रहा था और मोती विजयी बहादुर की भाँति उसका रास्ता रोके खड़ा था। गाँव के लोग तमाशा देखते थे और हँसते थे।

जब दढ़ियल हारकर चला गया, तो मोती अकड़ता हुआ लौटा।

हीरा ने कहा, 'मैं डर रहा था कि कहीं तुम गुस्से में आकर मार न बैठो।'

'अगर वह मुझे पकड़ता, तो मैं बिना मारे न छोड़ता।'

'अब न आएगा।'

'आएगा तो दूर ही से ख़बर लूँगा। देखूँ कैसे ले जाता है।'

'जो गोली मरवा दे?'

'मर जाऊँगा, उसके काम न आऊँगा।'

'हमारी जान को कोई जान ही नहीं समझता।'

'इसलिये कि हम इतने सीधे होते हैं।'

ज़रा देर में नाँद में खली, भूसा, चोकर, दाना भर दिया गया और दोनों मित्र खाने लगे। झूरी खड़ा दोनों को सहला रहा था और बीसों लड़के तमाशा देख रहे थे। सारे गाँव में उत्साह-सा मालूम होता था।

उसी समय मालकिन ने आकर दोनों के माथे चूम लिये।

रियासत का दीवान

महाशय मेहता उन अभागों में थे, जो अपने स्वामी को प्रसन्न नहीं रख सकते थे। वह दिल से अपना काम करते थे और चाहते थे कि उनकी प्रशंसा हो। वह यह भूल जाते थे कि वह काम के नौकर तो हैं ही, अपने स्वामी के सेवक भी हैं। जब उनके अन्य सहकारी स्वामी के दरबार में हाज़िरी देते थे, तो यह बेचारे दफ़्तर में बैठे काग़ज़ों से सिर मारा करते थे। इसका फल यह था कि स्वामी के सेवक तो तरक्की पाते थे, पुरस्कार और पारितोषिक उड़ाते थे और काम के सेवक मेहता किसी-न-किसी अपराध में निकाल दिए जाते थे। ऐसे कटु अनुभव उन्हें अपने जीवन में कई बार हो चुके थे, इसलिये अबकी जब राजा साहब सतिया ने उन्हें एक अच्छा पद प्रदान किया, तो उन्होंने प्रतिज्ञा की कि अब वह भी स्वामी का रुख देखकर काम करेंगे और उनके स्तुति-गान में ही भाग्य की परीक्षा करेंगे। और इस प्रतिज्ञा को उन्होंने कुछ इस तरह निभाया कि दो साल भी न गुज़रे थे कि राजा साहब ने उन्हें अपना दीवान बना लिया।

एक स्वाधीन राज्य की दीवानी का क्या कहना। वेतन तो 200 रु. मासिक ही था, मगर अख़्तियार बड़े लम्बे। राई का पर्वत करो या पर्वत से राई, कोई पूछने वाला नहीं था। राजा साहब भोग-विलास में पड़े रहते थे, राज्य-संचालन का सारा भार मि. मेहता पर था। रियासत के सभी अमले और कर्मचारी दण्डवत् करते, बड़े-बड़े रईस नज़राना देते, यहाँ तक की रानियाँ भी उनकी ख़ुशामद करतीं।

राजा साहब उग्र प्रकृति के मनुष्य थे, जैसे प्राय: राजा होते हैं। दुर्बलों के सामने कभी बिल्ली, कभी शेर; सबलों के सामने हमेशा भीगी बिल्ली। मि. मेहता को डाँट-फटकार भी बताते पर मेहता ने अपनी सफाई में एक शब्द भी मुँह से निकालने की क़सम खा ली थी। सिर झुकाकर सुन लेते। राजा साहब की क्रोधाग्नि ईंधन न पाकर शान्त हो जाती।

गर्मियों के दिन थे। पोलिटिकल एजेण्ट का दौरा था। राज्य में उनके स्वागत की तैयारियाँ हो रही थीं। राजा साहब ने मेहता को बुलाकर कहा–'मैं चाहता हूँ साहब बहादुर यहाँ से मेरा कलमा पढ़ते हुए जायें।'

मेहता ने सिर झुकाकर विनीत भाव से कहा–'चेष्टा तो ऐसी ही कर रहा हूँ, अन्नदाता।'

'चेष्टा तो सभी करते हैं, मगर यह चेष्टा कभी सफल नहीं होती। मैं चाहता हूँ तुम दृढ़ता के साथ कहो–ऐसा ही होगा।'

'ऐसा ही होगा।'

'रुपये की परवाह मत करो।'

'जो हुक्म।'

'कोई शिकायत न आए, वरना तुम जानोगे।'

'वह हुज़ूर को धन्यवाद देते जायें तो सही।'

'हाँ, मैं यही चाहता हूँ।'

'जान लड़ा दूँगा, दीनबंधु।'

'अब मुझे संतोष है।'

इधर तो पोलिटिकल एजेण्ट का आगमन था, उधर मेहता का लड़का जयकृष्ण गर्मियों की छुट्टियाँ मनाने माता-पिता के पास आया। किसी विश्वविद्यालय में पढ़ता था। एक बार 1932 में कोई उग्र भाषण करने के ज़ुर्म में 6 महीने की सज़ा काट चुका था। मि. मेहता की नियुक्ति के बाद जब वह पहली बार आया था, तो राजा साहब ने उसे ख़ास तौर पर बुलाया था, उससे जी खोलकर बातें की थीं, उसे अपने साथ शिकार खेलने ले गये और नित्य उसके साथ टेनिस खेला करते थे।

जयकृष्ण पर राजा साहब के साम्यवादी विचारों का बड़ा प्रभाव पड़ा था। उसे ज्ञात हुआ कि राजा साहब केवल देशभक्त ही नहीं, क्रान्ति के समर्थक भी हैं। रूस और फ्रांस की क्रान्ति पर दोनों में ख़ूब बहस हुई थी, लेकिन अबकी यहाँ उसने कुछ और

ही रंग देखा। रियासत के हर एक किसान और ज़मींदार से जबरन चंदा वसूल किया जा रहा था। पुलिस गाँव-गाँव चंदा उगाही फिरती थी। रकम दीवान साहब नियत करते थे। वसूल करना पुलिस का काम था। फ़रियाद की कहीं सुनवाई न थी। चारों ओर त्राहि-त्राहि मची हुई थी। हज़ारों मज़दूर, सरकारी इमारतों, सजावट और सड़कों की मरम्मत में बेगार भर रहे थे। बनियों से डण्डों के ज़ोर से रसद जमा की जा रही थी।

जयकृष्ण को आश्चर्य हो रहा था कि यह क्या हो रहा है। राजा साहब के विचार और व्यवहार में इतना अन्तर कैसे हो गया। कहीं ऐसा तो नहीं है कि महाराज को इन अत्याचारों की ख़बर ही न हो, या उन्होंने जिन तैयारियों का हुक्म दिया हो, उनकी तामील में कर्मचारियों ने अपनी कारगुजारी की धुन में यह अनर्थ कर डाला है। रात भर तो उसने किसी तरह जब्त किया। प्रातः काल उसने मेहताजी से पूछा–'आपने राजा साहब को इन अत्याचारों की सूचना नहीं दी?'

मेहताजी को स्वयं इस अनीति से ग्लानि हो रही थी। वह स्वभावतः दयालु मनुष्य थे, लेकिन परिस्थितियों ने उन्हें अशक्त कर रखा था। दुखित स्वर में बोले–'राजा साहब का यही हुक्म है, तो क्या किया जाय?'

'तो आपको ऐसी दशा में अलग हो जाना चाहिए था। आप जानते हैं, यह जो कुछ हो रहा है, प्रजा आप ही को अपराधी समझती है।'

'मैं मज़बूर हूँ। मैंने कर्मचारियों से बार-बार संकेत किया है कि यथासाध्य किसी पर सख्ती न की जाय, लेकिन हरेक स्थान पर मैं मौज़ूद तो नहीं रह सकता। अगर प्रत्यक्ष रूप से हस्तक्षेप करूँ, तो शायद कर्मचारी लोग महाराज से मेरी शिकायत कर दें। ये लोग ऐसे ही अवसरों की ताक में रहते हैं। इन्हें तो जनता को लूटने का कोई बहाना चाहिए। जितना सरकारी कोष में जमा करते, उससे ज़्यादा अपने घर में रख लेते हैं। मैं कुछ कर ही नहीं सकता।'

जयकृष्ण ने उत्तेजित होकर कहा–'आप इस्तीफा क्यों नहीं दे देते?'

मेहता लज्जित होकर बोले–'बेशक, मेरे लिये मुनासिब तो यही था, लेकिन जीवन में इतने धक्के खा चुका हूँ कि अब और सहने की शक्ति नहीं रही। यह निश्चय है कि नौकरी कर के मैं अपने को बेदाग़ नहीं रख सकता। धर्म और अधर्म, सेवा और परमार्थ के झमेलों में पड़कर मैंने बहुत ठोकरें खायी हैं। मैंने देख लिया कि दुनिया दुनियादारों के लिये है, जो अवसर और काल देखकर काम करते हैं। सिद्धांतवादियों के लिये अनुकूल स्थान नहीं है।'

जयकृष्ण ने तिरस्कार भरे स्वर में पूछा–'मैं राजा साहब के पास जाऊँ?'

'क्या तुम समझते हो, राजा साहब से यह बातें छिपी हैं?'

'सम्भव है, प्रजा की दु:ख-कथा सुनकर उन्हें कुछ दया आ जाय।'

मि. मेहता को इसमें क्या आपत्ति हो सकती थी? वह तो ख़ुद चाहते थे कि किसी तरह अन्याय का बोझ उनके सिर से उतर जाय। हाँ यह भय अवश्य था कि कहीं

जयकृष्ण की सत्प्रेरणा उनके लिये हानिकारक न हो और कहीं उन्हें इस सम्मान और अधिकार से हाथ न धोना पड़े। बोले–'यह ख़याल रखना कि तुम्हारे मुँह से कोई ऐसी बात न निकल जाय, जो महाराज को अप्रसन्न कर दे।

जयकृष्ण ने उन्हें आश्वासन दिया–'वह ऐसी कोई बात न करेगा। क्या वह इतना नादान है?' मगर उसे ख़बर थी कि आज के महाराजा साहब वह नहीं हैं, जो एक साल पहले थे या सम्भव है पोलिटिकल एजेंट के चले जाने के बाद वह फिर वही हो जायें। वह न जानता था कि उनके लिये क्रांति और आतंक की चर्चा भी उसी तरह विनोद की वस्तु थी, जैसे हत्या या बलात्कार या जाल की वारदातें, या रूप के बाज़ार के आकर्षक समाचार। जब उसने ड्यौढ़ी पर पहुँचकर अपनी इत्तला कराई, तो मालूम हुआ कि महाराज इस समय अस्वस्थ हैं, लेकिन वह लौट ही रहा था कि महाराज ने उसे बुला भेजा। शायद उससे सिनेमा-संसार के ताजे समाचार पूछना चाहते थे। उसके सलाम पर मुस्कराकर बोले–'तुम खूब आए भाई, कहो एम.सी.सी. का मैच देखा या नहीं? मैं तो इन बखेड़े में ऐसा फँसा, जाने की नौबत नहीं आई। अब तो यही दुआ कर रहा हूँ कि किसी तरह एजेंट साहब ख़ुश-ख़ुश रुख़सत हो जायें। मैंने जो भाषण लिखवाया है, वह ज़रा तुम भी देख लो। मैंने इन राष्ट्रीय आन्दोलनों की ख़ूब ख़बर ली है और हरिजनोद्धार पर भी छींटे उड़ा दिए हैं।

जयकृष्ण ने अपने आवेश को दबाकर कहा–'राष्ट्रीय आंदोलनों की आपने ख़बर ली, यह अच्छा किया लेकिन हरिजनोद्धार को तो सरकार भी पसंद करती है, इसीलिये उसने महात्मा गांधी को रिहा कर दिया और जेल में भी उन्हें इस आंदोलन के संबंध में लिखने-पढ़ने और मिलने-जुलने की पूरी स्वाधीनता दे रखी थी।'

राजा साहब ने सात्त्विक मुस्कान के साथ कहा–'तुम जानते नहीं हो, यह सब प्रदर्शन-मात्र है। दिल में सरकार समझती है कि यह भी राजनीतिक आंदोलन है। वह इस रहस्य को बड़े ध्यान से देख रही है। लॉयल्टी में जितना प्रदर्शन करो, चाहे वह औचित्य की सीमा के पार ही क्यों न हो जाय, उसका रंग चोखा ही होता है–उसी तरह, जैसे कवियों की विरुदावली से हम फूल उठाते हैं, चाहे वह हास्यास्पद ही क्यों न हो। हम ऐसे कवि को ख़ुशामदी समझें, अहमक भी समझ सकते हैं, पर उससे अप्रसन्न नहीं हो सकते। वह हमें जितना ही ऊँचा उठाता है, उतना ही वह हमारी दृष्टि में ऊँचा उठता जाता है।

राजा साहब ने अपने भाषण की एक प्रति मेज के दराज से निकालकर जयकृष्ण के सामने रख दी, पर जयकृष्ण के लिये इस भाषण में अब कोई आकर्षण न था। अगर वह सभा-चतुर होता, तो ज़ाहिरदारी के लिये ही इस भाषण को बड़े ध्यान से पढ़ता, उसके शब्द-विन्यास और भावोत्कर्ष कर प्रशंसा करता और आपकी तुलना महाराजा बीकानेर या पटियाला के भाषणों से करता। पर अभी वह दरबारी दुनिया की रीति-नीति से अनभिज्ञ था। जिस चीज़ को बुरा समझता था, उसे बुरा कहता था और जिस चीज़ को अच्छा समझता था, उसे अच्छा कहता था। बुरे को अच्छा, अच्छे को

बुरा करना अभी उसे न आया था। उसने भाषण पर सरसरी नज़र डालकर उसे मेज पर रख दिया और अपनी स्पष्टवादिता का बिगुल फूँकता हुआ बोला–मैं राजनीति के रहस्यों को भला क्या समझ सकता हूँ, लेकिन मेरा ख़याल है कि चाणक्य के ये वंशज इन चालों को ख़ूब समझते हैं और कृत्रिम भावों का उन पर कोई असर नहीं होता, बल्कि इससे आदमी उनकी नज़रों में और भी गिर जाता है। अगर एजेंट को मालूम हो जाय कि उसके स्वागत के लिये प्रजा पर कितने ज़ुल्म ढाए जा रहे हैं, तो शायद वह यहाँ से प्रसन्न होकर न जाय। फिर, मैं तो प्रजा की दृष्टि से देखता हूँ। एजेंट की प्रसन्नता अपने लिये लाभप्रद हो सकती है, प्रजा को तो उससे हानि ही होगी।

राजा साहब अपने किसी काम की आलोचना नहीं सह सकते थे। उनका क्रोध पहले जिरह के रूप में निकलता, फिर तर्क का आकार धारण कर लेता और अंत में भूकंप के आवेश में उबल पड़ता था, जिससे उनका स्थूल शरीर, कुर्सी, मेज, दीवारें और छत सभी में भीषण कम्पन होने लगता था। तिरछी आँखों से देखकर बोले–'क्या हानि होगी, ज़रा सुनूँ?'

जयकृष्ण समझ गया कि क्रोध की मशीनगन चक्कर में है और घातक विस्फोट होने ही वाला है। सँभल कर बोला–'इसे आप मुझसे ज़्यादा समझ सकते हैं।'

'नहीं, मेरी बुद्धि इतनी प्रखर नहीं है।'

'आप बुरा मान जायेंगे।'

'क्या तुम समझते हो... मैं बारूद का ढेर हूँ?'

'बेहतर है, आप इसे न पूछें।'

'तुम्हें बतलाना पड़ेगा।'

और आप-ही-आप उनकी मुट्ठियाँ बँध गईं।

'तुम्हें बतलाना पड़ेगा, इसी वक्त?'

जयकृष्ण यह धौंस क्यों सहने लगा? क्रिकेट के मैदान में राजकुमारों पर रौब जमाया करता था, बड़े-बड़े हुक्काम की चुटकियाँ लेता था। बोला–'अभी आपके दिल में पोलिटिकल एजेंट का कुछ भय है, आप प्रजा पर ज़ुल्म करते डरते हैं। जब वह आपके एहसान से दब जायगा, आप स्वच्छन्द हो जायेंगे। और प्रजा की फ़रियाद सुनने वाला कोई न रहेगा।

राजा साहब प्रज्वलित नेत्रों से ताकते हुए बोले–'मैं एजेंट का गुलाम नहीं हूँ कि उससे डरूँ, कोई कारण नहीं है कि मैं उससे डरूँ, बिलकुल कारण नहीं है। मैं पोलिटिकल एजेंट की इसलिये ख़ातिर करता हूँ कि वह हिज मैजेस्टी का प्रतिनिधि है। मेरे और हिज मैजेस्टी के बीच में भाईचारा है। एजेंट केवल उसका दूत है। मैं केवल नीति का पालन कर रहा हूँ। मैं विलायत जाऊँ, तो हिज मैजेस्टी भी इसी तरह मेरा सत्कार करेंगे। मैं डरूँ क्यों? मैं अपने राज्य का स्वतन्त्र राजा हूँ। जिसे चाहूँ फाँसी दे सकता हूँ। मैं किसी से क्यों डरने लगा? डरना नामर्दों का काम है, मैं ईश्वर

से भी नहीं डरता। डर क्या वस्तु है, यह मैंने आज तक नहीं जाना। मैं तुम्हारी तरह कॉलेज का मुँहफट छात्र नहीं हूँ कि क्रान्ति और आज़ादी की हाँक लगाता फिरूँ। तुम क्या जानो, क्रान्ति क्या चीज़ है? तुमने केवल उसका नाम सुन लिया है। उसके लाल दृश्य आँखों से नहीं देखे। बंदूक की आवाज़ सुनकर तुम्हारा दिल काँप उठेगा। क्या तुम चाहते हो, मैं एजेंट से कहूँ–प्रजा तबाह है, आपके आने की ज़रूरत नहीं। मैं इतना आतिथ्य-शून्य नहीं हूँ। मैं अंधा नहीं हूँ, अहमक नहीं हूँ, प्रजा की दशा का मुझे तुमसे कहीं अधिक ज्ञान है, तुमने उसे बाहर से देखा है, मैं उसे नित्य भीतर से देखता हूँ। तुम मेरी प्रजा को क्रांति का स्वप्न दिखाकर उसे गुमराह नहीं कर सकते। तुम मेरे राज्य में विद्रोह और असंतोष के बीज नहीं बो सकते। तुम्हें अपने मुँह पर ताला लगाना होगा, तुम मेरे विरुद्ध एक शब्द भी मुँह से नहीं निकाल सकते, चूँ भी नहीं कर सकते।'

डूबते हुए सूरज की किरणें महराबी दीवानखाने के रंगीन शीशों से होकर राजा साहब के क्रोधोन्मत्त मुख-मण्डल को और भी रंजित कर रही थीं। उनके बाल नीले हो गये थे, आँखें पीली, चेहरा लाल और देह हरी। मालूम होता था, प्रेतलोक का कोई पिशाच है। जयकृष्ण की सारी उद्दंडता हवा हो गई। राजा साहब को इस उन्माद की दशा में उसने कभी न देखा था, लेकिन इसके साथ ही उसका आत्मगौरव इस ललकार का जवाब देने के लिये व्याकुल हो रहा था। जैसे विनय का जवाब विनय है, वैसे ही क्रोध का जवाब क्रोध है, जब यह आतंक और भय, अदब और लिहाज के बंधनों को तोड़कर निकल पड़ता है।

उसने भी राजा साहब को आग्नेय नेत्रों से देखकर कहा–'मैं अपनी आँखों से वह अत्याचार देखकर मौन नहीं रह सकता।'

राजा साहब ने आवेश से खड़े होकर, मानो उसकी गर्दन पर सवार होते हुए कहा–'तुम्हें यहाँ ज़ुबान खोलने का कोई हक नहीं है।'

'प्रत्येक विचारशील मनुष्य को अन्याय के विरुद्ध आवाज़ उठाने का हक है। आप वह हक मुझसे नहीं छीन सकते।'

'मैं सब कुछ कर सकता हूँ।'

'आप कुछ नहीं कर सकते।'

'मैं तुम्हें अभी जेल में बन्द कर सकता हूँ।'

'आप मेरा बाल भी नहीं बाँका कर सकते।'

इसी वक्त मि. मेहता बदहवास से कमरे में आये ओर जयकृष्ण की ओर कोप-भरी आँखें उठाकर बोले–'कृष्ण, निकल जा यहाँ से, अभी मेरी आँखों से दूर हो जा और ख़बरदार! फिर मुझे अपनी सूरत न दिखाना। मैं तुझ जैसे कपूत का मुँह नहीं देखना चाहता। जिस थाल में खाता है उसी में छेद करता है, बेअदबी कहीं का। अब अगर ज़ुबान खोली, तो मैं तेरा ख़ून पी जाऊँगा।'

जयकृष्ण ने हिंसा-विक्षिप्त पिता को घृणा की आँखों से देखा और अकड़ता हुआ, गर्व से सिर उठाए, दीवानखाने के बाहर बिकल गया।

राजा साहब ने कोच पर लेटकर कहा–'बदमाश आदमी है, पल्ले सिरे का बदमाश। मैं नहीं चाहता कि ऐसा खतरनाक आदमी एक क्षण भी रियासत में रहे। तुम उससे जाकर कहो, इसी वक्त यहाँ से चला जाय, वरना उसके हक में अच्छा न होगा। मैं केवल आपकी मुरव्वत से गम खा गया, नहीं तो इसी वक्त इसको मज़ा चखा सकता था। केवल आपकी मुरव्वत ने हाथ पकड़ लिया। आपको तुरंत निर्णय करना पड़ेगा, इस रियासत की दीवानी या लड़का। अगर दीवानी चाहते हो, तो तुरन्त उसे रियासत से निकाल दो और कह दो कि फिर कभी मेरी रियासत में पाँव न रखे। लड़के से प्रेम है, तो आज ही रियासत से निकल जाइए। आप यहाँ से कोई चीज़ नहीं ले जा सकते, एक पाई की भी चीज़ नहीं। जो कुछ है, वह रियासत का है। बोलिये, क्या मंजूर है?'

मि. मेहता ने क्रोध के आवेश में जयकृष्ण को डाँट तो बतलाई थी, पर वह न समझे थे कि मामला इतना लंबा खींचेगा। एक क्षण के लिये वह सन्नाटे में आ गये। सिर झुकाकर परिस्थिति पर विचार करने लगे–राजा उन्हें मिट्टी में मिला सकता है। वह यहाँ बिलकुल बेबस है, कोई उनका साथी नहीं, कोई उनकी फ़रियाद सुनने वाला नहीं। राजा उन्हें भिखारी बनाकर छोड़ देगा। इस अपमान के साथ निकाले जाने की कल्पना करके वह काँप उठे। रियासत में उनके बैरियों की कमी न थी। सब-के-सब मूसलों ढोल बजायेंगे। जो आज उनके सामने भीगी बिल्ली बने हुए हैं, कल शेरों की तरह गुर्राएँगें। फिर इस उम्र में अब उन्हें नौकर ही कौन रखेगा। निर्दयी संसार के सामने क्या फिर उन्हें हाथ फैलाना पड़ेगा? नहीं, इससे तो यह कहीं अच्छा है कि वह यहीं पड़े रहें। कम्पित स्वर में बोले–'मैं आज ही उसे घर से निकाल देता हूँ, अन्नदाता।'

'आज नहीं, इसी वक्त!'

'इसी वक्त निकाल दूँगा।'

'हमेशा के लिये?'

'हमेशा के लिये।'

'अच्छी बात है, जाइए और आधा घंटे के अंदर मुझे सूचना दीजिए।'

मि. मेहता घर चले, तो मारे क्रोध के उनके पाँव काँप रहे थे। देह में आग-सी लगी हुई थी। इस लौंडे के कारण आज उन्हें कितना अपमान सहना पड़ा। गधा, चला है अपने साम्यवाद का राग अलापने। अब बच्चा को मालूम होगा, ज़बान पर लगाम न रखने का क्या नतीजा होता है। मैं क्यों उसके पीछे गली-गली ठोकरें खाऊँ? हाँ, मुझे यह पद और सम्मान प्यारा है। क्यों न प्यारा हो? इसके लिये बरसों एड़ियाँ रगड़ी हैं, अपना खून और पसीना एक किया है। यह अन्याय बुरा ज़रूर लगता है, लेकिन बुरी लगने की यही एक बात तो नहीं है। और हज़ारों बातें भी तो बुरी लगती हैं। जब

किसी बात का उपाय मेरे पास नहीं है तो इस मामले के पीछे क्यों अपनी ज़िन्दगी खराब करूँ? उन्होंने घर आते ही आते पुकारा–'जयकृष्ण।'

सुनीता ने कहा–'जयकृष्ण तो तुमसे पहले ही राजा साहब के पास गया था। तब से यहाँ कब आया?'

'अब तक यहाँ नहीं आया। वह तो मुझसे पहले ही चल चुका था।'

वह फिर बाहर आए और नौकरों से पूछना शुरू किया। अब भी उसका पता न था। मारे डर के कहीं छिप रहा होगा और राजा ने आधा घंटे में इत्तला देने का हुक्म दिया है। यह लौंडा न जाने क्या करने पर लगा हुआ है। आप तो जायगा ही, मुझे भी अपने साथ ले डूबेगा।

सहसा एक सिपाही ने एक पुरजा लाकर उनके हाथ में रख दिया। अच्छा, यह तो जयकृष्ण की लिखावट है। क्या कहा है-इस दुर्दशा के बाद मैं इस रियासत में एक क्षण भी नहीं रह सकता। मैं जाता हूँ। आपको अपना पद और मान अपनी आत्मा से ज़्यादा प्रिय है, आप ख़ुशी से उसका उपभोग कीजिए। फिर आपको तकलीफ़ देने न आऊँगा। अम्मा से मेरा प्रणाम कहिएगा।

मेहता ने पुरजा लाकर सुनीता को दिखाया और खिन्न होकर बोले–'इसे न जाने कब समझ आएगी, लेकिन बहुत अच्छा हुआ। अब लाला को मालूम होगा, दुनिया में किस तरह रहना चाहिए। बिना ठोकरें खाए, आदमी की आँखें नहीं खुलतीं। मैं ऐसे तमाशे बहुत खेल चुका, अब इस खुराफ़ात के पीछे अपना शेष जीवन नहीं बरबाद करना चाहता' और तुरंत राजा साहब को सूचना देने चले।

2

दम-के-दम में सारी रियासत में यह समाचार फैल गया। जयकृष्ण अपने शील-स्वभाव के कारण जनता में बड़ा प्रिय था। लोग बाज़ारों और चौराहों पर खड़े हो-होकर इस काण्ड पर आलोचना करने लगे–'अजी, वह आदमी नहीं था भाई, उसे किसी देवता का अवतार समझो। महाराज के पास जाकर बेधड़क बोला–अभी बेगार बंद कीजिए, वरना शहर में हंगामा हो जायगा। राजा साहब की तो जुबान बंद हो गई। बग़लें झाँकने लगे। शेर है, शेर! उम्र तो कुछ नहीं, पर आफत का परवाना है। और वह यह बेगार शब्द बंद करा के रहता हमेशा के लिये। राजा साहब को भागने की राह न मिलती। सुना, घिघियाने लगे। मुदा इसी बीच में दीवान साहब पहुँच गये और उसे देश निकाले का हुक्म दे दिया। यह हुक्म सुनकर उसकी आँखों में ख़ून उतर आया था, लेकिन बाप का अपमान न किया।'

'ऐसे बाप को तो गोली मार देनी चाहिए, बाप है या दुश्मन।'

'वह कुछ भी हो, है तो बाप ही।'

सुनीता सारे दिन बैठी रोती रही। जैसे कोई उसके कलेजे में बर्छियाँ चुभा रहा था। बेचारा न जाने कहाँ चला गया। अभी जलपान तक न किया था। चूल्हे में जाय ऐसा भोग-विलास, जिसके पीछे उसे बेटे को त्यागना पड़े। हृदय में ऐसा उद्वेग उठा कि इसी

दम पति और घर को छोड़कर रियासत से निकल जाय, जहाँ ऐसे नर-पिशाचों का राज्य है। इन्हें अपनी दीवानी प्यारी है, उसे लेकर रहें। वह अपने पुत्र के साथ उपवास करेगी, पर उसे आँखों से देखती तो रहेगी।

एकाएक वह उठकर महारानी के पास चली। वह उनसे फ़रियाद करेगी। उन्हें भी ईश्वर ने बालक दिये हैं। उन्हें क्या एक अभागिनी माता पर दया न आएगी? इसके पहले भी वह कई बार महारानी के दर्शन कर चुकी थी। उसका मुरझाया हुआ मन आशा से लहलहा उठा।

लेकिन रनिवास में पहुँची तो देखा कि महारानी के तेवर भी बदले हुए हैं। उसे देखते ही बोलीं–'तुम्हारा लड़का उजड्ड है। ज़रा भी अदब नहीं। किससे किस तरह बात करनी चाहिए, इसका ज़रा भी सलीका नहीं। न जाने विश्वविद्यालय में क्या पढ़ा करता है? आज महाराज से उलझ बैठा। कहता था कि बेगार बंद कर दीजिए और एजेंट साहब के स्वागत सत्कार की कोई तैयारी न कीजिए। इतनी समझ भी उसे नहीं है कि इस तरह कोई राजा कितने घंटे गद्दी पर रह सकता है? एजेंट बहुत बड़ा अफ़सर न सही, लेकिन है तो बादशाह का प्रतिनिधि। उसका आदर-सत्कार करना तो हमारा धर्म है, फिर ये बेगार किस दिन काम आएँगे? उन्हें रियासत से जागीरें मिली हुई हैं। किस दिन के लिये? प्रजा में विद्रोह की आग भड़काना कोई भले आदमी का काम है? जिस पत्तल में खाओ, उसी में छेद करो। महाराज ने दीवान साहब का मुलाहजा किया, नहीं तो उसे हिरासत में डलवा देते। अब बच्चा नहीं है। ख़ासा पाँच हाथ का जवान है। सब कुछ देखता और समझता है। हम हाक़िमों से बैर करें, तो कितने दिन निर्वाह हो? उसका क्या बिगड़ता है। कहीं सौ-पचास की चाकरी पा जायगा। यहाँ तो करोड़ों की रियासत बरबाद हो जायगी।

सुनीता ने आँचल खिसकाकर कहा–'महारानी बहुत सत्य कहती हैं, पर अब तो उसका अपराध क्षमा कीजिए। बेचारा लज्जा और भय के मारे घर नहीं गया। न जाने किधर चला गया। हमारे जीवन का यही एक अवलम्ब है, महारानी! हम दोनों रो-रोकर मर जायेंगे। आँचल फैलाकर आपसे भीख माँगती हूँ उसको क्षमादान दीजिए। माता के हृदय को आपसे ज़्यादा और कौन समझेगा, आप महाराज से सिफ़ारिश कर दें। महारानी ने अपनी बड़ी-बड़ी आँखों से उसकी ओर देखा, मानो वह कोई बड़ी अनोखी बात कह रही हो और अपने रँगे हुए होंठों पर अशुद्धि से जगमगाती हुई उँगली रखकर बोली–'क्या कहती हो सुनीता देवी! उस युवक की महाराज से सिफ़ारिश करूँ, जो हमारी जड़ खोदने पर तुला हुआ है? आस्तीन में साँप पालूँ? तुम किस मुँह से ऐसी बात कहती हो? और महाराज मुझे क्या कहेंगे? ना, मैं इसके बीच में न पड़ूँगी। उसने जो बीज बोए हैं, उनका वह फल खाए। मेरा लड़का ऐसा नालायक होता, तो उसका मुँह न देखती। और तुम ऐसे बेटे की सिफारिश करती हो?

सुनीता ने आँखों में आँसू भरकर कहा–'महारानी, ऐसी बात आपके मुँह से शोभा नहीं देती।'

महारानी मसनद टेककर उठ बैठी और तिरस्कार के स्वर में बोलीं–'अगर तुमने सोचा था कि मैं तुम्हारे आँसू पोछूँगी, तो तुमने भूल की। हमारे द्रोही की सिफारिश लेकर हमारे ही पास आना, इसके सिवा और क्या है कि तुम उसके अपराध को बाल-क्रीड़ा समझ रही हो। अगर तुमने उसके अपराध की भीषणता का ठीक अनुमान किया होता, तो मेरे पास कभी न आती। जिसके रियासत का नमक खाया है, वह रियासत के द्रोहों की पीठ सहलाए! वह स्वयं राजद्रोही है। इसके सिवा और क्या कहूँ?'

सुनीता भी गर्म हो गई। पुत्र-स्नेह म्यान के बाहर निकल आया, बोली–'राजा का कर्तव्य केवल अपने अफ़सरों को प्रसन्न करना नहीं है। प्रजा को पालने की ज़िम्मेदारी इससे कहीं बढ़कर है।'

उसी समय महाराज ने कमरे में कदम रखा। रानी ने उठकर स्वागत किया और सुनीता सिर झुकाए निस्पंद खड़ी रह गई।

राजा ने व्यंगपूर्ण मुस्कान के साथ पूछा–'वह कौन महिला तुम्हें राजा के कर्तव्य का उपदेश दे रही थी?'

रानी ने सुनीता की ओर आँख मारकर कहा–'यह दीवान साहब की धर्मपत्नी हैं।'

राजा साहब की त्योरियाँ चढ़ गईं। होंठ चबाकर बोले–'जब माँ ऐसी पैनी छुरी है, तो लड़का क्यों न ज़हर का बुझाया हुआ हो? देवीजी, मैं तुमसे यह शिक्षा नहीं लेना चाहता कि राजा का अपनी प्रजा के साथ क्या धर्म है। यह शिक्षा मुझे कई पीढ़ियों से मिलती चली आई है। बेहतर हो कि तुम किसी से यह शिक्षा प्राप्त कर लो कि स्वामी के प्रति उसके सेवक का क्या धर्म है, और जो नमकहराम है, उसके साथ स्वामी को कैसा व्यवहार करना चाहिए।'

यह कहते हुए राजा साहब उसी उन्माद की दशा में बाहर चले गये। मि. मेहता घर जा रहे थे कि राजा साहब ने कठोर स्वर में पुकारा–'सुनिए मि. मेहता! आपके सपूत तो विदा हो गये, लेकिन मुझे अभी मालूम हुआ कि आपकी देवीजी राजद्रोह के मैदान में उनसे भी दो कदम आगे हैं, बल्कि मैं तो कहूँगा, वह केवल रिकार्ड है, जिसमें देवीजी की आवाज़ ही बोल रही है। मैं नहीं चाहता कि जो व्यक्ति रियासत का संचालक हो, उसके साए में रियासत के विद्राहियों को आश्रय मिले। आप ख़ुद इस दोष से मुक्त नहीं हो सकते। वह हरगिज़ मेरा अन्याय न होगा, यदि मैं यह अनुमान कर लूँ कि आप ही ने यह मन्त्र फूँका है।'

मि. मेहता अपनी स्वामिभक्ति पर यह आरोप न सह सके। व्यथित कंठ से बोले–'यह तो मैं किस जुबान से कहूँ कि दीनबंधु इस विषय में मेरे साथ अन्याय कर रहे हैं, लेकिन मैं सर्वथा निर्दोष हूँ और मुझे यह देखकर दुःख होता है कि मेरी वफ़ादारी पर यों सन्देह किया जा रहा है।'

'वफ़ादारी केवल शब्दों से नहीं होती।'

'मेरा ख़याल है कि मैं उसका प्रमाण दे चुका।'

'नई-नई दलीलों के लिये नए-नए प्रमाणों की ज़रूरत है। आपके पुत्र के लिये जो दण्ड-विधान था, वही आपकी स्त्री के लिये भी है। मैं इसमें किसी भी तरह का उज्र नहीं चाहता और इसी वक्त इस हुक्म की तामील होनी चाहिए।'

'लेकिन दीनानाथ...।'

'मैं एक शब्द भी नहीं सुनना चाहता।'

'मुझे कुछ निवेदन करने की आज्ञा न मिलेगी?'

'बिलकुल नहीं, यह मेरा आखिरी हुक्म है।'

मि. मेहता वहाँ से चले, तो उन्हें सुनीता पर बेहद गुस्सा आ रहा था। इन सभी को न जाने क्या सनक सवार हो गई है। जयकृष्ण तो ख़ैर बालक है, बेसमझ है, इस बुढ़िया को क्या सूझी। न जाने रानी साहब से जाकर क्या कह आई। किसी को मुझसे हमदर्दी नहीं, सब अपनी धुन में मस्त हैं। किस मुसीबत से मैं अपनी ज़िन्दगी के दिन काट रहा हूँ यह कोई नहीं समझता। कितनी निराशा और विपत्तियों के बाद यहाँ ज़रा निश्चिंत हुआ था कि इन सभी ने यह नया तूफान खड़ा कर दिया। न्याय और सत्य का ठेका क्या इन्हीं ने लिया है? यहाँ भी वही हो रहा है, जो सारी दुनिया में हो रहा है। कोई नई बात नहीं है।

संसार में दुर्बल और दरिद्र होना पाप है। इसकी सज़ा से कोई बच ही नहीं सकता। बाज कबूतर पर कभी दया नहीं करता। सत्य और न्याय का समर्थन मनुष्य की सज्जनता और सभ्यता का एक अंग है। बेशक इससे कोई इनकार नहीं कर सकता, लेकिन जिस तरह और सभी प्राणी केवल मुख से इसका समर्थन करते हैं, क्या उसी तरह हम भी नहीं कर सकते? और जिन लोगों का पक्ष लिया जाय, वे भी तो कुछ इसका महत्त्व समझें। आज राजा साहब इन्हीं बेगारों से ज़रा हँसकर बातें करें तो वे अपने सारे दुख भूल जायेंगे और उलटे हमारे ही शत्रु बन जायेंगे। शायद सुनीता महारानी के पास जाकर आपने दिल का बुखार निकाल आई है। गधी यह नहीं समझती कि दुनिया में किसी तरह मान-मर्यादा का निर्वाह करते हुए ज़िन्दगी काट लेना ही हमारा धर्म है। अगर भाग्य में यश और कीर्ति बदी होती, तो इस तरह दूसरों की गुलामी क्यों करता? लेकिन समस्या यह है कि इसे भेजूँ कहाँ? मायके में कोई है नहीं, मेरे घर में कोई है नहीं। उँह! अब मैं इस चिन्ता में कहाँ तक मरूँ? जहाँ जी चाहे जाय, जैसा किया है, वैसा भोगे।

वह इसी क्षोभ और ग्लानि की दशा में घर में गये और सुनीता से बोले-'आख़िर तुम्हें भी वही पागलपन सूझा, जो लौंडे को सूझा था। मैं कहता हूँ आख़िर तुम्हें कभी समझ आएगी या नहीं? क्या सारे संसार के सुधार का बीड़ा हमीं ने उठाया है? कौन राजा ऐसा है, जो अपनी प्रजा पर जुल्म नहीं करता? उनके स्वत्वों का अपहरण न करता हो। सज़ा ही क्यों, हम-तुम सभी तो दूसरों पर अन्याय कर रहे हैं। तुम्हें क्या हक है कि तुम दर्जनों ख़िदमतगार रखो और उन्हें ज़रा-ज़रा सी बात पर सज़ा दो? न्याय और सत्य निरर्थक शब्द हैं, जिनकी उपयोगिता इसके सिवा और कुछ नहीं

कि बुद्धूओं की गर्दन काटी जाय और समझदारों की वाह-वाह हो। तुम और तुम्हारा लड़का उन्हीं बुद्धूओं में है। और इसका दण्ड तुम्हें भोगना पड़ेगा। महाराज का हुक्म है कि तुम तीन घंटे के अंदर रियासत से निकल जाओ, नहीं तो पुलिस आकर तुम्हें निकाल देगी। मैंने तो तय कर लिया है कि राजा साहब की इच्छा के विरुद्ध एक शब्द भी मुँह से न निकालूँगा। न्याय का पक्ष लेकर देख लिया है। हैरानी और अपमान के सिवा और कुछ हाथ न आया। जिनकी हिमाकत की थी, वे आज भी उसी दशा में हैं, बल्कि उससे भी और बदतर। मैं साफ कहता हूँ कि तुम्हारी उद्दंडता का तावान देने के लिये तैयार नहीं। मैं गुप्त रूप से तुम्हारी सहायता करता रहूँगा। इसके सिवा मैं और कुछ वहीं कर सकता।

सुनीता ने गर्व के साथ कहा–'मुझे तुम्हारी सहायता की ज़रूरत नहीं। कहीं भेद खुल जाय, तो दीनबन्धु तुम्हारे ऊपर कोप का वज्र गिरा दें। तुम्हें अपना पद और सम्मान प्यारा है, उसका आनंद से उपभोग करो। मेरा लड़का और कुछ नहीं कर सकेगा, तो पाव-भर आटा तो कमा ही लायेगा। मैं भी देखूँगी कि तुम्हारी स्वामिभक्ति कब तक निभती है और कब तक तुम अपनी आत्मा की हत्या करते हो।

मेहता ने तिलमिला कर कहा–'क्या तुम चाहती हो कि फिर उसी तरह चारों तरफ़ ठोकर खाता फिरूँ?'

सुनीता ने घाव पर नमक छिड़का–'नहीं, कदापि नहीं। अब तक तो मैं समझती थी, तुम्हें ठोकरें खाने में मज़ा आता है तथा पद और अधिकार से भी मूल्यवान कोई वस्तु तुम्हारे पास है, जिसकी रक्षा के लिये तुम ठोकरें खाना अच्छा समझते हो। अब मालूम हुआ, तुम्हें अपना पद अपनी आत्मा से भी प्रिय है। फिर क्यों ठोकरें खाओ, मगर कभी-कभी अपना कुशल-समाचार तो भेजते रहोगे या राजा साहब की आज्ञा लेनी पड़ेगी?'

'राजा साहब इतने न्याय-शून्य हैं कि मेरे पत्र-व्यवहार में रोक-टोक करें?'

'अच्छा राजा साहब में इतनी आदमियत है? मुझे तो विश्वास नहीं होता।'

'तुम अब भी अपनी ग़लती पर लज्जित नहीं हो?'

'मैंने कोई ग़लती नहीं की। मैं तो ईश्वर से चाहती हूँ कि जो मैंने आज किया, वह बार-बार करने का मुझे अवसर मिले।'

'मेहता ने अरुचि के साथ पूछा–'तुमने कहाँ जाने का इरादा किया है?'

'जहन्नुम में।'

'ग़लती ख़ुद करती हो, गुस्सा मुझ पर उतारती हो?'

'मैं तुम्हें इतना निर्लज्ज न समझती थी!'

'मैं भी इसी शब्द का तुम्हारे लिये प्रयोग कर सकता हूँ।'

'केवल मुख से, मन से नहीं।'

मि. मेहता लज्जित हो गये।

3

जब सुनीता की विदाई का समय आया, तो स्त्री-पुरुष, दोनों ख़ूब रोए और एक तरह से सुनीता ने अपनी भूल स्वीकार कर ली। वास्तव में इस बेकारी के दिनों में मेहता ने जो कुछ किया, वही उचित था, बेचारे कहाँ मारे-मारे फिरते।

पोलिटिकल एजेंट साहब पधारे और कई दिनों तक ख़ूब दावतें खाईं और ख़ूब शिकार खेला। राजा साहब ने उनकी तारीफ़ की। उन्होंने राजा साहब की तारीफ़ की। राजा साहब ने उन्हें अपनी लॉयलटी का विश्वास दिलाया, उन्होंने सतिया राज्य को आदर्श कहा और राजा साहब को न्याय और सेवा का अवतार स्वीकार किया और तीन दिन में रियासत को ढाई लाख की चपत देकर विदा हो गये।

मि. मेहता का दिमाग आसमान पर था। सभी उनकी कारगुजारी की प्रशंसा कर रहे थे। एजेंट साहब तो उनकी दक्षता पर मुग्ध हो गये। उन्हें राय साहब की उपाधि मिली और उनके अधिकारों में भी वृद्धि हुई। उन्होंने अपनी आत्मा को उठाकर ताक पर रख दिया था। उनकी यह साधना कि महाराज और एजेंट, दोनों उनसे प्रसन्न रहें, सम्पूर्ण रीति से पूरी हो गई। उनके जैसा स्वामिभक्त सेवक दूसरा न था।

राजा साहब अब कम-से-कम तीन साल के लिये निश्चिन्त थे। एजेंट ख़ुश है तो फिर किसका भय! कामुकता, लम्पटता और भाँति-भाँति के दुर्व्यसनों की लहर प्रचण्ड हो उठी। सुंदरियों की टोह लगाने के लिये सुराग-रसाली का एक विभाग खुल गया, जिसका सम्बन्ध सीधे राजा साहब से था। एक बूढ़ा खुर्राट, जिसका पेशा हिमालय की परियों को फँसाकर राजाओं को लूटना था और जो इसी पेशे की बदौलत राज-दरबार में पूजा जाता था, इस विभाग का अध्यक्ष बना दिया गया। नई-नई चिड़ियाँ आने लगीं। भय, लोभ और सम्मान-सभी अस्त्रों से शिकार खेला जाने लगा, लेकिन एक ऐसा अवसर भी पड़ा, जहाँ इस तिकड़म की सारी सामूहिक और वैयक्तिक चेष्टा निष्फल हो गईं और गुप्त विभाग ने निश्चय किया कि इस बालिका को किसी तरह उड़ा लाया जाय और इस महत्त्वपूर्ण कार्य के सम्पादन का भार मि. मेहता पर रखा गया, जिनसे ज़्यादा स्वामिभक्त सेवक रियासत में दूसरा न था। उनके ऊपर महाराजा साहब को पूरा विश्वास था। दूसरे के विषय में सन्देह था कि कहीं रिश्वत लेकर शिकार बहका दें, या भण्डाफोड़ कर दें, या अमानत में ख़यानत कर बैठें। मेहता की ओर से किसी तरह उन बातों की शंका न थी। रात को नौ बजे उनकी तलबी हुई—अन्नदाता ने हुज़ूर को याद किया है। मेहता साहब ड्योढ़ी पर पहुँचे, तो राजा साहब पाईबाग़ में टहल रहे थे। मेहता को देखते ही बोले—'आइए मि. मेहता, आपसे एक ख़ास बात में सलाह लेनी है। यहाँ कुछ लोगों की राय है कि सिंहद्वार के सामने आपकी एक प्रतिमा स्थापित की जाय, जिससे चिरकाल तक आपकी यादगार कायम रहे। आपको तो शायद इसमें कोई आपत्ति नहीं होगी? और यदि हो भी, तो लोग इस विषय में आपकी अवज्ञा करने पर भी तैयार हैं। सतिया की आपने जो अमूल्य सेवा की है,

उसका पुरस्कार तो कोई क्या दे सकता है, लेकिन जनता के हृदय में आप पर जो श्रद्धा है, उसे तो वह किसी-न-किसी रूप में प्रकट ही करेगी।

मेहता ने बड़ी नम्रता से कहा–'यह अन्नदाता की गुण-ग्राहकता है, मैं तो एक तुच्छ सेवक हूँ। मैंने जो कुछ किया, वह इतना ही है कि नमक का हक अदा करने का सदैव प्रयत्न किया, मगर मैं इस सम्मान के योग्य नहीं हूँ।'

राजा ने कृपालु भाव से हँसकर कहा–'आप योग्य हैं या नहीं, इसका निर्णय आपके हाथ में नहीं है मि. मेहता, आपकी दीवानी यहाँ न चलेगी। हम आपका सम्मान नहीं कर रहे हैं, अपनी भक्ति का परिचय दे रहे हैं। थोड़े दिनों में न हम रहेंगे, न आप रहेंगे, उस वक्त भी यह प्रतिमा अपनी मूक वाणी से कहती रहेगी कि पिछले लोग अपने उद्धारकों का आदर करना जानते थे। मैंने लोगों से कह दिया है कि चंदा जमा करें। एजेंट ने अबकी जो पत्र लिखा है, उसमें आपको ख़ास-तौर से सलाम लिखा है।'

मेहता ने ज़मीन में गड़ कर कहा–'यह उनकी उदारता है, मैं तो जैसा आपका सेवक हूँ वैसा ही उनका भी सेवक हूँ।'

राजा साहब कई मिनट तक फूलों की बहार देखते रहे। फिर इस तरह बोले मानों कोई भूली हुई बात याद आ गई हो–'तहसील ख़ास में एक गाँव लगनपुर है, आप कभी वहाँ गये हैं?'

'हाँ, अन्नदाता! एक बार गया हूँ। वहाँ एक धनी साहूकार है। उसी के दीवानखाने में ठहरा था। अच्छा आदमी है।'

'हाँ, ऊपर से बहुत अच्छा आदमी है, लेकिन अन्दर से पक्का पिशाच। आपको शायद मालूम न हो, इधर कुछ दिनों से महारानी का स्वास्थ्य बहुत बिगड़ रहा है और मैं सोच रहा हूँ कि उन्हें किसी सेनेटोरियम में भेज दूँ। वहाँ सब तरह की चिंताओं एवं झंझटों से मुक्त होकर वह आराम से रह सकेंगी, लेकिन रनिवास में रानी का रहना लाज़िमी है। अफ़सरों के साथ उनकी लेडियाँ भी आती हैं, और भी कितने अंग्रेज मित्र अपनी लेडियों के साथ मेरे मेहमान होते रहते हैं। कभी राजे-महाराजा भी रानियों के साथ आ जाते हैं। रानी के बग़ैर लेडियों का आदर-सत्कार कौन करेगा? मेरे लिये यह वैयक्तिक प्रश्न नहीं, राजनीतिक समस्या है, और शायद आप भी मुझसे सहमत होंगे, इसलिये मैंने दूसरी शादी करने का इरादा कर लिया है। इस साहूकार की एक लड़की है, जो कुछ दिनों अजमेर में शिक्षा पा चुकी है। मैं एक बार उस गाँव से होकर निकला, तो मैंने उसे अपने घर की छत पर खड़े देखा। मेरे मन में तुरन्त भावना उठी कि अगर वह रमणी रनिवास में आ जाय, तो रनिवास की शोभा बढ़ जाय। मैंने महारानी की अनुमति लेकर साहूकार के पास संदेश भेजा, किन्तु मेरे विद्रोहियों ने कुछ ऐसी पट्टी पढ़ा दी कि उसने मेरा संदेश स्वीकार न किया। कहता है, कन्या का विवाह हो चुका है। मैंने कहला भेजा, इसमें कोई हानि नहीं, मैं तावान देने को तैयार हूँ, लेकिन वह दुष्ट बराबर इनकार किए जाता है। आप जानते हैं, प्रेम असाध्य रोग है। आपको भी शायद इसका कुछ-न-कुछ अनुभव हो। बस, यह समझ लीजिए कि जीवन निरानंद हो रहा है। नींद

और आराम हराम है। भोजन से अरुचि हो गई है। अगर कुछ दिन यही हाल रहा, तो समझ लीजिए कि मेरी जान पर बन आएगी। सोते-जागते वही मूर्ति आँखों के सामने नाचती रहती है। मन को समझाकर हार गया और अब विवश होकर मैंने कूटनीति से काम लेने का निश्चय किया है। प्रेम और समर में सब कुछ क्षम्य है। मैं चाहता हूँ—आप थोड़े से मातबर आदमियों को लेकर जायें और उस रमणी को किसी तरह ले आएँ। ख़ुशी से आएँ ख़ुशी से, बल से आए बल से, इसकी चिन्ता नहीं। मैं अपने राज्य का मालिक हूँ। इसमें जिस वस्तु पर मेरी इच्छा हो, उस पर किसी दूसरे व्यक्ति का नैतिक या सामाजिक स्वत्व नहीं हो सकता। यह समझ लीजिए कि आप ही मेरे प्राणों की रक्षा कर सकते हैं। कोई दूसरा ऐसा आदमी नहीं है, जो इस काम को इतने सुचारू रूप से पूरा कर दिखाए। आपने राज्य की बड़ी-बड़ी सेवाएँ की हैं। यह उस यश की पूर्णाहुति होगी और आप जन्म-जन्मान्तर तक राजवंश के इष्टदेव समझे जायेंगे।'

मि. मेहता का मरा हुआ आत्म-गौरव एकाएक सचेत हो गया। जो रक्त चिरकाल से प्रवाह-शून्य हो गया था, उसमें सहसा उद्रेक हो उठा। त्यौरियाँ चढ़ाकर बोले—'तो आप चाहते हैं, मैं उसे किडनेप करूँ?'

राजा साहब ने उनके तेवर देखकर आग पर पानी डालते हुए कहा—'कदापि नहीं मि. मेहता, आप मेरे साथ घोर अन्याय कर रहे हैं। मैं आपको अपना प्रतिनिधि बनाकर भेज रहा हूँ। कार्य-सिद्धि के लिये आप जिस नीति से चाहें काम ले सकते हैं। आपको पूरा अधिकार है।'

मि. मेहता ने और भी उत्तेजित होकर कहा—'मुझसे ऐसा पाजीपन नहीं हो सकता।'

राजा साहब की आँखों से चिनगारियाँ निकलने लगीं।

'अपने स्वामी की आज्ञा-पालन करना पाजीपन है?'

'जो आज्ञा नीति और धर्म के विरुद्ध हो, उसका पालन करना बेशक पाजीपन है।'

'किसी स्त्री से विवाह का प्रस्ताव करना नीति और धर्म के विरुद्ध है?'

'आप इसे विवाह कहकर 'विवाह' शब्द को कलंकित करते हैं। यह बलात्कार है।'

'आप अपने होश में हैं?'

'ख़ूब अच्छी तरह!'

'मैं आपको धूल में मिला सकता हूँ।'

'तो आपकी गद्दी भी सलामत न रहेगी।'

'मेरी नेकियों का यही बदला है, नमकहराम?'

'आप अब शिष्टता की सीमा से आगे बढ़े जा रहे हैं, राजा साहब! मैंने अब तक अपनी आत्मा की हत्या की है और आपके हर एक जा और बेजा हुक्म की तामील की है, लेकिन आत्म-सेवा की भी एक हद होती है, जिसके आगे कोई भला आदमी नहीं जा सकता। आपका कृत्य जघन्य है और इसमें जो व्यक्ति आपका सहायक हो, वह इसी योग्य है कि उसकी गर्दन काट दी जाय। मैं ऐसी नौकरी पर लानत भेजता हूँ।'

यह कहकर वह घर आए और रातों-रात बोरिया-बिस्तर समेटकर रियासत से निकल गये, मगर इसके पहले सारा वृत्तांत लिखकर उन्होंने पोलिटिकल एजेंट के पास भेज दिया।

दूध का दाम

अब बड़े-बड़े शहरों में दाइयाँ, नर्सें और लेडी डाक्टर, सभी पैदा हो गयी हैं; लेकिन देहातों में जच्चेखानों पर अभी तक भंगिनों का ही प्रभुत्व है और निकट भविष्य में इसमें कोई तब्दीली होने की आशा नहीं। बाबू महेशनाथ अपने गाँव के ज़मींदार थे, शिक्षित थे और जच्चेखानों में सुधार की आवश्यकता को मानते थे, लेकिन इसमें जो बाधाएँ थीं, उन पर कैसे विजय पाते? कोई नर्स देहात में जाने पर राजी न हुई और बहुत कहने-सुनने से राजी भी हुई, तो इतनी लम्बी-चौड़ी फीस माँगी कि बाबू साहब को सिर झुकाकर चले आने के सिवा और कुछ न सूझा। लेडी डाक्टर के पास जाने की उन्हें हिम्मत न पड़ी। उसकी फीस पूरी करने के लिये तो शायद बाबू साहब को अपनी आधी जायदाद बेचनी पड़ती; इसलिये जब तीन कन्याओं के बाद वह चौथा लड़का पैदा हुआ, तो फिर वही गूदड़ था और वही गूदड़ की बहू। बच्चे अक्सर रात ही को पैदा होते हैं। एक दिन आधी रात को चपरासी ने गूदड़ के द्वार पर ऐसी हाँक लगायी कि पास-पड़ोस में भी जाग पड़ गयी। लड़की न थी कि मरी आवाज़ से पुकारता।

गूदड़ के घर में इस शुभ अवसर के लिये महीनों से तैयारी हो रही थी। भय था तो यही कि फिर बेटी न हो जाय, नहीं तो वही बँधा हुआ एक रुपया और एक साड़ी मिलकर रह जायगी। इस विषय में स्त्री-पुरुष में कितनी ही बार झगड़ा हो चुका था, शर्त लग चुकी थी। स्त्री कहती थी—अगर अबकी बेटा न हो तो मुँह न दिखाऊँ; हाँ-हाँ, मुँह न दिखाऊँ, सारे लच्छन बेटे के हैं और गूदड़ कहता था—देख लेना, बेटी होगी। बेटा निकले तो मूँछें मुड़ा लूँ, हाँ-हाँ, मूँछें मुँडा लूँ।

भूँगी बोली—अब मूँछ मुंडा ले। कहती थी, बेटा होगा। सुनता ही न था। अपनी ही रट लगाए जाता था। मैं आज तेरी मूँछें मूँडूँगी लूँ, खूँटी तक तो रखूँगी ही नहीं।

गूदड़ ने कहा—अच्छा मूँड़ लेना भलीमानस। मूँछें क्या फिर निकलेंगी ही नहीं? तीसरे दिन फिर ज्यों-की-त्यों होंगी, मगर जो कुछ मिलेगा, उसमें से आधा रख लूँगा, कहे देता हूँ।

भूँगी ने अँगूठा दिखाया और अपने तीन महीने के बालक को फूहड़ के सुपुर्द कर सिपाही के साथ चल खड़ी हुई।

गूदड़ ने पुकारा—अरी! सुन तो कहाँ भागी जाती है? मुझे भी बधाई बजाने जाना पड़ेगा। इसे कौन सँभालेगा?

भूँगी ने दूर ही से कहा—इसे वहीं धरती पर सुला देना। मैं आके दूध पिला जाऊँगी।

2

महेशनाथ के यहाँ अब भूँगी की ख़ूब ख़ातिरदारियाँ होने लगीं। सवेरे हरीरा मिलता, दोपहर को पूरियाँ और हलवा, तीसरे पहर को फिर और सत को फिर। गूदड़ को भी भरपूर परोसा मिलता था। भूँगी अपने बच्चे को दिन-रात में एक-दो बार से ज़्यादा दूध न पिला सकती थी। उसके लिये ऊपर के दूध का प्रबंध था। भूँगी का दूध बाबूसाहब का भाग्यवान बालक पीता था और यह सिलसिला बारहवें दिन भी बंद न हुआ। मालकिन मोटी-ताजी देवी थी; पर अब की कुछ ऐसा संयोग कि उन्हें दूध हुआ ही नहीं। भूँगी दाई भी थी और दूध-पिलाई भी।

मालकिन कहतीं—भूँगी, हमारे बच्चे को पाल दे फिर जब तक तू जिए, बैठी खाती रहना। पाँच बीघे माफी दिलवा दूँगी। नाती-पोते तक चैन करेंगे।

और भूँगी का लाडला ऊपर का दूध हजम न कर पाता और बार-बार उलटी करता और दिन-दिन दुबला होता जाता था।

भूँगी कहती—बहूजी, मुंडन में चूड़े लूँगी, कहे देती हूँ।

बहूजी उत्तर देती—हाँ-हाँ, लेना भाई धमकाती क्यों है? चाँदी के लेगी या सोने के?

'वाह बहूजी। चाँदी के पहन के किसे मुँह दिखाऊँगी और किसकी हँसी होगी?'

'अच्छा सोने के लेना भाई, कह तो दिया।'

'और ब्याह में कंठा लूँगी और चौधरी (गूदड़) के लिये हाथों के तोड़े।'

'वह भी लेना, भगवान वह दिन तो दिखावे।'

घर में मालकिन के बाद भूँगी का राज्य था। महरियाँ, महाराजिन, नौकर-चाकर सब उसका रोब मानते थे। यहाँ तक कि ख़ुद बहूजी भी उससे दब जाती थीं। एक बार तो उसने महेशनाथ को भी डाँटा था। वह हँसकर टाल गये। बात चली थी भंगियों की और महेशनाथ ने कहा था—दुनिया में और चाहे जो कुछ हो जाय, भंगी, भंगी ही रहेंगे। इन्हें आदमी बनाना कठिन है।

इस पर भूँगी ने कहा था—मालिक, भंगी तो बड़ों-बड़ों को आदमी बनाते हैं, उन्हें कोई क्या आदमी बनाए।

यह गुस्ताखी करके किसी दूसरे अवसर पर भला भूँगी के सिर के बाल बच सकते थे? लेकिन आज बाबूसाहब ठठाकर हँसे और बोले—भूँगी बात बड़े पते की कहती है।

3

भूँगी का शासनकाल सालभर से आगे न चल सका। देवताओं ने बालक के भंगिन का दूध पीने पर आपत्ति की। मोटेराम शास्त्री तो प्रायश्चित्त का प्रस्ताव कर बैठे। दूध तो छुड़ा दिया गया; लेकिन प्रायश्चित्त की बात हँसी में उड़ गई। महेशनाथ ने फटकारकर कहा—प्रायश्चित्त की ख़ूब कही, शास्त्रीजी, कल तक उसी भंगिन का ख़ून पीकर पला, अब उसमें छूत घुस गई। वाह रे आपका धर्म।

शास्त्रीजी शिखा फटकारकर बोले—यह सत्य है, वह कल तक भंगिन का रक्त पीकर पला। मांस खाकर पला, यह भी सत्य है; लेकिन कल की बात कल थी, आज की बात आज। जगन्नाथपुरी में छूत-अछूत सब एक पंगत में खाते हैं। पर यहाँ तो नहीं खा सकते। बीमारी में तो हम भी कपड़े पहने खा लेते हैं। खिचड़ी तक खा लेते हैं, बाबूजी; लेकिन अच्छे हो जाने पर तो नेम का पालन करना ही पड़ता है। आपद्धर्म की बात न्यारी है।

'तो इसका यह अर्थ है कि धर्म बदलता रहता है—कभी कुछ, कभी कुछ?'

'और क्या। राजा का धर्म अलग, प्रजा का धर्म अलग, अमीर का धर्म अलग, ग़रीब का धर्म अलग, राजे-महाराजे, जो चाहें खाएँ, जिसके साथ चाहें खाएँ, जिसके साथ चाहें शादी-ब्याह करें, उनके लिये कोई बंधन नहीं। समर्थ पुरुष हैं। बंधन तो मध्यवालों के लिये है।'

प्रायश्चित्त तो न हुआ; लेकिन भूँगी को गद्दी से उतरना पड़ा। हाँ, दान-दक्षिणा इतनी मिली कि वह अकेले ले न जा सकी और सोने के चूड़े भी मिले। एक की जगह दो नई, सुंदर साड़ियाँ—मामूली नहीं, जैसी लड़कियों की बार मिली थीं।

4

इसी साल प्लेग ने ज़ोर बाँधा और गूदड़ चपेट में आ गया। भूँगी अकेली रह गई; पर गृहस्थी ज्यों-की-त्यों चलती रही। पाँच साल बीत गये और उसका बालक मंगल, दुर्बल और सदा रोगी रहने पर भी दौड़ने लगा। सुरेश के सामने पिद्दी-सा लगता था।

एक दिन भूँगी महेशनाथ के घर का परनाला साफ कर रही थी। महीनों से गलीज जमा हो रहा था। आँगन में पानी भरा रहने लगा। परनाले में एक लंबा मोटा बाँस डालकर ज़ोर से हिला रही थी। पूरा दाहिना हाथ परनाले के अंदर था कि एकाएक उसने चिल्लाकर हाथ बाहर निकाल लिया और उसी वक्त एक काला साँप परनाले से निकलकर भागा। लोगों ने दौड़कर उसे मार तो डाला; लेकिन भूँगी को बचा न सके। लोग समझे पानी का साँप है, विषैला न होगा, इसलिये पहले कुछ गफलत की गई। जब विष देह में फैल गया और लहरें आने लगीं, तब पता चला कि वह पानी का साँप नहीं, गेहूँवन था।

मंगल अब अनाथ था। दिनभर महेशबाबू के द्वार पर मँडराया करता। घर में जूठन इतना बचता था कि ऐसे-ऐसे दस-पाँच बालक पल सकते थे। खाने की कोई कमी न थी। हाँ उसे तब बुरा ज़रूर लगता था, जब मिट्टी के कसोरों में उसे ऊपर से खाना दिया जाता था। सब लोग अच्छे-अच्छे बरतनों में खाते हैं, उसके लिये मिट्टी के कसोरे!

यों उसे इस भेदभाव का बिलकुल ज्ञान न होता था, लेकिन गाँव के लड़के चिढ़ा-चिढ़ाकर उसका अपमान करते रहते थे। कोई उसे अपने साथ खेलाता भी न था। यहाँ तक कि जिस टाट पर वह सोता था, वह भी अछूत था। मकान के सामने एक नीम का पेड़ था। इसी के नीचे मंगल का डेरा था। एक फटा-सा टाट का टुकड़ा, दो

मिट्टी के कसोरे और एक धोती, जो सुरेश बाबू की उतारन थी। जाड़ा गरमी बरसात हरेक मौसम में वह जगह एक-सी आरामदेह थी और भाग्य का बली मंगल झुलसाती हुई लू, ग़लते हुए जाड़े और मूसलाधार वर्षा में जिंदा और पहले से कहीं स्वस्थ था। बस, उसका कोई अपना था तो गाँव का एक कुत्ता, जो अपने सहकर्मियों के जुल्म से दुखी होकर मंगल की शरण आ पड़ा था। दोनों एक ही खाना खाते, एक ही टाट पर सोते, तबीयत भी दोनों की एक-सी थी और दोनों एक-दूसरे के स्वभाव को जान गये थे। कभी आपस में झगड़ा न होता।

गाँव के धर्मात्मा लोग बाबूसाहब की इस उदारता पर आश्चर्य करते। ठीक द्वार के सामने पचास हाथ भी न होगा—मंगल का पड़ा रहना उन्हें सोलहों आने धर्म-विरुद्ध जान पड़ता। छिः! यही हाल रहा तो थोड़े ही दिनों में धर्म का अंत ही समझो। भंगी को भी भगवान ने ही रचा है, यह हम भी जानते हैं। उसके साथ हमें किसी तरह का अन्याय न करना चाहिए, यह किसे नहीं मालूम? भगवान का तो नाम ही पतित-पावन है; लेकिन समाज की मर्यादा भी कोई वस्तु है। उस द्वार पर जाते हुए संकोच होता है। गाँव के मालिक हैं, जाना तो पड़ता है; लेकिन बस यही समझ लो कि घृणा होती है।

मंगल और टामी में गहरी बनती थी। मंगल कहता—देखो भाई टामी ज़रा और खिसककर सोओ। आख़िर मैं कहाँ लेटूँ? सारा टाट तो तुमने घेर लिया।

टामी कूँ-कूँ करता, दुम हिलाता और खिसक जाने के बदले और ऊपर चढ़ आता एवं मंगल का मुँह चाटने लगता।

शाम को वह एक बार रोज़ अपना घर देखने और थोड़ी देर सोने जाता। पहले साल फूस का छप्पर गिर पड़ा, दूसरे साल एक दीवार गिरी और अब केवल आधी-आधी दीवारें खड़ी थीं। यही उसे स्नेह की संपत्ति मिली थी। वही स्मृति, वही आकर्षण, वही प्यार उसे एक बार उस उजाड़ में खींच ले जाती थी और टामी सदैव उसके साथ होता था। मंगल दीवार पर बैठ जाता और जीवन के बीते और आनेवाले स्वप्न देखने लगता। टामी बार-बार उछलकर उसकी गोद में बैठने की असफल चेष्टा करता।

5

एक दिन कुछ लड़के खेल रहे थे। मंगल भी वहाँ जाकर दूर खड़ा हो गया। या तो सुरेश को उस पर दया आई या खेलनेवालों की जोड़ी पूरी न पड़ती थी, कह नहीं सकते। जो कुछ भी हो, फैसला हुआ कि आज मंगल को भी खेल में शरीक़ कर लिया जाए। यहाँ कौन देखने आता है। क्यों मंगल खेलेगा?

मंगल बोला—ना भैया, कहीं मालिक देख लें, तो मेरी चमड़ी उधेड़ दी जायगी। तुम्हें क्या तुम तो अलग हो जाओगे।

सुरेश ने कहा—तो यहाँ कौन आता है देखने बे? चल हम लोग सवार-सवार खेलेंगे। तू घोड़ा बनेगा हम लोग तेरे ऊपर सवारी करके दौड़ाएँगे।

मंगल ने शंका प्रकट की—मैं बराबर घोड़ा ही बना रहूँगा कि सवारी भी करूँगा? यह बता दो।

यह प्रश्न टेढ़ा था। किसी ने इस पर विचार न किया था। सुरेश ने एक क्षण विचार करके कहा, 'तुझे कौन अपनी पीठ पर बिठाएगा, सोच? आख़िर तू भंगी है कि नहीं?

मंगल भी कड़ा हो। बोला—मैं कब कहता हूँ कि मैं भंगी नहीं हूँ, लेकिन तुम्हें मेरी ही माँ ने अपना दूध पिलाया पाला है। मुझे भी सवारी करने दो, नहीं तो मैं घोड़ा न बनूँगा।

सुरेश ने डाँटकर कहा—तुझे घोड़ा बनना पड़ेगा और मंगल को पकड़ने दौड़ा। मंगल भागा। सुरेश ने दौड़ाया। मंगल ने कदम और तेज़ किया। सुरेश ने भी ज़ोर लगाया; मगर वह बहुत खा-खाकर धुल-धुला हो गया था और दौड़ने में उसकी साँस फूलने लगती थी। आख़िर उसने रुककर कहा—आकर घोड़ा बनो मंगल। न तो कभी पा जाऊँगा तो बुरी तरह पीटूँगा।

'तुम्हें भी घोड़ा बनना पड़ेगा।'

'अच्छा हम भी? बन जायेंगे।'

'तुम पीछे से निकल जाओगे। पहले तुम घोड़ा बन जाओ, मैं सवारी कर लूँ, फिर मैं बनूँगा।'

सुरेश ने सचमुच चकमा देना चाहा था। मंगल की बात साथियों से बोला—देखो इसकी बदमाशी, भंगी है न!

तीनों ने मंगल को घेर लिया और जबरदस्ती घोड़ा बना दिया। सुरेश ने चटपट उसकी पीठ पर आसन जमा लिया और टिकटिक करके बोला—चल, घोड़े चल।

मंगल कुछ देर तक तो चला, लेकिन उस बोझ से उसकी कमर टूटी जाती थी। उसने धीरे से पीठ सिकोड़ी और सुरेश की रान के नीचे से सरक गया। सुरेश महोदय लद से गिर पड़े और भोंपू बजाने लगे।

माँ ने सुना, सुरेश कहीं रो रहा है। सुरेश कहीं रोए, तो तेज़ कानों में ज़रूर भनक पड़ जाती थी और उसका रोना भी बिलकुल निराला होता था, जैसे छोटी लाइन के इंजन की आवाज़।

महरी से बोली—देख तो, सुरेश कहीं रो रहा है, पूछ तो किसने मारा है?

इतने में सुरेश ख़ुद आँख मलता हुआ आया। उसे जब रोने का अवसर मिलता था, तो माँ के पास फ़रियाद लेकर ज़रूर आता था। माँ मिठाई या मेवे देकर आँसू पोंछ देती थी। आप थे तो आठ साल के, मगर थे बिलकुल गावदी। हद से ज़्यादा प्यार ने उसकी बुद्धि के साथ वही किया था, जो हद से ज़्यादा भोजन ने उसकी देह के साथ।

माँ ने पूछा—क्यों रोता है सुरेश किसने मारा?

सुरेश ने रोकर कहा—मंगल ने छू दिया।

माँ को विश्वास न आया। मंगल इतना निरीह था कि उससे किसी शरारत की शंका न होती थी; लेकिन जब सुरेश क़समें खाने लगा तो विश्वास करना स्वाभाविक था। मंगल को बुलाकर डाँटा–क्यों रे मंगल, अब तुझे बदमाशी सूझने लगी। मैंने तुझसे कहा था, सुरेश को कभी मत छूना, याद है कि नहीं, बोल।

मंगल ने दबी आवाज़ में कहा–याद क्यों नहीं है।

'तो फिर तूने उसे क्यों छुआ?'

'मैंने नहीं छुआ।'

'तूने नहीं छुआ, तो वह रोता क्यों था?'

'गिर पड़े इससे रोने लगे।'

चोरी और सीनाजोरी! देवीजी दाँत पीसकर रह गईं। मारती, तो उसी दम स्नान करना पड़ता। छड़ी तो हाथ में लेनी ही पड़ती और छूत का विद्युत-प्रवाह इस छड़ी से उनकी देह में पैवस्त हो जाता, इसीलिये जहाँ तक गालियाँ दे सकीं, दीं और हुक्म कि अभी-अभी यहाँ से निकल जा। फिर जो इस द्वार पर तेरी सूरत नज़र आई, तो ख़ून ही पी जाऊँगी। मुफ़्त की रोटियाँ खा-खाकर शरारत सूझती है, आदि।

मंगल में ग़ैरत तो क्या थी, हाँ, डर था। चुपके से टाट का टुकड़ा बग़ल में दबाया, धोती कंधे पर रखी और रोता हुआ वहाँ से चल पड़ा। क्या हर्ज है? इस तरह जीने का फायदा ही क्या? गाँव में उसका और कहाँ ठिकाना था? भंगी को कौन पनाह देता? उसी खंडहर की ओर चला, जहाँ भले दिनों स्मृतियाँ उसके आँसू पोंछ सकती थी और ख़ूब फूट-फूटकर रोया।

उसी क्षण टामी भी उसे ढूँढ़ता हुआ पहुँचा और दोनों फिर अपनी व्यथा भूल गये।

6

लेकिन ज्यों-ज्यों दिन का प्रकाश क्षीण होता मंगल की ग्लानि भी क्षीण होती थी। बचपन को बेचैन करने वाली भूख देह का रक्त पी-पीकर और भी बलवान होती थी। कहाँ अब तक सुरेश की जूठी मिठाइयाँ मिल गई होतीं। यहाँ क्या धूल फाँकें?

उसने टामी से सलाह की–खाओगे क्या टामी? मैं तो भूखा लेटा रहूँगा।

टामी ने हूँ-हूँ करके शायद कहा–इस तरह का अपमान तो ज़िन्दगी-भर सहना है। यों हिम्मत हारोगे, तो कैसे काम चलेगा? मुझे देखो न, कभी किसी ने डंडा मारा, चिल्ला उठा। फिर ज़रा देर बाद दुम हिलाता हुआ उसके पास जा पहुँचा। हम-तुम दोनों इसीलिये बने हैं भाई।

मंगल ने कहा–तो तुम जाओ, जो कुछ मिले खा लो, मेरी परवाह न करो।

टामी ने अपनी भाषा में कहा–अकेला नहीं जाता, तुम्हें साथ लेकर चलूँगा।

'मैं नहीं जाता।'

'भूखे मर जाओगे।'

'तो क्या तुम जीते रहोगे?'

'मेरा कौन बैठा है, जो रोएगा?'

एक क्षण के बाद भूख ने एक दूसरी युक्ति सोच निकाली।

'मालकिन हमें खोज रही होंगी, क्या टामी?'

'और क्या? बाबूजी और सुरेश खा चुके होंगे। कहार उनकी थाली से जूठन निकालकर हमें पुकार रहा होगा।'

'बाबूजी और सुरेश दोनों की थालियों में घी ख़ूब रहता है और वह मीठी-मीठी चीज़—हाँ मलाई।'

'सब-का-सब घूरे पर डाल दिया जायगा।'

'देखें हमें खोजने कोई आता है?'

'खोजने कौन आएगा, क्या कोई पुरोहित हो? एक बार मंगल-मंगल होगा और बस, थाली परनाले में उड़ेल दी जायगी।'

'अच्छा, चलो। मगर मैं छिपा रहूँगा, अगर किसी ने मेरा नाम लेकर न पुकारा तो मैं लौट आऊँगा। यह समझ लो।'

दोनों वहाँ से निकले और आकर महेशनाथ के द्वार पर अँधेरे में दुबककर खड़े हो गये, मगर टामी को सब्र कहाँ? वह धीरे से अंदर घुस गया। देखा, महेशनाथ और सुरेश थाली पर बैठ गये हैं। मंगल बरोठे में धीरे से बैठ गया, मगर डर रहा था कि कोई डंडा न मार दे। एक नौकर ने कहा—आज मंगल नहीं दिखा। मालकिन ने डाँटा था, इससे भागा है शायद।

दूसरे ने जवाब दिया—अच्छा हुआ, निकाल दिया गया। सबेरे-सबेरे भंगी का मुँह देखना पड़ता था।

मंगल और अँधेरे में खिसक गया। उसकी आशा गहरे जल में डूब गई।

महेशनाथ थाली से उठ गये। नौकर हाथ बुला रहा था। अब हुक्का पीएँगे और सोएँगे। सुरेश अपनी माँ के पास बैठा कोई कहानी सुनता-सुनता सो जायगा। ग़रीब मंगल की किसे चिंता? इतनी देर हो गई, किसी ने भूल से भी न पुकारा।

कुछ देर तक वह निराश-सा खड़ा रहा, फिर एक लंबी साँस खींचकर जाना ही चाहता था कि कहार पत्तल में थाली का जूठन ले जाता नज़र आया। मंगल अँधेरे से निकलकर प्रकाश में आ गया। अब मन को कैसे रोके?

कहार ने कहा—अरे, तू यहाँ था? हमने समझा कि कहीं चला गया। ले, खा ले, मैं फेंकने जा रहा था।

मंगल ने दीनता से कहा—मैं तो कब से यहाँ खड़ा था!

'तो बोला क्यों नहीं?'

'मारे डर के।'

'अच्छा ले खा ले।'

उसने पत्तल को ऊपर उठाकर मंगल के फैले हुए हाथों में डाल दिया। मंगल ने उसकी ओर ऐसी आँखों से देखा, जिसमें दीन कृतज्ञता भरी हुई थी। टामी भी अंदर से निकल आया था। दोनों वहीं नीम के नीचे पत्तल में खाने लगे।

मंगल ने एक हाथ से टामी का सिर सहलाकर कहा–देखा, पेट की आग ऐसी होती है। यह लात की मारी हुई रोटियाँ भी न मिलतीं, तो क्या करते?

टामी ने दुम हिला दी।

'सुरेश को अम्मा ने पाला था।'

'लोग कहते हैं, दूध का दाम कोई नहीं चुका सकता और मुझे दूध का यह दाम मिल रहा है।'

टामी ने फिर दुम हिलाई।

बालक

गंगू को लोग ब्राह्मण कहते हैं और वह अपने को ब्राह्मण समझता भी है। मेरे सईस और ख़िदमतगार मुझे दूर से सलाम करते हैं। गंगू मुझे कभी सलाम नहीं करता। वह शायद मुझसे पालागन की आशा रखता है। मेरा जूठा गिलास कभी हाथ से नहीं छूता और न मेरी कभी इतनी हिम्मत हुई कि उससे पंखा झलने को कहूँ। जब मैं पसीने से तर होता हूँ और वहाँ कोई दूसरा आदमी नहीं होता, तो गंगू आप-ही-आप पंखा उठा लेता है; लेकिन उसकी मुद्रा से यह भाव स्पष्ट प्रकट होता है कि मुझ पर कोई एहसान कर रहा है और मैं भी न जाने क्यों फौरन ही उसके हाथ से पंखा छीन लेता हूँ। उग्र स्वभाव का मनुष्य है। किसी की बात नहीं सह सकता। ऐसे बहुत कम आदमी होंगे, जिनसे उसकी मित्रता हो, पर सईस और ख़िदमतगार के साथ बैठना शायद वह अपमानजनक समझता है। मैंने उसे किसी से मिलते-जुलते नहीं देखा। आश्चर्य यह है कि उसे भंग-बूटी से प्रेम नहीं, जो इस श्रेणी के मनुष्यों में एक असाधारण गुण है। मैंने उसे कभी पूजा-पाठ करते या नदी में स्नान करते नहीं देखा। बिलकुल निरक्षर है, लेकिन फिर भी वह ब्राह्मण है और चाहता है कि दुनिया उसकी प्रतिष्ठा तथा सेवा करे और क्यों न चाहे... जब पुरुखों की पैदा की हुई सम्पत्ति पर आज भी लोग अधिकार जमाये हुए हैं और उसी शान से, मानो ख़ुद पैदा किये हों, तो वह क्यों उस प्रतिष्ठा और सम्मान को त्याग दे, जो उसके पुरुषाओं ने संचय किया था। यह उसकी बपौती है।

मेरा स्वभाव कुछ इस तरह का है कि अपने नौकरों से बहुत कम बोलता हूँ। मैं चाहता हूँ, जब तक मैं ख़ुद न बुलाऊँ, कोई मेरे पास न आये। मुझे यह अच्छा नहीं लगता कि ज़रा-सी बात के लिये नौकरों को आवाज़ देता फिरूँ। मुझे अपने हाथ से सुराही से पानी उड़ेल लेना, अपना लैम्प जला लेना, अपने जूते पहन लेना या अलमारी

से किताब निकाल लेना, इससे कहीं ज़्यादा सरल मालूम होता है कि हींगन और मैकू को पुकारूं। इससे मुझे अपनी स्वेच्छा और आत्मविश्वास का बोध होता है। नौकर भी मेरे स्वभाव से परिचित हो गये हैं और बिना ज़रूरत मेरे पास बहुत कम आते हैं। इसलिये एक दिन जब प्रात:काल गंगू मेरे सामने आकर खड़ा हो गया तो मुझे बहुत बुरा लगा। ये लोग जब आते हैं, तो पेशगी हिसाब में कुछ माँगने के लिये या किसी दूसरे नौकर की शिकायत करने के लिये। मुझे ये दोनों ही बातें अत्यंत अप्रिय हैं। मैं पहली तारीख़ को हर एक का वेतन चुका देता हूँ और बीच में जब कोई कुछ माँगता है, तो क्रोध आ जाता है, कौन दो-दो, चार-चार रुपये का हिसाब रखता फिरे। फिर जब किसी को महीने-भर की पूरी मजूरी मिल गयी, तो उसे क्या हक है कि उसे पन्द्रह दिन में ख़र्च कर दे और ऋण या पेशगी की शरण ले, और शिकायतों से तो मुझे घृणा है। मैं शिकायतों को दुर्बलता का प्रमाण समझता हूँ या ठकुर-सुहाती की क्षुद्र चेष्टा।

मैंने माथा सिकोड़कर कहा–'क्या बात है, मैंने तो तुम्हें बुलाया नहीं?'

गंगू के तीखे अभिमानी मुख पर आज कुछ ऐसी नम्रता, कुछ ऐसी याचना, कुछ ऐसा संकोच था कि मैं चकित हो गया। ऐसा जान पड़ा, वह कुछ जवाब देना चाहता है; मगर शब्द नहीं मिल रहे हैं।

मैंने ज़रा नम्र होकर कहा–'आख़िर क्या बात है, कहते क्यों नहीं? तुम जानते हो, यह मेरे टहलने का समय है। मुझे देर हो रही है।'

गंगू ने निराशा भरे स्वर में कहा–'तो आप हवा खाने जायें, मैं फिर आ जाऊँगा।'

यह अवस्था और भी चिन्ताजनक थी। इस जल्दी में तो वह एक क्षण में अपना वृत्तांत कह सुनायेगा। वह जानता है कि मुझे ज़्यादा अवकाश नहीं है। दूसरे अवसर पर तो दुष्ट घण्टों रोयेगा। मेरे कुछ लिखने-पढ़ने को तो वह शायद कुछ काम समझता हो; लेकिन विचार को, जो मेरे लिये सबसे कठिन साधना है, वह मेरे विश्राम का समय समझता है। वह उसी वक्त आकर मेरे सिर पर सवार हो जायेगा।

मैंने निर्दयता के साथ कहा–'क्या कुछ पेशगी माँगने आये हो? मैं पेशगी नहीं देता।'

'जी नहीं सरकार, मैंने तो कभी पेशगी नहीं माँगी।'

'तो क्या किसी की शिकायत करना चाहते हो? मुझे शिकायतों से घृणा है।'

'जी नहीं सरकार, मैंने तो कभी किसी की शिकायत नहीं की।'

गंगू ने अपना दिल मज़बूत किया। उसकी आकृति से स्पष्ट झलक रहा था, मानो वह कोई छलांग मारने के लिये अपनी सारी शक्तियों को एकत्र कर रहा हो। वह लड़खड़ाती हुई आवाज़ में बोला–'मुझे आप छुट्टी दे दें। मैं आपकी नौकरी अब न कर सकूँगा।'

यह इस तरह का पहला प्रस्ताव था, जो मेरे कानों में पड़ा। मेरे आत्माभिमान को चोट लगी। मैं जब अपने को मनुष्यता का पुतला समझता हूँ, अपने नौकरों को कभी कटुवचन नहीं कहता, अपने स्वामित्व को यथासाध्य म्यान में रखने की चेष्टा करता

हूँ, तब मैं इस प्रस्ताव पर क्यों न विस्मित हो जाता! कठोर स्वर में बोला–'क्यों, क्या शिकायत है?'

'आपने तो हुज़ूर, जैसा अच्छा स्वभाव पाया है, वैसा क्या कोई पायेगा; लेकिन बात ऐसी आ पड़ी है कि अब मैं आपके यहाँ नहीं रह सकता। ऐसा न हो कि पीछे से कोई बात हो जाये, तो आपकी बदनामी हो। मैं नहीं चाहता कि मेरी वजह से आपकी आबरू में बट्टा लगे।'

मेरे दिल में उलझन पैदा हुई। जिज्ञासा की अग्नि प्रचण्ड हो गयी। आत्मसमर्पण के भाव से बरामदे में पड़ी हुई कुर्सी पर बैठकर बोला–'तुम तो पहेलियाँ बुझवा रहे हो। साफ-साफ क्यों नहीं कहते, क्या मामला है?'

गंगू ने बड़ी नम्रता से कहा–'बात यह है कि वह स्त्री, जो अभी विधवा-आश्रम से निकाल दी गयी है, वही गोमती देवी....।'

वह चुप हो गया। मैंने अधीर होकर कहा–'हाँ, निकाल दी गयी है, तो फिर? तुम्हारी नौकरी से उसका क्या सम्बन्ध?'

गंगू ने जैसे अपने सिर का भारी बोझ ज़मीन पर पटक दिया-

'मैं उससे ब्याह करना चाहता हूँ बाबूजी!'

मैं विस्मय से उसका मुँह ताकने लगा। यह पुराने विचारों का पोंगा ब्राह्मण जिसे नयी सभ्यता की हवा तक न लगी, उस कुलटा से विवाह करने जा रहा है, जिसे कोई भला आदमी अपने घर में कदम भी न रखने देगा। गोमती ने मुहल्ले के शांत वातावरण में थोड़ी-सी हलचल पैदा कर दी। कई साल पहले वह विधवाश्रम में आयी थी। तीन बार आश्रम के कर्मचारियों ने उसका विवाह कर दिया था, पर हर बार वह महीने-पन्द्रह दिन के बाद भाग आयी थी। यहाँ तक कि आश्रम के मंत्री ने अबकी बार उसे आश्रम से निकाल दिया था। तब से वह इसी मुहल्ले में एक कोठरी लेकर रहती थी और सारे मुहल्ले के शोहदों के लिये मनोरंजन का केंद्र बनी हुई थी।

मुझे गंगू की सरलता पर क्रोध भी आया और दया भी। इस गधे को सारी दुनिया में कोई स्त्री ही न मिलती थी, जो इससे ब्याह करने जा रहा है, जब वह तीन बार पतियों के पास से भाग आयी, तो इसके पास कितने दिन रहेगी? कोई गाँठ का पूरा आदमी होता, तो एक बात भी थी। शायद साल-छह महीने टिक जाती। यह तो निपट आँख का अंधा है। एक सप्ताह भी तो निबाह न होगा।

मैंने चेतावनी के भाव से पूछा–'तुम्हें इस स्त्री की जीवन-कथा मालूम है?'

गंगू ने आँखों-देखी बात की तरह कहा–'सब झूठ है सरकार, लोगों ने नाहक उसको बदनाम कर दिया है।'

'क्या कहते हो, वह तीन बार अपने पतियों के पास से नहीं भाग आयी?'

'उन लोगों ने उसे निकाल दिया, तो क्या करती?'

'कैसे बुद्धू आदमी हो! कोई इतनी दूर से आकर विवाह करके ले जाता है, हज़ारों रुपये ख़र्च करता है, इसलिये कि औरत को निकाल दे?'

गंगू ने भावुकता से कहा–'जहाँ प्रेम नहीं है हुज़ूर, वहाँ कोई स्त्री नहीं रह सकती। स्त्री केवल रोटी कपड़ा ही नहीं चाहती, कुछ प्रेम भी तो चाहती है। वे लोग समझते होंगे कि हमने एक विधवा से विवाह करके उसके ऊपर कोई बहुत बड़ा एहसान किया है। चाहते होंगे कि तन-मन से वह उनकी हो जाये, लेकिन दूसरे को अपना बनाने के लिये पहले आपको उसका बन जाना पड़ता है हुज़ूर! यह बात है। फिर उसे एक बीमारी भी है। उसे कोई भूत लगा हुआ है, कभी-कभी बकझक करने लगती है और बेहोश जाती है।'

'और तुम ऐसी स्त्री से विवाह करोगे?'–मैंने संदिग्ध भाव से सिर हिलाकर कहा–'समझ लो, जीवन कड़वा हो जायेगा।'

गंगू ने शहीदों के-से आवेश से कहा–'मैं तो समझता हूँ, मेरी ज़िन्दगी बन जायगी बाबूजी, आगे भगवान की मर्ज़ी!'

मैंने ज़ोर देकर पूछा–'तो तुमने तय कर लिया है?'

'हाँ हुज़ूर!'

'तो मैं तुम्हारा इस्तीफ़ा मंजूर करता हूँ।'

मैं निरर्थक रूढ़ियों और व्यर्थ के बंधनों का दास नहीं हूँ; लेकिन जो आदमी एक दुष्टा से विवाह करे, उसे अपने यहाँ रखना वास्तव में जटिल समस्या थी। आये-दिन टण्टे-बखेड़े होंगे, नयी-नयी उलझनें पैदा होंगी, कभी पुलिस दौड़ लेकर आयेगी, कभी मुक़दमे खड़े होंगे। संभव है, चोरी की वारदातें भी हों। इस दलदल से दूर रहना ही अच्छा। गंगू क्षुधा-पीड़ित प्राणी की भाँति रोटी का टुकड़ा देखकर उसकी ओर लपक रहा है। रोटी जूठी है, सूखी हुई है, खाने योग्य नहीं है, इसकी उसे परवाह नहीं; उसको विचार-बुद्धि से काम लेना कठिन था। मैंने उसे पृथक कर देने ही में अपनी कुशल समझी।

2

पाँच महीने गुज़र गये। गंगू ने गोमती से विवाह कर लिया था और उसी मुहल्ले में एक खपरैल का मकान लेकर रहता था। वह अब चाट का खोंचा लगाकर गुज़र-बसर करता था। मुझे जब कभी बाज़ार में मिल जाता, तो मैं उसका कुशल-क्षेम पूछता। मुझे उसके जीवन से विशेष अनुराग हो गया था। यह एक सामाजिक प्रश्न की परीक्षा थी, सामाजिक ही नहीं, मनोवैज्ञानिक भी। मैं देखना चाहता था, इसका परिणाम क्या होता है। मैं गंगू को सदैव प्रसन्न-मुख देखता। समृद्धि और निश्चिन्तता के मुख पर जो एक तेज़ और स्वभाव में जो एक आत्म-सम्मान पैदा हो जाता है, वह मुझे यहाँ प्रत्यक्ष दिखायी देता था। रुपये-बीस आने की रोज़ बिक्री हो जाती थी। इसमें लागत निकालकर आठ-दस आने बच जाते थे। यही उसकी जीविका थी। किन्तु इसमें किसी देवता का

वरदान था; क्योंकि इस वर्ग के मनुष्यों में जो निर्लज्जता और विपन्नता पायी जाती है, इसका वहाँ चिह्न तक न था। उसके मुख पर आत्म-विकास और आनन्द की झलक थी, जो चित्त की शान्ति से ही आ सकती है।

एक दिन मैंने सुना कि गोमती गंगू के घर से भाग गयी है। कह नहीं सकता, क्यों? मुझे इस ख़बर से एक विचित्र आनन्द हुआ। मुझे गंगू के संतुष्ट और सुखी जीवन से एक प्रकार की ईर्ष्या होती थी। मैं उसके विषय में किसी अनिष्ट की, किसी घातक अनर्थ की, किसी लज्जास्पद घटना की प्रतीक्षा करता था। इस ख़बर से ईर्ष्या को सांत्वना मिली। आख़िर वही बात हुई, जिसका मुझे विश्वास था। आख़िर गंगू को अपनी अदूरदर्शिता का दण्ड भोगना पड़ा। अब देखें, गंगू कैसे मुँह दिखाता है, अब आँखें खुलेंगी और मालूम होगा कि लोग, जो उन्हें इस विवाह से रोक रहे थे, उनके कैसे शुभचिंतक थे। उस वक्त तो ऐसा मालूम होता था, मानो आपको कोई दुर्लभ पदार्थ मिला जा रहा हो। मानो मुक्ति का द्वार खुल गया है। लोगों ने कितना कहा कि यह स्त्री विश्वास के योग्य नहीं है, कितनों को दगा दे चुकी है, तुम्हारे साथ भी दगा करेगी; लेकिन इसके कानों पर जूँ तक न रेंगी। अब मिलें, तो ज़रा उनका मिज़ाज पूछूँ। कहूँ, क्यों महाराज, देवीजी का यह वरदान पाकर प्रसन्न हुए या नहीं? तुम तो कहते थे, वह ऐसी है और वैसी है, लोग उस पर केवल दुर्भावना के कारण दोष आरोपित करते हैं। अब बतलाओ, किसकी भूल थी?

उसी दिन संयोगवश गंगू से बाज़ार में भेंट हो गयी। घबराया हुआ था, बदहवास था, बिलकुल खोया हुआ। मुझे देखते ही उसकी आँखों में आँसू भर आये, लज्जा से नहीं, व्यथा से। मेरे पास आकर बोला–'बाबूजी, गोमती ने मेरे साथ विश्वासघात किया।' मैंने कुटिल आनन्द से, लेकिन कृत्रिम सहानुभूति दिखाकर कहा–'तुमसे तो मैंने पहले ही कहा था; लेकिन तुम माने ही नहीं, अब सब्र करो। इसके सिवा और क्या उपाय है। रुपये-पैसे ले गयी या कुछ छोड़ गयी?'

गंगू ने छाती पर हाथ रखा। ऐसा जान पड़ा, मानो मेरे इस प्रश्न ने उसके हृदय को विदीर्ण कर दिया।

'अरे बाबूजी! ऐसा न कहिए, उसने धेले की भी चीज़ नहीं छुई। अपना जो कुछ था, वह भी छोड़ गयी। न-जाने मुझमें क्या बुराई देखी। मैं उसके योग्य न था और क्या कहूँ। वह पढ़ी-लिखी थी, मैं करिया अक्षर भैंस बराबर। मेरे साथ इतने दिन रही, यही बहुत था। कुछ दिन और उसके साथ रह जाता, तो आदमी बन जाता। उसका आपसे कहाँ तक बखान करूँ हुज़ूर। औरों के लिये चाहे जो कुछ रही हो, मेरे लिये तो किसी देवता का आशीर्वाद थी। न-जाने मुझसे क्या ऐसी खता हो गयी। मगर क़सम ले लीजिए, जो उसके मुख पर मैल तक आया हो। मेरी औकात ही क्या है बाबूजी! दस-बारह आने का मजूर हूँ; पर इसी में उसके हाथों इतनी बरकत थी कि कभी कमी नहीं पड़ी।'

मुझे इन शब्दों से घोर निराशा हुई। मैंने समझा था, वह उसकी बेवफ़ाई की कथा कहेगा और मैं उसकी अंधभक्ति पर कुछ सहानुभूति प्रकट करूँगा; मगर उस मूर्ख की

आँखें अब तक नहीं खुलीं। अब भी उसी का मंत्र पढ़ रहा है। अवश्य ही इसका चित्त कुछ अव्यवस्थित है।

मैंने कुटिल परिहास आरम्भ किया–'तो तुम्हारे घर से कुछ नहीं ले गयी?

'कुछ भी नहीं बाबूजी, धेले की भी चीज़ नहीं।'

'और तुमसे प्रेम भी बहुत करती थी?'

'अब आपसे क्या कहूँ बाबूजी, वह प्रेम तो मरते दम तक याद रहेगा।'

'फिर भी तुम्हें छोड़कर चली गयी?'

'यही तो आश्चर्य है बाबूजी!'

'त्रिया-चरित्र का नाम कभी सुना है?'

'अरे बाबूजी! ऐसा न कहिए। मेरी गर्दन पर कोई छुरी रख दे, तो भी मैं उसका यश ही गाऊँगा।'

'तो फिर ढूँढ़ निकालो!'

'हाँ, मालिक! जब तक उसे ढूँढ़ न लाऊँगा, मुझे चैन न आयेगा। मुझे इतना मालूम हो जाये कि वह कहाँ है, फिर तो मैं उसे ले ही आऊँगा; और बाबूजी, मेरा दिल कहता है कि वह आयेगी ज़रूर। देख लीजिएगा। वह मुझसे रूठकर नहीं गयी; लेकिन दिल नहीं मानता। जाता हूँ, महीने-दो-महीने जंगल, पहाड़ की धूल छानूँगा। जीता रहा, तो फिर आपके दर्शन करूँगा।'

यह कहकर वह उन्माद की दशा में एक तरफ़ चल दिया।

3

इसके बाद मुझे एक ज़रूरत से नैनीताल जाना पड़ा। सैर करने के लिये नहीं। एक महीने के बाद लौटा और अभी कपड़े भी न उतारने पाया था कि देखता हूँ, गंगू एक नवजात शिशु को गोद में लिये खड़ा है। शायद कृष्ण को पाकर नंद भी इतने पुलकित न हुए होंगे। मालूम होता था, उसके रोम-रोम से आनंद फूटा पड़ता है। चेहरे और आँखों से कृतज्ञता और श्रद्धा के राग-से निकल रहे थे। कुछ वही भाव था, जो किसी क्षुधा-पीड़ित भिक्षुक के चेहरे पर भरपेट भोजन करने के बाद नज़र आता है।

मैंने पूछा–'कहो महाराज, गोमती देवी का कुछ पता लगा, तुम तो बाहर गये थे?'

गंगू ने आपे में न समाते हुए जवाब दिया–'हाँ बाबूजी, आपके आशीर्वाद से ढूँढ़ लाया। लखनऊ के जनाने अस्पताल में मिली। यहाँ एक सहेली से कह गयी थी कि अगर वह बहुत घबराये तो बतला देना। मैं सुनते ही लखनऊ भागा और उसे घसीट लाया। घाते में यह बच्चा भी मिल गया।' उसने बच्चे को उठाकर मेरी तरफ़ बढ़ाया। मानो कोई खिलाड़ी तमगा पाकर दिखा रहा हो।

मैंने उपहास के भाव से पूछा–'अच्छा, यह लड़का भी मिल गया? शायद इसलिये वह यहाँ से भागी थी। है तो तुम्हारा ही लड़का?'

'मेरा काहे को है बाबूजी, आपका है, भगवान का है।'

'तो लखनऊ में पैदा हुआ?'

'हाँ बाबूजी, अभी तो कुल एक महीने का है।'

'तुम्हारे ब्याह हुए कितने दिन हुए?'

'यह सातवाँ महीना जा रहा है।'

'तो शादी के छठे महीने पैदा हुआ?'

'और क्या बाबूजी।'

'फिर भी तुम्हारा लड़का है?'

'हाँ, जी।'

'कैसी बे-सिर-पैर की बात कर रहे हो?'

मालूम नहीं, वह मेरा आशय समझ रहा था या बन रहा था। उसी निष्कपट भाव से बोला–'मरते-मरते बची बाबूजी, नया जनम हुआ। तीन दिन, तीन रात छटपटाती रही। कुछ न पूछिए।' मैंने अब ज़रा व्यंग्य-भाव से कहा–'लेकिन छह महीने में लड़का होते आज ही सुना।' यह चोट निशाने पर जा बैठी।

मुस्कराकर बोला–'अच्छा, वह बात! मुझे तो उसका ध्यान भी नहीं आया। इसी भय से तो गोमती भागी थी। मैंने कहा–'गोमती, अगर तुम्हारा मन मुझसे नहीं मिलता, तो तुम मुझे छोड़ दो। मैं अभी चला जाऊँगा और फिर कभी तुम्हारे पास न आऊँगा। तुमको जब कुछ काम पड़े तो मुझे लिखना, मैं भरसक तुम्हारी मदद करूँगा। मुझे तुमसे कुछ मलाल नहीं है। मेरी आँखों में तुम अब भी उतनी ही भली हो। अब भी मैं तुम्हें उतना ही चाहता हूँ। नहीं, अब मैं तुम्हें और ज़्यादा चाहता हूँ; लेकिन अगर तुम्हारा मन मुझसे फिर नहीं गया है, तो मेरे साथ चलो। गंगू जीते-जी तुमसे बेवफ़ाई नहीं करेगा। मैंने तुमसे इसलिये विवाह नहीं किया कि तुम देवी हो; बल्कि इसलिये कि मैं तुम्हें चाहता था और सोचता था कि तुम भी मुझे चाहती हो। यह बच्चा मेरा बच्चा है। मेरा अपना बच्चा है। मैंने एक बोया हुआ खेत लिया, तो क्या उसकी फसल को इसलिये छोड़ दूँगा कि उसे किसी दूसरे ने बोया था?'

यह कहकर उसने ज़ोर से ठठ्ठा मारा।

मैं कपड़े उतारना भूल गया। कह नहीं सकता, क्यों मेरी आँखें सजल हो गयीं। न जाने वह कौन-सी शक्ति थी, जिसने मेरी मनोगत घृणा को दबाकर मेरे हाथों को बढ़ा दिया। मैंने उस निष्कलंक बालक को गोद में ले लिया और इतने प्यार से उसका चुंबन लिया कि शायद अपने बच्चों का भी न लिया होगा।

गंगू बोला–'बाबूजी, आप बड़े सज्जन हैं। मैं गोमती से बार-बार आपका बखान किया करता हूँ। कहता हूँ, चल, एक बार उनके दर्शन कर आ; लेकिन मारे लाज के आती ही नहीं।'

मैं और सज्जन! अपनी सज्जनता का पर्दा आज मेरी आँखों से हटा। मैंने भक्ति से डूबे हुए स्वर में कहा–'नहीं जी, मेरे जैसे कलुषित मनुष्य के पास वह क्या आयेगी। चलो, मैं उनके दर्शन करने चलता हूँ। तुम मुझे सज्जन समझते हो? मैं ऊपर से सज्जन हूँ; पर दिल का कमीना हूँ। असली सज्जनता तुममें है और यह बालक वह फूल है, जिससे तुम्हारी सज्जनता की महक निकल रही है।'

मैं बच्चे को छाती से लगाये हुए गंगू के साथ चला।

जीवन का शाप

कावसजी ने पत्र निकाला और यश कमाने लगे। शापूरजी ने रूई की दलाली शुरू की और धन कमाने लगे। कमाई दोनों ही करते थे, पर शापूरजी प्रसन्न थे, कावसजी विरक्त। शापूरजी को धन के साथ सम्मान और यश आप-ही-आप मिलता था। कावसजी को यश के साथ धन दूरबीन से देखने पर भी न दिखाई देता था। इसलिये शापूरजी के जीवन में शान्ति थी, सहृदयता थी, आशावादिता थी, क्रीड़ा थी। कावसजी के जीवन में अशान्ति थी, कटुता थी, निराशा थी, उदासीनता थी। धन को तुच्छ समझने की वह बहुत चेष्टा करते थे, लेकिन प्रत्यक्ष को कैसे झुठला देते? शापूरजी के घर में विराजने वाले सौजन्य और शान्ति के सामने उन्हें, अपने घर के कलह और फूहड़पन से घृणा होती थी। मृदुभाषिणी मिसेज शापूर के सामने उन्हें अपनी गुलशन बानू संकीर्णता और ईर्ष्या का अवतार-सी लगती थी। शापूरजी घर में आते, तो शीरीं बानूबाई मृदु हास्य से उनका स्वागत करती। वह ख़ुद दिन-भर के थके-मांदे घर आते, तो गुलशन अपना दुखड़ा सुनाने बैठ जाती और उनको ख़ूब फटकारें बतातीं–तुम भी अपने को आदमी कहते हो! मैं तो तुम्हें बैल समझती हूँ। बैल बड़ा मेहनती है, ग़रीब है, संतोषी है, माना, लेकिन उसे विवाह करने का क्या हक था?

कावसजी से एक लाख बार यह प्रश्न किया जा चुका था कि जब तुम्हें समाचार-पत्र निकालकर अपना जीवन बरबाद करना था, तो तुमने विवाह क्यों किया? क्यों मेरी ज़िन्दगी तबाह कर दी? जब तुम्हारे घर में रोटियाँ न थीं, तो मुझे क्यों लाए? इस प्रश्न का जवाब देने की कावसजी में शक्ति न थी। उन्हें कुछ सूझता ही न था। वह सचमुच अपनी ग़लती पर पछताते थे। एक बार बहुत तंग आकर उन्होंने कहा था–अच्छा भाई, अब तो जो होना था, हो चुका, लेकिन मैं तुम्हें बाँधे तो नहीं हूँ? तुम्हें जो पुरुष ज़्यादा सुखी रख सके, उसके साथ जाकर रहो, अब मैं क्या कहूँ? आमदनी नहीं बढ़ती, तो मैं क्या करूँ? क्या चाहती हो, जान दे दूँ? इस पर गुलशन ने उनके दोनों कान पकड़कर ज़ोर से ऐंठे और गालों पर दो तमाचे लगाए और पैनी आँखों से काटती हुई बोली–अच्छा, अब चोंच सँभालो, नहीं तो अच्छा न होगा। ऐसी बात मुँह से निकालते, तुम्हें लाज नहीं आती। हयादार होते, तो चुल्लू-भर पानी में डूब मरते। उस दूसरे पुरुष के महल में आग लगा दूँगी, उसका मुँह झुलस दूँगी। तब से बेचारे कावसजी के पास इस प्रश्न का कोई जवाब न रहा। कहाँ तो यह असन्तोष और विद्रोह की ज्वाला और कहाँ वह मधुरता

और भद्रता की देवी शीरीं, जो कावसजी को देखते ही फूल की तरह खिल उठी, मीठी बातें करतीं, चाय, मुरब्बे और फूलों से सत्कार करतीं और अकसर उन्हें अपनी कार पर घर पहुँचा देतीं। कावसजी ने कभी मन में भी इसे स्वीकार करने का साहस नहीं किया, मगर उनके हृदय में यह लालसा छिपी हुई थी कि गुलशन की जगह शीरीं होती, तो उनका जीवन कितना गुलज़ार होता! कभी-कभी गुलशन की कटूक्तियों से वह इतने दु:खी हो जाते कि यमराज का आवाहन करते। घर उनके लिये क़ैदखाना से कम न था और जब अवसर मिलता, सीधे शीरीं के घर जाकर अपने दिल की जलन बुझा आते।

2

एक दिन कावसजी सवेरे गुलशन से झल्लाकर शापूरजी के टैरेस में पहुँचे, तो देखा, शीरीं बानू की आँखें लाल हैं और चेहरा भभराया हुआ है, जैसे रोकर उठी हों। कावसजी ने चिन्तित होकर पूछा–आपका जी कैसा है? बुखार तो नहीं आ गया?

शीरीं ने दर्द-भरी आँखों से देखकर रोनी आवाज़ से कहा–नहीं, बुखार तो नहीं है, कम-से-कम देह का बुखार तो नहीं है।

कावसजी इस पहेली का कुछ मतलब न समझे।

शीरीं ने एक क्षण मौन रहकर फिर कहा–आपको मैं अपना मित्र समझती हूँ मि. कावसजी! आपसे क्या छिपा? मैं इस जीवन से तंग आ गई हूँ। मैंने अब तक हृदय की आग हृदय में रखी, लेकिन ऐसा मालूम होता है कि अब उसे बाहर न निकालूँ तो मेरी हड्डियाँ तक गल जायेंगी। इस वक्त आठ बजे हैं, लेकिन मेरे रंगीले पिया का कहीं पता नहीं। रात को खाना खाकर वह एक मित्र से मिलने का बहाना करके घर से निकले थे और अभी तक लौटकर नहीं आये। यह आज कोई नई बात नहीं है, इधर कई महीनों से यह इनकी रोज़ की आदत है। मैंने आज तक आपसे कभी अपना दर्द नहीं कहा, मगर उस समय भी, जब मैं हँस-हँसकर आपसे बातें करती थी, मेरी आत्मा रोती रहती थी।

कावसजी ने निष्कपट भाव से कहा–तुमने पूछा नहीं, कहाँ रह जाते हो? पूछने से क्या लोग अपने दिल की बातें बता दिया करते हैं?

'तुमसे तो उन्हें कोई भेद न रखना चाहिए।'

'घर में जी न लगे, तो आदमी क्या करे?'

'मुझे यह सुनकर आश्चर्य हो रहा है कि तुम जैसी देवी जिस घर में हो, वह स्वर्ग है। शापूरजी को तो अपना भाग्य सराहना चाहिए।'

'आपका यह भाव तभी तक है, जब तक आपके पास धन नहीं है। आज तुम्हें कहीं से दो-चार लाख मिल जायें, तो तुम यों न रहोगे और तुम्हारे ये भाव बदल जायेंगे। यही धन का सबसे बड़ा अभिशाप है। ऊपरी सुख-शान्ति के नीचे कितनी आग है, यह तो उसी वक्त खुलता है, जब ज्वालामुखी फट पड़ता है। वह समझते

हैं, धन से घर भरकर उन्होंने मेरे लिये वह सब कुछ कर दिया, जो उनका कर्तव्य था, और अब मुझे असंतुष्ट होने का कोई कारण नहीं। वह नहीं जानते कि ऐश के ये सारे सामान उन मिस्त्री तहखानों में गड़े हुए पदार्थों की तरह हैं, जो मृतात्मा के भोग के लिये रखे जाते थे।'

कावसजी आज एक नई बात सुन रहे थे। उन्हें अब तक जीवन का जो अनुभव हुआ था, वह यह था कि स्त्री अंतःकरण से विलासिनी होती है। उस पर लाख प्राण वारो, उसके लिये मर ही क्यों न मिटो, लेकिन व्यर्थ। वह केवल खरहरा नहीं चाहती, उससे कहीं ज़्यादा दाना और घास चाहती है, लेकिन एक यह देवी है, जो विलास की चीज़ों को तुच्छ समझती हैं और केवल मीठे स्नेह और सहवास से ही प्रसन्न रहना चाहती हैं। उनके मन में गुदगुदी-सी उठी।

मिसेज शापूर ने फिर कहा–उनका यह व्यापार मेरी बर्दाश्त के बाहर हो गया है, मि. कावसजी! मेरे मन में विद्रोह की ज्वाला उठ रही है और मैं धर्म-शास्त्र और मर्यादा-इन सभी का आश्रय लेकर भी त्राण नहीं पाती। मन को समझाती हूँ–क्या संसार में लाखों विधवाएँ नहीं पड़ी हुई हैं, लेकिन किसी तरह चित्त नहीं शान्त होता। मुझे विश्वास आता जाता है कि वह मुझे मैदान में आने के लिये चुनौती दे रहे हैं। मैंने अब तक उनकी चुनौती नहीं ली है, लेकिन अब पानी सिर के ऊपर चढ़ गया है और मैं किसी तिनके का सहारा ढूँढ़े बिना नहीं रह सकती। वह जो चाहते हैं, वह हो जायगा। आप उनके मित्र हैं आपसे बन पड़े, तो उनको समझाइए। मैं इस मर्यादा की बेड़ी को अब और न पहन सकूँगी।

मि. कावसजी मन में भावी सुख का एक स्वर्ग निर्माण कर रहे थे। बोले–हाँ-हाँ मैं अवश्य समझाऊँगा। यह तो मेरा धर्म है, लेकिन मुझे आशा नहीं कि मेरे समझाने का उन पर कोई असर हो। मैं तो दरिद्र हूँ मेरे समझाने का उनकी दृष्टि में मूल्य ही क्या?

यों वह मेरे ऊपर बड़ी कृपा रखते हैं। बस, उनकी यही आदत मुझे पसंद नहीं।

तुमने इतने दिनों बर्दाश्त किया, यही आश्चर्य है! कोई दूसरी औरत तो एक दिन न सहती।

'थोड़ी-बहुत तो यह आदत सभी पुरुषों में होती है, लेकिन ऐसे पुरुषों की स्त्रियाँ भी वैसी ही होती हैं। कर्म से न सही, मन से ही सही। मैंने तो सदैव इनको अपना इष्टदेव समझा।'

'किन्तु जब पुरुष इसका अर्थ ही न समझे, तो क्या हो? मुझे भय है, वह मन में कुछ और न सोच रहे हों।'

'और क्या सोच सकते हैं?'

'आप अनुमान नहीं कर सकती?'

'अच्छा, वह बात! मगर मेरा कोई अपराध?'

'शेर और मेमने वाली कथा आपने नहीं सुनी?'

मिसेज शापूर एकाएक चुप हो गईं। सामने से शापूरजी की कार आती दिखाई दीं। उन्होंने कावसजी को ताकीद और विजय भरी आँखों से देखा और दूसरे द्वार के कमरे से निकलकर अंदर चली गयीं। मि. शापूर लाल आँखें किए कार से उतरे और मुस्कराकर कावसजी से हाथ मिलाया। स्त्री की आँखें भी लाल थीं, पति की आँखें भी लाल। एक रुदन से, दूसरी रात की खुमारी से।

3

शापूरजी ने हैट उतारकर खूँटी पर लटकाते हुए कहा—क्षमा कीजिएगा, मैं रात को एक मित्र के घर तो गया था। दावत थी, आने में देर हुई, तो मैंने सोचा, अब कौन घर जाय।

कावसजी ने व्यंग्य-मुस्कान के साथ कहा—किसके यहाँ दावत थी? मेरे रिपोर्टर ने तो कोई ख़बर नहीं दी। ज़रा मुझे नोट करा दीजिएगा।

उन्होंने जेब से नोटबुक निकाली।

शापूरजी ने सतर्क होकर कहा—ऐसी कोई बड़ी दावत नहीं थी जी, दो-चार मित्रों का प्रीतिभोज था।

'फिर भी समाचार तो जानना ही चाहिए। जिस प्रीतिभोज में आप जैसे प्रतिष्ठित लोग शरीक़ हों, वह साधारण बात नहीं हो सकती। क्या नाम है मेज़बान साहब का?'

'आप चौंकेंगे तो नहीं?'

'बतलाएँ तो।'

'मिस गौहर!'

'मिस गौहर!'

'जी हाँ आप चौंके क्यों? क्या आप इसे तस्लीम नहीं करते कि दिन-भर रुपए-आने-पाई से सिर मारने के बाद मुझे कुछ मनोरंजन करने का भी अधिकार है, नहीं तो जीवन भार हो जाय।'

'मैं इसे नहीं मानता।'

'क्यों?'

'इसीलिये कि मैं इस मनोरंजन को अपनी ब्याहता स्त्री के प्रति अन्याय समझता हूँ।'

शापूरजी नकली हँसी हँसे—वही दकियानूसी बात। आपको मालूम होना चाहिए, आज का समय ऐसा कोई बंधन स्वीकार नहीं करता।

'और मेरा ख़याल है कि कम-से-कम इस विषय में आज का समाज एक पीढ़ी पहले के समाज से कहीं परिष्कृत है। अब देवियों का यह अधिकार स्वीकार किया जाने लगा है।'

'यानी देवियाँ पुरुषों पर हुकूमत कर सकती हैं?'

'उसी तरह, जैसे पुरुष देवियों पर हुकूमत कर सकते हैं।'

'मैं इसे नहीं मानता। पुरुष, स्त्री का मोहताज नहीं है, स्त्री, पुरुष की मोहताज है।'

'आपका आशय यही तो है कि स्त्री अपने भरण-पोषण के लिये पुरुष पर अवलम्बित है?'

'अगर आप इन शब्दों में कहना चाहते हैं, तो मुझे कोई आपत्ति नहीं, मगर अधिकार की बाग़डोर जैसे राजनीति में, वैसे ही समाज नीति में धन-बल के हाथ रही है और रहेगी।'

'अगर दैवयोग से धनोपार्जन का काम स्त्री कर रही हो और पुरुष कोई काम न मिलने के कारण घर बैठा हो, तो स्त्री को अधिकार है कि अपना मनोरंजन जिस तरह चाहे करे?'

'मैं स्त्री को यह अधिकार नहीं दे सकता।'

'यह आपका अन्याय है।'

'बिलकुल नहीं। स्त्री पर प्रकृति ने ऐसे बंधन लगा दिए हैं कि वह जितना भी चाहे, पुरुष की भाँति स्वच्छंद नहीं रह सकती और न पशु-बल में पुरुष का मुकाबला ही कर सकती है। हाँ, गृहिणी का पद त्याग कर या अप्राकृतिक जीवन का आश्रय लेकर, वह सब कुछ कर सकती है।'

'आप लोग उसे मज़बूर कर रहे हैं कि अप्राकृतिक जीवन का आश्रय ले।'

'मैं ऐसे समय की कल्पना ही नहीं कर सकता, जब पुरुषों का आधिपत्य स्वीकार करने वाली औरतों का काल पड़ जाय। क़ानून और सभ्यता मैं नहीं जानता। पुरुषों ने स्त्रियों पर हमेशा राज किया है और करेंगे।'

सहसा कावसजी ने पहलू बदला। इतनी थोड़ी-सी देर में ही यह अच्छे-ख़ासे कूटनीति-चतुर हो गये थे। शापूरजी को प्रशंसा सूचक आँखों से देखकर बोले—तो हम और आप दोनों एक विचार के हैं। मैं आपकी परीक्षा ले रहा था। मैं भी स्त्री को गृहिणी, माता और स्वामिनी, सब-कुछ मानने को तैयार हूँ, पर उसे स्वच्छन्द नहीं देख सकता। अगर कोई स्त्री स्वच्छन्द होना चाहती है, तो उसके लिये मेरे घर में स्थान नहीं है। अभी मिसेज शापूर की बातें सुनकर मैं दंग रह गया। मुझे इसकी कल्पना भी न थी कि कोई नारी मन में इतने विद्रोहात्मक भावों को स्थान दे सकती है।

मि. शापूर की गर्दन की नसें तन गईं, नथुने फूल गये। कुर्सी से उठकर बोले—अच्छा, तो अब शीरीं ने यह ढंग निकाला। मैं अभी उससे पूछता हूँ आपके सामने पूछता हूँ—अभी फैसला कर डालूँगा। मुझे उसकी परवाह नहीं है। किसी की परवाह नहीं है। बेवफ़ा औरत! जिसके हृदय में ज़रा भी संवेदना नहीं, जो मेरे जीवन में ज़रा-सा आनंद भी नहीं सह सकती, चाहती है, मैं उसके आँचल में बँधा-बँधा घूमूँ! शापूर से यह आशा

रखती है? अभागिनी भूल जाती है कि आज मैं आँखों का इशारा कर दूँ तो एक सौ एक शीरियाँ मेरी उपासना करने लगें, जी हाँ मेरे इशारों पर नाचें। मैंने इसके लिये जो कुछ किया, बहुत कम पुरुष किसी स्त्री के लिये करते हैं। मैंने... मैंने...

उन्हें ख़याल आ गया कि वह ज़रूरत से ज़्यादा बहके जा रहे हैं। शीरीं की प्रेममय सेवाएँ याद आईं, रुककर बोले—लेकिन मेरा ख़याल है कि वह अब भी समझ से काम ले सकती है। मैं उसका दिल नहीं दुखाना चाहता। मैं यह भी जानता हूँ कि वह ज़्यादा-से-ज़्यादा जो कर सकती है, वह शिकायत है। इसके आगे बढ़ने की हिमाकत वह नहीं कर सकती। औरतों को मना लेना बहुत मुश्किल नहीं है, कम-से-कम मुझे तो यही तर्जुबा है।

कावसजी ने खंडन किया—मेरा तजुर्बा तो कुछ और है।

'हो सकता है, मगर आपके पास खाली बातें हैं, मेरे पास लक्ष्मी का आशीर्वाद है।'

'जब मन में विद्रोह के भाव जम गये, तो लक्ष्मी के टाले भी नहीं टल सकते।'

शापूरजी ने विचारपूर्ण भाव से कहा—'शायद आपका विचार ठीक है।'

4

कई दिन के बाद कावसजी की शीरीं से पार्क में मुलाकात हुई। वह इसी अवसर की खोज में थे। उनका स्वर्ग तैयार हो चुका था। केवल उसमें शीरीं को प्रतिष्ठित करने की करार थी। उस शुभ-दिन की कल्पना में वह पागल से हो रहे थे। गुलशन को उन्होंने उसके मैके भेज दिया था। भेज क्या दिया था, वह रूठकर चली गई थी। जब शीरीं उनकी दरिद्रता का स्वागत कर रही है, तो गुलशन की ख़ुशामद क्यों की जाय? लपक कर शीरीं से हाथ मिलाया और बोले—आप ख़ूब मिलीं! मैं आज आने वाला था।

शीरीं ने गिला करते हुए कहा—आपकी राह देखते-देखते आँखें थक गईं। आप भी ज़बानी हमदर्दी ही करना जानते हैं। आपको क्या ख़बर, इन कई दिनों में मेरी आँखों से कितने आँसू बहे हैं।

कावसजी ने शीरीं बाबू की उत्कंठापूर्ण मुद्रा देखी, जो बहुमूल्य रेशमी साड़ी की आब से और भी दमक उठी थी और उनका हृदय अंदर से बैठता हुआ जान पड़ा। उस छात्र की-सी दशा हुई, जो अंतिम परीक्षा पास कर चुका हो और जीवन का प्रश्न उसके सामने भयंकर रूप में खड़ा हो। काश, वह कुछ दिन और परीक्षाओं की भूल-भूलैया में जीवन के स्वप्नों का आनंद ले सकता। उस स्वप्न के सामने यह सत्य कितना डरावना था। अभी तक कावसजी ने मधुमक्खी का शहद ही चखा था। इस समय वह उनके मुख पर मँडरा रही थी और वह डर रहे थे कि कहीं डंक न मारे।

दबी हुई आवाज़ से बोले—मुझे यह सुनकर बड़ा दुःख हुआ। मैंने तो शापूर को बहुत समझाया था।

शीरी ने उनका हाथ पकड़कर एक बेंच पर बिठा दिया और बोली—उन पर अब समझाने-बुझाने का कोई असर न होगा। और मुझे ही क्या गरज पड़ी है कि मैं उनके पाँव सहलाती रहूँ? आज मैंने निश्चय कर लिया है, अब उस घर में लौटकर न जाऊँगी। अगर उन्हें अदालत में ज़लील होने का शौक है, तो मुझ पर दावा करें, मैं तैयार हूँ। मैं जिसके साथ नहीं रहना चाहती, उसके साथ रहने के लिये ईश्वर भी मुझे मज़बूर नहीं कर सकता, अदालत क्या कर सकती है? अगर तुम मुझे आश्रय दे सकते हो, तो मैं तुम्हारी बनकर रहूँगी, जब तक तुम मेरे रहोगे। अगर तुममें इतना आत्मबल नहीं है, तो मेरे लिये दूसरे द्वार खुल जायेंगे। अब साफ-साफ बतलाओ, क्या वह सारी सहानुभूति ज़बानी थी?

कावसजी ने कलेजा मज़बूत करके कहा—नहीं-नहीं, शीरीं, ख़ुदा जानता है, मुझे तुमसे कितना प्रेम है। तुम्हारे लिये मेरे हृदय में स्थान है।

'मगर गुलशन का क्या करोगे?'

'उसे तलाक दे दूँगा।'

'हाँ, वही मैं भी चाहती हूँ। तो मैं तुम्हारे साथ चलूँगी, अभी, इस दम। शापूर से अब मेरा कोई संबंध नहीं है।'

कावसजी को अपने दिल में कम्पन का अनुभव हुआ। बोले—लेकिन अभी तो वहाँ कोई तैयारी नहीं है।

'मेरे लिये किसी तैयारी की ज़रूरत नहीं। तुम सब कुछ हो। एक टैक्सी ले लो। मैं इसी वक्त चलूँगी।'

कावसजी टैक्सी की खोज में पार्क से निकले। वह एकान्त में विचार करने के लिये थोड़ा-सा समय चाहते थे, इस बहाने से उन्हें समय मिल गया। उन पर अब जवानी का वह नशा न था, जो विवेक-की आँखों पर छा कर बहुधा हमें गड्ढे में गिरा देता है। अगर कुछ नशा था, तो अब तक हिरन हो चुका था। वह किस फंदे में गला डाल रहे हैं, यह खूब समझते थे। शापूरजी उन्हें मिट्टी में मिला देने के लिये पूरा ज़ोर लगाएँगे, यह भी उन्हें मालूम था। गुलशन उन्हें सारी दुनिया में बदनाम कर देगी, यह भी वह जानते थे। ये सब विपत्तियाँ झेलने को वह तैयार थे। शापूर की ज़बान बंद करने के लिये उनके पास काफी दलीलें थीं। गुलशन को भी स्त्री समाज में अपमानित करने का उनके पास काफी मसाला था। डर था तो यह कि शीरीं का यह प्रेम टिक सकेगा या नहीं। अभी तक शीरीं ने केवल उनके सौजन्य का परिचय पाया है, केवल उनकी न्याय, सत्य और उदारता से भरी बातें सुनी हैं। इस क्षेत्र में शापूरजी से उन्होंने बाजी मारी है, लेकिन उनके सौगंध और उनकी प्रतिभा का जादू उनके बेसामान घर में कुछ दिन रहेगा, इसमें उन्हें सन्देह था। हलवे की जगह चुपड़ी रोटियाँ भी मिलें, तो आदमी सब कर सकता है। रूखी भी मिल जायें? तो वह सन्तोष कर लेगा, लेकिन सूखी घास सामने देखकर तो ऋषि-मुनि भी जामे से बाहर हो

जायेंगे। शीरीं उनसे प्रेम करती है, लेकिन प्रेम के त्याग की भी तो सीमा है। दो-चार दिन भावुकता के उन्माद में वह सब्र कर ले, लेकिन भावुकता कोई टिकाऊ तो चीज़ नहीं है। वास्तविकता के आघातों के सामने यह भावुकता कै दिन टिकेगी। उस परिस्थिति की कल्पना करके कावसजी काँप उठे। अब तक वह रनिवास में रही है। अब उसे एक खपरैल का कॉटेज मिलेगा, जिसके फर्श पर कालीन की जगह टाट भी नहीं, कहाँ वर्दीपोश नौकरों की पलटन, कहाँ एक बुढ़िया मामी की संदिग्ध सेवा, जो बात-बात पर भुनभुनाती है, धमकाती है, कोसती है। उसका आधा वेतन तो संगीत सिखाने वाला मास्टर ही खा जायगा और शापूरजी ने कहीं ज़्यादा कमीनेपन से काम लिया, तो उसको बदमाशों से पिटवा भी सकते हैं। पिटाई से वह नहीं डरते। वह तो उनकी फतह होगी, लेकिन शीरीं की भोग-लालसा पर कैसे विजय पाएँ। बुढ़िया मामी जब मुँह लटकाए आकर उसके सामने रोटियाँ और सालन परोस देगी, तब शीरीं के मुख पर कैसी विदग्ध विरक्ति छा जायगी! कहीं वह खड़ी होकर उनको और अपनी किस्मत को कोसने न लगे। नहीं, अभाव की पूर्ति सौजन्य से नहीं हो सकती। शीरीं का वह रूप कितना विकराल होगा।

सहसा एक कार सामने से आती दिखाई दी। कावसजी ने देखा-शापूरजी बैठे हुए थे। उन्होंने हाथ उठाकर कार को रुकवा लिया और पीछे दौड़ते हुए जाकर शाहजी से बोले-आप कहीं जा रहे हैं?

'यों ही ज़रा घूमने निकला था।'

'शीरीं बानू पार्क में हैं, उन्हें भी लेते जाइए।'

'वह तो मुझसे लड़कर आई हैं कि अब इस घर में कभी कदम न रखूँगी।'

'और आप सैर करने जा रहे हैं?'

'तो क्या आप चाहते हैं, बैठकर रोऊँ?'

'वह बहुत रो रही हैं।'

'सच!'

'हाँ, बहुत रो रही हैं।'

'तो शायद उसकी बुद्धि जाग रही है।'

'तुम इस समय उन्हें मना लो, तो वह हर्ष से तुम्हारे साथ चली जायें।'

'मैं परीक्षा लेना चाहता हूँ कि वह बिना मनाए मानती है या नहीं।'

'मैं बड़े असमंजस में पड़ा हुआ हूँ। मुझ पर दया करो, तुम्हारे पैरों पड़ता।'

'जीवन में जो थोड़ा-सा आनन्द है, उसे मनावन के नाट्य में नहीं छोड़ना चाहता।'

कार चल पड़ी और कावसजी कर्तव्य-भ्रष्ट से वहीं खड़े रह गये। देर हो रही थी। सोचा-कहीं शीरीं यह न समझ ले कि मैंने भी उसके साथ दगा की, लेकिन जाऊँ भी तो क्यों कर? अपने सम्पादकीय कुटीर में उस देवी को प्रतिष्ठित करने

की कल्पना ही उन्हें हास्यास्पद लगी। वहाँ के लिये तो गुलशन ही उपयुक्त है। कुढ़ती है, कठोर बातें कहती है, रोती है लेकिन वक्त से भोजन तो देती है। फटे हुए कपड़ों को रफ़ू तो कर देती है, कोई मेहमान आ जाता है, तो कितने प्रसन्न मुख से उसका आदर-सत्कार करती है, मानो उसके मन में आनन्द-ही-आनन्द है। कोई छोटी-सी चीज़ भी दे दो, तो कितना फूल उठती है। थोड़ी-सी तारीफ़ करके चाहे उससे गुलामी करवा लो। अब उन्हें अपनी ज़रा-ज़रा-सी बात पर झुँझला पड़ना, उसकी सीधी-सी बातों का टेढ़ा जवाब देना, विकल करने लगा। उस दिन उसने यही तो कहा था कि उसकी छोटी बहन की सालगिरह पर कोई उपहार भेजना चाहिए। इसमें बरस पड़ने की कौन-सी बात थी? माना वह अपना सम्पादकीय नोट लिख रहे थे, लेकिन उनके लिये सम्पादकीय नोट जितना महत्त्व रखता है, क्या गुलशन के लिये उपहार भेजना उतना ही या उससे ज़्यादा महत्त्व नहीं रखता है! बेशक, उनके पास उस समय रुपये न थे, तो क्या वह मीठे शब्दों में यह नहीं कह सकते थे कि डार्लिंग! मुझे खेद है, अभी हाथ खाली हैं, दो-चार रोज़ में मैं कोई प्रबंध कर दूँगा। यह जवाब सुनकर वह चुप हो जाती और अगर कुछ भुनभुना ही लेती, तो उसका क्या बिगड़ जाता था? अपनी टिप्पणियों से वह कितनी शिष्टता का व्यवहार करते हैं। क़लम ज़रा भी गर्म पड़ जाय, तो गर्दन नापी जाय। गुलशन पर वह क्यों बिगड़ जाते हैं। इसलिये कि वह उसके अधीन है और उन्हें रूठ जाने के सिवा कोई दण्ड नहीं दे सकती। कितनी नीच कायरता है कि हम सबलों के सामने दुम हिलाए और जो हमारे लिये अपने जीवन का बलिदान कर रही है, उसे काटने दौड़े।

सहसा एक ताँगा आता दिखाई दिया और सामने आते ही उस पर से एक स्त्री उतरकर उनकी ओर चली। अरे! यह तो गुलशन है। उन्होंने आतुरता से आगे बढ़कर उसे गले लगा लिया और बोले–'तुम इस वक्त यहाँ कैसे आईं? मैं अभी-अभी तुम्हारा ही ख़याल कर रहा था।'

गुलशन ने गद्गद कंठ से कहा–'तुम्हारे ही पास जा रही थी। शाम को बरामदे में बैठकर तुम्हारा लेख पढ़ रही थी। न-जाने कब झपकी आ गई और मैंने एक बुरा सपना देखा। मारे डर के मेरी नींद खुल गई और मिलने चल पड़ी। इस वक्त यहाँ कैसे खड़े हो? कोई दुर्घटना तो नहीं हो? रास्ते-भर मेरा कलेजा धड़क रहा था।'

कावसजी ने आश्वासन देते हुए कहा–'मैं तो बहुत अच्छी तरह हूँ। तुमने क्या स्वप्न देखा?'

मैंने देखा–'जैसे तुमने एक रमणी को कुछ कहा है और वह तुम्हें बाँधकर घसीटे लिये जा रही है।'

'कितना बेहूदा स्वप्न है और तुम्हें इस पर विश्वास भी आ गया? मैं तुमसे कितनी बार कह चुका कि स्वप्न केवल चिन्तित मन की क्रीड़ा है।'

'तुम मुझसे छिपा रहे हो। कोई-न-कोई बात हुई है ज़रूर। तुम्हारा चेहरा बोल रहा है। अच्छा, तुम इस वक्त यहाँ क्यों खड़े हो?' 'यह तो तुम्हारे पढ़ने का समय है।'

'यों ही, ज़रा घूमने चला आया था।'

'झूठ बोलते हो। खा जाओ मेरे सिर की क़सम।'

'अब तुम्हें एतबार ही न आये तो क्या करूँ?'

'क़सम क्यों नहीं खाते?'

'क़सम को मैं झूठ का अनुमोदन समझता हूँ।'

गुलशन ने फिर उनके मुख पर तीव्र दृष्टि डाली। फिर एक क्षण के बाद बोली–'अच्छी बात है। चलो, घर चलें।'

कावसजी ने मुस्कराकर कहा–'तुम फिर मुझसे लड़ाई करोगी?'

'सरकार से लड़कर भी तुम सरकार की अमलदारी में रहते हो कि नहीं? मैं भी तुमसे लड़ूँगी? मगर तुम्हारे साथ रहूँगी।'

'हम इसे कब मानते हैं कि यह सरकार की अमलदारी है?'

'यह तो मुँह से कहते हो। तुम्हारा रोयां-रोयां इसे स्वीकार करता है, नहीं तो तुम इस वक्त जेल में होते।'

'अच्छा, चलो, मैं थोड़ी देर में आता हूँ।'

'मैं अकेली नहीं जाने की। आख़िर सुनूँ तुम यहाँ क्या कर रहे हो?' कावसजी ने बहुत कोशिश की गुलशन यहाँ से किसी तरह चली जाय, लेकिन यह जितना ही इस पर ज़ोर देते थे, उतना ही गुलशन का आग्रह भी बढ़ता जाता था। आख़िर मज़बूर होकर कावसजी को शीरीं और शापूर के झगड़े का वृत्तांत कहना ही पड़ा, यद्यपि इस नाटक में उनका अपना जो भाग था, उसे उन्होंने बड़ी होशियारी से छिपा देने की चेष्टा की।

गुलशन ने विचार करके कहा–'तो तुम्हें भी यही सनक सवार हुई।'

कावसजी ने तुरन्त प्रतिवाद किया, 'कैसी सनक! मैंने क्या किया? अब यह तो इनसानियत नहीं है कि एक मित्र की स्त्री मेरी सहायता माँगे और मैं बग़लें झाँकने लगूँ।'

'झूठ बोलने के लिये बड़ी अकल की ज़रूरत होती है प्यारे और वह तुममें नहीं है समझे? चुपके से जाकर शीरीं बानू को सलाम करो और कहो कि आराम से अपने घर में बैठे। सुख कभी सम्पूर्ण नहीं मिलता। विधि इतना घोर पक्षपात नहीं कर सकता। गुलाब में काँटे होते हैं। अगर सुख भोगना है तो उसे उसके दोषों के साथ भोगना पड़ेगा। अभी विज्ञान ने कोई ऐसा उपाय नहीं निकाला कि हम सुख के काँटों को अलग कर सकें। मुफ्त का माल उड़ाने वालों को ऐय्याशी के सिवा और सूझेगी क्या? धन अगर सारी दुनिया का विलास न मोल लेना चाहे, तो वह धन ही कैसा। शीरीं के लिये भी क्या वे द्वार नहीं खुले हैं, जो शापूरजी के लिये खुले हैं? उससे कहो–शापूर के घर में रहे, उनके धन को भोगे और भूल जाय कि वह शापूर की स्त्री है, उसी तरह जैसे

शापूर भूल गया है कि यह शीरीं का पति है। जलना और कुढ़ना छोड़कर, विलास का आनंद लूटे। उसका धन एक-से-एक रूपवान, विद्वान् नवयुवकों को खींच लाएगा। तुमने ही एक बार मुझसे कहा था कि एक ज़माने में फ्रांस में धनवान विलासिनी महिलाओं का समाज पर आधिपत्य था। उनके पति सब कुछ देखते थे और मुँह खोलने का साहस न करते थे। और मुँह क्यों खोलते। वे ख़ुद इसी धुन में मस्त थे। यही धन का प्रसाद है। तुमसे न बने, तो चलो, मैं शीरीं को समझा दूँ। ऐय्याश मर्द की स्त्री ऐय्याश न हो, तो यह उसकी कायरता है—लतखोरपन है।'

कावसजी ने चकित होकर कहा—'लेकिन तुम भी तो धन की उपासक हो?' गुलशन ने शर्मिंदा होकर कहा—'यही तो जीवन का शाप है। हम उसी चीज़ पर लपकते हैं, जिससे हमारा अमंगल है, सत्यानाश है। मैं बहुत दिनों पापा के इलाके में रही हूँ। चारों तरफ़ किसान, मज़दूर रहते थे। बेचारे दिन-भर पसीना बहाते थे, शाम को घर जाते थे। ऐय्याशी और बदमाशी का कहीं नाम न था। और यहाँ शहर में देखती हूँ कि सभी बड़े घरों में यही रोना है। सब-के-सब हथकंडों से पैसे कमाते हैं और अस्वाभाविक जीवन बिताते हैं। आज तुम्हें कहीं से धन मिल जाय, तो तुम भी शापूर बन जाओगे, निश्चय।

'तब शायद तुम भी अपने बताए हुए मार्ग पर चलोगी, क्यों?'

'शायद नहीं, अवश्य।'

शतरंज के खिलाड़ी

वाज़िदअली शाह का समय था। लखनऊ विलासिता के रंग में डूबा हुआ था। छोटे-बड़े, अमीर-ग़रीब, सभी विलासिता में डूबे हुए थे। कोई नृत्य और गान की मज़लिस सजाता था, तो कोई अफ़ीम की पीनक ही के मज़े लेता था। जीवन के प्रत्येक विभाग में आमोद-प्रमोद का प्राधान्य था। शासन विभाग में, साहित्य क्षेत्र में, सामाजिक व्यवस्था में, कला-कौशल में, उद्योग-धन्धों में, आहार-विहार में, सर्वत्र विलासिता व्याप्त हो रही थी। कर्मचारी विषय-वासना में, कविगण प्रेम और विरह के वर्णन में, कारीगर कलाबत्तू और चिकन बनाने में, व्यावसायी सुर में, इत्र मिस्सी और उबटन का रोज़गार करने में लिप्त था। सभी की आँखों में विलासिता का मद छाया हुआ था। संसार में क्या हो रहा है, इसकी किसी को ख़बर न थी। बटेर लड़ रहे हैं। तीतरों की लड़ाई के लिये पाली बदी जा रही है। कही चौरस बिछी हुयी है। पौ-बारह का शोर मचा हुआ है। कही शतरंज का घोर संग्राम छिड़ा हुआ है। राजा से लेकर रंक तक इसी धुन में मस्त थे। यहाँ तक कि फ़क़ीरों को पैसे मिलते तो वे रोटियाँ न लेकर अफ़ीम खाते या मदक पीते। शतरंज़ ताश, गंज़ीफ़ा खेलने में बुद्धि तीव्र होती है, विचार-शक्ति का विकास होता है, पेचीदा मसलों को सुलझाने की आदत पड़ती है, ये दलील ज़ोर के साथ पेश की जाती थी। (इस सम्प्रदाय के लोगों से दुनिया अब भी खाली नहीं है।) इसलिये अगर मिर्जा सज्जाद अली और मीर रौशन अली अपना अधिकांश समय

बुद्धि-तीव्र करने में व्यतीत करते थे, तो किसी विचारशील पुरुष को क्या आपत्ति हो सकती थी? दोनों के पास मौरूसी जाग़ीरें थी, जीविका की कोई चिन्ता न थी। घर बैठे चख़ोतियाँ करते। आख़िर और करते ही क्या?

प्रात:काल दोनों मित्र नाश्ता करके बिसात बिछाकर बैठ जाते, मुहरे सज जाते और लड़ाई के दाँवपेच होने लगते थे। फिर ख़बर न होती थी कि कब दोपहर हुयी कब तीसरा पहर, कब शाम। घर के भीतर से बार-बार बुलावा आता था-'खाना तैयार है।' यहाँ से जबाव मिलता-'चलो आते हैं, दस्तर ख्वान बिछाओ।' यहाँ तक कि बावरची विवश होकर कमरे में ही खाना रख जाता था और दोनों मित्र दोनों काम साथ-साथ करते थे।

मिर्जा सज्जाद अली के घर में कोई बड़ा-बूढ़ा न था, इसलिये उन्हीं के दीवानखाने में बाजियाँ होती थी; मगर यह बात न थी कि मिर्जा के घर के और लोग उसके व्यवहार से ख़ुश हों। घरवाली का तो कहना ही क्या, मुहल्ले वाले, घर के नौकर-चाकर तक नित्य द्वेषपूर्ण टिप्पणियाँ किया करते थे, 'बड़ा मनहूस खेल है। घर को तबाह कर देता है। ख़ुदा न करे किसी को इसकी चट पड़े। आदमी दीन-दुनिया किसी के काम का नहीं रहता, न घर का न घाट का। बुरा रोग है, यहाँ तक कि मिर्जा की बेग़म साहिबा को इससे इतना द्वेष था कि अवसर खोज-खोज कर पति को लताड़ती थी। पर उन्हें इसका अवसर मुश्किल से मिलता था। वह सोचती रहती थी, तब तक उधर बाज़ी बिछ जाती थी और रात को जब सो जाती थी, तब कहीं मिर्जा जी भीतर आते थे। हाँ नौकरों पर वह अपना गुस्सा उतारती रहती थी-'क्या पान माँगे हैं ? कह दो आकर ले जायें। खाने की भी फ़ुर्सत नहीं हैं? ले जाकर खाना सिर पटक दो, खायें चाहे कुत्ते को खिलावें।' पर रूबरु वह कुछ न कह सकती थी। उनको अपने पति से उतना मलाल न था, जितना मीर साहब से। उन्होंने उसका नाम मीर बिगाड़ू रख छोड़ा था। शायद मिर्जा जी अपनी सफ़ाई देने के लिये सारा इलज़ाम मीर साहब ही के सिर थोप देते थे।

एक दिन बेग़म साहिबा के सिर में दर्द होने लगा। उन्होंने लौंडी से कहा-'जाकर मिर्जा साहब को बुला लो। किसी हक़ीम के यहाँ से दवा ले आयें। दौड़, जल्दी कर।'

लौंडी गयी तो मिर्जा ने कहा-'चल, अभी आते हैं।'

बेग़म का मिज़ाज़ गरम था। इतनी ताब कहाँ कि उनके सिर में दर्द हो और पति शतरंज खेलता रहे। चेहरा सुर्ख हो गया। लौंडी से कहा-'जाकर कह, अभी चलिये नहीं तो वह आप ही हक़ीम के यहाँ चली जायेंगी।'

मिर्जा जी बड़ी दिलचस्प बाज़ी खेल रहे थे, दो ही किश्तों में मीर साहब की मात हुयी जाती थी, झल्लाकर बोले-'क्या ऐसा दम लबों पर है? ज़रा सब्र नहीं होता?'

मीर-अरे, तो जाकर सुन ही आइये न। औरतें नाज़ुक-मिज़ाज़ होती हैं।

मिर्जा-जी हाँ, चला क्यों न जाऊँ। दो किश्तों में आपको मात होती है।

मीर–जनाब, इस भरोसे में न रहियेगा। वह चाल सोची है कि आपके मुहरे धरे रहें और मात हो जाये। पर जाइये, सुन आइये, क्यों ख़्वाहम-ख़्वाह उनका दिल दुखाइयेगा?

मिर्जा–इसी बात पर मात ही कर के जाऊँगा।

मीर–मैं खेलूँगा ही नहीं। आप जाकर सुन आइये।

मिर्जा–अरे यार जाना ही पड़ेगा हक़ीम के यहाँ। सिर-दर्द ख़ाक नहीं है, मुझे परेशान करने का बहाना है।

मीर–कुछ भी हो, उनकी ख़ातिर तो करनी ही पड़ेगी।

मिर्जा–अच्छा, एक चाल और चल लूँ।

मीर–हरगिज़ नहीं, जब तक आप सुन न आवेंगे, मैं मुहरे में हाथ न लगाऊँगा।

मिर्जा साहब मजबूर होकर अन्दर गये तो बेग़म साहबा ने त्योरियाँ बदलकर लेकिन कराहते हुए कहा–तुम्हें निगोड़ी शतरंज इतनी प्यारी है! चाहे कोई मर ही जाए, पर उठने का नाम नहीं लेते! नौज कोई तुम जैसा आदमी हो!

मिर्जा–क्या कहूँ, मीर साहब मानते ही न थे। बड़ी मुश्किल से पीछा छुड़ाकर आया हूँ।

बेग़म–क्या जैसे वह ख़ुद निखट्टू ही, वैसे ही सबको समझते हैं? उनके भी बाल बच्चे हैं या सबका सफाया कर डाला है!

मिर्जा–बड़ा लती आदमी है। जब आ जाता है, तब मजबूर होकर खेलना पड़ता है।

बेग़म–दुत्कार क्यों नहीं देते?

मिर्जा–बराबर का आदमी है, उम्र में, दर्ज़े में, मुझसे दो अंगुल ऊँचे। मुलाहिज़ा करना ही पड़ता है।

बेग़म–तो मैं ही दुत्कार देती हूँ। नाराज हो जाएँगे, हो जाएँ। कौन किसी की रोटियाँ चला देता है। रानी रूठेगी, अपना सुहाग लेंगी। हिरिया, बाहर से शतरंज उठा ला। मीर साहब से कहना, मियाँ अब न खेलेंगे, आप तशरीफ़ ले जाइये।

मिर्जा–हाँ-हाँ, कहीं ऐसा ग़ज़ब भी न कर ना! जलील करना चाहती हो क्या? ठहर हिरिया, कहाँ जाती है!

बेग़म–जाने क्यों नहीं देते? मेरे ही ख़ून पिये, जो उसे रोके। अच्छा, उसे रोका, मुझे रोको तो जानूँ।

यह कहकर बेग़म साहिबा झल्लायी हुयी दीवानखाने की तरफ़ चलीं। मिर्जा बेचारे का रंग उड़ गया। बीवी की मिन्नतें करने लगे–ख़ुदा के लिए, तुम्हें हज़रत हुसेन की क़सम। मेरी ही मैयत देखें, जो उधर जाएँ।'

लेकिन बेग़म ने एक न मानी। दीवानखाने के द्वार तक चली गई। पर एकाएक पर पुरुष के सामने जाते हुए पाँव बँध गये। भीतर झाँका, संयोग से कमरा खाली था;

मीर साहब ने दो मुहरे इधर-उधर कर दिये थे और अपनी सफ़ाई बताने के लिये बाहर टहल रहे थे। फिर क्या था, बेग़म ने अन्दर पहुँचकर बाज़ी उलट दी; मुहरे कुछ तख़्त के नीचे फेंक दिये, कुछ बाहर और किवाड़ अन्दर से बन्द करके कुंडी लगा दी। मीर साहब दरवाज़े पर तो थे ही, मुहरे बाहर फेंके जाते देखे, चूड़ियों की झनक भी कान में पड़ी। फिर दरवाज़ा बन्द हुआ, तो समझ गये बेग़म बिगड़ गईं। घर की राह ली।

मिर्ज़ा ने कहा—तुमने ग़ज़ब किया।

बेग़म—अब, मीर साहब इधर आये तो खड़े-खड़े निकलवा दूँगी। इतनी लौ ख़ुदा से लगाते तो क्या ग़रीब हो जाते? आप तो शतरंज खेलें और मैं यहाँ चूल्हे चक्की की फ़िक्र में सिर खपाऊँ। बोलो, जाते हो हकीम के यहाँ कि अब भी ताम्मुल है।

मिर्ज़ा घर से निकले तो हकीम के घर जाने के बदले मीर साहब के घर पहुँचे और सारा वृत्तांत कहा। मीर साहब बोले—मैंने तो जब मुहरे बाहर आते देखे तभी ताड़ गया। फ़ौरन भागा। बड़ी गुस्सेवर मालूम होती हैं। मगर आपने उन्हें यों सिर पर चढ़ा रखा है, यह मुनासिब नहीं। उन्हें इससे क्या मतलब कि आप बाहर क्या करते हैं। घर का इन्तज़ाम करना उनका काम है, दूसरी बातों से उन्हें क्या सरोकार?

मिर्ज़ा—ख़ैर, यह तो बताइये, अब कहाँ जमाव होगा?

मीर—इसका क्या ग़म? इतना बड़ा घर पड़ा हुआ है? बस यहीं जमे।

मिर्ज़ा—लेकिन बेग़म साहब को कैसे मनाऊँगा? जब घर पर बैठा रहता था तब तो वह इतना बिगड़ती थीं, यहाँ बैठक होगी तो शायद ज़िन्दा न छोड़ेंगी।

मीर—अजी बकने भी दीजिये, दो-चार रोज़ में आप ही ठीक हो जायेंगी। हाँ, आप इतना कीजिये कि आज से ज़रा तन जाइये!

2

मीर साहब की बेग़म किसी अज्ञात कारण से उनका घर से दूर रहना ही उपयुक्त समझती थीं। इसलिये वह उनके शतरंज प्रेम की कभी आलोचना न करती बल्कि कभी-कभी मीर साहब को देर हो जाती तो याद दिला देती थीं। इन कारणों से मीर साहब को भ्रम हो गया था कि मेरी स्त्री अत्यन्त विनयशील और गम्भीर है। लेकिन जब दीवानख़ाने में बिसात बिछने लगी और मीर साहब दिन भर घर में रहने लगे तो उन्हें बड़ा कष्ट होने लगा। उनकी स्वाधीनता में बाधा पड़ गयी। दिन भर दरवाज़े पर झाँकने को तरस जातीं।

उधर नौकरों में काना-फूसी होने लगी। अब तक दिन भर पड़े-पड़े मक्खियाँ मारा करते थे। घर में चाहे कोई आये, चाहे कोई जाये, इनसे कुछ मतलब न था। आठों पहर की धौंस हो गयी। कभी पान लाने का हुक़्म होता, कभी मिठाई लाने का और हुक्का तो किसी प्रेमी के हृदय की भाँति नित्य जलता ही रहता था। वे बेग़म साहिबा से जा-जाकर कहते—हुज़ूर, मियाँ की शतरंज तो हमारे जी का जंजाल हो गई! दिन

भर दौड़ते-दौड़ते पैरों में छाले पड़ गये। यह भी कोई खेल है कि सुबह को बैठे तो शाम ही कर दी। घड़ी-आध घड़ी दिल-बहलाव के लिये खेल लेना बहुत है। ख़ैर, हमें तो कोई शिक़ायत नहीं, हुज़ूर के ग़ुलाम हैं, जो हुक़्म होगा बजा ही लायेंगे, मगर यह खेल मनहूस है। इसका खेलने वाला कभी पनपता नहीं, घर पर कोई-न-कोई आफत ज़रूर आती है। यहाँ तक कि इसके पीछे मुहल्ले के मुहल्ले तबाह होते देखे गये हैं। सारे मुहल्ले में यही चर्चा होती रहती है। हुज़ूर का नमक खाते हैं। अपने आका की बुराई सुन-सुनकर रंज होता है। मगर क्या करें? इस पर बेग़म साहिबा कहतीं—मैं तो ख़ुद इसको पसन्द नहीं करती, पर वह किसी की सुनते ही नहीं, क्या किया जाए?

मुहल्ले में भी दो-चार पुराने ज़माने के लोग थे। वे आपस में भाँति-भाँति के अमंगल की कल्पनाएँ करने लगे—अब खैरियत नहीं है। जब हमारे रईसों का यह हाल है, तो मुल्क का ख़ुदा ही हाफ़िज़। यह बादशाहत शतरंज के हाथों तबाह होगी, आसार बुरे हैं।

राज्य में हाहाकार मचा हुआ था। प्रजा दिन-दहाड़े लूटी जाती थी। कोई फ़रियाद सुनने वाला न था। देहातों की सारी दौलत लखनऊ में खिंची चली आती थी, और वह वेश्याओं में, भाँड़ो में और विलासता के अन्य अंगों की पूर्ति में उड़ जाती थी। अंग्रेज़ी कम्पनी का ऋण दिन-दिन बढ़ता जाता था। कमली दिन-दिन भीग कर भारी होती जाती थी। देश में सुव्यवस्था न होने के कारण वार्षिक कर भी न वसूल होता था। रेसिडेन्ट बार-बार चेतावनी देता था, पर यहाँ लोग विलासिता के नशे में चूर थे। किसी के कान में जूँ न रेंगती थी।

ख़ैर, मीर साहब के दीवानखाने में शतरंज होते महीने गुज़र गये। नये-नये नक्शे हल किये जाते, नये-नये बनाये जाते, नित नयी व्यूह रचना होती; कभी-कभी खेलते-खेलते भीड़ हो जाती। तू-तू, मैं-मैं तक की नौबत आ जाती। पर शीघ्र ही दोनों में मेल हो जाता। कभी-कभी ऐसा भी होता कि बाज़ी उठा दी जाती, मिर्जा जी रूठ कर अपने घर में जा बैठते। पर रातभर की निद्रा के साथ सारा मनोमालिन्य शान्त हो जाता था। प्रातःकाल दोनों मित्र दीवानख़ाने में आ पहुँचते थे।

एक दिन दोनों मित्र बैठे शतरंज की दलदल में गोते लगा रहे थे कि इतने में घोड़े पर सवार एक बादशाही फ़ौज़ का अफ़सर मीर साहब का नाम पूछता हुआ आ पहुँचा। मीर साहब के होश उड़ गये। यह क्या बला सिर पर आयी? यह तलबी किस लिये हुई? अब ख़ैरियत नहीं नज़र आती! घर के दरवाज़े बन्द कर लिये। नौकर से बोले—"कह दो घर में नहीं हैं।"

सवार—"घर में नहीं, तो कहाँ हैं?"

नौकर—"यह मैं नहीं जानता। क्या काम है?"

सवार—"काम तुझे क्या बतालाऊँ? हुज़ूर से तलबी है, शायद फ़ौज के लिये कुछ सिपाही माँगे गये हैं। जागीरदारी है कि दिल्लगी?"

मोरचे पर जाना पड़ेगा तो आटे-दाल का भाव मालूम हो जाएगा।

नौकर–"अच्छा तो जाइए, कह दिया जाएगा।"

सवार–"कहने की बात नहीं। कल मैं ख़ुद आऊँगा। साथ ले जाने का हुक़्म हुआ है।"

सवार चला गया। मीर साहब की आत्मा काँप उठी। मिर्जा जी से बोले–"कहिए, जनाब, अब क्या होगा?"

मिर्जा–"बड़ी मुसीबत है। कहीं मेरी भी तलबी न हो।"

मीर–"कम्बख़्त कल आने को कह गया है।"

मिर्जा–"आफत है, और क्या! कहीं मोरचे पर जाना पड़ा तो बेमौत मरे।"

मीर–बस, यही एक तदबीर है कि घर पर मिलें ही नहीं। कल से गोमती पर कहीं वीराने में नक्शा जमे। वहाँ किसे ख़बर होगी? हजरत आकर लौट जाएँगे।

मिर्जा–"वल्लाह, आपको ख़ूब सूझी! इसके सिवा और कोई तदबीर नहीं है।"

इधर मीर साहब की बेग़म उस सवार से कह रही थीं–"तुमने ख़ूब धता बताया।"

उसने जवाब दिया–"ऐसे गावदियों को तो चुटकियों पर नचाता हूँ। इनकी सारी अक्ल और हिम्मत तो शतरंज ने चर ली। अब भूलकर भी घर न रहेंगे।"

3

दूसरे दिन से दोनों मित्र मुँह अँधेरे घर से निकल खड़े होते। बग़ल में एक छोटी-सी दरी दबाये, डिब्बे में गिलोरियाँ भरे, गोमती पार कर एक पुरानी वीरान मस्ज़िद में चले जाते, जिसे शायद नवाब आसफउद्दौला ने बनवाया था। रास्ते में तम्बाकू, चिलम और मदरिया ले लेते और मस्ज़िद में पहुँच, दरी बिछा, हुक्का भर शतरंज खेलने बैठ जाते थे। फिर उन्हें दीन-दुनिया की फ़िक्र न रहती थी। 'किस्त', 'शह' आदि दो-एक शब्दों के सिवा मुँह से और कोई वाक्य नहीं निकलता था। कोई योगी भी समाधि में इतना एकाग्र न होता। दोपहर को जब भूख मालूम होती तो दोनों मित्र किसी नानबाई की दुकान पर जाकर खाना खा आते और एक चिलम हुक्का पीकर फिर संग्राम क्षेत्र में डट जाते। कभी-कभी तो उन्हें भोजन का भी ख़याल न रहता था।

इधर देश की राजनीतिक दशा में भयंकर हलचल मची हुयी थी। लोग बाल-बच्चों को ले-ले कर देहातों में भाग रहे थे। पर हमारे दोनों खिलाड़ियों को इसकी ज़रा भी फ़िक्र न थी। वे घर से आते तो गलियों में होकर। डर था कि कहीं किसी बादशाही मुलाजिम की निगाह न पड़ जाए, नहीं तो बेकार में पकड़े जाएँ, हज़ारों रुपये सालाना की जागीर मुफ़्त में ही हजम करना चाहते थे।

एक दिन दोनों मित्र मस्ज़िद के खंडहर में बैठे हुए शतरंज खेल रहे थे। मिर्जा की बाज़ी कुछ कमज़ोर थी। मीर साहब को किश्त पर किश्त दे रहे थे। इतने में कम्पनी के सैनिक आते हुए दिखाई दिये। यह गोरों की फ़ौज थी, जो लखनऊ पर अधिकार जमाने के लिये आ रही थी।

मीर साहब–"अंग्रेज़ी फ़ौज आ रही है, ख़ुदा ख़ैर करे!"

मिर्जा–"आने दीजिए, किश्त बचाइए। लो यह किश्त!"

मीर–"तोपख़ाना भी है। कोई पाँच हज़ार आदमी होंगे, कैसे जवान हैं। लाल बंदरों से मुँह हैं। सूरत देखकर खौफ मालूम होता है।"

मिर्जा–"जनाब, हीले न कीजिए। ये चकमें किसी और को दीजिएगा–यह किश्त!"

मीर–"आप भी अजीब आदमी हैं। यहाँ तो शहर पर आफत आयी हुयी है और आपको किश्त की सूझी है। कुछ ख़बर है कि शहर घिर गया तो घर कैसे चलेंगे?"

मिर्जा–"जब घर चलने का वक़्त आयेगा तो देखी जायेगी–यह किश्त, बस अब की शह में मात है।"

फ़ौज निकल गयी। दस बजे का समय था। फिर बाज़ी बिछ गयी। मिर्जा बोले–आज खाने की कैसे ठहरेगी?

मीर–"अजी, आज तो रोज़ा है। क्या आपको भूख ज़्यादा मालूम होती है?"

मिर्जा–"जी नहीं, शहर में जाने क्या हो रहा है?"

मीर–"शहर में कुछ न हो रहा होगा। लोग खाना खा-खाकर आराम से सो रहे होंगे। हुज़ूर नवाब साहब भी ऐशगाह में होंगे।"

दोनों सज्जन फिर जो खेलने बैठे तो तीन बज गए। अब की मिर्जा की बाज़ी कमज़ोर थी। चार का गजर बज रहा था कि फ़ौज की वापसी की आहट मिली। नवाब वाजिदअली शाह पकड़ लिये गये थे, और सेना उन्हें किसी अज्ञात स्थान को लिये जा रही थी। शहर में न कोई हलचल थी, न मार-काट। एक बूँद भी ख़ून नहीं गिरा था। आज तक किसी स्वाधीन देश के राजा की पराजय इतनी शान्ति से इस तरह ख़ून बहे बिना न हुयी होगी। यह अहिंसा न थी, जिस पर देवगण प्रसन्न होते हैं। यह कायरपन था, जिस पर बड़े-से-बड़े कायर आँसू बहाते हैं। अवध के विशाल देश का नवाब बन्दी बना चला जाता था और लखनऊ ऐश की नींद में मस्त था। यह राजनीतिक अध:पतन की चरम सीमा थी।

मिर्जा ने कहा–"हुज़ूर नवाब को ज़ालिमों नें क़ैद कर लिया है।"

मीर–"होगा, यह लीजिए शह!"

मिर्जा–"जनाब, ज़रा ठहरिए। इस वक़्त इधर तबीयत ठीक नहीं लगती। बेचारे नवाब साहब इस वक़्त ख़ून के आँसू रो रहे होंगे।"

मीर–"रोया ही चाहें, यह ऐश वहाँ कहाँ नसीब होगा? यह किश्त।"

मिर्जा–"किसी के दिन बराबर नहीं जाते। कितनी दर्दनाक हालत है।"

मीर–"हाँ, सो तो है ही, यह लो फिर किश्त! बस अब की किश्त में मात है। बच नहीं सकते।"

मिर्जा–"ख़ुदा की क़सम, आप बड़े बेदर्द हैं। इतना बड़ा हादसा देखकर भी आपको दु:ख नहीं होता। हाय, ग़रीब वाजिदअली शाह!"

मीर–"पहले अपने बादशाह को तो बचाइए, फिर नवाब का मातम कीजिएगा। यह किश्त और मात! लाना हाथ!"

बादशाह को लिये हुए सेना सामने से निकल गयी। उनके जाते ही मिर्जा ने फिर बाज़ी बिछा ली। हार की चोट बुरी होती है। मीर ने कहा–आइए नवाब के मातम में मरसिया कह डालें। लेकिन मिर्जा की राजभक्ति अपनी हार के साथ लुप्त हो चुकी थी। वह हार का बदला चुकाने के लिये अधीर हो गए थे।

4

शाम हो गयी। खंडहर में चमगादड़ों ने चीखना शुरू किया। अबाबीलें आ–आकर अपने घोंसलों में चिपटीं। पर दोनों खिलाड़ी डटे हुए थे। मानो दोनों ख़ून के प्यासे सूरमा आपस में लड़ रहे हों। मिर्जा जी तीन बाज़ियाँ लगातार हार चुके थे; इस चौथी बाज़ी का भी रंग अच्छा न था। वह बार–बार जीतने का दृढ़–निश्चय कर सँभलकर खेलते थे लेकिन एक–न–एक चाल ऐसी बेढ़ब आ पड़ती थी, जिससे बाज़ी खराब हो जाती थी। हर बार हार के साथ प्रतिकार की भावना और उग्र होती जाती थी। उधर मीर साहब मारे उमंग के ग़ज़लें गाते थे, चुटकियाँ लेते थे, मानो कोई गुप्त धन पा गये हों। मिर्जा सुन–सुनकर झुँझलाते और हार की झेंप मिटाने के लिये उनकी दाद देते थे। ज्यों-ज्यों बाज़ी कमज़ोर पड़ती थी, धैर्य हाथ से निकलता जाता था। यहाँ तक कि वह बात–बात पर झुँझलाने लगे। 'जनाब' आप चाल न बदला कीजिए। यह क्या कि चाल चले और फिर उसे बदल दिया जाए। जो कुछ चलना है एक बार चल दीजिए। यह आप मुहरे पर ही क्यों हाथ रखे रहते हैं। मुहरे छोड़ दीजिए। जब तक आपको चाल न सूझे, मुहरा छुइए ही नहीं। आप एक–एक चाल आध–आध घंटे में चलते हैं। इसकी सनद नहीं। जिसे एक चाल चलने में पाँच मिनट से ज़्यादा लगें उसकी मात समझी जाए। फिर आपने चाल बदली? चुपके से मुहर वहीं रख दीजिए।

मीर साहब का फ़रज़ी पिटता था। बोले–मैंने चाल चली ही कब थी?

मिर्जा–आप चाल चल चुके हैं। मुहरा वहीं रख दीजिए, उसी घर में।

मीर–उसमें क्यों रखूँ? हाथ से मुहरा छोड़ा कब था?

मिर्जा–मुहरा आप क़यामत तक न छोड़ें, तो क्या चाल ही न होगी? फ़रज़ी पिटते देखा तो धाँधली करने लगे।

मीर–धाँधली आप करते हैं। हार–जीत तक़दीर से होती है। धाँधली करने से कोई नहीं जीतता।

मिर्जा–तो इस बाज़ी में आपकी मात हो गयी।

मीर–मुझे क्यों मात होने लगी?

मिर्जा–तो आप मुहरा उसी घर में रख दीजिए, जहाँ पहले रखा था।

मीर–वहाँ क्यों रखूँ? नहीं रखता।

मिर्जा–क्यों न रखिएगा? आपको रखना होगा।

तकरार बढ़ने लगी। दोनों अपनी-अपनी टेक पर अड़े थे। न यह दबता था, न वह। अप्रासंगिक बातें होने लगी। मिर्जा बोले–किसी ने खानदान में शतरंज खेली होती तब तो इसके क़ायदे जानते। वो तो हमेशा घास छीला किए, आप शतरंज क्या खेलिएगा? रियासत और ही चीज़ है। जागीर मिल जाने ही से कोई रईस नहीं हो जाता।

मीर–क्या! घास आपके अब्बाजान छीलते होंगे। यहाँ तो पीढ़ियों से शतरंज खेलते चले आते हैं?

मिर्जा–अजी जाइए भी, गाजीउद्दीन हैदर के यहाँ बावर्ची का काम करते-करते उम्र गुज़र गयी। आज रईस बनने चले हैं। रईस बनना कुछ दिल्लगी नहीं।

मीर–क्यों अपने बुजुर्ग़ों के मुँह पर कालिख लगाते हो, वे बावर्ची का काम करते होंगे। यहाँ तो बादशाह के दस्तरख़्वान पर खाना खाते चले आये हैं।

मिर्जा–अरे चल चरकटे, बहुत बढ़कर बातें न कर!

मीर–ज़बान सँभालिए, वरना बुरा होगा। मैं ऐसी बातें सुनने का आदी नहीं। यहाँ तो किसी ने आँखें दिखायीं कि उसकी आँखें निकालीं। है हौसला?

मिर्जा–आप मेरा हौसला देखना चाहते हैं, तो फिर आइए, आज दो-दो हाथ हो जाए, इधर या उधर।

मीर–तो यहाँ तुमसे दबने वाला कौन है?

दोनों दोस्तों ने कमर से तलवारें निकाल लीं। नवाबी ज़माना था। सभी तलवार, पेशकब्ज, कटार वगैरह बाँधते थे। दोनों विलासी थे, पर कायर न थे। उनमें राजनीतिक भावों का अध:पतन हो गया था। बादशाह के लिये क्यों मरें? पर व्यक्तिगत वीरता का अभाव न था। दोनों ने पैंतरें बदले, तलवारें चमकीं, छपाछप की आवाज़ें आईं। दोनों जख़्मी होकर गिरे, दोनों ने वहीं तड़प-तड़प कर जाने दीं। अपने बादशाह के लिये जिनकी आँखों से एक बूँद आँसू न निकला, उन्होंने शतरंज के वज़ीर की रक्षा के लिये प्राण दे दिए।

अँधेरा हो चला था। बाज़ी बिछी हुयी थी। दोनों बादशाह अपने-अपने सिहांसन पर बैठे मानो इन वीरों की मृत्यु पर रो रहे थे। चारों तरफ़ सन्नाटा छाया हुआ था। खँडहर की टूटी हुयी मेहराबें, गिरी हुयी दीवारें और धूल-धूसरित मीनारें इन लाशों को देखती और सिर धुनती थीं।

बाबा जी का भोग

रामधन अहीर के द्वार पर एक साधु आकर बोला–बच्चा तेरा कल्याण हो, कुछ साधु पर श्रद्धा कर।

रामधन ने जाकर स्त्री से कहा–साधु द्वार पर आये हैं, उन्हें कुछ दे दे।

स्त्री–बरतन माँज रही थी और इस घोर चिन्ता में मग्न थी कि आज भोजन क्या बनेगा, घर में अनाज का एक दाना भी न था। चैत का महीना था। किन्तु यहाँ दोपहर ही को अंधकार छा गया था। उपज सारी–की–सारी खलिहान से उठ गयी। आधी महाजन ने ले ली, आधी ज़मींदार के प्यादों ने वसूल की। भूसा बेचा तो बैल के व्यापारी से गला छूटा, बस थोड़ी–सी गाँठ अपने हिस्से में आयी। उसी को पीट–पीटकर एक मन–भर दाना निकाला था। किसी तरह चैत का महीना पार हुआ। अब आगे क्या होगा। क्या बैल खायेंगे, क्या घर के प्राणी खायेंगे, यह ईश्वर ही जाने! पर द्वार पर साधु आ गया है, उसे निराश कैसे लौटायें, अपने दिल में क्या कहेगा।

स्त्री ने कहा–क्या दे दूँ, कुछ तो रहा नहीं?

रामधन–जा, देख तो मटके में, कुछ आटा–वाटा मिल जाए तो ले आ।

स्त्री ने कहा–मटका झाड़–पोंछकर तो कल ही चूल्हा जला था। क्या उसमें बरक. कत होगी?

रामधन–तो मुझसे तो यह न कहा जायगा कि बाबा घर में कुछ नहीं है। किसी के घर से माँग ला।

स्त्री–जिससे लिया उसे देने की नौबत नहीं आयी, अब और किस मुँह से माँगूँ?

रामधन–देवताओं के लिये कुछ अँगौवा निकाला है न, वही ला, दे आऊँ!

स्त्री–देवताओं की पूजा कहाँ से होगी?

रामधन–देवता माँगने तो नहीं आते? समाई होगी करना, न समाई हो न करना।

स्त्री–अरे तो कुछ अँगौवा भी पसेरी दो पसेरी है? बहुत होगा तो आध सेर। इसके बाद क्या फिर कोई साधु न आयेगा। उसे तो जवाब देना ही पड़ेगा।

रामधन–यह बला तो टलेगी, फिर देखी जायेगी।

स्त्री झुँझलाकर उठी और एक छोटी–सी हाँड़ी उठा लायी, जिसमें मुश्किल से आध सेर आटा था। वह गेहूँ का आटा बड़े यत्न से देवताओं के लिये रखा हुआ था। रामधन कुछ देर खड़ा सोचता रहा, तब आटा एक कटोरे में रखकर बाहर आया और साधु की झोली में डाल दिया।

महात्मा ने आटा लेकर कहा–बच्चा, अब तो साधु आज यहीं रमेंगे। कुछ थोड़ी–सी दाल दे, तो साधु का भोग लग जाए।

रामधन ने फिर आकर स्त्री से कहा। संयोग से दाल घर में थी। रामधन ने दाल, नमक, उपले जुटा दिये। फिर कुएँ से पानी खींच लाया। साधु ने बड़ी विधि से बाटियाँ बनायीं, दाल पकायी और आलू झोली में से निकालकर भुरता बनाया। जब सब सामग्री तैयार हो गयी, तो रामधन से बोले–बच्चा, भगवान के भोग के लिये कौड़ी–भर घी चाहिए। रसोई पवित्र न होगी, तो भोग कैसे लगेगा?

रामधन–बाबा जी, घी तो घर में न होगा।

साधु—बच्चा, भगवान का दिया तेरे पास बहुत है। ऐसी बातें न कह।

रामधन—महाराज, मेरे गाय-भैंस कुछ नहीं है, घी कहाँ से होगा?

साधु—बच्चा, भगवान के भंडार में सबकुछ है, जाकर मालकिन से कहो तो!

रामधन ने जाकर स्त्री से कहा—घी माँगते हैं, माँगने को भिखारी, पर घी बिना कौर नहीं धँसता!

स्त्री—तो इसी दाल में से थोड़ी लेकर बनिये के यहाँ से ला दो। जब सब किया है तो इतने के लिये उन्हें क्यों नाराज़ करते हो?

घी आ गया। साधु जी ने ठाकुर जी की पिंडी निकाली, घंटी बजायी और भोग लगाने बैठे। खूब तन कर खाया, फिर पेट पर हाथ फेरते हुए द्वार पर लेट गये। थाली, बटली और कलछुली रामधन घर में माँजने के लिये उठा ले गया।

उस रात रामधन के घर चूल्हा नहीं जला। खाली दाल पकाकर ही पी ली।

रामधन लेटा, तो सोच रहा था—मुझसे तो यही अच्छे!

सद्गति

दुखी चमार द्वार पर झाड़ू लगा रहा था और उसकी पत्नी झुरिया, घर को गोबर से लीप रही थी। दोनों अपने-अपने काम से फ़ुरसत पा चुके तो चमारिन ने कहा—'तो जाके पंडित बाबा से कह आओ न! ऐसा न हो, कहीं चले जायें।'

दुखी—'हाँ जाता हूँ; लेकिन यह तो सोच, बैठेंगे किस चीज़ पर?'

झुरिया—'कहीं से खटिया न मिल जायेगी? ठकुराने से माँग लाना।'

दुखी—'तू तो कभी-कभी ऐसी बात कह देती है कि देह जल जाती है। ठकुराने वाले मुझे खटिया देंगे! आग तक तो घर से निकलती नहीं, खटिया देंगे! कैथाने में जाकर एक लोटा पानी माँगू तो न मिले। भला, खटिया कौन देगा! हमारे उपले, सेंठे, भूसा, लकड़ी थोड़े ही हैं कि जो चाहें उठा ले जायें। ला, अपनी खटोली धोकर रख दें। गर्मी के दिन तो हैं। उनके आते-आते सूख जायेगी।'

झुरिया—'वे हमारी खटोली पर बैठेंगे नहीं। देखते नहीं, कितने नेम-धरम से रहते हैं!'

दुखी ने ज़रा चिंतित होकर कहा—'हाँ, यह बात तो है। महुए के पत्ते तोड़कर एक पत्तल बना लूँ तो ठीक हो जाये। पत्तल में बड़े-बड़े आदमी खाते हैं, वह पवित्तर है। ला तो डंडा, पत्ते तोड़ लूँ।'

झुरिया—'पत्तल मैं बना लूँगी। तुम जाओ, लेकिन हाँ, उन्हें 'सीधा' भी तो देना होगा। अपनी थाली में रख दूँ?'

दुखी—'नहीं ऐसा ग़जब न करना, नहीं तो सीधा भी जाये और थाली भी फूटे! बाबा थाली उठाकर पटक देंगे। उनको बड़ी जल्दी किरोध चढ़ आता है। किरोध में पंडिताइन तक को छोड़ते नहीं, लड़के को ऐसा पीटा कि आज तक टूटा हाथ लिये फिरता है।

पत्तल में सीधा भी देना, हाँ! मुदा तू छूना मत।' झूरी गोंड़ की लड़की को लेकर साह की दुकान से सब चीज़ें ले आना। सीधा भरपूर हो। सेर भर आटा, आधा सेर चावल, पाव भर दाल, आधा पाव घी, नोन, हल्दी और पत्तल में एक किनारे चार आने पैसे रख देना। गोंड़ की लड़की न मिले तो भुर्जिन के हाथ-पैर जोड़कर ले जाना। तू कुछ मत छूना, नहीं ग़जब हो जायेगा।'

इन बातों की ताकीद करके दुखी ने लकड़ी उठायी और घास का एक बड़ा-सा गट्ठा लेकर पंडितजी से अर्ज़ करने चला। खाली हाथ बाबाजी की सेवा में कैसे जाता। नज़राने के लिये उसके पास घास के सिवाय और क्या था! उसे खाली देखकर तो बाबा दूर ही से दुत्कारते।

2

पं. घासीराम ईश्वर के परम भक्त थे। नींद खुलते ही ईशोपासन में लग जाते। मुँह-हाथ धोते आठ बजते, तब असली पूजा शुरू होती, जिसका पहला भाग भंग की तैयारी थी। उसके बाद आधा घण्टे तक चन्दन रगड़ते, फिर आईने के सामने एक तिनके से माथे पर तिलक लगाते। चन्दन की दो रेखाओं के बीच में लाल रोरी की बिन्दी होती थी। फिर छाती पर, बाँहों पर चन्दन की गोल-गोल मुद्रिकाएँ बनाते। फिर ठाकुरजी की मूर्ति निकालकर उसे नहलाते, चन्दन लगाते, फूल चढ़ाते, आरती करते, घंटी बजाते। दस बजते-बजते वह पूजन से उठते और भंग छानकर बाहर आते। तब तक दो-चार जजमान द्वार पर आ जाते! ईशोपासन का तत्काल फल मिल जाता। वही उनकी खेती थी।

आज वह पूजन-गृह से निकले, तो देखा दुखी चमार घास का एक गट्ठा लिये बैठा है। दुखी उन्हें देखते ही उठ खड़ा हुआ और उन्हें साष्टांग दंडवत् करके हाथ बाँधकर खड़ा हो गया। यह तेजस्वी मूर्ति देखकर उसका हृदय श्रद्धा से परिपूर्ण हो गया! कितनी दिव्य मूर्ति थी। छोटा-सा गोलमटोल आदमी, चिकना सिर, फूले गाल, ब्रह्मतेज से प्रदीप्त आँखें। रोरी और चंदन देवताओं की प्रतिभा प्रदान कर रही थी। दुखी को देखकर श्रीमुख से बोले-'आज कैसे चला रे दुखिया?'

दुखी ने सिर झुकाकर कहा, बिटिया की सगाई कर रहा हूँ महाराज। कुछ साइत-सगुन विचारना है। कब मर्ज़ी होगी?'

घासी-'आज मुझे छुट्टी नहीं। हाँ साँझ तक आ जाऊँगा।'

दुखी-'नहीं महाराज, जल्दी मर्ज़ी हो जाये। सब सामान ठीक कर आया हूँ। यह घास कहाँ रख दूँ?'

घासी-'इसे गाय के सामने डाल दे और ज़रा झाड़ू लेकर द्वार तो साफ़ कर दे। यह बैठक भी कई दिन से लीपी नहीं गयी। उसे भी गोबर से लीप दे। तब तक मैं भोजन कर लूँ। फिर ज़रा आराम करके चलूँगा। हाँ, यह लकड़ी भी चीर देना। खलिहान में चार खाँची भूसा पड़ा है। उसे भी उठा लाना और भुसौली में रख देना।'

दुखी फ़ौरन हुक़्म की तामील करने लगा। द्वार पर झाड़ू लगायी, बैठक को गोबर से लीपा। तब बारह बज गये। पंडितजी भोजन करने चले गये। दुखी ने सुबह से कुछ नहीं खाया था। उसे भी ज़ोर की भूख लगी; पर वहाँ खाने को क्या धरा था। घर यहाँ से मील भर था। वहाँ खाने चला जाये, तो पंडितजी बिगड़ जायें। बेचारे ने भूख दबाई और लकड़ी फाड़ने लगा। लकड़ी की मोटी-सी गाँठ थी; जिस पर पहले कितने ही भक्तों ने अपना ज़ोर आज़मा लिया था। वह उसी दम-खम के साथ लोहे से लोहा लेने के लिये तैयार थी। दुखी घास छीलकर बाज़ार ले जाता था। लकड़ी चीरने का उसे अभ्यास न था। घास उसके खुरपे के सामने सिर झुका देती थी। यहाँ कस-कसकर कुल्हाड़ी का भरपूर हाथ लगाता; पर उस गाँठ पर निशान तक न पड़ता था। कुल्हाड़ी उचट जाती। पसीने में तर था, हाँफता था, थककर बैठ जाता था, फिर उठता था। हाथ उठाये न उठते थे, पाँव काँप रहे थे, कमर न सीधी होती थी, आँखों तले अँधेरा हो रहा था, सिर में चक्कर आ रहे थे, तितलियाँ उड़ रही थीं, फिर भी अपना काम किये जाता था। अगर एक चिलम तम्बाकू पीने को मिल जाती, तो शायद कुछ ताकत आती।

उसने सोचा, यहाँ चिलम और तम्बाकू कहाँ मिलेगी। बाह्मनों का पुरा है। बाह्मन लोग हम नीच जातों की तरह तम्बाकू थोड़े ही पीते हैं। सहसा उसे याद आया कि गाँव में एक गोंड़ भी रहता है। उसके यहाँ ज़रूर चिलम-तमाखू होगी। तुरंत उसके घर दौड़ा। ख़ैर मेहनत सुफल हुई। उसने तमाखू भी दी और चिलम भी दी; पर आग वहाँ न थी। दुखी ने कहा, आग की चिन्ता न करो भाई। मैं जाता हूँ, पंडितजी के घर से आग माँग लूँगा। वहाँ तो अभी रसोई बन रही थी। यह कहता हुआ वह दोनों चीज़ें लेकर चला आया और पंडितजी के घर में बरौठे के द्वार पर खड़ा होकर बोला, 'मालिक, रचिके आग मिल जाये, तो चिलम पी लें।'

पंडितजी भोजन कर रहे थे। पंडिताइन ने पूछा, 'यह कौन आदमी आग माँग रहा है?'

पंडित–'अरे वही ससुरा दुखिया चमार है। कहा है थोड़ी-सी लकड़ी चीर दे। आग तो है, दे दो।'

पंडिताइन ने भवें चढ़ाकर कहा, 'तुम्हें तो जैसे पोथी-पत्रों के फेर में धरम-करम किसी बात की सुधि ही नहीं रही। चमार हो, धोबी हो, पासी हो, मुँह उठाये घर में चला आये। हिन्दू का घर न हुआ, कोई सराय हुई। कह दो दाढ़ीजार से चला जाये, नहीं तो इस लुआठे से मुँह झुलस दूँगी। आग माँगने चले हैं।'

पंडितजी ने उन्हें समझाकर कहा, 'भीतर आ गया, तो क्या हुआ। तुम्हारी कोई चीज़ तो नहीं छुई। धरती पवित्र है। ज़रा-सी आग दे क्यों नहीं देती, काम तो हमारा ही कर रहा है। कोई लानिया यही लकड़ी फाड़ता, तो कम-से-कम चार आने लेता।'

पंडिताइन ने गरजकर कहा, 'वह घर में आया क्यों!'

पंडित ने हारकर कहा, 'ससुरे का अभाग था और क्या!'

पंडिताइन–'अच्छा, इस बखत तो आग दिये देती हूँ, लेकिन फिर जो इस तरह घर में आयेगा, तो उसका मुँह ही जला दूँगी।'

दुखी के कानों में इन बातों की भनक पड़ रही थी। पछता रहा था, नाहक आया। सच तो कहती हैं। पंडित के घर में चमार कैसे चला आये। बड़े पवित्तर होते हैं यह लोग, तभी तो संसार पूजता है, तभी तो इतना मान है। भर-चमार थोड़े ही हैं। इसी गाँव में बूढ़ा हो गया; मगर मुझे इतनी अकल भी न आयी।

इसलिये जब पंडिताइन आग लेकर निकलीं, तो वह मानो स्वर्ग का वरदान पा गया। दोनों हाथ जोड़कर ज़मीन पर माथा टेकता हुआ बोला, 'पड़ाइन माता, मुझसे बड़ी भूल हुई कि घर में चला आया। चमार की अकल ही जो ठहरी। इतने मूरख न होते, तो लात क्यों खाते।'

पंडिताइन चिमटे से पकड़कर आग लाई थीं। पाँच हाथ की दूरी से घूँघट की आड़ से दुखी की तरफ़ आग फेंकी। आग की बड़ी-सी चिनगारी दुखी के सिर पर पड़ गयी। जल्दी से पीछे हटकर सिर के झोटे देने लगा। उसने मन में कहा, यह एक पवित्तर बाह्मन के घर को अपवित्तर करने का फल है। भगवान ने कितनी जल्दी फल दे दिया। इसी से तो संसार पंडितों से डरता है। और सबके रुपये मारे जाते हैं बाह्मन के रुपये भला कोई मार तो ले! घर भर का सत्यानाश हो जाये, पाँव गल-गलकर गिरने लगे। बाहर आकर उसने चिलम पी और फिर कुल्हाड़ी लेकर जुट गया। खट-खट की आवाज़ें आने लगीं। उस पर आग पड़ गयी, तो पंडिताइन को उस पर कुछ दया आ गयी। पंडितजी भोजन करके उठे, तो बोलीं–'इस चमरवा को भी कुछ खाने को दे दो, बेचारा कब से काम कर रहा है। भूखा होगा।'

पंडितजी ने इस प्रस्ताव को व्यावहारिक क्षेत्र से दूर समझकर पूछा, 'रोटियाँ हैं?'

पंडिताइन–'दो-चार बच जायेंगी।'

पंडित–'दो-चार रोटियों में क्या होगा? चमार है, कम-से-कम सेर भर चढ़ा जायेगा।'

पंडिताइन कानों पर हाथ रखकर बोलीं, 'अरे बाप रे! सेर भर! तो फिर रहने दो।'

पंडितजी ने अब शेर बनकर कहा, 'कुछ भूसी-चोकर हो तो आटे में मिलाकर दो ठो लिट्टा ठोंक दो। साले का पेट भर जायेगा। पतली रोटियों से इन नीचों का पेट नहीं भरता। इन्हें तो जुआर का लिट्टा चाहिये।'

पंडिताइन ने कहा, 'अब जाने भी दो, धूप में कौन मरे।'

3

दुखी ने चिलम पीकर फिर कुल्हाड़ी सँभाली। दम लेने से ज़रा हाथों में ताकत आ गयी थी। कोई आधा घण्टे तक फिर कुल्हाड़ी चलाता रहा। फिर बेदम होकर वहीं सिर पकड़ के बैठ गया।

इतने में वही गोंड़ आ गया। बोला, 'क्यों जान देते हो बूढ़े दादा, तुम्हारे फाड़े यह गाँठ न फटेगी। नाहक हलाकान होते हो।'

दुखी ने माथे का पसीना पोंछकर कहा, 'अभी गाड़ी भर भूसा ढोना है भाई!'

गोंड़–'कुछ खाने को मिला कि काम ही कराना जानते हैं। जाके माँगते क्यों नहीं?'

दुखी–'कैसी बात करते हो चिखुरी, बाह्मन की रोटी हमको पचेगी!'

गोंड़–'पचने को पच जायेगी, पहले मिले तो। मूँछों पर ताव देकर भोजन किया और आराम से सोये, तुम्हें लकड़ी फाड़ने का हुक़्म दे दिया। ज़मींदार भी कुछ खाने को देता है। हाक़िम भी बेगार लेता है, तो थोड़ी बहुत मज़ूरी देता है। यह उनसे भी बढ़ गये, उस पर धर्मात्मा बनते हैं।'

दुखी–'धीरे-धीरे बोलो भाई, कहीं सुन लें तो आफत आ जाये।'

यह कहकर दुखी फिर सँभल पड़ा और कुल्हाड़ी की चोट मारने लगा। चिखुरी को उस पर दया आयी। आकर कुल्हाड़ी उसके हाथ से छीन ली और कोई आधा घंटे ख़ूब कस-कसकर कुल्हाड़ी चलायी; पर गाँठ में एक दरार भी न पड़ी। तब उसने कुल्हाड़ी फेंक दी और यह कहकर चला गया, तुम्हारे फाड़े यह न फटेगी, जान भले निकल जाये।'

दुखी सोचने लगा, बाबा ने यह गाँठ कहाँ रख छोड़ी थी कि फाड़े नहीं फटती। कहीं दरार तक तो नहीं पड़ती। मैं कब तक इसे चीरता रहूँगा। अभी घर पर सौ काम पड़े हैं। कार-परोजन का घर है, एक-न-एक चीज़ घटी ही रहती है; पर इन्हें इसकी क्या चिन्ता। चलूँ जब तक भूसा ही उठा लाऊँ। कह दूँगा, बाबा, आज तो लकड़ी नहीं फटी, कल आकर फाड़ दूँगा।

उसने झौवा उठाया और भूसा ढोने लगा। खलिहान यहाँ से दो फरलाँग से कम न था। अगर झौवा ख़ूब भर-भर कर लाता तो काम जल्द ख़त्म हो जाता; फिर झौवे को उठाता कौन। अकेले भरा हुआ झौवा उससे न उठ सकता था। इसलिये थोड़ा-थोड़ा लाता था। चार बजे कहीं भूसा ख़त्म हुआ। पंडितजी की नींद भी खुली। मुँह-हाथ धोया, पान खाया और बाहर निकले। देखा, तो दुखी झौवा सिर पर रखे सो रहा है। ज़ोर से बोले–'अरे, दुखिया तू सो रहा है? लकड़ी तो अभी ज्यों की त्यों पड़ी हुई है। इतनी देर तू करता क्या रहा? मुट्ठी भर भूसा ढोने में संझा कर दी! उस पर सो रहा है। उठा ले कुल्हाड़ी और लकड़ी फाड़ डाल। तुझसे ज़रा-सी लकड़ी नहीं फटती। फिर साइत भी वैसी ही निकलेगी, मुझे दोष मत देना! इसी से कहा है कि नीच के घर में खाने को हुआ और उसकी आँख बदली।'

दुखी ने फिर कुल्हाड़ी उठायी। जो बातें पहले से सोच रखी थीं, वह सब भूल गयी। पेट पीठ में धँसा जाता था, आज सबेरे जलपान तक न किया था। अवकाश ही न मिला। उठना ही पहाड़ मालूम होता था। जी डूबा जाता था, पर दिल को समझाकर उठा। पंडित हैं, कहीं साइत ठीक न विचारें, तो फिर सत्यानाश ही हो जाये। जभी तो संसार में इतना मान है। साइत ही का तो सब खेल है। जिसे चाहे बिगाड़ दें। पंडितजी गाँठ के पास आकर खड़े हो गये और बढ़ावा देने लगे हाँ, मार कसके, और मार कसके मार, अबे ज़ोर से मार तेरे हाथ में तो जैसे दम ही नहीं है, लगा कसके, खड़ा सोचने क्या लगता है! हाँ बस फटा ही चाहती है! दे उसी दरार में!

दुखी अपने होश में न था। न-जाने कौन-सी गुप्तशक्ति उसके हाथों को चला रही थी। वह थकान, भूख, कमज़ोरी सब मानो भाग गयी। उसे अपने बाहुबल पर स्वयं आश्चर्य हो रहा था। एक-एक चोट वज्र की तरह पड़ती थी। आधा घण्टे तक वह इसी उन्माद की दशा में हाथ चलाता रहा, यहाँ तक कि लकड़ी बीच से फट गयी और दुखी के हाथ से कुल्हाड़ी छूटकर गिर पड़ी। इसके साथ वह भी चक्कर खाकर गिर पड़ा। भूखा, प्यासा, थका हुआ शरीर जवाब दे गया।

पंडितजी ने पुकारा, 'उठके दो-चार हाथ और लगा दे। पतली-पतली चौलियाँ हो जायें।'

दुखी न उठा। पंडितजी ने अब उसे दिक करना उचित न समझा। भीतर जाकर बूटी छानी, शौच गये, स्नान किया और पंडिताई बाना पहनकर बाहर निकले! दुखी अभी तक वहीं पड़ा हुआ था। ज़ोर से पुकारा–'अरे क्या पड़े ही रहोगे दुखी, चलो तुम्हारे ही घर चल रहा हूँ। सब सामान ठीक-ठीक है न? दुखी फिर भी न उठा।'

अब पंडितजी को कुछ शंका हुई। पास जाकर देखा, तो दुखी अकड़ा पड़ा हुआ था। बदहवास होकर भागे और पंडिताइन से बोले, 'दुखिया तो जैसे मर गया।'

पंडिताइन हकबकाकर बोलीं–'वह तो अभी लकड़ी चीर रहा था न?'

पंडित–'हाँ लकड़ी चीरते-चीरते मर गया। अब क्या होगा?'

पंडिताइन ने शान्त होकर कहा, 'होगा क्या, चमरौने में कहला भेजो मुर्दा उठा ले जायें।'

एक क्षण में गाँव भर में ख़बर हो गयी। पूरे में ब्राह्मनों की ही बस्ती थी। केवल एक घर गोंड़ का था। लोगों ने इधर का रास्ता छोड़ दिया। कुएँ का रास्ता उधर ही से था, पानी कैसे भरा जाये! चमार की लाश के पास से होकर पानी भरने कौन जाये। एक बुढ़िया ने पण्डितजी से कहा, अब मुर्दा फेंकवाते क्यों नहीं? कोई गाँव में पानी पियेगा या नहीं।

इधर गोंड़ ने चमरौने में जाकर सबसे कह दिया–ख़बरदार, मुर्दा उठाने मत जाना। अभी पुलिस की तहकीकात होगी। दिल्लगी है कि एक ग़रीब की जान ले ली। पंडितजी होंगे, तो अपने घर के होंगे। लाश उठाओगे तो तुम भी पकड़ जाओगे।

इसके बाद ही पंडितजी पहुँचे; पर चमरौने का कोई आदमी लाश उठा लाने को तैयार न हुआ, हाँ दुखी की स्त्री और कन्या दोनों हाय-हाय करती वहाँ चलीं और पंडितजी के द्वार पर आकर सिर पीट-पीटकर रोने लगीं। उनके साथ दस-पाँच और चमारिनें थीं। कोई रोती थी, कोई समझाती थी, पर चमार एक भी न था। पण्डितजी ने चमारों को बहुत धमकाया, समझाया, मिन्नत की; पर चमारों के दिल पर पुलिस का रोब छाया हुआ था, एक भी न मिनका। आख़िर निराश होकर लौट आये।

4

आधी रात तक रोना-पीटना जारी रहा। देवताओं का सोना मुश्किल हो गया। पर लाश उठाने कोई चमार न आया और ब्राह्मन चमार की लाश कैसे उठाते! भला ऐसा किसी शास्त्र-पुराण में लिखा है? कहीं कोई दिखा दे।

पंडिताइन ने झुँझलाकर कहा, 'इन डाइनों ने तो खोपड़ी चाट डाली। सबों का गला भी नहीं थकता। पंडित ने कहा, रोने दो चुड़ैलों को, कब तक रोयेंगी। जीता था, तो कोई बात न पूछता था। मर गया, तो कोलाहल मचाने के लिये सब-की-सब आ पहुँचीं।'

पंडिताइन–'चमार का रोना मनहूस है।'

पंडित–'हाँ, बहुत मनहूस।'

पंडिताइन–'अभी से दुर्गन्ध उठने लगी।'

पंडित–'चमार था ससुरा कि नहीं। साध-असाध किसी का विचार है इन सबों को।'

पंडिताइन–'इन सबों को घिन भी नहीं लगती।'

पंडित–'भ्रष्ट हैं सब।'

रात तो किसी तरह कटी; मगर सबेरे भी कोई चमार न आया। चमारिनें भी रो-पीटकर चली गयीं। दुर्गन्ध कुछ-कुछ फैलने लगी।

पंडितजी ने एक रस्सी निकाली। उसका फन्दा बनाकर मुरदे के पैर में डाला और फन्दे को खींचकर कस दिया। अभी कुछ-कुछ धुँधलका था। पंडितजी ने रस्सी पकड़कर लाश को घसीटना शुरू किया और गाँव के बाहर घसीट ले गये। वहाँ से आकर तुरन्त स्नान किया, दुर्गापाठ पढ़ा और घर में गंगाजल छिड़का।

उधर दुखी की लाश को खेत में गीदड़ और गिद्ध, कुत्ते और कौये नोच रहे थे। यही जीवन-पर्यन्त की भक्ति, सेवा और निष्ठा का पुरस्कार था।

सवा सेर गेहूँ

किसी गाँव में शंकर नाम का एक कुरमी किसान रहता था। सीधा-सादा ग़रीब आदमी था, अपने काम-से-काम, न किसी के लेने में, न किसी के देने में। छक्का-पंजा न जानता था, छल-प्रपंच की उसे छूत भी न लगी थी, ठगे जाने की चिन्ता न थी, ठगविद्या न जानता था, भोजन मिला, खा लिया, न मिला, चबैने पर काट दी, चबैना भी न मिला, तो पानी पी लिया और राम का नाम लेकर सो रहा। किन्तु जब कोई अतिथि द्वार पर आ जाता था तो उसे इस निवृत्तिमार्ग का त्याग करना पड़ता था। विशेषकर जब साधु-महात्मा पदार्पण करते थे, तो उसे अनिवार्यतः सांसारिकता की शरण लेनी पड़ती थी। ख़ुद भूखा सो सकता था, पर साधु को कैसे भूखा सुलाता, भगवान के भक्त जो ठहरे!

एक दिन संध्या समय एक महात्मा ने आकर उसके द्वार पर डेरा जमाया। तेजस्वी मूर्ति थी, पीताम्बर गले में, जटा सिर पर, पीतल का कमंडल हाथ में, खड़ाऊँ पैर में, ऐनक आँखों पर, सम्पूर्ण वेष उन महात्माओं का-सा था जो रईसों के प्रासादों में तपस्या, हवागाड़ियों पर देवस्थानों की परिक्रमा और योग-सिद्धि प्राप्त करने के लिये रुचिकर भोजन करते हैं। घर में जौ का आटा था, वह उन्हें कैसे खिलाता। प्राचीनकाल में जौ का चाहे जो कुछ महत्त्व रहा हो, पर वर्तमान युग में जौ का भोजन सिद्ध पुरुषों के लिये

दुष्पाच्य होता है। बड़ी चिन्ता हुई, महात्माजी को क्या खिलाऊँ। आख़िर निश्चय किया कि कहीं से गेहूँ का आटा उधार लाऊँ, पर गाँव-भर में गेहूँ का आटा न मिला। गाँव में सब मनुष्य-ही-मनुष्य थे, देवता एक भी न था, अतएव देवताओं का खाद्य पदार्थ कैसे मिलता। सौभाग्य से गाँव के विप्र महाराज के यहाँ थोड़ा-सा मिल गया। उनसे सवा सेर गेहूँ उधार लिया और स्त्री से कहा, कि पीस दे। महात्मा ने भोजन किया, लम्बी तानकर सोये। प्रातःकाल आशीर्वाद देकर अपनी राह ली।

विप्र महाराज साल में दो बार खलिहानी लिया करते थे। शंकर ने दिल में कहा, सवा सेर गेहूँ इन्हें क्या लौटाऊँ, पंसेरी बदले कुछ ज़्यादा खलिहानी दे दूँगा, यह भी समझ जायेंगे, मैं भी समझ जाऊँगा। चैत में जब विप्रजी पहुँचे तो उन्हें डेढ़ पंसेरी के लगभग गेहूँ दे दिया और अपने को उऋण समझकर उसकी कोई चरचा न की। विप्रजी ने फिर कभी न माँगा। सरल शंकर को क्या मालूम था कि यह सवा सेर गेहूँ चुकाने के लिये मुझे दूसरा जन्म लेना पड़ेगा।

2

सात साल गुज़र गये। विप्रजी विप्र से महाजन हुये, शंकर किसान से मजूर हो गया। उसका छोटा भाई मंगल उससे अलग हो गया था। एक साथ रहकर दोनों किसान थे, अलग होकर मजूर हो गये थे। शंकर ने चाहा कि द्वेष की आग भड़कने न पाये, किन्तु परिस्थिति ने उसे विवश कर दिया। जिस दिन अलग-अलग चूल्हे जले, वह फूट-फूटकर रोया। आज से भाई-भाई शत्रु हो जायेंगे, एक रोयेगा, दूसरा हँसेगा, एक के घर मातम होगा तो दूसरे के घर गुलगुले पकेंगे, प्रेम का बंधन, खून का बंधन, दूध का बंधन आज टूटा जाता है। उसने भगीरथ परिश्रम से कुल-मर्यादा का वृक्ष लगाया था, उसे अपने रक्त से सींचा था, उसको जड़ से उखड़ता देखकर उसके हृदय के टुकड़े हुये जाते थे। सात दिनों तक उसने दाने की सूरत तक न देखी। दिन-भर जेठ की धूप में काम करता और रात को मुँह लपेटकर सो रहता। इस भीषण वेदना और दुस्सह कष्ट ने रक्त को जला दिया, मांस और मज्जा को घुला दिया। बीमार पड़ा तो महीनों खाट से न उठा। अब गुज़र-बसर कैसे हो?

पाँच बीघे के आधे रह गये, एक बैल रह गया, खेती क्या ख़ाक होती! अन्त में यहाँ तक नौबत आ पहुँची कि खेती केवल मर्यादा-रक्षा का साधन-मात्र रह गयी, जीविका का भार मजूरी पर आ पड़ा।

सात वर्ष बीत गये, एक दिन शंकर मजूरी करके लौटा, तो राह में विप्रजी ने टोककर कहा, 'शंकर, कल आकर के अपने बीज-बेंग का हिसाब कर ले। तेरे यहाँ साढ़े पाँच मन गेहूँ कबके बाकी पड़े हुये हैं और तू देने का नाम नहीं लेता, हजम करने का मन है क्या?'

शंकर ने चकित होकर कहा, 'मैंने तुमसे कब गेहूँ लिये थे, जो साढ़े पाँच मन हो गये? तुम भूलते हो, मेरे यहाँ किसी का छटाँक-भर न अनाज है,न एक पैसा उधार।'

विप्र–'इसी नीयत का तो यह फल भोग रहे हो कि खाने को नहीं जुड़ता।'

यह कहकर विप्रजी ने उस सवा सेर गेहूँ का ज़िक्र किया, जो आज के सात वर्ष पहले शंकर को दिये थे। शंकर सुनकर अवाक रह गया। ईश्वर मैंने इन्हें कितनी बार खलिहानी दी, इन्होंने मेरा कौन-सा काम किया? जब पोथी-पत्र देखने, साइत-सगुन विचारने द्वार पर आते थे, कुछ-न-कुछ 'दक्षिणा' ले ही जाते थे। इतना स्वार्थ! सवा सेर अनाज को अंडे की भाँति सेकर आज यह पिशाच खड़ा कर दिया, जो मुझे निगल जायेगा। इतने दिनों में एक बार भी कह देते तो मैं गेहूँ तौलकर दे देता, क्या इसी नीयत से चुप साध बैठे रहे? बोला, 'महाराज, नाम लेकर तो मैंने उतना अनाज नहीं दिया, पर कई बार खलिहानों में सेर-सेर, दो-दो सेर दिया है। अब आप आज साढ़े पाँच मन माँगते हैं, मैं कहाँ से दूँगा?'

विप्र–'लेखा जौ-जौ, बखसीस सौ-सौ, तुमने जो कुछ दिया होगा, उसका कोई हिसाब नहीं, चाहे एक की जगह चार पसेरी दे दो। तुम्हारे नाम बही में साढ़े पाँच मन लिखा हुआ है; जिससे चाहे हिसाब लगवा लो। दे दो तो तुम्हारा नाम छेक दूँ, नहीं तो और भी बढ़ता रहेगा।'

शंकर–'पाँडे, क्यों एक ग़रीब को सताते हो, मेरे खाने का ठिकाना नहीं, इतना गेहूँ किसके घर से लाऊँगा?'

विप्र–'जिसके घर से चाहे लाओ, मैं छटाँक-भर भी न छोड़ूँगा, यहाँ न दोगे, भगवान के घर तो दोगे।'

शंकर काँप उठा। हम पढ़े-लिखे आदमी होते तो कह देते, 'अच्छी बात है, ईश्वर के घर ही देंगे; वहाँ की तौल यहाँ से कुछ बड़ी तो न होगी। कम-से-कम इसका कोई प्रमाण हमारे पास नहीं, फिर उसकी क्या चिन्ता।' किन्तु शंकर इतना तार्किक, इतना व्यवहार-चतुर न था। एक तो ऋण–वह भी ब्राह्मण का–बही में नाम रह गया तो सीधे नरक में जाऊँगा, इस ख़याल ही से उसे रोमांच हो गया। बोला–'महाराज, तुम्हारा जितना होगा यहीं दूँगा, ईश्वर के यहाँ क्यों दूँ, इस जनम में तो ठोकर खा ही रहा हूँ, उस जनम के लिये क्यों काँटे बोऊँ? मगर यह कोई नियाव नहीं है। तुमने राई का पर्वत बना दिया, ब्राह्मण हो के तुम्हें ऐसा नहीं करना चाहिये था। उसी घड़ी तगादा करके ले लिया होता, तो आज मेरे सिर पर इतना बड़ा बोझ क्यों पड़ता। मैं तो दे दूँगा, लेकिन तुम्हें भगवान् के यहाँ जवाब देना पड़ेगा।'

विप्र–'वहाँ का डर तुम्हें होगा, मुझे क्यों होने लगा। वहाँ तो सब अपने ही भाई-बन्धु हैं। ऋषि-मुनि, सब तो ब्राह्मण ही हैं; देवता ब्राह्मण हैं, जो कुछ बने-बिगड़ेगी, सँभाल लेंगे। तो कब देते हो?'

शंकर–'मेरे पास रक्खा तो है नहीं, किसी से माँग-जाँचकर लाऊँगा, तभी न दूँगा!'

विप्र–'मैं यह न मानूँगा। सात साल हो गये, अब एक दिन का भी मुलाहिजा न करूँगा। गेहूँ नहीं दे सकते, तो दस्तावेज लिख दो।'

शंकर–'मुझे तो देना है, चाहे गेहूँ लो चाहे दस्तावेज लिखाओ; किस हिसाब से दाम रक्खोगे?'

विप्र–'बाज़ार-भाव पाँच सेर का है, तुम्हें सवा पाँच सेर का काट दूँगा।'

शंकर–'जब दे ही रहा हूँ तो बाज़ार-भाव काटूँगा, पाव-भर छुड़ाकर क्यों दोषी बनूँ।' हिसाब लगाया तो गेहूँ के दाम 60 रु. हुये। 60 रु. का दस्तावेज लिखा गया, 3 रु. सैकड़े सूद। साल-भर में न देने पर सूद की दर ढाई तीन रुपये सैकड़े। बारह आने का स्टाम्प, 1 रुपये दस्तावेज की तहरीर शंकर को ऊपर से देनी पड़ी।

गाँव भर ने विप्रजी की निन्दा की, लेकिन मुँह पर नहीं। महाजन से सभी का काम पड़ता है, उसके मुँह कौन आये।

3

शंकर ने साल भर तक कठिन तपस्या की। मियाद के पहले रुपये अदा करने का उसने व्रत-सा कर लिया। दोपहर को पहले भी चूल्हा न जलता था, चबैने पर बसर होती थी, अब वह भी बंद हुआ। केवल लड़के के लिये रात को रोटियाँ रख दी जातीं! पैसे रोज़ का तंबाकू पी जाता था, यही एक व्यसन था, जिसका वह कभी न त्याग कर सका था। अब वह व्यसन भी इस कठिन व्रत की भेंट हो गया। उसने चिलम पटक दी, हुक्का तोड़ दिया और तमाखू की हाँड़ी चूर-चूर कर डाली। कपड़े पहले भी त्याग की चरम-सीमा तक पहुँच चुके थे, अब वह प्रकृति की न्यूनतम रेखाओं में आबद्ध हो गये। शिशिर की अस्थिबेधक शीत को उसने आग तापकर काट दिया। इस संकल्प का फल आशा से बढ़कर निकला। साल के अन्त में उसके पास 60 रु. ज़मा हो गये। उसने समझा पंडितजी को इतने रुपये दे दूँगा और कहूँगा महाराज, बाकी रुपये भी जल्द ही आपके सामने हाज़िर करूँगा। 15 रु. की तो और बात है, क्या पंडितजी इतना भी न मानेंगे! उसने रुपये लिये और ले जाकर पंडितजी के चरण-कमलों पर अर्पण कर दिये। पंडितजी ने विस्मित होकर पूछा, 'किसी से उधार लिये क्या?'

शंकर–'नहीं महाराज, 'आपके असीस से अबकी मजूरी अच्छी मिली।'

विप्र–'लेकिन यह तो 60 रु. ही हैं!'

शंकर–'हाँ महाराज, इतने अभी ले लीजिये, बाकी मैं दो-तीन महीने में दे दूँगा, मुझे उरिन कर दीजिये।'

विप्र–'उरिन तो जभी होगे, जब मेरी कौड़ी-कौड़ी चुका दोगे। जाकर मेरे 15 रु. और लाओ।'

शंकर–'महाराज, इतनी दया करो; अब साँझ की रोटियों का भी ठिकाना नहीं है, गाँव में हूँ तो कभी-न-कभी दे ही दूँगा।'

विप्र–'मैं यह रोग नहीं पालता, न बहुत बातें करना जानता हूँ। अगर मेरे पूरे रुपये न मिलेंगे तो आज से 3 रु. सैकड़े का ब्याज लगेगा। अपने रुपये चाहे अपने घर में रक्खो, चाहे मेरे यहाँ छोड़ जाओ।'

शंकर–'अच्छा जितना लाया हूँ उतना रख लीजिये। मैं जाता हूँ, कहीं से 15 रु. और लाने की फ़िक्र करता हूँ।'

शंकर ने सारा गाँव छान मारा, मगर किसी ने रुपये न दिये, इसलिये नहीं कि उसका विश्वास न था, या किसी के पास रुपये न थे, बल्कि इसलिये कि पंडितजी के शिकार को छेड़ने की किसी की हिम्मत न थी।

4

क्रिया के पश्चात् प्रतिक्रिया नैसर्गिक नियम है। शंकर साल-भर तक तपस्या करने पर भी जब ऋण से मुक्त होने में सफल न हो सका तो उसका संयम निराशा के रूप में परिणत हो गया। उसने समझ लिया कि जब इतना कष्ट सहने पर भी साल-भर में 60 रु. से अधिक न ज़मा कर सका, तो अब और कौन सा उपाय है, जिसके द्वारा इसके दूने रुपये ज़मा हों। जब सिर पर ऋण का बोझ ही लादना है तो क्या मन-भर का और क्या सवा मन का। उसका उत्साह क्षीण हो गया, मेहनत से घृणा हो गयी। आशा उत्साह की जननी है, आशा में तेज़ है, बल है, जीवन है। आशा ही संसार की संचालक शक्ति है।

शंकर आशाहीन होकर उदासीन हो गया। वह ज़रूरतें जिनको उसने साल-भर तक टाल रखा था, अब द्वार पर खड़ी होनेवाली भिखारिणी न थीं, बल्कि छाती पर सवार होनेवाली पिशाचनियाँ थीं, जो अपनी भेंट लिये बिना जान नहीं छोड़तीं। कपड़ों में चकत्तियों के लगने की भी एक सीमा होती है। अब शंकर को चिट्ठा मिलता तो वह रुपये ज़मा न करता, कभी कपड़े लाता,कभी खाने की कोई वस्तु। जहाँ पहले तमाखू ही पिया करता था, वहाँ अब गाँजे और चरस का चस्का भी लगा। उसे अब रुपये अदा करने की कोई चिन्ता न थी, मानो उसके ऊपर किसी का एक पैसा भी नहीं आता। पहले जूड़ी चढ़ी होती थी, पर वह काम करने अवश्य जाता था, अब काम पर न जाने के लिये बहाना खोजा करता।

इस भाँति तीन वर्ष निकल गये। विप्रजी महाराज ने एक बार भी तकाजा न किया। वह चतुर शिकारी की भाँति अचूक निशाना लगाना चाहते थे। पहले से शिकार को चौंकाना उनकी नीति के विरुद्ध था। एक दिन पंडितजी ने शंकर को बुलाकर हिसाब दिखाया। 60 रु. जो ज़मा थे वह मिनहा करने पर अब भी शंकर के जिम्मे 120 रु. निकले। शंकर–'इतने रुपये तो उसी जन्म में दूँगा, इस जन्म में नहीं हो सकते।'

विप्र–'मैं इसी जन्म में लूँगा। मूल न सही, सूद तो देना ही पड़ेगा।'

शंकर–'एक बैल है, वह ले लीजिये और मेरे पास रक्खा क्या है।'

विप्र–'मुझे बैल-बधिया लेकर क्या करना है। मुझे देने को तुम्हारे पास बहुत कुछ है।'

शंकर–'और क्या है महाराज?'

विप्र–'कुछ है, तुम तो हो। आख़िर तुम भी कहीं मजूरी करने जाते ही हो, मुझे भी खेती के लिये मजूर रखना ही पड़ता है। सूद में तुम हमारे यहाँ काम किया करो, जब सुभीता हो मूल को दे देना। सच तो यों है कि अब तुम किसी दूसरी जगह काम करने नहीं जा सकते, जब तक मेरे रुपये नहीं चुका दो। तुम्हारे पास कोई जायदाद नहीं

है, इतनी बड़ी गठरी मैं किस एतबार पर छोड़ दूँ। कौन इसका जिम्मा लेगा कि तुम मुझे महीने-महीने सूद देते जाओगे। और कहीं कमाकर जब तुम मुझे सूद भी नहीं दे सकते, तो मूल की कौन कहे?'

शंकर–'महाराज, सूद में तो काम करूँगा और खाऊँगा क्या?'

विप्र–'तुम्हारी घरवाली है, लड़के हैं, क्या वे हाथ-पाँव कटाके बैठेंगे। रहा मैं, तुम्हें आधा सेर जौ रोज़ कलेवा के लिये दे दिया करूँगा। ओढ़ने को साल में एक कम्बल पा जाओगे, एक मिरजई भी बनवा दिया करूँगा और क्या चाहिये। यह सच है कि और लोग तुम्हें छह आने देते हैं, लेकिन मुझे ऐसी गरज नहीं है, मैं तो तुम्हें रुपये भरने के लिये रखता हूँ।'

शंकर ने कुछ देर तक गहरी चिन्ता में पड़े रहने के बाद कहा, 'महाराज यह तो जन्म-भर की गुलामी हुई।'

विप्र–'गुलामी समझो, चाहे मजूरी समझो। मैं अपने रुपये भराये बिना तुमको कभी न छोडूँगा। तुम भागोगे तो तुम्हारा लड़का भरेगा। हाँ, जब कोई न रहेगा, तब की बात दूसरी है।'

इस निर्णय की कहीं अपील न थी। मजूर की ज़मानत कौन करता, कहीं शरण न थी, भागकर कहाँ जाता, दूसरे दिन से उसने विप्रजी के यहाँ काम करना शुरू कर दिया। सवा सेर गेहूँ की बदौलत उम्र-भर के लिये गुलामी की बेड़ी पैरों में डालनी पड़ी। उस अभागे को अब अगर किसी विचार से संतोष होता था तो यह था कि वह मेरे पूर्व-जन्म का संस्कार है। स्त्री को वे काम करने पड़ते थे, जो उसने कभी न किये थे, बच्चे दानों को तरसते थे, लेकिन शंकर चुपचाप देखने के सिवा और कुछ न कर सकता था। वह गेहूँ के दाने किसी देवता के शाप की भाँति यावज्जीवन उसके सिर से न उतरे।

5

शंकर ने विप्रजी के यहाँ 20 वर्ष तक गुलामी करने के बाद इस दुस्सार संसार से प्रस्थान किया। 120 रु. अभी तक उसके सिर पर सवार थे। पंडितजी ने उस ग़रीब को ईश्वर के दरबार में कष्ट देना उचित न समझा, इतने अन्यायी, इतने निर्दयी न थे। उसके जवान बेटे की गरदन पकड़ी। आज तक वह विप्रजी के यहाँ काम करता है। उसका उद्धार कब होगा; होगा भी या नहीं, ईश्वर ही जाने।

पाठको! इस वृत्तांत को कपोल-कल्पित न समझिये। यह सत्य घटना है। ऐसे शंकरों और ऐसे विप्रों से दुनिया खाली नहीं है।

सभ्यता का रहस्य

यों तो मेरी समझ में दुनिया की एक हज़ार एक बातें नहीं आतीं– जैसे लोग प्रात:काल उठते ही बालों पर छुरा क्यों चलाते हैं? क्या अब पुरुषों में भी इतनी नज़ाकत आ गयी है कि बालों का बोझ उनसे नहीं सँभलता? एक साथ ही सभी पढ़े-लिखे आदमियों की आँखें क्यों इतनी कमज़ोर हो गयी हैं? दिमाग़ की कमज़ोरी ही इसका कारण है या और कुछ? लोग खिताबों के पीछे क्यों इतने हैरान होते हैं? इत्यादि–लेकिन

इस समय मुझे इन बातों से मतलब नहीं। मेरे मन में एक नया प्रश्न उठ रहा है और उसका जवाब मुझे कोई नहीं देता। प्रश्न यह है कि सभ्य कौन है और असभ्य कौन? सभ्यता के लक्षण क्या हैं? सरसरी नज़र से देखिये, तो इससे ज़्यादा आसान और कोई सवाल ही न होगा। बच्चा-बच्चा इसका समाधान कर सकता है। लेकिन ज़रा ग़ौर से देखिये, तो प्रश्न इतना आसान नहीं जान पड़ता।

अगर कोट-पतलून पहनना, टाई-हैट-कालर लगाना, मेज़ पर बैठकर खाना खाना, दिन में तेरह बार कोको या चाय पीना और सिगार पीते हुये चलना सभ्यता है, तो उन गोरों को भी सभ्य कहना पड़ेगा, जो सड़क पर बैठकर शाम को कभी-कभी टहलते नज़र आते हैं; शराब के नशे से आँखें सुर्ख, पैर लड़खड़ाते हुये, रास्ता चलनेवालों को अनायास छेड़ने की धुन! क्या उन गोरों को सभ्य कहा जा सकता है? कभी नहीं। तो यह सिद्ध हुआ कि सभ्यता कोई और ही चीज़ है, उसका देह से इतना सम्बन्ध नहीं है जितना मन से।

2

मेरे इने-गिने मित्रों में एक राय रतनकिशोर भी हैं। आप बहुत ही सहृदय, बहुत ही उदार, बहुत शिक्षित और एक बड़े ओहदेदार हैं। बहुत अच्छा वेतन पाने पर भी उनकी आमदनी ख़र्च के लिये काफी नहीं होती। एक-चौथाई वेतन तो बँगले ही की भेंट हो जाती है। इसलिये आप बहुधा चिंतित रहते हैं। रिश्वत तो नहीं लेते—कम-से-कम मैं नहीं जानता, हालाँकि कहने वाले कहते हैं—लेकिन इतना जानता हूँ कि वह भत्ता बढ़ाने के लिये दौरे पर बहुत रहते हैं, यहाँ तक कि इसके लिये हर साल बजट की किसी दूसरे मद से रुपये निकालने पड़ते हैं। उनके अफ़सर कहते हैं, इतने दौरे क्यों करते हो, तो जवाब देते हैं, इस जिले का काम ही ऐसा है कि जब तक ख़ूब दौरे न किये जायें रिआया शान्त नहीं रह सकती। लेकिन मज़ा तो यह है कि राय साहब उतने दौरे वास्तव में नहीं करते, जितने कि अपने रोज़नामचे में लिखते हैं। उनके पड़ाव शहर से पचास मील पर होते हैं। खेमे वहाँ गड़े रहते हैं, कैंप के अमले वहाँ पड़े रहते हैं और राय साहब घर पर मित्रों के साथ गप-शप करते रहते हैं, पर किसी की मज़ाल है कि राय साहब की नेकनीयती पर सन्देह कर सके। उनके सभ्य पुरुष होने में किसी को शंका नहीं हो सकती।

एक दिन मैं उनसे मिलने गया। उस समय वह अपने घसियारे दमड़ी को डाँट रहे थे। दमड़ी रात-दिन का नौकर था, लेकिन घर रोटी खाने जाया करता था। उसका घर थोड़ी ही दूर पर एक गाँव में था। कल रात को किसी कारण से यहाँ न आ सका। इसलिये डाँट पड़ रही थी।

राय साहब— जब हम तुम्हें रात-दिन के लिये रखे हुये हैं, तो तुम घर पर क्यों रहे? कल के पैसे कट जायेंगे।

दमड़ी— हज़ूर, एक मेहमान आ गये थे, इसी से न आ सका।

राय साहब— तो कल के पैसे उसी मेहमान से लो।

दमड़ी– सरकार, अब कभी ऐसी ख़ता न होगी।

राय साहब– बक-बक मत करो।

दमड़ी– हज़ूर....

राय साहब– दो रुपये जुरमाना।

दमड़ी रोता चला गया। रोज़ा बख़्शाने आया था, नमाज़ गले पड़ गयी। दो रुपये जुरमाना ठुक गया। ख़ता यही थी कि बेचारा क़सूर माफ़ कराना चाहता था।

यह एक रात को ग़ैरहाज़िर होने की सज़ा थी! बेचारा दिन-भर का काम कर चुका था, रात को यहाँ सोया न था, उसका दण्ड! और घर बैठे भत्ते उड़ानेवाले को कोई नहीं पूछता! कोई दंड नहीं देता। दंड तो मिले और ऐसा मिले कि ज़िन्दगी-भर याद रहे; पर पकड़ना तो मुश्किल है। दमड़ी भी अगर होशियार होता, तो ज़रा रात रहे आकर कोठरी में सो जाता। फिर किसे ख़बर होती कि वह रात को कहाँ रहा। पर ग़रीब इतना चंट न था।

3

दमड़ी के पास कुल छह बिस्सा ज़मीन थी। पर इतने ही प्राणियों का ख़र्च भी था। उसके दो लड़के, दो लड़कियाँ और स्त्री, सब खेती में लगे रहते थे, फिर भी पेट की रोटियाँ नहीं मयस्सर होती थीं। इतनी ज़मीन क्या सोना उगल देती! अगर सब-के-सब घर से निकल मज़दूरी करने लगते, तो आराम से रह सकते थे; लेकिन मौरूसी किसान मज़दूर कहलाने का अपमान न सह सकता था। इस बदनामी से बचने के लिये दो बैल बाँध रखे थे! उसके वेतन का बड़ा भाग बैलों के दाने-चारे ही में उड़ जाता था। ये सारी तकलीफ़ें मंज़ूर थीं, पर खेती छोड़कर मज़दूर बन जाना मंज़ूर न था। किसान की जो प्रतिष्ठा है, वह कहीं मज़दूर की हो सकती है, चाहे वह रुपया रोज़ ही क्यों न कमाये? किसानी के साथ मज़दूरी करना इतने अपमान की बात नहीं, द्वार पर बँधे हुये बैल उसकी मान-रक्षा किया करते हैं, पर बैलों को बेचकर फिर कहाँ मुँह दिखलाने की जगह रह सकती है!

एक दिन राय साहब उसे सरदी से काँपते देखकर बोले– कपड़े क्यों नहीं बनवाता? काँप क्यों रहा है?

दमड़ी– सरकार, पेट की रोटी तो पूरी ही नहीं पड़ती, कपड़े कहाँ से बनवाऊँ?

राय साहब– बैलों को बेच क्यों नहीं डालता? सैकड़ों बार समझा चुका, लेकिन न-जाने क्यों इतनी मोटी-सी बात तेरी समझ में नहीं आती।

दमड़ी– सरकार, बिरादरी में कहीं मुँह दिखाने लायक न रहूँगा। लड़की की सगाई न हो पायेगी, टाट बाहर कर दिया जाऊँगा।

राय साहब– इन्हीं हिमाक़तों से तुम लोगों की यह दुर्गति हो रही है। ऐसे आदमियों पर दया करना भी पाप है। (मेरी तरफ़ फिरकर) क्यों मुंशीजी, इस पागलपन का भी कोई इलाज़ है? जाड़ों मर रहे हैं, पर दरवाज़े पर बैल ज़रूर बाँधेंगे।

मैंने कहा– जनाब, यह तो अपनी-अपनी समझ है।

राय साहब– ऐसी समझ को दूर से सलाम कीजिये। मेरे यहाँ कई पुश्तों से जन्माष्टमी का उत्सव मनाया जाता था। कई हज़ार रुपयों पर पानी फिर जाता था। गाना होता था; दावतें होती थीं, रिश्तेदारों को न्योते दिये जाते थे, ग़रीबों को कपड़े बाँटे जाते थे। वालिद साहब के बाद पहले ही साल मैंने उत्सव बन्द कर दिया। फ़ायदा क्या? मुफ़्त में चार-पाँच हज़ार की चपत खानी पड़ती थी। सारे कसबे में वावेला मचा, आवाज़ें कसी गयीं, किसी ने नास्तिक कहा, किसी ने ईसाई बनाया, लेकिन यहाँ इन बातों की क्या परवाह आख़िर थोड़े ही दिनों में सारा कोलाहल शान्त हो गया। अजी, बड़ी दिल्लगी थी। कसबे में किसी के यहाँ शादी हो, लकड़ी मुझसे ले! पुश्तों से यह रस्म चली आती थी। वालिद तो दूसरों से दरख़्त मोल लेकर इस रस्म को निभाते थे। थी हिमाक़त या नहीं? मैंने फ़ौरन लकड़ी देना बन्द कर दिया। इस पर भी लोग बहुत रोये-धोये, लेकिन दूसरों का रोना-धोना सुनूँ, या अपना फ़ायदा देखूँ। लकड़ी से कम-से-कम 500 रुपये सालाना की बचत हो गयी। अब कोई भूलकर भी इन चीज़ों के लिये मुझे दिक करने नहीं आता।

मेरे दिल में फिर सवाल पैदा हुआ, दोनों में कौन सभ्य है, कुल-प्रतिष्ठा पर प्राण देनेवाले मूर्ख दमड़ी; या धन पर कुल-मर्यादा को बलि देनेवाले राय रतन किशोर!

4

राय साहब के इजलास में एक बड़े मार्के का मुक़दमा पेश था। शहर का एक रईस खून के मामले में फँस गया था। उसकी ज़मानत के लिये राय साहब की ख़ुशामदें होने लगीं। इज़्ज़त की बात थी। रईस साहब का हुक़्म था कि चाहे रियासत बिक जाये, पर इस मुक़दमे से बेदाग़ निकल जाऊँ। डालियाँ लगाई गयीं, सिफ़ारिशें पहुँचाई गयीं, पर राय साहब पर कोई असर न हुआ। रईस के आदमियों को प्रत्यक्ष रूप से रिश्वत की चर्चा करने की हिम्मत न पड़ती थी। आख़िर जब कोई बस न चला, तो रईस की स्त्री से मिलकर सौदा पटाने की ठानी।

रात के दस बजे थे। दोनों महिलाओं में बातें होने लगीं। 20 हज़ार की बातचीत थी! राय साहब की पत्नी तो इतनी खुश हुई कि उसी वक्त राय साहब के पास दौड़ी हुई आयी और कहने लगी– ले लो, ले लो! तुम नहीं लोगे; तो मैं ले लूँगी।

राय साहब ने कहा– इतनी बेसब्र न हो। वह तुम्हें अपने दिल में क्या समझेंगी? कुछ अपनी इज़्ज़त का भी ख़याल है या नहीं? माना कि रक़म बड़ी है और इससे मैं एकबारगी तुम्हारे आये दिन की फ़रमायशों से मुक्त हो जाऊँगा, लेकिन एक सिविलियन की इज़्ज़त भी तो कोई मामूली चीज़ नहीं है। तुम्हें पहले बिगड़कर कहना चाहिये था कि मुझसे ऐसी बेहूदी बातचीत करनी हो, तो यहाँ से चली जाओ। मैं अपने कानों से नहीं सुनना चाहती।

स्त्री– यह तो मैंने पहले ही किया, बिगड़कर ख़ूब खरी-खोटी सुनायीं। क्या इतना भी नहीं जानती? बेचारी मेरे पैरों पर सर रखकर रोने लगी।

राय साहब– यह कहा था कि राय साहब से कहूँगी, तो मुझे कच्चा ही चबा जायेंगे?

यह कहते हुये राय साहब ने गद्‌गद होकर पत्नी को गले लगा लिया।

स्त्री– अजी, मैं न-जाने ऐसी कितनी ही बातें कह चुकी, लेकिन किसी तरह टाले नहीं टलती। रो-रोकर जान दे रही है। राय साहब–उससे वादा तो नहीं कर लिया?

स्त्री– वादा? मैं रुपये लेकर सन्दूक में रख आयी। नोट थे।

राय साहब– कितनी ज़बरदस्त अहमक हो, न मालूम ईश्वर तुम्हें कभी समझ भी देगा या नहीं।

स्त्री– अब क्या देगा? देना होता, तो दे न दी होती।

राय साहब– हाँ मालूम तो ऐसा ही होता है। मुझसे कहा तक नहीं और रुपये लेकर सन्दूक में दाख़िल कर लिये! अगर किसी तरह बात खुल जाये, तो कहीं का न रहूँ।

स्त्री– तो भाई, सोच लो। अगर कुछ गड़बड़ हो, तो मैं जाकर रुपये लौटा दूँ।

राय साहब– फिर वही हिमाक़त! अरे, अब तो जो कुछ होना था, हो चुका। ईश्वर पर भरोसा करके ज़मानत लेनी पड़ेगी। लेकिन तुम्हारी हिमाक़त में शक नहीं। जानती हो, यह साँप के मुँह में उँगली डालना है। यह भी जानती हो कि मुझे ऐसी बातों से कितनी नफ़रत है, फिर भी बेसब्र हो जाती हो। अबकी बार तुम्हारी हिमाक़त से मेरा व्रत टूट रहा है। मैंने दिल में ठान लिया था कि अब इस मामले में हाथ न डालूँगा, लेकिन तुम्हारी हिमाक़त के मारे जब मेरी कुछ चलने भी पाये?

स्त्री– मैं जाकर लौटाये देती हूँ।

राय साहब– और मैं जाकर ज़हर खाये लेता हूँ।

इधर तो स्त्री-पुरुष में यह अभिनय हो रहा था, उधर दमड़ी उसी वक्त अपने गाँव के मुखिया के खेत से जुआर काट रहा था। आज वह रात-भर की छुट्टी लेकर घर गया था। बैलों के लिये चारे का एक तिनका भी नहीं है। अभी वेतन मिलने में कई दिन की देर थी, मोल ले न सकता था। घर वालों ने दिन को कुछ घास छीलकर खिलायी तो थी, लेकिन ऊँट के मुँह में जीरा। उतनी घास से क्या हो सकता था। दोनों बैल भूखे खड़े थे। दमड़ी को देखते ही दोनों पूँछें खड़ी करके हुँकारने लगे। जब वह पास गया तो दोनों उसकी हथेलियाँ चाटने लगे। बेचारा दमड़ी मन मसोसकर रह गया। सोचा, इस वक्त तो कुछ हो नहीं सकता, सबेरे किसी से कुछ उधार लेकर चारा लाऊँगा।

लेकिन जब ग्यारह बजे रात उसकी आँखें खुलीं, तो देखा कि दोनों बैल अभी तक नाँद पर खड़े हैं। चाँदनी रात थी, दमड़ी को जान पड़ा कि दोनों उसकी ओर उपेक्षा और याचना की दृष्टि से देख रहे हैं। उनकी क्षुधा-वेदना देखकर उसकी आँखें सजल हो आयीं। किसान को अपने बैल अपने लड़कों की तरह प्यारे होते हैं। वह उन्हें पशु नहीं, अपना मित्र और सहायक समझता। बैलों को भूखे खड़े देखकर नींद आँखों से भाग गयी। कुछ सोचता हुआ उठा। हँसिया निकाली और चारे की फ़िक्र में चला।

गाँव के बाहर बाजरे और जुआर के खेत खड़े थे। दमड़ी के हाथ काँपने लगे। लेकिन बैलों की याद ने उसे उत्तेजित कर दिया। चाहता, तो कई बोझ काट सकता था; लेकिन वह चोरी करते हुये भी चोर न था। उसने केवल उतना ही चारा काटा, जितना बैलों को रात-भर के लिये काफी हो। सोचा, अगर किसी ने देख भी लिया, तो उससे कह दूँगा, बैल भूखे थे, इसलिये काट लिया। उसे विश्वास था कि थोड़े-से चारे के लिये कोई मुझे पकड़ नहीं सकता। मैं कुछ बेचने के लिये तो काट नहीं रहा हूँ; फिर ऐसा निर्दयी कौन है, जो मुझे पकड़ ले। बहुत करेगा, अपने दाम ले लेगा। उसने बहुत सोचा। चारे का थोड़ा होना ही उसे चोरी के अपराध से बचाने को काफी था। चोर उतना काटता, जितना उससे उठ सकता। उसे किसी के फ़ायदे और नुकसान से क्या मतलब? गाँव के लोग दमड़ी को चारा लिये जाते देखकर बिगड़ते ज़रूर, पर कोई चोरी के इलज़ाम में न फँसाता, लेकिन संयोग से हल्के के थाने का सिपाही उधर जा निकला। वह पड़ोस के एक बनिये के यहाँ जुआ होने की ख़बर पाकर कुछ ऐंठने की टोह में आया था। दमड़ी को चारा सिर पर उठाते देखा, तो सन्देह हुआ। इतनी रात गये कौन चारा काटता है? हो न हो, कोई चोरी से काट रहा है, डाँटकर बोला– कौन चारा लिये जाता है? खड़ा रह!

दमड़ी ने चौंककर पीछे देखा, तो पुलिस का सिपाही! हाथ-पाँव फूल गये, काँपते हुये बोला– हुज़ूर, थोड़ा ही-सा काटा है, देख लीजिये।

सिपाही– थोड़ा काटा हो या बहुत, है तो चोरी। खेत किसका है?

दमड़ी– बलदेव महतो का।

सिपाही ने समझा था, शिकार फँसा, इससे कुछ ऐंठूँगा; लेकिन वहाँ क्या रखा था। पकड़कर गाँव में लाया और जब वहाँ भी कुछ हत्थे चढ़ता न दिखाई दिया तो थाने ले गया। थानेदार ने चालान कर दिया। मुक़दमा राय साहब ही के इज़लास में पेश किया।

राय साहब ने दमड़ी को फँसे हुये देखा, तो हमदर्दी के बदले कठोरता से काम लिया। बोले– यह मेरी बदनामी की बात है। तेरा क्या बिगड़ा, साल-छह महीने की सज़ा हो जायेगी, शर्मिन्दा तो मुझे होना पड़ रहा है! लोग यही तो कहते होंगे कि राय साहब के आदमी ऐसे बदमाश और चोर हैं। तू मेरा नौकर न होता, तो मैं हलकी सज़ा देता; लेकिन तू मेरा नौकर है, इसलिये कड़ी-से-कड़ी सज़ा दूँगा। मैं यह नहीं सुन सकता कि राय साहब ने अपने नौकर के साथ रिआयत की।

यह कहकर राय साहब ने दमड़ी को छह महीने की सख़्त क़ैद का हुक़्म सुना दिया।

उसी दिन उन्होंने खून के मुक़दमे में ज़मानत ले ली। मैंने दोनों वृत्तान्त सुने और मेरे दिल में यह ख़याल और भी पक्का हो गया कि सभ्यता केवल हुनर के साथ ऐब करने का नाम है। आप बुरे-से-बुरा काम करें, लेकिन अगर आप उस पर परदा डाल सकते हैं, तो आप सभ्य हैं, सज्जन हैं, जेन्टिलमैन हैं। अगर आप में यह सिफ़त नहीं तो आप असभ्य हैं, गँवार हैं, बदमाश हैं। यह सभ्यता का रहस्य है!

दो सखियाँ

लखनऊ

1-7-25

प्यारी बहन,

जब से यहाँ आयी हूँ, तुम्हारी याद सताती रहती है। काश! तुम कुछ दिनों के लिये यहाँ चली आतीं, तो कितनी बहार रहती। मैं तुम्हें अपने विनोद से मिलाती। क्या यह सम्भव नहीं है? तुम्हारे माता-पिता क्या तुम्हें इतनी आज़ादी भी न देंगे? मुझे तो आश्चर्य यही है कि बेड़ियाँ पहनकर तुम कैसे रह सकती हो! मैं तो इस तरह घण्टे-भर भी नहीं रह सकती। ईश्वर को धन्यवाद देती हूँ कि मेरे पिताजी पुरानी लकीर पीटने वालों में नहीं। वह उन नवीन आदर्शों के भक्त हैं, जिन्होंने नारी-जीवन को स्वर्ग बना दिया है। नहीं तो मैं कहीं की न रहती।

विनोद हाल ही में इंग्लैंड से डी. फिल. होकर लौटे हैं और जीवन-यात्रा आरम्भ करने के पहले एक बार संसार-यात्रा करना चाहते हैं। योरोप का अधिकांश भाग तो वह देख चुके हैं, पर अमेरिका, आस्ट्रेलिया और एशिया की सैर किये बिना उन्हें चैन नहीं। मध्य एशिया और चीन का तो यह विशेष रूप से अध्ययन करना चाहते हैं। योरोपियन यात्री जिन बातों की मीमांसा न कर सके, उन्हीं पर प्रकाश डालना इनका ध्येय है। सच कहती हूँ, चन्दा, ऐसा साहसी, ऐसा निर्भीक, ऐसा आदर्शवादी पुरुष मैंने कभी नहीं देखा था। मैं तो उनकी बातें सुनकर चकित हो जाती हूँ। ऐसा कोई विषय नहीं है, जिसका उन्हें पूरा ज्ञान न हो, जिसकी वह आलोचना न कर सकते हो; और यह केवल किताबी आलोचना नहीं होती, उसमें मौलिकता और नवीनता होती है। स्वतन्त्रता के तो वह अनन्य उपासक हैं। ऐसे पुरुष की पत्नी बनकर ऐसी कौन-सी स्त्री है, जो अपने सौभाग्य पर गर्व न करे। बहन, तुमसे क्या कहूँ कि प्रातःकाल उन्हें अपने बँगले की ओर आते देखकर मेरे चित्त की क्या दशा हो जाती है। यह उन पर न्योछावर होने के लिये विकल हो जाता है। यह मेरी आत्मा में बस गये हैं। अपने पुरुष की मैंने मन में जो कल्पना की थी, उसमें और उनमें बाल बराबर भी अन्तर नहीं। मुझे रात-दिन यही भय लगा रहता है कि कहीं मुझमें उन्हें कोई त्रुटि न मिल जाये। जिन विषयों से उन्हें रुचि है, उनका अध्ययन आधी रात तक बैठी किया करती हूँ। ऐसा परिश्रम मैंने कभी न किया था। आईने-कंघी से मुझे कभी उतना प्रेम न था, सुभाषितों को मैंने कभी इतने चाव से कण्ठ न किया था। अगर इतना सब कुछ करने पर भी मैं उनका हृदय न पा सकी, तो बहन, मेरा जीवन नष्ट हो जायेगा, मेरा हृदय फट जायेगा और संसार मेरे लिये सूना हो जायेगा।

कदाचित प्रेम के साथ ही मन में ईर्ष्या का भाव भी उदय हो जाता है। उन्हें मेरे बँगले की ओर जाते हुये देख जब मेरी पड़ोसिन कुसुम अपने बरामदे में आकर खड़ी

हो जाती है, तो मेरा ऐसा जी चाहता है कि उसकी आँखें ज्योतिहीन हो जायें। कल तो अनर्थ ही हो गया। विनोद ने उसे देखते ही हैट उतार ली और मुस्कराये। वह कुलटा भी खीसें निकालने लगी। ईश्वर सारी विपत्तियाँ दे, पर मिथ्याभिमान न दे। चुड़ैलों की-सी तो आपकी सूरत है, पर अपने को अप्सरा समझती हैं। आप कविता करती हैं और कई पत्रिकाओं में उनकी कविताएँ छप भी गयी हैं। बस, आप ज़मीन पर पाँव नहीं रखतीं। सच कहती हूँ, थोड़ी देर के लिये विनोद पर से मेरी श्रद्धा उठ गयी। ऐसा आवेश होता था कि चलकर कुसुम का मुँह नोच लूँ। खैरियत हुई कि दोनों में बातचीत न हुई, पर विनोद आकर बैठे तो आधा घण्टे तक मैं उनसे न बोल सकी, जैसे उनके शब्दों में वह जादू ही न था, वाणी में वह रस ही न था। तब से अब तक मेरे चित्त की व्यग्रता शान्त नहीं हुई। रात-भर मुझे नींद नहीं आयी, वही दृश्य आँखों के सामने बार-बार आता था। कुसुम को लज्जित करने के लिये कितने मन्सूबे बाँध चुकी हूँ। अगर यह भय न होता कि विनोद मुझे ओछी और हलकी समझेंगे, तो मैं उनसे अपने मनोभावों को स्पष्ट कह देती। मैं सम्पूर्णतः उनकी होकर उन्हें सम्पूर्णतः अपना बनाना चाहती हूँ। मुझे विश्वास है कि संसार का सबसे रूपवान् युवक मेरे सामने आ जाये, तो मैं उसे आँख उठाकर न देखूँगी। विनोद के मन में मेरे प्रति यह भाव क्यों नहीं है।

चन्दा, प्यारी बहन; एक सप्ताह के लिये आ जा। तुझसे मिलने के लिये मन अधीर हो रहा है। मुझे इस समय तेरी सलाह और सहानुभूति की बड़ी ज़रूरत है। यह मेरे जीवन का सबसे नाज़ुक समय है। इन्हीं दस-पाँच दिनों में या तो पारस हो जाऊँगी या मिट्टी। लो सात बज गये और अभी बाल तक नहीं बनाये। विनोद के आने का समय है। अब विदा होती हूँ। कहीं आज फिर अभागिनी कुसुम अपने बरामदे में न आ खड़ी हो। अभी से दिल काँप रहा है। कल तो यह सोचकर मन को समझाया था कि यों ही सरल भाव से वह हँस पड़ी होगी। आज भी अगर वही दृश्य सामने आया, तो उतनी आसानी से मन को न समझा सकूँगी।

तुम्हारी,
पद्मा

2

गोरखपुर

5-7-25

प्रिय पद्मा,

भला एक युग के बाद तुम्हें मेरी सुधि तो आयी। मैंने तो समझा था, शायद तुमने परलोक-यात्रा कर ली। यह उस निष्ठुरता का दंड ही है, जो कुसुम तुम्हें दे रही है। 15 अप्रैल को कॉलेज बन्द हुआ और एक जुलाई को आप ख़त लिखती हैं– पूरे ढाई महीने बाद, वह भी कुसुम की कृपा से। जिस कुसुम को तुम कोस रही हो, उसे मैं

आशीर्वाद दे रही हूँ। वह दारुण दुःख की भाँति तुम्हारे रास्ते में न आ खड़ी होती, तो तुम्हें क्यों मेरी याद आती? ख़ैर, विनोद की तुमने जो तसवीर खींची, वह बहुत ही आकर्षक है और मैं ईश्वर से माँग रही हूँ, वह दिन जल्द आये कि मैं उनसे बहनोई के नाते मिल सकूँ। मगर देखना, कहीं सिविल मैरेज न कर बैठना। विवाह हिन्दू-पद्धति के अनुसार ही हो। हाँ, तुम्हें अख़्तियार है जो सैकड़ों बेहूदा और व्यर्थ के कपड़े हैं, उन्हें निकाल डालो। एक सच्चे, विद्वान पण्डित को अवश्य बुलाना, इसलिये नहीं कि वह तुमसे बात-बात पर टके निकलवाये, बल्कि इसलिये कि वह देखता रहे कि वह सब कुछ शास्त्र-विधि से हो रहा है या नहीं।

अच्छा, अब मुझसे पूछो कि इतने दिनों क्यों चुप्पी साधे बैठी रही। मेरे ही खानदान में इन ढाई महीनों में, पाँच शादियाँ हुई। बारातों का ताँता लगा रहा। ऐसा शायद ही कोई दिन गया हो कि एक सौ मेहमानों से कम रहे हों और जब बारात आ जाती थी, तब तो उनकी संख्या पाँच-पाँच सौ तक पहुँच जाती थी। ये पाँचों लड़कियाँ मुझसे छोटी हैं और मेरा बस चलता तो अभी तीन-चार साल तक न बोलती, लेकिन मेरी सुनता कौन है और विचार करने पर मुझे भी ऐसा मालूम होता है कि माता-पिता का लड़कियों के विवाह के लिये जल्दी करना कुछ अनुचित नहीं है। ज़िन्दगी का कोई ठिकाना नहीं। अगर माता-पिता अकाल मर जायें, तो लड़की का विवाह कौन करे। भाइयों का क्या भरोसा। अगर पिता ने काफी दौलत छोड़ी है तो कोई बात नहीं; लेकिन जैसा साध ारणतः होता है, पिता ऋण का भार छोड़ गये, तो बहन भाइयों पर भार हो जाती है। यह भी अन्य कितने ही हिन्दू-रस्मों की भाँति आर्थिक समस्या है, और जब तक हमारी आर्थिक दशा न सुधरेगी, यह रस्म भी न मिटेगी।

अब मेरे बलिदान की बारी है। आज के पंद्रहवें दिन यह घर मेरे लिये विदेश हो जायेगा। दो-चार महीने के लिये आऊँगी, तो मेहमान की तरह। मेरे विनोद बनारसी हैं, अभी क़ानून पढ़ रहे हैं। उनके पिता नामी वकील हैं। सुनती हूँ, कई गाँव हैं, कई मकान हैं, अच्छी मर्यादा है। मैंने अभी तक वर को नहीं देखा। पिताजी ने मुझसे पुछवाया था कि इच्छा हो, तो वर को बुला दूँ। पर मैंने कह दिया, कोई ज़रूरत नहीं। कौन घर में बहू बने। है तक़दीर ही का सौदा। न पिताजी ही किसी के मन में पैठ सकते हैं, न मैं ही। अगर दो-एक बार देख ही लेती, नहीं मुलाकात ही कर लेती तो क्या हम दोनों एक-दूसरे को परख लेते? यह किसी तरह संभव नहीं। ज़्यादा-से-ज़्यादा हम एक-दूसरे का रंग-रूप देख सकते हैं। इस विषय में मुझे विश्वास है कि पिताजी मुझसे कम संयत नहीं हैं। मेरे दोनों बड़े बहनोई सौंदर्य के पुतले न हों, पर कोई रमणी उनसे घृणा नहीं कर सकती। मेरी बहनें उनके साथ आनन्द से जीवन बिता रही हैं। फिर पिताजी मेरे ही साथ क्यों अन्याय करेंगे। यह मैं मानती हूँ कि हमारे समाज में कुछ लोगों का वैवाहिक जीवन सुखकर नहीं है, लेकिन संसार में ऐसा कौन समाज है, जिसमें दुखी परिवार न हों। और फिर हमेशा पुरुषों ही का दोष तो नहीं होता, बहुधा स्त्रियाँ ही विष की गाँठ होती हैं।

मैं तो विवाह को सेवा और त्याग का व्रत समझती हूँ और इसी भाव से उसका अभिवादन करती हूँ। हाँ, मैं तुम्हें विनोद से छीनना तो नहीं चाहती, लेकिन अगर 20 जुलाई तक तुम दो दिन के लिये आ सको, तो मुझे जिला लो। ज्यों-ज्यों इस व्रत का दिन निकट आ रहा है, मुझे एक अज्ञात शंका हो रही है; मगर तुम खुद बीमार हो, मेरी दवा क्या करोगी– ज़रूर आना बहन!

तुम्हारी,

चन्दा

3

मंसूरी

5-8-25

प्यारी चन्दा,

सैकड़ों बातें लिखनी हैं, किस क्रम से शुरू करूँ, समझ में नहीं आता। सबसे पहले तुम्हारे विवाह के शुभ अवसर पर न पहुँच सकने के लिये क्षमा चाहती हूँ। मैं आने का निश्चय कर चुकी थी, मैं और प्यारी चंदा के स्वयंवर में न जाऊँ: मगर उसके ठीक तीन दिन पहले विनोद ने अपना आत्मसमर्पण करके मुझे ऐसा मुग्ध कर दिया कि फिर मुझे किसी की सुधि न रही। आह! वे प्रेम के अन्तस्तल से निकले हुये उष्ण, आवेशमय और कंपित शब्द अभी तक कानों में गूँज रहे हैं। मैं खड़ी थी, और विनोद मेरे सामने घुटने टेके हुये प्रेरणा, विनय और आग्रह के पुतले बने बैठे थे। ऐसा अवसर जीवन में एक ही बार आता है, केवल एक बार, मगर उसकी मधुर स्मृति किसी स्वर्ग-संगीत की भाँति जीवन के तार-तार में व्याप्त रहता है। तुम उस आनन्द का अनुभव कर सकोगी– मैं रोने लगी, कह नहीं सकती, मन में क्या-क्या भाव आये; पर मेरी आँखों से आँसुओं की धारा बहने लगी। कदाचित् यही आनन्द की चरम सीमा है। मैं कुछ-कुछ निराश हो चली थी। तीन-चार दिन से विनोद को आते-जाते कुसुम से बातें करते देखती थी, कुसुम नित नये आभूषणों से सजी रहती थी और क्या कहूँ, एक दिन विनोद ने कुसुम की एक कविता मुझे सुनायी और एक-एक शब्द पर सिर धुनते रहे। मैं मानिनी तो हूँ ही; सोचा,जब यह उस चुड़ैल पर लट्टू हो रहे हैं, तो मुझे क्या गरज पड़ी है कि इनके लिये अपना सिर खपाऊँ। दूसरे दिन वह सबेरे आये, तो मैंने कहला दिया, तबीयत अच्छी नहीं है। जब उन्होंने मुझसे मिलने के लिये आग्रह किया, तब विवश होकर मुझे कमरे में आना पड़ा। मन में निश्चय करके आयी थी– साफ़ कह दूँगी अब आप न आया कीजिये। मैं आपके योग्य नहीं हूँ, मैं कवि नहीं, विदुषी नहीं, सुभाषिणी नहीं...एक पूरी स्पीच मन में उमड़ रही थी, पर कमरे में आयी और विनोद के सतृष्ण नेत्र देखे, प्रबल उत्कंठा में काँपते हुये होंठ– बहन, उस आवेश का चित्रण नहीं कर सकती। विनोद ने मुझे बैठने भी न दिया। मेरे सामने घुटनों के बल फर्श पर बैठ गये और उनके आतुर उन्मत्त शब्द मेरे हृदय को तरंगित करने लगे। एक सप्ताह तैयारियों में कट गया। पापा ओर मामा फूले न समाते थे।

और सबसे प्रसन्न थी कुसुम! यही कुसुम जिसकी सूरत से मुझे घृणा थी! अब मुझे ज्ञात हुआ कि मैंने उस पर सन्देह करके उसके साथ घोर अन्याय किया। उसका हृदय निष्कपट है, उसमें न ईर्ष्या है, न तृष्णा, सेवा ही उसके जीवन का मूलतत्व है। मैं नहीं समझती कि उसके बिना ये सात दिन कैसे कटते। मैं कुछ खोई-खोई सी जान पड़ती थी। कुसुम पर मैंने अपना सारा भार छोड़ दिया था। आभूषणों के चुनाव और सजाव, वस्त्रों के रंग और काट-छाँट के विषय में उसकी सुरुचि विलक्षण है। आठवें दिन जब उसने मुझे दुलहिन बनाया, तो मैं अपना रूप देखकर चकित रह गयी। मैंने अपने को कभी ऐसी सुन्दरी न समझा था। गर्व से मेरी आँखों में नशा-सा छा गया।

उसी दिन संध्या-समय विनोद और मैं दो भिन्न जल-धाराओं की भाँति संगम पर मिलकर अभिन्न हो गये। विहार-यात्रा की तैयारी पहले ही से हो चुकी थी, प्रातःकाल हम मंसूरी के लिये रवाना हो गये। कुसुम हमें पहुँचाने के लिये स्टेशन तक आयी और विदा होते समय बहुत रोयी। उसे साथ ले चलना चाहती थी, पर न जाने क्यों वह राज़ी न हुई।

मंसूरी रमणीक है, इसमें सन्देह नहीं। श्यामवर्ण मेघ-मालायें पहाड़ियों पर विश्राम कर रही हैं, शीतल पवन आशा-तरंगों की भाँति चित्त का रंजन कर रहा है, पर मुझे ऐसा विश्वास है कि विनोद के साथ मैं किसी निर्जन वन में भी इतने ही सुख से रहती। उन्हें पाकर अब मुझे किसी वस्तु की लालसा नहीं। बहन, तुम इस आनन्दमय जीवन की शायद कल्पना भी न कर सकोगी। सुबह हुई, नाश्ता आया, हम दोनों ने नाश्ता किया; डाँडी तैयार है, नौ बजते-बजते सैर करने निकल गये। किसी जल-प्रपात के किनारे जा बैठे। वहाँ जल-प्रवाह का मधुर संगीत सुन रहे हैं। या किसी शिला-खंड पर बैठे मेघों की व्योम-क्रीड़ा देख रहे हैं। ग्यारह बजते-बजते लौटे। भोजन किया। मैं प्यानो पर जा बैठी। विनोद को संगीत से प्रेम है। ख़ुद बहुत अच्छा गाते हैं और मैं गाने लगती हूँ, तब तो वह झूमने ही लगते हैं। तीसरे पहर हम एक घंटे के लिये विश्राम करके खेलने या कोई खेल देखने चले जाते हैं। रात को भोजन करने के बाद थियेटर देखते हैं और वहाँ से लौटकर शयन करते हैं। न सास की घुड़कियाँ हैं न ननदों की कानाफूसी, न जेठानियों के ताने। पर इस सुख में भी मुझे कभी-कभी एक शंका-सी होती है—फूल में कोई काँटा तो नहीं छिपा हुआ है, प्रकाश के पीछे कहीं अन्धकार तो नहीं है! मेरी समझ में नहीं आता, ऐसी शंका क्यों होती है। अरे, यह लो पाँच बज गये, विनोद तैयार हैं, आज टेनिस का मैच देखने जाना है। मैं भी जल्दी से तैयार हो जाऊँ। शेष बातें फिर लिखूँगी।

हाँ, एक बात तो भूली ही जा रही थी। अपने विवाह का समाचार लिखना। पतिदेव कैसे हैं? रंग-रूप कैसा है? ससुराल गयी, या अभी मैके ही में हो? ससुराल गयीं, तो वहाँ के अनुभव अवश्य लिखना। तुम्हारी ख़ूब नुमाइश हुई होगी। घर, कुटुम्ब और मुहल्ले की महिलाओं ने घूँघट उठा-उठाकर ख़ूब मुँह देखा होगा, ख़ूब परीक्षा हुई होगी। ये सभी बातें विस्तार से लिखना। देखें कब फिर मुलाकात होती है।

तुम्हारी,
पद्मा

4

गोरखपुर

1-9-25

प्यारी पद्मा,

तुम्हारा पत्र पढ़कर चित्त को बड़ी शान्ति मिली। तुम्हारे न आने ही से मैं समझ गयी थी कि विनोद बाबू तुम्हें हर ले गये, मगर यह न समझी थी कि तुम मंसूरी पहुँच गयी। अब उस आमोद-प्रमोद में भला ग़रीब चन्दा क्यों याद आने लगी। अब मेरी समझ में आ रहा है कि विवाह के लिये नये और पुराने आदर्श में क्या अन्तर है। तुमने अपनी पसन्द से काम लिया, सुखी हो। मैं लोक-लाज की दासी बनी रही, नसीबों को रो रही हूँ।

अच्छा, अब मेरी बीती सुनो। दान-दहेज के टंटे से तो मुझे कुछ मतलब है नहीं। पिताजी ने बड़ा ही उदार-हृदय पाया है। ख़ूब दिल खोलकर दिया होगा। मगर द्वार पर बारात आते ही मेरी अग्नि-परीक्षा शुरू हो गयी। कितनी उत्कण्ठा थी- वह-दर्शन की, पर देखूँ कैसे। कुल की नाक न कट जायेगी। द्वार पर बारात आयी। सारा ज़माना वर को घेरे हुये था। मैंने सोचा–छत पर से देखूँ। छत पर गयी, पर वहाँ से भी कुछ न दिखाई दिया। हाँ, इस अपराध के लिये अम्माँजी की घुड़कियाँ सुननी पड़ीं। मेरी जो बात इन लोगों को अच्छी नहीं लगती, उसका दोष मेरी शिक्षा के माथे मढ़ा जाता है। पिताजी बेचारे मेरे साथ बड़ी सहानुभूति रखते हैं। मगर किस-किस का मुँह पकड़े। द्वारचार तो यों गुज़रा और भाँवरों की तैयारियाँ होने लगीं। जनवासे से गहनों और कपड़ों का थाल आया। बहन! सारा घर–स्त्री-पुरुष–सब उस पर कुछ इस तरह टूटे, मानो इन लोगों ने कभी कुछ देखा ही नहीं। कोई कहता है, कंठा तो लाये ही नहीं; कोई हार के नाम को रोता है! अम्माँजी तो सचमुच रोने लगी, मानो मैं डुबा दी गयी। वर-पक्षवालों की दिल खोलकर निंदा होने लगी। मगर मैंने गहनों की तरफ़ आँख उठाकर भी नहीं देखा। हाँ, जब कोई वर के विषय में कोई बात करता था, तो मैं तन्मय होकर सुनने लगती था। मालूम हुआ- दुबले-पतले आदमी हैं। रंग साँवला है, आँखें बड़ी-बड़ी हैं, हँसमुख हैं। इन सूचनाओं से दशर्नोत्कंठा और भी प्रबल होती थी। भाँवरों का मुहूर्त ज्यों-ज्यों समीप आता था, मेरा चित्त व्यग्र होता जाता था। अब तक यद्यपि मैंने उनकी झलक भी न देखी थी, पर मुझे उनके प्रति एक अभूतपूर्व प्रेम का अनुभव हो रहा था। इस वक्त यदि मुझे मालूम हो जाता कि उनके दुश्मनों को कुछ हो गया है, तो मैं बावली हो जाती। अभी तक मेरा उनसे साक्षात् नहीं हुआ हैं, मैंने उनकी बोली तक नहीं सुनी है, लेकिन संसार का सबसे रूपवान् पुरुष भी, मेरे चित्त को आकर्षित नहीं कर सकता। अब वही मेरे सर्वस्व हैं।

आधी रात के बाद भाँवरें हुईं। सामने हवन-कुण्ड था, दोनों ओर विप्रगण बैठे हुये थे, दीपक जल रहा था, कुल देवता की मूर्ति रखी हुई थीं। वेद मंत्र का पाठ हो रहा

था। उस समय मुझे ऐसा मालूम हुआ कि सचमुच देवता विराजमान हैं। अग्नि, वायु, दीपक, नक्षत्र सभी मुझे उस समय देवत्व की ज्योति से प्रदीप्त जान पड़ते थे। मुझे पहली बार आध्यात्मिक विकास का परिचय मिला। मैंने जब अग्नि के सामने मस्तक झुकाया, तो यह कोरी रस्म की पाबंदी न थी, मैं अग्निदेव को अपने सम्मुख मूर्तिवान, स्वर्गीय आभा से तेजोमय देख रही थी। आख़िर भाँवरें भी समाप्त हो गयीं; पर पतिदेव के दर्शन न हुये।

अब अन्तिम आशा यह थी कि प्रात:काल जब पतिदेव कलेवा के लिये बुलाये जायेंगे, उस समय देखूँगी। तब उनके सिर पर मौर न होगा, सखियों के साथ मैं भी जा बैठूँगी और ख़ूब जी भरकर देखूँगी। पर क्या मालूम था कि विधि कुछ और ही कुचक्र रच रहा है। प्रात:काल देखती हूँ, तो जनवासे के खेमे उखड़ रहे हैं। बात कुछ न थी। बारातियों के नाश्ते के लिये जो सामान भेजा गया था, वह काफी न था। शायद घी भी खराब था। मेरे पिताजी को तुम जानती ही हो। कभी किसी से दबे नहीं, जहाँ रहे शेर बनकर रहे। बोले– जाते हैं, तो जाने दो, मनाने की कोई ज़रूरत नहीं; कन्यापक्ष का धर्म है बारातियों का सत्कार करना, लेकिन सत्कार का यह अर्थ नहीं कि धमकी और रोब से काम लिया जाये, मानो किसी अफ़सर का पड़ाव हो। अगर वह अपने लड़के की शादी कर सकते हैं, तो मैं भी अपनी लड़की की शादी कर सकता हूँ।

बारात चली गयी और मैं पति के दर्शन न कर सकी! सारे शहर में हलचल मच गयी। विरोधियों को हँसने का अवसर मिला। पिताजी ने बहुत सामान ज़मा किया था। वह सब ख़राब हो गया। घर में जिसे देखिये, मेरी ससुराल की निंदा कर रहा है– उजड्ड हैं, लोभी हैं, बदमाश हैं, मुझे ज़रा भी बुरा नहीं लगता। लेकिन पति के विरुद्ध मैं एक शब्द भी नहीं सुनना चाहती। एक दिन अम्माँजी बोली– लड़का भी बेसमझ है। दूध पीता बच्चा नहीं, क़ानून पढ़ता है, मूँछ-दाढ़ी आ गयी है, उसे अपने बाप को समझाना चाहिये था कि आप लोग क्या कर रहे हैं। मगर वह भी भीगी बिल्ली बना रहा। मैं सुनकर तिलमिला उठी। कुछ बोली तो नहीं, पर अम्माँजी को मालूम ज़रूर हो गया कि इस विषय में मैं उनसे सहमत नहीं। मैं तुम्हीं से पूछती हूँ बहन, जैसी समस्या उठ खड़ी हुई थी, उसमें उनका क्या धर्म था? अगर वह अपने पिता और अन्य सम्बन्धियों का कहना न मानते, तो उनका अपमान न होता? उस वक्त उन्होंने वही किया, जो उचित था। मगर मुझे विश्वास है कि ज़रा मामला ठंडा होने पर वह आयेंगे। मैं अभी से उनकी राह देखने लगी हूँ। डाकिया चिट्ठियाँ लाता है, तो दिल में धड़कन होने लगती हैं– शायद उनका पत्र भी हो! जी में बार-बार आता है, क्यों न मैं ही एक ख़त लिखूँ; मगर संकोच में पड़कर रह जाती हूँ। शायद मैं कभी न लिख सकूँगी। मान नहीं है केवल संकोच है। पर हाँ, अगर दस-पाँच दिन और उनका पत्र न आया, या वह ख़ुद न आये, तो संकोच मान का रूप धारण कर लेगा।

क्या तुम उन्हें एक चिट्ठी नहीं लिख सकती! सब खेल बन जाये। क्या मेरी इतनी ख़ातिर भी न करोगी? मगर ईश्वर के लिये उस ख़त में कहीं यह न लिख देना कि

चंदा ने प्रेरणा की है। क्षमा करना ऐसी भद्दी गलती की, तुम्हारी ओर से शंका करके मैं तुम्हारे साथ अन्याय कर रही हूँ, मगर मैं समझदार थी ही कब?

तुम्हारी,

चन्दा

5

मंसूरी

20-9-25

प्यारी चन्दा,

मैंने तुम्हारा ख़त पाने के दूसरे ही दिन काशी ख़त लिख दिया था। उसका जवाब भी मिल गया। शायद बाबूजी ने तुम्हें ख़त लिखा हो। कुछ पुराने ख़याल के आदमी हैं। मेरी तो उनसे एक दिन भी न निभती। हाँ, तुमसे निभ जायेगी। यदि मेरे पति ने मेरे साथ यह बर्ताव किया होता– अकारण मुझसे रूठे होते– तो मैं ज़िन्दगी-भर उनकी सूरत न देखती। अगर कभी आते भी, तो कुत्तों की तरह दुत्कार देती। पुरुष पर सबसे बड़ा अधिकार उसकी स्त्री का है। माता-पिता को खुश रखने के लिये वह स्त्री का तिरस्कार नहीं कर सकता। तुम्हारे ससुरालवालों ने बड़ा घृणित व्यवहार किया। पुराने ख़यालवालों का ग़जब का कलेजा है, जो ऐसी बातें सहते हैं। देखा उस प्रथा का फल, जिसकी तारीफ़ करते तुम्हारी ज़बान नहीं थकती। वह दीवार सड़ गयी। टीपटाप करने से काम न चलेगा। उसकी जगह नये सिरे से दीवार बनाने की ज़रूरत है।

अच्छा, अब कुछ मेरी भी कथा सुन लो। मुझे ऐसा संदेह हो रहा है कि विनोद ने मेरे साथ दग़ा की है। इनकी आर्थिक दशा वैसी नहीं, जैसी मैंने समझी थी। केवल मुझे ठगने के लिये इन्होंने सारा स्वाँग भरा था। मोटर माँगे की थी, बँगले का किराया अभी तक नहीं दिया गया, फरनिचर किराये के थे। यह सच है कि इन्होंने प्रत्यक्ष रूप से मुझे धोखा नहीं दिया। कभी अपनी दौलत की डींग नहीं मारी, लेकिन ऐसा रहन-सहन बना लेना, जिससे दूसरों को अनुमान हो कि यह कोई बड़े धनी आदमी हैं, एक प्रकार का धोखा ही है। यह स्वाँग इसीलिये भरा गया था कि कोई शिकार फँस जाये।

अब देखती हूँ कि विनोद मुझसे अपनी असली हालत को छिपाने का प्रयत्न किया करते हैं। अपने ख़त मुझे नहीं देखने देते, कोई मिलने आता है, तो चौंक पड़ते हैं और घबरायी हुई आवाज़ में बेरा से पूछते हैं, कौन है? तुम जानती हो, मैं धन की लौंडी नहीं। मैं केवल विशुद्ध हृदय चाहती हूँ। जिसमें पुरुषार्थ है, प्रतिभा है, वह आज नहीं तो कल अवश्य ही धनवान होकर रहेगा। मैं इस कपट-लीला से जलती हूँ। अगर विनोद मुझसे अपनी कठिनाइयाँ कह दें, तो मैं उनके साथ सहानुभूति करूँगी, उन कठिनाइयों को दूर करने में उनकी मदद करूँगी। यों मुझसे परदा करके यह मेरी सहानुभूति और सहयोग ही से हाथ नहीं धोते, मेरे मन में अविश्वास, द्वेष और क्षोभ का बीज बोते हैं। यह चिन्ता मुझे मारे डालती हैं। अगर इन्होंने अपनी दशा साफ़-साफ़ बता दी होती, तो

मैं यहाँ मंसूरी आती ही क्यों? लखनऊ में ऐसी गरमी नहीं पड़ती कि आदमी पागल हो जाये। यह हज़ारों रुपये क्यों पानी पड़ता। सबसे कठिन समस्या जीविका की है। कई विद्यालयों में आवेदन-पत्र भेज रखे हैं। जवाब का इंतज़ार कर रहे हैं। शायद इस महीने के अंत तक कहीं जगह मिल जाये। पहले तीन-बार सौ मिलेंगे। समझ में नहीं आता, कैसे काम चलेगा। डेढ़ सौ रुपये तो पापा मेरे कॉलेज का ख़र्च देते थे। अगर दस-पाँच महीने जगह न मिली तो यह क्या करेंगे, यह फ़िक्र और भी खाये डालती है।

मुश्किल यही है कि विनोद मुझसे परदा रखते हैं। अगर हम दोनों बैठकर परामर्श कर लेते, तो सारी गुत्थियाँ सुलझ जातीं। मगर शायद यह मुझे इस योग्य ही नहीं समझते। शायद इनका ख़याल है कि मैं केवल रेशमी गुड़िया हूँ, जिसे भाँति-भाँति के आभूषणों, सुगंधों और रेशमी वस्त्रों से सजाना ही काफी है। थिएटर में कोई नया तमाशा होने वाला होता है, दौड़े हुये आकर मुझे ख़बर देते हैं। कहीं कोई जलसा हो, कोई खेल हो, कहीं सैर करना हो उसकी शुभ सूचना मुझे अविलम्ब दी जाती है और बड़ी प्रसन्नता के साथ, मानो मैं रात-दिन विनोद और क्रीड़ा और विलास में मग्न रहना चाहती हूँ, मानो मेरे हृदय में गंभीर अंश है ही नहीं। यह मेरा अपमान है; घोर अपमान, जिसे मैं अब नहीं सह सकती। मैं अपने संपूर्ण अधिकार लेकर ही संतुष्ट हो सकती हूँ। बस, इस वक्त इतना ही। बाकी फिर। अपने यहाँ का हाल-हवाल विस्तार से लिखना। मुझे अपने लिये जितनी चिन्ता है, उससे कम तुम्हारे लिये नहीं है। देखो, हम दोनों के डोंगे कहाँ लगते हैं। तुम अपनी स्वदेशी, पाँच हज़ार वर्षों की पुरानी जर्जर नौका पर बैठी हो, मैं नये, द्रुतगामी मोटर-बोट पर। अवसर, विज्ञान और उद्योग। मेरे साथ हैं। लेकिन कोई दैवी विपत्ति आ जाये, तब भी इसी मोटर-बोट पर डूबूँगी। साल में लाखों आदमी रेल के टक्करों से मर जाते हैं, पर कोई बैलगाड़ियों पर यात्रा नहीं करता। रेलों का विस्तार बढ़ता ही जाता है। बस।

तुम्हारी,
पद्मा

6

गोरखपुर

25-9-25

प्यारी पद्मा,

कल तुम्हारा ख़त मिला, आज जवाब लिख रही हूँ। एक तुम हो कि महीनों रटाती हो। इस विषय में तुम्हें मुझसे उपदेश लेना चाहिये। विनोद बाबू पर तुम व्यर्थ ही आक्षेप लगा रही हो। तुमने क्यों पहले ही उनकी आर्थिक दशा की जाँच-पड़ताल नहीं की? बस, एक सुन्दर, रसिक, शिष्ट, वाणी-मधुर युवक देखा और फूल उठीं? अब भी तुम्हारा ही दोष है। तुम अपने व्यवहार से, रहन-सहन से सिद्ध कर दो कि तुममें गंभीर अंश भी हैं, फिर देखूँ कि विनोद बाबू कैसे तुमसे परदा रखते हैं। और बहन, यह तो मानवी

स्वभाव है। सभी चाहते हैं कि लोग हमें संपन्न समझें। इस स्वाँग को अंत तक निभाने की चेष्टा की जाती है और जो इस काम में सफल हो जाता है, उसी का जीवन सफल समझा जाता है। जिस युग में धन ही सर्वप्रधान हो, मर्यादा, कीर्ति, यश– यहाँ तक कि विद्या भी धन से खरीदी जा सके, उस युग में स्वाँग भरना एक लाज़िमी बात हो जाती है। अधिकार योग्यता का मुँह ताकते हैं! यही समझ लो कि इन दोनों में फूल और फल का संबंध है। योग्यता का फूल लगा और अधिकार का फल आया।

इन ज्ञानोपदेश के बाद अब तुम्हें हार्दिक धन्यवाद देती हूँ। तुमने पतिदेव के नाम जो पत्र लिखा था, उसका बहुत अच्छा असर हुआ। उसके पाँचवें ही दिन स्वामी का कृपापात्र मुझे मिला। बहन, वह ख़त पाकर मुझे कितनी खुशी हुई, इसका तुम अनुमान कर सकती हो। मालूम होता था, अंधे को आँखें मिल गयी हैं। कभी कोठे पर जाती थी, कभी नीचे आती थी। सारे में खलबली पड़ गयी। तुम्हें वह पत्र अत्यन्त निराशाजनक जान पड़ता, मेरे लिये वह संजीवन-मंत्र था, आशादीपक था। प्राणेश ने बारातियों की उद्दन्डता पर खेद प्रकट किया था, पर बड़ों के सामने वह ज़बान कैसे खोल सकते थे। फिर जनातियों ने भी, बारातियों का जैसा आदर-सत्कार करना चाहिये था, वैसा नहीं किया। अन्त में लिखा था–'प्रिये, तुम्हारे दर्शनों की कितनी उत्कंठा है, लिख नहीं सकता। तुम्हारी कल्पित मूर्ति नित आँखों के सामने रहती है। पर कुल-मर्यादा का पालन करना मेरा कर्त्तव्य है। जब तक माता-पिता का रुख न पाऊँ, आ नहीं सकता। तुम्हारे वियोग में चाहे प्राण ही निकल जायें, पर पिता की इच्छा की उपेक्षा नहीं कर सकता। हाँ, एक बात का दृढ़-निश्चय कर चुका हूँ– चाहे इधर की दुनिया उधर हो जाये, कपूत कहलाऊँ, पिता के कोप का भागी बनूँ, घर छोड़ना पड़े पर अपनी दूसरी शादी न करूँगा। मगर जहाँ तक मैं समझता हूँ, मामला इतना तूल न खींचेगा। यह लोग थोड़े दिनों में नर्म पड़ जायेंगे और तब मैं आऊँगा और अपनी हृदयेश्वरी को आँखों पर बिठाकर लाऊँगा।

बस, अब मैं संतुष्ट हूँ बहन, मुझे और कुछ न चाहिये। स्वामी मुझ पर इतनी कृपा रखते हैं, इससे अधिक और वह क्या कर सकते हैं! प्रियतम! तुम्हारी चन्दा सदस तुम्हारी रहेगी, तुम्हारी इच्छा ही उसका कर्तव्य है। वह जब तक जियेगी, तुम्हारे पवित्र चरणों से लगी रहेगी। उसे बिसारना मत।

बहन, आँखों में आँसू भर आते हैं, अब नहीं लिखा जाता, जवाब जल्द देना।

तुम्हारी,

चन्दा

7

दिल्ली

15-12-25

प्यारी बहन,

तुझसे बार-बार क्षमा माँगती हूँ, पैरों पड़ती हूँ। मेरे पत्र न लिखने का कारण आलस्य न था, सैर-सपाटे की धुन न थी। रोज़ सोचती थी कि आज लिखूँगी, पर कोई-न-कोई ऐसा काम आ पड़ता था, कोई ऐसी बात हो जाती थी; कोई ऐसी बाधा आ खड़ी होती थी कि चित्त अशान्त हो जाता था और मुँह लपेटकर पड़ रहती थी। तुम मुझे अब देखो तो शायद पहिचान न सको। मंसूरी से दिल्ली आये एक महीना हो गया। यहाँ विनोद को तीन सौ रुपये की एक जगह मिल गयी है। यह सारा महीना बाज़ार की ख़ाक छानने में कटा। विनोद ने मुझे पूरी स्वाधीनता दे रखी है। मैं जो चाहूँ, करूँ, उनसे कोई मतलब नहीं। वह मेरे मेहमान हैं। गृहस्थी का सारा बोझ मुझ पर डालकर वह निश्चिंत हो गये हैं। ऐसा बेफ़िक्रा मैंने आदमी ही नहीं देखा। हाज़िरी की परवाह है, न डिनर की, बुलाया तो आ गये, नहीं तो बैठे हैं। नौकरों से कुछ बोलने की तो मानो इन्होंने क़सम ही खा ली है। उन्हें डाँटू तो मैं, रखूँ तो मैं, निकालूँ तो मैं, उनसे कोई मतलब ही नहीं। मैं चाहती हूँ, वह मेरे प्रबन्ध की आलोचना करें, ऐब निकालें; मैं चाहती हूँ जब मैं बाज़ार से कोई चीज़ लाऊँ, तो वह बतावें मैं जट गयी या जट आयी; मैं चाहती हूँ महीने के ख़र्च का बजट बनाते समय मेरे और उनके बीच में ख़ूब बहस हो, पर इन अरमानों में से एक भी पूरा नहीं होता। मैं नहीं समझती, इस तरह कोई स्त्री कहाँ तक गृह-प्रबन्ध में सफल हो सकती है। विनोद के इस सम्पूर्ण आत्म-समर्पण ने मेरी निज की ज़रूरतों के लिये कोई गुंज़ाइश ही नहीं रखी। अपने शौक की चीज़ें ख़ुद खरीदकर लाते बुरा मालूम होता है, कम-से-कम मुझसे नहीं हो सकता। मैं जानती हूँ, मैं अपने लिये कोई चीज़ लाऊँ, तो वह नाराज न होंगे। नहीं, मुझे विश्वास है, खुश होंगे; लेकिन मेरा जी चाहता है, मेरे शौक-सिंगार की चीज़ें वह ख़ुद लाकर दें। उनसे लेने में जो आनन्द है, वह ख़ुद जाकर लाने में नहीं। पिताजी अब भी मुझे सौ रुपया महीना देते हैं और उन रुपयों को मैं अपनी ज़रूरतों पर ख़र्च कर सकती हूँ। पर न जाने क्यों मुझे भय होता है कि कहीं विनोद समझें, मैं उनके रुपये ख़र्च किये डालती हूँ। जो आदमी किसी बात पर नाराज नहीं हो सकता, वह किसी बात पर खुश भी नहीं हो सकता। मेरी समझ में ही नहीं आता, वह किस बात से खुश और किस बात से नाराज होते हैं। बस, मेरी दशा उस आदमी की-सी है, जो बिना रास्ता जाने इधर-उधर भटकता फिरे। तुम्हें याद होगा, हम दोनों कोई गणित का प्रश्न लगाने के बाद कितनी उत्सुकता से उसका जवाब देखती थी; जब हमारा जवाब किताब के जवाब से मिल जाता था, तो हमें कितना हार्दिक आनन्द मिलता था। मेहनत सफल हुई, इसका विश्वास हो जाता था। जिन गणित की पुस्तकों में प्रश्नों के उत्तर न लिखे होते थे, उसके प्रश्न हल करने की हमारी इच्छा ही न होती थी। सोचते थे, मेहनत अकारथ जायेगी। मैं रोज़ प्रश्न हल करती हूँ, पर नहीं जानती कि जवाब ठीक निकला, या गलत। सोचो, मेरे चित्त की क्या दशा होगी।

एक हफ़्ता होता है, लखनऊ की मिस रिग से भेंट हो गयी। वह लेडी डॉक्टर हैं और मेरे घर बहुत आती-जाती हैं। किसी का सिर भी धमका और मिस रिग बुलायी गयीं। पापा जब मेडिकल कॉलेज में प्रोफ़ेसर थे, तो उन्होंने इन मिस रिग को पढ़ाया

था। उसका एहसान वह अब भी मानती हैं। यहाँ उन्हें देखकर भोजन का निमंत्रण न देना अशिष्टता की हद होती। मिस रिग ने दावत मंज़ूर कर ली। उस दिन मुझे जितनी कठिनाई हुई, वह बयान नहीं कर सकती। मैंने कभी अंग्रेज़ों के साथ टेबुल पर नहीं खाया। उनमें भोजन के क्या शिष्टाचार हैं, इसका मुझे बिलकुल ज्ञान नहीं। मैंने समझा था, विनोद मुझे सारी बातें बता देंगे। वह बरसों अंग्रेज़ों के साथ इंग्लैंड रह चुके हैं। मैंने उन्हें मिस रिग के आने की सूचना भी दे दी। पर उस भले आदमी ने मानो सुना ही नहीं। मैंने भी निश्चय किया, मैं तुमसे कुछ न पूछूँगी, यही न होगा कि मिस रिग हँसेंगी। बला से। अपने ऊपर बार-बार झुँझलाती थी कि कहाँ मिस रिग को बुला बैठी। पड़ोस के बँगलों में कई हमीं-जैसे परिवार रहते हैं। उनसे सलाह ले सकती थी। पर यही संकोच होता था कि ये लोग मुझे गँवारिन समझेंगे। अपनी इस विवशता पर थोड़ी देर तक आँसू भी बहाती रही। आख़िर निराश होकर अपनी बुद्धि से काम लिया। दूसरे दिन मिस रिग आयीं। हम दोनों भी मेज पर बैठे। दावत शुरू हुई। मैं देखती थी कि विनोद बार-बार झेंपते थे और मिस रिग बार-बार नाक सिकोड़ती थीं, जिससे प्रकट हो रहा था कि शिष्टाचार की मर्यादा भंग हो रही है। मैं शर्म के मारे मरी जाती थी। किसी भाँति विपत्ति सिर से टली। तब मैंने कान पकड़े कि अब किसी अंग्रेज़ की दावत न करूँगी। उस दिन से देख रही हूँ, विनोद मुझसे कुछ खिंचे हुये हैं। मैं भी नहीं बोल रही हूँ। वह शायद समझते हैं कि मैंने उनकी भद्द करा दी। मैं समझ रही हूँ कि उन्होंने मुझे लज्जित किया। सच कहती हूँ, चन्दा, गृहस्थी के इन झंझटों में मुझे अब किसी से हँसने-बोलने का अवसर नहीं मिलता। इधर महीनों से कोई नयी पुस्तक नहीं पढ़ सकी। विनोद की विनोदशीलता भी न जाने कहाँ चली गयी। अब वह सिनेमा या थिएटर का नाम भी नहीं लेते। हाँ, मैं चलूँ तो वह तैयार हो जायेंगे। मैं चाहती हूँ, प्रस्ताव उनकी ओर से हो, मैं उसका अनुमोदन करूँ। शायद वह पहिले की आदतें छोड़ रहे हैं। मैं तपस्या का संकल्प उनके मुख पर अंकित पाती हूँ। ऐसा जान पड़ता है, अपने में गृह-संचालन की शक्ति न पाकर उन्होंने सारा भार मुझ पर डाल दिया है। मंसूरी में वह घर के संचालक थे। दो-ढाई महीने में पन्द्रह सौ ख़र्च किये। कहाँ से लाये, यह मैं अब तक नहीं जानती। पास तो शायद ही कुछ रहा हो। संभव है किसी मित्र से ले लिया हो। तीन सौ रुपये महीने की आमदनी में थिएटर और सिनेमा का ज़िक्र ही क्या! पचास रुपये तो मकान ही के निकल जाते हैं। मैं इस जंज़ाल से तंग आ गयी हूँ। जी चाहता है, विनोद से कह दूँ कि मेरे चलाये यह ठेला न चलेगा। आप तो दो-ढाई घंटा यूनिवर्सिटी में काम करके दिन-भर चैन करें, ख़ूब टेनिस खेलें, ख़ूब उपन्यास पढ़ें, ख़ूब सोयें और मैं सुबह से आधी रात तक घर के झंझटों में मरा करूँ। कई बार छेड़ने का इरादा किया, दिल में ठानकर उनके पास गयी भी, लेकिन उनका सामीप्य मेरे सारे संयम, सारी ग्लानि, सारी विरक्ति को हर लेता है। उनका विकसित मुखमंडल, उनके अनुरक्त नेत्र, उनके कोमल शब्द मुझ पर मोहिनी मंत्र-सा डाल देते हैं। उनके एक आलिंगन में मेरी सारी वेदना विलीन हो जाती है। बहुत अच्छा होता, अगर यह इतने रूपवान, इतने मधुरभाषी,

इतने सौम्य न होते। तब कदाचित् मैं इनसे झगड़ बैठती, अपनी कठिनाइयाँ कह सकती। इस दशा में तो इन्होंने मुझे जैसे भेड़ बना लिया है। मगर माया को तोड़ने का मौका तलाश कर रही हूँ। एक तरह से मैं अपना आत्म-सम्मान खो बैठी हूँ। मैं क्यों हर एक बात में किसी की अप्रसन्नता से डरती रहती हूँ? मुझमें क्यों यह भाव नहीं आता कि जो कुछ मैं कर रही हूँ, वह ठीक है। मैं इतनी मुखापेक्षा क्यों करती हूँ? इस मनोवृत्ति पर मुझे विजय पाना है, चाहे जो कुछ हो। अब इस वक्त विदा होती हूँ। अपने यहाँ के समाचार लिखना, जी लगा है।

तुम्हारी,

पद्मा

8

काशी

25-12-25

प्यारी पद्मा,

तुम्हारा पत्र पढ़कर मुझे कुछ दुःख हुआ, कुछ हँसी आयी, कुछ क्रोध आया। तुम क्या चाहती हो, यह तुम्हें ख़ुद नहीं मालूम। तुमने आदर्श पति पाया है, व्यर्थ की शंकाओं से मन को अशान्त न करो। तुम स्वाधीनता चाहती थीं, वह तुम्हें मिल गयी। दो आदमियों के लिये तीन सौ रुपये कम नहीं होते। उस पर अभी तुम्हारे पापा भी सौ रुपये दिये जाते हैं। अब और क्या करना चाहिये? मुझे भय होता है कि तुम्हारा चित्त कुछ अव्यवस्थित हो गया है। मेरे पास तुम्हारे लिये सहानुभूति का एक शब्द भी नहीं।

मैं पन्द्रह तारीख़ को काशी आ गयी। स्वामी स्वयं मुझे विदा कराने गये थे। घर से चलते समय बहुत रोई। पहले मैं समझती थी कि लड़कियाँ झूठ-मूठ रोया करती हैं। फिर मेरे लिये तो माता-पिता का वियोग कोई नयी बात न थी। गर्मी, दशहरा और बड़े दिन की छुट्टियों के बाद छह सालों से इस वियोग का अनुभव कर रही हूँ। कभी आँखों में आँसू न आते थे। सहेलियों से मिलने की खुशी होती थी। पर अबकी तो ऐसा जान पड़ता था कि कोई हृदय को खींचे लेता है। अम्माँजी के गले लिपटकर तो मैं इतना रोयी कि मुझे मूर्च्छा आ गयी। पिताजी के पैरों पर लोटकर रोने की अभिलाषा मन में ही रह गयी। हाय, वह रुदन का आनन्द! उस समय पिता के चरणों पर गिरकर रोने के लिये मैं अपने प्राण तक दे देती। यही रोना आता था कि मैंने इनके लिये कुछ न किया। मेरा पालन-पोषण करने में इन्होंने क्या कुछ कष्ट न उठाया! मैं जन्म की रोगिणी हूँ। रोज़ ही बीमार रहती थी। अम्माँजी रात-रात भर मुझे गोद में लिये बैठी रह जाती थीं। पिताजी के कन्धों पर चढ़कर उचकने की याद मुझे अभी तक आती है। उन्होंने कभी मुझे कड़ी निगाह से नहीं देखा। मेरे सिर में दर्द हुआ और उनके हाथों के तोते उड़ जाते थे। दस वर्ष की उम्र तक तो यों गये। छह साल देहरादून में गुज़रे। अब, जब इस योग्य हुई कि उनकी कुछ सेवा करूँ, तो यों पर झाड़कर अलग हो गयी। कुल

आठ महीने तक उनके चरणों की सेवा कर सकी और यही आठ महीने मेरे जीवन की निधि है। मेरी ईश्वर से यही प्रार्थना है कि मेरा जन्म फिर इसी गोद में हो और फिर इसी अतुल पितृस्नेह का आनन्द भोगूँ।

सन्ध्या समय गाड़ी स्टेशन से चली। मैं जनाना कमरे में थी और लोग दूसरे कमरे में थे। उस वक्त सहसा मुझे स्वामीजी को देखने की प्रबल इच्छा हुई। सान्त्वना, सहानुभूति और आश्रय के लिये हृदय व्याकुल हो रहा था। ऐसा जान पड़ता था जैसे कोई क़ैदी कालापानी जा रहा हो।

घंटे भर के बाद गाड़ी एक स्टेशन पर रुकी। मैं पीछे की ओर खिड़की से सिर निकालकर देखने लगी। उसी वक्त द्वार खुला और किसी ने कमरे में क़दम रखा। उस कमरे में एक औरत भी न थी। मैंने चौंककर पीछे देखा तो एक पुरुष। मैंने तुरन्त मुँह छिपा लिया और बोली, आप कौन हैं? यह जनाना कमरा है। मरदाने कमरे में जाइये। पुरुष ने खड़े-खड़े कहा– मैं तो इसी कमरे में बैठूँगा। मरदाने कमरे में भीड़ बहुत है।

मैंने रोष से कहा– नहीं, आप इसमें नहीं बैठ सकते।

'मैं तो बैठूँगा।'

'आपको निकलना पड़ेगा। आप अभी चले जाइये, नहीं तो मैं अभी जंज़ीर खींच लूँगी।'

'अरे साहब, मैं भी आदमी हूँ, कोई जानवर नहीं हूँ। इतनी जगह पड़ी हुई है। आपका इसमें हरज़ क्या है?'

गाड़ी ने सीटी दी। मैं और घबराकर बोली– आप निकलते हैं या मैं जंज़ीर खींचूँ?

पुरुष ने मुस्कराकर कहा– आप तो बड़ी गुस्सावर मालूम होती हैं। एक ग़रीब आदमी पर आपको ज़रा भी दया नहीं आती?

गाड़ी चल पड़ी। मारे क्रोध और लज्जा के मुझे पसीना आ गया। मैंने फ़ौरन द्वार खोल दिया और बोली– अच्छी बात है, आप बैठिए, मैं ही जाती हूँ।

बहन, मैं सच कहती हूँ, मुझे उस वक्त लेशमात्र भी भय न था। जानती थी, गिरते ही मर जाऊँगी, पर एक अजनबी के साथ अकेले बैठने से मर जाना अच्छा था। मैंने एक पैर लटकाया ही था कि उस पुरुष ने मेरी बाँह पकड़ ली और अन्दर खींचता हुआ बोला– अब तक तो आपने मुझे कालेपानी भेजने का सामान कर दिया था। यहाँ और कोई तो है नहीं, फिर आप इतना क्यों घबराती हैं। बैठिये, ज़रा हँसिये-बोलिये। अगले स्टेशन पर मैं उतर जाऊँगा, इतनी देर तक कृपा-कटाक्ष से वंचित न कीजिये। आपको देखकर दिल काबू से बाहर हुआ जाता है। क्यों एक ग़रीब का खून सिर पर लीजियेगा।...

मैंने झटककर अपना हाथ छुड़ा लिया। सारी देह काँपने लगी। आँखों में आँसू भर आये। उस वक्त अगर मेरे पास कोई छुरी या कटार होती, तो मैंने ज़रूर उसे निकाल लिया होता और मरने-मारने को तैयार हो गयी होती। मगर इस दशा में क्रोध से होंठ चबाने के सिवा और क्या करती! आख़िर झल्लाना व्यर्थ समझकर मैंने सावधान होने की चेष्टा करके कहा– आप कौन हैं? उसने उसी ढिठाई से कहा– तुम्हारे प्रेम का इच्छुक।

‘आप तो मज़ाक करते हैं। सच बतलाइये।’

‘सच बता रहा हूँ, तुम्हारा आशिक हूँ।’

‘अगर आप मेरे आशिक हैं, तो कम-से-कम इतनी बात मानिये कि अगले स्टेशन पर उतर जाइये। मुझे बदनाम करके आप कुछ न पायेंगे। मुझ पर इतनी दया कीजिये।’

मैंने हाथ जोड़कर यह बात कही। मेरा गला भी भर आया था। उस आदमी ने द्वार की ओर जाकर कहा– अगर आपका यही हुक़्म है, तो लीजिये, जाता हूँ। याद रखियेगा।

उसने द्वार खोल लिया और एक पाँव आगे बढ़ाया। मुझे मालूम हुआ वह नीचे कूदने जा रहा है। बहन, नहीं कह सकती कि उस वक्त मेरे दिल की क्या दशा हुई। मैंने बिजली की तरह लपककर उसका हाथ पकड़ लिया और अपनी तरफ़ ज़ोर से खींच लिया।

उसने ग्लानि से भरे हुये स्वर में कहा–‘क्यों खींच लिया, मैं तो चला जा रहा था।’

‘अगला स्टेशन आने दीजिये।’

‘जब आप भगा ही रही हैं, तो जितनी जल्द भाग जाऊँ उतना ही अच्छा।’

‘मैं यह कब कहती हूँ कि आप चलती गाड़ी से कूद पड़िये।’

‘अगर मुझ पर इतनी दया है, तो एक बार ज़रा दर्शन ही दे दो।’

‘अगर आपकी स्त्री से कोई दूसरा पुरुष बातें करता, तो आपको कैसा लगता?’

पुरुष ने त्योरियाँ चढ़ाकर कहा– मैं उसका खून पी जाता।

मैंने निस्संकोच होकर कहा– तो फिर आपके साथ मेरे पति क्या व्यवहार करेंगे, यह भी आप समझते होंगे?

‘तुम अपनी रक्षा आप ही कर सकती हो। प्रिये! तुम्हें पति की मदद की ज़रूरत ही नहीं। अब आओ, मेरे गले से लग जाओ। मैं ही तुम्हारा भाग्यशाली स्वामी और सेवक हूँ।’

मेरा हृदय उछल पड़ा। एक बार मुँह से निकला– ‘अरे! आप!!’ और मैं दूर हटकर खड़ी हो गयी। एक हाथ लंबा घूँघट खींच लिया। मुँह से एक शब्द न निकला।

स्वामी ने कहा– अब यह शर्म और परदा कैसा?

मैंने कहा– आप बड़े छलिये हैं! इतनी देर तक मुझे रुलाने में क्या मज़ा आया?

स्वामी– इतनी देर में मैंने तुम्हें जितना पहचान लिया, उतना घर के अन्दर शायद बरसों में भी न पहचान सकता। यह अपराध क्षमा करो। क्या तुम सचमुच गाड़ी से कूद पड़तीं?

‘अवश्य?’

‘बड़ी ख़ैरियत हुई, मगर यह दिल्लगी बहुत दिनों याद रहेगी।’

मेरे स्वामी औसत क़द के, साँवले, चेचक-रू, दुबले आदमी हैं। उनसे कहीं रूपवान् पुरुष मैंने देखे हैं: पर मेरा हृदय कितना उल्लसित हो रहा था! कितनी आनन्दमय सन्तुष्टि का अनुभव कर रही थी, मैं बयान नहीं कर सकती।

मैंने पूछा– गाड़ी कब तक पहुँचेगी?

'शाम को पहुँच जायेंगे।'

मैंने देखा, स्वामी का चेहरा कुछ उदास हो गया है। वह दस मिनट तक चुपचाप बैठे बाहर की तरफ़ ताकते रहे। मैंने उन्हें केवल बात में लगाने ही के लिये यह अनावश्यक प्रश्न पूछा था। पर अब भी जब वह न बोले तो मैंने फिर न छेड़ा। पानदान खोलकर पान बनाने लगी। सहसा, उन्होंने कहा– चन्दा, एक बात कहूँ?

मैंने कहा– हाँ-हाँ, शौक से कहिये।

उन्होंने सिर झुकाकर शर्माते हुये कहा– मैं जानता कि तुम इतनी रूपवती हो, तो मैं तुमसे विवाह न करता। अब तुम्हें देखकर मुझे मालूम हो रहा है कि मैंने तुम्हारे साथ अन्याय किया है। मैं किसी तरह तुम्हारे योग्य न था।

मैंने पान का बीड़ा उन्हें देते हुये कहा– ऐसी बातें न कीजिये। आप जैसे हैं, मेरे सर्वस्व हैं। मैं आपकी दासी बनकर अपने भाग्य को धन्य मानती हूँ।

दूसरा स्टेशन आ गया। गाड़ी रुकी। स्वामी चले गये। जब-जब गाड़ी रुकती थी, वह आकर दो-चार बातें कर जाते थे। शाम को हम लोग बनारस पहुँच गये। मकान एक गली में है और मेरे घर से बहुत छोटा है। इन कई दिनों में यह भी मालूम हो रहा है कि सासजी स्वभाव की रूखी हैं। लेकिन अभी किसी के बारे में कुछ नहीं कह सकती। सम्भव है, मुझे भ्रम हो रहा हो। फिर लिखूँगी।

मुझे इसकी चिन्ता नहीं कि घर कैसा है, आर्थिक दशा कैसी है, सास-ससुर कैसे हैं। मेरी इच्छा है कि यहाँ सभी मुझ से खुश रहें। पतिदेव को मुझसे प्रेम है, यह मेरे लिये काफी है। मुझे और किसी बात की परवा नहीं। तुम्हारे बहनोईजी का मेरे पास बार-बार आना सासजी को अच्छा नहीं लगता। वह समझती हैं, कहीं यह सिर न चढ़ जाये। क्यों मुझ पर उनकी यह अकृपा है, कह नहीं सकती; पर इतना जानती हूँ कि वह अगर इस बात से नाराज होती हैं, तो हमारे ही भले के लिये। वह ऐसी कोई बात क्यों करेंगी, जिसमें हमारा हित न हो। अपनी सन्तान का अहित कोई माता नहीं कर सकती। मुझ ही में कोई बुराई उन्हें नज़र आयी होगी। दो-चार दिन में आप ही मालूम हो जायेगा! अपने यहाँ के समाचार लिखना। जवाब की आशा एक महीने के पहले तो है नहीं, यों तुम्हारी खुशी।

तुम्हारी,
चन्दा

9

दिल्ली

1-2-26

प्यारी बहन,

तुम्हारे प्रथम मिलन की कुतूहलमय कथा पढ़कर, चित्त प्रसन्न हो गया। मुझे तुम्हारे ऊपर हसद हो रहा है। मैंने समझा था, तुम्हें मुझ पर हसद होगा, पर क्रिया उलटी हो गयी, तुम्हें चारों ओर हरियाली ही नज़र आती है, मैं जिधर नज़र डालती हूँ, सूखे रेत और नग्न टीलों के सिवा और कुछ नहीं। ख़ैर! अब कुछ मेरा वृत्तान्त सुनो–'अब जिगर थामकर बैठो, मेरी बारी आयी।'

विनोद की अविचलित दार्शनिकता अब असह्य हो गयी है। कुछ विचित्र जीव हैं, घर में आग लगे, पत्थर पड़े इनकी बला से। इन्हें मुझ पर ज़रा भी दया नहीं आती। मैं सुबह से शाम तक घर के झंझटों में कुढ़ा करूँ, इन्हें कुछ परवाह नहीं। ऐसा सहानुभूति से खाली आदमी कभी नहीं देखा था। इन्हें तो किसी जंगल में तपस्या करनी चाहिये थी। अभी तो ख़ैर दो ही प्राणी हैं, लेकिन कहीं बाल-बच्चे हो गये, तब तो मैं बे-मौत मर जाऊँगी। ईश्वर न करे, वह दारुण विपत्ति मेरे सिर पड़े।

चन्दा, मुझे अब दिल से लगी हुई है कि किसी भाँति इनकी वह समाधि भंग कर दूँ। मगर कोई उपाय सफल नहीं होता, कोई चाल ठीक नहीं पड़ती। एक दिन मैंने उनके कमरे के लंप का बल्ब तोड़ दिया। कमरा अँधेरा पड़ा रहा। आप सैर करके आये, तो कमरा अँधेरा देखा। मुझसे पूछा, मैंने कह दिया बल्ब टूट गया। बस, आपने भोजन किया और मेरे कमरे में आकर लेट रहे। पत्रों और उपन्यासों की ओर देखा तक नहीं, न-जाने वह उत्सुकता कहाँ विलीन हो गयी। दिन-भर गुज़र गया, आपको बल्ब लगवाने की कोई फ़िक्र नहीं। आख़िर, मुझी को बाज़ार से लाना पड़ा।

एक दिन मैंने झुँझलाकर रसोइये को निकाल दिया। सोचा जब लाला रात-भर भूखे सोयेंगे, तब आँखें खुलेंगी। मगर इस भले आदमी ने कुछ पूछा तक नहीं। चाय न मिली, कुछ परवाह नहीं। ठीक दस बजे अपने कपड़े पहने, एक बार रसोई की ओर जाकर देखा, सन्नाटा था। बस, कॉलेज चल दिये। एक आदमी पूछता है, महाराज कहाँ गया, क्यों गया; अब क्या इन्तज़ाम होगा, कौन खाना पकायेगा, कम-से-कम इतना तो मुझसे कह सकते थे कि तुम अगर नहीं पका सकती, तो बाज़ार ही से कुछ खाना मँगवा लो।

जब वह चले गये, तो मुझे बड़ा पश्चात्ताप हुआ। रायल होटल से खाना मँगवाया और बैरे के हाथ कॉलेज भेज दिया। पर ख़ुद भूखी ही रही। दिन-भर भूख के मारे बुरा हाल था। सिर में दर्द होने लगा। आप कॉलेज से आए और मुझे पड़े देखा तो ऐसे परेशान हुये मानो मुझे त्रिदोष है। उसी वक्त एक डॉक्टर बुला भेजा। डॉक्टर आये, आँखें देखीं, ज़बान देखी, हरारत देखी, लगाने की दवा अलग दी, पीने की अलग, आदमी दवा लेने गया। लौटा तो बारह रुपये का बिल भी था। मुझे इन सारी बातों पर ऐसा क्रोध आ रहा था कि कहाँ भागकर चली जाऊँ। उस पर आप आराम-कुर्सी डालकर मेरी चारपाई के पास बैठ गये और एक-एक पल पर पूछने लगे कैसा जी है? दर्द कुछ कम हुआ? यहाँ मारे भूख के आँतें कुलकुला रही थी। दवा हाथ से छुयी तक नहीं। आख़िर झख मारकर मैंने फिर बैरे से खाना मँगवाया। फिर चाल उलटी पड़ी। मैं डरी कि कहीं सबेरे फिर यह महाशय डॉक्टर को न बुला बैठें, इसलिये सबेरा होते ही

हारकर फिर घर के काम-धन्धे में लगी। उसी वक्त एक दूसरा महाराज बुलवाया। अपने पुराने महाराज को बेक़सूर निकालकर दण्डस्वरूप एक काठ के उल्लू को रखना पड़ा, जो मामूली चपातियाँ भी नहीं पका सकता। उस दिन से एक नयी बला गले पड़ी। दोनों वक्त दो घंटे इस महाराज को सिखाने में लग जाते हैं। इसे अपनी पाक-कला का ऐसा घमण्ड है कि मैं चाहे जितना बकूँ, पर करता अपने ही मन की है। उस पर बीच-बीच में मुस्कराने लगता है, मानो कहता हो कि 'तुम इन बातों को क्या जानो, चुपचाप बैठी देखती जाओ।' जलाने चली थी विनोद को और ख़ुद जल गयी। रुपये ख़र्च हुये, वह तो हुये ही, एक और जंज़ाल में फँस गयी। मैं ख़ुद जानती हूँ कि विनोद का डॉक्टर को बुलाना या मेरे पास बैठे रहना केवल दिखावा था। उनके चेहरे पर ज़रा भी घबराहट न थी, चित्त ज़रा भी अशान्त न था।

चंदा, मुझे क्षमा करना। मैं नहीं जानती कि ऐसे पुरुष के पाले पड़कर तुम्हारी क्या दशा होती, पर मेरे लिये इस दशा में रहना असह्य है। मैं आगे जो वृत्तान्त कहने वाली हूँ, उसे सुनकर तुम नाक-भौं सिकोड़ोगी, मुझे कोसोगी, कलंकिनी कहोगी; पर जो चाहे कहो, मुझे परवा नहीं। आज चार दिन होते हैं, मैंने त्रिया-चरित्र का एक नया अभिनय किया। हम दोनों सिनेमा देखने गये थे। वहाँ मेरी बग़ल में एक बंगाली बाबू बैठे हुये थे। विनोद सिनेमा में इस तरह बैठते हैं, मानो ध्यानावस्था में हों। न बोलना, न चालना! फिल्म इतनी सुन्दर थी, ऐक्टिंग इतनी सजीव कि मेरे मुँह से बार-बार प्रशंसा के शब्द निकल जाते थे। बंगाली बाबू को भी बड़ा आनन्द आ रहा था। हम दोनों उस फिल्म पर आलोचनाएँ करने लगे। वह फिल्म के भावों की इतनी रोचक व्याख्या करता था कि मन मुग्ध हो जाता था। फिल्म से ज़्यादा मज़ा मुझे उसकी बातों में आ रहा था। बहन, सच कहती हूँ, शक्ल-सूरत में वह विनोद के तलुओं की बराबरी भी नहीं कर सकता, पर केवल विनोद को जलाने के लिये मैं उससे मुस्करा-मुस्करा कर बातें करने लगी। उसने समझा, कोई शिकार फँस गया। अवकाश के समय वह बाहर जाने लगा, तो मैं भी उठ खड़ी हुई; पर विनोद अपनी जगह पर ही बैठे रहे।

मैंने कहा– बाहर चलते हो, मेरी तो बैठे-बैठे क़मर दुख गयी।

विनोद बोले– हाँ-हाँ चलो, इधर-उधर टहल आयें। मैंने लापरवाही से कहा– तुम्हारा जी न चाहे तो मत चलो, मैं मज़बूर नहीं करती।

विनोद फिर अपनी जगह पर बैठते हुये बोले– अच्छी बात है।

मैं बाहर आयी तो बंगाली बाबू ने पूछा– क्या आप यहीं की रहने वाली हैं?

'मेरे पति यहाँ यूनिवर्सिटी में प्रोफ़ेसर हैं।'

'अच्छा! वह आपके पति थे। अजीब आदमी हैं।'

'आपको तो मैंने शायद यहाँ पहले भी देखा है।'

'हाँ, मेरा मकान तो बंगाल में है। कंचनपुर के महाराज साहब का प्राइवेट सेक्रेटरी हूँ। महाराजा साहब वाइसराय से मिलने आये हैं।'

'तो अभी दो-चार दिन रहियेगा?'

'जी हाँ, आशा तो करता हूँ। रहूँ तो साल-भर रह जाऊँ। जाऊँ तो दूसरी गाड़ी से चला जाऊँ। हमारे महाराजा साहब का कुछ ठीक नहीं। यों बड़े सज्जन और मिलनसार हैं। आपसे मिलकर बहुत खुश होंगे।'

यह बातें करते-करते हम रेस्ट्राँ में पहुँच गये। बाबू ने चाय और टोस्ट लिया। मैंने सिर्फ़ चाय ली।

'तो इसी वक्त आपका महाराजा साहब से परिचय करा दूँ। आपको आश्चर्य होगा कि मुकुटधारियों में भी इतनी नम्रता और विनय हो सकती है। उनकी बातें सुनकर आप मुग्ध हो जायेंगी।'

मैंने आईने में अपनी सूरत देखकर कहा- जी नहीं, फिर किसी दिन पर रखिये। आपसे तो अक्सर मुलाकात होती रहेगी। क्या आपकी स्त्री आपके साथ नहीं आयीं?

युवक ने मुस्कराकर कहा- मैं अभी क्वाँरा हूँ और शायद क्वाँरा ही रहूँ?

मैंने उत्सुक होकर पूछा- अच्छा! तो आप भी स्त्रियों से भागने वाले जीवों में से हैं। इतनी बातें तो हो गयीं और आपका नाम तक न पूछा।

बाबू ने अपना नाम भुवनमोहन दास गुप्त बताया। मैंने अपना परिचय दिया।

'जी नहीं, मैं उन अभागों में हूँ, जो एक बार निराश होकर फिर उसकी परीक्षा नहीं करते। रूप की तो संसार में कमी नहीं, मगर रूप और गुण का मेल बहुत कम देखने में आता है। जिस रमणी से मेरा प्रेम था, वह आज एक बड़े वकील की पत्नी है। मैं ग़रीब था। इसकी सज़ा मुझे ऐसी मिली कि जीवनपर्यन्त न भूलेगी। साल-भर तक जिसकी उपासना की, जब उसने मुझे धन पर बलिदान कर दिया, तो अब और क्या आशा रखूँ?

मैंने हँसकर कहा- आपने बहुत जल्द हिम्मत हार दी।

भुवन ने सामने द्वार की ओर ताकते हुये कहा- मैंने आज तक ऐसा वीर ही नहीं देखा, जो रमणियों से परास्त न हुआ हो। ये हृदय पर चोट करती हैं और हृदय एक ही गहरी चोट सह सकता है। जिस रमणी ने मेरे प्रेम को तुच्छ समझकर पैरों से कुचल दिया, उसको मैं दिखाना चाहता हूँ कि मेरी आँखों में धन कितनी तुच्छ वस्तु है, यही मेरे जीवन का एकमात्र उद्देश्य है। मेरा जीवन उसी दिन सफल होगा, जब विमला के घर के सामने मेरा विशाल भवन होगा और उसका पति मुझसे मिलने में अपना सौभाग्य समझेगा।

मैंने गम्भीरता से कहा- यह तो कोई बहुत ऊँचा उद्देश्य नहीं है। आप यह क्यों समझते हैं कि विमला ने केवल धन के लिये आपका परित्याग किया। सम्भव है, इसके और भी कारण हों। माता-पिता ने उस पर दबाव डाला हो, या अपने ही में उसे कोई ऐसी त्रुटि दिखलायी दी हो, जिससे आपका जीवन दुःखमय हो जाता। आप यह क्यों समझते हैं कि जिस प्रेम से वंचित होकर आप इतने दुःखी हुये, उसी प्रेम से वंचित होकर वह सुखी हुई होगी। सम्भव था, कोई धनी स्त्री पाकर आप भी फिसल जाते।

भुवन ने ज़ोर देकर कहा– यह असम्भव है, सर्वथा असम्भव है। मैं उसके लिये त्रिलोक का राज्य भी त्याग देता।

मैंने हँसकर कहा– हाँ, इस वक्त आप ऐसा कह सकते हैं; मगर ऐसी परीक्षा में पड़कर आपकी क्या दशा होती, इसे आप निश्चयपूर्वक नहीं बता सकते। सिपाही की बहादुरी का प्रमाण उसकी तलवार है, उसकी ज़बान नहीं। इसे अपना सौभाग्य समझिये कि आपको उस परीक्षा में नहीं पड़ना पड़ा। वह प्रेम, प्रेम नहीं है, जो प्रत्याघात की शरण ले। प्रेम का आदि भी सहृदयता है और अन्त भी सहृदयता। सम्भव है, आपको अब भी कोई ऐसी बात मालूम हो जाये, जो विमला की तरफ़ से आपको नर्म कर दे।

भुवन गहरे विचार में डूब गया। एक मिनट के बाद उन्होंने सिर उठाया। और बोले–'मिसेज विनोद, आपने आज एक ऐसी बात सुझा दी, जो आज तक मेरे ध्यान में आयी ही न थी। यह भाव कभी मेरे मन में उदय ही नहीं हुआ। मैं इतना अनुदार क्यों हो गया, समझ में नहीं आता। मुझे आज मालूम हुआ कि प्रेम के ऊँचे आदर्श का पालन रमणियाँ ही कर सकती हैं। पुरुष कभी प्रेम के लिये आत्म-समर्पण नहीं कर सकता– वह प्रेम को स्वार्थ और वासना से पृथक नहीं कर सकता। अब मेरा जीवन सुखमय हो जायेगा। आपने मुझे आज शिक्षा दी है, उसके लिये आपको धन्यवाद देता हूँ।'

यह कहते-कहते भुवन सहसा चौंक पड़े और बोले– ओह! मैं कितना बड़ा मूर्ख हूँ– सारा रहस्य समझ में आ गया, अब कोई बात छिपी नहीं है। ओह, मैंने विमला के साथ घोर अन्याय किया! महान अन्याय! मैं बिलकुल अंधा हो गया था। विमला, मुझे क्षमा करो।

भुवन इसी तरह देर तक विलाप करते रहे। बार-बार मुझे धन्यवाद देते थे और मूर्खता पर पछताते थे। हमें इसकी सुध ही न रही कि कब घंटी बजी, कब खेल शुरू हुआ। यकायक विनोद कमरे में आए। मैं चौंक पड़ी। मैंने उनके मुख की ओर देखा, किसी भाव का पता न था। बोले– तुम अभी यहीं हो, पद्मा! खेल शुरू हुये तो देर हुई! मैं चारों तरफ़ तुम्हें खोज़ रहा था।

मैं हकबकाकर उठ खड़ी हुई और बोली– खेल शुरू हो गया? घंटी की आवाज़ तो सुनायी ही नहीं दी।

भुवन भी उठे। हम फिर आकर तमाशा देखने लगे। विनोद ने मुझे अगर इस वक्त दो-चार लगने वाली बातें कह दी होतीं, उनकी आँखों में क्रोध की झलक दिखायी देती, तो मेरा अशान्त हृदय सँभल जाता, मेरे मन को ढाढ़स होती, पर उनके अविचलित विश्वास ने मुझे और भी अशान्त कर दिया। बहन, मैं चाहती हूँ, वह मुझ पर शासन करें। मैं उनकी कठोरता, उनकी उद्दण्डता, उनकी बलिष्ठता का रूप देखना चाहती हूँ। उनके प्रेम, प्रमोद, विश्वास का रूप देख चुकी। इससे मेरी आत्मा को तृप्ति नहीं होती! तुम उस पिता को क्या कहोगी, जो अपने पुत्र को अच्छा खिलाये,

अच्छा पहनाये, पर उसकी शिक्षा-दीक्षा की कुछ चिन्ता न करे; वह जिस राह जाये, उस राह जाने दे; जो कुछ करे, वह करने दे। कभी उसे कड़ी आँख से देखे भी नहीं। ऐसा लड़का अवश्य ही आवारा हो जायेगा। मेरा भी वही हाल हुआ जाता है। यह उदासीनता मेरे लिये असह्य है। इस भले आदमी ने यहाँ तक न पूछा कि भुवन कौन है? भुवन ने यही तो समझा होगा कि इसका पति इसकी बिलकुल परवाह नहीं करता। विनोद ख़ुद स्वाधीन रहना चाहते हैं, मुझे भी स्वाधीन छोड़ देना चाहते हैं। वह मेरे किसी काम में हस्तक्षेप नहीं करना चाहते। इसी तरह चाहते हैं कि मैं भी उनके किसी काम में हस्तक्षेप न करूँ।

मैं इस स्वाधीनता को दोनों ही के लिये विष तुल्य समझती हूँ। संसार में स्वाधीनता का चाहे जो भी मूल्य हो, घर में तो पराधीनता ही फलती-फूलती है। मैं जिस तरह अपने एक जेवर को अपना समझती हूँ, उसी तरह विनोद को अपना समझना चाहती हूँ। अगर मुझसे पूछे बिना विनोद उसे किसी को दे दें, तो मैं लड़ पड़ूँगी। मैं चाहती हूँ, कहाँ हूँ, क्या पढ़ती हूँ, किस तरह जीवन व्यतीत करती हूँ, इन सारी बातों पर उनकी तीव्र दृष्टि रहनी चाहिये। जब वह मेरी परवाह नहीं करते, तो मैं उनकी परवाह क्यों करूँ? इस खींचातानी में हम एक-दूसरे से अलग होते चले जा रहे हैं और क्या कहूँ, मुझे कुछ नहीं मालूम कि वह किन मित्रों को रोज़ पत्र लिखते हैं। उन्होंने भी मुझसे कभी कुछ नहीं पूछा। ख़ैर, मैं क्या लिख रही थी, क्या कहने लगी। विनोद ने मुझसे कुछ नहीं पूछा। मैं फिर भुवन से फिल्म के सम्बन्ध में बातें करने लगी।

जब खेल खत्म हो गया और हम लोग बाहर आये और ताँगा ठीक करने लगे, तो भुवन ने कहा–'मैं अपनी कार में आपको पहुँचा दूँगा।'

हमने कोई आपत्ति नहीं की। हमारे मकान का पता पूछकर भुवन ने कार चला दी। रास्ते में मैंने भुवन से कहा–'कल मेरे यहाँ दोपहर का खाना खाइयेगा।' भुवन ने स्वीकार कर लिया।

भुवन तो हमें पहुँचाकर चले गये, पर मेरा मन बड़ी देर तक उन्हीं की तरफ़ लगा रहा। इन दो-तीन घंटों में भुवन को जितना समझी, उतना विनोद को आज तक नहीं समझी। मैंने भी अपने हृदय की जितनी बातें उससे कह दीं, उतनी विनोद से आज तक नहीं कहीं। भुवन उन मनुष्यों में है, जो किसी पर पुरुष को मेरी कुदृष्टि डालते देखकर उसे मार डालेगा। उसी तरह मुझे किसी पुरुष से हँसते देखकर मेरा खून पी लेगा और ज़रूरत पड़ेगी, तो मेरे लिये आग में कूद पड़ेगा। ऐसा ही पुरुष-चरित्र मेरे हृदय पर विजय पा सकता है। मेरे ही हृदय पर नहीं, नारी-जाति (मेरे विचार में) ऐसे ही पुरुष पर जान देती हैं। वह निर्बल है, इसलिये बलवान का आश्रय ढूँढ़ती है।

बहन, तुम ऊब गयी होगी, ख़त बहुत लम्बा हो गया; मगर इस काण्ड को समाप्त किये बिना नहीं रहा जाता। मैंने सबेरे ही से भुवन की दावत की तैयारी शुरू कर दी। रसोइया तो काठ का उल्लू है, मैंने सारा काम अपने हाथ से किया। भोजन बनाने में ऐसा आनन्द मुझे और कभी न मिला था।

भुवन बाबू की कार ठीक समय पर आ पहुँची। भुवन उतरे और सीधे मेरे कमरे में आए। दो-चार बातें हुईं। डिनर-टेबल पर जा बैठे। विनोद भी भोजन करने आए। मैंने उन दोनों आदमियों का परिचय करा दिया। मुझे ऐसा मालूम हुआ कि विनोद ने भुवन की ओर से कुछ उदासीनता दिखायी। इन्हें राजाओं-रईसों से चिढ़ है, साम्यवादी हैं। जब राजाओं से चिढ़ है तो उनके पिट्ठुओं से क्यों न होती। वह समझते हैं, इन रईसों के दरबार में ख़ुशामदी, निकम्मे, सिद्धान्तहीन, चरित्रहीन लोगों का जमघट रहता है, जिनका इसके सिवाय और कोई काम नहीं कि अपने रईस की हर एक उचित-अनुचित इच्छा पूरी करें और प्रजा का गला काटकर अपना घर भरें। भोजन के समय बातचीत की धारा घूमते-घूमते विवाह और प्रेम-जैसे महत्त्व के विषय पर आ पहुँची।

विनोद ने कहा—'नहीं, मैं वर्तमान वैवाहिक प्रथा को पसन्द नहीं करता। इस प्रथा का आविष्कार उस समय हुआ था, जब मनुष्य सभ्यता की प्रारम्भिक दशा में था। तब से दुनिया बहुत आगे बढ़ी है। मगर विवाह प्रथा में जौ-भर भी अन्तर नहीं पड़ा। यह प्रथा वर्तमान काल के लिये उपयोगी नहीं।'

भुवन ने कहा—'आख़िर आपको इसमें क्या दोष दिखायी देते हैं?'

विनोद ने विचारकर कहा—'इसमें सबसे बड़ा ऐब यह है कि यह एक सामाजिक प्रश्न को धार्मिक रूप दे देता है।'

'और दूसरा?'

'दूसरा यह कि यह व्यक्तियों की स्वाधीनता में बाधक हैं। यह स्त्रीव्रत और पतिव्रत का स्वाँग रचकर हमारी आत्मा को संकुचित कर देता है। हमारी बुद्धि के विकास में जितनी रुकावट इस प्रथा ने डाली है, उतनी और किसी भौतिक या दैविक क्रांति से भी नहीं हुई। इसने मिथ्या आदर्शों को हमारे सामने रख दिया और आज तक हम उन्हीं पुरानी, सड़ी हुई, लज्जाजनक पाशविक लकीरों को पीटते जाते हैं। व्रत केवल एक निरर्थक बंधन का नाम है। इतना महत्त्वपूर्ण नाम देकर हमने उस क़ैद को धार्मिक रूप दे दिया है। पुरुष क्यों चाहता है कि स्त्री उसको अपना ईश्वर, अपना सर्वस्व समझे? केवल इसलिये कि वह उसका भरण-पोषण करता है। क्या स्त्री का कर्त्तव्य केवल पुरुष की सम्पत्ति के लिये वारिस पैदा करना है? उस सम्पत्ति के लिये जिस पर, हिन्दू नीतिशास्त्र के अनुसार, पति के देहान्त के बाद उसका कोई अधिकार नहीं रहता। समाज की यह सारी व्यवस्था, सारा संगठन सम्पत्ति-रक्षा के आधार पर हुआ है। इसने सम्पत्ति को प्रधान और व्यक्ति को गौण कर दिया है। हमारे ही वीर्य से उत्पन्न सन्तान हमारी कमायी हुई जायदाद का भोग करे, इस मनोभाव में कितनी स्वार्थान्धता, कितना दासत्व छिपा हुआ है, इसका कोई अनुमान नहीं कर सकता। इस क़ैद में जकड़ी हुई समाज की सन्तान यदि आज घर में, देश में, संसार में, अपने क्रूर स्वार्थ के लिये रक्त की नदियाँ बहा रही है, तो क्या आश्चर्य है। मैं इस वैवाहिक प्रथा को सारी बुराइयों का मूल समझता हूँ।'

भुवन चकित हो गया। मैं खुद चकित हो गयी। विनोद ने इस विषय पर मुझसे कभी इतनी स्पष्टता से बातचीत न की थी। मैं यह तो जानती थी, वह साम्यवादी हैं, दो-एक बार इस विषय पर उनसे बहस भी कर चुकी हूँ, पर वैवाहिक प्रथा के वे इतने विरोधी हैं, यह मुझे मालूम न था। भुवन के चेहरे से ऐसा प्रकट होता था कि उन्होंने ऐसे दार्शनिक विचारों की गंध तक नहीं पायी। ज़रा देर के बाद बोले– प्रोफ़ेसर साहेब, आपने तो मुझे एक बड़े चक्कर में डाल दिया। आख़िर आप इस प्रथा की जगह कोई और प्रथा रखना चाहते हैं या विवाह की आवश्यकता ही नहीं समझते? जिस तरह पशु-पक्षी आपस में मिलते हैं, वह हमें भी करना चाहिये?

विनोद ने तुरंत उत्तर दिया– बहुत कुछ। पशु-पंक्षियों में सभी का मानसिक विकास एक-सा नहीं है। कुछ ऐसे हैं, जो जोड़े के चुनाव में कोई विचार नहीं रखते। कुछ ऐसे हैं, जो एक बार बच्चे पैदा करने के बाद अलग हो जाते हैं, और कुछ ऐसे हैं, जो जीवनपर्यन्त एक साथ रहते हैं। कितनी ही भिन्न-भिन्न श्रेणियाँ हैं। मैं मनुष्य होने के नाते उसी श्रेणी को श्रेष्ठ समझता हूँ, जो जीवनपर्यन्त एक साथ रहते हैं। मगर स्वेच्छा से। उनके यहाँ कोई क़ैद नहीं, कोई सज़ा नहीं। दोनों अपने-अपने चारे-दाने की फ़िक्र करते हैं। दोनों मिलकर रहने का स्थान बनाते हैं, दोनों साथ बच्चों का पालन करते हैं। उनके बीच में कोई तीसरा नर या मादा आ ही नहीं सकता, यहाँ तक कि उनमें से जब एक मर जाता है तो दूसरा मरते दम तक फुट्टैल रहता है। यह अन्धेर मनुष्य-जाति ही में है कि स्त्री ने किसी दूसरे पुरुष से हँसकर बात की और उसके पुरुष की छाती पर साँप लोटने लगा, खून-खराबे के मंसूबे सोचे जाने लगे। पुरुष ने किसी दूसरी स्त्री की ओर रसिक नेत्रों से देखा और अर्धांगिनी ने त्योरियाँ बदलीं, पति के प्राण लेने को तैयार हो गयी। यह सब क्या है? ऐसा मनुष्य-समाज सभ्यता का किस मुँह से दावा कर सकता है?

भुवन ने सिर सहलाते हुये कहा– मगर मनुष्यों में भी तो भिन्न-भिन्न श्रेणियाँ हैं। कुछ लोग हर महीने एक नया जोड़ा खोज़ निकालेंगे। विनोद ने हँसकर कहा– लेकिन यह इतना आसान काम न होगा। या तो वह ऐसी स्त्री चाहेगा, जो सन्तान का पालन स्वयं कर सकती हो या उसे एक मुश्त सारी रक़म अदा करना पड़ेगी!

भुवन भी हँसे– आप अपने को किस श्रेणी में रखेंगे?

विनोद इस प्रश्न के लिये तैयार न थे। था भी बेढंगा-सा सवाल। झेंपते हुये बोले– परिस्थितियाँ जिस श्रेणी में ले जायें। मैं स्त्री और पुरुष दोनों के लिये पूर्ण स्वाधीनता का हामी हूँ। कोई कारण नहीं है कि मेरा मन किसी नवयौवना की ओर आकर्षित हो और वह भी मुझे चाहे तो भी मैं समाज और नीति के भय से उसकी ओर ताक न सकूँ। मैं इसे पाप नहीं समझता।

भुवन अभी कुछ उत्तर न देने पाये थे कि विनोद उठ खड़े हुये। कॉलेज के लिये देर हो रही थी। तुरन्त कपड़े पहने और चल दिये। हम दोनों दीवानखाने में आकर बैठे और बातें करने लगे।

भुवन ने सिगार जलाते हुये कहा—'कुछ सुना' कहाँ जाकर तान टूटी?

मैंने मारे शर्म के सिर झुका लिया। क्या जवाब देती। विनोद की अन्तिम बात ने मेरे हृदय पर कठोर आघात किया था। मुझे ऐसा मालूम हो रहा था कि विनोद ने केवल मुझे सुनाने के लिये विवाह का यह नया खण्डन तैयार किया है। वह मुझसे पिंड छुड़ा लेना चाहते हैं। वह किसी रमणी की ताक में हैं, मुझसे उनका जी भर गया। वह ख़याल करके मुझे बड़ा दुःख हुआ। मेरी आँखों से आँसू बहने लगे। कदाचित एकांत में मैं न रोती, पर भुवन के सामने मैं संयत न रह सकी। भुवन ने मुझे बहुत सांत्वना दी—'आप व्यर्थ इतना शोक करती हैं। मिस्टर विनोद आपका मान न करें; पर संसार में कम-से-कम एक ऐसा व्यक्ति है, जो आपके संकेत पर अपने प्राण तक न्योछावर कर सकता। आप-जैसी रमणी-रत्न पाकर संसार में ऐसा कौन पुरुष है, जो अपने भाग्य को धन्य न मानेगा। आप इसकी बिलकुल चिन्ता न करें।'

मुझे भुवन की यह बात बुरी मालूम हुई। क्रोध से मेरा मुख लाल हो गया। यह धूर्त मेरी इस दुर्बलता से लाभ उठाकर मेरा सर्वनाश करना चाहता है। अपने दुर्भाग्य पर बराबर रोना आता था। अभी विवाह हुये साल भी नहीं पूरा हुआ, मेरी यह दशा हो गयी कि दूसरों को मुझे बहकाने और मुझ पर अपना जादू चलाने का साहस हो रहा है। जिस वक्त मैंने विनोद को देखा था, मेरा हृदय कितना फूल उठा था। मैंने अपने हृदय को कितनी भक्ति से उनके चरणों पर अर्पण किया था। मगर क्या जानती थी कि इतनी जल्द मैं उनकी आँखों से गिर जाऊँगी और मुझे परित्यक्ता समझ, फिर शोहदे मुझ पर डोरे डालेंगे।

मैंने आँसू पोंछते हुये कहा— मैं आपसे क्षमा माँगती हूँ। मुझे ज़रा विश्राम लेने दीजिये।

'हाँ-हाँ, आराम करें; मैं बैठा देखता रहूँगा।'

'जी नहीं, अब आप कृपा करके जाइये। यों मुझे आराम न मिलेगा।'

'अच्छी बात है, आप आराम कीजिये। मैं सन्ध्या-समय आकर देख जाऊँगा।'

'जी नहीं, आपको कष्ट करने की कोई ज़रूरत नहीं है।'

'अच्छा तो मैं कल जाऊँगा। शायद महाराजा साहब भी आवें।'

'नहीं, आप लोग मेरे बुलाने का इन्तज़ार कीजियेगा। बिना बुलाये न आइयेगा।'

यह कहती हुई मैं उठकर अपने सोने के कमरे की ओर चली। भुवन एक क्षण मेरी ओर देखता रहा, फिर चुपके से चला गया।

बहन, इसे दो दिन हो गये हैं। पर मैं कमरे से बाहर नहीं निकली। भुवन दो-तीन बार आ चुका है, मगर मैंने उससे मिलने से साफ़ इनकार कर दिया। अब शायद उसे फिर आने का साहस न होगा। ईश्वर ने बड़े नाज़ुक मौके पर मुझे सुबुद्धि प्रदान की, नहीं तो मैं अब तक अपना सर्वनाश कर बैठी होती। विनोद प्रायः मेरे पास ही बैठे रहते हैं। लेकिन उनसे बोलने को मेरा जी नहीं चाहता। जो पुरुष व्यभिचार का दार्शनिक सिद्धान्तों से समर्थन कर सकता है, जिसकी आँखों में विवाह-जैसे पवित्र बन्धन को

कोई मूल्य नहीं, जो न मेरा हो सकता है, न मुझे अपना बना सकता है, उसके साथ मुझ-जैसी मानिनी गर्विणी स्त्री का कै दिन निर्वाह होगा!

बस, अब विदा होती हूँ। बहन, क्षमा करना। मैंने तुम्हारा बहुत-सा अमूल्य समय ले लिया। मगर इतना समझ लो कि मैं तुम्हारी दया नहीं, सहानुभूति चाहती हूँ।

तुम्हारी,

पद्मा

10

काशी

5-1-26

बहन,

तुम्हारा पत्र पढ़कर मुझे ऐसा मालूम हुआ कि कोई उपन्यास पढ़कर उठी हूँ। अगर तुम उपन्यास लिखो, तो मुझे विश्वास है, उसकी धूम मच जाये। तुम स्वयं उसकी नायिका बन जाना। तुम ऐसी-ऐसी बातें कहाँ सीख गयीं, मुझे तो यही आश्चर्य है। उस बंगाली के साथ तुम अकेली कैसी बैठी बातें करती रहीं, मेरी तो समझ नहीं आता। मैं तो कभी न कर सकती। तुम विनोद को जलाना चाहती हो, उनके चित्त को अशान्त करना चाहती हो। उस ग़रीब के साथ तुम कितना भयंकर अन्याय कर रही हो! तुम यह क्यों समझती हों कि विनोद तुम्हारी उपेक्षा कर रहे हैं, अपने विचारों में इतने मग्न है कि उनकी रुचि ही नहीं रही। संभव है, वह कोई दार्शनिक तत्त्व खोज रहे हों, कोई थीसिस लिख रहे हों, किसी पुस्तक की रचना कर रहे हों। कौन कह सकता है? तुम जैसी रूपवती स्त्री पाकर यदि कोई मनुष्य चिन्तित रहे, तो समझ लो कि उसके दिल पर कोई बड़ा बोझ है। उनको तुम्हारी सहानुभूति की ज़रूरत है, तुम उनका बोझ हलका कर सकती हो। लेकिन तुम उलटे उन्हीं को दोष देती हो। मेरी समझ में नहीं आता कि तुम एक दिन क्यों विनोद से दिल खोलकर बातें नहीं कर लेतीं, संदेह को जितनी जल्द हो सके, दिल से निकाल डालना चाहिये। संदेह वह चोट है, जिसका उपचार जल्द न हो, तो नासूर पड़ जाता है और फिर अच्छा नहीं होता। क्यों दो-चार दिनों के लिये यहाँ नहीं चली आतीं? तुम शायद कहो, तू ही क्यों नहीं चली आती। लेकिन मैं स्वतन्त्र नहीं हूँ, बिना सास-ससुर से पूछे कोई काम नहीं कर सकती। तुम्हें तो कोई बंधन नहीं है।

बहन, आजकल मेरा जीवन हर्ष और शोक का विचित्र मिश्रण हो रहा है। अकेली होती हूँ, तो रोती हूँ, आनन्द आ जाते हैं तो हँसती हूँ। जी चाहता है, वह हरदम मेरे सामने बैठे रहते। लेकिन रात के बारह बजे के पहले उनके दर्शन नहीं होते। एक दिन दोपहर को आ गये, तो सासजी ने ऐसा डाँटा कि कोई बच्चे को क्या डाँटेगा। मुझे ऐसा भय हो रहा है कि सासजी को मुझसे चिढ़ है। बहन, मैं उन्हें भरसक प्रसन्न रखने की चेष्टा करती हूँ। जो काम कभी न किये थे, वह उनके लिये करती हूँ, उनके स्नान के लिये पानी गर्म करती हूँ, उनकी पूजा के लिये चौकी बिछाती हूँ। वह स्नान कर

लेती हैं, तो उनकी धोती छाँटती हूँ, वह लेटती हैं तो उनके पैर दबाती हूँ; जब वह सो जाती हैं तो उन्हें पंखा झलती हूँ। वह मेरी माता हैं, उन्हीं के गर्भ से वह रत्न उत्पन्न हुआ है, जो मेरा प्राणधार है। मैं उनकी कुछ सेवा कर सकूँ, इससे बढ़कर मेरे लिये सौभाग्य की और क्या बात होगी। मैं केवल इतना ही चाहती हूँ कि वह मुझसे हँसकर बोले, मगर न जाने क्यों वह बात-बात पर मुझे कोसने दिया करती है। मैं जानती हूँ, दोष मेरा ही है। हाँ, मुझे मालूम नहीं, वह क्या हैं। अगर मेरा यही अपराध है कि मैं अपनी दोनों नन्दों से रूपवती क्यों हूँ, पढ़ी-लिखी क्यों हूँ, आनंद मुझे इतना क्यों चाहते हैं, तो बहन, यह मेरे बस की बात नहीं। मेरे प्रति सासजी को भ्रम होता होगा कि मैं ही आनंद को भरमा रही हूँ। शायद वह पछताती है कि क्यों मुझे बहू बनाया! उन्हें भय होता है कि कहीं मैं उनके बेटे को उनसे छीन न लूँ। दो-एक बार मुझे जादूगरनी कह चुकी हैं। दोनों ननदें अकारण ही मुझसे जलती रहती है। बड़ी ननदजी तो विधवा हो गई है, उनका जलना समझ में आता है, लेकिन छोटी ननदजी तो अभी कलोर हैं, उनका जलना मेरी समझ में नहीं आता। मैं उनकी जगह होती,तो अपनी भावज से कुछ सीखने की, कुछ पढ़ने की कोशिश करती, उनके चरण धो-धोकर पीती, पर इस छोकरी को मेरा अपमान करने ही में आनंद आता है। मैं जानती हूँ, थोड़े दिनों में दोनों ननदें लज्जित होंगी। हाँ, अभी वे मुझसे बिचकती हैं। मैं अपनी तरफ़ से तो उन्हें अप्रसन्न होने का कोई अवसर नहीं देती।

मगर रूप को क्या करूँ। क्या जानती थी कि एक दिन इस रूप के कारण मैं अपराधिनी ठहरायी जाऊँगी। मैं सच कहती हूँ बहन, यहाँ मैंने सिंगार करना एक तरह से छोड़ ही दिया है। मैली-कुचैली बनी बैठी रहती हूँ। इस भय से कि कोई मेरे पढ़ने-लिखने पर नाक न सिकोड़े, पुस्तकों को हाथ नहीं लगाती। घर से पुस्तकों का एक गट्ठर बाँध लायी थी। कई उनमें पुस्तकें बड़ी सुन्दर हैं। उन्हें पढ़ने के लिये बार-बार जी चाहता है, मगर डरती हूँ कि कोई ताना न दे बैठे। दोनों ननदें मुझे देखती रहती हैं कि यह क्या करती है, कैसे बैठती है, कैसे बोलती है, मानो दो-दो जासूस मेरे पीछे लगा दिये गये हों। इन दोनों महिलाओं को मेरी बदगोई में क्यों इतना मज़ा आता है, नहीं कह सकती। शायद आजकल उसके सिवा दूसरा काम ही नहीं। गुस्सा तो ऐसा आता है कि एक बार झिड़क दूँ, लेकिन मन को समझाकर रोक लेती हूँ। यह दशा बहुत दिनों नहीं रहेगी। एक नये आदमी से कुछ हिचक होना स्वाभाविक ही है, विशेषकर जब वह नया आदमी शिक्षा और विचार व्यवहार में हमसे अलग हो। मुझी को अगर किसी फ्रेंच लेडी के साथ रहना पड़े, तो शायद में भी उसकी हरएक बात को आलोचना और कुतूहल की दृष्टि से देखने लगूँ। यह काशीवासी लोग पूजा-पाठ बहुत करते हैं। सासजी तो रोज़ गंगा-स्नान करने जाती हैं। बड़ी ननद भी उनके साथ जाती हैं। मैंने कभी पूजा नहीं की। याद है, हम और तुम पूजा करने वालों को कितना बनाया करती थी। अगर मैं पूजा करने वालों का चरित्र कुछ उन्नत पाती, तो शायद अब तक मैं भी पूजा करती होती। लेकिन मुझे तो कभी ऐसा अनुभव प्राप्त नहीं हुआ, पूजा करने वालियाँ भी उसी तरह

दूसरों की निन्दा करती हैं, उसी तरह आपस में लड़ती-झगड़ती हैं, जैसे वे जो कभी पूजा नहीं करतीं। ख़ैर, अब मुझे धीरे-धीरे पूजा से श्रद्धा होती जा रही है। मेरे ददिया ससुरजी ने एक छोटा-सा ठाकुरद्वारा बनवा दिया था। वह मेरे घर के सामने ही है। मैं अक्सर सासजी के साथ वहाँ जाती हूँ और अब यह कहने में मुझे कोई संकोच नहीं कि उन विशाल मूर्तियों के दर्शन से मुझे अपने अंतस्तल में एक ज्योति का अनुभव होता है। जितनी अश्रद्धा से मैं राम और कृष्ण के जीवन की आलोचना किया करती थी, वह बहुत कुछ मिट चुकी है।

लेकिन रूपवती होने का दण्ड यहीं तक बस नहीं है। ननदें अगर मेरे रूप को देखकर जलती हैं, तो यह स्वाभाविक है। दुःख तो इस बात का है कि यह दण्ड मुझे उस तरफ़ से भी मिल रहा है, जिधर से इसकी कोई संभावना न होनी चाहिये—मेरे आनन्द बाबू भी मुझे इसका दण्ड दे रहे हैं। हाँ, उनकी दण्डनीति एक निराले ही ढंग की है। वह मेरे पास नित्य ही कोई-न-कोई सौगात लाते रहते हैं। वह जितनी देर मेरे पास रहते हैं। उनके मन में यह संदेह होता रहता है कि मुझे उनका रहना अच्छा नहीं लगता। वह समझते हैं कि मैं उनसे जो प्रेम करती हूँ, यह केवल दिखावा है, कौशल है। वह मेरे सामने कुछ ऐसे दबे-दबाये, सिमटे-सिमटाये रहते हैं कि मैं मारे लज्जा के मर जाती हूँ। उन्हें मुझसे कुछ कहते हुये ऐसा संकोच होता है, मानो वह कोई अनाधिकार चेष्टा कर रहे हों। जैसे मैले-कुचैले कपड़े पहने हुये कोई आदमी उज्ज्वल वस्त्र पहनने वालों से दूर ही रहना चाहता है, वही दशा इनकी है। वह शायद समझते हैं कि किसी रूपवती स्त्री को रूपहीन पुरुष से प्रेम हो ही नहीं सकता। शायद वह दिल में पछताते हैं कि क्यों इससे विवाह किया। शायद उन्हें अपने ऊपर ग्लानि होती है। वह मुझे कभी रोते देख लेते हैं, तो समझते हैं। मैं अपने भाग्य को रो रही हूँ, कोई पत्र लिखते देखते हैं, तो समझते है, मैं उनकी रूपहीनता ही का रोना रो रही हूँ। क्या कहूँ बहन, यह सौन्दर्य मेरी जान का ग्राहक हो गया। आनन्द के मन से शंका को निकालने और उन्हें अपनी ओर से आश्वासन देने के लिये मुझे ऐसी-ऐसी बातें करनी पड़ती हैं, ऐसे-ऐसे आचरण करने पड़ते हैं, जिन से मुझे घृणा होती है।

अगर पहले से यह दशा जानती, तो ब्रह्मा से कहती कि मुझे कुरूपा ही बनाना। बड़े असमंजस में पड़ी हूँ! अगर सासजी की सेवा नहीं करती, बड़ी ननदजी का मन नहीं रखती, तो उनकी आँखों से गिरती हूँ। अगर आनन्द बाबू को निराश करती हूँ, तो कदाचित मुझसे विरक्त ही हो जायें। मैं तुमसे अपने हृदय की बात कहती हूँ। बहन, तुमसे क्या पर्दा रखना है; मुझे आनन्द बाबू से उतना प्रेम है, जो किसी स्त्री को पुरुष से हो सकता है, उनकी जगह अब अगर इन्द्र भी सामने आ जायें, तो मैं उनकी ओर आँख उठाकर न देखूँ। मगर उन्हें कैसे विश्वास दिलाऊँ। मैं देखती हूँ, वह किसी-न-किसी बहाने से बार-बार घर में आते हैं और दबी हुई, ललचायी हुई नज़रों से मेरे कमरे के द्वार की ओर देखते हैं, तो जी चाहता है, जाकर उनका हाथ पकड़ लूँ और अपने कमरे में खींच ले आऊँ। मगर एक तो डर होता है कि किसी की आँख पड़ गयी, तो छाती

पीटने लगेगी, और इससे भी बड़ा डर यह कि कहीं आनन्द इसे भी कौशल ही न समझ बैठे। अभी उनकी आमदनी बहुत कम है, लेकिन दो-चार रुपये सौगातों में रोज़ उड़ाते हैं। अगर प्रेमोपहार-स्वरूप वह धेले की कोई चीज़ दें, तो मैं उसे आँखों से लगाऊँ, लेकिन वह कर-स्वरूप देते हैं, मानो उन्हें ईश्वर ने यह दण्ड दिया है। क्या करूँ, अब मुझे भी प्रेम का स्वाँग करना पड़ेगा। प्रेम-प्रदर्शन से मुझे चिढ़ है। तुम्हें याद होगा, मैंने एक बार कहा था कि प्रेम या तो भीतर ही रहेगा या बाहर ही रहेगा। समान रूप से वह भीतर और बाहर दोनों जगह नहीं रह सकता। सर्वांग वेश्याओं के लिये है, कुलवंती तो प्रेम को हृदय ही में संचित रखती है!

बहन, पत्र बहुत लम्बा हो गया, तुम पढ़ते-पढ़ते ऊब गयी होगी। मैं भी लिखते-लिखते थक गयी। अब शेष बातें कल लिखूँगी। परसों यह पत्र तुम्हारे पास पहुँचेगा।

X X X

बहन, क्षमा करना, कल पत्र लिखने का अवसर नहीं मिला। रात एक ऐसी बात हो गयी, जिससे चित्त अशान्त हो उठा। बड़ी मुश्किलों से यह थोड़ा-सा समय निकाल सकी हूँ। मैंने अभी तक आनन्द से घर के किसी प्राणी की शिकायत नहीं की थी। अगर सासजी ने कोई बात की थी या ननदजी ने कोई ताना दे दिया; तो इसे उनके कानों तक क्यों पहुँचाऊँ। इसके सिवा कि गृह-कलह उत्पन्न हो, इससे और क्या हाथ आयेगा। इन्हीं ज़रा-ज़रा सी बातों को न पेट में डालने से घर बिगड़ते हैं। आपस में वैमनस्य बढ़ता है। मगर संयोग की बात, कल अनायास ही मेरे मुँह से एक बात निकल गयी, जिसके लिये मैं अब भी अपने को कोस रही हूँ, और ईश्वर से मनाती हूँ कि वह आगे न बढ़े। बात यह हुई कि कल आनंद बाबू बहुत देर करके मेरे पास आये। मैं उनके इंतज़ार में बैठी एक पुस्तक पढ़ रही थी। सहसा सासजी ने आकर पूछा– क्या अभी तक बिजली जल रही है? क्या वह रात-भर न आये, तो तुम रात-भर बिजली जलाती रहोगी?

मैंने उसी वक्त बत्ती ठण्डी कर दी। आनन्द बाबू थोड़ी ही देर में आये, तो कमरा अँधेरा पड़ा था, न-जाने उस वक्त मेरी मति कितनी मन्द हो गयी थी। अगर मैंने उनकी आहट पाते ही बत्ती जला दी होती, तो कुछ न होता, मगर मैं अँधेरे में पड़ी रही। उन्होंने पूछा– क्या सो गयीं? यह अँधेरा क्यों पड़ा हुआ है?

हाय! इस वक्त भी यदि मैंने कह दिया होता कि मैंने अभी बत्ती गुल कर दी तो बात बन जाती। मगर मेरे मुँह से निकला–'सासजी का हुक़्म हुआ कि बत्ती गुल कर दो, गुल कर दी। तुम रात-भर न आओ, तो क्या रातभर बत्ती जलती रहे?'

'तो अब तो जला दो। मैं रोशनी के सामने से आ रहा हूँ। मुझे तो कुछ सूझता ही नहीं।'

'मैंने अब बटन को हाथ से छूने की क़सम खा ली है। जब ज़रूरत पड़ेगी; तो मोम की बत्ती जला लिया करूँगी। कौन मुफ़्त में घुड़कियाँ सहें।'

आनन्द ने बिजली का बटन दबाते हुये कहा—'और मैंने क़सम खा ली कि रात-भर बत्ती जलेगी, चाहे किसी को बुरा लगे या भला। सब कुछ देखता हूँ, अन्धा नहीं हूँ। दूसरी बहू आकर इतनी सेवा करेगी तो देखूँगा; तुम नसीब की खोटी हो कि ऐसे प्राणियों के पाले पड़ी। किसी दूसरी सास की तुम इतनी ख़िदमत करतीं, तो वह तुम्हें माँ की तरह फेरती, तुम्हें हाथों पर लिये रहती, मगर यहाँ चाहे प्राण ही दे दो, किसी के मुँह से सीधी बात न निकलेगी।'

मुझे अपनी भूल साफ़ मालूम हो गयी। उनका क्रोध शान्त करने के इरादे से बोली— गलती भी तो मेरी ही थी कि व्यर्थ आधी रात तक बत्ती जलाये बैठी रही। अम्माँजी ने गुल करने को कहा, तो क्या बुरा कहा? मुझे समझाना, अच्छी सीख देना, उनका धर्म है। मेरा धर्म यही है कि यथाशक्ति उनकी सेवा करूँ और उनकी शिक्षा को गिरह बाँधूँ।

आनन्द एक क्षण द्वार की ओर ताकते रहे। फिर बोले— मुझे मालूम हो रहा है कि इस घर में मेरा अब गुज़र न होगा। तुम नहीं कहतीं, मगर मैं सब कुछ सुनता रहता हूँ। सब समझता हूँ। तुम्हें मेरे पापों का प्रायश्चित्त करना पड़ रहा है। मैं कल अम्माँजी से साफ़-साफ़ कह दूँगा—'अगर आपका यही व्यवहार है, तो आप अपना घर लीजिये, मैं अपने लिये कोई दूसरी राह निकाल लूँगा।'

मैंने हाथ जोड़कर गिड़गिड़ाते हुये कहा— नहीं-नहीं। कहीं ऐसा ग़ज़ब भी न करना। मेरे मुँह में आग लगे, कहाँ से कहाँ बत्ती का ज़िकर कर बैठी। मैं तुम्हारे चरण छूकर कहती हूँ, मुझे न सासजी से कोई शिक़ायत है, न ननदजी से, दोनों मुझसे बड़ी हैं, मेरी माता के तुल्य हैं। अगर एक बात कड़ी भी कह दें, तो मुझे सब्र करना चाहिये! तुम उनसे कुछ न कहना नहीं तो मुझे बड़ा दु:ख होगा।

आनन्द ने रुँधे कंठ से कहा— तुम्हारी-जैसी बहू पाकर भी अम्माँजी का कलेजा नहीं पसीजता, अब क्या कोई स्वर्ग की देवी घर में आती? तुम डरो मत, मैं ख़ामख़ाह लड़ूँगा नहीं। मगर हाँ, इतना अवश्य कह दूँगा कि ज़रा अपने मिज़ाज को काबू में रखें। आज अगर मैं दो-चार सौ रुपये घर में लाता होता, तो कोई चूँ न करता। कुछ कमाकर नहीं लाता, यह उसी का दण्ड है। सच पूछो, तो मुझे विवाह करने का कोई अधिकार ही न था। मुझ-जैसे मन्द बुद्धि को, जो कौड़ी कमा नहीं सकता, उसे अपने साथ किसी महिला को डुबाने का क्या हक़ था! बहनजी को न-जाने क्या सूझी है कि तुम्हारे पीछे पड़ी रहती हैं। ससुराल का सफाया कर दिया, अब यहाँ भी आग लगाने पर तुली हुई हैं। बस, पिताजी का लिहाज़ करता हूँ, नहीं इन्हें तो एक दिन में ठीक कर देता।

बहन, उस वक्त तो मैंने किसी तरह उन्हें शान्त किया, पर नहीं कह सकती कि कब वह उबल पड़ें। मेरे लिये वह सारी दुनिया से लड़ाई मोल ले लेंगे। मैं जिन परिस्थितियों में हूँ, उनका तुम अनुमान कर सकती हो। मुझ पर कितनी ही मार पड़े मुझे रोना न चाहिये, ज़बान तक न हिलाना चाहिये। मैं रोयी और घर तबाह हुआ। आनन्द फिर कुछ न सुनेंगे, कुछ न देखेंगे। कदाचित इस उपाय से वह अपने विचार में मेरे हृदय में अपने प्रेम का अंकुर ज़माना चाहते हो। आज मुझे मालूम हुआ कि यह कितने क्रोधी

हैं। अगर मैंने ज़रा-सा पुचार दे दिया होता, तो रात ही को वह सासजी की खोपड़ी पर जा पहुँचते। कितनी युवतियाँ इसी अधिकार के गर्व में अपने को भूल जाती हैं। मैं तो बहन, ईश्वर ने चाहा तो कभी न भूलूँगी। मुझे इस बात का डर नहीं है कि आनन्द अलग घर बना लेंगे, तो गुज़र कैसे होगा। मैं उनके साथ सब-कुछ झेल सकती हूँ। लेकिन घर तो तबाह हो जायेगा।

बस, प्यारी पद्मा, आज इतना ही। पत्र का जवाब जल्द देना।

तुम्हारी,

चन्दा

11

दिल्ली

5-2-26

प्यारी चन्दा,

क्या लिखूँ, मुझ पर तो विपत्ति का पहाड़ टूट पड़ा! हाय, वह चले गये। मेरे विनोद का तीन दिन से पता नहीं– निर्मोही चला गया, मुझे छोड़कर बिना कुछ कहे-सुने चला गया– अभी तक रोयी नहीं। जो लोग पूछने आते हैं, उनसे बहाना कर देती हूँ कि दो-चार दिन में आयेंगे, एक काम से काशी गये हैं। मगर जब रोऊँगी तो यह शरीर उन आँसुओं में डूब जायेगा। प्राण उसी में विसर्जित हो जायेंगे। छलिये ने मुझसे कुछ भी नहीं कहा, रोज़ की तरह उठा, भोजन किया, विद्यालय गया; नियत समय पर लौटा, रोज़ की तरह मुस्कराकर मेरे पास आया। हम दोनों ने जलपान किया, फिर वह दैनिक पत्र पढ़ने लगा, मैं टेनिस खेलने चली गयी। इधर कुछ दिनों से उन्हें टेनिस से कुछ प्रेम न रहा था, मैं अकेली ही जाती। लौटी, तो रोज़ ही की तरह उन्हें बरामदे में टहलते और सिगार पीते देखा। मुझे देखते ही वह रोज़ की तरह मेरा ओवरकोट लाये और मेरे ऊपर डाल दिया। बरामदे से नीचे उतरकर खुले मैदान में हम टहलने लगे। मगर वह ज़्यादा बोले नहीं, किसी विचार में डूबे रहे। जब ओस अधिक पड़ने लगी, तो हम दोनों फिर अन्दर चले आयें। उसी वक्त वह बंगाली महिला आ गयी, जिनसे मैंने वीणा सीखना शुरू किया है। विनोद भी मेरे साथ ही बैठे रहे। संगीत उन्हें कितना प्रिय है, यह तुम्हें लिख चुकी हूँ। कोई नयी बात नहीं हुई। महिला के चले जाने के बाद हमने साथ-ही-साथ भोजन किया। फिर मैं अपने कमरे में लेटने आयी। वह रोज़ की तरह अपने कमरे में लिखने-पढ़ने चले गये! मैं जल्द ही सो गयी, लेकिन बेख़बर पड़ी रहूँ, उनकी आहट पाते ही आप-ही-आप आँखें खुल गयीं। मैंने देखा, वह अपना हरा शाल ओढ़े खड़े थे। मैंने उनकी ओर हाथ बढ़ाकर कहा– आओ, खड़े क्यों हो, और फिर सो गयी।

बस, प्यारी बहन! वही विनोद के अंतिम दर्शन थे। कह नहीं सकती, वह पलंग पर लेटे या नहीं। इन आँखों में न-जाने कौन-सी महानिद्रा समायी हुई थी। प्रातः उठी तो विनोद को न पाया। मैं उनसे पहले उठती हूँ, वह पड़े सोते रहते हैं। पर आज वह पलंग

पर न थे। शाल भी न था। मैंने समझा, शायद अपने कमरे में चले गये हों। स्नान-गृह में चली गयी। आध घंटे में बाहर आयी, फिर भी वह न दिखायी दिये। उनके कमरे में गयी, वहाँ भी न थे। आश्चर्य हुआ कि इतने सवेरे कहाँ चले गये। सहसा खूँटी पर नज़र पड़ी– कपड़े न थे। किसी से मिलने चले गये? या स्नान के पहले सैर करने की ठानी। कम-से-कम मुझसे कह तो देते, संशय में तो जी न पड़ता। क्रोध आया– मुझे लौंडी समझते हैं?

हाज़िरी का समय आया। बैरा मेज पर चाय रख गया। विनोद के इन्तज़ार में चाय ठंडी हो गयी। मैं बार-बार झुँझलाती थी, कभी भीतर जाती, कभी बाहर आती, ठान ली थी कि आज ज्योंही महाशय आयेंगे, ऐसा लताड़ूँगी कि वह भी याद करेंगे। कह दूँगी, आप अपना घर लीजिये, आपको अपना घर मुबारक़ रहे, मैं अपने घर चली जाऊँगी। इस तरह तो रोटियाँ वहाँ भी मिल जायेंगी। जाड़े के नौ बजने में देर ही क्या लगती है। विनोद का अभी पता नहीं। झल्लायी हुई कमरे में गयी कि एक पत्र लिखकर मेज पर रख दूँ– साफ़-साफ़ लिख दूँ कि इस तरह अगर रहना है, तो आप रहिये मैं नहीं रह सकती। मैं जितना की तरह देती जाती हूँ, उतना ही तुम मुझे चिढ़ाते हों। बहन, उस क्रोध में सन्तप्त भावों की नदी-सी मन में उमड़ रही थी। अगर लिखने बैठती, तो पन्नों-के-पन्ने लिख डालती। लेकिन आह! मैं तो भाग जान की धमकी ही दे रही थी, वह पहले ही भाग चुके थे। ज्योंही मेज़ पर बैठी, मुझे पैडी में उनका एक पत्र मिला। मैंने तुरन्त उस पत्र को निकाल लिया और सरसरी निगाह से पढ़ा– मेरे हाथ काँपने लगे, पाँव थरथराने लगे, जान पड़ा कमरा हिल रहा है। एक ठण्डी, लम्बी, हृदय को चीरने वाली आह खींचकर मैं कोच पर गिर पड़ी। पत्र यह था–

'प्रिये! नौ महीने हुये, जब मुझे पहली बार तुम्हारे दर्शनों का सौभाग्य हुआ था। उस वक्त मैंने अपने को धन्य माना था। आज तुमसे वियोग का दुर्भाग्य हो रहा है, फिर भी मैं अपने को धन्य मानता हूँ। मुझे जाने का लेशमात्र भी दुःख नहीं है, क्योंकि मैं जानता हूँ तुम खुश होगी। जब तुम मेरे साथ सुखी नहीं रह सकती; तो मैं ज़बरदस्ती क्यों पड़ा रहूँ। इससे तो यह कहीं अच्छा है कि हम और तुम अलग हो जायें। मैं जैसा हूँ, वैसा ही रहूँगा। तुम भी जैसी हो, वैसी ही रहोगी। फिर सुखी जीवन की सम्भावना कहाँ? मैं विवाह को आत्म-विकास का का साधन समझता हूँ। स्त्री पुरुष के सम्बन्ध का अगर कोई अर्थ है, तो यही है, वर्ना मैं विवाह की कोई ज़रूरत नहीं समझता। मानव सन्तान बिना विवाह के भी जीवित रहेगी और शायद इससे अच्छे रूप में। वासना भी बिना विवाह के पूरी हो सकती है, घर के प्रबन्ध के लिये विवाह करने की कोई ज़रूरत नहीं। जीविका एक बहुत ही गौण प्रश्न है। जिसे ईश्वर ने दो हाथ दिये है वह कभी भूखा नहीं रह सकता। विवाह का उद्देश्य यही और केवल यही है कि स्त्री और पुरुष एक-दूसरे की आत्मोन्नति में सहायक हों। जहाँ अनुराग हो, वहीं विवाह है और अनुराग ही आत्मोन्नति का मुख्य साधन है। जब अनुराग न हो, तो विवाह भी न रहा। अनुराग के बिना विवाह का अर्थ नहीं।

जिस वक्त मैंने तुम्हें पहली बार देखा था, तुम मुझे अनुराग की सजीव मूर्ति-सी नज़र आयी थीं। तुममें सौंदर्य था, शिक्षा थी, प्रेम था, स्फूर्ति थी, उमंग थी। मैं मुग्ध हो गया। उस वक्त मेरी अन्धी आँखों को यह न सूझा कि जहाँ तुममें इतने गुण थे, वहाँ चंचलता भी थी, जो इन सब गुणों पर पर्दा डाल देती। तुम चंचल हो, ग़ज़ब की चंचल, जो उस वक्त मुझे न सूझा था। तुम ठीक वैसी ही हो, जैसी तुम्हारी दूसरी बहनें होती हैं, न कम, न ज़्यादा। मैंने तुमको स्वाधीन बनाना चाहा था, क्योंकि मेरी समझ में अपनी पूरी ऊँचाई तक पहुँचने के लिये इसी की सबसे अधिक ज़रूरत है। संसार भर में पुरुषों के विरुद्ध क्यों इतना शोर मचा हुआ है? इसीलिये कि हमने औरतों की आज़ादी छीन ली है और उन्हें अपनी इच्छाओं की लौंडी बना रखा है। मैंने तुम्हें स्वाधीन कर दिया। मैं तुम्हारे ऊपर अपना कोई अधिकार नहीं मानता। तुम अपनी स्वामिनी हो, मुझे कोई चिन्ता न थी। अब मुझे मालूम हो रहा है, तुम स्वेच्छा से नहीं, संकोच या भय या बन्धन के कारण रहती हो। दो ही चार दिन पहले मुझ पर यह बात खुली है। इसीलिये अब मैं तुम्हारे सुख के मार्ग में बाधा नहीं डालना चाहता। मैं कहीं भागकर नहीं जा रहा हूँ। केवल तुम्हारे रास्ते से हटा जा रहा हूँ, और इतनी दूर हटा जा रहा हूँ, कि तुम्हें मेरी ओर से पूरी निश्चिन्तता हो जाये। अगर मेरे बग़ैर तुम्हारा जीवन अधिक सुन्दर हो सकता है, तो तुम्हें जबरन नहीं रखना चाहता। अगर मैं समझता कि तुम मेरे सुख के मार्ग में बाधक हो रही हो, तो मैंने तुमसे साफ़-साफ़ कह दिया होता। मैं धैर्य और नीति का ढोंग नहीं मानता, केवल आत्मा का संतोष चाहता हूँ- अपने लिये भी, तुम्हारे लिये भी। जीवन का तत्त्व यही है; मूल्य यही है। मैंने डेस्क में अपने विभाग के अध्यक्ष के नाम एक पत्र लिखकर रख दिया है। वह उनके पास भेज देना। रुपये की कोई चिन्ता मत करना। मेरे एकाउंट में अभी इतने रूपये हैं, जो तुम्हारे लिये कई महीने को काफी हैं और उस वक्त तक मिलते रहेगे, जब तक तुम लेना चाहोगी। मैं समझता हूँ, मैंने अपना भाव स्पष्ट कर दिया है। इससे अधिक स्पष्ट मैं नहीं करना चाहता। जिस वक्त तुम्हारी इच्छा मुझसे मिलने की हो, बैंक से मेरा पता पूछ लेना। मगर दो-चार दिन के बाद। घबराने की कोई बात नहीं। मैं स्त्री को अबला या अपंग नहीं समझता। वह अपनी रक्षा स्वयं कर सकती है- अगर करना चाहें। अगर अब या अब से दो-चार महीना, दो-चार साल पीछे तुम्हें मेरी याद आये और तुम समझो कि मेरे साथ सुखी रह सकती हो, तो मुझे केवल दो शब्द लिखकर डाल देना, मैं तुरन्त आ जाऊँगा, क्योंकि मुझे तुमसे कोई शिक़ायत नहीं है। तुम्हारे साथ मेरे जीवन के जितने दिन कटे हैं, वह मेरे लिये स्वर्ग-स्वप्न के दिन हैं। जब तक जीउँगा, इस जीवन की आनन्द-स्मृतियों को हृदय में संचित रखूँगा। आह! इतनी देर तक मन को रोके रहने के बाद आँखों से एक बूँद आँसू गिर ही पड़ा। क्षमा करना, मैंने तुम्हें 'चंचल' कहा है। अचंचल कौन है? जानता हूँ कि तुमने मुझे अपने हृदय से निकालकर फेंक दिया है, फिर भी इस एक घंटे में कितनी बार तुमको देख-देखकर लौट आया हूँ! मगर इन बातों को लिखकर

मैं तुम्हारी दया को उकसाना नहीं चाहता। तुमने वही किया, जिसका मेरी नीति में तुमको अधिकार था, है और रहेगा। मैं विवाह में आत्मा को सर्वोपरि रखना चाहता हूँ। स्त्री और पुरुष में मैं वही प्रेम चाहता हूँ, जो दो स्वाधीन व्यक्तियों में होता है। वह प्रेम नहीं जिसका आधार पराधीनता है।

बस, अब और कुछ न लिखूँगा। तुमको एक चेतावनी देने की इच्छा हो रही है पर दूँगा नहीं; क्योंकि तुम अपना भला और बुरा ख़ुद समझ सकती हो। तुमने सलाह देने का हक़ मुझसे छीन लिया है। फिर भी इतना कहे बग़ैर नहीं रहा जाता कि संसार में प्रेम का स्वाँग भरने वाले शोहदों की कमी नहीं है, उनसे बचकर रहना। ईश्वर से यही प्रार्थना करता हूँ कि तुम जहाँ रहो, आनन्द से रहो। अगर कभी तुम्हें मेरी ज़रूरत पड़े, तो याद करना। तुम्हारी एक तसवीर का अपहरण किये जाता हूँ। क्षमा करना, क्या मेरा इतना अधिकार भी नहीं? हाय! जी चाहता है, एक बार फिर देख आऊँ, मगर नहीं आऊँगा।'

—तुम्हारा ठुकराया हुआ,

विनोद

बहन, यह पत्र पढ़कर मेरे चित्त की जो दशा हुई, उसका तुम अनुमान कर सकती हो। रोयी तो नहीं; पर दिल बैठा जाता था। बार-बार जी चाहता था कि विष खाकर सो रहूँ। दस बजने में अब थोड़ी ही देर थी। मैं तुरन्त विद्यालय गयी और दर्शन-विभाग के अध्यक्ष विनोद का पत्र पढ़कर बोले— आपको मालूम है, वह कहाँ गये और कब तक आयेंगे? इसमें तो केवल एक मास की छुट्टी माँगी गयी है। मैंने बहाना किया— वह एक आवश्यक कार्य से काशी गये हैं। और निराश होकर लौट आयी। मेरी अन्तरात्मा सहस्रों जिह्वा बनकर मुझे धिक्कार रही थी। कमरे में उनकी तसवीर के सामने घुटने टेककर मैंने जितने पश्चात्तापपूर्ण शब्दों में क्षमा माँगी है, वह अगर किसी तरह उनके कानों तक पहुँच सकती, तो उन्हें मालूम होता कि उन्हें मेरी ओर से कितना भ्रम हुआ! तब से अब तक मैंने कुछ भोजन नहीं किया और न एक मिनट सोयी। विनोद मेरी क्षुधा और निद्रा भी अपने साथ लेते गये और शायद इसी तरह दस-पाँच दिन उनकी ख़बर न मिली, तो प्राण भी चले जायेंगे। आज मैं बैंक तक गयी थी, यह पूछने की हिम्मत न पड़ी कि विनोद का कोई पत्र आया। वह सब क्या सोचते कि यह उनकी पत्नी होकर हमसे पूछने आयी है!

बहन, अगर विनोद न आये, तो क्या होगा? मैं समझती थी, वह मेरी तरफ़ से उदासीन हैं, मेरी परवाह नहीं करते, मुझसे अपने दिल की बातें छिपाते हैं, उन्हें शायद मैं भारी हो गयी हूँ। अब मालूम हुआ, मैं कैसे भयंकर-भ्रम में पड़ी हुई थी। उनका मन इतना कोमल है, यह मैं जानती, तो उस दिन क्यों भुवन को मुँह लगाती? मैं उस अभागे का मुँह तक न देखती। इस वक्त जो उसे देख पाऊँ, तो शायद गोली मार दूँ। ज़रा तुम विनोद के पत्र को फिर पढ़ो, बहन— आप मुझे स्वाधीन बनाने चले थे। अगर स्वाधीन बनाते थे, तो भुवन से ज़रा देर मेरा बातचीत कर लेना क्यों इतना अखरा? मुझे उनकी अविचलित शान्ति से चिढ़ होती थी। वास्तव में उनके हृदय में

इस ज़रा-सी बात ने जितनी अशान्ति पैदा कर दी, शायद मुझमें न कर सकती। मैं किसी रमणी से उनकी रुचि देखकर शायद मुँह फुला लेती, ताने देती, ख़ुद रोती, उन्हें रुलाती; पर इतनी जल्द भाग न जाती। मर्दों का घर छोड़कर भागना तो आज तक नहीं सुना, औरतें ही घर छोड़कर मैके भागती हैं, या कहीं डूबने जाती हैं, या आत्महत्या करती हैं। पुरुष निर्द्वन्द्व बैठे मूँछों पर ताव देते हैं। मगर यहाँ उल्टी गंगा बह रही है- पुरुष ही भाग खड़ा हुआ! इस अशान्ति की थाह कौन लगा सकता है? इस प्रेम की गहराई को कौन समझ सकता है? मैं तो अगर इस वक्त विनोद के चरणों पर पड़े-पड़े मर जाऊँ तो समझूँ, मुझे स्वर्ग मिल गया। बस, इसके सिवा मुझे अब और कोई इच्छा नहीं है। इस अगाध-प्रेम ने मुझे तृप्त कर दिया। विनोद मुझसे भागे तो, लेकिन भाग न सके। वह मेरे हृदय से, मेरी धारणा से, इतने निकट कभी न थे। मैं तो अब भी उन्हें अपने सामने बैठा देख रही हूँ। क्या मेरे सामने फ़िलॉसफ़र बनने चले थे? कहाँ गयी आपकी वह दार्शनिक गंभीरता? यों अपने को धोखा देते हो? यों अपनी आत्मा को कुचलते हो? अबकी तो तुम भागे, लेकिन फिर भागना तो देखूँगी। मैं न जानती थी कि तुम ऐसे चतुर बहुरूपिये हो। अब मैंने समझा, और शायद तुम्हारी दार्शनिक गंभीरता को भी समझ में आया होगा कि प्रेम जितना ही सच्चा जितना ही हार्दिक होता है, उतना ही कोमल होता है वह विपत्ति के उन्मत्त सागर में थपेड़े खा सकता है, पर अवहेलना की एक चोट भी नहीं सह सकता। बहिन, बात विचित्र है, पर है सच्ची, मैं इस समय अपने अन्तस्तल में जितनी उमंग, जितने आनन्द का अनुभव कर रही हूँ, याद नहीं आता कि विनोद के हृदय से लिपटकर भी कभी पाया हो। तब पर्दा बीच में था, अब कोई पर्दा बीच में नहीं रहा। मैं उनको प्रचलित प्रेम व्यापार की कसौटी पर कसना चाहती थी। यह फैशन हो गया कि पुरुष घर में आयें, तो स्त्री के वास्ते कोई तोहफ़ा लाये, पुरुष रात-दिन स्त्री के लिये गहने बनवाने, कपड़े सिलवाने, बेल, फीते, लेस खरीदने में मस्त रहे, फिर स्त्री को उससे कोई शिकायत नहीं। वह आदर्श-पति है, उसके प्रेम में किसे संदेह हो सकता है? लेकिन उसकी प्रेयसी की मृत्यु के तीसरे महीने वह फिर नया विवाह रचाता है। स्त्री के साथ अपने प्रेम को भी चिता में जला आता है। फिर वही स्वाँग इस नयी प्रेयसी से होने लगते हैं, फिर वही लीला शुरू हो जाती है। मैंने यही प्रेम देखा था और इसी कसौटी पर विनोद को कस रही थी। कितनी मन्दबुद्धि हूँ! छिछोरेपन को प्रेम समझे बैठी थी। कितनी स्त्रियाँ जानती हैं कि अधिकांश ऐसे ही गहने, कपड़े और हँसने-बोलने में मस्त रहने वाले जीव लम्पट होते हैं। अपनी लम्पटता को छिपाने के लिये वे यह स्वाँग भरते रहते हैं। कुत्ते को चुप रखने के लिये उसके सामने हड्डी के टुकड़े फेंक देते हैं। बेचारी भोली-भाली उसे अपना सर्वस्व देकर खिलौने पाती है और उन्हीं में मग्न रहती है। मैं विनोद को उसी काँटे पर तौल रही थी-हीरे को साग के तराजू पर रख देती थी। मैं जानती हूँ, मेरा दृढ़ विश्वास और वह अटल है कि विनोद की दृष्टि कभी किसी स्त्री पर

नहीं पड़ सकती। उनके लिये मैं हूँ, अकेली मैं हूँ, अच्छी हूँ या बुरी हूँ, जो कुछ हूँ, मैं हूँ। बहन, मेरी तो मारे गर्व और आनन्द से छाती फूल उठी है। इतना बड़ा साम्राज्य– इतना अचल, इतना स्वरक्षित, किसी हृदयेश्वरी को नसीब हुआ है! मुझे तो सन्देह है। और मैं इस पर भी असन्तुष्ट थी, यह न जानती थी कि ऊपर बबूले तैरते हैं, मोती समुद्र की तह में मिलते हैं। हाय! मेरी इस मूर्खता के कारण, मेरे प्यारे विनोद को कितनी मानसिक वेदना हो रही है। मेरे जीवन-धन, मेरे जीवन-सर्वस्व न जाने कहाँ मारे-मारे फिरते होंगे, न जाने किस दशा में होंगे, न-जाने मेरे प्रति उनके मन में कैसी-कैसी शंकाएँ उठ रही होंगी– प्यारे! तुमने मेरे साथ कुछ कम अन्याय नहीं किया। अगर मैंने तुम्हें निष्ठुर समझा, तो तुमने तो मुझे उससे कहीं बदतर समझा–क्या अब भी पेट नहीं भरा? तुमने मुझे इतनी गयी-गुज़री समझ लिया कि इस अभागे भुवन? मैं ऐसे-ऐसे एक लाख भुवनों को तुम्हारे चरणों पर भेंट कर सकती हूँ। मुझे तो संसार में ऐसा कोई प्राणी ही नहीं नज़र आता, जिस पर मेरी निगाह उठ सके। नहीं, तुम मुझे इतनी नीच, इतनी कलंकिनी नहीं समझ सकते– शायद वह नौबत आती, तो तुम और मैं दो में से एक भी इस संसार में न होता।

बहन, मैंने विनोद को बुलाने की, खींच लाने की, पकड़ मँगवाने की एक तरकीब सोची है। क्या कहूँ, पहले ही दिन यह तरकीब क्यों न सूझी? विनोद को दैनिक पत्र पढ़े बिना चैन नहीं आता और वह कौन-सा पत्र पढ़ते हैं, मैं यह भी जानती हूँ। कल के पत्र में यह ख़बर छपेगी–'पद्मा मर रही है', और परसों विनोद यहाँ होंगे– रुक ही नहीं सकते। फिर खूब झगड़े होंगे, ख़ूब लड़ाइयाँ होंगी।

अब कुछ तुम्हारे विषय में। क्या तुम्हारी बुढ़िया सचमुच तुमसे इसलिये जलती है कि तुम सुन्दर हो, शिक्षित हो? ख़ूब! और तुम्हारे आनन्द भी विचित्र जीव मालूम होते हैं। मैंने सुना है कि पुरुष कितना ही कुरूप हो, उसकी निगाह अप्सराओं ही पर जाकर पड़ती है। फिर आनंद बाबू तुमसे क्यों बिचकते हैं? ज़रा गौर से देखना, कहीं राधा और कृष्ण के बीच में कोई कुब्जा तो नहीं? अगर सासजी यों ही नाक में दम करती रहें, तो मैं तो यही सलाह दूँगी कि अपनी झोंपड़ी अलग बना लो। मगर जानती हूँ, तुम मेरी यह सलाह न मानोगी, किसी तरह न मानेगी। इस सहिष्णुता के लिये मैं तुम्हें बधाई देती हूँ। पत्र जल्द लिखना। मगर शायद तुम्हारा पत्र आने के पहले ही मेरा दूसरा पत्र पहुँचे।

तुम्हारी,

पद्मा

12

काशी

10-2-26

प्रिय पद्मा,

कई दिन तक तुम्हारे पत्र की प्रतीक्षा करने के बाद आज यह ख़त लिख रही हूँ। मैं अब भी आशा कर रही हूँ कि विनोद बाबू घर आ गये होंगे, मगर अभी वह न आये हों और तुम रो-रोकर अपनी आँखें फोड़े डालती हो, तो मुझे ज़रा भी दुःख न होगा! तुमने उनके साथ जो अन्याय किया है, उसका यही दण्ड है। मुझे तुमसे ज़रा भी सहानुभूति नहीं है। तुम गृहिणी होकर वह कुटिल क्रीड़ा करने चली थीं, जो प्रेम का सौदा करने वाली स्त्रियों को ही शोभा देती है। मैं तो जब खुश होती कि विनोद ने तुम्हारा गला घोंट दिया होता और भुवन के कुसंस्कारों को सदा के लिये शान्त कर देते। तुम चाहे मुझसे रूठ ही क्यों न जाओ पर मैं इतना ज़रूर कहूँगी कि तुम विनोद के योग्य नहीं हो। शायद तुमने अंग्रेजी किताबों में पढ़ा होगा कि स्त्रियाँ छैले रसिकों पर ही जान देती हैं और यह पढ़कर तुम्हारा सिर फिर गया है। तुम्हें नित्य कोई सनसनी चाहिये, अन्यथा तुम्हारा जीवन शुष्क हो जायेगा। तुम भारत की पतिपरायण रमणी नहीं, यूरोप की आमोदप्रिय युवती हो। मुझे तुम्हारे ऊपर दया आती है। तुमने अब तक रूप को ही आकर्षण का मूल समझ रखा है। रूप में आकर्षण है, मानती हूँ। लेकिन उस आकर्षण का नाम मोह है, वह स्थायी नहीं, केवल धोखे की टट्टी है। प्रेम का एक ही मूलमंत्र है, और वह है सेवा। यह मत समझो कि जो पुरुष तुम्हारे ऊपर भ्रमर की भाँति मँडराया करता है, वह तुमसे प्रेम करता है। उसकी यह रूपासक्ति बहुत दिनों तक नहीं रहेगी। प्रेम का अंकुर रूप में है, पर उसको पल्लवित और पुष्पित करना सेवा ही का काम है। मुझे विश्वास नहीं आता कि विनोद को बाहर से थके-माँदे, पसीने में तर देखकर तुमने कभी पंखा झला होगा। शायद टेबुल-फैन लगाने की बात भी न सूझी होगी। सच कहना, मेरा अनुमान ठीक या नहीं? बतलाओ, तुमने भी उनके पैरों में तेल मालिश की है? कभी उनके सिर में तेज़ डाला है? तुम कहोगी, यह ख़िदमतगारों का काम है, लेडियाँ यह मरज़ नहीं पालतीं। तुमने उस आनन्द का अनुभव ही नहीं किया। तुम विनोद को अपने अधिकार में रखना चाहती हो, मगर उसका साधन नहीं करतीं। विलासनी मनोरंजन कर सकती है, चिरसंगिनी नहीं बन सकती। पुरुष के गले से लिपटी हुई भी वह उससे कोसों दूर रहती है। मानती हूँ, रूप-मोह मनुष्य का स्वभाव है, लेकिन रूप से हृदय की प्यास नहीं बुझती, आत्मा की तृप्ति नहीं होती। सेवाभाव रखने वाली रूप-विहीन स्त्री का पति किसी स्त्री के रूप-ज़ाल में फँस जाये, तो बहुत जल्द निकल भागता है, सेवा का चस्का पाया हुआ मन केवल नख़रों और चोचलों पर लट्टू नहीं होता। मगर मैं तो तुम्हें उपदेश करने बैठ गयी, हालाँकि तुम मुझसे दो-चार महीने बड़ी होगी। क्षमा करो बहन, यह उपदेश नहीं है। ये बातें हम-तुम सभी जानते हैं, केवल कभी-कभी भूल जाते हैं। मैंने केवल तुम्हें याद दिला दिया है। उपदेश में हृदय नहीं होता, लेकिन मेरा उपदेश मेरे मन की वह व्यथा है, जो तुम्हारी इस नयी विपत्ति से जागरूक हुई है।

अच्छा, अब मेरी रामकहानी सुनो। इस एक महीने में यहाँ बड़ी-बड़ी घटनाएँ हो गयीं। यह तो मैं पहले ही लिख चुकी हूँ कि आनन्द बाबू और अम्माँजी में कुछ मनमुटाव रहने लगा। वह आग भीतर-ही-भीतर सुलगती रहती थी। दिन में दो-एक बार माँ बेटे में

चोंचें हो जाती थीं। एक दिन मेरी छोटी ननदजी मेरे कमरे से एक पुस्तक उठा ले गयीं। उन्हें पढ़ने का रोग है। मैंने कमरे में किताब न देखी, तो उनसे पूछा। इस ज़रा-सी बात पर वह भले-मानस बिगड़ गयी और कहने लगी– तुम तो मुझे चोरी लगाती हो। अम्माँ ने उन्हीं का पक्ष लिया और मुझे ख़ूब सुनायी। संयोग की बात, अम्माँजी मुझे कोसने ही दे रही थीं कि आनंद बाबू घर में आ गये। अम्माँजी उन्हें देखते ही और ज़ोर से बकने लगीं, बहू की इतनी मज़ाल! वह तूने सिर पर चढ़ा रखा है और कोई बात नहीं। पुस्तक क्या उसके बाप की थी? लड़की लायी, तो उसने कौन गुनाह किया? ज़रा भी सब्र न हुआ, दौड़ी हुई उसके सिर पर जा पहुँची और उसके हाथों से किताब छीनने लगी।

बहन, मैं यह स्वीकार करती हूँ कि मुझे पुस्तक के लिये इतनी उतावली न करनी चाहिये थी। ननदजी पढ़ चुकने पर आप ही दे जातीं। न भी देतीं तो उस एक पुस्तक के न पढ़ने से मेरा क्या बिगड़ा जाता था। मगर मेरी शामत कि उनके हाथों से किताब छीनने लगी थी। अगर इस बात पर आनन्द बाबू मुझे डाँट बताते, तो मुझे ज़रा भी दुःख न होता, मगर उन्होंने उल्टे मेरा पक्ष लिया और त्योरियाँ चढ़ाकर बोले– किसी की चीज़ कोई बिना पूछे लाये ही क्यों? यह तो मामूली शिष्टाचार है।

इतना सुनना था कि अम्माँ के सिर पर भूत-सा सवार हो गया। आनन्द बाबू भी बीच-बीच में फुलझड़ियाँ छोड़ते रहे और मैं अपने कमरे में बैठी रोती रही कि कहाँ-से-कहाँ मैंने किताब माँगी। न अम्माँजी ही ने भोजन किया, न आनन्द बाबू ने ही। और मेरा तो बार-बार यही जी चाहता था कि ज़हर खा लूँ। रात को जब अम्माँजी लेटीं तो मैंने अपने नियम के अनुसार उनके पाँव पकड़ लिये। मैं पैंराने की ओर तो थी ही। अम्माँजी ने जो पैर से मुझे ढकेला तो मैं चारपाई के नीचे गिर पड़ी। ज़मीन पर कई कटोरियाँ पड़ी हुई थीं। मैं उन कटोरियों पर गिरी, तो पीठ और कमर में बड़ी चोट आयी। मैं चिल्लाना न चाहती थी, मगर न जाने कैसे मेरे मुँह से चीख निकल गयी। आनन्द बाबू अपने कमरे में आ गये थे, मेरी चीख सुनकर दौड़े पड़े और अम्माँजी के द्वार पर आकर बोले– क्या उसे मारे डालती हो, अम्माँ? अपराधी तो मैं हूँ; उसकी जान क्यों ले रही हो? यह कहते हुये वह कमरे में घुस गये और मेरा हाथ पकड़कर ज़बरदस्ती खींच ले गये। मैंने बहुत चाहा कि अपना हाथ छुड़ा लूँ, पर आनंद ने न छोड़ा! वास्तव में इस समय उनका हम लोगों के बीच में कूद पड़ना मुझे अच्छा नहीं लगता था। वह न आ जाते, तो मैंने रो-धोकर अम्माँजी को मना लिया होता। मेरे गिर पड़ने से उनका क्रोध कुछ शान्त हो चला था। आनन्द का आ जाना ग़ज़ब हो गया। अम्माँजी कमरे के बाहर निकल आयीं और मुँह चिढ़ाकर बोली– हाँ, देखो, मरहम-पट्टी कर दो, कहीं कुछ टूट-फूट न गया हो!

आनन्द ने आँगन में रूककर कहा– क्या तुम चाहती हो कि तुम किसी को मार डालो और मैं न बोलूँ?

'हाँ, मैं तो डायन हूँ, आदमियों को मार डालना ही तो मेरा काम है। ताज़्ज़ुब है कि मैंने तुम्हें क्यों न मार डाला।'

‘तो पछतावा क्यों हो रहा है, धेले की संखिया में तो काम चलता है।’

‘अगर तुम्हें इस तरह औरत को सिर चढ़ाकर रखना है, तो कहीं और ले जाकर रखो। इस घर में उसका निर्वाह अब न होगा।’

‘मैं ख़ुद इसी फ़िक्र में हूँ, तुम्हारे कहने की ज़रूरत नहीं।’

‘मैं भी समझ लूँगी कि मैंने लड़का ही नहीं जनमा।’

‘मैं भी समझ लूँगा कि मेरी माता मर गयी।’

मैं आनन्द का हाथ पकड़कर ज़ोर से खींच रही थी कि उन्हें वहाँ से हटा ले जाऊँ, मगर वह बार-बार मेरा हाथ झटक देते थे। आख़िर जब अम्माँजी अपने कमरे में चली गयीं, तो वह अपने कमरे में आये और सिर थामकर बैठ गये। मैंने कहा– यह तुम्हें क्या सूझी?

आनन्द ने भूमि की ओर ताकते हुये कहा– अम्माँ ने आज नोटिस दे दिया।

‘तुम ख़ुद ही उलझ पड़े, वह बेचारी तो कुछ बोली नहीं।’

‘मैं ही उलझ पड़ा!’

‘और क्या। मैंने तो तुमसे फ़रियाद न की थी।’

‘पकड़ न लाता, तो अम्माँ ने तुम्हें अधमरा कर दिया होता। तुम उनका क्रोध नहीं जानती।’

‘यह तुम्हारा भ्रम है। उन्होंने मुझे मारा नहीं, अपना पैर छुड़ा रही थीं। मैं पट्टी पर बैठी थी, ज़रा-सा धक्का खाकर गिर पड़ी। अम्माँ मुझे उठाने ही जा रही थीं कि तुम पहुँच गये।’

‘नानी के आगे ननिहाल का बखान न करो, मैं अम्माँ को ख़ूब जानता हूँ। मैं कल ही दूसरा घर ले लूँगा, यह मेरा निश्चय है। कहीं-न-कहीं नौकरी मिल ही जायेगी। ये लोग समझते हैं कि मैं इनकी रोटियों पर पड़ा हुआ हूँ। इसी से यह मिज़ाज है!’

मैं जितना ही उनको समझाती थी, उतना वह और बफ़रते थे। आख़िर मैंने झुँझलाकर कहा– तो तुम अकेले जाकर दूसरे घर में रहो। मैं न जाऊँगी। मुझे यहीं पड़ी रहने दो।

आनन्द ने मेरी ओर कठोर नेत्रों से देखकर कहा– यही लात खाना अच्छा लगता है?

‘हाँ, मुझे यही अच्छा लगता है।’

‘तो तुम खाओ, मैं नहीं खाना चाहता। यही फ़ायदा क्या थोड़ा है कि तुम्हारी दुर्दशा आँखों से न देखूँगा, न पीड़ा होगी।’

‘अलग रहने लगोगे, तो दुनिया क्या कहेगी।’

‘इसकी परवाह नहीं। दुनिया अन्धी है।’

‘लोग यही कहेंगे कि स्त्री ने यह माया फैलायी है।‘

‘इसकी भी परवाह नहीं, इस भय से अपना जीवन संकट में नहीं डालना चाहता।’

मैंने रोकर कहा–तुम मुझे छोड़ दोगे, तुम्हें मेरी ज़रा भी मुहब्बत नहीं है। बहन, और किसी समय इस प्रेम-आग्रह से भरे हुये शब्दों ने न जाने क्या कर दिया होता। ऐसे ही आग्रहों पर रियासतें मिटती हैं, नाते टूटते हैं, रमणी के पास इससे बढ़कर दूसरा अस्त्र नहीं। मैंने आनन्द के गले में बाँहें डाल दी थीं और उनके कन्धे पर सिर रखकर रो रही थी। मगर इस समय आनन्द बाबू इतने कठोर हो गये थे कि यह आग्रह भी उन पर कुछ असर न कर सका। जिस माता ने जन्म दिया, उसके प्रति इतना रोष! हम अपनी माता की एक कड़ी बात नहीं सह सकते, इस आत्माभिमान का कोई ठिकाना है। यही वे आशायें हैं, जिन पर माता ने अपने जीवन के सारे सुख-विलास अर्पण कर दिये थे, दिन का चैन और रात की नींद अपने ऊपर हराम कर ली थी! पुत्र पर माता का इतना भी अधिकार नहीं!

आनन्द ने उसी अविचलित कठोरता से कहा– अगर मुहब्बत का यही अर्थ है कि मैं इस घर में तुम्हारी दुर्गति कराऊँ, तो मुझे वह मुहब्बत नहीं है।

प्रात:काल वह उठकर बाहर जाते हुये मुझसे बोले– मैं जाकर घर ठीक किये आता हूँ। ताँगा भी लेता आऊँगा, तैयार रहना।

मैंने दरवाज़ा रोककर कहा– क्या अभी तक क्रोध शान्त नहीं हुआ?

'क्रोध की बात नहीं, केवल दूसरों के सिर से अपना बोझ हटा लेने की बात है।'

'यह अच्छा काम नहीं कर रहे हो। सोचो, माता जी को कितना दु:ख होगा। ससुरजी से भी तुमने कुछ पूछा?'

'उनसे पूछने की कोई ज़रूरत नहीं। कर्ता-धर्ता जो कुछ हैं, वह अम्माँ हैं। दादाजी मिट्टी के लोंदे हैं।'

'घर के स्वामी तो हैं?'

'तुम्हें चलना है या नहीं, साफ़ कहो।'

'मैं तो अभी न जाऊँगी।'

'अच्छी बात है, लात खाओ।'

मैं कुछ नहीं बोली। आनन्द ने एक क्षण के बाद फिर कहा– तुम्हारे पास कुछ रुपये हों, तो मुझे दो। मेरे पास रुपये थे, मगर मैंने इनकार कर दिया। मैंने समझा, शायद इसी असमंजस में पड़कर वह रुक जायें। मगर उन्होंने बात मन में ठान ली थी। खिन्न होकर बोले– अच्छी बात है, तुम्हारे रुपयों के बग़ैर भी मेरा काम चल जायेगा। तुम्हें यह विशाल भवन, यह सुख-भोग, ये नौकर-चाकर, ये ठाट-बाट मुबारक हों। मेरे साथ क्यों भूखों मरोगी। वहाँ यह सुख कहाँ! मेरे प्रेम का मूल्य ही क्या!

यह कहते हुये वह चले गये। बहन, क्या कहूँ, उस समय अपनी बेबसी पर कितना दु:ख हो रहा था। बस, यही जी में आता था कि यमराज आकर मुझे उठा ले जायें। मुझे कल-कलंकिनी के कारण माता और पुत्र में यह वैमनस्य हो रहा था। जाकर अम्माँजी के पैरों पर गिर पड़ी और रो-रोकर आनन्द बाबू के चले जाने का समाचार

कहा। मगर माताजी का हृदय ज़रा भी न पसीजा। मुझे आज मालूम हुआ कि माता भी इतनी वज्र-हृदया हो सकती है। फिर आनन्द बाबू का हृदय क्यों न कठोर हो। अपनी माता ही के पुत्र तो हैं।

माताजी ने निर्दयता से कहा– तुम उसके साथ क्यों न चली गयीं? जब वह कहता था, तब चला जाना चाहिये था। कौन जाने, यहाँ मैं किसी दिन तुम्हें विष दे दूँ।

मैंने गिड़गिड़ाकर कहा– अम्माँजी, उन्हें बुला भेजिये, आपके पैरों पड़ती हूँ। नहीं तो कहीं चले जायेंगे।

अम्माँ उसी निर्दयता से बोलीं– जाये चाहे रहे, वह मेरा कौन है। अब तो जो कुछ हो, तुम हो, मुझे कौन गिनता है। आज ज़रा-सी बात पर यह इतना झल्ला रहा है। और मेरी अम्माँजी ने मुझे सैकड़ों ही बार पीटा होगा। मैं भी छोकरी न थी, तुम्हारी ही उम्र की थी, पर मज़ाल न थी कि तुम्हारे दादाजी से किसी के सामने बोल सकूँ। कच्चा ही खा जाती! मार खाकर रात-भर रोती रहती थी, पर इस तरह घर छोड़कर कोई न भागता था। आजकल के लौंडे ही प्रेम करना नहीं जानते, हम भी प्रेम करते थे, पर इस तरह नहीं कि माँ-बाप, छोटे-बड़े किसी को कुछ न समझें। यह कहती हुई माताजी पूजा करने चली गयी। मैं अपने कमरे में आकर नसीबों को रोने लगी। यही शंका होती थी कि आनन्द किसी तरफ़ की राह न लें। बार-बार जी मसोसता था कि रुपये क्यों न दे दिये। बेचारे इधर-उधर मारे-मारे फिरते होंगे। अभी हाथ-मुँह भी नहीं धोया, जलपान भी नहीं किया। वक्त पर जलपान न करेंगे तो, जुकाम हो जायेगा, और उन्हें जुकाम होता है, तो हरारत भी हो जाती है। महरी से कहा– ज़रा जाकर देख तो बाबूजी कमरे में हैं? उसने आकर कहा– कमरे में तो कोई नहीं, खूँटी पर कपड़े भी नहीं है।

मैंने पूछा– क्या और भी कभी इस तरह अम्माँजी से रूठे हैं? महरी बोली–कभी नहीं बहू ऐसा सीधा तो मैंने लड़का ही नहीं देखा। मालकिन के सामने कभी सिर नहीं उठाते थे। आज न-जाने क्यों चले गये।

मुझे आशा थी कि दोपहर को भोजन के समय वह आ जायेंगे। लेकिन दोपहर कौन कहे; शाम भी हो गयी और उनका पति नहीं। सारी रात जागती रही। द्वार की ओर कान लगे हुये थे। मगर रात भी उसी तरह गुज़र गयी। बहन, इस प्रकार पूरे तीन दिन बीत गये। उस वक्त तुम मुझे देखतीं, तो पहचान न सकतीं। रोते-रोते आँखें लाल हो गयी थीं। इन तीन दिनों में एक पल भी नहीं सोयी और भूख का तो ज़िक्र ही क्या, पानी तक न पिया। प्यास ही न लगती थी। मालूम होता था, देह में प्राण ही नहीं हैं। सारे घर में मातम-सा छाया हुआ था। अम्माँजी भोजन करने दोनों वक्त जाती थीं, पर मुँह जूठा करके चली आती थीं। दोनों ननदों की हँसी और चुहर भी गायब हो गयी थी। छोटी ननदजी तो मुझसे अपना अपराध क्षमा कराने आयी।

चौथे दिन सबेरे रसोइये ने आकर मुझसे कहा– बाबूजी तो अभी मुझे दशाश्वमेध घाट पर मिले थे। मैं उन्हें देखते ही लपककर उनके पास आ पहुँचा और बोला– भैया,

घर क्यों नहीं चलते? सब लोग घबड़ाये हुये हैं। बहूजी ने तीन दिन से पानी तक नहीं पिया। उनका हाल बहुत बुरा है। यह सुनकर वह कुछ सोच में पड़ गये, फिर बोले– बहूजी ने क्यों दाना-पानी छोड़ रखा है? जाकर कह देना, जिस आराम के लिये उस घर को न छोड़ सकी, उससे क्या इतनी जल्द जी-भर गया!

अम्माँ जी उसी समय आँगन में आ गयी। महाराज की बातों की भनक कानों में पड़ गयी, बोली– क्या है अलगू, क्या आनन्द मिला था?

महाराज– हाँ, बड़ी बहू, अभी दशाश्वमेध घाट पर मिले थे। मैंने कहा– घर क्यों नहीं चलते, तो बोले– उस घर में मेरा कौन बैठा हुआ है?

अम्माँ– कहा नहीं और कोई अपना नहीं है, तो स्त्री तो अपनी है, उसकी जान क्यों लेते हो?

महाराज– मैंने बहुत समझाया बड़ी बहू, पर वह टस-से-मस न हुये।

अम्माँ– करता क्या है?

महाराज– यह तो मैंने नहीं पूछा, पर चेहरा बहुत उतरा हुआ था।

अम्माँ– ज्यों-ज्यों तुम बूढ़े होते हो, शायद सठियाते जाते हो। इतना तो पूछा होता, कहाँ रहते हो, कहाँ खाते-पीते हो। तुम्हें चाहिये था, उसका हाथ पकड़ लेते और खींचकर ले आते। मगर तुम नमकहरामों को अपने हलवे-मांडे से मतलब, चाहे कोई मरे या जिये। दोनों वक्त बढ़-चढ़कर हाथ मारते हो और मूँछों पर ताव देते हो। तुम्हें इसकी क्या परवाह है कि घर में दूसरा कोई खाता है या नहीं। मैं तो परवाह न करती, वह आये या न आये। मेरा धर्म पालन-पोसन था, पाल पोस दिया। अब जहाँ चाहें रहें। पर इस बहू का क्या करूँ, जो रो-रोकर प्राण दिये डालती है। तुम्हें ईश्वर ने आँखें दी हैं, उसकी हालत देख रहे हो। क्या मुँह से इतना भी न फूटा कि बहू अन्न-जल-त्याग किये पड़ी हो।

महाराज– बहूजी, नारायण जानते हैं, मैंने बहुत तरह समझाया, मगर वह तो जैसे भागे जाते थे। फिर मैं क्या करता।

अम्माँ– समझाया नहीं, अपना सिर। तुम समझाते और वह यों ही चला जाता। क्या सारी लच्छेदार बातें मुझी से करने को है? इस बहू को मैं क्या कहूँ। मेरे पति ने मुझसे इतनी बेरूख़ी की होती, तो मैं उसकी सूरत न देखती। पर, इस पर उसने न-जाने कौन-सा जादू कर दिया है। ऐसे उदासियों को तो कुलटा चाहिये, जो उन्हें तिगनी का नाच नचाये।

कोई आध घंटे बाद कहार ने आकर कहा–बाबूजी आकर कमरे में बैठे हुये हैं।

मेरा कलेजा धक-धक करने लगा। जी चाहता था कि जाकर पकड़ लाऊँ, पर अम्माँजी का हृदय सचमुच वज्र है। बोली– जाकर कह दे, यहाँ उनका कौन बैठा हुआ है, जो आकर बैठे हैं!

मैंने हाथ जोड़कर कहा– अम्माँजी, उन्हें अन्दर बुला लीजिये, कहीं फिर न चले जायें।

अम्माँ– यहाँ उनका कौन बैठा हुआ है, जो आयेगा। मैं तो अन्दर क़दम न रखने दूँगी।

अम्माँजी तो बिगड़ रही थीं, उधर छोटी ननदजी जाकर आनन्द बाबू को लायीं। सचमुच उनका चेहरा उतरा हुआ था, जैसे महीनों का मरीज़ हो। ननदजी उन्हें इस तरह खीचें लाती थीं, जैसे कोई लड़की ससुराल जा रही हो। अम्माँजी ने मुस्कराकर कहा– इसे यहाँ क्यों लायी? यहाँ इसका कौन बैठा हुआ है?

आनन्द सिर झुकाये अपराधियों की भाँति खड़े थे। ज़बान न खुलती थी। अम्माँजी ने फिर पूछा– चार दिन से कहाँ थे?

'कहीं नहीं, यहीं तो था।'

'ख़ूब चैन से रहे होंगे।'

'जी हाँ, कोई तकलीफ़ न थी।'

'वह तो सूरत ही से मालूम हो रहा है।'

ननदजी जलपान के लिये मिठाई लायी। आनन्द मिठाई खाते इस तरह झेंप रहे थे मानो ससुराल आये हों, फिर माताजी उन्हें लिये अपने कमरे में चली गयीं। वहाँ आध घंटे तक माता और पुत्र में बातें होती रहीं। मैं कान लगाये हुये थी, पर साफ़ कुछ न सुनायी देता था। हाँ, ऐसा मालूम होता था कि कभी माताजी रोती हैं और कभी आनंद। माताजी जब पूजा करने निकलीं, तो उनकी आँखें लाल थीं। आनन्द वहाँ से निकले, तो सीधे मेरे कमरे में आये। मैं उन्हें आते देख चटपट मुँह ढाँपकर चारपाई पर रही, मानो बेख़बर सो रही हूँ। वह कमरे में आये, मुझे चारपाई पर पड़े देखा, मेरे समीप आकर एक बार धीरे पुकारा और लौट पड़े। मुझे जगाने की हिम्मत न पड़ी। मुझे जो कष्ट हो रहा था, इसका एकमात्र कारण अपने को समझकर वह मन-ही-मन दुःखी हो रहे थे। मैंने अनुमान किया था, वह मुझे उठायेंगे, मैं मान करूँगी, वह मनायेंगे, मगर सारे मंसूबे ख़ाक में मिल गये। उन्हें लौटते देखकर मुझसे न रहा गया। मैं हकबकाकर उठ बैठी और चारपाई से नीचे उतरने लगी, मगर न-जाने क्यों, मेरे पैर लड़खड़ाये और ऐसा जान पड़ा मैं गिरी जाती हूँ। सहसा आनन्द ने पीछे फिर कर मुझे सँभाल लिया और बोले– लेट जाओ, लेट जाओ, मैं कुरसी पर बैठ जाता हूँ। यह तुमने अपनी क्या गति बना रखी है?

मैंने अपने को सँभालकर कहा– मैं तो बहुत अच्छी तरह हूँ। आपने कैसे कष्ट किया?

'पहले तुम कुछ भोजन कर लो, तो पीछे मैं कुछ बात करूँगा।'

'मेरे भोजन की आपको क्या फ़िक्र पड़ी है। आप तो सैर-सपाटे कर रहे हैं!'

'जैसे सैर-सपाटे मैंने किये हैं, मेरा दिल जानता है। मगर बातें पीछे करूँगा, अभी मुँह-हाथ धोकर खा लो। चार दिन से पानी तक मुँह में नहीं डाला। राम! राम!'

'यह आपसे किसने कहा कि मैंने चार दिन से पानी तक मुँह में नहीं डाला। जब आपको मेरी परवाह न थी, तो मैं क्यों दाना-पानी छोड़ती?'

'वह तो सूरत ही कह देती हैं। फूल से मुरझा गये।'

'ज़रा अपनी सूरत जाकर आईने में देखिये।'

'मैं पहले ही कौन बड़ा सुन्दर था। ठूँठ को पानी मिले तो क्या और न मिले तो क्या। मैं न जानता था कि तुम यह अनशन-व्रत ले लोगी, नहीं तो ईश्वर जानता है, अम्माँ मार-मारकर भगातीं, तो भी न जाता।'

मैंने तिरस्कार की दृष्टि से देखकर कहा– तो क्या सचमुच तुम समझे थे कि मैं यहाँ केवल आराम के विचार से रह गयी?

आनन्द ने जल्दी से अपनी भूल सुधारी– नहीं, नहीं प्रिये, मैं इतना गधा नहीं हूँ, पर यह मैं कदापि न समझता था कि तुम बिलकुल दाना-पानी छोड़ दोगी। बड़ी कुशल हुई कि मुझे महाराज मिल गया, नहीं तो तुम प्राण ही दे देती। अब ऐसी भूल कभी न होगी। कान पकड़ता हूँ। अम्माँजी तुम्हारा बखान कर-करके रोती रही।

मैंने प्रसन्न होकर कहा– तब तो मेरी तपस्या सफल हो गयी।

'थोड़ा-सा दूध पी लो, तो बातें हों। जाने कितनी बातें करनी हैं।

'पी लूँगी, ऐसी क्या जल्दी है।'

'जब तक तुम कुछ खा न लोगी, मैं यही समझूँगा कि तुमने मेरा अपराध क्षमा नहीं किया।'

'मैं भोजन तभी करूँगी, जब तुम यह प्रतिज्ञा करो कि फिर कभी इस तरह रूठकर न जाओगे।'

'मैं सच्चे दिल से यह प्रतिज्ञा करता हूँ।'

बहन, तीन दिन कष्ट तो हुआ, पर मुझे उसके लिये ज़रा भी पछतावा नहीं है। इन तीन दिनों के अनशन ने दिलों में जो सफाई कर दी, वह किसी दूसरी विधि से कदापि न होती। अब मुझे विश्वास है कि हमारा जीवन शान्ति से व्यतीत होगा। अपने समाचार शीघ्र, अति शीघ्र लिखना।

तुम्हारी

चन्दा

13

दिल्ली

20-2-26

प्यारी बहन,

तुम्हारा पत्र पढ़कर मुझे तुम्हारे ऊपर दया आयी। तुम मुझे कितना ही बुरा कहो, पर मैं अपनी यह दुर्गति किसी तरह न सह सकती, किसी तरह नहीं। मैंने या तो अपने प्राण ही दे दिये होते, या फिर उस सास का मुँह न देखती। तुम्हारा सीधापन, तुम्हारी

सहनशीलता, तुम्हारी सास-भक्ति तुम्हें मुबारक़ हो। मैं तो तुरन्त आनन्द के साथ चली जाती और चाहे भीख ही क्यों न माँगनी पड़ती, उस घर में क़दम न रखती। मुझे तुम्हारे ऊपर दया ही नहीं आती, क्रोध भी आता है, इसलिये कि तुममें स्वाभिमान नहीं है। तुम-जैसी स्त्रियों ने ही सासों और पुरुषों का मिज़ाज आसमान चढ़ा दिया है। 'ज़हन्नुम में जाये ऐसा घर- जहाँ अपनी इज़्ज़त नहीं।' मैं पति-प्रेम भी इन दामों न लूँ। तुम्हें उन्नीसवीं सदी में जन्म लेना चाहिये था। उस वक्त तुम्हारे गुणों की प्रशंसा होती। इस स्वाधीनता और नारी-स्वत्व के नवयुग में तुम केवल प्राचीन इतिहास हो। यह सीता और दमयन्ती का युग नहीं। पुरुषों ने बहुत दिनों तक राज्य किया। अब स्त्री-जाति का राज्य होगा। मगर अब तुम्हें अधिक न कोसूँगी।

अब मेरा हाल सुनो। मैंने सोचा था, पत्रों में अपनी बीमारी का समाचार छपवा दूँगी। लेकिन फिर ख़याल आया; यह समाचार छपते ही मित्रों का ताँता लग जायेगा। कोई मिज़ाज पूछने आयेगा। कोई देखने आयेगा। फिर मैं कोई रानी तो हूँ नहीं, जिसकी बीमारी का बुलेटिन रोज़ाना छापा जाये। न जाने लोगों के दिल में कैसे-कैसे विचार उत्पन्न हों। यह सोचकर मैंने पत्र में छपवाने का विचार छोड़ दिया। दिन-भर मेरे चित्त की क्या दशा रही, लिख नहीं सकती। कभी मन में आता, ज़हर खा लूँ, कभी सोचती, कहीं उड़ जाऊँ। विनोद के सम्बन्ध में भाँति-भाँति की शंका होने लगीं। अब मुझे ऐसी कितनी ही बातें याद आने लगीं, जब मैंने विनोद के प्रति उदासीनता का भाव दिखाया था। मैं उनसे सब कुछ लेना चाहती थी; देना कुछ न चाहती थी। मैं चाहती थी कि वह आठों पहर भ्रमर की भाँति मुझ पर मँडराते रहें, पतंग की भाँति मुझे घेरे रहें। उन्हें किताबों और पत्रों में मग्न बैठे देखकर मुझे झुँझलाहट होने लगती थी। मेरा अधिकांश समय अपने ही बनाव-सिंगार में कटता था, उनके विषय में मुझे कोई चिन्ता ही न होती थी। अब मुझे मालूम हुआ कि सेवा का महत्त्व रूप से कहीं अधिक है। रूप मन को मुग्ध कर सकता है, पर आत्मा को आनन्द पहुँचाने वाली कोई दूसरी ही वस्तु है।

इस तरह एक हफ़्ता गुज़र गया। मैं प्रातःकाल मैके जाने की तैयारियाँ कर रही थी–यह घर फाड़े खाता था– कि सहसा डाकिये ने मुझे एक पत्र लाकर दिया। मेरा हृदय धक-धक करने लगा। मैंने काँपते हुये हाथों से पत्र लिया, पर सिरनामे पर विनोद की परिचित हस्तलिपि न थी, लिपि किसी स्त्री की थी, इसमें सन्देह न था, पर मैं उससे सर्वथा अपरिचित थी। मैंने तुरन्त पत्र खोला और नीचे की तरफ़ देखा तो चौंक पड़ी– वह कुसुम का पत्र था। मैंने एक ही साँस में सारा पत्र पढ़ लिया। लिखा था–'बहन, विनोद बाबू तीन दिन यहाँ रहकर बम्बई चले गये। शायद विलायत जाना चाहते हैं। तीन-चार दिन बम्बई रहेंगे। मैंने बहुत चाहा ताकि उन्हें दिल्ली वापस कर दूँ, पर वह किसी तरह न राज़ी हुये। तुम उन्हें नीचे लिखे पते से तार दे दो। मैंने उनसे यह पता पूछ लिया था। उन्होंने मुझे ताकीद कर दी थी कि इस पते को गुप्त रखना, लेकिन तुमसे क्या परदा। तुम तुरन्त तार दे दो, शायद रुक जायें। वह बात क्या हुई! मुझसे विनोद ने तो बहुत पूछने पर भी नहीं बताया, पर वह दुःखी

बहुत थे। ऐसे आदमी को भी तुम अपना न बना सकीं, इसका मुझे आश्चर्य है; पर मुझे इसकी पहले ही शंका थी। रूप और गर्व में दीपक और प्रकाश का सम्बन्ध है। गर्व रूप का प्रकाश है।'

मैंने पत्र रख दिया और उसी वक्त विनोद के नाम तार भेज दिया कि बहुत बीमार हूँ, तुरन्त आओ। मुझे आशा थी कि विनोद तार द्वारा जवाब देंगे, लेकिन सारा दिन गुज़र गया और कोई जवाब न आया। बँगले के सामने से कोई साइकिल निकलती, तो मैं तुरन्त उसकी ओर ताकने लगती थी कि शायद तार का चपरासी हो। रात को भी मैं तार का इन्तज़ार करती रही। तब मैंने अपने मन को इस विचार से शान्त किया कि विनोद आ रहे हैं, इसलिये तार भेजने की ज़रूरत न समझी।

अब मेरे मन में फिर शंकाएँ उठने लगी। विनोद कुसुम के पास क्यों गये, कहीं कुसुम से उन्हें प्रेम तो नहीं है? कहीं उसी प्रेम के कारण तो वह मुझसे विरक्त नहीं हो गये? कुसुम कोई कौशल तो नहीं कर रही है? उसे विनोद को अपने घर ठहराने का अधिकार ही क्या था? इस विचार से मेरा मन बहुत क्षुब्ध हो उठा। कुसुम पर क्रोध आने लगा। अवश्य दोनों में बहुत दिनों से पत्र-व्यवहार होता रहा होगा। मैंने फिर कुसुम का पत्र पढ़ा और अबकी उसके प्रत्येक शब्द में मेरे लिये कुछ सोचने की सामग्री रखी हुई थी। निश्चय किया कि कुसुम को एक पत्र लिखकर ख़ूब कोसूँ। आधा पत्र लिख भी डाला, पर उसे फाड़ डाला। उसी वक्त विनोद को एक पत्र लिखा। तुमसे कभी भेंट होगी, तो वह पत्र दिखलाऊँगी; जो कुछ मुँह में आया बक डाला। लेकिन इस पत्र की भी वही दशा हुई जो कुसुम के पत्र की हुई थी। लिखने के बाद मालूम हुआ कि वह किसी विक्षप्त हृदय की बकवाद है। मेरे मन में यही बात बैठती जाती थी, वह कुसुम के पास हैं। वही छलिनी उन पर अपना जादू चला रही है। यह दिन भी बीत गया। डाकिया कई बार आया, पर मैंने उसकी ओर आँख भी नहीं उठायी। चन्दा, मैं नहीं कह सकती, मेरा हृदय कितना तिलमिला रहा था। अगर कुसुम इस समय मुझे मिल जाती, तो मैं न-जाने क्या कर डालती।

रात को लेटे-लेटे ख़याल आया, कहीं वह यूरोप न चले गये हों। जी बेचैन हो उठा। सिर में ऐसा चक्कर आने लगा, मानो पानी में डूबी जाती हूँ। अगर वह यूरोप चले गये, तो फिर कोई आशा नहीं– मैं उसी वक्त उठी और घड़ी पर नज़र डाली। दो बजे थे। नौकर को जगाया और तार-घर जा पहुँची। बाबूजी कुरसी पर लेटे-लेटे सो रहे थे। बड़ी मुश्किल से उनकी नींद खुली। मैंने रसीदी तार दिया। जब बाबूजी तार दे चुके, तो मैंने पूछा– इसका जवाब कब तक आयेगा?

बाबू ने कहा– यह प्रश्न किसी ज्योतिषी से कीजिये। कौन जानता है, वह कब जवाब दें। तार का चपरासी ज़बरदस्ती तो उनसे जवाब नहीं लिखा सकता। अगर कोई और कारण न हो, तो आठ-नौ बजे तक जवाब आ जाना चाहिये।

घबराहट में आदमी की बुद्धि पलायन कर जाती है। ऐसा निरर्थक प्रश्न करके मैं स्वयं लज्जित हो गयी। बाबूजी ने अपने मन में मुझे कितना मूर्ख समझा होगा; ख़ैर, मैं

वहीं एक बेंच पर बैठ गयी और तुम्हें विश्वास न आयेगा, नौ बजे तक वहीं बैठी रही। सोचो, कितने घंटे हुये? पूरे सात घंटे। सैकड़ों आदमी आये और गये, पर मैं वहीं जमी बैठी रही। जब तार का डमी खटकता, मेरे हृदय में धड़कन होने लगती। लेकिन इस भय से कि बाबूजी झल्ला न उठें, कुछ पूछने का साहस न करती थी। जब दफ़्तर की घड़ी में नौ बजे, तो मैंने डरते-डरते बाबू से पूछा– क्या अभी तक जवाब नहीं आया।

बाबू ने कहा– आप तो यहीं बैठी हैं, जवाब आता तो क्या मैं खा डालता?

मैंने बेहयाई करके फिर पूछा– तो क्या अब न आयेगा?

बाबू ने मुँह फेरकर कहा– और दो-चार घंटे बैठी रहिये।

बहन, यह वाग्बाण शर के समान हृदय में लगा। आँखें भर आयीं। लेकिन फिर मैं वहाँ से टली नहीं। अब भी आशा बँधी हुई थी कि शायद जवाब आता हो। जब दो घंटे और गुज़र गये, तब मैं निराश हो गयी। हाय! विनोद ने मुझे कहीं का न रखा। मैं घर चली, तो आँखों से आँसुओं की झड़ी लगी हुई थी। रास्ता न सूझता था।

सहसा पीछे से एक मोटर का हॉर्न सुनायी दिया। मैं रास्ते से हट गयी। उस वक्त मन में आया, इसी मोटर के नीचे लेट जाँऊ और जीवन का अन्त कर दूँ। मैंने आँखें पोंछकर मोटर की ओर देखा, भुवन बैठा हुआ था और उसकी बगल में बैठी थी कुसुम! ऐसा जान पड़ा, अग्नि की ज्वाला मेरे पैरों में समाकर सिर से निकल गयी। मैं उन दोनों की निगाहों से बचना चाहती थी, लेकिन मोटर रुक गयी और कुसुम उतरकर मेरे गले से लिपट गयी। भुवन चुपचाप मोटर में बैठा रहा, मानो मुझे जानता ही नहीं। निर्दयी, धूर्त!

कुसुम ने पूछा– मैं तो तुम्हारे पास जाती थी, बहन? वहाँ से कोई ख़बर आयी? मैंने बात टालने के लिये कहा– तुम कब आयीं?

भुवन के सामने मैं अपनी विपत्ति-कथा न कहना चाहती थी।

कुसुम– आओ, कार में बैठ जाओ।

'नहीं, मैं चली जाऊँगी। अवकाश मिले, तो एक बार चली आना।'

कुसुम ने मुझसे आग्रह न किया। कार में बैठकर चल दी। मैं खड़ी ताकती रह गयी! यह वही कुसुम है या कोई और? कितना बड़ा अन्तर हो गया है?

मैं घर चली, तो सोचने लगी– भुवन से इसकी जान-पहचान, कैसे हुई? कहीं ऐसा तो नहीं है कि विनोद ने इसे मेरी टोह लेने भेजा हो! भुवन से मेरे विषय में कुछ पूछने तो नहीं आयी है?

मैं घर पहुँचकर बैठी ही थी कि कुसुम आ पहुँची। अब की वह मोटर में अकेली न थी– विनोद बैठे हुये थे। मैं उन्हें देखकर ठिठक गयी! चाहिये तो यह था कि मैं दौड़कर उनका हाथ पकड़ लेती और मोटर से उतार लाती, लेकिन मैं जगह से हिली तक नहीं। मूर्ति की भाँति अचल बैठी रही। मेरी मानिनी प्रकृति अपना उद्दण्ड-स्वरूप दिखाने के लिये विकल हो उठी। एक क्षण में कुसुम ने विनोद को उतारा और उनका हाथ पकड़े हुये ले आयी। उस वक्त मैंने देखा कि विनोद का मुख बिलकुल पीला पड़

गया है और वह इतने अशक्त हो गये हैं कि अपने सहारे खड़े भी नहीं रह सकते, मैंने घबराकर पूछा, क्यों तुम्हारा यह क्या हाल है?

कुसुम ने कहा– हाल पीछे पूछना, ज़रा इनकी चौपाई चटपट बिछा दो और थोड़ा-सा दूध मँगवा लो।

मैंने तुरन्त चारपाई बिछायी और विनोद को उस पर लेटा दिया। दूध तो रखा हुआ था। कुसुम इस वक्त मेरी स्वामिनी बनी हुई थी। मैं उसके इशारे पर नाच रही थी। चन्दा, इस वक्त मुझे ज्ञात हुआ कि कुसुम पर विनोद को जितना विश्वास है, वह मुझ पर नहीं। मैं इस योग्य हूँ ही नहीं। मेरा दिल सैकड़ों प्रश्न पूछने के लिये तड़फड़ा रहा था, लेकिन कुसुम एक पल के लिये भी विनोद के पास से न टलती थी। मैं इतनी मूर्ख हूँ कि अवसर पाने पर इस दशा में भी मैं विनोद से प्रश्नों का ताँता नहीं बाँध देती।

विनोद को जब नींद आ गयी, मैंने आँखों में आँसू भरकर कुसुम से पूछा– बहन, इन्हें क्या शिकायत है? मैंने तार भेजा। उसका जवाब नहीं आया। रात दो बजे एक ज़रूरी और जवाबी तार भेजा। दस बजे तक तार-घर बैठी जवाब की राह देखती रही। वहीं से लौट रही थी, जब तुम रास्ते में मिली। यह तुम्हें कहाँ मिल गये?

कुसुम मेरा हाथ पकड़कर दूसरे कमरे में ले गयी और बोली– पहले तुम यह बताओ कि भुवन का क्या मुआमला था? देखो, साफ़, कहना।

मैंने आपत्ति करते हुये कहा– कुसुम, तुम यह प्रश्न पूछकर मेरे साथ अन्याय कर रही हो। तुम्हें ख़ुद समझ लेना चाहिये था कि इस बात में कोई सार नहीं है! विनोद को केवल भ्रम हो गया।

'बिना किसी कारण के?'

'हाँ, मेरी समझ में तो कोई कारण न था।'

'मैं इसे नहीं मानती। यह क्यों नहीं कहतीं कि विनोद को जलाने, चिढ़ाने और जगाने के लिये तुमने यह स्वाँग रचा था।'

कुसुम की सूझ पर चकित होकर मैंने कहा– वह तो केवल दिल्लगी थी।

'तुम्हारे लिये दिल्लगी थी, विनोद के लिये वज्रपात था। तुमने इतने दिनों उनके साथ रहकर भी उन्हें नहीं समझा! तुम्हें अपने बनाव-सँवार के आगे उन्हें समझने की कहाँ फ़ुरसत? कदाचित् तुम समझती हो कि तुम्हारी यह मोहनी मूर्ति ही सब कुछ है। मैं कहती हूँ, इसका मूल्य दो-चार महीने के लिये हो सकता है। स्थायी वस्तु कुछ और ही है।' मैंने अपनी भूल स्वीकार करते हुये कहा– विनोद को मुझसे कुछ पूछना तो चाहिये था?

कुसुम ने हँसकर कहा– यही तो वह नहीं कर सकते। तुमसे ऐसी बात पूछना उनके लिये असम्भव है। वह उन प्राणियों में से है, जो स्त्री की आँखों से गिरकर जीते नहीं रह सकते। स्त्री या पुरुष किसी के लिये भी वह किसी प्रकार का धार्मिक या नैतिक बन्धन नहीं रखना चाहते। वह प्रत्येक प्राणी के लिये पूर्ण स्वाधीनता के समर्थक हैं।

मन और इच्छा के सिवा वह कोई बंधन स्वीकार नहीं करते। इस विषय पर मेरी उनसे ख़ूब बातें हुई हैं। ख़ैर–मेरा पता उन्हें मालूम था ही, यहाँ से सीधे मेरे पास पहुँचे। मैं समझ गयी कि आपस में पटी नहीं। मुझे तुम्हीं पर सन्देह हुआ।

मैंने पूछा– क्यों? मुझ पर तुम्हें क्यों सन्देह हुआ?

'इसलिये कि मैं तुम्हें पहले देख चुकी थी।'

'अब तो तुम्हें मुझ पर सन्देह नहीं।'

'नहीं, मगर इसका कारण तुम्हारा संयम नहीं, परम्परा है। मैं इस समय स्पष्ट बातें कर रही हूँ, इसके लिये क्षमा करना।'

'नहीं, विनोद से तुम्हें जितना प्रेम है, उससे अधिक अपने-आपसे है। कम-से-कम दस दिन पहले यही बात थी। अन्यथा यह नौबत ही क्यों आती? विनोद यहाँ से सीधे मेरे पास गये और दो-तीन दिन रहकर बम्बई चले गये। मैंने बहुत पूछा, पर कुछ बतलाया नहीं। वहाँ उन्होंने एक दिन विष खा लिया।'

मेरे चेहरे का रंग उड़ गया।

'बम्बई पहुँचते ही उन्होंने मेरे पास एक ख़त लिखा था। उसमें यहाँ की सारी बातें लिखी थीं और अन्त में लिखा था– मैं इस जीवन से तंग आ गया हूँ, अब मेरे लिये मौत के सिवा और कोई उपाय नहीं है।'

मैंने एक ठंडी साँस ली।

'मैं यह पत्र पाकर घबरा गयी और उसी वक्त बम्बई रवाना हो गयी। जब वहाँ पहुँची, तो विनोद को मरणासन्न पाया। जीवन की कोई आशा नहीं थी। मेरे एक सम्बन्धी वहाँ डॉक्टरी करते हैं। उन्हें लाकर दिखाया तो वह बोले– इन्होंने ज़हर खा लिया है। तुरन्त दवा दी गयी। तीन दिन तक डॉक्टर साहब ने दिन-को-दिन और रात-को-रात न समझा, और मैं तो एक क्षण के लिये विनोद के पास से न हटी। बाद में तीसरे दिन इनकी आँख खुली। तुम्हारा पहला तार मुझे मिला था, पर उसका जवाब देने की किसे फ़ुरसत थी? तीन दिन और बम्बई रहना पड़ा। विनोद इतने कमज़ोर हो गये थे कि इतना लम्बा सफ़र करना उनके लिये असम्भव था। चौथे दिन मैंने जब उनसे यहाँ आने का प्रस्ताव किया, तो बोले– मैं अब वहाँ न जाऊँगा। जब मैंने बहुत समझाया, तब इस शर्त पर राज़ी हुये ताकि मैं पहले आकर यहाँ की परिस्थिति देख जाऊँ।'

मेरे मुँह से निकला–'हाँ! ईश्वर, मैं ऐसी अभागिनी हूँ।'

'अभागिनी नहीं हो बहन, केवल तुमने विनोद को समझा न था। वह चाहते थे कि मैं अकेली जाऊँ, पर मैंने उन्हें इस दशा में वहाँ छोड़ना उचित न समझा। परसों हम दोनों वहाँ से चले। यहाँ पहुँचकर विनोद तो वेटिंग-रूम में ठहर गये, मैं पता पूछती हुई भुवन के पास पहुँची। भुवन को मैंने इतना फटकारा कि वह रो पड़ा। उसने मुझसे यहाँ तक कह डाला कि तुमने उसे बुरी तरह दुत्कार दिया है। आँखों का बुरा आदमी है, पर दिल का बुरा नहीं। उधर से जब मुझे सन्तोष हो गया और रास्ते में तुमसे भेंट

हो जाने पर रहा-सहा भ्रम भी दूर हो गया, तो मैं विनोद को तुम्हारे पास लायी। अब तुम्हारी वस्तु तुम्हें सौंपती हूँ। मुझे आशा है, इस दुर्घटना ने तुम्हें इतना सचेत कर दिया होगा कि फिर नौबत न आयेगी। आत्मसमर्पण करना सीखो। भूल जाओ कि तुम सुन्दरी हो, आनन्दमय जीवन का यही मूल मंत्र है। मैं डींग नहीं मारती, लेकिन चाहूँ तो आज विनोद को तुमसे छीन सकती हूँ। लेकिन रूप में मैं तुम्हारे तलुओं के बराबर भी नहीं। रूप के साथ अगर तुम सेवा-भाव धारण कर सको, तो तुम अजेय हो जाओगी।'

मैं कुसुम के पैरों पर गिर पड़ी और रोती हुई बोली-बहन, तुमने मेरे साथ जो उपकार किया है, उसके लिये मरते दम तक तुम्हारी ऋणी रहूँगी। तुमने न सहायता की होती, तो आज न-जाने क्या गति होती।

बहन, कुसुम कल चली जायेगी। मुझे तो अब वह देवी-सी दीखती है। जी चाहता है, उसके चरण धो-धोकर पीऊँ। उसके हाथों मुझे विनोद ही नहीं मिले हैं, सेवा का सच्चा आदर्श और स्त्री का सच्चा कर्तव्य-ज्ञान भी मिला है। आज से मेरे जीवन का नवयुग आरम्भ होता है, जिसमें भोग और विलास की नहीं, सहृदयता और आत्मीयता की प्रधानता होगी।

तुम्हारी,
पद्मा

माँगे की घड़ी

मेरी समझ में आज तक यह बात न आयी कि लोग ससुराल जाते हैं, तो इतना ठाट-बाट क्यों बनाते हैं। आख़िर इसका उद्देश्य क्या होता है? हम अगर लखपती हैं तो क्या, और रोटियों को मुहताज हैं तो क्या, विवाह तो हो ही चुका, अब इस ठाट का हमारे ऊपर क्या असर पड़ सकता है। विवाह के पहले तो उससे कुछ काम निकल सकता है। हमारी सम्पन्नता बातचीत पक्की करने में बहुत-कुछ सहायक हो सकती है। लेकिन जब विवाह हो गया, देवीजी हमारे घर का सारा रहस्य जान गयीं और निःसन्देह अपने माता-पिता से रो-रोकर अपने दुर्भाग्य की कथा भी कह सुनायी, तो हमारा यह ठाट हानि के सिवा लाभ नहीं पहुँचा सकता। फटेहालों देखकर, सम्भव है, हमारी सासजी को कुछ दया आ जाती और विदाई के बहाने कोई माकूल रक़म हमारे हाथ लग जाती। यह ठाट देखकर तो वह अवश्य ही समझेंगी कि अब इसका सितारा चमक उठा है, ज़रूर कहीं-न-कहीं से माल मार लाया है। उधर नाई और कहार इनाम के लिये बड़े-बड़े मुँह फैलायेंगे, वह अलग। देवीजी को भी भ्रम हो सकता है। मगर यह सब जानते और समझते हुये मैंने परसाल होली में ससुराल जाने के लिये बड़ी-बड़ी तैयारियाँ कीं। रेशमी अचकन ज़िन्दगी में कभी न पहनी थी, फ्लैक्स के बूटों का भी स्वप्न देखा करता था। अगर नकद रुपये देने का प्रश्न होता, तो शायद यह स्वप्न, स्वप्न ही रहता, पर एक दोस्त की कृपा से दोनों चीज़ें उधार मिल गयीं। चमड़े का सूटकेस एक मित्र से माँग लाया। दरी फट गयी थी और नयी दरी उधार मिल भी सकती थी; लेकिन बिछावन ले

जाने की मैंने ज़रूरत न समझी। अब केवल रिस्टवाच की और कमी थी। यों तो दोस्तों में कितने ही के पास रिस्टवाच थी–मेरे सिवा ऐसे अभागे बहुत कम होंगे, जिनके पास रिस्टवाच न हो–लेकिन मैं सोने की घड़ी चाहता था और वह केवल दानू के पास थी। मगर दानू से मेरी बेतकल्लुफ़ी न थी। दानू रूखा आदमी था। मँगनी की चीज़ों का लेना और देना दोनों ही पाप समझता था। ईश्वर ने माना है, वह इस सिद्धान्त का पालन कर सकता है। मैं कैसे कर सकता हूँ। जानता था कि वह साफ़ इनकार करेगा, पर दिल न माना। खुशामद के बल पर मैंने अपने जीवन में बड़े-बड़े काम कर दिखाये हैं, इसी ख़ुशामद की बदौलत–आज महीने में 30 रुपये फटकारता हूँ। एक हज़ार ग्रेजुएटों से कम उम्मीदवार न थे; लेकिन सब मुँह ताकते रह गये और बन्दा मूँछों पर ताव देता हुआ घर आया। जब इतना बड़ा पाला मार लिया, तो दो-चार दिन के लिये घड़ी माँग लाना कौन-सा बड़ा मुश्किल काम था। शाम को जाने की तैयारी थी। प्रातःकाल दानू के पास पहुँचा और उनके छोटे बच्चे को, जो बैठक के सामने सहन में खेल रहा था, गोद में उठाकर लगा भींच-भींचकर प्यार करने। दानू ने पहले तो मुझे आते देखकर ज़रा त्योरियाँ चढ़ायी थीं, लेकिन मेरा यह वात्सल्य देखकर कुछ नरम पड़े, उनके होंठों के किनारे ज़रा फैल गये। बोले-खेलने दो दुष्ट को, तुम्हारा कुरता मैला हुआ जाता है। मैं तो इसे कभी छूता भी नहीं।

मैंने कृत्रिम तिरस्कार का भाव दिखाकर कहा– मेरा कुरता मैला हो रहा है न, आप इसकी क्यों फ़िक्र करते हैं। वाह! ऐसा फूल-सा बालक और उसकी यह कदर। तुम-जैसों को तो ईश्वर नाहक सन्तान देता है। तुम्हें भारी मालूम होता है, तो लाओ मुझे दे दो।

यह कहकर मैंने बालक को कंधे पर बैठा लिया और सहन में कोई पन्द्रह मिनट तक उचकता फिरा। बालक खिलखिलाता था और मुझे दम न लेने देता था, यहाँ तक कि दानू ने उसे मेरे कन्धे से उतारकर ज़मीन पर बैठा दिया और बोले–कुछ पान-पत्ता तो लाया नहीं, उलटे सवारी कर बैठा। जा, अम्माँ से पान बनवा ला।

बालक मचल गया। मैंने उसे शान्त करने के लिये दानू को हलके हाथों दो-तीन धप जमाये और उनकी रिस्टवाच से सुसज्जित कलाई पकड़कर बोला–ले लो बेटा, इनकी घड़ी ले लो, यह बहुत मारा करते हैं तुम्हें। आप तो घड़ी लगाकर बैठे हैं और हमारे मुन्ने के पास नहीं।

मैंने चुपके से रिस्टवाच खोलकर बालक की बाँह में बाँध दी और तब उसे गोद में उठाकर बोला–भैया, अपनी घड़ी हमें दे दो।

सयाने बाप के बेटे भी सयाने होते हैं। बालक ने घड़ी को दूसरे हाथ से छिपाकर कहा–तुमको नयीं देंगे!

मगर मैंने अन्त में उसे फुसलाकर घड़ी ले ली। और अपनी कलाई पर बाँध ली। बालक पान लेने चला गया। दानू बाबू अपनी घड़ी के गुणों की प्रशंसा करने लगे–ऐसी सच्ची समय बतानेवाली घड़ी आज तक कम-से-कम मैंने नहीं देखी।

मैंने अनुमोदन किया—है भी तो स्विस!

दानू—अजी, स्विस होने से क्या होता है। लाखों स्विस-घड़ियाँ देख चुका हूँ। किसी को सरदी, किसी को जुकाम, किसी को गठिया, किसी को लकवा। जब देखिये, तब अस्पताल में पड़ी हैं। घड़ी की पहचान चाहिये और यह कोई आसान काम नहीं। कुछ लोग समझते हैं, बहुत दाम ख़र्च कर देने से अच्छी घड़ी मिल जाती है। मैं कहता हूँ तुम गधे हो। दाम ख़र्च करने से ईश्वर नहीं मिला करता। ईश्वर मिलता है ज्ञान से और घड़ी भी मिलती है ज्ञान से। फासेट साहब को तो जानते होंगे। बस, बन्दा ऐसों ही की खोज में रहता है। एक दिन आकर बैठ गया। शराब की चाट थी। जेब में रुपये नदारद। मैंने 25 रुपये में यह घड़ी ले ली। इसको तीन साल होते हैं और आज तक एक मिनट का फ़र्क नहीं पड़ा। कोई इसके सौ आँकता है, कोई दो सौ, कोई साढ़े तीन सौ, कोई पौने पाँच सौ; मगर मैं कहता हूँ, तुम सब गधे हो, एक हज़ार के नीचे ऐसी घड़ी नहीं मिल सकती। पत्थर पर पटक दो, क्या मज़ाल कि बल भी आये।

मैं— तब तो यार, एक दिन के लिये मँगनी दे दो। बाहर जाना है। औरों को भी इसकी करामात सुनाऊँगा।

दानू— मँगनी तो तुम जानते हो, मैं कोई चीज़ नहीं देता। क्यों नहीं देता, इसकी कथा सुनाने बैठूँ, तो अलिफलैला की दास्तान हो जायें। उसका सारांश यह है कि मँगनी में चीज़ देना मित्रता की जड़ खोदना, मुरव्वत का गला घोंटना और अपने घर आग लगाना है। आप बहुत उत्सुक मालूम होते हैं, इसलिये दो-एक घटनाएँ सुना ही दूँ। आपको फ़ुरसत है न? हाँ, आज तो दफ़्तर बंद है, तो सुनिये। एक साहब लालटेनें मँगनी ले गये। लौटाने आये तो चिमनियाँ सब टूटी हुई। पूछा, यह आपने क्या किया, तो बोले—'जैसी गयी थीं, वैसी आयीं। यह तो आपने नहीं कहा था कि इनके बदले नयी लालटेनें लूँगा। वाह साहब, वाह! यह अच्छा रोज़गार निकाला।' बताइये, क्या करता। एक दूसरे महाशय कालीन ले गये। बदले में एक फटी हुई दरी ले आये। पूछा, तो बोले—'साहब, आपको तो यह दरी मिल भी गयी, मैं किसके सामने जाकर रोऊँ, मेरी पाँच कालीनों का पता नहीं, कोई साहब सब समेट ले गये।' बताइये, उनसे क्या कहता? तबसे मैंने कान पकड़े कि अब किसी के साथ यह व्यवहार ही न करूँगा। सारा शहर मुझे बेमुरौवत, मक्खीचूस और जाने क्या-क्या कहता है, पर मैं परवाह नहीं करता। लेकिन आप बाहर जा रहे हैं और बहुत-से आदमियों से आपकी मुलाकात होगी। संभव है, कोई इस घड़ी का गाहक निकल आये, इसलिये आपके साथ इतनी सख़्ती न करूँगा। हाँ, इतनी अवश्य कहूँगा कि मैं इसे निकालना चाहता हूँ और आपसे मुझे सहायता मिलने की पूरी उम्मीद है। अब कोई दाम लगाये, तो मुझसे आकर कहियेगा।

मैं यहाँ से कलायी पर घड़ी बाँधकर चला, तो ज़मीन पर पाँव न पड़ते थे। घड़ी मिलने की इतनी खुशी न थी, जितनी एक मुड्ढ पर विजय पाने की। कैसा फाँसा है बचा को! वह समझते थे कि मैं ही बड़ा सयाना हूँ, यह नहीं जानते थे कि यहाँ उनके भी गुरुघंटाल हैं।

2

उसी दिन शाम को मैं ससुराल जा पहुँचा। अब वह गुत्थी खुली कि लोग क्यों ससुराल जाते वक़्त इतना ठाट करते हैं। घर में हलचल पड़ गयी। मुझ पर किसी की निगाह न थी। सभी मेरा साज-सामान देख रहे थे। कहार पानी लेकर दौड़ा, एक साला मिठाई की तश्तरी लाया, दूसरा पान की। नाइन झाँककर देख गयी और ससुरजी की आँखों में तो ऐसा गर्व झलक रहा था, मानो संसार को उनके निर्वाचन-कौशल पर सिर झुकाना चाहिये। 30 रु. महीने का नौकर उस वक़्त ऐसी शान से बैठा हुआ था, जैसे बड़े बाबू दफ़्तर में बैठते हैं। कहार पंखा झल रहा था, नाइन पाँव धो रही थी, एक साला बिछावन बिछा रहा था, दूसरा धोती लिये खड़ा था कि मैं पाजामा उतारूँ। यह सब इसी ठाट की करामात थी।

रात को देवीजी ने पूछा– सब रुपये उड़ा आये कि कुछ बचा भी है?

मेरा सारा प्रेमोत्साह शिथिल पड़ गया, न क्षेम, न कुशल, न प्रेम की कोई बातचीत। बस, हाय रुपये! हाय रुपये! जी में आया कि इसी वक़्त उठकर चल दूँ। लेकिन ज़ब्त कर गया। बोला– मेरी आमदनी जो कुछ है, वह तो तुम्हें मालूम ही है।

'मैं क्या जानूँ, तुम्हारी क्या आमदनी है। कमाते होगे अपने लिये, मेरे लिये क्या करते हो? तुम्हें तो भगवान ने औरत बनाया होता, तो अच्छा होता। रात-दिन कंघी-चोटी किया करते। तुम नाहक मर्द बने। अपने शौक़-सिंगार से बचत ही नहीं, दूसरों की फ़िक्र क्या करोगे?'

मैंने झुँझलाकर कहा– क्या तुम्हारी यही इच्छा है कि इसी वक़्त चला जाऊँ?

देवीजी ने भी त्योरियाँ चढ़ाकर कहा– चले क्यों नहीं जाते, मैं तो तुम्हें बुलाने न गयी थी, या मेरे लिये कोई रोकड़ लाये हो?

मैंने चिंतित स्वर में कहा– तुम्हारी निगाह में प्रेम का कोई मूल्य नहीं। जो कुछ है, वह रोकड़ ही है?

देवीजी ने त्योरियाँ चढ़ाये हुये ही कहा– प्रेम अपने-आपसे करते होंगे, मुझसे तो नहीं करते।

'तुम्हें पहले तो यह शिकायत कभी न थी।'

'इससे यह तो तुमको मालूम ही हो गया कि मैं रोकड़ की परवा नहीं करती; लेकिन देखती हूँ कि ज्यों-ज्यों तुम्हारी दशा सुधर रही है, तुम्हारा हृदय भी बदल रहा है। इससे तो यही अच्छा था कि तुम्हारी वही दशा बनी रहती। तुम्हारे साथ उपवास कर सकती हूँ, फटे-चीथड़े पहनकर दिन काट सकती हूँ; लेकिन यह नहीं हो सकता कि तुम चैन करो और मैं मैके में परी भाग्य को रोया करूँ। मेरा प्रेम उतना सहनशील नहीं है।'

सालों और नौकरों ने मेरा जो आदर-सम्मान किया था, उसे देखकर मैं अपने ठाट पर फूला न समाया था। अब यहाँ मेरी जो अवहेलना हो रही थी, उसे देखकर मैं पछता

रहा था कि व्यर्थ ही यह स्वाँग भरा। अगर साधारण कपड़े पहने, रोनी सूरत बनाये आता, तो बाहरवाले चाहे अनादर ही करते, लेकिन देवीजी तो प्रसन्न रहतीं; पर अब तो भूल हो गयी थी। देवीजी की बातों पर मैंने गौर किया, तो मुझे उनसे सहानुभूति हो गयी। यदि देवीजी पुरुष होतीं और मैं उनकी स्त्री, तो क्या मुझे यह किसी तरह भी सह्य होता कि वह तो छैला बनी घूमें और मैं पिंजरे में बंद दाने और पानी को तरसूँ। चाहिये यह था कि देवीजी से सारा रहस्य कह सुनाता; पर आत्मगौरव ने इसे किसी तरह स्वीकार न किया। स्वाँग भरना सर्वथा अनुचित था, लेकिन परदा खोलना तो भीषण पाप था। आख़िर मैंने फिर उसी ख़ुशामद से काम लेने का निश्चय किया, जिसने इतने कठिन अवसरों पर मेरा साथ दिया था। प्रेम-पुलकित कंठ से बोला–प्रिये! सच कहता हूँ, मेरी दशा अब भी वही है; लेकिन तुम्हारे दर्शनों की इच्छा इतनी बलवती हो गयी थी कि उधार कपड़े लिये, यहाँ तक कि अभी सिलायी भी नहीं दी। फटेहाल आते संकोच होता था कि सबसे पहले तुमको दुःख होगा और तुम्हारे घरवाले भी दुःखी होंगे। अपनी दशा जो कुछ है, वह तो है ही, उसका ढिंढोरा पीटना तो और भी लज्जा की बात है।

देवीजी ने कुछ शान्त होकर कहा– तो उधार लिया?

'और नकद कहाँ धरा था?'

'घड़ी भी उधार ली?'

'हाँ, एक जान-पहचान की दुकान से ले ली।'

'कितने की है?'

बाहर किसी ने पूछा होता, तो मैंने 500 रु. से कौड़ी कम न बताया होता, लेकिन यहाँ मैंने 25 रु. बताया।

'तब तो बड़ी सस्ती मिल गयी।'

'और नहीं तो मैं फँसता ही क्यों?'

'इसे मुझे देते जाना।'

ऐसा जान पड़ा, मेरे शरीर में रक्त ही न रहा। सारे अवयव निस्पंद हो गये। इनकार करता हूँ, तो नहीं बचता; स्वीकार करता हूँ, तो भी नहीं बचता। आज प्रातःकाल यह घड़ी मँगनी पाकर मैं फूला न समाया था। इस समय वह ऐसी मालूम हुई, मानो कौड़ियाला कुंडली मारे बैठा हो, बोला–तुम्हारे लिये कोई अच्छी घड़ी ले लूँगा।

'जी नहीं, माफ़ कीजिये, आप ही अपने लिये दूसरी घड़ी ले लीजियेगा। मुझे तो यही अच्छी लगती है। कलाई पर बाँधे रहूँगी। जब-जब इस पर आँखें पड़ेंगी, तुम्हारी याद आयेगी। देखो, तुमने आज तक मुझे फूटी कौड़ी भी कभी नहीं दी। अब इनकार करोगे, तो फिर कोई चीज़ न माँगूगी।'

देवीजी के कोई चीज़ न माँगने से मुझे किसी विशेष हानि का भय न होना चाहिये था, बल्कि उनके इस विराग का स्वागत करना चाहिये था, पर न-जाने क्यों मैं डर गया। कोई ऐसी युक्ति सोचने लगा कि वह राज़ी हो जायें और घड़ी भी न देनी पड़े।

बोला— घड़ी क्या चीज़ है, तुम्हारे लिये जान हाज़िर है, प्रिय! लाओ तुम्हारी कलाई पर बाँध दूँ, लेकिन बात यह है कि वक़्त का ठीक-ठीक अंदाज़ न होने से कभी-कभी दफ़्तर पहुँचने में देर हो जाती है और व्यर्थ की फटकार सुननी पड़ती है। घड़ी तुम्हारी है, किन्तु जब तक दूसरी घड़ी न ले लूँ, इसे मेरे पास रहने दो। मैं बहुत जल्द कोई सस्ते दामों की घड़ी अपने लिये ले लूँगा और तुम्हारी घड़ी तुम्हारे पास भेज दूँगा। इसमें तो तुम्हें कोई आपत्ति न होगी।

देवीजी ने अपनी कलाई पर घड़ी बाँधते हुये कहा— राम जाने, तुम बड़े चकमेबाज़ हो, बातें बनाकर काम निकालना चाहते हो। यहाँ ऐसी कच्ची गोलियाँ नहीं खेली हैं। यहाँ से जाकर दो-चार दिन में दूसरी घड़ी ले लेना! दो-चार दिन ज़रा सबेरे दफ़्तर चले जाना।

अब मुझे और कुछ कहने का साहस नहीं हुआ। कलायी से घड़ी के जाते ही हृदय पर चिन्ता का पहाड़-सा बैठ गया। ससुराल में दो दिन रहा, पर उदास और चिन्तित। दानू बाबू को क्या जवाब दूँगा, यह प्रश्न किसी गुप्त वेदना की भाँति चित्त को मसोसता रहा।

3

घर पहुँचकर जब मैंने सजल नेत्र होकर दानू बाबू से कहा—'घड़ी तो कहीं खो गयी' तो खेद या सहानुभूति का एक शब्द भी मुँह से निकालने के बदले उन्होंने बड़ी निर्दयता से कहा— इसीलिये मैं तुम्हें घड़ी न देता था! आख़िर वही हुआ, जिसकी मुझे शंका थी। मेरे पास वह घड़ी तीन साल रही, एक दिन भी इधर-उधर न हुई। तुमने तीन दिन में वारा-न्यारा कर दिया। आख़िर कहाँ गये थे?

मैं तो डर रहा था कि दानू बाबू न-जाने कितनी घुड़कियाँ सुनायेंगे। उनकी यह क्षमाशीलता देखकर मेरी जान-में-जान आयी। बोला— ज़रा ससुराल चला गया था।

'तो भाभी को लिवा लाये?'

'जी, भाभी को लिवा लाता! अपनी गुज़र होती ही नहीं, भाभी को लिवा लाता?'

'आख़िर तुम इतना कमाते हो, वह क्या करते हो?'

'कमाता क्या हूँ अपना सिर? 30 रु. महीने का नौकर हूँ?

'तो तीसों ख़र्च कर डालते हो?'

'क्या 30 रु. मेरे लिये बहुत हैं?'

'जब तुम्हारी कुल आमदनी 30 रु. है, तो यह सब अपने ऊपर ख़र्च करने का तुम्हें अधिकार नहीं है। बीवी कब तक मैके में पड़ी रहेगी?'

'जब तक और तरक्की नहीं होती, तब तक मज़बूरी है! किस बिरते पर बुलाऊँ?'

'और तरक्की दो-चार साल न हो तो?'

'यह तो ईश्वर ही ने कहा है। इधर तो ऐसी आशा नहीं है।'

'शाबाश! तब तो तुम्हारी पीठ ठोकनी चाहिये। और कुछ काम क्यों नहीं करते? सुबह को क्या करते हो?'

'सारा वक़्त नहाने-धोने, खाने-पीने में निकल जाता है। फिर दोस्तों से मिलना-जुलना भी तो है।'

'तो भाई, तुम्हारा रोग असाध्य है। ऐसे आदमी के साथ मुझे लेश मात्र भी सहानुभूति नहीं हो सकती। आपको मालूम है, मेरी घड़ी 500 रु. की थी। सारे रुपये आपको देने होंगे। आप अपने वेतन में से 15 रु. महीना मेरे हवाले रखते जाइये। इस प्रकार ढाई साल में मेरे रुपये पट जायें तो ख़ूब जी खोलकर दोस्तों से मिलियेगा। समझ गये न? मैंने 40 रु. छोड़ दिये हैं, इससे अधिक रिआयत नहीं कर सकता।'

'15 रु. में मेरा गुज़र कैसे होगा?'

'गुज़र तो लोग 5 रु. में भी करते हैं और 500 रु. में भी। इसकी न चलाओ, अपनी सामर्थ्य देख लो।'

दानू बाबू ने जिस निष्ठुरता से ये बातें कीं, उससे मुझे विश्वास हो गया कि अब इनके सामने रोना-धोना व्यर्थ है। यह अपनी पूरी रक़म लिये बिना न मानेंगे। घड़ी अधिक-से-अधिक 200 रु. की थी। लेकिन इससे क्या होता है! उन्होंने तो पहले ही उसका दाम बता दिया था। अब उस विषय पर मीन-मेष विचार करने का मुझे साहस कैसे हो सकता था? क़िस्मत ठोककर घर आया। यह विवाह करने का मज़ा है! उस वक़्त कैसे प्रसन्न थे, मानो चारों पदार्थ मिले जा रहे थे। अब नानी के नाम को रोओ। घड़ी का शौक़ चर्राया था, उसका फल भोगो! न घड़ी बाँधकर जाते, तो ऐसी कौन-सी किरकिरी हुई जाती थी। मगर तब तुम किसकी सुनते थे? देखें 15 रु. में कैसे गुज़र करते हो। 30 रु. में तो तुम्हारा पूरा ही न पड़ता था, 15 रु. में तुम क्या भुना लोगे?

इन्हीं चिन्ताओं में पड़ा-पड़ा मैं सो गया। भोजन करने की भी सुधि न रही!

4

ज़रा सुन लीजिये कि 30 रु. में कैसे गुज़र करता था– 20 रु. तो होटल को देता था! 5 रु. नाश्ते का ख़र्च था और बाकी 5 रु. में पान, सिगरेट, कपड़े, जूते, सब कुछ! मैं कौन राजसी ठाट से रहता था, ऐसी कौन-सी फिज़ूलख़र्ची करता था कि अब ख़र्च में कमी करता। मगर दानू बाबू का क़र्ज़ तो चुकाना ही था। रोकर चुकाता या हँसकर। एक बार जी में आया कि ससुराल में जाकर घड़ी उठा लाऊँ, लेकिन दानू बाबू से कह चुका था घड़ी खो गयी। अब घड़ी लेकर आऊँगा, तो यह मुझे झूठा और लबाड़िया समझेंगे। मगर क्या मैं यह नहीं कह सकता कि मैंने समझा था कि घड़ी खो गयी, ससुराल गया तो उसका पता चल गया। मेरी बीवी ने उड़ा दी थी। हाँ, यह चाल अच्छी थी। लेकिन देवीजी से क्या बहाना करूँगा? उसे कितना दु:ख होगा। घड़ी पाकर कितनी खुश हो गयी थी! अब जाकर घड़ी छीन लाऊँ, तो शायद फिर मेरी सूरत भी न देखे। हाँ, यह हो सकता था कि दानू बाबू के पास जाकर रोता। मुझे विश्वास था

कि आज क्रोध में उन्होंने चाहे कितनी ही निष्ठुरता दिखाई हो, लेकिन दो-चार दिन के बाद जब उनका क्रोध शान्त हो जाये और मैं जाकर उनके सामने रोने लगूँ, तो उन्हें अवश्य दया आ जायेगी। बचपन की मित्रता हृदय से नहीं निकल सकती। लेकिन मैं इतना आत्मगौरव-शून्य न था और न हो सकता था।

मैं दूसरे ही दिन एक सस्ते होटल में उठ गया। यहाँ 12 रु. में ही प्रबंध हो गया। सुबह को दूध और चाय से नाश्ता करता था। अब छटाँक भर चनों पर बसर होने लगी। 12 रु. तो यों बचे। पान, सिगरेट आदि की मद में 3 रु. और कम किये। और महीने के अंत में साफ़ 15 रु. बचा लिये। यह विकट तपस्या थी। इंद्रियों का निर्दय दमन ही नहीं, पूरा संन्यास था। पर जब मैंने ये 15 रु. ले जाकर दानू बाबू के हाथ में रखे, तो ऐसा जान पड़ा, मानो मेरा मस्तक ऊँचा हो गया है। ऐसे गौरवपूर्ण आनंद का अनुभव मुझे जीवन में कभी न हुआ था।

दानू बाबू ने सहृदयता के स्वर में कहा– बचाये या किसी से माँग लाये?

'बचाया है भाई, माँगता किससे?'

'कोई तकलीफ़ तो नहीं हुई?'

'कुछ नहीं। अगर कुछ तकलीफ़ हुई भी, तो इस वक़्त भूल गयी।'

'सुबह को तो अब भी खाली रहते हो? आमदनी कुछ और बढ़ाने की फ़िक्र क्यों नहीं करते?'

'चाहता तो हूँ कि कोई काम मिल जाये तो कर लूँ; पर मिलता ही नहीं।'

यहाँ से लौटा, तो मुझे अपने हृदय में एक नवीन बल, एक विचित्र स्फूर्ति का अनुभव हो रहा था। अब तक जिन इच्छाओं को रोकना कष्टप्रद जान पड़ता था, अब उनकी ओर ध्यान भी न जाता था। जिस पान की दुकान को देखकर चित्त अधीर हो जाता था, उसके सामने से मैं सिर उठाये निकल जाता था, मानो अब मैं उस सतह से कुछ ऊँचा उठ गया हूँ; सिगरेट, चाय और चाट अब इनमें से किसी पर भी चित्त आकर्षित न होता था। प्रातःकाल भीगे हुये चने, दोनों जून रोटी और दाल। बस, इसके सिवा मेरे लिये और सभी चीज़ें त्याज्य थीं, सबसे बड़ी बात तो यह थी कि मुझे जीवन से विशेष रुचि हो गयी थी। मैं ज़िन्दगी से बेज़ार, मौत के मुँह का शिकार बनने का इच्छुक न था। मुझे ऐसा आभास होता था कि मैं जीवन में कुछ कर सकता हूँ।

एक मित्र ने एक दिन मुझसे पान खाने के लिये बड़ा आग्रह किया, पर मैंने न खाया। तब वह बोले– तुमने तो यार, पान छोड़कर कमाल कर दिया। मैं अनुमान ही न कर सकता था कि तुम पान छोड़ दोगे। हमें भी कोई तरकीब बताओ।

मैंने मुस्कराकर कहा– उसकी तरकीब यही है कि पान न खाओ।

'जी तो नहीं मानता।'

'आप ही मान जायेगा।'

'बिना सिगरेट पिये, तो मेरा पेट फूलने लगता है।'

'फूलने दो, आप पिचक जायेगा।'

'अच्छा तो लो, आज मैंने पान-सिगरेट छोड़ा।'

'तुम क्या छोड़ोगे? तुम नहीं छोड़ सकते।'

मैंने उनको उत्तेजित करने के लिये यह शंका की थी। इसका यथेष्ट प्रभाव पड़ा! वह दृढ़ता से बोले– तुम यदि छोड़ सकते हो, तो मैं भी छोड़ सकता हूँ। मैं तुमसे किसी बात में कम नहीं हूँ।

'अच्छी बात है, देखूँगा।'

'देख लेना।'

मैंने इन्हें आज तक पान या सिगरेट का सेवन करते नहीं देखा।

पाँचवें महीने मैं जब रुपये लेकर दानू बाबू के पास गया, सच मानो, वह टूटकर मेरे गले से लिपट गये! बोल– हो तो यार, तुम धुन के पक्के। मगर सच कहना, मुझे मन में कोसते तो नहीं?

मैंने हँसकर कहा– अब तो नहीं कोसता, मगर पहले ज़रूर कोसता था।

'अब क्यों इतनी कृपा करने लगे?'

'इसलिये कि मुझ जैसी स्थिति के आदमी को जिस तरह रहना चाहिये, वह तुमने सिखा दिया! मेरी आमदनी में आधा मेरी स्त्री का है। पर अब तक मैं उसका हिस्सा भी हड़प कर जाता था। अब मैं इस योग्य हो रहा हूँ कि उसका हिस्सा उसे दे दूँ, या स्त्री को अपने साथ रखूँ। तुमने मुझे बहुत अच्छा पाठ दे दिया।'

'अगर तुम्हारी आमदनी कुछ बढ़ जाये तो फिर उसी तरह रहने लगोगे!'

'नहीं, कदापि नहीं। अपनी स्त्री को बुला लूँगा।'

'अच्छा, तो खुश हो जाओ; तुम्हारी तरक्की हो गयी है।'

मैंने अविश्वास के भाव से कहा– मेरी तरक्की अभी क्या होगी? अभी मुझसे पहले के लोग पड़े नाक रगड़ रहे हैं?

'कहता हूँ, मान जाओ। मुझसे तुम्हारे बड़े बाबू कहते थे।'

मुझे अब भी विश्वास न आया। पर मारे कुतूहल के पेट में चूहे दौड़ रहे थे। उधर दानू बाबू अपने घर गये, इधर मैं बड़े बाबू के घर पहुँचा। बड़े बाबू बैठ अपनी बकरी दुह रहे थे। मुझे देखा, तो झेंपते हुये बोले– क्या करें भाई, आज ग्वाला नहीं आया, इसीलिये यह बला गले पड़ी। चलो, बैठो।

मैं कमरे में जा बैठा। बाबूजी भी कोई आध घंटे के बाद हाथ में गुड़गुड़ी लिये निकले और इधर-उधर की बातें करते रहे। आख़िर मुझसे न रहा गया, बोला– मैंने सुना है, मेरी कुछ तरक्की हो गयी है।

बड़े बाबू ने प्रसन्नमुख होकर कहा– हाँ भई, हुई तो है। तुमसे दानू बाबू ने कहा होगा।

'जी हाँ, अभी कहा है। मगर मेरा नंबर तो अभी नहीं आया, तरक्की कैसे हुई?'

'यह न पूछो, अफ़सरों की निगाह चाहिये, नंबर-संबर कौन देखता है।'

'लेकिन आख़िर मुझे किसकी जगह मिली? अभी कोई तरक्की का मौका भी तो नहीं।'

'कह दिया, भाई अफ़सर लोग सब कुछ कर सकते हैं। साहब एक दूसरी मद से तुम्हें 15 रु. महीना देना चाहते हैं। दानू बाबू ने साहब से कहा-सुना होगा।'

'किसी दूसरे का हक़ मारकर तो मुझे ये रुपये नहीं दिये जा रहे हैं?'

'नहीं, यह बात नहीं। मैं ख़ुदा क़सम इसे मंज़ूर न करता।'

महीना गुज़रा, मुझे 45 रु. मिले। मगर रजिस्टर में मेरे नाम के सामने वही 30 रु. लिखे थे। बड़े बाबू ने अकेले बुलाकर मुझे रुपये दिये और ताकीद कर दी कि किसी से कहना मत, नहीं दफ़्तर में बावेला मच जायेगा। साहब का हुक़्म है कि यह बात गुप्त रखी जाये।

मुझे संतोष हो गया कि किसी सहकारी का गला घोंटकर मुझे रुपये नहीं दिये जाये। खुश-खुश रुपये लिये सीधा दानू बाबू के पास पहुँचा। वह मेरी बाछें खिली देखकर बोले– मार लाये तरक्की, क्यों?

'हाँ यार, रुपये तो 15 मिले; लेकिन तरक्की नहीं हुई, किसी और मद से दिये जाने हैं।'

'तुम्हें रुपये से मतलब है, चाहे किसी मद से मिलें। तो अब बीवी को लेने जाओगे न?'

'नहीं, अभी नहीं।'

'तुमने तो कहा था, आमदनी बढ़ जायेगी, तो बीवी को लाऊँगा, अब क्या हो गया?'

'मैं सोचता हूँ, पहले रुपये पटा दूँ। अब से 30 रु. महीने देता जाऊँगा, साल भर में पूरे रुपये पट जायेंगे। तब मुक्त हो जाऊँगा।'

दानू बाबू की आँखें सजल हो गयी। मुझे आज अनुभव हुआ कि उनकी इस कठोर आकृति के नीचे कितना कोमल हृदय छिपा हुआ था। बोले– नहीं, अबकी मुझे कुछ मत दो। रेल का ख़र्च पड़ेगा, वह कहाँ से दोगे! जाकर अपनी स्त्री को ले आओ।

मैंने दुविधा में पड़कर कहा– यार, अभी न मज़बूर करो। शायद किश्त न अदा कर सकूँ तो?

दानू बाबू ने मेरा हाथ पकड़कर कहा– तो कोई हरज नहीं। सच्ची बात यह है कि मैं अपनी घड़ी के दाम पा चुका। मैंने तो उसके 25 रु. ही दिये थे। उस पर तीन साल काम ले चुका था। मुझे तुमसे कुछ न लेना चाहिये था। अपनी स्वार्थपरता पर लज्जित हूँ।

मेरी आँखें भी भर आयीं। जी में तो आया, घड़ी का सारा रहस्य कह सुनाऊँ, लेकिन ज़ब्त कर गया। गदगद कंठ से बोला– नहीं दानू बाबू, मुझे रुपये अदा कर लेने दो। आख़िर तुम उस घड़ी को चार-पाँच सौ में बेच लेते या नहीं? मेरे कारण तुम्हें इतना नुकसान क्यों हो?

'भाई, अब घड़ी की चर्चा न कहो। यह बताओ, कब जाओगे?'

'अरे, तो पहले रहने का तो ठीक कर लूँ।'

'तुम जाओ, मैं मकान का प्रबंध कर रखूँगा।'

'मगर मैं 5 रु. से ज़्यादा किराया न दे सकूँगा। शहर से ज़रा हटकर मकान सस्ता मिल जायेगा।'

'अच्छी बात है, मैं सब ठीक कर रखूँगा। किस गाड़ी से लौटोगे?'

'यह अभी क्या मालूम। विदाई का मामला है, साइत बने या न बने, या लोग एकाध दिन रोक ही लें। तुम इस झंझट में क्यों पड़ोगे? मैं दो-चार दिन में मकान ठीक करके चला जाऊँगा।'

'जी नहीं, आप आज जाइये और कल आइये।'

'तो उतरूँगा कहाँ?'

'मैं मकान ठीक कर लूँगा। मेरा आदमी तुम्हें स्टेशन पर मिलेगा।'

मैंने बहुत हीले-हवाले किये, पर उस भले आदमी ने एक न सुनी। उसी दिन मुझे ससुराल जाना पड़ा।

5

मुझे ससुराल में तीन दिन लग गये। चौथे दिन पत्नी के साथ चला। जी में डर रहा था कि कहीं दानू ने कोई आदमी न भेजा हो तो कहाँ उतरूँगा, कहाँ को जाऊँगा। आज चौथा दिन है। उन्हें इतनी क्या गरज पड़ी है कि बार-बार स्टेशन पर अपना आदमी भेजें। गाड़ी में सवार होते समय इरादा हुआ कि दानू को तार से अपने आने की सूचना दे दूँ। लेकिन बारह आने का ख़र्च था, इससे हिचक गया।

मगर जब गाड़ी बनारस पहुँची, तो देखता हूँ कि दानू बाबू स्वयं कोट-हैट लगाये, दो कुलियों के साथ खड़े हैं। मुझे देखते ही दौड़े और बोले– ससुराल की रोटियाँ बड़ी प्यारी लग रही थीं क्या? तीन दिन से रोज़ दौड़ रहा हूँ, जुरमाना देना पड़ेगा।

देवीजी सिर से पाँव तक चादर ओढ़े, गाड़ी से उतरकर प्लेटफार्म पर खड़ी हो गयी थीं। मैं चाहता था, जल्दी से गाड़ी में बैठकर यहाँ से चल दूँ। घड़ी उनकी कलाई पर बँधी हुई थी। मुझे डर लग रहा था कि कहीं उन्होंने हाथ बाहर निकाला और दानू की निगाह घड़ी पर गयी, तो बड़ी झेंप होगी। मगर तक़दीर का लिखा कौन टाल सकता है? मैं देवीजी से दानू बाबू की सज्जनता का ख़ूब बखान कर चुका था। अब जो दानू उसके समीप आकर संदूक उठाने लगे, तो देवीजी ने दोनों हाथों से उन्हें नमस्कार

किया। दानू ने उनकी कलाई पर घड़ी देख ली। उस वक़्त तो क्या बोलते; लेकिन ज्यों ही देवीजी को एक ताँगे पर बिठाकर हम दोनों दूसरे ताँगे पर बैठकर चले, दानू ने मुस्कराकर कहा– क्या घड़ी देवीजी ने छिपा दी थी?

मैंने शर्माते हुये कहा– नहीं यार, मैं ही दे आया था। दे क्या आया था, उन्होंने मुझसे छीन ली थी।

दानू ने मेरा तिरस्कार करके कहा– तो मुझसे झूठ क्यों बोले?

'फिर क्या करता?'

'अगर तुमने साफ़ कह दिया होता, तो शायद मैं इतना कमीना नहीं हूँ कि तुमसे उसका तावाना वसूल करता; लेकिन ख़ैर, ईश्वर का कोई काम मसलहत से खाली नहीं होता। तुम्हें कुछ दिनों ऐसी तपस्या की ज़रूरत थी।'

'मकान कहाँ ठीक किया है?'

'वहीं तो चल रहा हूँ।'

'क्या तुम्हारे घर के पास ही है? तब तो बड़ा मज़ा रहेगा।'

'हाँ, मेरे घर से मिला हुआ है, मगर बहुत सस्ता।'

दानू बाबू के द्वार पर दोनों ताँगे रुके। आदमियों ने दौड़कर असबाब उतारना शुरू किया। एक क्षण में दानू बाबू की देवीजी घर में से निकलकर ताँगे के पास आयीं और पत्नीजी को साथ ले गयीं। मालूम होता था, यह सारी बातें पहले ही से सधी-बधी थीं।

मैंने कहा– तो यह कहो कि हम तुम्हारे बिन-बुलाये मेहमान हैं।

'अब तुम अपनी मरजी का कोई मकान ढूँढ़ लेना। दस-पाँच दिन तो यहाँ रहो।'

लेकिन मुझे यह ज़बरदस्ती की मेहमानी अच्छी न लगी। मैंने तीसरे ही दिन एक मकान तलाश कर लिया। बिदा होते समय दानू ने 100 रु. लाकर मेरे सामने रख दिये और कहा– यह तुम्हारी अमानत है। लेते जाओ!

मैंने विस्मय से पूछा– मेरी अमानत कैसी?

दानू ने कहा– 15 रु. के हिसाब से 6 महीने के 90 रु. हुये और 90 रु. सूद।

मुझे दानू की यह सज्जनता बोझ के समान लगी। बोला– तो तुम घड़ी ले लेना चाहते हो?

'फिर घड़ी का ज़िक्र किया तुमने! उसका नाम मत लो।'

'तुम मुझे चारों ओर से दबाना चाहते हो।'

'हाँ, दबाना चाहता हूँ फिर? तुम्हें आदमी बना देना चाहता हूँ, नहीं तो उम्र भर तुम यहाँ होटल की रोटियाँ तोड़ते और तुम्हारी देवीजी वहाँ बैठी तुम्हारे नाम को रोतीं। कैसी शिक्षा दी है, इसका एहसान तो न मानोगे।'

'यों कहो, तो आप मेरे गुरु बने हुये थे?'

'जी हाँ, ऐसे गुरु की तुम्हें ज़रूरत थी।'

मुझे विवश होकर घड़ी का ज़िक्र करना पड़ा। डरते-डरते बोला–

'तो भाई घड़ी.... '

'फिर तुमने घड़ी का नाम लिया!'

'तुम खुद मुझे मज़बूर कर रहे हो।'

'वह मेरी ओर से भावज को उपहार है।'

'और ये 100 रु. मुझे उपहार मिले हैं।'

'जी हाँ, यह इम्तहान में पास होने का इनाम है।'

'तब तो डबल उपहार लिया है।'

'तुम्हारी तक़दीर ही अच्छी है, क्या करूँ।'

मैं रुपये यों न लेता था, पर दानू ने मेरी जेब में डाल दिये। लेने पड़े। इन्हें मैंने सेविंग बैंक में ज़मा कर दिया। 10 रु. महीने पर मकान लिया था। 30 रु. महीने ख़र्च करता था। 5 रु. बचने लगे। अब मुझे मालूम हुआ कि दानू बाबू ने मुझे छह महीना तक यह तपस्या न कराई होती, तो सचमुच मैं न-जाने कितने दिनों तक देवीजी को मैके में पड़ा रहने देता। उसी तपस्या की बरकत थी कि आराम से ज़िन्दगी कट रही थी, ऊपर से कुछ-न-कुछ जना होता जाता था। मगर घड़ी का किस्सा मैंने आज तक देवीजी से नहीं कहा। पाँचवें महीने में मेरी तरक्की का नंबर आया। तरक्की का परवाना मिला। मैं सोच रहा था कि देखूँ, अबकी दूसरी मदवाले 15 रु. मिलते हैं या नहीं। पहली तारीख़ को वेतन मिला, वही 45 रु.। मैं एक क्षण खड़ा रहा कि शायद बड़े बाबू दूसरी मदवाले रुपये भी दें। जब और लोग अपने-अपने वेतन लेकर चले गये, तो बड़े बाबू बोले– क्या अभी लालच घेरे हुये है? अब और कुछ न मिलेगा।

मैंने लज्जित होकर कहा– जी नहीं, इस ख़याल से नहीं खड़ा हूँ। साहब ने इतने दिनों तक परवरिश की, यह क्या थोड़ा है। मगर कम-से-कम इतना तो बता दीजिये कि किस मद से यह रुपया दिया जाता था?

बड़े बाबू– पूछकर क्या करोगे?

'कुछ नहीं, यों ही जानने को जी चाहता है।'

'जाकर दानू बाबू से पूछो।'

'दफ़्तर का हाल दानू बाबू क्या जान सकते हैं?'

'नहीं, यह हाल वही जानते हैं।'

मैंने बाहर आकर एक ताँगा किया और दानू के पास पहुँचा। आज पूरे दस महीने के बाद मैंने ताँगा किराये पर किया। इस रहस्य को जानने के लिये मेरा दम घुट रहा था। दिल में तय कर लिया था कि अगर बचा ने यह षड्यंत्र रचा होगा,

तो बुरी तरह ख़बर लूँगा। आप बग़ीचे में टहल रहे थे। मुझे देखा तो घबराकर बोले– कुशल तो है, कहाँ से भागे आते हो?

मैंने कृत्रिम क्रोध दिखाकर कहा– मेरे यहाँ तो कुशल है; लेकिन तुम्हारी कुशल नहीं।

'क्यों भाई, क्या अपराध हुआ है?'

'आप बतलाइये कि पाँच महीने तक मुझे जो 15 रु. वेतन के ऊपर से मिलते थे, वह कहाँ से आते थे?'

'तुमने बड़े बाबू से नहीं पूछा? तुम्हारे दफ़्तर का हाल मैं क्या जानूँ।'

मैं आजकल दानू से बेतकल्लुफ़ हो गया था। बोला– देखो दानू, मुझसे उड़ोगे, तो अच्छा न होगा। क्यों नाहक ही मेरे हाथों पिटोगे।

'पीटना चाहो, तो पीट लो भाई, सैकड़ों ही बार पीटा है, एक बार और सही। बार पर से जो ढकेल दिया था, उसका निशान बना हुआ है, यह देखो।'

'तुम टाल रहे हो और मेरा दम घुट रहा है। सच बताओ, क्या बात थी?'

'बात-वात कुछ नहीं थी। मैं जानता था कि कितनी ही किफ़ायत करोगे, 30 रु. में तुम्हारा गुज़र न होगा। और न सही, दोनों वक़्त रोटियाँ तो हों। बस, इतनी बात है। अब इसके लिये जो चाहो, दंड दो।'

स्मृति का पुजारी

महाशय होरीलाल की पत्नी का जब से देहान्त हुआ, वह एक तरह से दुनिया से विरक्त हो गये हैं। यों रोज़ कचहरी जाते हैं। अब भी उनकी वकालत बुरी नहीं है। मित्रों से राह-रस्म भी रखते हैं, मेलों-तमाशों में भी जाते हैं; पर इसलिये कि वे भी मनुष्य हैं और मनुष्य एक सामाजिक जीव है। जब उनकी स्त्री जीवित थी, तब कुछ और ही बात थी। किसी-न-किसी बहाने से आये-दिन मित्रों की दावतें होती रहती थीं। कभी गार्डन-पार्टी है, कभी संगीत है, कभी जन्माष्टमी है, कभी होली है। मित्रों का सत्कार करने में जैसे उन्हें मज़ा आता था। लखनऊ से सुफेदे आये हैं। अब, जब तक दोस्तों को खिला न लें, उन्हें चैन नहीं। कोई अच्छी चीज़ खरीदकर उन्हें यही धुन हो जाती थी कि उसे किसी को भेंट कर दें। जैसे और लोग अपने स्वार्थ के लिये तरह-तरह के प्रपंच रचा करते हैं, वह सेवा के लिये षडयन्त्र रचते थे। आपसे मामूली जान-पहचान है, लेकिन उनके घर चले जाइये तो चाय और फलों से आपका सत्कार किये बिना न रहेंगे। मित्रों के हित के लिये प्राण देने को तैयार और बड़े ही खुशमिज़ाज। उनके कहकहे ग्रामोफोन में भरने लायक होते थे। कोई संतान न थी, लेकिन किसी ने उन्हें दुखी या निराश नहीं देखा।

मुहल्ले के सारे बच्चे उनके बच्चे थे। और स्त्री भी उसी रंग में रँगी हुई। आप कितने ही चिन्तित हों, उस देवी से मुलाकात होते ही आप फूल की तरह खिल जायेंगे।

न जाने इतनी लोकोक्तियाँ कहाँ से याद कर ली थीं। बात-बात पर कहावतें कहती थी। और जब किसी को बनाने पर आ जाती, तो रुलाकर छोड़ती थीं। गृह-प्रबन्ध में तो उसका जोड़ न था, दोनों एक-दूसरे के आशिक थे, और उनका प्रेम पौधों के क़लम की भाँति दिनों के साथ और भी घनिष्ठ होता जाता था। समय की गति उस पर जैसे आशीर्वाद का काम कर रही थी। कचहरी से छुट्टी पाते ही वह प्रेम का पथिक दीवानों की तरह घर भागता था। आप कितना ही आग्रह करें, पर उस वक्त रास्ते में एक मिनट के लिये भी न रुकता था और अगर कभी महाशयजी के आने में देर हो जाती थी तो वह प्रेम-योगिनी छज्जे पर खड़ी होकर उनकी राह देखा करती थी। और पचीस साल के अभिन्न सहचर ने उनकी आत्माओं में इतनी समानता पैदा कर दी थी कि जो बात एक के दिल में आती थी, वही दूसरे के दिल में बोल उठती थी। यह बात नहीं कि उनमें मतभेद न होता हो। बहुत-से विषयों में उनके विचारों में आकाश-पाताल का अन्तर था और अपने पक्ष के समर्थन और परपक्ष के खण्डन में उनमें ख़ूब झाँव-झाँव होती थी। कोई बाहर का आदमी सुने तो समझे कि दोनों लड़ रहे हैं और अब हाथापाई की नौबत आनेवाली है; मगर उनके मुबाहसे मस्तिष्क के होते थे। हृदय दोनों के एक, दोनों सहृदय, दोनों प्रसन्नचित्त, स्पष्ट कहनेवाले, निःस्पृह। मानो देवलोक के निवासी हों; इसलिये पत्नी का देहांत हुआ, तो कई महीने तक हम लोगों को यह अन्देशा रहा कि यह महाशय आत्महत्या न कर बैठें।

हम लोग सदैव उनकी दिलजोई करते रहते, कभी एकांत में न बैठने देते। रात को भी कोई-न-कोई उनके साथ लेटता था। ऐसे व्यक्तियों पर दूसरों को दया आती ही है। मित्रों की पत्नियाँ तो इन पर जान देती थीं। इनकी नज़रों में वह देवताओं के भी देवता थे। उनकी मिसाल दे-देकर अपने पुरुषों से कहतीं इसे कहते हैं प्रेम! ऐसा पुरुष हो, तो क्यों न स्त्री उसकी ग़ुलामी करे। जब से बीवी मरी है ग़रीब ने कभी भरपेट भोजन नहीं किया, कभी नींद-भर नहीं सोया। नहीं तो तुम लोग दिल में मनाते रहते हो कि यह मर जाये, तो नया ब्याह रचायें। दिल में खुश होगे कि अच्छा हुआ मर गयी, रोग टला, अब नयी-नवेली स्त्री लायेंगे।

और अब महाशयजी का पैंतालीसवाँ साल था, सुगठित शरीर था, स्वास्थ्य अच्छा, रूपवान, विनोदशील, सम्पन्न। चाहते तो तुरन्त दूसरा ब्याह कर लेते। उनके हाँ करने की देर थी। गरज के बावले कन्यावालों ने सन्देश भेजे, मित्रों ने भी उजड़ा घर बसाना चाहा; पर इस स्मृति के पुजारी ने प्रेम के नाम को दाग़ न लगाया। अब हफ़्तों बाल नहीं बनते; कपड़े नहीं बदले जाते। घसियारों-सी सूरत बनी हुई है, कुछ परवाह नहीं। कहाँ तो मुँह-अँधेरे उठते थे और चार मील का चक्कर लगा आते थे, कभी अलसा जाते थे तो देवीजी घुड़कियाँ जमातीं और उन्हें बाहर खदेड़कर द्वार बन्द कर लेतीं। कहाँ अब आठ बजे तक चारपाई पर पड़े करवटें बदल रहे हैं। उठने का जी नहीं चाहता। ख़िदमतगार ने हुक़्क़ा लाकर रख दिया, दो-चार कश लगा लिये। न लाये, तो ग़म नहीं। चाय आयी पी ली, न आये तो परवाह नहीं। मित्रों ने बहुत गला दबाया,

तो सिनेमा देखने चले गये; लेकिन क्या देखा और क्या सुना, इसकी ख़बर नहीं। कहाँ तो अच्छे-अच्छे सूटों का ख़ब्त था, कोई खुशनुमा डिज़ाइन का कपड़ा आ जाये, आप एक सूट ज़रूर बनवायेंगे। वह क्या बनवायेंगे, उनके लिये देवीजी बनवायेंगी। कहाँ अब पुराने-धुराने बदरंग, सिकुड़े-सिकुड़ाये, ढीले-ढाले कपड़े लटकाये चले जा रहे हैं, जो अब दुबलेपन के कारण उतारे-से लगते हैं और जिन्हें अब किसी तरह सूट नहीं कहा जा सकता। महीनों बाज़ार जाने की नौबत नहीं आती। अबकी कड़ाके का जाड़ा पड़ा, तो आपने एक रुईदार नीचा लबादा बनवा लिया और खासे भगतजी बन गये। सिर्फ कंटोप की क़सर थी। देवीजी होतीं, तो यह लबादा छीनकर किसी फ़कीर को दे देतीं; मगर अब कौन देखनेवाला है। किसे परवाह है, वह क्या पहनते हैं और कैसे रहते हैं। 45 की उम्र में जो आदमी 35 का लगता था, वह अब 50 की उम्र में 60 का लगता है, कमर भी झुक गयी है, बाल भी सफेद हो गये हैं, दाँत भी गायब हो गये। जिसने उन्हें तब देखा हो, आज पहचान भी न सके।

मज़ा यह है कि तब जिन विषयों पर देवीजी से लड़ा करते थे, वही अब उनकी उपासना के अंग बन गये हैं। मालूम नहीं उनके विचारों में क्रांति हो गयी है या मृतात्मा ने उनकी आत्मा में लीन होकर भिन्नताओं को मिटा दिया है। देवीजी को विधवा-विवाह से घृणा थी। महाशयजी इसके पक्के समर्थक थे; लेकिन अब आप भी विधवा-विवाह का विरोध करते हैं। आप पहले पश्चिमी या नयी सभ्यता के भक्त थे और देवीजी का मज़ाक उड़ाया करते थे। अब इस सभ्यता की उनसे ज़्यादा तीव्र आलोचना शायद ही कोई कर सके। इस बार यों ही अँग्रेजों के समय-नियन्त्रण की चर्चा चल गयी। मैंने कहा, 'इस विषय में हमें अंग्रेजों से सबक लेना चाहिये।' बस, आप तड़पकर उठ बैठे और उन्मत्त स्वर में बोले 'कभी नहीं, प्रलय तक नहीं। मैं इस नियन्त्रण को स्वार्थ का स्तम्भ, अहंकार का हिमालय और दुर्बलता का सहारा समझता हूँ। एक व्यक्ति मुसीबत का मारा आपके पास आता है। मालूम नहीं, कौन-सी ज़रूरत उसे आपके पास खींच लायी है; लेकिन आप फ़रमाते हैं मेरे पास समय नहीं। यह उन्हीं लोगों का व्यवहार है, जो धन को मनुष्यता के ऊपर समझते हैं, जिनके लिये जीवन केवल धन है। जो व्यक्ति सहृदय है, वह कभी इस नीति को पसन्द न करेगा। हमारी सभ्यता धन को इतना ऊँचा स्थान नहीं देती थी। हम अपने द्वार हमेशा खुले रखते थे। जिसे जब ज़रूरत हो, हमारे पास आये। हम पूर्ण तन्मयता से उसका वृत्तान्त सुनेंगे और उसके हर्ष या शोक में शरीक होंगे। अच्छी सभ्यता है! जिस सभ्यता की स्पिरिट स्वार्थ हो, वह सभ्यता नहीं है; संसार के लिये अभिशाप है, समाज के लिये विपत्ति है।'

इस तरह धर्म के विषय में भी दम्पती में काफी वितंडा होता रहता था। देवीजी हिन्दू धर्म की अनुगामिनी थीं, आप इस्लामी सिद्धान्तों के क़ायल थे; मगर अब आप भी पक्के हिन्दू हैं, बल्कि यों कहिये कि आप मानवधर्मी हो गये हैं। एक दिन बोले, मेरी कसौटी तो है मानवता! जिस धर्म में मानवता को प्रधानता दी गयी है, बस, उसी धर्म का मैं दास हूँ। कोई देवता हो या नबी या पैगम्बर, अगर वह मानवता के विरुद्ध

कुछ कहता है, तो मेरा उसे दूर से सलाम है। इस्लाम का मैं इसलिये क़ायल था कि वह मनुष्यमात्र को एक समझता है, ऊँच-नीच का वहाँ कोई स्थान नहीं है; लेकिन अब मालूम हुआ कि यह समता और भाईपन व्यापक नहीं, केवल इस्लाम के दायरे तक परिमित है। दूसरे शब्दों में, अन्य धर्मों की भाँति यह भी गुटबन्द है और इसके सिद्धान्त केवल उस गुट या समूह को सबल और संगठित बनाने के लिये रचे गये हैं। और जब मैं देखता हूँ कि यहाँ भी जानवरों की क़ुरबानी शरीयत में दाख़िल है और हरेक मुसलमान के लिये अपनी सामर्थ्य के अनुसार भेड़, बकरी, गाय, या ऊँट की क़ुरबानी फ़र्ज़ बतायी गयी है, तो मुझे उसके अपौरुषेय होने में सन्देह होने लगता है। हिन्दुओं में भी एक सम्प्रदाय पशु-बलि को अपना धर्म समझता है। यहूदियों, ईसाइयों और अन्य मतों ने भी क़ुरबानी की बड़ी महिमा गायी है। इसी तरह एक समय नर-बलि का भी रिवाज़ था। आज भी कहीं-कहीं उस सम्प्रदाय के नामलेवा मौज़ूद हैं, मगर क्या सरकार ने नर-बलि को अपराध नहीं ठहराया और ऐसे मज़हबी दीवानों को फाँसी नहीं दी? अपने स्वाद के लिये आप भेड़ को जबह कीजियेगा, या गाय, ऊँट या घोड़े को? मुझे कोई आपत्ति नहीं। लेकिन धर्म के नाम पर कुरबानी मेरी समझ में नहीं आती। अगर आज इन जानवरों का राज हो जाये, तो कहिये, वे इन कुरबानियों के जवाब में हमें और आपको कुरबान कर दें या नहीं?

मगर हम जानते हैं, जानवरों में कभी यह शक्ति न आयेगी, इसलिये हम बेधड़क क़ुरबानियाँ करते हैं और समझते हैं, हम बड़े धर्मात्मा हैं। स्वार्थ और लोभ के लिये हम चौबीसों घंटे अधर्म करते हैं। कोई ग़म नहीं, लेकिन क़ुरबानी का पुण्य लूटे बग़ैर हमसे नहीं रहा जाता। तो जनाब, मैं ऐसे रक्तशोषक धर्मों का भक्त नहीं। यहाँ तो मानवता के पुजारी हैं, चाहे इस्लाम में हो या हिन्दू-धर्म में या बौद्ध में या ईसाइयत में; अन्यथा मैं विधर्मी ही भला। मुझे किसी मनुष्य से केवल इसलिये द्वेष तो नहीं है कि यह मेरा सहधर्मी नहीं। मैं किसी का खून तो नहीं बहाता, इसलिये कि मुझे पुण्य होगा।

इस तरह के कितने ही परिवर्तन महाशयजी के विचारों में आ गये।

और महाशयजी के पास सम्भाषण का केवल एक ही विषय है, जिससे वह कभी नहीं थकते और वह है उस स्वर्गवासिनी का गुणगान। कोई मेहमान आ जाये, आप बावले-से इधर-उधर दौड़ रहे हैं, कुछ नहीं सूझता, कैसे उसकी ख़ातिर करें। क्षमा-याचना के लिये शब्द ढूँढ़ते फिरते हैं, 'भाईजान, मैं आपकी क्या ख़ातिर करूँ, जो आपकी सच्ची ख़ातिर करता, वह नहीं रहा। इस वक्त तक आपके सामने चाय और टोस्ट और बादाम का हलवा आ जाता। सन्तरे और सेब छिले-छिलाये तश्तरियों में रख दिये जाते। मैं तो निरा उल्लू हूँ, भाईसाहब, बिलकुल काठ का उल्लू। मुझमें जो कुछ अच्छा था, वह सब उनका प्रसाद था। उसी की बुद्धि से मैं बुद्धिमान था, उसी की सज्जनता से सज्जन, उसी की उदारता से उदार। अब तो निरा मिट्टी का पुतला हूँ भाई साहब, बिलकुल मुर्दा। मैं उस देवी के योग्य न था। न-जाने किन शुभ-कर्मों के फल से वह मुझे मिली थी। आइये, आपको उसकी तसवीर दिखाऊँ। मालूम होता है, अभी-अभी उठकर चली गयी

है। भाई साहब, आपसे साफ़ कहता हूँ, मैंने ऐसी सुन्दरी कभी नहीं देखी। उसके रूप में केवल रूप की गरिमा ही न थी, रूप का माधुर्य भी था और मादकता भी, एक-एक अंग साँचे में ढला था। साहब! आप उसे देखकर कवियों के नख-सिख को लात मारते।'

आप उत्सुक नेत्रों से वह तसवीर देखते हैं। आपको उसमें कोई विशेष सौन्दर्य नहीं मिलता। स्थूल शरीर है, चौड़ा-सा मुँह, छोटी-छोटी आँखें, रंग-ढंग से दहकानीपन झलक रहा है। उस तसवीर की खूबियाँ कुछ इस अनुराग और इस आडम्बर से बयान किये जाते हैं कि आपको सचमुच इस चित्र में सौन्दर्य का आभास होने लगता है। इस गुणानुवाद में कितना समय जाता है, वही महाशयजी के जीवन के आनन्द की घड़ियाँ हैं। इतनी ही देर वह जीवित रहते हैं। शेष जीवन निरानन्द है, निस्पन्द है।

पहले कुछ दिनों तक तो वह हमारे साथ हवा खाने जाते रहे, वह क्या जाते रहे, मैं ज़बरदस्ती ठेल-ठालकर ले जाता रहा, लेकिन रोज़ आधे घण्टे तक उनका इन्तज़ार करना पड़ता था। किसी तरह घर से निकलते भी तो जनवासे वाली चाल से चलते और आध मील में ही हिम्मत हार जाते और लौट चलने का तकाज़ा करने लगते। आख़िर मैंने उन्हें साथ ले जाना छोड़ दिया। और तबसे उनकी चहलक़दमी चालीस क़दम की रह गयी है। सैर क्या है बेग़ार है और वह भी इसलिये कि देवीजी के सामने उनका यह नियम था।

एक दिन उनके द्वार के सामने से निकला, तो देखा कि ऊपर की खिड़कियाँ, जो बरसों से बन्द पड़ी थीं, खुली हुई हैं! अचरज हुआ। द्वार पर नौकर बैठा नारियल पी रहा था। उससे पूछा, तो मालूम हुआ, आप घूमने गये हैं। मुझे मीठा विस्मय हुआ। आज यह नयी बात क्यों! इतने सबेरे तो यह कभी नहीं उठते। जिस तरफ़ वह गये थे, उधर ही मैंने भी क़दम बढ़ाये। इधर एक हफ़्ते के लिये मैं एक नेवते में चला गया था। इस बीच यह क्या कायापलट हो गयी! ज़रूर कोई-न-कोई रहस्य है। और भला आदमी निकल कितनी दूर गया? दो मील तक कहीं पता नहीं! मैं निराश हो गया, मगर यह महाशय रास्ते में कहाँ रह गये, यहाँ तो किसी से उनकी मुलाकात भी नहीं है, जहाँ ठहर गये हों? कुछ चिन्ता भी हो रही थी। कहीं कुएँ में तो नहीं कूद पड़े! मैं लौटने ही वाला था कि आप लौटते हुये नज़र आये। चित्त शान्त हुआ। आज तो कैड़ा ही और था। बाल नये फैशन से कटे हुये, मूँछें साफ़, दाढ़ी चिकनी, चेहरा खिला हुआ, चाल में चपलता, सूट पुराना, पर ब्रश किया हुआ और शायद इस्तरी भी की हुई, बूट पर ताजा पालिश। मुस्कराते चले आते थे। मुझे देखते ही लपककर हाथ मिलाया और बोले, 'आज कई दिन के बाद मिले! कहीं गये थे क्या?'

मैंने अपनी ग़ैरहाज़िरी का कारण बताकर कहा, 'मैं डरता हूँ, आज तुम्हें नज़र न लग जाये। अब मैं नित्य तुम्हारे साथ घूमने आया करूँगा। आज बहुत दिनों के बाद तुमने आदमी का चोला धारण किया है।'

झेंपकर बोले, 'नहीं भई, मुझे अकेला ही रहने दो! तुम लगोगे दौड़ने और ऊपर से घुड़कियाँ जमाओगे। मैं अपने हौले-हौले चला जाता हूँ। जब थक जाता हूँ, कहीं बैठ लेता हूँ। मेरा-तुम्हारा क्या साथ?'

'यह दशा तो तुम्हारी एक सप्ताह पहले न थी। आज तो तुम बिलकुल अप-टु-डेट हो। इस चाल से तो शायद मैं तुमसे पीछे ही रहूँगा।'

'तुम तो बनाने लगे।'

'मैं कल से तुम्हारे साथ घूमने आऊँगा। मेरा इन्तज़ार करना।'

'नहीं भई, मुझे दिक न करो। मैं आजकल बहुत सबेरे उठ जाता हूँ। रात को नींद नहीं आती। सोचता हूँ, टहल ही आऊँ। तुम मेरे साथ क्यों परेशान होगे?'

मेरा विस्मय बढ़ता जा रहा था। यह महाशय हमेशा मेरे पैरों पड़ते रहते थे कि मुझे भी साथ ले लिया करो। जब मैंने इनकी मन्थरता से हारकर इनका साथ छोड़ दिया, तब इन्हें बड़ा दुःख हुआ। दो-एक बार मुझसे शिकायत भी की, 'हाँ भई, अब क्यों साथ दोगे? अभागों का साथ किसने दिया है, या तुम कोई नयी रीति निकालोगे? ज़माने का दस्तूर है, जो लँगड़ाता हो उसे ढकेल दो, जो बीमार हो, उसे ज़हर दे दो।' और वही आदमी आज मुझसे पीछा छुड़ा रहा है? यह क्या रहस्य है? यह चपलता, प्रसन्नता और सजीवता कहाँ से आ गयी? कहीं आपने बन्दर की गिल्टी तो नहीं लगवा ली! यह नया सिविल सार्जन गिल्टी-आरोपण-कला में सिद्धहस्त है। मुमकिन है, तुम्हें किसी ने सुझा दिया हो और आपने हज़ार-पाँच सौ ख़र्च करके गिल्टी बदलवा ली हो। इस पहेली को बूझे बग़ैर चैन कहाँ। उनके साथ ही लौट पड़ा।

दो-चार क़दम चलकर मैंने पूछा, 'सच बताओ, भाईजान! गिल्टी-विल्टी तो नहीं लगवा ली?'

उन्होंने प्रश्न की आँखों से देखा, 'कैसी गिल्टी? मैं नहीं समझा।'

'मुझे सन्देह हो रहा है कि तुमने बन्दर की गिल्टियाँ लगवा ली हैं।'

'अरे यार, क्यों कोसते हो? गिल्टियाँ किसलिये लगवाता? मुझे तो इसका कभी ख़याल भी नहीं आया।'

'तो क्या कोई बिजली का यन्त्र मँगवा लिया है?'

'तुम आज मेरे पीछे क्यों हाथ धोकर पड़े हो? विधवा भी तो कभी सिंगार कर लेती है? जी ही तो है! एक दिन मुझे अपने आलस्य और बेदिली पर ख़ेद हुआ। मैंने सोचा, जब संसार में रहना है, तो जिन्दों की तरह क्यों न रहूँ। मुर्दों की तरह जीने से क्या फ़ायदा। बस और न कोई बात है, न रहस्य।'

मुझे इस व्याख्या से सन्तोष न हुआ। दूसरे दिन ज़रा और सबेरे आकर मुंशीजी के द्वार पर आवाज दी; लेकिन आप आज भी निकल चुके थे। मैं उनके पीछे भागा। ज़िद पड़ गयी कि इसे अकेले न जाने दूँगा। देखूँ, कब तक मुझसे भागता है। कोई रहस्य है अवश्य। अच्छा बचा, आधी रात को आकर बिस्तर से न उठाऊँ तो सही। दौड़ तो न सका; लेकिन जितना तेज चल सकता था, चला। एक मील के बाद आप नज़र आये। बगटुट भागे चले जा रहे थे। अब मैं बार-बार पुकार रहा हूँ-'हज़रत, ज़रा ठहर जाइये, मेरी साँस फूल रही है; मगर आप हैं कि सुनते ही नहीं। आख़िर जब मैंने अपने सिर

की क़सम दिलायी, तब जाकर आप रुके। मैं झपाटे से पहुँचा, तो तिनककर बोले, 'मैंने तुमसे कह दिया था, मेरे घर मत आना, फिर क्यों आये और क्यों मेरे पीछे पड़े? मुझे आप धीरे-धीरे घूमने दो। तुम अपना रास्ता लो।'

मैंने उनका हाथ पकड़कर ज़ोर से झटका दिया और बोला, 'देखो, होरीलाल, मुझसे उड़ो नहीं, वरना मुझे जानते हो, कितना बेमुरौवत आदमी हूँ। तुम यह धीरे-धीरे टहल रहे हो या डबल मार्च कर रहे हो! मेरी पिंडलियों में दर्द होने लगा और पसलियाँ दुख रही हैं। डाक का हरकारा भी तो इस चाल से नहीं दौड़ता। उस पर ग़ज़ब यह कि तुम थके नहीं हो, अब भी उसी दम-ख़म के साथ चले जा रहे हो। अब तो तुम डण्डे लेकर भगाओ, तो भी तुम्हारा दामन न छोड़ूँ। तुम्हारे साथ दो मील भी चलूँगा, तो अच्छी-खासी क़सरत हो जायेगी, मगर अब साफ़-साफ़ बतलाओ, बात क्या है? तुममें यह जवानी कहाँ से आ गयी? अगर किसी अकसीर का सेवन कर रहे हो, तो मुझे भी दो। कम-से-कम उसे मँगाने का पता बता दो, मैं मँगवा लूँगा; अगर किसी दुआ-ताबीज की करामात है, तो मुझे भी उस पीर के पास ले चलो।'

मुस्कराकर बोले, 'तुम तो पागल हो, झूठ-मूठ मुझे दिक कर रहे हो। बूढ़े हो गये, मगर लड़कपन न गया। क्या तुम चाहते हो कि मैं हमेशा उसी तरह मुर्दा पड़ा रहूँ। इतना भी तुमसे नहीं देखा जाता! तब तो तुम्हारे मिज़ाज ही न मिलते थे। कितनी चिरौरी की कि भाईजान, मुझ भकुवे को भी साथ ले लिया करो। मगर आप नख़रे दिखाने लगे। अब क्यों मेरे पीछे पड़े हो? यह समझ लो, जो अपनी मदद आप करता है, उसकी मदद परमात्मा भी करते हैं। मित्रों और बन्धुओं की मुरौवत देख ली! अब अपने बूते पर चलूँगा।'

वह इसी तरह मुझे कोसते जा रहे थे और मैं उन्हें छेड़-छेड़कर और भी उत्तेजित कर रहा था कि एकाएक उन्होंने उँगली मुँह पर रखकर मुझे चुप रहने का इशारा किया। और ज़रा क़द और सीधा करके और चेहरे पर प्रसन्नता और पुरुषार्थ का रंग भर मस्तानी चाल से चलने लगे। मेरी समझ में ज़रा भी न आया, यह संकेत और बहुरूप किसलिये? वहाँ तो दूसरा कोई था भी नहीं। हाँ, सामने से एक स्त्री चली आ रही थी; मगर उसके सामने इस पर्देदार की क्या ज़रूरत? मैंने तो उसे कभी देखा भी न था। आसमानी रंग की रेशमी साड़ी, जिस पर पीला लैस टँका था, उस पर ख़ूब खिल रही थी। रूपवती कदापि न थी, मगर रूप से ज़्यादा मोहक थी, उसकी सरलता और प्रसन्नता। एक बहुत ही मामूली शक्ल-सूरत की औरत इतनी नयनाभिराम हो सकती है, यह मैं न समझ सकता था।

उसने होरीलाल के बराबर आकर नमस्कार किया। होरीलाल ने जवाब में सिर तो झुका दिया; मगर बिना कुछ बोले आगे बढ़ना चाहते थे कि उसने कोयल के स्वर में कहा, 'क्या अब लौटियेगा नहीं? आप अपनी सीमा से आगे बढ़े जा रहे हैं। और हाँ, आज तो आपने मुझे देवीजी की तसवीर देने का वादा किया था। शायद भूल गये, आपके साथ चलूँ?'

महाशयजी कुछ ऐसे बौखलाये हुये थे, कि मामूली शिष्टाचार भी न कर सके। यों वह बड़े ही भद्र पुरुष हैं और शिष्टाचार में निपुण; लेकिन इस वक्त जैसे उनके हाथ-पाँव फूले हुये थे। एक क़दम और आगे बढ़कर बोले, 'आप क्षमा कीजिये। मैं एक काम से जा रहा हूँ।'

महिला ने कुछ चिढ़ाकर कहा, 'आप तो जैसे भागे जा रहे हैं। मुझे तसवीर दीजियेगा या नहीं?'

महाशयजी ने मेरी ओर कुपित नेत्रों से देखकर कहा, 'तलाश करूँगा।'

सुन्दरी ने शिकायत के स्वर में कहा, 'आपने तो फरमाया था कि वह हमेशा आपकी मेज़ पर रहती है। और अब आप कहते हैं तलाश करूँगा। आपकी तबीयत तो अच्छी है? जब से आपने उनका चरित्र सुनाया है, मैं उनके दर्शनों के लिये व्याकुल हो रही हूँ। अगर आप यों न देंगे, मैं आपकी मेज़ पर से उठा लाऊँगी। (मेरी ओर देखकर) आप मेरी मदद कीजियेगा महाशय। यद्यपि मैं जानती हूँ, आप इनके मित्र हैं और इनके साथ दग़ा न करेंगे। आपको ताज़्ज़ुब हो रहा होगा, यह कौन औरत महाशयजी से इतनी निस्संकोच होकर बातें कर रही है। इनसे पहली बार मेरा परिचय सब्जी-मंडी में हुआ था। मैं शाक-भाजी खरीदने गयी हुई थी। अपनी भाजी मैं ख़ुद लाती हूँ, जिस चीज़ पर जीवन का आधार है, उसे नौकरों के हाथ नहीं छोड़ना चाहती। भाजी लेकर मैंने दाम देने के लिये रुपया निकाला, तो कुँजड़े ने उसे टंकारकर कहा, दूसरा रुपया दो, यह खोटा है। अब मैंने जो ख़ुद टंकारा, तो मालूम हुआ, सचमुच कुछ ठस है। अब क्या करूँ! मेरे पास दूसरा रुपया न था, यद्यपि इस तरह के कटु अनुभव मुझे कितनी बार हो चुके हैं; मगर घर से रुपया लेकर चलते वक्त मुझे उसे परख लेने की याद नहीं रहती। न किसी से लेती ही बार परखती हूँ। इस वक्त मेरे संदूक में ज़्यादा नहीं तो बीस-पचीस खोटे रुपये पड़े होंगे, और रेजगारियाँ तो सैकड़ों की ही होंगी। मेरे लिये अब इसके सिवा दूसरा उपाय न था कि भाजी लौटाकर खाली हाथ चली आऊँ। संयोग से महाशयजी उसी दुकान पर भाजी लेने आये थे। मुझे इस विपत्ति में देखकर आपने तुरन्त एक रुपया निकालकर दे दिया...।'

महाशयजी ने बात काटकर कहा, 'तो इस वक्त आप वह सारी कथा क्यों सुना रही हैं? हम दोनों एक ज़रूरी काम से जा रहे हैं। व्यर्थ में देर हो रही है।' उन्होंने मेरा हाथ पकड़कर अपनी ओर खींचा।

मुझे उनकी यह अभद्रता बुरी लगी। कुछ-कुछ इसका रहस्य भी समझ में आ गया। बोला, 'तो आप जाइये; मुझे ऐसा कोई ज़रूरी काम नहीं है, मैं भी अब लौटना चाहता हूँ।'

महाशयजी ने दाँत पीस लिये, अगर वह सुन्दरी वहाँ न होती, तो न-जाने मेरी क्या दुर्दशा करते। एक क्षण मेरी ओर अग्नि-भरे नेत्रों से ताकते रहे, मानो कह रहे हों अच्छा, इसका मज़ा न चखाया, तो कहना और चल दिये।

मैं देवी के साथ लौटा। सहसा उसने हिचकिचाते हुये कहा, 'मगर नहीं, आप जाइये, मैं उनके साथ जाऊँगी। शायद मुझसे नाराज हो गये हैं। आज एक सप्ताह से

मेरा और उनका रोज़ साथ हो जाता है और अब अपनी जीवन-कथा सुनाया करते हैं। कैसी नसीबवाली थी, वह औरत, जिसका पति आज भी उसके नाम की पूजा करता है। आपने तो उन्हें देखा होगा। क्या सचमुच इन पर जान देती थी?'

मैंने गर्व से कहा, 'दोनों में इश्क़ था।'

'और जब से उनका देहान्त हुआ, यह दुनिया से मुँह मोड़ बैठे?'

'इससे भी अधिक! उसकी स्मृति के सिवा जीवन में उनके लिये कोई रस ही न रहा।'

'वह रूपवती थी?'

'इनकी दृष्टि में तो उससे बढ़कर रूपवती संसार में न थी।'

उसने एक मिनट तक किसी विचार में मग्न रहकर कहा, 'अच्छा आप जायें। मैं उनके साथ बात करूँगी। ऐसे देवता पुरुष की मुझसे जो सेवा हो सकती है, उसमें क्यों देर करूँ? मैं तो इनका वृत्तान्त सुनकर सम्मोहित हो गयी हूँ।'

मैं अपना-सा मुँह लेकर घर चला आया। इत्तफाक़ से उसी दिन मुझे एक ज़रूरी काम से दिल्ली जाना पड़ा। वहाँ से एक महीने में लौटा। और सबसे पहला काम जो मैंने किया, वह महाशय होरीलाल का क्षेम-कुशल पूछना था। इस बीच में क्या-क्या नयी बातें हो गयीं यह जानने के लिये अधीर हो रहा था। दिल्ली से इन्हें एक पत्र लिखा था; पर इन हज़रत में यह बुरी आदत है कि पत्रों का जवाब नहीं देते। सुन्दरी से इनका अब क्या संबंध है, आमदरफ़्त जारी है, या बन्द हो गयी, उसने इनके पत्नी-व्रत का क्या पुरस्कार दिया, या देनेवाली है? इस तरह के प्रश्न दिल में उबल रहे थे।

मैं महाशयजी के घर पहुँचा, तो आठ बज रहे थे। खिड़कियों के पट बन्द थे। सामने बरामदे में कूड़े-करकट का ढेर था। ठीक वही दशा थी, जो पहले नज़र आती थी। चिन्ता और बढ़ी। ऊपर गया तो देखा, आप उसी फर्श पर पड़े हुये जहाँ दुनिया-भर की चीज़ें बेढंगेपन से अस्त-व्यस्त पड़ी हुई हैं एक पत्रिका के पन्ने उलट रहे हैं। शायद एक सप्ताह से बाल नहीं बने थे। चेहरे पर जर्दी छायी थी।

मैंने पूछा, आप सैर करके लौट आये क्या? सिटपिटाकर बोले अजी, 'सैर-सपाटे की कहाँ फ़ुर्सत है भई, और फ़ुर्सत भी हो, तो वह दिल कहाँ है! तुम तो कहीं बाहर गये थे?'

'हाँ, ज़रा देहली तक गया था। अब सुन्दरी से आपकी मुलाकात नहीं होती?'

'इधर तो बहुत दिनों से नहीं हुई।'

'कहीं चली गयी क्या?'

'मुझे क्या ख़बर!'

'मगर आप तो उस पर बेतरह रीझे हुये थे।'

'मैं उस पर रीझा था! आप सनक तो नहीं गये हैं! जिस पर रीझा था, जब उसी ने साथ न दिया, तो अब दूसरों पर क्या रीझूँगा?'

मैंने बैठकर उसकी गर्दन में हाथ डाल दिया और धमकाकर बोला, 'देखो होरीलाल, मुझे चकमा न दो। पहले मैं तुम्हें ज़रूर व्रतधारी समझता था, लेकिन तुम्हारी वह रसिकता देखकर, जिसका दौरा तुम्हारे ऊपर एक महीना पहले हुआ था, मैं यह नहीं मान सकता कि तुमने अपनी अभिलाषाओं को सदा के लिये दफ़न कर दिया है। इस बीच में जो कुछ हुआ है, उसका पूरा-पूरा वृत्तान्त मुझे सुनाना पड़ेगा। वरना समझ लो, मेरी और तुम्हारी दोस्ती का अन्त है।'

होरीलाल की आँखें सजल हो गयीं। हिचक-हिचककर बोले, 'मेरे साथ इतना बड़ा अन्याय मत करो, भाईजान! अगर तुम्हीं मुझपर ऐसे सन्देह करने लगोगे, तो मैं कहीं का न रहूँगा। उस स्त्री का नाम मिस इंदिरा है। यहाँ जो लड़कियों का हाईस्कूल है, उसी की हेड मिस्ट्रेस होकर आयी है। मेरा उससे कैसे परिचय हुआ, यह तो तुम्हें मालूम ही है। उसकी सहृदयता ने मुझे उसका प्रेमी बना दिया। इस उम्र में और शोक का यह भार सिर पर रखे हुये, सहृदयता के सिवा मुझे उसकी ओर कौन-सी चीज़ खींच सकती थी? मैं केवल अपनी मनोव्यथा की कहानी सुनाने के लिये नित्य विरहियों की उमंग के साथ उसके पास जाता था। वह रूपवती है, खुशमिज़ाज है, दूसरों का दुःख समझती है और स्वभाव की बहुत कोमल है, लेकिन तुम्हारी भाभी से उसकी क्या तुलना! वह तो स्वर्ग की देवी थी। उसने मुझ पर जो रंग ज़मा दिया, उस पर अब दूसरा रंग क्या ज़मेगा। मैं उसी ज्योति से जीवित था। उस ज्योति के साथ मेरा जीवन भी विदा हो गया। अब तो मैं उसी प्रतिमा का उपासक हूँ, जो मेरे हृदय में है। किसी हमदर्द की सूरत देखता हूँ, तो निहाल हो जाता हूँ और अपनी दुःख-कथा सुनाने दौड़ता हूँ। यह मेरी दुर्बलता है, यह जानता हूँ, मेरे सभी मित्र इसी कारण मुझसे भागते हैं, यह भी जानता हूँ। लेकिन क्या करूँ भैया, किसी-न-किसी को दिल की लगी सुनाये बग़ैर मुझसे नहीं रहा जाता। ऐसा मालूम होता है, मेरा दम घुट जायेगा। इसलिये जब मिस इंदिरा की मुझ पर दया-दृष्टि हुई; तो मैंने इसे दैवी अनुरोध समझा और उस धुन में जो मेरे मित्रवर्ग दुर्भाग्यवश उन्माद समझते हैं, वह सब-कुछ कह गया, जो मेरे मन में था और है एवं मरते दम तक रहेगा। उन शुभ दिनों की याद कैसे भुला दूँ? मेरे लिये तो वह अतीत वर्तमान से भी ज़्यादा सजीव और प्रत्यक्ष है। मैं तो अब भी उसी अतीत में रहता हूँ। मिस इंदिरा को मुझ पर दया आ गयी, एक दिन उन्होंने मेरी दावत की और कई स्वादिष्ट खाने अपने हाथ से बनाकर खिलाये। दूसरे दिन मेरे घर आयीं और यहाँ की सारी चीज़ों को व्यवस्थित रूप में सजा गयीं। तीसरे दिन कुछ कपड़े लायीं और मेरे लिये ख़ुद एक सूट तैयार किया! इस कला में बड़ी चतुर हैं।

एक दिन शाम को क्वींस पार्क में मुझसे बोलीं, 'आप अपनी शादी क्यों नहीं कर लेते?'

मैंने हँसकर कहा, 'इस उम्र में अब क्या शादी करूँगा, इंदिरा! दुनिया क्या कहेगी!'

मिस इंदिरा बोलीं, 'आपकी उम्र अभी ऐसी क्या है। आप चालीस से ज़्यादा नहीं मालूम होते।' मैंने उनकी भूल सुधारी मेरा पचासवाँ साल है। उन्होंने मुझे प्रोत्साहन देकर

कहा, उम्र का हिसाब साल से नहीं होता, महाशय, सेहत से होता है। आपकी सेहत बहुत अच्छी है। कोई आपको पान की तरह फेरनेवाला चाहिये। किसी युवती के प्रेम-पाश में फँस जाइये। फिर देखिये, यह नीरसता कहाँ गायब हो जाती है।

मेरा दिल धड़-धड़ करने लगा। मैंने देखा मिस इंदिरा के गोरे मुख-मंडल पर हलकी-सी लाली दौड़ गयी है। उनकी आँखें शर्म से झुक गयी हैं और कोई बात बार-बार उनके होंठों तक आकर लौट जाती है। आख़िर उन्होंने आँख उठायी और मेरा हाथ अपने हाथ में लेकर बोलीं—अगर आप समझते हो कि मैं आपकी कुछ सेवा कर सकती हूँ, तो मैं हर तरह हाज़िर हूँ, मुझे आपसे जो भक्ति और प्रेम है, वह इसी रूप में चरितार्थ हो सकता है।

मैंने धीरे से अपना हाथ छुड़ा लिया और काँपते हुये स्वर में बोला, 'मैं तुम्हारी इस कृपा का कहाँ तक धन्यवाद दूँ, मिस इंदिरा; मगर मुझे खेद है कि मैं सजीव मनुष्य नहीं, केवल मधुर स्मृतियों का पुतला हूँ। मैं उस देवी की स्मृति को अपनी लिप्सा और तुम्हारी सहानुभूति को अपनी आसक्ति से भ्रष्ट नहीं करना चाहता।'

मैंने इसके बाद बहुत-सी चिकनी-चुपड़ी बातें कीं, लेकिन वह जब तक यहाँ रहीं, मुँह से कुछ न बोलीं। जाते समय भी उनकी भँवें तनी हुई थीं। मैंने अपने आँसुओं से उनकी ज्वाला को शान्त करना चाहा; लेकिन कुछ असर न हुआ। तब से वह नज़र नहीं आयीं। न मुझे हिम्मत पड़ी कि उनको तलाश करता, हालाँकि चलती बार उन्होंने मुझसे कहा था, जब आपको कोई कष्ट हो और आप मेरी ज़रूरत समझें तो मुझे बुला लीजियेगा।

होरीलाल ने अपनी कथा समाप्त करके मेरी ओर ऐसी आँखों से देखा, जो चाहती थीं कि मैं उनके व्रत और संतोष की प्रशंसा करूँ; मगर मैंने उनकी भर्त्सना की, 'कितने बदनसीब हो तुम होरीलाल, मुझे तुम्हारे ऊपर दया भी आती है और क्रोध भी! अभागे, तेरी ज़िन्दगी सँवर जाती। वह स्त्री नहीं थी ईश्वर की भेजी कोई देवी थी, जो तेरे अँधेरे जीवन को अपनी मधुर ज्योति से आलोकित करने के लिये आयी थी, तूने स्वर्ण का-सा अवसर हाथ से खो दिया।'

होरीलाल ने दीवार पर लटके हुये अपनी पत्नी के चित्र की ओर देखा और प्रेम-पुलकित स्वर में बोले, 'मैं तो उसी का आशिक़ हूँ भाईजान और उसी का आशिक़ रहूँगा।'

राजा हरदौल

बुंदेलखंड में ओरछा पुराना राज्य है। इसके राजा बुंदेले हैं। इन बुंदेलों ने पहाड़ों की घाटियों में अपना जीवन बिताया है। एक समय ओरछे के राजा जुझार सिंह थे। ये बड़े साहसी और बुद्धिमान थे। शाहजहाँ उस समय दिल्ली के बादशाह थे। जब शाहजहाँ लोदी ने बलवा किया और वह शाही मुल्क को लूटता-पाटता ओरछे की ओर आ निकला, तब

राजा जुझार सिंह ने उससे मोरचा लिया। राजा के इस काम से गुणग्राही शाहजहाँ बहुत प्रसन्न हुए। उन्होंने तुरंत ही राजा को दक्खिन का शासन-भार सौंपा। उस दिन ओरछे में बड़ा आनंद मनाया गया। शाही दूत खिलअत और सनद लेकर राजा के पास आया। जुझार सिंह को बड़े-बड़े काम करने का अवसर मिला।

सफर की तैयारियाँ होने लगीं, तब राजा ने अपने छोटे भाई हरदौल सिंह को बुलाकर कहा-"भैया, मैं तो जाता हूँ। अब यह राज-पाट तुम्हारे सुपुर्द है। तुम भी इसे जी से प्यार करना! न्याय ही राजा का सबसे बड़ा सहायक है। न्याय की गढ़ी में कोई शत्रु नहीं घुस सकता, चाहे वह रावण की सेना या इंद्र का बल लेकर आए, पर न्याय वही सच्चा है, जिसे प्रजा भी न्याय समझे। तुम्हारा काम केवल न्याय ही करना न होगा, बल्कि प्रजा को अपने न्याय का विश्वास भी दिलाना होगा और मैं तुम्हें क्या समझाऊँ, तुम स्वयं समझदार हो।"

यह कहकर उन्होंने अपनी पगड़ी उतारी और हरदौल सिंह के सिर पर रख दीं। हरदौल रोता हुआ उनके पैरों से लिपट गया। इसके बाद राजा अपनी रानी से विदा होने के लिए रनिवास आए। रानी दरवाज़े पर खड़ी रो रही थी। उन्हें देखते ही पैरों पर पड़ी। जुझार सिंह ने उठाकर उसे छाती से लगाया और कहा-"प्यारी, यह रोने का समय नहीं है। बुंदेलों की स्त्रियाँ ऐसे अवसर पर रोया नहीं करतीं। ईश्वर ने चाहा, तो हम-तुम जल्द मिलेंगे। मुझ पर ऐसी ही प्रीति रखना। मैंने राज-पाट हरदौल को सौंपा है, वह अभी लड़का है। उसने अभी दुनिया नहीं देखी है। अपनी सलाहों से उसकी मदद करती रहना।"

रानी की ज़बान बंद हो गई। वह अपने मन में कहने लगी-"हाय! यह कहते हैं, बुंदेलों की स्त्रियाँ ऐसे अवसरों पर रोया नहीं करतीं। शायद उनके हृदय नहीं होता या अगर होता है तो उसमें प्रेम नहीं होता!" रानी कलेजे पर पत्थर रखकर आँसू पी गई और हाथ जोड़कर राजा की ओर मुस्कराती हुई देखने लगी; पर क्या वह मुस्कराहट थी। जिस तरह अँधेरे मैदान में मशाल की रोशनी अँधेरे को और भी अथाह कर देती है, उसी तरह रानी की मुस्कराहट उसके मन के अथाह दुख को और भी प्रकट कर रही थी।

जुझार सिंह के चले जाने के बाद हरदौल सिंह राज करने लगा। थोड़े ही दिनों में उसके न्याय और प्रजा-वात्सल्य ने प्रजा का मन हर लिया। लोग जुझार सिंह को भूल गए। जुझार सिंह के शत्रु भी थे और मित्र भी; पर हरदौल सिंह का कोई शत्रु न था, सब मित्र ही थे। वह ऐसा हँसमुख और मधुर भाषी था कि उससे जो बातें कर लेता, वही जीवन भर उसका भक्त बना रहता। राज भर में ऐसा कोई न था जो उसके पास तक न पहुँच सकता हो। रात-दिन उसके दरबार का फाटक सबके लिए खुला रहता था। ओरछे को कभी ऐसा सर्वप्रिय राजा नसीब न हुआ था। वह उदार था, न्यासी था, विद्या और गुण का ग्राहक था, पर सबसे बड़ा गुण जो उसमें था, वह उसकी वीरता थी। उसका वह गुण हद दर्जे को पहुँच गया था। जिस जाति के जीवन का अवलंब तलवार पर है, वह अपने राजा के किसी गुण पर इतना नहीं रीझती जितना उसकी वीरता पर।

हरदौल अपने गुणों से अपनी प्रजा के मन का भी राजा हो गया, जो मुल्क और माल पर राज करने से भी कठिन है। इस प्रकार एक वर्ष बीत गया। उधर दक्खिन में जुझार सिंह ने अपने प्रबंध से चारों ओर शाही दबदबा जमा दिया, इधर ओरछे में हरदौल ने प्रजा पर मोहन-मंत्र फूँक दिया।

2

फाल्गुन का महीना था, अबीर और गुलाल से ज़मीन लाल हो रही थी। कामदेव का प्रभाव लोगों को भड़का रहा था। रबी ने खेतों में सुनहला फर्श बिछा रखा था और खलिहानों में सुनहले महल उठा दिए थे। संतोष इस सुनहले फर्श पर इठलाता फिरता था और निश्चिंतता उस सुनहले महल में ताने आलाप रही थी। इन्हीं दिनों दिल्ली का नामवर फेकैती कादिर खाँ ओरछे आया। बड़े-बड़े पहलवान उसका लोहा मान गए थे। दिल्ली से ओरछे तक सैकड़ों मर्दानगी के मद से मतवाले उसके सामने आए, पर कोई उससे जीत न सका। उससे लड़ना भाग्य से नहीं, बल्कि मौत से लड़ना था। वह किसी इनाम का भूखा न था। जैसा ही दिल का दिलेर था, वैसा ही मन का राजा था। ठीक होली के दिन उसने धूम-धाम से ओरछे में सूचना दी कि "खुदा का शेर दिल्ली का कादिर खाँ ओरछे आ पहुँचा है। जिसे अपनी जान भारी हो, आकर अपने भाग्य का निपटारा कर ले।" ओरछे के बड़े–बड़े बुंदेले सूरमा वह घमंड-भरी वाणी सुनकर गरम हो उठे। फाग और डफ की तान के बदले ढोल की वीर-ध्वनि सुनाई देने लगी। हरदौल का अखाड़ा ओरछे के पहलवानों और फेकैतों का सबसे बड़ा अड्डा था। संध्या को यहाँ सारे शहर के सूरमा जमा हुए। कालदेव और भालदेव बुंदेलों की नाक थे, सैकड़ों मैदान मारे हुए। ये ही दोनों पहलवान कादिर खाँ का घमंड चूर करने के लिए गए।

दूसरे दिन किले के सामने तालाब के किनारे बड़े मैदान में ओरछे के छोटे-बड़े सभी जमा हुए। कैसे-कैसे सजीले, अलबेले जवान थे, सिर पर खुशरंग बांकी पगड़ी, माथे पर चंदन का तिलक, आँखों में मर्दानगी का सरूर, कमर में तलवार। और कैसे-कैसे बूढ़े थे, तनी हुई मूँछें, सादी पर तिरछी पगड़ी, कानों में बँधी हुई दाढ़ियाँ, देखने में तो बूढ़े, पर काम में जवान, किसी को कुछ न समझने वाले। उनकी मर्दाना चाल-ढाल नौजवानों को लजाती थी। हर एक के मुँह से वीरता की बातें निकल रही थीं। नौजवान कहते थे–देखें आज ओरछे की लाज रहती है या नहीं। पर बूढ़े कहते-ओरछे की हार कभी नहीं हुई, न होगी। वीरों का यह जोश देखकर राजा हरदौल ने बड़े जोर से कह दिया–"खबरदार, बुंदेलों की लाज रहे या न रहे; पर उनकी प्रतिष्ठा में बल न पड़ने पाए–यदि किसी ने औरों को यह कहने का अवसर दिया कि ओरछे वाले तलवार से न जीत सके तो धांधली कर बैठे, वह अपने को जाति का शत्रु समझे।"

सूर्य निकल आया था। एकाएक नगाड़े पर चोट पड़ी और आशा तथा भय ने लोगों के मन को उछालकर मुँह तक पहुँचा दिया। कालदेव और कादिर खाँ दोनों लँगोट कसे शेरों की तरह अखाड़े में उतरे और गले मिल गए। तब दोनों तरफ से

तलवारें निकलीं और दोनों के बगलों में चली गईं। फिर बादल के दो टुकड़ों से बिजलियाँ निकलने लगीं। पूरे तीन घंटे तक यही मालूम होता रहा कि दो अंगारे हैं। हजारों आदमी खड़े तमाशा देख रहे थे और मैदान में आधी रात का-सा सन्नाटा छाया था। हाँ, जब कभी कालदेव गिरहदार हाथ चलाता या कोई पेंचदार वार बचा जाता, तो लोगों की गर्दन आप ही आप उठ जाती; पर किसी के मुँह से एक शब्द भी नहीं निकलता था। अखाड़े के अंदर तलवारों की खींचतान थी; पर देखनेवालों के लिए अखाड़े से बाहर मैदान में इससे भी बढ़कर तमाशा था। बार-बार जातीय प्रतिष्ठा के विचार से मन के भावों को रोकना और प्रसन्नता या दु:ख का शब्द मुँह से बाहर न निकलने देना तलवारों के वार बचाने से अधिक कठिन काम था। एकाएक कादिर खाँ 'अल्लाहो-अकबर' चिल्लाया, मानो बादल गरज उठा और उसके गरजते ही कालदेव के सिर पर बिजली गिर पड़ी।

कालदेव के गिरते ही बुंदेलों को सब्र न रहा। हर एक के चेहरे पर निर्बल क्रोध और कुचले हुए घमंड की तसवीर खिंच गई। हजारों आदमी जोश में आकर अखाड़े पर दौड़े, पर हरदौल ने कहा, "खबरदार! अब कोई आगे न बढ़े।" इस आवाज़ ने पैरों के साथ जंजीर का काम किया। दर्शकों को रोककर जब वे अखाड़े में गए और कालदेव को देखा, तो आँखों में आँसू भर आए। जख्मी शेर ज़मीन पर पड़ा तड़प रहा था। उसके जीवन की तरह उसकी तलवार के दो टुकड़े हो गए थे।

आज का दिन बीता, रात आई; पर बुंदेलों की आँखों में नींद कहाँ। लोगों ने करवटें बदलकर रात काटी। जैसे दुखित मनुष्य विकलता से सुबह की बाट जोहता है, उसी तरह बुंदेले रह-रहकर आकाश की तरफ देखते और उसकी धीमी चाल पर झुँझलाते थे। उनके जातीय घमंड पर गहरा घाव लगा था। दूसरे दिन ज्यों ही सूर्य निकला, तीन लाख बुंदेले तालाब के किनारे पहुँचे। जिस समय भालदेव शेर की तरह अखाड़े की तरफ चला, दिलों में धड़कन-सी होने लगी। कल जब कालदेव अखाड़े में उतरा था, बुंदेलों के हौसले बढ़े हुए थे, पर आज वह बात न थी। हृदय में आशा की जगह डर घुसा हुआ था। कादिर खाँ कोई चुटीला वार करता तो लोगों के दिल उछलकर होंठों तक आ जाते। सूर्य सिर पर चढ़ा जाता था और लोगों के दिल बैठ जाते थे। इसमें कोई संदेह नहीं कि भालदेव अपने भाई से फुर्तीला और तेज था। उसने कई बार कादिर खाँ को नीचा दिखलाया, पर दिल्ली का निपुण पहलवान हर बार सँभल जाता था। पूरे तीन घंटे तक दोनों बहादुरों में तलवारें चलती रहीं। एकाएक खटाके की आवाज़ हुई और भालदेव की तलवार के दो टुकड़े हो गए। राजा हरदौल अखाड़े के सामने खड़े थे। उन्होंने भालदेव की तरफ तेजी से अपनी तलवार फेंकी। भालदेव तलवार लेने के लिए झुका ही था कि कादिर खाँ की तलवार उसकी गर्दन पर आ पड़ी। घाव गहरा न था, केवल एक 'चरका' था; पर उसने लड़ाई का फैसला कर दिया।

हताश बुंदेले अपने-अपने घरों को लौटे। यद्यपि भालदेव अब भी लड़ने को तैयार था; पर हरदौल ने समझाकर कहा कि 'भाइयों, हमारी हार उसी समय हो गई जब हमारी तलवार

ने जवाब दे दिया। यदि हम कादिर खाँ की जगह होते तो निहत्थे आदमी पर वार न करते और जब तक हमारे शत्रु के हाथ में तलवार न आ जाती, हम उस पर हाथ न उठाते; पर कादिर खाँ में यह उदारता कहाँ? बलवान शत्रु का सामना करने में उदारता को ताक पर रख देना पड़ता है। तो भी हमने दिखा दिया है कि तलवार की लड़ाई में हम उसके बराबर हैं अब हमको यह दिखाना रहा है कि हमारी तलवार में भी वैसा ही जौहर है!" इसी तरह लोगों को तसल्ली देकर राजा हरदौल रनिवास को गए।

कुलीना ने पूछा–"लाला, आज दंगल का क्या रंग रहा?"

हरदौल ने सिर झुका कर जवाब दिया–"आज भी वही कल का-सा हाल रहा।"

कुलीना–क्या भालदेव मारा गया?

हरदौल–नहीं, जान से तो नहीं पर हार हो गई।

कुलीना–तो अब क्या करना होगा?

हरदौल–मैं स्वयं इसी सोच में हूँ। आज तक ओरछे को कभी नीचा न देखना पड़ा था। हमारे पास धन न था, पर अपनी वीरता के सामने हम राज और धन कोई चीज न समझते थे। अब हम किस मुँह से अपनी वीरता का घमंड करेंगे? ओरछे की और बुंदेलों की लाज अब जाती है।

कुलीना–क्या अब कोई आस नहीं है?

हरदौल–हमारे पहलवानों में वैसा कोई नहीं है जो उससे बाजी ले जाए। भालदेव की हार ने बुंदेलों की हिम्मत तोड़ दी है। आज सारे शहर में शोक छाया हुआ है। सैकड़ों घरों में आग नहीं जली। चिराग रोशन नहीं हुआ। हमारे देश और जाति की वह चीज जिससे हमारा मान था, अब अंतिम सांस ले रही है। भालदेव हमारा उस्ताद था। उसके हार चुकने के बाद मेरा मैदान में आना धृष्टता है; पर बुंदेलों की साख जाती है, तो मेरा सिर भी उसके साथ जाएगा। कादिर खाँ बेशक अपने हुनर में एक ही है, पर हमारा भालदेव कभी उससे कम नहीं। उसकी तलवार यदि भालदेव के हाथ में होती तो मैदान जरूर उसके हाथ रहता। ओरछे में केवल एक तलवार है जो कादिर खाँ की तलवार का मुँह मोड़ सकती है। वह भैया की तलवार है। अगर तुम ओरछे की नाक रखना चाहती हो तो उसे मुझे दे दो। यह हमारी अंतिम चेष्टा होगी। यदि इस बार भी हार हुई तो ओरछे का नाम सदैव के लिए डूब जाएगा।

कुलीना सोचने लगी, तलवार इनको दूँ या न दूँ। राजा रुक गए हैं। उनकी आज्ञा थी कि किसी दूसरे की परछाहीं भी उस पर न पड़ने पाए। क्या ऐसी दशा में मैं उनकी आज्ञा का उल्लंघन करूँ तो वे नाराज होंगे? कभी नहीं। जब वे सुनेंगे कि मैंने कैसे कठिन समय में तलवार निकाली है, तो उन्हें सच्ची प्रसन्नता होगी। बुंदेलों की आन किसको इतनी प्यारी नहीं है? उससे ज्यादा ओरछे की भलाई चाहने वाला कौन होगा? इस समय उनकी आज्ञा का उल्लंघन करना ही आज्ञा मानना है। यह सोचकर कुलीना ने तलवार हरदौल को दे दी।

सवेरा होते ही यह ख़बर फैल गई कि राजा हरदौल कादिर खाँ से लड़ने के लिए जा रहे हैं। इतना सुनते ही लोगों में सनसनी-सी फैल गई और चौंक उठे। पागलों की तरह लोग अखाड़े की ओर दौड़े। हर एक आदमी कहता था कि जब तक हम जीते हैं, महाराज को लड़ने नहीं देंगे, पर जब लोग अखाड़े के पास पहुँचे तो देखा कि अखाड़े में बिजलियाँ-सी चमक रही हैं। बुंदेलों के दिलों पर उस समय जैसी बीत रही थी, उसका अनुमान करना कठिन है। उस समय उस लंबे-चौड़े मैदान में जहाँ तक निगाह जाती थी, आदमी ही आदमी नज़र आते थे, पर चारों तरफ सन्नाटा था। हर एक आँख अखाड़े की तरफ लगी हुई थी और हर एक का दिल हरदौल की मंगल-कामना के लिए ईश्वर का प्रार्थी था। कादिर खाँ का एक-एक वार हजारों दिलों के टुकड़े कर देता था और हरदौल की एक-एक काट से मनों में आनंद की लहरें उठती थीं। अखाड़ों में दो पहलवानों का सामना था और अखाड़े के बाहर आशा और निराशा का। आखिर घड़ियाल ने पहला पहर बजाया और हरदौल की तलवार बिजली बनकर कादिर के सिर पर गिरी। यह देखते ही बुंदेले मारे आनंद के उन्मत्त हो गए। किसी को किसी की सुधि न रही। कोई किसी से गले मिलता, कोई उछलता और कोई छलाँगें मारता था। हजारों आदमियों पर वीरता का नशा छा गया। तलवारें स्वयं म्यान से निकल पड़ीं, भाले चमकने लगे। जीत की खुशी में सैकड़ों जानें भेंट हो गईं। पर जब हरदौल अखाड़े से बाहर आए और उन्होंने बुंदेलों की ओर तेज निगाहों से देखा तो आन-की-आन में लोग सँभल गए। तलवारें म्यान में जा छिपीं। ख़याल आ गया। यह खुशी क्यों, यह उमंग क्यों और यह पागलपन किसलिए? बुंदेलों के लिए यह कोई नई बात नहीं हुई। इस विचार ने लोगों का दिल ठंडा कर दिया। हरदौल की इस वीरता ने उसे हर एक बुंदेले के दिल में मान प्रतिष्ठा की ऊँची जगह पर बिठाया, जहाँ न्याय और उदारता भी उसे न पहुँचा सकती थी। वह पहले ही से सर्वप्रिय था और अब वह अपनी जाति का वीरवर और बुंदेला दिलावरी का सिरमौर बन गया।

3

राजा जुझार सिंह ने भी दक्षिण में अपनी योग्यता का परिचय दिया। वे केवल लड़ाई में ही वीर न थे, बल्कि राज्य-शासन में भी अद्वितीय थे। उन्होंने अपने सुप्रबंध से दक्षिण प्रांतों को बलवान राज्य बना दिया और वर्ष भर के बाद बादशाह से आज्ञा लेकर वे ओरछे की तरफ चले। ओरछे की याद उन्हें सदैव बेचैन करती रही। आह ओरछा! वह दिन कब आएगा कि फिर तेरे दर्शन होंगे! राजा मंजिलें मारते चले आते थे, न भूख थी, न प्यास, ओरछेवालों की मुहब्बत खींचे लिए आती थी। यहाँ तक कि ओरछे के जंगलों में आ पहुँचे। साथ के आदमी पीछे छूट गए।

दोपहर का समय था। धूप तेज थी। वे घोड़े से उतरे और एक पेड़ की छाँह में जा बैठे। भाग्यवश आज हरदौल भी जीत की खुशी में शिकार खेलने निकले थे। सैकड़ों बुंदेला सरदार उनके साथ थे। सब अभिमान के नशे में चूर थे। उन्होंने राजा जुझारसिंह को अकेले बैठे देखा, पर वे अपने घमंड में इतने डूबे हुए थे कि इनके पास तक न

आए। समझा कोई यात्री होगा। हरदौल की आँखों ने भी धोखा खाया। वे घोड़े पर सवार अकड़ते हुए जुझारसिंह के सामने आए और पूछना चाहते थे कि तुम कौन हो कि भाई से आँख मिल गई। पहचानते ही घोड़े से कूद पड़े और उनको प्रणाम किया। राजा ने भी उठकर हरदौल को छाती से लगा लिया, पर उस छाती में अब भाई की मुहब्बत न थी। मुहब्बत की जगह ईर्ष्या ने घेर ली थी और वह केवल इसीलिए कि हरदौल दूर से नंगे पैर उनकी तरफ न दौड़ा, उसके सवारों ने दूर ही से उनकी अभ्यर्थना न की। संध्या होते-होते दोनों भाई ओरछे पहुँचे। राजा के लौटने का समाचार पाते ही नगर में प्रसन्नता की दुंदुभी बजने लगी। हर जगह आनंदोत्सव होने लगा और तुरता-फुरती शहर जगमगा उठा।

आज रानी कुलीना ने अपने हाथों भोजन बनाया। नौ बजे होंगे। लौंडी ने आकर कहा—"महाराज, भोजन तैयार है। दोनों भाई भोजन करने गए। सोने के थाल में राजा के लिए भोजन परोसा गया और चाँदी के थाल में हरदौल के लिए। कुलीना ने स्वयं भोजन बनाया था, स्वयं थाल परोसे थे और स्वयं ही सामने लाई थी, पर दिनों का चक्र कहो, या भाग्य के दुर्दिन, उसने भूल से सोने का थाल हरदौल के आगे रख दिया और चाँदी का राजा के सामने। हरदौल ने कुछ ध्यान न दिया, वह वर्ष भर से सोने के थाल में खाते-खाते उसका आदी हो गया था, पर जुझार सिंह तिलमिला गए। ज़बान से कुछ न बोले, पर तेवर बदल गए और मुँह लाल हो गया। रानी की तरफ घूरकर देखा और भोजन करने लगे। पर ग्रास विष मालूम होता था। दो-चार ग्रास खाकर उठ आए। रानी उनके तेवर देखकर डर गई। आज कैसे प्रेम से उसने भोजन बनाया था, कितनी प्रतीक्षा के बाद यह शुभ दिन आया था, उसके उल्लास का कोई पारावार न था; पर राजा के तेवर देखकर उसके प्राण सूख गए। जब राजा उठ गए और उसने थाल को देखा, तो कलेजा धक से हो गया और पैरों तले से मिट्टी निकल गई। उसने सिर पीट लिया—"ईश्वर! आज रात कुशलतापूर्वक कटे, मुझे शकुन अच्छे दिखाई नहीं देते।"

राजा जुझार सिंह शीशमहल में लेटे। चतुर नाइन ने रानी का श्रृंगार किया और वह मुस्करा कर बोली—"कल महाराज से इसका इनाम लूँगी।" यह कहकर वह चली गई, परंतु कुलीना वहाँ से न उठी। वह गहरे सोच में पड़ी हुई थी। उनके सामने कौन-सा मुँह लेकर जाऊँ? नाइन ने नाहक मेरा श्रृंगार कर दिया। मेरा श्रृंगार देखकर वे खुश भी होंगे? मुझसे इस समय अपराध हुआ है, मैं अपराधिनी हूँ, मेरा उनके पास इस समय बनाव-श्रृंगार करके जाना उचित नहीं। नहीं, नहीं, आज मुझे उनके पास भिखारिन के भेष में जाना चाहिए। मैं उनसे क्षमा माँगूँगी। इस समय मेरे लिए यही उचित है। यह सोचकर रानी बड़े शीशे के सामने खड़ी हो गई। वह अप्सरा-सी मालूम होती थी। सुंदरता की कितनी ही तसवीरें उसने देखी थीं; पर उसे इस समय शीशे की तसवीर सबसे ज़्यादा खूबसूरत मालूम होती थी।

सुंदरता और आत्मरुचि का साथ है। हल्दी बिना रंग के नहीं रह सकती। थोड़ी देर के लिए कुलीना सुंदरता के मद से फूल उठी। वह तनकर खड़ी हो गई। लोग कहते

हैं कि सुंदरता में जादू है और वह जादू, जिसका कोई उतार नहीं। धर्म और कर्म, तन और मन सब सुंदरता पर न्यौछावर है। मैं सुंदर न सही, ऐसी कुरूपा भी नहीं हूँ। क्या मेरी सुंदरता में इतनी भी शक्ति नहीं है कि महाराज से मेरा अपराध क्षमा करा सके? ये बाहु-लताएँ जिस समय उनके गले का हार होंगी, ये आँखें जिस समय प्रेम के मद से लाल होकर देखेंगी, तब क्या मेरे सौंदर्य की शीतलता उनकी क्रोधाग्नि को ठंडा न कर देंगी? पर थोड़ी देर में रानी को ज्ञात हुआ। आह! यह मैं क्या स्वप्न देख रही हूँ! मेरे मन में ऐसी बातें क्यों आती हैं! मैं अच्छी हूँ या बुरी हूँ, उनकी चेरी हूँ। मुझसे अपराध हुआ है, मुझे उनसे क्षमा माँगनी चाहिए। यह शृंगार और बनाव इस समय उपयुक्त नहीं है। यह सोचकर रानी ने सब गहने उतार दिए। इतर में बसी हुई रेशम की साड़ी अलग कर दी। मोतियों से भरी माँग खोल दी और वह खूब फूट-फूट कर रोई। यह मिलाप की रात वियोग की रात से भी विशेष दुखदायिनी है। भिखारिनी का भेष बना कर रानी शीशमहल की ओर चली। पैर आगे बढ़ते थे, पर मन पीछे हटा जाता था। दरवाज़े तक आई, पर भीतर पैर न रख सकी। दिल धड़कने लगा। ऐसा जान पड़ा मानो उसके पैर थर्रा रहे हैं। राजा जुझारसिंह बोले–"कौन है? कुलीना! भीतर क्यों नहीं आ जाती?"

कुलीना ने जी कड़ा करके कहा–"महाराज, कैसे आऊँ? मैं अपनी जगह क्रोध को बैठा पाती हूँ।"

राजा–यह क्यों नहीं कहती कि मन दोषी है, इसलिए आँखें नहीं मिलने देता।

कुलीना–निस्संदेह मुझसे अपराध हुआ है, पर एक अबला आपसे क्षमा का दान माँगती है।

राजा–इसका प्रायश्चित करना होगा।

कुलीना–क्यों कर?

राजा–हरदौल के खून से।

कुलीना सिर से पैर तक काँप गई। बोली–"क्या इसलिए कि आज मेरी भूल से ज्योनार के थालों में उलट-फेर हो गया?"

राजा–नहीं, इसलिए कि तुम्हारे प्रेम में हरदौल ने उलट-फेर कर दिया!

जैसे आग की आँच से लोहा लाल हो जाता है, वैसे ही रानी का मुँह लाल हो गया। क्रोध की अग्नि सद्भावों को भस्म कर देती है, प्रेम और प्रतिष्ठा, दया और न्याय, सब जल के राख हो जाते हैं। एक मिनट तक रानी को ऐसा मालूम हुआ, मानो दिल और दिमाग दोनों खौल रहे हैं, पर उसने आत्मदमन की अंतिम चेष्टा से अपने को सँभाला, केवल इतना बोली–हरदौल को अपना लड़का और भाई समझती हूँ।

राजा उठ बैठे और कुछ नर्म स्वर में बोले–नहीं, हरदौल लड़का नहीं है, लड़का मैं हूँ, जिसने तुम्हारे ऊपर विश्वास किया। कुलीना, मुझे तुमसे ऐसी आशा न थी। मुझे तुम्हारे ऊपर घमंड था। मैं समझता था, चाँद-सूर्य टल सकते हैं, पर तुम्हारा दिल नहीं टल सकता, पर आज मुझे मालूम हुआ कि वह मेरा लड़कपन था। बड़ों ने सच कहा

है कि स्त्री का प्रेम पानी की धार है, जिस ओर ढाल पाता है, उधर ही बह जाता है। सोना ज़्यादा गरम होकर पिघल जाता है।

कुलीना रोने लगी। क्रोध की आग पानी बन कर आँखों से निकल पड़ी। जब आवाज़ वश में हुई, तो बोली—"आपके इस संदेह को कैसे दूर करूँ?"

राजा—हरदौल के खून से।

रानी—मेरे खून से दाग न मिटेगा?

राजा—तुम्हारे खून से और पक्का हो जाएगा।

रानी—और कोई उपाय नहीं है?

राजा—नहीं।

रानी—यह आपका अंतिम विचार है?

राजा—हाँ, यह मेरा अंतिम विचार है। देखो, इस पानदान में पान का बीड़ा रखा है। तुम्हारे सतीत्व की परीक्षा यही है कि तुम हरदौल को इसे अपने हाथों खिला दो। मेरे मन का भ्रम उसी समय निकलेगा जब इस घर से हरदौल की लाश निकलेगी।

रानी ने घृणा की दृष्टि से पान के बीड़े को देखा और वह उलटे पैर लौट आई।

रानी सोचने लगी—"क्या हरदौल के प्राण लूँ? निर्दोष, सच्चरित्र वीर हरदौल की जान से अपने सतीत्व की परीक्षा दूँ? उस हरदौल के खून से अपना हाथ काला करूँ जो मुझे बहन समझता है? यह पाप किसके सिर पड़ेगा? क्या एक निर्दोष का खून रंग न लाएगा? आह! अभागी कुलीना! तुझे आज अपने सतीत्व की परीक्षा देने की आवश्यकता पड़ी है और वह ऐसी कठिन? नहीं यह पाप मुझसे नहीं होगा। यदि राजा मुझे कुलटा समझते हैं, तो समझें, उन्हें मुझ पर संदेह है, तो हो। मुझसे यह पाप न होगा। राजा को ऐसा संदेह क्यों हुआ? क्या केवल थालों के बदल जाने से? नहीं, अवश्य कोई और बात है। आज हरदौल उन्हें जंगल में मिल गया। राजा ने उसकी कमर में तलवार देखी होगी। क्या आश्चर्य है, हरदौल से कोई अपमान भी हो गया हो। मेरा अपराध क्या है? मुझ पर इतना बड़ा दोष क्यों लगाया जाता है? केवल थालों के बदल जाने से? हे ईश्वर! मैं किससे अपना दुख कहूँ? तू ही मेरा साक्षी है। जो चाहे सो हो, पर मुझसे यह पाप न होगा।

रानी ने फिर सोचा—"राजा, तुम्हारा हृदय ऐसा ओछा और नीच है? तुम मुझसे हरदौल की जान लेने को कहते हो? यदि तुमसे उसका अधिकार और मान नहीं देखा जाता, तो क्यों साफ-साफ ऐसा नहीं कहते? क्यों मर्दों की लड़ाई नहीं लड़ते? क्यों स्वयं अपने हाथ से उसका सिर नहीं काटते और मुझसे वह काम करने को कहते हो? तुम खूब जानते हो, मैं यह नहीं कर सकती। यदि मुझसे तुम्हारा जी उकता गया है, यदि मैं तुम्हारी जान की जंजाल हो गई हूँ, तो मुझे काशी या मथुरा भेज दो। मैं बेखटके चली जाऊँगी, पर ईश्वर के लिए मेरे सिर इतना बड़ा कलंक न लगने दो। पर मैं जीवित ही क्यों रहूँ, मेरे लिए अब जीवन में कोई सुख नहीं है। अब मेरा मरना ही अच्छा है। मैं स्वयं प्राण दे दूँगी, पर

यह महापाप मुझसे न होगा। विचारों ने फिर पलटा खाया। तुमको पाप करना ही होगा। इससे बड़ा पाप शायद आज तक संसार में न हुआ हो, पर यह पाप तुमको करना होगा। तुम्हारे पतिव्रत पर संदेह किया जा रहा है और तुम्हें इस संदेह को मिटाना होगा। यदि तुम्हारी जान जोखिम में होती, तो कुछ हर्ज न था। अपनी जान देकर हरदौल को बचा लेती, पर इस समय तुम्हारे पतिव्रत पर आँच आ रही है। इसलिए तुम्हें यह पाप करना ही होगा, और पाप करने के बाद हँसना और प्रसन्न रहना होगा। यदि तुम्हारा चित्त तनिक भी विचलित हुआ, यदि तुम्हारा मुखड़ा जरा भी मद्धिम हुआ, तो इतना बड़ा पाप करने पर भी तुम संदेह मिटाने में सफल न होगी। तुम्हारे जी पर चाहे जो बीते, पर तुम्हें यह पाप करना ही पड़ेगा। परंतु कैसे होगा? क्या मैं हरदौल का सिर उतारूँगी? यह सोचकर रानी के शरीर में कंपकंपी आ गई। नहीं, मेरा हाथ उस पर कभी नहीं उठ सकता। प्यारे हरदौल, मैं तुम्हें खिला सकती। मैं जानती हूँ, तुम मेरे लिए आनंद से विष का बीड़ा खा लोगे। हाँ, मैं जानती हूँ तुम 'नहीं' न करोगे, पर मुझसे यह महापाप नहीं हो सकता। एक बार नहीं, हज़ार बार नहीं हो सकता।

4

हरदौल को इन बातों की कुछ भी ख़बर न थी। आधी रात को एक दासी रोती हुई उसके पास गई और उसने सब समाचार अक्षर-अक्षर कह सुनाया। वह दासी पान-दान लेकर रानी के पीछे-पीछे राजमहल से दरवाज़े पर गई थी और सब बातें सुनकर आई थी। हरदौल राजा का ढंग देखकर पहले ही ताड़ गया था कि राजा के मन में कोई-न-कोई काँटा अवश्य खटक रहा है। दासी की बातों ने उसके संदेह को और भी पक्का कर दिया। उसने दासी से कड़ी मनाही कर दी कि सावधान! किसी दूसरे के कानों में इन बातों की भनक न पड़े और वह स्वयं मरने को तैयार हो गया।

हरदौल बुंदेलों की वीरता का सूरज था। उसकी भौंहों के तनिक इशारे से तीन लाख बुंदेले मरने और मारने के लिए इकट्ठे हो सकते थे, ओरछा उस पर न्योछावर था। यदि जुझार सिंह खुले मैदान उसका सामना करते तो अवश्य मुँह की खाते, क्योंकि हरदौल भी बुंदेला था और बुंदेला अपने शत्रु के साथ किसी प्रकार की मुँह देखी नहीं करते, मारना-मरना उनके जीवन का एक अच्छा दिलबहलाव है। उन्हें सदा इसकी लालसा रही है कि कोई हमें चुनौती दे, कोई हमें छेड़ें। उन्हें सदा खून की प्यास रहती है और वह प्यास कभी नहीं बुझती। परंतु उस समय एक स्त्री को उसके खून की जरूरत थी और उसका साहस उसके कानों में कहता था कि एक निर्दोष और सती अबला के लिए अपने शरीर का खून देने में मुँह न मोड़ो। यदि भैया को यह संदेह होता कि मैं उनके खून का प्यासा हूँ और उन्हें मार कर राज अधिकार करना चाहता हूँ, तो कुछ हर्ज न था। राज्य के लिए कत्ल और खून, दगा और फरेब सब उचित समझा गया है, परंतु उनके इस संदेह का निपटारा मेरे मरने के सिवा और किसी तरह नहीं हो सकता। इस समय मेरा धर्म है कि अपने प्राण देकर उनके इस

संदेह को दूर कर दूँ। उनके मन में यह दुखानेवाला संदेह उत्पन्न करके भी यदि मैं जीता ही रहूँ और अपने मन की पवित्रता जताऊँ, तो मेरी ढिठाई है। नहीं, इस भले काम से अधिक आगा-पीछा करना अच्छा नहीं। मैं खुशी से विष का बीड़ा खाऊँगा। इससे बढ़ कर शूर-वीर की मृत्यु और क्या हो सकती है?

क्रोध में आकर मारू के भय बढ़ानेवाले शब्द सुनकर रणक्षेत्र में अपनी जान को तुच्छ समझना इतना कठिन नहीं है। आज सच्चा वीर हरदौल अपने हृदय के बड़प्पन पर अपनी सारी वीरता और न्योछावर करने को उद्यत है।

दूसरे दिन हरदौल ने खूब तड़के स्नान किया। बदन पर अस्त्र-शस्त्र सजा मुस्कराता हुआ राजा के पास गया। राजा भी सोकर तुरंत ही उठे थे, उनकी अलसाई हुई आँखें हरदौल की मूर्ति की ओर लगी हुई थीं। सामने संगमरमर की चौकी पर विष मिला पान सोने की तश्तरी में रखा हुआ था। राजा कभी पान की ओर ताकते और कभी मूर्ति की ओर, शायद उनके विचार ने इस विष की गाँठ और उस मूर्ति में एक संबंध पैदा कर दिया था। उस समय जो हरदौल एकाएक घर में पहुँचे तो राजा चौंक पड़े। उन्होंने सँभल कर पूछा-"इस समय कहाँ चले?"

हरदौल का मुखड़ा प्रफुल्लित था। वह हँस कर बोला-"कल आप यहाँ पधारे हैं, इसी खुशी में मैं आज शिकार खेलने जाता हूँ। आपको ईश्वर ने अजीत बनाया है, मुझे अपने हाथ से विजय का बीड़ा दीजिए।" यह कहकर हरदौल ने चौकी पर से पान-दान उठा लिया और उसे राजा के सामने रख कर बीड़ा लेने के लिए हाथ बढ़ाया। हरदौल का खिला हुआ मुखड़ा देखकर राजा की ईर्ष्या की आग और भी भड़क उठी। दुष्ट, मेरे घाव पर नमक छिड़कने आया है! मेरे मान और विश्वास को मिट्टी में मिलाने पर भी तेरा जी न भरा! मुझसे विजय का बीड़ा माँगता है! हाँ, यह विजय का बीड़ा है; पर तेरी विजय का नहीं, मेरी विजय का।

इतना मन में कहकर जुझार सिंह ने बीड़े को हाथ में उठाया। वे एक क्षण तक कुछ सोचते रहे, फिर मुस्करा कर हरदौल को बीड़ा दे दिया। हरदौल ने सिर झुका कर बीड़ा लिया, उसे माथे पर चढ़ाया, एक बार बड़ी ही करुणा के साथ चारों ओर देखा और फिर बीड़े को मुँह में रख लिया। एक सच्चे राजपूत ने अपना पुरुषत्व दिखा दिया। विष हलाहल था, कंठ के नीचे उतरते ही हरदौल के मुखड़े पर मुरदनी छा गई और आँखें बुझ गईं। उसने एक ठंडी साँस लीं, दोनों हाथ जोड़ कर जुझार सिंह को प्रणाम किया और ज़मीन पर बैठ गया। उसके ललाट पर पसीने की ठंडी-ठंडी बूँदें दिखाई दे रही थीं और साँस तेजी से चलने लगी थी; पर चेहरे पर प्रसन्नता और संतोष की झलक दिखाई देती थी।

जुझार सिंह अपनी जगह से जरा भी न हिले। उनके चेहरे पर ईर्ष्या से भरी हुई मुस्कराहट छाई हुई थी, पर आँखों में आँसू भर आए थे। उजाले और अँधेरे का मिलाप हो गया था।

त्यागी का प्रेम

लाला गोपीनाथ को युवावस्था में ही दर्शन से प्रेम हो गया था। अभी वह इंटरमीडियट क्लास में थे कि मिल और बर्कले के वैज्ञानिक विचार उनको कंठस्थ हो गये थे। उन्हें किसी प्रकार के विनोद-प्रमोद से रुचि न थी। यहाँ तक कि कालेज के क्रिकेट-मैचों में भी उनको उत्साह न होता था। हास-परिहास से कोसों भागते और उनसे प्रेम की चर्चा करना तो मानो बच्चे को जूजू से डराना था। प्रातःकाल घर से निकल जाते और शहर से बाहर किसी सघन वृक्ष की छाँह में बैठकर दर्शन का अध्ययन करने में निरत हो जाते। काव्य अलंकार उपन्यास सभी को त्याज्य समझते थे। शायद ही अपने जीवन में उन्होंने कोई किस्से-कहानी की किताब पढ़ी हो। इसे केवल समय का दुरुपयोग ही नहीं वरन् मन और बुद्धि-विकास के लिए घातक ख़याल करते थे। इसके साथ ही वह उत्साहहीन न थे। सेवा-समितियों में बड़े उत्साह से भाग लेते। स्वदेशवासियों की सेवा के किसी अवसर को हाथ से न जाने देते। बहुधा मुहल्ले के छोटे-छोटे दूकानदारों की दूकान पर जा बैठते और उनके घाटे-टोटे मंदे-तेजे की रामकहानी सुनते।

शनैः-शनैः कालेज से उन्हें घृणा हो गयी। उन्हें अब अगर किसी विषय से प्रेम था तो वह दर्शन था। कालेज की बहुविषयक शिक्षा उनके दर्शनानुराग में बाधक होती। अतएव उन्होंने कालेज छोड़ दिया और एकाग्रचित्त होकर विज्ञानोपार्जन करने लगे। किंतु दर्शनानुराग के साथ ही साथ उनका देशानुराग भी बढ़ता गया और कालेज छोड़ने के थोड़े ही दिनों पश्चात् वह अनिवार्यतः जाति-सेवकों के दल में सम्मिलित हो गये। दर्शन में भ्रम था, अविश्वास था, अंधकार था। जाति-सेवा में सम्मान था, यश था और दोनों की सदिच्छाएँ थीं। उनका वह सदनुराग जो बरसों से वैज्ञानिक वादों के नीचे दबा हुआ था, वायु के प्रचंड वेग के साथ निकल पड़ा। नगर के सार्वजनिक क्षेत्र में कूद पड़े। देखा तो मैदान खाली था। जिधर आँख उठाते सन्नाटा दिखाई देता। ध्वजधारियों की कमी न थी पर सच्चे हृदय कहीं नज़र न आते थे। चारों ओर से उनकी खींच होने लगी। किसी संस्था के मंत्री बने किसी के प्रधान किसी के कुछ किसी के कुछ। इसके आवेश में दर्शनानुराग भी विदा हुआ। पिंजरे में गानेवाली चिड़िया विस्तृत पर्वतराशियों में आकर अपना राग भूल गयी। अब भी वह समय निकाल कर दर्शनग्रंथों के पन्ने उलट-पलट लिया करते थे पर विचार और अनुशीलन का अवकाश कहाँ! नित्य मन में यह संग्राम होता रहता कि किधर जाऊँ! उधर या इधर विज्ञान अपनी ओर खींचता, देश अपनी ओर खींचता।

एक दिन वह इसी उलझन में नदी के तट पर बैठे हुए थे। जलधारा तट के दृश्यों और वायु के प्रतिकूल झोंकों की परवा न करते हुए बड़े वेग के साथ अपने लक्ष्य की ओर बढ़ी चली जाती थी पर लाला गोपीनाथ का ध्यान इस तरफ न था। वह अपने स्मृतिभंडार से किसी ऐसे तत्त्वज्ञानी पुरुष को खोज निकालना चाहते थे जिसने जाति-सेवा के साथ विज्ञान-सागर में गोते लगाये हों। सहसा उनके कालेज के एक

अध्यापक पंडित अमरनाथ अग्निहोत्री आकर समीप बैठ गये और बोले—कहिए लाला गोपीनाथ क्या खबरें हैं?

गोपीनाथ ने अन्यमनस्क होकर उत्तर दिया—कोई नयी बात तो नहीं हुई। पृथ्वी अपनी गति से चली जा रही है।

अमरनाथ—म्युनिसिपल-वार्ड नम्बर 21 की जगह खाली है। उसके लिए किसे चुनना निश्चित किया है?

गोपी—देखिए कौन होता है। आप भी खड़े हुए हैं?

अमर—अजी मुझे तो लोगों ने ज़बरदस्ती घसीट लिया। नहीं तो मुझे इतनी फुर्सत कहाँ!

गोपी—मेरा भी यही विचार है। अध्यापकों का क्रियात्मक राजनीति में फँसना बहुत अच्छी बात नहीं।

अमरनाथ इस व्यंग्य से बहुत लज्जित हुए। एक क्षण के बाद प्रतिकार के भाव से बोले—तुम आजकल दर्शन का अभ्यास करते हो या नहीं?

गोपी—बहुत कम। इसी दुविधा में पड़ा हुआ हूँ कि राष्ट्रीय सेवा का मार्ग ग्रहण करूँ या सत्य की खोज में जीवन व्यतीत करूँ।

अमर—राष्ट्रीय संस्थानों में सम्मिलित होने का समय अभी तुम्हारे लिए नहीं आया। अभी तुम्हारी उम्र ही क्या है? जब तक विचारों में गाम्भीर्य और सिद्धांतों पर दृढ़ विश्वास न हो जाय उस समय तक केवल क्षणिक आवेशों के वशवर्ती होकर किसी काम में कूद पड़ना अच्छी बात नहीं। राष्ट्रीय सेवा बड़े उत्तरदायित्व का काम है।

2

गोपीनाथ ने निश्चय कर लिया कि मैं जाति-सेवा में जीवनक्षेप करूँगा। अमरनाथ ने भी यही फैसला किया कि मैं म्युनिसिपैलिटी में अवश्य जाऊँगा। दोनों का परस्पर विरोध उन्हें कर्म-क्षेत्र की ओर खींच ले गया। गोपीनाथ की साख पहले ही से जम गयी थी। घर के धनी थे। शक्कर और सोने-चाँदी की दलाली होती थी। व्यापारियों में उनके पिता का बड़ा मान था। गोपीनाथ के दो बड़े भाई थे। वह भी दलाली करते थे। परस्पर मेल था, धन था, संतानें थीं। अगर न थी तो शिक्षा और शिक्षित समुदाय में गणना। वह बात गोपीनाथ की बदौलत प्राप्त हो गयी। इसलिए उनकी स्वच्छंदता पर किसी ने आपत्ति नहीं की। किसी ने उन्हें धनोपार्जन के लिए मजबूर नहीं किया। अतएव गोपीनाथ निश्चिंत और निर्द्वन्द्व होकर राष्ट्र-सेवा में कहीं किसी अनाथालय के लिए चंदे जमा करते, कहीं किसी कन्या-पाठशाला के लिए भिक्षा माँगते फिरते। नगर की काँग्रेस कमेटी ने उन्हें अपना मंत्री नियुक्त किया। उस समय तक काँग्रेस ने कर्मक्षेत्र में पदार्पण नहीं किया था। उनकी कार्यशीलता ने इस जीर्ण संस्था का मानो पुनरुद्धार कर दिया। वह प्रातः से संध्या और बहुधा पहर रात तक इन्हीं कामों में लिप्त रहते थे। चंदे का रजिस्टर हाथ में लिये

उन्हें नित्यप्रति साँझ-सवेरे अमीरों और रईसों के द्वार पर खड़े देखना एक साधारण दृश्य था। धीरे-धीरे कितने ही युवक उनके भक्त हो गये। लोग कहते कितना निःस्वार्थ कितना आदर्शवादी त्यागी जाति-सेवक है। कौन सुबह से शाम तक निःस्वार्थ भाव से केवल जनता का उपकार करने के लिए यों दौड़-धूप करेगा? उनका आत्मोत्सर्ग प्रायः द्वेषियों को भी अनुरक्त कर देता था। उन्हें बहुधा रईसों की अभद्रता, असज्जनता यहाँ तक कि उनके कटु शब्द भी सहने पड़ते थे। उन्हें अब विदित हो गया था कि जाति-सेवा बड़े अंशों तक केवल चंदे माँगना है। इसके लिए धनिकों की दरबारदारी या दूसरे शब्दों में खुशामद भी करनी पड़ती थी। दर्शन के उस गौरवयुक्त अध्ययन और इस दानलोलुपता में कितना अंतर था। कहाँ मिल और केंट स्पेन्सर और किड के साथ एकांत में बैठे हुए जीव और प्रकृति के गहन गूढ़ विषय पर वार्तालाप और कहाँ इन अभिमानी असभ्य मूर्ख व्यापारियों के सामने सिर झुकाना! वह अंतःकरण में उनसे घृणा करते थे। वे धनी थे और केवल धन कमाना चाहते थे। इसके अतिरिक्त उनमें और कोई विशेष गुण न था। उनमें अधिकांश ऐसे थे जिन्होंने कपट-व्यवहार से धनोपार्जन किया था। पर गोपीनाथ के लिए वे सभी पूज्य थे क्योंकि उन्हीं की कृपादृष्टि पर उनकी राष्ट्र-सेवा अवलम्बित थी।

इस प्रकार कई वर्ष व्यतीत हो गये। गोपीनाथ नगर के मान्य पुरुषों में गिने जाने लगे। वह दीनजनों के आधार और दुखियारों के मददगार थे। अब वह बहुत कुछ निर्भीक हो गये थे और कभी-कभी रईसों को भी कुमार्ग पर चलते देखकर फटकार दिया करते थे। उनकी तीव्र आलोचना भी अब चंदे जमा करने में उनकी सहायक हो जाती थी।

अभी तक उनका विवाह न हुआ था। वह पहले ही से ब्रह्मचर्य व्रत धारण कर चुके थे। विवाह करने से साफ इनकार किया। मगर जब पिता और अन्य बंधुजनों ने बहुत आग्रह किया और उन्होंने स्वयं कई विज्ञान-ग्रंथों में देखा कि इन्द्रिय-दमन स्वास्थ्य के लिए हानिकारक है तो असमंजस में पड़े। कई हफ्ते सोचते हो गये और वह मन में कोई बात पक्की न कर सके। स्वार्थ और परमार्थ में संघर्ष हो रहा था। विवाह का अर्थ था अपनी उदारता की हत्या करना अपने विस्तृत हृदय को संकुचित करना न कि राष्ट्र के लिए जीना। वह अब इतने ऊँचे आदर्श का त्याग करना निंद्य और उपहासजनक समझते थे। इसके अतिरिक्त अब वह अनेक कारणों से अपने को पारिवारिक जीवन के अयोग्य पाते थे। जीविका के लिए जिस उद्योगशीलता जिस अनवरत परिश्रम और जिस मनोवृत्ति की आवश्यकता है वह उनमें न रही थी। जाति-सेवा में भी उद्योगशीलता और अध्यवसाय की कम जरूरत न थी लेकिन उसमें आत्म-गौरव का हनन न होता था। परोपकार के लिए भिक्षा माँगना दान है। अपने लिए पान का एक बीड़ा भी भिक्षा है। स्वभाव में एक प्रकार की स्वच्छंदता आ गयी थी। इन त्रुटियों पर परदा डालने के लिए जाति-सेवा का बहाना बहुत अच्छा था।

एक दिन वह सैर करने जा रहे थे कि रास्ते में अध्यापक अमरनाथ से मुलाकात हो गयी। यह महाशय अब म्युनिसिपल बोर्ड के मंत्री हो गये थे और आजकल इस दुविधा में पड़े हुए थे कि शहर में मादक वस्तुओं के बेचने का ठीका लूँ या न लूँ। लाभ बहुत

था पर बदनामी भी कम न थी। अभी तक कुछ निश्चय न कर सके थे। इन्हें देखकर बोले–कहिए लाला जी मिजाज अच्छा है न! आपके विवाह के विषय में क्या हुआ?

गोपीनाथ ने दृढ़ता से कहा–मेरा इरादा विवाह करने का नहीं है।

अमरनाथ–ऐसी भूल न करना। तुम अभी नवयुवक हो, तुम्हें संसार का कुछ अनुभव नहीं है। मैंने ऐसी कितनी मिसालें देखी हैं जहाँ अविवाहित रहने से लाभ के बदले हानि ही हुई है। विवाह मनुष्य को सुमार्ग पर रखने का सबसे उत्तम साधन है जिसे अब तक मनुष्य ने आविष्कृत किया है। उस व्रत से क्या फायदा जिसका परिणाम छिछोरापन हो।

गोपीनाथ ने प्रत्युत्तर दिया–आपने मादक वस्तुओं के ठीके के विषय में क्या निश्चय किया?

अमर–अभी तक कुछ नहीं। जी हिचकता है। कुछ न कुछ बदनामी तो होगी ही।

गोपी–एक अध्यापक के लिए मैं इस पेशे को अपमान समझता हूँ।

अमर–कोई पेशा खराब नहीं है, अगर ईमानदारी से किया जाय।

गोपी–यहाँ मेरा आपसे मतभेद है। कितने ही ऐसे व्यवसाय हैं जिन्हें एक सुशिक्षित व्यक्ति कभी स्वीकार नहीं कर सकता। मादक वस्तुओं का ठीका उनमें एक है।

गोपीनाथ ने आकर अपने पिता से कहा–मैं कदापि विवाह न करूँगा। आप लोग मुझे विवश न करें वरना पछताइएगा।

अमरनाथ ने उसी दिन ठीके के लिए प्रार्थनापत्र भेज दिया और वह स्वीकृत भी हो गया।

3

दो साल हो गये हैं। लाला गोपीनाथ ने एक कन्या-पाठशाला खोली है और उसके प्रबंधक हैं। शिक्षा की विभिन्न पद्धतियों का उन्होंने खूब अध्ययन किया है और इस पाठशाला में वह उनका व्यवहार कर रहे हैं। शहर में यह पाठशाला बहुत ही सर्वप्रिय है। उसने बहुत अंशों में उस उदासीनता का परिशोध कर दिया है जो माता-पिता को पुत्रियों की शिक्षा की ओर होती है। शहर के गणमान्य पुरुष अपनी लड़कियों को सहर्ष पढ़ने भेजते हैं। वहाँ की शिक्षा-शैली कुछ ऐसी मनोरंजक है कि बालिकाएँ एक बार जा कर मानो मंत्रमुग्ध हो जाती हैं। फिर उन्हें घर पर चैन नहीं मिलता। ऐसी व्यवस्था की गयी है कि तीन–चार वर्षों में ही कन्याओं का गृहस्थी के मुख्य कामों से परिचय हो जाय। सबसे बड़ी बात यह है कि यहाँ धर्म-शिक्षा का भी समुचित प्रबंध किया गया है। अबकी साल से प्रबंधक महोदय ने अँग्रेज़ी की कक्षाएँ भी खोल दी हैं। एक सुशिक्षित गुजराती महिला को बम्बई से बुला कर पाठशाला उनके हाथ में दे दी है। इन महिला का नाम है आनंदी बाई। विधवा हैं। हिंदी भाषा से भली-भाँति परिचित नहीं हैं किंतु गुजराती में कई पुस्तकें लिख चुकी हैं। कई कन्या-पाठशालाओं में काम कर चुकी हैं। शिक्षा-सम्बन्धी विषयों में अच्छी गति है। उनके आने से मदरसे में और

भी रौनक आ गयी है। कई प्रतिष्ठित सज्जनों ने जो अपनी बालिकाओं को मंसूरी और नैनीताल भेजना चाहते थे अब उन्हें यहीं भरती करा दिया है। आनंदी रईसों के घरों में जाती हैं और स्त्रियों में शिक्षा का प्रचार करती हैं। उनके वस्त्राभूषणों से सुरुचि का बोध होता है। हैं भी उच्चकुल की इसलिए शहर में उनका बड़ा सम्मान होता है। लड़कियाँ उन पर जान देती हैं। उन्हें माँ कहकर पुकारती हैं। गोपीनाथ पाठशाला की उन्नति देख-देखकर फूले नहीं समाते। जिससे मिलते हैं, आनंदी बाई का ही गुणगान करते हैं। बाहर से कोई सुविख्यात पुरुष आता है तो उससे पाठशाला का निरीक्षण अवश्य कराते हैं। आनंदी की प्रशंसा से उन्हें वही आनंद प्राप्त होता है जो स्वयं अपनी प्रशंसा से होता। बाई जी को भी दर्शन से प्रेम है और सबसे बड़ी बात यह है कि उन्हें गोपीनाथ पर असीम श्रद्धा है। वह हृदय से उनका सम्मान करती हैं। उनके त्याग और निष्काम जाति-भक्ति ने उन्हें वशीभूत कर लिया है। वह मुँह पर उनकी बड़ाई नहीं करतीं पर रईसों के घरों में बड़े प्रेम से उनका यशोगान करती हैं। ऐसे सच्चे सेवक आजकल कहाँ लोग कीर्ति पर जान देते हैं। जो थोड़ी-बहुत सेवा करते हैं, दिखावे के लिए। सच्ची लगन किसी में नहीं। मैं लाला जी को पुरुष नहीं देवता समझती हूँ। कितना सरल संतोषमय जीवन है। न कोई व्यसन न विलास। भोर से सायंकाल तक दौड़ते रहते हैं, न खाने का कोई समय न सोने का समय। उस पर कोई ऐसा नहीं जो उनके आराम का ध्यान रखे। बेचारे घर गये जो कुछ किसी ने सामने रख दिया चुपके से खा लिया फिर छड़ी उठायी और किसी तरफ चल दिये। दूसरी औरत कदापि अपनी पति की भाँति सेवा-सत्कार नहीं कर सकती।

दशहरे के दिन थे। कन्या-पाठशाला में उत्सव मनाने की तैयारियाँ हो रही थीं। एक नाटक खेलने का निश्चय किया गया था। भवन खूब सजाया गया था। शहर के रईसों को निमंत्रण दिये गये थे। यह कहना कठिन है कि किसका उत्साह बढ़ा हुआ था, बाई जी का या लाला गोपीनाथ का। गोपीनाथ सामग्रियाँ एकत्र कर रहे थे, उन्हें अच्छे ढंग से सजाने का भार आनंदी ने लिया था। नाटक भी इन्हीं ने रचा था। नित्यप्रति उसका अभ्यास कराती थीं और स्वयं एक पार्ट ले रखा था।

विजयादशमी आ गयी। दोपहर तक गोपीनाथ फर्श और कुर्सियों का इंतज़ाम करते रहे। जब एक बज गया और अब भी वह वहाँ से न टले तो आनंदी ने कहा—लाला जी आपको भोजन करने को देर हो रही है। अब सब काम हो गया है। जो कुछ बच रहा है मुझ पर छोड़ दीजिए।

गोपीनाथ ने कहा—खा लूँगा। मैं ठीक समय पर भोजन करने का पाबंद नहीं हूँ। फिर घर तक कौन जाय। घंटों लग जायेंगे। भोजन के उपरान्त आराम करने का जी चाहेगा। शाम हो जाएगी।

आनंदी—भोजन तो मेरे यहाँ तैयार है। ब्राह्मणी ने बनाया है। चल कर खा लीजिए और यहीं जरा देर आराम भी कर लीजिए।

गोपीनाथ—यहाँ क्या खा लूँ! एक वक्त न खाऊँगा तो ऐसी कौन-सी हानि हो जाएगी।

आनंदी–जब भोजन तैयार है तो उपवास क्यों कीजिएगा?

गोपीनाथ–आप जायें आपको अवश्य देर हो रही है। मैं काम में ऐसा भूला कि आपकी सुधि ही न रही।

आनंदी–मैं भी एक जून उपवास कर लूँगी तो क्या हानि होगी?

गोपीनाथ–नहीं-नहीं, इसकी क्या जरूरत है! मैं आपसे सच कहता हूँ मैं बहुधा एक ही जून खाता हूँ।

आनंदी–अच्छा मैं आपके इनकार का माने समझ गयी। इतनी मोटी बात अब तक मुझे न सूझी।

गोपीनाथ–क्या समझ गयीं? मैं छूतछात नहीं मानता। यह तो आपको मालूम ही है।

आनंदी–इतना जानती हूँ किंतु जिस कारण से आप मेरे यहाँ भोजन करने से इनकार कर रहे हैं उसके विषय में केवल इतना निवेदन है कि मुझे आपसे केवल स्वामी और सेवक का सम्बन्ध नहीं है। मुझे आपसे आत्मीयता का सम्बन्ध है। आपका मेरे पान-फूल को अस्वीकार करना अपने एक सच्चे भक्त के मर्म को आघात पहुँचाना है। मैं आपको इसी दृष्टि से देखती हूँ।

गोपीनाथ को अब कोई आपत्ति न हो सकी। जा कर भोजन कर लिया। वह जब तक आसन पर बैठे रहे आनंदी बैठी पंखा झलती रही।

इस घटना की लाला गोपीनाथ के मित्रों ने यों आलोचना की–महाशय जी अब तो वहीं (वहीं पर खूब जोर देकर) भोजन भी करते हैं।

4

शनैः–शनैः परदा हटने लगा। लाला गोपीनाथ को अब परवशता ने साहित्य-सेवी बना दिया था। घर से उन्हें आवश्यक सहायता मिल जाती थी किंतु पत्रों और पत्रिकाओं तथा अन्य अनेक कामों के लिए उन्हें घरवालों से कुछ माँगते हुए बहुत संकोच होता था। उनका आत्मसम्मान जरा-जरा सी बातों के लिए भाइयों के सामने हाथ फैलाना अनुचित समझता था। वह अपनी जरूरतें आप पूरी करना चाहते थे। घर पर भाइयों के लड़के इतना कोलाहल मचाते कि उनका जी कुछ लिखने में न लगता। इसलिए जब उनकी कुछ लिखने की इच्छा होती तो बेखटके पाठशाला में चले जाते। आनंदी बाई वहीं रहती थीं। वहाँ न कोई शोर था, न गुल। एकांत में काम करने में जी लगता। भोजन का समय आ जाता तो वहीं भोजन भी कर लेते। कुछ दिनों के बाद उन्हें बैठकर लिखने में कुछ असुविधा होने लगी (आँखें कमजोर हो गयी थीं) तो आनंदी ने लिखने का भार अपने सिर ले लिया। लाला साहब बोलते थे आनंदी लिखती थीं। गोपीनाथ की प्रेरणा से उन्होंने हिंदी सीखी थी और थोड़े ही दिनों में इतनी अभ्यस्त हो गयी थीं कि लिखने में जरा भी हिचक न होती। लिखते समय कभी-कभी उन्हें ऐसे शब्द और मुहावरे सूझ जाते कि गोपीनाथ फड़क-फड़क उठते, उनके लेख में जान-सी पड़ जाती। वह कहते यदि तुम

स्वयं कुछ लिखो तो मुझसे बहुत अच्छा लिखोगी। मैं तो बेगारी करता हूँ। तुम्हें परमात्मा की ओर से यह शक्ति प्राप्त हुई है। नगर के लाल-बुझक्कड़ों में इस सहकारिता पर टीका-टिप्पणियाँ होने लगी पर विद्वज्जन अपनी आत्मा की शुचिता के सामने ईर्ष्या के व्यंग्य की कब परवाह करते हैं? आनंदी कहतीं—यह तो संसार है जिसके मन में आये कहे पर मैं उस पुरुष का निरादर नहीं कर सकती जिस पर मेरी श्रद्धा है। पर गोपीनाथ इतने निर्भीक न थे। उनकी सुकीर्ति का आधार लोकमत था। वह उसकी भर्त्सना न कर सकते थे। इसलिए वह दिन के बदले रात को रचना करने लगे। पाठशाला में इस समय कोई देखनेवाला न होता था। रात की नीरवता में खूब जी लगता। आराम-कुरसी पर लेट जाते। आनंदी मेज के सामने कलम हाथ में लिये उनकी ओर देखा करतीं। जो कुछ उनके मुख से निकलता तुरंत लिख लेतीं। उनकी आँखों से विनय और शील श्रद्धा और प्रेम की किरण-सी निकलती हुई जान पड़ती। गोपीनाथ जब किसी भाव को मन में व्यक्त करने के बाद आनंदी की ओर ताकते कि वह लिखने के लिए तैयार हैं या नहीं तो दोनों व्यक्तियों की निगाहें मिलतीं और आप ही झुक जातीं। गोपीनाथ को इस तरह काम करने की ऐसी आदत पड़ती जाती थी कि जब किसी कार्यवश यहाँ आने का अवसर न मिलता तो वह विकल हो जाते थे।

आनंदी से मिलने के पहले गोपीनाथ को स्त्रियों का कुछ जो ज्ञान था वह केवल पुस्तकों पर अवलम्बित था। स्त्रियों के विषय में प्राचीन और अर्वाचीन प्राच्य और पाश्चात्य सभी विद्वानों का एक ही मत था—यह मायावी, आत्मिक उन्नति की बाधक, परमार्थ की विरोधिनी वृत्तियों को कुमार्ग की ओर ले जानेवाली, हृदय को संकीर्ण बनानेवाली होती है। इन्हीं कारणों से उन्होंने इस मायावी जाति से अलग रहना ही श्रेयस्कर समझा था किंतु अब अनुभव बतला रहा था कि स्त्रियाँ सन्मार्ग की ओर भी ले जा सकती हैं, उनमें सद्‌गुण भी हो सकते हैं। वे कर्त्तव्य और सेवा के भावों को जागृत भी कर सकती हैं। तब उनके मन में प्रश्न उठता कि यदि आनंदी से मेरा विवाह होता तो मुझे क्या आपत्ति हो सकती थी। उसके साथ तो मेरा जीवन बड़े आनंद से कट जाता। एक दिन वह आनंदी के यहाँ गये तो सिर में दर्द हो रहा था। कुछ लिखने की इच्छा न हुई। आनंदी को इसका कारण मालूम हुआ तो उसने उनके सिर में धीरे-धीरे तेल मलना शुरू किया। गोपीनाथ को उस समय अलौकिक सुख मिल रहा था। मन में प्रेम की तरंगें उठ रही थीं—नेत्र, मुख, वाणी—सभी प्रेम में पगे जाते थे। उसी दिन से उन्होंने आनंदी के यहाँ आना छोड़ दिया। एक सप्ताह बीत गया और न आये। आनंदी ने लिखा—आपसे पाठशाला सम्बन्धी कई विषयों में राय लेनी है। अवश्य आइए। तब भी न गये। उसने फिर लिखा—मालूम होता है आप मुझसे नाराज हैं! मैंने जानबूझकर तो कोई ऐसा काम नहीं किया लेकिन यदि वास्तव में आप नाराज हैं तो मैं यहाँ रहना उचित नहीं समझती। अगर आप अब भी न आयेंगे तो मैं द्वितीय अध्यापिका को चार्ज देकर चली जाऊँगी। गोपीनाथ पर इस धमकी का भी कुछ असर न हुआ। अब भी न गये। अंत में दो महीने तक खिंचे रहने के बाद उन्हें ज्ञात हुआ कि आनंदी बीमार है

और दो दिन से पाठशाला नहीं आ सकी। तब वह किसी तर्क या युक्ति से अपने को न रोक सके। पाठशाला में आये और कुछ झिझकते सकुचाते आनंदी के कमरे में कदम रखा। देखा तो चुपचाप पड़ी हुई थी। मुख पीला था शरीर घुल गया था। उसने उनकी ओर दयाप्रार्थी नेत्रों से देखा। उठना चाहा पर अशक्ति ने उठने न दिया। गोपीनाथ ने आर्द्र कंठ से कहा–लेटी रहो लेटी रहो उठने की जरूरत नहीं मैं बैठ जाता हूँ। डाक्टर साहब आये थे?

मिश्राइन ने कहा–जी हाँ दो बार आये थे। दवा दे गये हैं।

गोपीनाथ ने नुसखा देखा। डाक्टरी का साधारण ज्ञान था। नुसखे से ज्ञात हुआ–हृदयरोग है। औषधियाँ सभी पुष्टिकर और बलवर्द्धक थीं। आनंदी की ओर फिर देखा। उसकी आँखों से अश्रुधारा बह रही थी। उनका गला भी भर आया। हृदय मसोसने लगा। गद्‌गद होकर बोले–आनंदी तुमने मुझे पहले इसकी सूचना न दी, नहीं तो रोग इतना न बढ़ने पाता।

आनंदी–कोई बात नहीं है, अच्छी हो जाऊँगी, जल्दी ही अच्छी हो जाऊँगी। मर भी जाऊँगी तो कौन रोनेवाला बैठा हुआ है। यह कहते-कहते वह फूट-फूटकर रोने लगी।

गोपीनाथ दार्शनिक थे पर अभी तक उनके मन के कोमल भाव शिथिल न हुए थे। कम्पित स्वर से बोले–आनंदी संसार में कम-से-कम एक ऐसा आदमी है जो तुम्हारे लिए अपने प्राण तक दे देगा। यह कहते-कहते वह रुक गये। उन्हें अपने शब्द और भाव कुछ भद्दे और उच्छृङ्खल से जान पड़े। अपने मनोभावों को प्रकट करने के लिए वह इन सारहीन शब्दों की अपेक्षा कहीं अधिक काव्यमय रसपूर्ण अनुरक्त शब्दों का व्यवहार करना चाहते थे पर वह इस वक्त याद न पड़े।

आनंदी ने पुलकित होकर कहा–दो महीने तक किस पर छोड़ दिया था।

गोपीनाथ–इन दो महीनों में मेरी जो दशा थी वह मैं ही जानता हूँ। यही समझ लो कि मैंने आत्महत्या नहीं की, यही बड़ा आश्चर्य है। मैंने न समझा था कि अपने व्रत पर स्थिर रहना मेरे लिए इतना कठिन हो जायगा।

आनंदी ने गोपीनाथ का हाथ धीरे से अपने हाथ में लेकर कहा–अब तो कभी इतनी कठोरता न कीजियेगा?

गोपीनाथ–(सचिंत होकर) अंत क्या है?

आनंदी–कुछ भी हो!

गोपी.–कुछ भी हो! अपमान, निंदा, उपहास, आत्मवेदना।

आनंदी–कुछ भी हो मैं सब कुछ सह सकती हूँ और आपको भी मेरे हेतु सहना पड़ेगा।

गोपी.–आनंदी मैं अपने को प्रेम पर बलिदान कर सकता हूँ लेकिन अपने नाम को नहीं। इस नाम को अकलंकित रखकर मैं समाज की बहुत कुछ सेवा कर सकता हूँ।

आनंदी–न कीजिए। आपने सब कुछ त्याग कर यह कीर्ति लाभ की है। मैं आपके यश को नहीं मिटाना चाहती। (गोपीनाथ का हाथ हृदयस्थल पर रख कर) इसको चाहती हूँ। इससे अधिक त्याग की आकांक्षा नहीं रखती?

गोपी–दोनों बातें एक साथ संभव हैं?

आनंदी–संभव है। मेरे लिए संभव है। मैं प्रेम पर अपनी आत्मा को भी न्योछावर कर सकती हूँ।

5

इसके पश्चात् लाला गोपीनाथ ने आनंदी की बुराई करनी शुरू की। मित्रों से कहते उनका जी अब काम में नहीं लगता। पहले की-सी तनदेही नहीं है। किसी से कहते उनका जी अब यहाँ से उचाट हो गया है। अपने घर जाना चाहती हैं। उनकी इच्छा है कि मुझे प्रतिवर्ष तरक्की मिला करे और उसकी यहाँ गुंजाइश नहीं। पाठशाला को कई बार देखा और अपनी आलोचना में काम को असंतोषजनक लिखा। शिक्षा संगठन उत्साह सुप्रबंध सभी बातों में निराशाजनक क्षति पायी। वार्षिक अधिवेशन में जब कई सदस्यों ने आनंदी की वेतन-वृद्धि का प्रस्ताव उपस्थित किया तो लाला गोपीनाथ ने उसका विरोध किया। उधर आनंदी बाई भी गोपीनाथ के दुखड़े रोने लगी। यह मनुष्य नहीं है पत्थर का देवता है। उन्हें प्रसन्न करना दुस्तर है। अच्छा ही हुआ कि उन्होंने विवाह नहीं किया नहीं तो दुखिया इनके नखरे उठाते–उठाते सिधार जाती। कहाँ तक कोई सफाई और सुप्रबंध पर ध्यान दे! दीवार पर एक धब्बा भी पड़ गया, किसी कोने-खुतरे में एक जाला भी लग गया, बरामदों में कागज़ का एक टुकड़ा भी पड़ा मिल गया तो आपके तेवर बदल जाते हैं। दो साल मैंने ज्यों-त्यों करके निबाहा लेकिन देखती हूँ तो लाला साहब की निगाह दिनोंदिन कड़ी होती जाती है। ऐसी दशा में मैं यहाँ अधिक नहीं ठहर सकती। मेरे लिए नौकरी में कल्याण नहीं है। जब जी चाहेगा उठ खड़ी हूँगी। यहाँ आप लोगों से मेल-मुहब्बत हो गयी है। कन्याओं से ऐसा प्यार हो गया है कि छोड़ कर जाने को जी नहीं चाहता। आश्चर्य था कि और किसी को पाठशाला की दशा में अवनति न दीखती थी वरन् हालत पहले से अच्छी थी।

एक दिन पंडित अमरनाथ की लाला जी से भेंट हो गयी। उन्होंने पूछा–कहिए पाठशाला खूब चल रही है न?

गोपी–कुछ न पूछिए। दिनोंदिन दशा गिरती जाती है।

अम–आनंदी बाई की ओर से ढील है क्या?

गोपी–जी हाँ सरासर। अब काम करने में उनका जी नहीं लगता। बैठी हुई योग और ज्ञान के ग्रन्थ पढ़ा करती हैं। कुछ कहता हूँ तो कहती हैं, मैं अब इससे और अधिक कुछ नहीं कर सकती। कुछ परलोक की भी चिन्ता करूँ कि चौबीसों घंटे पेट के धंधों में ही लगी रहूँ? पेट के लिए पाँच घंटे बहुत हैं। पहले कुछ दिनों तक बारह घण्टे करती पर वह दशा स्थायी नहीं रह सकती थी। यहाँ आकर मैंने स्वास्थ्य खो दिया। एक बार

कठिन रोगग्रस्त हो गयी। क्या कमेटी ने मेरे दवा-दर्पन का खर्च दे दिया? कोई बात पूछने भी आया? फिर अपनी जान क्यों दूँ? सुना है घरों में मेरी बदगोई भी किया करती हैं। अमरनाथ मार्मिक भाव से बोले—ये बातें मुझे पहले ही मालूम थीं।

दो साल और गुजर गये। रात का समय था। कन्या-पाठशाला के ऊपर वाले कमरे में लाला गोपीनाथ मेज के सामने कुरसी पर बैठे हुए थे। सामने आनंदी कोच पर लेटी हुई थी। मुख बहुत म्लान हो रहा था। कई मिनट तक दोनों विचार में मग्न थे। अंत में गोपीनाथ बोले—मैंने पहले ही महीने में तुमसे कहा था कि मथुरा चली जाओ।

आनंदी—वहाँ दस महीने क्योंकर रहती। मेरे पास इतने रुपये कहाँ थे और न तुम्हीं ने कोई प्रबन्ध करने का आश्वासन दिया। मैंने सोचा तीन-चार महीने यहाँ और रहूँ। तब तक किफायत करके कुछ बचा लूँगी। तुम्हारी किताब से भी कुछ मिल जायेंगे। तब मथुरा चली जाऊँगी मगर यह क्या मालूम था कि बीमारी भी इसी अवसर की ताक में बैठी हुई है। मेरी दशा दो-चार दिन के लिए भी सँभली और मैं चली। इस दशा में तो मेरे लिए यात्रा करना असम्भव है।

गोपी—मुझे भय है कि कहीं बीमारी तूल न खींचे। संग्रहणी असाध्य रोग है। महीने—दो महीने यहाँ और रहने पड़ गये तो बात खुल जाएगी।

आनंदी—(चिढ़कर) खुल जाएगी खुल जाय। अब इससे कहाँ तक डरूँ?

गोपी—मैं भी न डरता अगर मेरे कारण नगर की कई संस्थाओं का जीवन संकट में न पड़ जाता। इसलिए मैं बदनामी से डरता हूँ। समाज के यह बन्धन निरे पाखंड हैं। मैं उन्हें सम्पूर्णतः अन्याय समझता हूँ। इस विषय में तुम मेरे विचारों को भली—भाँति जानती हो पर करूँ क्या? दुर्भाग्यवश मैंने जाति-सेवा का भार अपने ऊपर ले लिया है और उसी का फल है कि आज मुझे अपने माने हुए सिद्धांतों को तोड़ना पड़ रहा है और जो वस्तु मुझे प्राणों से भी प्रिय है उसे यों निर्वासित करना पड़ रहा है।

किन्तु आनंदी की दशा सँभलने की जगह दिनोंदिन गिरती ही गयी। कमजोरी से उठना-बैठना कठिन हो गया था। किसी वैद्य या डाक्टर को उसकी अवस्था न दिखायी जाती थी। गोपीनाथ दवाएँ लाते थे, आनंदी उनका सेवन करती थी और दिन-दिन निर्बल होती जाती थी। पाठशाला से उसने छुट्टी ले ली थी। किसी से मिलती-जुलती भी न थी। बार-बार चेष्टा करती कि मथुरा चली जाऊँ किन्तु एक अनजान नगर में अकेले कैसे रहूँगी? न कोई आगे न पीछे। कोई एक घूँट पानी देनेवाला भी नहीं। यह सब सोचकर उसकी हिम्मत टूट जाती थी। इसी सोच-विचार और हैस-बैस में दो महीने और गुजर गये और अन्त में विवश होकर आनंदी ने निश्चय किया कि अब चाहे कुछ सिर पर बीते यहाँ से चल ही दूँ। अगर सफर में मर भी जाऊँगी तो क्या चिन्ता है। उनकी बदनामी तो न होगी। उनके यश को कलंक तो न लगेगा। मेरे पीछे ताने तो न सुनने पड़ेंगे। सफर की तैयारियाँ करने लगी। रात को जाने का मुहूर्त था कि सहसा संध्याकाल से ही प्रसवपीड़ा होने लगी और ग्यारह बजते-बजते एक नन्हा-सा दुर्बल सतवाँसा बालक

प्रसव हुआ। बच्चे के होने की आवाज़ सुनते ही लाला गोपीनाथ बेतहाशा ऊपर से उतरे और गिरते-पड़ते घर भागे। आनंदी ने इस भेद को अंत तक छिपाये रखा। अपनी दारुण प्रसवपीड़ा का हाल किसी से न कहा। दाई को भी सूचना न दी। मगर जब बच्चे के रोने की ध्वनि मदरसे में गूँजी तो क्षणमात्र में दाई सामने आकर खड़ी हो गयी। नौकरानियों को पहले से शंकाएँ थीं। उन्हें कोई आश्चर्य न हुआ। जब दाई ने आनंदी को पुकारा तो वह सचेत हो गयी। देखा तो बालक रो रहा है।

6

दूसरे दिन दस बजते-बजते यह समाचार सारे शहर में फैल गया। घर-घर चर्चा होने लगी। कोई आश्चर्य करता था। कोई घृणा करता। कोई हँसी उड़ाता था। लाला गोपीनाथ के छिद्रान्वेषियों की संख्या कम न थी। पंडित अमरनाथ उनके मुखिया थे। उन लोगों ने लाला जी की निंदा करनी शुरू की। जहाँ देखिए वहीं दो-चार सज्जन बैठे गोपनीय भाव से इसी घटना की आलोचना करते नज़र आते थे। कोई कहता था इस स्त्री के लक्षण पहले ही से विदित हो रहे थे। अधिकांश आदमियों की राय में गोपीनाथ ने यह बुरा किया। यदि ऐसा ही प्रेम ने जोर मारा था तो उन्हें निडर होकर विवाह कर लेना चाहिए था। यह काम गोपीनाथ का है इसमें किसी को भ्रम न था। केवल कुशल-समाचार पूछने के बहाने से लोग उनके घर जाते और दो-चार अन्योक्तियाँ सुना कर चले आते थे। इसके विरुद्ध आनंदी पर लोगों को दया आती थी। पर लाला जी के ऐसे भक्त भी थे जो लाला जी के माथे यह कलंक मढ़ना पाप समझते थे। गोपीनाथ ने स्वयं मौन धारण कर लिया था। सबकी भली-बुरी बातें सुनते थे पर मुँह न खोलते थे। इतनी हिम्मत न थी कि सबसे मिलना छोड़ दें।

प्रश्न था अब क्या हो? आनंदी बाई के विषय में तो जनता ने फैसला कर दिया। बहस यह थी कि गोपीनाथ के साथ क्या व्यवहार किया जाय। कोई कहता था उन्होंने जो कुकर्म किया है उसका फल भोगें। आनंदी बाई को नियमित रूप से घर में रखें। कोई कहता हमें इससे क्या मतलब आनंदी जानें और वह जानें। दोनों जैसे के तैसे हैं। जैसे उदई वैसे भान, न उनके चोटी न उनके कान। लेकिन इन महाशय को पाठशाला के अंदर अब कदम न रखने देना चाहिए। जनता के फैसले साक्षी नहीं खोजते। अनुमान ही उनके लिए सबसे बड़ी गवाही है।

लेकिन पं. अमरनाथ और उनकी गोष्ठी के लोग गोपीनाथ को इतने सस्ते न छोड़ना चाहते थे। उन्हें गोपीनाथ से पुराना द्वेष था। यह कल का लौंडा दर्शन की दो-चार पुस्तकें उलट-पलट कर राजनीति में कुछ शुदबुद करके लीडर बना हुआ था। बिचारे सुनहरी ऐनक लगाये, रेशमी चादर गले में डाले यों गर्व से ताके मानो सत्य और प्रेम का पुतला है। ऐसे रँगे सियार की जितनी कलई खोली जाय उतना ही अच्छा। जाति को ऐसे दगाबाज चरित्रहीन दुर्बलात्मा सेवकों से सचेत कर देना चाहिए। पंडित अमरनाथ पाठशाला की अध्यापिकाओं और नौकरों से तहकीकात करते थे। लाला जी कब आते थे, कब जाते थे, कितनी देर

रहते थे, यहाँ क्या किया करते थे, तुम लोग उनकी उपस्थिति में वहाँ जाने पाते थे या रोक थी? लेकिन यह छोटे-छोटे आदमी जिन्हें गोपीनाथ से संतुष्ट रहने का कोई कारण न था (उनकी सख्ती की नौकर लोग बहुत शिकायत किया करते थे) इस दुरवस्था में उनके ऐबों पर परदा डालने लगे। अमरनाथ ने प्रलोभन दिया, डराया धमकाया पर किसी ने गोपीनाथ के विरुद्ध साक्षी न दी।

उधर लाला गोपीनाथ ने उसी दिन से आनन्दी के घर आना-जाना छोड़ दिया। दो हफ्ते तक तो वह अभागिनी किसी तरह कन्या पाठशाला में रही। पन्द्रहवें दिन प्रबन्धक समिति ने उसे मकान खाली कर देने की नोटिस दे दी। महीने भर की मुहलत देना भी उचित न समझा। अब वह दुखिया एक तंग मकान में रहती थी, कोई पूछनेवाला न था। बच्चा कमजोर, खुद बीमार, कोई आगे न पीछे, न कोई दुःख का संगी न साथी। शिशु को गोद में लिये दिन के दिन बेदाना-पानी पड़ी रहती थी। एक बुढ़िया महरी मिल गयी थी जो बर्तन धो कर चली जाती थी। कभी-कभी शिशु को छाती से लगाये रात की रात रह जाती पर धन्य है उसके धैर्य और संतोष को! लाला गोपीनाथ से न मुँह में शिकायत थी, न दिल में। सोचती इन परिस्थितियों में उन्हें मुझसे परामुख ही रहना चाहिए। इसके अतिरिक्त और उपाय नहीं है। उनके बदनाम होने से नगर की कितनी बड़ी हानि होती। सभी उन पर सन्देह करते हैं पर किसी को यह साहस तो नहीं हो सकता कि उनके विपक्ष में कोई प्रमाण दे सके!

यह सोचते हुए उसने स्वामी अभेदानंद की एक पुस्तक उठायी और उसके एक अध्याय का अनुवाद करने लगी। अब उसकी जीविका का एकमात्र यही आधार था। सहसा धीरे से किसी ने द्वार खटखटाया। वह चौंक पड़ी। लाला गोपीनाथ की आवाज़ मालूम हुई। उसने तुरंत द्वार खोल दिया। गोपीनाथ आकर खड़े हो गये और सोते हुए बालक को प्यार से देखकर बोले—आनंदी मैं तुम्हें मुँह दिखाने लायक नहीं हूँ। मैं अपनी भीरुता और नैतिक दुर्बलता पर अत्यंत लज्जित हूँ। यद्यपि मैं जानता हूँ कि मेरी बदनामी जो कुछ होनी थी वह हो चुकी। मेरे नाम से चलने वाली संस्थाओं को जो हानि पहुँचनी थी, पहुँच चुकी। अब असम्भव है कि मैं जनता को अपना मुँह फिर दिखाऊँ और न वह मुझ पर विश्वास ही कर सकती है। इतना जानते हुए भी मुझमें इतना साहस नहीं है कि अपने कुकृत्य का भार सिर ले लूँ। मैं पहले सामाजिक शासन की रत्ती भर परवाह न करता पर अब पग-पग पर उसके भय से मेरे प्राण तक काँपने लगते हैं। धिक्कार है मुझ पर कि तुम्हारे ऊपर ऐसी विपत्तियाँ पड़ीं, लोकनिंदा, रोग, शोक, निर्धनता सभी का सामना करना पड़ा और मैं यों अलग-अलग रहा मानो मुझसे कोई प्रयोजन नहीं है पर मेरा हृदय ही जानता है कि उसको कितनी पीड़ा होती थी। कितनी ही बार आने का निश्चय किया और फिर हिम्मत हार गया। अब मुझे विदित हो गया कि मेरी सारी दार्शनिकता केवल हाथी के दाँत थी। मुझमें क्रियाशक्ति नहीं है लेकिन इसके साथ ही तुमसे अलग रहना मेरे लिए असह्य है। तुमसे दूर रह कर मैं जिन्दा नहीं रह सकता। प्यारे बच्चे को देखने के लिए मैं कितनी ही बार लालायित हो गया हूँ पर यह आशा कैसे करूँ कि मेरी चरित्रहीनता का ऐसा प्रत्यक्ष प्रमाण पाने के बाद तुम्हें मुझसे घृणा न हो गयी होगी।

आनंदी–स्वामी आपके मन में ऐसी बातों का आना मुझ पर घोर अन्याय है। मैं ऐसी बुद्धिहीन नहीं हूँ कि केवल अपने स्वार्थ के लिए आपको कलंकित करूँ। मैं आपको अपना इष्टदेव समझती हूँ और सदैव समझूँगी। मैं भी अब आपके वियोग–दुःख को नहीं सह सकती। कभी–कभी आपके दर्शन पाती रहूँ यही जीवन की सबसे बड़ी अभिलाषा है।

इस घटना को पंद्रह वर्ष बीत गये हैं। लाला गोपीनाथ नित्य बारह बजे रात को आनंदी के साथ बैठे हुए नज़र आते हैं। वह नाम पर मरते हैं, आनंदी प्रेम पर। बदनाम दोनों हैं लेकिन आनंदी के साथ लोगों की सहानुभूति है, गोपीनाथ सबकी निगाह से गिर गये हैं। हाँ उनके कुछ आत्मीयगण इस घटना को केवल मानुषीय समझ कर अब भी उनका सम्मान करते हैं किंतु जनता इतनी सहिष्णु नहीं है।

रानी सारन्धा

अँधेरी रात के सन्नाटे में धसान नदी चट्टानों से टकराती हुई ऐसी सुहावनी मालूम होती थी जैसे घुमुर-घुमुर करती हुई चक्कियाँ। नदी के दाहिने तट पर एक टीला है। उस पर एक पुराना दुर्ग बना हुआ है जिसको जंगली वृक्षों ने घेर रखा है। टीले के पूर्व की ओर छोटा–सा गाँव है। यह गढ़ी और गाँव दोनों एक बुंदेला सरकार के कीर्ति–चिह्न हैं। शताब्दियाँ व्यतीत हो गयीं, बुंदेलखंड में कितने ही राज्यों का उदय और अस्त हुआ, मुसलमान आये और बुंदेला राजा उठे और गिरे–कोई गाँव, कोई इलाका ऐसा न था जो इन दुरवस्थाओं से पीड़ित न हो मगर इस दुर्ग पर किसी शत्रु की विजय–पताका न लहरायी और इस गाँव में किसी विद्रोह का भी पदार्पण न हुआ। यह उसका सौभाग्य था।

अनिरुद्धसिंह वीर राजपूत था। वह जमाना ही ऐसा था जब मनुष्यमात्र को अपने बाहुबल और पराक्रम ही का भरोसा था। एक ओर मुसलमान सेनाएँ पैर जमाये खड़ी रहती थीं दूसरी ओर बलवान राजा अपने निर्बल भाइयों का गला घोंटने पर तत्पर रहते थे। अनिरुद्धसिंह के पास सवारों और पियादों का एक छोटा–सा मगर सजीव दल था। इससे वह अपने कुल और मर्यादा की रक्षा किया करता था। उसे कभी चैन से बैठना नसीब न होता था। तीन वर्ष पहले उसका विवाह शीतला देवी से हुआ था मगर अनिरुद्ध विहार के दिन और विलास की रातें पहाड़ों में काटता था और शीतला उसकी जान की खैर मनाने में। वह कितनी बार पति से अनुरोध कर चुकी थी कितनी बार उसके पैरों पर गिरकर रोई थी कि तुम मेरी आँखों से दूर न हो मुझे हरिद्वार ले चलो मुझे तुम्हारे साथ वनवास अच्छा है, यह वियोग अब नहीं सहा जाता। उसने प्यार से कहा, ज़िद से कहा विनय की मगर अनिरुद्ध बुंदेला था। शीतला अपने किसी हथियार से उसे परास्त न कर सकी।

2

अँधेरी रात थी। सारी दुनिया सोती थी तारे आकाश में जागते थे। शीतला देवी पलंग पर पड़ी करवटें बदल रही थीं और उसकी ननद सारन्धा फर्श पर बैठी मधुर स्वर से गाती थी–

"बिनु रघुवीर कटत नहीं रैन..."

शीतला ने कहा—जी न जलाओ। क्या तुम्हें भी नींद नहीं आती?

सारन्धा—तुम्हें लोरी सुना रही हूँ।

शीतला—मेरी आँखों से तो नींद लोप हो गयी।

सारन्धा—किसी को ढूँढ़ने गयी होगी।

इतने में द्वार खुला और एक गठे हुए बदन के रूपवान पुरुष ने भीतर प्रवेश किया। वह अनिरुद्ध था। उसके कपड़े भीगे हुए थे और बदन पर कोई हथियार न था। शीतला चारपाई से उतर कर ज़मीन पर बैठ गयी।

सारन्धा ने पूछा—भैया यह कपड़े भीगे क्यों हैं?

अनिरुद्ध—नदी तैर कर आया हूँ।

सारन्धा—हथियार क्या हुए?

अनिरुद्ध—छिन गये।

सारन्धा—और साथ के आदमी?

अनिरुद्ध—सबने वीरगति पायी।

शीतला ने दबी ज़बान से कहा—ईश्वर ने ही कुशल किया। मगर सारन्धा के तेवरों पर बल पड़ गये और मुखमण्डल गर्व से सतेज हो गया। बोली—भैया तुमने कुल की मर्यादा खो दी। ऐसा कभी न हुआ था।

सारन्धा भाई पर जान देती थी। उसके मुँह से यह धिक्कार सुनकर अनिरुद्ध लज्जा और खेद से विकल हो गया। वह वीराग्नि जिसे क्षण भर के लिए अनुराग ने दबा लिया था फिर ज्वलंत हो गयी। वह उलटे पाँव लौटा और यह कहकर बाहर चला गया कि सारन्धा तुमने मुझे सदैव के लिए सचेत कर दिया। यह बात मुझे कभी न भूलेगी।

अँधेरी रात थी। आकाश—मण्डल में तारों का प्रकाश बहुत धुँधला था। अनिरुद्ध किले से बाहर निकला। पल भर में नदी के उस पार जा पहुँचा और फिर अन्धकार में लुप्त हो गया। शीतला उसके पीछे—पीछे किले की दीवारों तक आयी मगर जब अनिरुद्ध छलाँग मार कर बाहर कूद पड़ा तो वह विरहिणी चट्टान पर बैठकर रोने लगी।

इतने में सारन्धा भी वहीं आ पहुँची। शीतला ने नागिन की तरह बलखाकर कहा—मर्यादा इतनी प्यारी है?

सारन्धा—हाँ।

शीतला—अपना पति होता तो हृदय में छिपा लेती।

सारन्धा—ना छाती में छुरा चुभा देती।

शीतला ने ऐंठकर कहा—चोली में छिपाती फिरोगी मेरी बात गिरह में बाँध लो।

सारन्धा—जिस दिन ऐसा होगा मैं भी अपना वचन पूरा कर दिखाऊँगी।

इस घटना के तीन महीने पीछे अनिरुद्ध महरौनी को जीत करके लौटा और साल भर पीछे सारन्धा का विवाह ओरछा के राजा चम्पतराय से हो गया मगर उस दिन की बातें दोनों महिलाओं के हृदय-स्थल में काँटे की तरह खटकती रहीं।

3

राजा चम्पतराय बड़े प्रतिभाशाली पुरुष थे। सारी बुन्देला जाति उनके नाम पर जान देती थी और उनके प्रभुत्व को मानती थी। गद्दी पर बैठते ही उन्होंने मुगल बादशाहों को कर देना बन्द कर दिया और वे अपने बाहुबल से राज्य-विस्तार करने लगे। मुसलमानों की सेनाएँ बार-बार उन पर हमले करती थीं पर हार कर लौट जाती थीं।

यही समय था कि जब अनिरुद्ध ने सारन्धा का चम्पतराय से विवाह कर दिया। सारन्धा ने मुँहमाँगी मुराद पायी। उसकी यह अभिलाषा कि मेरा पति बुन्देला जाति का कुल-तिलक हो, पूरी हुई। यद्यपि राजा के रनिवास में पाँच रनियाँ थीं मगर उन्हें शीघ्र ही मालूम हो गया कि वह देवी जो हृदय में मेरी पूजा करती है, सारन्धा है।

परन्तु कुछ ऐसी घटनाएँ हुईं कि चम्पतराय को मुगल बादशाह का आश्रित होना पड़ा। वे अपना राज्य अपने भाई पहाड़सिंह को सौंपकर देहली चले गये। यह शाहजहाँ के शासन-काल का अन्तिम भाग था। शाहजादा दारा शिकोह राजकीय कार्यों को सँभालते थे। युवराज की आँखों में शील था और चित्त में उदारता। उन्होंने चम्पतराय की वीरता की कथाएँ सुनी थीं इसलिए उनका बहुत आदर-सम्मान किया और कालपी की बहुमूल्य जागीर उनको भेंट की जिसकी आमदनी नौ लाख थी। यह पहला अवसर था कि चम्पतराय को आये-दिन के लड़ाई-झगड़े से निवृत्ति मिली और उसके साथ ही भोग-विलास का प्राबल्य हुआ। रात-दिन आमोद-प्रमोद की चर्चा रहने लगी। राजा विलास में डूबे, रानियाँ जड़ाऊ गहनों पर रीझीं मगर सारन्धा इन दिनों बहुत उदास और संकुचित रहती—वह इन रहस्यों से दूर-दूर रहती। ये नृत्य और गान की सभाएँ उसे सूनी प्रतीत होतीं।

एक दिन चम्पतराय ने सारन्धा से कहा—सारन तुम उदास क्यों रहती हो? मैं तुम्हें कभी हँसते नहीं देखता। क्या मुझसे नाराज हो?

सारन्धा की आँखों में जल भर आया। बोली—स्वामीजी आप क्यों ऐसा विचार करते हैं जहाँ आप प्रसन्न हैं वहाँ मैं भी खुश हूँ।

चम्पतराय—मैं जब से यहाँ आया हूँ, मैंने तुम्हारे मुखकमल पर कभी मनोहारिणी मुस्कराहट नहीं देखी। तुमने कभी अपने हाथों से मुझे बीड़ा नहीं खिलाया। कभी मेरी पाग नहीं सँवारी। कभी मेरे शरीर पर शस्त्र न सजाये। कहीं प्रेमलता मुरझाने तो नहीं लगी?

सारन्धा—प्राणनाथ आप मुझसे ऐसी बात पूछते हैं जिसका उत्तर मेरे पास नहीं है। यथार्थ में इन दिनों मेरा चित्त उदास रहता है। मैं बहुत चाहती हूँ कि खुश रहूँ मगर बोझ-सा हृदय पर धरा रहता है।

चम्पतराय स्वयं आनन्द में मग्न थे। इसलिए उनके विचार में सारन्धा को असन्तुष्ट रहने का कोई उचित कारण नहीं हो सकता था। वे भौंहें सिकोड़ कर बोले—मुझे तुम्हारे उदास रहने का कोई विशेष कारण नहीं मालूम होता। ओरछे में कौन-सा सुख था जो यहाँ नहीं है?

सारन्धा का चेहरा लाल हो गया। बोली—मैं कुछ कहूँ आप नाराज तो न होंगे।

चम्पतराय—नहीं शौक से कहो।

सारन्धा—ओरछे में मैं एक राजा की रानी थी। यहाँ मैं एक जागीरदार की चेरी हूँ। ओरछे में वह थी जो अवध में कौशल्या थीं। यहाँ मैं बादशाह के एक सेवक की स्त्री हूँ। जिस बादशाह के सामने आज आप आदर से सिर झुकाते हैं वह कल आपके नाम से काँपता था। रानी से चेरी होकर भी प्रसन्नचित्त होना मेरे वश में नहीं है। आपने यह पद और ये विलास की सामग्रियाँ बड़े महँगे दामों मोल ली हैं।

चम्पतराय के नेत्रों पर से एक पर्दा-सा हट गया। वे अब तक सारन्धा की आत्मिक उच्चता को न जानते थे। जैसे बे-माँ-बाप का बालक माँ की चर्चा सुनकर रोने लगता है उसी तरह ओरछे की याद से चम्पतराय की आँखें सजल हो गयीं। उन्होंने आदरयुक्त अनुराग के साथ सारन्धा को हृदय से लगा लिया।

आज से उन्हें फिर उसी उजड़ी बस्ती की फिक्र हुई जहाँ से धन और कीर्ति की अभिलाषाएँ खींच लाई थीं।

4

माँ अपने खोये हुए बालक को पाकर निहाल हो जाती है। चम्पतराय के आने से बुन्देलखण्ड निहाल हो गया। ओरछे के भाग जागे। नौबतें बजने लगीं और फिर सारन्धा के कमलनेत्रों में जातीय अभिमान का आभास दिखाई देने लगा!

यहाँ रहते-रहते महीनों बीत गये। इस बीच में शाहजहाँ बीमार पड़ा। पहले से ईर्ष्या की अग्नि दहक रही थी। यह खबर सुनते ही ज्वाला प्रचण्ड हुई। संग्राम की तैयारियाँ होने लगीं। शाहजादे मुराद और मुहीउद्दीन अपने-अपने दल सजाकर दक्खिन से चले। वर्षा के दिन थे। उर्वर भूमि रंग-बिरंग के रूप भर कर अपने सौन्दर्य को दिखाती थी।

मुराद और मुहीउद्दीन उमंगों से भरे हुए कदम बढ़ाते चले आ रहे थे। यहाँ तक की धौलपुर के निकट चम्बल के तट पर आ पहुँचे परन्तु यहाँ उन्होंने बादशाही सेना को अपने शुभागमन के निमित्त तैयार पाया।

शाहजादे अब बड़ी चिंता में पड़े। सामने अगम्य नदी लहरें मार रही थी किसी योगी के त्याग के सदृश। विवश होकर चम्पतराय के पास संदेश भेजा कि खुदा के लिए आकर हमारी डूबती हुई नाव को पार लगाइये।

राजा ने भवन में जा कर सारन्धा से पूछा—इसका क्या उत्तर दूँ?

सारन्धा—आपको मदद करनी होगी।

चम्पतराय–उनकी मदद करना दारा शिकोह से वैर लेना है।

सारन्धा–यह सत्य है परन्तु हाथ फैलाने की मर्यादा भी तो निभानी चाहिए।

चम्पतराय–प्रिये तुमने सोचकर जवाब नहीं दिया।

सारन्धा–प्राणनाथ मैं अच्छी तरह जानती हूँ कि यह मार्ग कठिन है। और अब हमें अपने योद्धाओं का रक्त पानी के समान बहाना पड़ेगा परंतु हम अपना रक्त बहायेंगे और चम्बल की लहरों को लाल कर देंगे। विश्वास रखिये कि जब तक नदी की धारा बहती रहेगी वह हमारे वीरों की कीर्तिगान करती रहेगी। जब तक बुन्देलों का एक भी नामलेवा रहेगा ये रक्तबिन्दु उसके माथे पर केशर का तिलक बन कर चमकेंगे।

वायुमण्डल में मेघराज की सेनाएँ उमड़ रही थीं। ओरछे के किले से बुन्देलों की एक काली घटा उठी और वेग के साथ चम्बल की तरफ चली। प्रत्येक सिपाही वीर–रस से झूम रहा था। सारन्धा ने दोनों राजकुमारों को गले से लगा लिया और राजा को पान का बीड़ा देकर कहा–बुन्देलों की लाज अब तुम्हारे हाथ है।

आज उसका एक-एक अंग मुस्करा रहा है और हृदय हुलसित है। बुन्देलों की यह सेना देखकर शाहजादे फूले न समाये। राजा वहाँ की अंगुल-अंगुल भूमि से परिचित थे। उन्होंने बुन्देलों को तो एक आड़ में छिपा दिया और वे शाहजादों की फौज को सजा कर नदी के किनारे-किनारे पश्चिम की ओर चले। दारा शिकोह को भ्रम हुआ कि शत्रु किसी अन्य घाट से नदी उतरना चाहता है। उन्होंने घाट पर से मोर्चे हटा लिये। घाट में बैठे हुए बुन्देले उसी ताक में थे। बाहर निकल पड़े और उन्होंने तुरन्त ही नदी में घोड़े डाल दिये। चम्पतराय ने शाहजादा दारा शिकोह को भुलावा देकर अपनी फौज घुमा दी और वह बुन्देलों के पीछे चलता हुआ उसे पार उतार लाया। इस कठिन चाल में सात घण्टों का विलम्ब हुआ परन्तु जा कर देखा तो सात सौ बुन्देलों की लाशें तड़प रही थीं।

राजा को देखते ही बुन्देलों की हिम्मत बँध गयी। शाहजादों की सेना ने भी अल्लाहो अकबर की ध्वनि के साथ धावा किया। बादशाही सेना में हलचल पड़ गयी। उनकी पंक्तियाँ छिन्न-भिन्न हो गयीं। हाथोंहाथ लड़ाई होने लगी। यहाँ तक कि शाम हो गयी। रणभूमि रुधिर से लाल हो गयी और आकाश में अँधेरा हो गया। घमासान की मार हो रही थी। बादशाही सेना शाहजादों को दबाये आती थी। अकस्मात् पश्चिम से फिर बुन्देलों की एक लहर उठी और इस वेग से बादशाही सेना की पुश्त पर टकरायी कि उसके कदम उखड़ गये। जीता हुआ मैदान हाथ से निकल गया। लोगों को कुतूहल था कि यह दैवी सहायता कहाँ से आयी। सरल स्वभाव के लोगों की धारणा थी कि यह फतह के फरिश्ते हैं। शाहजादों की मदद के लिए आये हैं परन्तु जब राजा चम्पतराय निकट गये तो सारन्धा ने घोड़े से उतर कर उनके पैरों पर सिर झुका दिया। राजा को असीम आनन्द हुआ। यह सारन्धा थी।

समर-भूमि का दृश्य इस समय अत्यन्त दुःखमय था। थोड़ी देर पहले जहाँ सजे हुए वीरों के दल थे वहाँ अब बेजान लाशें तड़प रही थीं। मनुष्य ने अपने स्वार्थ के लिए अनादि काल से ही भाइयों की हत्या की है।

अब विजयी सेना लूट पर टूट पड़ी। पहले मर्द मर्दों से लड़ते थे। वह वीरता और पराक्रम का चित्र था। यह नीचता और दुर्बलता की ग्लानिप्रद तसवीर थी। उस समय मनुष्य पशु बना हुआ था अब वह पशु से भी बढ़ गया था।

इस नोच-खसोट में लोगों को बादशाही सेना के सेनापति वली बहादुर खाँ की लाश दिखायी दी। उसके निकट उसका घोड़ा खड़ा हुआ अपनी दुम से मक्खियाँ उड़ा रहा था। राजा को घोड़ों का शौक था। देखते ही वह उस पर मोहित हो गया। यह इराकी जाति का अति सुन्दर घोड़ा था। एक-एक अंग साँचे में ढला हुआ। सिंह की-सी छाती। चीते की-सी कमर। उसका यह प्रेम और स्वामिभक्ति देखकर लोगों को बड़ा कुतूहल हुआ। राजा ने हुक्म दिया—खबरदार! इस प्रेमी पर कोई हथियार न चलाये। इसे जीता पकड़ लो। यह मेरे अस्तबल की शोभा बढ़ायेगा। जो इसे मेरे पास ले आयेगा उसे धन से निहाल कर दूँगा।

योद्धागण चारों ओर से लपके परन्तु किसी को साहस न होता था कि उसके निकट जा सके। कोई चुमकार रहा था। कोई फन्दे में फँसाने की फिक्र में था पर कोई उपाय सफल न होता था। वहाँ सिपाहियों का मेला-सा लगा हुआ था।

तब सारन्धा अपने खेमे से निकली और निर्भय होकर घोड़े के पास चली गयी। उसकी आँखों में प्रेम का प्रकाश था, छल का नहीं। घोड़े ने सिर झुका दिया। रानी ने उसकी गर्दन पर हाथ रखा और वह उसकी पीठ सहलाने लगी। घोड़े ने उसके अंचल में मुँह छिपा लिया। रानी उसकी रास पकड़ कर खेमे की ओर चली। घोड़ा इस तरह चुपचाप उसके पीछे चला मानो सदैव से उसका सेवक है।

पर बहुत अच्छा होता कि घोड़े ने सारन्धा से भी निष्ठुरता की होती। यह सुन्दर घोड़ा आगे चल कर इस राज-परिवार के निमित्त स्वर्णजटित मृग साबित हुआ।

5

संसार एक रण-क्षेत्र है। इस मैदान में उसी सेनापति को विजयलाभ होता है जो अवसर को पहचानता है। वह अवसर पर जितने उत्साह से आगे बढ़ता है उतने ही उत्साह से आपत्ति के समय पीछे हट जाता है। वह वीर पुरुष राष्ट्र का निर्माता होता है और इतिहास उसके नाम पर यश के फूलों की वर्षा करता है।

पर इस मैदान में कभी-कभी ऐसे सिपाही भी जाते हैं जो अवसर पर कदम बढ़ाना जानते हैं लेकिन संकट में पीछे हटाना नहीं जानते। ये रणवीर पुरुष विजय को नीति की भेंट कर देते हैं। वे अपनी सेना का नाम मिटा देंगे किन्तु जहाँ एक बार पहुँच गये हैं वहाँ से कदम पीछे न हटायेंगे। उनमें कोई विरला ही संसार-क्षेत्र में विजय प्राप्त करता है किंतु प्रायः उसकी हार विजय से भी अधिक गौरवात्मक होती है। अगर अनुभवशील सेनापति राष्ट्रों की नींव डालता है तो आन पर जान देनेवाला, मुँह न मोड़नेवाला सिपाही राष्ट्र के भावों को उच्च करता है और उसके हृदय पर नैतिक गौरव को अंकित कर देता है। उसे इस कार्यक्षेत्र में चाहे सफलता न हो किन्तु जब किसी वाक्य या सभा

में उसका नाम ज़बान पर आ जाता है, श्रोतागण एक स्वर से उसके कीर्ति-गौरव को प्रतिध्वनित कर देते हैं। सारन्धा आन पर जान देनेवालों में थी।

शाहजादा मुहीउद्दीन चम्बल के किनारे से आगरे की ओर चला तो सौभाग्य उसके सिर पर मोर्छल हिलाता था। जब वह आगरे पहुँचा तो विजयदेवी ने उसके लिए सिंहासन सजा दिया।

औरंगजेब गुणज्ञ था। उसने बादशाही अफसरों के अपराध क्षमा कर दिये। उनके राज्यपद लौटा दिये और राजा चम्पतराय को उसके बहुमूल्य कृत्यों के उपलक्ष्य में बारह हजारी मनसब प्रदान किया। ओरछा से बनारस और बनारस से जमुना तक उसकी जागीर नियत की गयी। बुन्देला राजा फिर राजसेवक बना। वह फिर सुख-विलास में डूबा और रानी सारन्धा फिर पराधीनता के शोक से घुलने लगी।

वली बहादुर खाँ बड़ा वाक्चतुर मनुष्य था। उसकी मृदुता ने शीघ्र ही उसे बादशाह आलमगीर का विश्वासपात्र बना दिया। उस पर राजसभा में सम्मान की दृष्टि पड़ने लगी।

खाँ साहब के मन में अपने घोड़े के हाथ से निकल जाने का बड़ा शोक था।

एक दिन कुँवर छत्रसाल उसी घोड़े पर सवार होकर सैर को गया था। वह खाँ साहब के महल की तरफ जा निकला। वली बहादुर ऐसे ही अवसर की ताक में था। उसने तुरन्त अपने सेवकों को इशारा किया। राजकुमार अकेला क्या करता। पाँव-पाँव घर आया और उसने सारन्धा से सब समाचार बयान किया। रानी का चेहरा तमतमा गया। बोली मुझे इसका शोक नहीं कि घोड़ा हाथ से गया। शोक इसका है कि तू उसे खो कर जीता क्यों लौटा? क्या तेरे शरीर में बुंदेलों का रक्त नहीं है? घोड़ा न मिलता न सही किन्तु तुझे दिखा देना चाहिए था कि एक बुन्देला बालक से उसका घोड़ा छीन लेना हँसी नहीं है।

यह कहकर उसने अपने पच्चीस योद्धाओं को तैयार होने की आज्ञा दी। स्वयं अस्त्र धारण किये और योद्धाओं के साथ वली बहादुर खाँ के निवास-स्थान पर जा पहुँची। खाँ साहब उसी घोड़े पर सवार होकर दरबार चले गये थे। सारन्धा दरबार की तरफ चली और एक क्षण में किसी वेगवती नदी के सदृश बादशाही दरबार के सामने जा पहुँची। यह कैफियत देखते ही दरबार में हलचल मच गयी। अधिकारी वर्ग इधर-उधर से आकर जमा हो गये। आलमगीर भी सहन में निकल आये। लोग अपनी-अपनी तलवारें सँभालने लगे और चारों तरफ शोर मच गया। कितने ही नेत्रों ने इसी दरबार में अमरसिंह की तलवार की चमक देखी थी। उन्हें वही घटना फिर याद आ गयी।

सारन्धा ने उच्च स्वर से कहा-खाँ साहब बड़ी लज्जा की बात है, आपने वही वीरता जो चम्बल के तट पर दिखानी चाहिए थी, आज एक अबोध बालक के सम्मुख दिखायी है। क्या यह उचित था कि आप उससे घोड़ा छीन लेते?

वली बहादुर खाँ की आँखों से अग्नि-ज्वाला निकल रही थी। वे कड़ी आवाज़ से बोले-किसी गैर को क्या मजाल है कि मेरी चीज अपने काम में लाये?

रानी—वह आपकी चीज नहीं मेरी है। मैंने उसे रणभूमि में पाया है और उस पर मेरा अधिकार है। क्या रणनीति की इतनी मोटी बात भी आप नहीं जानते?

खाँ साहब—वह घोड़ा मैं नहीं दे सकता। उसके बदले में सारा अस्तबल आपकी नज़र है।

रानी—मैं अपना घोड़ा लूँगी।

खाँ साहब—मैं उसके बराबर जवाहरात दे सकता हूँ परन्तु घोड़ा नहीं दे सकता!

रानी—तो फिर इसका निश्चय तलवार से होगा। बुन्देला योद्धाओं ने तलवारें सौंत लीं और निकट था कि दरबार की भूमि रक्त से प्लावित हो जाय। बादशाह आलमगीर ने बीच में आकर कहा—रानी साहबा, आप सिपाहियों को रोकें। घोड़ा आपको मिल जायगा परन्तु इसका मूल्य बहुत देना पड़ेगा।

रानी—मैं उसके लिए अपना सर्वस्व खोने को तैयार हूँ।

बादशाह—जागीर और मनसब भी!

रानी—जागीर और मनसब कोई चीज नहीं।

बादशाह—अपना राज्य भी?

रानी—हाँ, राज्य भी।

बादशाह—एक घोड़े के लिए?

रानी—नहीं, उस पदार्थ के लिए जो संसार में सबसे अधिक मूल्यवान है।

बादशाह—वह क्या है?

रानी—अपनी आन।

इस भाँति रानी ने अपने घोड़े के लिए अपनी विस्तृत जागीर, उच्च राज और राज-सम्मान सब हाथ से खोया और केवल इतना ही नहीं भविष्य के लिए काँटे बोये। इस घड़ी से अन्त दशा तक चम्पतराय को शान्ति न मिली।

6

राजा चम्पतराय ने फिर ओरछे के किले में पदार्पण किया। उन्हें मनसब और जागीर के हाथ से निकल जाने का अत्यन्त शोक हुआ किन्तु उन्होंने अपने मुँह से शिकायत का एक शब्द भी नहीं निकाला। वे सारन्धा के स्वभाव को भली-भाँति जानते थे। शिकायत इस समय उसके आत्मगौरव पर कुठार का काम करती।

कुछ दिन यहाँ शान्तिपूर्वक व्यतीत हुए लेकिन बादशाह सारन्धा की कठोर बात भूला न था। वह क्षमा करना जानता ही न था। ज्यों ही भाइयों की ओर से निश्चिन्त हुआ वैसे ही उसने एक बड़ी सेना चम्पतराय का गर्व चूर्ण करने के लिए भेजी और बाईस अनुभवशील सरदार इस मुहीम पर नियुक्त किये। शुभकरण बुन्देला बादशाह का सूबेदार था। वह चम्पतराय का बचपन का मित्र और सहपाठी था। उसने चम्पतराय को परास्त करने का

बीड़ा उठाया। और भी कितने ही बुन्देला सरदार राजा से विमुख होकर बादशाही सूबेदार से आ मिले। एक घोर संग्राम हुआ। भाइयों की तलवारें रक्त से लाल हुईं। यद्यपि इस समर में राजा को विजय प्राप्त हुई लेकिन उसकी शक्ति सदा के लिए क्षीण हो गयी। निकटवर्ती बुन्देला राजा जो चम्पतराय के बाहुबल थे, बादशाह के कृपाकांक्षी बन बैठे। साथियों में कुछ तो काम आये, कुछ दगा कर गये। यहाँ तक कि निज सम्बन्धियों ने भी आँखें चुरा लीं परन्तु इन कठिनाइयों में भी चम्पतराय ने हिम्मत नहीं हारी। धीरज को न छोड़ा। उन्होंने ओरछा छोड़ दिया और वह तीन वर्ष तक बुंदेलखंड के सघन पर्वतों पर छिपे फिरते रहे। बादशाही सेनाएँ शिकारी जानवरों की भाँति सारे देश में मँडरा रही थीं। आये-दिन राजा का किसी न किसी से सामना हो जाता था। सारन्धा सदैव उनके साथ रहती और उनका साहस बढ़ाया करती। बड़ी-बड़ी आपत्तियों में जबकि धैर्य लुप्त हो जाता और आशा साथ छोड़ देती—आत्मरक्षा का धर्म उसे सँभाले रहता है। तीन साल के बाद अंत में बादशाह के सूबेदारों ने आलमगीर को सूचना दी कि इस शेर का शिकार आपके सिवाय और किसी से न होगा। उत्तर आया कि सेना को हटा लो और घेरा उठा लो। राजा ने समझा संकट से निवृत्ति हुई पर वह बात शीघ्र ही भ्रमात्मक सिद्ध हो गयी।

7

तीन सप्ताह से बादशाही सेना ने ओरछा घेर रखा है। जिस तरह कठोर वचन हृदय को छेद डालते हैं उसी तरह तोपों के गोलों ने दीवारों को छेद डाला है। किले में 20 हज़ार आदमी घिरे हुए हैं लेकिन उनमें आधे से अधिक स्त्रियाँ और उनसे कुछ ही कम बालक हैं। मर्दों की संख्या दिनोंदिन न्यून होती जाती है। आने-जाने के मार्ग चारों तरफ से बंद हैं। हवा का भी गुजर नहीं। रसद का सामान बहुत कम रह गया है। स्त्रियाँ पुरुषों और बालकों को जीवित रखने के लिए आप उपवास करती हैं। लोग बहुत हताश हो रहे हैं। औरतें सूर्य नारायण की ओर हाथ उठा-उठाकर शत्रु को कोसती हैं। बालकवृन्द मारे क्रोध के दीवार की आड़ से उन पर पत्थर फेंकते हैं जो मुश्किल से दीवार के उस पार जा पाते हैं। राजा चम्पतराय स्वयं ज्वर से पीड़ित हैं। उन्होंने कई दिन से चारपाई नहीं छोड़ी। उन्हें देखकर लोगों को कुछ ढाढ़स होता था लेकिन उनकी बीमारी से सारे किले में नैराश्य छाया हुआ है।

राजा ने सारन्धा से कहा—आज शत्रु जरूर किले में घुस आयेंगे।

सारन्धा—ईश्वर न करे कि इन आँखों से वह दिन देखना पड़े।

राजा—मुझे बड़ी चिंता इन अनाथ स्त्रियों और बालकों की है। गेहूँ के साथ यह घुन भी पिस जायेंगे।

सारन्धा—हम लोग यहाँ से निकल जाएँ तो कैसा?

राजा—इन अनाथों को छोड़ कर।

सारन्धा—इस समय इन्हें छोड़ देने में ही कुशल है। हम न होंगे तो शत्रु इन पर कुछ दया ही करेंगे।

राजा—नहीं यह लोग मुझसे न छोड़े जाएँगे। मर्दों ने अपनी जान हमारी सेवा में अर्पण कर दी है। उनकी स्त्रियों और बच्चों को मैं कदापि नहीं छोड़ सकता।

सारन्धा—लेकिन यहाँ रह कर हम उनकी कुछ मदद भी तो नहीं कर सकते?

राजा—उनके साथ प्राण तो दे सकते हैं। मैं उनकी रक्षा में अपनी जान लड़ा दूँगा। उनके लिए बादशाही सेना की खुशामद करूँगा। कारावास की कठिनाइयाँ सहूँगा किन्तु इस संकट में उन्हें छोड़ नहीं सकता।

सारन्धा ने लज्जित होकर सिर झुका लिया और सोचने लगी निस्संदेह प्रिय साथियों को आग की आँच में छोड़ कर अपनी जान बचाना घोर नीचता है! मैं ऐसी स्वार्थान्ध क्यों हो गयी हूँ लेकिन एकाएक विचार उत्पन्न हुआ। बोली—यदि आपको विश्वास हो जाय कि इन आदमियों के साथ कोई अन्याय न किया जायगा तब तो आपको चलने में कोई बाधा न होगी?

राजा—(सोचकर) कौन विश्वास दिलायेगा?

सारन्धा—बादशाह के सेनापति का प्रतिज्ञा-पत्र।

राजा—हाँ, तब मैं सानन्द चलूँगा।

सारन्धा विचार-सागर में डूबी। बादशाह के सेनापति से क्योंकर यह प्रतिज्ञा कराऊँ? कौन यह प्रस्ताव लेकर वहाँ जायगा और निर्दयी ऐसी प्रतिज्ञा करने ही क्यों लगे? उन्हें तो अपनी विजय की पूरी आशा है। मेरे यहाँ ऐसा नीति-कुशल वाक्पटु, चतुर कौन है जो इस दुस्तर कार्य को सिद्ध करे? छत्रसाल चाहे तो कर सकता है। उसमें ये सब गुण मौजूद हैं।

इस तरह मन में निश्चय करके रानी ने छत्रसाल को बुलाया। यह उसके चारों पुत्रों में बुद्धिमान और साहसी था। रानी उससे सबसे अधिक प्यार करती थीं। जब छत्रसाल ने आकर रानी को प्रणाम किया तो उनके कमलनेत्र सजल हो गये और हृदय से दीर्घ निःश्वास निकल गया।

छत्रसाल—माता मेरे लिए क्या आज्ञा है?

रानी—आज लड़ाई का क्या ढंग है?

छत्रसाल—हमारे पचास योद्धा अब तक काम आ चुके हैं।

रानी—बुन्देलों की लाज अब ईश्वर के हाथ है।

छत्रसाल—हम आज रात को छापा मारेंगे।

रानी ने संक्षेप में अपना प्रस्ताव छत्रसाल के सामने उपस्थित किया और कहा—यह काम किसे सौंपा जाय?

छत्रसाल—मुझको।

'तुम इसे पूरा कर दिखाओगे?'

'हाँ मुझे पूर्ण विश्वास है।'

‘अच्छा जाओ परमात्मा तुम्हारा मनोरथ पूरा करे।’

छत्रसाल जब चला तो रानी ने उसे हृदय से लगा लिया और तब आकाश की ओर दोनों हाथ उठाकर कहा—दयानिधि मैंने अपना तरुण और होनहार पुत्र बुन्देलों की आन के आगे भेंट कर दिया। अब इस आन को निभाना तुम्हारा काम है। मैंने बड़ी मूल्यवान् वस्तु अर्पित की है, इसे स्वीकार करो।

8

दूसरे दिन प्रातःकाल सारन्धा स्नान करके थाल में पूजा की सामग्री लिये मन्दिर को चली। उसका चेहरा पीला पड़ गया था और आँखों तले अँधेरा छाया जाता था। वह मंदिर के द्वार पर पहुँची थी कि उसके थाल में बाहर से आकर एक तीर गिरा। तीर की नोक पर एक कागज का पुरजा लिपटा हुआ था। सारन्धा ने थाल मंदिर के चबूतरे पर रख दिया और पुर्जे को खोलकर देखा तो आनन्द से चेहरा खिल गया लेकिन यह आनन्द क्षणभर का था। हाय! इस पुर्जे के लिए मैंने अपना प्रिय पुत्र हाथ से खो दिया है। कागज के टुकड़े को इतने महँगे दामों किसने लिया होगा?

मन्दिर से लौटकर सारन्धा राजा चम्पतराय के पास गयी और बोली—प्राणनाथ आपने जो वचन दिया था उसे पूरा कीजिये। राजा ने चौंक कर पूछा, तुमने अपना वादा पूरा कर दिया? रानी ने वह प्रतिज्ञा-पत्र राजा को दे दिया। चम्पतराय ने उसे गौर से देखा फिर बोले—अब मैं चलूँगा और ईश्वर ने चाहा तो एक बार फिर शत्रुओं की खबर लूँगा। लेकिन सारन सच बताओ इस पत्र के लिए क्या देना पड़ा है?

रानी ने कुंठित स्वर से कहा—बहुत कुछ।

राजा—सुनूँ।

रानी—एक जवान पुत्र।

राजा को बाण-सा लग गया। पूछा—कौन? अंगदराय?

रानी—नहीं।

राजा—रत्नसिंह?

रानी—नहीं।

राजा—छत्रसाल?

रानी—हाँ।

जैसे कोई पक्षी गोली खाकर परों को फड़फड़ाता है और तब बेदम होकर गिर पड़ता है उसी भाँति चम्पतराय पलंग से उछले और फिर अचेत होकर गिर पड़े। छत्रसाल उनका परम प्रिय पुत्र था। उनके भविष्य की सारी कामनाएँ उसी पर अवलम्बित थीं। जब चेत हुआ तब बोले सारन तुमने बुरा किया।

अँधेरी रात थी। रानी सारन्धा घोड़े पर सवार चम्पतराय को पालकी में बैठाये किले के गुप्त मार्ग से निकली जाती थी। आज से बहुत काल पहले एक दिन ऐसी ही अँधेरी

दु:खमयी रात्रि थी। तब सारन्धा ने शीतलादेवी को कुछ कठोर वचन कहे थे। शीतलादेवी ने उस समय जो भविष्यवाणी की थी वह आज पूरी हुई। क्या सारन्धा ने उसका जो उत्तर दिया था वह भी पूरा होकर रहेगा?

9

मध्याह्न था। सूर्यनारायण सिर पर आकर अग्नि की वर्षा कर रहे थे। शरीर को झुलसाने वाली प्रचण्ड प्रखर वायु वन और पर्वत में आग लगाती फिरती थी। ऐसा विदित होता था मानो अग्निदेव की समस्त सेना गरजती हुई चली आ रही है। गगनमण्डल इस भय से काँप रहा था। रानी सारन्धा घोड़े पर सवार चम्पतराय को लिये पश्चिम की तरफ चली जाती थी। ओरछा दस कोस पीछे छूट चुका था और प्रतिक्षण यह अनुमान स्थिर होता जाता था कि अब हम भय के क्षेत्र से बाहर निकल आये। राजा पालकी में अचेत पड़े हुए थे और कहार पसीने में सराबोर थे। पालकी के पीछे पाँच सवार घोड़ा बढ़ाये चले आते थे प्यास के मारे सबका बुरा हाल था। तालू सूखा जाता था। किसी वृक्ष की छाँह और कुएँ की तलाश में आँखें चारों ओर दौड़ रही थीं।

अचानक सारन्धा ने पीछे की तरफ फिर कर देखा तो उसे सवारों का एक दल आता हुआ दिखायी दिया। उसका माथा ठनका कि अब कुशल नहीं है। यह लोग अवश्य हमारे शत्रु हैं। फिर विचार हुआ कि शायद मेरे राजकुमार अपने आदमियों को लिये हमारी सहायता को आ रहे हैं। नैराश्य में भी आशा साथ नहीं छोड़ती। कई मिनट तक वह इसी आशा और भय की अवस्था में रही। यहाँ तक कि वह दल निकट आ गया और सिपाहियों के वस्त्र साफ नज़र आने लगे। रानी ने एक ठण्डी साँस ली उसका शरीर तृणवत् काँपने लगा। यह बादशाही सेना के लोग थे।

सारन्धा ने कहारों से कहा–डोली रोक लो। बुन्देला सिपाहियों ने भी तलवारें खींच लीं। राजा की अवस्था बहुत शोचनीय थी किन्तु जैसे दबी हुई आग हवा लगते ही प्रदीप्त हो जाती है उसी प्रकार इस संकट का ज्ञान होते ही उनके जर्जर शरीर में वीरात्मा चमक उठी। वे पालकी का पर्दा उठाकर बाहर निकल आये। धनुष-बाण हाथ में ले लिया किन्तु वह धनुष जो उनके हाथ में इन्द्र का वज्र बन जाता था इस समय जरा भी न झुका। सिर में चक्कर आया पैर थर्राये और वे धरती पर गिर पड़े। भावी अमंगल की सूचना मिल गयी। उस पंखरहित पक्षी के सदृश जो साँप को अपनी तरफ आते देखकर ऊपर को उचकता और फिर गिर पड़ता है राजा चम्पतराय फिर सँभल उठे और फिर गिर पड़े। सारन्धा ने उन्हें सँभालकर बैठाया और रो कर बोलने की चेष्टा की परन्तु मुँह से केवल इतना निकला–प्राणनाथ! इसके आगे मुँह से एक शब्द भी न निकल सका। आन पर मरने वाली सारन्धा इस समय साधारण स्त्रियों की भाँति शक्तिहीन हो गयी लेकिन एक अंश तक यह निर्बलता स्त्री जाति की शोभा है।

चम्पतराय बोले–सारन, देखो, हमारा एक वीर ज़मीन पर गिरा। शोक! जिस आपत्ति से यावज्जीवन डरता रहा उसने इस अन्तिम समय में आ घेरा। मेरी आँखों के सामने

शत्रु तुम्हारे कोमल शरीर में हाथ लगायेंगे और मैं जगह से हिल भी न सकूँगा। हाय! मृत्यु तू कब आयेगी! यह कहते-कहते उन्हें एक विचार आया। तलवार की तरफ हाथ बढ़ाया मगर हाथों में दम न था। तब सारन्धा से बोले–प्रिये तुमने कितने ही अवसरों पर मेरी आन निभायी है।

इतना सुनते ही सारन्धा के मुरझाये हुए मुख पर लाली दौड़ गयी। आँसू सूख गये। इस आशा में कि मैं पति के कुछ काम आ सकती हूँ उसके हृदय में बल का संचार कर दिया। वह राजा की ओर विश्वासोत्पादक भाव से देखकर बोली–ईश्वर ने चाहा तो मरते दम तक निभाऊँगी।

रानी ने समझा राजा मुझे प्राण देने का संकेत कर रहे हैं।

चम्पतराय–तुमने मेरी बात कभी नहीं टाली।

सारन्धा–मरते दम तक न टालूँगी।

राजा–यह मेरी अन्तिम याचना है। इसे अस्वीकार न करना।

सारन्धा ने तलवार को निकाल कर अपने वक्षस्थल पर रख लिया और कहा–यह आपकी आज्ञा नहीं है। मेरी हार्दिक अभिलाषा है कि मरूँ तो यह मस्तक आपके पद-कमलों पर हो।

चम्पतराय–तुमने मेरा मतलब नहीं समझा। क्या तुम मुझे इसलिए शत्रुओं के हाथ में छोड़ जाओगी कि मैं बेड़ियाँ पहने हुए दिल्ली की गलियों में निन्दा का पात्र बनूँ?

रानी ने जिज्ञासा की दृष्टि से राजा को देखा। वह उनका मतलब न समझी।

राजा–मैं तुमसे एक वरदान माँगता हूँ।

रानी–सहर्ष माँगिए।

राजा–यह मेरी अन्तिम प्रार्थना है। जो कुछ कहूँगा करोगी

रानी–सिर के बल करूँगी।

राजा–देखो तुमने वचन दिया है। इनकार न करना।

रानी–(काँपकर) आपके कहने की देर है।

राजा–अपनी तलवार मेरी छाती में चुभा दो।

रानी के हृदय पर वज्रपात-सा हो गया। बोली–जीवननाथ! इसके आगे वह और कुछ न बोल सकी। आँखों में नैराश्य छा गया।

राजा–मैं बेड़ियाँ पहनने के लिए जीवित रहना नहीं चाहता।

रानी–मुझसे यह कैसे होगा?

पाँचवाँ और अन्तिम सिपाही धरती पर गिरा। राजा ने झुँझला कर कहा–इसी जीवन पर आन निभाने का गर्व था।

बादशाह के सिपाही राजा की तरफ लपके। राजा ने नैराश्यपूर्ण भाव से रानी की ओर देखा। रानी क्षण भर अनिश्चित रूप से खड़ी रही लेकिन संकट में हमारी निश्चयात्मक

शक्ति बलवान हो जाती है। निकट था कि सिपाही लोग राजा को पकड़ लें कि सारन्धा ने दामिनी की भाँति लपक कर तलवार राजा के हृदय में चुभा दी।

प्रेम की नाव प्रेम के सागर में डूब गयी। राजा के हृदय से रुधिर की धारा निकल रही थी पर चेहरे पर शान्ति छाई हुई थी।

कैसा हृदय है! वह स्त्री जो अपने पति पर प्राण देती थी आज उसकी प्राणघातिका है! जिस हृदय से आलिंगित होकर उसने यौवनसुख लूटा जो हृदय उसकी अभिलाषाओं का केन्द्र था जो हृदय उसके अभिमान का पोषक था उसी हृदय को सारन्धा की तलवार छेद रही है। किसी स्त्री की तलवार से ऐसा काम हुआ है?

आह! आत्माभिमान का कैसा विषादमय अंत है। उदयपुर और मारवाड़ के इतिहास में भी आत्मगौरव की ऐसी घटनाएँ नहीं मिलतीं।

बादशाही सिपाही सारन्धा का यह साहस और धैर्य देखकर दंग रह गये।

सरदार ने आगे बढ़कर कहा रानी साहिबा खुदा गवाह है हम सब आपके गुलाम हैं। आपका जो हुक्म हो उसे ब-सरो-चश्म बजा लायेंगे।

सारन्धा ने कहा—अगर हमारे पुत्रों में से कोई जीवित हो तो ये दोनों लाशें उसे सौंप देना।

यह कहकर उसने वही तलवार अपने हृदय में चुभा ली। जब वह अचेत होकर धरती पर गिरी तो उसका सिर राजा चम्पतराय की छाती पर था।

मर्यादा की वेदी

यह वह समय था जब चित्तौड़ में मृदुभाषिणी मीरा प्यारी आत्माओं को ईश्वर-प्रेम के प्याले पिलाती थी। रणछोड़ जी के मंदिर में जब भक्ति से विह्वल होकर वह अपने मधुर स्वरों में अपने पीयूषपूरित पदों को गाती तो श्रोतागण प्रेमानुराग से उन्मत्त हो जाते। प्रतिदिन यह स्वर्गीय आनंद उठाने के लिए सारे चित्तौड़ के लोग ऐसे उत्सुक होकर दौड़ते जैसे दिन भर की प्यासी गायें दूर से किसी सरोवर को देखकर उसकी ओर दौड़ती हैं। इस प्रेम-सुधा-सागर से केवल चित्तौड़वासियों ही की तृप्ति न होती थी बल्कि समस्त राजपूताना की मरुभूमि प्लावित हो जाती थी।

एक बार ऐसा संयोग हुआ कि झालावाड़ के रावसाहब और मंदार राज्य के कुमार दोनों ही लाव-लश्कर के साथ चित्तौड़ आये। रावसाहब के साथ राजकुमारी प्रभा भी थी जिसके रूप और गुण की दूर-दूर तक चर्चा थी। यहीं रणछोड़ जी के मंदिर में दोनों की आँखें मिलीं। प्रेम ने बाण चलाया।

राजकुमार सारे दिन उदासीन भाव से शहर की गलियों में घूमा करता। राजकुमारी विरह से व्यथित अपने महल के झरोखों से झाँका करती। दोनों व्याकुल होकर संध्या समय मंदिर में आते और यहाँ चंद्र को देखकर कुमुदिनी खिल जाती।

प्रेम-प्रवीण मीरा ने कई बार इन दोनों प्रेमियों को सतृष्ण नेत्रों से परस्पर देखते हुए पाकर उनके मन के भावों को ताड़ लिया। एक दिन कीर्त्तन के पश्चात् जब झालावाड़ के रावसाहब चलने लगे तो उसने मंदार के राजकुमार को बुला कर उनके सामने खड़ा कर दिया और कहा—रावसाहब! मैं प्रभा के लिए वर लायी हूँ आप इसे स्वीकार कीजिए।

प्रभा लज्जा से गड़-सी गयी। राजकुमार के गुण-शील पर रावसाहब पहले ही से मोहित हो रहे थे। उन्होंने तुरंत उसे छाती से लगा लिया।

उसी अवसर पर चित्तौड़ के राणा भोजराज जी मंदिर में आये। उन्होंने प्रभा का मुख-चंद्र देखा। उनकी छाती पर साँप लोटने लगा।

2

झालावाड़ में बड़ी धूम थी। राजकुमारी प्रभा का आज विवाह होगा। मंदार से बारात आयेगी। मेहमानों की सेवा-सम्मान की तैयारियाँ हो रही थीं। दूकानें सजी हुई थीं। नौबतखाने आमोदालाप से गूँजते थे। सड़कों पर सुगंधि छिड़की जाती थी। अट्टालिकाएँ पुष्प-लताओं से शोभायमान थीं। पर जिसके लिए ये सब तैयारियाँ हो रही थीं वह अपनी वाटिका के एक वृक्ष के नीचे उदास बैठी हुई रो रही थी।

रनिवास में डोमिनियाँ आनंदोत्सव के गीत गा रही थीं। कहीं सुंदरियों के हाव-भाव थे कहीं आभूषणों की चमक-दमक, कहीं हास-परिहास की बहार। नाइन बात-बात पर तेज होती थी। मालिन गर्व से फूली न समाती थी। धोबिन आँखें दिखाती थी। कुम्हारिन मटके के सदृश फूली हुई थी। मंडप के नीचे पुरोहित जी बात-बात पर सुवर्ण-मुद्राओं के लिए ठुनकते थे। रानी सिर के बाल खोले भूखी-प्यासी चारों ओर दौड़ती थी। सबकी बौछारें सहती थी और अपने भाग्य को सराहती थी। दिल खोलकर हीरे-जवाहिर लुटा रही थी। आज प्रभा का विवाह है। बड़े भाग्य से ऐसी बातें सुनने में आती हैं। सबके सब अपनी-अपनी धुन में मस्त हैं। किसी को प्रभा की फिक्र नहीं है जो वृक्ष के नीचे अकेली बैठी रो रही है।

एक रमणी ने आकर नाइन से कहा—बहुत बढ़-बढ़ कर बातें न कर। कुछ राजकुमारी का भी ध्यान है? चल उनके बाल गूँथ।

नाइन ने दाँतों तले जीभ दबायी। दोनों प्रभा को ढूँढ़ती हुई बाग में पहुँचीं। प्रभा ने उन्हें देखते ही आँसू पोंछ डाले। नाइन मोतियों से माँग भरने लगी और प्रभा सिर नीचा किये आँखों से मोती बरसाने लगी।

रमणी ने सजल नेत्र होकर कहा—बहिन दिल इतना छोटा मत करो। मुँहमाँगी मुराद पाकर इतनी उदास क्यों होती हो?

प्रभा ने सहेली की ओर देखकर कहा—बहिन जाने क्यों दिल बैठा जाता है। सहेली ने छेड़ कर कहा—पिया-मिलन की बेकली है!

प्रभा उदासीन भाव से बोली—कोई मेरे मन में बैठा कह रहा है कि अब उनसे मुलाकात न होगी।

सहेली उसके केश सँवारकर बोली—जैसे उषाकाल से पहले कुछ अँधेरा हो जाता है उसी प्रकार मिलाप के पहले प्रेमियों का मन अधीर हो जाता है।

प्रभा बोली—नहीं, बहिन यह बात नहीं। मुझे शकुन अच्छे नहीं दिखायी देते। आज दिन भर मेरी आँख फड़कती रही। रात को मैंने बुरे स्वप्न देखे हैं। मुझे शंका होती है कि आज अवश्य कोई न कोई विघ्न पड़नेवाला है। तुम राजा भोजराज को जानती हो न?

संध्या हो गयी। आकाश पर तारों के दीपक जले। झालावाड़ में बूढ़े—जवान सभी लोग बारात की अगवानी के लिए तैयार हुए। मरदों ने पागें सँवारी शस्त्र साजे। युवतियाँ श्रृंगार कर गाती-बजाती रनिवास की ओर चलीं। हजारों स्त्रियाँ छत पर बैठी बारात की राह देख रही थीं।

अचानक शोर मचा कि बारात आ गयी। लोग सँभल बैठे नगाड़ों पर चोटें पड़ने लगीं सलामियाँ दगने लगीं। जवानों ने घोड़ों को एड़ लगायी। एक क्षण में सवारों की एक सेना राजभवन के सामने आकर खड़ी हो गयी। लोगों को देखकर बड़ा आश्चर्य हुआ क्योंकि यह मंदार की बारात नहीं थी बल्कि राणा भोजराज की सेना थी।

झालावाड़वाले अभी विस्मित खड़े ही थे कुछ निश्चय न कर सके थे कि क्या करना चाहिए। इतने में चित्तौड़वालों ने राजभवन को घेर लिया। तब झालावाड़ी भी सचेत हुए। सँभल कर तलवारें खींच लीं और आक्रमणकारियों पर टूट पड़े। राजा महल में घुस गया। रनिवास में भगदड़ मच गयी।

प्रभा सोलहो श्रृंगार किये सहेलियों के साथ बैठी थी। यह हलचल देखकर घबड़ायी। इतने में रावसाहब हाँफते हुए आये और बोले—बेटी प्रभा, राणा भोजराज ने हमारे महल को घेर लिया है। तुम चटपट ऊपर चली जाओ और द्वार को बंद कर लो। अगर हम क्षत्रिय हैं तो एक चित्तौड़ी भी यहाँ से जीता न जायगा।

रावसाहब बात भी पूरी न करने पाये थे कि राणा कई वीरों के साथ आ पहुँचे और बोले—चित्तौड़वाले तो सिर कटाने के लिए आये ही हैं। पर यदि वे राजपूत हैं तो राजकुमारी को लेकर ही जायेंगे। वृद्ध रावसाहब की आँखों से ज्वाला निकलने लगी। वे तलवार खींच कर राणा पर झपटे। उन्होंने वार बचा लिया और प्रभा से कहा—राजकुमारी हमारे साथ चलेगी।

प्रभा सिर झुकाये राणा के सामने आकर बोली—हाँ चलूँगी।

रावसाहब को कई आदमियों ने पकड़ लिया था। वे तड़प कर बोले—प्रभा, तू राजपूत की कन्या है?

प्रभा की आँखें सजल हो गयीं। बोली—राणा भी तो राजपूतों के कुलतिलक हैं। रावसाहब ने क्रोध में आकर कहा—निर्लज्जा!

कटार के नीचे पड़ा हुआ बलिदान का पशु जैसी दीन दृष्टि से देखता है उसी भाँति प्रभा ने रावसाहब की ओर देखकर कहा—जिस झालावाड़ की गोद में पली हूँ क्या उसे रक्त से रँगवा दूँ?

रावसाहब ने क्रोध से काँप कर कहा–क्षत्रियों को रक्त इतना प्यारा नहीं होता। मर्यादा पर प्राण देना उनका धर्म है!

तब प्रभा की आँखें लाल हो गयीं। चेहरा तमतमाने लगा।

बोली–राजपूत-कन्या अपने सतीत्व की रक्षा आप कर सकती है। इसके लिए रुधिर प्रवाह की आवश्यकता नहीं।

पल भर में राणा ने प्रभा को गोद में उठा लिया। बिजली की भाँति झपट कर बाहर निकले। उन्होंने उसे घोड़े पर बिठा लिया आप सवार हो गये और घोड़े को उड़ा दिया। अन्य चित्तौड़ियों ने भी घोड़ों की बागें मोड़ दीं। उसके सौ जवान भूमि पर पड़े तड़प रहे थे पर किसी ने तलवार न उठायी थी।

रात को दस बजे मंदारवाले भी पहुँचे। मगर यह शोक-समाचार पाते ही लौट गये। मंदार-कुमार निराशा से अचेत हो गया। जैसे रात को नदी का किनारा सुनसान हो जाता है उसी तरह सारी रात झालावाड़ में सन्नाटा छाया रहा।

3

चित्तौड़ के रंग-महल में प्रभा उदास बैठी सामने के सुन्दर पौधों की पत्तियाँ गिन रही थी। संध्या का समय था। रंग-बिरंग के पक्षी वृक्षों पर बैठे कलरव कर रहे थे। इतने में राणा ने कमरे में प्रवेश किया। प्रभा उठकर खड़ी हो गयी।

राणा बोले–प्रभा मैं तुम्हारा अपराधी हूँ। मैं बलपूर्वक तुम्हें माता-पिता की गोद से छीन लाया पर यदि मैं तुमसे कहूँ कि यह सब तुम्हारे प्रेम से विवश होकर मैंने किया तो तुम मन में हँसोगी और कहोगी कि यह निराले अनूठे ढंग की प्रीति है। पर वास्तव में यही बात है। जबसे मैंने रणछोड़ जी के मंदिर में तुमको देखा, तब से एक क्षण भी ऐसा नहीं बीता कि मैं तुम्हारी सुधि में विकल न रहा होऊँ। तुम्हें अपनाने का अन्य कोई उपाय होता तो मैं कदापि इस पाशविक ढंग से काम न लेता। मैंने रावसाहब की सेवा में बारंबार संदेशे भेजे पर उन्होंने हमेशा मेरी उपेक्षा की। अंत में जब तुम्हारे विवाह की अवधि आ गयी और मैंने देखा कि एक ही दिन में तुम दूसरे की प्रेम-पात्री हो जाओगी और तुम्हारा ध्यान करना भी मेरी आत्मा को दूषित करेगा तो लाचार होकर मुझे यह अनीति करनी पड़ी। मैं मानता हूँ कि यह सर्वथा मेरी स्वार्थान्धता है। मैंने अपने प्रेम के सामने तुम्हारे मनोगत भावों को कुछ न समझा पर प्रेम स्वयं एक बढ़ी हुई स्वार्थपरता है, जब मनुष्य को अपने प्रियतम के सिवाय और कुछ नहीं सूझता। मुझे पूरा विश्वास था कि मैं अपने विनीत भाव और प्रेम से तुमको अपना लूँगा। प्रभा, प्यास से मरता हुआ मनुष्य यदि किसी गढ़े में मुँह डाल दे, तो वह दंड का भागी नहीं है। मैं प्रेम का प्यासा हूँ। मीरा मेरी सहधर्मिणी है। उसका हृदय प्रेम का अगाध सागर है। उसका एक चुल्लू भी मुझे उन्मत्त करने के लिए काफी था, पर जिस हृदय में ईश्वर का वास हो, वहाँ मेरे लिए स्थान कहाँ? तुम शायद कहोगी कि यदि तुम्हारे सिर पर प्रेम का भूत सवार था, तो क्या सारे राजपूताने में स्त्रियाँ न थीं। निस्संदेह राजपूताने में सुन्दरता का अभाव

नहीं है और न चित्तौड़ाधिपति की ओर से विवाह की बातचीत किसी के अनादर का कारण हो सकती है, पर इसका जवाब तुम आप ही हो। इसका दोष तुम्हारे ही ऊपर है। राजस्थान में एक ही चित्तौड़ है, एक ही राणा और एक ही प्रभा। सम्भव है, मेरे भाग्य में प्रेमानंद भोगना न लिखा हो। यह मैं अपने कर्म-लेख को मिटाने का थोड़ा-सा प्रयत्न कर रहा हूँ, परंतु भाग्य के अधीन बैठे रहना पुरुषों का काम नहीं है। मुझे इसमें सफलता होगी या नहीं, इसका फैसला तुम्हारे हाथ है।

प्रभा की आँखें ज़मीन की तरफ थीं और मन फुदकनेवाली चिड़िया की भाँति इधर-उधर उड़ता फिरता था। वह झालावाड़ को मारकाट से बचाने के लिए राणा के साथ आयी थी, मगर राणा के प्रति उसके हृदय में क्रोध की तरंगें उठ रही थीं। उसने सोचा था कि वे यहाँ आयेंगे, तो उन्हें राजपूत कुल-कलंक, अन्यायी, दुराचारी, दुरात्मा, कायर कहकर उनका गर्व चूर-चूर कर दूँगी। उसको विश्वास था कि यह अपमान उनसे न सहा जायगा और वे मुझे बलात् अपने काबू में लाना चाहेंगे। इस अंतिम समय के लिए उसने अपने हृदय को खूब मजबूत और अपनी कटार को खूब तेज कर रखा था। उसने निश्चय कर लिया था कि इसका एक वार उन पर होगा, दूसरा अपने कलेजे पर और इस प्रकार यह पाप-कांड समाप्त हो जायगा। लेकिन राणा की नम्रता उनकी करुणात्मक विवेचना और उनके विनीत भाव ने प्रभा को शांत कर दिया। आग पानी से बुझ जाती है। राणा कुछ देर वहाँ बैठे रहे, फिर उठकर चले गये।

4

प्रभा को चित्तौड़ में रहते दो महीने गुजर चुके हैं। राणा उसके पास फिर न आये। इस बीच में उनके विचारों में कुछ अंतर हो गया है। झालावाड़ पर आक्रमण होने के पहले मीराबाई को इसकी बिलकुल खबर न थी। राणा ने इस प्रस्ताव को गुप्त रखा था। किंतु अब मीराबाई प्रायः उन्हें इस दुराग्रह पर लज्जित किया करती है और धीरे-धीरे राणा को भी विश्वास होने लगा है कि प्रभा इस तरह काबू में नहीं आ सकती। उन्होंने उसके सुख-विलास की सामग्री एकत्र करने में कोई कसर नहीं रख छोड़ी थी। लेकिन प्रभा उनकी तरफ आँख उठाकर भी नहीं देखती। राणा प्रभा की लौंडियों से नित्य का समाचार पूछा करते हैं और उन्हें रोज वही निराशापूर्ण वृत्तांत सुनायी देता है। मुरझायी हुई कली किसी भाँति नहीं खिलती। अतएव उनको कभी-कभी अपने इस दुस्साहस पर पश्चात्ताप होता है। वे पछताते हैं कि मैंने व्यर्थ ही यह अन्याय किया। लेकिन फिर प्रभा का अनुपम सौंदर्य नेत्रों के सामने आ जाता है और वह अपने मन को इस विचार से समझा लेते हैं कि एक सगर्वा सुंदरी का प्रेम इतनी जल्दी परिवर्तित नहीं हो सकता। निस्संदेह मेरा मृदु व्यवहार भी कभी न कभी अपना प्रभाव दिखलायेगा।

प्रभा सारे दिन अकेली बैठी-बैठी उकताती और झुँझलाती थी। उसके विनोद के निमित्त कई गानेवाली स्त्रियाँ नियुक्त थीं किंतु राग-रंग से उसे अरुचि हो गयी। वह प्रतिक्षण चिंताओं में डूबी रहती थी।

राणा के नम्र भाषण का प्रभाव अब मिट चुका था और उसकी अमानुषिक वृत्ति अब फिर अपने यथार्थ रूप में दिखायी देने लगी थी। वाक्चतुरता शांतिकारक नहीं होती। वह केवल निरुत्तर कर देती है। प्रभा को अब अपने अवाक् हो जाने पर आश्चर्य होता है। उसे राणा की बातों के उत्तर भी सूझने लगे हैं। वह कभी-कभी उनसे लड़ कर अपनी किस्मत का फैसला करने के लिए विकल हो जाती है।

मगर अब वाद-विवाद किस काम का? वह सोचती है कि मैं रावसाहब की कन्या हूँ, पर संसार की दृष्टि में राणा की रानी हो चुकी। अब यदि मैं इस कैद से छूट भी जाऊँ, तो मेरे लिए कहाँ ठिकाना है? मैं कैसे मुँह दिखाऊँगी? इससे केवल मेरे वंश का ही नहीं, वरन् समस्त राजपूत-जाति का नाम डूब जायगा। मंदार-कुमार मेरे सच्चे प्रेमी हैं। मगर क्या वे मुझे अंगीकार करेंगे और यदि वे निंदा की परवाह न करके मुझे ग्रहण भी कर लें, तो उनका मस्तक सदा के लिए नीचा हो जायगा और कभी न कभी उनका मन मेरी तरफ से फिर जायगा। वे मुझे अपने कुल का कलंक समझने लगेंगे। या यहाँ से किसी तरह भाग जाऊँ, लेकिन भागकर जाऊँ कहाँ? बाप के घर, वहाँ अब मेरी पैठ नहीं। मंदार कुमार के पास? इसमें उनका अपमान है और मेरा भी। तो क्या भिखारिणी बन जाऊँ? इसमें भी जग-हँसाई होगी और न जाने प्रबल भावी किस मार्ग पर ले जाय। एक अबला स्त्री के लिए सुंदरता प्राणघातक यंत्र से कम नहीं। ईश्वर वह दिन न आये कि मैं क्षत्रिय-जाति का कलंक बनूँ। क्षत्रिय-जाति ने मर्यादा के लिए पानी की तरह रक्त बहाया है। उनकी हजारों देवियाँ पर-पुरुष का मुँह देखने के भय से सूखी लकड़ी के समान जल मरी हैं। ईश्वर वह घड़ी न आये कि मेरे कारण किसी राजपूत का सिर लज्जा से नीचा हो। नहीं मैं इसी कैद में मर जाऊँगी। राणा के अन्याय सहूँगी, जलूँगी, मरूँगी, पर इसी घर में। विवाह जिससे होना था, हो चुका। हृदय में उसकी उपासना करूँगी पर कंठ के बाहर उसका नाम न निकालूँगी।

एक दिन झुँझलाकर उसने राणा को बुला भेजा। वे आये। उनका चेहरा उतरा था। वे कुछ चिंतित-से थे। प्रभा कुछ कहना चाहती थी, पर उनकी सूरत देखकर उसे उन पर दया आ गयी। उन्होंने उसे बात करने का अवसर न देकर, स्वयं कहना शुरू किया।

प्रभा, तुमने आज मुझे बुलाया है। यह मेरा सौभाग्य है। तुमने मेरी सुधि तो ली, मगर यह मत समझो कि मैं मृदु-वाणी सुनने की आशा लेकर आया हूँ। नहीं मैं जानता हूँ, जिसके लिए तुमने मुझे बुलाया है। यह लो तुम्हारा अपराधी तुम्हारे सामने खड़ा है। उसे जो दंड चाहो दो। मुझे अब तक आने का साहस न हुआ। इसका कारण यही दंड-भय था। तुम क्षत्रणी हो और क्षत्राणियाँ क्षमा करना नहीं जानतीं। झालावाड़ में जब तुम मेरे साथ आने पर स्वयं उद्यत हो गयीं, तो मैंने उसी क्षण तुम्हारे जौहर परख लिये। मुझे मालूम हो गया कि तुम्हारा हृदय बल और विश्वास से भरा हुआ है। उसे काबू में लाना सहज नहीं। तुम नहीं जानतीं कि यह एक मास मैंने किस तरह काटा है। तड़प-तड़प कर मर रहा हूँ, पर जिस तरह शिकारी बिफरी हुई सिंहनी के सम्मुख जाने से डरता है, वही दशा मेरी थी। मैं कई बार आया। यहाँ तुमको उदास त्यौरियाँ चढ़ाये बैठे देखा। मुझे

अंदर पैर रखने का साहस न हुआ, मगर आज मैं बिना बुलाया मेहमान नहीं हूँ। तुमने मुझे बुलाया है और तुम्हें अपने मेहमान का स्वागत करना चाहिए। हृदय से न सही, जहाँ अग्नि प्रज्वलित हो वहाँ ठंडक कहाँ–बातों ही से सही अपने भावों को दबा कर ही सही मेहमान का स्वागत करो। संसार में शत्रु का आदर मित्रों से भी अधिक किया जाता है।

प्रभा, एक क्षण के लिए क्रोध को शांत करो और मेरे अपराधों पर विचार करो। तुम मेरे ऊपर यही दोषारोपण कर सकती हो कि मैं तुम्हें माता-पिता की गोद से छीन लाया। तुम जानती हो कृष्ण भगवान् रुक्मिणी को हर लाये थे। राजपूतों में यह कोई नयी बात नहीं है। तुम कहोगी इससे झालावाड़वालों का अपमान हुआ, पर ऐसा कहना कदापि ठीक नहीं। झालावाड़वालों ने वही किया, जो मर्दों का धर्म था। उनका पुरुषार्थ देखकर हम चकित हो गये। यदि वे कृतकार्य नहीं हुए, तो यह उनका दोष नहीं है। वीरों की सदैव जीत नहीं होती। हम इसलिए सफल हुए कि हमारी संख्या अधिक थी और इस काम के लिए तैयार होकर गये थे। वे निश्शंक थे, इस कारण उनकी हार हुई। यदि हम वहाँ से शीघ्र ही प्राण बचा कर भाग न आते तो हमारी गति वही होती, जो रावसाहब ने कही थी। एक भी चित्तौड़ी न बचता। लेकिन ईश्वर के लिए यह मत सोचो कि मैं अपने अपराध के दूषण को मिटाना चाहता हूँ। नहीं, मुझसे अपराध हुआ है और मैं हृदय से उस पर लज्जित हूँ। पर अब तो जो कुछ होना था, हो चुका। अब इस बिगड़े हुए खेल को मैं तुम्हारे ऊपर छोड़ता हूँ। यदि मुझे तुम्हारे हृदय में कोई स्थान मिले, तो मैं उसे स्वर्ग समझूँगा। डूबते हुए को तिनके का सहारा भी बहुत है। क्या यह संभव है?

प्रभा बोली–नहीं।

राणा–झालावाड़ जाना चाहती हो?

प्रभा–नहीं।

राणा–मंदार के राजकुमार के पास भेज दूँ?

प्रभा–कदापि नहीं।

राणा–लेकिन मुझसे यह तुम्हारा कुढ़ना देखा नहीं जाता।

प्रभा–आप इस कष्ट से शीघ्र ही मुक्त हो जाएँगे।

राणा ने भयभीत दृष्टि से देखकर कहा, जैसी तुम्हारी इच्छा और वे वहाँ से उठकर चले गये।

5

दस बजे रात का समय था। रणछोड़ जी के मन्दिर में कीर्तन समाप्त हो चुका था और वैष्णव साधु बैठे हुए प्रसाद पा रहे थे। मीरा स्वयं अपने हाथ से थाल ला-ला कर उनके आगे रखती थी। साधुओं और अभ्यागतों के आदर-सत्कार में उस देवी को आत्मिक आनन्द प्राप्त होता था। साधुगण जिस प्रेम से भोजन करते थे, उससे यह शंका होती थी कि स्वादपूर्ण वस्तुओं में कहीं भक्ति-भजन से भी अधिक सुख तो नहीं है।

यह सिद्ध हो चुका है कि ईश्वर की दी हुई वस्तुओं का सदुपयोग ही ईश्वरोपासना की मुख्य रीति है। इसीलिए ये महात्मा लोग उपासना के ऐसे अच्छे अवसरों को क्यों खोते? वे कभी पेट पर हाथ फेरते और कभी आसन बदलते थे। मुँह से नहीं कहना तो वे घोर पाप के समान समझते थे। यह भी मानी हुई बात है कि जैसी वस्तुओं का हम सेवन करते हैं, वैसी ही आत्मा भी बनती है। इसलिए वे महात्मागण घी और खोये से उदर को खूब भर रहे थे।

पर उन्हीं में एक महात्मा ऐसे भी थे, जो आँखें बंद किये ध्यान में मग्न थे। थाल की ओर ताकते भी न थे। इनका नाम प्रेमानन्द था। ये आज ही आये थे। इनके चेहरे पर कांति झलकती थी। अन्य साधु खाकर उठ गये, परंतु उन्होंने थाल छुआ भी नहीं।

मीरा ने हाथ जोड़ कर कहा–महाराज आपने प्रसाद को छुआ भी नहीं। दासी से कोई अपराध तो नहीं हुआ?

साधु–नहीं, इच्छा नहीं थी।

मीरा–पर मेरी विनय आपको माननी पड़ेगी।

साधु–मैं तुम्हारी आज्ञा का पालन करूँगा तो तुमको भी मेरी एक बात माननी होगी।

मीरा–कहिए क्या आज्ञा है।

साधु–माननी पड़ेगी?

मीरा–मानूँगी।

साधु–वचन देती हो?

मीरा–वचन देती हूँ, आप प्रसाद खायें।

मीराबाई ने समझा था कि साधु कोई मन्दिर बनवाने या कोई यज्ञ पूर्ण करा देने की याचना करेगा। ऐसी बातें नित्यप्रति हुआ ही करती थीं और मीरा का सर्वस्व साधु-सेवा के लिए अर्पित था, परन्तु उसके लिए साधु ने ऐसी कोई याचना न की। वह मीरा के कानों के पास मुँह ले जा कर बोला–आज दो घंटे के बाद राजभवन का चोर दरवाज़ा खोल देना।

मीरा विस्मित होकर बोली–आप कौन हैं?

साधु–मंदार का राजकुमार।

मीरा ने राजकुमार को सिर से पाँव तक देखा। नेत्रों में आदर की जगह घृणा थी। कहा–राजपूत यों छल नहीं करते।

राजकुमार–यह नियम उस अवस्था के लिए है जब दोनों पक्ष समान शक्ति रखते हों।

मीरा–ऐसा नहीं हो सकता।

राजकुमार–आपने वचन दिया है उसका पालन करना होगा।

मीरा–महाराज की आज्ञा के सामने मेरे वचन का कोई महत्त्व नहीं।

राजकुमार–मैं यह कुछ नहीं जानता। यदि आपको अपने वचन की कुछ भी मर्यादा रखनी है, तो उसे पूरा कीजिए।

मीरा–(सोचकर) महल में जा कर क्या करोगे?

राजकुमार–नयी रानी से दो बातें।

मीरा चिंता में विलीन हो गयी। एक तरफ राणा की कड़ी आज्ञा थी और दूसरी तरफ अपना वचन और उसका पालन करने का परिणाम। कितनी ही पौराणिक घटनाएँ उसके सामने आ रही थीं। दशरथ ने वचन पालने के लिए अपने प्रिय पुत्र को वनवास दे दिया। मैं वचन दे चुकी हूँ। उसे पूरा करना मेरा परम धर्म है, लेकिन पति की आज्ञा को कैसे तोड़ूँ? यदि उनकी आज्ञा के विरुद्ध करती हूँ, तो लोक और परलोक दोनों बिगड़ते हैं। क्यों न उनसे स्पष्ट कह दूँ। क्या वे मेरी यह प्रार्थना स्वीकार न करेंगे? मैंने आज तक उनसे कुछ नहीं माँगा। आज उनसे यह दान मागूँगी। क्या वे मेरे वचन की मर्यादा की रक्षा न करेंगे? उनका हृदय कितना विशाल है! निस्संदेह वे मुझ पर वचन तोड़ने का दोष न लगने देंगे।

इस तरह मन में निश्चय करके वह बोली–कब खोल दूँ?

राजकुमार ने उछल कर कहा–आधी रात को।

मीरा–मैं स्वयं तुम्हारे साथ चलूँगी।

राजकुमार–क्यों?

मीरा–तुमने मेरे साथ छल किया है। मुझे तुम्हारा विश्वास नहीं है।

राजकुमार ने लज्जित होकर कहा–अच्छा तो आप द्वार पर खड़ी रहियेगा।

मीरा–यदि फिर कोई दगा किया तो जान से हाथ धोना पड़ेगा।

राजकुमार–मैं सब कुछ सहने के लिए तैयार हूँ।

6

मीरा यहाँ से राणा की सेवा में पहुँची। वे उसका बहुत आदर करते थे। वे खड़े हो गये। इस समय मीरा का आना एक असाधारण बात थी। उन्होंने पूछा–बाई जी क्या आज्ञा है?

मीरा–आपसे भिक्षा माँगने आयी हूँ। निराश न कीजिएगा। मैंने आज तक आपसे कोई विनती नहीं की, पर आज एक ब्रह्म-फाँस में फँस गयी हूँ। इसमें से मुझे आप ही निकाल सकते हैं, मंदार के राजकुमार को तो आप जानते हैं?

राणा–हाँ, अच्छी तरह।

मीरा–आज उसने मुझे बड़ा धोखा दिया। एक वैष्णव महात्मा का रूप धारण कर रणछोड़ जी के मंदिर में आया और उसने छल करके मुझे वचन देने पर बाध्य किया। मेरा साहस नहीं होता कि उसकी कपट विनय आपसे कहूँ।

राणा–प्रभा से मिला देने को तो कहा?

मीरा–जी हाँ, उसका अभिप्राय वही है। लेकिन सवाल यह है कि मैं आधी रात को राजमहल का गुप्त द्वार खोल दूँ। मैंने उसे बहुत समझाया, बहुत धमकाया, पर वह किसी भाँति न माना। निदान विवश होकर जब मैंने कह दिया, तब उसने प्रसाद पाया। अब मेरे वचन की लाज आपके हाथ है। आप चाहे उसे पूरा करके मेरा मान रखें, चाहे उसे तोड़ कर मेरा मान तोड़ दें। आप मेरे ऊपर जो कृपादृष्टि रखते हैं, उसी के भरोसे मैंने वचन दिया। अब मुझे इस फंदे से उबारना आपका काम है।

राणा कुछ देर सोचकर बोले–तुमने वचन दिया है, उसका पालन करना मेरा कर्त्तव्य है। तुम देवी हो, तुम्हारे वचन नहीं टल सकते। द्वार खोल दो। लेकिन यह उचित नहीं है कि वह अकेले प्रभा से मुलाकात करे। तुम स्वयं उसके साथ जाना। मेरी खातिर से इतना कष्ट उठाना। मुझे भय है कि वह उसकी जान लेने का इरादा करके न आया हो। ईर्ष्या में मनुष्य अंधा हो जाता है। बाई जी मैं अपने हृदय की बात तुमसे कहता हूँ। मुझे प्रभा को हर लाने का अत्यंत शोक है। मैंने समझा था कि यहाँ रहते-रहते वह हिल-मिल जाएगी, किंतु वह अनुमान गलत निकला। तुझे भय है कि यदि उसे कुछ दिन यहाँ और रहना पड़ा, तो वह जीती न बचेगी। मुझ पर एक अबला की हत्या का अपराध लग जायगा। मैंने उससे झालावाड़ जाने के लिए कहा, पर वह राजी न हुई। आज तुम उन दोनों की बातें सुनो। अगर वह मंदार कुमार के साथ जाने पर राजी हो, तो मैं प्रसन्नतापूर्वक अनुमति दे दूँगा। मुझसे कुढ़ना नहीं देखा जाता। ईश्वर इस सुंदरी का हृदय मेरी ओर फेर देता, तो मेरा जीवन सफल हो जाता। किंतु जब यह सुख भाग्य में लिखा ही नहीं है, तो क्या वश है। मैंने तुमसे ये बातें कहीं इसके लिए मुझे क्षमा करना। तुम्हारे पवित्र हृदय में ऐसे विषयों के लिए स्थान कहाँ?

मीरा ने आकाश की ओर संकोच से देखकर कहा–तो मुझे आज्ञा है मैं चोर–द्वार खोल दूँ?

राणा–तुम इस घर की स्वामिनी हो मुझसे पूछने की जरूरत नहीं।

मीरा राणा को प्रणाम कर चली गयी।

7

आधी रात बीत चुकी थी। प्रभा चुपचाप बैठी दीपक की ओर देख रही थी और सोचती थी, इसके घुलने से प्रकाश होता है, यह बत्ती अगर जलती है, तो दूसरों को लाभ पहुँचाती है। मेरे जलने से किसी को क्या लाभ? मैं क्यों घुलूँ मेरे जीने की जरूरत है?

उसने फिर खिड़की से सिर निकाल कर आकाश की तरफ देखा। काले पट पर उज्ज्वल तारे जगमगा रहे थे। प्रभा ने सोचा मेरे अंधकारमय भाग्य में ये दीप्तिमान तारे कहाँ हैं? मेरे लिए जीवन के सुख कहाँ हैं? क्या रोने के लिए जीऊँ? ऐसे जीने से क्या लाभ और जीने में उपहास भी तो है। मेरे मन का हाल कौन जानता है? संसार मेरी निंदा करता होगा। झालावाड़ की स्त्रियाँ मेरे मृत्यु के शुभ समाचार सुनने की प्रतीक्षा कर

रही होंगी। मेरी प्रिय माता लज्जा से आँखें न उठा सकती होंगी। लेकिन जिस समय मेरे मरने की खबर मिलेगी, गर्व से उनका मस्तक ऊँचा हो जायगा। यह बेहयाई का जीना है। ऐसे जीने से मरना कहीं उत्तम है।

प्रभा ने तकिये के नीचे से एक चमकती हुई कटार निकाली। उसके हाथ काँप रहे थे। उसने कटार की तरफ आँखें जमायीं। हृदय को उसके अभिवादन के लिए मजबूत किया। हाथ उठाया, किन्तु हाथ न उठा, आत्मा दृढ़ न थी। आँखें झपक गयीं। सिर में चक्कर आ गया। कटार हाथ से छूट कर जमीन पर गिर पड़ी।

प्रभा क्रुद्ध होकर सोचने लगी—क्या मैं वास्तव में निर्लज्ज हूँ? मैं राजपूतनी होकर मरने से डरती हूँ, मान-मर्यादा खो कर बेहया लोग ही जिया करते हैं। वह कौन-सी आकांक्षा है, जिसने मेरी आत्मा को इतना निर्बल बना रखा है। क्या राणा की मीठी-मीठी बातें, राणा मेरे शत्रु हैं? उन्होंने मुझे पशु समझ रखा है, जिसे फँसाने के पश्चात् हम पिंजरे में बंद करके हिलाते हैं। उन्होंने मेरे मन को अपनी वाक्-मधुरता का क्रीड़ा-स्थल समझ लिया है। वे इस तरह घुमा-घुमा कर बातें करते हैं और मेरी तरफ से युक्तियाँ निकाल कर उनका ऐसा उत्तर देते हैं कि ज़बान ही बंद हो जाती है। हाय! निर्दयी ने मेरा जीवन नष्ट कर दिया और मुझे यों खेलाता है! क्या इसीलिए जीऊँ कि उसके कपट भावों का खिलौना बनूँ?

फिर वह कौन-सी अभिलाषा है? क्या राजकुमार का प्रेम उनकी तो अब कल्पना ही मेरे लिए घोर पाप है। मैं अब उस देवता के योग्य नहीं हूँ? प्रियतम! बहुत दिन हुए मैंने तुमको हृदय से निकाल दिया। तुम भी मुझे दिल से निकाल डालो। मृत्यु के सिवाय अब कहीं मेरा ठिकाना नहीं है। शंकर! मेरी निर्बल आत्मा को शक्ति प्रदान करो। मुझे कर्त्तव्य-पालन का बल दो।

प्रभा ने फिर कटार निकाली। इच्छा दृढ़ थी। हाथ उठा और निकट था कि कटार उसके शोकातुर हृदय में चुभ जाय कि इतने में किसी के पाँव की आहट सुनायी दी। उसने चौंककर सहमी दृष्टि से देखा। मंदार कुमार, धीरे-धीरे पैर दबाता हुआ कमरे में दाखिल हुआ।

8

प्रभा उसे देखते ही चौंक पड़ी। उसने कटार को छिपा लिया। राजकुमार को देखकर उसे आनन्द की जगह रोमांचकारी भय उत्पन्न हुआ। यदि किसी को जरा भी संदेह हो गया, तो इनका प्राण बचना कठिन है। इनको तुरंत यहाँ से निकल जाना चाहिए। यदि इन्हें बातें करने का अवसर दूँ, तो विलम्ब होगा और फिर ये अवश्य ही फँस जायेंगे। राणा इन्हें कदापि न छोड़ेंगे। ये विचार वायु और बिजली की तीव्रता के साथ उसके मस्तिष्क में दौड़े। वह तीव्र स्वर में बोली—भीतर मत आओ।

राजकुमार ने पूछा—मुझे पहचाना नहीं?

प्रभा—खूब पहचान लिया, किन्तु यह बातें करने का समय नहीं है। राणा तुम्हारी घात में हैं। अभी यहाँ से चले जाओ।

राजकुमार ने एक पग और आगे बढ़ाया और निर्भीकता से कहा–प्रभा तुम मुझसे निष्ठुरता करती हो।

प्रभा ने धमका कर कहा–तुम यहाँ ठहरोगे, तो मैं शोर मचा दूँगी।

राजकुमार ने उद्दंडता से उत्तर दिया–इसका मुझे भय नहीं। मैं अपनी जान हथेली पर रख कर आया हूँ। आज दोनों में से एक का अंत हो जायगा। या तो राणा रहेंगे या मैं रहूँगा। तुम मेरे साथ चलोगी?

प्रभा ने दृढ़ता से कहा–नहीं।

राजकुमार व्यंग्य भाव से बोला–क्यों! क्या चित्तौड़ की जलवायु पसंद आ गयी?

प्रभा ने राजकुमार की ओर तिरस्कृत नेत्रों से देखकर कहा–संसार में अपनी सब आशाएँ पूरी नहीं होतीं। जिस तरह यहाँ मैं अपना जीवन काट रही हूँ, वह मैं ही जानती हूँ, किन्तु लोक-निंदा भी तो कोई चीज है! संसार की दृष्टि में मैं चित्तौड़ की रानी हो चुकी। अब राणा जिस भाँति रखें, उसी भाँति रहूँगी। मैं अंत समय तक उनसे घृणा करूँगी, जलूँगी, कुढ़ूँगी। जब जलन न सही जाएगी, तो विष खा लूँगी या छाती में कटार मार कर मर जाऊँगी, लेकिन इसी भवन में। इस घर के बाहर कदापि पैर न रखूँगी।

राजकुमार के मन में संदेह हुआ कि प्रभा पर राणा का वशीकरण मंत्र चल गया। यह मुझसे छल कर रही है। प्रेम की जगह ईर्ष्या पैदा हुई। वह उसी भाव से बोला–और यदि मैं यहाँ से उठा ले जाऊँ, प्रभा के तेवर बदल गये। बोली–तो मैं वही करूँगी, जो ऐसी अवस्था में क्षत्राणियाँ किया करती हैं। अपने गले में छुरी मार लूँगी या तुम्हारे गले में।

राजकुमार एक पग और आगे बढ़ाकर यह कटुवाक्य बोला–राणा के साथ तो तुम खुशी से चली आयी। उस समय छुरी कहाँ गयी थी?

प्रभा को यह शब्द शर-सा लगा। वह तिलमिला कर बोली–उस समय इसी छुरी के एक वार से खून की नदी बहने लगती। मैं नहीं चाहती थी कि मेरे कारण मेरे भाई-बंधुओं की जान जाय। इसके सिवाय मैं कुँवारी थी। मुझे अपनी मर्यादा के भंग होने का कोई भय न था। मैंने पतिव्रत नहीं लिया। कम से कम संसार मुझे ऐसा समझता था। मैं अपनी दृष्टि में अब भी वही हूँ, किंतु संसार की दृष्टि में कुछ और हो गयी हूँ। लोक-लाज ने मुझे राणा की आज्ञाकारिणी बना दिया है। पतिव्रत की बेड़ी ज़बरदस्ती मेरे पैरों में डाल दी गयी है। अब इसकी रक्षा करना मेरा धर्म है। इसके विपरीत और कुछ करना क्षत्राणियों के नाम को कलंकित करना है। तुम मेरे घाव पर व्यर्थ नमक क्यों छिड़कते हो? यह कौन-सी भलमनसी है? मेरे भाग्य में जो कुछ बदा है, वह भोग रही हूँ। मुझे भोगने दो और तुमसे विनती करती हूँ कि शीघ्र ही यहाँ से चले जाओ।

राजकुमार एक पग और बढ़ा कर दुष्ट-भाव से बोला–प्रभा यहाँ आकर तुम त्रियाचरित्र में निपुण हो गयी। तुम मेरे साथ विश्वासघात करके अब धर्म की आड़ ले रही हो। तुमने मेरे प्रणय को पैरों तले कुचल दिया और अब मर्यादा का बहाना ढूँढ़ रही हो। मैं इन नेत्रों से राणा को तुम्हारे सौन्दर्य-पुष्प का भ्रमर बनते नहीं देख सकता।

मेरी कामनाएँ मिट्टी में मिलती हैं, तो तुम्हें लेकर जायेंगी। मेरा जीवन नष्ट होता है, तो उसके पहले तुम्हारे जीवन का भी अन्त होगा। तुम्हारी बेवफाई का यही दंड है। बोलो क्या निश्चय करती हो? इस समय मेरे साथ चलती हो या नहीं, किले के बाहर मेरे आदमी खड़े हैं।

प्रभा ने निर्भयता से कहा—नहीं।

राजकुमार—सोच लो नहीं तो पछताओगी।

प्रभा—खूब सोच लिया।

राजकुमार ने तलवार खींच ली और वह प्रभा की तरफ लपके। प्रभा भय से आँखें बन्द किये एक कदम पीछे हट गयी। मालूम होता था, उसे मूर्च्छा आ जाएगी।

अकस्मात् राणा तलवार लिये वेग के साथ कमरे में दाखिल हुए। राजकुमार सँभल कर खड़ा हो गया।

राणा ने सिंह के समान गरज कर कहा—दूर हट। क्षत्रिय स्त्रियों पर हाथ नहीं उठाते।

राजकुमार ने तन कर उत्तर दिया—लज्जाहीन स्त्रियों की यही सजा है।

राणा ने कहा—तुम्हारा वैरी तो मैं था। मेरे सामने आते क्यों लजाते थे? जरा मैं भी तुम्हारी तलवार की काट देखता।

राजकुमार ने ऐंठ कर राणा पर तलवार चलायी। शस्त्र-विद्या में राणा अतिकुशल थे। वार खाली देकर राजकुमार पर झपटे। इतने में प्रभा जो मूर्च्छित अवस्था में दीवार से चिमटी खड़ी थी, बिजली की तरह कौंध कर राजकुमार के सामने खड़ी हो गयी। राणा वार कर चुके थे। तलवार का पूरा हाथ उसके कंधे पर पड़ा। रक्त की फुहार छूटने लगी। राणा ने एक ठंडी साँस ली और उन्होंने तलवार हाथ से फेंक कर गिरती हुई प्रभा को सँभाल लिया। क्षणमात्र में प्रभा का मुखमंडल वर्णहीन हो गया। आँखें बुझ गयीं। दीपक ठंडा हो गया। मन्दार कुमार ने भी तलवार फेंक दी और वह आँखों में आँसू भर प्रभा के सामने घुटने टेक कर बैठ गया। दोनों प्रेमियों की आँखें सजल थीं। पतिंगे बुझे हुए दीपक पर जान दे रहे थे।

प्रेम के रहस्य निराले हैं। अभी एक क्षण हुआ, राजकुमार प्रभा पर तलवार लेकर झपटा था। प्रभा किसी प्रकार उसके साथ चलने पर उद्यत न होती थी। लज्जा का भय धर्म की बेड़ी कर्त्तव्य की दीवार रास्ता रोके खड़ी थी। परन्तु उसे तलवार के सामने देखकर उसने उस पर अपना प्राण अर्पण कर दिया। प्रीति की प्रथा निबाह दी, लेकिन अपने वचन के अनुसार उसी घर में।

हाँ प्रेम के रहस्य निराले हैं। अभी एक क्षण पहले राजकुमार प्रभा पर तलवार लेकर झपटा था। उसके खून का प्यासा था। ईर्ष्या की अग्नि उसके हृदय में दहक रही थी। वह रुधिर की धारा से शांत हो गयी। कुछ देर तक वह अचेत बैठा रोता रहा। फिर उठा और उसने तलवार उठाकर जोर से अपनी छाती में चुभा ली। फिर रक्त की फुहार निकली। दोनों धाराएँ मिल गयीं और उनमें कोई भेद न रहा।

प्रभा उसके साथ चलने पर राजी न थी। किंतु वह प्रेम के बन्धन को तोड़ न सकी। दोनों उस घर ही से नहीं संसार से एक साथ सिधारे।

मृत्यु के पीछे

बाबू ईश्वरचंद्र को समाचारपत्रों में लेख लिखने की चाट उन्हीं दिनों पड़ी, जब वे विद्याभ्यास कर रहे थे। नित्य नये विषयों की चिंता में लीन रहते। पत्रों में अपना नाम देखकर उन्हें उससे कहीं ज्यादा खुशी होती थी, जितनी परीक्षाओं में उत्तीर्ण होने या कक्षा में उच्च स्थान प्राप्त करने से हो सकती थी। वह अपने कालेज के गरम-दल के नेता थे। समाचारपत्रों में परीक्षापत्रों की जटिलता या अध्यापकों के अनुचित व्यवहार की शिकायत का भार उन्हीं के सिर था। इससे उन्हें कालेज में प्रतिनिधित्व का काम मिल गया। प्रतिरोध के प्रत्येक अवसर पर उन्हीं के नाम नेतृत्व की गोटी पड़ जाती थी। उन्हें विश्वास हो गया कि मैं इस परिमित क्षेत्र से निकल कर संसार के विस्तृत क्षेत्र में अधिक सफल हो सकता हूँ। सार्वजनिक जीवन को वह अपना भाग्य समझ बैठे थे। कुछ ऐसा संयोग हुआ कि अभी एम.ए. परीक्षार्थियों में उनका नाम निकलने भी न पाया था कि गौरव के सम्पादक महोदय ने वानप्रस्थ लेने की ठानी और पत्रिका का भार ईश्वरचंद्र दत्त के सिर पर रखने का निश्चय किया। बाबू जी को यह समाचार मिला, तो उछल पड़े। धन्य भाग्य कि मैं इस सम्मानित पद के योग्य समझा गया! इसमें संदेह नहीं कि वह इस दायित्व के गुरुत्व से भली-भाँति परिचित थे, लेकिन कीर्तिलाभ के प्रेम ने उन्हें बाधक परिस्थितियों का सामना करने पर उद्यत कर दिया। वह इस व्यवसाय में स्वातंत्रय आत्मगौरव अनुशीलन और दायित्व की मात्र को बढ़ाना चाहते थे। भारतीय पत्रों को पश्चिम के आदर्श पर चलाने के इच्छुक थे। इन इरादों के पूरा करने का सुअवसर हाथ आया। वे प्रेमोल्लास से उत्तेजित होकर नाली में कूद पड़े।

2

ईश्वरचंद्र की पत्नी एक ऊँचे और धनाढ्य कुल की लड़की थी और वह ऐसे कुलों की मर्यादाप्रियता तथा मिथ्या गौरवप्रेम से सम्पन्न थी। यह समाचार पाकर डरी की पति महाशय कहीं इस झंझट में फँस कर कानून से मुँह न मोड़ लें। लेकिन जब बाबू साहब ने आश्वासन दिया कि यह कार्य उनके कानून के अभ्यास में बाधक न होगा, तो कुछ न बोली।

लेकिन ईश्वरचंद्र को बहुत जल्द मालूम हो गया कि पत्र सम्पादन एक बहुत ही ईर्ष्यायुक्त कार्य है, जो चित्त की समग्र वृत्तियों का अपहरण कर लेता है। उन्होंने इसे मनोरंजन का एक साधन और ख्यातिलाभ का एक यंत्र समझा था। उसके द्वारा जाति की कुछ सेवा करना चाहते थे। उससे द्रव्योपार्जन का विचार तक न किया था। लेकिन नौका में बैठकर उन्हें अनुभव हुआ कि यात्रा उतनी सुखद नहीं है, जितनी समझी थी। लेखों के संशोधन परिवर्धन और परिवर्तन लेखकगण से पत्र-व्यवहार और चित्ताकर्षक

विषयों की खोज और सहयोगियों से आगे बढ़ जाने की चिंता में उन्हें कानून का अध्ययन करने का अवकाश ही न मिलता था। सुबह को किताबें खोलकर बैठते कि 100 पृष्ठ समाप्त किये बिना कदापि न उठूँगा, किन्तु ज्योंही डाक का पुलिंदा आ जाता, वे अधीर होकर उस पर टूट पड़ते, किताब खुली की खुली रह जाती थी। बार-बार संकल्प करते कि अब नियमित रूप से पुस्तकावलोकन करूँगा और एक निर्दिष्ट समय से अधिक सम्पादनकार्य में न लगाऊँगा। लेकिन पत्रिकाओं का बंडल सामने आते ही दिल काबू के बाहर हो जाता। पत्रों के नोक-झोंक पत्रिकाओं के तर्क-वितर्क, आलोचना-प्रत्यालोचना, कवियों के काव्यचमत्कार, लेखकों का रचनाकौशल इत्यादि सभी बातें उन पर जादू का काम करतीं। इस पर छपाई की कठिनाइयाँ ग्राहक-संख्या बढ़ाने की चिंता और पत्रिका को सर्वांग-सुंदर बनाने की आकांक्षा और भी प्राणों को संकट में डाले रहती थी। कभी-कभी उन्हें खेद होता कि व्यर्थ ही इस झमेले में पड़ा यहाँ तक कि परीक्षा के दिन सिर पर आ गये और वे इसके लिए बिलकुल तैयार न थे। वे उसमें सम्मिलित न हुए। मन को समझाया कि अभी इस काम का श्रीगणेश है, इसी कारण यह सब बाधाएँ उपस्थित होती हैं। अगले वर्ष यह काम एक सुव्यवस्थित रूप में आ जायगा और तब मैं निश्चिंत होकर परीक्षा में बैठूँगा! पास कर लेना क्या कठिन है। ऐसे बुद्धू पास हो जाते हैं, जो एक सीधा-सा लेख भी नहीं लिख सकते, तो क्या मैं ही रह जाऊँगा? मानकी ने उनकी यह बातें सुनीं, तो खूब दिल के फफोले फोड़े—मैं तो जानती थी कि यह धुन तुम्हें मटियामेट कर देगी। इसलिए बार-बार रोकती थी, लेकिन तुमने मेरी एक न सुनी। आप तो डूबे ही मुझे भी ले डूबे। उनके पूज्य पिता भी बिगड़े हितैषियों ने भी समझाया—अभी इस काम को कुछ दिनों के लिए स्थगित कर दो। कानून में उत्तीर्ण होकर निर्द्वंद्व देशोद्धार में प्रवृत्त हो जाना। लेकिन ईश्वरचंद्र एक बार मैदान में आकर भागना निंद्य समझते थे। हाँ, उन्होंने दृढ़ प्रतिज्ञा की कि दूसरे साल परीक्षा के लिए तन-मन से तैयारी करूँगा।

अतएव नये वर्ष के पदार्पण करते ही उन्होंने कानून की पुस्तकें संग्रह कीं पाठ्यक्रम निश्चित किया, रोजनामचा लिखने लगे और अपने चंचल और बहानेबाज चित्त को चारों ओर से जकड़ा मगर चटपटे पदार्थों का आस्वादन करने के बाद सरल भोजन कब रुचिकर होता है! कानून में वे घातें कहाँ? वह उन्माद कहाँ? वे चोटें कहाँ? वह उत्तेजना कहाँ? वह हलचल कहाँ! बाबू साहब अब नित्य एक खोयी हुई दशा में रहते। जब तक अपने इच्छानुकूल काम करते थे, चौबीस घंटों में घंटे-दो घंटे कानून भी देख लिया करते थे। इस नशे ने मानसिक शक्तियों को शिथिल कर दिया। स्नायु निर्जीव हो गये। उन्हें ज्ञात होने लगा कि अब तैं कानून के लायक नहीं रहा और इस ज्ञान ने कानून के प्रति उदासीनता का रूप धारण किया। मन में संतोषवृत्ति का प्रादुर्भाव हुआ। प्रारब्ध और पूर्वसंस्कार के सिद्धांतों की शरण लेने लगे।

एक दिन मानकी ने कहा—यह क्या बात है? क्या कानून से फिर जी उचाट हुआ?

ईश्वरचंद्र ने दुस्साहसपूर्ण भाव से उत्तर दिया—हाँ, भई, मेरा जी उससे भागता है।

मानकी ने व्यंग्य से कहा—बहुत कठिन है।

ईश्वरचंद्र—कठिन नहीं है और कठिन भी होता तो मैं उससे डरने वाला न था, लेकिन मुझे वकालत का पेशा ही पतित प्रतीत होता है। ज्यों-ज्यों वकीलों की आंतरिक दशा का ज्ञान होता है, मुझे उस पेशे से घृणा होती जाती है। इसी शहर में सैकड़ों वकील और बैरिस्टर पड़े हुए हैं, लेकिन एक व्यक्ति भी ऐसा नहीं, जिसके हृदय में दया हो, जो स्वार्थपरता के हाथों बिक न गया हो। छल और धूर्तता इस पेशे का मूल तत्त्व है। इसके बिना किसी तरह निर्वाह नहीं। अगर कोई महाशय जातीय आंदोलन में शरीक भी होते हैं, तो स्वार्थसिद्धि करने के लिए अपना ढोल पीटने के लिए। हम लोगों का समग्र जीवन वासना-भक्ति पर अर्पित हो जाता है। दुर्भाग्य से हमारे देश का शिक्षित समुदाय इसी दरगाह का मुजावर होता जाता है और यही कारण है कि हमारी जातीय संस्थाओं की श्रीवृद्धि नहीं होती। जिस काम में हमारा दिल न हो, हम केवल ख्याति और स्वार्थ-लाभ के लिए उसके कर्णधार बने हुए हों, वह कभी नहीं हो सकता। वर्तमान सामाजिक व्यवस्था का अन्याय है, जिसने इस पेशे को इतना उच्च स्थान प्रदान कर दिया है। यह विदेशी सभ्यता का निकृष्टतम स्वरूप है कि देश का बुद्धिबल स्वयं धनोपार्जन न करके दूसरों की पैदा की हुई दौलत पर चौन करता, शहद की मक्खी न बन कर चींटी बनना, अपने जीवन का लक्ष्य समझता है।

मानकी चिढ़ कर बोली—पहले तुम वकीलों की इतनी निंदा न करते थे!

ईश्वरचंद्र ने उत्तर दिया—तब अनुभव न था। बाहरी टीमटाम ने वशीकरण कर दिया था।

मानकी—क्या जाने तुम्हें पत्रों से क्यों इतना प्रेम है, मैं जिसे देखती हूँ, उन्हें अपनी कठिनाइयों का रोना रोते हुए पाती हूँ। कोई अपने ग्राहकों से नये ग्राहक बनाने का अनुरोध करता है, कोई चंदा न वसूल होने की शिकायत करता है। बता दो कि कोई उच्च शिक्षा प्राप्त मनुष्य कभी इस पेशे में आया है। जिसे कुछ नहीं सूझती, जिसके पास न कोई सनद हो, न कोई डिग्री, वही पत्र निकाल बैठता है और भूखों मरने की अपेक्षा रूखी रोटियों पर ही संतोष करता है। लोग विलायत जाते हैं, वहाँ कोई डाक्टरी पढ़ता है, कोई इंजीनियरी कोई सिविल सर्विस, लेकिन आज तक न सुना कि कोई एडीटरी का काम सीखने गया। क्यों सीखे किसी को क्या पड़ी है कि जीवन की महत्त्वाकांक्षाओं को खाक में मिला कर त्याग और विराग में उम्र काटे? हाँ, जिनको सनक सवार हो गयी हो उनकी बात निराली है।

ईश्वरचंद्र—जीवन का उद्देश्य केवल धन-संचय करना ही नहीं है।

मानकी—अभी तुमने वकीलों की निंदा करते हुए कहा, यह लोग दूसरों की कमाई खाकर मोटे होते हैं। पत्र चलानेवाले भी तो दूसरों की ही कमाई खाते हैं।

ईश्वरचंद्र ने बगलें झाँकते हुए कहा—हम लोग दूसरों की कमाई खाते हैं, तो दूसरों पर जान भी देते हैं। वकीलों की भाँति किसी को लूटते नहीं।

मानकी–यह तुम्हारी हठधर्मी है। वकील भी तो अपने मुवक्किलों के लिए जान लड़ा देते हैं। उनकी कमाई भी उतनी ही है, जितनी पत्रवालों की। अंतर केवल इतना है कि एक की कमाई पहाड़ी होता है, दूसरे की बरसाती नाला। एक में नित्य जलप्रवाह होता है, दूसरे में नित्य धूल उड़ा करती है। बहुत हुआ तो बरसात में घड़ी-दो घड़ी के लिए पानी आ गया।

ईश्वर–पहले तो मैं यही नहीं मानता कि वकीलों की कमाई हलाल है और यह मान भी लूँ, तो यह किसी तरह नहीं मान सकता कि सभी वकील फूलों की सेज पर सोते हैं। अपना-अपना भाग्य सभी जगह है। कितने ही वकील हैं, जो झूठी गवाहियाँ देकर पेट पालते हैं। इस देश में समाचारपत्रों का प्रचार अभी बहुत कम है, इसी कारण पत्रसंचालकों की आर्थिक दशा अच्छी नहीं है। यूरोप और अमरीका में पत्र चलाकर लोग करोड़पति हो गये हैं। इस समय संसार के सभी समुन्नत देशों के सूत्रधार या तो समाचारपत्रों के सम्पादक और लेखक हैं या पत्रों के स्वामी। ऐसे कितने ही अरबपति हैं, जिन्होंने अपनी सम्पत्ति की नींव पत्रों पर ही खड़ी की थी...

ईश्वरचंद्र सिद्ध करना चाहते थे कि धन ख्याति और सम्मान प्राप्त करने का पत्र-संचालन से उत्तम और कोई साधन नहीं है और सबसे बड़ी बात तो यह है कि इस जीवन में सत्य और न्याय की रक्षा करने के सच्चे अवसर मिलते हैं, परंतु मानकी पर इस वक्तृता का जरा भी असर न हुआ। स्थूल दृष्टि को दूर की चीजें साफ नहीं दीखतीं। मानकी के सामने सफल सम्पादक का कोई उदाहरण न था।

3

16 वर्ष गुजर गये। ईश्वरचंद्र ने सम्पादकीय जगत् में खूब नाम पैदा किया, जातीय आन्दोलनों में अग्रसर हुए पुस्तकें लिखीं, एक दैनिक पत्र निकाला अधिकारियों के भी सम्मानपात्र हुए। बड़ा लड़का बी. ए. में जा पहुँचा, छोटे लड़के नीचे के दरजों में थे। एक लड़की का विवाह भी एक धनसम्पन्न कुल में किया है। विदित यही होता था कि उनका जीवन बड़ा ही सुखमय है, मगर उनकी आर्थिक दशा अब भी संतोषजनक न थी। खर्च आमदनी से बढ़ा हुआ था। घर की कई हज़ार की जायदाद हाथ से निकल गयी, इस पर बैंक का कुछ न कुछ देना सिर पर सवार रहता था। बाज़ार में भी उनकी साख न थी। कभी-कभी तो यहाँ तक नौबत आ जाती कि उन्हें बाज़ार का रास्ता छोड़ना पड़ता। अब वह अक्सर अपनी युवावस्था की अदूरदर्शिता पर अफसोस करते थे। जातीय सेवा का भाव अब भी उनके हृदय में तरंगें मारता था, लेकिन वह देखते थे कि काम तो मैं तय करता हूँ और यश वकीलों और सेठों के हिस्सों में आ जाता था। उनकी गिनती अभी तक छुटभैयों में थी। यद्यपि सारा नगर जानता था कि यहाँ के सार्वजनिक जीवन के प्राण वही हैं, पर यह भाव कभी व्यक्त न होता था। इन्हीं कारणों से ईश्वरचंद्र को सम्पादन कार्य से अरुचि होती थी। दिनोंदिन उत्साह क्षीण होता जाता था, लेकिन इस जाल से निकलने का कोई उपाय न सूझता था। उनकी रचना में

सजीवता न थी, न लेखनी में शक्ति। उनके पत्र और पत्रिका दोनों ही से उदासीनता का भाव झलकता था। उन्होंने सारा भार सहायकों पर छोड़ दिया था, खुद बहुत कम काम करते थे। हाँ, दोनों पत्रों की जड़ जम चुकी थी, इसलिए ग्राहक-संख्या कम न होने पाती थी। वे अपने नाम पर चलते थे।

लेकिन इस संघर्ष और संग्राम के काल में उदासीनता का निर्वाह कहाँ। गौरव ने प्रतियोगी खड़े कर दिये जिनके नवीन उत्साह ने गौरव से बाजी मार ली। उसका बाज़ार ठंडा होने लगा। नये प्रतियोगियों का जनता ने बड़े हर्ष से स्वागत किया। उनकी उन्नति होने लगी। यद्यपि उनके सिद्धांत भी वही, लेखक भी वही, विषय भी वही थे, लेकिन आगंतुकों ने उन्हीं पुरानी बातों में नयी जान डाल दी। उनका उत्साह देख ईश्वरचंद्र को भी जोश आया कि एक बार फिर अपनी रुकी हुई गाड़ी में जोर लगायें, लेकिन न अपने में सामर्थ्य थी, न कोई हाथ बँटानेवाला नज़र आता था। इधर-उधर निराश नेत्रों से देखकर हतोत्साह हो जाते थे। हा! मैंने अपना सारा जीवन सार्वजनिक कार्यों में व्यतीत किया, खेत को बोया, सींचा, दिन को दिन और रात को रात न समझा, धूप में जला, पानी में भीगा और इतने परिश्रम के बाद जब फसल काटने के दिन आये, तो मुझमें हँसिया पकड़ने का भी बूता नहीं। दूसरे लोग जिनका उस समय कहीं पता न था, अनाज काट-काट कर खलिहान भरे लेते हैं और मैं खड़ा मुँह ताकता हूँ। उन्हें पूरा विश्वास था कि अगर कोई उत्साहशील युवक मेरा शरीक हो जाता, तो गौरव अब भी अपने प्रतिद्वंद्वियों को परास्त कर सकता। सभ्य-समाज में उनकी धाक जमी हुई थी, परिस्थिति उनके अनुकूल थी। जरूरत केवल ताजे खून की थी। उन्हें अपने बड़े लड़के से ज्यादा उपयुक्त इस काम के लिए और कोई न दीखता था। उसकी रुचि भी इस काम की ओर थी, पर मानकी के भय से वह इस विचार को ज़बान पर न ला सके थे। इसी चिंता में दो साल गुजर गये और यहाँ तक नौबत पहुँची कि या तो गौरव का टाट उलट दिया जाय या इसे पुनः अपने स्थान पर पहुँचाने के लिए कटिबद्ध हुआ जाय। ईश्वरचंद्र ने इसके पुनुरुद्धार के लिए अंतिम उद्योग करने का दृढ़ निश्चय कर लिया। इसके सिवा और कोई उपाय न था। यह पत्रिका उनके जीवन का सर्वस्व थी। इससे उनके जीवन और मृत्यु का सम्बन्ध था। उसको बंद करने की वह कल्पना भी न कर सकते थे। यद्यपि उनका स्वास्थ्य अच्छा न था, पर प्राणरक्षा की स्वाभाविक इच्छा ने उन्हें अपना सब कुछ अपनी पत्रिका पर न्योछावर करने को उद्यत कर दिया। फिर दिन के दिन लिखने-पढ़ने में रत रहने लगे। एक क्षण के लिए भी सिर न उठाते। गौरव के लेखों में फिर सजीवता का उद्‌भव हुआ, विद्वज्जनों में फिर उसकी चर्चा होने लगी, सहयोगियों ने फिर उसके लेखों को उद्धृत करना शुरू किया, पत्रिकाओं में फिर उसकी प्रशंसासूचक आलोचनाएँ निकलने लगीं। पुराने उस्ताद की ललकार फिर अखाड़े में गूँजने लगी।

लेकिन पत्रिका के पुनः संस्कार के साथ उनका शरीर और भी जर्जर होने लगा। हद्‌यरोग के लक्षण दिखाई देने लगे। रक्त की न्यूनता से मुख पर पीलापन छा गया।

ऐसी दशा में वह सुबह से शाम तक अपने काम में तल्लीन रहते धन और श्रम का संग्राम छिड़ा हुआ था। ईश्वरचंद्र की सदय प्रकृति ने उन्हें श्रम का सपक्षी बना दिया था। धनवादियों का खंडन और प्रतिवाद करते हुए उनके खून में गरमी आ जाती थी, शब्दों से चिनगारियाँ निकलने लगती थीं, यद्यपि यह चिनगारियाँ केंद्रस्थ गरमी को छिन्न किये देती थीं।

एक दिन रात के दस बज गये थे। सरदी खूब पड़ रही थी। मानकी दबे पैर उनके कमरे में आयी। दीपक की ज्योति में उनके मुख का पीलापन और भी स्पष्ट हो गया था। वह हाथ में कलम लिये किसी विचार में मग्न थे। मानकी के आने की उन्हें भी आहट न मिली। मानकी एक क्षण तक उन्हें वेदना-युक्त नेत्रों से ताकती रही। तब बोली अब तो यह पोथा बंद करो। आधी रात होने को आयी। खाना पानी हुआ जाता है।

ईश्वरचंद्र ने चौंक कर सिर उठाया और बोले–क्यों, क्या आधी रात हो गयी? नहीं, अभी मुश्किल से दस बजे होंगे। मुझे अभी जरा भी भूख नहीं है।

मानकी–कुछ थोड़ा-सा खा लो न।

ईश्वर–एक ग्रास भी नहीं। मुझे इसी समय अपना लेख समाप्त करना है।

मानकी–मैं देखती हूँ, तुम्हारी दशा दिन-दिन बिगड़ती जाती है। दवा क्यों नहीं करते? जान खपा कर थोड़े ही काम किया जाता है?

ईश्वर–अपनी जान को देखूँ या इस घोर संग्राम को देखूँ जिसने समस्त देश में हलचल मचा रखी है। हजारों-लाखों जानों की हिमायत में एक जान न भी रहे तो क्या चिंता?

मानकी–कोई सुयोग्य सहायक क्यों नहीं रख लेते?

ईश्वरचंद्र ने ठंडी साँस लेकर कहा–बहुत खोजता हूँ, पर कोई नहीं मिलता। एक विचार कई दिनों से मेरे मन में उठ रहा है, अगर तुम धैर्य से सुनना चाहो तो कहूँ।

मानकी–कहो सुनूँगी। मानने लायक होगी, तो मानूँगी क्यों नहीं?

ईश्वरचंद्र–मैं चाहता हूँ कि कृष्णचंद्र को अपने काम में शरीक कर लूँ। अब तो वह एम.ए. भी हो गया। इस पेशे से उसे रुचि भी है। मालूम होता है कि ईश्वर ने उसे इसी काम के लिए बनाया है।

मानकी ने अवहेलना-भाव से कहा–क्या अपने साथ उसे भी ले डूबने का इरादा है? घर की सेवा करनेवाला भी कोई चाहिए कि सब देश की ही सेवा करेंगे?

ईश्वर–कृष्णचंद्र यहाँ किसी से बुरा न रहेगा।

मानकी–क्षमा कीजिए। बाज आयी। वह कोई दूसरा काम करेगा, जहाँ चार पैसे मिलें। यह घर-फूँक काम आप ही को मुबारक रहे।

ईश्वर–वकालत में भेजोगी, पर देख लेना पछताना पड़ेगा। कृष्णचंद्र उस पेशे के लिए सर्वथा अयोग्य है।

मानकी–वह चाहे मजूरी करे, पर इस काम में न डालूँगी।

ईश्वर–तुमने मुझे देखकर समझ लिया कि इस काम में घाटा ही घाटा है। पर इसी देश में ऐसे भाग्यवान लोग मौजूद हैं, जो पत्रों की बदौलत धन और कीर्ति से मालामाल हो रहे हैं।

मानकी–इस काम में तो अगर कंचन भी बरसे तो मैं उसे न आने दूँ। सारा जीवन वैराग्य में कट गया। अब कुछ दिन भोग भी करना चाहती हूँ।

यह जाति का सच्चा सेवक अंत को जातीय कष्टों के साथ रोग के कष्टों को न सह सका। इस वार्तालाप के बाद मुश्किल से नौ महीने गुजरे थे कि ईश्वरचंद्र ने संसार से प्रस्थान किया। उनका सारा जीवन सत्य के पोषण न्याय की रक्षा और प्रजा-कष्टों के विरोध में कटा था। अपने सिद्धांतों के पालन में उन्हें कितनी ही बार अधिकारियों की तीव्र दृष्टि का भाजन बनना पड़ा था, कितनी ही बार जनता का अविश्वास यहाँ तक कि मित्रों की अवहेलना भी सहनी पड़ी थी, पर उन्होंने अपनी आत्मा का कभी हनन नहीं किया। आत्मा के गौरव के सामने धन को कुछ न समझा।

इस शोक समाचार के फैलते ही सारे शहर में कुहराम मच गया। बाज़ार बंद हो गये, शोक के जलसे होने लगे, सहयोगी पत्रों ने प्रतिद्वंद्विता के भाव को त्याग दिया, चारों ओर से एक ध्वनि आती थी कि देश से एक स्वतंत्र सत्यवादी और विचारशील सम्पादक तथा एक निर्भीक त्यागी देशभक्त उठ गया और उसका स्थान चिरकाल तक खाली रहेगा। ईश्वरचंद्र इतने बहुजनप्रिय हैं, इसका उनके घरवालों को ध्यान भी न था। उनका शव निकला तो सारा शहर गण्य-अगण्य अर्थी के साथ था। उनके स्मारक बनने लगे। कहीं छात्रवृत्तियाँ दी गयीं, कहीं उनके चित्र बनवाये गये पर सबसे अधिक महत्त्वशील वह मूर्ति थी, जो श्रमजीवियों की ओर से प्रतिष्ठित हुई थी।

मानकी को अपने पतिदेव का लोकसम्मान देखकर सुखमय कुतूहल होता था। उसे अब खेद होता था कि मैंने उनके दिव्य गुणों को न पहचाना उनके पवित्र भावों और उच्च विचारों की कद्र न की। सारा नगर उनके लिए शोक मना रहा है। उनकी लेखनी ने अवश्य इनके ऐसे उपकार किये हैं, जिन्हें ये भूल नहीं सकते और मैं अंत तक उनका मार्ग-कंटक बनी रही सदैव तृष्णा के वश उनका दिल दुखाती रही। उन्होंने मुझे सोने में मढ़ दिया होता, एक भव्य भवन बनवाया होता या कोई जायदाद पैदा कर ली होती, तो मैं खुश होती, अपना धन्य भाग्य समझती। लेकिन तब देश में कौन उनके लिए आँसू बहाता? कौन उनका यश गाता, यहीं एक से एक धनिक पुरुष पड़े हुए हैं। वे दुनिया से चले जाते हैं और किसी को खबर भी नहीं होती। सुनती हूँ, पतिदेव के नाम से छात्रों को वृत्ति दी जाएगी। जो लड़के वृत्ति पाकर विद्या-लाभ करेंगे, वे मरते दम तक उनकी आत्मा को आशीर्वाद देंगे। शोक! मैंने उनके आत्मत्याग का मर्म न जाना। स्वार्थ ने मेरी आँखों पर पर्दा डाल दिया था।

मानकी के हृदय में ज्यों-ज्यों ये भावनाएँ जागृत होती थीं, उसे पति में श्रद्धा बढ़ती जाती थी। वह गौरवशीला स्त्री थी। इस कीर्तिगान और जनसम्मान से उसका मस्तिष्क

ऊँचा हो जाता था। इसके उपरांत अब उसकी आर्थिक दशा पहले की-सी चिंताजनक न थी। कृष्णचंद्र के असाधारण अध्यवसाय और बुद्धिबल ने उनकी वकालत को चमका दिया था। वह जातीय कामों में अवश्य भाग लेते थे, पत्रों में यथाशक्ति लेख भी लिखते थे, इस काम से उन्हें विशेष प्रेम था। लेकिन मानकी हमेशा इन कामों से दूर रखने की चेष्टा करती थी। कृष्णचंद्र अपने ऊपर जब्र करते थे। माँ का दिल दुखाना उन्हें मंजूर न था।

ईश्वरचंद्र की पहली बरसी थी। शाम को ब्रह्मभोज हुआ। आधी रात तक गरीबों को खाना दिया गया। प्रातःकाल मानकी अपनी सेजगाड़ी पर बैठकर गंगा नहाने गयी। यह उसकी चिरसंचित अभिलाषा थी, जो अब पुत्र की मातृभक्ति ने पूरी कर दी थी। यह उधर से लौट रही थी कि उसके कानों में बैंड की आवाज़ आयी और एक क्षण के बाद एक जुलूस सामने आता हुआ दिखायी दिया। पहले कोतल घोड़ों की माला थी, उसके बाद अश्वारोही स्वयंसेवकों की सेना। उसके पीछे सैकड़ों सवारीगाड़ियाँ थीं। सबसे पीछे एक सजे हुए रथ पर किसी देवता की मूर्ति थी। कितने ही आदमी इस विमान को खींच रहे थे। मानकी सोचने लगी—यह किस देवता का विमान है? न तो रामलीला के ही दिन हैं, न रथयात्रा के! सहसा उसका दिल जोर से उछल पड़ा। यह ईश्वरचंद्र की मूर्ति थी, जो श्रमजीवियों की ओर से बनवायी गयी थी और लोग उसे बड़े मैदान में स्थापित करने के लिए लिये जाते थे। वही स्वरूप था, वही वस्त्र, वही मुखाकृति। मूर्तिकार ने विलक्षण कौशल दिखाया था। मानकी का हृदय बाँसों उछलने लगा। उत्कंठा हुई कि परदे से निकल कर इस जुलूस के सम्मुख पति के चरणों पर गिर पड़ूँ। पत्थर की मूर्ति मानव-शरीर से अधिक श्रद्धास्पद होती है। किंतु कौन मुँह लेकर मूर्ति के सामने जाऊँ उसकी आत्मा ने कभी उसका इतना तिरस्कार न किया था। मेरी धनलिप्सा उनके पैरों की बेड़ी न बनती, तो वह न जाने किस सम्मान पद पर पहुँचते। मेरे कारण उन्हें कितना क्षोभ हुआ! घरवालों की सहानुभूति बाहरवालों के सम्मान से कहीं उत्साहजनक होती है। मैं इन्हें क्या कुछ न बना सकती थी, पर कभी उभरने न दिया। स्वामी जी मुझे क्षमा करो मैं तुम्हारी अपराधिनी हूँ, मैंने तुम्हारे पवित्र भावों की हत्या की है, मैंने तुम्हारी आत्मा को दुःखी किया है। मैंने बाज को पिंजड़े में बन्द करके रखा था। शोक!

सारे दिन मानकी को वही पश्चात्ताप होता रहा। शाम को उससे न रहा गया। वह अपनी कहारिन को लेकर पैदल उस देवता के दर्शन को चली, जिसकी आत्मा को उसने दुःख पहुँचाया था!

संध्या का समय था। आकाश पर लालिमा छायी थी। अस्ताचल की ओर कुछ बादल भी हो आये थे। सूर्यदेव कभी मेघपट में छिप जाते थे, कभी बाहर निकल आते थे। इस धूप-छाँह में ईश्वरचंद्र की मूर्ति दूर से कभी प्रभात की भाँति प्रसन्नमुख और कभी संध्या की भाँति मलिन देख पड़ती थी। मानकी उसके निकट गयी पर उसके मुख की ओर न देख सकी। उन आँखों में करुण-वेदना थी। मानकी को ऐसा मालूम हुआ, मानो वह मेरी ओर तिरस्कारपूर्ण भाव से देख रही है। उसकी आँखों से ग्लानि

और लज्जा के आँसू बहने लगे। वह मूर्ति के चरणों पर गिर पड़ी और मुँह ढाँप कर रोने लगी। मन के भाव द्रवित हो गये।

वह घर आयी तो नौ बज गये थे। कृष्ण उसे देखकर बोले–अम्माँ आज आप इस वक्त कहाँ गयी थीं।

मानकी ने हर्ष से कहा–गयी थी तुम्हारे बाबू जी की प्रतिमा के दर्शन करने। ऐसा मालूम होता है, वही साक्षात् खड़े हैं।

कृष्ण–जयपुर से बन कर आयी है।

मानकी–पहले तो लोग उनका इतना आदर न करते थे?

कृष्ण–उनका सारा जीवन सत्य और न्याय की वकालत में गुजरा है। ऐसे ही महात्माओं की पूजा होती है।

मानकी–लेकिन उन्होंने वकालत कब की?

कृष्ण–हाँ, यह वकालत नहीं की, जो मैं और मेरे हजारों भाई कर रहे हैं, जिससे न्याय और धर्म का खून हो रहा है। उनकी वकालत उच्चकोटि की थी।

मानकी–अगर ऐसा है तो तुम भी वही वकालत क्यों नहीं करते?

कृष्ण–बहुत कठिन है। दुनिया का जंजाल अपने सिर लीजिए दूसरों के लिए रोइए दीनों की रक्षा के लिए लट्ठ लिये फिरिए और इस कष्ट अपमान और यंत्रणा का पुरस्कार क्या है, अपनी जीवनाभिलाषाओं की हत्या।

मानकी–लेकिन यश तो होता है।

कृष्ण–हाँ, यश होता है। लोग आशीर्वाद देते हैं।

मानकी–जब इतना यश मिलता है तो तुम भी वही काम करो। हम लोग उस पवित्र आत्मा की और कुछ सेवा नहीं कर सकते, तो उसी वाटिका को चलाते जाएँ, जो उन्होंने अपने जीवन में इतने उत्सर्ग और भक्ति से लगायी। इससे उनकी आत्मा को शांति होगी। कृष्णचन्द्र ने माता को श्रद्धामय नेत्रों से देखकर कहा–करूँ तो मगर संभव है, तब यह टीम-टाम न निभ सके। शायद फिर वही पहले की-सी दशा हो जाय।

मानकी–कोई हरज नहीं। संसार में यश तो होगा, आज तो अगर धन की देवी भी मेरे सामने आये, तो मैं आँखें न नीची करूँ।

अमावस्या की रात्रि

दीवाली की संध्या थी। श्रीनगर के घूरों और खँडहरों के भी भाग्य चमक उठे थे। कस्बे के लड़के और लड़कियाँ श्वेत थालियों में दीपक लिये मंदिर की ओर जा रही थीं। दीपों से उनके मुखारविंद प्रकाशमान थे। प्रत्येक गृह रोशनी से जगमगा रहा था। केवल पंडित देवदत्त का सतधारा भवन काली घटा के अंधकार में गंभीर और भयंकर रूप में खड़ा था। गंभीर इसलिए कि उसे अपनी उन्नति के दिन भूले न थे, भयंकर इसलिए

कि यह जगमगाहट मानो उसे चिढ़ा रही थी। एक समय वह था, जबकि ईर्ष्या भी उसे देख-देखकर हाथ मलती थी और एक समय यह है, जबकि घृणा भी उस पर कटाक्ष करती है। द्वार पर द्वारपाल की जगह अब मदार और एरंड के वृक्ष खड़े थे। दीवानखाने में एक मतंग साँड़ अकड़ता था। ऊपर के घरों में जहाँ सुन्दर रमणियाँ मनोहर संगीत गाती थीं, वहाँ आज जंगली कबूतरों के मधुर स्वर सुनायी देते थे। किसी अँग्रेजी मदरसे के विद्यार्थी के आचरण की भाँति उसकी जड़ें हिल गयी थीं और उसकी दीवारें किसी विधवा स्त्री के हृदय की भाँति विदीर्ण हो रही थीं, पर समय को हम कुछ नहीं कह सकते। समय की निंदा व्यर्थ और भूल है, यह मूर्खता और अदूरदर्शिता का फल था।

अमावस्या की रात्रि थी। प्रकाश से पराजित होकर मानो अंधकार ने उसी विशाल भवन में शरण ली थी। पंडित देवदत्त अपने अर्द्ध अंधकारवाले कमरे में मौन, परंतु चिंता में निमग्न थे। आज एक महीने से उनकी पत्नी गिरिजा की ज़िंदगी को निर्दय काल ने खिलवाड़ बना लिया है। पंडित जी दरिद्रता और दुःख को भुगतने के लिए तैयार थे। भाग्य का भरोसा उन्हें धैर्य बँधाता था, किंतु यह नयी विपत्ति सहन-शक्ति से बाहर थी। बेचारे दिन के दिन गिरिजा के सिरहाने बैठे हुए उसके मुरझाये हुए मुख को देखकर कुढ़ते और रोते थे। गिरिजा जब अपने जीवन से निराश होकर रोती, तो वह उसे समझाते—गिरिजा, रोओ मत, शीघ्र ही अच्छी हो जाओगी।

पंडित देवदत्त के पूर्वजों का कारोबार बहुत विस्तृत था। वे लेन-देन किया करते थे। अधिकतर उनके व्यवहार बड़े-बड़े चकलेदारों और रजवाड़ों के साथ थे। उस समय ईमान इतना सस्ता नहीं बिकता था। सादे पत्रों पर लाखों की बातें हो जाती थीं। मगर सन् 57 ईस्वी के बलवे ने कितनी ही रियासतों और राज्यों को मिटा दिया और उनके साथ तिवारियों का यह अन्न-धन-पूर्ण परिवार भी मिट्टी में मिल गया। खजाना लुट गया, बही-खाते पंसारियों के काम आये। जब कुछ शांति हुई रियासतें फिर सँभली, तो समय पलट चुका था। वचन लेख के अधीन हो रहा था तथा लेख में भी सादे और रंगीन का भेद होने लगा था।

जब देवदत्त ने होश सँभाला, तब उनके पास इस खँडहर के अतिरिक्त और कोई सम्पत्ति न थी। अब निर्वाह के लिए कोई उपाय न था। कृषि में परिश्रम और कष्ट था। वाणिज्य के लिए धन और बुद्धि की आवश्यकता थी। विद्या भी ऐसी नहीं थी कि कहीं नौकरी करते परिवार की प्रतिष्ठा दान लेने में बाधक थी। अस्तु साल में दो-तीन बार अपने पुराने व्यवहारियों के घर बिना बुलाये पाहुनों की भाँति जाते और कुछ विदाई तथा मार्ग-व्यय पाते उसी पर गुजारा करते। पैतृक प्रतिष्ठा का चिह्न यदि कुछ शेष था, तो वह पुरानी चिट्ठी-पत्रियों का ढेर तथा हुंडियों का पुलिंदा, जिनकी स्याही भी उनके मंद भाग्य की भाँति फीकी पड़ गयी थी। पंडित देवदत्त उन्हें प्राणों से भी अधिक प्रिय समझते। द्वितीया के दिन जब घर-घर लक्ष्मी की पूजा होती है, पंडित जी ठाट-बाट से इन पुलिंदों की पूजा करते। लक्ष्मी न सही लक्ष्मी का स्मारक-चिह्न ही सही। दूज का दिन पंडित जी के प्रतिष्ठा के श्रद्धा का दिन था। इसे चाहे विडंबना कहो, चाहे मूर्खता,

परंतु श्रीमान् पंडित महाशय को उन पत्रों पर बड़ा अभिमान था। जब गाँव में कोई विवाद छिड़ जाता, तो यह सड़े-गले कागज़ों की सेना ही बहुत काम कर जाती और प्रतिवादी शत्रु को हार माननी पड़ती। यदि सत्तर पीढ़ियों से शस्त्र की सूरत न देखने पर भी लोग क्षत्रिय होने का अभिमान करते हैं, तो पंडित देवदत्त का उन लेखों पर अभिमान करना अनुचित नहीं कहा जा सकता, जिसमें सत्तर लाख रुपयों की रकम छिपी हुई थी।

2

वही अमावस्या की रात्रि थी। किंतु दीपमालिका अपनी अल्प जीवनी समाप्त कर चुकी थी। चारों ओर जुआरियों के लिए यह शकुन की रात्रि थी, क्योंकि आज की हार साल भर की हार होती है। लक्ष्मी के आगमन की धूम थी। कौड़ियों पर अशर्फियाँ लुट रही थीं। भट्ठियों में शराब के बदले पानी बिक रहा था। पंडित देवदत्त के अतिरिक्त कस्बे में कोई ऐसा मनुष्य नहीं था, जो कि दूसरों की कमाई समेटने की धुन में न हो। आज भोर से ही गिरिजा की अवस्था शोचनीय थी। विषम ज्वर उसे एक-एक क्षण में मूर्च्छित कर रहा था। एकाएक उसने चौंक कर आँखें खोलीं और अत्यंत क्षीण स्वर में कहा—आज तो दीवाली है।

देवदत्त ऐसा निराश हो रहा था कि गिरिजा को चैतन्य देखकर भी उसे आनंद नहीं हुआ। बोला—हाँ, आज दीवाली है।

गिरिजा ने आँसू-भरी दृष्टि से इधर-उधर देखकर कहा—हमारे घर में क्या दीपक न जलेंगे?

देवदत्त फूट-फूट कर रोने लगा। गिरिजा ने फिर उसी स्वर में कहा—देखो, आज बरस-भर के दिन भी घर अँधेरा रह गया। मुझे उठा दो, मैं भी अपने घर दिये जलाऊँगी।

ये बातें देवदत्त के हृदय में चुभी जाती थीं। मनुष्य की अंतिम घड़ी लालसाओं और भावनाओं में व्यतीत होती है।

इस नगर में लाला शंकरदास अच्छे प्रसिद्ध वैद्य थे। अपने प्राणसंजीवन औषधालय में दवाओं के स्थान पर छापने का प्रेस रखे हुए थे। दवाइयाँ कम बनती थीं, इश्तहार अधिक प्रकाशित होते थे।

वे कहा करते थे कि बीमारी केवल रईसों का ढकोसला है और पोलिटिकल एकानोमी के (राजनीतिक अर्थशास्त्र के) अनुसार इस विलास-पदार्थ से जितना अधिक सम्भव हो, टैक्स लेना चाहिए। यदि कोई निर्धन है तो हो। यदि कोई मरता है, तो मरे। उसे क्या अधिकार है कि बीमार पड़े और मुफ्त में दवा कराये? भारतवर्ष की यह दशा अधिकतर मुफ्त दवा कराने से हुई है। इसने मनुष्यों को असावधान और बलहीन बना दिया है। देवदत्त महीने भर नित्य उनके निकट दवा लेने आता था, परंतु वैद्य जी कभी उसकी ओर इतना ध्यान नहीं देते थे कि वह अपनी शोचनीय दशा प्रकट कर सके। वैद्य जी के हृदय के कोमल भाग तक पहुँचने के लिए देवदत्त ने बहुत कुछ हाथ-पैर चलाये। वह आँखों में आँसू भरे आता, किन्तु वैद्य जी का हृदय ठोस था, उसमें कोमल भाव था ही नहीं।

वही अमावस्या की डरावनी रात थी। गगन-मंडल में तारे आधी रात के बीतने पर और भी अधिक प्रकाशित हो रहे थे, मानो श्रीनगर की बुझी हुई दीवाली पर कटाक्षयुक्त आनंद के साथ मुस्करा रहे थे। देवदत्त बेचैनी की दशा में गिरिजा के सिरहाने से उठे और वैद्य जी के मकान की ओर चले। वे जानते थे कि लाला जी बिना फीस लिये कदापि नहीं आयेंगे, किंतु हताश होने पर भी आशा पीछा नहीं छोड़ती। देवदत्त कदम आगे बढ़ाते चले जाते थे।

3

हकीम जी उस समय अपने रामबाण बिंदु का विज्ञापन लिखने में व्यस्त थे। उस विज्ञापन की भावप्रद भाषा तथा आकर्षण-शक्ति देखकर कह नहीं सकते कि वे वैद्य-शिरोमणि थे या सुलेखक विद्यावारिधि।

पाठक, आप उनके उर्दू विज्ञापन का साक्षात् दर्शन कर लें-

नाजरीन आप जानते हैं कि मैं कौन हूँ? आपका जर्द चेहरा, आपका तने लागिर, आपका जरा-सी मेहनत में बेदम हो जाना, आपका लज्जात दुनिया में महरूम रहना, आपका खाना तरीकी, यह सब इस सवाल का नफी में जवाब देते हैं। सुनिए मैं कौन हूँ? मैं वह शख्स हूँ, जिसने इमराज इन्सानी को पर्दे दुनिया से गायब कर देने का बीड़ा उठाया है, जिसने इश्तिहारबाज जा फरोश गंदुमनुमा बने हुए हकीमों को बेखबर व बुन से खोद कर दुनिया को पाक कर देने का अज्म विल् जज्म कर लिया है। मैं वह हैरतअंगेज इनसान जईफ-उल-बयान हूँ जो नाशाद को दिलशाद, नामुराद को बामुराद, भगोड़े को दिलेर, गीदड़ को शेर बनाता है। और यह किसी जादू से नहीं, मंत्र से नहीं, वह मेरी ईजाद करदा अमृतबिंदु के अदना करिश्मे हैं। अमृतबिंदु क्या है? इसे कुछ मैं ही जानता हूँ। महर्षि अगस्त ने धन्वन्तरि के कानों में इसका नुस्खा बतलाया था। जिस वक्त आप वी. पी. पार्सल खोलेंगे, आप पर उसकी हकीकत रोशन हो जाएगी। यह आबेहयात है। यह मर्दानगी का जौहर फरजानगी का अक्सीर अक्ल का मुरब्बा और जेहन का सकील है। अगर वर्षों की मुशायराबाजी ने भी आपको शायर नहीं बनाया, अगर शबे रोज के रटंत पर भी आप इम्तहान में कामयाब नहीं हो सके, अगर दल्लालों की खुशामद और मुवक्किलों की नाजबर्दारी के बावजूद भी आप अहाते-अदालत में भूखे कुत्ते की तरह चक्कर लगाते फिरते हैं, अगर आप गला फाड़-फाड़ चीखने मेज पर हाथ-पैर पटकने पर भी अपनी तकरीर से कोई असर पैदा नहीं कर सकते, तो आप अमृतबिंदु का इस्तेमाल कीजिए। इसका सबसे बड़ा फायदा, जो पहले ही दिन मालूम हो जायगा, यह है कि आपकी आँखें खुल जायेंगी और आप फिर कभी इश्तहारबाज हकीमों के दाम फरेब में न फँसेंगे।

वैद्य जी इस विज्ञापन को समाप्त कर उच्च स्वर से पढ़ रहे थे; उनके नेत्रों में उचित अभिमान और आशा झलक रही थी कि इतने में देवदत्त ने बाहर से आवाज़ दी। वैद्य जी बहुत खुश हुए। रात के समय उनकी फीस दुगुनी थी। लालटेन लिये बाहर निकले तो देवदत्त रोता हुआ उनके पैरों से लिपट गया और बोला-वैद्य जी इस समय

मुझ पर दया कीजिए। गिरिजा अब कोई सायत की पाहुनी है। अब आप ही उसे बचा सकते हैं। यों तो मेरे भाग्य में जो लिखा है, वही होगा; किंतु इस समय तनिक चल कर आप देख लें तो मेरे दिल का दाह मिट जायगा। मुझे धैर्य हो जायगा कि उसके लिए मुझसे जो कुछ हो सकता था, मैंने किया। परमात्मा जानता है कि मैं इस योग्य नहीं हूँ कि आपकी कुछ सेवा कर सकूँ, किंतु जब तक जीऊँगा, आपका यश गाऊँगा और आपके इशारों का गुलाम बना रहूँगा!

हकीम जी को पहले कुछ तरस आया, किंतु वह जुगनू की चमक थी जो शीघ्र स्वार्थ के विशाल अंधकार में विलीन हो गयी।

4

वही अमावस्या की रात्रि थी। वृक्षों पर सन्नाटा छा गया था। जीतनेवाले अपने बच्चों को नींद से जगा कर इनाम देते थे। हारनेवाले अपनी रुष्ट और क्रोधित स्त्रियों से क्षमा के लिए प्रार्थना कर रहे थे। इतने में घंटी के लगातार शब्द वायु और अंधकार को चीरते हुए कान में आने लगे। उनकी सुहावनी ध्वनि इस निस्तब्ध अवस्था में अत्यंत भली प्रतीत होती थी। यह शब्द समीप हो गये और अंत में पंडित देवदत्त के समीप आकर उस खँडहर में डूब गये। पंडित जी उस समय निराशा के अथाह समुद्र में गोते खा रहे थे। शोक में इस योग्य भी नहीं थे कि प्राणों से भी अधिक प्यारी गिरिजा का दवा-दरपन कर सकें। क्या करें? इस निष्ठुर वैद्य को यहाँ कैसे लायें? जालिम मैं सारी उमर तेरी गुलामी करता। तेरे इश्तिहार छापता। तेरी दवाइयाँ कूटता। आज पंडित जी को यह ज्ञात हुआ है कि सत्तर लाख की चिट्ठी-पत्रियाँ इतनी कौड़ियों के मोल भी नहीं। पैतृक प्रतिष्ठा का अहंकार अब आँखों से दूर हो गया। उन्होंने उस मखमली थैले को संदूक से बाहर निकाला और उन चिट्ठी-पत्रियों को जो बाप-दादों की कमाई का शेषांश थीं और प्रतिष्ठा की भाँति जिनकी रक्षा की जाती थी, एक-एक करके दीया को अर्पण करने लगे। जिस तरह सुख और आनंद से पालित शरीर चिता की भेंट हो जाती है, उसी प्रकार वह कागजी पुतलियाँ भी उस प्रज्वलित दीया के धधकते हुए मुँह का ग्रास बनती थीं। इतने में किसी ने बाहर से पंडित जी को पुकारा। उन्होंने चौंक कर सिर उठाया। वे नींद से अँधेरे में टटोलते हुए दरवाज़े तक आये। देखा कि कई आदमी हाथ में मशाल लिये हुए खड़े हैं और एक हाथी अपने सूँड से उन एरंड के वृक्षों को उखाड़ रहा है, जो द्वार पर द्वारपालों की भाँति खड़े थे। हाथी पर एक सुंदर युवक बैठा है, जिसके सिर पर केसरिया रंग की रेशमी पाग है। माथे पर अर्धचंद्राकार चंदन भाले की तरह तनी हुई नोकदार मूँछें, मुखारविंद से प्रभाव और प्रकाश टपकता हुआ कोई सरदार मालूम पड़ता था। उसका कलीदार अँगरखा और चुनावदार पैजामा, कमर में लटकती हुई तलवार और गर्दन में सुनहरे कंठे और जंजीर उसके सजीले शरीर पर अत्यंत शोभा पा रहे थे। पंडित जी को देखते ही उसने रकाब पर पैर रखा और नीचे उतरकर उनकी वंदना की। उसके इस विनीत भाव से कुछ लज्जित होकर पंडित जी बोले—आपका आगमन कहाँ से हुआ?

नवयुवक ने बड़े नम्र शब्दों में जवाब दिया। उसके चेहरे से भलमनसाहत बरसती थी–मैं आपका पुराना सेवक हूँ। दास का घर राजनगर है। मैं वहाँ का जागीरदार हूँ। मेरे पूर्वजों पर आपके पूर्वजों ने बड़े अनुग्रह किये हैं। मेरी इस समय जो कुछ प्रतिष्ठा तथा सम्पदा है, सब आपके पूर्वजों की कृपा और दया का परिणाम है। मैंने अपने अनेक स्वजनों से आपका नाम सुना था और मुझे बहुत दिनों से आपके दर्शनों की आकांक्षा थी। आज वह सुअवसर भी मिल गया। अब मेरा जन्म सफल हुआ।

पंडित देवदत्त की आँखों में आँसू भर आये। पैतृक प्रतिष्ठा का अभिमान उनके हृदय का कोमल भाग था।

वह दीनता जो उनके मुख पर छायी हुई थी, थोड़ी देर के लिए विदा हो गयी। वे गम्भीर भाव धारण करके बोले–यह आपका अनुग्रह है जो ऐसा कहते हैं। नहीं तो मुझ जैसे कपूत में तो इतनी भी योग्यता नहीं है, जो अपने को उन लोगों की संतति कह सकूँ। इतने में नौकरों ने आँगन में फर्श बिछा दिया। दोनों आदमी उस पर बैठे और बातें होने लगीं, वे बातें जिनका प्रत्येक शब्द पंडित जी के मुख को इस तरह प्रफुल्लित कर रहा था, जिस तरह प्रात:काल की वायु फूलों को खिला देती है। पंडित जी के पितामह ने नवयुवक ठाकुर के पितामह को पच्चीस सहस्र रुपये कर्ज दिये थे। ठाकुर अब गया में जा कर अपने पूर्वजों का श्राद्ध करना चाहता था, इसलिए जरूरी था कि उसके जिम्मे जो कुछ ऋण हो उसकी एक-एक कौड़ी चुका दी जाय। ठाकुर को पुराने बहीखाते में यह ऋण दिखायी दिया। पच्चीस के अब पचहत्तर हज़ार हो चुके। वही ऋण चुका देने के लिए ठाकुर आया था। धर्म ही वह शक्ति है, जो अंत:करण में ओजस्वी विचारों को पैदा करती है। हाँ, इस विचार को कार्य में लाने के लिए पवित्र और बलवान् आत्मा की आवश्यकता है। नहीं तो वे ही विचार क्रूर और पापमय हो जाते हैं। अंत में ठाकुर ने कहा–आपके पास तो वे चिट्ठियाँ होंगी?

देवदत्त का दिल बैठ गया। वे सँभल कर बोले–सम्भवत: हों। कुछ कह नहीं सकते।

ठाकुर ने लापरवाही से कहा–ढूँढ़िए, यदि मिल जाएँ तो हम लेते जाएँगे।

पंडित देवदत्त उठे लेकिन हृदय ठंडा हो रहा था। शंका होने लगी कि कहीं भाग्य हरे बाग न दिखा रहा हो। कौन जाने वह पुर्जा जल कर राख हो गया या नहीं। यदि न मिला तो रुपये कौन देता है। शोक कि दूध का प्याला सामने आकर हाथ से छूट जाता है! हे भगवान! वह पत्री मिल जाय। हमने अनेक कष्ट पाये हैं, अब हम पर दया करो। इस प्रकार आशा और निराशा की दशा में देवदत्त भीतर गये और दीया के टिमटिमाते हुए प्रकाश में बचे हुए पत्रों को उलट-पुलट कर देखने लगे। वे उछल पड़े और उमंग में भरे हुए पागलों की भाँति आनंद की अवस्था में दो-तीन बार कूदे। तब दौड़ कर गिरिजा को गले से लगा लिया और बोले–प्यारी! यदि ईश्वर ने चाहा, तो तू अब बच जाएगी। उन्मत्तता में उन्हें एकदम यह नहीं जान पड़ा कि गिरिजा अब नहीं है, केवल उसकी लोथ है।

देवदत्त ने पत्री को उठा लिया और द्वार तक वे इसी तेजी से आये मानो पाँवों में पर लग गये। परंतु यहाँ उन्होंने अपने को रोका और हृदय में आनंद की उमड़ती हुई तरंग को रोक कर कहा—यह लीजिए, वह पत्री मिल गयी। संयोग की बात है, नहीं तो सत्तर लाख के कागज़ दीमकों के आहार बन गये।

आकस्मिक सफलता में कभी-कभी संदेह बाधा डालता है। जब ठाकुर ने उस पत्री को लेने को हाथ बढ़ाया तो देवदत्त को संदेह हुआ कि कहीं वह उसे फाड़ कर फेंक न दे। यद्यपि यह संदेह निरर्थक था किंतु मनुष्य कमजोरियों का पुतला है। ठाकुर ने उनके मन के भाव को ताड़ लिया। उसने बेपरवाही से पत्री को लिया और मशाल के प्रकाश में देखकर कहा—अब मुझे विश्वास हुआ। यह लीजिए आपका रुपया आपके समक्ष है आशीर्वाद दीजिए कि मेरे पूर्वजों की मुक्ति हो जाय।

यह कहकर उसने अपनी कमर से एक थैला निकाला और उसमें से एक-एक हज़ार के पचहत्तर नोट निकाल कर देवदत्त को दे दिये। पंडित जी का हृदय बड़े वेग से धड़क रहा था। नाड़ी तीव्र-गति से कूद रही थी। उन्होंने चारों ओर चौकन्नी दृष्टि से देखा कि कहीं कोई दूसरा तो नहीं खड़ा है और तब काँपते हुए हाथों से नोटों को ले लिया। अपनी उच्चता प्रकट करने की व्यर्थ चेष्टा में उन्होंने नोटों की गणना भी नहीं की। केवल उड़ती हुई दृष्टि से देखकर उन्हें समेटा और जेब में डाल लिया।

5

वही अमावस्या की रात्रि थी। स्वर्गीय दीपक भी धुँधले हो चुके थे। उनकी यात्रा सूर्यनारायण के आने की सूचना दे रही थी। उदयाचल फिरोजी बाना पहन चुका था। अस्ताचल में भी हलके श्वेत रंग की आभा दिखायी दे रही थी। पंडित देवदत्त ठाकुर को विदा करके घर चले। उस समय उनका हृदय उदारता के निर्मल प्रकाश से प्रकाशित हो रहा था। कोई प्रार्थी उस समय उनके घर से निराश नहीं जा सकता था। सत्यनारायण की कथा धूमधाम से सुनने का निश्चय हो चुका था। गिरिजा के लिए कपड़े और गहने के विचार ठीक हो गये। अंत:पुर में ही उन्होंने शालिग्राम के सम्मुख मनसा-वाचा-कर्मणा सिर झुकाया और तब शेष चिट्ठी-पत्रियों को समेट कर उसी मखमली थैले में रख दिया। किंतु अब उनका यह विचार नहीं था कि संभवत: उन मुर्दों में भी कोई जीवित हो उठे। वरन् जीविका से निश्चिंत हो, अब वे पैतृक प्रतिष्ठा पर अभिमान कर सकते थे। उस समय वे धैर्य और उत्साह के नशे में मस्त थे। बस, अब मुझे जिंदगी में अधिक सम्पदा की जरूरत नहीं। ईश्वर ने मुझे इतना दे दिया है। इसमें मेरी और गिरिजा की जिंदगी आनंद से कट जाएगी। उन्हें क्या खबर थी कि गिरिजा की जिंदगी पहले कट चुकी है। उनके दिल में यह विचार गुदगुदा रहा था कि जिस समय गिरिजा इस आनंद-समाचार को सुनेगी उस समय अवश्य उठ बैठेगी। चिंता और कष्ट ने ही उसकी ऐसी दुर्गति बना दी है। जिसे भरपेट कभी रोटी नसीब न हुई, जो कभी नैराश्यमय धैर्य और निर्धनता के हृदय-विदारक बंधन से मुक्त न हुई उसकी दशा इसके सिवा और हो

ही क्या सकती है, यह सोचते हुए वे गिरिजा के पास गये और आहिस्ता से हिलाकर बोले–गिरिजा आँखें खोलो। देखो ईश्वर ने तुम्हारी विनती सुन ली और हमारे ऊपर दया की। कैसी तबीयत है?

किंतु जब गिरिजा तनिक भी न मिनकी तब उन्होंने चादर उठा दी और उसके मुँह की ओर देखा। हृदय से एक करुणात्मक ठंडी आह निकली। वे वहीं सिर थाम कर बैठ गये। आँखों से शोणित की बूँदें-सी टपक पड़ीं। आह क्या यह सम्पदा इतने महँगे मूल्य पर मिली है? क्या परमात्मा के दरबार से मुझे इस प्यारी जान का मूल्य दिया गया है? ईश्वर, तुम खूब न्याय करते हो। मुझे गिरिजा की आवश्यकता है, रुपयों की आवश्यकता नहीं। यह सौदा बड़ा महँगा है।

6

अमावस्या की अँधेरी रात गिरिजा के अंधकारमय जीवन की भाँति समाप्त हो चुकी थी। खेतों में हल चलाने वाले किसान ऊँचे और सुहावने स्वर से गा रहे थे। सर्दी से काँपते हुए बच्चे सूर्य देवता से बाहर निकलने की प्रार्थना कर रहे थे। पनघट पर गाँव की अलबेली स्त्रियाँ जमा हो गयी थीं। पानी भरने के लिए नहीं हँसने के लिए। कोई घड़े को कुएँ में डाले हुए अपनी पोपली सास की नकल कर रही थी, कोई खम्भों से चिपटी हुई अपनी सहेली से मुस्करा कर प्रेमरहस्य की बातें करती थी। बूढ़ी स्त्रियाँ पोतों को गोद में लिये अपनी बहुओं को कोस रही थीं कि घंटे भर हुए अब तक कुएँ से नहीं लौटीं। किंतु राजवैद्य लाला शंकरदास अभी तक मीठी नींद ले रहे थे। खाँसते हुए बच्चे और कराहते हुए बूढ़े उनके औषधालय के द्वार पर जमा हो चले थे। इस भीड़-भभ्भड़ से कुछ दूर पर दो-तीन सुंदर, किंतु मुरझाये हुए नवयुवक टहल रहे थे और वैद्य जी से एकांत में कुछ बातें किया चाहते थे। इतने में पंडित देवदत्त नंगे सिर, नंगे बदन, लाल आँखें, डरावनी सूरत कागज़ का एक पुलिंदा लिये दौड़ते हुए आये और औषधालय के द्वार पर इतने जोर से हाँक लगाने लगे कि वैद्य जी चौंक पड़े और कहार को पुकार कर बोले कि दरवाज़ा खोल दे। कहार महात्मा बड़ी रात गये किसी बिरादरी की पंचायत से लौटे थे। उन्हें दीर्घ-निद्रा का रोग था जो वैद्य जी के लगातार भाषण और फटकार की औषधियों से भी कम न होता था। आप ऐंठते हुए उठे और किवाड़ खोलकर हुक्का-चिलम की चिंता में आग ढूँढ़ने चले गये। हकीम जी उठने की चेष्टा कर रहे थे कि सहसा देवदत्त उनके सम्मुख जा कर खड़े हो गये और नोटों का पुलिंदा उनके आगे पटक कर बोले–वैद्य जी ये पचहत्तर हज़ार के नोट हैं। यह आपका पुरस्कार और आपकी फीस है। आप चल कर गिरिजा को देख लीजिए और ऐसा कुछ कीजिए कि वह केवल एक बार आँखें खोल दे। यह उसकी एक दृष्टि पर न्योछावर है–केवल एक दृष्टि पर। आपको रुपये मनुष्य की जान से प्यारे हैं। वे आपके समक्ष हैं। मुझे गिरिजा की एक चितवन इन रुपयों से कई गुनी प्यारी है।

वैद्य जी ने लज्जामय सहानुभूति से देवदत्त की ओर देखा और केवल इतना कहा—मुझे अत्यंत शोक है सदैव के लिए तुम्हारा अपराधी हूँ। किंतु तुमने मुझे शिक्षा दे दी। ईश्वर ने चाहा तो ऐसी भूल कदापि न होगी। मुझे शोक है। सचमुच है!

ये बातें वैद्य जी के अंत:करण से निकली थीं।

आप-बीती

प्राय: अधिकांश साहित्य-सेवियों के जीवन में एक ऐसा समय आता है, जब पाठकगण उनके पास श्रद्धा-पूर्ण पत्र भेजने लगते हैं। कोई उनकी रचना-शैली की प्रशंसा करता है, कोई उनके सद्विचारों पर मुग्ध हो जाता है। लेखक को भी कुछ दिनों से यह सौभाग्य प्राप्त है। ऐसे पत्रों को पढ़कर उसका हृदय कितना गद्गद हो जाता है, इसे किसी साहित्य-सेवी ही से पूछना चाहिए। अपने फटे कंबल पर बैठा हुआ वह गर्व और आत्मगौरव की लहरों में डूब जाता है। भूल जाता है कि रात को गीली लकड़ी से भोजन पकाने के कारण सिर में कितना दर्द हो रहा था, खटमलों और मच्छरों ने रात भर कैसे नींद हराम कर दी थी। मैं भी कुछ हूँ, यह अहंकार उसे एक क्षण के लिए उन्मत्त बना देता है। पिछले साल सावन के महीने में मुझे एक ऐसा ही पत्र मिला। उसमें मेरी क्षुद्र रचनाओं की दिल खोलकर दाद दी गयी थी।

पत्र-प्रेषक महोदय स्वयं एक अच्छे कवि थे। मैं उनकी कविताएँ पत्रिकाओं में अक्सर देखा करता था। यह पत्र पढ़कर फूला न समाया। उसी वक्त जवाब लिखने बैठा। उस तरंग में जो कुछ लिख गया, इस समय याद नहीं। इतना जरूर याद है कि पत्र आदि से अंत तक प्रेम के उद्गारों से भरा हुआ था। मैंने कभी कविता नहीं की और न कोई गद्य-काव्य ही लिखा पर भाषा को जितना सँवार सकता था, उतना सँवारा। यहाँ तक कि जब पत्र समाप्त करके दुबारा पढ़ा तो कविता का आनंद आया। सारा पत्र भाव-लालित्य से परिपूर्ण था। पाँचवें दिन कवि महोदय का दूसरा पत्र आ पहुँचा। वह पहले पत्र से भी कहीं अधिक मर्मस्पर्शी था। प्यारे भैया! कहकर मुझे सम्बोधित किया गया था मेरी रचनाओं की सूची और प्रकाशकों के नाम-ठिकाने पूछे गये थे। अंत में यह शुभ समाचार है कि मेरी पत्नी जी को आपके ऊपर बड़ी श्रद्धा है। वह बड़े प्रेम से आपकी रचनाओं को पढ़ती हैं। वही पूछ रही हैं कि आपका विवाह कहाँ हुआ है। आपकी संतानें कितनी हैं तथा आपका कोई फोटो भी है? हो तो कृपया भेज दीजिए। मेरी जन्म-भूमि और वंशावली का पता भी पूछा गया था। इस पत्र विशेषत: उसके अंतिम समाचार ने मुझे पुलकित कर दिया।

यह पहला ही अवसर था कि मुझे किसी महिला के मुख से, चाहे वह प्रतिनिधि द्वारा ही क्यों न हो, अपनी प्रशंसा सुनने का सौभाग्य प्राप्त हुआ। गरूर का नशा छा गया। धन्य है भगवान! अब रमणियाँ भी मेरे कृत्य की सराहना करने लगीं! मैंने तुरंत उत्तर लिखा। जितने कर्णप्रिय शब्द मेरी स्मृति के कोष में थे, सब खर्च कर दिये। मैत्री

और बंधुत्व से सारा पत्र भरा हुआ था। अपनी वंशावली का वर्णन किया। कदाचित् मेरे पूर्वजों का ऐसा कीर्ति-गान किसी भाट ने भी न किया होगा। मेरे दादा एक ज़मींदार के कारिंदे थे, मैंने उन्हें एक बड़ी रियासत का मैनेजर बतलाया। अपने पिता को जो एक दफ्तर में क्लर्क थे, उस दफ्तर का प्रधानाध्यक्ष बना दिया। और काश्तकारी को ज़मींदारी बना देना तो साधारण बात थी। अपनी रचनाओं की संख्या तो न बढ़ा सका पर उनके महत्त्व आदर और प्रचार का उल्लेख ऐसे शब्दों में किया, जो नम्रता की ओट में अपने गर्व को छिपाते हैं। कौन नहीं जानता कि बहुधा तुच्छ का अर्थ उससे विपरीत होता है और दीन के माने कुछ और ही समझे जाते हैं। स्पष्ट से अपनी बड़ाई करना उच्छृंखलता है, मगर सांकेतिक शब्दों से आप इसी काम को बड़ी आसानी से पूरा कर सकते हैं। खैर, मेरा पत्र समाप्त हो गया और तत्क्षण लेटरबक्स के पेट में पहुँच गया।

इसके बाद दो सप्ताह तक कोई पत्र न आया। मैंने उस पत्र में अपनी गृहिणी की ओर से भी दो-चार समयोचित बातें लिख दी थीं। आशा थी, घनिष्ठता और भी घनिष्ठ होगी। कहीं कविता में मेरी प्रशंसा हो जाय, तो क्या पूछना! फिर तो साहित्य-संसार में मैं ही नजर आऊँ! इस चुप्पी से कुछ निराशा होने लगी; लेकिन इस डर से कि कहीं कवि जी मुझे मतलबी अथवा सेंटिमैंटल न समझ लें, कोई पत्र न लिख सका।

आश्विन का महीना था और तीसरा पहर। रामलीला की धूम मची हुई थी। मैं अपने एक मित्र के घर चला गया था। ताश की बाजी हो रही थी। सहसा एक महाशय मेरा नाम पूछते हुए आये और मेरे पास की कुरसी पर बैठ गये। मेरा उनसे कभी का परिचय न था। सोच रहा था, यह कौन आदमी है और यहाँ कैसे आया? यार लोग उन महाशय की ओर देखकर आपस में इशारेबाजियाँ कर रहे थे। उनके आकार-प्रकार में कुछ नवीनता अवश्य थी। श्यामवर्ण नाटा डील मुख पर चेचक के दाग नंगा सिर बाल सँवारे हुए, सिर्फ सादी कमीज, गले में फूलों की एक माला पैर में फुल-बूट और हाथ में एक मोटी-सी पुस्तक!

मैंने विस्मित होकर नाम पूछा।

उत्तर मिला-मुझे उमापतिनारायण कहते हैं।

मैं उठकर उनके गले से लिपट गया। यह वही कवि महोदय थे, जिनके कई प्रेम-पत्र मुझे मिल चुके थे। कुशल-समाचार पूछा। पान-इलायची से खातिर की।

फिर पूछा-आपका आना कैसे हुआ।

उन्होंने कहा-मकान पर चलिए, तो सब वृत्तांत कहूँगा। मैं आपके घर गया था। वहाँ मालूम हुआ, आप यहाँ हैं। पूछता हुआ चला आया।

मैं उमापति जी के साथ घर चलने को उठ खड़ा हुआ! जब वह कमरे के बाहर निकल गये, तो मेरे मित्र ने पूछा-यह कौन साहब हैं?

मैं-मेरे एक नये दोस्त हैं।

मित्र-जरा इनसे होशियार रहिएगा। मुझे तो उचक्के-से मालूम होते हैं।

मैं–आपका अनुमान गलत है। आप हमेशा आदमी को उसकी सजधज से परखा करते हैं। पर मनुष्य कपड़ों में नहीं, हृदय में रहता है।

मित्र–खैर, ये रहस्य की बातें तो आप जानें; मैं आपको आगाह किये देता हूँ।

मैंने इसका कुछ जवाब नहीं दिया। उमापति जी के साथ घर पर आया। बाज़ार से भोजन मँगवाया। फिर बातें होने लगीं। उन्होंने मुझे अपनी कई कविताएँ सुनायी। स्वर बहुत सरस और मधुर था।

कविताएँ तो मेरी समझ में खाक न आयीं, पर मैंने तारीफों के पुल बाँध दिये। झूम-झूम कर वाह वाह करने लगा; जैसे मुझसे बढ़ कर कोई काव्य रसिक संसार में न होगा। संध्या को हम रामलीला देखने गये। लौटकर उन्हें फिर भोजन कराया। अब उन्होंने अपना वृत्तांत सुनाना शुरू किया। इस समय वह अपनी पत्नी को लेने के लिए कानपुर जा रहे हैं। उसका मकान कानपुर ही में है। उनका विचार है कि एक मासिक पत्रिका निकालें। उनकी कविताओं के लिए एक प्रकाशक 1,000 रु. देता है, पर उनकी इच्छा तो यह है कि उन्हें पहले पत्रिका में क्रमशः निकाल कर फिर अपनी ही लागत से पुस्तकाकार छपवायें। कानपुर में उनकी ज़मींदारी भी है; पर वह साहित्यिक जीवन व्यतीत करना चाहते हैं। ज़मींदारी से उन्हें घृणा है। उनकी स्त्री एक कन्या-विद्यालय में प्रधानाध्यापिका है। आधी रात तक बातें होती रहीं। अब उनमें से अधिकांश याद नहीं हैं। हाँ! इतना याद है कि हम दोनों ने मिलकर अपने भावी जीवन का एक कार्यक्रम तैयार कर लिया था। मैं अपने भाग्य को सराहता था कि भगवान् ने बैठे-बैठाये ऐसा सच्चा मित्र भेज दिया। आधी रात बीत गयी तो सोये। उन्हें दूसरे दिन 8 बजे की गाड़ी से जाना था। मैं जब सो कर उठा तब 7 बज चुके थे। उमापति जी हाथ-मुँह धोये तैयार बैठे थे। बोले–अब आज्ञा दीजिए; लौटते समय इधर ही से जाऊँगा। इस समय आपको कुछ कष्ट दे रहा हूँ। क्षमा कीजिएगा। मैं कल चला, तो प्रातःकाल के 4 बजे थे। दो बजे रात से पड़ा जाग रहा था कि कहीं नींद न आ जाये। बल्कि यों समझिए कि सारी रात जागना पड़ा; क्योंकि चलने की चिंता लगी हुई थी। गाड़ी में बैठा तो झपकियाँ आने लगीं। कोट उतार कर रख दिया और लेट गया, तुरंत नींद आ गयी। मुगलसराय में नींद खुली। कोट गायब! नीचे-ऊपर चारों तरफ देखा, कहीं पता नहीं। समझ गया, किसी महाशय ने उड़ा दिया। सोने की सज़ा मिल गयी। कोट में 50 रु. खर्च के लिए रखे थे, वे भी उसके साथ उड़ गये। आप मुझे 50 रु. दें। पत्नी को मैके से लाना है; कुछ कपड़े वगैरह ले जाने पड़ेंगे। फिर ससुराल में सैकड़ों तरह के नेग-जोग लगने हैं। कदम-कदम पर रुपये खर्च होते हैं। न खर्च कीजिए तो हँसी हो। मैं इधर से लौटूँगा तो देता जाऊँगा।

मैं बड़े संकोच में पड़ गया। एक बार पहले भी धोखा खा चुका था। तुरंत भ्रम हुआ, कहीं अबकी फिर वही दशा न हो। लेकिन शीघ्र ही मन के इस अविश्वास पर लज्जित हुआ। संसार में सभी मनुष्य एक-से नहीं होते। यह बेचारे इतने सज्जन हैं। इस समय संकट में पड़ गये हैं। और मिथ्या संदेह में पड़ा हुआ हूँ। घर में आकर पत्नी से कहा–तुम्हारे पास कुछ रुपये तो नहीं हैं?

स्त्री–क्या करोगे?

मैं–मेरे मित्र जो कल आये हैं, उनके रुपये किसी ने गाड़ी में चुरा लिये। उन्हें बीवी को बिदा कराने ससुराल जाना है। लौटती बार देते जाएँगे।

पत्नी ने व्यंग्य करके कहा–तुम्हारे यहाँ जितने मित्र आते हैं, सब तुम्हें ठगने ही आते हैं, सभी संकट में पड़े रहते हैं। मेरे पास रुपये नहीं हैं।

मैंने खुशामद करते हुए कहा–लाओ दे दो बेचारे तैयार खड़े हैं। गाड़ी छूट जाएगी।

स्त्री–कह दो, इस समय घर में रुपये नहीं हैं।

मैं–यह कह देना आसान नहीं है। इसका अर्थ तो यह है कि मैं दरिद्र ही नहीं मित्र-हीन भी हूँ। नहीं, तो क्या मेरे लिए 50 रु. का इंतज़ाम न हो सकता। उमापति को कभी विश्वास न आयेगा कि मेरे पास रुपये नहीं हैं। इससे तो कहीं अच्छा हो कि साफ-साफ यह कह दिया जाय कि हमको आप पर भरोसा नहीं है, हम आपको रुपये नहीं दे सकते। कम से कम अपना पर्दा तो ढका रह जायगा।

श्रीमती ने झुँझलाकर संदूक की कुंजी मेरे आगे फेंक दी और कहा–तुम्हें जितना बहस करना आता है, उतना कहीं आदमियों को परखना आता तो अब तक आदमी हो गये होते! ले जाओ, दे दो। किसी तरह तुम्हारी मरजाद तो बनी रहे। लेकिन उधार समझ कर मत दो, यह समझ लो कि पानी में फेंके देते हैं।

मुझे आम खाने से काम था, पेड़ गिनने से नहीं। चुपके से रुपये निकाले और लाकर उमापति को दे दिये। फिर लौटती बार आकर रुपये दे जाने का आश्वासन देकर वह चल दिये।

सातवें दिन शाम को वह घर से लौट आये। उनकी पत्नी और पुत्री भी साथ थीं। मेरी पत्नी ने शक्कर और दही खिलाकर उनका स्वागत किया। मुँह-दिखायी के 20 रु. दिये। उनकी पुत्री को भी मिठाई खाने को 2 रु. दिये। मैंने समझा था, उमापति आते ही आते मेरे रुपये गिनने लगेंगे; लेकिन उन्होंने पहर रात गये तक रुपयों का नाम भी नहीं लिया। जब मैं घर में सोने गया, तो बीवी से कहा–इन्होंने तो रुपये नहीं दिये जी!

पत्नी ने व्यंग्य से हँसकर कहा–तो क्या सचमुच तुम्हें आशा थी कि वह आते ही आते तुम्हारे हाथ में रुपये रख देंगे? मैंने तो तुमसे पहले ही कह दिया था कि फिर पाने की आशा से रुपये मत दो। यही समझ लो कि किसी मित्र को सहायतार्थ दे दिये। लेकिन तुम भी विचित्र आदमी हो।

मैं लज्जित और चुप हो रहा। उमापति जी दो दिन रहे। मेरी पत्नी उनका यथोचित आदर-सत्कार करती रही। लेकिन मुझे उतना संतोष न था। मैं समझता था, इन्होंने मुझे धोखा दिया।

तीसरे दिन प्रातःकाल वह चलने को तैयार हुए। मुझे अब भी आशा थी कि वह रुपये देकर जायेंगे। लेकिन जब उनकी नयी, रामकहानी सुनी तो सन्नाटे में आ गया। वह अपना बिस्तर बाँधते हुए बोले–बड़ा ही खेद है कि मैं अबकी बार आपके रुपये न

दे सका। बात यह है कि मकान पर पिता जी से भेंट ही नहीं हुई। वह तहसील-वसूल करने गाँव चले गये थे। और मुझे इतना अवकाश न था कि गाँव तक जाता। रेल का रास्ता नहीं है। बैलगाड़ियों पर जाना पड़ता है। इसीलिए मैं एक दिन मकान पर रहकर ससुराल चला गया। वहाँ सब रुपये खर्च हो गये। बिदाई के रुपये न मिल जाते तो यहाँ तक आना कठिन था। अब मेरे पास रेल का किराया तक नहीं है। आप मुझे 25 रु. और दे दें। मैं वहाँ जाते ही भेज दूँगा। मेरे पास इक्के तक का किराया नहीं है।

जी में तो आया कि टका-सा जवाब दे दूँ; पर इतनी अशिष्टता न हो सकी। फिर पत्नी के पास गया और रुपये माँगे। अबकी उन्होंने बिना कुछ कहे-सुने रुपये निकाल कर मेरे हवाले कर दिये। मैंने उदासीन भाव से रुपये उमापति जी को दिये। जब उनकी पुत्री और अर्धांगिनी जीने से उतर गयीं, तो उन्होंने बिस्तर उठाया और मुझे प्रणाम किया। मैंने बैठे-बैठे सर हिलाकर जवाब दिया। उन्हें सड़क तक पहुँचाने भी न गया।

एक सप्ताह के बाद उमापति जी ने लिखा—मैं कार्यवश बरार जा रहा हूँ। लौट कर रुपये भेजूँगा।

15 दिन के बाद एक पत्र लिख कर कुशल-समाचार पूछे। कोई उत्तर न आया। 15 दिन के बाद फिर रुपयों का तकाजा किया। उसका भी कुछ जवाब न मिला। एक महीने के बाद फिर तकाजा किया। उसका भी यही हाल! एक रजिस्टरी पत्र भेजा। वह पहुँच गया इसमें संदेह नहीं; लेकिन जवाब उसका भी न आया। समझ गया, समझदार जोरू ने जो कुछ कहा था, वह अक्षरशः सत्य था! निराश होकर चुप हो रहा।

इन पत्रों की मैंने पत्नी से चर्चा भी नहीं की और न उसी ने कुछ इस बारे में पूछा।

2

इस कपट-व्यवहार का मुझ पर वही असर पड़ा, जो साधारणतः स्वाभाविक रूप से पड़ना चाहिए। कोई ऊँची और पवित्र आत्मा इस छल पर भी अटल रह सकती थी। उसे यह समझ कर संतोष हो सकता था कि मैंने अपने कर्त्तव्य को पूरा कर दिया। यदि ऋणी ने ऋण नहीं चुकाया तो मेरा क्या अपराध। पर मैं इतना उदार नहीं हूँ। यहाँ तो महीनों सिर खपाता हूँ, कलम घिसता हूँ, तब जा कर नगद-नारायण के दर्शन होते हैं।

इसी महीने की बात है। मेरे यंत्रलय में एक नया कंपोजीटर बिहार-प्रांत से आया। काम में चतुर जान पड़ता था। मैंने उसे 15 रु. मासिक पर नौकर रख लिया। पहले किसी अँग्रेजी स्कूल में पढ़ता था। असहयोग के कारण पढ़ना छोड़ बैठा था। घरवालों ने किसी प्रकार की सहायता देने से इनकार किया। विवश होकर उसने जीविका के लिए यह पेशा अख्तियार कर लिया। कोई 17-18 वर्ष की उम्र थी। स्वभाव में गंभीरता थी। बातचीत बहुत सलीके से करता था। यहाँ आने के तीसरे दिन बुखार आने लगा। दो-चार दिन तो ज्यों-त्यों करके काटे; लेकिन जब बुखार न छूटा तो घबरा गया। घर की याद आयी। और कुछ न सही, घरवाले क्या दवा-दरपन भी न करेंगे। मेरे पास आकर बोला—महाशय, मैं बीमार हो गया हूँ। आप कुछ रुपये दे दें तो घर चला जाऊँ।

वहाँ जाते ही रुपयों का प्रबंध करके भेज दूँगा। वह वास्तव में बीमार था। मैं उससे भली-भाँति परिचित था। यह भी जानता था कि यहाँ रहकर वह कभी स्वास्थ्य-लाभ नहीं कर सकता। उसे सचमुच सहायता की जरूरत थी। पर मुझे शंका हुई कि कहीं यह भी रुपये हजम न कर जाय। जब एक विचारशील, सुयोग्य, विद्वान् पुरुष धोखा दे सकता है, तो ऐसे अर्द्धशिक्षित नवयुवक से कैसे यह आशा की जाय कि वह अपने वचन का पालन करेगा?

मैं कई मिनट तक घोर संकट में पड़ा रहा। अंत में बोला—भई मुझे तुम्हारी दशा पर बहुत दुःख है। मगर मैं इस समय कुछ न कर सकूँगा। बिलकुल खाली हाथ हूँ। खेद है।

यह कोरा जवाब सुनकर उसकी आँखों से आँसू गिरने लगे। वह बोला—आप चाहें तो कुछ न कुछ प्रबंध अवश्य कर सकते हैं। मैं जाते ही आपके रुपये भेज दूँगा।

मैंने दिल में कहा—यहाँ तुम्हारी नीयत साफ है, लेकिन घर पहुँच कर भी यही नीयत रहेगी इसका क्या प्रमाण है? नीयत साफ रहने पर भी मेरे रुपये दे सकोगे या नहीं, यह कौन जाने कम से कम तुमसे वसूल करने का मेरे पास कोई साधन नहीं है। प्रकट में कहा—इसमें मुझे कोई संदेह नहीं है, लेकिन खेद है कि मेरे पास रुपये नहीं हैं। हाँ, तुम्हारी जितनी तनख़्वाह निकलती हो, वह ले सकते हो।

उसने कुछ जवाब नहीं दिया, किंकर्तव्यविमूढ़ की तरह एक बार आकाश की ओर देखा और चला गया। मेरे हृदय में कठिन वेदना हुई। अपनी स्वार्थपरता पर ग्लानि हुई। पर अंत को मैंने जो निश्चय किया था उसी पर स्थिर रहा। इस विचार से मन को संतोष हो गया कि मैं ऐसा कहाँ का धनी हूँ जो यों रुपये पानी में फेंकता फिरूँ।

यह है उस कपट का परिणाम, जो मेरे कवि मित्र ने मेरे साथ किया।

मालूम नहीं आगे चल कर इस निर्बलता का क्या कुफल निकलता, पर सौभाग्य से उसकी नौबत न आयी। ईश्वर को मुझे इस अपयश से बचाना मंजूर था। जब वह आँखों में आँसू-भरे मेरे पास से चला तो कार्यालय के एक क्लर्क, पं. पृथ्वीनाथ से उसकी भेंट हो गयी। पंडित जी ने उससे हाल पूछा। पूरा वृत्तांत सुन लेने पर बिना किसी आगा-पीछा के उन्होंने 15 रु. निकाल कर उसे दे दिये। ये रुपये उन्हें कार्यालय के मुनीम से उधार लेने पड़े। मुझे यह हाल मालूम हुआ, तो हृदय के ऊपर से एक बोझ-सा उतर गया। अब वह बेचारा मजे से अपने घर पहुँच जायगा। यह संतोष मुफ्त ही में प्राप्त हो गया। कुछ अपनी नीचता पर लज्जा भी आयी। मैं लंबे-लंबे लेखों में दया मनुष्यता और सद्व्यवहार का उपदेश किया करता था; पर अवसर पड़ने पर साफ जान बचा कर निकल गया! और यह बेचारा क्लर्क, जो मेरे लेखों का भक्त था, इतना उदार और दयाशील निकला! गुरु गुड़ ही रहे, चेला शक्कर हो गये। खैर, उसमें भी एक व्यंग्य-पूर्ण संतोष था कि मेरे उपदेशों का असर मुझ पर न हुआ; न सही दूसरों पर तो हुआ! चिराग के तले अँधेरा रहा तो क्या हुआ, उसका प्रकाश तो फैल रहा है! पर कहीं बेचारे को रुपये न मिले (और शायद ही मिलें, इसकी बहुत कम आशा है) तो

खूब छकेंगे। हजरत को आड़े हाथों लूँगा। किंतु मेरी यह अभिलाषा न पूरी हुई। पाँचवें दिन रुपये आ गये। ऐसी और आँखें खोल देनेवाली यातना मुझे और कभी नहीं मिली थी। खैरियत यही थी कि मैंने इस घटना की चर्चा स्त्री से नहीं की थी; नहीं तो मुझे घर में रहना भी मुश्किल हो जाता।

3

उपर्युक्त वृत्तांत लिख कर मैंने एक पत्रिका में भेज दिया। मेरा उद्देश्य केवल यह था कि जनता के सामने कपट-व्यवहार के कुपरिणाम का एक दृश्य रखूँ। मुझे स्वप्न में भी आशा न थी कोई प्रत्यक्ष फल निकलेगा। इसी से जब चौथे दिन अनायास मेरे पास 75 रु. का मनीआर्डर पहुँचा, तो मेरे आनंद की सीमा न रही। प्रेषक वही महाशय थे–उमापति। कूपन पर केवल क्षमा लिखा हुआ था। मैंने रुपये ले जाकर पत्नी के हाथों में रख दिये और कूपन दिखलाया।

उसने अनमने भाव से कहा–इन्हें ले जाकर यत्न से अपने संदूक में रखो। तुम ऐसे लोभी प्रकृति के मनुष्य हो, यह मुझे आज ज्ञात हुआ। थोड़े-से रुपयों के लिए किसी के पीछे पंजे झाड़ कर पड़ जाना सज्जनता नहीं है। जब कोई शिक्षित और विनयशील मनुष्य अपने वचन का पालन न करे, तो यही समझना चाहिए कि वह विवश है। विवश मनुष्य को बार-बार तकाजों से लज्जित करना भलमनसी नहीं है। कोई मनुष्य जिसका सर्वथा नैतिक पतन नहीं हो गया है, यथाशक्ति किसी को धोखा नहीं देता। इन रुपयों को मैं तब तक अपने पास नहीं रखूँगी जब तक उमापति का कोई पत्र नहीं आ जायगा कि क्यों रुपये भेजने में इतना विलंब हुआ।

पर इस समय मैं ऐसी उदार बातें सुनने को तैयार न था। डूबा हुआ धन मिल गया, इसकी खुशी से फूला नहीं समाता था।

शराब की दूकान

कांग्रेस कमेटी में यह सवाल पेश था–शराब और ताड़ी की दूकानों पर कौन धरना देने जाय? कमेटी के पच्चीस मेम्बर सिर झुकाये बैठे थे; पर किसी के मुँह से बात न निकलती थी। मुआमला बड़ा नाजुक था। पुलिस के हाथों गिरफ्तार हो जाना तो ज्यादा मुश्किल बात न थी। पुलिस के कर्मचारी अपनी जिम्मेदारियों को समझते हैं। चूँकि अच्छे और बुरे तो सभी जगह होते हैं, लेकिन पुलिस के अफ़सर, कुछ लोगों को छोड़कर, सभ्यता से इतने खाली नहीं होते कि जाति और देश पर जान देनेवालों के साथ दुर्व्यवहार करें; लेकिन नशेबाजों में यह जिम्मेदारी कहाँ? उनमें तो अधिकांश ऐसे लोग होते हैं, जिन्हें घुड़की-धमकी के सिवा और किसी शक्ति के सामने झुकने की आदत नहीं। मारपीट से नशा हिरन हो सकता है; पर शांतिवादियों के लिए तो वह दरवाज़ा बंद है। तब कौन इस ओखली में सिर दे, कौन पियक्कड़ों की गालियाँ खाय? बहुत सम्भव है कि वे हाथापाई कर बैठें। उनके हाथों पिटना किसे मंजूर हो सकता

था? फिर पुलिसवाले भी बैठे तमाशा न देखेंगे। उन्हें और भी भड़काते रहेंगे। पुलिस की शह पाकर ये नशे के बंदे जो कुछ न कर डालें, वह थोड़ा! ईंट का जवाब पत्थर से दे नहीं सकते और इस समुदाय पर विनती का कोई असर नहीं!

एक मेम्बर ने कहा—मेरे विचार में तो इन जातों में पंचायतों को फिर सँभालना चाहिए। इधर हमारी लापरवाही से उनकी पंचायतें निर्जीव हो गयी हैं। इसके सिवा मुझे तो और कोई उपाय नहीं सूझता।

सभापति ने कहा—हाँ, यह एक उपाय है। मैं इसे नोट किये लेता हूँ, पर धरना देना जरूरी है।

दूसरे महाशय बोले—उनके घरों पर जाकर समझाया जाय, तो अच्छा असर होगा।

सभापति ने अपनी चिकनी खोपड़ी सहलाते हुए कहा—यह भी अच्छा उपाय है; मगर धरने को हम लोग त्याग नहीं सकते।

फिर सन्नाटा हो गया।

पिछली कतार में एक देवी भी मौन बैठी हुई थीं। जब कोई मेम्बर बोलता, वह एक नज़र उसकी तरफ़ डालकर फिर सिर झुका लेती थीं। यही कांग्रेस की लेडी मेम्बर थीं। उनके पति महाशय जी. पी. सक्सेना कांग्रेस के अच्छे काम करनेवालों में थे। उनका देहांत हुए तीन साल हो गये थे। मिसेज सक्सेना ने इधर एक साल से कांग्रेस के कामों में भाग लेना शुरू कर दिया था और कांग्रेस कमेटी ने उन्हें अपना मेम्बर चुन लिया था। वह शरीफ घरानों में जाकर स्वदेशी और खद्दर का प्रचार करती थीं। जब कभी कांग्रेस के प्लेटफार्म पर बोलने खड़ी होतीं तो उनका जोश देखकर ऐसा मालूम होता था; मानो आकाश में उड़ जाना चाहती हैं। कुंदन का-सा रंग लाल हो जाता था, बड़ी-बड़ी करुण आँखें, जिनमें जल भरा हुआ मालूम होता था, चमकने लगती थीं। बड़ी खुशमिजाज और इसके साथ बला की निर्भीक स्त्री थीं। दबी हुई चिनगारी थी, जो हवा पाकर दहक उठती है। उनके मामूली शब्दों में इतना आकर्षण कहाँ से आ जाता था, कह नहीं सकते। कमेटी के कई जवान मेम्बर, जो पहले कांग्रेस में बहुत कम आते थे, अब बिना नागा आने लगे थे। मिसेज सक्सेना कोई भी प्रस्ताव करें, उनका अनुमोदन करनेवालों की कमी न थी। उनकी सादगी, उनका उत्साह, उनकी विनय, उनकी मृदु-वाणी कांग्रेस पर उनका सिक्का जमाये देती थी। हर आदमी उनकी खातिर सम्मान की सीमा तय करता था, पर उनकी स्वाभाविक नम्रता उन्हें अपने दैवी साधनों से पूरा-पूरा फायदा न उठाने देती थी। जब कमरे में आतीं, लोग खड़े हो जाते थे; पर वह पिछली सफ से आगे न बढ़ती थीं।

मिसेज सक्सेना ने प्रधान से पूछा—शराब की दूकानों पर औरतें धरना दे सकती हैं?

सबकी आँखें उनकी ओर उठ गयीं। इस प्रश्न का आशय सब समझ गये।

प्रधान ने कातर स्वर में कहा—महात्मा जी ने तो यह काम औरतों ही को सुपुर्द करने पर जोर दिया है पर...मिसेज सक्सेना ने उन्हें अपना वाक्य पूरा न करने दिया। बोलीं—तो फिर मुझे इस काम पर भेज दीजिए।

लोगों ने कुतूहल की आँखों से मिसेज सक्सेना को देखा। यह सुकुमारी जिसके कोमल अंगों में शायद हवा भी चुभती हो, गंदी गलियों में ताड़ी और शराब की दुर्गंध-भरी दूकानों के सामने जाने और नशे से पागल आदमियों की कलुषित आँखों और बाँहों का सामना करने को कैसे तैयार हो गयी।

एक महाशय ने अपने समीप के आदमी के कान में कहा—बला की निडर औरत है।

उन महाशय ने जले हुए शब्दों में उत्तर दिया—हम लोगों को काँटों में घसीटना चाहती हैं, और कुछ नहीं। वह बेचारी क्या पिकेटिंग करेंगी। दूकान के सामने खड़ा तक तो हुआ न जायेगा।

प्रधान ने सिर झुकाकर कहा—मैं आपके साहस और उत्सर्ग की प्रशंसा करता हूँ, लेकिन मेरे विचार में अभी इस शहर की दशा ऐसी नहीं है कि देवियाँ पिकेटिंग कर सकें। आपको खबर नहीं, नशेबाज कितने मुँहफट होते हैं। विनय तो वह जानते ही नहीं!

मिसेज सक्सेना ने व्यंग्य-भाव से कहा—तो क्या आपका विचार है कि कोई ऐसा जमाना भी आयेगा, जब शराबी लोग विनय और शील के पुतले बन जायेंगे? यह दशा तो हमेशा ही रहेगी। आखिर महात्मा जी ने कुछ समझ कर ही तो औरतों को यह काम सौंपा है। मैं नहीं कह सकती कि मुझे कहाँ तक सफलता होगी; पर इस कर्तव्य को टालने से काम न चलेगा।

प्रधान ने पसोपेश में पड़कर कहा—मैं तो आपको इस काम के लिए घसीटना उचित नहीं समझता, आगे आपको अख़्तियार है। मिसेज सक्सेना ने जैसे विनय का आलिंगन करते हुए कहा—मैं आपके पास फ़रियाद लेकर न आऊँगी कि मुझे फलाँ आदमी ने मारा या गाली दी। इतना जानती हूँ कि अगर मैं सफल हो गयी, तो ऐसी स्त्रियों की कमी न रहेगी, जो इस काम को सोलहों आने अपने हाथ में न ले लें।

इस पर एक नौजवान मेम्बर ने कहा—मैं सभापति जी से निवेदन करूँगा कि मिसेज सक्सेना को यह काम देकर आप हिंसा का सामना कर रहे हैं। इससे यह कहीं अच्छा है कि आप मुझे यह काम सौंपें।

मिसेज सक्सेना ने गर्म होकर कहा—आपके हाथों हिंसा होने का डर और भी ज्यादा है।

इस नौजवान मेम्बर का नाम था जयराम। एक बार एक कड़ा व्याख्यान देने के लिए जेल हो आये थे, पर उस वक्त उनके सिर गृहस्थी का भार न था। कानून पढ़ते थे। अब उनका विवाह हो गया था, दो-तीन बच्चे भी हो गये थे, दशा बदल गयी थी। दिल में वही जोश, वही तड़प, वही दर्द था, पर अपनी हालत से मजबूर थे।

मिसेज सक्सेना की ओर नम्र आग्रह से देखकर बोले—आप मेरी खातिर इस गंदे काम में हाथ न डालें। मुझे एक सप्ताह का अवसर दीजिए। अगर इस बीच में कहीं दंगा हो जाये, तो आपको मुझे निकाल देने का अधिकार होगा।

मिसेज सक्सेना जयराम को खूब जानती थीं। उन्हें मालूम था कि यह त्याग और साहस का पुतला है और अब तक परिस्थितियों के कारण पीछे दबका हुआ

था। इसके साथ ही वह यह भी जानती थीं कि इसमें वह धैर्य और बर्दाश्त नहीं है, जो पिकेटिंग के लिए लाजमी है। जेल में उसने दारोगा को अपशब्द कहने पर चाँटा लगाया था और उसकी सज़ा तीन महीने और बढ़ गयी थी। बोली–आपके सिर गृहस्थी का भार है। मैं घमंड नहीं करती, पर जितने धैर्य से मैं यह काम कर सकती हूँ, आप नहीं कर सकते।

जयराम ने उसी नम्र आग्रह के साथ कहा–आप मेरे पिछले रेकार्ड पर फ़ैसला कर रही हैं। आप भूल जाती हैं कि आदमी की अवस्था के साथ उसकी उद्दंडता घटती जाती है।

प्रधान ने कहा–मैं चाहता हूँ, महाशय जयराम इस काम को अपने हाथों में लें।

जयराम ने प्रसन्न होकर कहा–मैं सच्चे हृदय से आपको धन्यवाद देता हूँ।

मिसेज सक्सेना ने निराश होकर कहा–महाशय, जयराम, आपने मेरे साथ बड़ा अन्याय किया है और मैं इसे कभी क्षमा न करूँगी। आप लोगों ने इस बात का आज नया परिचय दे दिया कि पुरुषों के अधीन स्त्रियाँ अपने देश की सेवा भी नहीं कर सकतीं।

2

दूसरे दिन, तीसरे पहर जयराम पाँच स्वयंसेवकों को लेकर बेगमगंज के शराबखाने की पिकेटिंग करने जा पहुँचा। ताड़ी और शराब-दोनों की दूकानें मिली हुई थीं। ठीकेदार भी एक ही था। दूकान के सामने, सड़क की पटरी पर, अंदर के आँगन में नशेबाजों की टोलियाँ विष में अमृत का आनंद लूट रही थीं। कोई वहाँ अफलातून से कम न था। कहीं वीरता की डींग थी, कहीं अपने दान-दक्षिणा के पचड़े, कहीं अपने बुद्धि-कौशल का आलाप। अहंकार नशे का मुख्य रूप है।

एक बूढ़ा शराबी कह रहा था–भैया, जिंदगानी का भरोसा नहीं। हाँ, कोई भरोसा नहीं। मेरी बात मान लो, जिंदगानी का कोई भरोसा नहीं। बस यही खाना-खिलाना याद रह जायेगा। धन-दौलत, जगह-जमीन सब धरी रह जायेगी!

दो ताड़ीवालों में एक दूसरी बहस छिड़ी हुई थी–

'हम-तुम रिआया हैं भाई! हमारी मजाल है कि सरकार के सामने सिर उठा सकें?'

'अपने घर में बैठकर बादशाह को गालियाँ दे लो; लेकिन मैदान में आना कठिन है।'

'कहाँ की बात भैया, सरकार तो बड़ी चीज़ है, लाल पगड़ी देखकर तो घर भाग जाते हो।'

'छोटा आदमी भर-पेट खाके बैठता है, तो समझता है, अब बादशाह हमीं हैं। लेकिन अपनी हैसियत को भूलना न चाहिए।'

'बहुत पक्की बात कहते हो खाँ साहब। अपनी असलियत पर डटे रहो। जो राजा है, वह राजा है, जो परजा है, वह परजा है। भला परजा कहीं राजा हो सकता है?'

इतने में जयराम ने आकर कहा–राम राम भाइयों, राम राम!

पाँच-छह खद्दरधारी मनुष्यों को देखकर सभी लोग उनकी ओर शंका और कुतूहल से ताकने लगे। दूकानदार ने चुपके से अपने एक नौकर के कान में कुछ कहा और नौकर दूकान से उतरकर चला गया।

जयराम ने झंडे को जमीन पर खड़ा करके कहा—भाइयों, महात्मा गांधी का हुक्म है कि आप लोग ताड़ी-शराब न पियें। जो रुपये आप यहाँ उड़ा देते हैं, वह अगर अपने बाल-बच्चों को खिलाने-पिलाने में खर्च करें, तो कितनी अच्छी बात हो। जरा देर के नशे के लिए आप अपने बाल-बच्चों को भूखों मारते हैं। गंदे घरों में रहते हैं, महाजन की गालियाँ खाते हैं। सोचिए, इस रुपये से आप अपने प्यारे बच्चों को कितने आराम से रख सकते हैं!

एक बूढ़े शराबी ने अपने साथी से कहा—भैया, है तो बुरी चीज़, घर तबाह करके छोड़ देती है। मुदा इतनी उमिर पीते कट गयी, तो अब मरते दम क्या छोड़ें? उसके साथी ने समर्थन किया—पक्की बात कहते हो चौधरी! जब इतनी उमिर पीते कट गयी, तो अब मरते दम क्या छोड़ें?

जयराम ने कहा—वाह चौधरी, यही तो उमिर है छोड़ने की। जवानी तो दीवानी होती है, उस वक्त सब कुछ मुआफ है। चौधरी ने तो कोई जवाब न दिया; लेकिन उसके साथी ने जो काला, मोटा, बड़ी-बड़ी मूँछोंवाला आदमी था, सरल आपत्ति के भाव से कहा—अगर पीना बुरा है, तो अँगरेज़ क्यों पीते हैं?

जयराम वकील था, उससे बहस करना भिड़ के छत्ते को छेड़ना था। बोला—यह तुमने बहुत अच्छा सवाल पूछा भाई। अँग्रेज़ों के बाप-दादा अभी डेढ़-दो सौ साल पहले लुटेरे थे। हमारे-तुम्हारे बाप-दादा ऋषि-मुनि थे। लुटेरों की संतान पिये, तो पीने दो। उनके पास न कोई धर्म है, न नीति; लेकिन ऋषियों की संतान उनकी नकल क्यों करे। हम और तुम उन महात्माओं की संतान हैं, जिन्होंने दुनिया को सिखाया, जिन्होंने दुनिया को आदमी बनाया। हम अपना धर्म छोड़ बैठे, उसी का फल है कि आज हम गुलाम हैं। लेकिन अब हमने गुलामी की जंजीरों को तोड़ने का फ़ैसला कर लिया है और...

एकाएक थानेदार और चार-पाँच कांस्टेबल आ खड़े हुए।

थानेदार ने चौधरी से पूछा—यह लोग तुमको धमका रहे हैं?

चौधरी ने खड़े होकर कहा—नहीं हुजूर, यह तो हमें समझा रहे हैं। कैसे प्रेम से समझा रहे हैं कि वाह!

थानेदार ने जयराम से कहा—अगर यहाँ फिसाद हो जाये, तो आप जिम्मेदार होंगे?

जयराम—मैं उस वक्त तक जिम्मेदार हूँ, जब तक आप न रहें।

'आपका मतलब है कि मैं फसाद कराने आया हूँ?'

'मैं यह नहीं कहता, लेकिन आप आये हैं, तो अँग्रेज़ी साम्राज्य की अतुल शक्ति का परिचय जरूर ही दीजिएगा। जनता में उत्तेजना फैलेगी। तब आप पिल पड़ेंगे और दस-बीस आदमियों को मार गिरायेंगे। वही सब जगह होता है और यहाँ भी होगा।'

सब इन्स्पेक्टर ने ओंठ चबाकर कहा—मैं आपसे कहता हूँ, यहाँ से चले जाइए, वरना मुझे जाब्ते की कार्रवाई करनी पड़ेगी।

जयराम ने अविचल भाव से कहा—और मैं आपसे कहता हूँ कि आप मुझे अपना काम करने दीजिए। मेरे बहुत-से भाई यहाँ जमा हैं और मुझे उनसे बातचीत करने का उतना ही हक है जितना आपको।

इस वक्त तक सैकड़ों दर्शक जमा हो गये थे। दारोगा ने अफ़सरों से पूछे बगैर और कोई कार्रवाई करना उचित न समझा। अकड़ते हुए दूकानपर गये और कुर्सी पर पाँव रख कर बोले—ये लोग तो माननेवाले नहीं हैं!

दूकानदार ने गिड़गिड़ाकर कहा—हुजूर, मेरी तो बधिया बैठ जायेगी।

दारोगा—दो-चार गुंडे बुलाकर भगा क्यों नहीं देते? मैं कुछ न बोलूँगा। हाँ, जरा एक बोतल अच्छी-सी भेज देना। कल न जाने क्या भेज दिया, कुछ मज़ा ही नहीं आया।

थानेदार चला गया, तो चौधरी ने अपने साथी से कहा—देखा कल्लू, थानेदार कितना बिगड़ रहा था? सरकार चाहती है कि हम लोग खूब शराब पीयें और कोई हमें समझाने न पाये। शराब का पैसा भी तो सरकार ही में जाता है?

कल्लू ने दार्शनिक भाव से कहा—हर एक बहाने से पैसा खींचते हैं सब!

चौधरी—तो फिर क्या सलाह है? है तो बुरी चीज़।

कल्लू—बहुत बुरी चीज़ है भैया, महात्मा जी का हुक्म है, तो छोड़ ही देना चाहिए।

चौधरी—अच्छा तो यह लो, आज से अगर पिये तो दोगला।

यह कहते हुए चौधरी ने बोतल जमीन पर पटक दी। आधी बोतल शराब जमीन पर बहकर सूख गयी।

जयराम को शायद ज़िंदगी में कभी इतनी खुशी न हुई थी। जोर-जोर से तालियाँ बजा कर उछल पड़े।

उसी वक्त दोनों ताड़ी पीनेवालों ने भी 'महात्मा जी की जय' पुकारी और अपनी हाँड़ी जमीन पर पटक दी। एक स्वयंसेवक ने लपककर फूलों की माला ली और चारों आदमियों के गले में डाल दी।

3

सड़क की पटरी पर कई नशेबाज बैठे इन चारों आदमियों की तरफ़ उस दुर्बल भक्ति से ताक रहे थे, जो पुरुषार्थहीन मनुष्यों का लक्षण है। वहाँ एक भी ऐसा व्यक्ति न था, जो अँग्रेज़ों की मांस-मदिरा या ताड़ी को ज़िंदगी के लिए अनिवार्य समझता हो और उसके बगैर ज़िंदगी की कल्पना भी न कर सके। सभी लोग नशे को दूषित समझते थे, केवल दुर्बलेन्द्रिय होने के कारण नित्य आकर पी जाते थे। चौधरी जैसे घाघ पियक्कड़ को बोतल पटकते देखकर उनकी आँखें खुल गयीं।

एक मरियल दाढ़ीवाले आदमी ने आकर चौधरी की पीठ ठोंकी। चौधरी ने उसे पीछे ढकेलकर कहा—पीठ क्या ठोंकते हो जी, जाकर अपनी बोतल पटक दो।

दाढ़ीवाले ने कहा—आज और पी लेने दो चौधरी! अल्लाह जानता है, कल से इधर भूलकर भी न आऊँगा।

चौधरी—जितनी बची हो, उसके पैसे हमसे ले लो। घर जा कर बच्चों को मिठाई खिला देना।

दाढ़ीवाले ने जाकर बोतल पटक दी और बोला—लो, तुम भी क्या कहोगे? अब तो हुए खुश।

चौधरी—अब तो न पीओगे कभी?

दाढ़ीवाले ने कहा—अगर तुम न पीओगे, तो मैं भी न पीऊँगा। जिस दिन तुमने पी, उसी दिन फिर शुरू कर दी।

चौधरी की तत्परता ने दुराग्रह की जड़ें हिला दीं। बाहर अभी पाँच-छह आदमी और थे। वे सचेत निर्लज्जता से बैठे हुए अभी तक पीते जाते थे। जयराम ने उनके सामने जाकर कहा—भाइयों, आपके पाँच भाइयों ने अभी आपके सामने अपनी-अपनी बोतल पटक दी। क्या आप उन लोगों को बाजी जीत ले जाने देंगे?

एक ठिगने, काले आदमी ने जो किसी अँगरेज़ का खानसामा मालूम होता था, लाल-लाल आँखें निकालकर कहा—हम पीते हैं तुमसे मतलब? तुमसे भीख माँगने तो नहीं जाते?

जयराम ने समझ लिया, अब बाजी मार ली। गुमराह आदमी जब विवाद करने पर उतर आये, तो समझ लो, वह रास्ते पर आ जायेगा। चुप्पी ऐब वह चिकना घड़ा है, जिस पर किसी बात का असर नहीं होता।

जयराम ने कहा—अगर मैं अपने घर में आग लगाऊँ तो उसे देखकर क्या आप मेरा हाथ न पकड़ लेंगे? मुझे तो इसमें रत्ती भर संदेह नहीं है कि आप मेरा हाथ ही न पकड़ लेंगे बल्कि मुझे वहाँ से जबरदस्ती खींच ले जायेंगे।

चौधरी ने खानसामा की तरफ़ मुग्ध आँखों से देखा, मानो कह रहा है—इसका तुम्हारे पास क्या जवाब है? और बोला—जमादार, अब इसी बात पर बोतल पटक दो।

खानसामा ने जैसे काट खाने के लिए दाँत तेज कर लिये और बोला—बोतल क्यों पटक दूँ, पैसे नहीं दिये हैं?

चौधरी परास्त हो गया। जयराम से बोला—इन्हें छोड़िए बाबू जी, यह लोग इस तरह माननेवाले असामी नहीं हैं। आप इनके सामने जान भी दे दें तो भी शराब न छोड़ेंगे। हाँ, पुलिस की एक घुड़की पा जायें तो फिर कभी इधर भूलकर भी न आयें।

खानसामा ने चौधरी की ओर तिरस्कार के भाव से देखा, जैसे कह रहा हो—क्या तुम समझते हो कि मैं ही मनुष्य हूँ, यह सब पशु हैं? फिर बोला—तुमसे क्या मतलब

है जी, क्यों बीच में कूदे पड़ते हो? मैं तो बाबू जी से बात कर रहा हूँ। तुम कौन होते हो बीच में बोलनेवाले? मैं तुम्हारी तरह नहीं हूँ कि बोतल पटककर वाह-वाह कराऊँ। कल फिर मुँह में कालिख लगाऊँ, घर पर मँगवाकर पीऊँ? जब यहाँ छोड़ेंगे, तो सच्चे दिल से छोड़ेंगे। फिर कोई लाख रुपये भी दे तो आँख उठाकर न देखें।

जयराम—मुझे आप लोगों से ऐसी ही आशा है।

चौधरी ने खानसामा की ओर कटाक्ष करके कहा—क्या समझते हो, मैं कल फिर पीने आऊँगा?

खानसामा ने उद्दंडता से कहा—हाँ-हाँ, कहता हूँ तुम आओगे कहो, पक्के कागज़ पर लिख दूँ।

चौधरी—अच्छा भाई, तुम बड़े धरमात्मा हो, मैं पापी सही। तुम छोड़ोगे तो ज़िंदगी भर के लिए छोड़ोगे, मैं आज छोड़कर कल फिर पीने लगूँगा, यही सही। मेरी एक बात गाँठ बाँध लो। तुम उस बखत छोड़ोगे, जब ज़िंदगी तुम्हारा साथ छोड़ देगी। इसके पहले तुम नहीं छोड़ सकते।

खानसामा—तुम मेरे दिल का हाल क्या जानते हो?

चौधरी—जानता हूँ, तुम्हारे जैसे सैकड़ों आदमी को भुगत चुका हूँ।

खानसामा—तो तुमने ऐसे-वैसे बेशर्मों को देखा होगा। हयादार आदमियों को न देखा होगा।

यह कहते हुए उसने जाकर बोतल पटक दी और बोला—अब अगर तुम इस दूकानपर देखना, तो मुँह में कालिख लगा देना।

चारों तरफ़ तालियाँ बजने लगीं। मर्द ऐसे होते हैं।

ठीकेदार ने दूकानके नीचे उतरकर कहा—तुम लोग अपनी-अपनी दूकान पर क्यों नहीं जाते जी? मैं तो किसी की दूकान पर नहीं जाता?

एक दर्शक ने कहा—खड़े हैं, तो तुमसे मतलब? सड़क तुम्हारी नहीं है? तुम गरीबों को लूटे जाओ। किसी के बाल-बच्चे भूखों मरें तुम्हारा क्या बिगड़ता है। (दूसरे शराबियों से) क्या यारों, अब भी पीते जाओगे! जानते हो, यह किसका हुक्म है? अरे कुछ भी तो शर्म करो?

जयराम ने दर्शकों से कहा—आप लोग यहाँ भीड़ न लगायें और न किसी को भला-बुरा कहें!

मगर दर्शकों का समूह बढ़ता जाता था। अभी तक चार-पाँच आदमी बे-गम बैठे हुए कुल्हड़ पर कुल्हड़ चढ़ा रहे थे। एक मनचले आदमी ने जाकर उस बोतल को उठा लिया, जो उनके बीच में रखी हुई थी और उसे पटकना चाहता था कि चारों शराबी उठ खड़े हुए और उसे पीटने लगे। जयराम और उसके स्वयंसेवक तुरन्त वहाँ पहुँच गये और उसे बचाने की चेष्टा करने लगे कि चारों उसे छोड़कर जयराम की तरफ़ लपके।

दर्शकों ने देखा कि जयराम पर मार पड़ा चाहती है, तो कई आदमी झल्लाकर उन चारों शराबियों पर टूट पड़े। लातें, घूँसे और डंडे चलाने लगे। जयराम को इसका कुछ अवसर न मिलता था कि किसी को समझाए। दोनों हाथ फैलाये उन चारों के वारों से बच रहा था; वह चारों भी आपे से बाहर होकर दर्शकों पर डंडे चला रहे थे। जयराम दोनों तरफ़ से मार खाता था। शराबियों के वार भी उस पर पड़ते थे, तमाशाइयों के वार भी उसी पर पड़ते थे, पर वह उनके बीच से हटता न था। अगर वह इस वक्त अपनी जान बचाकर हट जाता, तो शराबियों की खैरियत न थी। इसका दोष कांग्रेस पर पड़ता। वह कांग्रेस को इस आक्षेप से बचाने के लिए अपने प्राण देने पर तैयार था। मिसेज सक्सेना को अपने ऊपर हँसने का मौका वह न देना चाहता था।

आखिर उसके सिर पर डंडा इस जोर से पड़ा कि वह सिर पकड़कर बैठ गया। आँखों के सामने तितलियाँ उड़ने लगीं। फिर उसे होश न रहा।

4

जयराम सारी रात बेहोश पड़ा रहा। दूसरे दिन सुबह को जब उसे होश आया, तो सारी देह में पीड़ा हो रही थी और कमजोरी इतनी थी कि रह-रहकर जी डूबता जाता था। एकाएक सिरहाने की तरफ़ आँख उठ गयी, तो मिसेज सक्सेना बैठी नज़र आयीं। उन्हें देखते ही स्वयंसेवकों के मना करने पर भी उठ बैठा। दर्द और कमजोरी दोनों जैसे गायब हो गयी। एक-एक अंग में स्फूर्ति दौड़ गयी।

मिसेज सक्सेना ने उसके सिर पर हाथ रखकर कहा–आपको बड़ी चोट आयी। इसका सारा दोष मुझ पर है।

जयराम ने भक्तिमय कृतज्ञता के भाव से देखकर कहा–चोट तो ऐसी ज्यादा न थी, इन लोगों ने बरबस पट्टी-सट्टी बाँध कर जख्मी बना दिया।

मिसेज सक्सेना ने ग्लानित होकर कहा–मुझे आपको न जाने देना चाहिए था।

जयराम–आपका वहाँ जाना उचित न था। मैं आपसे अब भी यही अनुरोध करूँगा कि उस तरफ़ न जाइएगा।

मिसेज सक्सेना ने जैसे उन बाधाओं पर हँसकर कहा–वाह! मुझे आज से वहाँ पिकेट करने की आज्ञा मिल गयी है।

'आप मेरी इतनी विनय मान जाइएगा। शोहदों के लिए आवाज़ कसना बिलकुल मामूली बात है।'

'मैं आवाज़ों की परवाह नहीं करती!'

'तो फिर मैं भी आपके साथ चलूँगा।'

'आप इस हालत में?'–मिसेज सक्सेना ने आश्चर्य से कहा।

'मैं बिलकुल अच्छा हूँ, सच!'

'यह नहीं हो सकता। जब तक डॉक्टर यह न कह देगा कि अब आप वहाँ जाने के योग्य हैं, आपको न जाने दूँगी। किसी तरह नहीं।'

'तो मैं भी आपको न जाने दूँगा।'

मिसेज सक्सेना ने मृदु-व्यंग्य के साथ कहा—आप भी अन्य पुरुषों ही की भाँति स्वार्थ के पुतले हैं। सदा यश खुद लूटना चाहते हैं, औरतों को कोई मौका नहीं देना चाहते। कम से कम यह तो देख लीजिए कि मैं भी कुछ कर सकती हूँ या नहीं।

जयराम ने व्यथित कंठ से कहा—जैसी आपकी इच्छा।

5

तीसरे पहर मिसेज सक्सेना चार स्वयंसेवकों के साथ बेगमगंज चलीं।

जयराम आँखें बंद किये चारपाई पर पड़ा था। शोर सुनकर चौंका और अपनी स्त्री से पूछा—यह कैसा शोर है?

स्त्री ने खिड़की से झाँककर देखा और बोली—वह औरत, जो कल आयी थी, झंडा लिये कई आदमियों के साथ जा रही है। इसे शर्म भी नहीं आती।

जयराम ने उसके चेहरे पर क्षमा की दृष्टि डाली और विचार में डूब गया। फिर वह उठ खड़ा हुआ और बोला—मैं भी वहीं जाता हूँ।

स्त्री ने उसका हाथ पकड़कर कहा—अभी कल मार खाकर आये हो, आज फिर जाने की सूझी!

जयराम ने हाथ छुड़ा कर कहा—तुम उसे मार कहती हो, मैं उसे उपहार समझता हूँ।

स्त्री ने उसका रास्ता रोक लिया—कहती हूँ, तुम्हारा जी अच्छा नहीं है, मत जाओ, क्यों मेरी जान के ग्राहक हुए हो? उसकी देह में हीरे नहीं जड़े हैं, जो वहाँ कोई नोच लेगा।

जयराम ने मिन्नत करके कहा—मेरी तबीयत बिलकुल अच्छी है चम्मू! अगर कुछ कसर है तो वह भी मिट जायेगी। भला सोचो, यह कैसे मुमकिन है कि एक देवी उन शोहदों के बीच में पिकेटिंग करने जाय और मैं बैठा रहूँ। मेरा वहाँ रहना जरूरी है। अगर कोई बात आ पड़ी, तो कम से कम मैं लोगों को समझा तो सकूँगा।

चम्मू ने जलकर कहा—यह क्यों नहीं कहते कि कोई और ही चीज़ खींचे लिये जाती है!

जयराम ने मुस्कराकर उसकी ओर देखा, जैसे कह रहा हो—यह बात तुम्हारे दिल से नहीं, कंठ से निकल रही है और कतराकर निकल गया। फिर द्वार पर खड़ा होकर बोला—शहर में तीन लाख से कुछ ही कम आदमी हैं, कमेटी में भी तीस मेम्बर हैं, मगर सब के सब जी चुरा रहे हैं। लोगों को अच्छा बहाना मिल गया कि शराबखानों पर धरना देने के लिए स्त्रियों ही की जरूरत है? आखिर क्यों स्त्रियों ही को इस काम के लिए उपयुक्त समझा जाता है? इसीलिए कि मरदों के सिर भूत सवार हो जाता है और

जहाँ नम्रता से काम लेना चाहिए, वहाँ लोग उग्रता से काम लेने लगते हैं। वे देवियाँ क्या इसी योग्य हैं कि शोहदों के फिकरे सुनें और उनकी कुदृष्टि का निशाना बनें? कम से कम मैं यह नहीं देख सकता।

वह लँगड़ाता हुआ घर से निकल पड़ा। चम्मू ने फिर उसे रोकने का प्रयास नहीं किया। रास्ते में एक स्वयंसेवक मिल गया। जयराम ने उसे साथ लिया और एक ताँगे पर बैठकर चला। शराबखाने से कुछ दूर इधर एक लेमनेड-बर्फ की दूकान थी। उसने ताँगे को छोड़ दिया और वालंटियर को शराबखाने भेजकर खुद उसी दूकान में जा बैठा।

दूकानदार ने लेमनेड का एक गिलास उसे देते हुए कहा—बाबू जी, कल वाले चारों बदमाश आज फिर आये हुए हैं। आपने न बचाया होता तो आज शराब या ताड़ी की जगह हल्दी-गुड़ पीते होते।

जयराम ने गिलास लेकर कहा—तुम लोग बीच में न कूद पड़ते, तो मैंने उन सबों को ठीक कर लिया होता।

दूकानदार ने प्रतिवाद किया—नहीं बाबू जी, वह सब छँटे हुए गुंडे हैं। मैं तो उन्हें अपनी दूकानके सामने खड़ा भी नहीं होने देता। चारों तीन-तीन साल काट आये हैं।

अभी बीस मिनट भी न गुजरे होंगे कि एक स्वयंसेवक आकर खड़ा हो गया। जयराम ने सचिंत होकर पूछा—कहो, वहाँ क्या हो रहा है?

स्वयंसेवक ने कुछ ऐसा मुँह बना लिया, जैसे वहाँ की दशा कहना वह उचित नहीं समझता और बोला—कुछ नहीं, देवी जी आदमियों को समझा रही हैं।

जयराम ने उसकी ओर अतृप्त नेत्रों से ताका, मानो कह रहे हों—बस इतना ही! इतना तो मैं जानता ही था।

स्वयंसेवक ने एक क्षण बाद फिर कहा—देवियों का ऐसे शोहदों के सामने जाना अच्छा नहीं।

जयराम ने अधीर होकर पूछा—साफ-साफ क्यों नहीं कहते, क्या बात है?

स्वयंसेवक डरते-डरते बोला—सब-के-सब उनसे दिल्लगी कर रहे हैं। देवियों का यहाँ आना अच्छा नहीं।

जयराम ने और कुछ न पूछा। डंडा उठाया और लाल-लाल आँखें निकाले बिजली की तरह कौंधकर शराबखाने के सामने जा पहुँचा और मिसेज सक्सेना का हाथ पकड़कर पीछे हटाता हुआ शराबियों से बोला—अगर तुम लोगों ने देवियों के साथ जरा भी गुस्ताखी की, तो तुम्हारे हक में अच्छा न होगा। कल मैंने तुम लोगों की जान बचायी थी, आज इसी डंडे से तुम्हारी खोपड़ी तोड़कर रख दूँगा।

उसके बदले हुए तेवर को देखकर सब के सब नशेबाज घबड़ा गये। वे कुछ कहना चाहते थे कि मिसेज सक्सेना ने गम्भीर भाव से पूछा—आप यहाँ क्यों आये? मैंने तो आपसे कहा था, अपनी जगह से न हिलिएगा। मैंने तो आपसे मदद न माँगी थी?

जयराम ने लज्जित होकर कहा—मैं इस नीयत से यहाँ नहीं आया था। एक जरूरत से इधर आ निकला था। यहाँ जमाव देखकर आ गया। मेरे ख़याल में आप अब यहाँ से चलें। मैं आज कांग्रेस कमेटी में यह सवाल पेश करूँगा कि इस काम के लिए पुरुषों को भेजें।

मिसेज सक्सेना ने तीखे स्वर में कहा—आपके विचार में दुनिया के सारे काम मरदों के लिए हैं।

जयराम—मेरा यह मतलब न था।

मिसेज सक्सेना—तो आप जाकर आराम से लेटें और मुझे अपना काम करने दें।

जयराम वहीं सिर झुकाये खड़ा रहा।

मिसेज सक्सेना ने पूछा—अब आप क्यों खड़े हैं?

जयराम ने विनीत स्वर में कहा—मैं भी यहीं एक किनारे खड़ा रहूँगा।

मिसेज सक्सेना ने कठोर स्वर में कहा—जी नहीं, आप जायें।

जयराम धीरे-धीरे लदी हुई गाड़ी की भाँति चला और आकर फिर उसी लेमनेड की दूकानपर बैठ गया। उसे जोर की प्यास लगी थी। उसने एक गिलास शर्बत बनवाया और सामने मेज़ पर रखकर विचार में डूब गया; मगर आँखें और कान उसी तरफ़ लगे हुए थे।

जब कोई आदमी दूकानपर आता, वह चौंककर उसकी तरफ़ ताकने लगता-वहाँ कोई नयी बात तो नहीं हो गयी?

कोई आध घंटे बाद वही स्वयंसेवक फिर डरा हुआ-सा आकर खड़ा हो गया। जयराम ने उदासीन बनने की चेष्टा करके पूछा—वहाँ क्या हो रहा है जी?

स्वयंसेवक ने कानों पर हाथ रखकर कहा—मैं कुछ नहीं जानता बाबू जी, मुझसे कुछ न पूछिए।

जयराम ने एक साथ ही नम्र और कठोर होकर पूछा—फिर कोई छेड़छाड़ हुई?

स्वयंसेवक—जी नहीं, कोई छेड़छाड़ नहीं हुई। एक आदमी ने देवी जी को धक्का दे दिया, वे गिर पड़ीं।

जयराम निस्पंद बैठा रहा; पर उसके अंतराल में भूकम्प-सा मचा हुआ था। बोला—उनके साथ के स्वयंसेवक क्या कर रहे हैं?

'खड़े हैं, देवीजी उन्हें बोलने ही नहीं देतीं।'

'तो क्या बड़े जोर से धक्का दिया?'

'जी हाँ, गिर पड़ीं। घुटनों में चोट आ गयी। वे आदमी साथ पी रहे थे। जब एक बोतल उड़ गयी, तो उनमें से एक आदमी दूसरी बोतल लेने चला। देवी जी ने रास्ता रोक लिया। बस, उसने धक्का दे दिया। वही जो काला-काला मोटा सा आदमी है! कलवाले चारों आदमियों की शरारत है।'

जयराम उन्माद की दशा में वहाँ से उठा और दौड़ता हुआ शराबखाने के सामने आया। मिसेज सक्सेना सिर पकड़े जमीन पर बैठी हुई थीं और वह काला मोटा आदमी

दूकान के कठघरे के सामने खड़ा था। पचासों आदमी जमा थे। जयराम ने उसे देखते ही लपककर उसकी गर्दन पकड़ ली और इतने जोर से दबायी कि उसकी आँखें बाहर निकल आयीं। मालूम होता था, उसके हाथ फौलाद के हो गये हैं।

सहसा मिसेज सक्सेना ने आकर उसका फौलादी हाथ पकड़ लिया और भवें सिकोड़कर बोलीं–छोड़ दो इसकी गर्दन! क्या इसकी जान ले लोगे?

जयराम ने और जोर से उसकी गर्दन दबायी और बोला–हाँ, ले लूँगा। ऐसे दुष्ट की यही सज़ा है।

मिसेज सक्सेना ने अधिकार-गर्व से गर्दन उठाकर कहा–आपको यहाँ आने का कोई अधिकार नहीं है।

एक दर्शक ने कहा–ऐसा दबाओ बाबू जी, कि साला ठंडा हो जाये। इसने देवी जी को ऐसा ढकेला कि बेचारी गिर पड़ीं। हमें तो बोलने का हुक्म नहीं है, नहीं तो हड्डी तोड़कर रख देते।

जयराम ने शराबी की गर्दन छोड़ दी। वह किसी बाज के चंगुल से छूटी हुई चिड़िया की तरह सहमा हुआ खड़ा हो गया। उसे एक धक्का देते हुए उसने मिसेज सक्सेना से कहा–आप यहाँ से चलतीं क्यों नहीं? आप जायें, मैं बैठता हूँ; अगर एक छटाँक शराब बिक जाय, तो मेरा कान पकड़ लीजियेगा।

उसका दम फूलने लगा, आँखों के सामने अँधेरा छा रहा था। वह खड़ा न रह सका। जमीन पर बैठकर रूमाल से माथे का पसीना पोंछने लगा।

मिसेज सक्सेना ने परिहास करके कहा–आप कांग्रेस नहीं हैं कि मैं आपका हुक्म मानूँ। अगर आप यहाँ से न जायेंगे, तो मैं सत्याग्रह करूँगी।

फिर एकाएक कठोर होकर बोलीं–जब तक कांग्रेस ने इस काम का भार मुझ पर रखा है, आपको मेरे बीच में बोलने का कोई हक नहीं है। आप मेरा अपमान कर रहे हैं। कांग्रेस कमेटी के सामने आपको इसका जवाब देना होगा।

जयराम तिलमिला उठा। बिना कोई जवाब दिये लौट पड़ा। और वेग से घर की तरफ़ चला; पर ज्यों-ज्यों आगे बढ़ता था, उसकी गति मंद होती जाती थी। यहाँ तक कि बाज़ार के दूसरे सिरे पर आकर वह रुक गया। रस्सी यहाँ खत्म हो गयी। उसके आगे जाना उसके लिए असाध्य हो गया। जिस झटके ने उसे यहाँ तक भेजा था, उसकी शक्ति अब शेष हो गयी थी। उन शब्दों में जो कटुता और चोट थी, उसमें अब उसे सहानुभूति और स्नेह की सुगंध आ रही थी।

उसे फिर चिंता हुई, न जाने वहाँ क्या हो रहा है। कहीं उन बदमाशों ने और कोई दुष्टता न की हो, या पुलिस न आ जाये।

वह बाज़ार की तरफ़ मुड़ा लेकिन एक कदम ही चल कर फिर रुक गया। ऐसे पसोपेश में वह कभी न पड़ा था।

सहसा उसे वही स्वयंसेवक दौड़ता आता दिखायी दिया। वह बदहवास होकर उससे मिलने के लिए खुद भी उसकी तरफ़ दौड़ा। बीच में दोनों मिल गये।

जयराम ने हाँफते हुए पूछा—क्या हुआ? क्यों भागे जा रहे हो?

स्वयंसेवक ने दम लेकर कहा—बड़ा गजब हो गया बाबू जी! आपके आने के बाद वह काला शराबी बोतल लेकर दूकानसे चला, तो देवी जी दरवाज़े पर बैठ गयीं। वह बार-बार देवी जी को हटाकर निकलना चाहता है; पर वह फिर आकर बैठ जाती हैं। धक्कम-धक्के में उनके कुछ कपड़े फट गये हैं और कुछ चोट भी...

अभी बात पूरी न हुई थी कि जयराम शराबखाने की तरफ़ दौड़ा।

6

जयराम शराबखाने के सामने पहुँचा तो देखा, मिसेज सक्सेना के चारों स्वयंसेवक दूकानके सामने लेटे हुए हैं और मिसेज सक्सेना एक किनारे सिर झुकाये खड़ी हैं। जयराम ने डरते-डरते उनके चेहरे पर निगाह डाली। आँचल पर रक्त की बूँदें दिखायी दीं। उसे फिर कुछ सुध न रही। खून की वह चिनगारियाँ जैसे उसके रोम-रोम में समा गयीं। उसका खून खौलने लगा, मानो उसके सिर खून सवार हो गया हो। वह उन चारों शराबियों पर टूट पड़ा और पूरे जोर के साथ लकड़ी चलाने लगा। एक-एक बूँद की जगह वह एक-एक घड़ा खून बहा देना चाहता था। खून उसे कभी इतना प्यारा न था। खून में इतनी उत्तेजना है, इसकी उसे खबर न थी।

वह पूरे जोर से लकड़ी चला रहा था। मिसेज सक्सेना कब आकर उसके सामने खड़ी हो गयीं, उसे कुछ पता न चला। जब वह जमीन पर गिर पड़ीं, तब उसे जैसे होश आ गया हो। उसने लकड़ी फेंक दी और वहीं निश्चल, निस्पंद खड़ा हो गया, मानो उसका रक्त प्रवाह रुक गया है।

चारों स्वयंसेवकों ने दौड़कर मिसेज सक्सेना को पंखा झलना शुरू किया। दूकानदार ठंडा पानी लेकर दौड़ा। एक दर्शक डॉक्टर को बुलाने भागा, पर जयराम वहीं बेजान खड़ा था, जैसे स्वयं अपने तिरस्कार-भाव का पुतला बन गया हो। अगर इस वक्त कोई उसके दोनों हाथ काट डालता, कोई उसकी आँखें लाल लोहे से फोड़ देता, तब भी वह चूँ न करता।

फिर वहीं सड़क पर बैठकर उसने अपने लज्जित, तिरस्कृत, पराजित मस्तक को भूमि पर पटक दिया और बेहोश हो गया।

उसी वक्त उस काले मोटे शराबी ने बोतल जमीन पर पटक दी और उसके सिर पर ठंडा पानी डालने लगा।

एक शराबी ने लैसंसदार से कहा—तुम्हारा रोजगार अन्य लोगों की जान लेकर रहेगा। अब तो अभी दूसरा ही दिन है।

लैसंसदार ने कहा—कल से मेरा इस्तीफा है। अब स्वदेशी कपड़े का रोजगार करूँगा, जिसमें जस भी है और उपकार भी।

शराबी ने कहा—घाटा तो बहुत रहेगा।

दूकानदार ने किस्मत ठोंककर कहा—घाटा-नफा तो ज़िंदगानी के साथ है।

जुलूस

पूर्ण स्वराज्य का जुलूस निकल रहा था। कुछ युवक, कुछ बूढ़े, कुछ बालक झंड़ियाँ और झंडे लिये वंदेमातरम् गाते हुए माल के सामने से निकले। दोनों तरफ़ दर्शकों की दीवारें खड़ी थीं, मानो उन्हें इस लक्ष्य से कोई सरोकार नहीं हैं, मानो यह कोई तमाशा है और उनका काम केवल खड़े-खड़े देखना है। शंभूनाथ ने दूकान की पटरी पर खड़े होकर अपने पड़ोसी दीनदयाल से कहा—सब के सब काल के मुँह में जा रहे हैं। आगे सवारों का दल मार-मार भगा देगा।

दीनदयाल ने कहा—महात्मा जी भी सठिया गये हैं। जुलूस निकालने से स्वराज्य मिल जाता तो अब तक कब का मिल गया होता। और जुलूस में हैं कौन लोग, देखो—लौंडे, लफंगे, सिरफिरे। शहर का कोई बड़ा आदमी नहीं। मैकू चिट्टियों और स्लीपरों की माला गरदन में लटकाये खड़ा था। इन दोनों सेठों की बातें सुनकर हँसा।

शंभू ने पूछा—क्यों हँसे मैकू? आज रंग चोखा मालूम होता है।

मैकू-हँसा इस बात पर, जो तुमने कही कि कोई बड़ा आदमी जुलूस में नहीं है। बड़े आदमी क्यों जुलूस में आने लगे, उन्हें इस राज में कौन आराम नहीं है? बँगलों और महलों में रहते हैं, मोटरों पर घूमते हैं, साहबों के साथ दावतें खाते हैं, कौन तकलीफ है! मर तो हम लोग रहे हैं, जिन्हें रोटियों का ठिकाना नहीं। इस बखत कोई टेनिस खेलता होगा, कोई चाय पीता होगा, कोई ग्रामोफोन लिए गाना सुनता होगा, कोई पारिक की सैर करता होगा, यहाँ आये पुलिस के कोड़े खाने के लिए? तुमने भी भली कही?

शंभू—तुम यह सब बातें क्या समझोगे मैकू, जिस काम में चार बड़े आदमी अगुआ होते हैं उसकी सरकार पर भी धाक बैठ जाती है। लौंडों-लफंगों का गोल भला हाकिमों की निगाह में क्या जँचेगा?

मैकू ने ऐसी दृष्टि से देखा, जो कह रही थी—इन बातों के समझने का ठीका कुछ तुम्हीं ने नहीं लिया है और बोला—बड़े आदमी को तो हमी लोग बनाते-बिगाड़ते हैं या कोई और? कितने ही लोग जिन्हें कोई पूछता भी न था, हमारे ही बनाये बड़े आदमी बन गये और अब मोटरों पर निकलते हैं और हमें नीच समझते हैं। यह लोगों की तक़दीर की खूबी है कि जिसकी जरा बढ़ती हुई और उसने हमसे आँखें फेरीं। हमारा बड़ा आदमी तो वही है, जो लँगोटी बाँधे नंगे पाँव घूमता है, जो हमारी दशा को सुधारने के लिए अपनी जान हथेली पर लिये फिरता है। और हमें किसी बड़े आदमी की परवाह नहीं है। सच पूछो, तो इन बड़े आदमियों ने ही हमारी मिट्टी खराब कर रखी है। इन्हें सरकार ने कोई अच्छी-सी जगह दे दी, बस उसका दम भरने लगे।

दीनदयाल—नया दारोगा बड़ा जल्लाद है। चौरास्ते पर पहुँचते ही हंटर लेकर पिल पड़ेगा। फिर देखना, सब कैसे दुम दबाकर भागते हैं। मज़ा आयेगा।

जुलूस स्वाधीनता के नशे में चूर चौरास्ते पर पहुँचा, तो देखा, आगे सवारों और सिपाहियों का एक दस्ता रास्ता रोके खड़ा है।

सहसा दारोगा बीरबल सिंह घोड़ा बढ़ाकर जुलूस के सामने आ गये और बोले—तुम लोगों को आगे जाने का हुक्म नहीं है।

जुलूस के बूढ़े नेता इब्राहिम अली ने आगे बढ़कर कहा—मैं आपको इत्मीनान दिलाता हूँ, किसी किस्म का दंगा-फसाद न होगा। हम दूकानें लूटने या मोटरें तोड़ने नहीं निकले हैं। हमारा मकसद इससे कहीं ऊँचा है।

बीरबल—मुझे यह हुक्म है कि जुलूस यहाँ से आगे न जाने पाये।

इब्राहिम—आप अपने अफ़सरों से जरा पूछ न लें।

बीरबल—मैं इसकी कोई जरूरत नहीं समझता।

इब्राहिम—तो हम लोग यहीं बैठते हैं। जब आप लोग चले जाएँगे तो हम निकल जाएँगे।

बीरबल—यहाँ खड़े होने का भी हुक्म नहीं है। तुमको वापस जाना पड़ेगा।

इब्राहिम ने गंभीर भाव से कहा—वापस तो हम न जायेंगे। आपको या किसी को भी, हमें रोकने का कोई हक नहीं। आप अपने सवारों, संगीनों और बंदूकों के जोर से हमें रोकना चाहते हैं, रोक लीजिए, मगर आप हमें लौटा नहीं सकते। न जाने वह दिन कब आयेगा, जब हमारे भाई-बंद ऐसे हुक्मों की तामील करने से साफ इन्कार कर देंगे, जिनकी मंशा महज कौम को गुलामी की जंजीरों में जकड़े रखना है।

बीरबल ग्रेजुएट था। उसका बाप सुपरिंटेंडेंट पुलिस था। उसकी नस-नस में रोब भरा हुआ था। अफ़सरों की दृष्टि में उसका बड़ा सम्मान था। खासा गोरा चिट्टा, नीली आँखों और भूरे बालों वाला तेजस्वी पुरुष था। शायद जिस वक्त वह कोट पहनकर ऊपर से हैट लगा लेता, तो वह भूल जाता था कि मैं भी यहाँ का रहनेवाला हूँ। शायद वह अपने को राज्य करनेवाली जाति का अंग समझने लगता था; मगर इब्राहिम के शब्दों में जो तिरस्कार भरा हुआ था, उसने जरा देर के लिए उसे लज्जित कर दिया। पर मुआमला नाजुक था। जुलूस को रास्ता दे देता है, तो जवाब तलब हो जायेगा; वहीं खड़ा रहने देता है, तो यह सब न जाने कब तक खड़े रहें। इस संकट में पड़ा हुआ था कि उसने डी. एस. पी. को घोड़े पर आते देखा। अब सोच-विचार का समय न था। यही मौका था कारगुजारी दिखाने का। उसने कमर से बेटन निकाल लिया और घोड़े को एड़ लगाकर जुलूस पर चढ़ाने लगा। उसे देखते ही और सवारों ने भी घोड़ों को जुलूस पर चढ़ाना शुरू कर दिया। इब्राहिम दारोगा के घोड़े के सामने खड़ा था। उसके सिर पर एक बेटन ऐसे जोर से पड़ा कि उसकी आँखें तिलमिला गयीं। खड़ा न रह सका। सिर पकड़कर बैठ गया। उसी वक्त दारोगा जी के घोड़े ने दोनों पाँव उठाये और जमीन पर बैठा हुआ

इब्राहिम उसकी टापों के नीचे आ गया। जुलूस अभी तक शांत खड़ा था। इब्राहिम को गिरते देखकर कई आदमी उसे उठाने के लिए लपके; मगर कोई आगे न बढ़ सका।

उधर सवारों के डंडे बड़ी निर्दयता से पड़ रहे थे। लोग हाथों पर डंडों को रोकते थे और अविचलित रूप से खड़े थे। हिंसा के भावों में प्रभावित न हो जाना उसके लिए प्रतिक्षण कठिन होता जाता था। जब आघात और अपमान ही सहना है, तो फिर हम भी इस दीवार को पार करने की क्यों न चेष्टा करें? लोगों को ख़याल आया शहर के लाखों आदमियों की निगाहें हमारी तरफ़ लगी हुई हैं। यहाँ से यह झंडा लेकर हम लौट जाएँ, तो फिर किस मुँह से आज़ादी का नाम लेंगे; मगर प्राण-रक्षा के लिए भागने का किसी को ध्यान भी न आता था। यह पेट के भक्तों, किराये के टट्टुओं का दल न था। यह स्वाधीनता के सच्चे स्वयंसेवकों का, आज़ादी के दीवानों का संगठित दल था–अपनी जिम्मेदारियों को खूब समझता था। कितने ही के सिरों से खून जारी था, कितने ही के हाथ जख्मी हो गये थे। एक हल्ले में यह लोग सवारों की सफों को चीर सकते थे, मगर पैरों में बेड़ियाँ पड़ी हुई थीं–सिद्धान्त की, धर्म की, आदर्श की। दस-बारह मिनट तक यों ही डंडों की बौछार होती रही और लोग शांत खड़े रहे।

2

इस मार-धाड़ की खबर एक क्षण में बाज़ार में जा पहुँची। इब्राहिम घोड़े से कुचल गये, कई आदमी जख्मी हो गये, कई के हाथ टूट गये; मगर न वे लोग पीछे फिरते हैं और न पुलिस उन्हें आगे जाने देती है।

मैकू ने उत्तेजित होकर कहा–अब तो भाई, यहाँ नहीं रहा जाता। मैं भी चलता हूँ।

दीनदयाल ने कहा–हम भी चलते हैं भाई, देखी जाएगी।

शंभू एक मिनट तक मौन खड़ा रहा। एकाएक उसने भी दूकान बढ़ायी और बोला–एक दिन तो मरना ही है, जो कुछ होना है, हो। आखिर वे लोग सभी के लिए तो जान दे रहे हैं। देखते-देखते अधिकांश दूकानें बंद हो गयीं। वह लोग, जो दस मिनट पहले तमाशा देख रहे थे, इधर-उधर से दौड़ पड़े और हजारों आदमियों का एक विराट दल घटनास्थल की ओर चला। यह उन्मत्त, हिंसामद से भरे हुए मनुष्यों का समूह था, जिसे सिद्धांत और आदर्श की परवाह न थी। जो मरने के लिए ही नहीं, मारने के लिए भी तैयार थे। कितनों ही के हाथों में लाठियाँ थीं, कितने ही जेबों में पत्थर भरे हुए थे। न कोई किसी से कुछ बोलता था, न पूछता था। बस, सब-के-सब मन में एक दृढ़ संकल्प किये लपके चले जा रहे थे, मानो कोई घटा उमड़ी चली आती हो।

इस दल को दूर से देखते ही सवारों में कुछ हलचल पड़ी। बीरबल सिंह के चेहरे पर हवाइयाँ उड़ने लगीं। डी. एस. पी. ने अपनी मोटर बढ़ायी। शांति और अहिंसा के व्रतधारियों पर डंडे बरसाना और बात थी, एक उन्मत्त दल से मुकाबला करना दूसरी बात। सवार और सिपाही पीछे खिसक गये।

इब्राहिम की पीठ पर घोड़े ने टाप रख दी। वह अचेत जमीन पर पड़े थे। इन आदमियों का शोरगुल सुनकर आप ही आप उनकी आँखें खुल गयीं। एक युवक को इशारे से बुलाकर कहा–क्यों कैलाश, क्या कुछ लोग शहर से आ रहे हैं?

कैलाश ने उस बढ़ती हुई घटा की ओर देखकर कहा–जी हाँ, हजारों आदमी हैं।

इब्राहिम–तो अब खैरियत नहीं है। झंडा लौटा दो। हमें फौरन लौट चलना चाहिए, नहीं तूफान मच जायगा। हमें अपने भाइयों से लड़ाई नहीं करनी है। फौरन लौट चलो। यह कहते हुए उन्होंने उठने की चेष्टा की, मगर उठ न सके।

इशारे की देर थी। संगठित सेना की भाँति लोग हुक्म पाते ही पीछे फिर गये। झंडियों के बाँसों, साफों और रूमालों से चटपट एक स्ट्रेचर तैयार हो गया। इब्राहिम को लोगों ने उस पर लिटा दिया और पीछे फिरे। मगर क्या वह परास्त हो गये थे? अगर कुछ लोगों को उन्हें परास्त मानने में ही संतोष हो तो हो, लेकिन वास्तव में उन्होंने एक युगांतकारी विजय प्राप्त की थी। वे जानते थे, हमारा संघर्ष अपने ही भाइयों से है, जिनके हित परिस्थितियों के कारण हमारे हितों से भिन्न हैं। हमें उनसे वैर नहीं करना है। फिर, वह यह भी नहीं चाहते कि शहर में लूट और दंगे का बाज़ार गर्म हो जाय और हमारे धर्मयुद्ध का अंत लूटी हुई दूकानें, फूटे हुए सिर हों, उनकी विजय का सबसे उज्ज्वल चिह्न यह था कि उन्होंने जनता की सहानुभूति प्राप्त कर ली थी। वही लोग, जो पहले उन पर हँसते थे; उनका धैर्य और साहस देखकर उनकी सहायता के लिए निकल पड़े थे। मनोवृत्ति का यह परिवर्तन ही हमारी असली विजय है। हमें किसी से लड़ाई करने की जरूरत नहीं, हमारा उद्देश्य केवल जनता की सहानुभूति प्राप्त करना है, उसकी मनोवृत्तियों को बदल देना है। जिस दिन हम इस लक्ष्य पर पहुँच जायेंगे, उसी दिन स्वराज्य सूर्य उदय होगा।

3

तीन दिन गुजर गये थे। बीरबल सिंह अपने कमरे में बैठे चाय पी रहे थे। और उनकी पत्नी मिट्ठन बाई शिशु को गोद में लिये सामने खड़ी थीं।

बीरबल सिंह ने कहा–मैं क्या करता उस वक्त। पीछे डी. एस. पी. खड़ा था। अगर उन्हें रास्ता दे देता तो अपनी जान मुसीबत में फँसती।

मिट्ठन बाई ने सिर हिलाकर कहा–तुम कम से कम इतना तो कर ही सकते थे कि उन पर डंडे न चलाने देते। तुम्हारा काम आदमियों पर डंडे चलाना है? तुम ज्यादा से ज्यादा उन्हें रोक सकते थे। कल को तुम्हें अपराधियों को बेंत लगाने का काम दिया जाय, तो शायद तुम्हें बड़ा आनंद आयेगा, क्यों?

बीरबल सिंह ने खिसियाकर कहा–तुम तो बात नहीं समझती हो!

मिट्ठन बाई–मैं खूब समझती हूँ। डी. एस. पी. पीछे खड़ा था। तुमने सोचा होगा, ऐसी कारगुजारी दिखाने का अवसर शायद फिर कभी मिले या न मिले। क्या तुम समझते हो, उस दल में कोई भला आदमी न था? उसमें कितने आदमी ऐसे थे, जो तुम्हारे जैसों

को नौकर रख सकते हैं। विद्या में तो शायद अधिकांश तुमसे बढ़े हुए होंगे। मगर तुम उन पर डंडे चला रहे थे और उन्हें घोड़े से कुचल रहे थे, वाह री जवाँमर्दी!

बीरबल सिंह ने बेहयाई की हँसी के साथ कहा–डी. एस. पी. ने मेरा नाम नोट कर लिया है। सच!

दारोगा जी ने समझा था कि यह सूचना देकर वह मिट्ठन बाई को खुश कर देंगे। सज्जनता और भलमनसी आदि ऊपर की बातें हैं, दिल से नहीं, ज़बान से कही जाती हैं। स्वार्थ दिल की गहराइयों में बैठा होता है। वह गम्भीर विचार का विषय है।

मगर मिट्ठन बाई के मुख पर हर्ष की कोई रेखा न नज़र आयी, ऊपर की बातें शायद गहराइयों तक पहुँच गयी थीं! बोलीं–जरूर कर लिया होगा और शायद तुम्हें जल्दी तरक्की भी मिल जाय। मगर बेगुनाहों के खून से हाथ रंगकर तरक्की पायी, तो क्या पायी! यह तुम्हारी कारगुजारी का इनाम नहीं, तुम्हारे देशद्रोह की कीमत है। तुम्हारी कारगुजारी का इनाम तो तब मिलेगा, जब तुम किसी खूनी को खोज निकालोगे, किसी डूबते हुए आदमी को बचा लोगे।

एकाएक एक सिपाही ने बरामदे में खड़े होकर कहा–हुजूर, यह लिफाफा लाया हूँ। बीरबल सिंह ने बाहर निकलकर लिफाफा ले लिया और भीतर की सरकारी चिट्ठी निकालकर पढ़ने लगे। पढ़कर उसे मेज़ पर रख दिया।

मिट्ठन ने पूछा–क्या तरक्की का परवाना आ गया?

बीरबल सिंह ने झेंपकर कहा–तुम तो बनाती हो! आज फिर कोई जुलूस निकलनेवाला है। मुझे उसके साथ रहने का हुक्म हुआ है।

मिट्ठन–फिर तो तुम्हारी चाँदी है, तैयार हो जाओ। आज फिर वैसे ही शिकार मिलेंगे। खूब बढ़-बढ़कर हाथ दिखलाना! डी. एस. पी. भी जरूर आयेंगे। अबकी तुम इंसपेक्टर हो जाओगे। सच!

बीरबल सिंह ने माथा सिकोड़कर कहा–कभी-कभी तुम बे-सिर-पैर की बातें करने लगती हो। मान लो, मैं जाकर चुपचाप खड़ा रहूँ, तो क्या नतीजा होगा। मैं नालायक समझा जाऊँगा और मेरी जगह कोई दूसरा आदमी भेज दिया जायगा। कहीं शुबहा हो गया कि मुझे स्वराज्यवादियों से सहानुभूति है, तो कहीं का न रहूँगा। अगर बर्ख़ास्त भी न हुआ तो लैन की हाजिरी तो हो ही जाएगी। आदमी जिस दुनिया में रहता है, उसी का चलन देखकर काम करता है। मैं बुद्धिमान न सही; पर इतना जानता हूँ कि ये लोग देश और जाति का उद्धार करने के लिए ही कोशिश कर रहे हैं। यह भी जानता हूँ कि सरकार इस ख़याल को कुचल डालना चाहती है। ऐसा गधा नहीं हूँ कि गुलामी की ज़िंदगी पर गर्व करूँ; लेकिन परिस्थिति से मजबूर हूँ।

बाजे की आवाज़ कानों में आयी। बीरबल सिंह ने बाहर जाकर पूछा। मालूम हुआ स्वराज्य वालों का जुलूस आ रहा है। चटपट वर्दी पहनी, साफा बाँधा और जेब में पिस्तौल रखकर बाहर आये। एक क्षण में घोड़ा तैयार हो गया। कांस्टेबल पहले ही से तैयार बैठे थे। सब लोग डबल मार्च करते हुए जुलूस की तरफ़ चले।

ये लोग डबल मार्च करते हुए कोई पंद्रह मिनट में जुलूस के सामने पहुँच गये। इन लोगों को देखते ही अगणित कंठों से 'वंदेमातरम्' की एक ध्वनि निकली, मानो मेघमंडल में गर्जन का शब्द हुआ हो, फिर सन्नाटा छा गया। उस जुलूस में और इस जुलूस में कितना अंतर था! वह स्वराज्य के उत्सव का जुलूस था, यह एक शहीद के मातम का। तीन दिन के भीषण ज्वर और वेदना के बाद आज उस जीवन का अंत हो गया, जिसने कभी पद की लालसा नहीं की, कभी अधिकार के सामने सिर नहीं झुकाया। उन्होंने मरते समय वसीयत की थी कि मेरी लाश को गंगा में नहलाकर दफन किया जाय और मेरे मजार पर स्वराज्य का झंडा खड़ा किया जाय। उनके मरने का समाचार फैलते ही सारे शहर पर मातम का पर्दा-सा पड़ गया। जो सुनता था, एक बार इस तरह चौंक पड़ता था, जैसे उसे गोली लग गयी हो और तुरंत उनके दर्शनों के लिए भागता था। सारे बाज़ार बंद हो गये, इक्कों और तांगों का कहीं पता न था, जैसे शहर लुट गया हो। देखते-देखते सारा शहर उमड़ पड़ा। जिस वक्त जनाजा उठा, लाख-सवा लाख आदमी साथ थे। कोई आँख ऐसी न थी, जो आँसुओं से लाल न हो।

बीरबल सिंह अपने कांस्टेबलों और सवारों को पाँच-पाँच गज के फासले पर जुलूस के साथ चलने का हुक्म देकर खुद पीछे चले गये। पिछली सफों में कोई पचास गज तक महिलाएँ थीं। दारोगा ने उनकी तरफ़ ताका। पहली ही कतार में मिट्ठन बाई नज़र आयी। बीरबल को विश्वास न आया। फिर ध्यान से देखा, वही थी। मिट्ठन ने उनकी तरफ़ एक बार देखा और आँखें फेर लीं, पर उसकी एक चितवन में कुछ ऐसा धिक्कार, कुछ ऐसी लज्जा, कुछ ऐसी व्यथा, कुछ ऐसी घृणा भरी हुई थी कि बीरबल सिंह की देह में सिर से पाँव तक सनसनी-सी दौड़ गयी। वह अपनी दृष्टि में कभी इतने हल्के, इतने दुर्बल, इतने जलील न हुए थे।

सहसा एक युवती ने दारोगा जी की तरफ़ देखकर कहा—कोतवाल साहब, कहीं हम लोगों पर डंडे न चला दीजिएगा। आपको देखकर भय हो रहा है!

दूसरी बोली—आप ही के कोई भाई तो थे, जिन्होंने उस माल के चौरस्ते पर इस पुरुष पर आघात किये थे।

मिट्ठन ने कहा—आपके कोई भाई न थे, आप खुद थे।

बीसियों ही मुँहों से आवाज़ें निकलीं—अच्छा, यह वही महाशय हैं? महाशय आपको नमस्कार है। यह आप ही की कृपा का फल है कि आज हम भी आपके डंडे के दर्शन के लिए आ खड़ी हुई हैं!

बीरबल ने मिट्ठन बाई की ओर आँखों का भाला चलाया; पर मुँह से कुछ न बोले। एक तीसरी महिला ने फिर कहा—हम एक जलसा करके आपको जयमाल पहनायेंगे और आपका यशोगान करेंगे।

चौथी ने कहा—आप बिलकुल अँगरेज़ मालूम होते हैं, जभी इतने गोरे हैं!

एक बुढ़िया ने आँखें चढ़ाकर कहा—मेरी कोख में ऐसा बालक जन्मा होता, तो उसकी गर्दन मरोड़ देती!

एक युवती ने उसका तिरस्कार करके कहा–आप भी खूब कहती हैं, माता जी, कुत्ते तक तो नमक का हक अदा करते हैं, यह तो आदमी हैं!

बुढ़िया ने झल्लाकर कहा–पेट के गुलाम, हाय पेट, हाय पेट!

इस पर कई स्त्रियों ने बुढ़िया को आड़े हाथों ले लिया और वह बेचारी लज्जित होकर बोली–अरे, मैं कुछ कहती थोड़े ही हूँ। मगर ऐसा आदमी भी क्या, जो स्वार्थ के पीछे अंधा हो जाय।

बीरबल सिंह अब और न सुन सके। घोड़ा बढ़ाकर जुलूस से कई गज पीछे चले गये। मर्द लज्जित करता है, तो हमें क्रोध आता है; स्त्रियाँ लज्जित करती हैं, तो ग्लानि उत्पन्न होती है। बीरबल सिंह की इस वक्त इतनी हिम्मत न थी कि फिर उन महिलाओं के सामने जाते। अपने अफ़सरों पर क्रोध आया। मुझी को बार-बार क्यों इन कामों पर तैनात किया जाता है? और लोग भी तो हैं, उन्हें क्यों नहीं लाया जाता? क्या मैं ही सबसे गया-बीता हूँ। क्या मैं ही सबसे भावशून्य हूँ।

मिट्ठी इस वक्त मुझे दिल में कितना कायर और नीच समझ रही होगी! शायद इस वक्त मुझे कोई मार डाले, तो वह ज़बान भी न खोलेगी। शायद मन में प्रसन्न होगी कि अच्छा हुआ। अभी कोई जाकर साहब से कह दे कि बीरबल सिंह की स्त्री जुलूस में निकली थी, तो कहीं का न रहूँ! मिट्ठी जानती है, समझती है, फिर भी निकल खड़ी हुई। मुझसे पूछा तक नहीं। कोई फिक्र नहीं है न, जभी ये बातें सूझती हैं, यहाँ सभी बेफिक्र हैं, कालेजों और स्कूलों के लड़के, मजदूर, पेशेवर इन्हें क्या चिंता? मरन तो हम लोगों की है, जिनके बाल-बच्चे हैं और कुल-मर्यादा का ध्यान है। सब की सब मेरी तरफ़ कैसा घूर रही थीं, मानो खा जाएंगी।

जुलूस शहर की मुख्य सड़कों से गुजरता हुआ चला जा रहा था। दोनों ओर छतों पर, छज्जों पर, जँगलों पर, वृक्षों पर दर्शकों की दीवारें-सी खड़ी थीं। बीरबल सिंह को आज उनके चेहरों पर एक नयी स्फूर्ति, एक नया उत्साह, एक नया गर्व झलकता हुआ मालूम होता था। स्फूर्ति थी वृक्षों के चेहरे पर, उत्साह युवकों के और गर्व रमणियों के। यह स्वराज्य के पथ पर चलने का उल्लास था। अब उनको यात्रा का लक्ष्य अज्ञात न था, पथभ्रष्टों की भाँति इधर-उधर भटकना न था, दलितों की भाँति सिर झुकाकर रोना न था। स्वाधीनता का सुनहला शिखर सुदूर आकाश में चमक रहा था। ऐसा जान पड़ता था कि लोगों को बीच के नालों और जंगलों की परवाह नहीं है। सब उस सुनहले लक्ष्य पर पहुँचने के लिए उत्सुक हो रहे हैं।

ग्यारह बजते-बजते जुलूस नदी के किनारे जा पहुँचा, जनाजा उतारा गया और लोग शव को गंगा-स्नान कराने के लिए चले। उसके शीतल, शांत, पीले मस्तक पर लाठी की चोट साफ नज़र आ रही थी। रक्त जमकर काला हो गया था। सिर के बड़े-बड़े बाल खून जम जाने से किसी चित्रकार की तूलिका की भाँति चिमट गये थे। कई हजार आदमी इस शहीद के अंतिम दर्शनों के लिए मंडल बाँधकर खड़े हो गये। बीरबल सिंह

पीछे घोड़े पर सवार खड़े थे। लाठी की चोट उन्हें भी नज़र आयी। उनकी आत्मा ने जोर से धिक्कारा। वह शव की ओर न ताक सके। मुँह फेर लिया। जिस मनुष्य के दर्शनों के लिए, जिनके चरणों की रज मस्तक पर लगाने के लिए लाखों आदमी विकल हो रहे हैं, उसका मैंने इतना अपमान किया। उनकी आत्मा इस समय स्वीकार कर रही थी कि उस निर्दय प्रहार में कर्तव्य के भाव का लेश भी न था–केवल स्वार्थ था, कारगुजारी दिखाने की हवस और अफ़सरों को खुश करने की लिप्सा थी। हजारों आँखें क्रोध से भरी हुई उनकी ओर देख रही थीं; पर वह सामने ताकने का साहस न कर सकते थे।

एक कांस्टेबल ने आकर प्रशंसा की–हुजूर का हाथ गहरा पड़ा था। अभी तक खोपड़ी खुली हुई है। सबकी आँखें खुल गयीं।

बीरबल ने उपेक्षा की–मैं इसे अपनी जवाँमर्दी नहीं, अपना कमीनापन समझता हूँ।

कांस्टेबल ने फिर खुशामद की–बड़ा सरकश आदमी था हुजूर!

बीरबल ने तीव्र भाव से कहा–चुप रहो! जानते भी हो, सरकश किसे कहते हैं? सरकश वे कहलाते हैं, जो डाके मारते हैं, चोरी करते हैं, खून करते हैं। उन्हें सरकश नहीं कहते जो देश की भलाई के लिए अपनी जान हथेली पर लिये फिरते हों। हमारी बदनसीबी है कि जिनकी मदद करनी चाहिए उनका विरोध कर रहे हैं। यह घमंड करने और खुश होने की बात नहीं है, शर्म करने और रोने की बात है।

स्नान समाप्त हुआ। जुलूस यहाँ से फिर रवाना हुआ।

4

शव को जब खाक के नीचे सुलाकर लोग लौटने लगे तो दो बज रहे थे। मिट्ठन बाई स्त्रियों के साथ-साथ कुछ दूर तक तो आयी, पर क्वीन्सपार्क में आकर ठिठक गयी। घर जाने की इच्छा न हुई। वह जीर्ण, आहत, रक्तरंजित शव, मानो उसके अंतस्तल में बैठा उसे धिक्कार रहा था। पति से उसका मन इतना विरक्त हो गया था कि अब उसे धिक्कारने की भी उसकी इच्छा न थी। ऐसे स्वार्थी मनुष्य पर भय के सिवा और किसी चीज़ का असर हो सकता है, इसका उसे विश्वास ही न था।

वह बड़ी देर तक पार्क में घास पर बैठी सोचती रही, पर अपने कर्तव्य का कुछ निश्चय न कर सकी। मैके जा सकती थी, किन्तु वहाँ से महीने-दो महीने में फिर इसी घर आना पड़ेगा। नहीं, मैं किसी की आश्रित न बनूँगी। क्या मैं अपने गुजर-बसर को भी नहीं कमा सकती? उसने स्वयं भाँति-भाँति की कठिनाइयों की कल्पना की; पर आज उसकी आत्मा में न जाने इतना बल कहाँ से आ गया। इन कल्पनाओं को ध्यान में लाना ही उसे अपनी कमजोरी मालूम हुई।

सहसा उसे इब्राहिम अली की वृद्धा विधवा का ख़याल आया। उसने सुना था, उनके लड़के-बाले नहीं हैं। बेचारी बैठी रो रही होंगी। कोई तसल्ली देने वाला भी पास न होगा। वह उनके मकान की ओर चली। पता उसने पहले ही अपने साथ की औरतों से पूछ लिया था। वह दिल में सोचती जाती थी–मैं उनसे कैसे मिलूँगी,

उनसे क्या कहूँगी, उन्हें किन शब्दों में समझाऊँगी। इन्हीं विचारों में डूबी हुई वह इब्राहिम अली के घर पर पहुँच गयी। मकान एक गली में था, साफ-सुथरा; लेकिन द्वार पर हसरत बरस रही थी। उसने धड़कते हुए हृदय से अंदर कदम रखा। सामने बरामदे में एक खाट पर वह वृद्धा बैठी हुई थी, जिसके पति ने आज स्वाधीनता की वेदी पर अपना बलिदान दिया था। उसके सामने सादे कपड़े पहने एक युवक खड़ा, आँखों में आँसू भरे वृद्धा से बातें कर रहा था। मिट्ठन उस युवक को देखकर चौंक पड़ी—वह बीरबल सिंह थे।

उसने क्रोधमय आश्चर्य से पूछा—तुम यहाँ कैसे आये?

बीरबल सिंह ने कहा—उसी तरह जैसे तुम आयीं। अपने अपराध क्षमा कराने आया हूँ! मिट्ठन के गोरे मुखड़े पर आज गर्व, उल्लास और प्रेम की जो उज्ज्वल विभूति नज़र आयी, वह अकथनीय थी! ऐसा जान पड़ा, मानो उसके जन्म-जन्मांतर के क्लेश मिट गये हैं, वह चिंता और माया के बंधनों से मुक्त हो गयी है।

बैंक का दिवाला

लखनऊ नेशनल बैंक के दफ़तर में लाला साईदास आरामकुर्सी पर लेटे हुए शेयरो का भाव देख रहे थे और सोच रहे थे कि इस बार हिस्सेदारों को मुनाफा कहाँ से दिया जायगा। चाय, कोयला या जूट के हिस्से खरीदने, चाँदी, सोने या रुई का सट्टा करने का इरादा करते; लेकिन नुकसान के भय से कुछ तय न कर पाते थे। नाज के व्यापार में इस बार बड़ा घाटा रहा; हिस्सेदारों के ढाढ़स के लिए हानि-लाभ का कल्पित ब्योरा दिखाना पड़ा और नफा पूँजी से देना पड़ा। इससे फिर नाज के व्यापार में हाथ डालते जी काँपता था।

पर रुपये को बेकार डाल रखना असम्भव था। दो-एक दिन में उसे कहीं न कहीं लगाने का उचित उपाय करना जरूरी था; क्योंकि डाइरेक्टरों की तिमाही बैठक एक ही सप्ताह में होनेवाली थी। और यदि उस समय कोई निश्चय ही न हुआ, तो आगे तीन महीने तक फिर कुछ न हो सकेगा, और छमाही मुनाफे के बँटवारे के समय फिर वही फरजी कार्रवाई करनी पड़ेगी, जिसको बार-बार सहन करना बैंक के लिए कठिन है। बहुत देर तक इस उलझन में पड़े रहने के बाद साईदास ने घंटी बजायी। इस पर बगल के दूसरे कमरे से एक बंगाली बाबू ने सिर निकालकर झाँका।

साईदास—ताजा-स्टील कम्पनी को एक पत्र लिख दीजिए कि अपना नया बैलेंस शीट भेज दें।

बाबू—उन लोगों को रुपया का गरज नहीं। चिट्ठी का जवाब नहीं देता।

साईदास—अच्छा; नागपुर की स्वदेशी मिल को लिखिए।

बाबू—उसका कारोबार अच्छा नहीं है। अभी उसके मजदूरों ने हड़ताल किया था। दो महीना तक मिल बंद रहा।

साईदास—अजी, तो कहीं लिखो भी! तुम्हारी समझ में सारी दुनिया बेईमानों से भरी है।

बाबू—बाबा, लिखने को तो हम सब जगह लिख दें; मगर खाली लिख देने से तो कुछ लाभ नहीं होता।

लाला साईदास अपनी कुल-प्रतिष्ठा और मर्यादा के कारण बैंक के मैनेजिंग डाइरेक्टर हो गये थे, पर व्यावहारिक बातों से अपरिचित थे। यही बंगाली बाबू इनके सलाहकार थे और बाबू साहब को किसी कारखाने या कम्पनी पर भरोसा न था। इन्हीं के अविश्वास के कारण पिछले साल बैंक का रुपया संदूक से बाहर न निकल सका था, और अब वही रंग फिर दिखायी देता था। साईदास को इस कठिनाई से बचने का कोई उपाय न सूझता था। न इतनी हिम्मत थी कि अपने भरोसे किसी व्यापार में हाथ डालें। बेचैनी की दशा में उठकर कमरे में टहलने लगे कि दरबान ने आकर खबर दी-बरहल की महारानी की सवारी आयी है।

2

लाला साईदास चौंक पड़े। बरहल की महारानी को लखनऊ आये तीन-चार दिन हुए थे और हर एक के मुँह से उन्हीं की चर्चा सुनायी देती थी। कोई उनके पहनावे पर मुग्ध था, कोई सुंदरता पर, कोई उनकी स्वच्छंद वृत्ति पर। यहाँ तक कि उनकी दासियाँ और सिपाही आदि भी लोगों की चर्चा के पात्र बने हुए थे। रॉयल होटल के द्वार पर दर्शकों की भीड़ लगी रहती है। कितने ही शौक़ीन, बेफिकरे लोग, इतर-फरोश, बजाज या तम्बाकूगर का वेश धरकर उनका दर्शन कर चुके थे। जिधर से महारानी की सवारी निकल जाती, दर्शकों के ठट लग जाते थे। वाह-वाह, क्या शान है! ऐसी इराकी जोड़ी लाट साहब के सिवा किसी राजा-रईस के यहाँ तो शायद ही निकले, और सजावट भी क्या खूब है! भई, ऐसे गोरे आदमी तो यहाँ भी दिखायी नहीं देते। यहाँ के रईस तो मृगांक, चंद्रोदय, और ईश्वर जाने, क्या-क्या खाक-बला खाते हैं, पर किसी के बदन पर तेज या प्रकाश का नाम नहीं। ये लोग न जाने क्या भोजन करते और किस कुएँ का पानी पीते हैं कि जिसे देखिए, ताजा सेब बना हुआ है। यह सब जलवायु का प्रभाव है।

बरहल उत्तर दिशा में नेपाल के समीप, अँग्रेज़ी राज्य में एक रियासत थी। यद्यपि जनता उसे बहुत मालदार समझती थी; पर वास्तव में उस रियासत की आमदनी दो लाख से अधिक न थी। हाँ, क्षेत्रफल बहुत विस्तृत था। बहुत भूमि ऊसर और उजाड़ थी। बसा हुआ भाग भी पहाड़ी और बंजर था। जमीन बहुत सस्ती उठती थी।

लाला साईदास ने तुरन्त अलगानी से रेशमी सूट उतारकर पहन लिया और मेज पर आकर शान से बैठ गये, मानो राजा-रानियों का यहाँ आना कोई साधारण बात है। दफ़्तर के क्लर्क भी सँभल गये। सारे बैंक में सन्नाटे की हलचल पैदा हो गयी। दरबान ने पगड़ी सँभाली। चौकीदार ने तलवार निकाली, और अपने स्थान पर खड़ा हो गया।

पंखा-कुली की मीठी नींद भी टूटी और बंगाली बाबू महारानी के स्वागत के लिए दफ़्तर से बाहर निकले।

साईंदास ने बाहरी ठाट तो बना लिया, किंतु चित्त आशा और भय से चंचल हो रहा था। एक रानी से व्यवहार करने का यह पहला ही अवसर था; घबराते थे कि बात करते बने या न बने। रईसों का मिजाज आसमान पर होता है। मालूम नहीं, मैं बात करने में कहीं चूक जाऊँ। उन्हें इस समय अपने में एक कमी मालूम हो रही थी। वह राजसी नियमों से अनभिज्ञ थे। उनका सम्मान किस प्रकार करना चाहिए, उनसे बातें करने में किन बातों का ध्यान रखना चाहिए। उनकी मर्यादा-रक्षा के लिए कितनी नम्रता उचित है, इस प्रकार के प्रश्न से वह बड़े असमंजस में पड़े हुए थे, और जी चाहता था किसी तरह परीक्षा से शीघ्र ही छुटकारा हो जाय। व्यापारियों, मामूली ज़मींदारों या रईसों से वह रुखाई और सफाई का बर्ताव किया करते थे और पढ़े-लिखे सज्जनों से शील और शिष्टता का। उन अवसरों पर उन्हें किसी विशेष विचार की आवश्यकता न होती थी; पर इस समय बड़ी परेशानी हो रही थी। जैसे कोई लंका-वासी तिब्बत में आ गया हो, जहाँ के रस्म-रिवाज और बातचीत का उसे ज्ञान न हो।

एकाएक उनकी दृष्टि घड़ी पर पड़ी। तीसरे पहर के चार बज चुके थे, परंतु घड़ी अभी दोपहर की नींद में मग्न थी। तारीख की सुई ने दौड़ में समय को भी मात कर दिया था। वह जल्दी से उठे कि घड़ी को ठीक कर दें, इतने में महारानी का कमरे में पदार्पण हुआ। साईंदास ने घड़ी को छोड़ा और महारानी के निकट जा बगल में खड़े हो गये। निश्चय न कर सके कि हाथ मिलाये या झुककर सलाम करें। रानी जी ने स्वयं हाथ बढ़ाकर उन्हें इस उलझन से छुड़ाया।

जब लोग कुर्सियों पर बैठ गये, तो रानी के प्राइवेट सेक्रेटरी ने व्यवहार की बातचीत शुरू की। बरहल की पुरानी गाथा सुनाने के बाद उसने उन उन्नतियों का वर्णन किया, जो रानी साहब के प्रयत्न से हुई थीं। इस समय नहरों की एक शाखा निकालने के लिए दस लाख रुपयों की आवश्यकता थी; परंतु उन्होंने एक हिंदुस्तानी बैंक से ही व्यवहार करना अच्छा समझा। अब यह निर्णय नेशनल बैंक के हाथ में था कि वह इस अवसर से लाभ उठाना चाहता है या नहीं।

बंगाली बाबू–हम रुपया दे सकता है, मगर कागज़-पत्तर देखे बिना कुछ नहीं कर सकता।

सेक्रेटरी–आप कोई जमानत चाहते हैं।

साईंदास उदारता से बोले–महाशय, जमानत के लिए आपकी ज़बान ही काफी है।

बंगाली बाबू–आपके पास रियासत का कोई हिसाब-किताब है?

लाला साईंदास को अपने हेडक्लर्क का दुनियादारी का बर्ताव अच्छा न लगता था। वह इस समय उदारता के नशे में चूर थे। महारानी की सूरत ही पक्की जमानत थी। उनके सामने कागज़ और हिसाब का वर्णन करना बनियापन जान पड़ता था, जिससे अविश्वास की गंध आती है।

महिलाओं के सामने हम शील और संकोच के पुतले बन जाते हैं। साईदास बंगाली बाबू की ओर क्रूर-कठोर दृष्टि से देखकर बोले—कागज़ों की जाँच कोई आवश्यक बात नहीं है, केवल हमको विश्वास होना चाहिए।

बंगाली बाबू—डाइरेक्टर लोग कभी न मानेगा।

साईदास—हमको इसकी परवा नहीं, हम अपनी जिम्मेदारी पर रुपये दे सकते हैं।

रानी ने साईदास की ओर कृतज्ञतापूर्ण दृष्टि से देखा। उनके होठों पर हलकी मुस्कराहट दिखलायी पड़ी।

3

परंतु डाइरेक्टरों ने हिसाब-किताब, आय-व्यय देखना आवश्यक समझा, और यह काम लाला साईदास के सुपुर्द हुआ, क्योंकि और किसी को अपने काम से फुर्सत न थी कि वह एक पूरे दफ़्तर का मुआयना करता। साईदास ने नियमपालन किया। तीन-चार दिन तक हिसाब जाँचते रहे। तब अपने इत्मीनान के अनुकूल रिपोर्ट लिखी। मामला तय हो गया। दस्तावेज़ लिखा गया, रुपये दे दिये गये। नौ रुपये सैकड़े ब्याज ठहरा।

तीन साल तक बैंक के कारोबार में अच्छी उन्नति हुई। छठे महीने बिना कहे-सुने पैंतालीस हजार रुपयों की थैली दफ़्तर में आ जाती थी। व्यवहारियों को पाँच रुपये सैकड़े ब्याज दे दिया जाता था। हिस्सेदारों को सात रुपये सैकड़े लाभ था।

साईदास से सब लोग प्रसन्न थे, सब लोग उनकी सूझ-बूझ की प्रशंसा करते। यहाँ तक कि बंगाली बाबू भी धीरे-धीरे उनके कायल होते जाते थे। साईदास उनसे कहा करते—बाबू जी, विश्वास संसार से न लुप्त हुआ है और न होगा। सत्य पर विश्वास रखना प्रत्येक मनुष्य का धर्म है। जिस मनुष्य के चित्त से विश्वास जाता रहता है उसे मृतक समझना चाहिए। उसे जान पड़ता है, मैं चारों ओर शत्रुओं से घिरा हुआ हूँ। बड़े से बड़े सिद्ध महात्मा भी उसे रँगे-सियार जान पड़ते हैं। सच्चे से सच्चे देशप्रेमी उसकी दृष्टि में अपनी प्रशंसा के भूखे ही ठहरते हैं। संसार उसे धोखे और छल से परिपूर्ण दिखायी देता है। यहाँ तक कि उसके मन से परमात्मा पर श्रद्धा और भक्ति लुप्त हो जाती है। एक प्रसिद्ध फिलासफर का कथन है कि प्रत्येक मनुष्य को जब तक कि उसके विरुद्ध कोई प्रत्यक्ष प्रमाण न पाओ, भलामानस समझो। वर्तमान शासन प्रथा इसी महत्त्वपूर्ण सिद्धांत पर गठित है। और घृणा तो किसी से करनी ही न चाहिए। हमारी आत्माएँ पवित्र हैं। उनसे घृणा करना परमात्मा से घृणा करने के समान है। मैं यह नहीं कहता हूँ कि संसार में कपट-छल है ही नहीं; है, और बहुत अधिकता से है; परंतु उसका निवारण अविश्वास से नहीं मानव चरित्र के ज्ञान से होता है और यह ईश्वरदत्त गुण है। मैं यह दावा तो नहीं करता, परंतु मुझे विश्वास है कि मैं मनुष्य को देखकर उसके आंतरिक भावों तक पहुँच जाता हूँ। कोई कितना ही वेश बदले, रंग-रूप सँवारे, परंतु मेरी अंतर्दृष्टि को धोखा नहीं दे सकता। यह भी ध्यान रखना चाहिए कि विश्वास से विश्वास उत्पन्न होता है और अविश्वास से अविश्वास। यह प्राकृतिक नियम है।

जिस मनुष्य को आप शुरू से ही धूर्त, कपटी, दुर्जन, समझ लेंगे, वह कभी आपसे निष्कपट व्यवहार न करेगा। वह एकाएक आपको नीचा दिखाने का यत्न करेगा। इसके विपरीत आप एक चोर पर भी भरोसा करें, तो वह आपका दास हो जायेगा। सारे संसार को लूटे; परंतु आपको धोखा न देगा। वह कितना ही कुकर्मी, अधर्मी क्यों न हो, पर आप उसके गले में विश्वास की जंजीर डाल कर उसे जिस ओर चाहें, ले जा सकते हैं। यहाँ तक कि वह आपके हाथों पुण्यात्मा भी बन सकता है।

बंगाली बाबू के पास इन दार्शनिक तर्कों का कोई उत्तर न था।

4

चौथे वर्ष की पहली तारीख थी। लाला साईदास बैंक के दफ़तर में बैठे डाकिये की राह देख रहे थे। आज बरहल से पैंतालिस हजार रुपये आवेंगे। अबकी इनका इरादा था कि कुछ सजावट के सामान और मोल ले लें। अब तक बैंक में टेलीफोन नहीं था। उसका भी तखमीना मँगा लिया था। आशा की आभा चेहरे से झलक रही थी। बंगाली बाबू से हँसकर कहते थे—इस तारीख को मेरे हाथों में अदबदा के खुजली होने लगती है। आज भी हथेली खुजला रही है। कभी दफ़तरी से कहते—अरे मियाँ शराफत, जरा सगुन तो विचारो; सिर्फ सूद ही सूद आ रहा है या दफ़तरवालों के लिए नज़राना-शुकराना भी। आशा का प्रभाव कदाचित् स्थान पर भी होता है। बैंक भी आज खुला हुआ दिखायी पड़ता था।

डाकिया ठीक समय पर आया। साईदास ने लापरवाही से उसकी ओर देखा। उसने अपनी थैली से कई रजिस्टरी लिफाफे निकाले। साईदास ने लिफाफे को उड़ती निगाहों से देखा। बरहल का कोई लिफाफा न था। न बीमा, न मुहर, न वह लिखावट। कुछ निराशा-सी हुई। जी में आया, डाकिये से पूछें, कोई रजिस्टरी रह तो नहीं गयी पर रुक गये; दफ़तर के क्लर्कों के सामने इतना अधैर्य अनुचित था। किन्तु जब डाकिया चलने लगा, तब उनसे न रहा गया? पूछ ही बैठे—अरे भाई, कोई बीमा का लिफाफा रह तो नहीं गया? आज उसे आना चाहिए था। डाकिये ने कहा—सरकार भला ऐसी बात हो सकती है! और कहीं भूल-चूक चाहे हो भी जाय पर आपके काम में कहीं भूल हो सकती है?

साईदास का चेहरा उतर गया, जैसे कच्चे रंग पर पानी पड़ जाय। डाकिया चला गया, तो बंगाली बाबू से बोले—यह देर क्यों हुई? और तो कभी ऐसा न होता था।

बंगाली बाबू ने निष्ठुर भाव से उत्तर दिया—किसी कारण से देर हो गया होगा। घबराने की कोई बात नहीं।

निराशा असम्भव को सम्भव बना देती है। साईदास को इस समय यह ख़याल हुआ कि कदाचित् पार्सल से रुपये आते हों। हो सकता है, तीन हजार अशर्फियों का पार्सल करा दिया हो। यद्यपि इस विचार को औरों पर प्रकट करने का उन्हें साहस न हुआ, पर उन्हें यह आशा उस समय तक बनी रही, जब तक पार्सलवाला डाकिया वापस नहीं गया। अंत में संध्या को वह बेचैनी की दशा में उठकर घर चले गये। अब खत या तार

का इंतज़ार था। दो-तीन बार झुँझलाकर उठे, डाँटकर पत्र लिखूँ और साफ-साफ कह दूँ कि लेन-देन के मामले में वादा पूरा न करना विश्वासघात है। एक दिन की देर भी बैंक के लिए घातक हो सकती है। इससे यह होगा कि फिर कभी ऐसी शिकायत करने का अवसर न मिलेगा; परंतु फिर कुछ सोच कर न लिखा।

शाम हो गयी थी, कई मित्र आ गये। गपशप होने लगी। इतने में पोस्टमैन ने शाम की डाक दी। यों वह पहले अखबारों को खोला करते पर आज चिट्ठियाँ खोलीं; किन्तु बरहल का कोई खत न था। तब बेदम हो एक अँगरेज़ी अखबार खोला। पहले ही तार का शीर्षक देखकर उनका खून सर्द हो गया। लिखा था—

'कल शाम को बरहल की महारानी जी का तीन दिन की बीमारी के बाद देहांत हो गया।'

इसके आगे एक संक्षिप्त नोट में यह लिखा हुआ था—बरहल की महारानी की अकाल मृत्यु केवल इस रियासत के लिए ही नहीं, किन्तु समस्त प्रांत के लिए शोक-जनक घटना है। बड़े-बड़े भिषगाचार्य (वैद्यराज) अभी रोग की परख भी न कर पाये थे कि मृत्यु ने काम तमाम कर दिया। रानी जी को सदैव अपनी रियासत की उन्नति का ध्यान रहता था। उनके थोड़े-से राज्यकाल में ही उनसे रियासत को जो लाभ हुए हैं, वे चिरकाल तक स्मरण रहेंगे। यद्यपि यह मानी हुई बात थी कि राज्य उनके बाद दूसरे के हाथ जायगा, तथापि यह विचार कभी रानी साहिबा के कर्तव्य पालन में बाधक नहीं बना। शास्त्रानुसार उन्हें रियासत की जमानत पर ऋण लेने का अधिकार न था। परंतु प्रजा की भलाई के विचार से उन्हें कई बार इस नियम का उल्लंघन करना पड़ा। हमें विश्वास है कि यदि वह कुछ दिन और जीवित रहती, तो रियासत को ऋण से मुक्त कर देतीं। उन्हें रात-दिन इसका ध्यान रहता था। परंतु इस असामयिक मृत्यु ने अब यह फ़ैसला दूसरों के अधीन कर दिया। देखना चाहिए, इन ऋणों का क्या परिणाम होता है। हमें विश्वस्त रीति से यह मालूम हुआ है कि नये महाराज ने, जो आजकल लखनऊ में विराजमान हैं, अपने वकीलों की सम्मति के अनुसार मृतक महारानी के ऋण सम्बन्धी हिसाबों को चुकाने से इनकार कर दिया है। हमें भय है कि इस निश्चय से महाजनी टोले में बड़ी हलचल पैदा होगी और लखनऊ के कितने ही धन-सम्पत्ति के स्वामियों को यह शिक्षा मिल जाएगी कि ब्याज का लोभ कितना अनिष्टकारी होता है।

लाला साईदास ने अखबार मेज पर रख दिया और आकाश की ओर देखा, जो निराशा का अंतिम आश्रय है। अन्य मित्रों ने भी यह समाचार पढ़ा। इन प्रश्न पर वाद-विवाद होने लगा। साईदास पर चारों ओर से बौछार पड़ने लगी। सारा दोष उन्हीं के सिर पर मढ़ा गया और उनकी चिरकाल की कार्यकुशलता और परिणामदर्शिता मिट्टी में मिल गयी। बैंक इतना बड़ा घाटा सहने में असमर्थ था। अब यह विचार उपस्थित हुआ कि कैसे उसके प्राणों की रक्षा की जाय।

5

शहर में यह खबर फैलते ही लोग अपने रुपये वापस लेने के लिए आतुर हो गये। सुबह से शाम तक लेनदारों का ताँता लगा रहता था। जिन लोगों का धन चालू हिसाब में जमा था, उन्होंने तुरंत निकाल लिया, कोई उज्र न सुना। यह उसी पत्र के लेख का फल था कि नेशनल बैंक की साख उठ गयी। धीरज से काम लेते, तो बैंक सँभल जाता। परंतु आँधी और तूफान में कौन नौका स्थिर रह सकती है? अंत में खजांची ने टाट उलट दिया। बैंक की नसों से इतनी रक्तधाराएँ निकलीं कि वह प्राण-रहित हो गया।

तीन दिन बीत चुके थे। बैंक घर के सामने सहस्रों आदमी एकत्र थे। बैंक के द्वार पर सशस्त्र सिपाहियों का पहरा था। नाना प्रकार की अफवाहें उड़ रही थीं। कभी खबर उड़ती, लाल साईदास ने विष-पान कर लिया। कोई उनके पकड़े जाने की सूचना लाता था। कोई कहता था—डाइरेक्टर हवालात के भीतर हो गये।

एकाएक सड़क पर से एक मोटर निकली और बैंक के सामने आकर रुक गयी। किसी ने कहा—बरहल के महाराज की मोटर है। इतना सुनते ही सैकड़ों मनुष्य मोटर की ओर घबराये हुए दौड़े और उन लोगों ने मोटर को घेर लिया।

कुँवर जगदीशसिंह महारानी की मृत्यु के बाद वकीलों से सलाह लेने लखनऊ आये थे। बहुत कुछ सामान भी खरीदना था। वे इच्छाएँ जो चिरकाल से ऐसे सुअवसर की प्रतीक्षा में बँधी थीं, पानी की भाँति राह पाकर उबली पड़ती थीं। यह मोटर आज ही ली गयी थी। नगर में एक कोठी लेने की बातचीत हो रही थी। बहुमूल्य विलास-वस्तुओं से लदी एक गाड़ी बरहल के लिए चल चुकी थी। यहाँ भीड़ देखी, तो सोचा, कोई नवीन नाटक होने वाला है, मोटर रोक दी। इतने में सैकड़ों की भीड़ लग गयी।

कुँवर साहब ने पूछा—यहाँ आप लोग क्यों जमा हैं? कोई तमाशा होनेवाला है क्या?

एक महाशय, जो देखने में कोई बिगड़े रईस मालूम होते थे, बोले—जी हाँ, बड़ा मजेदार तमाशा है।

कुँवर—किसका तमाशा है?

वह—तक़दीर का।

कुँवर महाशय को यह उत्तर पाकर आश्चर्य तो हुआ, परंतु सुनते आये थे कि लखनऊ वाले बात-बात में बात निकाला करते हैं, अतः उसी ढंग से उत्तर देना आवश्यक हुआ। बोले—तक़दीर का खेल देखने के लिए यहाँ आना तो आवश्यक नहीं।

लखनवी महाशय ने कहा—आपका कहना सच है, लेकिन दूसरी जगह यह मजा कहाँ? यहाँ सुबह से शाम तक के बीच भाग्य ने कितनों को धनी से निर्धन और निर्धन से भिखारी बना दिया। सवेरे जो लोग महल में बैठे थे, उन्हें इस समय वृक्ष की छाया भी नसीब नहीं। जिनके द्वार पर सदावर्त खुले थे, उन्हें इस समय रोटियों के लाले पड़े हैं। अभी एक सप्ताह पहले जो लोग काल-गति, भाग्य के खेल और समय के फेर को

कवियों की उपमा समझते थे इस समय उनकी आह और करुण क्रंदन वियोगियों को भी लज्जित करता है। ऐसे तमाशे और कहाँ देखने में आवेंगे?

कुँवर–जनाब, आपने तो पहेली को और गाढ़ा कर दिया। देहाती हूँ, मुझसे साधारण तौर से बात कीजिए।

इस पर एक सज्जन ने कहा–साहब, यह नेशनल बैंक है। इसका दिवाला निकल गया है। आदाब-अर्ज, मुझे पहचाना?

कुँवर साहब ने उसकी ओर देखा, तो मोटर से कूद पड़े और उनसे हाथ मिलाते हुए बोले–अरे, मिस्टर नसीम? तुम यहाँ कहाँ? भाई तुमसे मिलकर बड़ा आनंद हुआ।

मिस्टर नसीम कुँवर साहब के साथ देहरादून-कालेज में पढ़ते थे। दोनों साथ-साथ देहरादून की पहाड़ियों पर सैर करते थे, परंतु जब से कुँवर महाशय ने घर के झंझटों से विवश होकर कालेज छोड़ा, तब से दोनों मित्रों में भेंट न हुई थी। नसीम भी उनके आने के कुछ समय पीछे अपने घर लखनऊ चले आये थे।

नसीम ने उत्तर दिया–शुक्र है, आपने पहचाना तो। कहिए, अब तो पौ-बारह है। कुछ दोस्तों की भी सुध है?

कुँवर–सच कहता हूँ। तुम्हारी याद हमेशा आया करती थी। कहो, आराम से तो हो? मैं रायल होटल में टिका हूँ, आज आओ, तो इत्मीनान से बातचीत हो।

नसीम–जनाब, इत्मीनान तो नेशनल बैंक के साथ चला गया। अब तो रोजी की फिक्र सवार है। जो कुछ जमा-पूँजी थी, सब आपको भेंट हुई। इस दिवाले ने फकीर बना दिया। अब आपके दरवाज़े पर आकर धरना दूँगा।

कुँवर–तुम्हारा घर है, बेखटके आओ। मेरे साथ ही क्यों न चलो। क्या बतलाऊँ, मुझे कुछ भी ध्यान न था कि मेरे इनकार करने का यह फल होगा। जान पड़ता है बैंक ने बहुतेरों को तबाह कर दिया।

नसीम–घर-घर मातम छाया हुआ है। मेरे पास तो इन कपड़ों के सिवा और कुछ नहीं रहा।

इतने में एक तिलकधारी पंडित जी आ गये और बोले–साहब, आपके शरीर पर वस्त्र तो हैं। यहाँ तो धरती-आकाश कहीं ठिकाना नहीं। राघोजी पाठशाला का अध्यापक हूँ। पाठशाला का सब धन इसी बैंक में जमा था। पचास विद्यार्थी इसी के आसरे संस्कृत पढ़ते और भोजन पाते थे। कल से पाठशाला बंद हो जायेगी। दूर-दूर के विद्यार्थी हैं। वह अपने घर किस तरह पहुँचेंगे, ईश्वर ही जानें।

एक महाशय, जिनके सिर पर पंजाबी ढंग की पगड़ी थी, गाढ़े का कोट और चमरौधा जूता पहने हुए थे, आगे बढ़ आये और नेतृत्व के भाव से बोले–महाशय, इस बैंक के फेल्योर ने कितने ही इंस्टीट्यूशनों को समाप्त कर दिया। लाला दीनानाथ का अनाथालय अब एक दिन भी नहीं चल सकता। उसके एक लाख रुपये डूब गये। अभी

पन्द्रह दिन हुए, मैं डेपुटेशन से लौटा तो पन्द्रह हजार रुपये अनाथालय कोष में जमा किये थे, मगर अब कहीं कौड़ी का ठिकाना नहीं!

एक बूढ़े ने कहा—साहब, मेरी तो ज़िंदगी भर की कमाई मिट्टी में मिल गयी। अब कफन का भी भरोसा नहीं। धीरे-धीरे और लोग भी एकत्र हो गये और साधारण बातचीत होने लगी। प्रत्येक मनुष्य अपने पासवाले को अपनी दुःखकथा सुनाने लगा। कुँवर साहब आधे घंटे तक नसीम के साथ खड़े ये विपत् कथाएँ सुनते रहे। ज्यों ही मोटर पर बैठे और होटल की ओर चलने की आज्ञा दी, त्यों ही उनकी दृष्टि एक मनुष्य पर पड़ी, जो पृथ्वी पर सिर झुकाये बैठा था। यह एक अहीर था, जो लड़कपन में कुँवर साहब के साथ खेला था। उस समय उनमें ऊँच-नीच का विचार न था, कबड्डी खेले, साथ पेड़ों पर चढ़े और चिड़ियों के बच्चे चुराये थे। जब कुँवर जी देहरादून पढ़ने गये, तब यह अहीर का लड़का शिवदास अपने बाप के साथ लखनऊ चला आया। उसने यहाँ एक दूध की दूकान खोल ली थी। कुँवर साहब ने उसे पहचाना और उच्च स्वर से पुकारा—अरे शिवदास, इधर देखो।

शिवदास ने बोली सुनी, परन्तु सिर ऊपर न उठाया। वह अपने स्थान पर बैठा ही कुँवर साहब को देख रहा था। बचपन के वे दिन याद आ रहे थे, जब वह जगदीश के साथ गुल्ली-डंडा खेलता था, जब दोनों बुड्ढे गफूर मियाँ को मुँह चिढ़ाकर घर में छिप जाते थे, जब वह इशारों से जगदीश को गुरु जी के पास से बुला लेता था, और दोनों रामलीला देखने चले जाते थे। उसे विश्वास था कि कुँवर जी मुझे भूल गये होंगे, वे लड़कपन की बातें अब कहाँ? कहाँ मैं और कहाँ यह! लेकिन कुँवर साहब ने उसका नाम लेकर बुलाया, तो उसने प्रसन्न होकर मिलने के बदले और भी सिर नीचा कर लिया और वहाँ से टल जाना चाहा। कुँवर साहब की सहृदयता में वह साम्यभाव न था। मगर कुँवर साहब उसे हटते देखकर मोटर से उतरे और उसका हाथ पकड़कर बोले—अरे शिवदास, क्या मुझे भूल गये?

अब शिवदास अपने मनोवेग को रोक न सका। उसके नेत्र डबडबा आये। कुँवर के गले से लिपट गया और बोला—भूला तो नहीं। पर आपके सामने आते लज्जा आती है।

कुँवर—यहाँ दूध की दूकान करते हो क्या? मुझे मालूम ही न था, नहीं अठवारों से पानी पीते-पीते जुकाम क्यों होता? आओ, इसी मोटर पर बैठ जाओ। मेरे साथ होटल तक चलो। तुमसे बातें करने को जी चाहता है। तुम्हें बरहल ले चलूँगा और एक बार फिर गुल्ली-डंडे का खेल खेलेंगे।

शिवदास—ऐसा न कीजिए, नहीं तो देखनेवाले हँसेंगे। मैं होटल में आ जाऊँगा। वही हजरतगंज वाले होटल में ठहरे हैं न?

कुँवर—हाँ, अवश्य आओगे न?

शिवदास—आप बुलायेंगे, और मैं न आऊँगा?

कुँवर—यहाँ कैसे बैठे हो? दूकान तो चल रही है न?

शिवदास–आज सवेरे तक तो चलती थी। आगे का हाल नहीं मालूम।

कुँवर–तुम्हारे रुपये भी बैंक में जमा थे क्या?

शिवदास–जब आऊँगा तो बताऊँगा।

कुँवर साहब मोटर पर आ बैठे और ड्राइवर से बोले–होटल की ओर चलो।

ड्राइवर–हुजूर ने व्हाइटवे कम्पनी की दूकान पर चलने की आज्ञा जो दी थी।

कुँवर–अब उधर न जाऊँगा।

ड्राइवर–जेकब साहब बारिस्टर के यहाँ भी न चलेंगे?

कुँवर–(झुँझलाकर) नहीं, कहीं मत चलो। मुझे सीधे होटल पहुँचाओ।

निराशा और विपत्ति के इन दृश्यों ने जगदीशसिंह के चित्त में यह प्रश्न उपस्थित कर दिया था कि अब मेरा क्या कर्तव्य है?

6

आज से सात वर्ष पूर्व जब बरहल के महाराज ठीक युवावस्था में घोड़े से गिरकर मर गये थे और विरासत का प्रश्न उठा तो महाराज के कोई सन्तान न होने के कारण, वंश-क्रम मिलाने से उनके सगे चचेरे भाई ठाकुर रामसिंह को विरासत का हक पहुँचता था। उन्होंने दावा किया, लेकिन न्यायालयों ने रानी को ही हकदार ठहराया। ठाकुर साहब ने अपीलें कीं, प्रिवी कौंसिल तक गये, परन्तु सफलता न हुई। मुक़दमेबाजी में लाखों रुपये नष्ट हुए, अपने पास की मिलकियत भी हाथ से जाती रही; किन्तु हारकर भी वह चैन से न बैठे। सदैव विधवा रानी को छेड़ते रहे। कभी असामियों को भड़काते, कभी असामियों से रानी की बुराई करते, कभी उन्हें जाली मुक़दमों में फँसाने का उपाय करते, परन्तु रानी बड़े जीवट की स्त्री थीं। वह भी ठाकुर साहब के प्रत्येक आघात का मुँहतोड़ उत्तर देतीं। हाँ, इस खींचतान में उन्हें बड़ी-बड़ी रकमें अवश्य खर्च करनी पड़ती थीं। असामियों से रुपये न वसूल होते इसलिए उन्हें बार-बार ऋण लेना पड़ता था। परन्तु कानून के अनुसार उन्हें ऋण लेने का अधिकार न था। इसलिए उन्हें या तो इस व्यवस्था को छिपाना पड़ता था, या सूद की गहरी दर स्वीकार करनी पड़ती थी।

कुँवर जगदीशसिंह का लड़कपन तो लाड़-प्यार में बीता था, परन्तु जब ठाकुर रामसिंह मुक़दमेबाजी से बहुत तंग आ गये और यह सन्देह होने लगा कि कहीं रानी की चालों से कुँवर साहब का जीवन संकट में न पड़ जाये, तो उन्होंने विवश होकर कुँवर साहब को देहरादून भेज दिया। कुँवर साहब वहाँ दो वर्ष तक तो आनन्द से रहे, किन्तु ज्यों ही कालेज की प्रथम श्रेणी में पहुँचे कि पिता परलोकवासी हो गये। कुँवर साहब को पढ़ाई छोड़नी पड़ी। बरहल चले आये, सिर पर कुटुम्ब-पालन और रानी से पुरानी शत्रुता को निभाने का बोझ आ पड़ा। उस समय से महारानी के मृत्यु-काल तक उनकी दशा बहुत गिरी रही। ऋण या स्त्रियों के गहनों के सिवा और कोई आधार न था। उस पर कुल-मर्यादा की रक्षा की चिन्ता भी थी। ये तीन वर्ष तक उनके लिए कठिन परीक्षा

के समय थे। आये दिन साहूकारों से काम पड़ता था। उनके निर्दय बाणों से कलेजा छिद गया था। हाकिमों के कठोर व्यवहार और अत्याचार भी सहने पड़ते; परन्तु सबसे हृदय-विदारक अपने आत्मीयजनों का बर्ताव था, जो सामने बात न करके बगली चोटें करते थे, मित्रता और ऐक्य की आड़ में कपट हाथ चलाते थे। इन कठोर यातनाओं ने कुँवर साहब को अधिकार, स्वेच्छाचार और धन-सम्पत्ति का जानी दुश्मन बना दिया था। वह बड़े भावुक पुरुष थे। सम्बन्धियों की अकृपा और देश-बंधुओं की दुर्नीति उनके हृदय पर काला चिह्न बनाती जाती थी। साहित्य-प्रेम ने उन्हें मानव-प्रकृति का तत्त्वान्वेषी बना दिया था और जहाँ यह ज्ञान उन्हें प्रतिदिन सभ्यता से दूर लिये जाता था, वहाँ उनके चित्त में जन-सत्ता और साम्यवाद के विचार पुष्ट करता जाता था। उन पर प्रकट हो गया था कि यदि सद्व्यवहार जीवित है, तो वह झोंपड़ों और गरीबों में ही है। उस कठिन समय में, जब चारों ओर अँधेरा छाया हुआ था, उन्हें कभी-कभी सच्ची सहानुभूति का प्रकाश यहीं दृष्टिगोचर हो जाता था। धन-सम्पत्ति को वह श्रेष्ठ प्रसाद नहीं, ईश्वर का प्रकोप समझते थे, जो मनुष्य के हृदय से दया और प्रेम के भावों को मिटा देता है; यह वह मेघ है, जो चित्त के प्रकाशित तारों पर छा जाता है।

परंतु महारानी की मृत्यु के बाद ज्यों ही धन-सम्पत्ति ने उन पर वार किया, बस दार्शनिक तर्कों की यह ढाल चूर-चूर हो गयी। आत्मनिदर्शन की शक्ति नष्ट हो गयी। वे मित्र बन गये, जो शत्रु सरीखे थे और जो सच्चे हितैषी थे वे विस्मृत हो गये। साम्यवाद के मनोगत विचारों में घोर परिवर्तन आरम्भ हो गया। हृदय में असहिष्णुता का उद्भव हुआ। त्याग ने भोग की ओर सिर झुका दिया, मर्यादा की बेड़ी गले में पड़ी। वे अधिकारी, जिन्हें देखकर उनके तेवर बदल जाते थे, अब उनके सलाहकार बन गये। दीनता और दरिद्रता को, जिनसे उन्हें सच्ची सहानुभूति थी, देखकर अब वह आँखें मूँद लेते थे।

इसमें संदेह नहीं कि कुँवर साहब अब भी साम्यवाद के भक्त थे, किन्तु उन विचारों के प्रकट करने में वह पहले की-सी स्वतंत्रता न थी। विचार अब व्यवहार से डरता था। उन्हें कथन को कार्य-रूप में परिणत करने का अवसर प्राप्त था; पर अब कार्य-क्षेत्र कठिनाइयों से घिरा हुआ जान पड़ता था। बेगार के वह जानी दुश्मन थे; परन्तु अब बेगार को बंद करना दुष्कर प्रतीत होता था। स्वच्छता और स्वास्थ्यरक्षा के वह भक्त थे, किन्तु अब धन व्यय न करके भी उन्हें ग्रामवासियों की ही ओर से विरोध की शंका होती थी। असामियों से पोत उगाहने में कठोर बर्ताव को वह पाप समझते थे; मगर अब कठोरता के बिना काम चलता न जान पड़ता था। सारांश यह कि कितने ही सिद्धांत, जिन पर पहले उनकी श्रद्धा थी, अब असंगत मालूम होते थे।

परंतु आज जो दुःखजनक दृश्य बैंक के होते में नज़र आये उन्होंने उनके दया-भाव को जाग्रत कर दिया। उस मनुष्य की-सी दशा हो गयी, जो नौका में बैठा सुरम्य तट की शोभा का आनंद उठाता हुआ किसी श्मशान के सामने आ जाये, चिता पर लाशें जलती देखे, शोक-संतप्तों के करुण क्रंदन को सुने और नाव से उतर कर उनके दुःख में सम्मिलित हो जाय!

रात के दस बज गये थे। कुँवर साहब पलंग पर लेटे थे। बैंक का दृश्य आँखों के सामने नाच रहा था। वही विलाप-ध्वनि कानों में आ रही थी! चित्त में प्रश्न हो रहा था, क्या इस विडम्बना का कारण मैं ही हूँ! मैंने तो वही किया, जिसका मुझे कानूनन अधिकार था। यह बैंक के संचालकों की भूल है, जो उन्होंने बिना पूरी जमानत के इतनी रकम कर्ज दे दी। लेनदारों को उन्हीं की गरदन नापनी चाहिए। मैं कोई खुदाई फौज़दार नहीं हूँ, कि दूसरों की नादानी का फल भोगूँ। फिर विचार पलटा, मैं नाहक इस होटल में ठहरा। चालीस रुपये प्रतिदिन देने पड़ेंगे। कोई चार सौ रुपये के मत्थे जायेगी। इतना सामान भी व्यर्थ ही लिया। क्या आवश्यकता थी? मखमली गद्दे की कुर्सियों या शीशे की सजावट से मेरा गौरव नहीं बढ़ सकता। कोई साधारण मकान पाँच रुपये पर ले लेता, तो क्या काम न चलता? मैं और साथ के सब आदमी आराम से रहते। यही न होता कि लोग निंदा करते। इसकी क्या चिंता। जिन लोगों के मत्थे यह ठाट कर रहा हूँ, वे गरीब तो रोटियों को तरसते हैं। ये ही दस-बारह हजार रुपये लगाकर कुएँ बनवा देता, तो सहस्रों दीनों का भला होता। अब फिर लोगों के चकमे में न आऊँगा। यह मोटरकार व्यर्थ है। मेरा समय इतना महँगा नहीं है कि घंटे-आध-घंटे की किफायत के लिए दो सौ रुपये महीने का खर्च बढ़ा लूँ। फाका करनेवाले असामियों के सामने मोटर दौड़ाना उनकी छातियों पर मूँग दलना है। माना कि वे रोब में आ जायेंगे, जिधर से निकल जाऊँगा, सैकड़ों स्त्रियाँ और बच्चे देखने के लिए खड़े हो जायेंगे, मगर केवल इतने ही दिखावे के लिए इतना खर्च बढ़ाना मूर्खता है। यदि दूसरे रईस ऐसा करते हैं तो करें, मैं उनकी बराबरी क्यों करूँ? अब तक दो हजार रुपये सालाना में मेरा निर्वाह हो जाता था। अब दो के बदले चार हजार बहुत हैं। फिर मुझे दूसरों की कमाई इस प्रकार उड़ाने का अधिकार ही क्या है? मैं कोई उद्योग-धंधा, कोई कारोबार नहीं करता, जिसका यह नफा हो। यदि मेरे पुरखों ने हठधर्मी, जबरदस्ती से इलाका अपने हाथों में रख लिया, तो मुझे उनके लूट के धन में शरीक होने का क्या अधिकार है? जो लोग परिश्रम करते हैं, उन्हें अपने परिश्रम का पूरा फल मिलना चाहिए। राज्य उन्हें केवल दूसरों के कठोर हाथों से बचाता है। उसे इस सेवा का उचित मुआवजा मिलना चाहिए। बस, मैं तो राज्य की ओर से यह मुआवजा वसूल करने के लिए नियत हूँ। इसके सिवा इन गरीबों की कमाई में मेरा और कोई भाग नहीं। बेचारे दीन हैं, मूर्ख हैं, बेजबान हैं, इस समय हम इन्हें चाहे जितना सता लें। इन्हें अपने स्वत्व का ज्ञान नहीं। मैं अपने महत्त्व को नहीं समझता पर एक समय ऐसा अवश्य आयेगा, जब इनके मुँह में भी ज़बान होगी, इन्हें भी अपने अधिकारों का ज्ञान होगा। तब हमारी दशा बुरी होगी। ये भोग-विलास मुझे अपने आदमियों से दूर किये देते हैं। मेरी भलाई इसी में है, कि इन्हीं में रहूँ, इन्हीं की भाँति जीवन-निर्वाह और इनकी सहायता करूँ। कोई छोटी-मोटी रकम होती, तो कहता लाओ, जिस सिर पर बहुत भार है, उसी तरह यह भी सही। मूल के अलावा कई हजार रुपये सूद के अलग हुए। फिर महाजनों के भी तीन लाख रुपये हैं। रियासत की आमदनी डेढ़-दो लाख रुपये सालाना है, अधिक नहीं। मैं इतना

बड़ा साहस करूँ भी, तो किस बिरते पर? हाँ, यदि बैरागी हो जाऊँ तो सम्भव है, मेरे जीवन में-यदि कहीं अचानक मृत्यु न हो जाय तो, यह झगड़ा पाक हो जाय। इस अग्नि में कूदना अपने सम्पूर्ण जीवन, अपनी उमंगों और अपनी आशाओं को भस्म करना है। आह! इन दिनों की प्रतीक्षा में मैंने क्या-क्या कष्ट नहीं भोगे। पिता जी ने इस चिंता में प्राण-त्याग किया। यह शुभ मुहूर्त हमारी अँधेरी रात के लिए दूर का दीपक था। हम इसी के आसरे जीवित थे। सोते-जागते सदैव इसी की चर्चा रहती थी। इससे चित्त को कितना संतोष और कितना अभिमान था। भूखे रहने के दिन भी हमारे तेवर मैले न होते थे। जब इतने धैर्य और संतोष के बाद अच्छे दिन आये तो उससे कैसे विमुख हुआ जाये। फिर अपनी ही चिंता तो नहीं, रियासत की उन्नति की कितनी ही स्कीमें सोच चुका हूँ। क्या अपनी इच्छाओं के साथ उन विचारों को भी त्याग दूँ। इस अभागी रानी ने मुझे बुरी तरह फँसाया, जब तक जीती रही, कभी चैन से न बैठने दिया। मरी तो मेरे सिर पर यह बला डाल दी। परंतु मैं दरिद्रता से इतना डरता क्यों हूँ? दरिद्रता कोई पाप नहीं है। यदि मेरा त्याग हजारों घरानों को कष्ट और दुरवस्था से बचाये तो मुझे उससे मुँह न मोड़ना चाहिए। केवल सुख से जीवन व्यतीत करना ही हमारा ध्येय नहीं है। हमारी मान-प्रतिष्ठा और कीर्ति सुख-भोग ही से तो नहीं हुआ करती। राजमंदिरों में रहने वालों और विलास में रत राणाप्रताप को कौन जानता है? यह उनका आत्म-समर्पण और कठिन व्रतपालन ही है, जिसने उन्हें हमारी जाति का सूर्य बना दिया है। श्रीरामचन्द्र ने यदि अपना जीवन सुख-भोग में बिताया होता तो आज हम उनका नाम भी न जानते। उनके आत्म-बलिदान ने ही उन्हें अमर बना दिया। हमारी प्रतिष्ठा धन और विलास पर अवलम्बित नहीं है। मैं मोटर पर सवार हुआ तो क्या, और टट्टू पर चढ़ा तो क्या, होटल में ठहरा तो क्या और किसी मामूली घर ठहरा तो क्या। बहुत होगा, ताल्लुकेदार लोग मेरी हँसी उड़ावेंगे। इसकी परवा नहीं। मैं तो हृदय से चाहता हूँ कि उन लोगों से अलग-अलग रहूँ। यदि इतनी निंदा से सैकड़ों परिवारों का भला हो जाये, तो मैं मनुष्य नहीं, यदि प्रसन्नता से उसे सहन न करूँ। यदि अपने घोड़े और फिटन, सैर और शिकार, नौकर-चाकर और स्वार्थ-साधक हित-मित्रों से रहित होकर मैं सहस्रों अमीर-गरीब कुटुम्बों का, विधवाओं, अनाथों का भला कर सकूँ, तो मुझे इसमें कदापि विलम्ब न करना चाहिए। सहस्रों परिवारों के भाग्य इस समय मेरी मुट्ठी में हैं। मेरा सुख-भोग उनके लिए विष और मेरा आत्म-संयम उनके लिए अमृत है। मैं अमृत बन सकता हूँ, विष क्यों बनूँ? और फिर इसे आत्म-त्याग समझना भी मेरी भूल है। यह एक संयोग है कि मैं आज इस जायदाद का अधिकारी हूँ। मैंने उसे कमाया नहीं। उसके लिए रक्त नहीं बहाया। न पसीना बहाया। यदि वह जायदाद मुझे न मिली होती तो मैं सहस्रों दीन भाइयों की भाँति आज जीविकोपार्जन में लगा रहता। मैं क्यों न भूल जाऊँ कि मैं इस राज्य का स्वामी हूँ। ऐसे ही अवसरों पर मनुष्य की परख होती है। मैंने वर्षों पुस्तकावलोकन किया, वर्षों परोपकार के सिद्धान्तों का अनुयायी रहा। यदि इस समय उन सिद्धांतों को भूल जाऊँ, स्वार्थ को मनुष्यता और सदाचार से बढ़ने दूँ,

तो वस्तुतः यह मेरी अत्यंत कायरता और स्वार्थपरता होगी। भला स्वार्थसाधन की शिक्षा के लिए गीता, मिल, एमर्सन और अरस्तू का शिष्य बनने की क्या आवश्यकता थी। यह पाठ तो मुझे अपने दूसरे भाइयों से यों ही मिल जाता। प्रचलित प्रथा से बढ़ कर और कौन गुरु था? साधारण लोगों की भाँति क्या मैं भी स्वार्थ के सामने सिर झुका दूँ? तो फिर विशेषता क्या रही? नहीं, मैं नानशंस (विवेक-बुद्धि) का खून न करूँगा। जहाँ पुण्य कर सकता हूँ, पाप न करूँगा। परमात्मन्, तुम मेरी सहायता करो, तुमने मुझे राजपूत-घर में जन्म दिया है। मेरे कर्म से इस महान् जाति को लज्जित न करो। नहीं, कदापि नहीं, यह गर्दन स्वार्थ के सम्मुख न झुकेगी। मैं राम, भीष्म, और प्रताप का वंशज हूँ। शरीर-सेवक न बनूँगा।

कुँवर जगदीशसिंह को इस समय ऐसा ज्ञात हुआ, मानो वह किसी ऊँची मीनार पर चढ़ गये हैं। चित्त अभिमान से पूरित हो गया। आँखें प्रकाशमान हो गयीं। परंतु एक ही क्षण में इस उमंग का उतार होने लगा, ऊँची मीनार के नीचे की ओर आँखें गयीं। सारा शरीर काँप उठा। उस मनुष्य की-सी दशा हो गयी, जो किसी नदी के तट पर बैठा उसमें कूदने का विचार कर रहा हो।

उन्होंने सोचा, क्या मेरे घर के लोग मुझसे सहमत होंगे? यदि मेरे कारण वे सहमत भी हो जायें, तो क्या मुझे अधिकार है कि अपने साथ उनकी इच्छाओं का भी बलिदान करूँ? और-तो-और, माता जी कभी न मानेंगी, और कदाचित् भाई लोग भी अस्वीकार करें। रियासत की हैसियत को देखते हुए वे कम-से-कम दस हजार सालाना के हिस्सेदार हैं। और उनके भाग में किसी प्रकार का हस्तक्षेप नहीं कर सकता। मैं केवल अपना मालिक हूँ, परन्तु मैं भी तो अकेला नहीं हूँ। सावित्री स्वयं चाहे मेरे साथ आग में कूदने को तैयार हो, किंतु अपने प्यारे पुत्र को इस आग के समीप कदापि न आने देगी।

कुँवर महाशय और अधिक न सोच सके। वह एक विकल दशा में पलंग पर से उठ बैठे और कमरे में टहलने लगे। थोड़ी देर बाद उन्होंने जंगल के बाहर की ओर झाँका और किवाड़ खोलकर बाहर चले गये। चारों ओर अँधेरा था। उनकी चिंताओं की भाँति सामने अपार और भयंकर गोमती नदी बह रही थी। वह धीरे-धीरे नदी के तट पर चले गये और देर तक वहाँ टहलते रहे। आकुल हृदय को जल-तरंगों से प्रेम होता है। शायद इसीलिए कि लहरें व्याकुल हैं। उन्होंने अपने चंचल चित्त को फिर एकाग्र किया। यदि रियासत की आमदनी से ये सब वृत्तियाँ दी जायेंगी, तो ऋण का सूद निकलना भी कठिन होगा। मूल का तो कहना ही क्या! क्या आय में वृद्धि नहीं हो सकती? अभी अस्तबल में बीस घोड़े हैं। मेरे लिए एक काफी है। नौकरों की संख्या सौ से कम न होगी। मेरे लिए दो भी अधिक हैं। यह अनुचित है कि अपने ही भाइयों से नीच सेवाएँ करायी जाएँ। उन मनुष्यों को मैं अपने सीर की जमीन दे दूँगा। सुख से खेती करेंगे और मुझे आशीर्वाद देंगे। बगीचों के फल अब तक डालियों की भेंट हो जाते थे। अब उन्हें बेचूँगा, और सबसे बड़ी आमदनी तो बयाई की है। केवल महेशगंज के बाज़ार के दस हजार रुपये आते हैं। यह सब आमदनी महंत जी उड़ा जाते हैं। उनके लिए एक

हजार रुपये साल होना चाहिए। अबकी इस बाज़ार का ठेका दूँगा। आठ हजार से कम न मिलेंगे। इन भदों से पच्चीस हजार रुपये की वार्षिक आय होगी। सावित्री और लल्ला लड़के के लिए एक हजार रुपये काफी हैं। मैं सावित्री से स्पष्ट कह दूँगा कि या तो एक हज़ार रुपये मासिक लो और मेरे साथ रहो या रियासत की आधी आमदनी ले लो, और मुझे छोड़ दो। रानी बनने की इच्छा हो, तो खुशी से बनो, परंतु मैं राजा न बनूँगा।

अचानक कुँवर साहब के कानों में आवाज़ आयी-राम नाम सत्य है। उन्होंने पीछे मुड़कर देखा। कई मनुष्य एक लाश लिये आते थे। उन लोगों ने नदी किनारे चिता बनायी और उसमें आग लगा दी। दो स्त्रियाँ चिंघाड़कर रो रही थीं। इस विलाप का कुँवर साहब के चित्त पर कुछ प्रभाव न पड़ा। वह चित्त में लज्जित हो रहे थे कि मैं कितना पाषाण-हृदय हूँ। एक दीन मनुष्य की लाश जल रही है, स्त्रियाँ रो रही हैं और मेरा हृदय तनिक भी नहीं पसीजता! पत्थर की मूर्ति की भाँति खड़ा हूँ। एकबारगी स्त्री ने रोते हुए कहा–हाय मेरे राजा! तुम्हें विष कैसे मीठा लगा? यह हृदय-विदारक विलाप सुनते ही कुँवर साहब के चित्त में एक घाव-सा लग गया। करुणा सजग हो गयी और नेत्र अश्रुपूर्ण हो गये। कदाचित् इसने विष-पान करके प्राण दिये हैं। हाय! उसे विष कैसे मीठा लगा। इसमें कितनी करुणा है, कितना दुख, कितना आश्चर्य! विष तो कड़वा पदार्थ है। क्योंकर मीठा हो गया! कटु विष के बदले जिसने अपने मधुर प्राण दे दिये, उस पर कोई बड़ी मुसीबत पड़ी होगी। ऐसी ही दशा में विष मधुर हो सकता है। कुँवर साहब तड़प गये। कारुणिक शब्द बार-बार उनके हृदय में गूँजते थे। अब उनसे वहाँ खड़ा न रहा गया। वह उन आदमियों के पास आये, एक मनुष्य से पूछा–क्या बहुत दिनों से बीमार थे? इस मनुष्य ने कुँवर साहब की ओर आँसू-भरे नेत्रों से देखकर कहा–नहीं साहब, कहाँ की बीमारी! अभी आज संध्या तक भली-भाँति बातें कर रहे थे! मालूम नहीं, संध्या को क्या खा लिया कि खून की कै होने लगी। जब तक वैद्यराज के यहाँ जाएँ, तब तक आँखें उलट गयीं। नाड़ी छूट गयी। वैद्यराज ने आकर देखा, तो कहा–अब क्या हो सकता है? अभी कुल बाईस-तेईस वर्ष की अवस्था थी। ऐसा पट्ठा सारे लखनऊ में नहीं था।

कुँवर–कुछ मालूम हुआ, विष क्यों खाया?

उस मनुष्य ने संदेह-दृष्टि से देखकर कहा–महाशय, और तो कोई बात नहीं हुई। जब से यह बड़ा बैंक टूटा है, बहुत उदास रहते थे। कोई हजार रुपये बैंक में जमा किये थे। घी-दूध-मलाई की बड़ी दूकान थी। बिरादरी में मान था। वह सारी पूँजी डूब गयी। हम लोग रोकते रहे कि बैंक में रुपये मत जमा करो; किन्तु होनहार यह थी। किसी की नहीं सुनी। आज सबेरे स्त्री से गहने माँगते थे कि गिरवी रखकर अहीरों के दूध के दाम दे दें। उससे बातों-बातों में झगड़ा हो गया। बस न जाने क्या खा लिया।

कुँवर साहब का हृदय काँप उठा। तुरन्त ध्यान आया-शिवदास तो नहीं है! पूछा–इनका नाम शिवदास तो नहीं था। उस मनुष्य ने विस्मय से देखकर कहा–हाँ, यही नाम था। क्या आपसे जान-पहचान थी?

कुँवर–हाँ, हम और यह बहुत दिनों तक बरहल में साथ-साथ खेले थे। आज शाम को वह हमसे बैंक में मिले थे। यदि उन्होंने मुझसे तनिक भी चर्चा की होती, तो मैं यथाशक्ति उनकी सहायता करता। शोक?

उस मनुष्य ने तब ध्यानपूर्वक कुँवर साहब को देखा, और जाकर स्त्रियों से कहा–चुप हो जाओ, बरहल के महाराज आये हैं। इतना सुनते ही शिवदास की माता जोर-जोर से सिर पटकती और रोती हुई आकर कुँवर के पैरों पर गिर पड़ी। उसके मुख से केवल ये शब्द निकले–'बेटा, बचपन से जिसे तुम भैया कहा करते थे।'–और गला रुंध गया।

कुँवर महाशय की आँखों से भी अश्रुपात हो रहा था। शिवदास की मूर्ति उनके सामने खड़ी यह कहती देख पड़ती थी कि तुमने मित्र होकर मेरे प्राण लिये!

7

भोर हो गयी। परन्तु कुँवर साहब को नींद न आयी। जब से वह गोमती तीर से लौटे थे, उनके चित्त पर एक वैराग्य-सा छाया हुआ था। वह कारुणिक दृश्य उनके स्वार्थ के तर्कों को छिन्न-भिन्न किये देता था। सावित्री के विरोध, लल्ला के निराशा-युक्त हठ और माता के कुशब्दों का अब उन्हें लेशमात्र भी भय न था। सावित्री कुढ़ेगी कुढ़े, लल्ला को भी संग्राम के क्षेत्र में कूदना पड़ेगा, कोई चिंता नहीं! माता प्राण देने पर तत्पर होगी, क्या हर्ज है। मैं अपनी स्त्री-पुत्र तथा हित-मित्रादि के लिए सहस्रों परिवारों की हत्या न करूँगा। हाय! शिवदास को जीवित रखने के लिए मैं ऐसी कितनी रियासतें छोड़ सकता हूँ। सावित्री को भूखों रहना पड़े, लल्ला को मजदूरी करनी पड़े, मुझे द्वार-द्वार भीख माँगनी पड़े, तब भी दूसरों का गला न दबाऊँगा। अब विलम्ब का अवसर नहीं। न जाने आगे यह दिवाला और क्या-क्या आपत्तियाँ खड़ी करे। मुझे इतना आगा-पीछा क्यों हो रहा है? यह केवल आत्म-निर्बलता है, वरना यह कोई ऐसा बड़ा काम नहीं, जो किसी ने न किया हो। आये दिन लोग रुपये दान-पुण्य करते हैं। मुझे अपने कर्तव्य का ज्ञान है। उससे क्यों मुँह मोड़ूँ। जो कुछ हो, जो चाहे सिर पड़े, इसकी क्या चिंता। कुँवर ने घंटी बजायी। एक क्षण में अरदली आँखें मलता हुआ आया।

कुँवर साहब बोले–अभी जेकब बारिस्टर के पास जाकर मेरा सलाम दो। जाग गये होंगे। कहना, जरूरी काम है। नहीं, यह पत्र लेते जाओ। मोटर तैयार करा लो।

8

मिस्टर जेकब ने कुँवर साहब को बहुत समझाया कि आप इस दलदल में न फँसें, नहीं तो निकलना कठिन होगा। मालूम नहीं, अभी कितनी ऐसी रकमें हैं जिनका आपको पता नहीं है, परन्तु चित्त में दृढ़ हो जानेवाला निश्चय चूने का फर्श है, जिसको आपत्ति के थपेड़े और भी पुष्ट कर देते हैं, कुँवर साहब अपने निश्चय पर दृढ़ रहे। दूसरे दिन समाचार-पत्रों में छप्वा दिया कि मृत महारानी पर जितना कर्ज है वह हम सकारते हैं और नियत समय के भीतर चुका देंगे।

इस विज्ञापन के छपते ही लखनऊ में खलबली पड़ गयी। बुद्धिमानों की सम्मति में यह कुँवर महाशय की नितांत भूल थी और जो लोग कानून से अनभिज्ञ थे, उन्होंने सोचा कि इसमें अवश्य कोई भेद है। ऐसे बहुत कम मनुष्य थे, जिन्हें कुँवर साहब की नीयत की सच्चाई पर विश्वास आया हो परंतु कुँवर साहब का बखान चाहे न हुआ हो, आशीर्वाद की कमी न थी। बैंक के हजारों गरीब लेनदार सच्चे हृदय से उन्हें आशीर्वाद दे रहे थे।

एक सप्ताह तक कुँवर साहब को सिर उठाने का अवकाश न मिला। मिस्टर जेकब का विचार सत्य सिद्ध हुआ। देना प्रतिदिन बढ़ता जाता था। कितने ही प्रोनोट ऐसे मिले, जिनका उन्हें कुछ भी पता न था। जौहरियों और अन्य बड़े-बड़े दूकानदारों का लेना भी कम न था। अंदाजन तेरह-चौदह लाख का था। मीजान बीस लाख तक पहुँचा। कुँवर साहब घबराये। शंका हुई—ऐसा न हो कि उन्हें भाइयों का गुजारा भी बन्द करना पड़े। जिसका उन्हें कोई अधिकार नहीं था। यहाँ तक कि सातवें दिन उन्होंने कई साहूकारों को बुरा-भला कह कर सामने से दूर किया। जहाँ ब्याज की दर अधिक थी, उसे कम कराया और जिन रकमों की मीयादें बीत चुकी थीं, उनसे इनकार कर दिया।

उन्हें साहूकारों की कठोरता पर क्रोध आता था। उनके विचार से महाजनों को डूबते धन का एक भाग पाकर ही संतोष कर लेना चाहिए था। इतनी खींचतान करने पर भी कुल उन्नीस लाख से कम न हुआ।

कुँवर साहब इन कामों से अवकाश पाकर एक दिन नेशनल बैंक की ओर जा निकले। बैंक खुला हुआ था। मृतक शरीर में प्राण आ गये थे। लेनदारों की भीड़ लगी हुई थी। लोग प्रसन्नचित्त लौटे जा रहे थे। कुँवर साहब को देखते ही सैकड़ों मनुष्य बड़े प्रेम से उनकी ओर दौड़े। किसी ने रोकर, किसी ने पैरों पर गिरकर और किसी ने सभ्यतापूर्वक अपनी कृतज्ञता प्रकट की। वह बैंक के कार्यकर्त्ताओं से भी मिले। लोगों ने कहा—इस विज्ञापन ने बैंक को जीवित कर दिया। बंगाली बाबू ने लाला साईदास की आलोचना की—वह समझता था संसार में सब मनुष्य भलामानस है। हमको उपदेश करता था। अब उसकी आँख खुल गई है। अकेला घर में बैठा रहता है। किसी को मुँह नहीं दिखाता। हम सुनता है, वह वहाँ से भाग जाना चाहता था। परन्तु बड़ा साहब बोला, भागेगा तो तुम्हारा ऊपर वारंट जारी कर देगा। अब साईदास की जगह बंगाली बाबू मैनेजर हो गये थे।

इसके बाद कुँवर साहब बरहल आये। भाइयों ने यह वृत्तांत सुना, तो बिगड़े, अदालत की धमकी दी। माता जी को ऐसा धक्का पहुँचा कि वह उसी दिन बीमार होकर एक ही सप्ताह में इस संसार से विदा हो गयीं। सावित्री को भी चोट लगी, पर उसने केवल संतोष ही नहीं किया, पति की उदारता और त्याग की प्रशंसा भी की। रह गये लाल साहब। उन्होंने जब देखा कि अस्तबल से घोड़े निकले जाते हैं, हाथी मकनपुर के मेले में बिकने के लिए भेज दिये गये हैं और कहार विदा किये जा रहे हैं, तो व्याकुल हो पिता से बोले—बाबू जी, यह सब नौकर, घोड़े, हाथी कहाँ जा रहे हैं?

कुँवर–एक राजा साहब के उत्सव में।

लाल जी–कौन से राजा?

कुँवर–उनका नाम राजा दीनसिंह है।

लाल जी–कहाँ रहते हैं?

कुँवर–दरिद्रपुर।

लाल जी–तो हम भी जायेंगे।

कुँवर–तुम्हें भी ले चलेंगे; परंतु इस बारात में पैदल चलने वालों का सम्मान सवारों से अधिक होगा।

लाल जी–तो हम भी पैदल चलेंगे।

कुँवर–वहाँ परिश्रमी मनुष्य की प्रशंसा होती है।

लाल जी–तो हम सबसे ज्यादा परिश्रम करेंगे।

कुँवर साहब के दोनों भाई पाँच-पाँच हजार रुपये गुजारा लेकर अलग हो गये। कुँवर साहब अपने और परिवार के लिए कठिनाई से एक हजार सालाना का प्रबन्ध कर सके, पर यह आमदनी एक रईस के लिए किसी तरह पर्याप्त नहीं थी। अतिथि-अभ्यागत प्रतिदिन टिके ही रहते थे। उन सबका भी सत्कार करना पड़ता था। बड़ी कठिनाई से निर्वाह होता था। इधर एक वर्ष से शिवदास के कुटुम्ब का भार भी सिर पर पड़ा, परन्तु कुँवर साहब कभी अपने निश्चय पर शोक नहीं करते। उन्हें कभी किसी ने चिंतित नहीं देखा। उनका मुखमंडल धैर्य और सच्चे अभिमान से सदैव प्रकाशित रहता है। साहित्य-प्रेम पहले से था। अब बागबानी से प्रेम हो गया है। अपने बाग में प्रातःकाल से शाम तक पौधों की देख-रेख किया करते हैं और लाल साहब तो पक्के कृषक होते दिखाई देते हैं। अभी नव-दस वर्ष से अधिक अवस्था नहीं है, लेकिन अँधेरे मुँह खेत पहुँच जाते हैं। खाने-पीने की भी सुध नहीं रहती।

उनका घोड़ा मौजूद है; परन्तु महीनों उस पर नहीं चढ़ते। उनकी यह धुन देखकर कुँवर साहब प्रसन्न होते हैं और कहा करते हैं-रियासत के भविष्य की ओर से निश्चिंत हूँ। लाल साहब कभी इस पाठ को न भूलेंगे। घर में सम्पत्ति होती, तो सुख-भोग, शिकार, दुराचार के सिवा और क्या सूझता! सम्पत्ति बेचकर हमने परिश्रम और संतोष खरीदा, और यह सौदा बुरा नहीं। सावित्री इतनी संतोषी नहीं। वह कुँवर साहब के रोकने पर भी असामियों से छोटी-मोटी भेंट ले लिया करती है और कुल-प्रथा नहीं तोड़ना चाहती।

बड़े घर की बेटी

बेनीमाधव सिंह गौरीपुर गाँव के ज़मींदार और नम्बरदार थे। उनके पितामह किसी समय बड़े धन-धान्य संपन्न थे। गाँव का पक्का तालाब और मंदिर जिनकी अब मरम्मत भी मुश्किल थी, उन्हीं के कीर्ति-स्तंभ थे। कहते हैं इस दरवाज़े पर हाथी झूमता था,

अब उसकी जगह एक बूढ़ी भैंस थी, जिसके शरीर में अस्थि-पंजर के सिवा और कुछ शेष न रहा था; पर दूध शायद बहुत देती थी; क्योंकि एक न एक आदमी हांडी लिए उसके सिर पर सवार ही रहता था। बेनीमाधव सिंह अपनी आधी से अधिक संपत्ति वकीलों को भेंट कर चुके थे। उनकी वर्तमान आय एक हजार रुपये वार्षिक से अधिक न थी। ठाकुर साहब के दो बेटे थे। बड़े का नाम श्रीकंठ सिंह था। उसने बहुत दिनों के परिश्रम और उद्योग के बाद बी.ए. की डिग्री प्राप्त की थी। अब एक दफ़्तर में नौकर था। छोटा लड़का लालबिहारी सिंह दोहरे बदन का, सजीला जवान था। भरा हुआ मुखड़ा, चौड़ी छाती। भैंस का दो सेर ताजा दूध वह उठकर सबेरे पी जाता था। श्रीकंठ सिंह की दशा बिलकुल विपरीत थी। इन नेत्रप्रिय गुणों को उन्होंने बी.ए. इन्हीं दो अक्षरों पर न्योछावर कर दिया था। इन दो अक्षरों ने उनके शरीर को निर्बल और चेहरे को कांतिहीन बना दिया था। इसी से वैद्यक ग्रंथों पर उनका विशेष प्रेम था। आयुर्वेदिक औषधियों पर उनका अधिक विश्वास था। शाम-सबेरे उनके कमरे से प्रायः खरल की सुरीली कर्णमधुर ध्वनि सुनायी दिया करती थी। लाहौर और कलकत्ते के वैद्यों से बड़ी लिखा-पढ़ी रहती थी।

श्रीकंठ इस अँग्रेज़ी डिग्री के अधिपति होने पर भी अँग्रेज़ी सामाजिक प्रथाओं के विशेष प्रेमी न थे; बल्कि वह बहुधा बड़े जोर से उसकी निंदा और तिरस्कार किया करते थे। इसी से गाँव में उनका बड़ा सम्मान था। दशहरे के दिनों में वह बड़े उत्साह से रामलीला होते और स्वयं किसी न किसी पात्र का पार्ट लेते थे। गौरीपुर में रामलीला के वही जन्मदाता थे। प्राचीन हिंदू सभ्यता का गुणगान उनकी धार्मिकता का प्रधान अंग था। सम्मिलित कुटुम्ब के तो वह एक-मात्र उपासक थे। आज-कल स्त्रियों को कुटुम्ब को कुटुम्ब में मिल-जुलकर रहने की जो अरुचि होती है, उसे वह जाति और देश दोनों के लिए हानिकारक समझते थे। यही कारण था कि गाँव की ललनाएँ उनकी निंदक थीं! कोई-कोई तो उन्हें अपना शत्रु समझने में भी संकोच न करती थीं! स्वयं उनकी पत्नी को ही इस विषय में उनसे विरोध था। यह इसलिए नहीं कि उसे अपने सास-ससुर, देवर या जेठ आदि से घृणा थी; बल्कि उसका विचार था कि यदि बहुत कुछ सहने और तरह देने पर भी परिवार के साथ निर्वाह न हो सके, तो आये-दिन की कलह से जीवन को नष्ट करने की अपेक्षा यही उत्तम है कि अपनी खिचड़ी अलग पकायी जाय।

आनंदी एक बड़े उच्च कुल की लड़की थी। उसके बाप एक छोटी-सी रियासत के ताल्लुकेदार थे। विशाल भवन, एक हाथी, तीन कुत्ते, बाज, बहरी-शिकरे, झाड़-फानूस, आनरेरी मजिस्ट्रेट और ऋण, जो एक प्रतिष्ठित ताल्लुकेदार के भोग्य पदार्थ हैं, सभी यहाँ विद्यमान थे। नाम था भूपसिंह। बड़े उदार-चित्त और प्रतिभाशाली पुरुष थे; पर दुर्भाग्य से लड़का एक भी न था। सात लड़कियाँ हुईं और दैवयोग से सब की सब जीवित रहीं। पहली उमंग में तो उन्होंने तीन ब्याह दिल खोलकर किये; पर पंद्रह-बीस हजार रुपयों का कर्ज सिर पर हो गया, तो आँखें खुलीं, हाथ समेट लिया। आनंदी चौथी लड़की थी। वह अपनी सब बहनों से अधिक रूपवती और गुणवती थी। इससे ठाकुर

भूपसिंह उसे बहुत प्यार करते थे। सुन्दर संतान को कदाचित् उसके माता-पिता भी अधिक चाहते हैं। ठाकुर साहब बड़े धर्म-संकट में थे कि इसका विवाह कहाँ करें? न तो यही चाहते थे कि ऋण का बोझ बढ़े और न यही स्वीकार था कि उसे अपने को भाग्यहीन समझना पड़े। एक दिन श्रीकंठ उनके पास किसी चंदे का रुपया माँगने आए। शायद नागरी-प्रचार का चंदा था। भूपसिंह उनके स्वभाव पर रीझ गये और धूमधाम से श्रीकंठसिंह का आनंदी के साथ ब्याह हो गया।

आनंदी अपने नये घर में आयी, तो यहाँ का रंग-ढंग कुछ और ही देखा। जिस टीम-टाम की उसे बचपन से ही आदत पड़ी हुई थी, वह यहाँ नाम-मात्र को भी न थी। हाथी-घोड़ों का तो कहना ही क्या, कोई सजी हुई सुंदर बहली तक न थी। रेशमी स्लीपर साथ लायी थी; पर यहाँ बाग़ कहाँ। मकान में खिड़कियाँ तक न थीं, न जमीन पर फर्श, न दीवार पर तसवीरें। यह एक सीधा-सादा देहाती गृहस्थी का मकान था; किन्तु आनंदी ने थोड़े ही दिनों में अपने को इस नयी अवस्था के ऐसा अनुकूल बना लिया, मानों उसने विलास के सामान कभी देखे ही न थे।

2

एक दिन दोपहर के समय लालबिहारी सिंह दो चिड़िया लिये हुए आया और भावज से बोला—जल्दी से पका दो, मुझे भूख लगी है। आनंदी भोजन बनाकर उसकी राह देख रही थी। अब वह नया व्यंजन बनाने बैठी। हाँडी में देखा, तो घी पाव-भर से अधिक न था। बड़े घर की बेटी, किफायत क्या जाने। उसने सब घी मांस में डाल दिया। लालबिहारी खाने बैठा, तो दाल में घी न था, बोला—दाल में घी क्यों नहीं छोड़ा?

आनंदी ने कहा—घी सब मांस में पड़ गया। लालबिहारी जोर से बोला—अभी परसों घी आया है। इतना जल्द उठ गया?

आनंदी ने उत्तर दिया—आज तो कुल पाव-भर रहा होगा। वह सब मैंने मांस में डाल दिया।

जिस तरह सूखी लकड़ी जल्दी से जल उठती है, उसी तरह क्षुधा से बावला मनुष्य जरा-जरा सी बात पर तिनक जाता है।

लालबिहारी को भावज की यह ढिठाई बहुत बुरी मालूम हुई, तिनक कर बोला—मैके में तो चाहे घी की नदी बहती हो!

स्त्री गालियाँ सह लेती हैं, मार भी सह लेती हैं; पर मैके की निंदा उनसे नहीं सही जाती। आनंदी मुँह फेर कर बोली—हाथी मरा भी, तो नौ लाख का। वहाँ इतना घी नित्य नाई-कहार खा जाते हैं।

लालबिहारी जल गया, थाली उठाकर पलट दी, और बोला—जी चाहता है, जीभ पकड़कर खींच लूँ।

आनंद को भी क्रोध आ गया। मुँह लाल हो गया, बोली—वह होते तो आज इसका मजा चखाते।

अब अपढ़, उजड्ड ठाकुर से न रहा गया। उसकी स्त्री एक साधारण ज़मींदार की बेटी थी। जब जी चाहता, उस पर हाथ साफ कर लिया करता था। खड़ाऊँ उठाकर आनंदी की ओर जोर से फेंकी, और बोला—जिसके गुमान पर भूली हुई हो, उसे भी देखूँगा और तुम्हें भी।

आनंदी ने हाथ से खड़ाऊँ रोकी, सिर बच गया; पर उँगली में बड़ी चोट आयी। क्रोध के मारे हवा से हिलते पत्ते की भाँति काँपती हुई अपने कमरे में आकर खड़ी हो गयी। स्त्री का बल और साहस, मान और मर्यादा पति तक है। उसे अपने पति के ही बल और पुरुषत्व का घमंड होता है। आनंदी खून का घूँट पी कर रह गयी।

3

श्रीकंठ सिंह शनिवार को घर आया करते थे। वृहस्पति को यह घटना हुई थी। दो दिन तक आनंदी कोप-भवन में रही। न कुछ खाया न पिया, उनकी बाट देखती रही। अंत में शनिवार को वह नियमानुकूल संध्या समय घर आये और बाहर बैठकर कुछ इधर-उधर की बातें, कुछ देश-काल संबंधी समाचार तथा कुछ नये मुक़दमों आदि की चर्चा करने लगे। यह वार्तालाप दस बजे रात तक होता रहा। गाँव के भद्र पुरुषों को इन बातों में ऐसा आनंद मिलता था कि खाने-पीने की भी सुधि न रहती थी। श्रीकंठ को पिंड छुड़ाना मुश्किल हो जाता था। ये दो-तीन घंटे आनंदी ने बड़े कष्ट से काटे! किसी तरह भोजन का समय आया। पंचायत उठी। एकांत हुआ, तो लालबिहारी ने कहा—भैया, आप जरा भाभी को समझा दीजिएगा कि मुँह सँभालकर बातचीत किया करें, नहीं तो एक दिन अनर्थ हो जायगा।

बेनीमाधव सिंह ने बेटे की ओर साक्षी दी—हाँ, बहू-बेटियों का यह स्वभाव अच्छा नहीं कि मर्दों के मुँह लगें।

लालबिहारी—वह बड़े घर की बेटी हैं, तो हम भी कोई कुर्मी-कहार नहीं है।

श्रीकंठ ने चिंतित स्वर से पूछा—आखिर बात क्या हुई?

लालबिहारी ने कहा—कुछ भी नहीं; यों ही आप ही आप उलझ पड़ीं। मैके के सामने हम लोगों को कुछ समझती ही नहीं।

श्रीकंठ खा-पीकर आनंदी के पास गये। वह भरी बैठी थी। यह हजरत भी कुछ तीखे थे। आनंदी ने पूछा—चित्त तो प्रसन्न है।

श्रीकंठ बोले—बहुत प्रसन्न है; पर तुमने आजकल घर में यह क्या उपद्रव मचा रखा है?

आनंदी की त्योरियों पर बल पड़ गये, झुँझलाहट के मारे बदन में ज्वाला-सी दहक उठी। बोली—जिसने तुमसे यह आग लगायी है, उसे पाऊँ, मुँह झुलस दूँ।

श्रीकंठ—इतनी गरम क्यों होती हो, बात तो कहो।

आनंदी—क्या कहूँ, यह मेरे भाग्य का फेर है! नहीं तो गँवार छोकरा, जिसको चपरासगिरी करने का भी शऊर नहीं, मुझे खड़ाऊँ से मारकर यों न अकड़ता।

श्रीकंठ—सब हाल साफ-साफ कहो, तो मालूम हो। मुझे तो कुछ पता नहीं।

आनंदी—परसों तुम्हारे लाड़ले भाई ने मुझसे मांस पकाने को कहा। घी हाँड़ी में पाव-भर से अधिक न था। वह सब मैंने मांस में डाल दिया। जब खाने बैठा तो कहने लगा-दाल में घी क्यों नहीं है? बस, इसी पर मेरे मैके को बुरा-भला कहने लगा—मुझसे न रहा गया। मैंने कहा कि वहाँ इतना घी तो नाई-कहार खा जाते हैं, और किसी को जान भी नहीं पड़ता। बस इतनी सी बात पर इस अन्यायी ने मुझ पर खड़ाऊँ फेंक मारी। यदि हाथ से न रोक लूँ, तो सिर फट जाय। उसी से पूछो, मैंने जो कुछ कहा है, वह सच है या झूठ।

श्रीकंठ की आँखें लाल हो गयीं। बोले—यहाँ तक हो गया, इस छोकरे का यह साहस! आनंदी स्त्रियों के स्वभावानुसार रोने लगी; क्योंकि आँसू उनकी पलकों पर रहते हैं। श्रीकंठ बड़े धैर्यवान् और शांति पुरुष थे। उन्हें कदाचित् ही कभी क्रोध आता था; स्त्रियों के आँसू पुरुष की क्रोधाग्नि भड़काने में तेल का काम देते हैं। रात भर करवटें बदलते रहे। उद्विग्नता के कारण पलक तक नहीं झपकी। प्रातःकाल अपने बाप के पास जाकर बोले—दादा, अब इस घर में मेरा निबाह न होगा।

इस तरह की विद्रोह-पूर्ण बातें कहने पर श्रीकंठ ने कितनी ही बार अपने कई मित्रों को आड़े हाथों लिया था; परन्तु दुर्भाग्य, आज उन्हें स्वयं वे ही बातें अपने मुँह से कहनी पड़ी! दूसरों को उपदेश देना भी कितना सहज है!

बेनीमाधव सिंह घबरा उठे और बोले—क्यों?

श्रीकंठ—इसलिए कि मुझे भी अपनी मान-प्रतिष्ठा का कुछ विचार है। आपके घर में अब अन्याय और हठ का प्रकोप हो रहा है। जिनको बड़ों का आदर-सम्मान करना चाहिए, वे उनके सिर चढ़ते हैं। मैं दूसरे का नौकर ठहरा घर पर रहता नहीं। यहाँ मेरे पीछे स्त्रियों पर खड़ाऊँ और जूतों की बौछारें होती हैं। कड़ी बात तक चिन्ता नहीं। कोई एक की दो कह ले, वहाँ तक मैं सह सकता हूँ किन्तु यह कदापि नहीं हो सकता कि मेरे ऊपर लात-घूँसे पड़ें और मैं दम न मारूँ।

बेनीमाधव सिंह कुछ जवाब न दे सके। श्रीकंठ सदैव उनका आदर करते थे। उनके ऐसे तेवर देखकर बूढ़ा ठाकुर अवाक् रह गया। केवल इतना ही बोला—बेटा, तुम बुद्धिमान होकर ऐसी बातें करते हो? स्त्रियाँ इस तरह घर का नाश कर देती है। उनको बहुत सिर चढ़ाना अच्छा नहीं।

श्रीकंठ—इतना मैं जानता हूँ, आपके आशीर्वाद से ऐसा मूर्ख नहीं हूँ। आप स्वयं जानते हैं कि मेरे ही समझाने-बुझाने से, इसी गाँव में कई घर सँभल गये, पर जिस स्त्री की मान-प्रतिष्ठा का ईश्वर के दरबार में उत्तरदाता हूँ, उसके प्रति ऐसा घोर अन्याय और पशुवत् व्यवहार मुझे असह्य है। आप सच मानिए, मेरे लिए यही कुछ कम नहीं है कि लालबिहारी को कुछ दंड नहीं होता।

अब बेनीमाधव सिंह भी गरमाये। ऐसी बातें और न सुन सके। बोले—लालबिहारी तुम्हारा भाई है। उससे जब कभी भूल-चूक हो, उसके कान पकड़ो लेकिन...

श्रीकंठ–लालबिहारी को मैं अब अपना भाई नहीं समझता।

बेनीमाधव सिंह–स्त्री के पीछे?

श्रीकंठ–जी नहीं, उसकी क्रूरता और अविवेक के कारण।

दोनों कुछ देर चुप रहे। ठाकुर साहब लड़के का क्रोध शांत करना चाहते थे, लेकिन यह नहीं स्वीकार करना चाहते थे कि लालबिहारी ने कोई अनुचित काम किया है। इसी बीच में गाँव के और कई सज्जन हुक्के-चिलम के बहाने वहाँ आ बैठे। कई स्त्रियों ने जब यह सुना कि श्रीकंठ पत्नी के पीछे पिता से लड़ने को तैयार हैं, तो उन्हें बड़ा हर्ष हुआ। दोनों पक्षों की मधुर वाणियाँ सुनने के लिए उनकी आत्माएँ तिलमिलाने लगीं। गाँव में कुछ ऐसे कुटिल मनुष्य भी थे, जो इस कुल की नीतिपूर्ण गति पर मन ही मन जलते थे। वे कहा करते थे–श्रीकंठ अपने बाप से दबता है, इसीलिए वह दब्बू है। उसने विद्या पढ़ी, इसलिए वह किताबों का कीड़ा है। बेनीमाधव सिंह उसकी सलाह के बिना कोई काम नहीं करते, यह उनकी मूर्खता है। इन महानुभावों की शुभकामनाएँ आज पूरी होती दिखायी दीं। कोई हुक्का पीने के बहाने और कोई लगान की रसीद दिखाने आकर बैठ गया। बेनीमाधव सिंह पुराने आदमी थे। इन भावों को ताड़ गये। उन्होंने निश्चय किया चाहे कुछ ही क्यों न हो, इन द्रोहियों को ताली बजाने का अवसर न दूँगा। तुरंत कोमल शब्दों में बोले–बेटा, मैं तुमसे बाहर नहीं हूँ। तुम्हारा जो जी चाहे करो, अब तो लड़के से अपराध हो गया।

इलाहाबाद का अनुभव-रहित झल्लाया हुआ ग्रेजुएट इस बात को न समझ सका। उसे डिबेटिंग-क्लब में अपनी बात पर अड़ने की आदत थी, इन हथकंडों की उसे क्या खबर? बाप ने जिस मतलब से बात पलटी थी, वह उसकी समझ में न आया। बोला–लालबिहारी के साथ अब इस घर में नहीं रह सकता।

बेनीमाधव–बेटा, बुद्धिमान लोग मूर्खों की बात पर ध्यान नहीं देते। वह बेसमझ लड़का है। उससे जो कुछ भूल हुई, उसे तुम बड़े होकर क्षमा करो।

श्रीकंठ–उसकी इस दुष्टता को मैं कदापि नहीं सह सकता। या तो वही घर में रहेगा, या मैं ही। आपको यदि वह अधिक प्यारा है, तो मुझे विदा कीजिए, मैं अपना भार आप सँभाल लूँगा। यदि मुझे रखना चाहते हैं तो उससे कहिए, जहाँ चाहे चला जाय। बस यह मेरा अंतिम निश्चय है।

लालबिहारी सिंह दरवाज़े की चौखट पर चुपचाप खड़ा बड़े भाई की बातें सुन रहा था। वह उनका बहुत आदर करता था। उसे कभी इतना साहस न हुआ था कि श्रीकंठ के सामने चारपाई पर बैठ जाय, हुक्का पी ले या पान खा ले। बाप का भी वह इतना मान न करता था। श्रीकंठ का भी उस पर हार्दिक स्नेह था। अपने होश में उन्होंने कभी उसे घुड़का तक न था। जब वह इलाहाबाद से आते, तो उसके लिए कोई न कोई वस्तु अवश्य लाते। मुगदर की जोड़ी उन्होंने ही बनवा दी थी। पिछले साल जब उसने अपने से ड्योढ़े जवान को नागपंचमी के दिन दंगल में पछाड़ दिया, तो उन्होंने पुलकित होकर

अखाड़े में ही जाकर उसे गले लगा लिया था, पाँच रुपये के पैसे लुटाये थे। ऐसे भाई के मुँह से आज ऐसी हृदय-विदारक बात सुनकर लालबिहारी को बड़ी ग्लानि हुई। वह फूट-फूटकर रोने लगा। इसमें संदेह नहीं कि अपने किये पर पछता रहा था। भाई के आने से एक दिन पहले से उसकी छाती धड़कती थी कि देखूँ भैया क्या कहते हैं। मैं उनके सम्मुख कैसे जाऊँगा, उनसे कैसे बोलूँगा, मेरी आँखें उनके सामने कैसे उठेगी। उसने समझा था कि भैया मुझे बुलाकर समझा देंगे। इस आशा के विपरीत आज उसने उन्हें निर्दयता की मूर्ति बने हुए पाया। वह मूर्ख था। परंतु उसका मन कहता था कि भैया मेरे साथ अन्याय कर रहे हैं। यदि श्रीकंठ उसे अकेले में बुलाकर दो-चार बातें कह देते; इतना ही नहीं दो-चार तमाचे भी लगा देते तो कदाचित् उसे इतना दुःख न होता; पर भाई का यह कहना कि अब मैं इसकी सूरत नहीं देखना चाहता, लालबिहारी से सहा न गया! वह रोता हुआ घर आया। कोठरी में जाकर कपड़े पहने, आँखें पोंछी, जिसमें कोई यह न समझे कि रोता था। तब आनंदी के द्वार पर आकर बोला-भाभी, भैया ने निश्चय किया है कि वह मेरे साथ इस घर में न रहेंगे। अब वह मेरा मुँह नहीं देखना चाहते; इसलिए अब मैं जाता हूँ। उन्हें फिर मुँह न दिखाऊँगा! मुझसे जो कुछ अपराध हुआ, उसे क्षमा करना।

यह कहते-कहते लालबिहारी का गला भर आया।

4

जिस समय लालबिहारी सिंह सिर झुकाये आनंदी के द्वार पर खड़ा था, उसी समय श्रीकंठ सिंह भी आँखें लाल किये बाहर से आये। भाई को खड़ा देखा, तो घृणा से आँखें फेर लीं, और कतरा कर निकल गये। मानों उसकी परछाही से दूर भागते हों।

आनंदी ने लालबिहारी की शिकायत तो की थी, लेकिन अब मन में पछता रही थी वह स्वभाव से ही दयावती थी। उसे इसका तनिक भी ध्यान न था कि बात इतनी बढ़ जाएगी। वह मन में अपने पति पर झुँझला रही थी कि यह इतने गरम क्यों होते हैं। उस पर यह भय भी लगा हुआ था कि कहीं मुझसे इलाहाबाद चलने को कहें, तो कैसे क्या करुँगी। इस बीच में जब उसने लालबिहारी को दरवाज़े पर खड़े यह कहते सुना कि अब मैं जाता हूँ, मुझसे जो कुछ अपराध हुआ, क्षमा करना, तो उसका रहा-सहा क्रोध भी पानी हो गया। वह रोने लगी। मन का मैल धोने के लिए नयन-जल से उपयुक्त और कोई वस्तु नहीं है।

श्रीकंठ को देखकर आनंदी ने कहा-लाला बाहर खड़े बहुत रो रहे हैं।

श्रीकंठ-तो मैं क्या करूँ?

आनंदी-भीतर बुला लो। मेरी जीभ में आग लगे! मैंने कहाँ से यह झगड़ा उठाया।

श्रीकंठ-मैं न बुलाऊँगा।

आनंदी-पछताओगे। उन्हें बहुत ग्लानि हो गयी है, ऐसा न हो, कहीं चल दें।

श्रीकंठ न उठे। इतने में लालबिहारी ने फिर कहा—भाभी, भैया से मेरा प्रणाम कह दो। वह मेरा मुँह नहीं देखना चाहते; इसलिए मैं भी अपना मुँह उन्हें न दिखाऊँगा।

लालबिहारी इतना कह कर लौट पड़ा, और शीघ्रता से दरवाज़े की ओर बढ़ा। अंत में आनंदी कमरे से निकली और उसका हाथ पकड़ लिया। लालबिहारी ने पीछे फिर कर देखा और आँखों में आँसू भरे बोला—मुझे जाने दो।

आनंदी—कहाँ जाते हो?

लालबिहारी—जहाँ कोई मेरा मुँह न देखे।

आनंदी—मैं न जाने दूँगी?

लालबिहारी—मैं तुम लोगों के साथ रहने योग्य नहीं हूँ।

आनंदी—तुम्हें मेरी सौगंध अब एक पग भी आगे न बढ़ाना।

लालबिहारी—जब तक मुझे यह न मालूम हो जाय कि भैया का मन मेरी तरफ़ से साफ हो गया, तब तक मैं इस घर में कदापि न रहूँगा।

आनंदी—मैं ईश्वर को साक्षी देकर कहती हूँ कि तुम्हारी ओर से मेरे मन में तनिक भी मैल नहीं है।

अब श्रीकंठ का हृदय भी पिघला। उन्होंने बाहर आकर लालबिहारी को गले लगा लिया। दोनों भाई खूब फूट-फूटकर रोये।

लालबिहारी ने सिसकते हुए कहा—भैया, अब कभी मत कहना कि तुम्हारा मुँह न देखूँगा। इसके सिवा आप जो दंड देंगे, मैं सहर्ष स्वीकार करूँगा।

श्रीकंठ ने काँपते हुए स्वर में कहा—लल्लू! इन बातों को बिलकुल भूल जाओ। ईश्वर चाहेगा, तो फिर ऐसा अवसर न आवेगा।

बेनीमाधव सिंह बाहर से आ रहे थे। दोनों भाइयों को गले मिलते देखकर आनंद से पुलकित हो गये। बोल उठे—बड़े घर की बेटियाँ ऐसी ही होती हैं। बिगड़ता हुआ काम बना लेती हैं।

गांव में जिसने यह वृत्तांत सुना, उसी ने इन शब्दों में आनंदी की उदारता को सराहा—'बड़े घर की बेटियाँ ऐसी ही होती हैं।'

पंच परमेश्वर

जुम्मन शेख अलगू चौधरी में गाढ़ी मित्रता थी। साझे में खेती होती थी। कुछ लेन-देन में भी साझा था। एक को दूसरे पर अटल विश्वास था। जुम्मन जब हज करने गये थे, तब अपना घर अलगू को सौंप गये थे, और अलगू जब कभी बाहर जाते, तो जुम्मन पर अपना घर छोड़ देते थे। उनमें न खान-पान का व्यवहार था, न धर्म का नाता; केवल विचार मिलते थे। मित्रता का मूलमंत्र भी यही है।

इस मित्रता का जन्म उसी समय हुआ, जब दोनों मित्र बालक ही थे, और जुम्मन के पूज्य पिता, जुमराती, उन्हें शिक्षा प्रदान करते थे। अलगू ने गुरु जी की बहुत सेवा की थी, खूब प्याले धोये। उनका हुक्का एक क्षण के लिए भी विश्राम न लेने पाता था, क्योंकि प्रत्येक चिलम अलगू को आध घंटे तक किताबों से अलग कर देती थी। अलगू के पिता पुराने विचारों के मनुष्य थे। उन्हें शिक्षा की अपेक्षा गुरु की सेवा-शुश्रूषा पर अधिक विश्वास था। वह कहते थे कि विद्या पढ़ने से नहीं आती; जो कुछ होता है, गुरु के आशीर्वाद से। बस, गुरु जी की कृपा-दृष्टि चाहिए। अतएव यदि अलगू पर जुमराती शेख के आशीर्वाद अथवा सत्संग का कुछ फल न हुआ, तो यह मानकर संतोष कर लेना कि विद्योपार्जन में मैंने यथाशक्ति कोई बात उठा नहीं रखी, विद्या उसके भाग्य ही में न थी, तो कैसे आती?

मगर जुमराती शेख स्वयं आशीर्वाद के कायल न थे। उन्हें अपने सोटे पर अधिक भरोसा था, और उसी सोटे के प्रताप से आस-पास के गाँवों में जुम्मन की पूजा होती थी। उनके लिखे हुए रेहननामे या बैनामे पर कचहरी का मुहर्रिर भी कदम न उठा सकता था। हल्के का डाकिया, कांस्टेबल और तहसील का चपरासी-सब उनकी कृपा की आकांक्षा रखते थे। अतएव अलगू का मान उनके धन के कारण था, तो जुम्मन शेख अपनी अनमोल विद्या से ही सबके आदरपात्र बने थे।

2

जुम्मन शेख की एक बूढ़ी खाला (मौसी) थी। उसके पास कुछ थोड़ी-सी मिलकियत थी; परन्तु उसके निकट संबंधियों में कोई न था। जुम्मन ने लम्बे-चौड़े वादे करके वह मिलकियत अपने नाम लिखवा ली थी। जब तक दानपत्र की रजिस्ट्री न हुई थी, तब तक खालाजान का खूब आदर-सत्कार किया गया; उन्हें खूब स्वादिष्ट पदार्थ खिलाये गये। हलवे-पुलाव की वर्षा-सी की गयी; पर रजिस्ट्री की मोहर ने इन खातिरदारियों पर भी मानों मुहर लगा दी। जुम्मन की पत्नी करीमन रोटियों के साथ कड़वी बातों के कुछ तेज, तीखे सालन भी देने लगी। जुम्मन शेख भी निठुर हो गये। अब बेचारी खालाजान को प्रायः नित्य ही ऐसी बातें सुननी पड़ती थी।

बुढ़िया न जाने कब तक जियेगी। दो-तीन बीघे ऊसर क्या दे दिया, मानों मोल ले लिया है! बघारी दाल के बिना रोटियाँ नहीं उतरतीं! जितना रुपया इसके पेट में झोंक चुके, उतने से तो अब तक गाँव मोल ले लेते। कुछ दिन खालाजान ने सुना और सहा; पर जब न सहा गया तब जुम्मन से शिकायत की। जुम्मन ने स्थानीय कर्मचारी-गृहस्वांमी-के प्रबंध देना उचित न समझा। कुछ दिन तक दिन तक और यों ही रो-धोकर काम चलता रहा। अन्त में एक दिन खाला ने जुम्मन से कहा—बेटा! तुम्हारे साथ मेरा निर्वाह न होगा। तुम मुझे रुपये दे दिया करो, मैं अपना पका-खा लूँगी।

जुम्मन ने धृष्टता के साथ उत्तर दिया—रुपये क्या यहाँ फलते हैं?

खाला ने नम्रता से कहा—मुझे कुछ रूखा-सूखा चाहिए भी कि नहीं?

जुम्मन ने गम्भीर स्वर से जवाब दिया—तो कोई यह थोड़े ही समझा था कि तू मौत से लड़कर आयी हो?

खाला बिगड़ गयीं, उन्होंने पंचायत करने की धमकी दी। जुम्मन हँसे, जिस तरह कोई शिकारी हिरन को जाली की तरफ़ जाते देखकर मन ही मन हँसता है। वह बोले—हाँ, जरूर पंचायत करो। फ़ैसला हो जाय। मुझे भी यह रात-दिन की खटखट पसंद नहीं।

पंचायत में किसकी जीत होगी, इस विषय में जुम्मन को कुछ भी संदेह न था। आस-पास के गाँवों में ऐसा कौन था, उसके अनुग्रहों का ऋणी न हो; ऐसा कौन था, जो उसको शत्रु बनाने का साहस कर सके? किसमें इतना बल था, जो उसका सामना कर सके? आसमान के फरिश्ते तो पंचायत करने आवेंगे ही नहीं।

3

इसके बाद कई दिन तक बूढ़ी खाला हाथ में एक लकड़ी लिये आस-पास के गाँवों में दौड़ती रहीं। कमर झुककर कमान हो गयी थी। एक-एक पग चलना दूभर था; मगर बात आ पड़ी थी। उसका निर्णय करना जरूरी था। बिरला ही कोई भला आदमी होगा, जिसके समाने बुढ़िया ने दुःख के आँसू न बहाये हों। किसी ने तो यों ही ऊपरी मन से हूँ-हाँ करके टाल दिया, और किसी ने इस अन्याय पर जमाने को गालियाँ दीं। कहा-क़ब्र में पाँव जटके हुए हैं, आज मरे, कल दूसरा दिन, पर हवस नहीं मानती। अब तुम्हें क्या चाहिए? रोटी खाओ और अल्लाह का नाम लो। तुम्हें अब खेती-बारी से क्या काम है? कुछ ऐसे सज्जन भी थे, जिन्हें हास्य-रस के रसास्वादन का अच्छा अवसर मिला। झुकी हुई कमर, पोपला मुँह, सन के-से बाल इतनी सामग्री एकत्र हों, तब हँसी क्यों न आवे? ऐसे न्यायप्रिय, दयालु, दीन-वत्सल पुरुष बहुत कम थे, जिन्होंने इस अबला के दुखड़े को गौर से सुना हो और उसको सांत्वना दी हो। चारों ओर से घूम-घामकर बेचारी अलगू चौधरी के पास आयी। लाठी पटक दी और दम लेकर बोली—बेटा, तुम भी दम भर के लिये मेरी पंचायत में चले आना।

अलगू—मुझे बुलाकर क्या करोगी? कई गाँव के आदमी तो आवेंगे ही।

खाला—अपनी विपद तो सबके आगे रो आयी। अब आने न आने का अख़्तियार उनको है।

अलगू—यों आने को आ जाऊँगा; मगर पंचायत में मुँह न खोलूँगा।

खाला—क्यों बेटा?

अलगू—अब इसका कया जवाब दूँ? अपनी खुशी। जुम्मन मेरा पुराना मित्र है। उससे बिगाड़ नहीं कर सकता।

खाला—बेटा, क्या बिगाड़ के डर से ईमान की बात न कहोगे?

हमारे सोये हुए धर्म-ज्ञान की सारी सम्पत्ति लुट जाय, तो उसे खबर नहीं होता, परन्तु ललकार सुनकर वह सचेत हो जाता है। फिर उसे कोई जीत नहीं सकता। अलगू इस सवाल का काई उत्तर न दे सका, पर उसके हृदय में ये शब्द गूँज रहे थे-

क्या बिगाड़ के डर से ईमान की बात न कहोगे?

4

संध्या समय एक पेड़ के नीचे पंचायत बैठी। शेख जुम्मन ने पहले से ही फर्श बिछा रखा था। उन्होंने पान, इलायची, हुक्के-तम्बाकू आदि का प्रबन्ध भी किया था। हाँ, वह स्वयं अलबत्ता अलगू चौधरी के साथ जरा दूर पर बैठे जब पंचायत में कोई आ जाता था, तब दबे हुए सलाम से उसका स्वागत करते थे। जब सूर्य अस्त हो गया और चिड़ियों की कलरवयुक्त पंचायत पेड़ों पर बैठी, तब यहाँ भी पंचायत शुरू हुई। फर्श की एक-एक अंगुल जमीन भर गयी; पर अधिकांश दर्शक ही थे। निमंत्रित महाशयों में से केवल वे ही लोग पधारे थे, जिन्हें जुम्मन से अपनी कुछ कसर निकालनी थी। एक कोने में आग सुलग रही थी। नाई ताबड़तोड़ चिलम भर रहा था। यह निर्णय करना असम्भव था कि सुलगते हुए उपलों से अधिक धुआँ निकलता था या चिलम के दमों से। लड़के इधर-उधर दौड़ रहे थे। कोई आपस में गाली-गलौज करते और कोई रोते थे। चारों तरफ़ कोलाहल मच रहा था। गाँव के कुत्ते इस जमाव को भोज समझकर झुंड के झुंड जमा हो गए थे।

पंच लोग बैठ गये, तो बूढ़ी खाला ने उनसे विनती की–

'पंचों, आज तीन साल हुए, मैंने अपनी सारी जायदाद अपने भानजे जुम्मन के नाम लिख दी थी। इसे आप लोग जानते ही होंगे। जुम्मन ने मुझे ता-हयात रोटी-कपड़ा देना कबूल किया। साल-भर तो मैंने इसके साथ रो-धोकर काटा। पर अब रात-दिन का रोना नहीं सहा जाता। मुझे न पेट की रोटी मिलती है न तन का कपड़ा। बेकस बेवा हूँ। कचहरी दरबार नहीं कर सकती। तुम्हारे सिवा और किसको अपना दुःख सुनाऊँ? तुम लोग जो राह निकाल दो, उसी राह पर चलूँ। अगर मुझमें कोई ऐब देखो, तो मेरे मुँह पर थप्पड़ मारो। जुम्मन में बुराई देखो, तो उसे समझाओ, क्यों एक बेकस की आह लेता है! मैं पंचों का हुक्म सिर-माथे पर चढ़ाऊँगी।'

रामधन मिश्र, जिनके कई असामियों को जुम्मन ने अपने गाँव में बसा लिया था, बोले–जुम्मन मियाँ किसे पंच बदते हो? अभी से इसका निपटारा कर लो। फिर जो कुछ पंच कहेंगे, वही मानना पड़ेगा।

जुम्मन को इस समय सदस्यों में विशेषकर वे ही लोग दीख पड़े, जिनसे किसी न किसी कारण उनका वैमनस्य था। जुम्मन बोले–पंचों का हुक्म अल्लाह का हुक्म है। खालाजान जिसे चाहें, उसे बदें। मुझे कोई उज्र नहीं।

खाला ने चिल्लाकर कहा–अरे अल्लाह के बन्दे! पंचों का नाम क्यों नहीं बता देता? कुछ मुझे भी तो मालूम हो।

जुम्मन ने क्रोध से कहा–इस वक्त मेरा मुँह न खुलवाओ। तुम्हारी बन पड़ी है, जिसे चाहो, पंच बदो।

खालाजान जुम्मन के आक्षेप को समझ गयीं, वह बोली–बेटा, ख़ुदा से डरो। पंच न किसी के दोस्त होते हैं, ने किसी के दुश्मन। कैसी बात कहते हो! और तुम्हारा

किसी पर विश्वास न हो, तो जाने दो; अलगू चौधरी को तो मानते हो, लो, मैं उन्हीं को सरपंच बदती हूँ।

जुम्मन शेख आनंद से फूल उठे, परन्तु भावों को छिपाकर बोले–अलगू ही सही, मेरे लिए जैसे रामधन वैसे अलगू।

अलगू इस झमेले में फँसना नहीं चाहते थे। वे कन्नी काटने लगे। बोले–खाला, तुम जानती हो कि मेरी जुम्मन से गाढ़ी दोस्ती है।

खाला ने गम्भीर स्वर में कहा–'बेटा, दोस्ती के लिए कोई अपना ईमान नहीं बेचना। पंच के दिल में ख़ुदा बसता है। पंचों के मुँह से जो बात निकलती है, वह ख़ुदा की तरफ़ से निकलती है।'

अलगू चौधरी सरपंच हुए रामधन मिश्र और जुम्मन के दूसरे विरोधियों ने बुढ़िया को मन में बहुत कोसा।

अलगू चौधरी बोले–शेख जुम्मन! हम और तुम पुराने दोस्त हैं! जब काम पड़ा, तुमने हमारी मदद की है और हम भी जो कुछ बन पड़ा, तुम्हारी सेवा करते रहे हैं; मगर इस समय तुम और बुढ़ी खाला, दोनों हमारी निगाह में बराबर हो। तुमको पंचों से जो कुछ अर्ज करनी हो, करो।

जुम्मन को पूरा विश्वास था कि अब बाजी मेरी है। अलग यह सब दिखावे की बातें कर रहा है। अतएव शांत-चित्त होकर बोले–पंचों, तीन साल हुए खालाजान ने अपनी जायदाद मेरे नाम हिब्बा कर दी थी। मैंने उन्हें ता-हयात खाना-कपड़ा देना कबूल किया था। ख़ुदा गवाह है, आज तक मैंने खालाजान को कोई तकलीफ नहीं दी। मैं उन्हें अपनी माँ के समान समझता हूँ। उनकी खिदमत करना मेरा फर्ज है; मगर औरतों में जरा अनबन रहती है, उसमें मेरा क्या बस है? खालाजान मुझसे माहवार खर्च अलग माँगती है। जायदाद जितनी है; वह पंचों से छिपी नहीं। उससे इतना मुनाफा नहीं होता है कि माहवार खर्च दे सकूँ। इसके अलावा हिब्बानामे में माहवार खर्च का कोई जिक्र नहीं। नहीं तो मैं भूलकर भी इस झमेले में न पड़ता। बस, मुझे यही कहना है। आइंदा पंचों का अख़्तियार है, जो फ़ैसला चाहें, करे।

अलगू चौधरी को हमेशा कचहरी से काम पड़ता था। अतएव वह पूरा कानूनी आदमी था। उसने जुम्मन से जिरह शुरू की। एक-एक प्रश्न जुम्मन के हृदय पर हथौड़ी की चोट की तरह पड़ता था। रामधन मिश्र इस प्रश्नों पर मुग्ध हुए जाते थे। जुम्मन चकित थे कि अलगू को क्या हो गया। अभी यह अलगू मेरे साथ बैठा हुआ कैसी-कैसी बातें कर रहा था! इतनी ही देर में ऐसी कायापलट हो गयी कि मेरी जड़ खोदने पर तुला हुआ है। न मालूम कब की कसर यह निकाल रहा है? क्या इतने दिनों की दोस्ती कुछ भी काम न आवेगी?

जुम्मन शेख तो इसी संकल्प-विकल्प में पड़े हुए थे कि इतने में अलगू ने फ़ैसला सुनाया–

जुम्मन शेख! पंचों ने इस मामले पर विचार किया। उन्हें यह नीति संगत मालूम होता है कि खालाजान को माहवार खर्च दिया जाय। हमारा विचार है कि खाला की जायदाद से इतना मुनाफा अवश्य होता है कि माहवार खर्च दिया जा सके। बस, यही हमारा फ़ैसला है। अगर जुम्मन को खर्च देना मंजूर न हो, तो हिब्बानामा रद्द समझा जाय। यह फ़ैसला सुनते ही जुम्मन सन्नाटे में आ गये। जो अपना मित्र हो, वह शत्रु का व्यवहार करे और गले पर छुरी फेरे, इसे समय के हेर-फेर के सिवा और क्या कहें? जिस पर पूरा भरोसा था, उसने समय पड़ने पर धोखा दिया। ऐसे ही अवसरों पर झूठे-सच्चे मित्रों की परीक्षा की जाती है। यही कलियुग की दोस्ती है। अगर लोग ऐसे कपटी-धोखेबाज न होते, तो देश में आपत्तियों का प्रकोप क्यों होता? यह हैजा-प्लेग आदि व्याधियाँ दुष्कर्मों के ही दंड हैं। मगर रामधन मिश्र और अन्य पंच अलगू चौधरी की इस नीति-परायणता को प्रशंसा जी खोलकर कर रहे थे। वे कहते थे–इसका नाम पंचायत है! दूध का दूध और पानी का पानी कर दिया। दोस्ती, दोस्ती की जगह है, किन्तु धर्म का पालन करना मुख्य है। ऐसे ही सत्यवादियों के बल पर पृथ्वी ठहरी है, नहीं तो वह कब की रसातल को चली जाती।

इस फैसले ने अलगू और जुम्मन की दोस्ती की जड़ हिला दी। अब वे साथ-साथ बातें करते नहीं दिखायी देते। इतना पुराना मित्रता-रूपी वृक्ष सत्य का एक झोंका भी न सह सका। सचमुच वह बालू की ही जमीन पर खड़ा था।

उनमें अब शिष्टाचार का अधिक व्यवहार होने लगा। एक दूसरे की आवभगत ज्यादा करने लगा। वे मिलते-जुलते थे, मगर उसी तरह जैसे तलवार से ढाल मिलती है।

जुम्मन के चित्त में मित्र की कुटिलता आठों पहर खटका करती थी। उसे हर घड़ी यही चिंता रहती थी कि किसी तरह बदला लेने का अवसर मिले।

5

अच्छे कामों की सिद्धि में बड़ी देर लगती है; पर बुरे कामों की सिद्धि में यह बात नहीं होती; जुम्मन को भी बदला लेने का अवसर जल्द ही मिल गया। पिछले साल अलगू चौधरी बटेसर से बैलों की एक बहुत अच्छी गोई मोल लाये थे। बैल पछाहीं जाति के सुंदर, बड़े-बड़े सीगोंवाले थे। महीनों तक आस-पास के गाँव के लोग दर्शन करते रहे। दैवयोग से जुम्मन की पंचायत के एक महीने के बाद इस जोड़ी का एक बैल मर गया। जुम्मन ने दोस्तों से कहा–यह दग़ाबाज़ी की सज़ा है। इन्सान सब्र भले ही कर जाय, पर ख़ुदा नेक-बद सब देखता है। अलगू को संदेह हुआ कि जुम्मन ने बैल को विष दिला दिया है। चौधराइन ने भी जुम्मन पर ही इस दुर्घटना का दोषारोपण किया उसने कहा–जुम्मन ने कुछ कर-करा दिया है। चौधराइन और करीमन में इस विषय पर एक दिन खुब ही वाद-विवाद हुआ दोनों देवियों ने शब्द-बाहुल्य की नदी बहा दी। व्यंगय, वक्तोक्ति अन्योक्ति और उपमा आदि अलंकारों में बातें हुईं। जुम्मन ने किसी तरह शांति स्थापित की। उन्होंने अपनी पत्नी को डाँट-डपट कर समझा दिया।

वह उसे उस रणभूमि से हटा भी ले गये। उधर अलगू चौधरी ने समझाने-बुझाने का काम अपने तर्क-पूर्ण सोंटे से लिया।

अब अकेला बैल किस काम का? उसका जोड़ बहुत ढूँढ़ा गया, पर न मिला। निदान यह सलाह ठहरी कि इसे बेच डालना चाहिए। गाँव में एक समझू साहू थे, वह इक्का-गाड़ी हाँकते थे। गाँव के गुड़-घी लादकर मंडी ले जाते, मंडी से तेल, नमक भर लाते, और गाँव में बेचते। इस बैल पर उनका मन लहराया। उन्होंने सोचा, यह बैल हाथ लगे तो दिन-भर में बेखटके तीन खेप हों। आज-कल तो एक ही खेप में लाले पड़े रहते हैं। बैल देखा, गाड़ी में दौड़ाया, बाल-भौरी की पहचान करायी, मोल-तोल किया और उसे लाकर द्वार पर बाँध ही दिया। एक महीने में दाम चुकाने का वादा ठहरा। चौधरी को भी गरज थी ही, घाटे की परवाह न की।

समझू साहू ने नया बैल पाया, तो लगे उसे रगेदने। वह दिन में तीन-तीन, चार-चार खेपें करने लगे। न चारे की फिक्र थी, न पानी की, बस खेपों से काम था। मंडी ले गये, वहाँ कुछ सूखा भूसा सामने डाल दिया। बेचारा जानवर अभी दम भी न लेने पाया था कि फिर जोत दिया। अलगू चौधरी के घर था तो चैन की बंशी बजती थी। बैलराम छठे-छमाहे कभी बहली में जोते जाते थे। खूब उछलते-कूदते और कोसों तक दौड़ते चले जाते थे। वहाँ बैलराम का रातिब था, साफ पानी, दली हुई अरहर की दाल और भूसे के साथ खली, और यही नहीं, कभी-कभी घी का स्वाद भी चखने को मिल जाता था। शाम-सबेरे एक आदमी खरहरे करता, पोंछता और सहलाता था। कहाँ वह सुख-चैन, कहाँ यह आठों पहर कही खपत। महीने-भर ही में वह पिस-सा गया। इक्के का यह जुआ देखते ही उसका लहू सूख जाता था। एक-एक पग चलना दूभर था। हड्डियाँ निकल आयी थी; पर था वह पानीदार, मार की बरदाश्त न थी।

एक दिन चौथी खेप में साहू जी ने दूना बोझ लादा। दिन-भर का थका जानवर, पैर न उठते थे। पर साहू जी कोड़े फटकारने लगे। बस, फिर क्या था, बैल कलेजा तोड़ कर चला। कुछ दूर दौड़ा और चाहा कि जरा दम ले लूँ; पर साहू जी को जल्द पहुँचने की फिक्र थी; अतएव उन्होंने कई कोड़े बड़ी निर्दयता से फटकारे। बैल ने एक बार फिर जोर लगाया; पर अबकी बार शक्ति ने जवाब दे दिया। वह धरती पर गिर पड़ा, और ऐसा गिरा कि फिर न उठा। साहू जी ने बहुत पीटा, टाँग पकड़कर खींचा, नथनों में लकड़ी ठूँस दी; पर कहीं मृतक भी उठ सकता है? तब साहू जी को कुछ शक हुआ। उन्होंने बैल को गौर से देखा, खोलकर अलग किया; और सोचने लगे कि गाड़ी कैसे घर पहुँचे। बहुत चीखे-चिल्लाये; पर देहात का रास्ता बच्चों की आँख की तरह साँझ होते ही बंद हो जाता है। कोई नज़र न आया। आस-पास कोई गाँव भी न था। मारे क्रोध के उन्होंने मरे हुए बैल पर और दुर्रे लगाये और कोसने लगे-अभागे। तुझे मरना ही था, तो घर पहुँचकर मरता! ससुरा बीच रास्ते ही में मर रहा। अब गाड़ी कौन खींचे? इस तरह साहू जी खूब जले-भुने। कई बोरे गुड़ और कई पीपे घी उन्होंने बेचे थे, दो-ढाई सौ रुपये कमर में बंधे थे। इसके सिवा गाड़ी पर कई बोरे नमक थे;

अतएव छोड़कर जा भी न सकते थे। लाचार बेचारे गाड़ी पर ही लेट गये। वहीं रतजगा करने की ठान ली। चिलम पी गया। फिर हुक्का पिया। इस तरह साहू जी आधी रात तक नींद को बहलाते रहें। अपनी जान में तो वह जागते ही रहे; पर पौ फटते ही जो नींद टूटी और कमर पर हाथ रखा, तो थैली गायब! घबराकर इधर-उधर देखा तो कई कनस्तर तेल भी नदारत! अफसोस में बेचारे ने सिर पीट लिया और पछाड़ खाने लगा। प्रात:काल रोते-बिलखते घर पहुँचे। सहुआइन ने जब यह बूरी सुनावनी सुनी, तब पहले तो रोयीं, फिर अलगू चौधरी को गालियाँ देने लगी—निगोड़े ने ऐसा कुलच्छनी बैल दिया कि जन्म-भर की कमाई लुट गयी।

इस घटना को हुए कई महीने बीत गए। अलगू जब अपने बैल के दाम माँगते तब साहू और सहुआइन, दोनों ही झल्लाये हुए कुत्ते की तरह चढ़ बैठते और अंड-बंड बकने लगते—वाह! यहाँ तो सारे जन्म की कमाई लुट गई, सत्यानाश हो गया, इन्हें दामों की पड़ी है। मुर्दा बैल दिया था, उस पर दाम माँगने चले हैं! आँखों में धूल झोंक दी, सत्यानाशी बैल गले बाँध दिया, हमें निरा पोंगा ही समझ लिया है! हम भी बनिये के बच्चे है, ऐसे बुद्धू कहीं और होंगे। पहले जाकर किसी गड़हे में मुँह धो आओ, तब दाम लेना। न जी मानता हो, तो हमारा बैल खोल ले जाओ। महीना भर के बदले दो महीना जोत लो। और क्या लोगे?

चौधरी के अशुभचिंतकों की कमी न थी। ऐसे अवसरों पर वे भी एकत्र हो जाते और साहू जी के बराने की पुष्टि करते। परन्तु डेढ़ सौ रुपये से इस तरह हाथ धो लेना आसान न था। एक बार वह भी गरम पड़े। साहू जी बिगड़कर लाठी ढूँढ़ने घर चले गए। अब सहुआइन ने मैदान लिया। प्रश्नोत्तर होते-होते हाथापाई की नौबत आ पहुँची। सहुआइन ने घर में घुसकर किवाड़ बन्द कर लिए। शोरगुल सुनकर गाँव के भलेमानस घर से निकाला। वह परामर्श देने लगे कि इस तरह से काम न चलेगा। पंचायत कर लो। कुछ तय हो जाय, उसे स्वीकार कर लो। साहू जी राजी हो गए। अलगू ने भी हामी भर ली।

6

पंचायत की तैयारियाँ होने लगीं। दोनों पक्षों ने अपने-अपने दल बनाने शुरू किए। इसके बाद तीसरे दिन उसी वृक्ष के नीचे पंचायत बैठी। वही संध्या का समय था। खेतों में कौए पंचायत कर रहे थे। विवादग्रस्त विषय था यह कि मटर की फलियों पर उनका कोई स्वत्व है या नहीं, और जब तक यह प्रश्न हल न हो जाय, तब तक वे रखवाले की पुकार पर अपनी अप्रसन्नता प्रकट करना आवश्यकता समझते थे। पेड़ की डालियों पर बैठी शुक-मंडली में वह प्रश्न छिड़ा हुआ था कि मनुष्यों को उन्हें वेसुरौवत कहने का क्या अधिकार है, जब उन्हें स्वयं अपने मित्रों से दंगा करने में भी संकोच नहीं होता।

पंचायत बैठ गई, तो रामधन मिश्र ने कहा—अब देरी क्या है? पंचों का चुनाव हो जाना चाहिए। बोलो चौधरी; किस-किस को पंच बदते हो।

अलगू ने दीन भाव से कहा–समझू साहू ही चुन लें।

समझू खड़े हुए और कड़ककर बोले–मेरी ओर से जुम्मन शेख।

जुम्मन का नाम सुनते ही अलगू चौधरी का कलेजा धक्-धक् करने लगा, मानों किसी ने अचानक थप्पड़ मार दिया हो। रामधन अलगू के मित्र थे। वह बात को ताड़ गए। पूछा–क्यों चौधरी तुम्हें कोई उज्र तो नहीं। चौधरी ने निराश होकर कहा–नहीं, मुझे क्या उज्र होगा?

अपने उत्तरदायित्व का ज्ञान बहुधा हमारे संकुचित व्यवहारों का सुधारक होता है। जब हम राह भूलकर भटकने लगते हैं तब यही ज्ञान हमारा विश्वसनीय पथ-प्रदर्शक बन जाता है।

पत्र-संपादक अपनी शांति कुटी में बैठा हुआ कितनी धृष्टता और स्वतंत्रता के साथ अपनी प्रबल लेखनी से मंत्रिमंडल पर आक्रमण करता है: परंतु ऐसे अवसर आते हैं, जब वह स्वयं मंत्रिमंडल में सम्मिलित होता है। मंडल के भवन में पग धरते ही उसकी लेखनी कितनी मर्मज्ञ, कितनी विचारशील, कितनी न्याय-परायण हो जाती है। इसका कारण उत्तर-दायित्व का ज्ञान है। नवयुवक युवावस्था में कितना उद्दंड रहता है। माता-पिता उसकी ओर से कितने चिंतित रहते है! वे उसे कुल-कलंक समझते हैं परन्तु थोड़ी ही समय में परिवार का बोझ सिर पर पड़ते ही वह अव्यवस्थित-चित्त उन्मत्त युवक कितना धैर्यशील, कैसा शांतचित्त हो जाता है, यह भी उत्तरदायित्व के ज्ञान का फल है।

जुम्मन शेख के मन में भी सरपंच का उच्च स्थान ग्रहण करते ही अपनी जिम्मेदारी का भाव पैदा हुआ। उसने सोचा, मैं इस वक्त न्याय और धर्म के सर्वोच्च आसन पर बैठा हूँ। मेरे मुँह से इस समय जो कुछ निकलेगा, वह देववाणी के सदृश है–और देववाणी में मेरे मनोविकारों का कदापि समावेश न होना चाहिए। मुझे सत्य से जौ भर भी टलना उचित नहीं!

पंचों ने दोनों पक्षों से सवाल-जवाब करने शुरू किए। बहुत देर तक दोनों दल अपने-अपने पक्ष का समर्थन करते रहे। इस विषय में तो सब सहमत थे कि समझू को बैल का मूल्य देना चाहिए। परन्तु वो महाशय इस कारण रियायत करना चाहते थे कि बैल के मर जाने से समझू को हानि हुई। उसके प्रतिकूल दो सभ्य मूल के अतिरिक्त समझू को दंड भी देना चाहते थे, जिससे फिर किसी को पशुओं के साथ ऐसी निर्दयता करने का साहस न हो। अन्त में जुम्मन ने फ़ैसला सुनाया–

'अलगू चौधरी और समझू साहू। पंचों ने तुम्हारे मामले पर अच्छी तरह विचार किया। समझू को उचित है कि बैल का पूरा दाम दें। जिस वक्त उन्होंने बैल लिया, उसे कोई बीमारी न थी। अगर उसी समय दाम दे दिए जाते, तो आज समझू उसे फेर लेने का आग्रह न करते। बैल की मृत्यु केवल इस कारण हुई कि उससे बड़ा कठिन परिश्रम लिया गया और उसके दाने-चारे का कोई प्रबंध न किया गया।'

रामधन मिश्र बोले–समझू ने बैल को जान-बूझ कर मारा है, अतएव उससे दंड लेना चाहिए।

जुम्मन बोले—यह दूसरा सवाल है। हमको इससे कोई मतलब नहीं!

झगड़ू साहू ने कहा—समझू के साथ कुछ रियायत होनी चाहिए।

जुम्मन बोले—यह अलगू चौधरी की इच्छा पर निर्भर है। यह रियायत करें, तो उनकी भलमनसी।

अलगू चौधरी फूले न समाए। उठ खड़े हुए और जोर से बोले—पंच-परमेश्वर की जय!

इसके साथ ही चारों ओर से प्रतिध्वनि हुई—पंच परमेश्वर की जय! यह मनुष्य का काम नहीं, पंच में परमेश्वर वास करते हैं, यह उन्हीं की महिमा है। पंच के सामने खोटे को कौन खरा कह सकता है?

थोड़ी देर बाद जुम्मन अलगू के पास आए और उनके गले लिपटकर बोले—भैया, जब से तुमने मेरी पंचायत की तब से मैं तुम्हारा प्राण-घातक शत्रु बन गया था; पर आज मुझे ज्ञात हुआ कि पंच के पद पर बैठकर न कोई किसी का दोस्त है, न दुश्मन। न्याय के सिवा उसे और कुछ नहीं सूझता। आज मुझे विश्वास हो गया कि पंच की ज़बान से ख़ुदा बोलता है। अलगू रोने लगे। इस पानी से दोनों के दिलों का मैल धुल गया। मित्रता की मुरझाई हुई लता फिर हरी हो गई।

शंखनाद

भानु चौधरी अपने गाँव के मुखिया थे। गाँव में उनका बड़ा मान था। दारोगा जी उन्हें टाट बिना जमीन पर न बैठने देते। मुखिया साहब की ऐसी धाक बँधी हुई थी कि उनकी मरजी बिना गाँव में एक पत्ता भी नहीं हिल सकता था। कोई घटना, चाहे वह सास-बहू का विवाद हो, चाहे मेंड़ या खेत का झगड़ा, चौधरी साहब के शासनाधिकार को पूर्णरूप से सचेत करने के लिए काफी थी, वह तुरंत घटनास्थल पर जा पहुँचते, तहकीकात होने लगती, गवाह और सबूत के सिवा किसी अभियोग को सफलता सहित चलाने में जिन बातों की जरूरत होती है, उन सब पर विचार होता और चौधरी जी के दरबार से फ़ैसला हो जाता। किसी को अदालत जाने की जरूरत न पड़ती। हाँ, इस कष्ट के लिए चौधरी साहब कुछ फीस जरूर लेते थे। यदि किसी अवसर पर फीस मिलने में असुविधा के कारण उन्हें धीरज से काम लेना पड़ता तो गाँव में आफत मच जाती थी; क्योंकि उनके धीरज और दारोगा जी के क्रोध में कोई घनिष्ठ संबंध था। सारांश यह कि चौधरी से उनके दोस्त-दुश्मन सभी चौकन्ने रहते थे।

2

चौधरी महाशय के तीन सुयोग्य पुत्र थे। बड़े लड़के बितान एक सुशिक्षित मनुष्य थे। डाकिये के रजिस्टर पर दस्तख़त कर लेते थे। बड़े अनुभवी, बड़े मर्मज्ञ, बड़े नीति-कुशल। मिर्जई की जगह कमीज पहनते, कभी-कभी सिगरेट भी पीते, जिससे उनका गौरव बढ़ता

था। यद्यपि उनके ये दुर्व्यसन बूढ़े चौधरी को नापसंद थे, पर बेचारे विवश थे; क्योंकि अदालत और कानून के मामले बितान के हाथों में थे। वह कानून का पुतला था। कानून की दफाएँ उसकी ज़बान पर रखी रहती थीं। गवाह गढ़ने में वह पूरा उस्ताद था। मझले लड़के शान चौधरी कृषि-विभाग के अधिकारी थे। बुद्धि के मंद; लेकिन शरीर से बड़े परिश्रमी। जहाँ घास न जमती हो, वहाँ केसर जमा दें। तीसरे लड़के का नाम गुमान था। वह बड़ा रसिक, साथ ही उद्दंड भी था। मुहर्रम में ढोल इतने जोरों से बजाता कि कान के पर्दे फट जाते। मछली फँसाने का बड़ा शौक़ीन था। बड़ा रँगीला जवान था। खँजड़ी बजा-बजाकर जब वह मीठे स्वर से ख़याल गाता, तो रंग जम जाता। उसे दंगल का ऐसा शौक़ था कि कोसों तक धावा मारता; पर घरवाले कुछ ऐसे शुष्क थे कि उसके इन व्यसनों से तनिक भी सहानुभूति न रखते थे। पिता और भाइयों ने तो उसे ऊसर खेत समझ रखा था। घुड़की-धमकी, शिक्षा और उपदेश, स्नेह और विनय, किसी का उस पर कुछ भी असर न हुआ। हाँ, भावजें अभी तक उसकी ओर से निराश न हुई थीं। वे अभी तक उसे कड़वी दवाइयाँ पिलाये जाती थीं; पर आलस्य वह राज रोग है जिसका रोगी कभी नहीं सँभलता। ऐसा कोई बिरला ही दिन जाता होगा कि बाँके गुमान को भावजों के कटु वाक्य न सुनने पड़ते हों। ये विषैले स्वर कभी-कभी उसके कठोर हृदय में चुभ जाते; किन्तु यह घाव रात भर से अधिक न रहता। भोर होते ही थकान के साथ ही यह पीड़ा भी शांत हो जाती। तड़का हुआ, उसने हाथ-मुँह धोया, बंशी उठायी और तालाब की ओर चल खड़ा हुआ। भावजें फूलों की वर्षा किया करतीं; बूढ़े चौधरी पैंतरे बदलते रहते और भाई लोग तीखी निगाह से देखा करते, पर अपनी धुन का पूरा बाँका गुमान उन लोगों के बीच से इस तह अकड़ता चला जाता, जैसे कोई मस्त हाथी कुत्तों के बीच से निकल जाता है। उसे सुमार्ग पर लाने के लिए क्या-क्या उपाय नहीं किये गये। बाप समझाता—बेटा ऐसी राह चलो जिसमें तुम्हें भी पैसे मिलें और गृहस्थी का भी निर्वाह हो। भाइयों के भरोसे कब तक रहोगे? मैं पका आम हूँ—आज टपक पड़ा या कल। फिर तुम्हारा निबाह कैसे होगा? भाई बात भी न पूछेंगे; भावजों का रंग देख ही रहे हो। तुम्हारे भी लड़के-बाले हैं, उनका भार कैसे सँभालोगे? खेती में जी न लगे, कहो कांस्टिबली में भरती करा दूँ? बाँका गुमान खड़ा-खड़ा यह सब सुनता, लेकिन पत्थर का देवता था, कभी न पसीजता। इन महाशय के अत्याचार का दंड उनकी स्त्री बेचारी को भोगना पड़ता था। मेहनत के घर के जितने काम होते, वे उसी के सिर थोपे जाते। उपले पाथती, कुएँ से पानी लाती, आटा पीसती और तिस पर भी जेठानियाँ सीधे मुँह बात न करतीं, वाक्य-बाणों से छेदा करतीं। एक बार जब वह पति से कई दिन रूठी रही, तो बाँके गुमान कुछ नर्म हुए। बाप से जाकर बोले—मुझे कोई दूकान खोलवा दीजिए। चौधरी ने परमात्मा को धन्यवाद दिया। फूले न समाये। कई सौ रुपये लगाकर कपड़े की दूकान खुलवा दी। गुमान के भाग जगे। तनजेब के चुन्नटदार कुरते बनवाये, मलमल का साफा धानी रंग में रँगवाया। सौदा बिके या न बिके, उसे लाभ ही होना था! दूकान खुली हुई है, दस-पाँच गाढ़े मित्र जमे हुए हैं, चरस की दम और ख़याल की तानें उड़ रही हैं-

'चल झटपट री, जमुना-तट री, खड़ो नटखट री।'

इस तरह तीन महीने चैन से कटे। बाँके गुमान ने खूब दिल खोलकर अरमान निकाले, यहाँ तक कि सारी लागत लाभ हो गयी। टाट के टुकड़े के सिवा और कुछ न बचा। बूढ़े चौधरी कुएँ में गिरने चले, भावजों ने घोर आन्दोलन मचाया—अरे राम! हमारे बच्चे और हम चीथड़ों को तरसें, गाढ़े का एक कुरता भी नसीब न हो, और इतनी बड़ी दूकानइस निखट्टू का कफन बन गयी। अब कौन मुँह दिखायेगा? कौन मुँह लेकर घर में पैर रखेगा? किंतु बाँके गुमान के तेवर जरा भी मैले न हुए। वही मुँह लिये वह फिर घर आया और फिर वही पुरानी चाल चलने लगा। कानूनदाँ बितान उनके ये ठाट-बाट देखकर जल जाता। मैं सारे दिन पसीना बहाऊँ, मुझे नैनसुख का कुरता भी न मिले, यह अपाहिज सारे दिन चारपाई तोड़े और यों बन-ठन कर निकले? ऐसे वस्त्र तो शायद मुझे अपने ब्याह में भी न मिले होंगे। मीठे शान के हृदय में भी कुछ ऐसे ही विचार उठते थे। अंत में यह जलन न सही गयी, और अग्नि भड़की, तो एक दिन कानूनदाँ बितान की पत्नी गुमान के सारे कपड़े उठा लायी और उन पर मिट्टी का तेल उँड़ेलकर आग लगा दी। ज्वाला उठी, सारे कपड़े देखते-देखते जल कर राख हो गये। गुमान रोते थे। दोनों भाई खड़े तमाशा देखते थे। बूढ़े चौधरी ने यह दृश्य देखा, और सिर पीट लिया। यह द्वेषाग्नि है। घर को जलाकर तब बुझेगी।

3

यह ज्वाला तो थोड़ी देर में शांत हो गयी, परंतु हृदय की आग ज्यों की त्यों दहकती रही। अंत में एक दिन बूढ़े चौधरी ने घर के सब मेम्बरों को एकत्र किया और इस गूढ़ विषय पर विचार करने लगे कि बेड़ा कैसे पार हो। बितान से बोले—बेटा, तुमने आज देखा कि बात ही बात में सैकड़ों रुपयों पर पानी फिर गया। अब इस तरह निर्वाह होना असम्भव है। तुम समझदार हो, मुक़दमे-मामले करते हो, कोई ऐसी राह निकालो कि घर डूबने से बचे। मैं तो यह चाहता था कि जब तक चोला रहे, सबको समेटे रहूँ, मगर भगवान् के मन में कुछ और ही है।

बितान की नीतिकुशलता अपनी चतुर सहगामिनी के सामने लुप्त हो जाती थी। वह अभी उसका उत्तर सोच ही रहे थे कि श्रीमती जी बोल उठीं—दादा जी! अब समझाने-बुझाने से काम न चलेगा, सहते-सहते हमारा कलेजा पक गया। बेटे की जितनी पीर बाप को होगी, भाइयों को उतनी क्या, उसकी आधी भी नहीं हो सकती। मैं तो साफ कहती हूँ—गुमान का तुम्हारी कमाई में हक है, उन्हें कंचन के कौर खिलाओ और चाँदी के हिंडोले में झुलाओ। हममें न इतना बूता है, न इतना कलेजा। हम अपनी झोंपड़ी अलग बना लेंगे। हाँ, जो कुछ हमारा हो, वह हमको मिलना चाहिए। बाँट-बखरा कर दीजिए। बला से चार आदमी हँसेंगे, अब कहाँ तक दुनिया की लाज ढोवें?

नीतिज्ञ बितान पर इस प्रबल वक्तृता का जो असर हुआ, वह उनके विकसित और प्रमुदित चेहरे से झलक रहा था। उनमें स्वयं इतना साहस न था कि इस प्रस्ताव को इतनी स्पष्टता से व्यक्त कर सकते। नीतिज्ञ महाशय गंभीरता से बोले—जायदाद मुश्तरका, मन्कूला या

गैरमन्कूला, आपके हीन-हयात तकसीम की जा सकती है, इसकी नजीरें मौजूद हैं। ज़मींदार को साकितुलमिल्कियत करने का कोई इस्तहकाक नहीं है।

अब मंदबुद्धि शान की बारी आयी, पर बेचारा किसान, बैलों के पीछे आँखें बंद करके चलनेवाला, ऐसे गूढ़ विषय पर कैसे मुँह खोलता। दुविधा में पड़ा हुआ था। तब उसकी सत्यवक्ता धर्मपत्नी ने अपनी जेठानी का अनुसरण कर यह कठिन कार्य सम्पन्न किया। बोली–बड़ी बहन ने जो कुछ कहा, उसके सिवा और दूसरा उपाय नहीं। कोई तो कलेजा तोड़-तोड़कर कमाये मगर पैसे-पैसे को तरसे, तन ढाँकने को वस्त्र तक न मिले, और कोई सुख की नींद सोये, हाथ बढ़ा-बढ़ा के खाय! ऐसी अंधेर नगरी में अब हमारा निबाह न होगा।

शान चौधरी ने भी इस प्रस्ताव का मुक्तकंठ से अनुमोदन किया। अब बूढ़े चौधरी गुमान से बोले–क्यों बेटा, तुम्हें भी यही मंजूर है? अभी कुछ नहीं बिगड़ा। यह आग अब भी बुझ सकती है। काम सबको प्यारा है, चाम किसी को नहीं। बोलो, क्या कहते हो? कुछ काम-धंधा करोगे या अभी आँखें नहीं खुलीं?

गुमान में धैर्य की कमी न थी। बातों को इस कान से सुनकर उस कान से उड़ा देना उसका नित्य-कर्म था। किंतु भाइयों की इस जन-मुरीदी पर उसे क्रोध आ गया। बोला–भाइयों की जो इच्छा है, वही मेरे मन में भी लगी हुई है। मैं भी इस जंजाल से भागना चाहता हूँ। मुझसे न मजूरी हुई, न होगी। जिसके भाग्य में चक्की पीसना बदा हो, वह पीसे! मेरे भाग्य में चैन करना लिखा है, मैं क्यों अपना सिर ओखली में दूँ? मैं तो किसी से काम करने को नहीं कहता। आप लोग क्यों मेरे पीछे पड़े हुए हैं। अपनी-अपनी फिक्र कीजिए। मुझे आध सेर आटे की कमी नहीं है।

इस तरह की सभाएँ कितनी ही बार हो चुकी थीं, परंतु इस देश की सामाजिक और राजनीतिक सभाओं की तरह इसमें भी कोई प्रयोजन सिद्ध नहीं होता था। दो-तीन दिन गुमान ने घर पर खाना नहीं खाया। जतनसिंह ठाकुर शौक़ीन आदमी थे, उन्हीं की चौपाल में पड़ा रहता। अंत में बूढ़े चौधरी गये और मना के लाये। अब फिर वह पुरानी गाड़ी अड़ती, मचलती, हिलती चलने लगी।

4

पांडे के घर के चूहों की तरह, चौधरी के घर में बच्चे भी सयाने थे। उनके लिए घोड़े मिट्टी के घोड़े और नावें कागज़ की नावें थीं। फलों के विषय में उनका ज्ञान असीम था, गूलर और जंगली बेर के सिवा कोई ऐसा फल न था, जिसे वे बीमारियों का घर न समझते हों, लेकिन गुरदीन के खोंचे में ऐसा प्रबल आकर्षण था कि उसकी ललकार सुनते ही उनका सारा ज्ञान व्यर्थ हो जाता था। साधारण बच्चों की तरह यदि सोते भी हों, तो चौंक पड़ते थे। गुरदीन उस गाँव में साप्ताहिक फेरे लगाता था। उसके शुभागमन की प्रतीक्षा और आकांक्षा में कितने ही बालकों को बिना किंडरगार्टन की रंगीन गोलियों के ही, संख्याएँ और दिनों के नाम याद हो गये थे। गुरदीन बूढ़ा-सा,

मैला-कुचैला आदमी था; किंतु आस-पास में उसका नाम उपद्रवी लड़कों के लिए हनुमान-मंत्र से कम न था। उसकी आवाज़ सुनते ही उसके खोंचे पर लड़कों का ऐसा धावा होता कि मक्खियों की असंख्य सेना को भी रण-स्थल से भागना पड़ता था। और जहाँ बच्चों के लिए मिठाइयाँ थीं, वहाँ गुरदीन के पास माताओं के लिए इससे भी ज्यादा मीठी बातें थीं। माँ कितना ही मना करती रहे, बार-बार पैसा न रहने का बहाना करे पर गुरदीन चटपट मिठाइयों का दोना बच्चों के हाथ में रख ही देता और स्नेहपूर्ण भाव से कहता-बहू जी, पैसों की कोई चिन्ता न करो, फिर मिलते रहेंगे, कहीं भागे थोड़े ही जाते हैं। नारायण ने तुमको बच्चे दिये हैं, तो मुझे भी उनकी न्योछावर मिल जाती है, उन्हीं की बदौलत मेरे बाल-बच्चे भी जीते हैं। अभी क्या, ईश्वर इनका मौर तो दिखावे, फिर देखना कैसा ठनगन करता हूँ।

गुरदीन का यह व्यवहार चाहे वाणिज्य-नियमों के प्रतिकूल ही क्यों न हो, चाहे 'नौ नगद सही, तेरह उधार नहीं' वाली कहावत अनुभवसिद्ध ही क्यों न हो, किंतु मिष्टभाषी गुरदीन को कभी अपने इस व्यवहार पर पछताने या उसमें संशोधन करने की जरूरत नहीं हुई।

मंगल का शुभ दिन था। बच्चे बड़ी बेचैनी से अपने दरवाज़ों पर खड़े गुरदीन की राह देख रहे थे। कई उत्साही लड़के पेड़ों पर चढ़ गये और कोई-कोई अनुराग से विवश होकर गाँव के बाहर निकल गये थे। सूर्य भगवान् अपना सुनहला थाल लिए पूरब से पश्चिम जा पहुँचे थे, इतने में ही गुरदीन आता हुआ दिखायी दिया। लड़कों ने दौड़कर उसका दामन पकड़ा और आपस में खींचातानी होने लगी। कोई कहता था मेरे घर चलो; कोई अपने घर का न्योता देता था। सबसे पहले भानु चौधरी का मकान पड़ा। गुरदीन ने अपना खोंचा उतार दिया। मिठाइयों की लूट शुरू हो गयी। बालकों और स्त्रियों का ठट्ठ लग गया। हर्ष और विषाद, संतोष और लोभ, ईर्ष्या और क्षोभ, द्वेष और जलन की नाट्यशाला सज गयी। कानूनदाँ बितान की पत्नी अपने तीनों लड़कों को लिये हुए निकली। शान की पत्नी भी अपने दोनों लड़कों के साथ उपस्थित हुई। गुरदीन ने मीठी बातें करनी शुरू कीं। पैसे झोली में रखे, धेले की मिठाई दी और धेले का आशीर्वाद। लड़के दोने लिए उछलते-कूदते घर में दाखिल हुए। अगर सारे गाँव में कोई ऐसा बालक था जिसने गुरदीन की उदारता से लाभ उठाया हो, तो वह बाँके गुमान का लड़का धान था।

यह कठिन था कि बालक धान अपने भाइयों-बहनों को हँस-हँस और उछल-उछलकर मिठाइयाँ खाते देखकर सब्र कर जाय! उस पर तुर्रा यह कि वे उसे मिठाइयाँ दिखा-दिखाकर ललचाते और चिढ़ाते थे। बेचारा धान चीखता और अपनी माता का आँचल पकड़-पकड़कर दरवाज़े की तरफ़ खींचता था; पर वह अबला क्या करे। उसका हृदय बच्चे के लिए ऐंठ-ऐंठकर रह जाता था। उसके पास एक पैसा भी नहीं था। अपने दुर्भाग्य पर, जेठानियों की निष्ठुरता पर और सबसे ज्यादा अपने पति के निखट्टूपन पर कुढ़-कुढ़ कर रह जाती थी। अपना आदमी ऐसा निकम्मा न होता, तो

क्यों दूसरों का मुँह देखना पड़ता, क्यों दूसरों के धक्के खाने पड़ते? उसने धान को गोद में उठा लिया और प्यार से दिलासा देने लगी–बेटा, रोओ मत, अबकी गुरदीन आवेगा तो तुम्हें बहुत-सी मिठाई ले दूँगी, मैं इससे अच्छी मिठाई बाज़ार से मँगवा दूँगी, तुम कितनी मिठाई खाओगे! यह कहते-कहते उसकी आँखें भर आयीं। आह! यह मनहूस मंगल आज ही फिर आवेगा, और फिर ये ही बहाने करने पड़ेंगे! हाय, अपना प्यारा बच्चा धेले की मिठाई को तरसे और घर में किसी का पत्थर-सा कलेजा न पसीजे! वह बेचारी तो इन चिंताओं में डूबी हुई थी और धान किसी तरह चुप ही न होता था। जब कुछ वश न चला, तो माँ की गोद से जमीन पर उतरकर लोटने लगा और रो-रोकर दुनिया सिर पर उठा ली। माँ ने बहुत बहलाया, फुसलाया, यहाँ तक कि उसे बच्चे के इस हठ पर क्रोध भी आ गया। मानव हृदय के रहस्य कभी समझ में नहीं आते। कहाँ तो बच्चे को प्यार से चिपटाती थी, ऐसी झल्लायी कि उसे दो-तीन थप्पड़ जोर से लगाये और घुड़ककर बोली–चुप रह अभागे! तेरा ही मुँह मिठाई खाने का है? अपने दिन को नहीं रोता, मिठाई खाने चला है?

बाँका गुमान अपनी कोठरी के द्वार पर बैठा हुआ यह कौतुक बड़े ध्यान से देख रहा था। वह इस बच्चे को बहुत चाहता था। इस वक्त के थप्पड़ उसके हृदय में तेज भाले के समान लगे और चुभ गये। शायद उनका अभिप्राय भी यही था। धुनिया रुई को धुनने के लिए ताँत पर चोट लगाता है।

जिस तरह पत्थर और पानी में आग छिपी रहती है, उसी तरह मनुष्य के हृदय में भी, चाहे वह कैसा ही क्रूर और कठोर क्यों न हो, उत्कृष्ट और कोमल भाव छिपे रहते हैं। गुमान की आँखें भर आयीं। आँसू की बूँदें बहुधा हमारे हृदय की मलिनता को उज्ज्वल कर देती हैं। गुमान सचेत हो गया। उसने जाकर बच्चे को गोद में उठा लिया और अपनी पत्नी से करुणोत्पादक स्वर में बोला–बच्चे पर इतना क्रोध क्यों करती हो? तुम्हारा दोषी मैं हूँ, मुझको जो दंड चाहो, दो। परमात्मा ने चाहा तो कल से लोग इस घर में मेरा और मेरे बाल-बच्चों का भी आदर करेंगे। तुमने आज मुझे सदा के लिए इस तरह जगा दिया, मानो मेरे कानों में शंखनाद कर मुझे कर्म-पथ में प्रवेश का उपदेश दिया हो।

बेटी का धन

बेतवा नदी दो ऊँचे कगारों के बीच इस तरह मुँह छिपाये हुए थी जैसे निर्मल हृदयों में साहस और उत्साह की मद्धम ज्योति छिपी रहती है। इसके एक कगार पर एक छोटा-सा गाँव बसा है, जो अपने भग्न जातीय चिह्नों के लिए बहुत ही प्रसिद्ध है। जातीय गाथाओं और चिह्नों पर मर मिटनेवाले लोग इस भावनस्थान पर बड़े प्रेम और श्रद्धा के साथ आते और गाँव का बूढ़ा केवट सुक्खू चौधरी उन्हें उसकी परिक्रमा कराता और रानी के महल, राजा का दरबार और कुँवर की बैठक के मिटे हुए चिह्नों को दिखाता। वह एक उच्छ्वास लेकर रुँधे हुए गले से कहता, महाशय! एक वह समय था कि केवटों को मछलियों के

इनाम में अशर्फियाँ मिलती थीं। कहार महल में झाडूँ देते हुए अशर्फियाँ बटोर ले जाते थे। बेतवा नदी रोज चढ़ कर महाराज के चरण छूने आती थी। यह प्रताप और यह तेज था, परन्तु आज इसकी यह दशा है। इन सुन्दर उक्तियों पर किसी का विश्वास जमाना चौधरी के वश की बात न थी, पर सुननेवाले उसकी सहृदयता तथा अनुराग के ज़रूर कायल हो जाते थे।

सुक्खू चौधरी उदार पुरुष थे, परन्तु जितना बड़ा मुँह था, उतना बड़ा ग्रास न था। तीन लड़के, तीन बहुएँ और कई पौत्र-पौत्रियाँ थीं। लड़की केवल एक गंगाजली थी, जिसका अभी तक गौना नहीं हुआ था। चौधरी की यह सबसे पिछली संतान थी। स्त्री के मर जाने पर उसने इसको बकरी का दूध पिला-पिला कर पाला था। परिवार में खानेवाले तो इतने थे, पर खेती सिर्फ एक हल की होती थी। ज्यों-त्यों कर निर्वाह होता था, परन्तु सुक्खू की वृद्धावस्था और पुरातत्त्व ज्ञान ने उसे गाँव में वह मान और प्रतिष्ठा प्रदान कर रक्खी थी, जिसे देखकर झगड़ू साहु भीतर ही भीतर जलते थे। सुक्खू जब गाँववालों के समक्ष, हाकिमों से हाथ फेंक-फेंक कर बातें करने लगता और खंडहरों को घुमा-फिरा कर दिखाने लगता था तो झगड़ू साहु जो चपरासियों के धक्के खाने के डर से करीब नहीं फटकते थे, तड़प-तड़प कर रह जाते थे। अतः वे सदा इस शुभ अवसर की प्रतीक्षा करते रहते थे, जब सुक्खू पर अपने धन द्वारा प्रभुत्व जमा सकें।

2

इस गाँव के ज़मींदार ठाकुर जीतनसिंह थे, जिनकी बेगार के मारे गाँववालों का नाकों दम था। उस साल जब जिला मजिस्ट्रेट का दौरा हुआ और वह यहाँ के पुरातन चिह्नों की सैर करने के लिए पधारे, तो सुक्खू चौधरी ने दबी ज़बान से अपने गाँववालों की दुःख-कहानी उन्हें सुनायी। हाकिमों से वार्तालाप करने में उसे तनिक भी भय न होता था। सुक्खू चौधरी को खूब मालूम था कि जीतनसिंह से रार मचाना सिंह के मुँह में सिर देना है। किंतु जब गाँववाले कहते थे कि चौधरी तुम्हारी ऐसे-ऐसे हाकिमों से मिताई है और हम लोगों को रात-दिन रोते कटता है, तो फिर तुम्हारी यह मित्रता किस दिन काम आवेगी। परोपकाराय सताम् विभूतयः। तब सुक्खू का मिजाज़ आसमान पर चढ़ जाता था। घड़ी भर के लिए वह जीतनसिंह को भूल जाता था। मजिस्ट्रेट ने जीतनसिंह से इसका उत्तर माँगा। उधर झगड़ू साहु ने चौधरी के इस साहसपूर्ण स्वामीद्रोह की रिपोर्ट जीतनसिंह को दी। ठाकुर साहब जलकर आग हो गये। अपने कारिंदे से बकाया लगान की बही माँगी। संयोगवश चौधरी के जिम्मे इस साल का कुछ लगान बाकी था। कुछ तो पैदावार कम हुई, उस पर गंगाजली का ब्याह करना पड़ा। छोटी बहू नथ की रट लगाये हुए थी; वह बनवानी पड़ी। इन सब खर्चों ने हाथ बिलकुल खाली कर दिया था। लगान के लिए कुछ अधिक चिंता नहीं थी। वह इस अभिमान में भूला हुआ था कि जिस ज़बान में हाकिमों को प्रसन्न करने की शक्ति है, क्या वह ठाकुर साहब को अपना लक्ष्य न बना सकेगी? बूढ़े चौधरी इधर तो अपने गर्व में निश्चिंत थे और उधर

उन पर बकाया लगान की नालिश ठुक गयी। सम्मन आ पहुँचा। दूसरे दिन पेशी की तारीख़ पड़ गयी। चौधरी को अपना जादू चलाने का अवसर न मिला।

जिन लोगों के बढ़ावे में आकर सुक्खू ने ठाकुर से छेड़छाड़ की थी, उनका दर्शन मिलना दुर्लभ हो गया। ठाकुर साहब के सहने और प्यादे गाँव में चील की तरह मँडराने लगे। उनके भय से किसी को चौधरी की परछाईं काटने का साहस न होता था। कचहरी वहाँ से तीन मील पर थी। बरसात के दिन, रास्ते में ठौर-ठौर पानी, उमड़ी हुई नदियाँ, रास्ता कच्चा, बैलगाड़ी का निबाह नहीं, पैरों में बल नहीं, अतः अदमपैरवी में मुकदमे का एकतरफ़ा फ़ैसला हो गया।

3

कुर्की का नोटिस पहुँचा तो चौधरी के हाथ-पाँव फूल गये। सारी चतुराई भूल गयी। चुपचाप अपनी खाट पर पड़ा-पड़ा नदी की ओर ताकता और अपने मन में कहता, क्या मेरे जीते जी घर मिट्टी में मिल जाएगा। मेरे इन बैलों की सुंदर जोड़ी के गले में आह! क्या दूसरों का जुआ पड़ेगा? यह सोचते-सोचते उसकी आँखें भर आतीं। वह बैलों से लिपट कर रोने लगा, परंतु बैलों की आँखों से क्यों आँसू जारी थे? वे नाँद में मुँह क्यों नहीं डालते थे? क्या उनके हृदय पर भी अपने स्वामी के दुःख की चोट पहुँच रही थी!

फिर वह अपने झोपड़े को विकल नयनों से निहार कर देखता। और मन में सोचता, क्या हमको इस घर से निकलना पड़ेगा? यह पूर्वजों की निशानी क्या हमारे जीते जी छिन जाएगी?

कुछ लोग परीक्षा में दृढ़ रहते हैं और कुछ लोग इसकी हलकी आँच भी नहीं सह सकते। चौधरी अपनी खाट पर उदास पड़े घंटों अपने कुलदेव महावीर और महादेव को मनाया करता और उनका गुण गाया करता। उसकी चिंतादग्ध आत्मा को और कोई सहारा न था।

इसमें कोई संदेह न था कि चौधरी की तीनों बहुओं के पास गहने थे, पर स्त्री का गहना ऊख का रस है, जो पेरने ही से निकलता है। चौधरी जाति का ओछा पर स्वभाव का ऊँचा था। उसे ऐसी नीच बात बहुओं से कहते संकोच होता था। कदाचित् यह नीच विचार उसके हृदय में उत्पन्न ही नहीं हुआ था, किंतु तीनों बेटे यदि जरा भी बुद्धि से काम लेते तो बूढ़े को देवताओं की शरण लेने की आवश्यकता न होती। परंतु यहाँ तो बात ही निराली थी। बड़े लड़के को घाट के काम से फुरसत न थी। बाकी दो लड़के इस जटिल प्रश्न को विचित्र रूप से हल करने के मंसूबे बाँध रहे थे।

मँझले झींगुर ने मुँह बना कर कहा–उँह! इस गाँव में क्या धरा है। जहाँ ही कमाऊँगा, वहीं खाऊँगा पर जीतनसिंह की मूँछें एक-एक करके चुन लूँगा।

छोटे फक्कड़ ऐंठ कर बोले–मूँछें तुम चुन लेना! नाक मैं उड़ा दूँगा। नकटा बना घूमेगा।

इस पर दोनों खूब हँसे और मछली मारने चल दिये।

इस गाँव में एक बूढ़े ब्राह्मण भी रहते थे। मंदिर में पूजा करते और नित्य अपने यजमानों को दर्शन देने नदी पार जाते, पर खेवे के पैसे न देते। तीसरे दिन वह ज़मींदार के गुप्तचरों की आँख बचाकर सुक्खू के पास आये और सहानुभूति के स्वर में बोले–चौधरी! कल ही तक मियाद है और तुम अभी तक पड़े-पड़े सो रहे हो। क्यों नहीं घर की चीज़ ढूँढ़-ढाँढ़ कर किसी और जगह भेज देते? न हो समधियाने पठवा दो। जो कुछ बच रहे, वही सही। घर की मिट्टी खोद कर थोड़े ही कोई ले जाएगा।

चौधरी लेटा था, उठ बैठा और आकाश की ओर निहार कर बोला–जो कुछ उसकी इच्छा है, वह होगा। मुझसे यह जाल न होगा।

इधर कई दिन की निरंतर भक्ति और उपासना के कारण चौधरी का मन शुद्ध और पवित्र हो गया था। उसे छल-प्रपंच से घृणा हो गयी थी। पंडित जी जो इस काम में सिद्धहस्त थे, लज्जित हो गये।

परंतु चौधरी के घर के अन्य लोगों को ईश्वरेच्छा पर इतना भरोसा न था। धीरे-धीरे घर के बर्तन-भाँड़े खिसकाये जाते थे। अनाज का एक दाना भी घर में न रहने पाया। रात को नाव लदी हुई जाती और उधर से खाली लौटती थी। तीन दिन तक घर में चूल्हा न जला। बूढ़े चौधरी के मुँह में अन्न की कौन कहे पानी की एक बूँद भी न पड़ी। स्त्रियाँ भाड़ से चने भुना कर चबातीं, और लड़के मछलियाँ भून-भून कर उड़ाते। परंतु बूढ़े की इस एकादशी में यदि कोई शरीक था तो वह उसकी बेटी गंगाजली थी। यह बेचारी अपने बूढ़े बाप को चारपाई पर निर्जल छटपटाते देख बिलख-बिलख कर रोती।

लड़कों को अपने माता-पिता से वह प्रेम नहीं होता जो लड़कियों को होता है। गंगाजली इस सोच-विचार में मग्न रहती थी कि दादा की किस भाँति सहायता करूँ। यदि हम सब भाई-बहन मिलकर जीतनसिंह के पास जाकर दया-भिक्षा की प्रार्थना करें तो वे अवश्य मान जाएँगे; परंतु दादा को कब यह स्वीकार होगा। वह यदि एक दिन बड़े साहब के पास चले जाएँ तो सब-कुछ बात की बात में बन जाय। किंतु उनकी तो जैसे बुद्धि ही मारी गयी है। इसी उधेड़बुन में उसे एक उपाय सूझ पड़ा, कुम्हलाया हुआ मुखारविंद खिल उठा।

पुजारी जी सुक्खू चौधरी के पास से उठकर चले गये थे और चौधरी उच्च स्वर से अपने सोये हुए देवताओं को पुकार-पुकार कर बुला रहे थे। निदान गंगाजली उनके पास जाकर खड़ी हो गयी। चौधरी ने उसे देखकर विस्मित स्वर में पूछा, क्यों बेटी? इतनी रात गये क्यों बाहर आयी?

गंगाजली ने कहा–बाहर रहना तो भाग्य में लिखा है, घर में कैसे रहूँ।

सुक्खू ने जोर से हाँक लगायी–कहाँ गये तुम कृष्णमुरारी, मेरे दुःख हरो।

गंगाजली खड़ी थी, बैठ गयी और धीरे से बोली–भजन गाते तो आज तीन दिन हो गये। घर बचाने का भी कुछ उपाय सोचा कि इसे यों ही मिट्टी में मिला दोगे? हम लोगों को क्या पेड़ तले रखोगे?

चौधरी ने व्यथित स्वर से कहा—बेटी, मुझे तो कोई उपाय नहीं सूझता। भगवान् जो चाहेंगे, होगा। वेग चलो गिरधर गोपाल, काहे विलम्ब करो।

गंगाजली ने कहा—मैंने एक उपाय सोचा है, कहो तो कहूँ।

चौधरी उठकर बैठ गये और पूछा—कौन उपाय है बेटी?

गंगाजली ने कहा—मेरे गहने झगड़ू साहु के यहाँ गिरों रख दो। मैंने जोड़ लिया है। देने भर के रुपये हो जाएँगे।

चौधरी ने ठंडी साँस लेकर कहा—बेटी! तुमको मुझसे यह बात कहते लाज नहीं आती। वेद-शास्त्र में मुझे तुम्हारे गाँव के कुएँ का पानी पीना भी मना है। तुम्हारी ड्योढ़ी में भी पैर रखने का निषेध है। क्या तुम मुझे नरक में ढकेलना चाहती हो?

गंगाजली उत्तर के लिए पहले ही से तैयार थी। बोली—मैं अपने गहने तुम्हें दिये थोड़े ही देती हूँ। इस समय लेकर काम चलाओ, चैत में छुड़ा देना। चौधरी ने कड़क कर कहा यह मुझसे न होगा।

गंगाजली उत्तेजित होकर बोली—तुमसे यह न होगा तो मैं आप ही जाऊँगी, मुझसे घर की यह दुर्दशा नहीं देखी जाती।

चौधरी ने झुँझला कर कहा—बिरादरी में कौन मुँह दिखाऊँगा?

गंगाजली ने चिढ़ कर कहा—बिरादरी में कौन ढिंढोरा पीटने जाता है।

चौधरी ने फ़ैसला सुनाया—जगहँसाई के लिए मैं अपना धर्म न बिगाड़ूँगा।

गंगाजली बिगड़कर बोली—मेरी बात नहीं मानोगे तो तुम्हारे ऊपर मेरी हत्या पड़ेगी। मैं आज ही इस बेतवा नदी में कूद पड़ूँगी। तुमसे चाहे घर में आग लगते देखा जाय, पर मुझसे तो न देखा जाएगा।

चौधरी ने ठंडी साँस लेकर कातर स्वर में कहा—बेटी, मेरा धर्म नाश मत करो। यदि ऐसा ही है तो अपनी किसी भावज के गहने माँग कर लाओ।

गंगाजली ने गम्भीर स्वर में कहा—भावजों से कौन अपना मुँह नोचवाने जाएगा। उनको फिकर होती तो क्या मुँह में दही जमा था, कहतीं नहीं।

चौधरी निरुत्तर हो गये। गंगाजली घर में जाकर गहनों की पिटारी लायी और एक-एक करके सब गहने चौधरी के अँगोछे में बाँध दिये।

चौधरी ने आँखों में आँसू भर कर कहा—हाय राम, इस शरीर की क्या गति लिखी है! यह कहकर उठे। बहुत सम्हालने पर भी आँखों में आँसू न छिपे।

4

रात का समय था। बेतवा नदी के किनारे-किनारे मार्ग को छोड़कर सुक्खू चौधरी गहनों की गठरी काँख में दबाये इस तरह चुपके-चुपके चल रहे थे, मानो पाप की गठरी लिये जाते हैं। जब वह झगड़ू साहु के मकान के पास पहुँचे तो ठहर गये, आँखें खूब साफ कीं, जिससे किसी को यह न बोध हो कि चौधरी रोता था।

झगड़ू साहु धागे की कमानी की एक मोटी ऐनक लगाये बहीखाता फैलाये हुक्का पी रहे थे, और दीपक के धुँधले प्रकाश में उन अक्षरों को पढ़ने की व्यर्थ चेष्टा में लगे थे जिनमें स्याही की किफायत की गयी थी। बार-बार ऐनक को साफ करते और आँख मलते, पर चिराग की बत्ती उकसाना या दोहरी बत्ती लगाना शायद इसलिए उचित नहीं समझते थे कि तेल का अपव्यय होगा। इसी समय सुक्खू चौधरी ने आकर कहा–जयराम जी।

झगड़ू साहु ने देखा। पहचान कर बोले–जयराम चौधरी! कहो मुकदमे में क्या हुआ? यह लेन-देन बड़े झंझट का काम है। दिन-भर सिर उठाने की छुट्टी नहीं मिलती।

चौधरी ने पोटली को खूब सावधानी से छिपाकर लापरवाही के साथ कहा–अभी तक तो कुछ नहीं हुआ। कल इजरायडिगरी होनेवाली है। ठाकुर साहब ने न जाने कब का बैर निकाला है। हमको दो-तीन दिन की भी मुहलत होती तो डिगरी न जारी होने पाती। छोटे साहब और बड़े साहब दोनों हमको अच्छी तरह जानते हैं। अभी इसी साल मैंने उनसे नदी किनारे घंटों बातें कीं, किंतु एक तो बरसात के दिन, दूसरे एक दिन की भी मुहलत नहीं, क्या करता! इस समय मुझे रुपयों की चिंता है।

झगड़ू साहु ने विस्मित होकर पूछा–तुमको रुपयों की चिंता! घर में भरा है, वह किस दिन काम आवेगा। झगड़ू साहु ने यह व्यंग्यबाण नहीं छोड़ा था। वास्तव में उन्हें और सारे गाँव को विश्वास था कि चौधरी के घर में लक्ष्मी महारानी का अखंड राज्य है।

चौधरी का रंग बदलने लगा। बोले–साहु जी! रुपया होता तो किस बात की चिंता थी? तुमसे कौन छिपाव है। आज तीन दिन से घर में चूल्हा नहीं जला, रोना-पीटना पड़ा है। अब तो तुम्हारे बसाये बसूँगा। ठाकुर साहब ने तो उजाड़ने में कोई कसर न छोड़ी।

झगड़ू साहु जीतनसिंह को खुश रखना ज़रूर चाहते थे, पर साथ ही चौधरी को भी नाखुश करना मंजूर न था। यदि सूद-दर-सूद छोड़ कर मूल तथा ब्याज सहज वसूल हो जाय तो उन्हें चौधरी पर मुफ्त का एहसान लादने में कोई आपत्ति न थी। यदि चौधरी के अफसरों की जान-पहचान के कारण साहु जी का टैक्स से गला छूट जाय, जो अनेक उपाय करने अहलकारों की मुट्ठी गरम करने पर भी नित्य प्रति उनकी तोंद की तरह बढ़ता ही जा रहा था तो क्या पूछना! बोले–क्या कहें चौधरी जी, खर्च के मारे आजकल हम भी तबाह हैं। लहने वसूल नहीं होते। टैक्स का रुपया देना पड़ा। हाथ बिलकुल खाली हो गया। तुम्हें कितना रुपया चाहिए?

चौधरी ने कहा–सौ रुपये की डिगरी है। खर्च-बर्च मिला कर दो सौ के लगभग समझो।

झगड़ू अब अपने दाँव खेलने लगे। पूछा–तुम्हारे लड़कों ने तुम्हारी कुछ भी मदद न की। वह सब भी तो कुछ-न-कुछ कमाते ही हैं।

साहु जी का यह निशाना ठीक पड़ा लड़कों ने लापरवाही से चौधरी के मन में जो कुत्सित भाव भरे थे, वह सजीव हो गये। बोले–भाई, लड़के किसी काम के होते तो यह

दिन क्यों देखना पड़ता। उन्हें तो अपने भोग-विलास से मतलब। घर-गृहस्थी का बोझ तो मेरे सिर पर है। मैं इसे जैसे चाहूँ, सँभालूँ उनसे कुछ सरोकार नहीं, मरते दम भी गला नहीं छूटता। मरूँगा तो सब खाल में भूसा भरा कर रख छोड़ेंगे। 'गृह कारज नाना जंजाला।'

झगडू ने तीसरा तीर मारा—क्या बहुओं से भी कुछ न बन पड़ा।

चौधरी ने उत्तर दिया—बहू-बेटे सब अपनी-अपनी मौज में मस्त हैं। मैं तीन दिन तक द्वार पर बिना अन्न-जल के पड़ा था, किसी ने बात भी नहीं पूछी। कहाँ की सलाह, कहाँ की बातचीत। बहुओं के पास रुपये न हों, पर गहने तो हैं और वे भी मेरे बनाये हुए। इस दुर्दिन के समय यदि दो-दो थान उतार देतीं तो क्या मैं छुड़ा न देता? सदा यही दिन थोड़े ही रहेंगे।

झगडू समझ गये कि यह महज ज़बान का सौदा है और वह ज़बान का सौदा भूलकर भी न करते थे। बोले—तुम्हारे घर के लोग भी अनूठे हैं। क्या इतना भी नहीं जानते कि बूढ़ा रुपये कहाँ से लावेगा? अब समय बदल गया। या तो कुछ जायदाद लिखो या गहने गिरों रखो तब जाकर रुपया मिले। इसके बिना रुपये कहाँ। इसमें भी जायदाद में सैकड़ों बखेड़े पड़े हैं। सुभीता गिरों रखने में ही है। हाँ, तो जब घरवालों को कोई इसकी फिक्र नहीं तो तुम क्यों व्यर्थ जान देते हो। यही न होगा कि लोग हँसेंगे सो यह लाज कहाँ तक निबाहोगे?

चौधरी ने अत्यन्त विनीत होकर कहा—साहु जी, यह लाज तो मारे डालती है। तुमसे क्या छिपा है। एक वह दिन था कि हमारे दादा-बाबा महाराज की सवारी के साथ चलते थे, अब एक दिन यह कि घर-घर की दीवार तक बिकने की नौबत आ गयी है। कहीं मुँह दिखाने को भी जी नहीं चाहता। यह लो गहनों की पोटली। यदि लोकलाज न होती तो इसे लेकर कभी यहाँ न आता, परन्तु यह अधर्म इसी लाज निबाहने के कारण करना पड़ा है।

झगडू साहु ने आश्चर्य में होकर पूछा—यह गहने किसके हैं? चौधरी ने सिर झुका कर बड़ी कठिनता से कहा—मेरी बेटी गंगाजली के। झगडू साहु स्तम्भित हो गये। बोले—अरे! राम-राम!

चौधरी ने कातर स्वर में कहा—डूब मरने को जी चाहता है।

झगडू ने बड़ी धार्मिकता के साथ स्थिर होकर कहा—शास्त्र में बेटी के गाँव का पेड़ देखना मना है।

चौधरी ने दीर्घ निःश्वास छोड़ कर करुण स्वर में कहा—न जाने नारायण कब मौत देंगे। भाई की तीन लड़कियाँ ब्याहीं। कभी भूल कर भी उनके द्वार का मुँह नहीं देखा। परमात्मा ने अब तक तो टेक निबाही है, पर अब न जाने मिट्टी की क्या दुर्दशा होने वाली है।

झगडू साहु 'लेखा जौ-जौ बखशीश सौ-सौ' के सिद्धांत पर चलते थे। सूद की एक कौड़ी भी छोड़ना उनके लिए हराम था। यदि एक महीने का एक दिन भी लग

जाता तो पूरे महीने का सूद वसूल कर लेते। परन्तु नवरात्र में नित्य दुर्गा-पाठ करवाते थे। पितृपक्ष में रोज ब्राह्मणों को सीधा बाँटते थे। बनियों की धर्म में बड़ी निष्ठा होती है। यदि कोई दीन ब्राह्मण लड़की ब्याहने के लिए उनके सामने हाथ पसारता तो वह खाली हाथ न लौटता, भीख माँगने वाले ब्राह्मणों को चाहे वह कितने ही संडे-मुसंडे हों, उनके दरवाज़े पर फटकार नहीं सुननी पड़ती थी। उनके धर्म-शास्त्र में कन्या के गाँव के कुएँ का पानी पीने से प्यासा मर जाना अच्छा है। वह स्वयं इस सिद्धांत के भक्त थे और इस सिद्धांत के अन्य पक्षपाती उनके लिए महामान्य देवता थे। वे पिघल गये। मन में सोचा, यह मनुष्य तो कभी ओछे विचारों को मन में नहीं लाया।

निर्दय काल की ठोकर से अधर्म मार्ग पर उतर आया है, तो उसके धर्म की रक्षा करना हमारा कर्तव्य-धर्म है। यह विचार मन में आते ही झगड़ू साहु गद्दी से मसनद के सहारे उठ बैठे और दृढ़ स्वर से कहा—वही परमात्मा जिसने अब तक तुम्हारी टेक निबाही है, अब भी निबाहेंगे। लड़की के गहने लड़की को दे दो। लड़की जैसी तुम्हारी है वैसी मेरी भी है। यह लो रुपये। आज काम चलाओ। जब हाथ में रुपये आ जाएँ, दे देना।

चौधरी पर इस सहानुभूति का गहरा असर पड़ा। वह जोर-जोर से रोने लगा। उसे अपने भावों की धुन में कृष्ण भगवान् की मोहिनी मूर्ति सामने विराजमान दिखायी दी। वही झगड़ू जो सारे गाँव में बदनाम था, जिसकी उसने खुद कई बार हाकिमों से शिकायत की थी, आज साक्षात् देवता जान पड़ता था। रुँधे हुए कंठ से गद्‌गद हो बोला—झगड़ू, तुमने इस समय मेरी बात, मेरी लाज, मेरा धर्म, कहाँ तक कहूँ, मेरा सब-कुछ रख लिया। मेरी डूबती नाव पार लगा दी। कृष्ण मुरारी तुम्हारे इस उपकार का फल देंगे और मैं तो तुम्हारा गुण जब तक जीऊँगा, गाता रहूँगा।

दफ़्तरी

रफाकत हुसेन मेरे दफ़्तर का दफ़्तरी था। 10 रु. मासिक वेतन पाता था। दो-तीन रुपये बाहर के फुटकर काम से मिल जाते थे। यही उसकी जीविका थी, पर वह अपनी दशा पर संतुष्ट था। उसकी आंतरिक अवस्था तो ज्ञात नहीं, पर वह सदैव साफ-सुथरे कपड़े पहनता और प्रसन्नचित्त रहता। कर्ज इस श्रेणी के मुनष्यों का आभूषण है। रफाकत पर इसका जादू न चलता था। उसकी बातों में कृत्रिम शिष्टाचार की झलक भी न होती। बेलाग और खरी कहता था। अमलों में जो बुराइयाँ देखता, साफ कह देता। इसी साफगोई के कारण लोग उसका सम्मान हैसियत से ज्यादा करते थे। उसे पशुओं से विशेष प्रेम था। एक घोड़ी, एक गाय, कई बकरियाँ, एक बिल्ली और एक कुत्ता और कुछ मुर्गियाँ पाल रखी थीं। इन पशुओं पर जान देता था। बकरियों के लिए पत्तियाँ तोड़ लाता, घोड़ी के लिए घास छील लाता। यद्यपि उसे आये दिन मवेशीखाने के दर्शन करने पड़ते थे, और बहुधा लोग उसके पशु-प्रेम की हँसी उड़ाते थे, पर वह किसी की न सुनता था और उसका यह निःस्वार्थ प्रेम था। किसी ने उसे मुर्गियों के अंडे बेचते नहीं देखा। उसकी बकरियों के बच्चे कभी बूचड़ की छुरी के नीचे नहीं गये और उसकी घोड़ी ने

कभी लगाम का मुँह नहीं देखा। गाय का दूध कुत्ता पीता था। बकरी का दूध बिल्ली के हिस्से में आता था। जो कुछ बचा रहता, वह आप पीता था।

सौभाग्य से उसकी पत्नी भी साध्वी थी। यद्यपि उसका घर बहुत छोटा था, पर किसी ने द्वार पर उसकी आवाज़ नहीं सुनी। किसी ने उसे द्वार पर झाँकते नहीं देखा। वह गहने-कपड़ों के तगादों से पति की नींद हराम न करती थी। दफ़्तरी उसकी पूजा करता था। वह गाय का गोबर उठाती, घोड़ों को घास डालती, बिल्ली को अपने साथ बिठाकर खिलाती, यहाँ तक कि कुत्ते को नहलाने से भी उसे घृणा न होती थी।

2

बरसात थी, नदियों में बाढ़ आयी हुई थी। दफ़्तर के कर्मचारी मछलियों का शिकार खेलने चले। शामत का मारा रफाकत भी उनके साथ हो लिया। दिन-भर लोग शिकार खेला किये, शाम को मूसलाधार पानी बरसने लगा। कर्मचारियों ने तो एक गाँव में रात काटी, दफ़्तरी घर चला, पर अँधेरी रात राह भूल गया और सारी रात भटकता फिरा। प्रातःकाल घर पहुँचा तो अभी अँधेरा ही था, लेकिन दोनों द्वार-पट खुले हुए थे। उसका कुत्ता पूँछ दबाये करुण-स्वर से कराहता हुआ आकर, उसके पैरों पर लोट गया। द्वार खुले देखकर दफ़्तरी का कलेजा सन्न-से हो गया। घर में कदम रखे तो बिलकुल सन्नाटा था। दो-तीन बार स्त्री को पुकारा, किंतु कोई उत्तर न मिला। घर भाँय-भाँय कर रहा था। उसने दोनों कोठरियों में जाकर देखा। जब वहाँ भी उसका पता न मिला तो पशुशाला में गया। भीतर जाते हुए अज्ञात भय हो रहा था जो किसी अँधेरे खोह में जाते हुए होता है। उसकी स्त्री वहीं भूमि पर चित पड़ी हुई थी। मुँह पर मक्खियाँ बैठी हुई थीं, होंठ नीले पड़ गये थे, आँखें पथरा गयी थीं। लक्षणों से अनुमान होता था कि साँप ने डस लिया है।

दूसरे दिन रफाकत आया तो उसे पहचानना मुश्किल था। मालूम होता था, बरसों का रोगी है। बिलकुल खोया हुआ, गुम-सुम बैठा रहा मानो किसी दूसरी दुनिया में है। संध्या होते ही वह उठा और स्त्री की क़ब्र पर जाकर बैठ गया। अँधेरा हो गया। तीन-चार घड़ी रात बीत गयी, पर दीपक के टिमटिमाते हुए प्रकाश में उसी क़ब्र पर नैराश्य और दुःख की मूर्ति बना बैठा रहा, मानो मृत्यु की राह देख रहा हो। मालूम नहीं, कब घर आया। अब यही उसका नित्य का नियम हो गया। प्रातःकाल उठकर मजार पर जाता, झाड़ू लगाता, फूलों के हार चढ़ाता, लोबान जलाता और नौ बजे तक कुरान का पाठ करता, संध्या समय फिर यही क्रम शुरू होता। अब यही उसके जीवन का नियमित कर्म था। अब वह अंतर्जगत में बसता था। बाह्य जगत से उसने मुँह मोड़ लिया था। शोक ने विरक्त कर दिया था।

3

कई महीने तक यही हाल रहा। कर्मचारियों को दफ़्तरी से सहानुभूति हो गयी थी। उसके काम कर लेते, उसे कष्ट न देते। उसकी पत्नी-भक्ति पर लोगों को विस्मय होता

था। लेकिन मनुष्य सर्वदा प्राणलोक में नहीं रह सकता। वहाँ का जलवायु उसके अनुकूल नहीं। वहाँ वह रूपमय, रसमय, भावनाएँ कहाँ? विराग में वह चिंतामय उल्लास कहाँ? वह आशामय आनंद कहाँ? दफ़्तरी को आधी रात तक ध्यान में डूबे रहने के बाद चूल्हा जलाना पड़ता, प्रातःकाल पशुओं की देखभाल करनी पड़ती। यह बोझा उसके लिए असह्य था। अवस्था ने भावुकता पर विजय पायी। मरुभूमि के प्यासे पथिक की भाँति दफ़्तरी फिर दाम्पत्य-सुख जल-स्रोत की ओर दौड़ा। वह फिर जीवन का यही सुखद अभिनय देखना चाहता था। पत्नी की स्मृति दाम्पत्य-सुख के रूप में विलीन होने लगी। यहाँ तक कि छह महीने में उस स्थिति का चिह्न भी शेष न रहा।

इस मोहल्ले के दूसरे सिरे पर बड़े साहब का एक अरदली रहता था। उसके यहाँ से विवाह की बातचीत होने लगी, मियाँ रफाकत फूले न समाये। अरदली साहब का सम्मान मोहल्ले में किसी वकील से कम न था। उनकी आमदनी पर अनेक कल्पनाएँ की जाती थीं। साधारण बोलचाल में कहा जाता था, 'जो कुछ मिल जाय वह थोड़ा है।' वह स्वयं कहा करते थे कि तकाबी के दिनों में मुझे जेब की जगह थैली रखनी पड़ती थी। दफ़्तरी ने समझा भाग्य उदय हुआ। इस तरह टूटे, जैसे बच्चे खिलौने पर टूटते हैं। एक ही सप्ताह में सारा विधान पूरा हो गया और नववधू घर में आ गयी। जो मनुष्य कभी एक सप्ताह पहले संसार से विरक्त, जीवन से निराश बैठा हो, उसे मुँह पर सेहरा डाले घोड़े पर सवार नवकुसुम की भाँति विकसित देखना मानव-प्रकृति की एक विलक्षण विवेचना थी।

किंतु एक ही अठवारे में नववधू के जौहर खुलने लगे। विधाता ने उसे रूपेन्द्रिय से वंचित रखा था। पर उसकी कसर पूरी करने के लिए अति तीक्ष्ण वाकेन्द्रिय प्रदान की थी। इसका सबूत उसकी वह वाक्पटुता थी, जो अब बहुधा पड़ोसियों को विनोदित और दफ़्तरी को अपमानित किया करती थी। उसने आठ दिन तक दफ़्तरी के चरित्र का तात्विक दृष्टि से अध्ययन किया और तब एक दिन उससे बोली—तुम विचित्र जीव हो। आदमी पशु पालता है अपने आराम के लिए, न कि जंजाल के लिए। यह क्या कि गाय का दूध कुत्ते पियें, बकरियों का दूध बिल्ली चट कर जाय। आज से सब दूध घर में लाया करो। दफ़्तरी निरुत्तर हो गया। दूसरे दिन घोड़ी का रातिब बंद हो गया। वह चने अब भाड़ में भुनने और नमक-मिर्च से खाये जाने लगे। प्रातःकाल ताजे दूध का नाश्ता होता, आये दिन तस्मई बनती। बड़े घर की बेटी, पान बिना क्योंकर रहती? घी, मसाले का भी खर्च बढ़ा। पहले ही महीने में दफ़्तरी को विदित हो गया कि मेरी आमदनी गुजर के लिए काफी नहीं है। उसकी दशा उस मनुष्य की-सी थी, जो शक्कर के धोखे में कुनैन फाँक गया हो।

4

दफ़्तरी बड़ा धर्मपरायण मनुष्य था। दो-तीन महीने तक यह विषम वेदना सहता रहा। पर उसकी सूरत उसकी अवस्था को शब्दों से अधिक व्यक्त कर देती थी। वह दफ़्तरी

जो अभाव में भी संतोष का आनंद उठाता था, अब चिंता की सजीव मूर्ति था। कपड़े मैले, सिर के बाल बिखरे हुए, चेहरे पर उदासी छायी हुई, अहर्निश हाय-हाय किया करता था। उसकी गाय अब हड्डियों का ढाँचा थी, घोड़ी का जगह से हिलना कठिन था, बिल्ली पड़ोसियों के छींकों पर उचकती और कुत्ता घूरों पर हड्डियाँ नोचता फिरता था। पर अब भी वह हिम्मत का धनी इन पुराने मित्रों को अलग न करता था। सबसे बड़ी विपत्ति पत्नी की वह वाक्प्रचुरता थी जिसके सामने कभी उसका धैर्य, उसकी कर्मनिष्ठा, उसकी उत्साहशीलता प्रस्थान कर जाती और अपनी अँधेरी कोठरी के एक कोने में बैठकर खूब फूट-फूटकर रोता। संतोष के आनन्द को दुर्लभ पाकर रफाकत का पीड़ित हृदय उच्छृंखलता की ओर प्रवृत्त हुआ।

आत्माभिमान जो संतोष का प्रसाद है, उसके चित्त से लुप्त हो गया। उसने फाकेमस्ती का पथ ग्रहण किया। अब उसके पास पानी रखने के लिए कोई बरतन न था। वह उस कुएँ से पानी खींचकर उसी दम पी जाना चाहता था, जिससे वह ज़मीन पर बह न जाय। वेतन पाकर अब वह महीने भर का सामान जुटाता, ठंडे पानी और रूखी रोटियों से अब उसे तस्कीन न होती, बाज़ार से बिस्कुट लाता, मलाई के दोनों और कलमी आमों की ओर लपकता। दस रुपये की भुगत ही क्या? एक सप्ताह में सब रुपये उड़ जाते, तब जिल्दबंदियों की पेशगी पर हाथ बढ़ाता, फिर दो-एक उपवास होता, अंत में उधार माँगने लगता। शनैः-शनैः यह दशा हो गयी कि वेतन देनदारों ही के हाथों में चला जाता और महीने के पहले ही दिन कर्ज लेना शुरू करता। वह पहले दूसरों को मितव्ययिता का उपदेश दिया करता था, अब लोग उसे समझाते, पर वह लापरवाही से कहता साहब, आज मिलता है, खाते हैं, कल का खुदा मालिक है; मिलेगा खायेंगे नहीं पड़कर सो रहेंगे। उसकी अवस्था अब उस रोगी-सी हो गयी जो आरोग्य लाभ से निराश होकर पथ्यापथ्य का विचार त्याग दे, जिसमें मृत्यु के आने तक वह भोज्य-पदार्थों से भली-भाँति तृप्त हो जाय।

लेकिन अभी तक उसने घोड़ी और गाय न बेची, यहाँ तक कि एक दिन दोनों मवेशीखाने में दाखिल हो गयीं। बकरियाँ भी तृष्णा व्याघ्र के पंजे में फँस गयीं। पोलाव और जरदे के चस्के ने नानबाई का ऋणी बना दिया था। जब उसे मालूम हो गया कि नगद रुपये वसूल न होंगे तो एक दिन सभी बकरियाँ हाँक ले गया। दफ़्तरी मुँह ताकता रह गया। बिल्ली ने भी स्वामिभक्ति से मुँह मोड़ा। गाय और बकरियों के जाने के बाद अब उसे दूध के बर्तनों को चाटने की भी आशा न रही, जो उसके स्नेह-बंधन का अंतिम सूत्र था। हाँ, कुत्ता पुराने सद्व्यवहारों की याद करके अभी तक आत्मीयता का पालन करता जाता था, किन्तु उसकी सजीवता विदा हो गयी थी। यह वह कुत्ता न था जिसके सामने द्वार पर किसी अपरिचित मनुष्य या कुत्ते का निकल जाना असम्भव था। वह अब भी भूँकता था, लेकिन लेटे-लेटे और प्रायः छाती में सिर छिपाये हुए, मानो अपनी वर्तमान स्थिति पर रो रहा हो। या तो उसमें अब उठने की शक्ति ही न थी, या वह चिरकालीन कृपाओं के लिए इतना कीर्तिगान पर्याप्त समझता था।

5

संध्या का समय था। मैं द्वार पर बैठा हुआ पत्र पढ़ रहा था कि अकस्मात् दफ़्तरी को आते देखा। कदाचित् कोई किसान सम्मन पाने वाले चपरासी से भी इतना भयभीत न होगा, बाल-वृन्द टीका लगाने वाले से भी इतना न डरते होंगे। मैं अव्यवस्थित होकर उठा और चाहा कि अंदर जाकर द्वार बंद कर लूँ कि इतने में दफ़्तरी लपक कर सामने आ पहुँचा। अब कैसे भागता? कुर्सी पर बैठ गया, पर नाक-भौं चढ़ाये हुए। दफ़्तरी किसलिए आ रहा था इसमें मुझे लेशमात्र भी शंका न थी। ऋणेच्छुओं की हृदय-चेष्टा उनकी मुखाकृति पर, उनके आचार-व्यवहार पर उज्ज्वल रंगों से अंकित होती है। वह एक विशेष नम्रता, संकोचमय परवशता होती है जिसे एक बार देखकर फिर नहीं भुलाया जा सकता।

दफ़्तरी ने आते ही बिना किसी प्रस्तावना के अभिप्राय कह सुनाया जो मुझे पहले ही ज्ञात हो चुका था।

मैंने रुखाई से उत्तर दिया मेरे पास रुपये नहीं हैं।

दफ़्तरी ने सलाम किया और उल्टे पाँव लौटा। उसके चेहरे पर ऐसी दीनता और बेकसी छायी थी कि मुझे उस पर दया आ गयी। उसका इस भाँति बिना कुछ कहे-सुने लौटना कितना सारपूर्ण था! इसमें लज्जा थी, संतोष था, पछतावा था। उसके मुँह से एक शब्द भी न निकला, लेकिन उसका चेहरा कह रहा था, मुझे विश्वास था कि आप यही उत्तर देंगे! इसमें मुझे जरा भी संदेह न था। लेकिन यह जानते हुए भी मैं यहाँ तक आया, मालूम नहीं क्यों? मेरी समझ में स्वयं नहीं आता। कदाचित् आपकी दयाशीलता, आपकी वत्सलता मुझे यहाँ तक लायी। अब जाता हूँ, वह मुँह ही नहीं रहा कि अपनी कुछ कथा सुनाऊँ।

मैंने दफ़्तरी को आवाज़ दी-जरा सुनो तो, क्या काम है?

दफ़्तरी को कुछ उम्मीद हुई। बोला-आपसे क्या अर्ज करूँ, दो दिन से उपवास हो रहा है। मैंने बड़ी नम्रता से समझाया इस तरह कर्ज लेकर कै दिन तुम्हारा काम चलेगा। तुम समझदार आदमी हो, जानते हो कि आजकल सभी को अपनी फिक्र सवार रहती है। किसी के पास फालतू रुपये नहीं रहते और यदि हों भी तो वह ऋण देकर रार क्यों लेने लगा। तुम अपनी दशा सुधारते क्यों नहीं।

दफ़्तरी ने विरक्त भाव से कहा-यह सब दिनों का फेर है। और क्या कहूँ। जो चीज़ महीने भर के लिए लाता हूँ, वह एक दिन में उड़ जाती है, मैं घरवाली के चटोरेपन से लाचार हूँ। अगर एक दिन दूध न मिले तो महनामथ मचा दे, बाज़ार से मिठाइयाँ न लाऊँ तो घर में रहना मुश्किल हो जाय, एक दिन गोश्त न पके तो मेरी बोटियाँ नोच खाय। ख़ानदान का शरीफ हूँ। यह बेइज्जती नहीं सही जाती कि खाने के पीछे स्त्री से झगड़ा-तकरार करूँ। जो कुछ कहती है सिर के बल पूरा करता हूँ। अब खुदा से यही दुआ है कि मुझे इस दुनिया से उठा ले। इसके सिवाय मुझे दूसरी कोई सूरत नहीं नज़र आती, सब-कुछ करके हार गया।

मैंने संदूक से 5 रु. निकाले और उसे देकर बोला यह लो, यह तुम्हारे पुरुषार्थ का इनाम है। मैं नहीं जानता था कि तुम्हारा हृदय इतना उदार, इतना वीररसपूर्ण है।

गृहदाह में जलने वाले वीर, रणक्षेत्र के वीरों से कम महत्त्वशाली नहीं होते।

बौड़म

मुझे देवीपुर गये पाँच दिन हो चुके थे, पर ऐसा एक दिन भी न होगा कि बौड़म की चर्चा न हुई हो। मेरे पास सुबह से शाम तक गाँव के लोग बैठे रहते थे। मुझे अपनी बहुज्ञता को प्रदर्शित करने का न कभी ऐसा अवसर ही मिला था और न प्रलोभन ही। मैं बैठा-बैठा इधर-उधर की गप्पें उड़ाया करता। बड़े लाट ने गाँधी बाबा से यह कहा और गाँधी बाबा ने यह जवाब दिया। अभी आप लोग क्या देखते हैं, आगे देखिएगा क्या-क्या गुल खिलते हैं। पूरे 50 हजार जवान जेल जाने को तैयार बैठे हुए हैं। गाँधी जी ने आज्ञा दी है कि हिन्दुओं में छूत-छात का भेद न रहे, नहीं तो देश को और भी अदिन देखने पड़ेंगे। अस्तु! लोग मेरी बातों को तन्मय होकर सुनते। उनके मुख फूल की तरह खिल जाते। आत्माभिमान की आभा मुख पर दिखायी देती। गद्‌गद कंठ से कहते, अब तो महात्मा जी ही का भरोसा है। न हुआ बौड़म नहीं आपका गला न छोड़ता। आपको खाना-पीना कठिन हो जाता। कोई उससे ऐसी बातें किया करे तो रात की रात बैठा रहे। मैंने एक दिन पूछा, आखिर यह बौड़म है कौन? कोई पागल है क्या? एक सज्जन ने कहा–'महाशय, पागल क्या है, बस बौड़म है। घर में लाखों की सम्पत्ति है, शक्कर की एक मिल सिवान में है, दो कारखाने छपरे में हैं, तीन-तीन, चार-चार सौ के तलबवाले आदमी नौकर हैं, पर इसे देखिए, फटेहाल घूमा करता है। घरवालों ने सिवान भेज दिया था कि जाकर वहाँ निगरानी करे। दो ही महीने में मैनेजर से लड़ बैठा, उसने यहाँ लिखा, मेरा इस्तीफ़ा लीजिए। आपका लड़का मजदूरों को सिर चढ़ाये रहता है, वे मन से काम नहीं करते। आखिर घरवालों ने बुला लिया। नौकर-चाकर लूटते खाते हैं, उसकी तो जरा भी चिन्ता नहीं, पर जो सामने आम का बाग है उसकी रातदिन रखवाली किया करता है, क्या मज़ाल कि कोई एक पत्थर भी फेंक सके।' एक मियाँ जी बोले–'बाबू जी, घर में तरह-तरह के खाने पकते हैं, मगर इसकी तकदीर में वही रोटी और दाल लिखी है और कुछ नहीं। बाप अच्छे-अच्छे कपड़े खरीदते हैं, लेकिन वह उनकी तरफ़ निगाह भी नहीं उठाता। बस, वही मोटा कुरता, गाढ़े की तहमत बाँधे मारा-मारा फिरता है। आपसे उसकी सिफत कहाँ तक कहें, बस पूरा बौड़म है।'

2

ये बातें सुनकर भी इस विचित्र व्यक्ति से मिलने की उत्कंठा हुई। सहसा एक आदमी ने कहा 'वह देखिये, बौड़म आ रहा है।' मैंने कुतूहल से उसकी ओर देखा। एक 20-21 वर्ष का हृष्ट-पुष्ट युवक था। नंगे सिर, एक गाढ़े का कुरता पहने, गाढ़े का ढीला पाजामा पहने चला आता था! पैरों में जूते थे। पहले मेरी ही ओर आया।

मैंने कहा–'आइए बैठिए।' उसने मंडली की ओर अवहेलना की दृष्टि से देखा और बोला–'अभी नहीं, फिर आऊँगा।' यह कहकर चला गया।

जब संध्या हो गयी और सभा विसर्जित हुई तो वह आम के बाग की ओर से धीरे-धीरे आकर मेरे पास बैठ गया और बोला–इन लोगों ने तो मेरी खूब बुराइयाँ की होंगी। मुझे यह बौड़म का लकब मिला है।

मैंने सुकचाते हुए कहा–हाँ, आपकी चर्चा लोग रोज करते थे। मेरी आपसे मिलने की बड़ी इच्छा थी। आपका नाम क्या है?

बौड़म ने कहा–नाम तो मेरा मुहम्मद खलील है, पर आस-पास के दस-पाँच गाँवों में मुझे लोग उर्फ के नाम से ज्यादा जानते हैं। मेरा उर्फ बौड़म है।

मैं–आखिर लोग आपको बौड़म क्यों कहते हैं?

खलील–उनकी खुशी और क्या कहूँ? मैं ज़िन्दगी को कुछ और समझता हूँ, पर मुझे इजाज़त नहीं है कि पाँचों वक्त की नमाज पढ़ सकूँ। मेरे वालिद हैं, चचा हैं। दोनों साहब, पहर रात से पहर रात तक काम में मसरूफ़ रहते हैं। रात-दिन हिसाब-किताब, नफा-नुकसान, मंदी-तेजी के सिवाय और कोई जिक्र ही नहीं होता, गोया खुदा के बन्दे न हुए इस दौलत के बन्दे हुए। चचा साहब हैं, वह पहर रात तक शीरे के पीपों के पास खड़े होकर उन्हें गाड़ी पर लदवाते हैं। वालिद साहब अक्सर अपने हाथों से शक्कर का वजन करते हैं। दोपहर का खाना शाम को और शाम का खाना आधी रात को खाते हैं। किसी को नमाज पढ़ने की फ़ुर्सत नहीं। मैं कहता हूँ, आप लोग इतना सिर-मगजन क्यों करते हैं। बड़े कारबार में सारा काम एतबार पर होता है। मालिक को कुछ न कुछ बल खाना ही पड़ता है। अपने बलबूते पर छोटे कारोबार ही चल सकते हैं। मेरा उसूल किसी को पसन्द नहीं, इसलिए मैं बौड़म हूँ।

मैं–मेरे ख़याल में तो आपका उसूल ठीक है।

खलील–ऐसा भूलकर भी न कहिएगा, वरना एक ही जगह दो बौड़म हो जायेंगे। लोगों को कारोबार के सिवा न दीन से गरज है न दुनिया से। न मुल्क से, न कौम से। मैं अखबार मँगाता हूँ, स्मर्ना फंड में कुछ रुपये भेजना चाहता हूँ। ख़िलाफ़त-फंड को मदद करना भी अपना फर्ज समझता हूँ। सबसे बड़ा सितम है कि ख़िलाफ़त का रजाकार भी हूँ। क्यों साहब, जब कौम पर, मुल्क पर और दीन पर चारों तरफ़ से दुश्मनों का हमला हो रहा है तो क्या मेरा फर्ज नहीं है कि जाति के फायदे को कौम पर कुर्बान कर दूँ। इसीलिए घर और बाहर मुझे बौड़म का लकब दिया गया है।

मैं–आप तो वह कर रहे हैं, जिसकी इस वक्त कौम को ज़रूरत है।

खलील–मुझे खौफ है कि इस चौपट नगरी से आप बदनाम होकर जायेंगे। जब मेरे हजारों भाई जेल में पड़े हुए हैं, उन्हें गजी का गाढ़ा तक पहनने को मयस्सर नहीं तो मेरी गैरत गवारा नहीं करती कि मैं मीठे लुकमें उड़ाऊँ और चिकन के कुर्ते पहनूँ, जिनकी कलाइयों और मुड्ढों पर सीजनकारी की गयी हो।

मैं–आप यह बहुत ही मुनासिब कहते हैं। अफसोस है कि और लोग आपका-सा त्याग करने के काबिल नहीं।

खलील–मैं इसे त्याग नहीं समझता, न दुनिया को दिखाने के लिए यह भेष बना के घूमता हूँ। मेरा जी ही लज्जत और शौक से फिर गया है। थोड़े दिन होते हैं, वालिद ने मुझे सिवान के मिल में निगरानी के लिए भेजा, मैंने वहाँ जाकर देखा तो इंजीनियर साहब के खानसामे, बैरे, मेहतर, धोबी, माली, चौकीदार, सभी मजदूरों की जेल में लिखे हुए थे। काम साहब का करते थे, मजदूरी कारखाने से पाते थे। साहब बहादुर खुद तो बेउसूल हैं, पर मजदूरों पर इतनी सख्ती थी कि अगर पाँच मिनट की देर हो जाए तो उनकी आधे दिन की मजदूरी कट जाती थी। मैंने साहब की मिज़ाज़पुरसी करनी चाही। मजदूरों के साथ रियायत करनी शुरू की। फिर क्या था? साहब बिगड़ गये, इस्तीफ़े की धमकी दी। घरवालों को उनके सब हालात मालूम हैं। पल्ले दरजे का हरामखोर आदमी है। लेकिन उसकी धमकी पाते ही सबके होश उड़ गये। मैं तार से वापस बुला लिया गया और घर पर मेरी खूब ले-दे हुई। पहले बौड़म होने में कुछ कोर-कसर थी, वह पूरी हो गयी। न जाने साहब से लोग क्यों इतना डरते हैं?

मैं–आपने वही किया जो इस हालत में मैं भी करता बल्कि मैं तो पहले साहब पर गबन का मुकदमा दायर करता, बदमाशों से पिटवाता, तब बात करता। ऐसे हरामखोरों की यही सज़ाएँ हैं।

खलील–फिर तो एक और, दो हो गये। अफसोस यही है कि आपका यहाँ कयाम न रहेगा। मेरा जी चाहता है, कि चंद रोज आपके साथ रहूँ। मुद्दत के बाद आप ऐसे आदमी मिले हैं जिससे मैं अपने दिल की बातें कह सकता हूँ। इन गँवारों से मैं बोलता भी नहीं। मेरे चाचा साहब को जवानी में एक चमारिन से ताल्लुक़ हो गया था। उससे दो बच्चे, एक लड़का और एक लड़की पैदा हुए। चमारिन लड़की को गोद में छोड़कर मर गयी। तब से इन दोनों बच्चों की मेरे यहाँ वही हालत थी जो यतीमों की होती है। कोई बात न पूछता था। उनको खाने-पहनने को भी न मिलता। बेचारे नौकरों के साथ खाते और बाहर झोपड़े में पड़े रहते थे। जनाब, मुझसे यह न देखा गया। मैंने उन्हें अपने दस्तरखान पर खिलाया और अब भी खिलाता हूँ। घर में कुहराम मच गया। जिसे देखिए मुझ पर त्योरियाँ बदल रहा है, मगर मैंने परवाह न की। आखिर है वह भी तो हमारा ही खून। इसलिए मैं बौड़म कहलाता हूँ।

मैं–जो लोग आपको बौड़म कहते हैं, वे खुद बौड़म हैं।

खलील–जनाब, इनके साथ रहना अजीब है। शाह काबुल ने कुर्बानी की मुमानियत कर दी है। हिंदुस्तान के उलमा ने भी यही फतवा दिया, पर यहाँ खास मेरे घर कुर्बानी हुई। मैंने हरचंद बवाल मचाया, पर मेरी कौन सुनता है? उसका कफारा (प्रायश्चित्त) मैंने यह अदा किया कि अपनी सवारी का घोड़ा बेचकर 300 फकीरों को खाना खिलाया और तब से कसाइयों को गायें लिये जाते देखता हूँ, तो कीमत देकर खरीद लेता हूँ। इस वक्त तक दस गायों की जान बचा चुका हूँ। वे सब यहाँ हिंदुओं के घरों में हैं, पर

मजा यह है कि जिन्हें मैंने गायें दी हैं, वे भी मुझे बौड़म कहते हैं। मैं भी इस नाम का इतना आदी हो गया हूँ कि अब मुझे इससे मुहब्बत हो गयी है।

मैं—आप ऐसे बौड़म काश मुल्क में और ज्यादा होते।

खलील—लीजिए आपने भी बनाना शुरू कर दिया। यह देखिए आम का बाग है। मैं उसकी रखवाली करता हूँ। लोग कहते हैं जहाँ हजारों का नुकसान हो रहा है, वहाँ तो देखभाल करता नहीं, जरा-सी बगिया की रखवाली में इतना मुस्तैद। जनाब, यहाँ लड़कों का यह हाल है कि एक आम तो खाते हैं और पच्चीस आम गिराते हैं। कितने ही पेड़ चोट खा जाते हैं और फिर किसी काम के नहीं रहते। मैं चाहता हूँ कि आम पक जायें, टपकने लगें तब जिसका जी चाहे चुन ले जाए। कच्चे आम खराब करने से क्या फायदा? यह भी मेरे बौड़मपन में दाखिल है।

3

ये बातें हो ही रही थीं कि सहसा तीन-चार आदमी एक बनिये को पकड़े, घसीटते हुए आते दिखायी दिये। पूछा तो उन चारों आदमियों में से एक ने, जो सूरत से मौलवी मालूम होते थे, कहा—यह बड़ा बेईमान है, इसके बाँट कम हैं। अभी इसके यहाँ से सेर भर घी ले गया हूँ। घर पर तौलता हूँ तो आध पाव गायब। अब जो लौटाने आया हूँ तो कहता है मैंने तो पूरा तौला था। पूछो अगर तूने पूरा तौला था तो क्या मैं रास्ते में खा गया। अब ले चलता हूँ थाने पर, वहीं इसकी मरम्मत होगी।

दूसरे महाशय, जो वहाँ डाकखाने के मुंशी थे बोले—इसकी हमेशा की यही आदत है, कभी पूरा नहीं तौलता। आज ही दो आने की शक्कर मँगवायी। लड़का घर लेकर गया तो मुश्किल से एक आने की थी। लौटाने आया तो आँखें दिखाने लगा। इसके बाँटों की आज जाँच करानी चाहिए।

तीसरा आदमी अहीर था। अपने सिर पर से खली की गठरी उतारकर बोला— साहब, यह 11 रु. की खली है। 6 सेर के भाव से दी थी। घर पर तौला तो 2 सेर हुई। लाया कि लौटा दूँगा, पर यह लेता ही नहीं! अब इसका निबटारा थाने ही में होगा। इस पर कई आदमियों ने कहा यह सचमुच बेईमान आदमी है।

बनिये ने कहा—अगर मेरे बाँट रत्ती भर कम निकलें तो हजार रुपये डाँड़ दूँ।

मौलवी साहब ने कहा—तो कमबख्त, टाँकी मारता होगा।

मुंशीजी बोले—टाँकी मार देता है, यही बात है।

अहीर ने कहा—दोहरे बाँट रखे हैं। दिखाने के और, बेचने के और। इसके घर की पुलिस तलाशी ले।

बनिये ने फिर प्रतिवाद किया, पकड़ने वालों ने फिर आक्रमण किया, इसी तरह कोई आध घंटा तक तकरार होती रही। मेरी समझ में न आता था कि क्या करूँ। बनिये को छुड़ाने के लिए जोर दूँ या जाने दूँ। बनिये से सभी जले हुए मालूम होते थे। खलील

को देखा तो गायब? न जाने कब उठकर चला गया? बनिया किसी तरह न दबता था, यहाँ तक कि थाने जाने से भी न डरता था।

4

ये लोग थाने जाना ही चाहते थे कि बौड़म सामने आता दिखायी दिया। उसके एक हाथ में एक टोकरा था, दूसरे हाथ में एक कटोरा और पीछे एक 7-8 बरस का लड़का। उसने आते ही मौलवी साहब से कहा—यह कटोरा आप ही का है काजी जी?

मौलवी—(चौंककर) हाँ है तो, फिर? तुम मेरे घर से इसे क्यों लाये?

बौड़म—इसलिए कि कटोरे में वही आधा पाव घी है, जिसके विषय में आप कहते हैं कि बनिये ने कम तौला। घी वही है। वजन वही है। बेईमानी गरीब बनिये की नहीं है, बल्कि काजी हाजी मौलवी जहूर अहमद की।

मौलवी—तुम अपना बौड़मपना यहाँ न दिखाना नहीं तो मैं किसी से डरने वाला नहीं हूँ। तुम लखपती होगे तो अपने घर के होगे। तुम्हें क्या मज़ाल था, मेरे घर में जाने का!

बौड़म—वही जो आपको बनिये को थाने में ले जाने का है। अब यह घी भी थाने जायेगा।

मौलवी—(सिटपिटाकर) सबके घर में थोड़ी-बहुत चीज़ रखी ही रहती है। कसम कुरान शरीफ की, मैं अभी तुम्हारे वालिद के पास जाता हूँ, आज तक गाँव भर में किसी ने मुझ पर ऐसा इलज़ाम नहीं लगाया था।

बनिया—मौलवी साहब, आप जाते कहाँ हैं? चलिए, हमारा-आपका फ़ैसला थाने में होगा। मैं एक न मानूँगा। कहलाने को मौलवी, दीनदार, ऐसे बनते हैं कि देवता ही हैं। पर घर में चीज़ रखकर दूसरों को बेईमान बनाते हैं। यह लम्बी दाढ़ी धोखा देने के लिए बढ़ायी है?

मगर मौलवी साहब न रुके। बनिये को छोड़ कर खलील के बाप के पास चले गये, जो इस वक्त शर्म से बचने का सहज बहाना था।

तब खलील ने अहीर से कहा—क्यों बे, तू भी थाने जा रहा है? चल मैं भी चलता हूँ। तेरे घर से यह सेर भर खली लेता आया हूँ।

अहीर ने मौलवी साहब की दुर्गति देखी तो चेहरे पर हवाइयाँ उड़ने लगीं, बोला—भैया जवानी की कसम है, मुझे मौलवी साहब ने सिखा दिया था।

खलील—दूसरे के सिखाने से तुम किसी के घर में आग लगा दोगे? खुद तो बच्चा दूध में आधा पानी मिला-मिलाकर बेचते हो, मगर आज तुमको इतनी मुटमरदी सवार हो गयी कि एक भले आदमी को तबाह करने पर आमादा हो गये। खली उठाकर घर में रख ली, उस पर बनिये से कहते हो कि कम तौला।

बनिया—भैया, मेरी लाख रुपये की इज्जत बिगड़ गयी। मैं थाने में रपट किये बिना न मानूँगा।

अहीर–साहू जी, अबकी माफ करो, नहीं तो कहीं का न रहूँगा।

तब खलील ने मुंशीजी से कहा–कहिए जनाब, आपकी कलई खोलूँ या चुपके से घर की राह लीजिएगा।

मुंशी–तुम बेचारे मेरी कलई क्या खोलोगे। मुझे भी अहीर समझ लिया है कि तुम्हारी भपकियों में आऊँगा?

खलील–(लड़के से) क्यों बेटा, तुम शक्कर लेकर सीधे घर चले गये थे?

लड़का–(मुंशीजी को सशंक नेत्रों से देखकर) बताऊँगा।

मुंशी–लड़कों को जैसा सिखा दोगे वैसा कहेंगे।

खलील–बेटा, अभी तुमने मुझसे जो कहा था, वही फिर कह दो।

लड़का–दादा मारेंगे।

मुंशी–क्या तूने रास्ते में शक्कर फाँक ली थी।

लड़का–रोने लगा।

खलील–जी हाँ, इसने मुझसे खुद कहा; पर आपने उससे तो पूछा नहीं बनिये के सिर हो गये। यही शराफत है।

मुंशी–मुझे क्या मालूम था कि उसने रास्ते में यह शरारत की?

खलील–तो ऐसे कमजोर सबूत पर आप थाने क्योंकर चले थे? आप गँवारों को मनीआर्डर के रुपये देते हैं तो उस रुपये पर दो आने अपनी दस्तूरी काट लेते हैं। टके के पोस्टकार्ड आने में बेचते हैं, जब कहिए तब साबित कर दूँ। उसे क्या आप बेईमानी नहीं समझते हैं?

मुंशीजी ने बौड़म के मुँह लगना मुनासिब न समझा। लड़के को मारते हुए घर ले गये। बनिये ने बौड़म को खूब आशीर्वाद दिया। दर्शक लोग भी धीरे-धीरे चले गये। तब मैंने खलील से कहा–आपने इस बनिये की जान बचा ली, नहीं तो बेचारा बेगुनाह पुलिस के पंजे में फँस जाता।

खलील–आप जानते हैं कि मुझे क्या सिला (इनाम) मिलेगा। थानेदार मेरे दुश्मन हो जायेंगे। कहेंगे यह मेरे शिकारों को भगा दिया करता है। वालिद साहब पुलिस से थर-थर काँपते हैं। मुझे हाथों लेंगे कि तू दूसरों के बीच में क्यों दखल देता है? यहाँ यह भी बौड़मपन में दाखिल है। एक बनिये के पीछे मुझे भले आदमियों की कलई खोलनी मुनासिब न थी। ऐसी हरकत बौड़म लोग किया करते हैं।

मैंने श्रद्धापूर्ण शब्दों में कहा–अब मैं आपको इसी नाम से पुकारूँगा। आज मुझे मालूम हुआ कि बौड़म देवताओं को कहा जाता है! जो स्वार्थ पर आत्मा की भेंट कर देता है वह चतुर है, बुद्धिमान है। जो आत्मा के सामने, सच्चे सिद्धांत के सामने, सत्य के सामने, स्वार्थ की, निंदा की परवाह नहीं करता वह बौड़म है, निर्बुद्धि है।

परीक्षा

जब रियासत देवगढ़ के दीवान सरदार सुजानसिंह बूढ़े हुए तो परमात्मा की याद आयी। जाकर महाराज से विनय की कि दीनबंधु! दास ने श्रीमान् की सेवा चालीस साल तक की, अब मेरी अवस्था भी ढल गयी, राज-काज सँभालने की शक्ति नहीं रही। कहीं भूल-चूक हो जाय तो बुढ़ापे में दाग लगे। सारी ज़िंदगी की नेकनामी मिट्टी में मिल जाय। राजा साहब अपने अनुभवशील नीतिकुशल दीवान का बड़ा आदर करते थे। बहुत समझाया, लेकिन जब दीवान साहब ने न माना, तो हार कर उनकी प्रार्थना स्वीकार कर ली; पर शर्त यह लगा दी कि रियासत के लिए नया दीवान आप ही को खोजना पड़ेगा।

दूसरे दिन देश के प्रसिद्ध पत्रों में यह विज्ञापन निकला कि देवगढ़ के लिए एक सुयोग्य दीवान की ज़रूरत है। जो सज्जन अपने को इस पद के योग्य समझें वे वर्तमान सरकार सुजानसिंह की सेवा में उपस्थित हों। यह ज़रूरी नहीं है कि वे ग्रेजुएट हों, मगर हृष्ट-पुष्ट होना आवश्यक है, मंदाग्नि के मरीज को यहाँ तक कष्ट उठाने की कोई ज़रूरत नहीं। एक महीने तक उम्मीदवारों के रहन-सहन, आचार-विचार की देखभाल की जाएगी। विद्या का कम, परन्तु कर्तव्य का अधिक विचार किया जाएगा। जो महाशय इस परीक्षा में पूरे उतरेंगे, वे इस उच्च पद पर सुशोभित होंगे।

2

इस विज्ञापन ने सारे मुल्क में तहलका मचा दिया। ऐसा ऊँचा पद और किसी प्रकार की क़ैद नहीं? केवल नसीब का खेल है। सैकड़ों आदमी अपना-अपना भाग्य परखने के लिए चल खड़े हुए। देवगढ़ में नये-नये और रंग-बिरंगे मनुष्य दिखायी देने लगे। प्रत्येक रेलगाड़ी से उम्मीदवारों का एक मेला-सा उतरता। कोई पंजाब से चला आता था, कोई मद्रास से, कोई नई फ़ैशन का प्रेमी, कोई पुरानी सादगी पर मिटा हुआ। पंडितों और मौलवियों को भी अपने-अपने भाग्य की परीक्षा करने का अवसर मिला। बेचारे सनद के नाम रोया करते थे, यहाँ उसकी कोई ज़रूरत नहीं थी। रंगीन एमामे, चोगे और नाना प्रकार के अंगरखे और कंटोप देवगढ़ में अपनी सज-धज दिखाने लगे। लेकिन सबसे विशेष संख्या ग्रेजुएटों की थी, क्योंकि सनद की कैद न होने पर भी सनद से परदा तो ढँका रहता है।

सरदार सुजानसिंह ने इन महानुभावों के आदर-सत्कार का बड़ा अच्छा प्रबंध कर दिया था। लोग अपने-अपने कमरों में बैठे हुए रोजेदार मुसलमानों की तरह महीने के दिन गिना करते थे। हर एक मनुष्य अपने जीवन को अपनी बुद्धि के अनुसार अच्छे रूप में दिखाने की कोशिश करता था। मिस्टर अ नौ बजे दिन तक सोया करते थे, आजकल वे बगीचे में टहलते हुए ऊषा का दर्शन करते थे। मि. ब को हुक्का पीने की लत थी, आजकल बहुत रात गये किवाड़ बन्द करके अँधेरे में सिगार पीते थे। मि. द, स और ज से उनके घरों पर नौकरों की नाक में दम था, लेकिन ये सज्जन आजकल

'आप' और 'जनाब' के बगैर नौकरों से बातचीत नहीं करते थे। महाशय क नास्तिक थे, हक्सले के उपासक, मगर आजकल उनकी धर्मनिष्ठा देखकर मन्दिर के पुजारी को पदच्युत हो जाने की शंका लगी रहती थी! मि. ल को किताब से घृणा थी, परन्तु आजकल वे बड़े-बड़े ग्रन्थ देखने-पढ़ने में डूबे रहते थे। जिससे बात कीजिए, वह नम्रता और सदाचार का देवता बना मालूम होता था। शर्मा जी घड़ी रात से ही वेद-मंत्र पढ़ने में लगते थे और मौलवी साहब को नमाज और तलावत के सिवा और कोई काम न था। लोग समझते थे कि एक महीने का झंझट है, किसी तरह काट लें, कहीं कार्य सिद्ध हो गया तो कौन पूछता है।

लेकिन मनुष्यों का वह बूढ़ा जौहरी आड़ में बैठा हुआ देख रहा था कि इन बगुलों में हंस कहाँ छिपा हुआ है।

3

एक दिन नये फ़ैशनवालों को सूझी कि आपस में हॉकी का खेल हो जाय। यह प्रस्ताव हॉकी के मँजे हुए खिलाड़ियों ने पेश किया। यह भी तो आखिर एक विद्या है। इसे क्यों छिपा रखें। संभव है, कुछ हाथों की सफाई ही काम कर जाय। चलिए तय हो गया, फील्ड बन गयी, खेल शुरू हो गया और गेंद किसी दफ़्तर के अप्रेंटिस की तरह ठोकरें खाने लगा।

रियासत देवगढ़ में यह खेल बिलकुल निराली बात थी। पढ़े-लिखे भलेमानुस लोग शतरंज और ताश जैसे गंभीर खेल खेलते थे। दौड़-कूद के खेल बच्चों के खेल समझे जाते थे। खेल बड़े उत्साह से जारी था। धावे के लोग जब गेंद को लेकर तेजी से उड़ते तो ऐसा जान पड़ता था कि कोई लहर बढ़ती चली आती है। लेकिन दूसरी ओर के खिलाड़ी इस बढ़ती हुई लहर को इस तरह रोक लेते थे कि मानो लोहे की दीवार है। संध्या तक यही धूमधाम रही। लोग पसीने से तर हो गये। खून की गर्मी आँख और चेहरे से झलक रही थी। हाँफते-हाँफते बेदम हो गये, लेकिन हार-जीत का निर्णय न हो सका।

अँधेरा हो गया था। इस मैदान से जरा दूर हट कर एक नाला था। उस पर कोई पुल न था। पथिकों को नाले में से चल कर आना पड़ता था। खेल अभी बन्द ही हुआ था और खिलाड़ी लोग बैठे दम ले रहे थे कि एक किसान अनाज से भरी हुई गाड़ी लिये हुए उस नाले में आया। लेकिन कुछ तो नाले में कीचड़ था और कुछ उसकी चढ़ाई इतनी ऊँची थी कि गाड़ी ऊपर न चढ़ सकती थी। वह कभी बैलों को ललकारता, कभी पहियों को हाथ से ढकेलता लेकिन बोझ अधिक था और बैल कमजोर। गाड़ी ऊपर को न चढ़ती और चढ़ती भी तो कुछ दूर चढ़कर फिर खिसक कर नीचे पहुँच जाती। किसान बार-बार जोर लगाता और बार-बार झुँझलाकर बैलों को मारता, लेकिन गाड़ी उभरने का नाम न लेती। बेचारा इधर-उधर निराश होकर ताकता मगर वहाँ कोई सहायक नज़र न आता। गाड़ी को अकेले छोड़कर कहीं जा भी नहीं सकता। बड़ी आपत्ति में फँसा हुआ था। इसी बीच में खिलाड़ी हाथों में

डंडे लिये घूमते-घामते उधर से निकले। किसान ने उनकी तरफ़ सहमी हुई आँखों से देखा, परंतु किसी से मदद माँगने का साहस न हुआ। खिलाड़ियों ने भी उसको देखा मगर बन्द आँखों से, जिनमें सहानुभूति न थी। उनमें स्वार्थ था, मद था, मगर उदारता और वात्सल्य का नाम भी न था।

4

लेकिन उसी समूह में एक ऐसा मनुष्य था, जिसके हृदय में दया थी और साहस था। आज हॉकी खेलते हुए उसके पैरों में चोट लग गयी थी। लँगड़ाता हुआ धीरे-धीरे चला आता था। अकस्मात् उसकी निगाह गाड़ी पर पड़ी। ठिठक गया। उसे किसान की सूरत देखते ही सब बातें ज्ञात हो गयीं। डंडा एक किनारे रख दिया। कोट उतार डाला और किसान के पास जाकर बोला मैं तुम्हारी गाड़ी निकाल दूँ?

किसान ने देखा एक गठे हुए बदन का लम्बा आदमी सामने खड़ा है। झुक कर बोला–हुज़ूर, मैं आपसे कैसे कहूँ? युवक ने कहा–मालूम होता है, तुम यहाँ बड़ी देर से फँसे हो। अच्छा, तुम गाड़ी पर जाकर बैलों को साधो, मैं पहियों को ढकेलता हूँ, अभी गाड़ी ऊपर चढ़ जाती है।

किसान गाड़ी पर जा बैठा। युवक ने पहिये को जोर लगाकर उकसाया। कीचड़ बहुत ज्यादा था। वह घुटने तक ज़मीन में गड़ गया, लेकिन हिम्मत न हारी। उसने फिर जोर किया, उधर किसान ने बैलों को ललकारा। बैलों को सहारा मिला, हिम्मत बँध गयी, उन्होंने कंधे झुका कर एक बार जोर किया तो गाड़ी नाले के ऊपर थी।

किसान युवक के सामने हाथ जोड़ कर खड़ा हो गया। बोला–महाराज, आपने आज मुझे उबार लिया, नहीं तो सारी रात मुझे यहाँ बैठना पड़ता।

युवक ने हँस कर कहा–अब मुझे कुछ इनाम देते हो? किसान ने गम्भीर भाव से कहा–नारायण चाहेंगे तो दीवानी आपको ही मिलेगी।

युवक ने किसान की तरफ़ गौर से देखा। उसके मन में एक संदेह हुआ, क्या यह सुजानसिंह तो नहीं हैं? आवाज़ मिलती है, चेहरा-मोहरा भी वही। किसान ने भी उसकी ओर तीव्र दृष्टि से देखा। शायद उसके दिल के संदेह को भाँप गया। मुस्कराकर बोला–गहरे पानी में पैठने से ही मोती मिलता है।

5

निदान महीना पूरा हुआ। चुनाव का दिन आ पहुँचा। उम्मीदवार लोग प्रातःकाल ही से अपनी किस्मतों का फ़ैसला सुनने के लिए उत्सुक थे। दिन काटना पहाड़ हो गया। प्रत्येक के चेहरे पर आशा और निराशा के रंग आते थे। नहीं मालूम, आज किसके नसीब जागेंगे! न जाने किस पर लक्ष्मी की कृपादृष्टि होगी।

संध्या समय राजा साहब का दरबार सजाया गया। शहर के रईस और धनाढ्य लोग, राज्य के कर्मचारी और दरबारी तथा दीवानी के उम्मीदवारों का समूह, सब रंग-बिरंगी सज-धज बनाये दरबार में आ विराजे! उम्मीदवारों के कलेजे धड़क रहे थे।

जब सरदार सुजानसिंह ने खड़े होकर कहा—मेरे दीवानी के उम्मीदवार महाशयों! मैंने आप लोगों को जो कष्ट दिया है, उसके लिए मुझे क्षमा कीजिए। इस पद के लिए ऐसे पुरुष की आवश्यकता थी, जिसके हृदय में दया हो और साथ-साथ आत्मबल। हृदय वह जो उदार हो, आत्मबल वह जो आपत्ति का वीरता के साथ सामना करे और इस रियासत के सौभाग्य से हमें ऐसा पुरुष मिल गया। ऐसे गुणवाले संसार में कम हैं और जो हैं, वे कीर्ति और मान के शिखर पर बैठे हुए हैं, उन तक हमारी पहुँच नहीं। मैं रियासत के पंडित जानकीनाथ को दीवान पाने पर बधाई देता हूँ।

रियासत के कर्मचारियों और रईसों ने जानकीनाथ की तरफ़ देखा। उम्मीदवार दल की आँखें उधर उठीं, मगर उन आँखों में सत्कार था, इन आँखों में ईर्ष्या।

सरदार साहब ने फिर फरमाया—आप लोगों को यह स्वीकार करने में कोई आपत्ति न होगी कि जो पुरुष स्वयं जख्मी होकर भी एक गरीब किसान की भरी हुई गाड़ी को दलदल से निकालकर नाले के ऊपर चढ़ा दे उसके हृदय में साहस, आत्मबल और उदारता का वास है। ऐसा आदमी गरीबों को कभी न सतावेगा। उसका संकल्प दृढ़ है, जो उसके चित्त को स्थिर रखेगा। वह चाहे धोखा खा जाये, परन्तु दया और धर्म से कभी न हटेगा।

❑ ❑ ❑

प्रभाकर प्रकाशन द्वारा प्रकाशित पुस्तकें

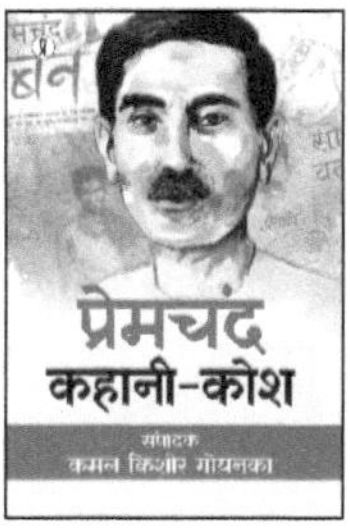

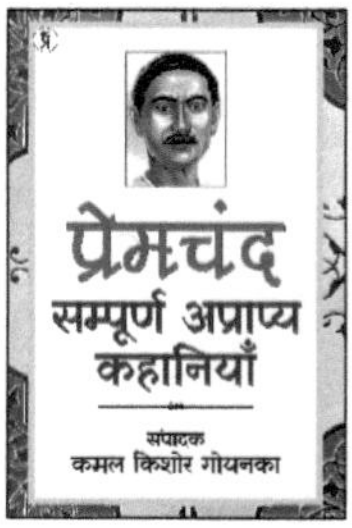

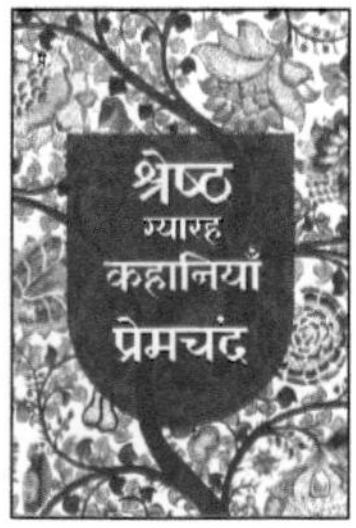

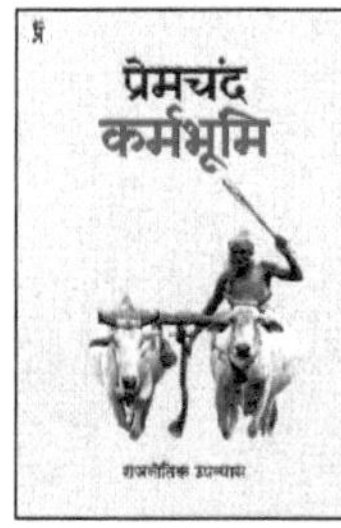

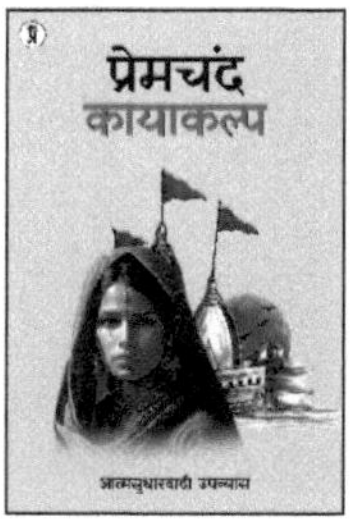

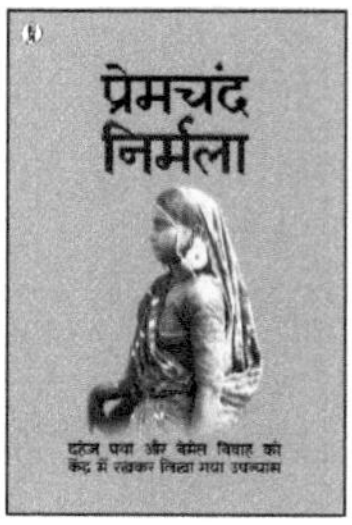

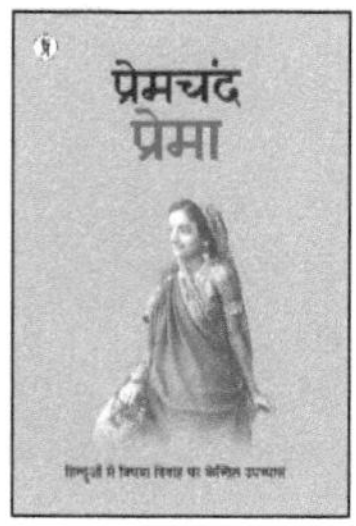

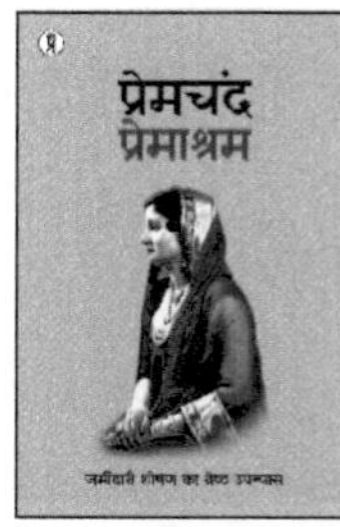

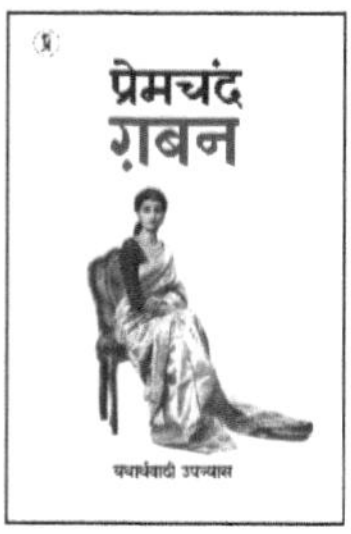

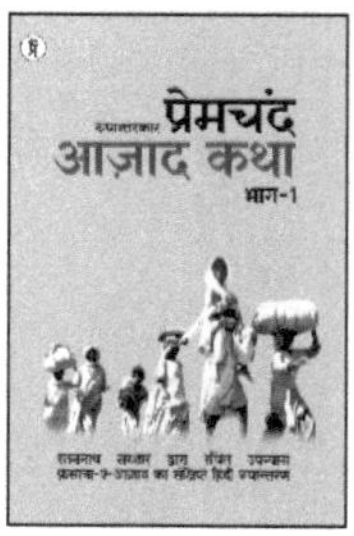

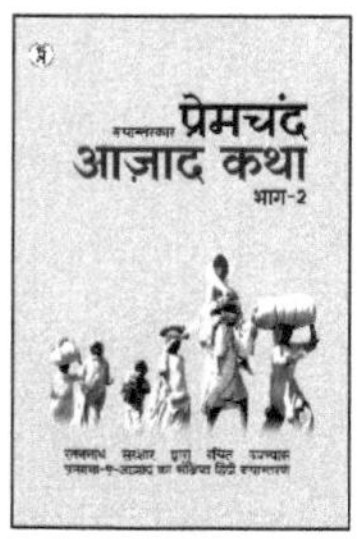

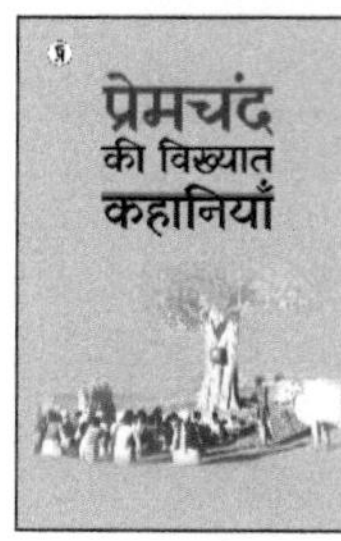

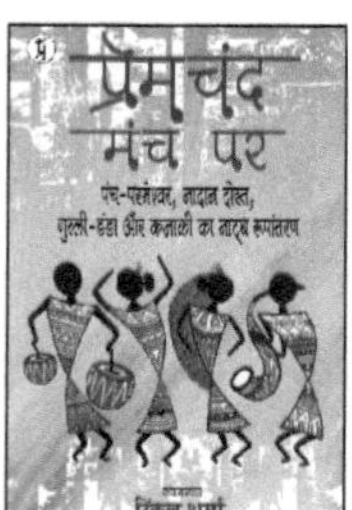

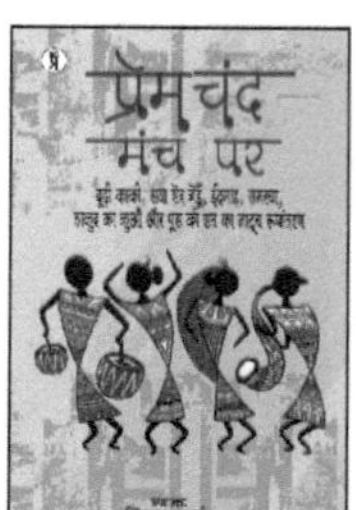

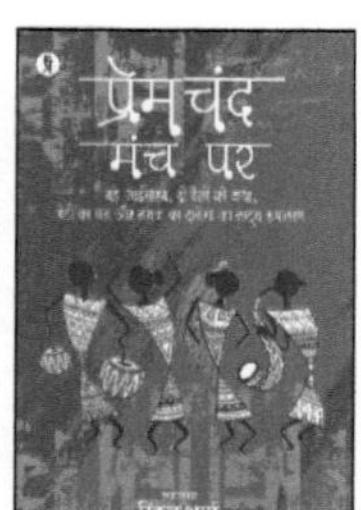

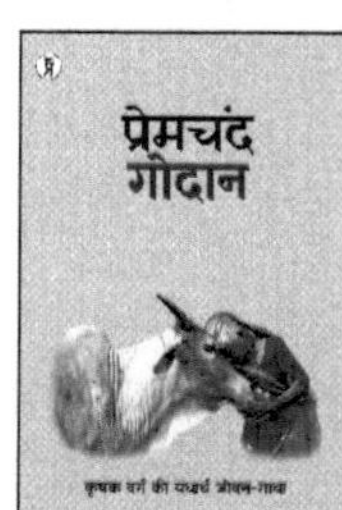

sales@pharosbooks.in 011-40395855 www.prabhakarprakashan.com

प्रभाकर प्रकाशन, प्लॉट नं.- 63, मेन मदर डेयरी रोड, पांडव नगर, ईस्ट दिल्ली-110092